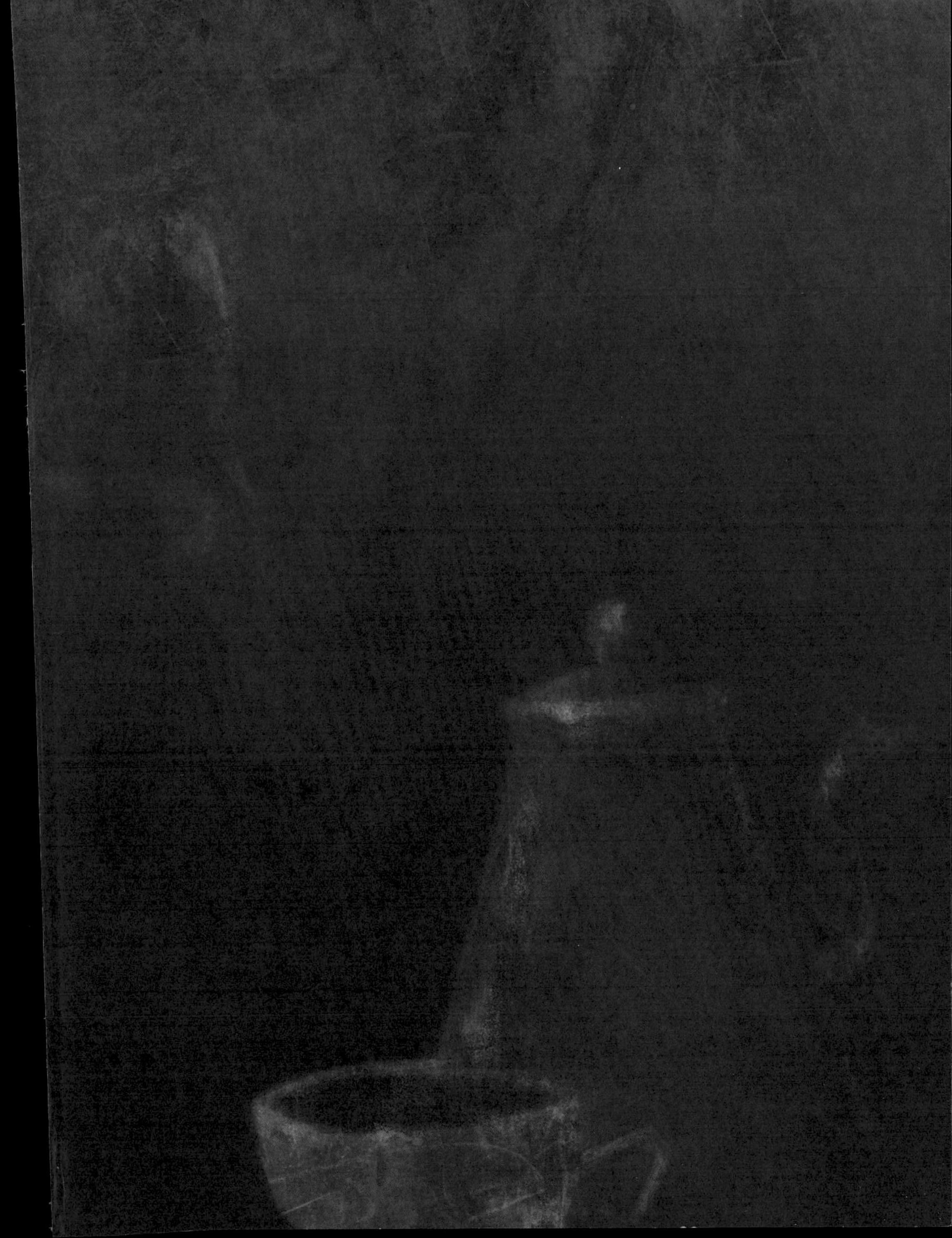

o idiota

SUMÁRIO

PREFÁCIO

O DESTINO DO DOM QUIXOTE RUSSO

Oleg Almeida*

Ao iniciar uma obra de ficção, o escritor não prevê, muitas vezes, o resultado de seus esforços criativos. Ligada à pontinha da pena, sua feitiçaria verbal produz efeitos incríveis, transformando um despretensioso conto humorístico numa veemente invectiva contra as mazelas da humanidade ou elevando uma simplória crônica cotidiana ao nível de um majestoso drama atemporal, de sorte que, posta no papel, a narrativa toma de súbito rumos bem diferentes daqueles que foram predefinidos pelo próprio autor. Em outros termos, este nem sempre colhe o que tem semeado. Foi isso o que ocorreu com *O idiota*, um dos romances monumentais de Fiódor Dostoiévski. Traçando um amplo panorama da vida russa, o escritor pretendia revelar toda a complexidade das contradições sociais que a permeavam nos anos 60 do século XIX, mas não chegou a realizar seu desígnio. Quem estiver curioso em saber como os russos viviam na época da grandiosa ruptura, que sucedeu à abolição do regime servil em seu país,[1] ficará certamente desapontado com a leitura desse livro, já que se trata nele apenas de como os russos se sentiam. "*O idiota* é o mais lírico dos grandes escritos de Dostoiévski" — afirma o estudioso Leonid Grossman.[2] — "O autor conseguiu criar (...) o que sempre almejava — um romance-poema: assim ele concebia a obra em que os personagens principais se destacassem pela singular plenitude e força de seus sentimentos, em que suas relações exprimissem

---

* Poeta, escritor e tradutor nativo da Bielorrússia, especialista em literatura russa.

[1] Trata-se da libertação dos camponeses escravizados pelos latifundiários, promovida em 1861 pelo imperador Alexandr II.

[2] Leonid Petróvitch Grossman (1888–1965): cientista soviético, autor de numerosos artigos e monografias sobre Dostoiévski e outros escritores russos.

um profundo drama interior e abrissem caminhos para a sublime visão do homem e do mundo". Em suma, *O idiota* é, antes e acima de tudo, um romance sobre o amor e o ódio, o sonho e a realidade, o bem e o mal em seu eterno e acirrado conflito: as belas e tétricas emoções humanas, cuja efervescência vai aos extremos da histeria e do delírio, ocupam em suas páginas o lugar das incisivas reviravoltas históricas.

O príncipe Lev Nikoláievitch Míchkin,[3] o último descendente de uma família antiga e nobre, mas degradada com o passar dos anos, volta para a Rússia da Suíça onde se tratava, sustentado por um filantropo, "de uma certa moléstia nervosa fora do comum (...) com ataques e contrações". Ao longo de sua viagem pelas estradas de ferro, esse jovem doentio e desamparado, sem um só vintém no bolso, conhece Parfion Rogójin, filho de um comerciante riquíssimo, que se considera dono da vida apesar de sua péssima educação e sinistra ignorância. O bronco milionário segreda-lhe a sua paixão por Nastássia Filíppovna, linda Camélia[4] petersburguense, "dama... de alto coturno, e mesmo uma princesa" que vive às custas do magnata Tótski, "pessoa de propriedades e de imensa fortuna", e está prestes a casar-se com Gânia Ívolguin, ambicioso secretário do general Epantchin. "Não sei se o senhor compreenderá, mas é que, decerto por causa da minha doença, nada sei a respeito de mulheres..." — responde Míchkin com singeleza, porém a confissão de Rogójin o deixa intrigado. Mais tarde o príncipe recorre ao general Epantchin em busca de apoio e, vendo na casa dele o retrato de Nastássia Filíppovna, encanta-se com a "estranha e perturbadora beleza" dessa mulher que lhe parece, ao mesmo tempo, santa e pecadora. Não o espanta a reputação escandalosa de sua amada: jamais ofereceria a ela cem mil rublos por uma noite de prazeres, como Rogójin, tampouco procuraria desposá-la, como Ívolguin, em razão do invejável dote bancado pelo ex-amante Tótski. Seu amor por ela é casto, sincero, desinteressado — numa palavra, deveras cavalheiresco e, desse modo, atípico e anormal para os padrões do sórdido ambiente que o rodeia. "Existe um estranho poema russo, ou melhor, uma balada a respeito de um cavaleiro pobre"[5] — comentam os personagens do romance numa

---

[3] A transcrição mais correta deste sobrenome seria "Mychkin": Dostoiévski faz alusão à palavra russa "mychka" (ratinho) com o propósito de acentuar a exagerada modéstia e pacatez do protagonista.

[4] Cortesã, prostituta de luxo.

[5] O poema *Era uma vez um cavaleiro pobre...* de Alexandr Púchkin (1799–1837) é incluso no texto de *O idiota*.

reunião familiar, e essa conversa, que aparentemente não tem nada a ver com Míchkin, fornece aos leitores um perfeito resumo de sua extravagante personalidade. — "Esse poema descreve... um homem que é capaz de um ideal. E mais ainda: um homem que, uma vez deparando com esse ideal, acredita nele e por ele dá a sua vida, cegamente. Ora, isso nem sempre acontece nos nossos dias. O poema não diz exatamente qual é o ideal do 'pobre cavaleiro', mas podemos inferir que seja alguma visão, alguma imagem de 'pura beleza'. (...) Fica explícito que a esse cavaleiro pobre pouco se lhe dava quem fosse a sua dama e o que ela fazia. A ele bastava tê-la escolhido e ter posto a sua fé em sua 'pura beleza', a que não cessou de render homenagem. (...) Mesmo que ela se tornasse, por exemplo, ladra... para ele o que importava era acreditar nela e estar sempre disposto a quebrar lanças por sua 'pura beleza'. O poeta parece ter querido significar... a concepção do amor platônico da cavalaria medieval, tal como era sentido por um leal e sublime cavaleiro". Baseada numa analogia literária, a conclusão é surpreendente em sua lógica impecável: "Deve-se admitir que ser capaz de tais sentimentos significa muita coisa e que eles produzem uma profunda impressão. Imensa, louvável sob qualquer ponto de vista, por exemplo, em Dom Quixote. O 'pobre cavaleiro' no fundo é o próprio Dom Quixote. Um Dom Quixote sério e não cômico". O príncipe empobrecido não usa nenhuma armadura nem levanta a espada em defesa dos fracos e oprimidos, mas a indômita fantasia do mestre russo torna-o semelhante ao temerário fidalgo de Cervantes.

Os paralelos que Dostoiévski estabelece entre o herói de sua obra e Dom Quixote de La Mancha são múltiplos e evidentes. Com seu "elmo de Mambrino", que na verdade não passa de uma bacia arrebatada a um barbeiro rústico, e sua notória batalha contra os moinhos de vento tomados por horrendos gigantes, Dom Quixote é tido como um doido varrido pelos míopes vizinhos; humilde em demasia e desprovido de qualquer malícia, Lev Míchkin é rotulado de idiota pela fátua grã-finagem de São Petersburgo que julga ser a pureza de espírito um sintoma de distúrbio mental. Dom Quixote se vê forasteiro no meio dos patrícios que se esqueceram da bravura e honra de seus gloriosos antepassados; Lev Míchkin, que não desiste dos sumos princípios morais mesmo depois de receber uma colossal herança, fica hostilizado por quem os imola à mais baixa ganância. O cavaleiro da triste figura dedica suas proezas mirabolantes à formosa Dulcineia del Toboso, lavradora do próximo vilarejo à qual atribui a esmo todas as virtudes possíveis, e acaba vencido e humilhado pelo medíocre bacharel Carrasco; o príncipe da triste sina pede Nastássia Filíppovna em casamento para jogar seu título e sua riqueza instantânea aos pés dela, e... "Arruinar uma criança como esta aqui?" — Comovida pela abnegação de Míchkin, Nastássia Filíppovna tenta, por sua vez, protegê-lo da mágoa em que pode terminar seu envolvimento com ela, 'desavergonhada rameira' habituada à lascívia e não à idolatria dos homens. — "Teria medo de arruiná-lo e de vir a ser exprobrada, depois, por isso". A alma impoluta do jovem idealista não merece decepções amorosas! "Príncipe, adeus! Saiba que foi o primeiro homem que encontrei em minha vida!" — exclama a mulher desesperada, atirando-se nos braços do pífio Rogójin. Seu sacrifício desencadeia toda uma sequência de acontecimentos nefastos. A sociedade consumista, cujos preceitos mandam comprar os sentimentos mais valiosos por atacado e revendê-los a varejo, não tem espaço para que os cavaleiros, sejam eles russos ou espanhóis, aturem estoicamente a desventura ou digladiem pela justiça. Sua vitória procede da sua derrota; sua candura espiritual passa, como uma lenda, de geração em geração, refletindo a máxima bíblica: *Bem-aventurados os limpos de coração, porque verão a Deus...*

Quando de sua estreia, *O idiota* obteve pouco sucesso de crítica: pasmados com o tamanho descomunal e a estrutura labiríntica da obra dostoievskiana, além da fantasmagórica atuação de seus protagonistas cínicos ou insanos, os intelectuais russos não souberam separar o joio do trigo. "... A impressão é essa: muitíssima força, clarões geniais (...), porém toda a ação é mais virtual e verossímil do que verdadeira" — declarou Apollon Máikov[6] numa das cartas a Dostoiévski. — "A pessoa mais real é, se quiser, o Idiota... enquanto todas as demais parecem viver num mundo fantástico, possuem um brilho forte e determinante, mas... algo excepcional. A gente lê com sofreguidão e, ainda assim, não acredita". "Vós sois o nosso primeiro homem de letras, e mesmo L. N. Tolstói é monótono em comparação convosco" — pronunciou-se a respeito do romance Nikolai Strákhov.[7] — "Todavia, é óbvio: Vós escreveis, na

[6] Apollon Nikoláievitch Máikov (1821-1897): poeta, tradutor e crítico russo.
[7] Nikolai Nikoláievitch Strákhov (1828-1896): filósofo, crítico literário e jornalista russo.

maioria das vezes, para o público seleto e sobrecarregais vossas obras, complicando-as em excesso. Se a textura de vossos contos fosse mais simples, eles teriam mais intensidade (...) E todo o segredo consiste, ao que me parece, em moderar a criatividade, em diminuir a sutileza da análise, em limitar-vos, em vez de vinte caracteres e uma centena de cenas, com um só caráter e uma dezena de cenas". Por fim, o autor também se mostrou insatisfeito com a repercussão geral d'*O idiota* que nem por sombras lembrava o triunfo dos seus livros anteriores, com ênfase em *Memórias da Casa dos mortos* e *Crime e castigo*. "Estou descontente com o romance" — escreveu Dostoiévski a uma das suas amigas —, "não expressei nele sequer uma décima parte daquilo que queria expressar; no entanto, não o renego e amo a minha ideia malsucedida até agora...". O valor estético d'*O idiota* foi reavaliado com o advento da modernidade que pôs em relevo o fenômeno de desumanização do homem ocidental, concomitante e, quem sabe, proporcional ao crescimento de seu bem-estar material. Seria difícil encontrar alguém que desconheça o livro de Dostoiévski nos dias de hoje; mesmo aqueles que nunca leram a pungente história do príncipe Míchkin decerto tiveram o ensejo de vê-la nas telas de cinema ou de televisão. Diversos filmes (*L'Idiot* de Georges Lampin [França, 1946]; *Hacuchi* de Akira Kurosawa [Japão, 1951]; Идиот de Ivan Pýriev [URSS, 1958]) e folhetins televisivos (*The Idiot* de Alan Bridges [Grã-Bretanha, 1966]; *Idiot* de Mani Kaul [Índia, 1992]; Идиот de Vladímir Bortko [Rússia, 2003]) comprovam a imortal universalidade dessa história, e o romântico Gérard Philipe,[8] o misterioso Toshirô Mifune[9] e a sensual Lídia Vêlejeva[10] são igualmente inesquecíveis nos respectivos papéis de Míchkin, Rogójin e Nastássia Filíppovna. Provido de mil faces e falante de mil idiomas, o Dom Quixote russo continua sua pacífica cruzada em prol dos ideais que se consolidam no imaginário popular, perpetuamente sensibilizado com o trágico destino dele...

Reconhecendo tanto a significância literária do romance *O idiota* quanto a grandeza da doutrina ética de seu autor, ambas indiscutíveis em escala mundial, a editora Martin Claret relança agora, para surpresa

[8] Gérard Philipe (1922–1959): o mais famoso ator francês do século XX.

[9] Toshirô Mifune (1920–1997): célebre ator japonês, intérprete de vários papéis carismáticos nos filmes de Akira Kurosawa.

[10] Lídia Leonídovna Vêlejeva (1966-): atriz russa.

e alegria dos leitores lusófonos, a sua tradução clássica, efetuada pelo literato, médico e professor universitário José Geraldo Vieira na década de 1940. Como se sabe que ela se embasa, igual a muitas outras traduções do século passado, numa versão francesa preexistente, é lógico que algum desses leitores queira submetê-la a uma meticulosa análise qualitativa e ponha em dúvida, antes de tudo, sua equivalência ao original russo. Em resposta a tais indagações (aliás, absolutamente legítimas e reiteradas, volta e meia, por quem gosta das letras russas), eu poderia dizer, ao cotejá-la na íntegra com o texto dostoievskiano que me é familiar desde adolescente: trata-se, a meu ver, de uma das melhores releituras que este texto já teve, até hoje, não só no Brasil como nos principais países ocidentais em geral. Sem se ater aos sinais de pontuação nem aos termos inusitados ou polissêmicos, os quais não determinam em si a qualidade de qualquer tradução que seja, Vieira se aproximou de Dostoiévski pelo lado emocional, isto é, compreendeu adequadamente a psicologia de seus personagens e fê-los falarem português como se fosse a língua nativa deles, pensarem e agirem de forma natural e inteligível para os brasileiros da gema. A constante tensão que marca, ora manifesta ora subentendida, as relações intrincadas dessas pessoas, a motivação de seus ditos e feitos, cuja estranheza beira não raro a morbidez, a intensidade dos sentimentos que as levam aos paroxismos da conduta humana — tudo isso foi captado, assimilado e, no fim das contas, interpretado pelo sagaz tradutor de modo que mesmo em nossos tempos, quando as traduções indiretas ficam cada vez mais criticadas e acabam fadadas ao esquecimento, sua arte merece respeito por servir ainda de padrão e de norte aos seus sucessores. Se alguém conseguirá superá-la um dia, aquela arte espetacular, se será mais bem-sucedido na dificílima tarefa de traduzir *O idiota* e criará uma versão superior à de Vieira, mais moderna e mais convincente... acredito que não se saberá disto senão no futuro.

o idiota

PRIMEIRA PARTE

1

Em dada manhã de novembro, aí pelas nove horas, o rápido de Varsóvia se aproximava de Petersburgo em alta velocidade. Estava degelando, e tão úmido e embaçado que era difícil distinguir qualquer coisa a dez passos da linha à direita ou à esquerda das janelas dos vagões. Dentre os passageiros, alguns regressavam do estrangeiro, mas a maioria dos que lotavam os compartimentos da terceira classe era gente de condição humilde, vinda não de muito longe, a negócio. Todos, naturalmente, estavam cansados e friorentos, com os olhos pesados de toda uma noite de viagem, e suas faces pálidas e amareladas competiam com a cor do nevoeiro.

Em um dos vagões de terceira classe, dois passageiros desde antes de amanhecer estavam sentados diante um do outro, ao lado da janela. Ambos moços, não muito bem-vestidos, viajando com pequena bagagem. Tinham uma aparência que chamava atenção e demonstravam querer iniciar uma conversa. Se houvessem podido saber o que mutuamente possuíam de extraordinário, muito teriam admirado de o acaso estranhamente os colocar assim frente a frente, em um vagão de terceira classe do rápido de Varsóvia. Um deles era um homem baixo, em uns 27 anos, de cabelos crespos quase pretos e olhos cinzentos, pequenos e ardentes. Um nariz grande e chato avultava entre os malares proeminentes. Os lábios finos conservavam em sua curva um contínuo sorriso atrevido, de uma ironia maliciosa; mas a fronte, bem conformada e alta, redimia as linhas grosseiras da parte inferior do rosto. O que mais impressionava nesse homem, apesar do seu vigor, era a palidez mortal que lhe dava ao mesmo tempo um aspecto de cansaço e um feitio a bem dizer dolorosamente ardente, que não se coadunava com o insolente sorriso rude nem com a expressão dura e presunçosa dos olhos. Agasalhava-o um grosso sobretudo preto forrado de pele de carneiro e que não lhe deixara sentir o frio noturno; já o seu companheiro, porém, tinha ficado exposto ao frio e à umidade dessa noite bem russa de novembro, para a qual evidentemente ele não viera preparado. Trazia uma capa bem espessa e ampla, com enorme capuz, dessas que, embora muito usadas lá fora, na Suíça ou no norte da Itália, durante o inverno, estão longe, de servir a quem se propõe uma viagem como a do percurso entre Eldtkuhnen e Petersburgo. Viável e satisfatória na Itália, longe estava de ser suficiente para a Rússia. O dono da capa era um jovem também de uns 26 ou 27 anos, de estatura pouco acima da vulgar, de cabelos louros e abundantes, faces encovadas e uma barba pontuda tão clara, que parecia branca. Seus olhos eram grandes, azuis e fixos. Através deles transparecia algo gentil mas com uma expressão afadigada e tão esquisita que muita gente ao primeiro relance reconheceria estar defronte de um epiléptico. Ainda assim o rosto era agradável, bem tratado, de traços finos, sem uma coloração própria, muito embora nessa ocasião estivesse um pouco azulado por causa do frio. Segurava um pequeno embrulho atado em um lenço grande de seda puída, onde decerto estavam todos os seus haveres. Calçava sapatos de sola grossa, cobertos com polainas, tudo à maneira estrangeira.

O seu companheiro de cabelos escuros, o do sobretudo de pele de carneiro, continuava a observar tudo isso, visto não ter o que fazer; e por fim, dando ao sorriso uma indelicadeza maior, em um desses gestos que não raro traem, casualmente, certa satisfação ante a desgraça alheia, lhe perguntou sem a menor cerimônia:

— Com frio?

E deu uma sacudidela de ombros.

— Muito! — respondeu com extraordinária presteza o seu vizinho. — E pensar que se trata apenas de um degelo. Imagine então se estivesse congelando! Não esperava que por aqui já fizesse tanto frio. Perdi o costume.

— Está vindo do estrangeiro, hein?!

— Estou, sim; da Suíça.

— Credo! Não me diga! — E o homem moreno assobiou e depois riu.

Puseram-se a conversar. Era notável a boa vontade com que o jovem da capa suíça respondia às perguntas do companheiro. Não deixava sequer transparecer nenhum melindre de desconfiança ante a extrema impertinência das indagações inconvenientes e sem propósito. Contou-lhe que estivera uma grande temporada, mais de quatro anos fora da Rússia; que o tinham mandado para o estrangeiro por causa da saúde, de uma certa moléstia nervosa fora do comum, do gênero assim da epilepsia ou da dança de São Guido, com ataques e contrações. O homem moreno à medida que escutava não perdia ensejo de rir à grande; e riu muito mais ainda quando o outro em resposta à sua pergunta "Bem, mas afinal de contas o curaram?" respondeu:

— Qual o quê!

— Mas então o senhor deve ter gasto muito dinheiro com isso! E nós aqui a acreditarmos naquela gente de lá — observou o homem de preto, criticando.

— É isso mesmo! — aparteou um indivíduo deselegante e corpulento, de uns 40 anos, com um narigão vermelho e a cara cheia de espinhas, que estava sentado rente deles.

Pelo jeito devia ser algum funcionário subalterno, com os defeitos típicos da sua classe.

— Pois é! Absorvem todos os recursos da Rússia para acabarem não fazendo coisíssima nenhuma!

— Oh! No meu caso o senhor está completamente equivocado — redarguiu o paciente chegado da Suíça, em um tom amável e conciliatório. — Naturalmente não posso contradizer a sua opinião, porque não estou a par de tudo isso; mas no meu caso o médico me conservou lá aproximadamente durante dois anos, à própria custa, e ainda gastou o resto do seu pouco dinheiro com esta minha viagem para cá.

— Como assim?! Então o senhor não dispunha de gente sua que pagasse? — indagou o homem moreno.

— Não; o Sr. Pavlíchtchev, que costumava pagar por mim, morreu há dois anos. Escrevi, à vista disso, para Petersburgo, à Sra. Epantchiná, uma parenta minha longe, mas não obtive resposta. Então tive de vir...

— E para onde vai agora?

— O senhor quer se referir... onde vou ficar?... A bem dizer, não sei... Por aí...

— Ainda não pensou nisso, não é?

E os dois ouvintes riram, outra vez.

— E não me admiraria nada se esse embrulho aí fosse tudo quanto o senhor possui de seu neste mundo! — aventou o homem do sobretudo preto.

— Nem vale a pena apostar! — retrucou o funcionário de nariz vermelho, com ar jocoso. — Eu cá não me abalançaria a isso quanto mais a aventar que aqui o amigo tenha alguma coisa no carro de bagagem. Aliás, convenhamos, a pobreza está longe de ser um pecado.

Pelos modos esse era de fato o caso, e o jovem confirmou tal suposição, imediatamente, com a sua presteza peculiar.

— Seja lá como for, o seu embrulho merece consideração — prosseguiu o funcionário depois que todos se riram à larga (sim, todos, pois por mais estranho que pareça, o dono do embrulho também se pusera a rir, encarando-os, o que aumentou de muito a alegria) —, embora se possa apostar na certa que dentro dele não haja luíses nem fredericos, e muito menos florins brunidos. Sim, pois se não bastassem as polainas que o senhor usa sobre as botinas compradas no estrangeiro, suficiente seria acrescentar a esse embrulho o tal parentesco com uma pessoa como a Sra. Epantchiná, a mulher do general! Sim, convenhamos que esse embrulho aí se reveste de um valor todo especial, se é que realmente a Sra. Epantchiná é sua parenta. Não vá o senhor estar laborando em um equívoco, em um desses enganos que soem muitas vezes acontecer... por via de um excesso de imaginação.

— Outra conjetura certa, essa do senhor — concordou e esclareceu o jovem louro. — Trata-se realmente, por assim dizer, de uma afirmação muito relativa, pois ela quase não chega a ser parenta minha; tanto que nem me surpreendi por não haver recebido resposta. Eu já contava com isso.

— Botou fora então o dinheiro dos selos! Hum!... Em todo o caso o senhor é franco, não tem soberba, o que já é a seu favor! Ah, ah!.. Conheço o General Epantchín; aliás toda a gente o conhece; basta ele ser como é; e em tempos conheci o Sr. Pavlíchtchev também, que pagou as suas despesas na Suíça, se é que se trata de Nikolái Andréievitch Pavlíchtchev, pois houve dois com esse nome: eram primos. O outro vive na Crimeia. O falecido Nikolái Andréievitch era um homem de valor e muito bem relacionado; chegou a possuir quatro mil servos...

— Exatamente; Nikolái Andréievitch era o nome dele.

E ao responder, o jovem olhou atentamente, de alto a baixo, o cavalheiro que sabia tudo.

Tais cavalheiros oniscientes são encontrados muitas vezes em uma certa camada da sociedade. Sabem tudo. Tanto a sua incansável curiosidade como as suas aptidões de espírito inclinam-se irresistivelmente em uma direção, sem dúvida por falta de ideias e de interesses mais importantes na vida, como diria um pensador moderno. Mas as palavras "eles sabem de tudo" devem ser tomadas aqui em um sentido quiçá limitado: em que departamento fulano trabalha; que espécie de amigos tem; quais os seus proventos; onde foi governador; quem é sua mulher e que dote lhe trouxe; quais são os seus primos de primeiro grau; quais os de segundo; e outras coisas deste jaez. A maioria de tais cavalheiros oniscientes vive com as mangas coçadas nos cotovelos e recebe um ordenado de dezessete rublos por mês. As pessoas de cujas vidas eles conhecem todos os pormenores ficariam perplexas se lhes fosse dado imaginar suas intenções, mas muitos desses cavalheiros arrancam de tais conhecimentos uma consolação sobremaneira positiva, o que importa em uma ciência completa, disso derivando um autorrespeito e o mais alto prazer espiritual. Não se pode negar que se trata de uma fascinante ciência. Farto estou de haver visto homens cultos, literatos, poetas, políticos que procuraram e acharam nessa ciência o seu mais elevado conforto e a sua última finalidade, apenas tendo conseguido fazer carreira mediante emprego de tais dons.

Durante esta parte da conversação o homem moreno deu em bocejar e em olhar através do vidro da janela, esperando impacientemente o fim da viagem, não tardando a ficar bastante inquieto, deveras, mal contendo a própria agitação. Na verdade seus modos não deixavam de ser bastante estranhos; ora parecia ouvir sem escutar, ora parecia olhar sem ver. Chegou mesmo a rir, uma vez ou outra, sem saber de que, ou logo se esquecendo do motivo.

— Desculpe, com quem tenho eu a honra de... — perguntou de repente o homem da cara cheia de borbulhas, voltando-se para o moço do embrulho.

— Príncipe Liév Nikoláievitch Míchkin é o meu nome — respondeu este último, sem a menor hesitação, de modo muito espontâneo.

— Príncipe Míchkin? Liév Nikoláievitch?... Não conheço. Nem creio já ter ouvido! — respondeu o amanuense, pensativamente. — Claro que não estou dizendo que desconheço o sobrenome, que até é histórico; o compêndio de "História de Karamzín" dá, e com notórias razões; refiro-me ao senhor, pessoalmente. Não me constava que houvesse Príncipes Míchkin por aí; pelo menos não se ouve falar neles.

— Creio que não haja mesmo — respondeu logo Míchkin —, ou melhor, só existe um, atualmente, que sou eu; cuido ser o último deles. E no que se refere aos nossos pais e avós, alguns não foram senão pequenos proprietários rurais. Meu pai foi cadete, depois tenente do Exército; no entanto, a senhora do General Epantchín não deixava de ser, de certa forma, uma princesa Míchkin, pois como tal foi nascida; foi a última da sua fornada... também!

— Eh! Eh! Eh! "A última da sua fornada!" Boa! Com que graça o senhor esclareceu isso! — chasqueou o funcionário público.

O homem moreno também se arreganhou todo. Míchkin ficou até surpreendido em haver perpetrado um gracejo, aliás muito insípido.

— Palavra de honra que me exprimi assim sem pensar — explicou ele, por fim, meio zonzo.

— Lógico, lógico que foi sem pensar — concordou o funcionário bem-humorado.

— E o senhor, lá no estrangeiro, também esteve estudando com professores, príncipe? — perguntou sem mais aquela o homem do sobretudo de pele de carneiro.

— Estive, sim senhor.

— Pois eu nunca estudei nada.

— Bem, eu, quer o senhor saber? só estudei um pouquinho — acrescentou o príncipe quase como a querer pedir desculpas. — Eles lá não me apertavam por causa da minha doença.

Nisto o homem da capa preta se saiu com esta, à queima-roupa:

— Conhece os Rogójin?

— Não, não os conheço, absolutamente. Dou-me com muito pouca gente aqui na Rússia. O senhor é um Rogójin?

— Sim, chamo-me Parfión Rogójin.

— Parfión? O senhor é um desses Rogójin que... — começou logo o funcionário, tomando um ar de crescente circunspeção.

— Perfeitamente. Um deles. Sou um dos tais Rogójin, sim — atalhou imediatamente o homem moreno, com um feitio grosseiro de irritação. Não se tinha dirigido uma única vez ao homem das borbulhas, na verdade até ali só havendo falado com Míchkin.

— Não me diga!... — E o amanuense se petrificou, cheio de espanto, enquanto os olhos pareciam querer saltar-lhe das órbitas. E logo o seu rosto assumiu uma expressão de servilismo e de reverência, quase de pânico. — É parente, porventura, de Semión Parfiónovitch Rogójin, cidadão honorário e hereditário que faleceu há coisa de um mês e que deixou uma fortuna de dois milhões e meio de rublos?!

— E como sabe você que ele deixou dois milhões e meio? — retrucou o homem moreno, sem se dignar olhar para o funcionário público nem mesmo de relance. — Veja este sujeito! — E se voltou bem para o príncipe, indicando com um gesto de pálpebra o outro. — Que lucra gente como essa em bajular logo uma pessoa? Lá isso que meu pai morreu, de fato morreu, está fazendo já um mês. E aqui, conforme o senhor me vê, estou chegando de Pskóv, quase descalço. O patife do meu irmão, mais a minha mãe, não me remeteram um vintém sequer; e muito menos um aviso — nada! Como se eu fosse um cão! E estive todo o mês de cama, em Pskóv, com febre!

— Mas, valha-lhe Deus, agora vai o senhor entrar em um milhão intato. Isso, avaliando muito por baixo. — E o funcionário agitou as mãos para o alto.

— E este sujeito a se meter, está vendo só o senhor, príncipe?! — disse Rogójin, que acabou se voltando irritado, dizendo para o intruso, depois, em tom furioso: — E escuse de pensar que lhe jogarei um copeque que seja, está ouvindo? Nem que você se equilibre com a cabeça no chão e as pernas para o ar, escutou?!

— Se me equilibro! Olá, se me equilibro!!

— Esta agora! Pois não lhe darei coisa nenhuma, pronto! Nem que você dance à minha volta durante uma semana, de fio a pavio.

— Pois não dê, ora essa! E por que haveria o senhor de dar? Mas que dançarei, lá isso dançarei. Largo a mulher e as crianças e venho dançar na sua frente. Homenagens lhe são devidas! Se são!...

— Enforque-se! — cuspiu o homem trigueiro, logo se voltando para o príncipe, novamente. — Há coisa de umas cinco semanas, sem trazer nada a não ser um embrulho como o senhor agora, fugi da casa de meu pai para a casa de minha tia em Pskóv, onde caí doente. E enquanto estive fora, meu pai morreu. Deu com o rabo na cerca... Deus o tenha na Sua glória, arre! Mas quase que quem morria antes era eu. Sim, matava-me, acredite-me, príncipe! Eu que não fugisse! Dava-me cabo do canastro ali na hora, sem cerimônia alguma!

— O senhor o desgostou com alguma coisa? — indagou o príncipe, olhando para o milionário com um interesse muito especial, perscrutando-o através da pele de carneiro. E conquanto a só história da herança de um milhão tornasse o homem já por si notável, algo mais havia nele que surpreendia e interessava Míchkin. E motivo deve ter havido para o próprio Rogójin se pôr a conversar prontamente com o príncipe, na verdade parecendo se tratar bem mais de uma necessidade física do que mental, despertada mais pela preocupação do que pela franqueza, como se buscasse, na sua agitação e no seu paroxismo, alguém a fim de exercitar a língua. Parecia estar ainda doente, ou pelo menos com um resto de febre. Quanto ao funcionário subalterno, este então já permanecia como que suspenso diante de Rogójin, quase não ousando respirar, agarrado às menores palavras, como à espera que delas caísse algum diamante.

— Zangado, lá isso bem que ele estava, e bem que lhe sobravam razões — respondeu Rogójin —, mas tudo preparado propositadamente por meu irmão. A minha mãe não posso eu culpar, não passa de uma velha que vive lendo *As vidas dos santos*, sentada entre outras velhotas. E o que o mano Semión disser é lei. Mas por que não me mandou ela avisar ainda a tempo? Eu sei por que foi! Sim, verdade é que eu estava ainda inconsciente a tal altura. Garantem que passaram um telegrama; de fato, mas o passaram a quem? A minha tia. Ora, minha tia cozinha uma viuvez há mais de 30 anos e passa a vida com os *iuródivii*,[1] uns romeiros malucos, isso desde manhã até à noite. Não que seja propriamente uma freira; algo muito pior, isso sim. Claro que, como velha, havia de se apavorar com um telegrama. E zás, foi levá-lo imediatamente à delegacia de polícia, sem ao menos abri-lo: e lá ainda está o estupor! Quem me valeu foi Vassílii Vassílitch Konióv, que me escreveu contando essa trapalhada toda. Até me mandou dizer que meu irmão cortou durante a noite as borlas douradas do brocado funerário do caixão de meu pai. "Esta joça deve valer um dinheirão!", disse o moço. Só por causa disso ele pode ser mandado para a Sibéria, se eu quiser, pois se trata de um sacrilégio. Você aí, seu espantalho — virou-se para o funcionário público —, a lei diz ou não diz que isso é sacrilégio?

— Se é sacrilégio? Inominável! — asseverou o amanuense, imediatamente.

— E não é um caso de Sibéria?

---

[1] *Iuródivii*: simples de espírito, muitas vezes epilépticos, que passavam por ter os atributos de santos e um certo dom profético.

— Lógico! Sibéria! Sibéria imediatamente!

— Eles lá cuidam que eu ainda esteja doente. — E Rogójin voltou-se de novo para o príncipe. — Pois, sem dizer um pio a quem quer que fosse, me meti no vagão, doente mesmo como estava e como ainda estou, e vou tocando para casa. "Tu, mano Semión Semiónovitch, ao abrires a porta quando eu bater, vais dar de cara comigo!" Fez meu pai virar contra mim, eu sei. Confesso que fiz meu pai ficar zangado por causa de Nastássia Filíppovna. Por causa do que eu fiz. Quanto a isso, não há dúvida, sou culpado.

— A propósito de quem? De Nastássia Filíppovna? — balbuciou o funcionário com o maior servilismo, como a ligar o que estava escutando com alguma coisa no seu cérebro.

— Não vá me dizer que a conhece também! — exclamou Rogójin com impaciência.

— Pois conheço! Se conheço! — respondeu o homem, triunfantemente.

— Ora a minha vida! Há várias Nastássias Filíppovnas. E uma coisa lhe digo: deixe-se de insolência, animal! — Voltou-se logo para o príncipe e disse como a desabafar: — Já me palpitava que algum estupor da laia deste não tardaria a se dependurar em mim!

— Mas talvez seja essa a que eu conheço! — disse o amanuense, ressabiado. — Eu, Liébediev, sei de tudo; compreendo que Vossa Excelência me invective; mas, e se eu provar o que digo? Sim, eu me refiro a essa Nastássia Filíppovna mesma, por cuja causa o senhor seu pai tentou lhe dar umas bengaladas. O sobrenome dessa Nastássia Filíppovna é Baráchkov e é uma dama a bem dizer de alto coturno, e mesmo uma princesa, tal a sua maneira; está ligada a um homem chamado Tótskii Afanássii Ivánovitch, a esse e a mais ninguém, pessoa de propriedades e de imensa fortuna, membro de companhias e de sociedades, mediante as quais se tornou muito amigo do General Epantchín...

— Raios o partam! É isso mesmo! — Rogójin acabou ficando surpreso. — Ufa! Pois não é que o excomungado sabe mesmo?!

— Cá comigo é assim, Liébediev sabe tudo! Eu dava umas voltas por aí, Excelência, acompanhando o jovem Aleksándr Likhatchóv. Logo depois que morreu o pai dele andamos juntos uns dois meses. Mostrei-lhe umas coisas, que eu cá conheço muito bem, a ponto de ele não se mexer, um passo que fosse, sem Liébediev. Por sinal que ele agora está na prisão, por dívidas; mas a tal altura tive minhas oportunidadezinhas de vir a conhecer Armância, Corália, mais a Princesa Pátski e Nastássia Filíppovna. E muitas outras além destas.

— Nastássia Filíppovna? E por qual motivo esse Likhatchóv... — Rogójin encarou-o com o cenho franzido, enquanto os lábios se crispavam lívidos.

— Absolutamente! Absolutamente! Não senhor! De forma alguma! — garantiu o amanuense, com uma pressa nervosa. — Likhatchóv não a conseguiria por dinheiro algum! Não, ela não é nenhuma Armância. Ela não tem ninguém, a não ser Tótskii. Certas noites acontece ir ela se sentar no seu camarote no Grande Teatro ou na Comédia Francesa. Não digo que os oficiais, por exemplo, não falem a propósito dela; mas até mesmo eles nada podem dizer contra ela. "Lá está a famosa Nastássia Filíppovna!", dizem, e é tudo. E mais nada, absolutamente, pois não existe mesmo nada.

— Lá isso é a pura verdade — confirmou Rogójin franzindo a testa, sinistramente. — Já uma outra vez Zaliójev disse a mesma coisa. Ia eu atravessando a Perspectiva Névskii, príncipe, metido no casaco de meu pai, que já tinha três anos de uso, quando ela saiu de uma loja e subiu para a carruagem. Fiquei logo abrasado. E esbarrei com Zaliójev. Se desmazelado eu andava, elegante e aprumado vinha ele, parecendo um ajudante de cabeleireiro, como sempre com o seu monóculo. E dizer-se que na casa de meu pai nós usávamos botas alcatroadas e éramos tratados só a sopas de couve sem carne! "Ela não é para o teu bico, rapaz", chasqueou ele. "É uma princesa. Chama-se Nastássia Filíppovna Baráchkova e vive com o Tótskii. E o tal Tótskii nem sabe o que fazer para se livrar dela, pois já atingiu a idade crítica da vida — 55 anos — e aspira casar-se com a maior beldade de Petersburgo." Acrescentou, então, que eu poderia ver Nastássia Filíppovna outra vez, ainda naquele dia, no Grande Teatro, na récita do *ballet*. Que ela deveria estar no seu camarote, na sua *baignoire*. Falar, na nossa família, em ir ao *ballet* nunca passaria de extravagante presunção, pois o meu velho não tinha meias medidas: ante uma tal audácia, esbodegaria logo com qualquer de nós, taxativamente! Mas eu escapuli e me esgueirei teatro adentro, lá permanecendo durante uma hora; e vi de novo Nastássia Filíppovna. Consequência: a noite inteira não consegui dormir. Na manhã seguinte, como de propósito, meu pai cai na asneira de me entregar duas apólices de cinco por cento, no valor de cinco mil rublos cada uma. "Vai vendê-las", diz-me ele, "e entrega sete mil e quinhentos rublos no escritório do Andréiev, liquidando assim uma conta que tenho lá, e volta imediatamente para casa com o troco, que te fico esperando". Saí com as apólices, troquei-as em dinheiro sonante, mas quem diz que fui ter com Andréiev? Troquei mas foi diretamente para a Loja Inglesa, onde escolhi um par de brincos tendo cada um deles um diamante do tamanho mais ou menos de uma noz. Dei por eles os dez mil rublos e ainda fiquei devendo mais quatrocentos. Disse o meu nome e confiaram em mim. Dali fui com os brincos procurar Zaliójev. Contei-lhe tudo e o intimei: "Leva-me à casa de Nastássia Filíppovna, mano velho". Despachamo-nos. Não via nem me posso lembrar por que ruas seguíamos, por onde passávamos, por quem cruzávamos. Só sei que fomos parar exatamente na sua sala de visitas e que ela depois apareceu, pessoalmente. Naquele instante como havia eu de dizer a ela quem eu era? E foi Zaliójev quem tomou a palavra: "Queira aceitar isto da parte de Parfión Rogójin, como lembrança do encontro com a senhora, ontem; digne-se a aceitar, por quem é!". Ela abriu o estojo, olhou e sorriu. "Agradeça por mim ao seu amigo, o Sr. Rogójin, por sua tão amável atenção". Inclinou-se, saudando, e retirou-se lá para dentro. Ah! Por que não morri eu logo ali mesmo? Se me atrevera a ir à casa dela fora porque pensara: "Só em revê-la, morrerei!". E o que me mortificava mais do que tudo era aquela besta do Zaliójev haver ficado com as honras e vantagens do ato. Sim, pois, malvestido como eu estava, fiquei acolá, diante dela, mudo, pasmado, cheio de acanhamento, ao passo que ele, endomingado na última moda, todo frisado e empomadado, muito garboso com a sua gravata de riscas — era todo mesuras e salamaleques. Ora, é claro que ela o tomou como sendo eu! "Toma tento, ó coisa", disse-lhe eu, já na rua, "não te ponhas a arquitetar patranhas, hein? estás ouvindo bem?". Ele ria. "E como é que vais agora prestar contas do dinheiro a teu pai?" Bem me pareceu que a solução era, em lugar de voltar para casa, me atirar ao rio; mas pensei: "Depois do que houve, que me importa o resto?", e entrei em casa desesperado como uma alma sem remissão.

— Que horror! — fez o funcionário, encolhendo-se todo. Positivamente estava assombrado. — Ainda mais sabendo que o falecido era um indivíduo capaz de dar cabo de uma pessoa por causa de dez rublos, quanto mais então por dez mil rublos, credo! — acrescentou, meneando a cabeça para o príncipe.

Míchkin encarou Rogójin observando-o com interesse; este último se tornara agora mais lívido do que nunca.

— Capaz de dar cabo de uma pessoa! — disse Rogójin, repetindo as palavras do outro e escandindo-as. — Quem lhe disse que ele era capaz de liquidar com um sujeito? — E, voltando-se imediatamente para o príncipe, prosseguiu: — O velho descobriu logo o meu estelionatozinho... e, de mais a mais, Zaliójev saíra a bater a língua, contando a todo o mundo. Meu pai agarrou-me, fechou-se no andar de cima comigo e, durante uma hora, estive nas suas garras; desancou-me. "E isto é apenas um prefácio"; disse-me ele. "Ainda voltarei para te dizer boa-noite". Que pensa o senhor que ele resolveu? Dirigiu-se nem mais nem menos à casa de Nastássia Filíppovna, arrojou-se aos pés dela, chorando e implorando, a ponto de ela acabar indo buscar o estojo e lhe atirar. "Aí estão os brincos, seu barbaças!", gritou-lhe. "E agora duplicaram de valor para mim, visto Parfión ter afrontado tamanha tempestade para mos trazer. Recomende-me a Parfión Semiónovitch e lhe agradeça por mim". Durante isso tratei de arranjar vinte rublos com Seriója Protúchin, tomei a bênção de minha mãe e corri a tomar o trem para Pskóv, onde já cheguei tiritando de febre. Aquelas velhas todas de lá desandaram a ler *As vidas dos santos* à minha volta... E eu estatelado, bêbado, a escutá-las! Acabei com o resto das moedas, percorrendo as tavernas do lugarejo, vagueando pelas ruas sem dar tento de nada, completamente aparvalhado. Ao amanhecer estava em franco delírio e, para cúmulo, os cães não se tinham fartado de rosnar no meu encalço. Escapei de boas.

— Bem, bem! Mas já agora Nastássia Filíppovna vai cantar em um outro tom — grasnou o funcionário, esfregando as mãos. — Isso de brincos, então... Ah, patrão, agora é que ela vai ver o que são brincos!...

— Cale-se, você aí! Se ousar dizer mais uma só palavra sobre Nastássia Filíppovna o escangalho, tão certo como haver um Deus lá em cima! Lanho-o de chicote! Ou pensa que lhe vale de alguma coisa ser íntimo de Likhatchóv? — gritou Rogójin, agarrando-o violentamente por um braço.

— Isso, isso! Escangalhe-me, pois então é que não se livra mesmo de mim! Escangalhe-me e então terá de me aturar deveras! Isso, isso, desça as mãos sobre mim, como a marcar-me com o seu carimbo de posse... Homessa! Chegamos? — O trem entrara de fato na estação. Apesar de Rogójin haver dito quc estava voltando sem ter avisado ninguém, vários homens o esperavam. Assim que deram com ele prorromperam em exclamações e lhe atiraram com os gorros.

— Pois não é que Zaliójev também veio me esperar! — sussurrou Rogójin, olhando para aquele bando todo com um sorriso triunfante e algo malicioso; e logo se voltou para Míchkin. — Príncipe, não sei por que simpatizei com o senhor. Talvez porque o tenha encontrado em uma emergência destas, muito embora também haja encontrado esse sujeito aqui (e mostrava Liébediev) que não suporto. Vá visitar-me, príncipe. Arrancar-lhe-emos essas polainas, comprar-lhe-emos um casaco de pele, metê-lo-ei em uma casaca de primeira ordem com um colete imaculado, e mais tudo aquilo de que o senhor gosta! Enfiarei dinheiro nos seus bolsos!... e iremos ver Nastássia Filíppovna! Venha, hein?!

Ante o que Liébediev bimbalhou de modo solene e expressivo:

— Ouviu bem, Príncipe Liév Nikoláievitch? Não perca essa oportunidade! Oh, não perca essa ocasião!

Levantando-se, o príncipe cortesmente estendeu a mão a Rogójin, dizendo com a máxima cordialidade:

— Irei com o maior prazer e lhe agradeço haver gostado de mim. Irei hoje mesmo se tiver tempo. Por minha vez confesso que tive, francamente, muito gosto em conhecê-lo e que desde o instante em que me contou essa passagem referente aos brincos senti grande simpatia pelo senhor. Aliás, antes mesmo de me contar esse gesto, e apesar de no começo ter estado a me observar de um modo esquisito, eu já estava gostando do senhor. Obrigado também pelas roupas e pelo casaco de peles que está me prometendo. Na verdade ando muito necessitado de roupas e de agasalhos. E, quanto a dinheiro, efetivamente o que ainda me resta é uma ninharia.

— Pois apareça! Esta noite haverá dinheiro, muito dinheiro!

— Haverá sim! Haverá sim!! — confirmava sem parar o amanuense. — Muitíssimo dinheiro, antes de anoitecer, antes de cair o sol!

— E mulheres também! Gosta de mulheres, príncipe? Diga com franqueza!

— Eu, n... não! Quer que lhe seja franco? Não sei se o senhor compreenderá, mas é que, decerto por causa da minha doença, nada sei a respeito de mulheres...

— Bem, se isso assim é — exclamou Rogójin — valha-lhe Deus, que põe Suas complacências nas criaturas inocentes.

— Sim, o Senhor nosso Deus se compraz em criaturas como o senhor — reforçou o funcionário público, a quem, voltando-se, Rogójin ordenou:

— Quanto a você, siga-me!

Desceram logo do vagão. Liébediev acabara ganhando a sua partida. O grupo barulhento sumiu logo ao longo da Perspectiva Voznessénski. Quanto ao príncipe, tinha de ir para a Litéinaia. O tempo continuava enevoado e chuvoso. Míchkin informou-se do trajeto com um transeunte — e, como teria de andar umas três verstás, resolveu tomar um fiacre.

2

O General Epantchín vivia em casa própria, em uma travessa da Litéinaia, perto da igreja do Spass Preobrajénskii.

Além desta magnífica residência de seis andares, cinco dos quais estavam alugados, tinha um outro enorme prédio na Rua Sadóvaia, que também lhe dava boa renda. Possuía ainda uma vasta propriedade às portas de Petersburgo e também uma fábrica próspera nos subúrbios. Em dias longínquos havia usufruído, como era sabido de todo o mundo, fortes privilégios dos monopólios do governo, tendo, atualmente, interesses e considerável influência na direção de sociedades anônimas muito firmes. Era reputado pela sua grande fortuna e imensas ligações, como homem de negócios, tendo tido sempre o dom de saber tornar-se indispensável, sendo a seção governamental onde trabalhava a melhor prova disso. Todavia, era notório que Iván Fiódorovitch recebera pouca educação e era neto de soldado. Esta última condição indubitavelmente só lhe podia ser honrosa. Mas o general, embora fosse um homem inteligente, não se libertara de umas pequeninas fraquezas, aliás desculpáveis, não lhe agradando alusões a tal respeito. Tratava-se, inquestionavelmente, de um homem inteligente e hábil. Adotara como princípio, por exemplo, não se colocar muito em evidência, apagando-se até, quando as circunstâncias o exigiam, sendo que muitos o apreciavam justamente por causa da ciência de saber colocar-se em seu lugar. Mas se esses que o admiravam por isso soubessem o que, às vezes, se passava na alma de Iván Fiódorovitch, o homem que sabia qual era o seu lugar!...

Embora, realmente, tivesse conhecimentos práticos e experiência própria, bem como notável habilidade, preferia aparecer carregando ideias alheias em vez das inclinações do próprio intelecto, para poder ostentar-se como homem "desinteressadamente devotado" e — para coincidir com o espírito da época — como um coração generosamente bem russo. A tal respeito contavam-se histórias engraçadas que não desconcertavam o general, pois era reconhecidamente bafejado pela sorte, até nas cartas, jogando paradas fortes. E, longe de esconder esse seu fraco (como ele o chamava), intencionalmente o ostentava, visto que, além do lado pecuniário, lhe rendia outras vantagens. Frequentava uma sociedade muito variada, mas composta apenas de gente de categoria. Tinha tudo diante de si; dispunha de tempo para tudo, e tudo lhe vinha a contento. E quanto à idade, também, o general estava no que se chama a flor da vida, com seus 56 anos, não mais; e nós bem sabemos que isso é que é a verdadeira flor da existência do homem, a idade em que realmente a vida começa.

A sua boa saúde, a sua compleição, a sua risada através de dentes bons, embora pretos, o seu ar preocupado de manhã no escritório, as suas maneiras bem-humoradas de noite nas cartas, ou em casa de Sua Alteza, a sua atraente e sólida figura, tudo contribuía para o seu triunfo presente e futuro, despetalando rosas no caminho de Sua Excelência.

O general tinha uma família, com florescentes filhas. Nem tudo, porém, eram rosas somente... Havia circunstâncias imediatas em que as fundadas esperanças e os promissores planos de Sua Excelência exigiam concentrações sérias e profundas. Afinal de contas, que há de mais grave e mais sagrado do que os planos de um pai? A que se devia um homem apegar, se não à sua família?

E a do general consistia de esposa e três filhas já crescidas. Casara-se muito cedo, quando ainda tenente, com uma moça quase de sua idade, que não se distinguia nem pela beleza nem pela educação, e que apenas lhe trouxera um dote de cinquenta almas, dote que serviu, todavia, como um degrau para a fortuna de mais tarde.

Mas, nunca, depois, se queixou desse casamento tão cedo contraído, e nunca o considerou um erro da mocidade; assim, respeitava a mulher, e a temia, às vezes tanto, que até chegava a amá-la... Ela era uma princesa Míchkina, de uma antiga embora não muito brilhante família, tendo muito apreço à sua origem. Certa pessoa de influência, um desses protetores cuja proteção nada custa, consentira em se interessar no casamento da jovem princesa, e assim abrira caminho para o jovem oficial e lhe dera mão eficaz, embora, a falar verdade, ajuda alguma fosse necessária, um mero olhar tendo bastado para perceber que não seria repelido. Com raras exceções, marido e mulher passavam a vida em harmonia. No começo, a Sra. Epantchiná, como princesa nata, e a última do nome, fizera, mercê também de suas qualidades pessoais, amizades influentes nos círculos elevados, até que, ultimamente, ajudada pela fortuna e pela importância do esposo, já se considerava em casa, mesmo quando em esferas sociais mais elevadas.

Fora durante esses anos que as filhas — Aleksándra, Adelaída e Agláia — tinham crescido. Assinavam-se apenas Epantchiná, é verdade, mas possuíam nobre estirpe pelo lado materno, contavam com um dote apreciável, tinham um pai que, cedo ou tarde, deveria galgar proeminentes posições, e — questão que também não se pode desprezar — eram todas as três notavelmente bonitas, inclusive a mais velha, Aleksándra, que já completara 25 anos. A segunda, Adelaída, tinha 23 e a mais nova, Agláia, apenas 20. Esta é que era de fato uma beleza, começando já a atrair muita atenção na sociedade. Mas isso não era tudo. Todas as três se distinguiam pela educação, habilidade e talento. Cada qual percebera que se dava perfeitamente com as outras; sempre afinavam juntas, em tudo. Falava-se mesmo de sacrifícios feitos pelas duas mais velhas em favor da mais moça, que era o ídolo da casa. Não gostavam muito de se mostrar em sociedade e eram modestas. Ninguém as poderia censurar por altivas ou demasiado inacessíveis, apesar de se saber que eram orgulhosas e compreendiam quanto valiam. A mais velha era musicista; a segunda pintava passavelmente bem, conquanto isso não fosse do conhecimento geral, a não ser recentemente e, ainda assim, por acaso. Em uma palavra: muito se dizia em favor delas. Mas também havia críticas hostis. Falava-se com horror do número de livros que liam. Elas tinham pouca pressa em se casar; era-lhes agradável, e nada mais, pertencer a certo círculo de sociedade. Mas tudo isso era notável, pois todos conheciam a tendência, o caráter, os desejos e as propensões paternas.

Eram cerca de onze horas quando o príncipe tocou a campainha do apartamento do general, que era no primeiro andar e demasiado modesto se considerarmos a sua situação social. Um criado de libré abriu a porta e Míchkin teve dificuldade em explicar a sua aparição a esse homem que desde o começo olhava desconfiado para o seu embrulho. Por fim, ante a sua reiterada e categórica asserção de que era realmente o Príncipe Míchkin, e que precisava formalmente avistar-se com o general para um assunto importante, o criado perplexo o conduziu a uma pequena antecâmara, ao lado da sala de espera que precedia ao escritório do general; e aí o passou a outro criado, cujo dever era esperar, todas as manhãs, na antessala, os visitantes, indo anunciá-los ao general. Este outro criado, que usava uma casaca de compridas abas, tinha uma atitude muito empertigada para os seus 40 anos. Era o criado grave de Sua Excelência, introduzia as visitas no escritório e só por isso se dava ares de importância.

— Passe para a sala de espera e deponha o seu embrulho aqui — disse, sentando-se em uma poltrona, com deliberada dignidade, passando a olhar com firmeza para Míchkin, que se sentara em uma cadeira perto dele, com o embrulho no colo.

— Caso o senhor permita — rogou o príncipe — eu prefiro ficar aqui, com o senhor; que vou fazer lá na saleta, sozinho?

— O senhor não pode permanecer na antessala, pois é um visitante, em outras palavras, um hóspede momentâneo. Deseja ver o general em pessoa, ou...

Era evidente que o criado hesitava ante o pensamento de anunciar semelhante visita, razão pela qual fazia novas perguntas.

— Em pessoa, em pessoa, pois tenho um negócio a...

— Não me interessa saber o seu negócio. O meu dever é apenas anunciá-lo. Mas, como já lhe disse, na ausência do secretário, não posso fazê-lo entrar.

A desconfiança do homem crescia mais e mais, pois o príncipe não se parecia com o normal dos visitantes diários; e, mesmo que o general, em dadas horas, recebesse, às vezes, visitas da mais variada condição, especialmente em casos de negócios, o criado sentia, agora, a despeito da latitude das instruções que lhe tinham sido dadas, uma grande hesitação; e só mesmo a opinião do secretário é que lhe mostraria, de modo cabal, a atitude a tomar.

— O senhor é, realmente, de fora, do estrangeiro? — perguntou, sem querer; e logo ficou confuso.

O que decerto pretendera perguntar era se ele "realmente era o Príncipe Míchkin".

— Sim, vim de fora. Acabo de chegar da estação. Creio que o senhor ia perguntar se eu sou realmente o Príncipe Míchkin, não o tendo feito apenas por polidez.

— Hum! — fez o criado, admirado.

— Posso assegurar-lhe que não lhe disse uma mentira e que não se porá em apuros, por minha causa. E nem precisa espantar-se com a minha aparência e porque trago um embrulho. É que não estou, atualmente, em circunstâncias lá muito favoráveis... florescentes.

— Hum! A tal respeito não tenha apreensões. O meu dever restringe-se a anunciá-lo; o secretário virá vê-lo, a menos que o senhor... Realmente, a dificuldade está em... O senhor não veio pedir nenhum auxílio ao general? Permita que avance esta pergunta!

— Oh! Não, absolutamente. Quanto a isso, fique descansado. O meu negócio é bem outro.

— Queira perdoar-me. Falei assim, por causa da impressão que o senhor me deu à primeira vista. Faça o favor de esperar; o secretário não demora! E Sua Excelência está ocupado, lá dentro, com o coronel, no presente momento. E depois, vem ainda o secretário... da Companhia... que pediu hora.

— Bem, já que devo esperar ainda um pouco, gostaria de saber se há algum lugar por aqui onde eu pudesse fumar. Trouxe comigo tabaco e um cachimbo.

— Fumar? — disse o criado, encarando-o com desdenhosa surpresa, como se não devesse acreditar no que ouvira. — Fumar? Não, o senhor não pode fumar aqui. O senhor devia envergonhar-se de pensar em uma coisa dessas. Eh! Eh! Que pergunta mais disparatada!

— Não quis dizer aqui nesta sala. Julguei que houvesse algum lugar que o senhor pudesse me mostrar, pois há já três horas que não fumo. Estou acostumado a fumar. Mas seja como o senhor quiser. Há um ditado, sabe o senhor, que diz: "Em Roma não se deve... etc."

O criado não pôde deixar de tartamudear:

— Como é que vou anunciar um camarada da sua marca? O senhor (agora já ciciava) em primeiro lugar não devia estar aqui, o lugar de esperar é na sala de espera, pois o senhor é uma visita, em outras palavras, um hóspede, e vão ralhar comigo por causa disto. — Depois acrescentou, olhando de esguelha para o embrulho, que evidentemente o intrigava: — O senhor não tem a intenção de ficar aqui com a família, pois não?!

— Não! Nem penso nisso. Mesmo que fosse convidado. Vim apenas travar conhecimento com a família. E é tudo!

— Como? Travar conhecimento? — disse o criado com espanto e redobrada desconfiança e escandindo as palavras. — Mas, ora essa, o senhor no começo não disse que já os conhecia, que vinha tratar de um negócio?

— Negócio, propriamente, não. A bem dizer, sim, tenho um negócio, mas, se prefere outra palavra, ei-la: vim aconselhar-me. E vim, principalmente, porque, sendo eu próprio Príncipe Míchkin, e sendo a Senhora Epantchiná uma princesa Míchkina por sua vez, a última delas aliás, não havendo, assim, pois, mais Príncipes Míchkin, exceto eu e ela...

— O senhor então é parente? — O lacaio ficava cada vez mais apalermado.

— Não sou propriamente isso. Ou melhor, para clarear um ponto, de vez, sou parente, mas tão afastado que nem tem valor contar com isso. Escrevi de lá à Senhora Epantchiná; mas não me respondeu. Apesar disso, no meu regresso, achei que devia vir conhecê-la. Estou dizendo isso para o senhor se certificar a meu respeito, pois verifico que está preocupado. Basta anunciar o Príncipe Míchkin; e só este nome será razão suficiente para entenderem o motivo de minha visita. Se eu for recebido, bem; se não, tanto melhor, talvez. Mas não creio que deixem de me receber. É natural que a Sra. Epantchiná queira conhecer o último e único rebento da sua família. Ela considera sobremodo a sua família, conforme ouvi em fontes autorizadas.

A conversa do príncipe parecia bastante simples. Mas era justamente essa simplicidade que não se coadunava com o presente caso; e o criado, experimentado como era, não poderia senão sentir que o que era viável de homem para homem não o era absolutamente de uma visita para um serviçal. E, embora os criados, geralmente, sejam mais inteligentes do que os seus amos supõem, o nosso homem concluiu que havia duas explicações: ou o príncipe era uma espécie de impostor que tinha vindo pedir dinheiro ao general, ou era, simplesmente, um pouco tolo e falho de senso de dignidade, não compreendendo que não devia sentar-se em uma sala nem conversar sobre negócios com um mero criado. Assim, em ambos os casos, só lhe iria dar incômodos. E então retorquiu, o mais expressivamente possível:

— De qualquer modo, seria melhor que o senhor fosse para a saleta de espera.

— É. Mas se eu estivesse lá não teria podido explicar ao senhor tudo isto — respondeu o príncipe, sorrindo, com bom humor. — E o senhor ainda estaria nervoso a olhar para a minha capa e o meu embrulho.

Agora, decerto, o senhor já não vai precisar esperar pelo secretário e pode ir anunciar-me ao general.

— Eu não posso anunciar um visitante como o senhor, sem falar antes com o secretário. De mais a mais, Sua Excelência deu ordens, agora mesmo, para não ser interrompido por ninguém enquanto estivesse com o coronel. O único a entrar, sem se fazer anunciar, só pode ser Gavríl Ardaliónovitch.

— É algum funcionário?

— Gavríl Ardaliónovitch? Não. É empregado da Companhia. O senhor deve pôr o seu embrulho aqui.

— Eu estava pensando nisso também. E acho que devo tirar a capa.

— Naturalmente. Não vai entrar de capa.

O príncipe levantou-se e apressadamente se desembaraçou da capa, ficando só com o seu terno que, embora usado e com o paletó um pouco curto, era decente e de bom talho. Uma corrente de aço era visível no seu colete e preso a ela um reloginho de Genebra, de prata.

Mesmo sendo o príncipe um bocado tolo — e o lacaio se tinha logo dado conta disso — não era verossímil conversar com um visitante. Mas, ainda assim, não deixava agora de sentir certo prazer, apesar de ele lhe ter despertado um sentimento de grande e inevitável indignação quando ousou perguntar:

— E a Sra. Epantchiná, quando recebe ela as suas visitas? — E o príncipe voltou a sentar-se no mesmo lugar.

— Tais visitas não são atribuição minha. A senhora generala recebe em diferentes ocasiões, de acordo com o que elas sejam. A costureira é admitida às onze em ponto. Gavríl Ardaliónovitch é admitido mesmo antes de qualquer outra pessoa, às vezes até antes do almoço.

— Os cômodos aqui são mantidos em uma temperatura melhor do que no estrangeiro — observou Míchkin. — Mas lá, o ar, fora de casa, é menos gélido do que aqui. Um russo, se não estiver acostumado, dificilmente poderá viver nas casas de lá, durante o inverno.

— Eles as aquecem?

— Não. E as casas são de construção diferente, isto é, as janelas e os fogões são de outro feitio.

— Hum!... O senhor esteve por lá muito tempo?

— Quatro anos. Mas, quase sempre no mesmo lugar, sempre fora de grandes cidades.

— De modo que se desacostumou dos nossos hábitos!

— Sim, de certo modo. E acredite que até estou surpreendido de não ter esquecido o russo. Enquanto falo com o senhor, fico pensando: "Ora, não é que estou falando lindamente o russo?!". Talvez, até, quem sabe se não é por isso que estou falando tanto? Desde ontem estou abusando, falando russo sem parar.

— Hum!... Ah! O senhor antes viveu em Petersburgo? — E apesar de seus esforços, o lacaio não pôde resistir e enveredou por uma conversa polida e afável.

— Em Petersburgo? Eu? Raramente estive aqui. Só de passagem para outros lugares. Antes não conhecia nada da cidade. E agora, segundo ouvi, há muitas coisas novas, de modo que mesmo quem a conhecia ainda tem muita coisa fresca para ver. Fala-se muito do novo Palácio da Justiça.

— Há! O Palácio da Justiça. Sim, realmente há um Palácio da Justiça. E lá pelo estrangeiro, como é? Há por lá muitas cortes de justiça? São como as nossas?

— Não saberia lhe responder. Ouvi gabarem muito as nossas, daqui. Conforme o senhor sabe, nós não temos, por exemplo, a pena capital.

— Então, lá, eles executam gente?

— Sim. Uma vez eu vi, na França, em Lião. O Dr. Schneider me levou.

— Enforcam, não é?

— Não. Na França eles cortam fora a cabeça.

— Gritam?

— Como poderiam? Aquilo é feito em um instante. Fazem o homem ficar deitado e então uma grande faca desce, pelo próprio peso. Uma máquina poderosa, chamada guilhotina. A cabeça pula fora antes que a pessoa pisque! Os preparativos são horríveis. Mal acabam de ler a sentença, aprontam o homem, atam-no, levam-no para o cadafalso — e isso é que é terrível! Juntam-se multidões, até mulheres, embora não gostem que as mulheres assistam.

— Não é coisa para elas!

— Naturalmente não. Naturalmente. Uma coisa assim, tão hedionda! O criminoso era um homem inteligente, de meia-idade, forte, corajoso, chamado Legros. Mas lhe garanto que quando subiu para o cadafalso estava chorando, e mais branco do que uma folha de papel. Não é incrível?

Não é hediondo? Quem pode chorar de medo? Nunca me passou pela cabeça que um homem já feito, não uma criança, mas um homem que nunca chorou, um homem de 45 anos, pudesse chorar de medo! O que não deve estar se passando na sua alma, nesse momento!? A que angústia não deve ela estar sendo levada!? É um ultraje para uma alma, eis o que é! Está escrito: "Não matarás!". E então, porque ele matou, o matam? Não. Isso está errado! Já faz um mês que assisti a isso, mas me parece estar ainda vendo com os meus olhos. Já tenho sonhado uma meia dúzia de vezes.

Míchkin, enquanto falava, estava completamente mudado; uma ligeira coloração subira ao seu rosto pálido, muito embora a sua voz continuasse gentil. O lacaio seguia-o com simpático interesse, tanto que o desagradou ter o príncipe se calado. Ele, decerto, também era um homem de imaginação e de sensibilidade, cujo pensamento trabalhava.

— Ainda é uma boa coisa que, pelo menos, não haja muito sofrimento quando a cabeça cai.

— Quer saber de uma coisa? O senhor fez justamente uma observação que já ouvi de muitas outras pessoas — prosseguiu o príncipe, acalorando-se — e a guilhotina foi inventada com esse fim. Mas, naquela ocasião, me ocorreu o pensamento de que talvez isso fosse pior. Pode parecer-lhe absurda e bárbara esta minha ideia, mas, quando se tem imaginação, se chega, como eu, a supor isso. Pense! Se houvesse tortura, se, por exemplo, houvesse sofrimento, um ferimento que desse agonia corporal, e tudo o mais, isso pelo menos distrairia o espírito, desviando-o do sofrimento moral, de maneira que só se seria torturado pela dor física até que se morresse. Mas a principal e pior pena não está no sofrimento corporal e sim em se saber com segurança matemática que, em uma hora, depois em dez minutos, a seguir em meio minuto, e, depois, *já*, bem agora mesmo, neste segundo, a alma deve deixar o corpo, e se vai cessar de ser homem; e que isso tem de acontecer!... O pior de tudo isso está em que *é certo*. Quando o senhor deita a sua cabeça lá, debaixo da lâmina, e a ouve escorregar vindo para a sua cabeça, este quarto de segundo é o mais terrível de todos. O senhor note que isso não é imaginação da minha parte. Muita gente tem dito o mesmo. Vamos ver se consigo lhe dizer cabalmente o que sinto. Matar, por causa de um assassinato, é uma punição incomparavelmente pior do que o próprio crime cometido. O assassinato por sentença judicial é incomensuravelmente pior do que o assassinato cometido por bandidos. Quem quer que seja assassinado por bandidos, e cuja garganta tenha sido cortada, em um bosque, à noite, ou qualquer coisa assim, naturalmente espera escapar, até o último momento. Tem havido casos de uma pessoa ainda esperar escapar, correndo, ou suplicando misericórdia, e já depois de a garganta ter sido cortada! Mas no outro caso, a que nos estamos referindo, toda essa última esperança, que faz morrer dez vezes, como é fácil compreender, está suprimida, pois se sabe que é certo. Há uma sentença; e toda a medonha tortura jaz no fato de que não há, certamente, meio de escapar. E não há, no mundo, tortura maior do que essa. Podem-se comandar soldados, mandar que um deles se coloque diante de um canhão, em batalha, e ele saber que vão dispará-lo sobre ele: ainda assim, terá uma esperança. Mas leia o senhor uma dada sentença de morte a esse mesmo soldado e ele ou enlouquecerá, ou cairá em lágrimas. Quem já afirmou que a natureza está capacitada para suportar isso, sem loucura? Para que e por que essa revoltante, inútil e desnecessária atrocidade? Talvez, por aí, haja algum homem que já tenha sido exposto a tal tortura e a quem tenha sido dito: "Vai-te embora. Estás perdoado!". Tal homem, decerto, nos pode dizer que foi dessa tortura e dessa agonia que Cristo falou, também. Não, não se pode tratar assim uma criatura humana!

Muito embora o lacaio não estivesse em condições de se exprimir como Míchkin, compreendeu muito, se não tudo, dessa conversa. Isso estava patenteado na expressão atônita do seu rosto.

— Já que o senhor está tão desejoso de fumar — observou ele — acho que terá tempo, talvez. Mas, apresse-se, pois Sua Excelência pode muito bem perguntar de repente quem estava... e o senhor ainda estar lá fumando. Vê aquela porta, no vão da escada? Vá até lá, abra-a. Encontrará uma saleta, à direita. Pode fumar lá; mas seria bom abrir a janela, pois é contra as regras...

Míchkin, porém, não teve tempo para se informar melhor, nem muito menos para fumar. Entrou na sala um jovem com papéis embaixo do braço, que o olhou de esguelha. O lacaio ajudou-o a tirar o casaco de pele.

— Aqui este cavalheiro — começou o lacaio, em uma espécie de confidência quase familiar — anuncia-se como Príncipe Míchkin e como parente da senhora generala. Acaba de chegar do estrangeiro, apenas com esse embrulho debaixo do braço...

O príncipe não percebeu o resto. Enquanto o lacaio cochichava, Gavrí Ardaliónovitch o escutava com muita atenção, olhando para o príncipe. Cessando afinal de ouvir, aproximou-se pressuroso:

— O senhor é o Príncipe Míchkin? — perguntou com extrema polidez e cordialidade.

Era um jovem de boa aparência, louro, de cerca de uns 28 anos, também de estatura média, com bonito penteado, uma barba à Napoleão III, o rosto vivo e simpático. Só o seu sorriso, todo afabilidade, era um pouco esquisito. Ostentava dentes que pareciam pérolas. A despeito da jovialidade e da aparente maneira natural, havia alguma coisa nele que era demasiado intencional, principalmente no modo de seus olhos perquirirem.

Míchkin sentiu que, quando sozinho, esse homem devia parecer bem outro, talvez até não rindo nunca. Explicou-se o mais breve que pôde, repetindo parte do que já expusera ao camareiro e a Rogójin. Enquanto isso, parecia que alguma recordação se ia avivando no espírito de Gavríl Ardaliónovitch.

— Não foi o senhor que mandou uma carta a Lizavéta Prokófievna, há um ano, mais ou menos, da Suíça?

— Sim.

— Então estão a par de tudo, a seu respeito, e certamente se recordarão do senhor. Deseja ver Sua Excelência? Vou anunciá-lo, imediatamente. Sua Excelência deve ficar livre já. Somente... seria melhor se o senhor passasse para a sala de espera... Por que está aqui este senhor? — perguntou ao criado, arrogantemente.

— Digo-lhe já: não houve meios de o convencer a...

Bem nesse momento a porta do escritório se abriu e um militar, com uma pasta debaixo do braço, se inclinou ao sair, falando alto. E uma voz exclamou lá de dentro do gabinete:

— Você já está aí, Gánia? Venha cá.

Gavríl Ardaliónovitch fez sinal a Míchkin que esperasse; e entrou apressadamente para o escritório.

Nem dois minutos depois, a porta se reabria e a voz musical e afável de Gavríl Ardaliónovitch se fazia ouvir.

— Príncipe, faça o favor de entrar.

3

O General Iván Fiódorovitch Epantchín estava de pé, no meio da sala, e olhava com extrema curiosidade para o jovem que entrava. Deu mesmo dois passos em sua direção. Míchkin aproximou-se, apresentando-se.

— Perfeitamente — disse o general — em que lhe posso ser útil?

— Não tenho nenhum assunto urgente. O objeto da minha visita é simplesmente travar conhecimento com o senhor. Peço desculpas por incomodá-lo, mas como não conheço seus ajustes e horários para receber visitas... Estou vindo diretamente da estação. Acabo de chegar da Suíça.

O general esteve a ponto de sorrir, mas refletiu melhor e se conteve. Refletiu outra vez, acomodou melhor a vista, examinou o seu visitante da cabeça aos pés, rapidamente aproximou dele uma cadeira, sentou-se, por sua vez, perto, e se virou com impaciente expectativa.

Em pé, a um canto do escritório, Gánia arrumava uns papéis.

— Via de regra tenho muito pouco tempo para travar relações — observou o general — mas como, sem dúvida, o senhor tem em mente algum...

— Eu esperava justamente que o senhor — interrompeu-o o príncipe — julgaria ter eu algum motivo especial nesta minha visita. No entanto, posso assegurar-lhe que não tenho nenhum outro a não ser o prazer de travar conhecimento.

— Naturalmente isso também é um prazer para mim, mas a vida não é feita só de prazeres, o senhor sabe, tem-se, às vezes, trabalho, é claro... De mais a mais, ainda não atinei com o que possa haver de comum entre nós, digamos, a razão, o motivo, o fim...

— Efetivamente não há razão alguma, e o que há de comum realmente é pouco. Ser eu Príncipe Míchkin e a Sra. Epantchiná ser da minha mesma família e nome, não constituem, de fato, razão, logicamente. Compreendo muito bem. Todavia, foi só isso que me trouxe! Passei quatro anos fora da Rússia, o que é muito tempo. E além disso, quando me ausentei, não estava em perfeito juízo. Não conhecia ninguém aqui, nessa ocasião, e agora menos ainda. Preciso procurar gente de bem. Tenho, por exemplo, um negócio de importância a decidir e não sei de quem me valer. Em Berlim me veio a lembrança de que os seus eram, por assim dizer, parentes meus, e que portanto devia começar por aqui.

Podemos ser úteis um ao outro: o senhor a mim e eu ao senhor, visto a sua gente ser tão distinta como tantas vezes ouvi declararem que era.

— Isso me desvanece muito... — disse o general, surpreso. — Permita-me perguntar-lhe onde está hospedado?

— Não estou hospedado em lugar nenhum, por enquanto.

— Veio, então, do trem para aqui? E... sem bagagem?

— Toda a bagagem que possuo é um embrulho com a minha roupa branca; não tenho mais nada. Geralmente o carrego comigo. Terei tempo para tomar um quarto mais tarde.

— Então o senhor pensa tomar um quarto em um hotel?

— Oh! Sim, naturalmente.

— Pelas suas palavras, no começo, supus que tivesse vindo para permanecer aqui.

— Isso poderia ser só mediante a um convite seu. Confesso, todavia, que mesmo se fosse convidado não permaneceria, simplesmente porque seria contra a minha natureza.

— Então dá no mesmo que eu não o tenha convidado nem o vá convidar. Conceda, príncipe, de maneira a tornar as coisas claras uma vez por todas: desde que estamos de acordo não podermos trazer à baila parentesco nem relações de amizade entre nós, parentesco e relações que aliás muito me desvaneceriam, não há mais nada senão...

— Senão me levantar e ir embora?! — E Míchkin se ergueu, rindo com positiva jovialidade, apesar de toda a visível dificuldade da sua situação. — E pode crer, general, conquanto eu desconheça os costumes daqui, e nada saiba da vida prática, que ainda assim estou verificando que o que está acontecendo tinha de se dar. Talvez seja melhor dessa maneira. Aliás, já não responderam à minha carta, logo... Bem, até à vista; e desculpe ter incomodado.

O rosto do príncipe foi tão cordial, nesse momento, e o seu sorriso tão limpo da menor sombra de qualquer gênero de malquerença, que o general ficou subitamente surpreso e passou a considerar o seu visitante de um diferente ponto de vista. Deu-se logo uma mudança total na sua atitude.

— Quer saber de uma coisa, príncipe? Muito embora eu não o conheça — disse com uma voz muito outra — ainda assim Lizavéta Prokófievna gostará decerto de ver uma pessoa que tem o seu mesmo nome. Fique um pouco, se pode e se é que dispõe de tempo.

— Oh! Tempo é que não me falta; é inteiramente propriedade minha... — E o príncipe imediatamente depôs o chapéu mole de abas redondas sobre a mesa. — Confesso que espero que Lizavéta Prokófievna venha a se lembrar do que lhe escrevi. O criado do senhor, ainda agora, quando eu estava esperando, suspeitou que eu tivesse vindo para implorar auxílio. Percebi isso e concluí que se tratava de ordens estritas dadas a tal respeito. Mas, na verdade, não vim com essa intenção; vim apenas para travar relações. Apenas receio estar atrapalhando, e isso me constrange.

— Bem, príncipe, se realmente é a pessoa que parece ser — disse o general, com um sorriso bem-humorado — deve ser agradável travar relações com o senhor; mas acontece que sou um homem ocupado, como está vendo, e sou obrigado a sentar-me de novo, olhar e assinar certas coisas; depois, devo ir à casa de Sua Alteza e ao escritório da Companhia; não posso me livrar destas contingências, embora goste de ver pessoas, gentis, naturalmente. Estou certo de que é um homem bem-educado... Qual a sua idade, príncipe?

— Vinte e seis.

— Oh! Pareceu-me bem mais moço.

— Realmente, já me disseram que aparento menos idade. Procurarei não estorvá-lo, pois não gosto de estorvar. E percebo, além do mais, que somos bem diversos, por diversas circunstâncias, não podendo por isso ter muitos pontos em comum. Entretanto, esta minha última proposição pode não valer, pois muitas vezes, parecendo não haver pontos em comum, os há e muitos... É só por comodidade que as pessoas se classificam segundo as aparências, acabando por não acharem nada de comum entre si. Mas, talvez eu o esteja incomodando, o senhor parece que...

— Duas palavras ainda. Tem o senhor recursos, ou pretende seguir alguma espécie de trabalho? Desculpe estar perguntando.

— Aprecio e compreendo a sua pergunta. No momento não disponho de recursos, nem de ocupação, mas terei. O dinheiro último que tive não era de minha propriedade, me foi dado para a viagem pelo Prof. Schneider, que me estava tratando e educando na Suíça. Chegou resvés para a viagem, de maneira que só tenho, agora, alguns copeques. Há, porém, uma coisa e sobre a qual até preciso muito me aconselhar, mas...

— Diga-me como pretende viver, então, enquanto isso? Quais são os seus planos?

— Desejo trabalhar seja no que for.

— Oh! Então o senhor é um filósofo? Acautelou-se, porém, com alguns talentos, alguma habilitação, fosse o que fosse, de qualquer maneira, de modo a poder ganhar a vida? Mais uma vez me perdoe.

— Oh! Por favor, não me peça desculpas. Não. Suponho que não tenha propensão nem habilitação particular alguma para nada. Pelo contrário, até, pois sou doente e não pude ter uma educação sistemática. Quanto à minha vida, pretendo...

O general interrompeu-o e começou a interrogá-lo. Disse-lhe o príncipe tudo quanto já foi narrado até aqui. Parece que o general já tinha ouvido falar do seu benfeitor Pavlíchtchev e que o conhecera mesmo pessoalmente.

Por que se interessara Pavlíchtchev na sua educação, não soube o príncipe explicar; provavelmente decorrera isso de simples amizade, de longa data, com seu pai. Perdera Míchkin os pais quando era bem criança. Crescera e passara toda a vida no campo, cujo ar era essencial à sua saúde. Pavlíchtchev pusera-o a cargo de umas senhoras de idade, suas parentas, contratando-lhe uma governanta e depois um tutor. Disse o príncipe que, conquanto se recordasse de muita coisa, várias peripécias havia na sua vida que não saberia explicar porque nunca as viera a entender completamente. Que frequentes ataques de uma moléstia tinham feito dele um idiota. (Empregou pessoalmente essa palavra, "idiota".) Explicou que Pavlíchtchev encontrara em Berlim o Prof. Schneider, um especialista suíço em tais doenças, com uma instituição no Cantão de Valais, onde cuidava de doentes que sofriam de idiotia e de loucura, tratando-os por métodos próprios, com duchas frias e ginástica, educando-os, superintendendo o desenvolvimento mental deles. E que, então, Pavlíchtchev o mandara para a Suíça, para esse médico, havia aproximadamente cinco anos, tendo, porém, morrido logo dois anos depois, sem ter tomado providências a seu respeito. E que Schneider o conservara durante mais dois anos, continuando o tratamento e a educação; conquanto não o tivesse curado de todo, tinha conseguido melhorar sobremaneira a sua condição. Por último, por deliberação própria, e devido, principalmente, a certo fato que inesperadamente acontecera, o tinha mandado de volta à Rússia.

O general ficou muito surpreso, e perguntou:

— E o senhor não tem ninguém na Rússia? Absolutamente ninguém?

— No momento, ninguém. Mas tenho esperanças. Recebi uma carta estranha sobre a qual até...

O general cortou-lhe a frase, fazendo outra pergunta imediata:

— Foi o senhor, todavia, treinado, no mínimo, para alguma coisa? Essa sua aflição doentia não o impediria, por exemplo, de ocupar algum posto fácil?

— Oh! Certamente não impediria. E como eu ficaria contente com um lugar qualquer! Ao menos para ver de que sou capaz. Estive estudando, durante estes últimos quatro anos, sem interrupção, embora por um sistema adequado, inteiramente fora dos planos habituais dos outros. E me entretive muito a ler o russo, também.

— O russo? O senhor conhece, então, a gramática russa, e pode escrever sem erros?

— Oh! Perfeitamente.

— Ótimo, ótimo; e a sua caligrafia?

— A minha letra? É excelente. Posso até chamar a isso um talento, pois sou um perfeito calígrafo. Deixe-me escrever-lhe qualquer coisa, como amostra — disse o príncipe, entusiasmando-se.

— Com a melhor das boas vontades. Sabe-se bem que é uma coisa essencial saber escrever. E a sua presteza me agrada, príncipe. O senhor é muito agradável, deixe-me dizer-lhe.

— Que material esplêndido para escrita, esse que o senhor tem aqui! Que porção de penas! Quantos lápis! Este papel é magnífico! Sempre preferi papel assim compacto! Que maravilhoso escritório. Conheço aquela paisagem. É uma vista da Suíça. Garanto que o artista a pintou no próprio sítio, que aliás também conheço. É no Cantão de Uri...

— Muito provavelmente. Mas foi comprada aqui. Gánia, dê ao príncipe algum papel. Escolha a pena que quiser. E o papel. Escreva naquela mesinha. Que é isso? — perguntou o general, voltando-se para Gánia, que nesse ínterim tinha tirado da pasta uma grande fotografia, tendo-a agora nas mãos. — Ah! Nastássia Filíppovna! Foi ela quem lhe mandou? Ela mesma? — perguntou com muita curiosidade e de modo impetuoso.

— Deu-me agora mesmo. Quando lhe fui levar as minhas congratulações. Há muito tempo que eu lhe vinha pedindo. Nem sei até se não teria sido proposital, da parte dela, por ter aparecido lá com as mãos vazias em uma data como esta — ajuntou Gánia com um sorriso desagradável.

— Oh! Não — afirmou o general com muita convicção. — Que mania tem você de entender as coisas! Provavelmente ela não quis insinuar isso. De mais a mais, não é interesseira. E afinal, que espécie de presente lhe poderia você oferecer? Teria de custar alguns mil rublos! Você lhe poderia dar o seu retrato, talvez? E, a propósito, ela ainda não lhe pediu um retrato seu?

— Não pediu e, decerto, nunca o fará. Não vá se esquecer da recepção esta noite, Iván Fiódorovitch, naturalmente! O senhor é um dos mais especialmente convidados.

— Não me esquecerei. Fique tranquilo que não me esquecerei. Hei de ir. Pelo que me parece, ela faz 25 anos!... Ouça, Gánia, não pretendo contar-lhe um segredo; prepare-se, em todo o caso. Ela nos prometeu, a mim e a Afanássii Ivánovitch, dizer a palavra final, na recepção desta noite. Prepare pois o seu espírito.

Gánia ficou tão repentinamente zonzo que empalideceu um pouco.

— Ela disse isso? Deveras? — perguntou ele com voz trêmula.

— Deu-nos a sua promessa, anteontem. Nós a apertamos tanto que acabou prometendo. Mas me recomendou que não lhe dissesse nada antes.

O general olhou Gánia com firmeza: evidentemente não lhe agradava a perturbação que o outro não sabia disfarçar.

— Iván Fiódorovitch há de recordar — disse Gánia hesitante e preocupado — que Nastássia Filíppovna me deixou em franca liberdade até que ela resolvesse, ficando ainda assim a decisão como última palavra minha.

— Que é que você quer dizer com isso?... Que é que você quer dizer com isso? — O general ficou alarmado.

— Não quero dizer nada.

— Veja lá, por Deus, em que situação nos vai você querer deixar!

— Não estou dizendo que recuso. Não me exprimi bem...

— Recusar? Que ideia é essa? — perguntou o general, patenteando bem a sua decepção. — Não se trata de recusar, sabemos, meu rapaz. Trata-se da presteza, do prazer e do júbilo com que você deve receber a notícia de uma tal promessa... As coisas, em casa, como vão?

— Isso não importa! Quem decide as coisas em casa sou eu. Só meu pai é que continua a se fazer de maluco, como de hábito; o senhor sabe bem a que ponto lastimável ele chegou. Não nos falamos; mas estou sempre de olho nele e, se não fosse minha mãe, já o teria posto fora de casa. Minha mãe não faz outra coisa senão chorar, é lógico; minha irmã emburra. Mas já lhes disse de uma vez para sempre que faço o que quero e que em casa quem manda sou eu... Esclareci isto muito direitinho à minha irmã, na presença de minha mãe.

— Ora, aí está um ponto que ainda não consegui compreender, meu rapaz — observou o general, como que meditando; depois, mexendo com as mãos e encolhendo os ombros, prosseguiu — Nina Aleksándrovna, no outro dia, quando me veio ver, soluçou e se lastimou; você há de se lembrar. Que seria?, me pergunto eu. Parece que considera uma desonra. Mas permita que pergunte: Desonra em que e por quê? De que se pode exprobrar Nastássia Filíppovna? Que se pode censurar nela? Ter vivido com Tótskii? Mas, dadas as circunstâncias, isso é tão pueril! "O senhor não a apresentaria às suas filhas!", diz ela. Bem, e que mais? Como é que ela não enxerga? Como é que ela não entende...

— Não entende o quê? A sua própria situação? — insinuou Gánia ao general, que se interrompera embaraçado. — Que quer o senhor? Não há meios de ela entender, mas não se zangue com ela, por isso. Já lhe dei uma lição para não se intrometer mais em assuntos alheios. E olhe, se em casa ainda estão relativamente quietos é por não ter Nastássia Filíppovna dado uma resposta definitiva! Mas a tempestade está próxima. Tão próxima, que será hoje, na certa, que se desencadeará.

Míchkin, sentado no canto, escrevendo, ouvia toda a conversa. Quando acabou, trouxe a página escrita, aproximando-se da mesa.

— Ah! Então esta moça é que é Nastássia Filíppovna!? — fez ele, olhando com muita atenção e curiosidade para o retrato. — Mas é belíssima — acrescentou logo, com entusiasmo.

Realmente era o retrato de uma mulher extraordinariamente bela; estava com um vestido de seda preta muito simples e bem cortado, com os cabelos, que deviam ser castanho-escuros, arranjados em um penteado singelo. Os olhos eram negros e profundos, a testa, pensativa. Tinha uma expressão aflitiva e, por assim dizer, desdenhosa. E o rosto um pouco delgado era talvez pálido.

Gánia e o general fixaram Míchkin com surpresa.

— Nastássia Filíppovna? Dar-se-á o caso de o senhor conhecer Nastássia Filíppovna? — titubeou o general.

— Conheço. Estou apenas há vinte e quatro horas na Rússia, mas já conheço uma beleza de tal teor! — confirmou Míchkin. E então lhes descreveu o encontro, no trem, com Rogójin, e tudo quanto este lhe havia contado.

— Ora aqui temos nós mais uma novidade! — disse o general meio atarantado. Prestara muita atenção à história que Míchkin contara e olhava agora para Gánia, refletindo.

— Rogójin? Sim, já soube dessa cena de bebedeira. É um negociante, não é? Trata-se, aliás, de uma rematada maluquice!

— Eu também soube! — redarguiu o general. — Nastássia Filíppovna me contou essa história dos brincos, uma vez. Mas agora as coisas mudaram muito, agora há alguns milhões e... uma paixão. E nós bem sabemos do que são capazes esses cavalheiros quando bêbados!... Hum! Tomara que não sobrevenha nada de sensacional! — concluiu o general, algo pensativo.

— Parece que o senhor está com medo dos milhões desse homem! — sorriu Gánia, afetadamente.

— E você naturalmente não está!?

Gánia voltou-se logo para o príncipe:

— Diga-me uma coisa, príncipe. Que impressão teve o senhor desse Rogójin? Pareceu-lhe pessoa séria, ou apenas algum rematado louco? Qual a sua opinião?

Enquanto Gánia fazia essa pergunta, algo de novo se instalava na sua alma. Uma ideia nova e específica que lhe abrasava o cérebro fazendo-lhe fulgurar em os olhos. O general, que também estava bastante preocupado, olhou, por sua vez, de relance, para o príncipe, muito embora não parecesse contar muito com a resposta deste último.

— Não sei o que lhe diga — respondeu o príncipe — mas uma coisa lhe garanto: há nele uma grande paixão; posso mesmo adiantar mais: uma paixão mórbida. Aliás ele me parece mesmo bem doente e pode vir a fazer, outra vez, dentro de um ou dois dias, uma das suas, principalmente se prosseguiu na orgia.

— O senhor acha? — perguntou o general, refletindo sobre essa opinião.

— Acho.

— Uma das suas, só daqui a um ou dois dias? Talvez ainda hoje, isso sim, e até antes mesmo desta noite! — disse Gánia ao general, em um arreganho.

— Hum... Talvez, talvez... E então tudo dependerá da veneta em que ela estiver! — ponderou o general.

— E o senhor bem sabe o feitio dela, às vezes!

— Qual feitio? Que quer você dizer? — e o general ficou como que suspenso por uma extrema perturbação. — Ouça, Gánia, faça-me o favor de pelo menos hoje não contradizê-la muito. E tente... agradá-la deveras. Hum! Que cara é essa? Ouça, Gavríl Ardaliónovitch, não está fora de propósito tornar eu a perguntar-lhe que quer você, afinal de contas! Você sabe muito bem que, no que a mim se refere, esse caso não me sobressalta. De uma maneira, ou de outra, tenho as coisas estabelecidas. Tótskii já decidiu tudo de uma vez por todas, e estou perfeitamente tranquilo; por conseguinte, o que me está preocupando é apenas o seu bem. E isto é uma coisa que lhe deve estar entrando pelos olhos. Você não tem o direito de desconfiar de mim. Além disso, você é um homem... um homem... de senso, realmente, e já venho contando com você para o presente caso desde... desde...

— É isso que é o importante — acrescentou Gánia, tirando o general da sua hesitação. Depois contraiu a boca em um sorriso maligno, que não procurou esconder, e fitou bem o general; no rosto, com olhos febris, como se quisesse ler através daqueles olhos tudo quanto lhe passava pelo espírito. O general corou, amuado.

— Perfeitamente — aquiesceu ele. — Juízo é o principal. — O seu olhar era cortante. — Você, às vezes, é um sujeito engraçado, Gavríl Ardaliónovitch. Agora, por exemplo, parece que está vendo nesse negociante Rogójin uma saída oportuna para qualquer embaraço seu. Mas é justamente pelo senso que você se deve guiar, neste caso, antes de mais nada. Você deve, neste negócio, pensar e agir honestamente, e às direitas, para com ambos os lados; e, mais ainda, ficar precavido, de antemão, para evitar comprometer os outros, principalmente tendo tido, como teve, tempo suficiente para deliberar e agir. Com efeito, ainda há tempo (e nisto o general franziu as sobrancelhas, significativamente), muito embora para isso você só tenha diante de si algumas horas. Está entendendo? Entendeu bem? Você quer, ou não quer? Se não quer, diga logo de uma vez, e fique à vontade. Ninguém o está coagindo, Gavríl Ardaliónovitch, ninguém lhe está preparando uma armadilha. Isto, caso você ache que se trata de uma armadilha.

— Eu quero — respondeu Gánia, em voz baixa mas firme; abaixou os olhos e afundou em um silêncio quase sinistro.

O general ficou satisfeito. Excedera-se, talvez, por causa da mútua perplexidade, tendo, evidentemente, ido mais longe do que devia. Virou-se, afinal, para Míchkin e a sua face traiu, sem querer, a verificação desagradável de que o príncipe, estando ali, tinha ouvido tudo. Mas logo se tranquilizou: bastava a quem quer que fosse olhar para Míchkin para não recear nada.

— Oh! — exclamou olhando para o modelo de caligrafia que Míchkin lhe mostrava. — Que letra! Esplêndido! Gánia, venha ver! Que habilidade!...

Sobre a espessa folha de pergaminho o príncipe tinha escrito, em caracteres medievais russos, a sentença:

O humilde hegúmeno Pafnútii apôs aqui a sua assinatura.

— Esta — explicou Míchkin com extraordinário prazer e sofreguidão — é precisamente a assinatura do hegúmeno Pafnútii, copiada de um manuscrito do século XIV. Os nossos velhos monges e bispos costumavam assinar os seus nomes de modo bonito e, às vezes, com que bom gosto e aplicação! O senhor não tem a coleção de Pogódin, general? E aqui já escrevi em um estilo diferente; esta é a maneira francesa da letra redonda, do último século, quando muitas letras eram bem diversas do que são hoje. É a escrita da praça, dos escrivães públicos; imitada dos seus modelos. Tenho um comigo. O senhor há de concordar que isso tem os seus quês! Olhe, por exemplo, estes DD e estes SS redondos. Adaptei a escrita francesa ao alfabeto russo, o que é muito difícil, mas ficou ótimo. Veja agora esta outra letra aqui, não é original? Veja a frase "A perseverança transpõe todos os obstáculos". É a caligrafia russa de um escrivão profissional ou militar. Era assim que as instruções governamentais eram escritas a certas pessoas importantes. Esta outra, aqui, é uma caligrafia redonda, também, com esplêndidas letras negras, bem grossas, traçadas com um notável bom gosto. Um especialista na arte da caligrafia desaprovaria estes floreios, ou melhor, estes exageros de floreios, estes traços que nunca mais acabam. Veja-os bem; contudo, dão um certo caráter e, na verdade, através deles o senhor está vendo a alma do escrivão militar espiando, demorando em interromper a expressão do seu talento. E o senhor está vendo até o colarinho militar apertado em volta do pescoço... chega-se a ver até mesmo a disciplina, através desta caligrafia. É adorável! Não imagina como me impressionou um espécime destes, ultimamente; descobri-o por acaso. Pus-lhe a mão, imagine, justamente onde? Na Suíça! Agora, esta aqui é a letra simples e comum, inglesa; impossível ir-se mais além, na arte. É toda esquisita, finíssima, parece feita de contas e pérolas, não falta nada! E aqui tem o senhor uma variação, já esta agora francesa; obtive-a de um viajante comercial francês. O estilo é o mesmo da inglesa, mas os traços negros são feitos com golpes mais grossos do que os golpes ingleses e, conforme está vendo, a proporção se perdeu. Repare, também, que o oval é um nada mais redondo, admitindo-se também o ornato. Todavia, o ornato é uma coisa perigosa; requer um extraordinário bom gosto e tem acolhida, mas só se a simetria for atingida; e, então, a escrita se torna incomparável e a gente simplesmente se apaixona por ela!

— Oh! Mas o senhor perpetra verdadeiras maravilhas! — disse o general, sorrindo. — O senhor não é apenas um bom calígrafo, meu caro amigo, o senhor é mais, é um artista! Hein, Gánia?

— Maravilhoso — disse Gánia — e ele também está convencido da sua vocação! — acrescentou com uma risada sarcástica.

— Você pode rir, mas que há nele uma carreira, há! — disse o general. — Sabe, príncipe, para que personagem vai agora o senhor escrever? Ora, bem pode contar com trinta e cinco rublos por mês para começar. Mas, são doze e meia — disse, consultando o relógio. — Vamos pois a isso, príncipe. Tenho pressa e talvez não o veja mais hoje. Sente-se, por um minuto. Já lhe expliquei que não posso vê-lo muitas vezes; mas estou sinceramente disposto a ajudá-lo um pouco; naturalmente, isto é, naquilo que for essencial! E, quanto ao resto, o senhor deve agir conforme lhe convier mais. Arranjar-lhe-ei um lugar no escritório, um emprego bem fácil, mas que exija exatidão. Passemos adiante. Na residência, ou melhor, na família de Gavríl Ardaliónovitch Ívolguin, aqui este meu jovem amigo, com quem peço desde já que se dê, a mãe e a irmã separaram dois ou três quartos mobiliados e os cedem com pensão e trato, alugando-os a hóspedes especialmente recomendados. Para o senhor isto é como coisa caída do céu, príncipe, pois não ficará só e sim, por assim dizer, no seio da família; a meu ver, não convém que o senhor se isole logo no começo, em uma cidade como Petersburgo. Nina Aleksándrovna e sua filha Varvára Ardaliónovna são senhoras por quem tenho o maior respeito. Nina Aleksándrovna é mulher de um general reformado que foi meu camarada desde que entrei para o serviço, embora, devido a certas circunstâncias, tenha rompido relações com ele, o que não me impede, em certo sentido, de o respeitar. Digo-lhe tudo isso, príncipe, para que perceba que o apresento pessoalmente e que, portanto, me faço, em certo modo, responsável pelo senhor. O preço e as condições são extremamente módicos, e espero que o seu salário brevemente já lhe dê para enfrentá-los. Naturalmente, uma pessoa precisa sempre de dinheiro trocado, no bolso, mesmo que seja um pouco, apenas, mas o senhor não se zangará comigo se eu lhe aconselhar a não ter muito dinheiro no bolso. Depreendo isso pela impressão que tive do senhor. Como, todavia, sua bolsa está presentemente vazia, permita-me emprestar-lhe vinte e cinco rublos para as suas despesas mais imediatas. O senhor me pagará depois, naturalmente, e sendo uma pessoa honesta e sincera, como indubitavelmente parece ser, nenhuma incompreensão poderá surgir entre nós. Tenho um motivo para me interessar pelo seu bem-estar; sabê-lo-á mais tarde. Vê, estou sendo perfeitamente correto com o senhor. Espero, Gánia, que você nada tenha a opor à instalação do príncipe em sua casa!...

— Oh! Muito pelo contrário. Minha mãe ficará contente — aquiesceu Gánia, polidamente.

— Vocês só têm um quarto alugado, creio eu. Mora lá aquele Ferd... ter...

— Ferdichtchénko.

— É isso, é isso, Ferdichtchénko. E não simpatizo nada com ele. Não passa de um ordinaríssimo palhaço. Está aí uma coisa que não compreendo: Nastássia Filíppovna dar-lhe tanta confiança. É mesmo parente dela?

— Que nada! É pilhéria. Não há o menor traço de parentesco.

— Bem, que o diabo o carregue. Então, príncipe, está satisfeito?

— Agradeço-lhe muito, general. O senhor foi muito bondoso para comigo, e, o que é mais, sem eu lhe ter pedido ajuda. Não estou falando assim por orgulho. De fato não sabia nem tinha onde ir pousar a cabeça. É verdade que, ainda há pouco, Rogójin me convidou.

— Rogójin? Oh! Mas não! Aconselhá-lo-ia, como pai, ou se o senhor prefere, como amigo, a esquecer-se de Rogójin. E ao mesmo tempo o aconselharia a preferir a família para a qual lhe propus entrar como hóspede.

— Já que o senhor é tão bondoso — começou o príncipe —, tenho necessidade de um conselho sobre um negócio. Eu recebi uma notificação sobre...

— Perdoe-me — interrompeu-o o general. — Não tenho sequer um minuto mais. Vou falar com Lizavéta Prokófievna a seu respeito. Se ela desejar vê-lo agora (vou tentar dar-lhe as melhores impressões a respeito do senhor!) aconselho-o a aproveitar a oportunidade e ganhar-lhe as boas graças, pois Lizavéta Prokófievna lhe pode ser muito útil. Além do mais o senhor tem o mesmo nome que ela! Se ela não quiser, não há outro jeito, senão outra vez, decerto! E você, Gánia, neste ínterim, vá-me olhando estas contas. Eu e Fedosséiev estivemos lutando em vão com elas. Não se esqueça de incluí-las.

E o general saiu sem que Míchkin tivesse conseguido falar-lhe acerca do negócio que, por quatro vezes, em vão, ensaiara. Gánia acendeu um cigarro, e ofereceu outro ao príncipe. Este aceitou, mas refreou a vontade de conversar, receoso de se tornar importuno. Começou a olhar o escritório. Mas Gánia mal olhou para a folha de papel coberta de números e para a qual o general lhe tinha chamado a atenção. Estava preocupado. O seu sorriso, a sua expressão, os seus pensamentos pesavam sobre Míchkin, principalmente depois que ficaram sós. E, de repente, ele se aproximou do príncipe, que justamente estava em pé, contemplando o retrato de Nastássia Filíppovna.

— Então, o senhor admira uma mulher como esta, príncipe? — perguntou, pesquisando-lhe a atitude, como se tivesse alguma intenção especial. E o príncipe respondeu:

— Tem um rosto maravilhoso. E percebo que a história dela não é uma história comum. É um rosto prazenteiro. Mas não teria ele passado já por terríveis sofrimentos? Os seus olhos nos dizem isso, e as suas faces, e este trecho debaixo dos olhos! É um rosto altivo, pasmosamente orgulhoso, mas não sei se ela tem bom coração! Se tiver, ah!... Isso a redimiria! De tudo!...

— Casar-se-ia o senhor com essa mulher? — prosseguiu Gánia, fixando nele uns olhos febris.

— Não posso me casar com ninguém. Sou doente.

— E Rogójin? Casar-se-ia ele com esta mulher? Que acha o senhor?

— Rogójin? Casar-se-ia hoje mesmo! Digo mais: casar-se-ia hoje, mas, uma semana depois, talvez a matasse.

Ao pronunciar essas palavras, viu Gánia estremecer tão violentamente que logo lhe gritou:

— Está sentindo alguma coisa? — E o segurou, espantado.

— Alteza! Sua Excelência pede a Sua Alteza que se digne a entrar! — anunciou o lacaio, aparecendo à porta.

O príncipe seguiu-o.

4

As três filhas do General Epantchín eram moças florescentes, sadias e bem desenvolvidas, com ombros magníficos, bustos bem-conformados e braços quase masculinos; e, naturalmente, assim saudáveis e robustas, gostavam de um bom jantar e não escondiam isso a ninguém. A mãe, às vezes, olhava de soslaio para a franqueza desses apetites, e, embora suas advertências fossem recebidas sempre com mostras de respeito, muitas de suas opiniões tinham cessado de ter a irrefutável autoridade de tempos passados, tanto mais que as três moças, agindo sempre de acordo, exerciam tal força sobre sua mãe que esta, para salvaguardar a sua dignidade, dera ultimamente em consentir, cedendo diante de qualquer oposição. O temperamento materno, diga-se de passagem, era muitas vezes empecilho aos ditames do bom-senso, pois Lizavéta Prokófievna se tornava cada ano mais caprichosa e impaciente. O marido até a considerava um pouco excêntrica, o que o obrigara, experimentado como era, a uma política mais submissa, visto os modos desenvoltos da esposa acabarem sempre por desabar sobre ele. Mas a harmonia doméstica logo se restabelecia e tudo ficava de novo bem.

A Sra. Epantchiná não tinha sequer perdido o apetite e, como de regra, se reunia às filhas, às doze e meia, para uma refeição tão substancial que equivalia quase a um jantar. As moças tomavam uma xícara de chá, mais cedo, ainda na cama, ao acordarem, precisamente às dez horas. Gostavam desse costume que já era mais que hábito. Às doze e meia a mesa era servida na sala de almoço existente ao lado dos apartamentos maternos e, ocasionalmente, quando o general dispunha de tempo, se reunia à família, para esse fim. Além de café, chá, queijo, mel, manteiga, filhós especiais de que a dona da casa gostava muito, costeletas e mais coisas, sem contar um caldo de carne bem quente, eram os pratos habituais.

Na manhã em que a nossa história começa, toda a família estava reunida na saleta de almoço, esperando pelo general, que prometera aparecer na hora certa. Se se tivesse atrasado um momento que fosse o mandariam chamar, mas foi pontual. Dirigindo-se à esposa, para lhe beijar a mão e lhe dar bom-dia, percebeu algo estranho no rosto dela. E, conquanto tivesse tido um pressentimento, a noite toda, de que isso iria acontecer, devido ao "incidente" (sua expressão genérica peculiar), havendo até perdido o sono, por tal motivo, ainda assim se alarmou outra vez, agora. As filhas vieram beijá-lo. E, embora não estivessem zangadas com ele, também, por sua vez, tinham um ar diferente. Verdade se diga que, ultimamente, o general vinha dando motivos para certas suspeitas; mas como era um pai e um esposo de experiência e às direitas, soubera tomar as suas medidas de precaução. Ajudará, talvez, a clarear esta nossa história um pouco mais, se interrompermos esta sequência e introduzirmos explicações diretas quanto às circunstâncias e relações em que vamos surpreender a família do General Epantchín no começo desta narrativa. Acabamos de dizer que o general, conquanto homem originariamente de pouca educação fina, era marido experimentado e um pai às direitas. Adotara, por exemplo, como princípio, não se apressar quanto ao casamento das filhas, isto é, não se aborrecer nem se incomodar relativamente à felicidade delas com uma exagerada ansiedade, como o fazem natural e inconscientemente muitos pais, principalmente em certas famílias cuja sensibilidade cresce na proporção direta das solteironas que se vão acumulando. Sempre conseguiu que Lizavéta Prokófievna concordasse com ele a respeito deste princípio, muito embora se tratasse de atitude difícil por não ser muito natural. É que o general sabia basear os seus argumentos em fatos palpáveis e excessivamente eloquentes. Por conseguinte, deixadas livres em vontade e decisão, as meninas por si mesmas foram se tornando aptas a realizar os seus intentos, disso resultando as coisas marcharem suavemente, trabalharem elas de boa vontade e desistirem de ser caprichosas ou de levar vida fastidiosa. Tudo quanto restava ao casal fazer seria, pois, ajudá-las a ser infalíveis, vigiando-as, sem que dessem por isso, para que não fizessem escolhas esquisitas, nem mostrassem disposições e tendências esdrúxulas. Então, em hora oportuna e decisiva, eles, pais, viriam em sua assistência, com toda a energia e influência, de modo que as coisas tivessem bom remate. O simples fato, também, de que sua fortuna e roda social cresciam em progressão geométrica fez as moças subirem na cotação do mercado matrimonial, cada vez mais, à medida que o tempo caminhava.

Mas todos esses fatos incontestáveis devem ser confrontados com um outro: a filha mais velha, Aleksándra, sem notar (como sempre acontece) alcançou, solteira, a idade de 25 anos. E, quase paralelamente a isso, Afanássii Ivánovitch Tótskii, homem da melhor sociedade, de altas ligações e extraordinariamente rico, expressou, mais uma vez, o seu desde muito acariciado desejo de se casar. Era um homem de 55 anos, de temperamento artístico e extraordinariamente refinado. Queria fazer um bom casamento, era grande admirador da beleza feminina e estava, desde algum tempo, em termos de amizade íntima com o General Epantchín, especialmente depois que ambos tomaram parte, juntos, em certas empresas financeiras. Fora então que apalpara o assunto, como que solicitando conselho e orientação amigável. Viria a ser levada em consideração uma proposta de casamento com uma de suas filhas? Evidentemente estava prestes uma alteração no curso da vida tranquila da família do general...

A beleza da família era, como já dissemos, inquestionavelmente, a mais nova, Agláia. Mas o próprio Tótskii, homem de extraordinário egoísmo, compreendeu que olharia em vão nesse rumo e que Agláia não era para ele. Talvez o amor como que cego e a superardente afeição das irmãs tivessem exagerado a situação; é que tinham, por assim dizer, combinado entre si, com a maior naturalidade, que o destino de Agláia não poderia ser um destino qualquer, e sim o ideal mais alto possível de felicidade terrena. O futuro esposo de Agláia deveria ser um modelo de todas as perfeições e capacidades, bem como o possuidor de vasta fortuna. As irmãs tinham até concordado, sem se externar muito a respeito, em sacrificar seus interesses a favor de Agláia. O dote teria de ser colossal, inaudito. Os pais não ignoravam essa espécie de pacto por parte das duas filhas mais velhas; e assim, quando Tótskii se aconselhou, eles ficaram certos de que uma das mais velhas consentiria em coroar os seus desejos e esperanças, principalmente tendo em vista que Afanássii Ivánovitch não fora nem seria exigente a propósito de dote. O general, com o seu grande conhecimento da vida, ligou desde logo a maior importância à proposta de Tótskii. Dadas certas circunstâncias, este Tótskii tinha de ser extremamente prudente e circunspecto em sua conduta. De fato, ele estava simplesmente tateando o seu caminho, os pais apenas tendo apresentado o caso às filhas como uma remota proposição. Receberam como resposta a segurança satisfatória, conquanto não categórica, de que Aleksándra, a mais velha, talvez não recusasse. Era uma boa moça, bastante sensata, muito fácil de ser levada, apesar de algo voluntariosa. Era provável que consentisse de bom grado em se casar com Tótskii. E, se viesse a dar a sua palavra, a manteria com toda a honorabilidade. Não era afeita a aparentar coisas. Com ela não haveria o risco de mudanças e altercações e podia trazer, muito bem, doçura e paz à vida do seu marido. Era muito formosa, embora não o fosse arrebatadoramente. A que situação melhor poderia aspirar Tótskii?

Todavia, o projeto ainda estava no período de tentativa, ficando amistosamente assentado entre Tótskii e o general que não dariam, por enquanto, nenhum passo irrevogável e final. Os pais não tinham mesmo falado abertamente às filhas, pois havia, em tal assunto, sinais de um elemento de discórdia; a Sra. Epantchiná, a mãe, começava a demonstrar descontentamento; e isso era uma questão importantíssima. Havia um obstáculo sério, fator complicado, perturbando tudo e podendo até vir a arruinar o caso, completamente.

Este fator complicado e perturbador surgira em cena — como o próprio Tótskii se expressara —, havia muito tempo, uns 18 anos antes.

Afanássii Ivánovitch possuía uma de suas lindas propriedades em uma província central da Rússia. Fora seu vizinho mais próximo o proprietário de um pequeno e decadente domínio, homem célebre justamente por seu contínuo e incrível azar. Tratava-se de um oficial reformado, de uma família até mesmo melhor do que a de Tótskii. Chamava-se Filípp Aleksándrovitch Baráchkov. Sobrecarregado de dívidas e hipotecas, conseguira afinal, depois de trabalhos exaustivos à maneira dos camponeses, pôr as suas terras em situação mais ou menos favorável. Era um homem que ao menor sinal de melhoria se transfigurava. Radiante e esperançado, viajou, por uns poucos dias, até à pequena cidade do distrito, para tentar um acordo com um dos seus principais credores. Não havia bem dois dias que estava na cidadezinha, quando o *stárosta*[2] da sua pequenina aldeia chegou, a cavalo, com a barbicha tostada e o rosto desfigurado, a informá-lo de que o solar tinha sido incendiado na véspera, em pleno meio-dia, e que a senhora tinha morrido, queimada, estando porém as crianças intactas. Tal

[2] Camponês mais respeitado de uma aldeia, que os demais camponeses elegem como chefe. (N. E.)

surpresa era demais para Baráchkov, apesar de acostumado a ser pasto da adversidade. Vendo-se viúvo, perdeu o juízo e morreu, em delírio, um mês depois. A propriedade devastada, com os aldeões na penúria, foi vendida para pagar as dívidas. Afanássii Ivánovitch, na generosidade do seu coração, entendeu de recolher e educar as filhas de Baráchkov, duas meninotas de seis e sete anos, que foram trazidas para o pé dos filhos do administrador de Tótskii, um ex-escriturário público, chefe de uma família enorme e que ainda por cima era alemão.

A criança mais nova morreu de coqueluche e a pequena Nastássia Filíppovna ficou sozinha. Tótskii vivia no estrangeiro e cedo esqueceu a existência dessa criaturinha. Cinco anos mais tarde se lembrou, alhures onde estava, de dar uma olhadela à sua propriedade. Aí chegando, reparou entre a família do seu administrador alemão, uma encantadora criança, já menina de uns 12 anos, agradável, doce, esperta, e que prometia vir a ser muito bela. (Sobre esse assunto Afanássii Ivánovitch era um infalível perito.) Passou apenas alguns dias na propriedade, mas providenciou grandes alterações na educação da criança. Uma respeitável e culta governanta suíça, quase anciã já, com prática de educação da juventude e com competência para ensinar várias disciplinas além do francês, foi contratada. Ficou instalada na casa de Tótskii mesmo, e logo a pequenina Nastássia começou a receber uma educação em linhas mais amplas. Quatro anos depois, a sua educação estava feita. A governanta deixou-a, vindo então uma certa senhora, que vivia nas imediações de uma outra remota propriedade de Tótskii, em uma província recuada, por instruções dele, buscar Nastássia. Naquela outra propriedade havia também uma pequena casa recentemente construída, de madeira. Estava elegantemente mobiliada e o lugar tinha, muito a propósito, o nome de "Otrádnoie", isto é, "Alegre". A tal senhora levou Nastássia para acolá e, como era viúva sem filhos e antes vivia longe dali, a uma *verstá*,[3] instalou-se com a menina, definitivamente. Uma velha arrumadeira e uma empregada de muita prática acolheram Nastássia, a cuja disposição ficaram. E ela encontrou aí instrumentos de música, uma biblioteca feminina selecionada, quadros, gravuras, lápis, pincéis, telas e um galgo puro-sangue. Nem duas semanas se passaram quando Afanássii Ivánovitch apareceu...

---

[3] Do russo: Antiga medida de comprimento, equivalente a 1067m. (N. E.)

... Desde então ele se habituou particularmente a preferir essa sua remota propriedade perdida nas estepes, passando lá dois ou três meses, cada verão. Assim decorreu um bem longo tempo: quatro anos calmos, felizes, em um ambiente de bom gosto e de elegância.

Mas, no começo de certo inverno, aconteceu, uma vez, justamente uns quatro meses depois de uma das visitas de verão de Tótskii, e que nessa ocasião só durava quinze dias, que um rumor começou a se alastrar até atingir os ouvidos de Nastássia Filíppovna. E o boato era que Afanássii Ivánovitch estava para se casar em Petersburgo com a linda herdeira de uma boa família; em vésperas, de fato, de dar um golpe afortunado e brilhante. O boato crescera exageradamente, evidenciando coisas que não seriam bem reais ainda. O suposto casamento, apenas um projeto muito vago, era uma reviravolta na vida de Nastássia Filíppovna, e deu ocasião a que ela demonstrasse uma grande determinação e uma força de vontade completamente inesperadas. Sem perder tempo em reflexões, deixou a sua pequena casa de campo e surgiu em Petersburgo, inteiramente só, indo diretamente a Tótskii. Ele ficou perplexo e, mal começou a falar com ela, logo viu que estava perdendo o seu latim, que tinha de abandonar a entonação, a lógica e os objetos daquelas agradáveis conversas tão bem-sucedidas até então, tudo, tudo! Pois viu diante dele, sentada, uma mulher inteiramente outra, e não absolutamente aquela moça que tinha deixado no último mês de julho, lá em "Otrádnoie".

E essa nova mulher demonstrou, em primeiro lugar, conhecer e compreender muito — mas muito! — da vida e do mundo, e conhecer tanto que uma pessoa se maravilharia em saber onde e como tomara tanto conhecimento e atingira ideias definitivas. (Na certa, não na sua biblioteca para moças!) E o que é mais, sabia mesmo o aspecto legal de certas coisas e tinha um conhecimento categórico, se não do mundo, pelo menos de como as coisas são feitas no mundo. Em segundo lugar, não possuía mais o mesmo caráter de antigamente. Não havia nada da timidez nem da incerteza da menina de colégio, umas vezes fascinante em sua original simplicidade tão jovial, outras vezes melancólica e sonhadora, estupefata e desconfiada, lacrimosa e difícil.

Sim, era uma nova e surpreendente criatura que ria no rosto dele e que lhe atirava venenosos sarcasmos, abertamente declarando que nunca tivera outro sentimento por ele, em seu coração, senão desprezo — desprezo e repugnância que lhe tinham sobrevindo logo após a primeira surpresa. E essa nova mulher lhe anunciou que para ela, no íntimo, era uma questão absolutamente indiferente que ele se casasse de imediato com quem tinha escolhido, mas que resolvera evitar esse casamento e não o permitir apenas por ódio, simplesmente, ou pirraça, e que, por conseguinte, assim devia ser, "só porque me quero rir de ti, e bastante, já que cada um ri por sua vez".

Isso, no mínimo, foi o que ela disse, muito embora não tivesse pronunciado tudo quanto estava em sua mente. Mas, enquanto essa nova Nastássia Filíppovna ria e falava desta forma, Afanássii Ivánovitch ia juntando, como podia, as suas ideias despedaçadas, a ver como deliberaria em face da situação. Tal deliberação lhe tomou tempo, pois levou quinze dias para pesar as coisas e recuperar qualquer ação. Mas, ao cabo dessa quinzena, chegou a uma decisão.

Afanássii Ivánovitch era, a esse tempo, homem de 50 anos; seu caráter estava mais que formado e seus hábitos estratificados, a sua posição no mundo e na sociedade tendo sido, desde muito, estabelecida nas mais seguras bases. Prezava a sua paz e o seu conforto acima de tudo neste mundo, como se dá com as pessoas de educação refinada. Nenhum elemento duvidoso e demolidor poderia ser tolerado nesse esplêndido edifício que tinha levado toda a vida a construir. Por outro lado, a experiência profunda e a visão ampla tinham ensinado Tótskii de forma absoluta e ao mesmo tempo correta como se teria de haver com uma criatura fora do comum, uma criatura que não só ameaçaria mas certamente também agiria e, o que é mais, não se prenderia a nada, especialmente não ligando, como ela não ligava, a coisa alguma na vida, não devendo, portanto, ser provocada. Evidentemente, além de tudo isso, ainda havia mais qualquer outra coisa: o prenúncio já de um fermento caótico em trabalho no seu espírito e no seu coração, algo proveniente de uma indignação romântica (Deus sabia por que e contra quem!), prenúncio esse transformado em um insaciável e exagerado paroxismo de desprezo; enfim, algo altamente ridículo e inadmissível na alta sociedade e prestes a prejudicar qualquer homem bem-educado. De mais a mais, com a sua riqueza e as suas ligações comerciais, Tótskii poderia livrar-se desse incômodo se quisesse servir-se de um golpe perdoável e pequenino de vilania. Por outro lado, era evidente que Nastássia Filíppovna não teria facilidades, por exemplo, para o prejudicar, digamos, no terreno ou no sentido legal, não conseguindo mesmo criar um escândalo de grande projeção, porque fácil lhe seria embaí-la. Mas tudo isso só valeria se Nastássia Filíppovna estivesse armada para se comportar como certas pessoas se comportam em tais circunstâncias, isto é, sem sair muito abertamente do curso regular de uma conduta possível e provável. Mas ainda aí a perspicácia de Tótskii lhe serviria de muito, sendo bastante esperto, como era, para ver que Nastássia Filíppovna já se capacitara de que não poderia prejudicá-lo por vias legais, e sim por outros meios que já descobrira em seu espírito e em seus olhos brilhantes. Como não dava valor a coisa alguma e, muito menos, a si própria (era preciso muita inteligência e visão, em um mundano cético e totalmente cínico como ele, para perceber que ela havia desde muito deixado de se importar com o próprio futuro e de acreditar na valia de tal sentimento), Nastássia Filíppovna era mulher para enfrentar a ruína sem esperança, e até a própria desgraça, a prisão e a Sibéria, somente pelo prazer de humilhar o homem pelo qual sentia aversão tamanha que chegava a ser desumana. Afanássii Ivánovitch jamais escondera o fato de que era de um certo modo covarde, ou melhor, altamente conservador. Se soubesse, por exemplo, que seria assassinado no altar, no dia em que se casasse, ou que qualquer coisa análoga, aliás excessivamente improvável, ridícula e impossível na sociedade, lhe pudesse acontecer, certamente ficaria alarmado, e bastante! Mesmo que não fosse morto ou ferido, mas que tão somente alguém lhe escarrasse em público na cara, qualquer gesto desse gênero, como forma anômala e chocante de escândalo. E isso era justamente o que Nastássia Filíppovna ameaçava, embora não tivesse dito uma só palavra a respeito. Ela o tinha estudado e compreendido, cabalmente, e portanto sabia como feri-lo. E, como o casamento não passara até então de mera probabilidade, Afanássii Ivánovitch renunciou ao seu projeto e se submeteu a Nastássia Filíppovna.

Houve ainda uma outra consideração que o ajudou em sua decisão: era difícil calcular quão diferente de rosto esta nova Nastássia Filíppovna era da antiga! Tinha sido até então uma lindíssima moça, mas agora... como havia Tótskii de se perdoar por não ter reparado no que havia debaixo daquele rosto! Malograra, durante esses quatro anos, em conhecê-la. Muito, sem dúvida, dessa mudança, viera de dentro; e essas atitudes provavam uma repentina alteração! Lembrou-se, contudo, de que momentos tinha havido, mesmo no passado, em que aqueles olhos, certas vezes, lhe despertavam estranhas ideias. Havia neles, já naquela época, uma promessa de alguma coisa demasiado profunda. Ah! A expressão escura e misteriosa daqueles olhos! Pareciam estar pedindo que lhe interpretassem o enigma. Também se admirara muitas vezes, nesses últimos dois anos, da assustadora mudança de compleição de Nastássia Filíppovna, que além disso se tornara pavorosamente pálida e talvez ainda mais formosa, por isso. Tótskii, como todo cavalheiro que tinha vivido seus dias livremente, a menoscabara por lhe ter conseguido tão barato a alma virginal. A seguir, porém, sentira uma certa apreensão. Resolvera até, na primavera seguinte, não perder tempo e casar logo Nastássia Filíppovna, mercê de um bom dote, com algum indivíduo decente e de bons sentimentos, que trabalhasse em alguma recuada província. (Oh! De que forma horrível e maliciosa ela não se riu dessa nova ideia!) Mas agora, Afanássii Ivánovitch, fascinado pelo que de novo descobrira nela, positivamente imaginou que ainda se poderia utilizar dessa mulher. Decidiu instalá-la em Petersburgo, cercando-a de luxo e conforto. Se não pudesse ter uma coisa, teria a outra. Poderia até gratificar a própria vaidade e ganhar glória à custa dela, em certos círculos, estimando, como estimava, a própria reputação em tais assuntos.

Tinham-se seguido cinco anos de vida em Petersburgo e naturalmente muitas coisas se tornaram claras nesse tempo. A situação de Tótskii não era lá das mais agradáveis. E o pior de tudo foi que, tendo ficado intimidado, nunca mais pôde recuperar a confiança em si mesmo. Tinha medo de Nastássia Filíppovna, mas nem sequer poderia dizer o que temia. Por algum tempo, pelo menos nos dois primeiros anos de Petersburgo, pensou que ela quisesse desposá-lo, não tendo falado nisso apenas devido ao seu orgulho congênito, permanecendo obstinadamente à espera de que ele a pedisse. Estranho pedido, não havia dúvida, mas suspeitou isso. Meditava e examinava... e cada vez ficava mais preocupado. Para sua grande e de certo modo desagradável surpresa, descobriu (assim é o coração do homem!) e ficou convencido, por uma coisa que aconteceu, de que mesmo que lhe pedisse a mão receberia um contra! Levou muito tempo para entender o porquê disso. No fim das contas só descobriu uma explicação: que o orgulho dessa "mulher fantástica e suscetível" tinha atingido um tal ápice de frenesi que preferia expressar-lhe o seu desdém de uma vez por todas, recusando-o, a assegurar o seu futuro e até mesmo o seu acesso às alturas da grandeza. O pior de tudo era que Nastássia o estava dominando totalmente. Não que estivesse, ao menos, influenciada por considerações mercenárias, pois, apesar de ter aceito o luxo, e com o luxo o engodo, vivia modestamente, e quase nada poupara para si, durante aqueles cinco anos. Tótskii aventurou uma tática sutil para quebrar as suas cadeias: começou, com habilidade, experimentando tentá-la com toda a sorte de tentações da espécie mais idealística possível. Mas tais ideias, em forma de príncipes, hussardos, secretários de embaixada, poetas, romancistas e até mesmo socialistas, não causaram em Nastássia Filíppovna o menor interesse. Teria no coração uma pedra, ou todos os seus sentimentos estariam murchos e secos para sempre? Vivia uma vida apartada, lendo, estudando, ou apreciando música. Tinha poucos amigos, ligava-se a esposas de funcionários inferiores, gente pobre e ridícula; dava-se com duas artistas; recebia algumas velhotas, gostava muito da família de um velho e respeitável mestre-escola; e o numeroso pessoal dessa família a estimava, recebendo-a com efusão. Tinha, à noite, sempre meia dúzia de amigos para vê-la; o próprio Tótskii a visitava com regularidade e frequência. O General Epantchín fizera recentemente seu conhecimento, com certa dificuldade, ao passo que quase ao mesmo tempo um jovem serventuário governamental, chamado Ferdichtchénko, que se fazia de engraçado, um bufão bêbado e sem educação, lhe tinha merecido acolhida sem dificuldade alguma. Outra pessoa do seu círculo era um homem esquisitão, chamado Ptítsin, modesto, sensato, de maneiras altamente polidas, que tinha vindo da mais extrema pobreza, sendo agora um agiota. Por último lhe fora apresentado Gavríl Ardaliónovitch, e já Nastássia Filíppovna desfrutava de estranha fama. Todos tinham ouvido gabar a sua beleza e era tudo. Ninguém poderia jactar-se de favores seus nem tinha o que dizer contra ela, a sua reputação, maneiras e juízo, confirmando bem em um certo ponto a opinião de Tótskii. E fora a essa altura que o General Epantchín começara a tomar uma parte ativa no caso.

Quando Tótskii cortesmente se aproximou dele, pedindo o seu conselho como amigo, a propósito de uma de suas filhas, fizera, da maneira mais nobre, uma completa e sincera confissão ao general. Afirmara-lhe que jamais lhe passara pelo espírito apoiar-se em meios equívocos para recuperar a liberdade. Que não se sentiria salvo mesmo que Nastássia Filíppovna lhe jurasse que o deixaria em paz no futuro, pois para ela as palavras significavam pouco, não lhe bastando nem mesmo maiores garantias. Trocaram impressões a respeito e resolveram agir juntos. Ficou resolvido que se experimentariam os meios mais gentis, primeiro, tocando, por exemplo, por assim dizer, nas mais finas cordas do coração dela. Foram ter juntos a Nastássia Filíppovna; e Tótskii falou, com toda a sinceridade, na intolerável miséria da sua situação. Censurou-se por tudo. Disse que quanto à primitiva ofensa não diria que estava arrependido porque era um sensual inveterado e não se pudera conter; mas que, no momento, desejava casar-se e que toda a possibilidade deste altamente viável e distinto casamento estava nas mãos dela. Em uma palavra, depunha todas as suas esperanças em seu generoso coração. Depois, então, o General Epantchín, como pai, começou a falar. E a verdade é que falou razoavelmente, evitando sentimentalismo. Apenas disse que de certo modo admitia plenamente o direito de ela decidir o destino de Afanássii Ivánovitch; e fez uma hábil exibição de sua própria humildade, acentuando, perante ela, que o destino de sua filha e, talvez até das outras duas, estava agora dependendo dela. À pergunta de Nastássia Filíppovna quanto ao que dela desejavam, nesse caso, Tótskii logo com rude sinceridade confessou que ela durante esses cinco anos o tinha apavorado e posto em permanente pânico, não podendo, pois, ficar tranquilo enquanto Nastássia Filíppovna por sua vez não se casasse. Acrescentou que essa sua proposição aliás seria absurda da sua parte, se ele não tivesse alguma base para isso. Tinha observado e se capacitara como coisa certa que ela era amada por um jovem de bom nascimento e de respeitável família, Gavríl Ardaliónovitch Ívolguin, uma relação que ela aceitara de bom grado em sua casa desde muito. Sim, esse rapaz a amava apaixonadamente, sendo que até daria de bom grado a metade da sua vida pela só esperança de ganhar a sua afeição, conforme, na simplicidade do seu puro e jovem coração, lhe confessara, em hora amistosa. E que Iván Fiódorovitch, protetor do jovem, desde muito sabia dessa paixão. E acrescentou por fim que se ele, Tótskii, não estava equivocado, ela, Nastássia Filíppovna, parecia, desde muito, se ter dado conta do amor do jovem, pois todos tinham percebido que ela realmente o olhava com certa indulgência. Fez-lhe ver quanto para ele, mais que para qualquer outro, era difícil falar sobre isso. Mas que se Nastássia Filíppovna permitisse que ele tivesse por ela, no mínimo, algum pensamento bom, assim como um constante desejo de prover ao seu conforto, deveria já ter percebido quanto lhe tinha sido penoso vê-la na solidão. Solidão essa que só podia ser causada por uma vaga depressão acrescida de uma completa descrença na possibilidade de uma vida nova, que podia muito bem ter seus novos rumos no amor e no casamento. Disse mais que atirar fora talentos dos mais brilhantes e enveredar por uma irrazoável marcha para a ruína era, pensando bem, nem mais nem menos do que uma variação de sentimentalismo incompatível com o bom-senso e o nobre coração de uma mulher como Nastássia Filíppovna. Repetindo quão penoso era para ele, mais do que para qualquer outro, ter de lhe falar nisso, afirmou que não desejaria que Nastássia Filíppovna o olhasse com desprezo se ele lhe expressasse, como agora estava expressando, a sincera resolução de garanti-la no seu futuro, oferecendo-lhe a soma de setenta e cinco mil rublos. Categoricamente afirmou que essa quantia, aliás, já lhe estava assegurada no seu testamento, não se tratando, absolutamente, de uma questão de recompensa, de maneira alguma... não tendo ela, de mais a mais, o direito de impedir que ele satisfizesse um desejo bem humano de fazer algo para aliviar a consciência, etc., etc., o que era sempre o remate mais eloquente em tais circunstâncias. Afanássii Ivánovitch falou com elegância moral, alongando-se até. Juntou, como que de passagem, a categórica informação de que não deixara cair uma só palavra a quem quer que fosse a respeito dos setenta e cinco mil rublos, ninguém, nem mesmo Iván Fiódorovitch, ali sentado, tendo sido, antes, sabedor disso.

A resposta de Nastássia Filíppovna surpreendeu os dois amigos. Não mostrou nenhum traço da antiga ironia nem do primitivo ódio. E em vez daquela gargalhada cuja só lembrança punha calafrios glaciais na espinha de Tótskii, pareceu alegrar-se com a oportunidade que lhe era dada de falar a alguém com franqueza e camaradagem. Fez saber que desde muito estivera desejando pedir um conselho amigo e que só o seu orgulho fora empecilho para isso. Mas, já que o gelo estava rompido, nada podia ser melhor. Primeiro com um sorriso morno, depois com uma risada alegre e jovial, garantiu que em caso algum poderia haver mais a tempestade de antes. Que, desde muito tempo para cá, passara a encarar as coisas de modo muito diverso e que, embora não tivesse havido mudança em seu coração, fora compelida a aceitar muitas coisas como fatos definitivos. Que o que tinha sido feito não poderia ser desfeito, que o que tinha passado, o fora de vez, tanto que se admirava de Afanássii Ivánovitch estar ainda sobressaltado. Depois voltou-se para Iván Fiódorovitch e, com ar de muita deferência, disse que sempre só ouvira falar bem de suas filhas, pelas quais entretinha um profundo respeito. Que a só ideia de poder vir a ser útil a elas de qualquer modo lhe seria uma fonte de orgulho e satisfação. Verdade era que estava deprimida e melancólica; muito melancólica. Afanássii Ivánovitch não tinha feito mais, agora, do que adivinhar os seus sonhos: desejava, de fato, uma vida nova, novos rumos, um novo itinerário, tendo como alvo os filhos e a vida doméstica, senão o amor. Que, relativamente a Gavríl Ardaliónovitch, pouco podia falar. Julgava que fosse verídico que ele a amasse, estando também crente de que poderia interessar-se por ele, caso viesse a acreditar na sinceridade desse apego. Mas que, mesmo havendo sinceridade da parte dele, era muito moço ainda, sendo essa sua opinião a tal respeito bem categórica. Que o que mais apreciava nele era estar trabalhando para sustentar uma família sem recursos. Que já ouvira dizer que era um homem de energia e de orgulho, sequioso de abrir o seu caminho e fazer a sua carreira. Também ouvira falar muito bem a propósito da mãe dele, Nina Aleksándrovna, excelente mulher, muito estimada; e que, quanto à irmã, Varvára Ardaliónovna, também lhe haviam garantido ser notável moça de muito caráter, todas essas coisas lhe tendo chegado por intermédio de Ptítsin, principalmente a brava maneira com que encaravam o infortúnio. Teria muito prazer em travar conhecimento com elas, mas que era uma interrogação saber se a receberiam bem, dentro da família. Não faria nada que dificultasse a possibilidade de um tal casamento, mas que precisava pensar nisso um pouco mais. Pedia-lhes, pois, que não a apressassem. E que, quanto aos setenta e cinco mil rublos, não necessitava Tótskii de falar tanto a respeito. Sabia bem o valor do dinheiro e certamente o aceitaria, desde já lhe agradecendo não ter tocado nesse particular a Gavríl Ardaliónovitch nem mesmo ao general, o que não deixava de ser uma delicadeza. Mas, por que não deveria o jovem ser sabedor disso? De que tinha ela que se envergonhar se, ao entrar para essa família, levasse esse dinheiro? Pondo as coisas bem claras, não era ela que tinha de pedir desculpas a quem quer que fosse de coisíssima alguma, e desejava até que isso ficasse bem patenteado. Que, enquanto não se certificasse de que Gavríl Ardaliónovitch, ou a sua família, não tinham nenhum secreto sentimento a seu respeito, não se casaria com ele. E reiterava a afirmação de que não se julgava culpada de nada censurável. Gavríl Ardaliónovitch sabia muito bem em que pé ela havia vivido esses cinco anos em Petersburgo, em que condições estava perante Afanássii Ivánovitch, e se porventura fora levada por dinheiro em tudo isso. Se agora aceitava dinheiro, não o fazia como cobrança pela perda da sua honra de donzela, do que não tinha por que ser censurada, e sim como compensação de sua vida arruinada.

Dizendo isso, inflamou-se tanto e ficou tão nervosa (o que aliás era natural), que o General Epantchín se deu por satisfeito e considerou o caso solucionado. Mas Tótskii, que já certa vez fora penosamente assustado, não ficou lá muito confiante, levando algum tempo com receio de que uma áspide estivesse escondida entre flores. Todavia, pelo menos, negociações tinham sido abertas. O ponto esquemático dos dois amigos era contarem ambos com a possibilidade de Nastássia Filíppovna ser atraída por Gánia, e as coisas começaram a decorrer de tal forma que o próprio Tótskii acreditava, às vezes, na possibilidade de êxito. No entanto, Nastássia Filíppovna teve um entendimento com Gánia. Entendimento curto, porque o assunto era penoso e delicado. Ela reconheceu e sancionou o seu amor, insistindo, porém, em não se comprometer de forma alguma, reservando o direito, até o casamento (se casamento houvesse) de poder dizer "não" até o último momento, dando a Gánia igual direito e liberdade. Pouco depois veio Gánia a saber, acidentalmente, que ela estava a par, e com todas as minúcias, da hostilidade da família dele quanto ao casamento e à pessoa dela, bem como das cenas que isso ocasionava em casa. Mas não lhe disse palavra, muito embora diariamente ele esperasse tal assunto.

Há muito mais a relatar sobre todo o murmúrio e consequentes complicações que surgiram do caso proposto e respectivas negociações. Mas estamos antecipando coisas e a maioria dessas complicações mais não eram do que meros boatos. Falou-se, por exemplo, que Tótskii descobriu ter Nastássia Filíppovna tido um encontro secreto e vago com as filhas do general, história decerto improvável e disparatada. Mas em um outro episódio não pôde ele deixar de acreditar, o que o obcecou como um pesadelo, como verdade incontestável, que Nastássia Filíppovna estava certa de que Gavríl Ardaliónovitch se casava com ela por causa do dinheiro; que era um coração mercenário, ávido, trêfego e invejoso, sendo a sua vaidade, além de grotesca, ilimitada; que, embora realmente estivesse apaixonadamente se empenhando em conquistá-la (mesmo depois de os dois respeitáveis homens de idade haverem determinado explorar a sua incipiente paixão por ambos os lados, para seus próprios fins, comprando-o para o venderem a Nastássia Filíppovna por meio do matrimônio), começara a detestá-la como um pesadelo, paixão e repulsa estando estranhamente associadas em sua alma. E que, conquanto, depois de dolorosa hesitação, tivesse consentido em vir a se casar com a "desacreditada rameira", jurara, em seu coração, fazê-la pagar amargamente, abandonando-a depois, como, segundo afirmaram, dissera mais de uma vez. Transpirou que Nastássia Filíppovna soube de tudo isso e que tinha certo plano "enfiado na manga". Tótskii ficou em tal pânico que não confiou mais suas inquietudes a Epantchín, mas, como homem fraco, momentos havia em que recuperava a calma e a confiança, munindo-se mesmo de ânimo. Ficou sobremaneira aliviado, por exemplo, quando Nastássia Filíppovna prometeu aos dois amigos que lhes daria a palavra final e decisiva na noite do seu aniversário.

Mas, por um outro lado, apareceu um boato ainda mais estranho e incrível, relativamente ao não menos honrado Iván Fiódorovitch e que (pobre dele!) mais e mais se foi fundamentando à medida que o tempo passava.

Ao primeiro exame, soava perfeitamente falso. Era difícil acreditar que Iván Fiódorovitch já em seu venerável fim de vida, com sua excelente compreensão prática pelas coisas do mundo, e tudo o mais, pudesse enfeitiçar-se por Nastássia Filíppovna e descesse por tais declives a ponto de um mero capricho se ter tornado quase paixão. Com o que contava para isso, é difícil imaginar-se; possivelmente com a ajuda do próprio Gánia. Tótskii suspeitou de alguma coisa, nesse sentido, muito por alto. Suspeita essa suscitada pela probabilidade de um mútuo acordo entre o general e Gánia. Mas é notoriamente sabido que um homem movido pela paixão, especialmente se se trata de um homem de idade avançada, se torna completamente cego e propenso a encontrar fundamentos para sua esperança justamente onde não os há. Daí perder o senso e agir como criança doidivanas, por maior intelecto que possa ter. Veio a público que o general tinha procurado umas pérolas magníficas para o dia do natalício de Nastássia Filíppovna, pérolas que custaram uma soma imensa. E que vivia pensando nesse seu presente, muito embora estivesse perfeitamente informado de que ela não era uma mulher venal. Já na véspera do aniversário andava ele em perfeita febre, apesar de habilmente ter escondido a sua emoção. Era, justamente, daquelas pérolas que a Sra. Epantchiná tinha ouvido falar. Lizavéta

Prokófievna tinha, na verdade, muitos anos de experiência a propósito da inconstância do esposo; estava, de fato, quase acostumada com isso, mas lhe seria impossível deixar passar em silêncio esse incidente. O zunzum sobre as tão faladas pérolas lhe tinha causado uma grande impressão. E o general pressentira isso, muito de antemão, pois certas palavras já vinham sendo pronunciadas dias antes e principalmente na véspera, tendo ele receado que uma explicação estivesse, inesperadamente, em vias de ser pedida. Eis por que não estava querendo de muito bom grado ir almoçar com a família na manhã em que a nossa história começa. Antes do aparecimento de Míchkin tinha resolvido escapulir a pretexto de um negócio urgente. Escapulir muitas vezes significava, no caso do general, apenas pôr-se ao fresco. Precisava ter esse dia livre para si, ou no mínimo, de qualquer maneira, essa noite, e bem distante de dissabores advindos de desassossegos. E eis que inesperadamente, e de modo tão propício, surgira o príncipe. "Um verdadeiro enviado de Deus!", pensou o general ao entrar para se defrontar com a esposa.

5

A Sra. Epantchiná era muito ciosa da dignidade da sua família. Como a deveria ter chocado ouvir assim, sem o menor preparo, que esse Príncipe Míchkin, o último do nome, de quem já tinha ouvido falar, não passava de um pobre idiota, quase um pedinte, pronto até a aceitar a caridade alheia! O general muito propositadamente quis produzir efeito, impressionando-a de súbito, de modo que com a atenção voltada em outro rumo ela esquecesse o caso das pérolas, atraída por uma nova sensação.

Sempre que alguma coisa acontecia de extraordinário, a Sra. Epantchiná dava em abrir desmesuradamente os olhos, derrubando o corpo para trás, ficando assim a fixar o que em frente dela estivesse, sem poder articular palavra. Era uma mulher de compleição forte, da mesma idade do marido, com os cabelos negros ainda abundantes começando a pratear aqui e acolá. Mais alta do que baixa, tinha nariz aquilino, faces fundas amareladas e lábios finos e cerrados. Testa alta mas estreita, sob a qual os grandes olhos cinzentos mostravam, às vezes, uma inesperada expressão. Manifestara, em tempos, a fraqueza de supor esses olhos particularmente fascinantes, convicção essa de que ninguém jamais conseguira demovê-la.

— Recebê-lo? Queres que eu o receba agora, já? — e a dama abriu estateladamente os olhos, o mais que pôde, encarando Iván Fiódorovitch, que ficou logo sem jeito diante dela.

— Ora, tratando-se de quem se trata, não é necessária nenhuma cerimônia; se tu ao menos pudesses fazer uma ideia de como ele é, querida! — apressou-se o general a explicar. — É completamente uma criança, tem um feitio quase patético! Imagina tu que lhe dão ataques, de vez em quando. Acaba de chegar da Suíça, e veio diretamente da estação para aqui. Veste-se desajeitadamente, como um alemão, e está literalmente sem um copeque. Só lhe falta chorar. Dei-lhe vinte e cinco rublos e pretendo arranjar-lhe um lugarzinho de escrevente no nosso escritório. E lhes sugiro, *mesdames*, que lhe ofereçam lanche, pois estou me parece que está com fome.

— Tu me apavoras! — E a generala foi voltando a si, aos poucos. — Está com fome e tem ataques! Mas que espécie de ataques?

— Acalma-te, que os ataques não lhe sobrevêm assim amiúde; além do que, é dócil como criança de colo e muito instruído. Gostaria de recomendar-lhes, *mesdames* (dirigiu-se outra vez às filhas), que o submetessem a um examezinho, a ver para o que dará.

— Um exame? — balbuciou a esposa, rolando os olhos, no máximo do espanto, do marido até às filhas e destas, outra vez, até o general.

— Oh! Querida, não tomes as coisas intencionalmente... e sim de modo natural. Como já disse, passou-me pela cabeça tratá-lo amigavelmente; acho ser até um ato de caridade introduzi-lo um pouco em família.

— Introduzi-lo na família? Da Suíça?

— Agora já não se pode recuar. Convidei-o. Mas, repito mais uma vez, seja como decidires. Pensei nisso por vários motivos; primeiro, ter ele o teu nome, ser talvez até parente teu; depois, a seguir, não ter ele onde pousar a cabeça. Supus que te fosse de certo modo interessante vê-lo, já que, de fato, pertences à mesma família.

— Naturalmente, mamãe. E se não é preciso fazer cerimônia com ele! E ainda por cúmulo está com fome e depois de uma viagem dessas! Por que não havemos de lhe dar alguma coisa a comer, já que não tem para onde ir? — opinou Aleksándra, que era a mais velha.

— E se é uma criança, ainda! Podíamos até brincar de cabra-cega com ele!

— De cabra-cega? Que é que você está dizendo?

— Ora, mamãe, deixe de coisas! — interrompeu Agláia, zangando-se. A segunda filha, Adelaída, que estava de ânimo alegre, não se pôde conter e rompeu em uma risada.

— Mande-o buscar, papai. Mamãe já deu licença — decidiu Agláia. O general tocou a campainha e mandou introduzir o príncipe. — Está bem, mas com a condição de que vocês lhe passem um guardanapo em volta do pescoço, quando ele se sentar à mesa — obtemperou a generala. — E chamem Fiódor ou Mávra para ficarem atrás da cadeira dele tomando conta enquanto estiver comendo. Estará ao menos no momento a salvo desses ataques? É muito gesticulador?

— Oh! Não fales assim. É muito bem-educado, e tem maneiras encantadoras. Apenas é um pouco simplório, mas nem sempre. Mas, ei-lo que vem. Faça o favor de entrar. Deixa que te apresente o Príncipe Míchkin, último de seu nome, teu homônimo, ou melhor, xará e talvez até teu parente. Recebe-o bem e sê gentil para com ele. Como o almoço vai ser servido, príncipe, queira dar-nos a honra... E desculpe-me, pois tenho de me apressar, estou atrasado...

— Nós sabemos perfeitamente por que é essa tua pressa... — disse-lhe a esposa, com ênfase.

— Estou com pressa, estou com pressa, querida. Estou atrasado. Deem-lhe os álbuns, *mesdames*. Peçam-lhe que escreva qualquer coisa para vocês; tem uma letra que é um assombro. Vocês deveriam ver como ele escreveu para mim, em antigos caracteres: "O hegúmeno Pafnútii apôs aqui a sua assinatura". Bem, adeus!

— Pafnútii? O abade? Espera um minuto, para um pouco. Aonde vais e quem é Pafnútii? — chamava-o a esposa, com franco aborrecimento que, ante a fuga do marido, se transformou em agitação.

— Sim, sim, querida, houve um hegúmeno chamado Pafnútii, que viveu há muito tempo. Mas tenho de sair, já devia estar na casa do conde; imagina tu que ele próprio marcou hora... Adeus, por enquanto, príncipe!

Em passadas largas, o general se retirou.

— Eu sei quem é o conde que ele vai ver! — disse com muita finura Lizavéta Prokófievna, volvendo os olhos irritadamente para o príncipe. —

Que foi? — recomeçou ela, impaciente e amuada, tentando recordar-se. — Ora bem, que foi? Ah! Sim, falávamos do hegúmeno...

— Mamãe! — ia recomeçar Aleksándra, mas Agláia chegou a bater com o pé.

— Não me interrompam — falou a generala martelando cada palavra. — Também tenho o direito de saber. Sente-se aqui, príncipe, nesta poltrona. Aqui, em frente de mim. Não, aqui, perto do sol, mais para a claridade, para que eu possa ver bem. Afinal, que hegúmeno foi esse?

— O hegúmeno Pafnútii — respondeu Míchkin, com atenção e seriedade.

— Pafnútii? Ah!... Isto é interessante. Bem, e depois, que é que houve com ele?

Fazia estas perguntas impacientemente, às pressas, de modo cortante, conservando os olhos fixos no príncipe. E, à medida que ele respondia, ela ia meneando a cabeça, a cada palavra.

— O hegúmeno Pafnútii do século XIV — começou Míchkin — era o Superior do Mosteiro do Volga naquela parte que atualmente é a província de Kostromá. Foi famoso por sua santa vida. Visitou os tártaros, na sua Horda de Ouro, ajudou na distribuição da governança pública, tendo, assim, de assinar diversos documentos. Vi uma cópia da sua assinatura. Gostei da letra e a imitei. Quando o general manifestou desejos de ver a minha letra, ainda agora, para me arranjar um emprego, escrevi várias sentenças em diferentes caligrafias e entre outras coisas escrevi: "O hegúmeno Pafnútii apôs aqui a sua assinatura" com a própria letra do hegúmeno. O general gostou muito e foi por causa disso que esteve falando ainda agora.

— Agláia, tome nota de Pafnútii; ou melhor, escreva, senão eu me esqueço. Mas julguei que se tratasse de coisa mais interessante. E onde ficou essa imitação da assinatura dele?

— Creio que ficou no escritório do general, sobre a mesa.

— Mande alguém trazer, já.

— Não preferiria a senhora que eu escrevesse aqui, outra vez?

— Naturalmente, mamãe — comentou Aleksándra —, mas o melhor agora é almoçarmos primeiro; estamos com apetite.

— Isso mesmo — concordou a mãe. — Venha, príncipe. Está com disposição?

— Sim, comecei a sentir fome agora e lhe fico muito grato.

— É uma coisa ótima que o senhor seja assim tão delicado. Verifico, com prazer, que o senhor não se aproxima, sequer, da criatura estranha que me foi descrita como sendo o senhor. Venha. Sente-se aqui, diante de mim — insistiu, fazendo Míchkin sentar-se, mal entraram na saleta de almoço. — Quero examiná-lo. Aleksándra, Adelaída, ajudem-me a servir o príncipe. Realmente ele não é nenhum doente, conforme... Creio não ser necessário o guardanapo passado ao pescoço durante a refeição, não é mesmo, príncipe? Costumava usá-lo, príncipe?

— Só até os 7 anos, creio eu; mas agora, durante as refeições, ainda o uso, mas sobre os joelhos.

— Muito bem. E os seus ataques?

— Ataques? — O príncipe ficou um pouco zonzo. — Agora são bem mais raros. Mas, não sei, já me disseram que o clima aqui me fará piorar.

— Como ele fala direitinho!... — E a senhora virou-se para as filhas e anuía ainda, com a cabeça, a cada palavra dele. — Eu não esperava isso. Então tudo não passou de brincadeira e invencionice de meu marido, como de hábito. Anime-se, príncipe, e vá me dizendo onde nasceu, e depois, para onde o levaram. Quero ficar sabendo tudo. O senhor me interessa sobremodo.

O príncipe agradeceu e, enquanto comia com excelente apetite, começou a repetir a história que já tinha contado várias vezes essa manhã. A dona da casa cada vez demonstrava estar mais contente com ele. As meninas já o ouviam com maior atenção; as relações se estreitavam. Veio a verificar-se que Míchkin conhecia muito bem a sua árvore genealógica. Mas, apesar dos esforços gerais, não houve meios de descobrirem que espécie de parentesco próximo poderia haver entre ele e a senhora generala. Entre os avôs e as avós um distante parentesco podia ser descoberto. A senhora ficou particularmente satisfeita com essa averiguação tão evidente, pois muito raramente lhe era dado ensejo de discorrer sobre a sua linhagem. Foi assim, com entusiasmo, que se levantou da mesa.

— Venham todos vocês! Vamos para a sala de estar — disse ela. — Tomaremos lá o café. Temos uma sala onde nos reunimos sempre — ia explicando ao príncipe, enquanto o conduzia. — Minha pequena sala de conversa, onde nos reunimos quando estamos sozinhas e onde cada uma se entretém com o seu trabalho. Aleksándra, minha filha mais velha, esta aqui, toca piano, lê, ou costura; Adelaída pinta paisagens e retratos (mas não há meio nunca de acabar coisa alguma) e Agláia fica sentada e não faz nada. Eu, tampouco, não sou muito boa em trabalhos; não consigo ter nada acabado. Bem, chegamos. Sente-se aqui, príncipe, perto do fogo, e me conte qualquer coisa. Quero saber de que jeito o senhor conta uma história. Quero orientar-me bem a seu respeito, e quando encontrar a velha Princesa Bielokónskaia hei de falar a respeito do senhor. Quero que todos se interessem pelo senhor. Vamos, conte alguma coisa.

— Mas, mamãe, que modos de pedir que lhe conte uma história... — redarguiu Adelaída, que tinha ido sentar-se junto ao cavalete e já segurava os pincéis e a paleta, diante do trabalho; copiava de uma gravura uma paisagem começada havia muito tempo.

Aleksándra e Agláia sentaram-se em um pequeno sofá, cruzando os braços, preparadas para ouvir a conversa. Míchkin percebeu que era o centro de atenção de todas. E então Agláia observou:

— Pois eu nunca haveria de contar nada se me pedissem desse modo.

— Por que não? Que há de mais nisso? Por que não há de me contar qualquer coisa? Ele tem língua. Quero ver como descreve os fatos. Vamos, seja o que for. Diga-nos se apreciou a Suíça, e quais as suas primeiras impressões lá. Vocês vão ver, ele já vai começar e muito bem.

— Foi uma impressão deveras forte... — começou o príncipe.

— Ora, bravos, estão vendo? — aplaudiu a impetuosa senhora dirigindo-se às filhas. — Não disse que ele ia começar?

— Mas, mamãe, deixe-o falar, ao menos! — retrucou Aleksándra, contendo-a. E ciciou ao ouvido de Agláia: — Este príncipe está com mais cara de ser um finório do que um idiota.

— Nem há dúvida; vi isso logo — respondeu Agláia. — E é intolerável fingir assim. Estará ele tentando, com isso, alguma vantagem?

E o príncipe repetiu:

— A minha primeira impressão foi muito forte. Quando me tiraram da Rússia e me conduziram através de uma porção de cidades alemãs, eu não fazia mais do que contemplá-las calado e me lembro de que não fazia perguntas. Eu acabara de ter uma série violenta e lancinante de ataques da minha doença. Sempre que piorava e os acessos vinham com mais frequência, eu caia depois em uma completa estupefação. Perdia a memória e, embora o meu cérebro trabalhasse, parecia que a sequência lógica das minhas ideias se tinha quebrado. Era incapaz de ligar mais do que dois ou três pensamentos. Pelo menos é a impressão que me dava. Depois os acessos abrandaram e escassearam, e me tornei outra vez forte e sadio, como estou agora. Lembro-me que vivia insuportavelmente triste, querendo sempre chorar, permanentemente assustado e com pavor. O mais chocante era tudo me parecer estranho. Tudo me parecia alheio e isso me oprimia... Mas esse estado soturno se levantou, lembro-me bem, uma tarde, ao chegar a Basileia, na Suíça. O que me despertou foi o zurro de um jumento, na praça do mercado. O jumento mexeu comigo e, não sei por que estranho motivo, simpatizei com ele; e repentinamente tudo se tornou claro na minha cabeça.

— Um jumento? Isso é originalíssimo! — observou a generala. — Aliás, pensando bem, não há nada de estrambótico nisso! Qualquer de nós pode sem mais aquela ficar gostando de um jumento! — anuiu ela, lançando um olhar impaciente às filhas, que se tinham posto a rir. — Já aconteceu na mitologia. Adiante, príncipe.

— Fiquei, desde então, gostando terrivelmente de jumentos. Eles têm uma atração toda especial por mim. Comecei a me informar bem, a respeito deles, pois antes nunca tinha visto nenhum e imediatamente compreendi que criatura útil ele é; industrioso, forte, paciente, barato, resignado... Foi, pois, através desse jumento, que a Suíça começou a me fascinar, a ponto de a minha melancolia passar completamente.

— Isso tudo é formidável, mas passemos além do jumento. Passemos a outra coisa. Por que é que você continua rindo, Agláia? E você, Adelaída? O que o príncipe nos contou sobre o jumentinho foi deveras magnífico. Ele viu, ao passo que vocês não viram nunca nenhum. Vocês ainda não estiveram no estrangeiro!

— Eu já vi um jumento, mamãe — asseverou Adelaída.

— E eu também já ouvi um — garantiu Agláia.

E as três moças riram-se, outra vez. O príncipe riu com elas.

— Isso não fica bem para vocês — ralhou a mãe. — Deve desculpá-las, príncipe; são sempre assim, alegres. Por mais que eu zangue, gosto muito delas. São teimosas, são umas cabeças tontas.

— Por quê? — E Míchkin ria. — Eu faria o mesmo, no lugar delas. Mas voltemos ao jumentinho. Trata-se de uma criatura muito útil e de muito bom coração.

— E o senhor, príncipe, tem o senhor também bom coração? Pergunto por curiosidade.

Riram-se todas, de novo.

— Mas... outra vez esse aborrecido jumento?! Já não estava pensando mais nesse bicho. Acredite-me, príncipe, falei sem nenhuma...

— Insinuação?... Oh! Eu sei! — E o príncipe desandou a rir.

— Já que, em vez de se zangar, o senhor ri, fico mais à vontade. Vejo que é um moço de muito bom coração — afirmou Lizavéta Prokófievna.

— Nem sempre, nem sempre!... — avisou Míchkin.

— Pois eu sou — garantiu categoricamente a dona da casa. — Ou, se prefere, vou lhe mostrar. É o meu único defeito, pois não convém ter sempre bom coração. Muitas vezes me zango com estas meninas e ainda mais com Iván Fiódorovitch, mas o pior é que quando me zango é que verifico que tenho bom coração. Ainda agora, antes de o senhor chegar, eu estava zangada e achava que não seria capaz de compreender coisa alguma. Sou assim, às vezes. Sou como uma criança. Obrigada pela lição, Agláia. Mas não estou dizendo inconveniência nenhuma. Não sou nenhuma maluca, como pareço, e como estas minhas filhas gostam de me fazer crer que eu seja. Tenho uma vontade própria e não me envergonho à toa. E digo isso sem malícia. Agláia, venha cá me dar um beijo, aqui... Agora, basta de carinhos — disse depois de Agláia beijá-la com ternura nos lábios e na mão. — Adiante, príncipe. Vamos ver se o senhor se lembra de qualquer coisa mais interessante do que um jumento.

— Não sei como se possa falar assim por encomenda — raciocinou Adelaída. — Eu, nem pensar direito poderia.

— Não se incomode, que o príncipe pode pensar por nós todas, pois é muito inteligente; pelo menos dez vezes mais esperto do que vocês, provavelmente mesmo umas doze vezes. Espero que não levem muito tempo para se darem conta disso, pois ele já lhes vai provar imediatamente. Não é, príncipe? Continue. E pode, por enquanto, deixar de lado o jumento. Que viu mais o senhor no estrangeiro além do jumento?

— Mas o jumento já bastou para provar que ele é bem esperto — redarguiu Aleksándra. — E foi bem interessante o que nos contou da sua condição de doente e como um golpe exterior fez que as coisas todas lhe agradassem. Sempre me interessou saber como se perde a razão e como é que se recupera depois. Mormente quando ela volta sem se esperar.

— Sim, sim — gritou a mãe, impetuosamente. — Também sei que vocês, quando querem, são espertas. Bem, parem, chega de rir. O senhor ia falar sobre o cenário da Suíça, creio eu! E então?

— Chegamos a Lucerna e fiquei arrebatado pelo lago. Ao mesmo tempo que tal beleza me arrebatou, me deprimiu — confessou o príncipe.

— Mas... por quê? — indagou Aleksándra.

— Não sei por quê. Toda a paisagem fora do comum sempre me perturba e me deprime pela primeira vez — observou o príncipe. — Sinto ao mesmo tempo felicidade e angústia. Mas isso se dava mais quando eu estava doente.

— Como eu gostaria de ver o lago! — falou Adelaída. — Não sei por que ainda não fomos ao estrangeiro. Aqui, não há meios de obter assuntos para pintar, principalmente nestes dois últimos anos. O Oeste e o Sul já os pintei há muito. Príncipe, dê-me assunto para um quadro.

— De pintura, que sei eu? Mas me parecia que bastava olhar e pintar.

— Mas olhar, como? Não sei como olhar as coisas.

— Por que continua você a falar por enigmas? — interrompeu-a a mãe. — Eu não sou capaz de baralhar as coisas assim. Que quer você dizer com essa história de não saber como olhar? Não tem olhos? Sirva-se deles! Se aqui você não pode ver, que fará no estrangeiro? Príncipe, acho que vai ser necessário o senhor nos explicar como é que se veem as coisas!

— Sim, é melhor mesmo — reforçou Adelaída. — O príncipe aprendeu a ver as coisas no estrangeiro.

— Acho que não. *Apenas me dei melhor lá. Se aprendi a ver as coisas, isso não sei*. Mas, quase todo o tempo, fui muito feliz.

— Feliz? O senhor sabe como ser feliz? — exclamou Agláia. — E tem a coragem de dizer que não sabe se aprendeu a ver as coisas? O senhor pode até nos ensinar!

— Então, ensine! — riu Adelaída.

— Eu não posso ensinar nada. — E o príncipe também riu. — Passei quase todo o tempo que estive no estrangeiro na mesma aldeia, uma aldeia suíça. Raramente fazia excursões e, essas mesmo, ali por perto. Que lhes hei de eu, pois, ensinar? No começo fui ficando menos obtuso e logo comecei a ficar mais forte. E, pouco a pouco, cada dia foi se tornando mais precioso para mim, à medida que o tempo *ia* passando e eu me dava conta disso direitinho. Deitava-me feliz e mais feliz me levantava. Explicar-lhes, porém, por que, não sei.

— Então não sentia vontade de sair? De ir a algum lugar? — perguntou Aleksándra.

— No começo, bem no começo, tive, sim. E até me tornei agitado. Estava continuamente preocupado com a vida que devia levar. Queria saber que era que a vida me tinha reservado. Ficava intoleravelmente ansioso, às vezes. A solidão, as senhoras sabem, dá isso. Havia lá uma pequena cascata. Era um fio de água, muito delgado, quase perpendicular, que se despenhava da montanha, espumoso, branco, esparzindo gotículas em volta. Apesar de cair de uma grande altura não dava a impressão de ser alta. Estava longe de meia *verstá*, mas parecia estar a uns cinquenta passos. À noite gostava de ouvir o seu barulho. Em tais momentos eu estava sempre dominado por uma grande angústia. Às vezes, também, eu pasmava a encarar as geleiras ao meio-dia, sozinho, a meio caminho do cume da montanha, cercado por imensos pinheirais resinosos. Na crista da rocha, um castelo medieval em ruínas; lá embaixo, ao longe, no vale, a nossa pequenina aldeia, tenuemente visível; muita claridade solar; amplo céu azul. E um terrível silêncio. Então eu sentia que alguma coisa estava subjugando-me e ficava imaginando que se fosse andando sempre, até bem longe, sempre para diante, até alcançar aquela linha onde o céu e a terra se encontram e se tocam, então, lá sim, é que eu acharia a chave do mistério. Lá é que eu veria uma vida mil vezes mais rica e turbulenta do que a nossa. Sonhava com uma grande cidade, como Nápoles, por exemplo, cheia de palácios, ruídos, bramidos e vida. Sim; não sonhava pouco!... E depois concluía que até em uma prisão se pode encontrar uma vida afortunada!...

— Já li essa sua última reflexão, aliás tão edificante, no meu livro de leituras, quando eu tinha 12 anos — desconcertou-o Agláia.

E Aleksándra disse:

— Isso tudo é filosofia. O senhor é um filósofo e, quem sabe? Talvez tenha chegado aqui para ensinar.

— Talvez tenha razão — sorriu o príncipe —, talvez seja eu um filósofo e saiba ensinar a pensar... É bem possível; é verdade. Talvez seja assim.

— E a sua filosofia é como a de Evlámpia Nikoláievna — interpôs Agláia. — Trata-se da viúva de um funcionário público que vem ver-nos mais como parenta pobre. Viver barato é o seu único objetivo na vida. Viver tão singelamente quão possível for, mas não fala senão de dinheiro.

E tem dinheiro. É uma simuladora. É como a riqueza da vida do senhor dentro de uma prisão. Ou como os seus quatro anos de felicidade nos vales que o senhor trocaria por Nápoles. E olhe lá que teria ganho na troca, embora fosse um lucrozinho à toa.

— Pode haver duas opiniões a respeito de prisão — sentenciou o príncipe. — Certo homem que viveu 12 anos em uma prisão me disse uma coisa, depois. Ele era, como eu, um dos clientes do meu professor. Também tinha ataques e, às vezes, ficava excitado; chorava, queria matar-se. A sua vida na cadeia foi uma vida miserável, asseguro-lhes, mas não, absolutamente, sem sentido. Imaginem que seus únicos amigos eram uma aranha e uma árvore que crescia debaixo da sua janela gradeada. Mas o melhor é deixar de lado este caso e lhes contar como vim a encontrar, no ano passado, um outro homem em cuja vida houve uma circunstância bem estranha, pelo fato de ser daquelas que raramente acontecem. Esse homem fora, uma vez, conduzido com mais outros ao cadafalso, levado por uma sentença de morte. Ia ser fuzilado por causa de uma ofensa política. Vinte minutos mais tarde, porém, lhe era lida a comutação da pena de morte pela de degredo. Todavia, no intervalo entre as duas sentenças, vinte minutos, ou talvez um quarto de hora, teve ele a convicção firme de que ia morrer. Sempre o escutei sequiosamente, quando se punha a recordar as sensações dessa ocasião e, muitas vezes, depois, eu o interrogava a respeito. Lembrava-se de tudo com perfeita exatidão e costumava dizer que lhe era impossível esquecer aqueles vinte minutos. A vinte passos do cadafalso, a cuja volta soldadesca e povaréu permaneciam, havia três postes fincados no chão, pois se tratava de vários condenados. Os três primeiros foram conduzidos até os postes e amarrados, com a túnica dos condenados (um camisolão branco), os capuzes puxados bem por sobre os olhos para que nada vissem, sendo que então uma companhia de vários soldados se postou diante de cada poste. O meu amigo era o oitavo da lista e portanto tinha de ser um dos do terceiro turno. O padre se acercou de cada um, com a cruz. Ele só dispunha de cinco minutos mais para viver. Contou-me que aqueles cinco minutos lhe pareceram um infinito e vasto tesouro. Sentia tantas vidas naqueles cinco minutos que não precisava incomodar-se com o último momento, tanto mais que havia subdividido o seu tempo da seguinte maneira: dois minutos para se despedir dos companheiros. Outros dois para o seu último pensamento geral. E, depois, o último, o quinto, para olhar em redor de si pela derradeira vez. Lembrava-se muito bem dessa extravagante subdivisão do seu tempo. Ia morrer aos 27 anos, moço, forte e em plena saúde. Ao se despedir dos camaradas ocorreu-lhe perguntar a um deles qualquer coisa inadequada à circunstância, e achou muito curiosa a resposta. Após as despedidas, vieram os tais dois minutos que reservara para pensar em si mesmo. Sabia de antemão em que devia pensar. Desejava atinar, da maneira mais clara e pronta possível, como é que estava existindo agora, isto é, vivendo, e como é que dentro de três minutos seria qualquer outra coisa, alguém ou nada! E isso, como e onde? Resolvera solucionar tudo, de vez, naqueles dois únicos e últimos minutos. Não longe dali havia uma igreja cuja cúpula dourada cintilava aos raios solares. Como se lembrava de se ter posto a fixar, fascinado, aquela cúpula fulgurante de luz! Não podia tirar os olhos de lá! Era como se aqueles raios fossem já a sua outra futura natureza, visto como, dentro de três minutos, ele de um certo modo se iria fundir neles...

A incerteza e um como que sentimento de pavor pelo mistério em que já estava quase ingressando foram terríveis. Disse-me, porém, que nada foi tão cruel naquele momento como este contínuo pensamento em forma de interrogação: "E se eu não morrer? Se eu for devolvido à vida? Ah! Que eternidade! Tudo seria meu! Eu transformaria cada minuto em outras tantas eternidades! Não desperdiçaria um segundo sequer! Contaria cada minuto que fosse passando, sem desperdiçar um único!". Disse-me que essa ideia lhe veio com tal furor, que desejou ser imediatamente fuzilado, logo, logo!...

Subitamente, Míchkin interrompeu o que estava contando. E elas ficaram à espera de que ele prosseguisse e tirasse alguma conclusão.

— Acabou? — perguntou Agláia.

— Como?! Ah! Sim — disse Míchkin, despertando de um sonho momentâneo.

— Mas, para que nos contou essa história?

— É que qualquer coisa em nossa conversa me fez recordá-la...

— O senhor fala muito abruptamente... — observou Aleksándra. — Provavelmente quis dizer, príncipe, que nenhum momento da vida deve ser considerado como insignificante e que, muitas vezes, cinco minutos são um precioso tesouro. Isso tudo é muito louvável; mas deixe que lhe pergunte, já que esse amigo que contou tais horrores foi perdoado e teve a pena comutada, havendo sido presenteado portanto com essa "eternidade de vida". Que fez ele dessa riqueza, depois? Viveu, de fato, contando cada minuto?

— Qual nada! Disse-me depois. Eu também tive curiosidade em saber e perguntei. Muito pelo contrário: perdeu muitos e muitos minutos.

— Ainda bem que isso prova que é impossível viver "contando cada minuto". Por algum motivo é isso impossível.

— Sim, alguma razão deve haver — confirmou o príncipe. — Também eu penso assim e, no entanto, não acredito que...

— Acha então que vive mais sabiamente do que qualquer outro? — indagou Agláia.

— Sim, muitas vezes julgo assim.

— E não muda de opinião?

— Penso sempre do mesmo modo.

Até então estivera contemplando Agláia com um sorriso gentil e tímido. Mas ao fazer tal afirmativa deu uma risada, passando a olhá-la com jovialidade.

— Isso é que é ser modesto...

O tom da voz de Agláia tendia para a irritação.

— Gosto de ver moças corajosas. Conto-lhes uma destas e não se impressionam! Pois eu fiquei estarrecido com o que esse homem me contou... Essa coisa de dividir os seus últimos cinco minutos... Palavra, tenho até sonhado com essa história...

Tornou a olhar para as suas ouvintes, examinando-as uma por uma.

— Ficaram zangadas comigo, por alguma coisa que eu tenha feito sem querer?

Olhava-as agora bem no rosto, parecendo um tanto embaraçado, assim de repente.

— Zangadas? Nós? Por quê? — exclamaram as três, surpreendidas.

— Ora... por haver eu assumido todo este tempo um ar de quem recita um sermão...

Elas riram muito.

— Pelo amor de Deus, não me tomem por pretensioso. Sei por experiência própria que tenho vivido menos do que os outros e que conheço a vida muito menos do que qualquer outra pessoa. Natural, pois, que às vezes eu diga tolices.

E perturbou-se completamente.

— Se é feliz, conforme disse, deve ter vivido mais e nunca menos do que os outros. Não vejo por que haja de nos pedir desculpas — redarguiu Agláia, com timbre irritado. — E não suponha, por favor, que nos esteve pregando um sermão. E nem se trata, da sua parte, de nenhum sinal de superioridade, pois, com esse seu quietismo, fácil lhe é encher de felicidade um século de existência. Ou lhe mostrem uma execução, ou lhe façam um aceno com um simples dedo, para o senhor tanto faz, pois qualquer dos casos lhe dará margem para fazer edificantes reflexões, aperfeiçoando seu estado de beatitude. Ora, assim a vida é muito fácil.

— Não compreendo, Agláia, que você esteja sempre "de ponta" com o que lhe dizem — disse a generala ao reparar no feitio do príncipe. — Tampouco entendo o que você está aí a retrucar. Dedo de quem? Qual dedo? Não diga asneiras. O príncipe falou magnificamente; pena que o assunto tenha sido um pouco triste. Qual o motivo de pretender descoroçoá-lo? Quando começou, ele estava risonho; agora está sombrio.

— Está muito bem, mamãe. Escute, príncipe, que pena o senhor não ter assistido a uma execução... porque eu gostaria de lhe perguntar uma coisa.

Mas Míchkin prontamente respondeu:

— Já assisti a uma.

— Já? — entusiasmou-se Agláia. — Bem me pareceu. Isso é o cúmulo! Se já assistiu a uma coisa dessas como é que tem a coragem de declarar que sempre foi feliz? Não estou eu dizendo uma verdade que o contradiz?

— Mas então, na sua aldeia, havia execuções? — quis saber Adelaída.

— Vi uma, mas foi em Lião. Estava de visita à cidade, com Schneider. E ele me levou. Tivemos essa oportunidade logo que acabamos de chegar.

— Bem. Gostou? O que viu foi edificante e instrutivo? — persistia Agláia.

— Absolutamente não gostei e até adoeci depois. Devo confessar que fiquei pregado ali, no lugar, sem poder tirar os olhos daquilo.

— Eu faria o mesmo — afirmou Agláia.

— Eles implicam com as mulheres que vão assistir. Os jornais até censuram.

— É lógico. E se consideram que não é próprio para mulheres, inferem que o é para os homens. Justifica-se. Congratulo-me com essa lógica! E naturalmente também pensa assim, príncipe!?

Adelaída interrompeu-os, perguntando:

— Como foi essa execução?

— Não me sinto muito inclinado agora a contar. — Míchkin estava meio atarantado, de sobrancelhas franzidas.

— Por que essa má vontade em nos relatar isso? — indagou Agláia, com certo ar escarninho.

— É que ainda agora mesmo acabei de descrever essa execução.

— Agora mesmo? A quem? Ora essa!

— Ao lacaio da entrada, enquanto esperava.

— Qual? — ouviu ele de todos os lados.

— Um que fica na saleta, que tem os cabelos meio encanecidos e a cara vermelha; enquanto estive sentado na antecâmara, esperando falar com Iván Fiódorovitch.

— Que despropósito! Isso é até original! — sentenciou a generala.

— Ora, o príncipe é um democrata — sublinhou Agláia. — Bem, se contou a Aleksiéii, como há de recusar a nós outras?

— Já estou preparada para ouvir — disse Adelaída.

E Míchkin começou, dirigindo-se a esta:

— Ainda agora me veio ao espírito um pensamento, quando me pediu um assunto para o seu quadro (Míchkin animava-se logo, confiante): sugerir-lhe que pintasse o rosto de um homem condenado! Um momento antes de a guilhotina cair, quando ele ainda estivesse de pé no cadafalso, antes de se curvar sobre o cepo.

— O rosto? Só o rosto? — interessou-se Adelaída. — Seria um tema estranho. E que espécie de quadro produziria isso?

— Não sei. Mas, por que não pintar? — insistiu Míchkin com ardor. — Vi uma tela mais ou menos assim, em Basileia, não há muito tempo. Gostaria de descrevê-la para as senhoritas. Um dia destes o farei. Impressionou-me como quê!

— Não deixe de nos contar depois como era esse quadro de Basileia — disse Adelaída. — Mas, por hoje, nos explique como devo pintar a execução. Poderia dizer-me como é que o senhor próprio a imaginaria? A cabeça como deve ser? E tem de ser só a cabeça? Como é o rosto?

— Praticamente tem de ser no minuto que antecede à morte — começou Míchkin, com muita presteza, servindo-se de suas recordações e dando até mostras de aflição, como não querendo esquecer nenhuma minúcia de importância relativa ao caso. — O momento em que ele acabou de subir a escadinha e parou sobre o cadafalso. Bem nesse instante ele olhou na minha direção. Olhei para a sua face e compreendi tudo. Será possível contar isso? Desejo, sim, desejo muito que a senhorita ou qualquer outra pessoa pinte isso. Melhor se fosse a senhorita. Já me veio a ideia de que a senhorita fizesse bem um quadro desse gênero. Mas, veja bem, tem-se de imaginar tudo quanto sucedeu antes, tudo, tudo! O condenado estava na prisão e pensava que a execução seria dentro de uma semana; contava com as formalidades de praxe e calculava que os papéis levariam uma semana para voltar. Mas, por uma circunstância fortuita, o prazo foi reduzido. Às cinco da manhã ele estava dormindo. Fins de outubro. Às cinco da manhã ainda é frio e escuro. O superintendente da prisão chega sem nenhum rumor, acompanhado do guarda, e lhe toca o ombro, com muito cuidado. Ele se apoia no cotovelo e se ergue um pouco. Vê a lanterna, pergunta: "Que é?". "A execução será às dez horas." Não pôde apanhar bem o sentido disso, por estar apenas semiacordado, mas acabou objetando que a sentença demoraria no mínimo uma semana em seus trâmites. Nisto acordou de todo, deixou de protestar, ficou mudo. Assim me contaram. Depois falou: "É duro assim de repente!...". E de novo se calou, não falando daí em diante mais nada. As três ou quatro horas seguintes foram esgotadas nos usuais preparativos: receber o sacerdote, depois o almoço, no qual lhe serviram vinho, café e carne (não é isso um escárnio? Pensem na crueldade disso! E dizer-se que, afinal, esses inocentes funcionários agem de boa-fé, convencidos de que estão praticando um último ato de humanidade!) e depois a *toilette* (sabem que é isso?); só então é que o levaram através da cidade, para o suplício. Penso que também este homem, como aquele outro, deve ter imaginado, enquanto era levado através da cidade, que ainda lhe sobrava um tempo sem fim para viver. Devia ir pensando, pelo caminho: "Pois não é que ainda falta muito tempo? Tenho três ruas! Devo passar por esta, até o fim, depois ainda tem a próxima antes de chegar a terceira; à esquerda há um padeiro, na terceira rua... sim... à esquerda. Ainda falta muito para chegar diante da casa do padeiro...".

Em torno da carreta, multidão, barulho e exclamações. E ele tinha de suportar dez mil faces, vinte mil olhos! E, pior do que isso, tinha de suportar o pensamento seguinte: "São dez mil, mas nenhum deles vai ser executado; eu é que vou ser executado". Bem, todo esse preparativo.

Agora, rente ao cadafalso, uma escadinha. Diante desses três degraus, começou a chorar, ele que tinha sido um forte, que fora um grande criminoso, segundo me disseram. O sacerdote não o deixava um só momento; acompanhou-o desde a carroça e não deixou de lhe falar todo o tempo. Duvido que tenha escutado. E se começou a escutar não deve ter apreendido mais do que duas palavras. Deve ter sido assim. E eis que começou a subir os degraus. Suas pernas estavam ligadas uma à outra, de maneira que teve de subir dando uns pulinhos lúgubres. O sacerdote, que era um homem inteligente, deixou de lhe falar, só lhe dando a cruz para que a beijasse. Ao pé da escada, ele estava lívido e, quando chegou à plataforma do cadafalso, parou e estava tão branco como papel, como papel imaculado sobre que se escreve. As suas pernas devem ter fraquejado, depois devem ter endurecido como paus. Eu pensava comigo que ele devia estar sentindo-se tão mal como se uma coisa na garganta o sufocasse fazendo-lhe uma espécie de êmbolo. As senhoritas nunca sentiram isso, quando estão com temor, ou nos momentos terríveis em que conservamos toda a nossa razão, mas ela não tem mais nenhum poder? Penso que quem quer que se defronte com a destruição inevitável, por exemplo, ao perceber que uma casa vai desabar, deve sentir um desejo só, instantâneo e imediato: sentar-se e fechar os olhos, à espera... venha o que vier... Quando essa fraqueza estava chegando, o sacerdote em silêncio e em um movimento lépido lhe chegou a cruz aos lábios, erguendo-a até ele, *uma pequena* cruz de prata maciça, conservando-lha assim à altura dos lábios, muito tempo. Cada vez que a cruz lhe tocava os lábios, ele reabria os olhos e parecia vir à vida por uns poucos segundos; e as suas pernas se moviam. Tornava a beijar a cruz, veementemente. Beijava-a com pressa, como para não se esquecer de se munir de alguma coisa de que muito necessitava, muito embora eu duvide que naquele momento lhe viessem sentimentos religiosos propriamente. E assim foi, até que o levaram para o cepo. É incrível, como são raríssimas as pessoas que desfalecem nesse momento. Pelo contrário, o cérebro fica tão aguçado que decerto trabalha em uma progressão tremendamente centuplicada, qual máquina em alta velocidade. Quer me parecer que nessa hora sobrevenha um agudo tumultuar de ideias de toda sorte, sempre inacabadas e também absurdas, completamente gratuitas e inadequadas. "Aquele homem está me olhando. Tem uma verruga na cara. Um dos botões do casaco do algoz está enferrujado." E uma porção de outras coisas que nessa hora vêm à tona... Há um ponto que se grava indelével, um eixo ao qual a pessoa não se pode eximir, já que tudo o mais roda à sua volta. E pensar que tem de ser assim até o último quarto de segundo, quando a cabeça já está sobre o cepo, à espera... e sabe! Subitamente ouve em cima de si o retinir do aço. Sim, tem de ouvir isso. Se eu estivesse lá, curvado, ficaria bem atento a fim de ouvir e de escutar! Dura apenas a décima parte de um segundo, mas a pessoa sabe que escutará. E calculem que ainda é ponto de controvérsia saber se, um segundo depois de cortada, a cabeça sabe que foi cortada! Que ideia! E se eu lhes disser que cinco segundos depois ela ainda sabe!?

Pinte o cadafalso de maneira que só o último degrau possa ser visto distintamente. No primeiro plano, o criminoso tendo acabado de o subir. Pinte-lhe a cabeça e o rosto, branco como papel; o sacerdote erguendo a cruz. O homem vorazmente estendendo os lábios azuis e olhando... e com que olhos! E ciente de tudo. Uma cruz e uma cabeça, mais nada, eis o quadro. O rosto do sacerdote e o do carrasco. Os seus dois ajudantes. E umas poucas cabeças e olhos, embaixo, pintados, se quiser, no plano posterior, em meia-luz, assim como guarnição viva de tela... Eis o quadro!

Cessando de falar, Míchkin ficou olhando para elas.

— Não me digam que isso é quietismo — comentou consigo mesma Aleksándra. Mas Adelaída disse alto:

— E agora nos conte como foi que o senhor se apaixonou... — O príncipe olhou-a, admirado.

— Escute — tornou Adelaída, de modo um tanto veemente —, o senhor nos prometeu falar sobre a tela de Basileia, mas eu preferia que nos contasse agora os seus namoros. Não negue que já esteve apaixonado! Além disso, logo que começa a descrever qualquer coisa, deixa de ser um filósofo.

E nisso Agláia observou, inesperadamente:

— Mal o senhor acaba de contar qualquer coisa, fica assim como se estivesse envergonhado... Por que é isso?

— Que despautério, menina!... — ralhou a mãe.

E Aleksándra concordou:

— Que falta de propósito!...

— Não acredite em Agláia, príncipe — pediu a Sra. Epantchiná, virando-se para ele. — Ela faz isso de caso pensado, por malícia; todavia não a eduquei assim tão mal. Oh! Não pense mal delas por estarem mexendo com o senhor desse jeito. Não pense que seja maldade. Eu sei que elas já estão gostando do senhor. Conheço o rosto de cada uma delas.

— Eu também conheço — disse o príncipe com uma ênfase toda especial.

— Como assim? — perguntou Adelaída, com curiosidade.

— Que sabe o senhor a respeito de fisionomias? — debicaram as outras duas também.

Míchkin, porém, não respondeu e ficou sério. Todas aguardavam a sua resposta.

— Eu direi mais tarde — falou, com delicadeza e seriedade.

— O senhor está mais é querendo suscitar a nossa curiosidade — exclamou Agláia. — E para que essa solenidade?

— Ora bem — interveio outra vez Adelaída, com precipitação. — Se deveras é um conhecedor de rostos, certamente já teve algum amor, e a minha conjetura, ainda há pouco, foi certa. Conte-nos, então...

— Não, nunca me apaixonei — respondeu o príncipe tão gentilmente como antes e com o mesmo ar grave. — Eu fui feliz, mas de um modo diferente.

— Como? Em quê?

— Então, se querem, está bem, vou contar — disse. E se concentrou, meditando profundamente.

6

— Estão todas me olhando com tamanho interesse que, se eu não as satisfizer, ficarão zangadas comigo.

Foi com essas palavras que o príncipe começou, acrescentando logo, com um sorriso:

— Brincadeira minha; sei que não ficarão, não. Havia, lá onde eu estive, um bando de crianças. Eu estava sempre com as crianças! Somente com as crianças!... Era a criançada da aldeia. Toda uma revoada de escolares. Não que eu cuidasse delas. Oh, não; havia um professor para isso, Jules Thibault. Mas de certo modo não deixava eu de lhes ser útil, passando a maior parte do tempo no meio delas. Durante aqueles quatro anos posso dizer que convivi com elas. Para mim nada mais me interessava que isso. Costumava falar com elas a respeito de tudo, não as enganando em nada. Os pais e os conhecidos delas implicaram logo comigo, só porque as crianças não podiam passar sem mim e estavam sempre me rodeando, a tal ponto que o professor se tornou meu inimigo ferrenho. Tive muitas outras inimizades lá, pelo mesmo motivo, e o próprio Schneider se voltou contra mim. Não sei o que temiam! Às crianças se pode dizer tudo, tudo! Sempre me chocou verificar como os adultos não as compreendem, o pouquíssimo que os pais entendem de seus próprios filhos. Nada se deve ocultar às crianças, nem mesmo sob o pretexto de ser ainda muito cedo para que nos entendam. Isso é uma ideia triste e mesquinha. Sim, logo se dão conta de que os pais as consideram pequeninas demais para compreender as coisas! E, todavia... sabem tudo! Há gente crescida que ignora que mesmo no caso mais difícil uma criança pode dar um conselho acertado! Reparem bem, não é uma vergonha decepcionarmos esse pequenino pássaro que nos olha com tamanha felicidade e confiança? Digo pássaro porque não há coisa mais bela no mundo. Mas o que na verdade indispôs toda a gente contra mim foi o seguinte: Thibault tinha inveja e ciúme de mim. No começo, ele apenas meneava a cabeça, não podendo atinar como era que a meninada compreendia tudo através de mim e quase nada do que ele ensinava. Deu então em caçoar, só porque lhe disse que nenhum de nós podia ensinar fosse o que fosse às crianças, e que delas sim, tínhamos de aprender tudo. Como pôde esse homem, vivendo por ofício entre as crianças, vir a ter ciúmes de mim, chegando a me intrigar tanto? Pois se a alma só se robustece no convívio com as crianças, não é mesmo?... Havia na instituição de Schneider um homem muito infeliz. Duvido mesmo que haja outra infelicidade comparável à dele. Estava em tratamento lá por causa de loucura. A meu ver, não era louco, mas sim medonhamente desgraçado. Isso é que ele era. Se ao menos as senhoritas imaginassem o que a criançada fez por ele no fim... Mas, sobre esse paciente será melhor eu falar em uma outra ocasião. Eu lhes vou dizer, agora, como foi que tudo aquilo começou. No início, as crianças não se sentiram atraídas por mim. Eu era tão grande! Sou sempre tão desajeitado! Eu sei também que sou feio... E, ainda por cima, eu era estrangeiro. No começo elas caçoavam de mim e, depois que me viram beijar Marie, deram em me jogar pedras. Eu só a beijei uma vez... Ora, por que estão rindo? — e Míchkin se apressou em deter o sorriso de suas ouvintes. — Não se tratava de namoro, não. Se chegassem a saber que criatura infeliz ela era, teriam compaixão, como eu tive. Vivia na nossa aldeia, com a velha mãe. Das duas janelas da sua casa em ruínas uma estava reservada, com licença das autoridades locais, que tinham dado permissão à velha, para a venda, ali, de cordões de sapatos, linhas, fumo e sabão. Rendia uma bagatela, mas era com o que elas viviam. A velha era inválida; tinha as pernas inchadas, vivia entrevada. Marie, sua filha, era uma moça de 20 anos, fraca e magra. E apesar de há muito tempo tuberculosa, ia de casa em casa, para trabalhos pesados: esfregava assoalhos, lavava roupa, varria quintais e tratava do gado. Um caixeiro--viajante francês a seduziu e a levou consigo, para acabar, uma semana depois, abandonando-a. O tratante desapareceu! Teve ela de voltar para casa, esmolando, toda enlameada e em frangalhos, os sapatos em petição de miséria. Levou uma semana para chegar; teve de passar noites nos campos apanhando um frio espantoso. Trazia os pés cheios de feridas, e as mãos gretadas e inflamadas. Antes, já não era bonita; apenas os olhos eram suaves, doces e inocentes. E como era calada! Lembro-me de que, uma vez, trabalhando, se pôs a cantar! E não posso esquecer como todo o mundo desandou a rir, com essa surpresa. "Marie está cantando! Ora essa, Marie cantando!..." Ficou tão desconcertada que nunca mais entreabriu os lábios. Naqueles outros tempos o povo ainda era bom para com ela, mas quando voltou, escangalhada e doente, ninguém mais teve pena. Como, em tais circunstâncias, o povo se torna cruel!? Como é grosseira a noção que as criaturas têm dessas coisas! Para começar, a própria mãe a recebeu com desprezo e cólera. "Tu me desgraçaste!" E foi a primeira a abandoná-la à sua vergonha. Mal souberam que Marie tinha voltado, todos vieram logo ver, e a aldeia em peso se aglomerou diante do casebre da velha. Todos! Velhos e crianças, mulheres e moças, todo o mundo, uma gentalha sequiosa e movediça. Marie jazia por terra, aos pés da velha, esfomeada e em andrajos, toda em lágrimas. Vendo-os chegar, cobriu o rosto com a cabeleira, a cara grudada no chão. Ficaram ali, pasmados diante dela, como diante de um réptil. Os velhos a censuravam e os moços se riam. O mulherio a espezinhava com ultrajes, olhando com asco, como se a pobrezinha fosse uma aranha. E a mãe permitia tudo isso, ali ao lado, acenando com a cabeça, concordando com todos, embora o estupor da velha já estivesse bastante doente e quase moribunda. Tanto que, dois meses depois, morria. E sabendo que estava para morrer, até a data da morte não sonhou sequer em se reconciliar com a filha. Nunca lhe dirigiu uma palavra; pô-la a dormir no alpendre, quase que lhe negava comida. Como, porém, precisava de escalda-pés, Marie lhe fazia isso sempre pronta; a velha aceitava o serviço em silêncio, sem jamais lhe dirigir uma palavra amável. Marie resignou-se a tudo e, quando vim a conhecê-la, tive informações de que achava isso muito certo, considerando-se a mais ínfima das criaturas. Já quando a velha nem podia mais levantar-se, as velhotas da aldeia se revezavam para ficar com ela um pouco, como é de hábito entre essa gente. Nenhuma deu mais comida a Marie, e na aldeia todos se afastavam dela; e ninguém lhe quis dar mais trabalho, como antigamente. E assim, cada qual cuspia nela; os homens, não a olhando mais como a uma mulher ao menos, diziam-lhe indecências. Às vezes, mas poucas, quando voltavam bêbados, aos domingos, eles se divertiam em jogar-lhe moedas, atirando-as perto, no chão. Marie apanhava-as, sem dizer palavra. Começou a escarrar sangue, nessa época. Ultimamente, as suas roupas eram andrajos só, o que ainda a envergonhava mais de aparecer na aldeia. Desde que regressara, andava descalça. Então, a criançada principalmente, todo o bando — eram cerca de uns quarenta escolares — começou a apupá-la e a jogar-lhe porcarias. Ela pediu ao vaqueiro que a deixasse olhar pelas vacas, mas o homem a enxotou; mesmo assim, deu em sair, o dia inteiro, com o gado, por deliberação própria, ainda que sem licença. E como isso convinha ao vaqueiro, que logo percebeu a vantagem, não a enxotou mais e, uma vez ou outra, lhe dava do pão e do queijo que lhe sobrava do jantar. Considerava isso um grande favor de sua parte. Quando a mãe morreu, o pastor não teve escrúpulo de envergonhar Marie na igreja, defronte de todo o mundo. Marie estava chorando ao lado do ataúde, em trapos, como andava. Uma porção de gente se tinha juntado para vê-la assim ao lado do caixão a chorar. E então, o pastor (ele era ainda moço e toda a sua ambição era vir a se tornar um grande pregador!) apontou para Marie e, dirigindo-se a todos, disse: "Ali vedes a causa da morte desta prestante mulher (o que era uma mentira, pois havia dois anos que ela estava doente), ali está ela, defronte de vós e não ousa olhar-vos, pois sabe que está marcada pelo dedo de Deus; ali está ela, os pés descalços e a roupa em trapos! Seja isso uma advertência a todas a fim de preservarem a virtude. Eis o desgosto que uma filha pode causar a sua mãe!". E assim por diante, sempre nesse estilo. E, acreditem, mesmo que lhes custe, tal infâmia agradou sobremodo! Mas... nisto, as coisas seguiram um curso diferente. As crianças tomaram sozinhas uma deliberação, e, como já estavam do meu lado, começaram a gostar de Marie.

E eis como isso aconteceu... Eu desejava fazer alguma coisa por Marie. Ela estava bem necessitada de dinheiro, mas eu nunca tinha comigo uma nota sequer, nesse tempo. Lembrei-me de um alfinete com um diamantezinho e o vendi a um bufarinheiro que andava de aldeia em aldeia vendendo e comprando roupa velha. Deu-me oito francos, e aquilo valia bem uns quarenta. Tratei logo de encontrar Marie sozinha. Por fim dei com ela perto de uma sebe, fora da aldeia, em um atalho da montanha, atrás de uma árvore. Entreguei-lhe então os oito francos e lhe disse que tomasse cuidado, pois me seria impossível arranjar mais. Foi então que a beijei e lhe disse que não pensasse que eu era algum mal-intencionado. Expliquei-lhe que a beijava não porque estivesse enamorado, mas porque tinha muita pena dela; e afirmei que nunca, desde o começo, a tinha julgado culpada, mas somente infeliz. Pretendi confortá-la, ali mesmo, e persuadi-la a que não se considerasse inferior a qualquer pessoa; creio, porém, que ela não me entendeu. Percebi isso imediatamente, embora não me respondesse quase nada todo o tempo, assim, diante de mim, a olhar para o chão, horrivelmente confusa. Quando acabei, ela beijou minha mão, e eu imediatamente segurei a dela, e a teria beijado se ela não a retirasse. Foi então que o bando das crianças nos viu. Percebi depois que nos estavam espiando desde alguns momentos antes. Começaram a assobiar, a rir e a bater as mãos. Marie fugiu. Eu quis falar às crianças, mas elas se puseram a atirar-me pedras. Naquele mesmo dia, todo o mundo soube disso, em toda a aldeia. O peso de tudo caiu sobre Marie, de novo; antipatizaram com ela ainda mais. Cheguei mesmo a ouvir que pretenderam que as autoridades a castigassem; mas, graças a Deus, tal não se deu. Todavia as crianças não a deixaram em paz; atormentavam-na ainda mais e até lhe atiravam imundícies. Enxotavam-na; ela fugia, com aqueles seus pulmõezinhos fracos, arfando, e quase sem fôlego. Corriam atrás dela, gritando e xingando. Até que, uma vez, tive uma briga, deveras, com elas. Pus-me a falar-lhes. Falava-lhes todos os dias e o mais possível. Às vezes paravam e escutavam, embora ainda me escarnecessem. Fiz-lhes ver quanto Marie era infeliz; deixaram logo de debicar e se retiraram caladas. Pouco a pouco, começamos a conversar juntos. Não lhes ocultava coisa alguma, contei-lhes toda a história. Ouviram com toda a atenção e logo começaram a ter pena de Marie. Algumas até a saudavam amistosamente à medida que a encontravam. É um hábito de lá, quando uma pessoa encontra outra, conheçam-se ou não, inclinarem-se e se desejarem bom dia. Posso imaginar como isso causou admiração a Marie. Duas menininhas, um dia, trouxeram comida que lhe ofereceram; e depois vieram me dizer. Contaram-me que Marie chorou e que a amavam, agora, muito. Imediatamente todas começaram a querer bem a ela, e a mim, também. Deram em vir ver-me, sempre, e me pediam que lhes contasse histórias. Creio que me saí bem nisso, pois se puseram a escutar-me, muito contentes. Foi depois disso que comecei a ler e a estudar, simplesmente para ter o que lhes contar e, nos três anos seguintes, acostumei-me a inventar-lhes histórias. Depois, então, quando todo o mundo, inclusive o próprio Schneider, me repreendia por falar com elas como a pessoas crescidas, não lhes escondendo absolutamente nada, eu afirmei que era uma vergonha decepcioná-las; que elas viriam a saber tudo, de qualquer maneira, mesmo que muitas coisas lhes fossem ocultadas, e que talvez viessem a sabê-las por um meio mau; ao passo que, comigo, não. Basta que cada qual se lembre da própria infância.

Não concordaram... Eu beijara Marie, umas duas semanas antes de sua mãe morrer. Na ocasião em que o pastor pronunciou a sua arenga, já a criançada toda estava do meu lado. Imediatamente lhes contei a má ação do pastor, explicando-lhes bem. Ficaram zangadas com ele, e algumas se enfureceram tanto que apedrejaram e quebraram os vidros das janelas dele. Fi-las parar, pois isso não estava direito. Mas todos na aldeia vieram a saber disso e começaram a me acusar de estar corrompendo as crianças. E tendo percebido que as crianças gostavam de Marie, ficaram horrorizados. Marie, porém, era feliz, agora! Proibiram as crianças de se encontrar com ela. Mas escapuliam para onde ela guardava o gado, aproximadamente meia milha fora da aldeia. Levavam-lhe iguarias. E uma ou outra, isoladamente, vinha a correr, só para abraçá-la, beijá-la e dizer-lhe "*Je vous aime, Marie*" e logo voltava a correr tão ligeiro quanto as suas perninhas lhe permitiam. Marie quase ficava fora de si, ante uma felicidade para ela nunca vista. Pois se nem sonhara com tal possibilidade! Ficava ruborizada e radiante. Do que as crianças mais gostavam, especialmente as meninas, era correr até ela para lhe dizer que eu a amava e lhes tinha falado muito dela. Contavam-lhe que eu lhes tinha relatado tudo a seu respeito e que por isso, agora, lhe tinham amor e compaixão. E que para sempre isso seria assim! Corriam, depois, para mim, com seus rostinhos alegres e compenetrados, e participavam que tinham acabado de ver Marie e que Marie me enviara lembranças.

De tardinha costumava eu ir passear até à cascata. Era um lugar bem escondido da aldeia, todo rodeado de álamos. Lá costumavam se reunir à minha volta algumas dessas crianças que vinham às escondidas. Acho que o meu sentimento por Marie lhes causava imenso prazer; e este foi o único ponto em que as decepcionei. Pensam que lhes disse que elas estavam enganadas, que eu não estava namorando Marie? Que somente tinha muita pena dela? Não lhes disse nada a tal respeito, pois fácil era perceber que queriam que as coisas fossem conforme suas imaginações e de acordo com o que julgavam como lógico. Cuidavam que suas conjeturas eram certas. Quanta delicadeza e ternura naqueles coraçõezinhos! Mas uma coisa não lhes entrava nas cabecinhas: que Marie, sendo amada pelo querido Léon, devesse andar tão malvestida e descalça. E, querem saber? Conseguiram arranjar-lhe sapatos, meias grossas, roupa branca e até mesmo um vestido. Como, não sei. A verdade é que conseguiram. E o bando inteiro a trabalhar sempre. Quando eu, maravilhado, as interrogava à cata de esclarecimentos, apenas davam risadas gostosas; as menininhas, essas então batiam com as mãos e me davam beijos. Algumas vezes eu também me abalançava a ir ver Marie, mas sempre às escondidas. Ela já estava então muito mal; quase não podia andar. Impossível lhe era já agora trabalhar na casa do pastor, mas ainda saía todas as manhãs com o gado. Costumava sentar-se um pouco apartada. Preferia instalar-se em uma espécie de saliência, entre rochedos quase a pique. Sempre se sentava acolá, fora da vista, em um canto, permanecendo quase o dia inteiro, desde manhã cedinho, naquele seu retiro. Saía só na hora de recolher o gado. Mas já estava tão fraca, por causa da tuberculose, que encostava a cabeça contra a rocha e fechava os olhos dormitando, com a sua respiraçãozinha penosa. Seu rostinho era tão transparente que parecia uma caveira. Havia sempre suor a lhe escorrer da testa e das têmporas. Eu a encontrava quase sempre assim. Mal eu aparecia, ela despertava, abria os olhos e não parava de me beijar as mãos. Eu quase não demorava porque não queria que ninguém me visse. Quedava-me ali, sentado ao seu lado, não tentava sequer recolher as mãos, pois Marie se sentia feliz em mostrar com aqueles beijos a sua gratidão. Uma vez ou outra ela experimentava dizer alguma coisa... Mas nunca cheguei a compreender aquelas palavras engroladas. Parecia uma criatura em transe, em uma terrível crise de ânsia ante tão pequena mas para ela tamanha felicidade. Às vezes eu levava comigo algumas das crianças. Estas ficavam por perto, vigiando os arredores, como que a proteger-nos de alguém, ou de alguma coisa, sentindo com isso um extraordinário prazer. Quando nos íamos, Marie ainda ficava, tão sozinha, com os olhos fechados, a cabeça reclinada contra o rochedo, sonhando talvez com alguma coisa...

Certa manhã já não pôde sair com as vacas; ficou em casa, na sua solitária choupana. As crianças souberam disso imediatamente e quase todas vieram perguntar por ela, nesse dia. Estava deitada, completamente só. Durante dois dias foi guardada apenas pelas crianças que se revezavam em turnos; mas quando a notícia se espalhou pela aldeia e houve indícios de que Marie estava à morte, todas aquelas velhas da terra vieram e se instalaram na sua cabeceira. Penso que então aquela gente começou a sentir pena de Marie. Ainda assim, ralhavam com as crianças e as proibiam de vir vê-la, como já tinham feito antes. Marie estava quase todo o tempo adormecida, mas o seu sono era entrecortado por uma tosse terrível. As velhotas escorraçavam com as crianças; mas estas apareciam do lado de fora da janela, algumas vezes, um momento só que fosse, para dizerem "*Bonjour, notre bonne Marie*".[4] E mal as pressentia, ou as ouvia, ela parecia reviver e, apesar de as velhas estarem ali, experimentava levantar-se apoiada nos cotovelos, acenava-lhes e lhes dizia "*Merci*". Deram em lhe trazer guloseimas, como antes, mas raramente ela comia alguma coisa. E, em verdade, lhes posso garantir que foi graças a elas que Marie morreu quase feliz! Graças a elas, pôde esquecer o seu amargo sofrimento. Elas lhe trouxeram, com isso, uma como que absolvição, pois até o fim se considerou uma grande pecadora. Ah! As crianças pareciam aves, batendo com as asas contra a janela, chamando por ela, todas as manhãs: "*Nous t'aimons, Marie!*".[5]

---

[4] Do francês: "Bom dia, nossa querida Marie." (N. E.)
[5] Do francês: "Nós te amamos, Marie." (N. E.)

Morreu muito cedo. Eu esperava que ela durasse mais. Na véspera da sua morte fui vê-la, ao pôr do sol. Parece que me reconheceu quando lhe segurei e apertei a mão pela última vez. Como seus dedos se haviam descarnado! Na manhã seguinte vieram participar-me que Marie tinha morrido. Não houve quem pudesse conter as crianças. Elas lhe enfeitaram o caixão com flores e lhe puseram uma grinalda na cabeça. O pastor, na igreja, não cometeu nenhuma aviltação desta vez. Não foi um funeral concorrido, havia pouca gente, atraída pela curiosidade; mas quando o caixão teve de ser carregado para fora, a criançada investiu para o carregar. E conquanto não fossem suficientemente fortes para aguentar o peso, sozinhas, ajudaram a levá-lo, e caminhavam atrás do ataúde, chorando. Desde então, as crianças zelaram pela sepultura de Marie. Plantaram rosas, em toda a volta, e cada ano a cobriam de flores.

Foi, porém, depois do enterro, que eu fui mais perseguido pelos aldeões, por causa da criançada. O pastor e o mestre-escola os atiçavam. As crianças ficaram estritamente proibidas de se encontrarem comigo, e Schneider empregou todo o seu esforço para que a proibição fosse efetiva. Mas nós nos víamos, assim mesmo; comunicávamo-nos a distância, por sinais. Enviávamo-nos pequenos bilhetes. Por fim as coisas se aplainaram. Mas foi esplêndido, todo esse tempo. Essa perseguição ainda me aproximou mais das crianças. No último ano, o pastor e Thibault estavam quase reconciliados comigo. E Schneider argumentava muito comigo a respeito do "meu sistema" pernicioso para com as crianças. Como se eu tivesse algum "sistema"! Por fim, Schneider revelou um muito estranho pensamento, o que fez pouco antes de eu vir embora. Confessou-me que tinha chegado à conclusão de que eu era uma completa criança, eu próprio. Nem mais nem menos do que uma criança; que eu era adulto apenas na cara e no tamanho, mas que, no desenvolvimento, na alma, no caráter, e talvez até na inteligência, não tinha crescido, e que permaneceria sempre assim, mesmo que vivesse até aos sessenta!...

Ri-me muito. Ele estava errado, é lógico, pois não sou nenhuma criança. Mas em uma coisa ele tem razão. Não gosto de ser como as pessoas crescidas. Notei isso desde muito. E não gosto, porque não sei como agir diante delas. Digam-me seja o que for, por mais gentis que sejam comigo, sempre me sinto de certo modo oprimido diante delas e fico medonhamente alegre quando posso voltar para os meus companheiros; e os meus companheiros têm sido sempre as crianças, não porque eu próprio seja uma criança, mas porque sempre me senti atraído por elas. Quando eu era novato na aldeia, ao tempo em que empreendia melancólicos passeios pela montanha, sozinho, e me acontecia, especialmente por volta do meio-dia, encontrar o bando barulhento saindo da escola, a correr, com suas sacolas e com suas lousas, entre gritos, jogos e risadas, imediatamente a minha alma corria para elas. Não sei como se dava, mas a verdade é que tinha uma espécie de intensa e feliz sensação cada vez que as encontrava. Ficava parado, quieto, sorria com felicidade vendo as pequeninas pernas sempre voando por aí afora, meninas e meninos correndo juntos, com seus sorrisos e com suas lágrimas (pois muitos deles armavam rixas, choravam, interrompiam as brigas, passavam a brincar de novo, à saída da escola, de volta para casa) e isso me fazia esquecer todos os meus lúgubres pensamentos. Depois do que, nos três últimos anos, eu nunca pude compreender como e por que há gente triste. O centro de minha vida foram as crianças.

Não contava ter de deixar a aldeia nem me passava pelo espírito que um dia teria de regressar à Rússia. Pensava permanecer sempre lá. Mas por fim acabei vendo que Schneider não podia continuar me conservando consigo. Foi então que as coisas viraram subitamente, e tão importantes foram elas em sua evidência, que o próprio Schneider instou comigo para vir embora e garantiu a minha volta. Vou examinar essas coisas e aconselhar-me com alguém. Minha vida talvez mude completamente. Deixei muita coisa lá, muita, mesmo! Ao tomar o trem, pensei: "Vou agora me encontrar com o mundo. Ignoro tudo, por assim dizer, mas uma vida nova começou para mim". Tomei a resolução de fazer a minha tarefa resoluta e honestamente. Deve ser duro e difícil viver no mundo. Em primeiro lugar, resolvi ser cortês e sincero como todo o mundo. "Ninguém deve esperar mais do que isso, de mim. Talvez aqui também me olhem como uma criança; não faz mal." Todo o mundo me toma por um idiota e isso também pela mesma razão. Outrora estive tão doente que realmente parecia um idiota. Mas posso eu ser idiota, agora, se me sinto apto a ver, por mim próprio, que todo o mundo me toma por um idiota? Quando cheguei, pensei: "Bem sei que me tomam por um idiota; todavia tenho discernimento e eles não se dão conta disso!...". Muitas vezes tive esse pensamento.

Mal cheguei a Berlim, recebi algumas cartinhas que as crianças tinham conseguido escrever-me, e então compreendi quanto gosto de crianças. A primeira carta dá sempre muita saudade. Como as crianças lamentavam a minha ausência! E todavia tinham tido um mês, de antemão, para se prepararem para minha partida. "*Léon s'en va, Léon s'en va pour toujours!*" Como antes, encontrávamo-nos sempre na cascata e falávamos da nossa separação. E, certas vezes, tão radiantes como outrora! Era só quando nos separávamos, à noitinha, que elas me abraçavam e beijavam com mais calor do que o faziam antigamente. Uma ou outra vinha me ver sozinha e em segredo, simplesmente para me beijar e abraçar sem ser diante das demais. Quando vim embora, elas todas, todo o bando me acompanhou à estação. A estação da estrada de ferro distava da aldeia cerca de uma *verstá*. Esforçavam-se por não chorar, mas algumas não puderam conter-se e soluçavam alto, principalmente as meninas. Apressamo-nos para não chegar atrasados; mas aqui e além, uma delas saía correndo de uma azinhaga, pulava para os meus braços, beijava-me, obrigando toda a procissão a parar, simplesmente para isso. E, embora tivéssemos pressa, parávamos, esperando que este, ou aquele, me dissesse adeus. Quando me acomodei e o trem partiu, todas elas exclamaram "Hurra!" e permaneceram lá até perderem o trem de vista. Eu também não tirava os olhos delas... E agora lhes digo, quando entrei aqui e olhei para os rostos tão doces das senhoritas — eu agora estudo o rosto de todo mundo, perfeitamente! — e lhes ouvi as primeiras palavras, meu coração sentiu luz pela primeira vez, desde a Suíça. E então pensei comigo que talvez eu seja uma pessoa de sorte. Sei bem que nem sempre a gente encontra pessoas com quem logo simpatize! E não é que vim para aqui diretamente da estação e as encontrei? Sei bem que a gente se peja de falar do seu próprio sentimento com qualquer um, mas lhes falei sem sentir nenhum pejo. Sou muito insociável, e, provavelmente, não voltarei a vê-las tão cedo. Não tomem isso como desconsideração. Nem estou dizendo isso por não dar valor a esta amizade, e não pensem, muito menos ainda, que me considerei ofendido por qualquer coisa. As senhoritas me perguntaram a respeito da impressão que tive do rosto de cada uma e o que teria eu notado neles. Terei muito prazer em responder. Vós, Adelaída Ivánovna, tendes um rosto feliz, o mais simpático dos três. Além de serdes muito bonita, a gente verifica, olhando-vos, "que tendes o rosto de uma extremosa irmã". Vosso contato é simples e alegre, mas tendes especial habilidade em ver dentro dos corações. Eis como o vosso rosto me impressionou. Vós, Aleksándra Ivánovna, tendes também um rosto belo e doce; mas talvez haja nele uma secreta perturbação. Vosso coração, certamente, é dos mais bondosos, mas não é alegre. Há qualquer peculiaridade em vosso rosto, algo do que vemos na Madona de Holbein, em Dresde. Bem, quanto ao vosso rosto, isto basta. Acertei? Eu, pelo menos, acho que sois assim. Mas, pelo vosso rosto, Lizavéta Prokófievna — ele se voltou repentinamente para a Sra. Epantchiná —, pelo vosso rosto distingo perfeitamente que sois uma criança em tudo, em tudo, no bem e no mal igualmente, a despeito de vossa idade. Aborrece-vos, dizer-vos eu isso? Já esclareci, e bem, o que penso a respeito das crianças. E não penseis que foi a minha simplicidade que me fez falar tão sinceramente sobre o rosto de cada uma. Oh! Absolutamente, não! Talvez haja algum propósito bem meu no que acabo de fazer!

7

Quando o príncipe acabou de falar, elas todas estavam olhando para ele, jovialmente: mesmo Agláia e, de um modo todo especial, Lizavéta Prokófievna.

— Bem, elas o submeteram a um exame — exclamou a generala. — Bem, meninas, vocês pensaram que iam protegê-lo *como a* um parente pobre, mas ele apenas se digna a tolerar vocês, e isso mesmo com a cláusula de que não virá muitas vezes, não! Mistificou-nos a todos, principalmente a Iván Fiódorovitch. Bem feito! Bravo, príncipe! Meu marido ainda agora mandou que submetêssemos o senhor a um exame. E quanto ao que disse do meu rosto, está perfeitamente *certo*; *sou* uma criança, sei disso muito bem. Eu já sabia antes, portanto falou por mim, pondo os meus pensamentos nas suas palavras. Creio que o seu caráter e o meu são iguais, exatamente, como duas gotas de água, e isso me alegra. A única diferença é que o senhor é um homem e eu sou uma mulher que nunca esteve na Suíça. Ora, aí está a única diferença.

— Não tire conclusões tão depressa, mamãe — disse Agláia. — O príncipe confessou que em tudo isso tinha um motivo especial e que não estava falando à toa.

— Foi, sim — riram as outras.

— Não o importunem, queridas. Ele é mais perspicaz do que vocês três juntas. Vão ver já. Mas por que foi que o senhor não falou nada a respeito de Agláia, príncipe? Agláia está esperando; e eu também.

— Não posso dizer nada por enquanto. Direi mais tarde.

— Por quê? Ela não tem nada que chame atenção?

— É isso mesmo. Vós sois inexcedivelmente bela, Agláia Ivánovna. Sois tão bela que se fica com medo de olhar-vos.

— Só isso? Não diz nada sobre as qualidades dela? — insistia a Sra. Epantchiná.

— É difícil julgar a beleza. Eu, pelo menos, ainda não sou capaz. A beleza é um enigma.

— Esplêndido, considerar Agláia como enigma. Esclareça o enigma, Agláia. Mas então ela é bonita?

— Muito!... — respondeu o príncipe, olhando com entusiasmo para Agláia. Tão bonita, decerto, como Nastássia Filíppovna, embora muito diferente de rosto.

Todas se entreolharam, pasmadas.

— Como quem? — explodiu a Sra. Epantchiná. — Como Nastássia Filíppovna? Onde viu Nastássia Filíppovna? Qual Nastássia Filíppovna?

— Refiro-me a um retrato que Gavríl Ardaliónovitch estava agora mesmo mostrando a Iván Fiódorovitch.

— Como? Ele trouxe o retrato dela para Iván Fiódorovitch?

— Só para mostrar. Nastássia Filíppovna, hoje, deu o seu retrato a Gavríl Ardaliónovitch, e ele, então, o trouxe para mostrar.

— Quero ver isso! — disse impetuosamente a Sra. Epantchiná. — Onde está essa fotografia? Se lhe foi dada, deve tê-la guardado, com certeza; e como hoje é quarta-feira, dia de ficar trabalhando no gabinete, ainda deve estar lá. Não pode sair antes da hora. Chame-o, imediatamente. Não, não estou morrendo por vê-lo, não. Príncipe, quer me fazer um favor? Vá ao escritório, peça a fotografia e traga-a aqui. Diga-lhe que queremos ver; faça o favor.

Depois que o príncipe saiu, Adelaída disse:

— É tão agradável! Mas parece tão ingênuo...

— Sim, um tanto — concordou Aleksándra. — E isso *o faz* um pouco ridículo, deveras.

Nenhuma delas dissera direito o que tinha no pensamento.

— Mas se saiu muito bem a respeito de nossos rostos — considerou Agláia. — Adulou-nos bem; inclusive à mamãe.

— Deixem de fazer espírito. É favor! Ele não me lisonjeou; eu é que fiquei lisonjeada.

— Será que ele estava simulando? — Adelaída parecia indecisa.

— Eu acho que ele não tem nada de ingênuo.

— Parem com isso — disse-lhes a mãe, ficando zangada. — No meu entender, vocês são mais ridículas do que ele. Acho que tem todas as faculdades em ordem, no sentido correto. Exatamente como eu.

"Fiz mal em falar nessa fotografia"... ia pensando Míchkin enquanto se dirigia ao escritório, sentindo uma pancada na consciência. "Mas falei, está falado, e quem sabe até se não foi bom?"

Uma compreensão ainda difusa se estava aclarando em seu espírito. Encontrou Gavríl Ardaliónovitch ainda no escritório, absorvido com os seus papéis. É lógico que não recebia salário da Companhia para não fazer nada. Quando o príncipe lhe pediu a fotografia ficou desconcertado, tendo sido preciso que o príncipe lhe contasse como é que elas tinham ouvido falar nisso.

— Arre! Mas que necessidade tinha o senhor de dar com a língua? — exclamou desapontadíssimo. — Que tem o senhor de se imiscuir? — E sussurrou por entre os dentes: "Idiota!".

— Desculpe-me. Fiz isso inadvertidamente. É que as coisas se encaminharam de tal maneira! Eu estava dizendo que Agláia era tão bonita como Nastássia Filíppovna... e aí...

Gánia pediu-lhe que lhe contasse exatamente como o fato se havia passado. E o príncipe o fez. Gánia olhava-o com desdém e sarcasmo.

— O senhor... encasquetou-se-lhe Nastássia Filíppovna no cérebro... — Mas, refletindo, parou de falar, porque uma ideia lhe veio subitamente.

O príncipe tornou a pedir o retrato.

— Ouça, príncipe, eu queria lhe merecer um favor... mas, realmente, não sei...

Calou-se, embaraçado. Parecia estar lutando consigo mesmo e ensaiando refazer-se. O príncipe esperava calado. Gánia tornou a examiná-lo, com mais cautela, olhando-o demoradamente.

— Príncipe — recomeçou ele —, elas lá dentro estão aborrecidas comigo, por causa de um incidente à toa e ridículo, pelo qual aliás não mereço censura; e nem é preciso aqui me explicar por quê. Acho que estão um pouco sentidas comigo, de maneira que, por enquanto, não devo entrar lá a não ser sendo convidado. Mas eu precisava muito dizer uma coisa a Agláia Ivánovna. Até escrevi umas poucas palavras, à espera de uma oportunidade (segurava um papel dobrado) e não sei como lhas entregar. O senhor quer pegar nisto e entregar, mas quando ela estiver sozinha, de modo que ninguém veja? Compreendeu bem? Não se trata de nenhum segredo impróprio, nada disso... mas... Quer me fazer este favor?

— Não gosto muito de fazer isso — respondeu o príncipe.

— Oh! Mas, príncipe, é uma coisa importantíssima para mim — suplicou Gánia. — Ela naturalmente responderá. Acredite-me, foi só em último recurso, só por não haver outra fórmula que tive de recorrer a... E não tenho mais ninguém a não ser o senhor, é preciso ser já... é muito importante, o senhor nem pode imaginar...

Olhava-o com olhos de servil bajulação, terrivelmente receoso de que Míchkin se negasse.

— Está bem, levarei.

— Mas entregue de maneira que ninguém veja — rogou Gánia, mais aliviado. — E, outra coisa, posso eu, de fato, me fiar na sua palavra de honra, príncipe?

— Sossegue, que não mostrarei isto a ninguém — disse o príncipe.

— O bilhete não está fechado, mas... — recomeçou Gánia, com ansiedade, calando-se logo muito confuso.

— Oh! Não vou ler, não! — respondeu o príncipe, com muita simplicidade. Apanhou também o retrato que lhe fora entregue e saiu do escritório.

Gánia, mal se viu sozinho, pôs as mãos na cabeça e declamou para si mesmo:

— Uma palavra dela... e rompo com tudo, nem tem dúvida!

E, por causa da excitação e da dúvida, não havia meios de pôr a papelada em ordem. Começou então a passear pela sala, de um canto para outro.

O príncipe saiu um pouco pensativo, pois tal missão o impressionava desagradavelmente. Além disso, esse fato de um bilhete de um homem como Gavríl Ardaliónovitch para uma moça como Agláia Ivánovna, era qualquer coisa de desarmonioso. E estando duas peças ainda longe da sala de estar, parou porque só então lhe veio uma ideia: olhar, aproveitando bem a claridade (e para isso se aproximou da janela) o retrato de Nastássia Filíppovna.

Parecia tentar decifrar certo mistério que antes já o havia impressionado naquele rosto. Impressão que não tinha ainda passado; entretinha-se assim, pois, a verificar mais uma vez o que seria. E aquele rosto ainda o impressionou mais, não só por sua extraordinária beleza, como por outra coisa que se existia vislumbrada nele. Era uma expressão de ilimitado orgulho ou desdém, quase ódio, em que se diluía, ao mesmo tempo, algo de confiante e de prodigiosamente enternecedor. O contraste entre esses dois elementos despertava um sentimento próximo da compaixão. Aquela deslumbrante beleza era de arrebatar. A beleza de um rosto pálido, cujas faces eram quase fundas e os olhos mais que brilhantes. Uma estranha e perturbadora beleza. O príncipe esteve a contemplar o retrato durante um minuto e, depois, olhando apressadamente em volta, em sobressalto, o aproximou dos lábios e o beijou. Quando, porém, surgiu na sala de jantar já estava perfeitamente calmo. A sala de jantar era, por sua vez, separada da sala de estar por uma outra peça, e foi aí que, inesperadamente, deu com Agláia, que vinha sozinha.

— Gavríl Ardaliónovitch pediu-me que lhe entregasse isto. — E lhe estendeu o bilhete.

Agláia parou, pegou o bilhete e olhou de modo estranho para o príncipe, sem uma sombra sequer de embaraço. Apenas talvez houvesse uma expressão de admiração em seus olhos, expressão que parecia referir-se ao gesto de Míchkin, esses olhos parecendo interrogá-lo, com calma e altivez, de que maneira se misturara nessa combinação com Gánia. E então, algo de irônico ou desdenhoso apareceu em seu rosto. Com imperceptível sorriso, saiu.

A generala contemplou em silêncio, demoradamente, o retrato de Nastássia Filíppovna, esticando afetadamente os braços, para o afastar.

— Sim, é linda — pronunciou, afinal. — Realmente, muito linda. Só a vi de longe, duas vezes. Então esta é a espécie de beleza que o senhor aprecia?

— É, sim, senhora — respondeu o príncipe, com certo esforço.

— Esta aqui, não é?

— É, essa sim, senhora. Justamente.

— Por quê?

— Nesse rosto há muito sofrimento... — respondeu o príncipe, como se estivesse refletindo consigo mesmo e não respondendo a uma pergunta.

— Creio que o senhor está falando no ar... ao acaso — concluiu a Sra. Epantchiná; e atirou o retrato sobre a mesa, com um gesto altivo.

Aleksándra pegou-o; Adelaída aproximou-se da irmã e se puseram as duas a contemplá-lo. Nisto, Agláia voltou à sala.

— Que força! — exclamou impetuosamente Adelaída, sem se conter, olhando o retrato por cima do ombro da irmã.

— Onde?... Força? — perguntou a Sra. Epantchiná de modo cáustico.

— Uma beleza assim é força! Com uma beleza como esta se pode virar o mundo de cima para baixo — afirmou calorosamente Adelaída, encaminhando-se com ar pensativo para o cavalete de pintura. Agláia apenas olhou o retrato de esguelha, superficialmente, apertando um pouco as pálpebras; amuou e foi sentar-se, juntando as mãos. A Sra. Epantchiná tocou a campainha. E disse ao criado que atendeu:

— Chame Gavríl Ardaliónovitch aqui. Ele está no escritório.

— Mas, mamãe... — exclamou significativamente Aleksándra.

— Quero dizer umas palavras a esse indivíduo. Basta — interveio, interrompendo o protesto. Estava evidentemente irritada. — Nós aqui só temos mistérios, está vendo, príncipe, mistérios e mais nada. Tem sido sempre assim, até parece um protocolo já estabelecido. Como isso enerva!... E se trata exatamente de uma questão que exige acima de tudo franqueza, lealdade e retidão. Casamentos... estão sendo arranjados...

— Mamãe, que é que a senhora está dizendo?!

Aleksándra tentava contê-la outra vez.

— Que é, querida filha? E agrada-lhe então tal atmosfera? Não se incomode de o príncipe estar ouvindo, já somos amigos, os dois. Pelo menos ele e eu nos entendemos. Deus quer homens bons, sim, claro que os há de querer direitos, não tolerando os fracos e manhosos. Isso então de manhosos não os suporta, a esses que hoje dizem uma coisa e amanhã declaram outra. Está compreendendo, Aleksándra Ivánovna? Dizem, príncipe, que sou espinoteada, mas eu é que sei que espécie de gente é essa. Sim, pois o coração é que conta, tudo o mais sendo tolice. É lógico que urge ter também um pouco de sensatez... talvez até o senso venha de fato a ser a grande coisa necessária. Agláia?! Está rindo de sua mãe?! Não estou me contradizendo, não! Uma boba com coração e sem senso é tão infeliz quanto uma boba com senso e sem coração. Esta é uma verdade bastante antiga. Eu sou uma boba com muito coração e quase nenhum senso, você é uma boba com muito senso e quase sem coração... Portanto, somos ambas infelizes e dignas de dó.

— Infeliz e digna de dó a senhora, mamãe? Por causa de quê? — não pôde Adelaída deixar de perguntar. Parecia a única do grupo que não perdera a boa disposição.

— Antes de tudo, vocês são umas filhas que tenho na conta de muito atiladas — redarguiu categoricamente a generala — e como isso por si só já é mais que suficiente, não é preciso entrarmos em outras coisas. Palavras demais já foram gastas. Veremos de que maneira vocês duas (com Agláia não conto!) saberão servir-se do critério e das palavras... E só quero ver de que forma você deslindará o caso que lhe querem armar com o tal cavalheiro esplêndido, minha admirabilíssima Aleksándra Ivánovna. Ah... — exclamou a generala vendo entrar Gánia — eis que entra um outro termo destacado de uma aliança matrimonial... Bom-dia! — disse ela em resposta à saudação e às mesuras de Gánia, não lhe dizendo que se sentasse. — Com que então, na iminência de contrair núpcias, hein?

— Núpcias? Como? Quais núpcias? — tartamudeou Gavríl Ardaliónovitch, completamente zonzo. Estava terrivelmente vexado.

— Bem, já vejo que prefere uma pergunta direta: então, vai casar?

— Eu... n... não, senhora! — mentiu Gavríl Ardaliónovitch; e uma onda de vergonha lhe subiu ao rosto. Ainda assim conseguiu ver Agláia, de viés, sentada um pouco longe da mãe. E apressadamente retirou o olhar porque sentiu que ela o examinava com uma atenção firme, vigiando-lhe a confusão.

— Não? Respondeu que não? — persistiu a implacável senhora. — Chega. Vou marcar bem o dia de hoje. Em uma quinta-feira, pela manhã, isto é, hoje, o senhor disse "Não" como resposta à minha pergunta. Não é quinta-feira hoje?

— Acho que sim, mamãe — respondeu Adelaída.

— Vocês não sabem nunca que dia é da semana. E que dia é hoje, do mês?

— Vinte e sete — prontificou-se Gánia.

— Vinte e sete. Em todos os sentidos, bem. Pode ir. Até à vista. Parece-me que o senhor, hoje, ainda tem muito que fazer. E já está na hora de me vestir para sair. Leve a sua fotografia. Recomende-me à sua infeliz mãe. Quanto ao senhor, príncipe, adeus, por hoje. Venha ver-nos mais vezes. Hei de visitar a velha Princesa Bielokónskaia de propósito para falar sobre o senhor. E quer saber de uma coisa, meu caro, estou convencida de que foi simplesmente por minha causa que Deus o trouxe da Suíça para Petersburgo. Decerto o senhor veio por outros motivos, mas foi principalmente por minha causa. Deus dispõe... Adeus, queridas. Aleksándra, venha ao meu quarto, querida.

A generala retirou-se. Sucumbido, confuso, atarantado, Gánia pegou o retrato de sobre a mesa e se voltou com um sorriso crispado para o príncipe.

— Príncipe, vou agora mesmo para casa. Se o senhor não mudou de opinião quanto a residir conosco, poderei levá-lo, visto o senhor não saber o endereço.

— Fique mais um pouco, príncipe — pediu Agláia, levantando-se logo da cadeira. — Quero que o senhor escreva no meu álbum. Papai gabou tanto a sua caligrafia! Vou buscá-lo, não demoro.

E saiu.

— Por agora adeus, príncipe; também me vou — despedia-se Adelaída, apertando a mão de Míchkin, com toda a deferência, sorrindo gentilmente, antes de sair. Não olhou para Gánia, embora não modificasse o ar cordial.

Mal as outras tinham saído, Gánia rosnou, virando-se com grosseria para o príncipe, com um olhar de fúria.

— Belo trabalho, hein? Tudo coisa sua! Por que esteve tagarelando sobre meu casamento? O senhor não passa de um reles alcoviteiro!

— Dou-lhe a minha palavra que o senhor está enganado — explicou o príncipe, com toda a calma, polidamente. — Eu nem sabia que o senhor ia se casar.

— O senhor bem que ouviu, ainda agora, Iván Fiódorovitch dizer que tudo ficaria arranjado esta noite, em casa de Nastássia Filíppovna. E veio para aqui repetir. Não minta. Por intermédio de quem poderiam elas vir a saber? Ora bolas! Quem podia ter dito, senão o senhor? Já se esqueceu de que a Sra. Epantchiná insinuou isso?

— O senhor é quem deve saber, melhor do que eu, quem disse... se, realmente, acha que insinuaram alguma coisa. Eu não disse uma palavra a respeito.

— E o bilhete? Entregou o bilhete? Que é da resposta? — interrompeu-o Gánia, com impaciência.

Mas, bem nesse momento, Agláia voltou e o príncipe não teve tempo de responder.

— Aqui está o álbum, príncipe — disse ela, depondo-o aberto sobre a mesa. — Escolha uma página e escreva alguma coisa. Aqui está uma pena, e bem nova. Não se importa que ela seja de aço? Ouvi dizer que os calígrafos não empregam penas de aço.

Falava com o príncipe como se nem notasse a presença de Gánia. Mas, enquanto o príncipe arrumava a pena e escolhia a folha, preparando-se, Gánia se aproximou da lareira para onde se retirara Agláia, à direita de Míchkin e, com voz trêmula e torturada, balbuciou:

— Uma palavra! Apenas uma palavra e estarei salvo.

Prontamente se virando, o príncipe os encarou. O desespero estampado na cara de Gánia era verdadeiro; tinha o ar de ter dito aquilo sem pensar. Agláia olhou-o por alguns segundos, exatamente com aquele mesmo espanto calmo com que tinha examinado antes, na saleta, o príncipe. Para Gánia, nesse momento, essa surpresa admirada, que quase era perplexidade, foi mais terrível do que o mais desdenhoso desprezo.

— Que é que vou escrever? — perguntou Míchkin, vacilando.

— Vou lhe ditar — acalmou-o Agláia, voltando-se para ele. — Posso começar? Escreva: "Não sou mercadoria" (Sublime mercadoria!). Agora date. Dia e mês. Deixe ver. — O príncipe estendeu-lhe o álbum. — Excelente! Como o senhor escreveu isso maravilhosamente! Que caligrafia esquisita! Obrigada. Adeus, príncipe. Ou antes, fique — acrescentou, porque um pensamento lhe veio inesperadamente. — Venha comigo, vou lhe dar uma coisa como lembrança.

O príncipe seguiu-a até a sala de jantar onde, parando, Agláia lhe estendeu o bilhete de Gánia, ordenando:

— Leia isso.

Olhando espantado para ela, o príncipe segurou o bilhete.

— Eu sei que o senhor não leu. Assim como sei que o senhor não é o confidente desse homem. Leia! Quero que leia.

Era um bilhete evidentemente escrito às pressas:

"*Hoje, a minha sorte deve ser decidida, sabeis a que respeito. Tenho de dar, irrevogavelmente, hoje, a minha palavra. Sei que não tenho direito algum à vossa simpatia. Não ouso ter esperança alguma. Mas, certa vez, pronunciastes uma palavra. E essa palavra iluminou a negra noite da minha vida, tornando-se o meu fanal para sempre. Dizei essa palavra mais uma vez e me tereis salvo da ruína. Dizei apenas "Rompe com tudo" e eu romperei, hoje mesmo, com tudo. Oh! Não vos custa nada dizer isso! Dizei essa palavra ao menos como um sinal de vossa simpatia e compaixão por mim. Só isso. Nada mais, nada! Não ouso sonhar com esperança, porque não mereço. Mas, depois de uma palavra vossa, aceito outra vez a pobreza! Alegremente suportarei a minha situação desesperançada. E enfrentarei a luta. E me alegrarei com ela. E me reerguerei com renovada força.*

Mandai-me essa palavra de simpatia. Somente de simpatia, juro! Não lanceis ao desprezo um homem desesperado e submerso, e não considereis audácia o que apenas é esforço para me salvar da perdição.

G. I."

— Esse homem me assegura — disse Agláia abruptamente, quando viu que Míchkin tinha acabado de ler — que as palavras "Rompe com tudo" não me comprometem e não me obrigam a nada! E me dá uma garantia escrita disso, conforme o senhor está vendo nesse bilhete. Repare como ele se apressou ingenuamente a sublinhar certas palavras, e de que modo grosseiro mostra, através delas, o seu pensamento e intenção. Todavia ele há de pelo menos calcular que se rompesse com tudo, por si só, sem nenhuma palavra minha, sem mesmo me falar fosse o que fosse, sem esperar nada de mim, eu teria dele uma impressão diferente e talvez, até, pudesse vir a lhe conceder uma certa amizade. Está farto de saber disso. Mas a sua alma é imunda. Sabe, mas não se pode conduzir senão assim. Sabe, mas me pede uma garantia. Não sabe o que seja agir por confiança. Quer antes que lhe dê esperança da minha mão, para então renunciar aos cem mil! E quanto a qualquer palavra minha, no passado, de que fala no bilhete, dizendo que lhe iluminou a vida, trata-se de uma insolente mentira. Eu simplesmente tive pena dele, naquela ocasião, e foi isso apenas que lhe signifiquei. Mas é atrevido e despudorado. Não sei por que teve, então, a audácia de uma esperança a meu respeito. Não sei como lhe veio essa noção. Bem que imediatamente reparei. E não se cansa de tentar colher-me, mesmo agora. Mas, basta. Faça o favor de lhe devolver o bilhete logo que o senhor sair daqui de casa. Não antes. Compreende, não é?

— E que resposta lhe devo dar?

— Nenhuma. Evidentemente será essa a melhor resposta. Vai viver, então, na casa dele?

— Foi o próprio Iván Fiódorovitch quem me aconselhou isso, esta manhã.

— Então fique de guarda contra ele. Um aviso meu. Ele não lhe perdoará nunca, por ter levado um bilhete devolvido. — Apertando-lhe ligeiramente a mão, Agláia saiu. Nem mesmo sorriu quando o príncipe se curvou. Tinha o rosto contraído e sério.

De volta à sala, o príncipe foi explicar a Gánia que ia só apanhar o seu embrulho e que já vinha, acrescentando:

— Partiremos já.

Gánia batia com o pé, impaciente. Tinha o rosto sombreado de raiva. Até que por fim saíram para a rua, o príncipe com o seu embrulho debaixo do braço.

— A resposta? A resposta? — exclamou Gánia, fazendo-o parar, abalroando-o. — Que foi que ela mandou dizer? Entregou-lhe o bilhete?

Sem responder, o príncipe lhe devolveu a carta, o que pôs o outro petrificado.

— Como? A minha carta? Não entregou? Por quê? Ah! Eu logo vi. Que é que eu podia esperar do senhor? Ora bolas! Agora é que estou entendendo por que foi que ela não me compreendeu ainda agora. Mas, por que deixou de entregar? Oh, que inferno!...

— Perdão. Muito pelo contrário. Consegui entregá-la menos de um minuto depois que a recebi do senhor. E fiz tudo exatamente conforme o senhor me preveniu. Estou com ela, outra vez, porque Agláia devolveu-ma agora mesmo.

— Quando? Mas... quando?

— Não viu quando eu acabei de escrever no álbum e ela me chamou lá dentro? Ao chegarmos à sala de jantar ela me devolveu a carta, me obrigou a lê-la e mandou que lha entregasse de novo.

— Obrigou o senhor a ler? — gritou Gánia. — E o senhor leu?

Ele parou, pasmado, no meio da calçada. Estava tão admirado que ficou com a boca aberta.

— Sim, acabei lendo... Foi agora mesmo, lá...

— E ela, quando lha entregou, lhe disse que a lesse? Disse ela isso?

— Disse sim, e lhe asseguro que não li senão depois que ela insistiu. E antes de a entregar a ela, também não tinha lido.

Gánia ficou calado um longo minuto refletindo, com angustiado esforço. E só depois é que exclamou:

— Impossível! Ela não lhe poderia ter dito que lesse. O senhor está mentindo! O senhor leu por curiosidade!

— O senhor fique sabendo que eu não minto — respondeu o príncipe com voz imperturbável. — E sinto sinceramente, pode crer, sinto muito que isso lhe tenha sido tão desagradável.

— Mas, ó criatura desventurada! Diga, ela não falou nada, naquela hora? É lógico que tinha de dizer qualquer coisa. É lógico que deve ter dado qualquer resposta!

— Ah! Sim, é lógico.

— Então? Diga! Que inferno!...

E Gánia bateu com o pé direito duas vezes, nas lajes.

— Quando eu acabei de ler, ela me disse que o senhor estava tentando armar-lhe um laço, pretendendo comprometê-la com a promessa de sua mão, não querendo perder, sem essa garantia, os cem mil rublos. Que se o senhor tivesse feito tudo isso, sem pedir compromisso algum e tivesse rompido com tudo, sem exigir prévia garantia, ela até se sentiria na obrigação de lhe dedicar um pouco de amizade. E eu também acho. Ah!... E outra coisa ainda: quando lhe perguntei, já com a carta devolvida, qual era a resposta que eu devia trazer, ela retrucou que a ausência de resposta era a resposta que o senhor merecia. Penso que foi exatamente assim; em todo o caso me perdoará o senhor se esqueci as palavras exatas e por isso apenas estou repetindo conforme o que depreendi.

Subjugado por uma angústia incomensurável, Gánia desencadeou a sua fúria sem restrições.

— Ah! Então é assim, hein? — rosnou ele. — Então ela joga pela janela afora os meus bilhetes! Com que então não quer fazer barganhas! Pois eu quero! E vamos ver! Ainda tenho umas coisas para outras cartadas! Veremos! Ela vai arrepender-se. Vou fazê-la ficar fina, se vou!

Tinha as faces lívidas e rijas e espumava pela boca. Apertava os punhos. Andaram alguns passos. Comportava-se exatamente como se estivesse sozinho no quarto, sem mais ninguém, não guardando as aparências perante o príncipe, absolutamente não o considerando motivo para se conter ou para se exceder. Até que refletiu e se dominou.

— Ora, aí está uma coisa que não entendo... Como foi que o senhor (um idiota, ajuntou mentalmente) se tornou de repente depositário da confiança dela, com menos de duas horas de conhecimento?

A inveja, que era o que ainda faltava para lhe completar o sofrimento, desencadeou-se então, imediatamente lhe pungindo o peito.

— Realmente, não lhe sei explicar — respondeu Míchkin.

Gánia rebateu com cólera:

— Foi, portanto, para lhe dar uma prova de confiança que o chamou até a sala de jantar? Disse que era para lhe dar uma coisa!

— Entendo que foi para isso.

— Mas, raios me partam! Que foi que o senhor fez para agradar a ela? Como foi que o senhor fez para conquistar o coração delas todas? Escute. — Estava horrivelmente agitado e em terrível tumulto íntimo; todos os seus cálculos se haviam dissipado. — Escute: não poderá o senhor se lembrar do que esteve conversando com elas? As palavras, uma por uma, desde o começo? Fazer uma espécie de relato disso tudo? Não se recorda de ter notado qualquer coisa?

— Um relato? posso, sim — prometeu o príncipe. — Logo no começo, quando entrei, e nos ficamos conhecendo melhor, pusemo-nos a falar da Suíça.

— A Suíça que se dane!

— Depois, então, falamos da pena capital.

— Pena... capital?

— Sim, na conversa, alguma coisa trouxe isso à baila, por qualquer analogia ou associação de ideias... Depois contei como passei três anos lá; narrei a história dessa pobre moça da aldeia...

— Para o diabo a tal moça. Adiante.

Gánia estava enfurecido e a sua impaciência não tinha limites.

— Depois, de como Schneider me deu a sua opinião sobre o meu caráter e como me forçou a...

— Raios partam Schneider e a opinião dele que se dane! Que mais?

— E aí, não sei o que me levou a falar sobre fisionomias, ou melhor, sobre a expressão que cada rosto tem e... coisa vai,
eu disse que Agláia decerto era tão bonita quanto Nastássia Filíppovna. Aí está como foi que vim a fazer menção do retrato...

— Mas, diante delas, o senhor não repetiu o que ouviu esta manhã no escritório? Não? Não mesmo?

— Repito-lhe que não.

— Como demônio então... Ai! Ai! Ai! Será que ela mostrou a carta à velha?

— Com toda a segurança lhe garanto que não. Estive lá todo o tempo e ela, ou não teve ocasião, ou não quis.

— Veja bem! Não terá o senhor omitido alguma coisa?... Que raio de idiota! — sussurrou completamente alucinado. "Não sabe nem contar as coisas direito."

Gánia, uma vez tendo começado a abusar de alguém sem encontrar resistência, perdia o senso da restrição, como se dá sempre no caso de certas pessoas. Pelo caminho que ia, não estava longe de se exaltar, até ficar cego de fúria. E foi isso que sucedeu, do contrário teria compreendido que esse "idiota", que estava sendo tratado tão grosseiramente, era, no mais das vezes, penetrante e atilado na compreensão das coisas, e que o relato que pôde dar de tudo fora extremamente satisfatório. E aconteceu o que ele não esperava, pois o príncipe lhe disse, de repente:

— Em boa hora lhe confesso, Gavríl Ardaliónovitch, que em tempos estive tão doente, que realmente fiquei quase um idiota. Mas já há muito tempo que me restabeleci, e portanto não admito que me chamem de idiota no rosto. Conquanto eu, em consideração à sua má sorte de hoje, lhe possa perdoar isso, pois compreendo o que seja confusão, lhe faço sentir que o senhor foi muito mal-educado para comigo, já por duas vezes. Não gosto disso, absolutamente, e, de mais a mais, logo a seguir a uma apresentação e a um conhecimento tão recente! Assim, pois, como estamos justamente em uma esquina e em um cruzamento, não será melhor nos separarmos? O senhor toma a direita, para a sua residência, e eu vou por aqui, pela esquerda. Tenho comigo vinte e cinco rublos e acho que isso dá para uma hospedaria.

Gánia ficou mortalmente desconcertado e vermelho de vergonha diante de tão inesperada recusa.

— Perdoe-me, príncipe! — E substituiu o tom ofensivo por um outro de extrema polidez: — Peço-lhe, por misericórdia, que me desculpe! O senhor bem está vendo o meu atarantamento. O senhor só sabe muito por alto... mas se soubesse de tudo, estou certo de que concordaria que eu mereço alguma desculpa. Muito embora, naturalmente, seja indesculpável que eu...

— Oh! Não é preciso o senhor se desculpar tanto!... — apressou-se o príncipe em adverti-lo. — Eu entendo bem quanto tudo isso lhe é terrível! Sei que foi por isso que o senhor se tornou grosseiro. Bem, vamos então para a sua casa. E o faço com prazer.

A caminho, olhando ressentido para o príncipe, Gánia ia pensando ocultamente: "Não! Isso não fica assim, tu me pagas! O velhaco extraiu-me tudo que lhe convinha e agora tirou a máscara... Atrás disso há coisa. Mas veremos. Tudo se decidirá! Tudo! E tem de ser hoje!".

Estavam agora parados, em frente da casa.

8

O apartamento de Gánia era no terceiro andar, subindo-se até ele por umas escadas largas, claras e limpas. Consistia de seis ou sete peças, umas grandes, outras pequenas. Embora fosse um apartamento comum, parecia estar um pouco além das posses de um escriturário com família, mesmo com um ordenado de dois mil rublos por ano. Gánia e a sua família o tinham tomado dois meses antes, com a intenção de admitir pensionistas, para satisfazer, malgrado o enorme aborrecimento que isso causava a Gánia, os urgentes desejos de sua mãe e de sua irmã, que ansiavam por um meio idôneo que aumentasse um pouco a renda doméstica. Gánia fizera carranca, qualificando isso de tomar hóspedes como coisa degradante, achando que tal fato o humilhava perante a sociedade que costumava frequentar, apresentando-se como um moço com um brilhante futuro diante de si. Todas essas concessões ao inevitável, bem como as apertadas condições da sua vida, lhe eram uma profunda ferida interior. Durante certo tempo, no começo, isso o irritara extremamente, tais bagatelas o exasperando de maneira desproporcionada; e agora, se se submetia a elas, por enquanto, era porque contava modificar tudo isso em um futuro que cuidava mais do que próximo. Acontecia, porém, que mesmo o processo dessa alteração, através do qual se evadiria dessa rotina, trazia em seu bojo uma formidável dificuldade. Uma dificuldade cujo aplainamento ameaçava tornar-se mais perturbador e vexatório do que tudo isso por que estava passando.

O apartamento era dividido por um corredor onde logo deram, mal acabaram de subir e entrar. Em um dos lados da passagem estavam os três melhores quartos, que se destinavam aos pensionistas "especialmente recomendados". Na extremidade, lá perto da cozinha, havia um outro cômodo, menor do que os outros três, que era ocupado pelo chefe da família, o general reformado Ívolguin, que dormia sobre um largo sofá e tinha de passar, ao entrar ou ao sair, pela cozinha, servindo-se da escada dos fundos. Kólia, o caçula, um colegial de 13 anos, compartilhava desse quarto. Tivera de morar nesse aperto; e aí preparava as suas lições, dormindo, sobre lençóis furados, em um segundo sofá curto e estreito, sendo obrigado, além do mais, a esperar pelo pai e a andar de olho nele, coisa que estava cada vez ficando mais imprescindível. Ao príncipe seria dado o quarto do meio. O primeiro, à direita, era ocupado por Ferdichtchénko e o outro, à esquerda, estava vazio. Mas Gánia conduziu o príncipe até à outra metade do apartamento, do lado oposto à passagem e onde estavam a sala de jantar, a sala de visitas, que só era sala de visitas, ou de estar, de manhã, sendo depois transformada em escritório e quarto de dormir de Gánia, e uma outra terceira peça, muito pequena, sempre fechada, onde dormiam a mãe e a irmã. Em uma palavra, estavam todos apertadíssimos nesse apartamento. A impressão não era lá grande coisa. Gánia apenas cerrou os dentes e não disse nada para se desculpar. Conquanto fosse ou aparentasse ser respeitador da família, desde o primeiro minuto se percebia que era um grande déspota perante os seus.

Nina Aleksándrovna não se achava sozinha na sala de estar. Sua filha estava com ela e ambas estavam ocupadas, costurando, enquanto falavam com uma visita, Iván Petróvitch Ptítsin. Nina Aleksándrovna aparentava ter cerca de 50 anos, com faces murchas e encovadas e olheiras negras sob as órbitas. Tinha um ar de pouca saúde e certa melancolia; mas o rosto e a expressão dele eram agradáveis. Logo à primeira palavra se poderia ver que possuía muita dignidade e firmeza. A despeito do abatimento que a melancolia lhe dava, sentia-se que tinha vontade própria e ânimo resoluto. Estava modestamente vestida de preto e à maneira antiga, mas os seus modos, a sua conversa e todo o seu feitio evidenciavam plenamente que era mulher que já conhecera melhores dias. Varvára Ardaliónovna era uma moça de uns 23 anos, de altura média e quase magra. O seu rosto, apesar de não ser muito bonito, possuía o segredo do encanto sem beleza e era extraordinariamente atraente. Parecia-se muito com a mãe e estava vestida quase que do mesmo modo, não demonstrando nenhuma preocupação de ser elegante. Os seus olhos castanhos deviam ter sido, alguma vez, alegres e cariciosos, mas sabiam como regra ser sérios e pensativos, principalmente nesta época. O seu rosto também mostrava decisão e até teimosia; de fato sugeria mais vontade e determinação do que o materno. Varvára Ardaliónovna era de temperamento brusco e seu irmão muitas vezes temia esse temperamento. E a própria visita que estava com elas, no momento, também tinha por que recear isso. Iván Petróvitch Ptítsin era um moço que ia fazer ainda 30 anos, vestia-se com elegância, mas modestamente, e tinha maneiras agradáveis, embora algo estudadas. A sua barbicha castanho-clara indicava logo que não era funcionário público. Sabia falar bem e expeditamente, mas era de seu natural calado. Dava uma impressão boa, em conjunto. Estava, via-se logo, atraído por Varvára Ardaliónovna, não sabendo esconder esse sentimento. Ela tratava-o de modo amistoso, mas parecia querer mistificar umas respostas que não lhe agradavam. Mas Ptítsin estava longe de perder a coragem. Nina Aleksándrovna tratava-o com cordialidade e ultimamente já confiava um pouco mais nele. Era notório que estava em vias de fazer fortuna, dedicando-se a empréstimos, a juros altos, com garantias mais ou menos certas. Era grande amigo de Gánia.

Gánia saudou a mãe, friamente, não cumprimentou a irmã e, depois de apresentar o príncipe secamente, não levando mais do que um minuto a explicar de quem se tratava, logo arrastou Ptítsin para fora da sala. Nina Aleksándrovna trocou algumas palavras corteses com o príncipe e disse a Kólia, que apareceu espiando pela porta, que o conduzisse ao quarto do meio. Kólia tinha uma cara de garoto prazenteiro e agradável, e todo o seu modo era simples e confiado.

— Onde está a sua bagagem? — perguntou Kólia.

— Trouxe só um embrulho que deixei na antessala.

— Vou buscá-lo já. Como só temos o cozinheiro e a Matrióna, eu também ajudo. Vária é quem olha por tudo e anda de lá para cá. Gánia disse que o senhor chegou da Suíça.

— Cheguei, sim.

— E sentiu-se bem na Suíça?

— Muito.

— Há montanhas por lá?

— Sim.

— Vou apanhar o seu embrulho.

Varvára Ardaliónovna entrou.

— Matrióna vai fazer a sua cama. Trouxe mala?

— Não, apenas um embrulho. O seu irmão já foi apanhá-lo. Deixei-o na antessala.

Voltando ao quarto, Kólia perguntou:

— Onde foi que o senhor o deixou? Não achei lá nenhum pacote, exceto este embrulhozinho.

— Só tenho esse — respondeu o príncipe, pegando-o.

— Ah! Levei um susto! Cuidei que Ferdichtchénko o tivesse carregado.

— Não digas asneiras, corrigiu Vária, veementemente. E mesmo com o príncipe falou de modo curto e com estrita civilidade.

— *Chère Babette*, por que não me tratas mais ternamente? Olha que eu não sou Ptítsin!

— Ainda queres mais é levar umas lambadas! Kólia, não sejas engraçadinho! O senhor sempre que quiser alguma coisa pode chamar Matrióna. O jantar é às quatro e meia. Tanto pode jantar conosco, à mesa, como no seu quarto, se preferir. Kólia, vem, não fiques no caminho.

— Vamo-nos, cabeçuda!

Quando saíam deram com Gánia, que perguntou ao irmão:

— Papai está em casa? — Depois da resposta, ciciou-lhe alguma coisa ao ouvido, tendo Kólia seguido a irmã, após acenar com a cabeça.

— Uma palavra, príncipe. Com tanta coisa, ia até me esquecendo. Tenho um pedido a lhe fazer. Tenha a bondade, e não se moleste com o meu pedido, de não dizer uma palavra que seja do que se passou entre mim e Agláia; e muito menos de, do que ouvir aqui, contar lá, pois há degradação bastante aqui, também. Aliás, já me resignei a isto. Em todo o caso, contenha-se hoje.

Evidenciando certa irritação à advertência de Gánia, Míchkin respondeu, deixando transparecer que as suas relações estavam cada vez ficando mais prejudicadas:

— Posso garantir-lhe que falei muito menos do que o senhor supôs.

— Bem, o senhor hoje, querendo ou não, me encheu as medidas. Em todo o caso repito que me faça o favor de ficar calado.

— Perdão, o senhor, apesar dos pesares, devia ter percebido, Gavríl Ardaliónovitch, que não me excedi absolutamente. Como havia eu de adivinhar que não devia falar na fotografia? O senhor não me avisou nada.

— Arre! Que quarto infame — observou Gánia, olhando em redor, com desprezo. — Escuro e dando para o pátio. O senhor veio para a nossa casa em uma época péssima, de todos os pontos de vista. Mas estou entrando em assunto que não me concerne. Não sou eu quem aluga os quartos.

Ptítsin meteu a cabeça para dentro do quarto e chamou Gánia, que logo deixou o príncipe, saindo. Havia mais alguma coisa que tencionava dizer, mas, além de estar notoriamente sem jeito, demonstrou certo pejo em fazê-lo. A desculpa com o quarto fora um modo de disfarçar.

Mal havia o príncipe acabado de se lavar e de se arrumar um pouco, quando a porta se reabriu e uma outra pessoa espiou lá para dentro. Era um indivíduo de uns 30 anos, baixo e corpulento, com uma grande cabeça rodeada de melenas ruivas. Tinha uma cara vermelha e carnuda, uns lábios grossos e o nariz, além de grande, era chato. Os olhos pequeninos, esmagados em gordura, olhavam como se estivessem sempre pestanejando. Todo o seu semblante produzia uma impressão de insolência. Estava com uma roupa um pouco ensebada.

A princípio entreabriu a porta o suficiente para insinuar a cabeça. Essa cabeça, rolando, olhou todo o quarto, por uns cinco segundos; depois a porta começou a se abrir vagarosamente, rangendo, e toda a sua pessoa se patenteou no umbral. Não entrou logo, o estranho visitante; mas, mesmo sem entrar, aqueles olhinhos já examinavam o príncipe, da entrada. Por fim o homem fechou a porta atrás de si, aproximou-se bem, sentou-se em uma cadeira, tomou a mão do príncipe, obrigando-o a sentar-se no sofá, perto.

— Ferdichtchénko — disse, olhando com atenção e desplante para o príncipe.

— E que mais? — perguntou o príncipe, querendo até rir.

— Um inquilino — explicou o outro, continuando a examiná-lo.

— O senhor quer apresentar-se, não é?

— Is... so! — disse o visitante, suspirando e encaracolando o cabelo. Desviou o olhar para o lado oposto, para poder fazer a seguinte pergunta: — Tem dinheiro? — E logo se voltou para o príncipe.

— Um pouco.

— Quanto?

— Vinte e cinco rublos.

— Mostre.

O príncipe tirou do bolso interno do colete a nota de vinte e cinco rublos e a estendeu a Ferdichtchénko que a esticou bem, a examinou e a olhou por transparência na claridade.

— É estranho como, pouco a pouco, elas vão tomando uma cor de barro! Estas notas de vinte e cinco rublos geralmente acabam tomando uma horrorosa cor escura, ao passo que as outras, essas então desbotam. Ei-la. Guarde-a.

Míchkin pegou-a de novo e Ferdichtchénko se levantou.

— A razão desta minha primeira visita foi preveni-lo de que não me empreste dinheiro, pois pode estar certo de que lhe pedirei.

— Perfeitamente.

— Tenciona pagar isto aqui?

— Decerto.

— Bem, mas eu, jamais! Nunca. Obrigado. Estou aqui ao lado. A próxima porta, à direita. Percebe? Não precisa vir ver-me muito amiúde. Deixe, que eu virei. Outra coisa, já viu o general?

— Não.

— Nem o ouviu, pelo menos?

— Naturalmente não.

— Bem. Vê-lo-á e ouvi-lo-á. Outra coisa. Imagine que até a mim ele ensaia pedir dinheiro emprestado. *Avis au lecteur*. Até logo. Pode existir alguém com este nome Ferdichtchénko? Hein?

— Por que não?

— Até logo.

Dirigiu-se para a porta. Mais tarde veio o príncipe a saber que esse indivíduo se incumbira por conta própria de assombrar todo o mundo, fingindo-se de original e fora do comum, apesar de mesmo nisso malograr sempre. Às vezes se saía tão mal nesse propósito que disso resultava mortificação e apuros para ele próprio. Ainda assim não desistia nem se emendava. À porta empertigou-se, esbarrando em um cavalheiro que ia entrando. Mostrando o caminho, por assim dizer, a essa nova visita que o príncipe não conhecia, pestanejou diversas vezes, por detrás dela, à guisa de advertência, obtendo assim uma saída razoavelmente eficiente.

Este outro cavalheiro era um homem de uns 55 anos, agigantado e espadaúdo, com uma cara imensa, bochechuda, vermelha como púrpura, servida lateralmente por suíças grisalhas, e marcada por uns bigodões espessos. Os olhos enormes eram quase saltados. A sua aparência seria até impressionante se não fosse o modo geral desmazelado, imundo e horripilante. Vestia, como roupa de estar em casa à vontade, uma usada sobrecasaca que além de mostrar o forro puído tinha os cotovelos esburacados. Nos recintos fechados ele fedia um pouco a vodca, mas os seus modos eram teatrais e solenes. Traía um cioso desejo de ostentar dignidade.

Aproximou-se do príncipe, resolutamente, com um sorriso afável. Tomou-lhe a mão, calado, e a mantendo algum tempo na sua, olhou para o rosto do príncipe com aquele feitio com que uma pessoa se alvoroça quando descobre em um suposto desconhecido traços de há muito familiares.

— Ah! Mas é ele! — solenemente, vagarosamente pronunciou isso. — É a sua figura viva! Ouvi-os, em minha própria casa, pronunciarem um nome que me é querido e familiar e que me levou, de súbito, a um passado que já se foi para sempre!... O Príncipe Míchkin?

— Sim.

— O General Ívolguin, reformado e desafortunado. Qual o seu nome e o de seu pai? Posso aventurar esta pergunta?

— Liév Nikoláievitch.

— Sim, sim! O filho do meu amigo, do meu companheiro de infância, devo dizer, Nikolái Petróvitch?

— O nome de meu pai era Nikolái Lvóvitch.

— Lvóvitch — corrigiu logo o general, mas sem pressa e com absoluta calma, como se absolutamente não se tivesse esquecido e apenas tivesse pronunciado errado por acidente. Sentou-se e, tomando de novo a mão do príncipe, também o fez sentar-se, mais ao seu lado. — Dizer-se que eu já o carreguei nos meus braços!

— Será possível? Meu pai morreu há 20 anos.

— Sim. 20 anos. 20 anos e três meses. Estivemos juntos na escola. Eu entrei diretamente para o exército.

— Meu pai também esteve no exército. Chegou a alferes no regimento de Vassílievski.

— No de Bielomírskii. Foi transferido para o de Bielomírskii um pouco antes da sua morte. Estive no seu leito de morte e o abençoei para a eternidade. Sua mãe...

E como que interrompido pelo efeito de dolorosas recordações o general fez uma pausa.

— Sim, ela morreu seis meses mais tarde devido a um resfriado — explicou o príncipe.

— Não foi resfriado. Absolutamente. Deve confiar nas palavras e na memória de um velho. Eu estava lá. Fui dos que a sepultaram. Foi desgosto, pela morte do esposo. Absolutamente não foi resfriado. Sim, recordo-me também da princesa. Ah! A mocidade! Foi por causa dela que o príncipe e eu, amigos desde a infância, estivemos a ponto de nos tornarmos assassinos um do outro.

O príncipe começou a escutar com uma certa desconfiança.

— Eu estava apaixonado por sua mãe, quando ela ficou noiva de seu pai. Noiva de um amigo. O príncipe descobriu isso e foi um golpe para ele. Veio ver-me muito cedo, certa manhã, antes das sete horas, e me acordou. Ergui-me ao mesmo tempo estremunhado e cheio de assombro. Houve silêncio de ambos os lados. Compreendi tudo. Ele puxou duas pistolas do bolso. "Através de um lenço, sem testemunhas." Testemunhas para que, se, dentro de cinco minutos, teríamos mandado um ao outro para a eternidade? Carregamos as pistolas, estendemos o lenço, apontamos as pistolas para o coração um do outro, e nos encaramos. Subitamente, lágrimas golfaram dos olhos de ambos. As mãos tremeram. De ambos os lados, ao mesmo tempo. Depois, é lógico, ora essa, seguiram-se abraços e um conflito de generosidade mútua. O príncipe exclamava: "Ela é tua!"; e eu dizia "Não! Tua!". Com que então veio morar conosco?!

— Sim, por algum tempo, decerto — gaguejou o príncipe. Nisto Kólia apareceu à porta e disse:

— Mamãe mandou pedir para o senhor ir lá dentro, príncipe. — O príncipe levantou-se logo para atender ao chamado, mas o general afetuosamente lhe pôs a mão no ombro, obrigando-o a sentar-se de novo.

— Como um verdadeiro amigo que fui de seu pai, desejo preveni-lo. O senhor facilmente pode verificar que sou um homem que sofreu muitos reveses, vítima de uma trágica catástrofe que quase me levou à barra dos tribunais. Nina Aleksándrovna é uma rara mulher. Varvára Ardaliónovna, minha filha, uma filha rara. Fomos impelidos, malgrado nosso, a tomar pensionistas — uma incrível queda, não há dúvida! E eu que estive na iminência de chegar a governador-geral. Mas ao senhor teremos sempre prazer em receber. E no entanto há uma tragédia no meu lar!

O príncipe olhava-o com uma curiosidade interrogativa.

— Está sendo arranjado um casamento. Um estranho casamento. Um casamento entre uma mulher de caráter duvidoso e um jovem que poderia vir a ser gentil-homem da corte. Essa mulher está na iminência de ser trazida para esta casa onde estão minha mulher e minha filha! Mas enquanto em mim houver hausto, ela não transporá a nossa porta. Atravessar-me-ei, deitado, no patamar e quero ver se tem a coragem de passar por cima de mim. Deixei de falar com Gánia. Evito, em verdade, encontrar-me com ele. E como o senhor vai viver aqui conosco, terá ocasião de ver. De qualquer modo, terá ocasião de ver. Mas, como filho que o senhor é de um amigo, tenho direito de esperar que...

Mas Nina Aleksándrovna apareceu em pessoa, na entrada do quarto, e chamou o príncipe:

— Príncipe, queira ter a bondade de vir até a sala de estar!

— Imagina tu, querida — exclamou o general — que acabei por me lembrar que muitas vezes trouxe o príncipe, em criança, nos meus braços!

Nina Aleksándrovna olhou-o de esguelha, como a censurá-lo, depois procurou ver a impressão do príncipe; mas não disse palavra. O príncipe seguiu-a. Mal tinham entrado na sala e se sentavam, e ia ela, às pressas, em voz baixa, dizer qualquer coisa, quando o general apareceu. Nina Aleksándrovna parou logo de falar, curvando-se sobre a sua costura, com ar aborrecido, o que não passou despercebido ao general, que ainda assim não perdeu o bom humor.

— Que coisa tão inesperada! O filho de um amigo meu! — dirigia-se à mulher. — Nunca me passaria pela ideia... Tu, com toda a certeza, querida, te lembras do finado Nikolái Lvóvitch! Ainda estava em Tver quando estivemos lá.

— Nikolái Lvóvitch? Não me lembro. Era seu pai? — perguntou ela ao príncipe.

— Sim, em Tver — teimava o general. — Foi transferido de Tver pouco antes de sua morte. E antes de a doença lhe aparecer. Foi, sim. O senhor era muito pequeno, para se lembrar tanto da remoção como da viagem. Pavlíchtchev deve ter-se esquecido! E que excelente homem!

— O senhor também conheceu Pavlíchtchev?

— Era um desses homens que não se encontram mais hoje. Mas eu estava lá. Abençoei seu pai no leito de morte.

— Meu pai faleceu enquanto estava aguardando um julgamento. Mas nunca conseguiu saber de que era ele acusado. Morreu em um hospital.

— Oh! Foi por causa do soldado raso Kolpakóv. E não há dúvida de que o príncipe seria absolvido.

— Foi, então, assim? Tem certeza? — perguntou o príncipe cada vez ficando mais interessado.

— Posso afirmar — garantiu o general. — A corte dissolveu-se sem ter chegado a um veredicto. Foi um caso inacreditável. Misterioso, pode-se dizer. O Capitão Lariónov, comandante da companhia, veio a morrer. O indicado para substituí-lo no cargo foi o príncipe. Ora bem. Nisto o soldado Kolpakóv cometeu um furto. Roubou as botas de couro de um camarada e as vendeu, gastando o dinheiro em bebida. Ora bem. Então o príncipe, observe bem, na presença do caporal e do sargento, lhe deu um empurrão e ameaçou açoitá-lo. Ora bem. Kolpakóv retirou-se para a barraca, deitou-se, e um quarto de hora depois estava morto. Excelente. Quem havia de esperar? Era incrível. Fosse como fosse, o enterraram. O príncipe instaurou um inquérito, fez um relatório do caso e o nome de Kolpakóv foi retirado da lista. Parecia que tudo estava muito em ordem. Seis meses mais tarde, nem mais nem menos, durante uma revista da brigada, reaparece o nosso Kolpakóv, como se nada se tivesse passado com eles antes. E aparece onde? Na terceira companhia do segundo batalhão do regimento de infantaria de Novozemliánskii, na mesma brigada e na mesmíssima divisão!

— Como? — perguntou o príncipe completamente espantado.

— Não foi assim; meu marido se enganou — corrigiu Nina Aleksándrovna, dirigindo-se imediatamente a ele com olhos de angústia. *Mon mari se trompe.*

— Mas querida, *se trompe* é fácil de dizer. Como explicas então um caso desses? Todo o mundo ficou boquiaberto! Eu teria sido o primeiro a dizer *qu'on se trompe*. Mas, infelizmente, eu era uma das testemunhas e fazia parte da comissão. Todos que o viram testemunharam que se tratava do mesmo soldado raso Kolpakóv que tinha sido enterrado seis meses antes com a usual parada e rufar de tambores. Admito que foi um caso fora do comum, incrível mesmo, mas?...

— Pai, o seu jantar está pronto — anunciou Varvára Ardaliónovna, entrando na sala.

— Ah! Isso é o essencial. Excelente! E não resta dúvida de que me sinto esfomeado... Mas foi, pode-se dizer, um caso psicológico...

— A sopa está esfriando — disse Vária, com impaciência.

— Já vou indo, já vou indo — murmurou o general, deixando a sala. — E, a despeito de todos os inquéritos... — ouvia-se o general falando lá do corredor enquanto se ia.

— Caso o senhor permaneça aqui, terá de desculpar muita coisa em Ardalión Aleksándrovitch — disse Nina Aleksándrovna. — Mas não o importunará sempre. No mais das vezes janta sozinho. Todos têm os seus defeitos, o senhor sabe, as suas manias, e decerto algumas até que uma pessoa nem espera. E um especial favor lhe vou pedir: se meu marido, por acaso, lhe perguntar pelo pagamento, será favor responder-lhe que já me pagou. Naturalmente que lhe deduziremos da sua conta qualquer coisa que o senhor tenha dado a Ardalión Aleksándrovitch, mas só lhe peço isso para evitar uma complicação nas contas... Que é, Vária?

Voltando à sala, ela estendeu à mãe o retrato de Nastássia Filíppovna, sem dizer uma palavra. Nina Aleksándrovna, muito sobressaltada, ficou a contemplá-lo por algum tempo, sendo que no começo pareceu atemorizada, tomando-se depois de amarga emoção, que não soube dominar. Acabou olhando, inquieta, para a filha, que explicou:

— Um presente dela para ele, hoje. E esta noite tudo vai ser decidido.

— Esta noite? — disse Nina Aleksándrovna, em voz baixa em que havia decepção. — Bem, então não pode haver mais dúvida; não nos resta mais nenhuma dúvida. Com a oferta deste retrato a decisão já está mais do que clara! Mas foi ele próprio que te mostrou isto? — acrescentou, com surpresa.

— A senhora sabe que desde o mês passado nós mal nos falamos. Foi Ptítsin quem me contou tudo. E, quanto ao retrato, dei com ele no assoalho, perto da mesa. Apanhei-o.

— Príncipe — dirigiu-se Nina Aleksándrovna ao príncipe, de repente —, o senhor conhece meu filho há muito tempo? Se não me engano, quando me falou a seu respeito disse que o senhor acabara de chegar, não sei de onde, hoje.

Teve o príncipe de dar uma breve informação a propósito de sua vida, pondo de parte, entretanto, muita coisa. Nina Aleksándrovna e Vária escutavam.

— Com esta pergunta não estou experimentando descobrir seja o que for a respeito de meu filho — asseverou ela. — Pode ficar certo disso. Se alguma coisa houvesse que eu não pudesse vir a saber por intermédio dele próprio, não a quereria saber por outro meio. Se estou lhe fazendo esta pergunta é porque ainda agora, quando o senhor foi ver o seu quarto, Gánia, ao me responder quem era o senhor, me disse: "Ele está a par de tudo; não é preciso ter cerimônias com ele". Que significa isso? Ou melhor, eu gostaria de saber até que ponto...

Inesperadamente Gánia e Ptítsin entraram. Nina Aleksándrovna calou-se instantaneamente. O príncipe não se mexeu, sentado ao lado dela, ao passo que Vária se retirou. Lá estava, sobre a mesinha de trabalho de Nina Aleksándrovna, bem perto dela e no lugar mais visível, o retrato de Nastássia Filíppovna. Gánia deu com ele e fechou o cenho. Atravessou a peça e foi apanhá-lo; depois, com ar de aborrecimento, o atirou, quase o deixando cair, sobre a sua escrivaninha, na extremidade oposta da sala.

De súbito, a mãe lhe perguntou:

— Então é hoje, Gánia?

— É hoje o quê? — Gánia ficou zonzo. Imediatamente, porém, se voltou para o príncipe e disse com insolência: — Ah! Compreendo. Obra do senhor, outra vez. Parece que se trata de uma doença incurável, essa sua! O senhor não sabe ficar calado? Mas deixe que lhe diga, Alteza...

Foi então que Ptítsin interveio, dizendo:

— Gánia, a culpa foi minha, e de mais ninguém.

Gánia esteve uns segundos a olhá-lo, como para se certificar. Mas Ptítsin continuou:

— É melhor assim, Gánia, principalmente tendo em vista que o caso já está deliberado. — E foi sentar-se diante da mesa; tirou do bolso um pedaço de papel todo escrito a lápis, que ficou estudando.

A Gánia nem ocorreu pedir desculpas ao príncipe. Continuou de pé, carrancudo, à espera de uma cena de família.

— Se tudo está resolvido, então Iván Petróvitch tem razão — atalhou Nina Aleksándrovna. — E é favor, Gánia, não amuar. Desmanche essa carranca. Fique tranquilo que não lhe vou perguntar nada que você queira me esconder. Asseguro-lhe que já estou completamente resignada. Por favor, não se preocupe.

Dito isso, continuou com o seu trabalho. E, realmente, parecia ter-se acalmado. Gánia surpreendeu-se com isso, mas teve a prudência de ficar calado, diante da mãe, como que à espera de que lhe dissesse alguma coisa mais definitiva. As disputas domésticas já o tinham feito sofrer demasiado. Notando a sua prudência, Nina Aleksándrovna acrescentou, com um sorriso amargo:

— Você ainda está duvidando. Já não acredita em sua mãe. Não se inquiete mais com isso. Nunca mais verá lágrimas nem cenas. Pelo menos de minha parte. Tudo quanto desejo é que você seja feliz. E você bem que sabe disso. Submeto-me ao inevitável e o meu coração sempre estará com você, tanto se ficarmos juntos como se nos separarmos. Naturalmente, só respondo por mim. Mas não espere o mesmo de sua irmã!...

— Ah! Ainda e sempre Vária! — exclamou ele, olhando para a irmã com ódio e desdém. — Mãe, torno a jurar o que já repeti mais de uma vez. Enquanto eu estiver aqui, enquanto eu viver, ninguém ousará faltar com o respeito à senhora. E insisto, perante quem quer, a quem estas palavras interessem, que exijo o mais alto respeito para com a senhora por parte de quem quer que entre pelas nossas portas.

Agora estava aliviado, tinha uma expressão conciliatória e ao mesmo tempo procurava demonstrar afeto.

— Você bem sabe, Gánia, que por mim não tenho medo. Não foi por minha causa que estive todo este tempo aborrecida e aflita. Disseram-me que hoje vai ficar tudo decidido. E eu pergunto, decidido o quê?

— Ela prometeu participar hoje se concorda, ou não — respondeu Gánia.

— Levamos quase três semanas sem tocar nesse assunto. E foi melhor assim. Agora, que tudo vai ser decidido, permito a mim mesma fazer-lhe apenas uma pergunta: como pode ela dar-lhe o seu consentimento e oferecer-lhe um retrato, se você não a ama? Como é que uma mulher assim tão...

— Experimentada... não é o que a senhora quis dizer?

— Não quero chegar a tanto. Como pôde você tapar-lhe os olhos assim, completamente?

E dentro dessa inesperada pergunta soava uma nota de intensa exasperação. Gánia ficou quieto, pensou um minuto e depois disse com indisfarçada ironia:

— A senhora está outra vez se exaltando, mãe, e de novo não sabe dominar-se. E é sempre assim que isso começa entre nós, sempre cada vez se esquentando mais. Disse a senhora que não faria mais admoestações e todavia está recomeçando! Seria preferível acabarmos com isso de uma vez, não acha? Mas reconheço que suas intenções sempre foram boas... E nunca, em circunstância alguma, abandonarei a senhora. Um outro homem se teria afastado léguas de uma tal irmã. Repare o modo de ela me olhar! Terminemos com isto! Já estava ficando tão aliviado... E que ideia é essa de a senhora imaginar que estou enganando Nastássia Filíppovna? Quanto a Vária, ela que se arranje, ora aí está. Bem, e acho que por agora basta.

A cada palavra se inflamava mais e dava passos sem direção, pela sala. Essas discussões sempre tocavam o ponto sensível de cada membro da família. Tanto que Vária reafirmou:

— Eu já disse que, se essa mulher vier aqui para casa, eu saio. Disse e cumprirei a minha promessa.

Gánia vociferou:

— Teima, teima, assim, sempre! E é por causa dessa tua obstinação que nunca te casarás. E não bufes comigo, que eu não tenho medo, estás ouvindo? Faze o que muito bem quiseres, que eu pouco me importo, Varvára Ardaliónovna! E podes transferir-te com teus planos, imediatamente até, se quiseres. Já não te suporto. Mas que é isso? O senhor resolveu deixar-nos afinal, príncipe? — disse, voltando-se para Míchkin que se levantara do seu lugar.

A voz de Gánia traía o máximo de irritação de um homem que se entrega de tal maneira à própria irritação que em vez de se conter transforma isso em paradoxal prazer, sem olhar as consequências. Míchkin respondeu ao insulto lançando um olhar como que simbólico para a porta; mas vendo pela cara de Gánia que qualquer resposta agravaria a situação, virou-se e saiu em silêncio. Poucos minutos depois percebeu que as vozes na sala de estar indicavam que a conversa tinha adquirido, na sua ausência, um tom mais barulhento e mais categórico.

Atravessou a sala de jantar rumo ao vestíbulo, em direção ao seu quarto. Ao passar pela porta da frente do andar ouviu e percebeu que alguém, do lado de fora, estava fazendo desesperados esforços para tocar a campainha que parecia estar estragada, apenas balançando sem fazer nenhum som. O príncipe virou o trinco da porta, abriu-a e deu um passo atrás, sobressaltado. Diante dele estava Nastássia Filíppovna. Fácil foi reconhecê-la imediatamente, por causa do retrato. Os olhos dela fulguravam de nervosismo, quando o viu. Entrou logo para o vestíbulo, fazendo-o recuar e, arrojando o casaco de peles, lhe gritou:

— Já que a preguiça te impede de consertar a campainha, fica ao menos na entrada para ver quem bate. E o molenga ainda por cima deixa cair o meu casaco!

De fato o casaco estava no chão. Nastássia Filíppovna não esperara que ele a ajudasse a despi-lo e lhe tinha jogado nos braços, já de costas, sem olhar para ele, que, trapalhão como era, não tivera tempo de o segurar.

— Por que não te despedem? Vai anunciar-me.

O príncipe achou que era preciso naturalmente dizer qualquer coisa, mas a confusão o inibiu. A única coisa que soube fazer foi rumar para a sala de estar, com o casaco, que apanhara do chão, no braço.

— Ora essa, e agora ainda leva lá para dentro o meu casaco? Que é que vais fazer lá dentro com ele? Ah! Ah! Ah! é doido, hein?

O príncipe voltou e a fixou, como se estivesse petrificado. Vendo-a rir, sorriu também, mas não pôde falar, mesmo assim. Ao abrir a porta, e dar com ela, tinha ficado lívido, mas agora estava rubro, como se o sangue lhe tivesse subido ao rosto em jato.

— Que idiota! — gritou Nastássia Filíppovna, batendo com o pé, indignada. — Onde é que vais agora? E que nome vais anunciar lá dentro?

— Nastássia Filíppovna! — balbuciou ele.

— Tu me conheces? — perguntou ela, imediatamente. — Nunca te vi. Bem, vai anunciar-me. E que gritaria é essa, lá dentro?

— Estão brigando — respondeu. E enveredou para a sala de estar.

Entrou justamente no momento crítico. Nina Aleksándrovna estava a ponto de se esquecer que já "se tinha resignado a tudo". Defendia Vária, a cujo lado se pusera também Ptítsin, que até deixara de lado as suas contas a lápis. Vária não estava de maneira alguma intimidada; não era rapariga para se intimidar; mas a brutalidade do irmão se tornava mais grosseira e insuportável, à medida que ia falando o que bem queria. Em momentos tais ela adotava um hábito: ficar calada, olhando com um silêncio desdenhoso para o irmão, pois sabia que com isso o levava ao auge do desespero mais ilimitado. E foi nesse momento que o príncipe, entrando, anunciou:

— Nastássia Filíppovna!

9

Fez-se silêncio completo na sala. Todos olharam para o príncipe, como se não tivessem ouvido ou não conseguissem compreender. Gánia ficou hirto de terror. A chegada de Nastássia Filíppovna, e justamente naquela hora, causou a maior e mais desordenada surpresa em todos. O fato mesmo de Nastássia Filíppovna se ter lembrado de visitá-los já era assombroso. Até então fora tão altiva que nem em conversa com Gánia expressara, uma vez sequer, o desejo de conhecer a família dele, sendo que, de modo algum, ultimamente, fazia a menor alusão a ela, como se nem existisse. Muito embora, de certa maneira, isso ao menos lhe proporcionasse alívio, por assim evitar um assunto melindroso, armazenara, todavia, em seu coração, um ressentimento contra ela. Verdade é que preferiria expor-se a receber da parte dela observações ferinas e irônicas, quanto à sua família, a recebê-la em casa. Tinha certeza de que ela estava a par de que em casa o seu compromisso despertava discórdias, não ignorando a atitude da família a seu respeito. Essa visita agora, logo a seguir ao presente do retrato, e no dia mesmo do seu aniversário, dia em que prometera dar a sua decisão, equivalia indubitavelmente à decisão mesma.

Mas não durou muito a estupefação com que todos fitavam o príncipe. E não durou porque Nastássia Filíppovna apareceu, em pessoa, à porta da sala de estar, obrigando o príncipe a recuar outra vez para lhe dar passagem.

— Sempre consegui entrar. É de propósito que a campainha está travada? — foi dizendo, muito bem-humorada, estendendo a mão a Gánia, que se precipitara ao seu encontro. — Por que está assim tão transtornado? Faça o favor de me apresentar.

Gánia, completamente zonzo, a apresentou primeiro a Vária. As duas mulheres, antes de se cumprimentarem, se estudaram com os olhos, de modo estranho; mas como Nastássia Filíppovna ainda estava sorrindo, pôde mascarar os seus sentimentos sob essa amostra de expansibilidade. Mas Vária não escondeu os seus, fitando-a com uma intensidade esquisita. Não surgiu em seu semblante o sorriso sequer que a simples polidez exige.

Gánia estava em transe. Era inútil intervir nem haveria tempo e modo; mas conseguiu atirar à irmã um olhar de soslaio tal que ela bem se deu conta do que esse momento representava para ele. Decidiu ceder e sorriu afetadamente para a outra. (Na família todos ainda gostavam bastante uns dos outros.) Quem, afinal, salvou a situação foi Nina Aleksándrovna, a quem Gánia logo a seguir a apresentou, embora já irremediavelmente confuso. E tão confuso que em vez de apresentar Nastássia Filíppovna apresentou a mãe a esta. Mas tão logo Nina Aleksándrovna começou a falar no "grande prazer, etc.", já Nastássia Filíppovna, sem lhe dar atenção, se virava apressadamente para Gánia, sentando-se, sem esperar que lhe dissessem, em um sofazinho, a um canto, perto da janela.

— O seu escritório onde é? — perguntou logo. — E onde estão os inquilinos? Você recebe inquilinos, não é?

Gánia enrubesceu terrivelmente, e ia tartamudear qualquer resposta quando ela prosseguiu, não lhe dando tempo:

— Em que lugar você os aloja? Você nem ao menos um escritório tem? Dá lucro? — perguntou, já agora se dirigindo a Nina Aleksándrovna.

— Só dá incômodos — respondeu esta. — Naturalmente sempre compensa um pouco, mas só aceitamos justamente aqueles que...

Novamente Nastássia Filíppovna deixava de prestar atenção; fitava Gánia, sorria; até que exclamou:

— Mas com que cara você está! Meu Deus! Você está engraçadíssimo, agora!

A sua risada ressoou por diversos segundos e o rosto de Gánia se contraiu terrivelmente. A sua estupefação, o abatimento cômico que o atarantava desaparecera; mas estava agora tão pavorosamente pálido, com os lábios tão crispados, e tão solenemente calado, com um olhar mau e duro fitando a sua visitante, que a fez rir ainda mais.

Havia um outro observador que mal se tinha restabelecido do espanto que Nastássia Filíppovna lhe produzira; mas, apesar de estarrecido no mesmo lugar, em plena sala, pôde notar o pavor e a transformação de Gánia. Esse observador era o príncipe. Instintivamente, mesmo intimidado como estava, deu um passo à frente e disse a Gánia:

— Beba um pouco de água. Não fique assim.

Dissera isso compelido pelas circunstâncias, sem nenhuma intenção ou motivo segundo. Mas o efeito dessas palavras em Gánia foi formidável. Todo o seu ódio se voltou para o príncipe. Segurou-o pelo ombro e o encarou, calado, com ódio e desejo de vingança, mas estava impossibilitado de lhe dizer qualquer desaforo. Isso causou uma emoção geral. Nina Aleksándrovna soltou uma exclamação curta e fraca, enquanto Ptítsin dava uns passos à frente. Kólia e Ferdichtchénko, que tinham chegado à porta, estacaram, atônitos. Apenas Vária, com aquele seu feitio teimoso, olhava em silêncio, provocadoramente, de propósito, em pé, como estava, ao lado da mãe, os braços cruzados sobre o peito.

Contendo-se, Gánia sorriu nervosamente. E tendo recuperado quase a naturalidade, disse:

— Ora essa. O senhor é médico, príncipe? Pois não é que me surpreendeu? Nastássia Filíppovna, posso apresentá-lo? Trata-se de uma rara personalidade, embora eu só o conheça desta manhã para cá.

Nastássia Filíppovna olhou espantada para o príncipe.

— Príncipe? Ele é príncipe? Ora, imaginem que eu o tomei ainda agora por um criado, e até lhe disse que viesse participar a minha chegada. Ah! Ah! Ah!

— Não houve ofensa. Não houve ofensa! — entrou dizendo Ferdichtchénko, rapidamente se dirigindo para ela, aproveitando enquanto riam. — Não houve ofensa. *Se non è vero...*[6]

— E eu que estive quase a descompô-lo, príncipe! Perdoe-me, por favor. Ferdichtchénko, que esteve você fazendo para chegar aqui a tal hora? Não contava de modo algum encontrá-lo aqui. Príncipe o quê? Míchkin? — perguntava ela a Gánia, que, com o príncipe ainda preso pelo ombro, forcejava por apresentá-lo.

— Nosso inquilino — esclareceu Gánia.

Era notório que o estava apresentando e quase o empurrando para cima de Nastássia Filíppovna como uma curiosidade, como um meio de fugir à situação falsa em que estava colocado. E ao príncipe foi fácil colher no ar a palavra "idiota" pronunciada às suas costas, provavelmente por Ferdichtchénko, à guisa de informação complementar para Nastássia Filíppovna.

— Diga-me por que não me corrigiu ainda agora quando cometi a seu respeito tão tremendo equívoco? — perguntou Nastássia Filíppovna, observando-o da cabeça aos pés, sem cerimônia alguma. E ficou à espera da resposta, impacientemente, certa de que seria um despautério qualquer e tão estúpido que os faria rirem.

---

[6] Do italiano: "Se não é verdade..." (N. E.)

— Porque fiquei surpreendido! Dei convosco tão inesperadamente! — balbuciou o príncipe.

— Como soube que era eu? Onde me viu antes? Mas, espere um pouco. Acho que realmente já o vi em algum lugar... Mas diga por que foi, afinal, que ficou tão assombrado? Que é que há em mim, de mais, para causar espanto?

— Agora é que eu quero ver... — insistiu Ferdichtchénko, com um risinho afetado. — Ó Deus, as coisas que eu diria em resposta a isso! Vá, príncipe, não nos faça pensar que é um rematado paspalhão!

— No seu lugar, eu também diria o mesmo — observou o príncipe rindo para Ferdichtchénko. — É que hoje o vosso retrato me deixou muito impressionado. — Dirigia-se finalmente a Nastássia Filíppovna. — Ainda por cima, acontece que estive falando com os Epantchín a vosso respeito. E, o que é mais, já esta manhã, no trem, antes mesmo de chegar a Petersburgo, Parfión Rogójin já me falara sobre vós... E eis que, ainda agora ao abrir a porta, juro que estava pensando em vós, não sei por quê... E não é que subitamente...

— E como reconheceu que era eu?

— Pela fotografia e...

— E o quê?

— Correspondeis exatamente ao que eu imaginara... Foi como se já vos tivesse visto também, não sei onde. Esta a sensação que tive.

— Onde? Onde?

— Senti como se tivesse visto os vossos olhos em alguma parte... Mas isso é impossível, é bobagem minha... Estive sempre ausente daqui. Talvez, em sonho!...

— Bravo, príncipe! — gritou Ferdichtchénko. — Agora retiro o meu *se non è vero*. — Arrependendo-se, porém, do elogio, acrescentou: — Mas tudo isso não passa de inocência...

As poucas frases pronunciadas pelo príncipe foram em voz perturbada, sendo obrigado a parar para tomar fôlego. A menor coisa lhe causava emoção. Nastássia Filíppovna olhou-o com interesse e já sem rir.

Nisto uma outra voz ruidosa ribombou por detrás do grupo, que se tinha fechado em volta do príncipe e de Nastássia Filíppovna, parecendo abrir uma passagem fendendo o grupo ao meio. E, diante de Nastássia Filíppovna, surgiu o chefe da casa, o General Ívolguin em pessoa. Vestia a sobrecasaca, e a camisa tinha um peitilho postiço alvíssimo. A bigodeira acabara de ser pintada.

Isso, para Gânia, era mais que insuportável.

De que lhe valera, ambicioso e frívolo, além de hipersensitivo em grau mórbido, ter procurado durante aqueles dois últimos meses, a todo custo, alcançar um meio de vida mais apresentável e distinto? Faltando-lhe experiência, embarafustara errado pelo caminho que se propusera. Era o déspota do lar, tendo assumido em desespero de causa uma atitude de completo cinismo. Mas não pudera manter essa posição diante de Nastássia Filíppovna, que o deixara propositadamente na incerteza até o derradeiro momento. O "pobretão impaciente", como depois viera a saber que ela o chamava, tinha jurado por quantas juras sabia que a faria pagar amargamente por isso: mas ao mesmo tempo, como uma criança, sonhara reconciliar todos esses equívocos. E por cúmulo, agora, tinha de beber mais essa taça amarga, e bem nesta hora, ainda por cima. Mais uma tortura não prevista, a mais terrível de todas para um homem fútil: a agonia de ter de corar diante dos parentes e por causa deles, e em sua própria casa. Este o cruel e último quinhão. E pelo seu espírito acima subiu esta pergunta íntima: "A recompensa valerá tudo isto?".

Estava justamente acontecendo, nesse momento, o que durante dois meses fora o seu pesadelo, que o enregelava de terror e abrasava de vergonha. Afinal estavam aí face a face os dois: o pai e ela! Quantas vezes não o atormentara a visão imaginada do velho no dia do casamento! Mas é sempre assim com essa gente fútil. Não se fartara naqueles dois meses de considerar em um modo global a questão, tendo decidido, custasse o que custasse, afastar o pai, no mínimo, momentaneamente, mandando-o até, se necessário fosse, para fora de Petersburgo, com ou sem anuência materna.

Dez minutos antes, quando Nastássia Filíppovna entrou, ele ficara tão zonzo e embaraçado que nem lhe ocorreu a hipótese de haver tamanha possibilidade, isto é, de Ardalión Aleksándrovitch aparecer em cena. E não procurara um meio de impedir isso. E eis que, diante de todos, solenemente vestido e garboso para a ocasião o general irrompe na sua sobrecasaca, justamente na hora em que Nastássia Filíppovna estava "apenas procurando um motivo para cobri-lo de ridículo, mais à sua família". (Gânia estava mais convencido disso.) E essa visita, que intento tivera, se não esse? Viera para fazer amizade com a mãe e a irmã, ou para insultá-las em domicílio? E pela atitude de ambas as partes não restavam dúvidas a respeito. Sua mãe e sua irmã estavam sentadas à parte, muito envergonhadas, ao passo que ela, Nastássia Filíppovna, parecia esquecer intencionalmente que elas estavam ali naquela mesma sala, com ela. E se assim se comportava era lógico que tinha um intento com isso.

Ferdichtchénko logo se assenhorou do general, manobrando-o.

— Ardalión Aleksándrovitch Ívolguin — disse o general, curvando-se e sorrindo, com dignidade. — Um antigo soldado hoje na desgraça, e pai de uma família que se sente feliz ante a perspectiva de incluir uma tão encantadora...

Mas não pôde concluir, porque Ferdichtchénko, instalando às pressas uma cadeira atrás dele, pesadamente o abateu sobre ela; o general inconscientemente anuiu porque uma coisa dessas logo depois do jantar o comovia tanto que as pernas lhe fraquejavam. Ou melhor, caiu sobre a cadeira. Mas isso não o desconcertou. Recuperou as maneiras, encarou Nastássia Filíppovna com um sorriso complacente, deliberada e galantemente ergueu os dedos dela até os seus lábios. Tentar desconcertar o general era empresa difícil. Ele sabia perfeitamente que ainda tinha um exterior bem apresentável, e se não fosse certo desmazelo poderia passar... Movera-se no passado sempre em boas rodas sociais, das quais acabara sendo excluído havia apenas uns dois ou três anos. Dera daí para cá em se abandonar a certas fraquezas, sem peias. Apesar disso, porém, ostentava uns restos de maneiras agradáveis bem espontâneas.

O aparecimento do general, de quem já ouvira tanto falar, parece que deleitou Nastássia Filíppovna. E ei-lo que recomeçava:

— Segundo me consta, aqui o meu filho...

— Sim, o seu filho... Mas convenhamos que o pai não deixa também de ainda ser bonitão!... Por que nunca foi ver-me? Fechou-se assim, voluntariamente, ou isso foi obra de seu filho? A quem comprometeria o senhor, indo ver-me?

— Os filhos do século dezenove e os seus respectivos pais... — explicou o general.

— Nastássia Filíppovna, desculpe por um instantinho Ardalión Aleksándrovitch, pois alguém o está procurando... — disse Nina Aleksándrovna em voz alta.

— Desculpá-lo em quê? Já me tinham falado tanto dele! Almejava tanto conhecê-lo. Que faz ele, presentemente? Reformou-se? Ora, não vá me deixar, general! Fique, não vá embora!

— Eu lhe prometo que ele voltará, ou irá vê-la. Mas agora ele precisa descansar.

— Ardalión Aleksándrovitch, oh... — estão dizendo que o senhor precisa descansar — reagiu Nastássia Filíppovna, fazendo ar de decepção e de amuo, como uma criança a quem privam do brinquedo.

O general esmerou-se em tornar a sua posição ainda mais néscia do que antes. E pondo a mão sobre o coração, solenemente, desaprovou a ordem da esposa, dizendo:

— Oh! Querida, querida!

— Mamãe, a senhora não se retira? — disse Vária, de modo significativo, perto da porta para onde se arredara.

— Não, Vária, devo permanecer aqui, até o fim...

Nastássia Filíppovna ouviu muito bem tanto a pergunta como a negativa, mas isso parece que aumentou o seu entusiasmo. Fez mais perguntas ao general, com muita vivacidade. Daí a cinco minutos o general, em estado triunfante de espírito, provocava risadas em certa parte do grupo.

Kólia puxou o príncipe pela aba do casaco.

— Saia com ele, de qualquer jeito. Isto não pode continuar. É um favor que lhe suplico. — Havia lágrimas de indignação nos olhos do pobre rapaz. — Oh! Este maldito Gánia!

Enquanto isso, em resposta a dada pergunta de Nastássia Filíppovna, o general explicou:

— Tive a fortuna de ser, deveras, um amigo íntimo de Iván Fiódorovitch Epantchín. Eu, ele e o falecido Príncipe Liév Nikoláievitch Míchkin, cujo filho tive a fortuna de reabraçar hoje depois de 20 anos de separação, éramos, os três, inseparáveis; formávamos, por assim dizer, uma bela cavalgada, como os três mosqueteiros, Atos, Portos e Aramis. Mas, um está na sepultura, ai dele! Derrubado pela calúnia e por uma bala. O segundo está diante da senhora, lutando ainda e sempre contra calúnias e balas.

— Que balas?

— As que estão aqui, no meu peito. Recebi-as debaixo das muralhas de Kars, e quando o tempo muda me dou conta delas. Malgrado isso, no mais que a mim respeita, vivo como um filósofo: passeio, jogo damas no meu café como um burguês comanditado, e leio o *Indépendance*. Mas com Epantchín, o terceiro, o nosso Portos, não tenho mais nada a ver, depois daquele escândalo, há dois anos, na estrada de ferro, com um cãozinho lulu.

— Um cãozinho? Como assim? — perguntou Nastássia Filíppovna com uma curiosidade faiscante. — Com um cãozinho de colo? Vejamos. Na estrada de ferro, ainda por cima!... — insistiu, fechando um pouco os olhos, como quando alguém quer recordar alguma coisa.

— Foi um caso idiota. Nem merece a pena contar. E tudo por causa da governanta da Princesa Bielokónskaia, *Mistress* Schmidt. Nem merece a pena repetir.

— O senhor tem de me contar! — insistia alegremente Nastássia Filíppovna.

Ferdichtchénko observou:

— O senhor também nunca me contou. *C'est du nouveau.*[7]

— Ardalión Aleksándrovitch! — suplicou outra vez Nina Aleksándrovna.

E Kólia exclamou:

— Pai, lá no corredor querem falar urgentemente com o senhor!

— Trata-se de uma história estúpida e pode ser contada em duas palavras — decidiu-se o general, com muita complacência. — Dois anos atrás, sim, aproximadamente há dois anos, logo depois da inauguração da estrada de ferro de X... estava eu já nesse tempo em trajes civis, mas ainda muito ocupado com um caso importante que se prendia à minha promoção antes da reforma. Tomei um bilhete de primeira classe, entrei, sentei-me, pus-me a fumar. Ou melhor, já entrei fumando; tinha acendido o meu charuto lá fora. Fumar nem era proibido nem permitido. Tolerava-se, pode-se dizer assim. Naturalmente depende da pessoa que fuma. De mais a mais a janela estava aberta. Um pouco antes do apito, duas senhoras subiram, com um cachorro pequenino assim, se sentaram no mesmo compartimento, diante de mim. Entraram atrasadas. Uma delas estava vestida de maneira extravagante, em azul-claro. A outra, mais sobriamente, de seda preta, com uma capa. Que eram bonitas, não havia dúvida; mas tinham um ar desdenhoso, e falavam inglês. Fiz que não reparei e continuei a fumar. Hesitei, mas estava ao lado da janela e, como a janela estava aberta, prossegui. O cão estava sobre os joelhos da dama de azul-claro. Era um bichinho pequenininho, assim como o meu punho fechado, todo preto, com manchas brancas, uma perfeita

[7] Do francês: "Isso é novidade." (N. E.)

raridade! Tinha uma coleira de prata, com uma inscrição. E logo percebi que as damas ficaram aborrecidas com o meu charuto, é lógico. Uma delas se pôs a fitar-me com o seu lornhão de tartaruga. Fiquei impassível; e elas... nem bico! Se me dissessem alguma coisa, me advertissem, me pedissem, para que é que a gente tem língua, afinal de contas? Mas estavam caladas. Subitamente, sem advertência, dou-lhe a minha palavra de honra, sem a menor advertência, como se inopinadamente tivesse ficado maluca, a tal de azul desmaiado me arrancou o charuto da boca e o atirou pela janela. O trem ia desembestado, a toda. Fitei-a, perplexo. Uma mulher selvagem, sim, positivamente uma mulher inteiramente do tipo selvagem, muito embora de maneiras, alta, bonitona, com faces rosadas, aliás rosadas até demais. Os olhos dela fulguravam, me hipnotizando. Sem proferir uma palavra, e com extraordinária cortesia, a mais perfeita, a mais refinada cortesia, eu, delicadamente, segurei o cachorrinho pela coleira, com dois dedos, assim, e o atirei pela janela afora, em busca... do meu charuto!... Ele apenas soltou um ganido! O trem ia por aí afora a toda velocidade.

— O senhor é um monstro! — ria-se, a perder, Nastássia Filíppovna, batendo as mãos, como uma criança.

— Bravo! Bravo! — aplaudia Ferdichtchénko.

Ptítsin, que quando o general apareceu na sala também ficara sem jeito, agora também ria. E riu o próprio Kólia que gritou ainda: — Bravo!

— E eu tinha direito a fazer o que fiz! Perfeitamente! — explicou o general, todo entusiasmado, em triunfo. — Se os charutos são proibidos em um carro de primeira classe, quanto mais os cachorros!

— Bravo, pai, esplêndido! Eu faria a mesma coisa! — exclamou Kólia, jovialmente.

Mas Nastássia Filíppovna perguntou, pressurosa:

— E a dama? Que fez ela?

— A dama? A de azul? É aí que a coisa descamba para o desagradável — redarguiu o general, franzindo as sobrancelhas. — Sem proferir uma só palavra e sem me avisar, me esbofeteou. Uma mulher selvagem, de um tipo inteiramente selvagem.

— E o senhor?

O general fechou os olhos, franziu ainda mais as sobrancelhas, encolheu os ombros, atirou as mãos para os lados, fez uma pausa, depois, de súbito, confessou:

— Perdi a cabeça.

— Maltratou-a? Deu-lhe uma lição?

— Por honra minha, não o fiz. O que se seguiu foi uma cena escandalosa. Maltratá-la, porém, não o fiz. Simplesmente brandi o meu braço, o necessário para afastá-la... Mas quis o demônio que a tal de azul-claro fosse a governanta inglesa, ou uma espécie quase de amiga da família Bielokónskii, sendo que a de preto, conforme depois vim a saber, era a infanta mais velha das Bielokónskii, uma donzela já, velhusca, de uns 35 anos. Ora, a senhora sabe em que termos a Generala Epantchiná está ligada à família Bielokónskii. Todas as seis princesinhas tiveram chiliques, choramingaram, guardaram luto pelo cãozinho, a governanta inglesa deu gritinhos! Um completo manicômio. Naturalmente, eu tinha de me desculpar, manifestar o meu arrependimento. Escrevi uma carta. Recusaram receber-me, a mim e à carta. E a Epantchiná me descompôs, vedou-me a entrada em sua casa, rompeu comigo.

— Mas, permita uma observação: como é que o senhor explica isto? — perguntou Nastássia Filíppovna, atrapalhando-o. — Há cinco ou seis dias li, no Indépendance, sempre leio o *Indépendance*, uma anedota exatamente igual à sua história. Precisamente a mesma coisa! Só que tem que se passou entre um francês e uma inglesa, em uma estrada de ferro renana. O charuto foi arrancado da mesma maneira, o cachorro foi atirado pela janela como o seu. E acabou do mesmo jeito. E até o vestido também era azul!

O sangue subiu à cara do general. Kólia também enrubesceu e tapou o rosto com as mãos. Ptítsin virou-se e saiu precipitadamente. Ferdichtchénko era o único que ainda ria. Quanto a Gánia, nem é preciso falar. Todo o tempo estivera de pé, em uma agonia indizível.

Mas o general afiançou:

— Pois lhe asseguro que a mesma coisa se passou comigo.

— De fato, papai teve uma questão com *mistress* Schmidt, governanta dos Bielokónskii — asseverou Kólia —, estou me lembrando agora.

Mas a dama, sem piedade, persistiu:

— Como? Exatamente a mesma coisa? A mesma história nas extremidades opostas da Europa, e iguais, minúcia por minúcia, até a cor do vestido azul-pálido? Vou lhe mandar o *Indépendance Belge*.

— Mas note que o incidente que se passou comigo foi há dois anos — teimou ainda o general.

— Ah! Então, está bem! — E Nastássia Filíppovna ria como se estivesse com um ataque histérico.

— Papai, estou lhe pedindo; ouça, vamos até lá dentro, preciso lhe dar uma palavrinha — disse Gánia, com voz entrecortada e exausta, puxando o pai maneirosamente pelo ombro.

Havia um lampejo de infinito ódio em seus olhos.

Nesse momento a campainha da porta da frente tocou de modo violento. E de maneira tal que devia até ter arrebentado. Anunciava uma visita excepcional. Kólia correu a abrir a porta.

10

De repente um vozerio de muita gente na entrada. Os que restavam na sala de visitas tiveram a impressão de que muitas pessoas tinham subido e que outras ainda estavam na escada. Uma porção de vozes falando e exclamando ao mesmo tempo; e isso tanto em cima como lá embaixo; a porta do patamar evidentemente tinha sido escancarada. Que visitas seriam essas? E todos, na sala, se entreolharam. Gánia saiu apressadamente em direção à sala de jantar, onde diversos dos recém-chegados já se aglomeravam.

E nisto gritou uma voz:

— Lá vem ele, o Judas! Como vai você, Gánia, seu tratante?

De onde estava, o príncipe ouviu e reconheceu de quem era essa voz. Uma outra voz prorrompeu:

— Cá está ele! Cá está ele em pessoa!

O príncipe não teve a menor dúvida: a primeira voz era de Rogójin e a segunda era de Liébediev.

Gánia estacou, petrificado, olhando para eles em silêncio; e, apesar de parado na porta entre um cômodo e outro, não conseguiu embargar a passagem de umas dez ou doze pessoas que acompanhavam Parfión Rogójin rumo à sala de jantar. Era um bando misturadíssimo, inconcebível, de gente ordinária. A maioria entrou conforme chegara, ainda com seus sobretudos e peles. Nenhum deles estava propriamente bêbado, mas vinham todos fazendo algazarra. Só mesmo assim em grupo é que poderiam ter a audácia de entrar, o que fizeram em bolo compacto. O próprio Rogójin conteve seu ímpeto à frente dos comparsas, malgrado seu ar resoluto. O rosto sombrio e façanhudo patenteava seu alvoroço. Depois de Liébediev apareceu Zaliójev, que arremessara a peliça sobre um móvel da saleta de entrada e ostentava sua decisão, assim com aquele cabelo revolto, e uma coragem de espalha-brasas. Seguiam-no outros dois indivíduos com o mesmo feitio, parecendo comerciantes, um homem com um capotão militar e o outro, gorducho, que entrou às gargalhadas. Depois um hércules espadaúdo, sombrio e silencioso, decerto porque confiava nos próprios punhos. Entrou também um estudante de Medicina, com um polaco mirrado que aderira ao bloco na rua, momentos antes. Duas mulheres quaisquer enfiaram o focinho na porta do sobrado, mas não se aventuraram a entrar, mesmo porque Kólia lhes bateu com a porta nas fuças, correndo o ferrolho depois.

— Como vai a vidinha, Gánia? Hein, seu maroto?! Pela certa não esperava por Parfión Rogójin, hein? — tornou a falar Rogójin adiantando-se na direção da sala de visitas sem tirar os olhos de cima de Gánia.

Mas, de súbito, deu com Nastássia Filíppovna lá dentro, sentada de frente para a sala de jantar. Ah! Nem por sonhos esperava dar com ela naquela casa; a prova foi que, quando a viu, ficou tão atarantado que seu rosto se tornou lívido a ponto de os lábios tomarem uma coloração azul.

— Com que então é verdade? — disse isso bem devagar, inteiramente desconcertado; e até perdeu o modo insofrido com que entrara. — Então a coisa está liquidada mesmo?... Ah... Você vai me pagar, e bem caro — rosnou, encarando Gánia com uma fúria repentina e incrível. — Ah, ah, vamos ver!

Faltou-lhe o ar, quase não pôde dizer as últimas palavras. Como um autômato penetrou na sala de visitas, logo se detendo, porém, ao dar com Nina Aleksándrovna e Vária. Emoção e embaraço o sustiveram. Atrás dele entrou Liébediev, bêbado que nem se aguentava, e ainda assim o seguindo como sombra. Também transpuseram o portal o estudante, o brutamontes dos punhos e Zaliójev, este então fazendo mesuras a torto e a direito; por último se insinuou o homenzinho gorducho. A presença de senhoras os constrangeu; mas tal respeito momentâneo não significava grande garantia; bastava que os quisessem expulsar, que alguém levantasse a voz por qualquer motivo, para que logo aproveitassem para armar um charivari.

— Olá! O senhor também aqui, príncipe? — disse Rogójin ainda se espantando mais ao deparar com Míchkin. — E sempre com as polainas, hein? — Respirou fundo, esqueceu-se logo do príncipe e tornou a olhar para Nastássia Filíppovna, dirigindo-se para ela como atraído por um ímã.

Ela também estava olhando com inquieta curiosidade para aquela malta de invasores. Finalmente Gánia recuperou a presença de espírito.

— Permitam que lhes pergunte que significa isto! — disse com voz embargada, encarando com rosto severo os recém-chegados e se dirigindo principalmente a Rogójin. — Isto aqui não é uma cocheira, senhores. Minha mãe e minha irmã moram aqui.

— Estamos vendo perfeitamente que sua mãe e sua irmã estão aqui — respondeu Rogójin, por entre os dentes.

Liébediev sentiu que era chegada a hora de "colaborar".

— Sim, claramente se vê que sua mãe e sua irmã estão aqui! — E o homenzarrão dos punhos compreendeu que a situação se ia azedando e se pôs a engrolar qualquer coisa, ele também.

— Mas, palavra de honra! — explodiu Gánia, erguendo a voz, sem se moderar. — Primeiramente peço a todos que se dirijam para a sala de jantar e que depois, lá, educadamente me digam...

— Imaginem, ele não sabe!... — goelou Rogójin, rilhando os dentes, zangado, sem arredar passo. — Diga-me uma coisa, você conhece Rogójin?

— Certamente já o encontrei em algum lugar, mas...

— Em algum lugar, hein? Há três meses, perdi, para você, no jogo, duzentos rublos que eram de meu pai. Ele até morreu sem descobrir isso. Você me distraía e Kniff me furtava!... E não está me reconhecendo mais, hein? Ptítsin assistiu a isso. Quer você saber que espécie de homem você é? Se eu agora lhe mostrar três rublos, aqui do meu bolso, você engatinhará até a ilha Vassílievski, para os ganhar... E não pense que vim apenas com estas botas! Não! Arranjei uma bolada de dinheiro, irmão, posso comprar você inteiro com toda a sua gente. Posso arrematar você; se eu quiser, arremato tudo! — Rogójin excitava-se cada vez mais e a sua bebedeira se ia exteriorizando. — Vê lá, Nastássia Filíppovna, não me enxotes! Dize-me só uma coisa: vais te casar com ele, ou não?

Foi uma pergunta feita em desespero, como apelando para uma divindade, mas com a coragem de um homem condenado à morte e que, portanto, nada tem a perder. E esperava a resposta, com mortal angústia.

Com altivez e expressão desdenhosa, Nastássia Filíppovna o examinou de alto a baixo; depois olhou de esguelha para Nina Aleksándrovna e Vária; daí fitou Gánia, e disse, mudando de tom:

— Certamente não. Mas que foi que lhe aconteceu? E que lhe deu na cabeça para fazer uma pergunta dessas? — Falou devagar, de modo grave, e, pelo menos aparentemente, com certa surpresa.

— Não? Não! — exclamou Rogójin quase louco de júbilo. — Então não vais... Mas como é que me disseram? Ahn? Nastássia Filíppovna, contaram-me que estavas comprometida com ele! Como se fosse possível! Bem lhes disse eu que era impossível! Se eu quiser, compro-o por cem rublos. Se eu lhe desse mil, três mil rublos para desistir, ele fugiria no próprio dia do casamento, deixando a noiva para mim. É ou não é verdade, Gánia, seu canalha? Você agarraria os três mil rublos, não é mesmo? Aqui está o dinheiro! Aqui o tem! Eu trouxe a bolada para facilitar a sua assinatura em uma renúncia categórica. Eu disse que o compraria, e o comprarei!

— Saia daqui, seu bêbado! — gritou Gánia, que, depois de lívido, ficou vermelho. A essa explosão se seguiu uma outra, geral, pois todo o bando estava à espera apenas do sinal para a briga. Mas nisto, com solicitude, sibilantemente, Liébediev ciciou alguma coisa ao ouvido de Rogójin.

— Tens razão, funcionário — respondeu Rogójin —, tens razão, alma de bêbado! Aqui vai, Nastássia Filíppovna — berrou, fitando-a, como um sujeito em delírio que da extrema timidez passa à maior audácia —, aqui vai o dinheiro. Dezoito mil rublos! (E atirou sobre a mesa, diante dela, um maço de notas embrulhadas em papel branco amarrado com barbante.) Aqui vai! E ainda arranjei mais, que está para chegar.

Não se aventurou a dizer o que queria. Mas, arcado para ele, Liébediev sussurrava com um feitio atônito:

— Não, não, não!...

Adivinhava-se que estava horrorizado ante a grandeza da soma, incitando o outro a tentar a sorte com uma quantia menor.

— Não, irmão, você está doido! Não sabe como tem de ser o comportamento aqui. Pensa que sou maluco como você? — Mas, dando com os olhos chamejantes de Nastássia Filíppovna, Rogójin parou, sobressaltado, e se dominou. — Ai, ai, ai! Já fiz embrulhada; para que o fui ouvir, Liébediev! — exclamou com certo vexame.

Mas, inesperadamente, Nastássia Filíppovna deu uma risada, olhando para a cara atônita de Rogójin.

— Dezoito mil rublos para mim? Não passarás nunca de um mujique! — acrescentou com uma familiaridade insolente, levantando-se do sofá, como para ir embora.

Gánia assistira à cena com o coração soterrado.

— Então — gritou Rogójin —, quarenta mil! Quarenta, e não dezoito! Ptítsin e Biskúp prometeram arranjar-me, até às sete horas, quarenta mil! Dinheiro certo, ali!

O escândalo agravava-se, mas Nastássia Filíppovna, já de pé, continuava a rir, prolongando a cena de propósito. Nina Aleksándrovna e Vária também se tinham levantado e esperavam, em silencioso pasmo, até ver onde aquilo iria parar. Os olhos de Vária faiscavam, e o efeito de tudo isso em Nina Aleksándrovna era pavorosamente cruel; tremia e estava a ponto de desfalecer.

— Então, se é assim, cem. Dar-te-ei cem mil rublos, hoje. Ptítsin, empresta-me isso, já está valendo, está feito!

— Você está maluco! — balbuciou, sem se fazer esperar, Ptítsin, que se encaminhou para ele e o segurou. — Você está bêbado! Olhe que chamam a polícia! Onde é que você pensa que está?

— Está bêbado e quer mostrar-se! — disse Nastássia Filíppovna, zombando dele.

— Não é ostentação, não! Arranjarei o dinheiro antes de anoitecer! Ptítsin, seu agiota, empreste-me isso, vamos! Peça os juros que quiser! Arranje-me cem mil rublos para esta noite! Quero mostrar que não vacilo diante de nada. — A excitação de Rogójin não tinha limites.

Foi então que, profundamente agitado, Ardalión Aleksándrovitch gritou com voz ameaçadora:

— Qual é o sentido disto? Vamos, diga! — e investia sobre Rogójin.

A subitaneidade da explosão do velho, até então em completo silêncio, foi muito cômica. Houve gargalhadas.

— Olá... Quem temos nós aqui! — riu Rogójin. — Venha cá, seu barbaças, vamos embebedá-lo!

— Isso é nauseante — proferiu Kólia, chorando de vergonha.

— Não há ninguém que expulse essa mulher desavergonhada daqui para fora? — exclamou Vária, tremendo de pejo.

E Nastássia Filíppovna respondeu com uma alegria onde havia desprezo:

— Chamam-me de mulher desavergonhada! A mim que vim, pressurosa, convidá-los a todos para a minha recepção desta noite! Eis como sua irmã me trata, Gavríl Ardaliónovitch!

No primeiro instante Gánia ficou aniquilado ante a explosão da irmã, mas quando viu que Nastássia Filíppovna ia embora, investiu desatinado para Vária e a agarrou pelo braço, com fúria.

— Veja o que você foi fazer! — Encarava-a como se a quisesse fulminar ali mesmo. Estava tão fora de si que não sabia o que estava fazendo.

— Que foi que eu fiz? Ora essa! E para onde me quer arrastar? Será para pedir perdão a ela por ter insultado mamãe e ter vindo aqui desgraçar nossa família, criatura vil!? — Vária gritou de novo, com ar impávido, desafiando o irmão. Ficaram assim, um encarando o outro. Gánia mantinha-a presa pelo braço; ela experimentou livrar-se duas vezes, até que, de repente, perdendo toda a compostura, cuspiu na cara do irmão.

— Que moça! Bravos! — exclamou Nastássia Filíppovna. — Ptítsin, dou-lhe os meus parabéns!

Gánia viu tudo dançando diante dos seus olhos. E, completamente esquecido de si, arremeteu contra a irmã e teria acertado no rosto dela se uma outra mão estranha não agarrasse a sua. O príncipe estava entre ele e Vária.

— Não faça isso! Pare! — gritou, insistentemente; e era como se a sua violenta emoção sacudisse tudo.

— Atravessar-se-á você sempre no meu caminho? — berrou Gánia. Soltou o braço de Vária e, louco de raiva, recuando, deu uma bofetada em Míchkin, com a mão que tinha ficado livre.

— Ah! — gritou Kólia, juntando as mãos. — Meu Deus!

Exclamações foram ouvidas de todos os lados. O príncipe ficou sem cor. Olhou Gánia bem de frente, com olhos de estranhíssima censura. Quis proferir alguma coisa, mas os lábios tremeram e ficaram contraídos em uma espécie de sorriso inconsistente. Por fim pôde dizer, brandamente:

— Bem, em mim pode; mas nela, não consentirei.

Não se podendo dominar mais, saiu de perto de Gánia, foi para um canto, com o rosto escondido para a parede; e pouco depois balbuciou com voz entrecortada:

— Oh! Como o senhor deve envergonhar-se do que fez!

Gánia ficou, de fato, totalmente esmagado. Kólia correu para o príncipe, abraçou-o e o beijou. Seguiram-no Vária, Ptítsin, Nina Aleksándrovna e o próprio Rogójin, ficando todos, inclusive o general, aglomerados em volta do príncipe.

— Não se incomodem! Não se incomodem! — murmurava Míchkin, em todas as direções, ainda com o mesmo sorriso forçado.

— Ele se arrependerá — garantiu Rogójin. — Você não se envergonha, Gánia, de ter insultado um... cordeiro... destes? (Não conseguiu achar outra palavra.) Príncipe querido, deixe-os, despreze-os e venha comigo. Hei de mostrar-lhe que amigo Rogójin pode vir a ser.

Nastássia Filíppovna também ficara estupefata com a ação de Gánia e a resposta do príncipe. A sua face, de hábito pálida e melancólica, que parecia até ali só se ter animado em um papel de comediante, estava agora indiscutivelmente tomada por um sentimento novo. Todavia persistiu em esconder isso, conservando uma expressão sarcástica.

— Com certeza já vi o seu rosto, não me lembro onde — falava agora de modo sério, subitamente se recordando da sua primeira pergunta.

— Não estais envergonhada? Seguramente não sois o que pretendeis ser agora! Não é possível — exclamava o príncipe com uma censura profunda e sincera. Nastássia Filíppovna ficou perplexa, mas sorriu, para encobrir alguma coisa. Olhou para Gánia, um tanto confusa, e se retirou da sala de estar; mas antes de chegar à porta voltou, e, com passo rápido, se aproximou de Nina Aleksándrovna; tomou-lhe a mão erguendo-a até os lábios.

— Efetivamente não sou o que pareço ser. Ele tem razão — sussurrou, enrubescendo fortemente. Voltou-se de todo, saiu tão depressa que ninguém percebeu para que foi que ela reentrara; tudo quanto se notou foi que dissera qualquer coisa, muito baixo, a Nina Aleksándrovna, e que pareceu ter beijado sua mão. Só Vária, além de ver, também ouviu e a acompanhou com o olhar, assombrada, até vê-la sair. Gánia refez-se e saiu para ver Nastássia Filíppovna retirar-se. Só a alcançou escada abaixo.

— Não me acompanhe. Até logo. Venha esta noite, está ouvindo? Sem falta.

Ele voltou abstraído, preocupado. Uma cruel incerteza pesava sobre o seu coração. E mais amarga do que até então. A figura do príncipe também ainda o obcecava... E estava tão absorto que nem percebeu o bando de Rogójin passar ao seu lado, já no corredor, preparando-se para descer. Discutiam entre si, estabanadamente. Rogójin caminhava ao lado de Ptítsin, conversando sobre negócio urgente. Ainda assim, ao passar por Gánia lhe gritou:

— Você perdeu a partida!

E enquanto o outro descia, Gánia o olhava, inquieto.

11

O príncipe saiu da sala de visitas e se encerrou no seu quarto. Kólia correu imediatamente para tentar acalmá-lo. O pobre garoto não se dispunha a deixá-lo.

— O senhor fez bem de ter vindo embora. Agora aquilo lá vai piorar. E todos os dias é isto, aqui em casa. Tudo só por causa de Nastássia Filíppovna.

— Há tantas fontes de tribulação em sua família, Kólia! — observou o príncipe.

— Há, sim. Não se pode negar. E é tudo culpa nossa. Mas quer saber de uma coisa? Tenho um amigo que ainda é mais desgraçado. O senhor gostaria de conhecê-lo?

— Muitíssimo. É um camarada seu?

— Sim, quase como um camarada. Depois lhe contarei... Mas como Nastássia Filíppovna é linda, não acha? Nunca a tinha visto antes, apesar de ter feito todo o possível. Fiquei deslumbrado. Se Gánia estivesse apaixonado por ela, eu lhe perdoaria tudo. Mas por que está ele contando com dinheiro? Isso é que é horrível.

— Realmente, não aprecio muito o seu irmão.

— Já percebi. Mas, como foi que o senhor pôde, depois... mas, quer saber? Não tolero certas ideias. Um espinoteado qualquer, um doido, um tratante, em um acesso de loucura dá uma bofetada em um homem e este se desonra por toda a vida, não pode resgatar o insulto a não ser com sangue, a menos que o outro se ajoelhe e lhe peça perdão. Na minha opinião isso é absurdo e é tirania. O drama de Lérmontov, *O baile de máscaras*, é baseado nisso e o acho estúpido. Ou, explicando-me melhor, não o acho natural. É verdade que ele o escreveu na meninice.

— Gostei muito de sua irmã.

— Viu? Escarrou na cara de Gánia! Ela tem cabelo nas ventas. Se o senhor não brigou com ele, estou certo de que não foi por falta de coragem. Mas aí vem ela. É falar-se no diabo e ele logo... Eu sabia que ela viria. Tem muitos defeitos, mas que é generosa, é.

Mal entrou, Vária implicou com o irmão:

— Você não tem nada a fazer aqui. E, antes de mais nada, vá ver seu pai. Ele o estava incomodando, príncipe?

— Absolutamente. Muito pelo contrário.

— Desta vez, mana, perdeste! Por que implicas comigo? Quanto a papai, pensei que fosse sair com Rogójin. Está arrependido agora, com certeza. Ainda assim acho bom ir procurá-lo — acrescentou, saindo.

— Graças a Deus consegui tirar mamãe de lá e a obriguei a deitar-se. Acabou o barulho. Gánia está envergonhado e muito deprimido. Pudera! Que lição!... Vim para lhe agradecer, de novo, príncipe, e para lhe perguntar se já conhecia Nastássia Filíppovna, antes!

— Não conhecia, não.

— Então que foi que fez o senhor dizer, diante dela, que ela "não *era assim*"? E parece que o senhor acertou. Também acho que não seja. Mas não a compreendo. É evidente que teve o propósito de insultar-nos. Isso ficou mais do que claro. Eu sei que muita coisa que me falavam dela é falso. Mas, se realmente veio para nos convidar, por que se portou assim para com mamãe? Ptítsin, que a conhece bem, me declarou que dificilmente a consideraria capaz de fazer o que nos fez hoje. E Rogójin, então?! Como é que uma pessoa que se respeita pode agir desse modo na casa dos outros?... Como mamãe ficou aborrecida com o que lhe aconteceu!

— Não se incomodem com isso. — E o príncipe ajudou as palavras com um gesto.

— E não é que ela acabou obedecendo ao senhor?

— De que modo?

— O senhor lhe perguntou se não sentia vergonha e imediatamente ela mudou. Pode ficar certo de que tem influência sobre ela, príncipe. — E Vária sorriu levemente.

Nisto a porta se abriu e, para grande surpresa de ambos, Gánia entrou. Não titubeou nem mesmo à vista da irmã. Ficou parado, um pouco, à entrada, depois caminhou resolutamente para o príncipe.

— Príncipe, comportei-me como um sujeito à toa. Perdoe-me, meu caro camarada. — Falava com sentimento, não encobrindo uma expressão de mágoa que havia no seu rosto.

O príncipe olhou-o espantado e não respondeu.

— Vamos, perdoe-me — insistiu Gánia, com humildade. — E, se deixar, estou pronto a beijar a sua mão.

O príncipe comoveu-se e, embora não dissesse nada, abraçou Gánia. Beijaram-se, com sinceridade.

— Eu não tinha a menor ideia, a menor ideia de que o senhor pudesse ser assim — disse o príncipe, retomando o fôlego. — Julgava-o incapaz disso.

— De confessar o meu erro? E dizer-se que esta manhã o tomei por um idiota! O senhor percebe o que os outros não veem. Explicando, ou não explicando, o senhor compreende tudo...

— Aqui está uma outra pessoa a quem o senhor também devia pedir perdão — e o príncipe apontou para Vária.

— Não adianta, príncipe. São todos meus inimigos. Já fiz várias tentativas. Não há nenhum perdão sincero vindo da parte de certa gente — rematou impetuosamente Gánia, dando as costas para Vária, que inesperadamente disse alto:

— Sim, eu te perdoo.

— E serás capaz de ir comigo esta noite à casa de Nastássia Filíppovna?

— Se exiges, vou. Mas cabe a ti próprio julgar se não é fora de propósito eu ir lá, esta noite.

— Ela não é como aqui pensam. Viste que ela hoje aqui cada vez se mostrou mais enigmática. Só usou de artifícios.

E Gánia riu de um modo vicioso.

— Eu sei perfeitamente que ela não é assim e que tudo não passa de maneirismo. Mas que pretende ela? Além disso, pensa bem, Gánia, afinal ela te toma por quem? Lá o ter beijado a mão de mamãe, não representa nada, pode ter sido uma impostura. Tu sabes que ela continuou rindo de ti, na mesma! Isso não vale setenta e cinco mil rublos, realmente não vale, tu bem sabes, mano! E é porque sei que ainda és capaz de sentimentos nobres que te falo assim. Para com isso. Acautela-te. Isso não pode acabar bem.

Estava tão excitada que, mal acabou de falar, saiu quase a correr do quarto.

— Elas todas são assim! — E Gánia sorriu. — E supõem que eu não conheça a vida. Ora, conheço muito mais do que elas. — E tendo dito estas palavras se sentou no sofá, dando mostras de querer prolongar a visita.

— Se sabe as coisas tão bem, por que é que escolheu um tal tormento? — aventurou-se o príncipe a comentar. — O senhor sabe que tal situação não vale setenta e cinco mil rublos.

— Não é a isso que estou referindo-me — redarguiu Gánia. — Mas diga, já que falou nesse assunto, o que pensa o senhor? Quero saber a sua opinião. Uma tal miséria vale ou não vale setenta e cinco mil rublos?

— Acho que não vale.

— Eu sabia que o senhor ia responder assim! E um tal casamento é vergonhoso?

— Vergonhosíssimo.

— Bem, deixe-me dizer que me vou casar com ela. Coisa, aliás, sobre a qual já não há dúvida. Cheguei a hesitar e bastante, mas agora resolvi ceder. Não fale! Eu sei o que é que o senhor quer dizer.

— Eu não ia dizer o que o senhor pensa. Surpreende-me muito a sua imensa confiança.

— Sobre quê? Qual confiança?

— Ora! A respeito do seguinte: que Nastássia Filíppovna está certa de que se casará com o senhor e que isso é caso resolvido. E a seguir que, se ela se casar com o senhor, os setenta e cinco mil rublos entrarão para o seu bolso. Mas naturalmente em tudo isso há muita coisa que eu ignoro.

Gánia chegou-se mais para perto do príncipe.

— É evidente que o senhor não sabe quase nada. Mas por que então me sujeitaria eu a tais cadeias?

— Penso que no mais das vezes muita gente se casa por causa do dinheiro, que aliás fica com a esposa.

— N... ão, conosco não será assim... Neste caso há pontos a considerar... — murmurou Gánia, com ar meditativo. — Quanto à resposta dela, hoje, não há dúvida — acrescentou apressadamente. — Em que se baseia o senhor para julgar que ela me dará o contra?

— A esse respeito não sei senão o que vi, e o que acabou de dizer Varvára Ardaliónovna.

— Ah! Foi bobagem dela. Elas não sabem mais o que dizer. Nastássia Filíppovna estava rindo de Rogójin, dou-lhe a minha palavra. Eu vi.

Tenho certeza. Eu estive aturdido, mas agora compreendi. E quanto ao modo de ela se comportar perante mamãe, papai e Vária?

— E perante o senhor, também.

— Talvez. Foi uma maneira muito feminina de se cobrar de velhas contas. Ela é pavorosamente irritável, presunçosa e egoísta. Como qualquer escriturário que acabou de ser vítima de injustiça no seu serviço. Quis demonstrar pessoalmente todo o seu desprezo por todos e... por mim. Eis a verdade, não nego... E ainda assim quer casar-se comigo. O senhor não sabia a que falsos papéis pode levar a vaidade humana. Repare só e verá que ela me considera um sem-vergonha porque a aceitei, a ela, amante de outro homem, e a aceito abertamente só por causa de dinheiro! E desconhece que qualquer outro homem a aceitaria de um modo ainda mais desavergonhado do que o meu, acenando-lhe com ideias liberais e progressistas, fingindo acobertá-la sob problemas femininos. E ela entraria direitinho nessa armadilha como um fio em uma agulha. Convenceria ele a tola vaidosa (e seria fácil) que se casasse com ele, apenas devido ao seu "nobre coração" e "desventura", embora fosse, como no meu caso, por causa de dinheiro, tal e qual. Não me absolvem porque não finjo envergonhar-me. E é o que eu devia fazer. Mas, ela, que faz ela? Não dá no mesmo? Então que direito tem de desprezar e de armar jogos assim, comigo? Porque eu me mostro altivo e me vendo caro? Está bem, veremos!

— O senhor a amou até que isso tivesse acontecido?

— No começo a amei. Basta! Há mulheres que só servem para amantes. Não digo que tivesse sido minha amante. Se ela sempre se comportar direito, o mesmo farei eu. Mas sei que é uma insubordinada. Já prevejo tudo: largo-a logo e levo o dinheiro comigo. Não quero que se riam de mim. Acima de tudo, tenho horror do ridículo.

— Eu, por mim, considero Nastássia Filíppovna muito sagaz — observou o príncipe prudentemente. — Por que procuraria ela a armadilha sabendo de antemão que miséria isso significaria para ela? O senhor bem vê que ela poderia casar-se com qualquer outro. E isso é que me surpreende.

— Ora, é que há outras razões. O senhor não sabe de tudo, príncipe. É que... De mais a mais, está persuadida de que a amo até a loucura, garanto-lhe. E ainda por cima tenho fortes suspeitas de que também me ama à sua maneira, conforme o ditado que o senhor conhece: "Castigo quem amo". Considerar-me-á toda a vida como um patife (e talvez seja isso o que ela deseje) e ainda assim me amará à sua maneira. Ela está preparando-se para isso, o seu caráter é assim. É uma autêntica mulher russa, digo-lhe eu. Mas tenho uma pequenina surpresa guardada para ela. Aquela cena de ainda agora com Vária foi ocasional, mas me serviu; viu como estou apegado a ela e ficou convencida de que estou pronto a romper com todas as amarras por sua causa. Não sou tão parvo, pode o senhor ficar certo. E já que nisso estamos, o senhor não vai inferir do que aqui lhe digo que sou tagarela, não é mesmo? Talvez, de fato, eu esteja errado em confiar no senhor, caro príncipe. Mas o senhor é o primeiro homem honrado com quem cruzei no meu caminho. Zangou-se por causa do que aconteceu ainda agora? Não? Esta é a primeira vez, de há dois anos a esta parte, creia, que eu falo de coração. Aqui há gente terrivelmente desonesta, e Ptítsin, por exemplo, é o mais honesto de todos. Acho que o senhor está rindo, não? Os canalhas admiram as pessoas honestas... O senhor ignorava isso? E por conseguinte, eu... mas em que sou eu um canalha, diga-me com toda a sua consciência! Por que é que todos fazem coro com ela, chamando-me de canalha? E quer saber de uma coisa? Acabei seguindo o exemplo deles e dela e também me chamo um canalha! Isso é que é uma canalhice, realmente, uma canalhice!...

— Eu nunca o consideraria propriamente um canalha! — disse o príncipe. — Ainda agora pensei no senhor como em um fraco, e imediatamente depois o senhor se reabilitou, causando-me júbilo à alma. Foi uma lição, para eu não julgar sem experiência. Agora concluo que o senhor não pode ser considerado sem moral nem mesmo, realmente, um homem depravado. Na minha opinião o senhor não é mais que um homem como tantos outros de qualidades sem interesse real, ou melhor, sem qualidades quaisquer. E, além disso, tendo fraqueza demais e originalidade de menos.

Gánia sorriu sarcasticamente, mas não respondeu nada. Vendo que a sua opinião tinha sido mal aceita, o príncipe se embaraçou e também ficou calado. Pouco depois Gánia lhe perguntou:

— Meu pai lhe pediu dinheiro?

— Não.

— Se lhe pedir, não dê. Outrora foi um homem decente. Lembro-me. Frequentava só gente direita. E com que rapidez fraqueja essa gente, decente, quando a velhice chega! Basta uma circunstância mínima, e não fica mais nada dessa gente, tudo se vai em um relâmpago! Outrora ele não pregava mentiras deste jaez, posso garantir-lhe. Outrora apenas foi um pouquinho entusiasmado, e veja em que deu! Naturalmente a bebida está no fundo de tudo isso. E quer saber de uma coisa? Tem uma amásia! E agora está ficando pior do que um simples mentiroso. Não entendo mais a capacidade de sofrimento de minha mãe. Ele lhe falou no cerco de Kars? E como o seu cavalo baio trotador começou a falar? Pois olhe que ele não se limita somente a tais despautérios!...

E repentinamente Gánia deu uma gargalhada.

— Por que é que está me olhando assim? — perguntou ao príncipe, interrompendo-se de repente.

— Estou surpreso com a sua gargalhada tão franca. Ainda bem que pode rir como uma criança. O senhor entrou aqui para fazer as pazes comigo; disse, até: "Se consentir, beijarei a sua mão", tal como uma criança o teria feito. Ainda é, pois, capaz de tais palavras e de tais impulsos. E depois o senhor começa uma enorme lenga-lenga a respeito desse negro caso e desses setenta e cinco mil rublos. Devo dizer-lhe quanto tudo isso me parece absurdo e incrível.

— E o que deduz disso?

— Não estará agindo impensadamente? Não deveria examinar-se antes? Varvára Ardaliónovna tem razão, decerto!

— Ah! Lições de moral!? Que eu sou rapaz desmiolado, estou farto de saber — interveio Gánia, acaloradamente. — E basta ver a conversa que acabo de ter com o senhor. Não é por motivos mercenários que vou fazer este casamento, príncipe — continuou, espicaçado pela vaidade da mocidade que não o deixava calar-se. — Certamente ainda não posso orientar-me, porque sou fraco demais, em caráter e em espírito. A paixão me cega porque só tenho uma coisa em mira. O senhor pensará que, mal eu ponha a mão em setenta e cinco mil rublos, compro logo uma carruagem. Não, continuarei usando o meu paletó do ano retrasado e não prestarei atenção nos meus conhecidos que frequentam clubes. Há pouca gente perseverante, entre nós, embora não passemos de cavadores de dinheiro. Mas eu, eu serei perseverante. A grande coisa é fazer isso cabalmente; esse é que é o problema. Ptítsin, aos dezessete anos, dormia na rua e vendia canivetes. Começou com um copeque e hoje tem sessenta mil rublos. Pergunte a ele o que passou para chegar a isso. Mas eu começarei para cá dos empecilhos e já com capital. Dentro de quinze anos, dirão: "Ali vai Ívolguin, o rei dos judeus!". Disse-me o senhor, ainda agora, que não tenho nada de original. Observe, caro príncipe, que nada ofende mais a um homem da nossa raça e da nossa época do que lhe dizerem que não é original, que não tem força de vontade nem talentos especiais e que não passa de um indivíduo comum. O senhor nem sequer me deu crédito para me considerar um canalha de primeira ordem, e o senhor sabe que eu estaria pronto para aniquilá-lo, só por causa disso. O senhor me ofendeu mais do que Epantchín, o qual, sem discussão, sem experimentar tentar-me, na simplicidade do seu coração, repare bem, acreditou que eu fosse capaz de vender a minha vida. Isso me exaspera há tempos, e é por isso que eu quero dinheiro. Mas deem-me o dinheiro e verão se me torno ou não um homem altamente original. O que há de baixo e de desprezível no dinheiro é que com ele se compra até mesmo talento, e assim será até o fim do mundo. Dirá o senhor que também isso não passa de infantilidade ou, talvez, de romantismo. Bem, para mim será melhor assim e hei de fazer o que desejo. Seja como for, perseverarei e não desistirei. *Rira bien qui rira le dernier.*[8] O que levou Epantchín a insultar-me desse jeito? Despeito, não podia ser! Nunca! Então foi porque me achou um tipo sem a menor importância. Mas, então... Agora, chega, porém. É tempo de me ir. Kólia já meteu o nariz pela porta duas vezes; ele quer *avisar que o jantar* está pronto. *Preciso sair.* Procurarei o senhor, de vez em quando. O senhor se sentirá à vontade, conosco; considerá-lo-ão da família, em pouco. Então, estamos de bem, outra vez? Creio que o senhor e eu seremos amigos ou inimigos. E que acharia, príncipe, se eu lhe tivesse beijado a mão, como me prontifiquei com sinceridade? Isso me tornaria seu inimigo, depois?

— Estou certo que sim, mas não para sempre. Não aguentaria e haveria de me perdoar — respondeu o príncipe com uma risada, depois de ter pensado um pouco.

— Ah! Ah!... O senhor precisa ser vigiado com mais cuidado. Ora bolas! Também pôs a sua gotinha de veneno... E quem sabe se o senhor, afinal, não é um inimigo? Por falar nisso — ah! ah! ah! — ia me esquecendo de perguntar. Tenho razão em crer que o senhor também ficou arrebatado diante de Nastássia Filíppovna?

---

[8] Do francês: "Quem ri por último ri melhor." (N. E.)

— Sim... Eu gosto dela.

— Ficou apaixonado?

— N... ão!

— Pois não é que o senhor está ficando vermelho e com ar infeliz? Ora, não faz mal, não tem importância, não vou rir por causa disso. Mas, quer saber de uma coisa? Ela é uma mulher de vida virtuosa! Não acredita? Pensa o senhor que ela está vivendo com esse tal Tótskii? Absolutamente. Há muito que isso acabou. E reparou que ela é terrivelmente retraída e que até ficou embaraçada, por alguns segundos, hoje? Foi, sim. É gente dessa marca que gosta de dominar os outros. Bem, adeus.

Gánia saiu bem-humorado e muito mais à vontade do que quando entrara. O príncipe ficou pensando mais de dez minutos sem se mover. Kólia meteu a cabeça pelo vão da porta, outra vez.

— Não quero jantar, Kólia. Almocei demais em casa dos Epantchín.

Kólia entrou logo e entregou um bilhete ao príncipe. Estava dobrado em um envelope fechado e era do general. A cara de Kólia, ao entregá-lo, deixava ver claramente quanto isso o desgostava. O príncipe leu, levantou-se e pegou o chapéu.

— É a dois passos daqui. Nem isso — explicou Kólia, ainda confuso. — Ele está sentado lá, diante de uma garrafa. Que jeito faz para arranjar bebida fiado, não entendo. Príncipe, meu caro príncipe, não diga à minha gente que eu lhe entreguei esse bilhete. Já jurei mais de mil vezes não levar nem trazer bilhetes destes, mas acabo ficando com pena. E deixe que lhe diga, não fique com cerimônia diante dele; passe-lhe qualquer bagatela que ele logo o deixa em paz.

— Já era minha intenção procurar seu pai, Kólia... por causa de um negócio. Vamos.

12

Kólia levou o príncipe pela Litéinaia abaixo, até um café. Era no térreo, com um bilhar aos fundos. Em um compartimento separado, à direita, Ardalión Aleksándrovitch estava instalado, como freguês habitual. Sobre a mesa, diante dele, uma garrafa. Segurava um número aberto do *Indépendance Belge*, à espera do príncipe. Logo que o viu, abaixou o jornal que acabou por abandonar, e iniciou uma longa e calorosa explicação, que o príncipe não compreendeu, porque o general já não estava "bom".

— Não tenho dez rublos trocados — foi logo dizendo o príncipe —, mas aqui está esta nota de vinte e cinco rublos. É favor trocá-la e me dar quinze, senão ficarei sem dinheiro nenhum.

— Oh! Certamente! E vamos tratar disso, já!

— E aproveito, general, para lhe fazer, também, um pedido. O senhor, por acaso, já esteve na casa de Nastássia Filíppovna?

— Eu? Se já estive? O senhor pergunta isso a mim? A mim? Inúmeras vezes, meu jovem camarada, inúmeras, incontáveis vezes! — exclamou o general em um excesso de triunfo a que se misturava um pouco de complacência. — Devo dizer-lhe, porém, que interrompi minhas visitas, pois não hei de ser eu quem há de encorajar uma aliança tão inverossímil! Aliás, o senhor já teve ocasião de ver hoje, já testemunhou minha atitude, a respeito! Tenho feito tudo quanto pode fazer um pai sensato mas indulgente, é claro! Mas, deste minuto em diante, sobe à cena, irrompe um pai muito diferente do antigo; e então veremos se um militar, um militar, sim, que serviu com honra, triunfará sobre a intriga, ou se uma desavergonhada cocote forçará o caminho e entrará para uma família respeitável! Respeitável e decente!

— Ia perguntar se o senhor poderia levar-me, como amigo seu, à casa de Nastássia Filíppovna, esta noite. Tenho de ir lá, mas não sei de que modo arranjar isso. Fui apresentado a ela hoje, mas para a reunião desta noite não me foi feito convite de espécie alguma. Não ficaria bem que eu pusesse de lado as convenções, por menores que elas fossem? Contanto que eu entre, podem até rir de mim.

— Esta é, precisamente, a minha ideia, meu jovem amigo. Precisamente! — disse o general, com entusiasmo. — E quer saber de uma coisa? Quando ainda há pouco lhe mandei pedir que viesse até aqui, não cuide que foi por causa da ninharia deste dinheiro. Absolutamente. Não! — garantiu ele, apropriando-se da nota e a enfiando logo no bolso. — Mandei chamar o senhor precisamente para lhe pedir que me desse a honra e a alegria de ser meu companheiro em uma "expedição" à casa de Nastássia Filíppovna. Ou melhor: em uma "expedição" contra Nastássia Filíppovna. O General Ívolguin e o Príncipe Míchkin! Ah! Como isso vai espanta-la! A pretexto de cortesia pelo seu aniversário, esclareço a minha vontade irrefutável; indiretamente, é lógico; não de frente, será mais efetivo do que sendo feito diretamente. Depois do que, então, Gánia verá o que lhe compete fazer. Terá ele de escolher entre o pai que serviu sempre com honra o seu soberano e... por assim dizer essa... Mas, agiremos! Agiremos! A sua ideia é feliz, muito feliz, e partiremos às nove horas. Temos muito tempo, ainda.

— Onde é que ela mora?

— Não fica perto, não. Ao lado do Grande Teatro, no edifício Mitovtsov, logo perto da praça... É em um primeiro andar. Não vai ser uma grande reunião, embora se trate do seu aniversário. Acabará cedo...

A noite avançava. O príncipe ficara sentado, ouvindo e esperando o general, que tinha começado um número extraordinário de anedotas. E que nunca mais acabava. Quando o príncipe chegara, ele pedira outra garrafa que levou mais de uma hora para esvaziar. Depois, uma terceira. E nunca mais acabava. E provavelmente, durante todo esse tempo, o general esgotou o repertório de quase toda a sua história.

Não aguentando mais, o príncipe se levantou, dizendo que lhe era impossível esperar. Então, o general esvaziou o resto da garrafa, abandonando, a seguir, o "reservado", espalhafatosamente. O príncipe estava irritado. Não compreendia como pudera ter acreditado no general de maneira tão cretina. Contara com ele apenas como um meio de ser levado à casa de Nastássia Filíppovna, malgrado, mesmo, qualquer inconveniência. Mas não previra dificuldades nem complicações. E acontecia o quê? Que o general estava, agora, completamente bêbado; e não era que estivesse apenas eloquente, falando por quantas juntas tinha. Dera para ficar sentimental, já próximo às lágrimas, insistindo — e não havia paciência que suportasse! — que fora o mau comportamento dos membros de sua família que o pusera na ruína, mas que urgia, que já era tempo de se pôr um paradeiro nisso!

Finalmente conseguiram chegar ao fim da Litéinaia. Começara a degelar. Um vento quente e úmido, desses que deprimem qualquer mortal, varria as ruas, de alto a baixo. Carruagens rodavam por sobre a lama. Os cascos dos cavalos feriam os lajedos arrancando sons metálicos. Multidões desanimadas seguiam de cabeça baixa, nos passeios, com um ou outro bêbado, aqui e ali, no meio delas.

— Está vendo aquele primeiro andar, todo iluminado? — perguntou o general. — Pois é lá que moram os meus velhos camaradas. E eu, que servi muito mais do que eles, que me defrontei com muito mais perigos e incômodos, vou indo, com este passinho, à casa de uma mulher de reputação duvidosa! Eu, um homem que tem treze balas no peito!... O senhor não acredita? Pois, olhe, foi por minha causa que o Dr. Pirogóv telegrafou para Paris arriscando-se a sair de Sebastopol, que estava assediada, e conseguiu que Nelaton, o médico da corte francesa, obtivesse um passaporte, em nome da ciência, para poder entrar na cidade cercada. E só para me examinar! Isso foi com o assentimento das mais altas autoridades. "Ah! Cá está o nosso Ívolguin, o homem que tem treze balas no corpo!" Era como falavam! Está vendo, agora, esta casa aqui, príncipe? Pois, no primeiro andar, mora o General Sokolóvitch, um velho amigo meu, com sua numerosa e distinta família. Atualmente, este lar, mais três famílias que moram na Perspectiva Névskii e outras duas mais, para os lados da Morskáia, constituem o meu presente círculo de relações pessoais. Nina Aleksándrovna já abdicou das circunstâncias, há muito tempo. Mas eu ainda gosto de recordar o passado, e encontro um como que refrigério na sociedade culta dos meus velhos camaradas e subordinados que me veneram até hoje. Este General Sokolóvitch... (Não tenho ouvido falar nele ultimamente e há muito que não visito Ana Fiódorovna!) Quer saber de uma coisa, príncipe? Quando a gente mesmo não se toma em consideração, insensivelmente se vai acostumando a não visitar mais ninguém. Mas, estou vendo que o senhor não parece acreditar em mim! Hum! Mas por que não apresentar o filho do meu mais dileto amigo da mocidade, do meu inefável companheiro de infância, a esta admirável família? O General Ívolguin e o Príncipe Míchkin! Por que negar-lhe a oportunidade de fazê-lo ver uma jovem admirável? Não um, com efeito, mas dois ou mesmo três ornamentos de Petersburgo e da alta sociedade? Beleza, cultura e educação! A questão "mulher", a poesia, tudo unido em uma feliz e variada combinação! E não falando do dote de oitenta mil rublos, em caixa-forte, já posto de lado para cada uma delas, coisa que não faz recuar, sejam quais forem as questões sociais ou feministas! Em verdade, devo apresentá-lo; nem há dúvida. O General Ívolguin e o Príncipe Míchkin! Uma sensação, deveras!

— Mas agora? Já? O senhor então se esqueceu de que...

— Não me esqueci de nada. Venha comigo. Por aqui! Subamos esta magnífica escadaria. Admira-me não ver o porteiro! Ali! Mas hoje é dia santo! É por isso que o porteiro não está... Não sei o que esperam para despedir esse malandrão! De mais a mais, sempre bêbado! Este Sokolóvitch é muito reconhecido a mim (a mim e a mais ninguém!) porque me deve toda a felicidade da sua vida e da sua carreira. Eis-nos chegados.

O príncipe resolvera não protestar mais. E para evitar que o general se irritasse, o seguiu submissamente, esperando, no íntimo, que o General Sokolóvitch e toda a sua família se evaporassem como miragem, acabando até por nem sequer existirem, podendo, assim, ambos refazerem seus passos escadas abaixo. Mas, para total desapontamento seu, esta esperança começou a se desvanecer, pois à medida que o levava escadas acima, o general ia dando, com uma exatidão matemática, sem se calar, minúcias biográficas e topográficas, devendo com certeza ter mesmo relações no prédio. Então, quando chegaram em cima, ao primeiro andar, e o general quebrou à direita, e se lhes apresentou a porta de um apartamento luxuoso, o príncipe decidiu fugir aproveitando estar o general a puxar a campainha. Mas uma estranha circunstância o reteve, por um momento.

— O senhor está enganado, general — avisou ele. — O nome que está escrito aqui na porta é Kulakóv, e o senhor quer Sokolóvitch.

— Kulakóv... Kulakóv não quer dizer nada. O apartamento é de Sokolóvitch. E é Sokolóvitch que vim procurar. Kulakóv que se dane! Aí vem gente.

A porta abriu-se, de fato. O lacaio que atendeu avisou que o patrão e senhora não estavam em casa.

— Que pena! Que pena! É sempre assim que as coisas me acontecem! — Ardalión Aleksándrovitch repetiu isso, várias vezes, com profundo pesar. — Diga-lhes, meu rapaz, que o General Ívolguin e o Príncipe Míchkin desejavam apresentar os seus respeitos, em pessoa, e que sentem, extremamente, extremamente... — Nisto, de uma peça interior, uma outra pessoa espreitou para a porta aberta. Parecia uma arrumadeira, ou antes, uma governanta. Mulher quarentona, toda de preto. E ouvindo os nomes do General Ívolguin e do Príncipe Míchkin, se aproximou, meio desconfiada.

— Maria Aleksándrovna não está em casa — pronunciou, à medida que examinava cuidadosamente o general. — Foi com a Senhorita Aleksándra Mikháilovna à casa da avó.

— Aleksándra Mikháilovna, também? Ó céus, que lástima. Acredite-me, minha senhora, eu tenho azar! Humildemente lhe rogo apresentar os meus cumprimentos! E quanto a Aleksándra Mikháilovna, peça-lhe que se recorde... ou melhor, transmita-lhe os meus sinceros votos de que obtenha aquilo que desejou quinta-feira, à noite, ao ouvir a balada de Chopin! Ela logo se dará conta. E que os meus desejos se realizarão, porque são sinceros! O General Ívolguin e o Príncipe Míchkin!

— Não me esquecerei — disse a criatura, com mais confiança, ao saudá-los.

E, escadas abaixo, o general continuava a lastimar, com a mesma veemência, não os ter encontrado, principalmente pelo que o príncipe perdera em não travar relações com gente agradabilíssima.

— E deixe que lhe diga, meu caro: tenho um pouco de poeta, na alma! Já tinha percebido isso? Bravos! Mas... que diabo! Estou em crer que fomos ter a um apartamento errado — concluiu inesperadamente. — Os Sokolóvitch... é verdade... não moram aqui! E até me parece que estão, atualmente, em Moscou. Sim, enganei-me. Mas, não faz mal.

— Há uma coisa que quero saber — observou o príncipe, muito desconsolado —, devo eu desistir de contar com o senhor? Não seria melhor eu ir sozinho?

— Desistir? Contar? Sozinho? Mas por que e para que isso, quando para mim se trata de uma empresa vital, de que depende tanto o futuro de minha família?! Não, meu jovem amigo, o senhor não conhece o General Ívolguin. Dizer "Ívolguin" corresponde a dizer "um penhasco". Eis o que costumavam dizer no esquadrão quando estreei no serviço. "Podes construir sobre Ívolguin como sobre uma rocha." Atrasaremos nossa ida apenas por um minuto, detendo-nos um pouco na casa onde a minha alma, desde muito, encontra consolo depois das ansiedades e das provações.

— O senhor pensa voltar para a sua casa?

— Não! Quero mais é ir ver a Sra. Tieriéntieva, viúva do Capitão Tieriéntiev, meu antigo subordinado que também foi meu amigo. Em casa da Sra. Tieriéntieva encontro refrigério para o meu espírito! E é para onde levo os meus cuidados de todos os dias e todas as minhas angústias domésticas. E, como hoje estou vergado ao peso moral de atribuições pesadíssimas, é claro que...

— Pesa-me ter sido tão pavorosamente estúpido, a ponto de incomodar o senhor, esta noite — redarguiu o príncipe. — Além disso, o senhor está em um estado que... Sabe de uma coisa, adeus!...

— Mas não consinto. Deveras, não permito que o meu jovem amigo se vá — exigiu o general. — É uma pobre viúva, e mãe de família! E como sabe arrancar do imo do coração os acordes que, como nenhum outro, ressoam dentro do meu ser! Visitá-la é questão de menos de cinco minutos. Não faço cerimônia nenhuma, quase que vivo lá. Preciso lavar-me, fazer um pouco a *toilette*. Depois, imediatamente partiremos para o Grande Teatro. Pois não está vendo que preciso do senhor a noite toda? É aqui, nesta casa. Eis-nos chegados. Olá, Kólia, já estás aqui? Márfa Boríssovna está? Ou também estás chegando como nós?

— Oh! Não — respondeu Kólia, que se encontrara com eles no portão de entrada. — Estive um bocadinho, com Ippolít. Está pior; esteve de cama, desde manhã. Fui até ali, buscar um baralho em uma loja. Márfa Boríssovna está à sua espera. Mas, há uma coisa, papai: o estado em que o senhor se encontra! — Kólia calou-se logo, ficando a reparar na maneira em que o pai estava. E resolveu acompanhá-lo. — Bem, entre, venha!

O encontro com Kólia induziu o príncipe a acompanhar por uns minutos o general até aos cômodos para onde já subiam. O príncipe precisava de Kólia. Resolvera desistir do general, fosse como fosse, e não havia meios de se perdoar ter confiado nele. Levaram muito tempo para subir até ao quarto pavimento, e isso mesmo pelas escadas dos fundos.

— O senhor quer apresentar o príncipe, não é mesmo?

— Sim, meu querido, quero apresentá-lo. O General Ívolguin e o Príncipe Míchkin! Mas, e lá por dentro? Como está Márfa Boríssovna?

— Para lhe falar com franqueza, e já que me pergunta, seria melhor o senhor não ir lá. Ela vai pô-lo em apuros. Há três dias que o senhor não dá sinal de si! Está cansada de esperar pelo dinheiro. Para que foi o senhor prometer dinheiro? O senhor não se emenda! Agora, arranje-se! — Pararam, já no quarto andar, diante de uma porta baixa. O general estava evidentemente atemorizado e empurrou o príncipe para a sua frente.

— Fico aqui atrás — murmurou. — Quero pregar-lhe um susto!

Kólia entrou logo. A tal surpresa do general negou fogo, pois uma mulher espiou para fora da porta. Estava exageradamente pintada, com muito carmim, usava chinelas, uma blusa de lã e tinha o cabelo enrolado em trancinhas. Era uma quarentona. Logo que o descobriu, gritou:

— Chegou o homem vil e malicioso! Bem que o meu coração suspeitou que era ele!

— Vamos entrando. Não há nada — balbuciou o general, tentando rir, muito sem jeito.

Mas como é que não havia nada? Com dificuldade conseguiram atravessar uma passagem, para uma saleta escura e abobadada, mobiliada com meia dúzia de cadeiras de junco e com duas mesas de jogo. E logo a dona da casa voltou à carga, em um tom frenético, descompondo-o como de hábito.

— Você não tem vergonha? Você não tem vergonha, seu selvagem? Tirano da minha família, seu monstro!? Você me roubou tudo! Você me sugou, até eu ficar seca, e ainda não está contente, seu vampiro! Já não aguento mais! Seu descarado, sem brio!

— Márfa Boríssovna, Márfa Boríssovna! Este é o Príncipe Míchkin. O General Ívolguin e o Príncipe Míchkin! — disse, mas já sem solenidade, o general, trêmulo e desenxabido.

— Acredita o senhor — a viúva do capitão voltava-se agora para o príncipe —, acredita o senhor que este descarado não poupou nem os meus filhos órfãos? Roubou-nos tudo. Carregou com tudo! Vendeu e empenhou tudo, e nos deixou sem nada! Que é que eu vou fazer com as suas promissórias, homem sem escrúpulos e manhoso calculista? Responda, ande, impostor! Vamos, ande, responda, monstro insaciável! Como é que vou alimentar os meus filhos órfãos? E ainda por cúmulo me chega aqui bêbado dessa maneira, que nem se aguenta nas pernas!... Que fiz eu para chamar a ira de Deus sobre mim? Responda, ande, vil e nojento hipócrita!

Mas o general não estava adequado à situação.

— Márfa Boríssovna, aqui estão vinte e cinco rublos.... foi tudo quanto pude arranjar, graças à generosidade de um nobre amigo. Príncipe, enganei-me, cruelmente. Assim... é a vida. Mas agora vai me desculpar. Estou frouxo! — disse o general, cambaleando pela sala, em todas as direções. — Estou mole... bambo... frouxo... Desculpe, sim? Liénotchka, um travesseiro, linda criança!...

Liénotchka, uma criança de oito anos, correu logo a buscar um travesseiro e o veio ajeitar no duro sofá que um encerado rasgado cobria. O general sentou-se, pretendeu dizer algumas coisas mais; nisto, sentindo o sofá, estirou-se, virou para a parede e instantaneamente caiu no sono profundo dos justos.

Márfa Boríssovna, com uma cerimônia lúgubre, avançou uma cadeira para perto de uma das mesas de jogo e a indicou ao príncipe. Sentou-se, por sua vez, voltada para ele, e ficou calada. Três crianças, um garoto e duas meninas, das quais Liénotchka era a maiorzinha, agruparam-se em redor da mesa, puseram os cotovelinhos em cima e ficaram a encarando o príncipe. Kólia apareceu, vindo do quarto contíguo.

— Estou muito contente em encontrar você aqui, Kólia — disse-lhe o príncipe. — Quem sabe se você me poderia ajudar? *Tenho de ir* à casa de Nastássia Filíppovna. Pedi a Ardalión Aleksándrovitch para me levar até lá; mas você está vendo, seu pai adormeceu. Quereria você me levar até lá? Não conheço as ruas, nem sei o caminho. Só me lembro do endereço: Edifício Mitovtsova, perto do Grande Teatro.

— Mas Nastássia Filíppovna nunca morou ao lado do Grande Teatro, e nunca papai esteve em casa dela, pode ficar sabendo desde já. É engraçado que tivesse contado com ele para qualquer coisa. Ela mora perto da Rua Vladímirskaia, nas Cinco Esquinas. É pertinho daqui. Se quiser, eu o levo até lá e mostro onde é.

O príncipe e Kólia saíram imediatamente. O príncipe (ai dele!) não tinha com que pagar uma caleça. Tiveram de ir a pé.

— Quis apresentar Ippolít ao senhor — disse Kólia. — É o filho mais velho da viúva. Estava na outra sala. É doente. Passou de cama o dia inteiro. Mas é tão original! Melindra-se à toa, e calculo como não estava envergonhado de o senhor ter chegado em um momento como aquele... Eu não tenho de que me envergonhar, porque afinal de contas se trata de meu pai. Mas... é a mãe dele! E isso é diferente; em uma coisa assim, não há nenhuma desonra para o sexo masculino. Mas, talvez, isso não passe de um preconceito. Por que há de um sexo ser mais privilegiado do que o outro, em tais casos? Ippolít é um esplêndido camarada, mas se escraviza ainda a preconceitos!

— Você quis dizer, ainda há pouco, que ele é tísico?

— É sim. E, a meu ver, a melhor coisa, para ele, seria morrer logo. Se eu estivesse no lugar dele, desejaria, na certa, estar morto. Ele tem pena do irmão e das irmãzinhas, aquelas que o senhor viu. Se fosse possível, se ao menos tivéssemos dinheiro, eu e ele tomaríamos um pequenino aposento, juntos, e largaríamos nossas famílias. É o nosso sonho. E o senhor quer saber? Quando, ainda agora, contei a ele o que tinha acontecido ao senhor, ele ficou possesso, e disse que um homem que recebe uma bofetada e não se bate logo a seguir, em duelo, é um desbriado. Como vê, ele é genioso. Pavorosamente. Até já desisti de argumentar com ele. Com que então Nastássia Filíppovna também convidou o senhor!?

— Aí é que está! Não me convidou.

— Então, como é que vai lá? — perguntou Kólia, parando logo, no meio da calçada. — E com essa roupa! O senhor não sabe que é uma reunião noturna?

— Deus sabe como é que irei lá. Se me deixarem entrar, ainda bem. Se não deixarem, que hei de fazer? E, quanto à roupa, que remédio?

— O senhor pensa em ir, por quê? Ou vai somente *pour passer le temps*[9] em roda distinta?

— Não, nem por isso. Isto é... vou com um fim. É difícil explicar, mas...

— Está bem. Isso não é comigo. O que me inquieta é saber se o senhor não se está apenas convidando para uma reunião em uma fascinante sociedade de cocotes, generais e agiotas! Porque se fosse somente para isso, o príncipe vai me desculpar, mas eu me riria do senhor e não lhe daria mais a menor atenção. Gente honesta já por si mesma é terrivelmente rara. Além disso, não há mais ninguém que se possa respeitar. Não adianta querer uma pessoa topar com gente que faz questão de ser respeitada. É o caso de Vária, por exemplo! E já reparou, príncipe, que hoje em dia está tudo cheio de aventureiros? E de modo particular entre nós, na Rússia, na nossa querida terra? Como foi que tudo isso ficou assim é que não posso compreender. Os alicerces pareciam tão firmes! E, todavia, que vemos nós, agora? Muito se fala e se escreve, mostrando este estado de coisas. Na Rússia, então, todo o mundo está pondo à mostra essas coisas todas. Nossos pais são os primeiros a retrogradar, e se envergonham de sua antiga moral. Ainda no outro dia os jornais deram que certo pai, em Moscou, ensina aos filhos que não vacilem, diante seja o que for, para obter dinheiro. Olhe, por exemplo, para o meu general. Ao que chegou ele! E todavia fique sabendo que ainda não o acho dos piores... E falo sério. No fundo, a causa é a desordem e o vinho... Tenho certeza. Tenho pena dele, é lógico, e só não espalho essas coisas com medo de que se riam de mim. E essas pessoas sensíveis, que se escandalizam, que vêm a ser elas? Cavadoras de dinheiro, sem exceção! Ippolít faz a apologia do usurário, diz que está direito. Fala

[9] Do francês: para passar o tempo. (N. E.)

de valorização econômica, de maré do capital, que tem de subir e descer... Entenda-se lá isso! Vexa-me ouvi-lo falar desse modo; mas ele, eu compreendo. É um exasperado, e com razão. Agora imagine a mãe dele, a viúva do capitão. Ouça: essa mulher toma dinheiro do general e depois o empresta a ele próprio, general, mas... com juros. Isso não é hediondo? E o senhor sabe que minha mãe (sim, estou me referindo a Nina Aleksándrovna) ajuda Ippolít, com dinheiro, roupas e tudo o mais? E provê as crianças de uma porção de coisas, por intermédio de Ippolít, com pena de elas não terem quem cuide direito delas? Vária também ajuda.

— Ora, aí está. Você diz que não há mais gente honrada, forte, honesta, que não passam todos de cavadores de dinheiro. Mas em sua casa, mesmo, há gente às direitas: sua mãe e sua irmã. Você então não acha que ajudar desse modo, e em tais circunstâncias, seja uma prova de força moral?

— Vária faz isso por vaidade, para mostrar-se, para não ficar inferior a mamãe. Mas esta, realmente, eu a respeito, deveras. Não só respeito, como até acho que está certa. O próprio Ippolít sente isso, e ainda fica mais amargo contra quase todos. No começo ele ria e achava que isso era degradante para mamãe; mas agora já começa a compreender bem. Hum! Então o senhor acha que isso é força? Preciso tomar nota disso. Gánia ignora tudo isso. E, se viesse a saber, chamaria a isso ser "conivente".

— Gánia não sabe? Acho que é muito ele não ter percebido isso ainda — ponderou o príncipe.

— Ouça, príncipe. Estou gostando muito do senhor. E não há meios de me esquecer do que lhe aconteceu esta tarde.

— Pois eu também estou gostando muito de você, Kólia.

— Escute, de que maneira pretende o senhor viver aqui? Estou dando um jeito de arranjar um emprego, e breve estarei ganhando alguma coisa. Moremos juntos. O senhor, eu e Ippolít. Alugaremos uma peça e consentiremos que o general venha ver-nos.

— Com o maior prazer. Mas havemos de estudar isso, pois ainda me sinto muito zonzo. Quê? Chegamos? É esta a casa? Que entrada magnífica! E há porteiro, no vestíbulo! Bem, Kólia, não sei o que sucederá.

O príncipe deteve-se, deslumbrado.

— Amanhã o senhor me contará. O principal é não ficar constrangido. Deus o acompanhe, pois sei que as suas decisões têm sempre em mira o bem. Adeus. Volto e vou contar a Ippolít a nossa combinação. E não tenha dúvida, garanto que ela o recebe! Não se perturbe. Ela é muito extravagante. É no primeiro andar: vá pela escadaria, pergunte ao porteiro.

13

Muito desajeitado, lá subiu ele, fazendo o que pôde para ganhar coragem. "O pior que pode acontecer é ela recusar-se a receber-me e pensar mal de mim! Ou me mandar entrar só para rir na minha cara... Ora, não faz mal." E de fato a perspectiva não o alarmou muito; mas quanto à pergunta "que ia ele fazer e por que ia lá", não pôde encontrar resposta satisfatória. Muito dificilmente calharia a única eventualidade boa, isto é, arranjar um ensejo de poder dizer a Nastássia Filíppovna: "Não se case com esse homem, não cause a sua própria destruição. Ele não a ama, é o seu dinheiro que ele ama, já mo confessou; e Agláia Epantchiná também me disse e vim expressamente para a avisar".

Havia uma outra pergunta sem resposta, diante dele, e tão vital, que Míchkin temia até mesmo considerá-la; não poderia, não ousaria, não admitiria. Não saberia como formulá-la. Só o pensamento o fazia corar e tremer. Mas, a despeito de todas essas dúvidas e apreensões, acabou entrando e perguntando por Nastássia Filíppovna.

Ela vivia em um apartamento realmente magnífico, embora não muito grande. Datava isso do começo dos seus cinco anos de Petersburgo, quando Afanássii Ivánovitch fora pródigo em gastos para com ela. Naqueles dias ele ainda tinha esperanças no seu amor e sonhara tentá-la principalmente com o luxo e o conforto, pois sabia quão facilmente se adquirem tais hábitos e quão dificilmente depois eles nos abandonam, quando já o luxo se tornou indispensável. A esse respeito Tótskii abraçou a velha tradição, sem modificá-la em nada, pois tinha um ilimitado respeito pela força suprema do apelo dos sentidos. Nastássia Filíppovna não recusou o luxo — gostava disso com efeito — mas, por mais estranho que pareça, não era absolutamente uma escrava do luxo; via-se logo que poderia passar sem ele a qualquer momento; dera-se mesmo ao trabalho de dizer isso várias vezes, o que causava uma desagradável impressão em Tótskii. Mas não era só. Mais coisas havia em Nastássia Filíppovna que desagradavam a Tótskii e subsequentemente lhe causavam estranheza. À parte a deselegância da classe de gente com a qual ela muitas vezes se juntava e pela qual se sentia atraída, ostentava ainda outras propensões bem extravagantes. Mostrava uma espécie de selvagem mistura de gostos opostos, certa propensão para apreciar coisas e meios que mal se suporiam conhecidos por uma pessoa fina e bem-educada. Realmente, se Nastássia Filíppovna em vez disso demonstrasse, por exemplo, uma elegante e encantadora ignorância do fato de que mulheres do campo não estavam em condições de usar as combinações de batista que ela usava, Afanássii Ivánovitch teria provavelmente ficado em extremo satisfeito. O plano completo de educação de Nastássia Filíppovna fora elaborado desde o começo de modo a conferir com o de Tótskii, que era pessoa sutilíssima à sua maneira. E todavia o produto resultante fora esse, e bem estranho. Mas, apesar disso, Nastássia Filíppovna conservara alguma coisa que muitas vezes impressionava o próprio Tótskii, por sua extraordinária originalidade, causando-lhe uma espécie de fascínio. E que mesmo ainda no presente o encantava, conquanto já todos os seus primitivos desígnios sobre Nastássia Filíppovna tivessem desmoronado.

Veio ao encontro do príncipe uma camareira. (Nastássia Filíppovna só tinha empregadas.) Deu-lhe ele o nome que devia ir anunciar e, com surpresa sua, a moça não estranhou nem demonstrou hesitação à vista de suas botinas sujas, do seu chapéu de abas enormes, da sua capa sem mangas, e do seu ar embaraçado. Segurou-lhe a capa, disse-lhe que aguardasse na sala de espera e foi logo anunciá-lo.

O grupo dessa noite, em casa de Nastássia Filíppovna, consistia do círculo que sempre estava à sua volta. Os convidados eram em pequeno número, com efeito, comparando com as recepções em idêntica data natalícia nos anos passados. Em primeiro lugar, estavam presentes Afanássii Ivánovitch Tótskii e Iván Fiódorovitch Epantchín. Ambos muito amistosos, mas intimamente entregues à sua mal disfarçada apreensão quanto à prometida declaração referente a Gánia. Este, naturalmente, lá estava também, e bem preocupado e soturno, com um feitio quase rude, desde o começo, afastado para um canto, e sem falar. Não se arriscara a trazer Vária, nem Nastássia Filíppovna fizera qualquer referência a ela; mas logo que cumprimentara Gánia ao recebê-lo, aludira à cena com o príncipe. O General Epantchín, que ignorava o incidente, ficou muito curioso. Então Gánia, secamente e com certa reserva, mas perfeitamente franco, contou o que se passara aquela tarde e como depois se dirigira ao príncipe para lhe pedir desculpas. Veementemente exprimiu a sua opinião de que era estranho e arbitrário chamar o príncipe de "idiota", e que pensava dele o oposto — um homem que sabia, de fato, muito bem, o que valia.

Ouviu-o Nastássia Filíppovna, nessa asseveração, muito atenta, observando-o com curiosidade, mas a conversa passou imediatamente para o nome de Rogójin como figura principal da cena em casa de Gánia, que Tótskii e Epantchín estavam também interessadíssimos em ouvir. Ptítsin era a pessoa que mais conhecia Rogójin e tinha estado com ele, ocupado e a seu serviço, até as nove horas dessa noite. Rogójin insistira em obter, nesse dia mesmo, cem mil rublos. "É verdade que estava bêbado", ponderou Ptítsin, "mas, por mais difícil que pareça, garanto que arranjou os cem mil. Só não sei se será para hoje e se será todo o dinheiro. Uma porção de gente está trabalhando para ele — Kinder, Trepálov, Biskúp. Não se importou com os juros a pagar, bêbado como estava e no entusiasmo ainda tão recente da fortuna".

Toda essa informação foi recebida com interesse, embora parecendo ter deprimido alguém. Nastássia Filíppovna ficou calada, obviamente não querendo emitir opinião. Gánia, esse então, estava mudo. O mais secretamente preocupado de todos era Epantchín. As pérolas com que a havia presenteado aquela manhã tinham sido aceitas com uma quase fria polidez, e mesmo uma sombra de escárnio. De todo o grupo, Ferdichtchénko era o único de *ânimo adequado* ao dia festivo. Ria, às vezes, alto, sem nenhum motivo, simplesmente porque escolhera o papel de truão. O próprio Tótskii (que tinha a reputação de talentoso narrador de casos, e que de hábito, em tais reuniões, era quem dirigia a conversação) estava evidentemente fora de humor e de má-vontade, o que não era natural nele. Os demais convidados, em pequeno número, eram não só incapazes de uma conversa viva, mas positivamente incapazes, em geral, de dizer qualquer coisa. Um velho professor fora convidado, sabe Deus por quê. Havia ainda um moço desconhecido e pavorosamente acanhado, que durante a recepção se mantinha integralmente mudo; uma senhora espaventada, quarentona, decerto alguma atriz; e uma jovem muito formosa, *demasiado* bem-vestida mas extraordinariamente apática.

A aparição do príncipe, por conseguinte, foi recebida com positivo agrado. O seu nome produziu surpresa e certos sorrisos extravagantes, especialmente quando o ar de espanto de Nastássia Filíppovna demonstrou que não o tinha convidado. Mas, logo depois do primeiro instante de pasmo, mostrou tanto prazer, que a maioria do grupo prontamente se preparou para ir, alegre, ao encontro do inesperado visitante.

— Conquanto seja inocência dele — observou Iván Fiódorovitch Epantchín — e mesmo seja perigoso encorajar tais tendências, a bem dizer não há nada de mal que se lhe tenha encasquetado na cabeça aparecer, e de maneira tão original. Talvez venha a distrair-nos e até mais do que seria esperar dele.

— Especialmente tendo-se convidado a si mesmo — desfechou logo Ferdichtchénko.

— E que há de mais nisso? — perguntou o general secamente. Ele detestava Ferdichtchénko.

— Que há? Acho que deve pagar entrada! — explicou este último.

— Ora, vamos e venhamos, o Príncipe Míchkin não é Ferdichtchénko — disse o general sem poder resistir mais. Nunca se perdoaria a si mesmo estar no mesmo pé de igualdade com Ferdichtchénko, ao seu lado, em uma recepção.

— Pelo amor de Deus, general, poupe Ferdichtchénko — replicou este, sorrindo amarelo. — Eu me acho aqui em uma situação muito especial.

— Situação especial por quê?

— Já da última vez tive a honra de explicar exatamente isso à assistência, mas não deixarei de o repetir agora a Vossa Excelência. Vê Vossa Excelência, todos são espirituosos, ao passo que eu não. A fim de compensar-me disso, obtive permissão para falar a verdade, pois todo o mundo sabe que só quem não tem espírito é que diz verdades. Além disso, sou um homem muito vingativo, e eis por que não sou espirituoso. Suporto qualquer insulto, mas somente até que o meu antagonista se dane; logo, porém, que ele se arruína, volto aos meus apontamentos de memória e me vingo, seja lá como for. "Dou o meu pontapé", como disse Iván Petróvitch Ptítsin, que, por sua vez, não dá pontapés em ninguém. Conhecerá Vossa Excelência a fábula de Krilóv *O leão e o asno*? Ora, bem. Trata-se do senhor e de mim: foi escrita para nós.

— Já está dizendo mais disparates, julgo eu, Ferdichtchénko — retrucou o general, esquentando-se.

— Como, Excelência? — retorquiu Ferdichtchénko, que se apurara em responder com acerto, prolongando assim os seus despautérios. — Não se preocupe, Excelência, conheço o meu lugar. Se digo: "O senhor e eu somos o leão e o asno da fábula de Krilóv", naturalmente tomo para mim a parte do asno, e Vossa Excelência fica sendo o leão, como na fábula de Krilóv:

> *Trôpego e velho, o ex-rei dos animais*
> *Perdera a sua antiga força.*

Eu, Excelência, sou o asno.

— Lá com isso concordo plenamente — soltou o general, sem tomar as suas precauções.

Tudo isso era muito grosseiro e intencional, sendo coisa mais do que aceita que Ferdichtchénko, onde estivesse, conseguia sempre se apresentar como maluco.

— Aqui apenas me recebem, e me deixam estar, sob a condição de que eu só fale deste modo — explicara ele certa vez. — E de fato, a não ser assim, poderia uma pessoa como eu ser recebida? Claro que não. Poderia uma pessoa como eu estar ao lado de um *gentleman* como Afanássii Ivánovitch? Tal fato nos conduz à única explicação cabível: que só toleram isso justamente por ser inconcebível.

Mas, se era grosseiro, também era ferino, muito ferino, e Nastássia Filíppovna parecia gostar disso. Os que a queriam visitar tinham de acomodar seus espíritos de modo a suportar Ferdichtchénko. Talvez ele já tivesse adivinhado a verdade, isto é, que era recebido ali porque a sua presença se tornara, desde o começo, insuportável a Tótskii. Gánia também sofria indizível agonia nas mãos dele; e a tal propósito Ferdichtchénko era capaz, realmente, de vir a ser uma necessidade para Nastássia Filíppovna.

— O príncipe vai começar cantando para nós uma ária muito em voga — concluiu Ferdichtchénko, olhando logo para Nastássia Filíppovna, a ver o que ela diria. E então, secamente, ela lhe observou:

— Tenha a bondade, Ferdichtchénko, de dominar seus pruridos!

— Ah! Bem, se ele está sob a sua especial proteção, também eu serei indulgente.

Mas Nastássia Filíppovna se levantou, como se não tivesse escutado, e foi encontrar-se com o príncipe.

— Estou envergonhadíssima — disse inesperadamente, surgindo diante dele — por me ter esquecido de convidar o senhor, esta tarde; mas me sinto muito honrada e satisfeita em o senhor me dar ensejo de lhe agradecer e lhe poder assegurar quanto fez bem em ter vindo.

À medida que falava, encarava o príncipe com a maior atenção, tentando descobrir a explicação da sua vinda.

O príncipe deveria, decerto, responder qualquer coisa a essas palavras amistosas; mas estava tão zonzo e atrapalhado que não pôde dizer nada; atitude essa que Nastássia Filíppovna percebeu com satisfação.

Nessa noite usava ela vestido de *soirée* e o seu porte era impressionante. Segurou-lhe a mão e o introduziu na sala. Mas, à porta, o príncipe parou, de repente, e balbuciou apressadamente, com extraordinária emoção:

— Tudo em vós é perfeito... mesmo o serdes delgada e pálida... Quem gostaria de imaginar-vos de outro modo?... Desde muito desejava vir ver-vos... Peço... perdão!

— Perdão de quê? — sorriu Nastássia Filíppovna. — Isso destruiria todo o encanto e originalidade. Dizem, com efeito, que o senhor é um homem original. Então acha que eu sou uma perfeição! Verdade?

— Verdade!

— Embora seja um adivinhador de primeira ordem, desta vez se enganou. Ainda hei de lembrar-lhe isso hoje...

Apresentou o príncipe aos seus convivas, a metade dos quais já o conhecia. Tótskii logo disse alguma gentileza. O grupo pareceu reanimar-se, pondo-se todos a falar e a rir. Nastássia Filíppovna fez o príncipe sentar-se ao seu lado.

— Mas convenhamos que é extraordinário o príncipe ter vindo! — exclamou Ferdichtchénko, mais alto do que o diapasão das outras vozes. — E o caso está tão claro que fala por si.

— É claro demais e fala plenamente por si só — atalhou Gánia, que até ali estivera calado. — Estive observando o príncipe, hoje, quase continuamente, desde o instante mesmo em que ele viu o retrato de Nastássia Filíppovna, pela primeira vez, esta manhã, na mesa de Iván

Fiódorovitch. Lembro-me até, perfeitamente, de que então pressenti qualquer coisa da qual agora estou mais do que convencido e que, aliás, o próprio príncipe acaba de confessar.

Esta longa observação de Gánia foi articulada do modo mais sério possível, sem traço sequer de mínima brincadeira e em tom quase sombrio, soando de modo estranho.

— Não fiz confissão de espécie alguma — replicou o príncipe, corando. — Apenas respondi a uma pergunta.

— Bravo! Bravo! — gritou Ferdichtchénko — reconheçamos que foi sincero; foi inteligente e sincero.

Todos riram alto. Mas Ptítsin retorquiu, aborrecido, em voz baixa.

— Não grite, Ferdichtchénko.

— Eu não esperaria nunca por uma tal proeza, príncipe — redarguiu Iván Fiódorovitch. — Quem haveria de pensar que o senhor fosse um camarada assim? Pois não é que eu apenas o tinha considerado, até aqui, como um filósofo? Ah! O pândego!

— E a julgar pelo modo como o príncipe cora ante uma inocente brincadeira, feito uma jovem ingênua, concluo que, como rapaz honrado que é, alimenta louváveis intenções em seu coração! — Quem disse, ou melhor, quem balbuciou isto agora, tão inesperadamente, foi o velho professor, ancião desdentado de mais de 70 anos. Isso então, sim, causou surpresa geral, pois não passara pela cabeça de ninguém que o velho abrisse a boca a noite inteira.

Todos riram mais do que antes. O ancião, provavelmente imaginando que estavam rindo da sua sabedoria, desandou a rir mais cordialmente ainda, à medida que olhava os circunstantes, até que acabou tossindo violentamente. Nastássia Filíppovna, que tinha uma afeição *sui generis* por esses velhos e velhas extravagantes e principalmente por Iuródivii, interessou-se logo por ele; foi beijá-lo e mandou que lhe servissem mais chá. Disse depois à criada que apareceu que trouxesse a sua capa, na qual ela se embrulhou. E ordenou que pusesse mais lenha na lareira. Perguntou que horas eram, tendo a criada dito que eram dez e meia.

— Amigos, que tal um champanha? — sugeriu Nastássia Filíppovna inesperadamente. — Mandarei abrir algumas garrafas. Talvez elas vos façam mais espirituosos. É favor porém, a cerimônia de lado.

A oferta de bebida, e especialmente de modo tão gentil, partida de Nastássia Filíppovna, causou estranheza, sabido por todos, como era, o rígido protocolo de decoro mantido nas recepções anteriores. Os convidados estavam ficando mais animados, mas não da mesma maneira de sempre. O vinho foi, porém, aceito; primeiro pelo General Epantchín; em segundo lugar pela dama espetaculosa; depois pelo velhote; a seguir por Ferdichtchénko e, afinal, por todos. Tótskii também tomou uma taça, querendo mudar o atual tom da reunião, a ver se lhe dava um caráter expansivo de alegria total. Gánia foi o único que não bebeu.

Depois que Nastássia Filíppovna tomou uma taça de champanha, declarou que aquela noite ainda beberia mais três. Era difícil entender as suas extravagantes e, às vezes, inesperadas maneiras, essas suas risadas histéricas sem motivo, que se alternavam com súbitas depressões taciturnas e silenciosas. Alguns dentre os convidados suspeitaram que fosse febre; até que perceberam, por fim, que ela deveria estar esperando alguma coisa, pois frequentemente olhava para o relógio, tornando-se impaciente e preocupada.

— Acho que estás com uma pontinha de febre — disse-lhe a dama espetaculosa.

— Uma pontinha? Com muita. Foi por isso que me enrolei na minha capa — respondeu-lhe Nastássia Filíppovna, que de fato estava ficando pálida e parecia às vezes combater um violento arrepio.

Ficaram todos consternados e fizeram um movimento que Tótskii soube expressar muito bem, dizendo a Iván Fiódorovitch:

— E se deixássemos a nossa aniversariante descansar?

— De modo algum. Peço-lhes que fiquem. Hoje, mais do que nunca, preciso não estar sozinha. — Houve nessa repentina solicitação uma ênfase que devia ter uma significação.

E como quase todos os convidados sabiam que uma importantíssima decisão estava para ser tomada essa noite, aquelas palavras pareceram-lhes cheias de sentido. Mais uma vez Tótskii e o General Epantchín trocaram olhares. Gánia estremeceu convulsivamente.

— Não seria uma bela ideia, se jogássemos qualquer *petit jeu*?[10] — lembrou a dama espaventada.

— Eu conheço um *petit jeu*, muito moderno, que é esplêndido — desferiu Ferdichtchénko. — Isto é, moderno! Só o vi jogarem uma vez; e mesmo assim falhou.

---

[10] Do francês: "qualquer joguinho." (N. E.)

— Qual é? — perguntou a dama, sôfrega.

— No outro dia o nosso grupo estava reunido — tínhamos estado bebendo, a falar verdade — e repentinamente não sei quem deu a sugestão de que cada um de nós, sem deixar a mesa, contasse qualquer coisa que tivesse feito, mas que fosse honestamente considerada como a pior de todas as ações más de sua vida. Mas tinha de ser feito honestamente, isso era essencial, tinha de ser verídico, não podia ser mentira.

— Estranha ideia — comentou o general.

— Nada pode ser mais estranho, Excelência. Mas é o que há de melhor.

— Ideia ridícula — achou Tótskii. — Mas eu a entendo. É uma espécie de fanfarronada.

— Quem sabe se não é isso que estamos querendo, Afanássii Ivánovitch?

— Mas esse *petit jeu* tem de ser instalado em pranto e não em risadas — propôs a dama extravagante.

— Isso é impossível e absurdo — comentou Ptítsin.

— Teve êxito? — perguntou Nastássia Filíppovna.

— Qual nada, malogrou. Cada qual certamente contou qualquer coisa: alguns deles falaram a verdade, e, acredite a senhora, alguns até positivamente estavam sentindo prazer. Mas depois todo o mundo ficou envergonhado; não houve meio de se refazerem. No conjunto, porém, esteve engraçado, de certo modo, naturalmente.

— Realmente devia ter sido interessante — observou Nastássia Filíppovna, começando a se entusiasmar. — Experimentemos, senhores! De fato não estamos muito animados. Se cada um de nós consentir em dizer qualquer coisa... conforme o jogo... naturalmente! Por vontade própria. Ninguém é forçado a fazê-lo, hein? Quem sabe se conseguimos? Seja como for, será original.

— É uma ideia genial! — disse Ferdichtchénko. — Mas as mulheres ficam excluídas; os homens que comecem. Tiraremos a sorte, como fizemos naquela ocasião. É preciso, é preciso! Se alguém não quiser entrar, não entra. Mas seria pena! Joguem as suas sortes aqui no meu chapéu, senhores; o príncipe misturará. Nada pode ser mais simples. Cada um tem de descrever a coisa pior que fez em sua vida, o que é pasmosamente fácil, senhores! Vão ver! Se alguém se tiver esquecido, incumbo-me de lhe avivar a memória.

A ideia pareceu muito extravagante; quase ninguém gostou. Alguns ficaram carrancudos, outros riam, dissimulando. Houve uns protestos fingidos. Iván Fiódorovitch, por exemplo, não querendo contradizer Nastássia Filíppovna, notara que ela estava atraída por aquela ideia, decerto por ser original e irrealizável. Nastássia Filíppovna sempre fora teimosa e inconsiderada ao manifestar qualquer desejo, mesmo que se tratasse de um capricho extremado que até a prejudicasse. E parecia estar agora em histerismo, indo e vindo, rindo espasmodicamente, de modo violento, principalmente ante os protestos inquietantes de Tótskii. Os seus olhos negros faiscavam e havia um fluxo febril em suas faces pálidas. O ar algo decepcionado e inibido dos seus convivas possivelmente aumentava o seu irônico desejo de manter aquele jogo. Talvez fosse o cinismo ou a crueldade da ideia que a atraísse. Uma parte do grupo, porém, percebeu que havia uma intenção toda especial nesses seus modos. Acabaram concordando. Seria curioso, afinal de contas; e para muita gente a perspectiva era tentadora. O mais excitado de todos era Ferdichtchénko.

— E se houver qualquer coisa que não possa ser dita diante de senhoras? — comentou timidamente o jovem taciturno.

— Ora, não será preciso contar essa. Haverá muitas outras ações imorais, além dessa! — respondeu-lhe Ferdichtchénko. — Ah! Essa gente moça!

— E como hei de eu saber qual das minhas ações é a pior? — titubeou a dama espaventada.

— Ficam as damas isentas dessa obrigação — repetiu Ferdichtchénko. — Mas apenas da obrigação: seja o que for que nasça de suas inspirações, será acolhido com gratidão! Os homens ficam, outrossim, isentos, se fizerem muita questão.

— Onde está a prova de que não estarei mentindo? — inquiriu Gánia. — E, se minto, lá se vai o essencial do jogo! E como saber que ninguém está mentindo? Com certeza é o que se vai dar.

— Ora, pois até será uma coisa fascinadora ver que espécie de mentiras pode um homem pregar! Não há propriamente perigo algum em você contar mentiras, Gánia, visto nós todos sabermos a sua pior ação qual seja. E calculem agora, senhores — exclamou Ferdichtchénko em súbita inspiração —, pensem apenas com que olhos nós nos olharemos uns para os outros amanhã, por exemplo, depois que tivermos contado nossos casos!

— Mas é isso possível? Você realmente está falando sério, Nastássia Filíppovna? — indagou Tótskii, com dignidade ofendida.

— Se está com medo dos lobos, não entre na floresta! — observou Nastássia Filíppovna, desdenhosamente.

— Deixe que lhe pergunte, Ferdichtchénko, que espécie de *petit jeu* pode uma pessoa achar nisso? — prosseguiu Tótskii cada vez mais inquieto. — Garanto-lhe que tais coisas redundam em fiasco. Você, por exemplo, já disse que não deu certo, aquela vez.

— Sim, sucesso nenhum. Ora, pois, se eu apenas achei que a minha pior ação foi ter roubado três rublos! Foi a única coisa que lhes pespeguei!

— Ouso dizer: suponho que não houve possibilidade de você dizer isso a ponto de parecer verdadeiro nem creio que tivessem acreditado! Gavríl Ardaliónovitch acabou de fazer ressaltar que a menor desconfiança de falsidade estragaria todo o jogo. Contar a verdade só é possível por acidente, com uma especial ostentação, aliás de péssimo gosto! É inconcebível e totalmente impróprio nesta sala.

— Mas que pessoa sutil é o senhor Afanássii Ivánovitch! — exclamou Ferdichtchénko. — Positivamente, me surpreende! Ora, calculem, senhores meus: observando, como observou, que não consegui contar a história do meu furto de maneira a fazê-la parecer verdadeira, Afanássii Ivánovitch dá a entender que suspeita, e da forma mais sutil, que eu não teria furtado, realmente (pois não seria gentil dizer alto o que ele pensa), e todavia, em seu íntimo, ele está convencido de que Ferdichtchénko pode muito bem ser gatuno. Mas vamos ao caso, senhores, vamos ao jogo! As sortes já foram ajuntadas e ponha também a sua aqui, Afanássii Ivánovitch, para que não haja quem se tenha recusado. Príncipe, sacuda! E tire!

Sem uma palavra o príncipe meteu a mão dentro do chapéu e o primeiro nome que tirou foi o de Ferdichtchénko, o segundo o de Ptítsin, o terceiro o do General Epantchín, o quarto o de Tótskii, o quinto o dele mesmo, o sexto o de Gánia, e assim por diante. As senhoras não tinham entrado nisso.

— Bom Deus, que calamidade! — exclamou Ferdichtchénko. — E eu que pensava que o primeiro fosse o príncipe e depois o general. Mas, graças a Deus, ainda bem que depois de mim vem Iván Petróvitch e serei compensado. Bem, senhores, preciso, naturalmente, dar um bom exemplo; mas o que mais lamento, de tudo, neste momento, é que eu não seja uma pessoa de categoria, distinguida por qualquer cargo — nem mesmo de uma classe hierárquica decente. Que interesse poderá haver para vós que Ferdichtchénko tenha cometido algo de hediondo? E qual será a minha pior ação? Aqui há um *embarras de richesse*.[11] Devo confessar o mesmo furto da outra vez, para convencer Afanássii Ivánovitch de que se pode furtar sem ser ladrão?

— E também está me convencendo, Sr. Ferdichtchénko, de que é possível ter prazer, e até mesmo festejar a descrição de uma ação imunda, por vontade própria. Mas... peço desculpas, Sr. Ferdichtchénko.

— Comece logo, Ferdichtchénko, você está maçando demais! Comece logo de uma vez! — insistiu Nastássia Filíppovna, com irritada impaciência. Todo o mundo já notara que, depois de sua risada histérica, ficara repentinamente mal-humorada, irritável, pouco cortês, teimando em seu selvagem capricho, com ar imperioso. Afanássii Ivánovitch sentia-se horrivelmente afrontado. Estava também furioso com Iván Fiódorovitch, que dera para bebericar champanha, como se mais nada o afetasse. Pensando talvez o que contaria, quando a sua vez chegasse.

14

— Eu não sou espirituoso, Nastássia Filíppovna, e é isso que me faz falar demais — exclamou Ferdichtchénko, começando a sua história. — Se eu fosse tão ajuizado quanto Afanássii Ivánovitch ou Iván Petróvitch, deveria ter ficado quieto, refreando a minha língua, esta noite, como Afanássii Ivánovitch e Iván Petróvitch. Príncipe, permita que lhe pergunte: Que acha? Não lhe parece que haja no mundo muito mais homens ladrões do que não ladrões? E que não há no mundo um homem, por mais honesto, que nunca tenha, uma vez pelo menos, roubado qualquer coisa em sua vida? Essa é uma ideia minha, pela qual todavia não concluo que todos os homens sejam ladrões; no entanto, Deus bem sabe, muitas vezes sou tentado a isso. Que é que o senhor acha?

— Ufa! Que maneira estúpida de começar a história! — comentou a dama espalhafatosa, cujo nome era Dária Aleksiéievna. — E que

[11] Do francês: "constragimento dos ricos". (N. E.)

bobagem! É impossível que todo o mundo haja roubado alguma coisa. Eu nunca roubei nada.

— A senhora nunca roubou nada, Dária Aleksiéievna? Mas, que dirá o príncipe, que está ficando vermelho!?

— Acho que o que o senhor diz é verdade, apenas com bastante exagero — afirmou o príncipe, que, de fato, sem motivo, estava enrubescendo.

— E o senhor, príncipe, o senhor aí, nunca roubou nada?

— Arre! Que coisa ridícula! Que confiança é essa, Ferdichtchénko? — atalhou o general.

— O senhor está mais é envergonhado de contar o que lhe concerne e por isso está tentando arrastar o príncipe para assim se desvencilhar!... — aparteou Dária Aleksiéievna.

— Ferdichtchénko, ou conte a sua história, ou feche a boca de uma vez, e não se meta com os outros. Não há paciência que o suporte — disse Nastássia Filíppovna irritadamente, de um modo agudo.

— Um minuto, apenas, Nastássia Filíppovna; mas já que o príncipe confessou, pois insisto em que o que o príncipe disse valeu por uma confissão, que diria mais alguém (para não mencionar nomes) se me desse na telha ao menos uma vez falar a verdade? Quanto a mim, senhores, não é necessário dizer mais; o caso que vou contar é simples, estúpido e imundo. Mas lhes dou minha palavra que não sou gatuno. Não sei como cheguei a furtar. Isso aconteceu no ano retrasado, certo domingo, em casa de Semión Ivánovitch Ichtchénko, que recebera artigos para o jantar. Depois do jantar os cavalheiros ficaram sentados, ainda sob o efeito do vinho. Ocorreu-me pedir à sua filha, uma senhorita chamada Maria Semiónovna, que tocasse piano. E eu fiquei perambulando em uma extremidade do salão. Sobre a mesa de trabalho de Maria Semiónovna estava uma nota de três rublos, dessas de papel verde. Devia tê-la tirado para alguma despesa. Não havia mais ninguém na sala. Peguei a nota e soquei-a no meu bolso. Para que, não saberei dizer. O que me levou a isso, não sei. Apenas vim, muito apressado, até o salão e me sentei à mesa, onde fiquei quieto, esperando alguma coisa, excitadíssimo. Continuei a tagarelar, contei anedotas, dei gargalhadas. Depois fui ter com as senhoras. Cerca de meia hora depois deram por falta da nota e começaram a interrogar a criadagem. As suspeitas caíram em uma de nome Dária. Mostrei extraordinário interesse e simpatia e recordo que, quando Dária estava totalmente zonza, me pus a persuadi-la a confessar, assegurando-lhe que a sua patroa seria generosa; e fiz isso alto, diante de todos. Todos prestavam atenção e eu sentia imenso prazer em passar uma raspança na criada. Enquanto isso a nota estava no meu bolso. Gastei aqueles três rublos em bebida, em uma tasca, aquela noite mesmo; entrei e mandei vir uma garrafa de Lafitte. Nunca tinha pedido uma garrafa como essa, está claro. É que eu queria gastar o dinheiro de uma vez. Não senti sobressaltos de consciência nem naquela ocasião, nem tempos depois. Cometeria outra vez o gesto, sem dúvida; podem acreditar, ou não, como preferirem; é-me indiferente. Ora aí está; foi tudo.

— Mas, sem dúvida, essa não foi a sua pior ação — sentenciou Dária Aleksiéievna, com aversão incontida.

— Foi um caso psicológico e não uma ação — observou Tótskii.

Então, sem encobrir sua repugnância, Nastássia Filíppovna perguntou:

— E a criada?

— Foi mandada embora no dia seguinte, naturalmente. A família, nesses pontos, era estrita.

— E você deixou que isso acontecesse?

— Essa é boa! Ora essa, então eu haveria de ir e contar, eu? — torceu-se todo Ferdichtchénko, apesar de vexado pela péssima atmosfera causada pela história.

— Que horror! — exclamou Nastássia Filíppovna.

— Ora essa, a senhora quis ouvir a pior ação de um homem e estava a esperar uma coisa edificante! As piores ações de um homem são sempre repugnantes, Nastássia Filíppovna! Vamos ter a sanção disso diretamente por Iván Petróvitch. As pessoas são, na maioria, brilhantes pelo lado de fora e desejam parecer virtuosas só porque têm carruagem própria. Todo o mundo tem carruagem. E por que meios?...

Ferdichtchénko de fato se zangara repentinamente, a ponto de se esquecer que estava ultrapassando os limites; toda a sua cara se distorcera grotescamente. É que lá consigo esperara outro efeito da sua história. Tais erros de tato, essa especial maneira de "cartear", como Tótskii chamava a isso, acontecia muitas vezes com ele e estava especificamente em seu caráter.

Nastássia Filíppovna positivamente tremia de fúria, olhando sem parar para Ferdichtchénko. Ele acabou ficando deprimido e recaiu em atroz silêncio, quase gelado de desaponto. Tinha ido longe demais.

— Não seria melhor acabarmos com isso? — perguntou Tótskii, com veemência.

— É a minha vez, mas requeiro isenção, já que tenho direito. E deixo de contar — declarou categoricamente Ptítsin.

— Então você não quer?

— Não posso, Nastássia Filíppovna. E quer que lhe diga? Considero este *petit jeu* fora de propósito.

— General, parece que é a sua vez — lembrou Nastássia Filíppovna, virando-se para Epantchín. — Se o senhor recusar, nos desarticulamos todos e é pena, porque eu estava aguardando o fim para contar um incidente da minha própria vida. Mas só queria fazer isso depois de Afanássii Ivánovitch e do senhor, porque ambos me devem dar estímulo — acrescentou, rindo.

— Já que a senhora promete isso — exclamou o general, enfaticamente — estou pronto a contar-lhe a minha vida inteira; confesso que tenho a minha história pronta para a minha vez...

— E basta o ar de Sua Excelência para se julgar do especial prazer com que trabalhou a sua anedotazinha — ousou observar Ferdichtchénko, com um sorriso sarcástico, apesar de ainda não estar muito à vontade.

Nastássia Filíppovna olhou de esguelha para o general e também sorriu consigo mesma. Mas a sua depressão e irritabilidade estavam notoriamente aumentando a cada momento. Tótskii ficou mais alarmado ainda depois que ela prometeu contar também alguma coisa.

— Já me aconteceu, amigos, como a todos nós, cometer ações em minha vida que não fossem lá muito bonitas — começou o general. — É estranho que eu ainda considere o breve incidente que vou descrever como tendo sido a mais vil ação da minha vida. Já se passaram quase 35 anos e ainda não consigo conter uma dor no coração, se é que me exprimo bem, só em recordar. Trata-se, contudo, de um caso extremamente idiota; eu era, naquele tempo, simples tenente e estava abrindo a minha carreira no Exército. Ora, todos nós sabemos o que um tenente é: sangue moço e ardoroso, mas, dinheiro mesmo, nenhum! Eu tinha um ordenança, naqueles dias, chamado Nikífor, que era terrivelmente zeloso em minha defesa. Mexia-se, costurava, lavava, fazia a limpeza, e mesmo "requisitava" à direita e à esquerda com mão forte, para ajudar nossa manutenção caseira. Além de sincero, era honestíssimo. Eu era severo, mas justo. Aconteceu permanecermos certo tempo em uma cidadezinha. Acomodara-me em um subúrbio, em casa da viúva de um tenente reformado. A velhota já passava dos 80 anos. Morava em uma pequena e antiga casa em ruínas, de madeira, e era tão pobre que nem criada possuía. E o pior é que ela em tempos tivera numerosa família e parentela. Alguns haviam morrido, outros se dispersado, e os demais a tinham esquecido. O marido morrera havia quase meio século. Durante anos uma sobrinha vivera com ela. Uma moça corcunda, má como uma bruxa, conforme dizia o povo. Até mordera uma vez o dedo da velha. Mas até essa falecera. De maneira que a velhinha estava lutando sozinha, havia já três anos. Eu me sentia medonhamente instalado lá e a mulher era tão obtusa que ninguém lhe podia arrancar nada de compreensível. Uma ocasião ela me roubou um galo. O caso nunca pôde ser tirado a limpo, até hoje, mas não havia mais ninguém, deve ter sido ela. Discutimos por causa do galo, mas discutimos feio e sério. E aconteceu que logo que requeri fui transferido para outro quartel, nos subúrbios do outro lado da cidadezinha, e me instalei na casa de um negociante, de imensas barbas e família patriarcal, lembro-me bem. Nikífor e eu estávamos muito contentes com a mudança. Eu deixara a velhinha, indignado. Três dias depois, vindo eu das manobras, Nikífor me informou: "Fizemos mal, Excelência, em deixar nossa terrina em casa daquela megera. Onde é que vou pôr a sopa, agora?". Foi surpresa para mim. "Como assim?" — danei. — "Como é que você esqueceu a terrina lá?" Então, muito espantado, Nikífor me relatou que, quando estava mudando os nossos cacarecos, a mulherzinha não entregara a terrina em represália a lhe termos quebrado a tigela. Ficava com a terrina em lugar da tigela, declarando que eu é que resolvera isso para indenizá-la. Tal manha naturalmente me enfureceu. Isso faria ferver o sangue de qualquer jovem oficial. Dei um pulo e me precipitei para lá. Estava fora de mim, se assim me posso exprimir, quando cheguei à casa da anciã. Dei com ela sentada na soleira, acocorada em um canto, sozinha, como a apanhar sol, o queixo apoiado na mão, o cotovelo no joelho. Desfechei-lhe uma torrente de berros, chamando-a de toda sorte de nomes; bem sabem como é boa a gíria russa. Mas uma coisa me parecia estranha, à medida que eu a olhava: estava com a cara voltada um pouco para mim, os olhos muito redondos e fixos, e não respondia nada. Olhava-me de maneira esquisita, parecia vacilar para a frente, e só acabei de descompô-la quando a minha fúria se esgotou. Encarei-a, fiz-lhe perguntas, e ela: nada! Fiquei meio sem jeito. Moscas zuniam, o sol descambava e reinava a tranquilidade por ali... Completamente desconcertado, fui embora. Antes de chegar a casa compareci à presença do major, que me disse que fosse à companhia; de maneira que não voltei para casa senão quando já era bem noite. E eis as primeiras palavras de Nikífor: "Pois não é, Excelência, que a nossa velhinha morreu?". "Morreu, quando?" "Ora, esta tardinha, há cerca de uma hora e meia." Assim, pois, mesmo na hora em que eu a estava descompondo ela teve o seu trespasse. Isso me causou tamanha impressão que não pude suportar. O pensamento não me largava. De noite, era na certa: tinha de sonhar com isso. Não sou supersticioso, absolutamente, mas, dois dias depois, lá estava eu na igreja, no seu funeral. E, na verdade, quanto mais o tempo passa, mais isso me reaparece. Não são aparições, propriamente, mas agora, como então, se me afigura vê-la ainda. E fico atordoado. Cheguei à conclusão de que o remorso consiste nisto. Em primeiro lugar, era uma mulher. Claro! Uma pobre criatura, uma criatura humana, como deram para dizer hoje em dia. Tinha vivido, vivido uma longa vida, vivido demais. Outrora tivera filhos, marido, família, parentes — tudo isso tagarelando, rindo, não é mesmo? Enfim, a vida em redor dela. E em seguida, de uma vez para sempre, completo vácuo, tudo acabara, fora deixada sozinha, como... mosca execrada desde o começo do tempo. E só depois, no fim, é que Deus a levara, ao pôr do sol, em uma sossegada tarde de verão, pobre da minha velhota se indo embora para sempre! Um tema para uma piedosa reflexão, não há a menor dúvida. E eis que bem nesse momento, em vez de lágrimas que a acompanhassem, não é mesmo? Um estourado de um tenenteco, espetaculosamente, com as mãos na cintura lhe faz cena reles e miserável, enquanto ela deixa a superfície da terra, com a fanfarra russa dos meus desaforos por causa de uma terrina! Naturalmente eu tinha razão para a descompor, mas, mesmo assim, com o correr dos anos, a mudança de temperamento, acabei desde há muito encarando a minha ação como a de um outro homem que não eu; e ainda tenho remorsos. Isso, pois, repito, me parece extravagante; pois, se tive de que me zangar, por que ficar assim? Que raio lhe deu na cabeça para morrer bem naquele momento? Naturalmente há apenas uma explicação: que o que eu fiz foi de certo modo mórbido. E como não conseguisse paz de espírito, 15 anos depois, ainda, tomei a meu cargo duas velhas incuráveis em um asilo, a fim de lhes suavizar os últimos dias de existência terrestre com um ambiente confortável. Penso legar-lhes uma soma de dinheiro para uma aplicação perpétua. E é tudo, a respeito. Repito que posso ter feito outras coisas más em minha vida; mas este incidente, eu escrupulosamente o considero a pior ação da minha vida.

— Pois em vez da pior, Vossa Excelência descreveu uma de suas mais belas ações. O senhor me logrou! — comentou Ferdichtchénko.

— Efetivamente, general, nunca imaginei que o senhor tivesse um coração tão bom, apesar de tudo. Chego a lastimar-me — disse Nastássia Filíppovna descuidadamente.

— Lastima-se, por quê? — indagou o general com um sorriso afável; e, não sem complacência, sorveu a sua champanha. Mas era agora a vez de Tótskii, e ele também se tinha preparado. Todo o mundo pensara que ele se recusaria como Ptítsin. Ainda assim todos, por certas razões, esperavam com curiosidade a sua confissão. E, ao mesmo tempo, espiavam Nastássia Filíppovna.

Com um extraordinário ar de dignidade que condizia com a sua majestosa aparência, Afanássii Ivánovitch começou com sua voz calma e polida a contar uma de suas "encantadoras anedotas". Ele era, diga-se de passagem, um homem de fina aparência, dignificante estampa, alto, corpulento, um pouco calvo e ficando já grisalho. Tinha bochechas rosadas, flácidas e dentes postiços. Usava roupas amplas e bem cortadas e camisas de preço. Quanto às suas mãos quase redondas e brancas, dava prazer olhá-las. Usava em um dos dedos da mão direita um anel de caríssimo diamante.

Enquanto esteve contando a sua história, Nastássia Filíppovna ficou contemplando sem parar a renda pregueada de sua manga, alisando-a com dois dedos da mão esquerda. Não olhou nem mesmo de relance para o locutor.

— O que torna a minha tarefa mais fácil — começou Afanássii Ivánovitch — é a estrita obrigação de descrever a minha ação mais vil em toda a minha vida. E em tal caso não pode haver hesitação. A consciência e a manifesta voz do coração ditam logo o que se deva dizer. Confesso com amargura que, entre todas as inumeráveis e decerto frívolas e impensadas ações de minha vida, uma há cuja impressão ficou algo mais forte, vincando o meu espírito. Aconteceu aproximadamente há 20 anos. Estagiava eu no campo com Platón Ordíntsev. Ele acabara de ser nomeado marechal da nobreza e viera com a sua jovem esposa, Anfíssa Aleksiéievna, para aí passar as suas férias de verão. Fora isso pouco antes do dia de seu aniversário, e dois bailes tinham sido arranjados. Por aquele tempo a encantadora novela de Dumas Filho, *La dame aux camélias*, estava no ápice da moda e fazendo grande sensação na sociedade. Trata-se de uma obra que, em minha opinião, jamais envelhecerá ou desaparecerá. Nas províncias provocava êxtase em todas as damas, pelo menos nas que a tinham lido. O encanto da novela, a originalidade da situação do principal caráter, aquele mundo fascinante analisado tão sutilmente, e os admiráveis incidentes disseminados pelo livro (por exemplo, o uso de buquês com camélias brancas e cor-de-rosa alternativamente), todos aqueles encantadores pormenores, com efeito, e todo o *ensemble*[12] causavam uma subjugadora sensação. As camélias tornaram-se extraordinariamente em moda. Todo o mundo as queria, todo o mundo procurava obtê-las. Agora lhes pergunto eu se era possível arranjar camélias assim, em um distrito na campanha, quando a procura é enorme, mesmo não havendo muitos bailes? Pétia Vorkhovskói estava rompendo o coração nesse tempo, coitado, por causa de Anfíssa Aleksiéievna. Realmente não sei se havia qualquer coisa entre eles, isto é, quero dizer, se ele apoiava suas esperanças com quaisquer razões. O coitado andava louco por camélias. Para Anfíssa Aleksiéievna, para a noite do baile. A Condessa Sótskaia, uma nobre de Petersburgo, em visita à mulher do governador, e Sófia Bespálova viriam, sabia-se ao certo, com buquês de camélias brancas. Anfíssa Aleksiéievna ansiava por despertar sensação com camélias rubras. O pobre Platón estava quase ficando maluco — naturalmente, pois ele era o marido! Prometera procurar as flores. Querem saber o que sucedeu? Exatamente na véspera do baile todas as camélias foram adquiridas por Ekaterína Aleksándrovna Mitíchtcheva, uma terrível rival de Anfíssa Aleksiéievna. E rival em tudo. Só faltou puxarem punhais! Naturalmente houve ataques e chiliques. Imaginem os apuros de Platón. É claro que se Pétia fosse capaz de arranjar um buquê nesse momento crítico, suas chances melhorariam muito. A gratidão de uma mulher, em tais casos, é ilimitada. Ele voou como um louco; mas era uma empresa

[12] Do francês: conjunto (N. E.)

difícil e nem adiantava falar nisso. E eis que de repente eu o encontro às onze horas da noite, na véspera do aniversário e do baile que seria dado por Madame Zubkóva, vizinha dos Ordíntsev. Estava radiante. "Que é que há?" "Encontrei! Eureca!" "Bem, meu caro, és formidável. Onde? Como?" "Em Iekcháisk, um lugarejo a quinze *verstás* daqui, fora já do nosso distrito. Mora lá um mercador como esses de antanho, riquíssimo, chamado Trepálov; ele e a mulher, em vez de filhos, criam canários. E têm ambos a paixão das flores! E o homem tem camélias" "E se não for verdade? E se ele não as quiser dar?" "Atiro-me de joelhos e me humilho a seus pés até que ceda. Não saio de lá sem elas." "Quando vais buscá-las?" "Amanhã cedo, ao clarear, às cinco da madrugada." "Bem, então sê feliz." Palavra que me senti contente, também eu. Voltei para casa de Ordíntsev. Bateu uma hora da madrugada, e eu ainda estava pensando. Resolvi deitar-me; nisto, uma ideia muito original me veio. Embarafustei para a cozinha, acordei Savélii, o cocheiro, e lhe disse, dando-lhe quinze rublos: "Arranje-me os cavalos em meia hora". Dito e feito. Meia hora mais tarde o trenó estavaca no portão. Tinham-me dito que Anfíssa Aleksiéie*vna* estava com febre por causa da enxaqueca, e delirando! Entrei para o trenó e saí a toda. Antes das cinco estava eu em Iekcháisk, na estalagem. Esperei que rompesse o dia. E nada de clarear! Afinal, às sete horas, cheguei à casa de Trepálov. Falei sobre isso e aquilo, até que perguntei: "Terá o senhor camélias? Bom *bátiuchka*,[13] ajude-me, salve-me! Inclino-me, arrojo-me aos seus pés!". O velho era um homenzarrão, de cabeça grisalha, severa, um velho que dava medo. "Não, não! Lá por isso, não. Que é que há de parecer?" Arrojei-me aos pés dele. Positivamente caí sobre o assoalho. "Não faça isso! Ora essa!" E ficou aparvalhado. "É que está em risco uma vida humana", berrei-lhe. "Bem, neste caso, leve-as, em nome de Deus." Cortei todas as camélias vermelhas. Eram maravilhosas, esquisitas. Havia uma estufa cheia assim. O velho até suspirava. Tirei uma nota de cem rublos. "O senhor está me insultando!" "Então, pelo menos, valoroso senhor, entregue estes cem rublos ao hospital local, para mantimentos e outras despesas." "Bem", disse o velho, "agora a coisa muda de figura; é uma obra meritória e nobre que compraz a Deus. Darei este dinheiro ao hospital, para que rezem pela sua saúde". Aquele velho russo de boa têmpera me agradou;

[13] Do russo: papai (N. E.)

era um russo de cem costados, *de la vraie souche*! Radiante, voltei. Mas por um caminho diferente, para evitar encontrar Pétia. Mal acabei de chegar enviei o imenso ramalhete a Anfíssa Aleksiéievna, com meus cumprimentos, quando acordasse.
É fácil imaginar o seu júbilo, a sua gratidão, as suas lágrimas de alegria. Pláton, que na véspera estava até sem fôlego, soluçou sobre o meu peito. Arre! Todos os maridos são a mesma coisa, desde a criação do matrimônio legal. Não quero aventurar-me a dizer mais, mas as chances de Pétia acabaram completamente, depois deste episódio. No começo calculei que ele, ao descobrir o que eu fizera, quisesse me matar! Tanto que me preparei para o encontro; mas chego a não acreditar no que aconteceu. Sabem o que foi? Ele teve uma síncope; passou a noite delirando e no dia seguinte estava com febre cerebral e arquejava como uma criança; teve até convulsões. Um mês mais tarde, ao entrar em convalescença, inscreveu-se como voluntário e foi para o Cáucaso. Parece romance. Acabou sendo morto na Crimeia. Naquele tempo o seu irmão, Stepán Vorkhovskói, comandava um regimento; Pétia distinguiu-se na batalha. Confesso que sinto agulhadas na consciência mesmo tantos anos depois. Ora, com que fim lhe desferi eu um tal golpe? Nem se diga que eu, então, estivesse também apaixonado. Foi mera travessura oriunda de um flerte; nada mais. Se eu não lhe tivesse arrebatado aquele buquê — quem sabe? — o homem podia estar vivo ainda hoje, podia ter sido feliz, podia ter triunfado. E nunca lhe teria passado pela cabeça ir brigar com os turcos!

Afanássii Ivánovitch acabou de falar com a mesma majestosa dignidade com que tinha começado. O grupo ali reunido notou que havia uma luz estranha nos olhos de Nastássia Filíppovna. Quando ele rematou a sua história, os lábios dela se contraíram. Todo o mundo prestava atenção em ambos, com uma curiosidade muito especial.

— Enganaram Ferdichtchénko! Olá se enganaram! Isto realmente é que é fraude! — exclamou Ferdichtchénko, com voz lacrimosa, vendo que urgia dizer alguma coisa.

— E de quem é a culpa, se você não soube ganhar? Então você pensa que esta gente aqui é imbecil? — Quem assim lhe cortou a palavra foi Dária Aleksiéievna, antiga e sincera amiga e aliada de Tótskii.

— Você tem razão, Afanássii Ivánovitch, o jogo é muito insípido e precisamos acabá-lo ligeiro — comentou Nastássia Filíppovna com ar descuidado. — Contarei o caso que prometi e logo os deixarei à vontade; poderão até jogar cartas.

— Mas antes disso, a sua anedota prometida — concordou o general, calorosamente.

Então, sem que ninguém esperasse, Nastássia Filíppovna se virou subitamente para Míchkin.

— Príncipe, aqui os meus velhos amigos, o General Epantchín e Afanássii Ivánovitch, querem que eu me case. Diga-me que é que o senhor acha. Devo casar-me, ou não? O que o senhor disser, eu farei.

Afanássii Ivánovitch tornou-se lívido. O general ficou petrificado. Todo o mundo olhou cheio de espanto e perplexidade. Gánia enterrou-se onde estava.

— Com... quem? — perguntou o príncipe com voz quase imperceptível.

Firmando bem a voz, Nastássia Filíppovna pronunciou devagar:

— Com Gavríl Ardaliónovitch Ívolguin.

Seguiram-se alguns segundos de silêncio. O príncipe parecia estar lutando para falar; e era como se um terrível peso, em seu peito, não o deixasse proferir palavra.

— N... ão... não vos caseis com ele — sussurrou, por fim, e respirou angustiadamente.

— Então, assim será! — Voltou-se imperiosamente e com ar de triunfo para Gánia: — Gavríl Ardaliónovitch, escutou a decisão do príncipe? Bem, a resposta dele é a minha resposta! E esta é a solução do caso, de uma vez para sempre!

— Nastássia Filíppovna! — Ela olhou. Era Tótskii, com voz trêmula.

— Nastássia Filíppovna! — Era o general em tom persuasivo, mas agitado.

Houve comoção geral, quase tumulto.

— Que é que há, amigos? — prosseguiu ela, encarando os convidados surpresa. — Por que estão tão perplexos? Mas que fisionomias!

— Mas... você se esqueceu, Nastássia Filíppovna — balbuciou Tótskii gaguejando —, que havia feito uma promessa, aliás voluntária, e que poderia ter poupado, em parte... Estou estupefato... é lógico, não compreendo... mas, enfim... fazer isso... diante de tanta gente... em uma hora destas, e fazer da forma por que fez, como um *petit jeu*, em um caso que afeta a honra e o coração... um caso que envolve...

— Não o compreendo, Afanássii Ivánovitch. Quer saber de uma coisa? Você nem sabe o que está dizendo. Em primeiro lugar, que quer você dizer com "diante de tanta gente"? Não estamos nós diante de caros e íntimos amigos? E *petit jeu*, como? Por quê? Eu realmente pretendia contar a minha anedota! Pois não é que a contei? E não foi bonita? Por que há de então você dizer que isso não é sério? Então, não é sério? Você bem que me ouviu avisar o príncipe: "O que o senhor disser, eu farei". Se ele tivesse dito: "Sim!", eu imediatamente teria dado o meu consentimento. Mas ele disse: "Não!", e eu recusei. Então não foi sério? Pois se toda a minha vida estava oscilando em uma balança! Mais sério do que isso?!

— Mas o príncipe... que tem o príncipe com isso? E quem é o príncipe, afinal de contas? — murmurou o general não podendo reprimir a sua indignação ante a autoridade (que o ofendia) dada ao príncipe.

— Ora, o que o príncipe tem com isso é que ele é o primeiro homem que encontrei em toda a minha vida, e em quem acreditei como em um sincero amigo. Ele acreditou em mim, mal me viu, e eu nele.

— Só me resta agradecer a Nastássia Filíppovna, pela extraordinária delicadeza com que... me tratou — articulou, finalmente, em voz entrecortada, mal abrindo os lábios hirtos, Gánia, muito pálido. — Respeito sua decisão... naturalmente! Mas... o príncipe... pôr o príncipe neste assunto!...

— É por causa dos setenta e cinco mil rublos? Não é o que você quis dizer? — interrompeu-o, repentinamente, Nastássia Filíppovna. — Quis você se referir a isso? Não o negue, você certamente pensou nisso. Afanássii Ivánovitch, esqueci-me de acrescentar, ficam sem efeito os setenta e cinco mil rublos que me ofereceu! E deixe-me assegurar-lhe que o desembaraço de bom grado. Basta! Já era tempo de você também ficar livre. Nove anos e três meses! Amanhã, vida nova! Mas hoje é meu dia onomástico e pela primeira vez em minha vida inteira estou fazendo o que quero. General, tome outra vez as suas pérolas; dê-as à sua mulher. Ei-las! Amanhã deixarei este apartamento, por bem, de maneira que não haverá mais recepções, amigos!

Dito isso, logo se levantou, como se pretendesse ir embora. — Nastássia Filíppovna! Nastássia Filíppovna!... — ouvia-se de todos os lados. Todos estavam emocionados, levantando-se e rodeando-a, tendo ouvido, boquiabertos, aquelas palavras impetuosas, febris e desesperadas.

Todos sentiam que havia algo errado que não era possível explicar nem descobrir. Bem nesse momento a campainha tocou violentamente. Tão violentamente como, aquela tarde, a do apartamento de Gánia.

— Ah! É a solução! Afinal! Já são onze e meia? — exclamou Nastássia Filíppovna. — Peço-vos, amigos, que vos senteis. É a solução.

Dizendo isso, deu o exemplo, sentando-se de novo. Um riso estranho lhe crispava os lábios. Ficou calada, em febre, olhando para a porta.

E então, lá consigo, Ptítsin adivinhou: "Sem dúvida, é Rogójin com os seus cem mil rublos!"

15

Kátia, a camareira, entrou muito aflita.

— A senhora não imagina, Nastássia Filíppovna! Mais de dez homens! Quase arrombaram a porta! E bêbados como nunca vi. E pretendem ser recebidos. Dizem que se trata de Rogójin e que a senhora sabe.

— Está bem, Kátia. Introduza-os para aqui, imediatamente.

— A senhora não imagina como eles estão, Nastássia Filíppovna... em que estado lastimável. Credo!...

— Que entrem todos, Kátia, sem exceção. Não tenha medo. Do contrário, entram mesmo que você se oponha. Que rebuliço estão fazendo! Até parece esta tarde. Acaso aqui os meus amigos se sentirão ofendidos — voltou-se para os seus convidados — por eu receber um bando desta ordem? Lamento, e desde já peço perdão. Mas não há outro jeito e estou ansiosa que consintam em ser testemunhas desta cena final. Espero e confio que isso não os moleste...

Os convidados continuaram atônitos, entreolhando-se e ciciando. Era perfeitamente claro que aquilo tudo fora calculado e arranjado de antemão, e que Nastássia Filíppovna agira em um momento de paroxismo, impossível lhe sendo agora remediar tal conjuntura. A curiosidade os atiçava; motivos para pânico não existiam, visto haver somente duas mulheres entre os convivas: Dária Aleksiéievna, uma dama desembaraçada que conhecia o lado pior da vida, não tendo portanto do que se escandalizar, e a formosa mas impassível estrangeira. E essa taciturna estrangeira mal entendia o que se estava passando; era alemã, recém-chegada à Rússia, não sabia uma única palavra eslava e era tão obtusa quanto bonita. Tratavam-na como uma novidade, sendo moda convidá-la para recepções; comparecia suntuosamente vestida, penteada como para uma exibição teatral; faziam-na sentar na sala de visitas como uma decoração encantadora, da mesmíssima forma com que pessoas pedem às vezes a amigos, como empréstimo para uma festa de cerimônia, uma tela, uma estátua, uma porcelana ou um mármore de enfeitar lareira.

Quanto aos homens, por sua vez, Ptítsin, por exemplo, era amigo de Rogójin; Ferdichtchénko estava no seu elemento; Gánia, conquanto ainda não refeito, se sentia dominado pelo irresistível impulso de suportar a ignomínia até o fim; o velho mestre-escola, que apenas poderia ter uma noção difusa do que iria acontecer, esse, de fato, estava quase em lágrimas e literalmente acobardado, tremendo de susto ante a agitação fora do comum que reinava na sala e no vestíbulo; tudo isso porque adorava Nastássia Filíppovna como se fosse sua neta; em uma circunstância dessas preferia morrer a sair dali.

Pelo que dizia respeito a Tótskii devera ele, naturalmente, ter tomado antes suas providências para não se comprometer em aventuras semelhantes; mas o caso lhe interessava demasiado, mesmo a tão desmedido preço moral. Sem contar que Nastássia Filíppovna deixara escapar ainda agora duas ou três palavras favoráveis a ele, e isso já seria motivo por si só para não ir embora sem que o caso se esclarecesse. Resolveu permanecer e ficar calado, limitando-se apenas a observar, conforme exigia a sua dignidade.

O General Epantchín, ofendido abertamente com a ridícula devolução do seu presente, só podia sentir-se mais agravado ainda com a entrada de Rogójin e as excentricidades anteriores. Um homem da sua posição já se rebaixara bastante, com efeito, sentando-se ao lado de Ptítsin e de Ferdichtchénko. E mesmo que a paixão pudesse haver contribuído para isso, não podia ele já agora deixar de tomar atitude, retirando-se, movido por um sentimento de dever que emanava concludentemente da sua classe, da sua importância e do respeito que devia a si mesmo. Ora, todas essas razões corroboravam para a impossibilidade da presença de Rogójin em uma sala onde Sua Excelência estivesse.

— Ah! general... — interrompeu-o logo Nastássia Filíppovna quando ele ia lançar o seu protesto. — Eu me havia esquecido. Ainda bem que a lembrança me acudiu a tempo. Se isto é uma ofensa que o atinge, meu caro general, não sou eu quem insistirá em conservá-lo nesta casa. E isso por mais que eu estivesse, como deveras estou, ansiosa por merecer a honra de tê-lo ao meu lado em uma conjuntura tão especial como é a desta hora. Seja como for, agradeço-lhe muito, levando em conta a sua amizade de sempre e a sua atenção lisonjeira para comigo. Assim, pois, se estiver com receio...

— Permita-me, Nastássia Filíppovna! — exclamou o general, em um rasgo de sentimento cavalheiresco. — A quem está a senhora dizendo isso? É tão só por devotamento para com a senhora que resolvo permanecer ao seu lado, agora. E se houver algum perigo... Além do que, por que não confessar que estou profundamente apreensivo? Isto é, quero referir-me a que vão estragar seus tapetes e talvez quebrar coisas... E a senhora não devia se expor pessoalmente, a meu ver, Nastássia Filíppovna.

— Rogójin! Lá vem ele! — anunciou Ferdichtchénko. Enquanto isso o general segredava a Tótskii apressadamente:

— Qual é a sua impressão? Não lhe parece também que ela perdeu o juízo? Não falo alegoricamente. Falo no sentido literal. Hein?

— Já muita vez lhe contei que ela sempre teve predisposição para isso — sussurrou Tótskii, disfarçando.

— E creio, além do mais, que ela está com febre...

Rogójin se fazia acompanhar mais ou menos pelo mesmo séquito daquela tarde. Havia só mais dois acréscimos no grupo. Um velho descarado, outrora editor de um jornal de má reputação, difamador, e de quem corria a história de que, por causa de bebida, tinha posto no penhor a dentadura, montada sobre ouro; e um subtenente, rival, por ofício e por título, do homem do boxe. Era completamente desconhecido de todos os do bando de Rogójin, mas fora apanhado na rua, no lado do sol da Avenida Névskii, onde costumava fazer parar os pedestres, pedindo auxílio, em uma linguagem de Marlínskii, falsamente alegando que, em seus tempos de rico, o mínimo que dava de esmola eram quinze rublos de cada vez. E os dois rivais imediatamente haviam tomado mútua atitude hostil. O indivíduo dos punhos considerara-se afrontado com esse acréscimo ao grupo. Calado por natureza, simplesmente grunhia como um urso, de quando em quando, e com profundo desprezo olhava para os estratagemas do rival, que, tendo sido homem do mundo e diplomata, tentava obter boas graças, insinuando-se. O subtenente prometera, a julgar pelas aparências, maior "execução técnica" e destreza, "no trabalho", do que propriamente força, pois era menor do que o homem das munhecas. Delicadamente, e sem entrar em competição declarada, embora se vangloriando insistentemente, aludia reiteradamente à superioridade do *boxing* inglês. O que ele tinha mais era ar de um campeão da cultura ocidental. O dono das munhecas apenas sorria com desprezo e insolência, não se dignando contradizer abertamente o rival, muito embora, de quando em vez, lhe mostrasse, silenciosamente movendo-o por acidente, quase nas fuças, um argumento profundamente nacional — um despropositado, musculoso e proeminente punho coberto de abundantes pelos ruivos. E assim ficava perfeitamente esclarecido para cada um que, se esse argumento genuinamente nacional tivesse de ser empregado às direitas por qualquer motivo, reduziria tudo a massa informe.

Graças aos esforços de Rogójin, que estivera durante todo o dia fazendo preparativos para a visita a Nastássia Filíppovna, ninguém do grupo estava bêbado demais. Ele mesmo, por enquanto, estava até bem sóbrio, embora bastante estupidificado com o número de sensações por que passara nesse caótico dia em nada comparável a quaisquer outros de toda a sua vida. Apenas uma coisa teimava em ficar aderida ao seu espírito e ao seu coração e de que se dava conta a todo minuto e a todo instante. Por causa disso passara todo o tempo, das cinco horas da tarde às onze da noite, em contínua agonia e ansiedade, brigando com Kinder & Biskúp, judeus e agiotas, que também se mexiam como loucos por causa dele. Tinham eles, apesar dos pesares, conseguido levantar os cem mil rublos sobre os quais Nastássia Filíppovna, por zombaria, fizera uma rápida e vaga menção. Mas o dinheiro fora arranjado à razão de juros tais, que mesmo Biskúp não se aventurou a contar a Kinder senão ao ouvido, em um sussurro de espanto.

Da mesma maneira que de tarde, Rogójin caminhava à frente; os demais o seguiam um pouco sem jeito, embora perfeitamente cientes de seus papéis. O que mais temiam — Deus sabe por que — era Nastássia Filíppovna. Muitos estavam mesmo convencidos de que seriam sem a menor cerimônia "postos escadas abaixo, a pontapés", e entre estes estava o dândi e dom-joão Zaliójev. Outros, porém — e o mais importante era o homem dos punhos —, acariciavam, no coração, profundo, embora tácito, desprezo e mesmo cólera por Nastássia Filíppovna, e haviam entrado na casa dela, a fim de pô-la em tempestade. Mas só a magnificência das duas primeiras salas, com coisas em que nem sequer tinham ouvido falar, quanto mais visto, o mobiliário escolhido, os quadros, a Vênus de tamanho natural, tudo despertara neles um indômito sentimento de respeito e até de medo. Isso não os impediu, porém, de gradualmente se aglomerarem com insolente curiosidade na sala de visitas, atrás de Rogójin. Mas quando o homem dos punhos, o seu rival e mais alguns outros deram com o General Epantchín entre os convidados ficaram instantaneamente tão sucumbidos, que imediatamente procuraram retroceder para a sala anterior. Liébediev se achava entre os mais despachados e resolutos e caminhava quase rente de Rogójin, tendo alcançado a verdadeira significação de uma fortuna de um milhão e quatrocentos mil rublos, cem mil dos quais já embolsados. Convém observar, não obstante tudo isso, que todos eles, sem exceção, inclusive o espertalhão de Liébediev, estavam um pouco incertos quanto aos limites reais de suas forças, não sabendo mesmo se seriam capazes de fazer quanto quisessem ou resolvessem. Liébediev tivera o desplante de jurar pouco antes que agiriam; mas agora se sentia inquietantemente impelido a lembrar vários artigos do código penal, muito taxativos e categóricos.

Sobre o próprio Rogójin, Nastássia Filíppovna produziu uma impressão muito diferente da produzida em seus colegas. Logo que a cortina da porta foi erguida e ele a viu, tudo o mais cessou de existir para ele, como já acontecera naquela manhã; e até mesmo de modo mais absoluto do que então. Ficou pálido e por um minuto se deteve, atônito. Deve-se conjeturar que o seu coração estava batendo violentamente, enquanto olhava para ela timidamente, sem poder, no seu desespero, desprender dela os olhos. De súbito, como se tivesse perdido a razão, vacilando, prosseguiu até chegar perto da mesa. Antes de lá chegar tropeçou na cadeira de Ptítsin e pisou com suas enormes botas imundas na cauda compacta do magnífico e caro vestido azul da estúpida beldade alemã. Nem se desculpou, nem percebeu. Depôs sobre a mesa um estranho objeto que carregava com as duas mãos ao atravessar a sala de visitas. Era um grande pacote de seis polegadas de largura e oito de comprimento, embrulhado em um número da *Gazeta da Bolsa*, atado com duas voltas de barbante, como os embrulhos de pães de açúcar. Ficou parado, sem proferir uma palavra, e deixou cair os braços à espera da sua sentença. Estava vestido exatamente como antes, exceto quanto a um largo lenço de pescoço, de seda vermelha e verde, onde espetara um grande diamante em forma de besouro e mais um anel com outro diamante em um dedo sujo da sua grossa mão direita.

A três passos da mesa parou Liébediev, os outros, como já disse, foram entrando gradualmente na sala de visitas. Kátia e Pácha, criadas de Nastássia Filíppovna, muito aflitas e nervosas, puseram-se a olhar pela nesga da cortina repuxada.

— Que é isso? — perguntou Nastássia Filíppovna, medindo Rogójin com uma viva atenção e olhando depois de soslaio para o embrulho.

— Cem mil rublos! — balbuciou Rogójin.

— Oh! Então manteve a sua palavra? Que homem! Sente-se, faça o favor, aqui nesta cadeira; tenho uma coisa a lhe dizer, ainda. Que gente é essa? A mesma? Bem, faça-os entrar e sentar-se. Sirvam-se deste sofá aqui e daquele outro acolá. Ali estão duas poltronas vagas. Que é que eles têm? Não estão querendo?

É que alguns estavam completamente envergonhados e, recuando, procuravam lugar na outra sala. Outros ficaram sentando-se onde lhes foi indicado, a certa distância da mesa, os restantes ficando pelos cantos. Se um ou outro quis ir embora, a maioria, porém, recuperou a audácia com incrível rapidez.

Rogójin, que obedecera sentando-se onde lhe fora indicado, achou melhor se levantar de vez, decerto para poder distinguir e examinar os convidados. Viu Gánia, sorriu maldosamente e lhe sussurrou: "Olá!". Fitou o general e Tótskii apaticamente, sem interesse nem inferioridade. Mas quando deu com o príncipe ao lado de Nastássia Filíppovna, admirou-se tanto que levou muito tempo para poder despregar os olhos perplexos, sem compreender aquela presença. Cuidou até que fosse delírio seu, consequência não só das violentas emoções desse dia inteiro como do cansaço da noite anterior, havendo mais de quarenta e oito horas que não dormia.

Mas eis que Nastássia Filíppovna se dirigiu aos convidados em uma espécie de desafio febril e vivaz:

— Amigos, estão vendo este embrulho aqui em cima da mesa? São cem mil rublos! Cem mil rublos embrulhados nesse pacote imundo. Hoje de tarde este homem gritou como um possesso que haveria de me trazer cem mil rublos esta noite! E estive esperando todo este tempo. Decidiu arrematar-me em leilão. Começou com um lance de dezoito mil, depois passou de um salto, inopinadamente, para quarenta mil e depois até aqueles cem mil que ali estão. Manteve sua palavra. Oh! Como ele está lívido!... Deu-se isso em casa de Gánia, na tarde de hoje. Tendo eu ido em visita à mãe dele no meu futuro lar, a irmã vociferou nas minhas faces: "Por que não expulsam daqui essa criatura desavergonhada?". E cuspiu na cara do irmão. É uma moça de caráter!

— Nastássia Filíppovna! — advertiu-a o General Epantchín que estava começando a compreender a situação.

— Que é, general? Acha impróprio? Vamos deixar de lérias! Preferia o senhor que eu me sentasse no camarote do Teatro Francês como um inacessível modelo de virtude? Que eu corresse como uma corça selvagem de todos quantos me andaram perseguindo nestes últimos cinco anos, e desfrutasse ares de soberba inocência, tudo como se eu fosse uma criatura imbecil? Aqui na presença de todos, ele veio e depôs cem mil rublos sobre a mesa, após estes meus cinco anos de inocência! E não há dúvida de que trouxeram troicas que estão lá fora me esperando. Ele me avalia em cem mil rublos. Gánia, pois não é que você ainda está com ar de estar zangado comigo? Teria você imaginado, realmente, que eu poderia fazer parte de sua família? Eu, a mulher de Rogójin? Que foi que o príncipe disse ainda agora?

— Eu não disse que éreis de Rogójin! Vós não pertenceis a Rogójin! — proferiu o príncipe com uma voz entrecortada.

— Nastássia Filíppovna, deixa disso! Deixa disso, querida! — disse Dária Aleksiéievna, não podendo conter-se. — Se te agoniam tanto, então larga-os! Mas como tens coragem, realmente, de ir embora com um sujeito como esse, mesmo por cem mil rublos? Concordo que cem mil rublos é alguma coisa! Fica com os cem mil rublos e manda-o às favas! É assim que se trata essa canalha! Ah! Estivesse eu em teu lugar, punha-os todos na rua!... Palavra de honra.

Dária Aleksiéievna estava positivamente irada. Ela que era uma mulher de natural calma, conquanto muito impressionável.

— Não te encolerizes, Dária Aleksiéievna! — riu para ela Nastássia Filíppovna. — Pois se eu, que sou eu, não falei com cólera! Zanguei-me, porventura? Apenas não posso compreender que bobagem me deu de querer entrar para a família daquele ali. Vi a mãe dele. Beijei a mão dela. E os artifícios que empreguei esta tarde em seu apartamento, Gánetchka, foram de propósito para ver pela última vez até onde você podia chegar. E, em verdade, você me surpreendeu. Eu contava com um arranjo qualquer, mas não este. Casar-se-ia você comigo, sabendo que aquele acolá me tinha dado pérolas quase às vésperas do nosso casamento, e que eu as aceitara? Ora, em sua casa, e na presença de sua mãe e de sua irmã, esse outro aqui esteve pondo-me em leilão. E ainda assim, depois disso, você pôde vir até aqui para contratar casamento e esteve até para trazer sua irmã!? Teria razão Rogójin quando disse que você, por causa de três rublos, andaria de quatro patas até o Vassílievskii?

— Oh! Se ia... — reafirmou Rogójin, subitamente, com um ar quieto, mas onde havia profunda convicção.

— Eu chegaria a compreender, se você estivesse na penúria, mas contaram-me que você ganha um bom salário. E, a par da desgraça e de tudo o mais, pensar em levar uma mulher que você odeia para dentro de sua casa (sim, pois você me odeia, eu sei disso!). Sim, agora acredito que um homem como você até mataria qualquer pessoa por dinheiro! Todo o mundo está possuído hoje em dia a um tal grau, tão dominados todos pela ideia do dinheiro, que parece que enlouqueceram. Desde a adolescência já começam a ser usurários! Um homem envolve em seda a sua navalha para que não deslize, vem por detrás de um amigo e lhe corta a garganta como a um carneiro, conforme li ultimamente. Afinal, você é um sujeito desavergonhado. Eu sou uma mulher desavergonhada, mas você é pior! Quanto a este porta-ramalhetes, nem digo nada...

— Mas é a senhora? A senhora, Nastássia Filíppovna?! — E o General Epantchín bateu com as mãos uma na outra, verdadeiramente estupefato. — A senhora, tão fina, com ideias tão delicadas! E agora! Isso é linguagem? Isso são expressões?

— Eu agora estou embriagada! General — e Nastássia Filíppovna deu uma gargalhada —, quero dar o meu salto! Hoje, o meu dia onomástico, meu dia de festa! Como estive esperando isto! Dária Aleksiéievna, estás vendo este porta-ramalhetes? Este *Monsieur aux camélias*?[14] Aquele que está ali, rindo de nós!...

— Eu não estou rindo, Nastássia Filíppovna. Estou somente escutando com a maior atenção — protestou Tótskii, com dignidade.

— Por que eu o atormentei durante estes últimos cinco anos, não consentindo que se fosse? Valia ele isso? Ele é justamente o que devia

[14] Do francês: "Cavalheiro das camélias", (alusão irônica ao romance *A dama das camélias*, de Alexandre Dumas Filho, que era muito popular na época). (N. E.)

ser... Provavelmente julga que o tratei muito mal. Deu-me educação, manteve-me como uma condessa, e o dinheiro, o dinheiro que despendeu comigo!... Outrora procurou-me um respeitável marido, lá no campo, e agora, aqui, depois, Gánetchka. E, podem acreditar, não vivi com ele estes cinco últimos anos, e ainda por cima lhe tomei dinheiro e cuidei que tinha direito a isso! Fui tão completamente perdida, em todo o sentido! Dir-me-ão: "Fique com os cem mil rublos e livre-se dele; é um sujeito horrível". E realmente ele é horrível... Eu podia ter-me casado há muito tempo, não com Gánia, mas com qualquer outro. Verdade é que isso também teria sido horrível. E por que passei cinco anos com minha angústia? E — será que acreditarão? — há quatro anos cheguei a pensar que seria melhor casar-me com Afanássii Ivánovitch sem demora! Pensei nisso, sem nenhum despeito. Eu tinha toda sorte de ideias na cabeça, naquela época, e, querem saber? Conseguiria fazê-lo resolver-se. Sentia-se propenso a isso, embora vocês julguem impossível. Estava mentindo, acredito, mas quando uma coisa se lhe mete na cabeça não sabe refrear-se. Mas depois, louvado seja Deus, verifiquei que esse homem não valia a minha angústia! Repentinamente senti tal decepção que, se ele tivesse proposto, eu me negaria a casar-me com ele. Durante cinco anos estive representando esta farsa. Não, melhor é estar em meu lugar adequado, nas ruas! Prefiro uma orgia com Rogójin ou ir empregar-me amanhã como lavadeira. Sim, pois nada tenho de meu. Indo embora, desistirei de tudo isto, largo aqui até os meus trapos. E quem há de querer uma mulher sem nada? Perguntai ali a Gánia se me quereria! Ora, nem mesmo Ferdichtchénko!

— Talvez Ferdichtchénko não quisesse, Nastássia Filíppovna. Eu sou uma cândida alminha! — atalhou Ferdichtchénko. — Mas de um eu sei que a quereria. O príncipe a tomaria. A senhora está aí a lastimar-se, mas olhe um pouco para o príncipe. Faça como eu que o estou espiando há uma porção de tempo.

Nastássia Filíppovna voltou-se com curiosidade para o príncipe.

— Isso é verdade? — perguntou-lhe.

— É verdade — balbuciou o príncipe.

— Aceitar-me-ia, como estou, sem nada?

— Aceitaria, Nastássia Filíppovna.

— A coisa muda de figura — murmurou o general. — Já contava com isso.

O príncipe olhou de um modo sério, triste e penetrante para o rosto de Nastássia Filíppovna, que o continuava estudando.

— Aqui está um achado! — disse ela, voltando-se inesperadamente para Dária Aleksiéievna. — É simplesmente por bondade de coração. Conheço-o. Encontrei um benfeitor! Mas talvez seja verdade o que dizem a respeito dele, que é um... "não lá muito...". Mas, com que vai o senhor viver, se está assim tão apaixonado? O senhor, um príncipe, está pronto a casar-se com a mulher de Rogójin?

— Vou casar-me com uma mulher honesta, Nastássia Filíppovna, e não com a mulher de Rogójin — explicou o príncipe.

— Acha então que sou uma mulher honesta?

— Sim, quero dizer isso.

— Ora, todos esses gestos... são de romances! Fantasias fora da moda, príncipe inefável. Hoje em dia o mundo já se tornou bem mais sábio. E como pode casar-se, príncipe? Oh! Precisa de uma babá, bem mais do que de uma consorte!

O príncipe levantou-se e, com voz trêmula e tímida, mas com ar de absoluta convicção, pronunciou estas palavras:

— Nada sei sobre isso, Nastássia Filíppovna. Nada vi da vida: vós, quanto a isso, tendes razão. Mas considero que vós é que me daríeis honra, e não eu a vós. Eu nada sou; mas tendes sofrido tanto, que sairdes desse *inferno* que tem sido vossa existência já é imenso! Por que então vos envergonhais, prontificando-vos a ir com Rogójin? Isso é delírio, febre... Devolvestes ao Sr. Tótskii setenta e cinco mil rublos e acrescentastes que desistis de tudo quanto se acha nesta casa. Quem aqui há que faria uma tal coisa? Nastássia Filíppovna... eu... eu vos amo. Amar-vos-ei até a morte. Por vós... morrerei, Nastássia Filíppovna. Não consentirei que digam uma palavra sobre vós. Sois pobre, mas que tem isso? Trabalharei, Nastássia Filíppovna, trabalharei...

As últimas palavras foram cobertas por uma risada mal sufocada de Ferdichtchénko e de Liébediev. O próprio general emitiu uma espécie de bufo desaprobativo. Ptítsin e Tótskii a custo continham um sorriso. Os demais estavam ofegantes por causa da própria estupefação.

— Mas talvez venhamos a ser ricos e não pobres, Nastássia Filíppovna... Riquíssimos — prosseguiu o príncipe no mesmo tom de antes. — Ainda não me certifiquei e lastimo que durante o dia não tivesse tido tempo de providenciar a respeito da carta que recebi de Petersburgo, quando ainda na Suíça, carta que tenho aqui comigo, assinada pelo Sr. Salázkin, na qual ele me comunica que devo receber uma grande herança. Aqui está a carta...

E o príncipe, com efeito, desembaraçou, da papelada do bolso, uma carta.

— Mas é de estarrecer! — murmurou o general. — Isto aqui não passa de um perfeito hospício de alienados.

Durante alguns segundos reinou silêncio total.

— Está o senhor dizendo, príncipe, que se trata de uma carta, essa aí, da parte de Salázkin? — perguntou Ptítsin. — É um homem muito conhecido nos meios bancários. Trata-se de um advogado muito sério, e, se de fato lhe mandou essa notícia, o senhor pode confiar completamente que é verdade. Acontece, por acaso, que conheço a letra dele, pois tenho tido negócios com ele, ultimamente... Consente que eu olhe, só para examinar a letra?

Com a mão a tremer, o príncipe estendeu a carta, sem proferir palavra.

— Esta agora!... Esta agora! — exclamou o general, olhando para todos, como fulminado. — Será que se trata realmente de uma herança?

Ninguém tirava os olhos de Ptítsin, que percorria as linhas da carta com olhos de perito. A curiosidade geral recebera um novo e violento estímulo. Ferdichtchénko não conseguia ficar imóvel. Rogójin olhava cheio de espanto e ansiedade, rondando os olhos do príncipe para Ptítsin e vice-versa. Dária Aleksiéievna parecia suspensa no ar, tamanha era a sua surpresa misturada de esperança. O próprio Liébediev não pôde deixar de sair do seu canto e, inclinando-se de viés, espiava a carta por cima do ombro de Ptítsin; mas às pressas e com medo, como quem pressente e pretende evitar uma pancada na cabeça por causa da ousadia.

16

— É autêntica — anunciou finalmente Ptítsin, dobrando a carta e devolvendo ao príncipe. — Sua tia deixou um testamento em ordem, mercê do qual o senhor se empossará de uma enorme fortuna, sem a menor dificuldade.

— Não pode ser...! — E o brado do general soou como um tiro de pistola.

Todos ficaram outra vez boquiabertos de assombro.

Ptítsin explicou então, dirigindo-se mais ao general do que aos circunstantes, que, segundo os termos da carta, o príncipe perdera, havia cerca de cinco meses, uma tia que não chegara a conhecê-lo pessoalmente, irmã mais velha de sua mãe e filha de um comerciante de Moscou, membro da terceira guilda ou categoria, um tal Papúchin, que morrera na pobreza após uma falência. Mas que esse Papúchin tinha um irmão que sobrevivera a ele ainda bastante tempo. Tratava-se de um rico comerciante, conhecidíssimo, que, tendo perdido no mesmo mês os dois filhos, vira piorado com esse desgosto o seu já péssimo estado de saúde, morrendo logo a seguir. Viúvo, não tinha no mundo outro herdeiro a não ser a sobrinha, a tia do príncipe, mulher então totalmente pobre, sem nada de seu. Mas que a coitada herdara quando a bem dizer já estava também para morrer, vítima de uma hidropisia; tivera, porém, tempo e modo de, pensando no sobrinho distante, fazer testamento, servindo-se em tal conjuntura do advogado Salázkin. Todavia, nem o príncipe nem o médico a cujo cargo ele estava na Suíça se tinham decidido a esperar pela notificação oficial. O príncipe, uma vez com a comunicação de Salázkin em mãos, resolvera pôr-se a caminho a fim de entabular averiguações.

— Desde já lhe posso assegurar, e acho que isso chega — concluiu Ptítsin, voltando-se de novo para o príncipe —, que o caso é verdadeiro e mais do que exato no que respeita à fortuna, e que tudo quanto Salázkin lhe participa é autêntico e incontestável, o que equivale a já estar o senhor com o dinheiro no bolso. Congratulo-me com o senhor, meu caro príncipe! Trata-se de um milhão e meio, ou possivelmente mais. Papúchin era um comerciante riquíssimo.

— Viva o último dos príncipes Míchkin... — berrou Ferdichtchénko.

— Hurra! — rosnou Liébediev com sua voz de bêbado.

"Pobrezinho! E não é que lhe emprestei esta manhã vinte e cinco rublos? Ah! Ah! Ah! Um conto de fadas, é o que isto é!" — raciocinou o general, quase estupidificado de assombro. — Bem, congratulo-me com o senhor, congratulo-me com o senhor! — acrescentou em voz alta.

E, levantando-se, foi abraçar o príncipe. Os demais também se levantaram, rodeando o príncipe. Mesmo aqueles que se tinham retirado para detrás da cortina reentraram na sala de visitas. O falatório e as exclamações produziam algazarras, sendo que até se ouviu quem bradasse por champanha. O rebuliço excitava a todos a ponto de por um instante esquecerem Nastássia Filíppovna e o fato de que eram seus convidados. Mas, pouco a pouco e a todos ao mesmo tempo, ocorreu ter ele acabado de lhe fazer uma oferta de casamento. A situação agora se lhe apresentava, por seu absurdo patético, três vezes mais extraordinária do que antes. Assombrado, Tótskii encolheu os ombros e foi a única pessoa que não se pôs de pé, tendo ficado como estava, enquanto todo o mundo começou a se aglomerar em desordem ao redor da mesa.

Houve, mais tarde, quem asseverasse que fora naquele momento que Nastássia Filíppovna ficara louca. Ainda estava sentada e começou a olhar à sua volta com um estranho e espantado olhar, como se não atinasse, e estivesse tentando apreender o que acontecera. Depois, subitamente, se virou para o príncipe e, com o cenho fechado e ameaçador, o fixou com atenção. Mas isso durou pouco: talvez cuidasse que tudo era brincadeira e mofa. Mas a expressão do príncipe acabou por certificá-la. Refletiu um pouco; depois, sorriu de um modo ainda vago, como sem saber por quê.

— Então, sou uma princesa de verdade! — ciciou para consigo mesma, como se estivesse zombando. E, acontecendo olhar para Dária Aleksiéievna, deu uma gargalhada. — Que fim surpreendente... nunca esperaria... Mas por que estão todos de pé, amigos? Por favor, sentem-se! Congratulem-se comigo e com o príncipe! Quem foi que pediu champanha? Ferdichtchénko, trate disso. Kátia, Pácha, venham cá! (Descobrira repentinamente as criadas lá na entrada.) Sabem vocês duas que eu vou me casar? Pois ouçam. Aqui com o príncipe. Ele tem um milhão e meio. É o Príncipe Míchkin e vai casar-se comigo.

— E olhe que é um bom partido, *mátuchka*.[15] Calhou bem. Não perca a ocasião.

O conselho era de Dária Aleksiéievna, tremendamente comovida pelo que se tinha passado.

— Sente-se aqui ao meu lado, príncipe — chamou-o Nastássia Filíppovna. — Isto, assim! Ah! Já estão trazendo champanha. Congratulemo-nos, amigos!

— Hurra! — gritaram numerosas vozes.

---

[15] Do russo: mamãe. (N. E.)

Muitos se agruparam logo em volta das garrafas, e entre eles estavam quase todos os companheiros de Rogójin. Mas, embora soltassem exclamações e não estivessem dispostos a parar tão cedo, ainda assim alguns houve que, apesar da estranheza das circunstâncias e do ambiente, perceberam que a situação tinha mudado. Outros estavam desnorteados e esperavam com desconfiança. Mas houve quem sussurrou que não havia nada de mais naquilo, pois os príncipes estavam dando, ultimamente, para se casarem com não importava que classe de mulheres, até mesmo com raparigas de campos de ciganos. Rogójin, porém, separado de todos, estarrecido, tinha a cara contraída em um sorriso fixo e enigmático.

— Príncipe, meu caro amigo, pense no que vai fazer — murmurou o general, com apreensão, aproximando-se furtivamente do príncipe e puxando-o pela manga.

Nastássia Filíppovna notou isso e deu nova gargalhada.

— Não, general! Agora sou uma princesa, está ouvindo? E o príncipe *não permitirá* que eu seja insultada. Afanássii Ivánovitch, congratule-se comigo, você também. Agora posso sentar-me ao lado de sua esposa, esteja ela onde estiver. Que acha, não é uma pechincha, um marido como este? Um milhão e meio e um príncipe, e ainda por cima um idiota, dizem eles. Que pode haver de melhor? A verdadeira vida está começando agora, para mim. Você veio muito atrasado, Rogójin. Leve outra vez o seu dinheiro. Vou me casar com o príncipe e sou mais rica do que você!

Rogójin, porém, resolveu tomar conta da situação. Com uma expressão de indizível sofrimento na cara juntou as mãos, e um grunhido partiu do seu peito.

— Largue-a! — gritou para o príncipe.

Houve gargalhadas.

— Largá-la para quem? Para você? — perguntou Dária Aleksiéievna, de modo triunfante. — Estúpido, atreve-se a arrojar o dinheiro dessa forma sobre a mesa! Quem *vai se casar* com ela é o príncipe! Você entrou aqui só para fazer estardalhaço!

— Eu também quero casar com ela! Quero casar com ela já, neste minuto. Dou o que pedir!

— Saia daí, seu bêbado de rua! Você devia mais era ser jogado pela janela! — exprobrava-o Dária Aleksiéievna, indignadíssima.

As gargalhadas agora eram mais altas do que antes.

— Está ouvindo, príncipe? — perguntou Nastássia Filíppovna, voltando-se. — É assim que um mujique arrebata a noiva!

— É porque bebeu muito! E é sinal de um grande amor!

— E não se sentirá envergonhado depois, príncipe, ao se lembrar de que sua noiva quase saiu com Rogójin?

— Vós estáveis com febre e estais ainda agora em delírio.

— E não se sentirá enrubescer quando lhe disserem depois que sua mulher viveu com Tótskii no papel de amante?

— Por que me hei de envergonhar?... Não foi vontade vossa ter estado com Tótskii.

— E nunca me exprobrará por isso?

— Nunca.

— Olhe lá... Não responda pela vida inteira.

— Nastássia Filíppovna — disse o príncipe, vagarosamente e como se estivesse compadecido dela —, acabei de dizer-vos ainda agora que tomaria vosso consentimento como uma honra conferida a mim e não a vós. Sorristes àquelas palavras e houve quem risse de nós. Pode ser que eu me tenha expressado de forma ridícula e que me tenha tornado ridículo, eu próprio! Mas penso que sempre entendi o sentido de honra e, portanto, estou certo de que o que eu disse é verdade. Vós quisestes arruinar ainda agora irrevogavelmente. E nunca vos perdoaríeis por isso, depois. Mas vós não mereceis censura alguma. Vossa vida não pode ser arruinada assim. Que importa que Rogójin tenha aparecido e que Gavríl Ardaliónovitch vos tenha ludibriado? Por que haveis de persistir nessa obstinação? Repito-vos que quase ninguém faria o que fizestes. Quanto à vossa decisão de vos irdes com Rogójin, estáveis doente quando vos acudiu esse plano. E doente ainda estais; devíeis ir para a cama. Se tivésseis saído com Rogójin, no dia seguinte iríeis ser até lavadeira; não suportaríeis viver com ele. Sois altiva, Nastássia Filíppovna; talvez sejais tão infeliz que realmente vos cuidais digna de censura. Precisais bem quem olhe por vós, Nastássia Filíppovna. Eu olharei por vós. Ainda esta manhã, ao ver o vosso retrato, senti uma coisa assim como se vos estivesse reconhecendo, como se já vos tivesse socorrido... Respeitar-vos-ei toda a minha vida, Nastássia Filíppovna.

O príncipe acabou. E tinha o ar de se estar lembrando de uma coisa súbita. Enrubesceu e então teve consciência da classe de gente em cuja presença dissera aquilo.

Ptítsin abaixou a cabeça, humilhado. Tótskii pensou consigo mesmo: "É um idiota, mas sabe que a adulação é o melhor meio de se prender uma pessoa, e faz isso por instinto". O príncipe notou, em um canto também, os olhos de Gánia, fulgurando para ele como se o quisessem consumir.

— Que grande coração! — pronunciou Dária Aleksiéievna, emocionadíssima.

— Um homem fino, mas votado à ruína — ciciou o general. Tótskii tomou o chapéu e estava para levantar-se e esgueirar-se, olhando, porém, de esguelha para o general, fazendo-o compreender que deviam sair juntos.

— Obrigada, príncipe. Nunca ninguém me falou deste modo — disse Nastássia Filíppovna. — Tentaram sempre comprar-me, mas nenhum homem decente pensou em se casar comigo. Ouviu, Afanássii Ivánovitch? Que acha de tudo isso que o príncipe disse? Foi um pouco impróprio, não acha?... Rogójin, não se vá ainda! Perdão, pensei que ia indo. Quem sabe se, no fim de tudo, não é com você que me irei? Para onde pensava você levar-me?

— Para Ekaterinhóf! — informou Liébediev, lá do seu canto. Rogójin contentou-se em pasmar, contemplando-a com os olhos esgazeados, como se não acreditasse em seus sentidos de ver e ouvir. Jazia completamente zonzo, como se tivesse levado uma pancada na cabeça.

— Que é que estás pensando, querida? Qual! Estás mesmo doente! Perdeste a cabeça? — exclamou Dária Aleksiéievna, preocupadíssima.

— Pensaste que fosse *verdade*? — riu Nastássia Filíppovna, levantando-se do sofá. — Arruinar uma criança como esta aqui? Isso seria papel para Afanássii Ivánovitch: ele gosta de crianças! Venha, Rogójin. O dinheiro está pronto? Lá isso de querer casar-se comigo, não! Mesmo assim, passe o dinheiro. Talvez não me case mesmo com você. Pensou que casando comigo ficaria com o dinheiro? Teve tal ideia, hein? Eu sou uma desavergonhada rameira! Fui a concubina de Tótskii... Agora, príncipe, case-se mas é com Agláia Epantchiná! Se casasse comigo, teria Ferdichtchénko, pelo resto da vida, a apontá-lo com o dedo, escarnecendo de sua coragem. Que não tenha medo, príncipe, compreendo, mas eu terei... Sim, teria medo de arruiná-lo e de vir a ser repreendida, depois, por isso. Quanto a dizer-me que lhe concedo uma honra, ali está Tótskii que, a tal respeito, pode dizer-lhe alguma coisa. E você, Gánia, saiba que perdeu também Agláia Ivánovna. Não tivesse regateado com ela e ela se casaria com você. Homens há que são assim, ficam sem optar, quando urge escolher de uma vez para sempre: ou mulheres à toa, ou mulheres direitas. Do contrário sai barafunda. Olhem só: o general está de boca aberta, muito admirado!

— Mas isto é Sodoma... Sodoma! — apostrofou o general encolhendo os ombros. Não tardou que se levantasse do sofá. Todos os outros se ergueram também.

Nastássia Filíppovna chegara ao paroxismo da exaltação.

— Será possível? — soluçou o príncipe, torcendo as mãos.

— Cuidou então que podia ser? Mesmo sendo uma desavergonhada, também mantenho um certo orgulho. Disse-me, príncipe, esta noite, que eu era uma perfeição. Admirável perfeição sou eu, não resta dúvida, que apenas para me vangloriar de espezinhar um milhão e um título de princesa me arremesso em um esgoto! Que espécie de esposa lhe poderia eu ser, afinal de contas? Olhe, Afanássii Ivánovitch, atirei fora, de fato, um milhão, reparou bem? Já vê que se enganou terrivelmente ao pensar que eu me casaria de bom grado com Gavríl Ardaliónovitch por causa de setenta e cinco mil rublos! Ora, Afanássii Ivánovitch, guarde os seus setenta e cinco mil rublos. Arre, você nem sequer chegou a fazer uma oferta de cem mil. Rogójin subiu o lance. Pobre do Gánia, também. Mas não hei de esquece-lo. Confortá-lo-ei depois, tenho cá uma ideia. Depois, depois... Agora quero um pouco de ar, de estúrdia! Sou uma mulher da rua! E dizer-se que estive durante dez anos em uma prisão! Mas agora vou gozar a vida. Vamos, Rogójin, está preparado? Então vamos!

— Vamos!!! — urrou Rogójin, quase em delírio, tamanha era a sua alegria. — Olá, vocês todos, vinho! Ufa!...

— Mande buscar vinho, eu também bebo. E música? Não há música, então?

— Sim, sim, haverá vinho! E música! Chegue para lá! — berrou freneticamente ao ver Dária Aleksiéievna se aproximar de Nastássia Filíppovna. — Ela é minha, muito minha! Chega. E tu, ó minha soberana...

Cambaleava de alegria. Andava em redor de Nastássia Filíppovna, gritando para toda a gente:

— Que ninguém se aproxime dela!

Toda aquela sua espécie de escolta invadiu a sala. Uns bebiam, outros gritavam, e todos riam, no auge da excitação, muito à vontade. Ferdichtchénko tentou confraternizar com eles. O General Epantchín e Tótskii trataram de efetuar uma retirada precipitada. Gánia já estava também com o chapéu na mão, mas permanecia ainda, sempre calado, chumbado ao chão, embora sentisse que devia fugir à cena que defrontava.

— Não se aproximem! — grunhia Rogójin.

— Por que está você se esgoelando? — dizia-lhe Nastássia Filíppovna, às gargalhadas. — Quem manda aqui ainda sou eu. Se me der na veneta ainda o ponho para fora aos pontapés! E ainda está com o dinheiro, hein? Tire a mão desse embrulho aí em cima da mesa. Dê-mo. Neste pacote tem mesmo cem mil rublos? Credo, que embrulho horrendo! Mas que é que tu queres, Dária Aleksiéievna? Achavas então que eu deveria casar-me com o outro, com o príncipe? (Apontava para Míckhin.) Querias que eu me arruinasse com ele? O coitado necessita é de uma babá! Como pode ele casar? Ali o general bem podia ser a ama dele. Repara: não o quer largar. Olhe, príncipe, eu, sua ex-noiva, agarrei o dinheiro. Sou ou não sou uma mulher ordinária? E era com uma mulher assim, príncipe, que desejava casar-se? Mas... que é isso? Está... chorando?! Ficou triste? Ora, ria como eu. — E ao dar este conselho não pôde Nastássia Filíppovna evitar que duas grandes lágrimas lhe deslizassem pelo rosto abaixo. — Confie no tempo, que tudo faz passar. É preferível refletir dobrado agora do que mais tarde sem parar... Mas vocês todos deram agora para chorar? Pois não que Kátia também está chorando? Que é isso, Kátia? Vou deixar um presente para você e outro para Pácha. Não pensem que me esqueço de vocês, não. E agora, Kátia, volte para os seus. Fiz uma moça honesta como você perder o seu tempo com uma mulher ordinária como eu... Pois, príncipe, a falar verdade, é melhor assim, muito melhor. Mais tarde se arrependeria, príncipe, e não seríamos felizes. Não adianta jurar; sei que me desprezaria! E como tudo viria a ser estúpido, depois... Não, mais vale nos separarmos como amigos, pois não daria certo. Teria sido um sonho, nada mais. Não sonhei eu com príncipe? Claro que sonhei. Sim, sonhei, há muito tempo, quando morei solitária durante cinco anos, naquela casa de campo em plena estepe. Outra coisa não fazia eu senão pensar e sonhar... sonhar e pensar. Imaginava sempre alguém como o meu bondoso Príncipe Míchkin, correto e direito, e ao mesmo tempo tão ingênuo que não cessaria de proclamar diante de toda a gente: "Por que censurar-te, Nastássia Filíppovna? Em quê? Por quê? Eu... que te adoro!". Era hábito meu devanear assim. E tanto, tanto... que quase perdi o juízo. E eis que vinha sempre aquele homem, quedava-se dois meses por ano, e me trazia o quê? Vergonha, desonra, corrupção, degradação, posto o que, ia embora. Como podia eu suportar aquilo? Milhares de vezes me vinha a tentação de me atirar na represa; mas tão pobre criatura era eu que nem coragem para isso me sobrava... Mas agora... Rogójin, você está pronto? Então vamos!!!

— Se estou! Não se aproximem!

— Estamos prontos! — Várias vozes fizeram coro.

E as mesmas vozes gritaram: — As troicas estão esperando. Não ouvem os guizos?...

Nastássia Filíppovna abriu o pacote.

— Gánia, tive uma ideia formidável. Quero indenizá-lo: por que haveria você de perder tudo? Rogójin, será verdade mesmo que ele, por causa de três rublos, andaria de gatinhas até o Vassílievskii?

— Que dúvida!

— Então escute, Gánia: quero ver dentro da sua alma, pela última vez. Você andou torturando-me estes três últimos meses, e agora é a minha vez. Está vendo este rolo? Dentro dele há cem mil rublos. Pois eu vou jogá-lo no fogo, diante de todos, que, assim, serão testemunhas. Logo a seguir atiço o fogo; e então você, mas sem calçar as luvas, com as mãos nuas, apenas com as mangas arregaçadas, tirará o pacote da lareira. Que mal faz que você chamusque as pontas dos dedos, já que se trata de cem mil rublos, está ouvindo bem, cem mil rublos? Mas não vá demorar em tirar. Admirarei sua habilidade vendo-o introduzir as mãos no fogo para salvar o dinheiro. E todos ficam sendo testemunhas de que eu disse que o pacote ficará sendo seu. E se você não o salvar então ele pegará fogo e se queimará todinho, pois não consentirei que mais ninguém tente tirá-lo. Agora, recuem todos. O dinheiro é meu. É a paga de uma noite com Rogójin. O dinheiro é, ou não é meu, Rogójin?

— Se é, minha alegria! Se é, minha rainha!

— Então recuem todos. Eu faço o que quero. Não se metam! Ferdichtchénko, atice o fogo. Quero labaredas bem vivas e altas. Assim!

— Nastássia Filíppovna, minhas mãos não querem obedecer! — confessou Ferdichtchénko, sucumbido.

— Ah, assim é que se faz! — exclamou Nastássia Filíppovna. — Está vendo? — Empunhou as tenazes, ajeitou duas achas de lenha bem acesas. Mal o fogo se abriu em labaredas, jogou o pacote lá para dentro.

Partiu de todos um grito que se continuou em um alarido. Uns esbarravam nos outros, querendo olhar. E exclamavam:

— Ela não está no seu juízo ! Enlouqueceu!

— Não deveríamos nós... não deveríamos nós segurá-la? — sussurrou o general para Ptítsin, trêmulo, com o rosto branco como um lenço, sem poder tirar os olhos do rolo prestes a inflamar-se.

— Está louca! Quem não vê que ela está louca? — teimava o general, o que fez Afanássii Ivánovitch, cuja lividez se acentuava, responder:

— Quanta vez não lhe disse eu que ela era uma mulher excêntrica?

— Mas, vamos e venhamos, são cem mil rublos!

— Deus do céu! — ouviu-se de todos os lados em uníssono. E todos se aglomeraram à frente da lareira, empurrando-se uns aos outros a fim de ver bem, soltando exclamações. Houve quem subisse nas cadeiras para enxergar melhor por sobre as cabeças dos que tapavam a cena. Dária Aleksiéievna correu para a outra sala para confabular com Kátia e Pácha, todas três muito assustadas. A bela alemã sumiu.

— *Mátuchka*! Minha rainha! Onipotente dama! — bradou Liébediev, arremessando-se de joelhos diante de Nastássia Filíppovna, com as mãos na direção do fogo. *Mátuchka*, insigne *mátuchka*! São cem mil! Cem mil! Eu vi! Ordene-me que os retire. Meter-me-ei lá dentro! Encaixo esta minha cabeça cheia de cãs lá dentro e... Minha mulher está doente, morrendo em uma cama! Tenho treze filhos, todos órfãos já! Enterrei meu pai não há uma semana, não tenho nem o que comer! Nastássia Filíppovna!

E tentou aproximar-se do fogo.

— Saia daí! — gritou Nastássia Filíppovna, afastando-o. — Recuem todos. Gánia, como é, você não se mexe? Está com vergonha? Tire o dinheiro lá de dentro, não vê que a sua sorte está ali?

Mas Gánia naquele dia já sofrera demais, e não estava preparado para mais essa última prova, ainda por cima tão inopinada. O grupo se bipartiu diante dele, deixando-o face a face com Nastássia Filíppovna, a menos de três passos. Perto da lareira, ela esperava, atenta, olhando-o com olhos ardentes. Mudo, de braços cruzados, as luvas e o chapéu nas mãos, com seu fraque, ele estacara, fitando o fogo. Um sorriso de demente se perdia em seu rosto branco como giz. Embora não conseguisse despregar a vista do fogo, do maço de notas quase a se inflamar, algo novo e diferente parecia ter-se inserido no vão da sua alma, dando-lhe ânimo para enfrentar a prova. Não se mexeu do seu lugar, ficando mais do que evidente perante todos que não tiraria o dinheiro.

— Pense bem no que está fazendo! Se o dinheiro pegar fogo, esta gente aqui o estraçalha — advertia-o Nastássia Filíppovna. — E você se dana todo. Olhe que estou falando sério.

O fogo que no começo se avivara em labaredas saindo de duas achas rubras, ficou um pouco abafado quando o pacote caiu no seu centro. Mas uma pequenina labareda azul, uma língua de chama delgada e comprida, deu em serpentear lambendo o pacote. Depois o fogo subiu, envolveu-o pelos contornos e repentinamente o papel do maço se inflamou, produzindo um clarão vivo. Todos emitiram um suspiro ofegante.

— Senhora! — vociferou de novo Liébediev arremetendo; mas Rogójin o agarrou e puxou violentamente para trás. E enquanto fazia isso, e depois, seu olhar estatelado se fixava cada vez mais em Nastássia Filíppovna. Era-lhe impossível arredar os olhos daquele semblante. O prazer embebedava-o: estava no sétimo céu.

— Mas é uma perfeita rainha! — não cessava de repetir para quantos lhe estavam perto revezando-se. — Isso é que é atitude! Isso é que é ter raça! Qual de vocês, seus batedores de carteira, faria uma coisa dessas? Qual?!...

O príncipe assistia, calado e soturno.

— Por uma notinha de mil, eu tirava o pacote todo com os meus dentes! — propôs Ferdichtchénko.

— Também eu, também eu tirava com os dentes! — grunhiu o hércules dos munhecaços, lá da retaguarda do grupo, sinceramente alvoroçado. — Raios me partam! Está queimando! O fogo dá cabo do dinheiro já — gritou, vendo a labareda. E todos gritaram a uma voz, investindo para a lareira: — Está pegando fogo! Está pegando fogo!

— Gánia, não finja! Pela última vez lhe digo: Não finja!

— Que diabo, tire logo de uma vez! — rugiu Ferdichtchénko, avançando para Gánia em ímpeto nervoso e o puxando pela manga. — Tire logo de uma vez, seu bestalhão. Está pegando fogo, não seja cretino!

Gánia desvencilhou-se violentamente de Ferdichtchénko, voltou-se e enveredou para a porta de saída. Mal deu dois passos, cambaleou e caiu no assoalho, pesadamente.

— Desmaiou! — exclamaram.

— *Mátuchka*, está ardendo! — soluçou Liébediev.

— Vai se perder tudo! — ouvia-se de todos os lados. E, de onde estava, Nastássia Filíppovna gritou para as criadas:

— Kátia, Pácha, deem-lhe um copo com água, um cálice de vodca!

Dito isto, ela mesma segurou as tenazes e com elas retirou o pacote. Todo o papel de fora do embrulho se havia queimado e estava em cinzas, mas se via imediatamente que o conteúdo estava intato. O pacote fora embrulhado em pelo menos três folhas dobradas de papel de jornal e as notas estavam perfeitas. Todos respiraram livremente. E foi Liébediev quem comentou com grande alívio:

— Talvez uma pobre nota de mil esteja chamuscada, mas o resto está que é uma beleza!

— É tudo dele! O maço inteiro é dele! Estão ouvindo, amigos!? — declarou Nastássia Filíppovna, depondo o pacote de notas ao lado de Gánia. — Ele não faria isso, aguentou a prova e portanto o seu amor-próprio ainda é maior do que o seu amor pelo dinheiro. Mas não importa, ele chegará a isso ainda. Por dinheiro, ele mataria alguém... Ei-lo que está voltando a si. General Iván Petróvitch, Dária Aleksiéievna, Kátia, Pácha, Rogójin, estão me ouvindo? As notas são para ele, são de Gánia. Dou-lhas para que faça com elas o que quiser, como recompensa por seja lá o que for! Digam-lhe isso! Deixem o pacote ali ao lado dele... Rogójin, marche! Príncipe, adeus! Saiba que foi o primeiro homem que encontrei em minha vida! Afanássii Ivánovitch, adeusinho, *merci*!

O bando dos sequazes de Rogójin atravessou os salões em direção à porta da frente, atrás de Rogójin e de Nastássia Filíppovna, fazendo estardalhaço, aos berros e exclamações. No vestíbulo as empregadas deram a ela a capa de peles; a cozinheira Márfa entrou correndo, vindo da cozinha. Nastássia Filíppovna beijou-as a todas.

— Mas como pode a senhora deixar-nos sozinhas, querida *mátuchka*! Mas para onde vai a senhora? E logo no seu aniversário, ainda por cima, em um dia como o de hoje! — perguntavam-lhe as moças, em pranto, beijando-lhe as mãos.

— Para onde vou? Para a sarjeta, Kátia. Já não ouviste dizer que lá é que é o meu lugar? Ou talvez vá ser lavadeira. Larguei Afanássii Ivánovitch. Saúda-o da minha parte e não penses mal de mim...

O príncipe investiu precipitadamente para a porta da rua onde todo o bando estava se dispondo nas quatro troicas com guizos. O General Epantchín conseguiu alcançá-lo escadas abaixo.

— Escute uma coisa, veja o que está fazendo, príncipe! — disse, segurando-lhe o braço. — Desista! Não está vendo o que ela é? Falo-lhe como um pai.

O príncipe olhou para ele, e sem articular uma só palavra se desvencilhou e desceu precipitadamente.

Na porta da rua, de onde as troicas acabavam de partir, o general viu o príncipe chamar o primeiro fiacre e bradar para o cocheiro: "Para Ekaterinhóf! Siga as troicas!" Nisto, rente ao degrau os cavalos cinzentos do general se adiantaram; o general rumou para casa, com os seus novos planos, suas novas esperanças e suas pérolas que, malgrado tudo, não se esquecera de levar consigo. Entre os seus planos a fascinante figura de Nastássia Filíppovna esvoaçou duas ou três vezes. O general suspirou.

— É pena. Realmente, é uma pena. Essa mulher está perdida! É uma louca!... Mas o príncipe se livrou de Nastássia Filíppovna... de maneira que o que aconteceu, no fundo, foi bom...

E outras palavras edificantes, conquanto curtas, resumindo a situação, foram pronunciadas por outros dois convivas de Nastássia Filíppovna que tinham decidido fazer uma pequena caminhada.

— Quer o senhor saber de uma coisa, Afanássii Ivánovitch? Já ouvi dizer que algo de semelhante a isso é feito entre os japoneses — observou Iván Petróvitch Ptítsin. — É o caso que quando alguém se sente insultado vai onde está o seu inimigo e declara: "Você me desgraçou e como vingança vou abrir meu ventre diante de você!". E com tais palavras imediatamente rasga o ventre na presença do inimigo, sentindo, com certeza, grande júbilo em agir assim, como se realmente se estivesse vingando. Há gente muito esquisita, neste mundo, Afanássii Ivánovitch!

— E cuida você que se pode comparar este caso de agora com isso? — respondeu-lhe Tótskii, com um sorriso. — Hum!... Não está mal comparado, você arranjou uma excelente imagem! Em todo o caso você viu, meu caro Iván Petróvitch, que eu fiz tudo quanto pude. E convenha comigo que fazer mais do que fiz era impossível. E você há de admitir, outrossim, que essa mulher tinha algumas qualidades brilhantes... e certos pontos de primeiríssima ordem. Senti-me tentado, naquele concílio de loucos, mesmo que isso me rebaixasse ainda mais, a gritar alto e bom som que ela própria era a minha melhor desculpa a todas as suas acusações! Quem não se sentiria muitas e muitas vezes fascinado por tal mulher a ponto de perder o juízo e... tudo o mais? Veja por exemplo aquele estúpido Rogójin como lhe arremessou aos pés a sua carga de dinheiro! A bem dizer, tudo quanto acabou de se passar não foi mais do que coisa efêmera, romântica e inverossímil; mas que houve colorido nisso tudo e originalidade, lá isso convenhamos que houve! Deus meu, o que não se faria com um caráter daqueles, com uma beleza daquelas! Mas apesar de todo o esforço, apesar mesmo da sua educação, tudo está perdido! Ela é um diamante que não foi lapidado, não me fartarei de dizer muitas e muitas vezes!

E Afanássii Ivánovitch suspirou profundamente.

SEGUNDA PARTE

1

Dois dias depois do estranho incidente na recepção em casa de Nastássia Filíppovna, com o qual finalizamos a primeira parte da nossa história, o Príncipe Míchkin seguiu repentinamente para Moscou a fim de receber a sua inesperada fortuna. Foi dito que devia ter havido outros motivos para tão apressada partida; mas quanto a isso e quanto às aventuras do príncipe durante a sua ausência de Petersburgo pouca informação podemos dar. Esteve ausente seis meses; e até aqueles que tinham razões para se interessarem por seu destino, durante todo esse tempo, pouco vieram a saber. Mesmo os boatos que a eles chegaram espaçadamente foram, em sua maioria, estranhos e quase sempre contraditórios. A família Epantchín, naturalmente, tomou mais interesse do que quaisquer outras pessoas, apesar de ele ter ido embora sem mesmo se despedir. O General Epantchín viu-o duas ou três vezes; tiveram certa conversação séria. Mas, embora o tendo visto, não fez menção disso à família. E no começo, com efeito, no mínimo por um mês depois da partida do príncipe, o seu nome foi evitado pelos Epantchín. Só a generala, logo no começo, dissera "que se havia enganado cruelmente com o príncipe". Dois ou três dias depois acrescentara, vagamente, sem mencionar o nome de Míchkin, "que a coisa mais chocante da sua vida era o modo por que continuamente se enganava a respeito de pessoas". E, finalmente, uns dez dias depois, ao se zangar com as filhas, explodiu, acrescentando judiciosamente: "Basta de tantos erros. Basta, daqui por diante".

Devemos esclarecer que durante certo tempo a atmosfera sentimental da casa foi insuportável. Havia uma sensação de mal-estar, como que de indizível discórdia. A atmosfera era tensa, pesada. Todo o mundo andava amuado. O general vivia atarefadíssimo, dia e noite, absorvido em seu trabalho. A família quase não o via mais. Raramente fora visto, antes, tão ocupado e ativo, especialmente no que concernia ao seu trabalho oficial. Quanto às meninas, nunca falavam abertamente uma palavra que fosse. Mesmo quando juntas, sozinhas, muito pouco diziam. Eram moças orgulhosas, de brio e fechadas mesmo umas com as outras, embora se compreendessem entre si não só com a palavra como com o olhar, nem sempre, pois, lhes sendo preciso falar muito.

Havia apenas uma conclusão a ser tirada por um observador neutro, caso houvesse algum; isto é, que a julgar pelos fatos acima mencionados, aliás bem poucos, o príncipe conseguira deixar forte impressão na família Epantchín, apesar de só ter estado com eles uma única vez e isso mesmo por tempo bem curto. Talvez o sentimento que ele inspirou não passasse de mera curiosidade despertada por suas aventuras excêntricas.

Pouco a pouco os boatos que tinham circulado pela cidade se foram perdendo nas trevas da incerteza. Contava-se, com efeito, a história de certo principezinho muito ingênuo (ninguém lhe sabia o nome), que entrara inesperadamente na posse de vasta fortuna, e que se casara com uma mulher francesa, uma notória dançarina de cancã do *Château des Fleurs* de Paris. Diziam outros, porém, que fora um general que se metera nos dinheiros e que o homem que se casara com a conhecida francesa dançarina de cancã era um jovem russo comerciante, de incrível fortuna, o qual, na cerimônia do casamento, por simples e pura arrogância, queimara, estando bêbado, em uma vela, talões de apólices no valor de setecentos mil rublos. Tais boatos, porém, acabaram extinguindo-se, para isso tendo contribuído muito certas circunstâncias. Todos os do séquito de Rogójin, por exemplo, muitos dos quais poderiam ter esclarecido muita coisa, haviam partido, nas suas pegadas, para Moscou, uma semana depois de uma tremenda orgia no Vauxhall de Ekaterinhóf e na qual tomara parte Nastássia Filíppovna. As poucas pessoas interessadas no caso ficaram cientes, por certas informações, de que Nastássia Filíppovna, logo depois da orgia, fugira sem deixar vestígios, tendo constado traços de sua passagem por Moscou; e tanto que a partida de Rogójin para Moscou coincidia com tal boato.

Da mesma forma correram rumores a respeito de Gavríl Ardaliónovitch Ívolguin, também muito conhecido em determinadas rodas. Mas certa coisa lhe aconteceu que abrandou e fez parar, completamente, todas as histórias a seu respeito: caiu seriamente doente, não podendo voltar ao escritório e menos ainda à sociedade. Restabeleceu-se após um mês de enfermidade, mas, por motivos que ele lá sabia, resignou-se ao cargo que desempenhava no escritório, como guarda-livros da Companhia, tendo sido substituído por outra pessoa. Nem uma vez, sequer, voltou à casa dos Epantchín, de maneira que um novo escriturário tomou os encargos de secretário do general. Os inimigos de Gavríl Ardaliónovitch poderiam insinuar que ele ficara tão humilhado com o que lhe acontecera que se envergonhava até de sair à rua; mas, na verdade, estava doente, tendo até sofrido um ataque de hipocondria; deu em ficar taciturno e irritável. Naquele mesmo inverno, Varvára Ardaliónovna se casou com Ptítsin. Quantos os conheciam deduziram que o casamento foi consequência do fato de Gánia não querer retomar as suas obrigações e não estar capacitado para tomar conta da família, chegando a necessitar de assistência e mesmo de cuidados dos seus.

Notemos, de passagem, que na família Epantchín não se faziam sequer referências a Gavríl Ardaliónovitch, como se este nunca tivesse sido visto e com efeito nem existisse no mundo, absolutamente. Ainda por cúmulo, a família inteira veio a saber, logo depois, um fato notável a respeito dele. Na noite fatal, depois da sua desagradável experiência com Nastássia Filíppovna, Gánia não se deitara, depois de chegar a casa, tendo ficado à espera do príncipe, com uma impaciência febril. O príncipe, por sua vez, tendo ido a Ekaterinhóf, só voltara a casa às seis horas da manhã seguinte. Então Gánia entrara nos cômodos dele e depusera sobre a mesa, à sua frente, o pacote de notas entreaberto com que Nastássia Filíppovna o presenteara enquanto jazia desacordado no chão. E solicitara ao príncipe devolver na primeira oportunidade o presente. Que, ao entrar nos cômodos de Míchkin, o fizera de maneira desesperada e quase hostil; mas que, depois da troca de algumas palavras entre os dois, Gánia permanecera lá mais de duas horas, chorando amargamente todo o tempo, tendo os dois se separado em termos amistosos.

Tal história, que chegou ao conhecimento dos Epantchín, aconteceu ser perfeitamente exata. Estranho foi, naturalmente, que tais fatos pudessem logo transparecer e cair no conhecimento geral. Tudo quanto tinha acontecido, por exemplo, em casa de Nastássia Filíppovna, se tornou conhecido dos Epantchín quase que no dia imediato e de maneira minuciosa. Quanto aos fatos relativos a Gavríl Ardaliónovitch, poder-se-ia supor que tivessem sido levados até a casa dos Epantchín por Varvára Ardaliónovna, que se tornara muito amiga das moças, embora talvez não falasse nada do irmão. Pelo menos não devia. Ela também era uma mulher altiva, à sua maneira, e era esquisito que buscasse intimidade com quem tinha despedido seu irmão. Já era conhecida, desde muito antes, das meninas Epantchín, mas as vinha ver raramente. Mesmo agora mal se mostrava na sala de visitas e entrava, ou melhor, deslizava pela escada dos fundos. Lizavéta Prokófievna nunca se incomodara com ela outrora e muito menos agora, o que não a impedia de demonstrar grande respeito pela mãe, Nina Aleksándrovna. Ficara espantada, amuara e considerava a intimidade das filhas com Vária como uma veneta qualquer e caprichos de quem "não sabia de que maneira contrariar a própria mãe". Mas Vária continuara a visitá-las, tanto antes como depois de casada.

No entanto, um mês depois da partida do príncipe, a Sra. Epantchiná recebeu uma carta da velha Princesa Bielokónskaia, que tinha ido passar quinze dias com a filha mais velha casada; e essa carta lhe produziu um efeito marcante, nada, porém, tendo referido às filhas nem a Iván Fiódorovitch, ficando por vários indícios provado que a sua extrema excitação provinha disso. Deu em falar de modo algo estranho às filhas e sempre a respeito de assuntos extraordinários; evidentemente estava ansiosa por abrir seu coração, a custo se contendo. No dia em que recebera a carta se mostrara de uma bondade incomum para com todos; chegara mesmo a beijar Adelaída e Agláia; confessara até que estava em falta com elas; escusado dizer que as moças ficaram sem entender. Mostrou-se mesmo indulgente com Iván Fiódorovitch, com o qual durante um longo mês estivera "atravessada". Claro que já no dia seguinte se arrependeu da própria sentimentalidade, arranjando motivos para se indispor com todos, antes do jantar, só clareando o horizonte lá pela noitinha. Durou toda uma semana esse esplêndido bom humor, caso que não se dava havia muito tempo.

Uma semana mais tarde chegou outra carta da Princesa Bielokónskaia; e então a Sra. Epantchiná resolveu falar. Anunciou, com toda a solenidade, que a "velha Bielokónskaia" (nunca chamava de outro modo a princesa na ausência desta, quando a ela se referia) lhe mandara reconfortantes novas a propósito daquele... "extravagante indivíduo, aquele príncipe, sabem qual, pois não?". A velha dama descobrira suas pegadas em Moscou, informara-se a respeito e descobrira coisas bem boas. O príncipe fora afinal ter com ela, causara-lhe excelente impressão, conforme ficara evidente só com o fato de ela o ter convidado a ir vê-la todos os dias, entre uma e duas horas. "Ele não lhe deu trégua desde esse dia; e ela ainda não se aborreceu dele", concluiu a Sra. Epantchiná, acrescentando mais que, por interferência da "velha", o príncipe fora recebido em casa de duas ou três boas famílias. "Ainda bem que ele não se plantou em casa e não se manteve tão arredio como um palerma."

As moças, a quem tudo isso foi comunicado, perceberam logo que sua mãe estava escondendo muita coisa da tal carta. Muita coisa que, decerto, vieram a saber por Varvára Ardaliónovna, provavelmente a par de tudo por Ptítsin, que sabia quanto se passava com o príncipe nessa sua estada em Moscou. E Ptítsin estava em condições de saber muito mais do que qualquer outra pessoa, malgrado o seu impenetrável silêncio costumeiro a propósito de negócios, apenas Vária lhe conseguindo arrancar as palavras. A Sra. Epantchiná ficou antipatizando ainda mais com ela, por causa disso.

Mas, fosse o que fosse, o gelo se rompera, sendo já possível falar alto naquela casa sobre o príncipe. Dessa forma, o grande interesse por ele despertado e a extraordinária impressão deixada na família mais uma vez se evidenciaram. A mãe ficou perplexa com o efeito que as notícias de Moscou causaram sobre as filhas. E as filhas, por sua vez, ficaram perplexas com a mãe, que, depois de declarar que "a coisa mais chocante da sua vida era a facilidade com que se enganava com certas pessoas", procurava, sem embargo, para o príncipe, a proteção da "onipotente" e velha Princesa Bielokónskaia, o que decerto custara muita insistência e súplica, pois se sabia quão difícil era à "velhota" deixar que outros se prevalecessem dela em tais casos.

Logo que o gelo se rompeu e o vento mudou, também o general se apressou em explicar-se. Ficou evidente que também ele tomara pelo príncipe especial interesse. Mas só discutiu o aspecto comercial da questão. Veio a saber-se que, no interesse mesmo do príncipe, solicitara a certas pessoas influentes de Moscou — umas duas em quem podia confiar — para o vigiarem, como lhes fosse possível; e vigiarem principalmente o tal Salázkin, a quem o príncipe confiara o seu caso. Tudo quanto sobre a fortuna fora dito — "ou melhor, quanto à exatidão dessa fortuna" — era realidade; mas o espólio propriamente dito era menos considerável do que se tinha murmurado no começo. A propriedade estava em parte sobrecarregada com dívidas; outros pretendentes tinham surgido também, e, apesar dos conselhos dados ao príncipe, ele se vinha comportando de modo a prejudicar-se. "Que Deus o proteja!" Agora que o gelo do silêncio se rompera, o general estava contente em poder exprimir o seu modo de sentir "com toda a sinceridade do seu coração", muito embora "esse indivíduo fosse um pouco *destituído*", acrescentou, como bom observador. E a prova é que fizera uma série de coisas estúpidas. Credores do falecido comerciante tinham feito suas reclamações, por exemplo, baseando-se em documentos sem valor ou a estudar. Muitos mesmo, enfunando-se com o temperamento do príncipe, chegaram a apresentar-se sem documentos de qualquer ordem, e — parece incrível! — o príncipe satisfizera a maioria deles malgrado as asseverações dos amigos de que toda essa corja de credores não tinha absolutamente direito a coisa alguma; e que o único motivo pelo qual os satisfizera fora o estarem eles atualmente em más condições.

A Sra. Epantchiná observou que a velha Bielokónskaia lhe mandara dizer, em carta, algo a respeito e que isso "era estúpido, muito estúpido. Mas os malucos não têm cura", acrescentara ela taxativamente; mas aditara de modo a evidenciar quanto lhe agradava a conduta desse "maluco". Notou afinal o general quanto a mulher se interessava por Míchkin, como se fosse seu filho, dando logo em se mostrar afetuosa com Agláia, o que antes não acontecia. Vendo isso, Iván Fiódorovitch adotou a política de tomar, por certo tempo, o ar próprio de quem anda ocupadíssimo em negócios.

Mas esse agradável estado de coisas não perdurou muito. Quinze dias depois, houve, outra vez, uma inesperada mudança. A generala amuou; e então, encolhendo os ombros, o General Epantchín se resignou outra vez ao "gelo do silêncio".

O fato foi que, duas semanas antes, ele recebera uma carta confidencial, não muito clara, mas autêntica, informando-o de que Nastássia Filíppovna, que no começo tinha desaparecido em Moscou, depois de lá mesmo ter sido encontrada por Rogójin, sumira outra vez e de novo fora reencontrada, tendo-lhe prometido casar-se com ele. E o incrível é que, depois desses quinze dias, Sua Excelência tinha, de repente, vindo a saber que ela escapulira pela terceira vez, quase na véspera do casamento, ocultando-se em uma província qualquer, coincidindo que na mesma ocasião o Príncipe Míchkin também sumira, deixando os seus negócios nas mãos de Salázkin. "Se com ela, ou em perseguição dela, não ficou esclarecido, mas que há coisa nisso, há", concluíra o general.

Lizavéta Prokófievna também recebeu notícias desagradáveis. O remate de tudo isso foi que, dois meses depois da partida do príncipe, quase todos os boatos a seu respeito se extinguiram em Petersburgo e o "gelo do silêncio" não foi mais rompido pela família Epantchín. Mas Vária continuava a visitar as moças.

Para encerrar tais rumores e explicações, acrescentaremos que na primavera houve muitas novidades no lar dos Epantchín, não tendo sido, pois, difícil esquecer o príncipe, que não mandava notícias, e decerto nem pensou nisso. Durante o inverno combinaram, após muitas vacilações, passar o verão no estrangeiro, isto é, Lizavéta Prokófievna mais as filhas, visto ser impossível, ao general, perder seu tempo em "diversões frívolas". Tal decisão partiu mais dos imediatos e contínuos esforços das moças, totalmente persuadidas de que os pais não as queriam levar para fora do país por estarem empenhados demais em casá-las, procurando maridos para elas. Decerto os pais acabaram convencendo-se que isso de maridos era matéria que também podia ser achada no estrangeiro; e que essa viagem, por um verão apenas, longe de atrapalhar seus planos, poderia talvez "ser proveitosa". E esta é a ocasião e este é o lugar de mencionar que o proposto casamento de Afanássii Ivánovitch Tótskii com a moça mais velha foi desmanchado, a oferta mesmo formal, de sua mão, nunca tendo chegado a ser feita, o que se deu por si só, sem nenhum discurso ou disputa doméstica. O projeto caíra sozinho ao tempo da partida do príncipe; e caíra tanto de um como do outro lado. O fato fora uma das causas do mau humor da família, muito embora a mãe acabasse por declarar peremptoriamente, então, que ficara tão contente "que até se benzera com as duas mãos ao mesmo tempo". Apesar de vencido, e de saber que só se podia queixar de si mesmo, o general se considerou ofendido e desconsiderado em casa, por algum tempo. Sentia ter perdido Afanássii Ivánovitch, "uma tamanha fortuna e um sujeito tão aguçado!". Mas não demorou muito para o general vir a saber que Tótskii se apaixonara por certa francesa da mais alta sociedade, marquesa e *legitimista*; que estavam ambos para se casar, e que Afanássii Ivánovitch se achava de viagem marcada para Paris, e, depois, Grã-Bretanha. "Ora, com a tal francesa, é um homem perdido!", concluiu ele. Estavam os Epantchín se preparando a fim de partir antes do verão, quando uma circunstância de todo inesperada sobreveio, mudando seus planos. E o passeio foi adiado, outra vez, com grande satisfação para o general e a esposa. Apareceu em Petersburgo, vindo de Moscou, um certo Príncipe Chtch..., homem muito conhecido; e justamente muito considerado por suas excelentes qualidades. Tratava-se de um desses homens modernos, pode-se mesmo dizer reformadores, e que sendo honesto, modesto, e desejando de modo inteligente e acertado o bem público, trabalhava deveras, sempre se distinguindo por uma rara e feliz faculdade de saber como trabalhar. Sem cortejar o favor público, evitando a amargura e a verbosidade das lutas partidárias, o príncipe tinha uma lúcida compreensão da sua época e respectiva evolução, muito embora não se considerando um chefe. Estivera no serviço imperial. Fora, em seguida, membro ativo de um *Zémstvo*.[16] Filiara-se, como correspondente, a diversas sociedades culturais. Colaborando com um afamado perito, tinha reunido fatos e observações que o levaram a melhorar em muito o plano de uma nova linha de estrada de ferro de grande importância. Andava pelos 35 anos de idade. Era homem "da mais alta sociedade" e possuía, além de tudo, uma "boa, sólida e notória fortuna", segundo as palavras do General Epantchín, que, por acaso, tivera negócios com ele relativos a certos empreendimentos de monta. Conhecera-o em casa do conde, que era o diretor do seu departamento de trabalho oficial. Interessava-se o Príncipe Chtch... pelos homens práticos da Rússia, e nunca desdenhara a sociedade deles. E aconteceu ser introduzido na família Epantchín, tendo Adelaída Ivánovna, a segunda das irmãs, lhe causado considerável impressão. Pediu-a, no fim do inverno, em casamento. Adelaída o apreciava deveras; Lizavéta Prokófievna, idem. O General Epantchín ficou radiante. O passeio ao estrangeiro foi naturalmente transferido, e o casamento marcado para a primavera.

Isso não impediria que a viagem se realizasse lá pelos meados do verão, apenas como uma breve visita de um mês ou dois, a título de consolo para a mãe e para as duas filhas que ficavam; consolo pela perda de Adelaída. Mas aconteceu logo algo de novo. Nos fins da primavera (o casamento de Adelaída fora adiado para o meio do verão), o Príncipe Chtch... apresentou aos Epantchín certo membro de sua família, muito íntimo seu, embora parente afastado. Tratava-se de Evguénii Pávlovitch

[16] Sistema de administração local que existia na Rússia, em forma de diversos órgãos eletivos, de 1864 a 1917 (N. E.).

R., jovem de 28 anos, ajudante de campo imperial, muito bem-parecido e pertencente a grande e importante família. Era talentoso, brilhante, "moderno", "de alta educação" e, também, quase fabulosamente rico. Principalmente com este último ponto era o General Epantchín muito cuidadoso sempre. Tomou suas informações. "Parece que a coisa é certa, embora, naturalmente, a gente deva sempre certificar-se". Esse jovem e futuroso ajudante de ordens viera altamente recomendado de Moscou, pela Princesa Bielokónskaia. Mas corria a seu respeito um rumor algo inquietador: falava-se em *liaisons*,[17] em conquistas, em corações esmagados. Vendo Agláia, deu em se tornar assíduo em suas visitas aos Epantchín. Nada ainda fora dito, nenhuma suspeita, por menor, se esboçara, e já aos pais pareceu ficar de lado, outra vez, a ida ao estrangeiro, pelo verão. Só Agláia era de opinião diversa.

Tudo isso aconteceu justamente antes da segunda entrada do nosso herói na cena desta história. A esse tempo, a julgar pelas aparências, tinha o pobre Príncipe Míchkin sido completamente esquecido em Petersburgo. E se, inopinadamente, surgisse entre aqueles que o tinham conhecido, pareceria ter caído do céu. Devemos aqui acrescentar outro fato, para assim completarmos a nossa introdução.

Depois da partida do príncipe, continuara Kólia Ívolguin a passar o seu tempo como antes — quer dizer, ia à escola, visitava o seu amigo Ippolít, tratava do pai, ajudava a irmã em casa, levava recados. Mas todos os pensionistas se tinham ido. Ferdichtchénko fora-se três dias depois da noitada em casa de Nastássia Filíppovna, sem deixar traço, de maneira que não se sabia dele absolutamente. Dizia-se, aliás, em fontes desautorizadas, que dera em beber. Com a ida do príncipe para Moscou os hóspedes acabaram. Mais tarde, com o casamento de Vária, Nina Aleksándrovna e Gánia mudaram-se para a casa de Ptítsin na outra ponta da cidade. Quanto ao General Ívolguin, um acontecimento surpreendente lhe sucedera mais ou menos nessa ocasião: fora dar com os costados na prisão dos devedores por obra e graça da sua amiga, a viúva do capitão, ligando-se o fato a diversas promissórias por ele assinadas no valor total de dois mil rublos. Causara-lhe isso não pequena surpresa; o pobre general fora "indubitavelmente vítima de sua incrível fé na generosidade do coração humano, falando-se de um modo genérico".

---

[17] Do francês: flertes. (N. E.)

Tendo adotado o suave hábito de assinar promissórias e letras, nunca lhe passara pela cabeça que isso implicasse qualquer compromisso. Sempre supusera que tudo estava *muito bem*. Mas aconteceu que tudo ficou foi muito mal. "Depois de uma coisa destas, como acreditar na humanidade? De que modo mostrar a alguém a sua generosa confiança?", deu ele em exclamar, amargamente, amesendado entre os seus novos amigos, em casa de Tarássov, em frente de uma garrafa de vinho, contando-lhes anedotas sobre o cerco de Kars e do soldado que ressuscitou. Assim a coisa lhe assentou de maneira capital. Ptítsin e Vária foram de opinião que nunca estivera em lugar mais próprio; Gánia concordara inteiramente com eles. Apenas a pobre Nina Aleksándrovna derramou lágrimas amargas, em segredo (do que em casa todo o mundo se admirou, deveras) e, doente como já estava, arrastava-se, muitas vezes, como podia, para visitar o marido.

Mas desde o tempo da "adversidade do general", como Kólia dizia — e, mais exatamente, desde o tempo do casamento da irmã —, Kólia se desvencilhara deles e as coisas deram em se passar de tal modo que muito raramente dormia em casa, só sabendo, os seus, que fizera um número sem conta de novas relações. Ainda assim se tornou bastante conhecido na prisão dos devedores. Nina Aleksándrovna não ia até lá sem ele, e em casa, agora, já não o aborreciam com questões. Vária, que fora antes tão severa, já não o enfezava com a menor indagação que fosse a respeito da sua vagabundagem; e, com grande surpresa para o restante da família, Gánia, a despeito da sua hipocondria, dera habitualmente em conversar e em se comportar de maneira totalmente amistosa para com o irmão. E isso era algo inteiramente novo, pois Gánia, com 27 anos de idade, jamais tomara o menor interesse, como amigo, pelo rapazinho de 15 anos. Tratara-o sempre de modo rude e exigia que a família fosse severa para com ele, estando sempre pronto a puxar-lhe as orelhas, o que levava Kólia "para lá dos mais extremos limites do sofrimento humano". Podia-se com isso concluir que Kólia se tornara positivamente indispensável ao irmão.

Verdade é que o impressionara o fato de Gánia haver devolvido o dinheiro: só por tal gesto estava pronto a perdoar-lhe muita e muita coisa.

Foi só três meses depois da partida do príncipe que a família Ívolguin se deu conta de que Kólia inesperadamente entretinha relações com os

Epantchín, sendo muito bem recebido pelas moças. Vária soube logo disso, não devendo ele à irmã esse conhecimento, tendo-os procurado por vontade e inclinação sua. Pouco a pouco os Epantchín foram gostando dele. Logo no começo, Lizavéta Prokófievna não o tolerou; mas depois começou a levá-lo a sério, "por causa da sua franqueza e porque não era adulador". Que Kólia não era adulador, aí estava uma asserção mais que verídica. Armara as coisas de maneira a ser bastante independente e a se pôr em pé de igualdade perante elas, chegando, às vezes, a ler livros e jornais para a generala ouvir. A sua prestimosidade estava sempre à prova. Uma ou duas vezes, no entanto, teve brigas com Lizavéta Prokófievna, ousando chamá-la de déspota e jurando que não tornaria a pisar em casa dela. A primeira vez a briga começou por causa da questão "mulher", já a segunda tendo sido por causa de divergência quanto ao melhor tempo do ano para apanhar verdelhões. E, por mais esquisito que pareça, dois dias depois da briga a Sra. Epantchiná mandou-lhe um bilhete, por um criado, pedindo-lhe que voltasse. Kólia não embirrou e foi imediatamente vê-la. Somente Agláia não simpatizava com ele, conservando-o a distância. E no entanto era a Agláia que ele estava destinado a surpreender: o fato foi que, na Páscoa, ele aproveitou uma oportunidade de estarem ambos sós para lhe entregar uma carta, apenas lhe dizendo que lhe fora recomendado entregar-lhe quando estivesse sozinha. Agláia encarou de modo ameaçador o "pequeno atrevido", mas Kólia se retirou sem aguardar mais nada. Ela abriu a carta e leu:

Outrora me honrastes com a vossa confiança. Talvez, agora, já me tenhais esquecido. Todavia vos estou escrevendo!... Como pode ser isso? Não sei. Mas sinto um irreprimível desejo de vos relembrar, e a vós tão só, que ainda existo. Quantas vezes não tenho eu tido saudades das três. Mas, de todas, era só a vós que eu via. Preciso de vós — preciso muitíssimo. A meu respeito, que hei de dizer? Nada há a dizer. E nem é disso que se trata. O meu maior desejo é que sejais feliz. Sois feliz? Eis tudo quanto eu vos queria dizer.

Vosso irmão,

Príncipe L. Míchkin.

Lendo essa carta tão curta quanto incoerente, Agláia corou e ficou pensativa. Seria difícil dizer no que estava ela pensando. Entre outras coisas perguntou a si mesma se a deveria mostrar a alguém. Sentiu que isso a envergonharia. E acabou trancando a carta na gaveta da sua mesa, fazendo-o com um sorriso irônico. Mas no dia seguinte a tirou de lá e a enfiou dentro de um volume grosso e pesadão (sempre fazia isso com os seus papéis de maneira a poder encontrá-los com facilidade quando quisesse). E nem bem uma semana depois, notou que livro era esse. Era *Dom Quixote de la Mancha*. Agláia desandou a rir, sem saber por quê. Nunca se ficou sabendo se chegou a mostrar a carta às irmãs.

Mas mesmo quando estava lendo a carta ficara perplexa com uma coisa: como podia o príncipe ter escolhido aquele criançola presumido e confiado, como seu correspondente, e talvez até único, em Petersburgo? Pôs-se então, com um cuidado exagerado, a reexaminar Kólia. Mas, apesar de ser ele facilmente suscetível, desta vez nem chegou a perceber essa análise. Apressadamente, e de maneira seca, explicou que, apesar de ter dado o seu endereço permanente ao príncipe quando este deixara Petersburgo, tendo-se oferecido para ficar às ordens para o que pudesse fazer, a entrega dessa carta fora a primeira incumbência recebida da parte dele; e, como reforço do que estava dizendo, mostrou o recado que o príncipe lhe dirigira. Agláia não fez a menor cerimônia e leu. A carta para Kólia dizia isto:

Caro Kólia, queira ter a bondade de entregar a carta selada aqui junta a Agláia Ivánovna! Espero que V. esteja bem.

Seu dedicado,

Príncipe L. Míchkin

— É ridículo confiar em um fedelho como você! — disse Agláia arrogantemente a Kólia, tornando a lhe entregar a carta que acabara de ler; e passou por ele, desdenhosamente, indo embora para os seus aposentos.

Isso ultrapassava o que Kólia podia suportar, pois chegara a pedir a Gánia, sem lhe dizer para que, que lhe emprestasse (e para essa ocasião) o seu novo cachecol verde. Ficou amargamente ofendido.

2

Estava-se nos primeiros dias de junho e havia já uma semana que em Petersburgo fazia um tempo lindíssimo, coisa não muito comum. Os Epantchín possuíam uma luxuosa vila de verão em Pávlovsk. Lizavéta Prokófievna tornou-se de repente agitada, sem parar um momento, e depois de uns dois dias de lufa-lufa transferiram-se todos para lá.

E eis que, dois ou três dias depois disso, o Príncipe Liév Nikoláievitch Míchkin chegou de Moscou, pelo trem da manhã. Não se encontrou com nenhum conhecido, na estação, mas pouco depois de desembarcar teve a súbita impressão de que estranhos olhos fulgurantes o olhavam por entre as pessoas que enchiam a plataforma. Procurando vê-los, com maior atenção, não os descobriu mais. Talvez tivesse sido pura fantasia, mas isso lhe deixou uma desagradável sensação. De mais a mais, o príncipe estava tristonho e pensativo, alguma coisa, decerto, o aborrecendo.

O fiacre tomou a direção do hotel nas imediações da Litéinaia. Não era, absolutamente, um hotel de primeira ordem; o príncipe tomou duas pequenas peças escuras e pessimamente mobiliadas. Lavou-se, mudou de roupa, não pediu coisa alguma, e saiu apressadamente, como se não quisesse perder tempo ou deixar de encontrar quem procurava.

Se alguém que o tivesse conhecido seis meses antes, ao tempo da sua primeira chegada a Petersburgo, o visse agora, bem o poderia imaginar grandemente mudado, a sua aparência sendo muito melhor. Mas isso seria verídico somente até certo ponto, pois tal diferença consistia apenas no modo de se vestir. As roupas eram novas e tinham sido cortadas por um bom alfaiate moscovita. Mas, mesmo nelas, havia alguma coisa que não estava direito: eram demasiado conforme a moda (como as roupas feitas por alfaiates conscienciosos, mas não muito hábeis); e ainda por cima quem as usava era um homem que, a bem dizer, jamais se importara com sua aparência. De maneira que alguém, propenso a achar graça nas coisas, teria encontrado de que se rir na aparência do príncipe. O povo rirá sempre, seja do que for.

O príncipe tomou um fiacre e mandou seguir para Peski. Fácil lhe foi encontrar uma pequena casa de madeira em uma das ruas de lá. E com surpresa verificou que era bem bonita, embora pequena, e limpa, muito bem conservada, tendo na frente um jardim cheio de flores. As janelas que davam para a rua estavam abertas e através delas vinha o som contínuo de uma voz estridente, como de alguém que, ou lesse alto, ou estivesse fazendo um discurso. Às vezes, essa voz era interrompida por um coro de cristalinas risadas. O príncipe atravessou o jardim, subiu os degraus e perguntou pelo Sr. Liébediev.

— Está lá dentro — respondeu a cozinheira ao abrir-lhe a porta, com as mangas arregaçadas até os cotovelos. E apontou para a sala de visitas.

Era um aposento forrado de papel azul bem escuro e mobiliado com certo capricho e elegância — isto é, contendo um sofá, uma mesa redonda, um relógio de bronze dentro de uma redoma de vidro, um estreito espelho de parede, e um pequeno candelabro de forma antiga que pendia, por uma cadeia de bronze, do teto adornado. Bem no meio da sala, com as costas viradas para a porta, estava o Sr. Liébediev em pessoa. Vestia-lhe o busto apenas um colete, pois tirara o paletó por causa do calor. Dando golpes no próprio peito, estava a declamar tragicamente a respeito de certo assunto. Os seus ouvintes consistiam em um rapaz de uns 15 anos, de rosto animado e inteligente, segurando um livro; uma mocinha de uns 20 anos, vestida de luto, que ninava uma criança nos braços; uma meninota de 13 anos, também de luto, que ria escancaradamente; e uma figura exótica, escarrapachada no sofá, um rapaz até bonito, de uns 20 anos, moreno, de cabeleira espessa e comprida, grandes olhos negros, com um começo de barba e de buço. Pelos modos, era quem interrompia Liébediev, frequentemente, argumentando com ele; e era isso que provocava as gargalhadas dos outros.

— Lukián Timoféitch! Lukián Timoféitch! Estou chamando. Olhe para cá. Ora, dane-se!

E agitando os braços a cozinheira se foi, vermelha de raiva. Liébediev voltou e olhou; vendo o príncipe ficou por algum tempo embasbacado. Em seguida avançou na direção dele, com um sorriso congratulatório; mas antes de chegar parou outra vez, murmurando:

— Il... il... ustríssimo príncipe!

Mas, sem propósito algum, como se não tivesse podido aproximar-se, deu uma volta e, sem mais aquela, investiu contra a moça de luto que estava com o nenê o colo, a ponto de esta se espantar, recuando. Deixou-a, porém, imediatamente, embarafustou na direção da mais nova, que estava de pé no portal do quarto próximo, ainda com ar de riso no semblante alegre. Ela se aturdiu com a exclamação e se trancou na cozinha. Para lhe aumentar o pavor Liébediev se pôs a sapatear atrás dela. Nisto, dando com os olhos do príncipe, que o olhava embaraçado, resolveu explicar:

— Para impor, nem mais nem menos do que... respeito Eh! Eh! Eh!

— Mas não há nenhuma necessidade disso — começou o príncipe.

— Um minuto... um minuto... um minuto... em um abrir e fechar de olhos!

E Liébediev apressadamente sumiu da sala. Surpreendido, o príncipe olhou para a moça, para o rapaz e para o sujeito do sofá; estavam todos rindo.

Riu-se Míchkin, também.

— Ele foi vestir o casaco — disse o rapazinho.

— Que coisa horrível! — começou o príncipe. — E eu esperava... Diga-me, ele está...

— Se ele está bêbado? Não foi o que o senhor pensou? — gritou uma voz lá do sofá. — Quase nada. Três ou quatro cálices; uns cinco, talvez; mas que tem isso demais? É o comum.

Virou-se o príncipe para o sofá de onde vinha aquela voz; mas foi a mocinha quem começou a falar: e com a mais cândida das expressões no rosto encantador, disse:

— De manhã, ele nunca bebe muito. Se o senhor veio para conversar sobre negócios, fale agora, que é a melhor hora. Quando ele sai de noite volta quase sempre bêbado. Ultimamente deu em chorar de noite e em ler a Bíblia para nós, pois não há nem cinco semanas que mamãe morreu.

— Fugiu lá para dentro porque não sabia o que responder ao senhor — disse, rindo, o rapazola do sofá. — Aposto o que quiserem como ele já lhe pregou uma peça e está chocando mais outra para breve.

Nisto, entrando de novo, já de paletó, pestanejando e tirando o lenço do bolso para enxugar as lágrimas, Liébediev desandou a dizer:

— Não há nem cinco semanas! Cinco semanas, se tanto. Ela deixou-nos sozinhos no mundo!

— Mas por que veio o senhor assim todo rasgado? — perguntou-lhe a moca. — Pois não sabe que atrás da porta está pendurado o seu paletó novo? O senhor não viu?

— Cala essa boca, libélula! — berrou-lhe Liébediev. — Arre, também! — E bateu com o pé.

Que havia ela de fazer senão rir?

— O senhor não pense que me mete medo, não. Eu não sou Tánia. Eu não fujo lá para dentro, não. O senhor vai mais é acordar Liúbotchka e amedrontá-la até lhe virem as convulsões. Para que berrar dessa maneira?

— Não blasfemes, que Deus ouve! Não digas tal coisa! — Liébediev ficou logo apavorado e, voando para o nenezinho, que dormia no colo da mana maior, fez sobre ele o sinal da cruz diversas vezes, com uma expressão de susto. — Deus a proteja e a preserve! — É a minha caçulinha Liúbov — acrescentou, virando-se para o príncipe — nascida do meu sacratíssimo matrimônio com a minha mulher Elena, recentemente falecida... E falecida de parto. E esta aqui, de luto, é a minha filha Vera. E este... este, oh! Este aqui...

— Ora essa, prossiga! — exclamou o rapazola. — Prossiga, está com medo?

— Vossa Excelência — disse Liébediev, em uma espécie de impulso — por acaso leu nos jornais o assassinato da família Jemárin?

— Sim, li — respondeu o príncipe com certa surpresa.

— Pois bem, o verdadeiro assassino da família Jemárin, ali o tem o senhor!

— Que é que você me está dizendo? — fez o príncipe.

— Falando de modo alegórico, é claro. Ei-lo acolá, o futuro assassino número 2 de uma família Jemárin. Ele está acabando os preparativos para isso...

Todo o mundo riu. O príncipe chegou a desconfiar que Liébediev estivesse-se fingindo de maluco prevendo as perguntas que lhe seriam feitas e, não sabendo que jeito dar, procurasse assim ganhar tempo.

— É um rebelde! Vive tramando! — bradava Liébediev fingindo não poder conter-se. — Diga-me o senhor, posso eu, tenho eu a obrigação de reconhecer aquela boca imunda ali, por assim dizer aquele monstro, como um sobrinho meu, ele, o único filho de minha defunta irmã Aníssia?

— Ai! Ai! Cale a boca, seu bêbado! Seria o senhor capaz de acreditar em uma coisa, príncipe? Ele agora deu em se fazer de advogado — e pleiteia casos no tribunal. Ficou, de repente, tão eloquente que até em casa, diante das crianças, fala difícil, em linguagem rebuscada! Não há cinco dias fez um discurso, diante do juiz de paz. E quem pensa o senhor que ele defendeu? Não uma pobre anciã que pediu e rogou que a defendesse, e que tinha sido saqueada por um agiota ignóbil que lhe furtara quinhentos rublos, tudo quanto a coitada tinha neste mundo.

Defendeu mais foi o próprio agiota, um judeu chamado Záidler! E só porque este lhe prometeu cinquenta rublos...

— Cinquenta rublos se eu ganhasse a causa e não mais do que cinco se eu a perdesse — explicou Liébediev *incontinenti*, mudando de tom, deixando de lado o diapasão dos berros.

— Ora, naturalmente que fez papel de idiota! Hoje em dia as coisas são diferentes. — Que haviam de fazer senão se rirem dele? Mas ficou radiante consigo mesmo. "Não vos esqueçais" — disse ele — "que um infeliz velho, achacado de males, vivendo só do seu labor honesto, está a ponto de perder a sua última côdea de pão! Não vos esqueçais das sábias palavras do legislador: 'Que a misericórdia prevaleça sempre nos tribunais!'". E o senhor quer saber de uma coisa incrível? Todas as manhãs ele nos declama esse trecho, palavra por palavra, tal como o descascou lá! Justamente quando o senhor chegou, ele nos lia essa joça pela quinta vez, todo radiante! Ele está lambendo os beiços de gosto. E agora ainda vai defender mais outro. O senhor é o Príncipe Míchkin, não é? Kólia me disse que jamais encontrou pessoa mais inteligente do que o senhor, no mundo...

— Justamente, justamente, não há mais ninguém tão inteligente no mundo — sustentou logo Liébediev.

— Mesmo assim, ele está mentindo, bem sabemos. Kólia gosta do senhor, mas este homem aqui o está adulando... Eu, todavia, não pretendo adulá-lo, desde já lhe garanto. O senhor tem bastante descortino, pode julgar entre mim e ele! — Voltou-se para o tio: — Aceitaria o senhor, o príncipe como juiz entre nós dois? Que bom ter aparecido aqui, príncipe!

— Perfeitamente! — gritou Liébediev, resoluto. E, como um autômato, se virou para toda a assistência que começara a se juntar em volta dele.

— Mas que é que há? — perguntou o príncipe fechando a cara.

Doía-lhe a cabeça, e cada vez se convencia mais de que Liébediev estava zombando, contentando-se em ganhar tempo.

— Eis a situação do caso. Eu sou sobrinho dele. Quanto a isso, ele não mentiu, embora nunca fale a verdade. Não acabei os meus estudos, mas pretendo acabá-los; quero, porque tenho caráter. Arranjei um emprego na estrada de ferro que me dará vinte e cinco rublos por mês. Não nego que, umas duas ou três vezes, ele me tenha ajudado. Eu tinha vinte rublos e perdi-os. E quer o senhor saber de uma coisa, príncipe, sou tão ordinário, tão ruim que os perdi no jogo.

— Perdeu-os para um tratante... um tratante, a quem você não devia ter pago! — interpôs Liébediev.

— Que é tratante, é; mas que eu devia pagar, devia — continuou o rapazola. — De que é um tratante também eu dou testemunho, e não porque me tenha batido. Chegou a ser oficial, foi expulso do exército, príncipe; um tenenteco que deu baixa, que anda com o grupo de Rogójin e que ensina boxe. Todo o bando, agora, vai de mal a pior, desde que Rogójin os largou. Mas o pior de tudo é que eu, sabendo que ele era tratante, gatuno e sem-vergonha, me sentei a jogar com ele, e quando apostei o meu último rublo (estávamos jogando *pálki*) pensei comigo mesmo: "Se eu perder irei ter com meu tio Lukián e me humilharei diante dele; ele me atenderá". Isso de fato foi vil, sim, realmente foi vil. Foi uma ruindade consciente!

— Muito exato. Foi uma ruindade consciente — repetiu Liébediev.

— Ora, é favor não me interromper; espere um pouco — redarguiu-lhe o sobrinho, com pouco caso. — O tal está gozando a minha desgraça. Vim até ele, príncipe, e confessei tudo. Agi decentemente, não me poupei. Humilhei-me diante dele o mais que pude; todos aqui são testemunhas. Só poderei entrar para o emprego da estrada de ferro melhorando as minhas vestes, pois não hei de ir assim todo rasgado. Isto são botas que se usem? Como havia eu de ir para lá deste modo? E se eu não for a tempo, outro arranjará o meu lugar e ficarei outra vez na rua... E quando arranjarei eu uma outra oportunidade? No momento só peço a ele que me arranje quinze rublos e prometo nunca mais pedir nada; e, o que é mais, antes do fim do primeiro trimestre lhe restituirei o dinheiro emprestado. Eu tenho palavra. Posso viver só de pão e *kvás*,[18] meses e meses, pois sou um sujeito de vontade. Em três meses ganho setenta e cinco rublos. Contando com o que já lhe pedi emprestado antes, estarei devendo a ele coisa de uns trinta e cinco rublos; logo, até lá, terei o suficiente para lhe pagar. Ele que marque os juros que exige, que se dane o resto! Então ele não sabe com quem está tratando? Pergunte-lhe, príncipe, se nas outras vezes em que me ajudou eu não paguei. Então, por que é que ele não quer me ajudar agora? Está zangado porque paguei o tenente, e não pode haver outro

[18] Tradicional bebida eslava semelhante à cerveja. (N. E.)

motivo. O senhor está vendo o que ele é: não passa de um cão com os dentes arreganhados, diante da gamela.

— E nem assim se vai embora? — gritou Liébediev. — Planta-se aqui e não há meios de ir embora.

— Já lhe disse. Sem o dinheiro, é escusado; não vou. O senhor está rindo, príncipe? Parece que acha que eu não tenho razão?

— Não estou rindo: mas, a meu ver, de fato você não está lá muito com a razão — respondeu o príncipe, a contragosto.

— Diga então de uma vez que eu não estou com razão absolutamente. Não venha com panos quentes. Que é que quer dizer com esse "lá muito"?

— Posso ser mais explícito: ambos não estão com a razão.

— Mais explícito? Que absurdo! O senhor acha que eu não sei que a minha decisão nisso não pode valer? Que o dinheiro é dele, que é a ele que compete decidir, e que o que estou exigindo é um ato de violência da minha parte? Mas o senhor não sabe nada da vida, príncipe. Não há vantagem alguma em poupar homens como este aqui de uma liçãozinha. Eles precisam de uma lição. A minha consciência é clara. Eu tenho consciência, logo não lhe advirá nada de mau; eu lhe pagarei com juros. Além disso já lhe dei uma satisfação moral, também; ele assistiu à minha humilhação. Que é que ele quer mais? Que lucra ele em não ajudar a gente? Preste bem atenção nele! Pergunte-lhe como é que ele trata os outros! E como se aproveita das pessoas! Pergunte-lhe de que maneira foi que comprou esta casa! Aposto, seja o que for, como ele já enganou o senhor antes e que já está tratando de enganá-lo outra vez. O senhor ri. Não acredita, então?

— É que me parece que tudo isso não tem nada a ver com o seu caso — observou o príncipe.

— Estou aqui há três dias e quanta coisa não vi eu! — exclamou o rapazola. — O senhor nem vai acreditar! Ele desconfia deste anjo, desta mocinha órfã aqui, minha prima e sua filha; e todas as noites dá busca no quarto dela à procura de amantes! Aparece aqui, pé ante pé, e espia até debaixo do sofá. A maluqueira dele deu para desconfiar. Vê gatunos em todos os cantos. De noite está sempre se levantando, experimentando as janelas, a ver se estão bem fechadas, revistando as portas, espiando dentro do forno; e isso mais de doze vezes por noite. Vai ao tribunal defender gatunos, mas se levanta três vezes por noite para vir rezar de joelhos, aqui na sala de visitas, as suas orações; e chega até a encostar a cabeça no assoalho, mais de meia hora, às vezes. E o que ele reza por todo o mundo, que piedosas lamentações, quando está bêbado! Imagine que tem rezado até pelo descanso eterno da alma da Condessa Du Barry! Eu ouvi, com estes ouvidos. E Kólia também ouviu. Está doido varrido!

— Está vendo, está ouvindo como ele caçoa de mim, príncipe? — interveio Liébediev envergonhado e zangado deveras. — Ele não compreende que, por mais bêbado, degradado e trapaceiro que eu possa ser, a minha única boa ação na vida foi, quando esta víbora arreganhada era bebê ainda, eu lhe mudar as fraldinhas. Dava-lhe banho, e ficava de pé noites seguidas ao lado de minha irmã Aníssia, que enviuvara e que não tinha vintém, tão pobre eu quanto ela. Atendia-os quando ficavam doentes, roubava, para aquecê-los, sim, roubava lenha da porteira, lá embaixo, cantarolava e dava estalinhos com os dedos em uma bola assoprada! E eis para que serviu eu ter sido ama dele! Para isso, para estar acolá, rindo de mim, agora! Que é que você tem com isso se uma vez fiz o sinal da cruz pela alma da Condessa Du Barry? Três dias antes acontecera eu ler, em um dicionário, a vida dela, que eu desconhecia. Sabe quem foi ela, a Du Barry? Vamos, diga, sabe? Sabe nada!

— Ora, naturalmente quem sabe é o senhor só — balbuciou o rapazola com desdém, embora a contragosto.

— Pois saiba que foi uma condessa que, da mais baixa e vergonhosa condição, se ergueu a uma situação quase de rainha, e a quem uma grande imperatriz escreveu com a sua própria letra: "Querida prima". E um cardeal, um legado do papa, em uma *levée du roi*[19] (sabe você que era uma *levée du roi*?) se ofereceu para lhe calçar as pernas nuas com meias de seda, e considerou isso uma honra — ele que era um alto personagem sacro? Sabia disso? A sua cara mostra que não. Ora bem, e como foi que ela morreu? Vamos, responda, se é que sabe!

— Vá para o diabo, não me amole!

— Morreu do seguinte modo: depois de ter tido tantas honrarias, o carrasco Samson arrastou essa grande dama, que não tinha culpa, que

[19] Do francês: cerimônia comum na corte do Rei Luís XIV, quando os membros mais importantes da corte se dirigiam até os aposentos do rei e observavam-no acordar e se vestir. (N. E.)

era inocente, até a guilhotina, para diversão dos *poissardes*[20] parisienses; e tamanho foi o terror dela que nem se deu conta do que lhe estava acontecendo. Viu que ele lhe dobrava o pescoço debaixo da lâmina e lhe dava pontapés, enquanto a ralé ria! E então lhe suplicou gritando: "*Encore un moment, monsieur le bourreau, encore un moment!*", palavras que significam: "Ainda um minuto, senhor carrasco, um minutinho só!". Talvez só por causa dessa sua imploração Deus a tenha perdoado: pois ninguém pode imaginar maior miséria para uma alma humana do que essa. Você entende o sentido da palavra miséria? Pois bem, miséria era aquilo! Quando eu li esse caso da Condessa rogando "só um minuto mais!" senti meu coração como que apertado entre duas tenazes. E que tem um verme como você que a ver com isso, se eu, antes de me deitar, acho que deva mencionar em minhas orações essa mulher pecadora? E talvez a razão por que a mencionei tenha sido que desde o começo do mundo, provavelmente, ninguém se benzeu em sua intenção e nem mesmo pensou em fazê-lo. E lhe há de ter feito bem sentir no outro mundo que existe um pecador que ao menos pronunciou uma oração por ela aqui na terra. Por que é que você está rindo? Acha que não, hein, seu ateu? Como é que você sabe? E, se você disse que me escutou, mentiu. Eu não rezei pela Condessa Du Barry, apenas; na minha oração, eu disse assim: "Senhor, dai descanso perpétuo à alma dessa grande pecadora, que foi a Condessa Du Barry e a todos os mais com ela parecidos!". E o caso, portanto, é muito diferente, pois há muitas dessas mulheres pecaminosas, exemplos da mutabilidade da fortuna, que sofreram muito, e que lá estão ainda se debatendo nas trevas, lamentando-se e esperando. E rezei, depois, por você e por quantos são como você, insolentes e atrevidos, visto você se perturbar ao ouvir minhas orações...

— Chega, cale a boca! Vá rezando por quem quiser, dane-se; pare com esse berreiro! — interrompeu-o o sobrinho, zangado. — O homem deu para ler, que se há de fazer? O senhor não sabia, príncipe? Não? — acrescentou com arreganho grosseiro. — Ele só lê livros e histórias dessas!

— É que seu tio não é homem sem coração, convenhamos — observou o príncipe, embora com certa relutância, pois estava começando a sentir grande aversão pelo rapazola.

---

[20] Do francês: mulheres vendedoras de peixes. (N. E.)

— Se o senhor começar a elogiá-lo desse modo, ele acaba inchando. Olhe só, ele está lambendo os beiços, botou a mão sobre o coração e já está de boca cheia. Vá lá que tenha coração; mas é velhaco, e isso é que atrapalha; e, ainda por cima, é bêbado. Está todo esbandalhado como acontece com quem leva a beber uma série de anos; é por isso que tudo lhe sai arrevesadamente. Gosta dos filhos, não nego; respeitava minha defunta tia... e até gosta de mim a ponto de no seu testamento me deixar uma doação...

— Não deixarei nada! — berrou Liébediev, furiosamente.

— Escute, Liébediev — falou o príncipe, de modo firme dando as costas para o rapazola. — Sei, por experiência, que você, quando quer, pode ser um homem metódico, se lhe convém... Disponho de muito pouco tempo, hoje... e se você... Perdão, qual é o seu nome próprio? Não me lembro.

— Ti... Ti... Timoféi.

— Mais?

— Lukiánovitch.

Foi uma risada geral.

— Mentira! — gritou o sobrinho. — Até dizendo o nome ele mente! Ele não se chama Timoféi Lukiánovitch, príncipe, e sim Lukián Timoféitch. Mas como é que o senhor prega uma mentira dessas? Pois não é mais fácil dizer Lukián que dizer Timoféi? E que importância tem isso para o príncipe? Ele mente, mas é por vício, garanto-lhe eu.

— Mas afinal como é? — perguntou o príncipe, impacientemente.

— O direito, realmente, é Lukián Timoféitch — admitiu Liébediev, nas raias da confusão, abaixando os olhos humildemente e tornando a colocar a mão sobre o peito.

— Mas não entendo por que você disse então errado.

— Para me humilhar — sussurrou Liébediev, abaixando a cabeça ainda mais e fingindo maior humildade.

— Ora, mas que asneira! Eu só queria mais era saber onde anda Kólia — disse o príncipe, virando-se para ir embora.

— Eu lhe direi onde está Kólia. — E o rapazola se adiantou.

— Não, não, não! — Liébediev se esquentou, muito excitado.

— Kólia dormiu aqui e saiu de manhã para ir procurar o pai, a quem o senhor, príncipe, tirou da cadeia. Deus sabe por que, pagando-lhe as dívidas. O general, ontem, prometeu vir dormir aqui, mas não veio. Com certeza dormiu no Hotel da Balança, aqui ao lado. Kólia provavelmente está lá, ou em Pávlovsk, em casa dos Epantchín. Como tinha dinheiro, desde ontem andou falando em ir lá. De maneira que ou está no Hotel da Balança, ou em Pávlovsk.

— Foi a Pávlovsk... a Pávlovsk!... Vamos por aqui, por este caminho até o jardim. Mandarei vir café!

E segurando a mão do príncipe, Liébediev levou-o para fora. Deixando a sala, atravessaram o pequeno pátio e passaram por uma cancela. Havia ali um jardim pequenino mas encantador e onde, por causa da estação do ano, tão bela, todas as árvores já estavam com folhas. Liébediev fez o príncipe sentar-se em um banco de madeira pintado de verde e preto, junto a uma mesa da mesma cor e plantada no chão, e se sentou diante dele. Um minuto depois, trouxeram café, que o príncipe não recusou. Liébediev ficou a olhá-lo bem no rosto, de modo obsequiador e ao mesmo tempo ardente.

— Eu ignorava que você tinha este estabelecimento — disse o príncipe, com um ar de quem está pensando em coisa muito diferente.

— É dos... órfãos... — fez Liébediev, remexendo-se; calou-se logo.

O príncipe, que sem dúvida já nem se lembrava da observação que acabara de fazer, olhava em frente, com ar distante. Um minuto se passou. Liébediev vigiava-o e esperava.

— E então? — disse o príncipe, como quem acorda. — Sim, você sabe muito bem qual é o nosso negócio. Vim, em resposta à sua carta. Fale.

Liébediev ficou confuso, tentou dizer qualquer coisa, mas gaguejou, e as palavras não lhe vieram. O príncipe esperava e sorria melancolicamente.

— Acho que o compreendo perfeitamente, Lukián Timoféitch. Você absolutamente não me esperava e pensou que eu não viria de tão longe logo à sua primeira carta; e a escreveu apenas para limpar a sua consciência. Mas eu vim. Vamos, desista, não me decepcione! Desista de servir a dois senhores. Rogójin esteve aqui há três semanas. Eu sei de tudo. Conseguiu você vender-lha outra vez, como já o fizera antes? Fale a verdade.

— O monstro achou-a sozinho... sozinho.

— Cuidado com ele. Naturalmente que tratou você mal...

— Espancou-me. Espancou-me miseravelmente — interrompeu-o Liébediev, com tremenda veemência. — Soltou o seu cachorro atrás de mim, em Moscou! E como correu atrás de mim pela rua afora! Uma cadela de caça, um animal pavoroso!

— Você acha que eu sou alguma criança, Liébediev? Diga-me, seriamente: ela, em Moscou, o deixou? Quando? Agora?

— Seriamente, seriamente, escapuliu-lhe no dia mesmo em que iam casar-se. Ele estava contando os minutos, enquanto ela fugiu aqui para Petersburgo, diretamente vindo me procurar. "Salve-me, proteja-me e não diga nada ao príncipe, Lukián..." Ela tem mais medo do senhor do que do outro, príncipe. Que coisa misteriosa, não acha?

E Liébediev, astutamente, pôs o dedo na testa.

— E você vai e os ajunta de novo, não foi?

— Ilustríssimo príncipe, como poderia eu... como poderia eu evitar isso?

— Bem, agora chega. Eu descobrirei sozinho. Diga só onde está ela agora. Está com ele?

— Oh! Não, absolutamente não! Está sozinha. "Eu sou livre", disse ela. E o senhor sabe, príncipe, quanto ela insiste neste ponto. "Eu ainda sou perfeitamente livre"; diz ela. Está morando ainda em casa de minha cunhada, conforme lhe disse na carta.

— Estará lá agora?

— Sim, a não ser que esteja em Pávlovsk, com um tempo tão bonito como este, na vila de Dária Aleksiéievna. "Ainda sou perfeitamente livre", diz ela. Ainda ontem gabava a sua liberdade falando com Nikolái Ardaliónovitch. Um mau sinal!

E Liébediev arreganhou os dentes.

— Kólia costuma vê-la frequentemente?

— É um desmiolado, um sujeito sem critério. Não sabe guardar um segredo.

— Você tem estado lá?

— Todos os dias. Todos os dias.

— Então, esteve lá ontem?

— N... ão. Estive há três dias.

— É uma lástima que você tenha dado para beber, Liébediev. Do contrário eu poderia lhe ter feito já uma pergunta.

— Não, não, não. Nem um pouco. — E Liébediev positivamente aguçou as orelhas.

— Diga-me, como foi que você a deixou? Em que estado?

— Procurando...

— Procurando?

— Deixei-a como se estivesse a procurar, sempre, uma coisa. Como se tivesse perdido algo. Atormenta-a a ideia do casamento e o considera um insulto. Pensa nele menos do que em uma casca de laranja. Ou melhor, tem de pensar a toda hora, pois só a lembrança dele lhe causa medo e a faz tremer. Não lhe quer nem ouvir o nome, e não se encontram, sempre que isso possa ser evitado... E ele acha que tudo vai bem. E não há saída, para isso. Ela vive agitada, sarcástica, violenta, não para de falar...

— Violenta? Não pára de falar?

— Violenta, sim. Ainda no outro dia, por causa de uma conversa, quase me arrancou os cabelos. Estava eu tentando trazê-la para a intimidade do Apocalipse.

— Como? — perguntou o príncipe pensando que escutara errado.

— Lendo para ela o Apocalipse. Ela é uma criatura de imaginação infatigável. Eh! Eh! Não tardei em notar também sua grande inclinação para os assuntos elevados, mesmo os de difícil alcance. Ela aprecia conversas desse teor e as toma como sinal de grande apreço. Ora, eu tenho muito jeito para interpretar o Apocalipse. Há mais de quinze anos que o venho interpretando. Ela acabou concordando comigo que nós estamos vivendo na era do terceiro ginete, o ginete negro, e do cavaleiro que traz na mão uma balança, já que na presente era tudo é pesado nos pratos das balanças e ajustado por contratos, toda gente outra coisa não fazendo senão pensar nos seus direitos... "Uma medida de trigo por um dinheiro e três medidas de cevada por um dinheiro". E também pensam em conservar o espírito livre, o coração puro e o corpo incólume e todas as subsequentes dádivas de Deus. Ora, claro está que se eles se fundamentam apenas no direito não farão jus a tais dádivas, razão pela qual sobrevirá o ginete amarelo e aquele cujo nome é Morte, após o que virá o inferno... Quando estamos juntos conversamos sobre estas coisas... E isso atua favoravelmente sobre ela.

— E você acredita nessas tais coisas? — perguntou o príncipe esquadrinhando Liébediev com uma expressão estranha.

— Não somente acredito como as explico. Despojado de tudo, e de tudo carecendo, outra coisa não sendo aqui embaixo senão um miserável átomo no vórtice da circulação humana, natural é que ninguém me respeite e que eu não passe de um joguete para o capricho alheio, sendo apenas pontapés a vantagem que de tudo isso me resulta. Mas no meu pendor para interpretar a Revelação, sou igual aos mais adiantados que possam existir no orbe, pois jeito não me falta. Já de uma feita um grande senhor tremeu diante de mim, sentado na sua poltrona, ao verificar de súbito este meu extraordinário dom. O caso foi que Sua Excelência Ilustríssima Nil Aleksiéievitch me mandou buscar, no ano retrasado, um pouco antes da Páscoa — eu servia no departamento dele — e ordenou a Piótr Zakháritch que me levasse do escritório à sala onde ele estava. E ficando então nós sozinhos, me diz ele assim: "É verdade que expões o Anticristo?". Não fiz segredo. "Dizem", respondi. E expliquei e interpretei. E, em vez de lhe abrandar o terror, aumentei-lho, intencionalmente, à medida que ia desdobrando a alegoria e inserindo as datas. Ele se pôs a rir, mas por fim deu em tremer ante as correlações, intimando-me a fechar o livro e a ir embora. Deu-me um presente, na Páscoa, mas, uma semana depois, rendia a alma ao Criador.

— Como assim, Liébediev?

— Muito simples. Foi atirado da sua carruagem, depois do jantar... bateu com a cabeça de encontro a um poste e ali mesmo imediatamente morreu, como uma criança, uma criancinha. Vivera setenta e três anos. Tinha uma cara vermelha, cabelos grisalhos, andava a bem dizer encharcado em perfumes e estava sempre a rir — ria como uma criança. E então Piótr Zakháritch se recordou e me disse: "Você bem que previu".

O príncipe fez menção de se levantar. Liébediev ficou admirado e realmente se espantou de Míchkin se estar preparando para ir embora. Tanto que observou, de modo obsequioso:

— O senhor agora já não toma muito interesse pelas coisas. Eh! Eh!

— É que não estou me sentindo lá muito bem. Tenho a cabeça pesada, por causa da viagem, com certeza — respondeu o príncipe, de cara fechada.

— O senhor devia ir para fora da cidade — aventurou Liébediev, timidamente.

Já em pé, o príncipe parecia refletir.

— Dentro de três dias saio com toda a minha família, por causa do meu recém-nascido e para dar uns últimos arranjos nesta casa aqui. Vamos, também nós, para Pávlovsk — disse Liébediev.

— Vocês também vão para Pávlovsk? — perguntou o príncipe, repentinamente. — Por que é que todo o mundo aqui está indo para Pávlovsk? Você tem lá uma vila, dizia você?

— Não é todo o mundo que está indo para Pávlovsk. Iván Petróvitch Ptítsin deixou-me ir para uma das vilas que adquiriu lá, baratinho. Lá é bonito, bem situado, há vegetação, em redor, tudo é bem barato, as pessoas são de *bon ton* e a atmosfera é musical — eis por que todo o mundo vai para Pávlovsk. Mas eu morarei em um pavilhão, pois a vila propriamente dita, eu...

— Vai alugá-la?

— N... ão. Não é bem isso.

— Alugue-ma — propôs-lhe logo o príncipe.

Não fora para outra coisa que Liébediev estivera trabalhando. Essa ideia lhe ocorrera três minutos antes. Não precisava de inquilino, pois já tinha encontrado alguém que lhe dissera que talvez tomasse a vila. E Liébediev estava mais do que certo que nem era questão de "talvez", que essa pessoa na certa alugaria a casa. Mas agora lhe vinha essa outra ideia, que já o entusiasmava por causa das vantagens: alugar a casa ao príncipe, mesmo porque o outro pretendente não dera uma decisão categórica. "Mera coincidência, mas que dá uma feição nova ao negócio", eis o que se levantou na imaginação dele, imediatamente. Recebeu a proposta do príncipe, com júbilo, e à imediata pergunta dele quanto ao preço simplesmente agitou as mãos.

— O senhor é quem manda. Trataremos disso já. O senhor não será prejudicado.

Estavam ambos saindo do jardim.

— E talvez eu lhe pudesse... eu lhe pudesse dizer uma coisa que lhe deva interessar, caso o senhor queira, mui altamente honrado príncipe, e referente quase que ao mesmo assunto — balbuciou Liébediev, bamboleando-se alegremente ao redor do príncipe.

O príncipe parou.

— Dária Aleksiéievna tem uma vila em Pávlovsk, também.

— E daí?!

— E uma certa pessoa, que é amiga dela, evidentemente pretende visitá-la frequentemente lá, com uma certa finalidade...

— Quem?

— Agláia Ivánovna...

— Arre, basta, Liébediev! — interrompeu-o o príncipe, demonstrando uma desagradável sensação, como se tivesse sido tocado em um ponto sensível. — Que tenho eu de ver com isso?... Gostaria mais que você me dissesse quando se muda. Quanto mais cedo melhor para mim, pois estou em um hotel...

E enquanto assim falavam, deixaram o jardim e, sem irem para a casa, atravessaram o pátio e chegaram ao portão.

— Ora, muito bem, dá tudo muito certo! — entusiasmou-se Liébediev. — Venha diretamente hoje do hotel para a minha casa, e depois de amanhã nos mudaremos todos juntos para Pávlovsk.

— Vou pensar — respondeu o príncipe, saindo pelo portão e parecendo concentrar-se.

Liébediev ficou a olhá-lo. Impressionou-o o ar distraído do príncipe, que até se esquecera de se despedir, ao ir embora. Nem sequer um gesto fizera, o que não estava de acordo com o que Liébediev conhecia da sua educação e delicadeza.

3

Passava das onze horas. O príncipe calculou que na residência dos Epantchín só encontraria o general, que todavia poderia ter ficado na cidade, preso às suas obrigações, não estando ainda em casa. Viera-lhe o pensamento de que o general o pudesse levar até Pávlovsk; mas queria antes fazer uma visita na qual tinha particular interesse. Mesmo ante a hipótese de perder o General Epantchín e falhar em sua visita a Pávlovsk, ficando obrigado a adiá-la para o dia seguinte, decidiu o príncipe ir procurar a casa aonde tanto desejava ir.

E todavia essa visita, sob um dado aspecto, era arriscada. Ficou perplexo e cheio de hesitação. Sabia que descobriria a casa na Rua Gorókhovaia, não longe da Rua Sadóvaia; resolveu ir até lá, crente de que pouco a pouco o seu espírito se refizesse.

Quando chegou ao ponto em que as duas ruas se cruzam, surpreendeu-se com a extraordinária emoção que estava sentindo; não esperava que o seu coração viesse a bater assim tão dolorosamente. Certo prédio, de longe, lhe atraiu a atenção, por causa, sem dúvida, de sua aparência esquisita; muito tempo depois o príncipe ainda se lembrava de se ter dito: “Deve ser aquela!”. E com ar muito curioso caminhou nessa direção para verificar a sua conjetura: preferiria, fosse como fosse, não ter acertado no seu pressentimento. Era uma casa enorme e sinistra, de três andares, sem pretensões arquitetônicas, de uma cor verde suja. Uns poucos edifícios dessa espécie, construídos no fim do século passado, ainda permanecem sem modificação alguma em dadas ruas de Petersburgo (onde tudo se modifica tão depressa). São construídos solidamente, com largas paredes e raras janelas, muitas vezes com barras de ferro nas janelas do térreo. De hábito há sempre uma loja de câmbio, embaixo, e o dono, quase sempre da seita dos Skoptzy (que praticam a automutilação), trabalha na loja e mora em cima. Por dentro e por fora essas casas têm um aspecto como que inóspito e frígido. Dir-se-ia que conservam algo de sombrio e secreto, e seria difícil explicar, só pela simples impressão, por que sugerem isso. As linhas arquitetônicas possuem, sem dúvida, um segredo específico. E tais prédios são ocupados, em sua maioria, por gente de comércio.

Tendo-se dirigido até a porta, o príncipe examinou a inscrição que nela havia, lendo: “Residência legada, hereditariamente, ao cidadão hereditário e honorário Rogójin”. Sem hesitar sequer, abriu a porta de vidro, que se fechou ruidosamente atrás dele, e subiu a grande escadaria até o primeiro andar; uma escadaria de pedra, grosseiramente feita e muito escura; as paredes eram pintadas de vermelho. Ele sabia que Rogójin, a mãe e o irmão ocupavam todo o segundo andar dessa casa lúgubre. O criado que abriu a porta ao príncipe fê-lo entrar sem lhe perguntar o nome, levando-o para dentro. Atravessaram uma enorme sala de visitas cujas paredes tinham sido pintadas fingindo mármore; o assoalho era de tacos de carvalho, e os móveis, de 1820, rústicos e pesados. Passaram através de pequenas peças que obrigavam a virar e a desviar, ora subindo dois ou três degraus, ora descendo outros tantos, até que a empregada bateu em uma porta que foi aberta pelo próprio Parfión Semiónovitch. Ao ver o príncipe ficou tão pálido e petrificado, e durante certo tempo permaneceu feito uma estátua, fixando-o com olhos de espanto e contraindo a boca em um sorriso de completa admiração, como se achasse na visita do príncipe algo de inacreditável e miraculoso. Apesar de preparado para isso, o príncipe ficou surpreso.

— Parfión, dar-se-á o caso de eu ter vindo em hora inoportuna? Posso ir embora, seja franco — disse, por fim, com embaraço.

— Absolutamente! Absolutamente! — tornou Parfión, refazendo-se. — Seja bem-vindo. Entre para cá.

Dirigiram-se um ao outro, como amigos íntimos. Já em Moscou tinham muitas vezes passado horas juntos, e esses encontros haviam deixado eterna memória em seus corações. Desde três meses não se encontravam.

O rosto de Rogójin não perdeu a sua palidez e havia ainda um ligeiro repuxamento bem perceptível. Embora recebesse bem o visitante, a sua extraordinária confusão persistia. Ao introduzir o príncipe e ao convidá-lo a sentar-se em uma poltrona, este se virou para ele e continuou de pé, impressionado com aquele olhar estranho e pesado. Era como se alguma coisa transfixasse o príncipe e como se, ao mesmo tempo, certa recordação lhe viesse de novo, de algo recente, sinistro e angustiante. Sem se sentar, e sem se mover, ficou olhando por algum tempo Rogójin, bem nos olhos. E foi como se aqueles olhos brilhassem com mais fulgor. Por fim Rogójin sorriu, embora ainda bastante embaraçado e não sabendo direito o que estava fazendo.

— Por que é que o senhor está me olhando tão atentamente? Sente-se.

O príncipe sentou-se.

— Parfión — falou ele —, diga-me com sinceridade: você sabia que eu devia chegar hoje a Petersburgo, ou não sabia?

— Pensei que o senhor viesse e, como vê, não me enganei — ajuntou Rogójin, com um sorriso sarcástico. — Mas como poderia eu dizer que seria hoje?

O príncipe ainda ficou mais chocado por certo feitio abrupto que demonstrava a irritabilidade estranha dessa resposta.

— Mesmo que você soubesse que eu chegaria hoje, por que esse modo irritado, ao me responder? — sussurrou o príncipe, de modo gentil, embora ainda mais confuso.

— A minha pergunta tem alguma coisa demais?

— É que, ao desembarcar, hoje, na estação, vi dois olhos que me olhavam como você fez agora mesmo!

— Não diga! Uns olhos? Quais? De quem? — perguntou Rogójin com ar desconfiado.

E ao príncipe pareceu ter ele tremido.

— Não sei; talvez fosse uma alucinação; dei agora para imaginar coisas, sempre. Quer saber, Parfión, meu amigo, sinto-me de novo como cinco anos atrás, quando tinha ataques.

— Bem, talvez fosse imaginação sua. Como hei de eu saber? — balbuciou Rogójin.

Aquele sorriso amistoso, em seu rosto, não era muito adequado àquele momento, e sim forçado, e por mais que tentasse não o conseguia endireitar.

— Pensa ir de novo para o estrangeiro? — perguntou, ajuntando logo, inopinadamente. — Lembra-se daquela vez, quando eu vinha de Pskóv? Vínhamos no mesmo vagão, juntos; foi no último outono. Eu vinha para cá, e o senhor... com a sua capa, lembra-se, e aquelas polainas!

E Rogójin de repente deu uma risada; mas desta vez havia franca malícia, e estava satisfeito em a haver podido evidenciar por esse modo.

— Mora aqui, definitivamente?

— Sim, estou na minha casa. Onde haveria eu de estar?

— Há quanto tempo não nos víamos! Ouvi muitas coisas a seu respeito, que eu custo a acreditar.

— Essa gente sempre tem o que contar — observou ele, secamente.

— Com que então você mandou embora todos aqueles indivíduos que não o largavam, instalou-se aqui em sua velha residência e vive sossegadamente! Bravo, isso é muito bom. Esta casa é sua, ou pertence a vocês todos em comum?

— É de minha mãe. Os cômodos dela são para lá do corredor.

— E seu irmão, onde é que vive?

— Meu irmão Semión Semiónovitch mora no pavilhão.

— Ele é casado?

— Viúvo. Por que quer saber?

O príncipe olhou-o e não respondeu; ficara pensativo, e foi como se não tivesse ouvido a pergunta. Rogójin esperou e não insistiu. Ficaram calados, por algum tempo.

— No caminho para cá adivinhei, à distância de uns cem passos, que era esta a sua casa — confessou o príncipe.

— Como assim?

— Não sei como foi. A casa de vocês tem o ar da sua família, e lembra a sua maneira de vida, Rogójin, mas se você me perguntasse como cheguei a essa conclusão, eu não lhe saberia explicar. É uma impressão assim aérea, creio eu. E até me indispôs ter-me ela perturbado tanto. Eu antes já fazia ideia de que você viveria em uma casa assim. E logo que a vi, mesmo de longe, pensei: "É, nem mais nem menos, a espécie de casa que ele deve habitar".

— Pois é! — Rogójin sorriu de modo distraído, não tendo compreendido bem o pensamento obscuro do príncipe.

— Foi meu avô quem construiu esta casa — acrescentou. — Esteve sempre alugada, embaixo, aos Khludiakóv, que são Skoptzy, e que continuam como inquilinos.

— Mas é tão sombria! Você mora em uma escuridão! — observou o príncipe, olhando para a sala.

Era um salão alto e sem luz, atulhado de móveis de todos os feitios, quase que em sua maioria grandes mesas de negócios, escrivaninhas e aparadores, onde estavam guardados uma porção de livros comerciais e uma enorme papelada. Um largo sofá, forrado de marroquim, com certeza servia de cama ao dono da casa. O príncipe reparou na existência de uns dois ou três livros sobre a mesa junto da qual Rogójin o fizera sentar-se. Um deles, justamente a *História*, de Soloviów, estava aberto tendo uma marca dentro. Pelas paredes pendiam alguns quadros a óleo, com molduras douradas bastante gastas. Os quadros eram escuros e manchados e dificilmente se descobriria o que representavam. Um retrato de corpo inteiro atraiu a atenção do príncipe. Representava um homem de cerca de 50 anos, metido em uma sobrecasaca muito longa, de talhe ocidental; duas medalhas lhe pendiam do pescoço. Tinha uma barba grisalha muito rala, e uma cara enrugada, com olhos desconfiados, melancólicos, desses que não fixam ninguém.

— É seu pai?

— É, sim — respondeu Rogójin, com um movimento de boca que revelava desagrado, como se esperasse qualquer gracejo provocado pela fisionomia paterna.

— Pertencia aos "Velhos Crentes"?

— Não; ia sempre à igreja; mas, na verdade, costumava dizer que a antiga forma de crer era mais verdadeira. Tinha também muito respeito para com os Skoptzy. Aqui era o escritório dele. Mas, por que perguntou o senhor se ele era um "Velho Crente"?

— O seu casamento vai ser aqui?

— S... sim — respondeu Rogójin, logo se sobressaltando ante tão inesperada interrogação.

— E vai ser já?

— O senhor sabe muito bem que isso não depende de mim.

— Parfión, eu não sou seu inimigo, e não tenho a intenção de interferir em coisa alguma que lhe diga respeito. Digo-lhe o que já uma vez lhe disse, quase que em idênticas circunstâncias. Quando o seu casamento estava acertado, em Moscou, eu não impedi, você bem sabe disso. A primeira vez ela veio ter a mim, fugida, no dia em que deviam ser as núpcias; mas veio porque quis, e até rogando que eu a salvasse de você. Estou lhe repetindo as próprias palavras dela. Depois ela fugiu também de mim. Você a achou, outra vez, e estava de novo para se casar com ela quando me disseram que ela tornou a fugir. Foi mesmo? Liébediev me contou. Eis por que vim. Mas que vocês estavam juntos outra vez, só vim a saber ontem, no trem, por intermédio de um de seus primitivos amigos, um tal Zaliójev, se lhe interessa saber. E foi certo desígnio que me trouxe até aqui, em Petersburgo. Queria persuadi-la a ir para o estrangeiro, por causa da saúde. Ela não está nada bem, física e mentalmente. Do cérebro, principalmente; e, a meu ver, precisa ter muita cautela. Não quero dizer com isso que fosse comigo para o estrangeiro, sendo o meu plano que devia ir sem mim. Estou contando-lhe a absoluta verdade. Mas se é certo que vocês já se acomodaram, não me farei ver, e jamais, tampouco, tornarei a vê-la. Você sabe que não o estou enganando, pois sempre fui correto e sempre me abri com você. Nunca lhe ocultei o que eu penso sobre isso, e sempre tenho dito que casar-se com você seria a perdição dela. E a sua, também... maior, talvez, do que a dela. Se vocês viessem a separar-se, de novo, eu ficaria muito satisfeito; mas não pretendo atrapalhar nada nem tentarei separá-los. Não se zangue e não desconfie de mim. Você próprio sabe se eu era realmente rival seu, mesmo quando ela fugiu, me largando. Agora você está rindo. Eu sei de que é que você está rindo. Sim, moramos separados, em cidades diferentes e você sabe tudo isso com exatidão. Já lhe expliquei antes que eu não a amo com amor e sim com piedade. Creio que a minha definição é exata. E naquela ocasião você me disse que compreendia o que eu estava dizendo. Não foi verdade? Não compreendeu? E agora você, aqui, está me olhando com ódio! Então escute, eu vim para o tranquilizar, pois você me é muito caro. Gosto muito de você, Parfión. E com isso me vou embora e nunca mais voltarei aqui. Adeus!

O príncipe levantou-se.

— Fique mais um pouco comigo — disse Parfión, mansamente, continuando sentado em seu lugar, com a cabeça descansando sobre a mão direita. — Há quanto tempo que eu não o via!

O príncipe sentou-se. Ficaram outra vez calados.

— Quando o senhor não está diante de mim, me ponho a odiá-lo. Minuto por minuto, durante estes três meses, Liév Nikoláievitch, em que não o vi, eu o detestei. Palavra de honra. Sentia-me capaz até de envenená-lo. Digo-lhe isso, agora. Bastou o senhor ficar sentado comigo um quarto de hora apenas, e toda a minha raiva passou e o senhor me é caro, como merece. Fique comigo um pouco...

— Quando estamos juntos, você acredita em mim; mas quando estou ausente deixa de acreditar, imediatamente, e começa a desconfiar de mim. Você é como seu pai — respondeu o príncipe, com um sorriso afável, tentando esconder a emoção.

— Acredito em tudo quanto diz, quando estou em sua companhia. Compreendo, naturalmente, que não podemos ser postos no mesmo nível...

— Por que acrescenta isso? Pronto, já se irritou outra vez contra mim — disse o príncipe, admirado.

— Está bem, irmão, é que a sua opinião, no caso, não foi pedida — respondeu. — Foi assentada sem nos consultar. Quer saber, nossas maneiras de amar são bem diferentes. E há uma diferença em tudo — prosseguiu devagar, depois de uma pausa. — Diz o senhor que a ama com piedade. Em mim, porém, não há nenhuma espécie de piedade por ela. E ela também me odeia, mais do que a qualquer coisa. Dei em sonhar com ela, agora, e sonho que está sempre a rir de mim, com outros homens. E é isso, deveras, o que ela está fazendo, irmão. Está aí, está indo para o altar comigo, e todavia se esqueceu de me lançar ao menos um pensamento. É o mesmo que se estivesse trocando de sapato. Não vai acreditar em uma coisa. Sabe há quantos dias não a vejo? Cinco dias. Não ouso ir à casa dela. Perguntaria logo: "Que é que veio fazer aqui?". Ela me cobriu de vergonha.

— De vergonha? Não diga isso.

— Então o senhor não sabe? Ora, pois se, como o senhor ainda agora mesmo disse, ela fugiu de mim, com o senhor, justamente no dia em que ia ser o casamento!

— Mas você vai agora pensar que...

— Então ela não me envergonhou em Moscou, com aquele oficial, Zemtiújnikov? Estou farto de saber isso! E quando já tinha combinado comigo o dia do casamento!

— Impossível! — sustentou o príncipe.

— Sei disso direitinho! — E Rogójin teimava com convicção. — Dirá o senhor que ela não é uma mulher dessas! Não adianta vir dizer-me que ela não é uma mulher dessas, irmão! Isso é asneira. Com o senhor, claro que ela não fará isso, e até se horrorizará com essas coisas, decerto. Mas comigo ela se porta assim. A coisa é essa. Ela me olha com profundo desprezo. Eu sei com toda a exatidão que só para me ridicularizar fingiu um caso com Keller, aquele oficial, o homem que boxeia... O senhor naturalmente ignora as partidas que ela me pregou em Moscou! E o dinheiro — a dinheirama que eu gastei!...

— E... e você vai se casar com ela, agora? E que é que você vai fazer depois? — perguntou-lhe o príncipe, horrorizado. Rogójin desceu um olhar terrível e sombrio sobre o príncipe e não respondeu.

— Há cinco dias que não a vejo — continuou ele, depois de um minuto de intervalo. — É bem capaz de me fugir outra vez. "Em minha casa ainda mando eu", disse ela. "Se me der na veneta rompo contigo e vou para o estrangeiro." Disse-me isso também... Que iria para o estrangeiro — observou ele, como entre parênteses, com um olhar todo especial jogado para dentro dos olhos do príncipe. — Eu sei que às vezes ela diz isso somente para me amedrontar, procurando meios de se rir de mim. Mas momentos há em que fica sinistra e taciturna, e não há meios de lhe arrancar palavra. E é disso que tenho pavor. Um dia julguei que o melhor sistema a adotar seria levar-lhe presentes sempre que a fosse ver. E o resultado foi que me ridicularizou ainda mais. Irritou-se, deu à criada, a Kátia, o xale que eu lhe trouxera. Um xale igual àquele jamais ela o teve, não obstante haver sempre vivido suntuosamente. E quanto a marcar a data em que deva ser o nosso casamento, nem ouso abrir os lábios perguntando. Que raio de noivo estuporado sou eu que até medo tenho de visitá-la! Planto-me aqui, sentado, e quando já não suporto mais então saio, passo escondido diante da casa dela, fico em um vão pelas esquinas, a espreitar. Ainda um destes dias fiquei a noite inteira, até amanhecer, vigiando-lhe a porta. Cá uma desconfiança. E ela deve me haver visto, lá da janela. "Que me farias tu", disse ela depois, "caso viesses a saber que te engano?". Então não me contive e lhe arrumei: "Vai fazendo uma ideia, desde já...".

— Ideia... de quê?

— Sei lá! — riu Rogójin, conturbado. — Em Moscou não a surpreendi com ninguém, por mais pistas que procurasse. Chamei-a à parte, certa ocasião, e então lhe disse: "Prometeste casar-se comigo. Vais entrar para uma família honrada. Sabes o que foste até aqui?" E lhe disse o que ela havia sido.

— Teve essa coragem?

— Tive, sim.

— E depois?

— "Agora nem mesmo como um criado te suportarei, quanto mais como marido!" "Pois daqui não me vou sem que retires essa frase; aconteça o que acontecer." "E eu chamarei Keller, então, e direi a ele que te jogue para fora segurando-te pela nuca." Então me atirei a ela e a espanquei até ficar negra e azul.

— Impossível!... — bradou o príncipe.

— Estou dizendo como foi — reafirmou Rogójin, vagarosamente, mas com os olhos em chamas. — E pelo espaço de trinta e seis horas não dormi, não comi nem bebi. Não saí do quarto dela. Fiquei ajoelhado diante dela. "Não vou embora enquanto não me perdoares; nem mesmo morto. E se chamares alguém, eu me atirarei ao rio, pois que será de mim, doravante, sem ti?" E ela esteve todo aquele tempo como uma alucinada. Chorava... De repente, quis até me matar com uma faca. Depois me injuriou. Chamou Zaliójev, Keller e Zemtiújnikov. E diante de todos eles apontava para mim e me ridicularizava. "Que tal achas irmos nós, aqui, sem contar contigo, é claro, ao teatro, em bando? Vocês, amigos, que dizem, hein, cavalheiros? Ele que fique aí. Ou será que pensa que vai também, ou que eu deva ficar com ele? Quando sair darei ordem para que te tragam o chá, escutaste, Parfión Semiónovitch? Deves estar com o estômago dando horas." Voltou do teatro sozinha. "Esses teus amigos não passam de uns covardes e de uns pobres diabos! Ficaram com medo de ti e até quiseram me apavorar. Disseram: 'Ele vai fazê-la pagar caro, Nastássia Filíppovna! É homem para lhe cortar a garganta, veja o que está fazendo!'. Pois agora, escuta: vou para o meu quarto de dormir e nem sequer fecharei a porta. Vês o medo que me inspiras? Fica sabendo e, se não acreditares, vai verificar. Trouxeram-te o chá?" Disse-lhe eu: "Não, nem quero". "Nem estou aqui para insistir, era só o que faltava. Isso de birras enjoa." E fez conforme dissera: não fechou por dentro a porta do quarto. Na manhã seguinte, ao aparecer e dar comigo, emitiu uma gargalhada. "Qual, és mesmo um cretino! Pois fica aí." "Perdoa-me!", insisti. "Não me enfureças! E desde já fica certo que não me caso contigo absolutamente! Passaste a noite toda nessa cadeira. E não dormiste?" "Não." "Estúpido! E estás resolvido a não almoçar nem jantar, também?" "Estou. Só quero uma coisa: que me perdoes!" "Se soubesses como isso te calha bem! Tal e qual um selim em uma vaca! E nem cuides que eu me esteja afligindo. Importa-me lá que comas ou não. Cuidas que com isso me enterneces? Causas-me mais é ódio, isso sim!" Apesar de tal declaração, daí a pouco deu em troçar de mim, e fiquei admirado de a raiva lhe haver passado, pois ela guarda raiva por um tempo incrível, principalmente quando alguém a irrita. Então compreendi que me tem em tão pouca conta que nem mesmo um sentimento de ódio lhe mereço. E essa é a verdade. "Sabes que em Roma existe o Papa, não sabes?" "Mais ou menos..." "Nunca pegaste sequer em uma História Universal, Parfión Semiónovitch?" "Sou um burro, nunca aprendi nada." "Pois vou te dar uma História a ler. Certa vez um Papa se zangou com um imperador que então resolveu se ajoelhar, descalço, diante do palácio, ficando três dias sem comer nem beber à espera de ser perdoado. E que cuidas tu que o imperador pensou e que juras fez enquanto esteve ajoelhado? Escuta, eu mesma vou ler." Deu um pulo e trouxe o livro: "Poesia", disse, e começou a ler em versos o que o imperador jurara durante aqueles três dias, isto é, de como se vingaria do Papa. "Não estás gostando, Parfión Semiónovitch?", perguntou-me. "Está muito certo tudo leste", afirmei. "Ah! Então achas que está certo? Então também estás fazendo o teu juramentozinho, hein? 'Quando ela se casar comigo eu a farei recordar-se dessa passagem. Humilhá-la-ei até meu coração folgar.'" "Não, não sei, quem te diz que estou pensando isso?" "Ah, ainda dizes que não. Afinal, qual é a resposta certa?" "Sei lá. Não estive fazendo projetos ainda." "Mas, e para agora, que ideias tens em mente?" "Contemplar-te, ver-te a andar pela sala, ouvir o frufru do teu vestido e sentir que meu coração transborda... Depois, se saíres daqui da sala, ficarei à escuta. E se não ouvir nada então me consolarei em recordar todas as tuas palavras, uma por uma... E o timbre da tua voz, e tudo que te vi fazer. Já na noite passada não pensei em nada só para ficar ouvindo bem a tua respiração; enquanto dormias te remexeste, mudando de posição..." "Está bem, então sou eu que te devo dizer que em todo esse tempo não pensaste nem te arrependeste de me haver espancado?!" "Quem te diz que não pensei? Devo ter pensado..." "E se eu não te perdoar e não me casar contigo?" "Já te disse que me afogo." "Mas talvez me mates, antes!", disse ela e pareceu ficar refletindo. E então se zangou outra vez e saiu da sala. Uma hora depois voltou, parou diante de mim e declarou: "Eu me casarei contigo, Parfión Semiónovitch. E não porque tenha medo de ti", explicou com um semblante sinistro. "Se devo perder-me, qualquer forma serve. Puxa a cadeira para junto da mesa. Mandei vir teu jantar. E se eu me casar mesmo contigo, serei séria no que te diz respeito." Permaneceu calada, depois, algum tempo, até que acrescentou: "Afinal de contas não és um lacaio, logo não fica bem eu te tratar como um lacaio". E então marcou, a seguir, a data do casamento. E eis que, uma semana depois, fugiu de mim, indo se acoitar na casa de Liébediev. Mal embarafustei pela casa adentro, veio a mim e explicou: "Não desisti, propriamente, apenas exijo o tempo que julgar necessário para viver livre, pois sou dona de mim mesma. Aconselho-te a aproveitar também, caso queiras, a tua liberdade". E eis em que pé estamos agora... Diga-me, Liév Nikoláievitch, que pensa de tudo isso?

— E você próprio, que pensa você disso tudo? — perguntou-lhe o príncipe, por sua vez, olhando amarguradamente para Rogójin.

— Então o senhor acha que eu posso pensar?! — foram as palavras que irromperam dos lábios de Parfión Semiónovitch. Decerto quis acrescentar alguma coisa, mas ficou calado, com um desânimo desesperador.

O príncipe levantou-se decidido a despedir-se de vez, o que fez com estas palavras:

— Não quero atrapalhá-lo, de forma alguma. — E falava mansamente, quase a esmo, aparentemente, mas como se respondesse a algum secreto pensamento.

— O senhor quer saber de uma coisa? — disse Rogójin, com repentina impetuosidade, os olhos faiscando. — Como é que o senhor me vem com isto agora? Quer me dizer que deixou de a amar? Ou se trata de mais um fingimento? Eu vejo as coisas. E por que foi então que veio para cá com tamanha pressa? Por piedade? — E o rosto dele esboçou maldosa ironia. — Ah! Ah!

— Você pensa que eu o estou enganando, agora? — perguntou o príncipe.

— Não. E creio no senhor. Mas é que não entendo isso! Não vá a sua piedade ser maior do que o meu amor!

Toda a sua face ardia em um desejo premente de se explicar. E havia nela uma certa malícia.

— Escute, dentro de você, amor e ódio se confundem! — disse o príncipe, sorrindo. — Mas um prevalecerá e então talvez a perturbação venha a ser pior. É o que lhe digo, irmão Parfión...

— Quer dizer que eu a matarei?

O príncipe estremeceu.

— Você a odiará amargamente, por causa desse amor, por causa de toda essa tortura que você está sofrendo agora. O que me parece mais estranho em tudo isso é que ela ainda pense em se casar com você. Quando ouvi isso ontem, mal pude acreditar e fiquei muito aflito. Veja bem: ela o largou duas vezes e fugiu no dia do casamento. Portanto, ela tem qualquer pressentimento. Que é que ela descobriu em você, agora? O dinheiro não pode ser; seria bobagem. E é claro que você esbanjou muito, ultimamente. Será simplesmente para arranjar marido? Ora, acharia muitíssimos outros. Qualquer outro seria preferível, mil vezes, visto como você, realmente, poderá chegar até a assassiná-la. E ela sabe disso muitíssimo bem, agora, decerto. Ou será porque você a ama tão apaixonadamente? É verdade que pode muito bem ser por isso. Já me disseram que há mulheres que apreciam tal espécie de amor... — Mas o príncipe calou-se e ficou pensativo.

— Por que está outra vez a sorrir olhando para o retrato de meu pai? — perguntou Rogójin, que se pusera a vigiar todos os movimentos e alterações de atitude e de fisionomia do príncipe, tomado de intensa atenção.

— Por que estou sorrindo? É que me veio agora a impressão de que se não fosse essa desgraça, isto é, esse seu amor, você muito provavelmente ficaria como seu pai e isso em tempo muito rápido até. Você se estabeleceria aqui, sossegadamente, moraria aqui em cima, com uma esposa obediente e submissa. Seria secarrão, pouparia as palavras, não confiaria em ninguém, nem sentiria quaisquer desejos. Não faria mais do que juntar dinheiro, em um sinistro isolamento. No máximo se comprazeria com velhos livros e se interessaria pela maneira por que os "Velhos Crentes" se benzem... Mas isso, é claro, somente já em idade mais madura...

— Ria-se... Mas, quer saber, ela também disse a mesma coisa, não há muito, quando esteve olhando para aquele retrato ali. É esquisito que ela e o senhor hajam chegado a dizer a mesma coisa.

— Como assim? Então ela esteve aqui, em sua casa? — indagou o príncipe, com interesse.

— Esteve. E olhou muito tempo para o retrato e me fez perguntas a respeito de meu pai. "Serás exatamente como ele foi", disse rindo. "Tens temperamento apaixonado, Parfión Semiónovitch, paixões temperamentais que dariam contigo na Sibéria se não fosses suficientemente sagaz. Sim, sagaz, lá isso és, e até muito." (Essas foram as palavras dela, textuais. Palavra de honra, foi a primeira e única vez que a vi analisar-me neutramente.) "Se não fosse isso, se deixasses todas essas tolices, e como não tens instrução quase nenhuma, começarias desde logo a economizar dinheiro e te arranjarias muito bem, conforme se deu com teu pai, com os teus inquilinos da seita dos Skoptzy. Quem sabe até se não te converterias à crença deles? Sim, talvez te convertesses à crença deles e desses em amontoar dinheiro a tal ponto que em vez de dois milhões viesses a ter uns dez milhões até, muito embora morresses de fome entre os sacos de moedas. Sim, pois em tudo és apaixonado. A mínima coisa te leva à paixão." Foi como ela conversou, quase que com estas mesmas palavras. E, antes, jamais me havia falado assim. O senhor sabe, ela não dá confiança de conversar senão trivialidades comigo, só me ridicularizando; e de fato, dessa vez, também começou a rir. Sentia-se mal aqui. Andou pela casa toda, prestando atenção em tudo, e pareceu assustada, a ponto de eu dizer: "Mudarei tudo isto aqui, transformarei tudo. Ou, se quiseres, compro outra casa antes de nos casarmos". "Não, não", disse ela. "Nada deve ser transformado, moraremos aqui como está. Quero morar com tua mãe, quando eu vier a ser tua esposa." Levei-a até minha mãe. Mostrou-se muito respeitosa diante dela, mais do que se fosse sua própria filha. Há já uns dois anos para cá que minha mãe não está em seu juízo perfeito (está doente), e desde que meu pai morreu ela virou uma verdadeira criança: não fala, não anda, só sabe inclinar a cabeça para quem lhe aparece. Se a deixassem de alimentar creio até que nem daria conta disso, nem mesmo três dias depois. Então peguei na mão direita de minha mãe, dobrei-lhe os dedos. "Mãe, abençoa-a! Ela vai para o altar comigo." Ela beijou então a mão de minha mãe, com sentimento, e me fez este reparo: "Quanto sofrimento não deve ter tua mãe suportado!". Depois viu este livro aqui. "O quê? Começaste então a ler a história russa?" (Já certa vez, em Moscou, me dissera: "Não sabes nada. Precisas te instruir. Lê ao menos a *História da Rússia* de Solovióv".) "Está muito bem. Continua a ler. Vou escrever uma lista de livros que deves ler primeiro. Achas que vale a pena eu fazer essa lista?"

Sim, antes, nunca me havia falado dessa maneira. Fiquei admiradíssimo. Pela primeira vez respirei como um homem que enfim está vivendo!

— Fico muito contente com isso, Parfión — disse o príncipe com sinceridade. — Muito contente mesmo. Quem sabe se depois de tudo Deus não ligará mesmo vocês dois direito?

— Isso nunca se dará! — afirmou Rogójin veementemente.

— Escute, Parfión, desde que você a ama assim, acabará ganhando o respeito dela. Não quer você isso? Se quer, por que não há de ter essa esperança? Eu disse, ainda há pouco, que não podia compreender que ela se casasse com você. Mas, mesmo que eu não entenda isso, não tenho dúvida de que possa ser uma razão suficiente essa questão de sua sensibilidade. Ela está convencida do seu amor e deve acreditar em algumas de suas boas qualidades, também. Nem pode ser diferentemente, e o que você acaba de me contar vem confirmar ainda mais essa minha impressão. Você próprio diz que ela achou um modo de lhe falar e de o tratar, inteiramente diverso daquele a que você está acostumado. Você anda desconfiado e ciumento, e é isso que faz que exagere tudo quanto tem notado erroneamente. Naturalmente ela não pensa tão mal a seu respeito quanto você diz. Se pensasse, seria o mesmo que deixar-se deliberadamente afogar ou degolar. E isso não é possível! Que pessoa existe que deliberadamente se deixe afogar ou degolar?

Parfión escutava com um sorriso amargo as palavras impetuosas do príncipe. A sua convicção nem assim se abalava.

— Que maneira horrível essa com que está olhando para mim, Parfión! — E havia no príncipe um como que sentimento de medo.

— Deixar-se afogar ou degolar! — disse, afinal, Rogójin. — Ah! Ora, é justamente para isso que ela quer casar comigo!
Porque espera ser morta! Então o senhor quer me dizer, príncipe, que nunca chegou a ter compreensão da raiz de tudo isso?

— Não estou compreendendo você!

— Bem, talvez não me compreenda mesmo. Eh! Eh! Dizem por aí que o senhor não é lá... muito certo. Ela ama um outro homem — compreenda bem isto! Assim como eu a amo agora, assim ela ama, agora, um outro homem. E quer o senhor saber quem é esse homem? É o senhor! Como? Não sabia?

— Eu?

— O senhor! Ela o ama desde aquele dia do aniversário dela. Só que acha impossível casar-se com o senhor, porque cuida que o desgraçaria e que arruinaria toda a sua vida. "Todo o mundo sabe quem eu sou", diz ela. E teima nisso. Disse-me uma vez tudo isso direitinho, na minha cara. Ela receia desgraçar e arruinar o senhor! Mas eu, eu não valho nada; comigo ela pode casar! É para isso que eu sirvo! Repare só.

— Mas por que foi, então, que ela fugiu de você para mim... e de mim...

— E do senhor para mim! Ah! Ora, uma porção de coisas lhe vem à cabeça. Anda agora sempre com uma espécie de febre. Gritara uma vez: "Quero acabar comigo, caso-me! Marca logo o casamento!". Ela própria apressa as coisas, fixa a data, mas quando o dia se aproxima fica com medo, ou lhe sobrevêm outras ideias! Só Deus sabe! O senhor tem visto. Dá em chorar, em rir, em tremer com febre. E que é que há de estranho em ela ter fugido? Fugiu do senhor naquela ocasião porque percebeu quanto o amava. E não pôde continuar com o senhor. Disse-me, príncipe, ainda agora, que a andei procurando em Moscou. Não é verdade. Foi ela quem veio diretamente para mim, fugida do senhor. "Marca o dia. Estou pronta. Dá-me champanha! Vamos até os ciganos!", gritava. Ela já se teria afogado desde muito, se não tivesse a mim. Eis a verdade. Ainda não fez isso porque me acha, decerto, mais terrível do que a água. É por despeito que vai casar comigo. Se ela se casar comigo garanto-lhe que será por *despeito*.

— E como é que você... como é que você... — E logo o príncipe se calou, encarando Rogójin com verdadeiro pavor.

— Acabe a frase, vamos! — replicou este, arreganhando os dentes. — Se quiser, poderei dizer-lhe em que é que está pensando bem neste momento: "Como, depois de tudo isso, pode ela ser sua mulher? Como foi que eu permiti que ela chegasse a isso?". Eu sei que o senhor está pensando nisso.

— Não vim aqui com essa ideia, Parfión. Digo-lhe que não era isso que eu tinha no meu espírito...

— Pode ser que o senhor não tenha vindo com essa ideia e que nem ela estivesse em seu espírito, mas agora certamente a sua ideia é essa. Tornou-se essa! Ah! Ah! Bem, basta. Por que está o senhor tão confuso? Realmente, o senhor então não sabia? O senhor está mais é me surpreendendo!

— Tudo isso é ciúme. Tudo isso é doença. Você exagerou tudo isso imensamente — murmurou o príncipe agitadíssimo. — Por que é que está pegando na minha mão?

— Deixe isso quieto — disse Parfión, de modo rápido, tirando da mão do príncipe uma faca que ele pegara de cima da mesa. E a colocou onde estava antes, ao lado do livro.

— Bem que ao vir para Petersburgo eu já previa isto — continuou o príncipe. — Bem que eu não queria vir aqui. Bem que quis esquecer tudo, arrancar tudo do meu coração. Bem, então, adeus!... Mas por que se incomoda de eu pegar nisto?

É que enquanto falava, o príncipe tinha outra vez, de modo distraído, pegado a mesma faca, de cima da mesa, e de novo Rogójin lha tirava da mão e a atirava sobre o móvel. Era uma faca lisa, em forma de punhal, com cabo de chifre e uma lâmina de 31/2 *verchóki* [21] de comprimento e espessura usual. E vendo que o príncipe havia observado que a faca por duas vezes lhe foi tirada da mão, Rogójin tornou a pegá-la, muito sério, enfiou-a dentro do livro e atirou-o para cima de uma outra mesa.

— Você corta as páginas com ela? — indagou o príncipe, como que maquinalmente, absorvido em profundos pensamentos.

— Sim.

— Mas não é uma faca de jardim? Dessas de podar?

— É sim. Então não se pode cortar as folhas de um livro com uma faca de jardim?

— Mas é... uma faca quase nova em folha!

— E que tem que seja nova? Não posso comprar uma faca nova? — perguntou Rogójin.

E a sua cólera crescia a cada palavra do príncipe. Este estremeceu e encarou bem Rogójin.

— Arre! Que dois que nós somos! — Riu de repente, e se levantou. — Desculpe-me, irmão, quando fico com a minha cabeça pesada como está agora, é sinal de que a minha doença está querendo voltar... Ando me tornando, ultimamente, muito distraído! É tão ridículo! O que eu queria perguntar era uma coisa bem diferente... esqueci agora. Adeus!...

— Por aí, não — disse Rogójin.

---

[21] Do russo: antiga medida de comprimento, equivalente a 4, 445cm. (N. E.)

— Tinha esquecido...

— Por aqui, por aqui! Vou mostrar-lhe.

4

Percorreram as mesmas peças que o príncipe já atravessara ao entrar; Rogójin ia um pouco adiante e o príncipe o seguia. Chegaram a um salão de cujas paredes pendiam vários quadros com retratos de bispos e paisagens tão confusas que pareciam borrões de cor. Por sobre a esquadria de uma porta que dava para a sala seguinte se inclinava ligeiramente um quadro de formato um tanto esquisito, como que achatado, pois se tinha uns dois *archines*[22] de comprimento não chegava a ter de altura mais do que seis *verchóki*. Representava o Nosso Salvador, depois da descida da Cruz. O príncipe parou a olhá-lo, com ar de estar refletindo; mas prosseguiu fazendo menção de transpor a porta. É que se sentia tão oprimido que tinha pressa em sair daquela casa o mais rapidamente possível.

Mas Rogójin o deteve, estacando inesperadamente a olhar para o quadro.

— Este e os outros, imagine que meu pai os comprou por alguns rublos em um leilão. Gostava de quadros. Levou um "entendido" para dar a opinião. "São rebotalho", disse o tal, "mas este aqui vale a pena carregar". Referia-se a esse quadro ali em cima. Custou dois rublos. Quando meu pai ainda era vivo esteve aqui um homem que se prontificou a dar trezentos e cinquenta rublos por ele. E na semana passada um negociante, o Savéliev, falando com meu irmão Semión Semiónovitch, chegou a oferecer quinhentos rublos.

— É uma cópia de uma tela de Holbein — disse o príncipe, pondo-se a examinar o quadro. — Não entendo muito de arte, mas me parece uma boa cópia. Vi o original no estrangeiro, de forma que reconheci logo.

Rogójin esqueceu logo o quadro e prosseguiu. Só mesmo a irritação que nele se evidenciou inesperadamente na atitude preocupada podia explicar essa alteração abrupta. O príncipe achou esquisito que a conversa

[22] Unidade de medida russa equivalente a 71 cm. (N. E.)

a respeito do quadro, não tendo sido iniciada por ele e sim por Rogójin, fosse por este deixada em suspenso.

Mas, depois de dar alguns passos, Parfión se saiu com esta:

— E por falar nisso, Liév Nikoláievitch, há muito tempo que estou para lhe perguntar se acredita em Deus.

O príncipe não pôde deixar de retorquir:

— Por que me faz assim de chofre uma pergunta dessas, olhando para mim dessa forma tão esquisita?

— É que às vezes fico olhando para aquele quadro — declarou Rogójin, depois de uma pausa, parecendo não ter ouvido as palavras do príncipe.

— Eu acho — observou o príncipe como a desvendar um pensamento que lhe adviera do assunto do quadro —, quer que lhe fale com franqueza?... Esse quadro... esse quadro só serve para fazer muita gente perder a fé.

— Nem mais nem menos! — afirmou logo Rogójin. Estavam justamente na porta principal, que dava para as escadas.

— Como? — E o príncipe até parou. — Que disse você? Falei isso por brincadeira. Está você falando sério? Acha mesmo? E qual o motivo por que deseja saber se acredito em Deus?

— Oh! Por nada! Já lhe devia ter feito essa pergunta antes. Hoje em dia existe muita gente que não acredita. Como o senhor viveu no estrangeiro... Uma vez um homem me declarou, é verdade que estava bêbado, que há mais quem não acredite, aqui na Rússia, do que nos outros países. E explicou assim: "É mais fácil para nós do que para eles porque estamos muito mais adiantados!". — E Rogójin sorriu com ironia. Sem esperar pela resposta abriu a folha da porta e ficou segurando pela maçaneta, dando tempo para que o príncipe passasse. Embora surpreendido, o príncipe saiu. Rogójin transpôs o patamar, fechando a porta atrás de si. Ficaram então assim parados um diante do outro, como se não soubessem o que decidir.

— Então, adeus — disse o príncipe, estendendo-lhe a mão.

— Até a vista — respondeu Rogójin apertando a mão que lhe era estendida, mas o fazendo de um modo quase distraído. O príncipe desceu um degrau e se voltou.

— Quanto à questão de fé — começou sorrindo (evidentemente não queria se despedir sem um remate e parecia estar entregue a qualquer recordação analógica) —, quanto à questão de fé, tive na semana passada, em dois dias seguidos, quatro conversas diferentes. Voltava eu para casa pela estrada de ferro recentemente inaugurada e, durante quatro horas, conversei com um homem, no vagão. Fizéramos camaradagem, ali mesmo. Já me haviam falado muito sobre ele, antes. Que era ateu, entre muitas outras coisas mais. Efetivamente se tratava de um homem culto; desde logo fiquei radiante com o ensejo de manter uma conversa com uma pessoa verdadeiramente instruída. Além disso, conforme depois fui verificando, era um indivíduo de uma educação fora do comum, tanto que se entreteve comigo como se eu fosse pessoa de igual valor e com as mesmas ideias dele. Realmente, ele não acreditava em Deus. Mas uma coisa me impressionou sobremaneira: que não tivesse querido, todo aquele tempo, tratar eloquentemente do assunto. E me impressionou justamente porque eu já muitas vezes encontrara descrentes e os tinha ouvido ou havia lido seus livros, e esses me pareceram bem diferentes deste outro, embora o nível fosse mais ou menos o mesmo. Aproveitei então para lhe observar isso; mas acho que não me expliquei bem, ou o fiz confusamente, pois não me compreendeu. Desci, à noitinha, em um hotel provincial onde, na noite anterior, tinha sido cometido um crime. E todo o mundo falava sobre o caso. Dois camponeses, de meia-idade, amigos desde muito tempo, inteiramente abstêmios, tendo tomado apenas chá, resolveram ocupar o mesmo quarto. Mas um deles reparou, naqueles dias, que o companheiro estava usando um relógio de prata preso a uma corrente de miçangas amarelas. E antes não o tinha nunca visto com aquilo. O homem não era gatuno, pelo contrário, era um homem honesto, tinha posses, como lavrador, não era absolutamente necessitado. Mas aquele relógio o impressionou; e tão fascinado acabou ficando que, por fim, não pôde dominar-se. Tomou um punhal e quando o outro se virou para ir embora, ele se aproximou cautelosamente por detrás, mediu bem o golpe, revirou os olhos para o céu, benzeu-se e fez mentalmente esta prece: "Que Deus me perdoe, por amor de Cristo!". E cortou a garganta do amigo, de um golpe só, tomando-lhe, depois, o relógio.

Rogójin emendou várias gargalhadas, como se estivesse com um acesso. E vê-lo dar essas gargalhadas, a ele que antes estivera tão soturno, era positivamente estranho.

— Gostei disso! Sim, isso derruba tudo! — exclamou convulsivamente, custando a retomar o fôlego. — O seu primeiro homem não acredita em Deus, absolutamente, ao passo que o segundo acredita nele de modo tão categórico que até reza enquanto pratica um assassinato! O senhor não teria capacidade para inventar uma coisa dessas, irmão! Ah! Ah! Ah! Isso derruba tudo!

— Na manhã seguinte, saí para andar pela cidade — continuou o príncipe, assim que Rogójin ficou quieto embora com os lábios ainda repuxados pelo esgar espasmódico da gargalhada. — E vi um soldado embriagado, em um estado horroroso de desordem, a cambalear da parede para o meio-fio. Coseu-se a mim. "... Me compre uma cruz de prata, *bárin*![23] Cedo-lha por duas *grivnas*![24] É prata maciça." — Essa cruz que eu estava vendo na mão dele, ele a devera ter furtado. Sacudia-a enfiada em uma fita azul encardida. Qualquer um veria que era de estanho. Era graúda, tinha oito pontas, típico modelo bizantino. Tirei vinte copeques, dei-lhos e imediatamente pus a cruz no pescoço. E pude ver na cara dele quanto ficou alegre por ter enganado um estúpido *bárin*. Sumiu logo; decerto foi beber com o que tinha arranjado pela cruz. Naquela ocasião eu estava estupefato com as impressões violentas que a Rússia me causava! Antes eu não conhecia nada a respeito da Rússia. Eu crescera como que desarticulado e as recordações do meu país, de um certo modo, me eram fantásticas, durante aqueles cinco anos no estrangeiro. Ora, continuei a caminhar, pensando em tais coisas. "Sim, deixarei de julgar esse homem que vendeu o seu Cristo. Só Deus sabe o que está oculto no coração fraco de um bêbado." Uma hora depois, quando regressava ao hotel, passei por uma mulher do povo que tinha uma criança fraquinha no colo. Era uma mulher bastante moça, e a criança não teria mais do que umas seis semanas. Nisto — e decerto era a primeira vez em toda a sua vidinha! — a criança lhe sorriu. Vi-a benzer-se com grande devoção. Por esse tempo eu tinha mania de fazer perguntas até na rua, ao acaso. — "Que estás fazendo, criatura?" Então, tornando a fazer o sinal da cruz, com a mesma devoção, a mãe respondeu-me: — "Deus, no Céu, cada vez que vê um pecador o invocar, com todo o coração, tem a mesma alegria que uma mãe quando vê o primeiro sorriso no rostinho do filho". Foi com essas palavras mais ou menos que aquela camponesa me transmitiu esse pensamento sutil, profundo

---

[23] Do russo: Senhorzinho. (N. E.)
[24] Antiga moeda russa. (N. E.)

e verdadeiramente religioso. Pensamento em que toda a essência da Cristandade encontra a sua expressão. Sim, a concepção de Deus é essa. Ele é nosso Pai e nosso Deus e se compraz nos homens como um pai se compraz em seu filho. A ideia fundamental de Cristo! Uma simples mulher do povo. É verdade que se tratava de uma mãe... e quem sabe até se essa mulher não era a esposa daquele soldado? Escute, Parfión. Você me fez aquela pergunta, ainda agora. Está aqui a minha resposta: a essência do sentimento religioso não se esboroa sob espécie alguma de raciocínio, ou de ateísmo, e não tem nada a ver com crimes ou delinquências quaisquer. Há alguma coisa mais, além disso. E sempre haverá alguma coisa sobre a qual os ateus arremetem e se esboroam. E sempre se falará dela. E o principal é que essa coisa será notada mais claramente, e de modo mais rápido, no coração russo, do que em qualquer outro. Esta é a minha conclusão. E é uma das principais convicções a que já cheguei, na Rússia. Há muita coisa que fazer, Parfión! Há muita coisa que fazer neste nosso mundo russo, acredite-me. Recorde-se de como foi que nos encontramos em Moscou e conversamos, certa ocasião... e nunca me passou pela cabeça que, voltando, agora, encontrasse você pela forma por que encontrei. Absolutamente. Está bem... Adeus, até que nos encontremos de novo. Deus esteja com você!

Virou-se e desceu as escadas.

— Liév Nikoláievitch! — gritou Parfión, lá de cima, quando o príncipe já estava no andar de baixo. — Ainda tem aquela cruz que comprou do soldado?

— Tenho!

E o príncipe parou.

— Mostre.

“Mais outra das tais coisas estranhas”, pensou o príncipe. E, em um instante, subiu de novo e puxou a cruz sem a tirar do pescoço.

— Dê-ma.

— Para quê? Você... (O príncipe não desejava separar-se da cruz.)

— Quero usá-la. E lhe darei a minha.

— Você está querendo trocar as cruzes? Está bem, Parfión. Com muito gosto. Ficaremos sendo irmãos.

O príncipe tirou a sua cruz de estanho; e Parfión a sua, de ouro. E trocaram; Parfión não disse nada. Com dolorosa surpresa o príncipe reparou que o mesmo sorriso amargo, irônico e desconfiado continuava estampado nas faces do novo irmão adotivo. E que, como nos outros momentos, isso estava visível, de um modo amplo. Então, ainda calado, Rogójin tomou a mão do príncipe e ficou hesitando, um pouco, sem tomar resolução alguma. Por fim puxou-o, dizendo:

— Venha comigo.

Atravessaram o patamar do primeiro andar e Rogójin tocou a campainha da outra porta fronteira. Abriu-a uma velha, toda arcada, que usava um lenço preto dobrado sobre as cãs e que se inclinou profundamente, diante de Rogójin, sem articular palavra. Este lhe perguntou, às pressas, qualquer coisa, e foi entrando, sem esperar resposta, guiando o príncipe através das salas. Outra vez atravessaram cômodos escuros, de um asseio extraordinário, mas álgidos e severos, mobiliados com peças antiquadas que cobertas claras escondiam. Sem se fazer anunciar, Rogójin conduziu o príncipe para o interior de um aposento pequeno, espécie de saleta de visitas que uma parede de mogno envernizado dividia, com portas em cada extremidade, uma delas dando para um dormitório, naturalmente. Em um canto da saleta, perto da lareira, uma velhinha estava sentada em uma poltrona. Nem por isso parecia tão idosa. Tinha um rosto redondo, aparentando boa saúde, mas estava bastante grisalha e, logo à primeira vista, se percebia que se tornara quase infantil. Vestia um vestido de lã preta, tinha um grande xale-manta passado pelos ombros, e, na cabeça, uma touca branca, muito limpa, com fitas pretas que desciam ao pescoço, onde se atavam. Os pés descansavam sobre um escabelo. Uma outra velhota, muito asseada, um pouco mais idosa, lhe fazia companhia. Também estava de luto e, como a outra, usava um toucado. Estava calada, tecendo uma meia, e era assim uma espécie de companheira. Ambas davam a impressão de estar sempre caladas. A primeira velha, vendo o filho com o príncipe, sorriu-lhes, sacudindo a cabeça várias vezes, o que era uma maneira de mostrar satisfação.

— Mãe — disse Rogójin, beijando-lhe a mão —, este é o meu grande amigo, o Príncipe Liév Nikoláievitch Míchkin. Trocamos agora mesmo as nossas cruzes. Já uma vez, em Moscou, foi um verdadeiro irmão para comigo. Fez muita coisa por mim. Abençoe-o, mãe, como se estivesse dando a bênção a um filho seu. Assim, não, minha velhinha! Deixe-me arranjar direito os dedos da senhora.

Mas antes que Parfión conseguisse pegar-lhe nos dedos, já ela erguia a mão direita, com dois dedos dobrados sob o polegar, e três vezes, com devoção, fez o sinal da cruz sobre o príncipe. Depois ficou a acenar com a cabeça, bondosamente, significando afeição, outra vez.

— Vamos, Liév Nikoláievitch. Eu o trouxe aqui somente para isso — explicou Rogójin. E quando chegaram, de novo, à escadaria, acrescentou:

— Sabe? Ela não compreende nada do que a gente lhe diz! E, portanto, não compreendeu uma só palavra do que falei; mas o abençoou. Evidentemente, fez isso lá por sua própria vontade. Bem, agora, adeus. É hora de o senhor ir. E eu também.

Abriu a porta.

— Deixe-me ao menos abraçá-lo, ao nos separarmos, estranho camarada! — exclamou o príncipe, olhando-o com um ar de amável censura. E ia abraçá-lo; mas Rogójin, que também tinha aberto os braços, logo os deixou cair, outra vez. Faltou-lhe coragem. Voltou-se, para não olhar o príncipe, não querendo o abraço. Mas, repentinamente, murmurou, depois de uma estranha risada:

— Está com medo? Embora tenhamos trocado de cruzes, não o assassinarei, por causa do seu relógio. — E todo o seu rosto se alterou. Ficou terrivelmente pálido, com os lábios a tremer, os olhos quase sinistros. Mas acabou abraçando o príncipe, ardorosamente. E disse, depois, quase sem fôlego:

— Bem, tome-a então, já que assim está destinado. Ela é sua! Dou-lha... Lembre-se de Rogójin!

Dando-lhe as costas, depois, para não o ver mais, entrou apressadamente, batendo a porta.

5

Já era um pouco tarde, quase duas e meia, o príncipe não encontrou mais o general em casa. Deixou o seu quarto e resolveu ir ao Hotel da Balança perguntar por Kólia e, caso este não estivesse, deixar-lhe um bilhete. No Hotel da Balança lhe foi dito que Nikolái Ardaliónovitch saíra de manhã deixando um recado: se alguém o procurasse, dissessem que voltaria às três horas; mas que, se às três e meia ainda não tivesse voltado, era sinal de que fora de trem a Pávlovsk jantar na casa da Generala Epantchiná.

O príncipe sentou-se, decidido a esperar. E, como já estava ali, resolveu jantar.

Kólia não apareceu às três e meia, nem mesmo às quatro. O príncipe então saiu e se pôs a andar maquinalmente. No começo do verão em Petersburgo há, muitas vezes, dias admiráveis, claros e já quentes. Por sorte, esse era um dia assim. Durante certo tempo o príncipe errou sem destino. Conhecia muito mal a cidade. Perambulou por praças e pontes, esteve parado em esquinas admirando a fachada dos prédios. Entrou em uma confeitaria a fim de descansar um pouco. Tornou a sair. De quando em quando dava para prestar atenção nos transeuntes, com muito interesse; depois esqueceu essa gente das calçadas, seguiu a esmo. Sentia-se constrangido e aflito, ansiando ao mesmo tempo por solidão. Desejava estar sozinho, entregar-se de todo a esse estado de ânimo, sem relutância alguma. Reagiu à ideia de prestar atenção às questões que surgiam do seu coração e do seu espírito, murmurando para si mesmo, confusamente: "Que culpa tenho eu de tudo isso em que me baralhei?".

Lá para as seis e meia se encontrou diante da estação da linha de Tsárskoie Seló. A solidão já se lhe tornara intolerável. Empolgou-o um impulso novo e ardente, e, por um momento, as trevas que haviam baixado em sua alma foram aclaradas por um raio de luz. Comprou um bilhete para Pávlovsk e ficou impaciente por seguir. Mas alguma coisa decerto o perseguia, e essa alguma coisa era uma realidade e não uma fantasia como estava talvez inclinado a supor. Já ia sentar-se no seu vagão quando de repente atirou o bilhete na plataforma e abandonou a estação, confuso e pensativo.

Poucos minutos depois, já na rua, se recordou subitamente de qualquer coisa. Foi como se tivesse enfim agarrado uma preocupação angustiosa e que desde muito o molestava. E então percebeu que viera até ali imerso em certa preocupação, que já durava tempo, muito embora somente agora tivesse verificado isso. Durante horas e horas antes, mesmo no Hotel da Balança e até mesmo antes de ir lá, estivera a procurar não sabia o que; às vezes se esquecia dessa preocupação mas daí a meia hora, se tanto, ela voltava transformada ora em angústia, ora em apreensão.

Mal acabara exatamente agora de verificar este mórbido e até então inconsciente impulso de busca, de angústia, de cuidado por algo difuso, quando lhe surgiu uma recordação que o interessou sobremodo. Lembrou-se com a maior segurança de que, justamente no momento em que percebera que andava à procura de qualquer coisa urgente, havia parado na calçada defronte de uma vitrina, examinando com muita atenção os artigos expostos. Resolveu já agora ir verificar se deveras tinha estado diante de tal loja cinco minutos antes, talvez; ou se não teria sido sonho; ou se se teria enganado.

Existiria realmente a tal loja com os tais artigos expostos na vitrina? Ah! Sem dúvida não estava sentindo-se bem, hoje, a bem dizer se achando quase no estado em que outrora se sentia quando estava para vir um dos ataques da sua antiga moléstia. Sabia que em tais ocasiões costumava pouco antes se sentir excepcionalmente "ausente" de tudo, e que então confundia coisas e pessoas, caso não se esforçasse por prestar bastante atenção nelas. E havia ainda um outro motivo especial para fazer que desejasse realmente descobrir se antes tinha estado mesmo diante da tal loja. Entre os artigos expostos na vitrina havia um que ele admirara de modo particular, havendo até calculado que devia valer uns sessenta copeques de prata. Lembrava-se dessa particularidade, não obstante sua agitação e seu estado mental. Portanto, se a loja existisse, se o artigo lá estivesse mesmo na vitrina, isso confirmava que de fato parara ali, atraído simplesmente por aquele tal artigo. E por conseguinte o artigo deveria interessar-lhe muito, já que o atraíra mesmo estando ele como estava, aborrecidíssimo e confuso por ter saído do trem e abandonado a estação. Enveredou para a direita, olhando para as lojas e eis que, quando mais batia seu coração tomado de impaciência, deu de súbito com a loja! Encontrara-a finalmente! Estava a quinhentos passos dela, ainda agora, quando lhe veio a vontade irreprimível de voltar. E lá estava o artigo que devia valer uns sessenta copeques. Olhava-o e repetia: "Deve valer uns sessenta copeques, não mais", e riu. Mas sua risada era histérica. Sentiu-se indisposto, infeliz, zonzo. Lembrou-se claramente, então, de que quando ali estivera antes, ainda agora mesmo, repentinamente se tinha voltado da vitrina para a rua, como fizera aquela manhã ao descer do trem quando, já na rua, surpreendera os olhos de Rogójin sobre ele. Dando como certo que não se tinha enganado (muito embora antes soubesse que era verdade mesmo), afastou-se da loja e apressou o passo. Urgia dar tudo por acabado. Agora estava mais do que ciente de que nem mesmo na estação aquilo fora imaginação sua. Algo de verídico se passara com ele, ligado à sua inquietação anterior. Mas o subjugou uma intolerável repugnância; resolveu não pensar mais nessas coisas, e conseguiu dar um curso completamente outro às suas cogitações.

Lembrou-se, por exemplo, de que sempre um minuto antes do ataque epilético (quando lhe vinha ao estar acordado) lhe iluminava o cérebro, em meio à tristeza, ao abatimento e à treva espiritual, um jorro de luz e logo, com extraordinário ímpeto, todas as suas forças vitais se punham a trabalhar em altíssima tensão. A sensação de vivência, a consciência do eu decuplicavam naquele momento, que era como um relâmpago de fulguração. O seu espírito e o seu coração se inundavam com uma extraordinária luz. Todas as suas inquietações, todas as suas dúvidas, todas as suas ansiedades ficavam desagravadas imediatamente. Tudo imergia em uma calma suave, cheia de terna e harmoniosa alegria e esperança. Tal momento, tal relâmpago, era apenas o prelúdio desse único segundo (não era mais do que um segundo) com que o ataque começava. Esse segundo era naturalmente insuportável. Ao pensar depois naquele momento, quando outra vez bom, muitas vezes dissera a si próprio que aqueles relâmpagos e fulgores, lhe dando a mais alta percepção de autoconsciência e, por conseguinte, também de vida em sua mais alta forma, não passavam de doença, isto é, de mera interrupção de uma condição normal. Portanto, não eram absolutamente a mais alta forma de existir e de ser, devendo muito ao contrário ser contada como a mais baixa. E acabava chegando, por último, a uma conclusão paradoxal. Que tem que seja doença? Que mal faz que seja uma intensidade anormal, se o resultado desse fragmento de segundo, recordado e analisado depois, na hora da saúde, assume o valor de síntese da harmonia e da beleza, visto proporcionar uma sensação desconhecida e não adivinhada antes? Um estado de ápice, de reconciliação, de inteireza e de êxtase devocional, fazendo a criatura ascender à mais alta escala da vivência?

Essas expressões assim vagas pareciam-lhe muito compreensíveis, embora fracas demais. Que aquilo realmente era "beleza e adoração", que era realmente a mais alta escala da vivência, não podia haver sequer possibilidade de dúvida.

Era como se em tal fração de momento contemplasse visões irreais e deslumbrantes como as despertadas pelo haxixe, pelo ópio ou pelo vinho ao destruírem a razão e distorcerem a alma. Era capaz de julgá-las inteiramente quando o ataque cessava. Tais frações de momento, para defini-las em uma palavra, caracterizavam-se por uma fulguração da consciência e por uma suprema exaltação da emotividade subjetiva. Se, nesse segundo, ou melhor, bem no último momento consciente anterior ao ataque, ele tivesse tempo para dizer a si mesmo, clara e lucidamente, "Sim, por este só momento se daria toda a vida!", então esse momento, sem dúvida, valia realmente por toda a vida. Não insistia na parte dialética do seu argumento, ainda assim. Estupefação, treva espiritual e idiotismo, lá estavam e lá ficavam, diante e dentro dele, conspicuamente, como a consequência desses "mais altos momentos". Lá isso era irrefutável. A sua conclusão, ou melhor, a sua avaliação desse momento encerrava indubitavelmente um erro. Ainda assim, a realidade da sensação o deixava perplexo. E que poderia haver de mais real do que um fato? Ora, aquela sensação era um fato real, talvez a única realidade desejada. Tanto que ele chegara a dizer que tal fração de segundo, só pela felicidade infinita em que o arremessava, valia por toda a vida. "Nesse momento", conforme dissera a Rogójin um dia, em Moscou, em um de seus encontros, "eu como que compreendo a extraordinária expressão do apóstolo: 'Não haverá mais tempo!'". E acrescentara com um sorriso: "Sem dúvida era a esse mesmo que aludia Maomé, durante o qual o profeta epilético visitava as mansões todas de Alá em menos tempo do que o necessário para virar no chão a água de um cântaro".

Sim, encontrara-se muitas vezes com Rogójin em Moscou, e não fora apenas sobre essas coisas que conversara com ele. "Rogójin ainda agora acabou de dizer que naquela ocasião fui para ele um verdadeiro irmão. Disse isso pela primeira vez, hoje", pensou o príncipe.

Assim pensava, sentando-se em um banco debaixo de uma árvore no Jardim de Estio. Eram cerca de sete horas. O jardim estava quase vazio. Uma sombra passou pelo sol poente no crepúsculo abafadiço, e havia no ar como que um pressentimento de tempestade distante. A sua disposição contemplativa oferecia-lhe certo encanto. O espírito e a memória pareciam prendê-lo aos objetos visíveis à sua volta; e sentia prazer nisso. Esforçava-se, ainda assim, por esquecer alguma coisa atual, verdadeira, decerto grave; e, ao primeiro olhar para dentro de si mesmo, se deu conta imediatamente do seu sinistro pensamento, aquele pensamento ao qual desde muito estava querendo fugir. Lembrou-se de que conversara com o garçom, durante o jantar na taverna, sobre um assassinato sensacional que despertara muitos comentários. Mal, porém, se recordava disso, quando algo estranho veio interpor-se.

Um extraordinário e insubjugável desejo, quase uma tentação, paralisou repentinamente sua vontade. Levantou-se do banco. E do jardim se dirigiu diretamente para a Petersbúrgskaia. Pouco antes, havia pedido a um transeunte, nas margens do Neva, que lhe apontasse, por sobre o rio, Petersbúrgskaia. O homem lhe tinha mostrado; mas não fora até lá, naquela ocasião. Em todo caso, agora isso lhe serviu. Desde muito guardava certo endereço. Facilmente, encontraria a residência da parenta de Liébediev; mas lhe ocorria quase a certeza de que não estivesse em casa. "Certamente foi para Pávlovsk. Do contrário Kólia teria deixado ao menos uma palavra no Hotel da Balança, conforme combinara." Se, pois, se dirigiu para lá, não foi com a intenção de vê-la. O que o atraía agora era uma sinistra e atormentadora curiosidade de ordem muito diversa. Uma ideia nova lhe viera ao espírito.

Mas já era para ele suficiente estar andando e saber aonde ia, muito embora um minuto mais tarde estivesse caminhando de novo quase inconscientemente, alheio ao que o rodeava. Uma ulterior consideração sobre a sua "inesperada ideia" se lhe tornou imediatamente insípida, para não dizer impossível. Fixava com angustiosa e intensa atenção qualquer coisa que o seu olhar descobrisse: contemplava o céu, contemplava o Neva. Falou a um garoto que encontrou. Talvez a sua condição de epilético estivesse piorando, e da maneira mais aguda. A tempestade armava-se, embora vagarosamente. Começava a trovejar, ao longe. A atmosfera tornara-se muito abafada...

Sem saber por que (como uma pessoa perseguida por uma frase musical que acorda em seus ouvidos e não o larga, insiste, volta e irrita), perseguia-o agora com uma insistência incômoda a imagem do sobrinho de Liébediev, que conhecera nessa manhã. E o mais absurdo é que continuava vendo-o como o assassino de que Liébediev falara quando lho apresentara. Sim, de fato ele, Míchkin, tinha lido alguma coisa a respeito. Desde que chegara à Rússia lia nos jornais e ouvia em conversas muitos casos desses, e acompanhava as descrições. Ainda essa tarde, por exemplo, se interessara bastante pela conversa do garçom a respeito do assassinato da família Jemárin — o tal assassinato comentado por Liébediev. Recordava-se de que o garçom concordara com seus pontos de vista. Relembrava-se perfeitamente dos modos, das palavras desse garçom. Indivíduo arguto, atencioso e grave, muito embora "só Deus saiba realmente como ele é deveras, visto me ser difícil conhecer gente que nunca vi em um país onde mal acalco de chegar...". Todavia, a alma russa começava a inspirar-lhe uma fé apaixonada. Oh! Naqueles seis meses tinha visto muita, muitíssima coisa que para ele era novidade absoluta, inesperada e inimaginável. Se a alma alheia é por si só uma região sombria, a alma russa, essa então é uma gruta escura, por muitas e muitas razões. Contava já com alguns amigos. Um deles, por exemplo, era Rogójin. Certos episódios não haviam tornado a ele, Míchkin, e Parfión amigos mesmo, quase irmãos? Mas, apesar disso tudo, poderia dizer deveras que conhecia direito Rogójin? Não era essa criatura um caos? Quanta coisa absurda e hedionda não existe na alma humana! Que sujeito repulsivo e convencido não era aquele sobrinho de Liébediev... "Mas em que e em quem estou eu a pensar?" (O príncipe continuava como dentro de um sonho...) "Teria ele assassinado aquelas criaturas, aquelas seis pessoas? Que embrulhada estou fazendo!... Que coisa mais absurda... Estarei delirando... E que rosto encantador, suave, o da filha maiorzinha de Liébediev! Aquela que estava com um irmãozinho no colo! Que expressão cândida, ainda infantil! Que sorriso beatífico..." E o mais estranho era que se esquecera dos traços verídicos daquele rosto. Se o baralhava, como era então que não podia esquecê-lo? Liébediev, que batia com o pé no chão para assustar a filharada, com certeza adorava todos eles. E também adorava o sobrinho, tão certo como dois mais dois serem quatro! Mas como podia ele, Míchkin, se aventurar a analisá-los tão categoricamente, se tinha acabado de chegar naquele dia mesmo? Como podia fazer tais julgamentos? De mais a mais, esse próprio Liébediev, por exemplo, não fora um enigma para ele? Esperara acaso encontrar um Liébediev tão diferente? O Liébediev que se apresentara hoje era o mesmo da outra vez? O Liébediev e a Du Barry! Ó Céus! Se Rogójin viesse a cometer um assassinato não seria coisa de espantar, compreender-se-ia. Era homem de uma natureza bem outra. Afinal, uma aquisição de arma com o intuito de matar e o assassinato de seis pessoas perpetrado em completo delírio eram coisas completamente diferentes!

Mas a essa altura o príncipe se sobressaltou. Adquirira Rogójin uma arma para determinada finalidade? "Não é um ato vil e criminoso da minha parte fazer uma suposição desta ordem, assim com tão cínica frieza?"

E uma onda de pejo se lhe espraiou pela cara. Ficou aterrado. Chegou a parar na rua, ofegando. Várias lembranças se alternaram na sua memória: a estação ferroviária de Tsárskoie Seló, onde estivera de tarde; a outra estação por onde chegara a Petersburgo, aquela manhã mesmo; a pergunta feita cara a cara por Parfión: "Uns olhos? Quais? De quem?"; a cruz que ele lhe dera; a bênção da velha Rogójina, em cujos cômodos estivera; aquele último abraço, convulso; a renúncia de Rogójin, lá naquela escada... E, após tudo isso, estar ele, Míchkin, naquela espécie de delírio ambulatório em busca sabia lá de quê!... Ah! Aquela loja! Aquele objeto exposto naquela vitrina... Quanta vilania!

E, apesar de tudo, ainda caminhava agora com um "propósito especial", guiado por uma "ideia súbita"! Toda a sua alma ficou dominada pelo desespero e pelo sofrimento. E o príncipe desejou retroceder, voltar para o hotel. Virou, com esse intento; mas um minuto depois refletiu, virou outra vez, teimando em prosseguir no rumo de antes.

Sim, já estava agora na Petersbúrgskaia; e bem perto da tal casa. E isso não tinha mais nada a ver com aquele especial propósito nem com aquela ideia súbita. Mas como podia ser isso, então? Sim, é que a sua moléstia estava voltando. Não havia a menor dúvida. Talvez até viesse a ter um ataque ainda hoje mesmo. Aquela treva já era um sintoma; a "ideia" também era consequência dessa espécie de aura prolongada. Mas eis que a treva se dispersa; o demônio a arrebata para longe; a dúvida cessa de existir: reina alegria em seu coração! Havia tanto tempo que não a via! Que desejo agudo de vê-la! Sim... que bom encontrar-se com Rogójin, tomá-lo pela mão, fazê-lo caminhar a seu lado! Sentia o coração tão puro! Não, não era rival de Rogójin! Amanhã iria procurá-lo, contaria que tinha ido vê-la. De fato viera para Petersburgo simplesmente para vê-la. Rogójin tinha dito isso, e era verdade. Talvez a encontrasse. Talvez ela não tivesse ido para Pávlovsk.

Urgia clarear tudo isso, agora. E era o que ia fazer, lançar luz, muita luz, tanto no coração de um como no do outro. Não era direito, não era normal, mas sinistro e apaixonado, aquele gesto de renúncia de Rogójin proclamado no patamar da sua residência. Urgia lançar luz, muita luz, sobre isso tudo para que a ação fosse livre. Pois então o próprio Rogójin não podia caminhar na luz? Se dissera que não a amava "assim", isto é, que não tinha compaixão por ela, "nenhuma espécie de piedade", todavia acrescentara depois: "Talvez a piedade do senhor seja maior do que o meu amor!" Mas Rogójin fora injusto para consigo próprio. Ah! Pois isso de estar ele, Rogójin, lendo, ultimamente... já não era indício bastante de piedade? Pelo menos o começo já de uma "piedade"? A presença daquele livro não provava que ele se sentia consciente de modo pleno quanto à sua atitude para com essa mulher? As palavras dele, lá na sua casa, não significavam alguma coisa bem mais profunda do que mera paixão? E o rosto de Nastássia Filíppovna era um rosto para inspirar apenas paixão? Ah! Um rosto assim inspirava sentimentos muito acima da paixão somente. Era um rosto que arrebatava, que prendia a alma inteira!... Ele...

E uma pungente, dolorosa recordação traspassou o peito do príncipe.

Pungente, e quanto! Lembrava-se agora de quanto sofrera, ainda recentemente, ao perceber sintomas de loucura nessa mulher. Sofrera tanto que beirava o limiar do desespero. E como pôde ele, Míchkin, se resignar quando ela lhe fugira para Parfión? Por que não correra à sua procura, ao invés de ficar à espera de notícias?... Seria possível que Parfión Rogójin ainda não tivesse percebido que ela estava louca? Como tem sossego esse homem para discernir as coisas, se tudo que faz é com arrebatamentos, envolto sempre em um ciúme horrendo? Falar nisso... que teria ele querido dizer, ainda hoje, com aquela suposição? (O príncipe enrubesceu involuntariamente, sentindo o coração subir à garganta.)

Ora, que adiantava estar pensando em tais coisas? Havia loucura, e de ambos os lados. Ele, Míchkin, amar aquela mulher, apaixonadamente, era coisa que nem se devia supor. Corresponderia a julgá-lo capaz de crueza espiritual, de falta de humanidade. Sim, sim! Até consigo mesmo Rogójin era injusto e falso! Ou talvez desconhecedor do coração que tinha, coração apto a se compadecer, coração que assim que acabasse de conhecer a verdade, assim que notasse que criatura digna de piedade era aquela mulher infeliz e insana, lhe perdoaria todo o passado causador de tantos tormentos para ambos! Sim, ele se tornaria o servo, o irmão, a Providência dessa criatura! A compaixão ensinaria ainda muita coisa a Rogójin e despertaria grandes aperfeiçoamentos no seu espírito. A compaixão era a principal e decerto a única lei de toda a existência humana. Ah! Como se enganara, imperdoável e desonrosamente, a propósito de Rogójin! Não, não era "a alma russa que era uma região de trevas", mas era, sim, a sua alma essa negra região, já que pudera pensar tais horrores! Pois que, só por umas poucas de palavras ardentes saídas do coração, em Moscou, Rogójin o tinha chamado de seu irmão, enquanto ele... Mas isso era doença e delírio. Isso tudo teria jeito!...

Quão sinistramente não dissera Rogójin, aquela manhã, que estava "perdendo a fé"! Esse homem devia estar sofrendo terrivelmente! Ele dissera que "gostava de olhar aquele quadro". Não que o apreciasse; sentia-se arrastado, atraído a isso. Rogójin não era simplesmente uma alma apaixonada; era um lutador, fosse como fosse. Queria retomar, à força, a fé perdida. Tinha uma angustiosa necessidade dela agora... Sim, acreditar em alguma coisa! Acreditar em alguém! Ah! Quão estranha não era aquela pintura de Holbein!... Mas... pois não é que é esta a rua? E a casa deve ser aquela! Sim, é ali, no 16, a "residência da Sra. Filíssova". É aqui. O príncipe tocou e perguntou por Nastássia Filíppovna.

A própria dona da casa lhe respondeu que Nastássia Filíppovna tinha ido aquela manhã mesmo para Pávlovsk, para a casa de Dária Aleksiéievna "e era muito provável que passasse alguns dias lá". A Sra. Filíssova era baixota, viva, incisiva, quarentona, com ar desconfiado e astuto. Perguntou seu nome, e havia evidentemente nessa pergunta um ar intencional de mistério. O príncipe, no começo, não quis responder, mas, subitamente se voltando, lhe pediu, com veemência, que transmitisse o seu nome a Nastássia Filíppovna. A Sra. Filíssova recebeu esse pedido categórico com grande atenção e com um extraordinário ar de sigilo, com o qual, evidentemente, queria significar "Fique tranquilo; eu compreendo". O nome de Míchkin parece que lhe causou grande impressão. Ele a olhou de maneira vaga, virou-se, e saiu rumo ao hotel. Mas, agora, estava completamente diferente. Uma extraordinária diferença lhe sobreviera, e de modo quase instantâneo. Ia por ali afora, ainda mais pálido, fraco, agitado e se sentindo mal. Tremiam-lhe os joelhos e um vago sorriso de desnorteamento levantava seu lábio azulado. A sua "súbita ideia" estava ao mesmo tempo confirmada e justificada. Acreditou outra vez no seu demônio.

E por sua vez ela, a sua ideia, confirmava o que, justificava o quê? Por que de novo esse tremor, esse suor gélido, essas trevas glaciais de sua alma? Seria porque, uma vez mais, vira aqueles olhos? Mas se saíra do Jardim de Estio de propósito para vê-los! Consistira nisso a teima daquela "ideia súbita". Desejara intensamente rever "aqueles olhos", e tanto que estava quase certo de que os encontraria lá, diante daquela casa. Pois se tinha desejado isso apaixonadamente, por que estava agora tão esmagado e atônito pelo fato de os ter acabado de ver? Acaso não esperava por isto? Sim, aqueles eram os *mesmíssimos* olhos (nem podia haver dúvida alguma de que fossem) que vira fulgurar na estação, por entre o povo, ao desembarcar do trem de Moscou; eram os mesmos (absolutamente os mesmos) que surpreendera a olhá-lo aquela mesma tarde quando, em casa de Rogójin, estava sentando-se na sala. Naquela ocasião Rogójin tinha negado, perguntando com um sorriso duro e tortuoso: "Uns olhos? Quais?!". E, não havia muitas horas, quando ele, o príncipe, fora tomar o trem para Pávlovsk a fim de ir ver Agláia, havia surpreendido, de repente, outra vez aqueles mesmos olhos. Era a terceira vez, naquele dia! Viera-lhe então um desejo instantâneo e quase indomável de ir procurar Rogójin e de *lhe dizer que olhos eram aqueles*. Embarafustara pela estação afora, decidido a isso; mas, na rua, ficara inconsciente, depois, inconsciente de tudo até o momento em que dera consigo mesmo parado diante da loja do cuteleiro a considerar que um certo artigo ali exposto, um objeto com um cabo de chifre de veado, deveria custar sessenta copeques. Então um esquisito e terrível demônio se apossara dele e não havia meio de querer largá-lo. Fora esse demônio quem lhe sussurrara ao ouvido, quando, perdido em cismas, estava no Jardim de Estio sentado debaixo de uma árvore: "Rogójin, hoje, não deixou nem deixará de te seguir o dia inteiro, rastejando nas tuas pegadas". E decerto, descobrindo que ele, Míchkin, não tinha ido a Pávlovsk (contratempo sem dúvida terrível para Rogójin) fora vaguear pelas imediações da casa da Filíssova, à espreita de que viesse, muito embora o príncipe tivesse dado a sua palavra de honra a Rogójin de que não iria vê-la nem viera a Petersburgo com esse fim. No entanto, bem que se apressara a ir até lá, febrilmente. Como admirar-se, pois, de haver encontrado Rogójin? E viu apenas um homem cuja disposição era sombria, mas que facilmente se chegava a compreender como, por que e com que fim ali viera ter. Aquele homem taciturno nem sequer se escondia mais. Se de manhã, sem motivo justificado, Rogójin tinha negado e mentido, de tarde, porém, na outra estação, se mantivera parado, quase à mostra, até se podendo dizer que o príncipe é que se escondera. E agora ali estava, nas imediações daquela casa, postado na calçada oposta, esperando-o, de braços cruzados. E bem à mostra, de propósito. Hirto, visível, como um acusador e como um juiz, e não como... um réu ou um espião.

E por que então o príncipe não foi ao encontro dele? Por que se afastou, fingindo não haver notado nada, embora os olhos de ambos se tivessem encontrado? (Sim, os seus olhos se tinham encontrado e ambos se tinham fixado bem.) Todavia o príncipe, horas antes, chegara a querer pegar Rogójin pela mão a fim de levá-lo até lá. Estivera resolvido mesmo a ir no dia seguinte à casa dele somente para dizer que tinha ido vê-la. Recusara-se a seguir o seu demônio quando, já a meio caminho, súbita alegria inundara a sua alma. Ou haveria hoje qualquer coisa em Rogójin, ou na imagem inteira desse homem, em suas palavras, movimentos, expressões, modos, e tudo, que tomado em conjunto, justificasse as tremendas desconfianças do príncipe e as revoltantes diligências ditadas por sua voz interior? Algo que pudesse ser visto mas que fosse difícil analisar e descrever? Algo impossível de, com base suficiente e através de tantos mistérios confusos e indiscerníveis, justificar aquela impressão categórica e total que não tardou daí a pouco, por um impulso externo, a se tornar uma firme convicção?!

Mas... convicção de quê? (Oh! Como o príncipe se sentia torturado pela hediondez, pela "ignominiosidade" da sua convicção, dessa "vil desconfiança", e como se repreendia por isso!) À guisa de repreensão e de desafio não cessava de se exprobrar. "Fala, se és capaz, formula o teu pensamento, ousa exprimi-lo bem claro e bem nítido, sem vacilação. Oh! Que ignóbil que és!" E repetia tais injúrias a si mesmo, indignado, o rosto cheio de vergonha. "E com que olhos poderei olhar para esse homem, pelo resto da minha vida? Que dia, meu Deus! Que pesadelo!"

Um momento houve, ao fim dessa miserável e longa caminhada de volta de Petersbúrgskaia, em que um irresistível desejo assaltou o príncipe de ir diretamente à casa de Rogójin, e de ficar a esperá-lo, e de abraçá-lo, com vergonha, com lágrimas, e de lhe dizer e liquidar tudo. Mas já estava diante do seu hotel. Como achara antipático esse hotel, de manhã! Aqueles corredores, aquela casa, aquele quarto — e antipatizando logo à primeira vista! E quantas vezes, durante o dia, não pensara, com repugnância, que teria de voltar para lá... "Ora, como uma velha doente, dei hoje em acreditar em todos os pressentimentos!" — pensou com irritada ironia, já diante da porta da entrada. Uma circunstância sobrevinda nesse dia se levantou no seu espírito, bem nesse momento; mas foi um pensamento "frio", com perfeita tranquilidade, "sem pesadelo". Repentinamente se lembrou da faca que vira sobre a mesa de Rogójin. "E por que não haveria Rogójin de ter uma faca qualquer em cima da sua mesa?" — perguntou a si mesmo, com ar atônito. Mas nisto se sentiu petrificado de espanto, pois de súbito se lembrou de que estivera parado diante da loja do cuteleiro. "Mas que conexão pode haver entre uma e outra coisa?" — exclamou ele, por fim, parando. Um novo e insuportável golpe de vergonha, quase que de desespero, deixou-o plantado ali mesmo, fora da entrada. E assim permaneceu por um minuto. A gente é assaltada por insuportáveis e repentinas lembranças, principalmente quando elas vêm associadas à vergonha. "Sim, sou um homem sem coração e um covarde", disse e repetiu, melancolicamente. Quis prosseguir, mas... estacou de novo.

Aquela entrada, que era sempre escura, ainda mais escura estava agora. A nuvem carregada se alargara pelos céus, tapando toda a claridade. E no momento exato em que o príncipe transpôs a entrada, a tempestade caiu em terrível aguaceiro. Estava o príncipe bem na entrada da porta da rua e acabava de sair de sua momentânea parada. E então viu perto das escadas, na obscuridade do corredor, embaixo, um homem. E esse, que parecia estar à espera de alguma coisa, logo sumiu lá para dentro. O príncipe pudera apenas vê-lo de relance, muito mal, e não poderia dizer quem fosse. Além de que, muita gente subia e descia, pois era um hotel com contínuo vaivém. Mas ficou nitidamente convencido de que tinha reconhecido o homem e não tinha dúvidas de que era Rogójin. E imediatamente o príncipe enveredou escadas acima, atrás dele. Seu coração parou. "Tudo será decidido agora", disse, com uma convicção inaudita.

O lance de escada, pelo qual o príncipe embarafustou lá de baixo, levava aos corredores do primeiro e do segundo andares onde estavam os quartos. Como em todas as casas antigas, a escada era de pedra, escura, estreita e girava em volta de um grosso pilar central também de pedra. No primeiro patamar, separando em lance do outro, havia uma escavação no pilar, uma espécie de nicho, da largura de um passo, se tanto, e com meio passo de profundidade. Ainda assim dava para uma pessoa caber lá dentro. Escuro como estava, pôde todavia o príncipe descobrir, ao chegar ao patamar, que um homem estava escondendo-se dentro do nicho. Bem que o príncipe quis passar sem olhar para o lado direito. Já tinha dado um passo além, mas não pôde resistir e se voltou.

Aqueles dois olhos, *aqueles mesmos dois olhos*, bateram de cheio nos seus. O homem que se tinha escondido dentro do nicho já estava dando um passo para fora. Por um segundo, ficaram olhando um para o outro, quase se esbarrando. Então, de repente, o príncipe o segurou pelos ombros e o virou para a escada, para mais perto da claridade. Queria ver bem aquela cara.

Os olhos de Rogójin faiscaram e um sorriso de fúria lhe contorceu a face. A sua mão direita estava erguida e uma coisa fulgurava nela; Míchkin nem pensou em resistir. Apenas se recordou de que pensou ter gritado: "Parfión, não acredito!". E nisto alguma coisa pareceu girar em partículas diante dele! Toda a sua alma se inundou de intensa claridade interior. Duraria esse momento, o quê? Meio segundo, talvez; mas ainda assim, clara e conscientemente, se lembrou do começo, do primeiro som do pavoroso grito que rompeu do seu peito e que não pôde evitar de modo algum. Depois a sua consciência instantaneamente se extinguiu e trevas completas se seguiram.

Era um ataque epilético, o primeiro que tinha depois de uma longa pausa. É bem conhecido que o ataque epilético sobrevém inesperadamente. Nesse momento o rosto se deforma horrivelmente, de modo particular os olhos. Não só o corpo inteiro como os traços do rosto trabalham com sacudidelas convulsivas e contorções. Um terrível e indescritível grito, que não se assemelha a coisa alguma, é emitido pela vítima. Nesse grito tudo quanto é humano fica obliterado; e é impossível, ou dificílimo, ao observador imaginar e admitir que seja um homem que o emite. É como se um outro ser estivesse gritando dentro do homem. Pelo menos é assim que muita gente tem descrito a impressão que isso dá. A cena de um homem acometido de ataque epilético enche os que o testemunham de verdadeiro e irreprimível horror, tanto no acesso como no horror resultante havendo um elemento de mistério. É bem provável, portanto, que alguma dessas sensações de horror repentino, acrescida de qualquer outro aspecto momentâneo, tenha paralisado de repente o braço e o intuito de Rogójin. Só assim se explica que o príncipe não tivesse sido apunhalado. Decerto Rogójin bem naquele instante foi surpreendido com a cena do ataque, ouvindo o uivo e vendo o príncipe cambalear, cair e bater com a cabeça violentamente em um degrau, já na parte inferior do lance da escada. Fugindo por ali abaixo, e se desviando do corpo caído, Rogójin, atônito, conseguiu escapulir.

Lutando com suas violentas contraturas, o enfermo ainda rolou os degraus restantes, até o patamar, no corredor. Coisa de uns cinco minutos depois, deram com ele assim, isso logo ocasionando ajuntamento. Uma poça de sangue sob a cabeça despertou dúvida se aquele homem ali se tinha machucado ou se fora vítima de um crime. Logo verificaram porém, que se tratava de um caso de epilepsia; e um dos garçons do hotel reconheceu em Míchkin um hóspede registrado aquela manhã. Ainda bem que quaisquer dificuldades posteriores foram sanadas mercê de uma circunstância fortuita e favorável. Ei-la: Kólia Ívolguin prometera voltar ao Hotel da Balança entre três e quatro horas. Em vez disso, fora a Pávlovsk; lá resolvera, por acaso, não jantar em casa da Generala Epantchiná, regressando mais tarde a Petersburgo e logo se dirigindo ao Hotel da Balança. Cientificado pelo bilhete que o príncipe lhe deixara, de que este se achava na cidade, apressou-se em ir encontrá-lo no endereço indicado. Lá, porém, lhe foi dito que o hóspede tinha saído. Entrou então para o restaurante do térreo, anexo ao hotel, e se pôs a esperar tomando chá e ouvindo órgão. Acontecendo, no entanto, ouvir dizer que alguém tivera um ataque, saiu a ver, movido por um pressentimento. E no próprio local reconheceu o príncipe, logo ajudando a tomar medidas convenientes, sendo a primeira delas transportar o doente para o quarto. Apesar de já ter recobrado a consciência, o príncipe durante muito tempo ficou marasmado. Mandaram chamar um médico, por causa do ferimento na cabeça, tendo o doutor acabado por dizer que era coisa sem importância, apenas receitando uma compressa. Uma hora depois, quando o príncipe já estava começando a compreender o que se passara, Kólia o levou do hotel para a casa de Liébediev. Este recebeu o doente com reverências e extraordinária circunspeção. E foi por causa de tudo isso que apressou a mudança. Três dias depois, estavam todos em Pávlovsk.

6

Não sendo grande, a vila de Liébediev era confortável e até bonita. A parte a ser alugada fora pintada recentemente. Pela varanda bastante larga, situada na frente da casa, tinham sido colocados grandes caixotes pintados de verde com pés de laranjeiras, limoeiros e jasmineiros, o que na opinião de Liébediev tornava a aparência ainda mais sedutora. Quando comprara a casa já encontrara algumas dessas árvores, tendo ficado tão encantado com o efeito que elas produziam, que resolveu, na primeira oportunidade, comprar mais algumas, em leilão. Depois que todas as plantas foram trazidas para a vila e colocadas nos lugares definitivos, Liébediev, todos os dias, descia uma porção de vezes os degraus da varanda para ir admirar lá da rua o efeito. E de cada vez aumentava, mentalmente, o preço que decidira pedir ao futuro locatário.

O príncipe, alquebrado, deprimido e fisicamente incapacitado, dera-se bem com a transferência para a vila. Já no dia de sua chegada a Pávlovsk, isto é, três dias depois do ataque, parecia estar bem, embora sentisse ainda, por dentro, as consequências do mal. Agradavam-lhe as fisionomias que o assistiam durante aqueles dias, distraía-se com Kólia, que não o largava por preço algum, simpatizava com a família de Liébediev. (O sobrinho deste fora embora para qualquer parte.) O próprio Liébediev não lhe era intolerável; quanto ao General Ívolguin, tratara-o bem ainda em Petersburgo ao receber sua visita. Na noite em que chegara a Pávlovsk ficara rodeado na varanda por uma porção de visitas. O primeiro a chegar foi Gánia, e tão mudado que o príncipe quase não o reconheceu: emagrecera muito naqueles seis meses. Vieram depois Vária e Ptítsin, que também possuíam uma vila em Pávlovsk. O General Ívolguin, esse então quase não largava a casa de Liébediev e não era de estranhar que, por assim dizer, fizesse parte dos cacarecos. Liébediev tentou conservá-lo apartado da vila, isto é, no seu pavilhão, querendo com isso evitar que o velho desse em visitar a todo instante o príncipe. O general e o príncipe tratavam-se como velhos amigos, como se se conhecessem desde muitos anos. Mesmo antes da transferência, durante aqueles três dias na residência antiga de Liébediev, o príncipe notara que este mais o general estavam frequentemente juntos, sempre absorvidos em longa conversa, às vezes exaltavam-se aos gritos, discutindo, abordando assuntos difíceis, até mesmo científicos, o que evidentemente soerguia Liébediev ao sétimo céu. Isso até dava a impressão de que o general lhe era indispensável. Com a mudança para Pávlovsk, dera Liébediev em atenazar a família tanto quanto fazia com o general. A pretexto de não incomodar o príncipe não permitia que ninguém dos seus o fosse ver. Batia com o pé, corria atrás das filhas, escorraçava-as, inclusive Vera com a criancinha; e para isso bastava desconfiar que quisessem ir para a varanda onde o príncipe estava sempre, apesar de o príncipe lhe pedir que não agisse assim. Mas ele lhe explicava categoricamente em resposta a essas advertências:

— Em primeiro lugar, se o senhor as deixar fazer o que muito bem quiserem, não haverá respeito aqui; e, em segundo lugar, aqui não é o lugar delas.

— Mas por que isso? — protestava o príncipe. — Com essas atenções e vigilâncias você acaba me aborrecendo. É estúpido estar aqui sozinho, já lhe disse muitas vezes; e você me deprime muito mais com esse negócio de andar na ponta dos pés e de viver gesticulando.

E o príncipe percebeu que, enquanto Liébediev escorraçava com todos os de casa, a pretexto de que o doente necessitava de sossego, ele, por sua vez, estava vindo demais; e sempre abria primeiro a porta, metia a cabeça pelo vão, olhava em volta, como a certificar-se de que o príncipe lá estava, ou não tinha saído, e então, depois, muito devagar, pé ante pé, em passinhos furtivos, se aproximava da poltrona a ponto de, às vezes, até assustar o seu inquilino. Estava sempre a perguntar se queria alguma coisa; e quando o príncipe, finalmente, lhe suplicava que o deixasse só, virava-se e muito obedientemente, pé ante pé, sem uma palavra, demandava a porta, gesticulando muito, como a querer dizer que apenas viera dar uma olhadela, mas que não diria palavra alguma, absolutamente, que já estava indo embora, que não voltaria. Ainda assim, dez minutos depois, ou, no máximo, um quarto de hora, reaparecia. O fato de Kólia ter livre acesso perante o príncipe era a fonte da mais profunda mortificação e até mesmo de indignação para Liébediev. E Kólia descobriu e contou que Liébediev, certa vez, ficara meia hora escutando à porta a conversa do príncipe.

— Você afinal parece que se apropriou de mim definitivamente, conservando-me sob chave e cadeado — protestou o príncipe, um dia. — Aqui, na vila, de qualquer maneira, eu não quero que isso continue; e deixe que lhe diga, verei quem muito bem eu quiser, e irei aonde me aprouver ir.

— Mas nem há a menor dúvida! — afirmou Liébediev, com aquelas mãos que nunca ficavam paradas.

O príncipe correu-lhe o olhar, da cabeça aos pés.

— Você trouxe para cá o armariozinho que estava preso à cabeceira da sua cama?

— Não trouxe, não.

— Então você o deixou lá?

— Não me foi possível trazê-lo, só se estragasse a parede, arrancando-o... Estava encravado com muita firmeza.

— E não lhe faz falta?

— Há um aqui. E muito melhor. Já o achei ao comprar a vila.

— Ah!... Quem foi que esteve à minha procura cerca de uma hora, e você não deixou que viesse me ver?

— Foi... foi o general. De fato não consenti; ele não deve vir vê-lo. Eu tenho um grande respeito para com esse homem, príncipe, é... é um grande homem. Garanto-lhe. Pois bem, queria vê-lo. Em todo o caso... é melhor, ilustríssimo príncipe, não o receber.

— Mas por quê? Permite que lhe pergunte?! E por que é que você anda na ponta dos pés e se aproxima de mim sempre assim como se viesse sussurrar-me um segredo ao ouvido?

— Sou abjeto, abjeto!... Sei que sou — respondeu Liébediev inesperadamente, ferindo o peito com vontade. — E não seria o general incômodo para o príncipe? Demasiado hospitaleiro?

— Como, demasiado hospitaleiro?

— Sim, não atrapalharia? Para começar lhe digo, ele pretende morar comigo e acho que não o impedirei. Mas é o homem dos exageros, imediatamente se julga um parente! Já muitas vezes me tem querido afirmar e até provar nosso parentesco; parece que estamos ligados por uns tantos casamentos. O senhor, por exemplo, segundo ele, é seu primo, em segundo grau também, pelo lado materno; ainda ontem esteve a me explicar isso. Se o senhor é primo dele, então o senhor e eu somos parentes também, ilustríssimo príncipe. Mas, deixemo-lo; trata-se de uma fraqueza insignificante; e me garantiu, há pouco, que, em toda a sua vida, desde quando era aspirante até o dia 11 de junho do ano passado, nunca se sentava para jantar com menos de duzentas pessoas à sua mesa. E prosseguiu afirmando mais que não se levantavam nunca da mesa, a ponto de jantarem, cearem e tomarem chá quinze horas seguidas durante as vinte e quatro horas do dia, e isso durante 30 anos a fio, sem interrupção, mal havendo tempo para a troca das toalhas da mesa. Se alguém se levantava, vinha outro e se sentava; e que nos dias santos o menos que havia de gente eram umas trezentas pessoas, sendo que no milésimo aniversário da fundação da Rússia ele contara setecentas pessoas. É uma mania, quase uma paixão; e o senhor sabe muito bem que tais asserções são péssimo sintoma. Chega-se a ter medo de conservar em casa um hóspede assim. De forma que estive pensando: não seria tal indivíduo uma companhia inconveniente para o príncipe e para mim?

— Mas você está em ótimas relações com ele, segundo me parece...

— Somos como irmãos. Diverte-me infinitamente! Vá lá que sejamos até parentes, já que ele insiste tanto nisso! Mesmo porque isso é uma honra para mim, pois com toda essa história de banquetes de duzentos talheres e comemorações do milésimo aniversário da Rússia, acabei me convencendo de que ele é de fato uma personalidade notável! E olhe que não estou a fazer piada! O príncipe referiu-se ainda há pouco a segredos; isto é que estou vindo a todo instante como se tivesse algum segredo a contar... Pois olhe que acertou. Certa pessoa... muito sua conhecida, ainda agora mesmo mandou dizer que tem muito empenho em obter uma entrevista com o senhor... mas em segredo.

— Em segredo, por quê? De modo algum. Irei hoje mesmo ver essa pessoa, se é que você assim o quer.

— Eu? Eu não tenho nada com isso, absolutamente! — E Liébediev abriu as mãos para os lados, protestando. — Naturalmente se essa pessoa pede segredo é porque teme alguma coisa. Mas não aquilo que o senhor pensa. Por falar nisso, quer saber de outra coisa? O monstro vem todos os dias perguntar como vai passando o senhor!

— Deu você em falar tanto de "monstro" que já ando desconfiado.

— Não precisa desconfiar... Não precisa absolutamente desconfiar! — disse Liébediev querendo logo desistir do assunto. — Apenas lhe quero dar a entender que essa pessoa não está com receio de ninguém e sim de uma certa coisa, o que é muito diferente, muitíssimo diferente.

— Ora bem, de quê? Diga logo! — perguntou e exigiu o príncipe, com impaciência, olhando para os misteriosos trejeitos de Liébediev.

— Isso agora é segredo! — E Liébediev riu.

— Segredo? Por quê? De quem?

— Não digo. Pois o príncipe ainda agora mesmo não se zangou comigo por eu estar aparecendo aqui a cada instante com ares de quem quer contar um segredo? E não me proibiu, não me escorraçou? — E Liébediev, gozando de modo total o fato de haver conseguido excitar a curiosidade do seu ouvinte, levando-o a uma dolorosa impaciência, concluiu de repente: — A tal pessoa está com medo de Agláia Ivánovna.

O príncipe ficou sério e se manteve calado durante mais de um minuto, até que disse:

— Meu caro Liébediev, desisto da sua vila. Onde está Gavríl Ardaliónovitch? Onde está o casal Ptítsin? Você também os sequestrou?

— Eles virão! Virão! E, além deles, o General Ívolguin, também. Vou abrir as portas e vou chamar também as minhas filhas. Todos, todos, todos, imediatamente, imediatamente! — sussurrou Liébediev, amedrontadíssimo, agitando os braços e correndo de uma porta para outra.

Bem nesse momento, Kólia, vindo da rua, entrou pela varanda e anunciou que alguns amigos — a Sra. Epantchiná e as suas três filhas — vinham a caminho para visitá-lo.

— Devo deixar entrar os Ptítsin e Gavríl Ardaliónovitch, caso venham, ou não devo? E o general, faço-o entrar até aqui, ou não? — dizia Liébediev, dando pulinhos, excitadíssimo com as notícias.

— Por que não? Deixe entrar quem quiser. Devo-lhe observar, Liébediev, que você adotou uma atitude errada para comigo desde o começo. Você está se equivocando sem parar, sempre. Eu não tenho a menor razão para estar me escondendo de quem quer que seja. — E o príncipe sorriu, ante o que Liébediev achou que também devia rir. Malgrado a agitação em que estava, demonstrava extrema satisfação.

As notícias trazidas por Kólia eram reais. Tinha vindo apenas alguns passos na frente dos Epantchín a fim de anunciar a chegada deles; tanto assim que as visitas chegaram ao mesmo tempo, vindas de ambos os lados, os Epantchín surgindo da rua, e os Ptítsin, Gánia e o General Ívolguin lá de dentro.

Os Epantchín só agora tinham sabido por Kólia que o príncipe estava doente e que se achava em Pávlovsk. Até então a Sra. Epantchiná se mantivera em angustiosa perplexidade. Dois dias antes o general mostrara à família o cartão deixado pelo príncipe. A vista desse cartão acordou em Lizavéta Prokófievna a firme convicção de que o príncipe não tardaria em vir visitá-los em Pávlovsk. Em vão as filhas lhe garantiram que um homem que passara seis meses sem escrever não haveria de se apressar agora e que, com certeza, não lhe faltava com que se entreter, e bastante, em Petersburgo, afora eles. Como poderiam, pois, saber dele? A generala zangou-se seriamente com tais observações e quis até apostar como o príncipe apareceria no dia seguinte, no máximo, mesmo que fosse um pouco tarde e atrasado! No dia seguinte puseram-se a esperá-lo a manhã inteira; esperaram-no para jantar, para o serão, e quando começou a escurecer Lizavéta Prokófievna desandou a implicar com tudo, a brigar com todo o mundo, não fazendo, é lógico, enquanto isso, a menor alusão ao príncipe. Tampouco no terceiro dia foi dita uma palavra sequer, a respeito dele. Quando, ao jantar, Agláia caiu na asneira de observar que mamãe estava furiosa porque o príncipe não tinha vindo, ao que o pai imediatamente redarguíra não ser sua a culpa, Lizavéta Prokófievna se levantou da mesa e saiu, encolerizada. Por fim, lá pela noitinha, Kólia chegou e fez uma completa descrição das aventuras do príncipe, pelo menos até onde sabia. Lizavéta Prokófievna ficou triunfante, mas Kólia apanhou uma boa raspança: "Você se gruda aqui dias e dias seguidos e a gente tem de aguentá-lo, e você podia ao menos nos ter participado isso tudo, já que ele não se achava capaz de vir". Kólia esteve a ponto de se queimar com a expressão "e a gente tem de aguentá-lo", mas adiou isso para uma ocasião mais propícia; se a frase não tivesse sido tão ofensiva, a teria talvez desculpado inteiramente, pois ficara muito contente com a agitação e a ansiedade de Lizavéta Prokófievna ao saber da doença do príncipe. Começou ela a insistir sem parar na necessidade de mandar vir uma celebridade médica de Petersburgo, a cuja procura seria bom mandar logo um portador; e que fosse médico célebre deveras e que viesse logo pelo primeiro trem. Mas as filhas a dissuadiram. Não quiseram, contudo, ficar atrás de sua mãe quando esta de repente resolveu ir visitar o doente.

— Pois se ele está em seu leito de morte — dissera Lizavéta Prokófievna, toda zonza — por que estarmos com cerimônias? Trata-se de um amigo da família, ou não?

— Mas não fica bem a gente ir correndo, sem saber direito como ele está — observara Agláia.

— Muito bem; então não venham. E até fazem bem, pois do contrário, se Evguénii Pávlovitch chegar, não terá ninguém que o receba.

A tais palavras, naturalmente, Agláia saiu logo com os demais. Aliás, mesmo sem essas palavras, ela agiria do mesmo modo. O Príncipe Chtch..., que estava sentado com Adelaída, ante essa conversa logo concordou em acompanhá-las. Tinha-se interessado muito pelo príncipe, ao ouvir falar dele antes, logo que travara relações com os Epantchín. Pareceu-lhe até que o conhecia, que se tinham encontrado alhures, ultimamente, e que tinham passado uma noite juntos em uma cidadezinha do interior, três meses antes. De fato o Príncipe Chtch... lhes contou uma porção de coisas relativas ao príncipe e se referiu muito amistosamente a ele; era, pois, com verdadeiro prazer que o ia visitar. O General Epantchín não se achava em casa essa tarde; quanto a Evguénii Pávlovitch, estava demorando um pouco.

A vila de Liébediev não ficava a mais de trezentos passos. Lizavéta Prokófievna ficou logo desapontada de encontrar um grupo em visita ao príncipe, sem falar no fato de entre essa gente haver umas duas ou três pessoas com quem positivamente embirrava. O seu segundo desaponto foi a surpresa de encontrar um jovem com a evidente aparência de estar gozando perfeita saúde, todo janota, que lhe veio ao encontro muito risonho, em vez do doente que contara ir deparar em um leito de morte. Instantaneamente estacou, admirada, proporcionando intenso prazer a Kólia, que bem poderia ter explicado, antes de saírem, que ninguém estava para morrer e que não se tratava de nenhum caso de leito de morte. Mas não o fizera justamente porque manhosamente antevia a raiva da Sra. Epantchiná quando, conforme ele já contava, desse com o príncipe, por quem tinha real afeição, em perfeita saúde. Queria assim gozar a cólera. Kólia, de fato, só fazia disparates, tanto em dizer alto as suas opiniões, como em sempre atiçar a irritação de Lizavéta Prokófievna. Estava sempre às turras com ela e, muitas vezes, de modo muito malicioso, apesar da estima que um tinha pelo outro.

— Não perde por esperar, meu amiguinho, não se precipite! Não gaste à toa o seu trunfo — disse-lhe Lizavéta Prokófievna, sentando-se na poltrona que o príncipe lhe ajeitava.

Liébediev, Ptítsin e o General Ívolguin correram a arrumar cadeiras para as moças. A de Agláia foi o General Ívolguin quem trouxe. Liébediev ofereceu uma outra ao Príncipe Chtch... também, expressando, com a curvatura do seu dorso, um profundo respeito. Vária saudou as senhoritas como habitualmente, com um sussurro absorto.

— Em verdade, príncipe, contava encontrá-lo, por assim dizer, de cama. Exagerei as coisas, na minha aflição, confesso. Senti-me terrivelmente desapontada, ainda agora mesmo, ao deparar com o seu rosto feliz, mas lhe juro que isso não durou mais do que um minuto, foi só enquanto não pensei. Sempre ajo e falo com mais sensibilidade quando me dão tempo para pensar. Creio que o mesmo se dá com o senhor. E, realmente, o restabelecimento de um filho meu não me daria mais satisfação do que o seu restabelecimento, príncipe; e caso não me acredite, a vergonha é para o senhor e não para mim. Este garoto malvado se compraz em brincadeiras de mau gosto como esta, à minha custa.

Parece-me que ele é seu *protégé*. Se de fato é, eu aviso desde já que uma bela manhã me negarei o prazer e a honra de continuar nossa amizade.

— Mas que foi que eu fiz? — perguntou Kólia. — Quanto mais eu lhe garantisse que o príncipe já estava quase bom, a senhora não haveria de querer acreditar em mim, porque lhe é muito mais interessante imaginá-lo em seu leito de morte.

— Veio para se demorar? — interrogou Lizavéta Prokófievna, dirigindo-se ao príncipe.

— Por todo o verão, e talvez um pouco mais.

— Veio sozinho, pois não? Ou está casado?

— Casado? Eu? — E o príncipe sorriu ante a simplicidade do escárnio.

— Não sei por que está rindo. Podia muito bem acontecer. Estive pensando nesta vila. Por que o senhor não foi ter conosco? Temos lugar de sobra. Mas seja como quis. Alugou dessa pessoa aí?... Dessa? — acrescentou, abaixando a voz, apontando Liébediev. — Por que é que ele vive dando pulinhos?

Nisto Vera apareceu, vindo lá da casa para a varanda, e, como sempre, com o nenezinho no colo. Liébediev, que não parava em volta das cadeiras, completamente atarantado, sem saber o que fazer de si próprio e tampouco querendo ir embora, desesperadamente zonzo investiu logo contra a filha, gesticulando e a escorraçando da varanda; e, por distração, até batendo com o pé. — Estará ele louco? — observou logo a Sra. Epantchiná.

— Não, está mais...

— Bêbado, decerto. Esta sua roda não é lá tão atraente assim — deixou escapar, depois de olhar de soslaio para as outras visitas. — Mas que bonita menina! Quem é?

— É Vera Lukiánovna, a filha aqui de Liébediev.

— Ah!... Ela é muito mimosa. Gostaria de conhecê-la.

Mal ouviu as palavras acolhedoras da Sra. Epantchiná, Liébediev tratou logo de vir trazendo a filha, empurrando-a, para apresentá-la.

— Os meus filhos sem mãe! — ganiu, aproximando-se. — E esta criancinha de colo também é órfã; é irmã daquela, é a minha filha Liubóv... nascida do meu legítimo casamento com a minha defunta mulher Elena, que morreu, não faz seis meses, de parto, pela vontade do Altíssimo... Sim... ela substitui a mãe, para o pequerrucho, apesar de só ser irmã e não mais... não mais... não mais...

— E o senhor não passa de um maluco, se me permite! E por ora, chega. — Lizavéta Prokófievna se ia desmandando em sua indignação.

— Perfeitamente — concordou Liébediev, com uma curvatura respeitosa.

— Escute, Sr. Liébediev, é verdade o que dizem por aí? Que o senhor interpreta o Apocalipse? — perguntou Agláia.

— Perfeitamente... Há mais de 15 anos.

— Já ouvi qualquer coisa a seu respeito. Ou foi nos jornais?

— Não, era um outro intérprete, um outro que já morreu. Eu sou o sucessor — disse Liébediev, fora de si de tanto júbilo.

— Então fará o favor de interpretá-lo para mim, qualquer dia destes, já que somos vizinhos. O Apocalipse me é incompreensível.

— Devo preveni-la, Agláia Ivánovna, de que tudo isso é simples charlatanismo da parte dele. — O General Ívolguin pôs logo as coisas nos seus lugares; estava sentado ao lado de Agláia, latejando de vontade de entrar na conversa. — Naturalmente nas férias se toleram disparates — prosseguiu — e certos divertimentos! E encarregar um tão extraordinário intruso da interpretação do Apocalipse é um divertimento como qualquer outro, e até mesmo uma diversão notavelmente hábil... Mas... vejo que a senhorita está me olhando com surpresa! General Ívolguin! Tenho a honra de apresentar-me. Muitas vezes a ergui no meu colo, Agláia Ivánovna.

— Muita satisfação. Já conheço Varvára Ardaliónovna e Nina Aleksándrovna — sussurrou Agláia, fazendo desesperados esforços para não cair na gargalhada.

Lizavéta Prokófievna ficou rubra. A tensão que se estava acumulando desde muito em seus nervos repentinamente achou uma saída. Ela não podia suportar o General Ívolguin, com quem já tivera relações outrora.

— O senhor está mentindo. Aliás, como sempre, *bátiuchka*. O senhor nunca a ergueu no colo — interrompeu-o ela com ar indignado.

— A senhora está esquecida. Já sim, mamãe, em Tver — asseverou logo Agláia. — Quando nós estávamos morando em Tver, eu tinha seis anos; lembro-me bem. Ele fez para mim um arco e uma flecha e me ensinou a atirar; eu até matei um pombo. O senhor se lembra de que nós matamos um pombo, juntos?

— E de que o senhor me trouxe um capacete feito de papelão e uma espada de pau? Eu também me lembro — disse Adelaída.

— É mesmo, estou me lembrando — interveio Aleksándra. — Até as duas brigaram por causa do pombinho morto. E ficaram de castigo uma em cada canto. Adelaída ficou no canto com o capacete na cabeça e a espada na mão.

Quando o General Ívolguin disse a Agláia que a tinha carregado no colo, dissera isso sem nenhuma significação, apenas para encetar conversa e porque sempre iniciava uma conversa desse jeito com gente nova, quando queria fazer relações. Mas, desta vez aconteceu que estava dizendo a verdade, muito embora, como se deu no momento, tivesse esquecido. Foi só quando Agláia declarou que tinham matado um pombo juntos que a memória se lhe avivou; então se recordou de tudo, minúcia por minúcia, segundo acontece com gente idosa, muitas vezes, ao relembrar qualquer coisa. Seria difícil dizer que é que haveria nessa reminiscência que pudesse produzir tão forte efeito no pobre general que estava, como de costume, um pouco bêbado; mas o fato é que imediatamente ficou comovido.

— Lembro-me, lembro-me perfeitamente. Eu era capitão. A senhorita era uma bonequinha assim... Ah, Nina Aleksándrovna!... Gánia... Antigamente eu frequentava a casa de Iván Fiódorovitch!...

— E veja agora para o que deu! — atirou-lhe a Sra. Epantchiná. — Então não bebeu ainda quanto quis, para que isso o afete tanto assim? E não se lembra quanto tem desgostado sua senhora! Em vez de olhar pelos filhos acabou indo parar em uma prisão de sujeitos que não pagam! Deixe disso, *bátiuchka*; meta-se em qualquer canto, atrás de uma porta, e chore a sua antiga inocência; e talvez Deus o perdoe. Vamos, vamos, deixe disso. Não há nada melhor para ajudar um homem a se emendar do que pensar no passado com saudade!

É desnecessário repetir que ela estava falando seriamente. O General Ívolguin, como todo beberrão, era muito sensível, e, como todos os bêbados que caíam demasiado, sempre que se recordava dos tempos felizes ficava de beiço trêmulo. Obedeceu, levantou-se e se dirigiu humildemente para a porta. Lizavéta Prokófievna logo ficou com pena dele.

— Ardalión Aleksándrovitch, bom homem! — chamou-o. — Espere aí. Todos nós somos pecadores. Quando sentir a consciência mais aliviada venha ver-me. Sentaremos e falaremos sobre o passado. Quem sabe se não sou cinquenta vezes mais pecadora do que o senhor? Mas, por enquanto, até a vista; vá, de que lhe adianta ficar aí parado? — disse logo, receosa, ao vê-lo voltar.

— Deixe-o sozinho, é melhor — disse o príncipe, contendo Kólia, que ia atrás do pai. — Se ele se desapontar ainda mais, todo este minuto será perdido para ele.

— É isso mesmo; deixe-o sozinho, por uma meia hora — apoiou Lizavéta Prokófievna.

— Estão vendo no que deu ter falado a verdade uma vez na vida? Resultou em pranto — ousou comentar Liébediev.

— Também é outro, o senhor aí, se não é mentira o que já ouvi a seu respeito, *bátiuchka* — disse Lizavéta Prokófievna, fazendo-o calar-se prontamente.

As relações mútuas das visitas pouco a pouco foram se mostrando. O príncipe era naturalmente sensível e apreciou, ao máximo, a simpatia demonstrada pela Sra. Epantchiná e filhas e lhes disse que antes de elas terem vindo já tencionava fazer-lhes uma visita naquele dia mesmo, apesar do seu estado ainda precário e do adiantado da hora. Lizavéta Prokófievna, reparando nas pessoas que o estavam visitando, observou que ainda lhe era possível cumprir essa intenção. Ptítsin, que era homem muito educado e cortês, prontamente se retirou para os cômodos de Liébediev, tendo até querido levar este consigo. Liébediev, por sua vez, prometeu ir logo. Vária, no entanto, entrara em conversa com as moças, e ali continuou. Tanto ela como Gánia tinham ficado mais à vontade com o desaparecimento do general. Gánia acabou retirando-se, pouco depois de Ptítsin. Nos poucos minutos em que ficou nos fundos da varanda mantivera-se discreto e digno, nem sequer se desapontando com o ar intencional com que a Sra. Epantchiná, por duas vezes, o examinara de alto a baixo. Quem quer que o tivesse conhecido antes havia certamente de notar que mudara muito. E isso punha Agláia mais à vontade.

— Quem saiu agora não foi Gavríl Ardaliónovitch? — perguntou ela, sem se dirigir propriamente a ninguém, interrompendo, com a sua pergunta, feita em voz alta, a conversa geral.

— Foi — respondeu o príncipe.

— Quase não o reconheci. Está muito mudado... Melhorou muito — disse Agláia.

— Felizmente — apoiou o príncipe, com sinceridade.

— Esteve bem doente — acrescentou Vária, em tom de alegre comiseração.

— Melhorou em quê? — perguntou Lizavéta Prokófievna, com muita raiva e ar escandalizado. — Que ideia! Não vejo em quê! Qual é a melhora que notam?

— Não há nada comparável ao "pobre cavaleiro" — saiu-se, sem mais nem menos, Kólia, que estava ao lado da cadeira da Sra. Epantchiná.

— É exatamente a minha opinião — disse o Príncipe Chtch... e riu.

— E eu penso precisamente da mesma maneira — declarou solenemente Adelaída.

— "Pobre cavaleiro"? Qual? — perguntou a generala, olhando para todos eles, atarantada e em dúvida; vendo, porém, que Agláia tinha ficado vermelha, disse logo: — Alguma asneira, naturalmente. Que "pobre cavaleiro" é esse?

— Não é a primeira vez que esse fedelho, favorito da senhora, tem torcido perversamente as palavras alheias! — respondeu Agláia, com uma indignação altiva.

Em todas as explosões de raiva de Agláia (o que se dava muitas vezes) aparecia logo, apesar do feitio sério que ela tomava, alguma coisa de infantil ou de colegial tão ingenuamente espetacular que era impossível deixar de rir ao olhá-la. Isso ainda a exacerbava mais, pois não podia compreender de que era que se riam e "como podiam e ousavam rir". Suas irmãs e o Príncipe Chtch... riam agora e o próprio Príncipe Liév Nikoláievitch, embora também se tornando vermelho sem saber por quê. Kólia riu estrepitosamente, achando que tinha triunfado. Agláia, então, ficou seriamente zangada, o que redobrou a sua beleza. A confusão lhe assentava bem, e quanto mais se zangava mais confusa ficava.

— Ele tem torcido perversamente muitas das suas palavras, também! — acrescentou ela.

— Estou baseando-me nas suas próprias exclamações! — disse Kólia. — Há mais ou menos um mês, a senhora folheava o *Dom Quixote*, quando disse textualmente que nada era comparável ao "pobre cavaleiro". Não sei a quem se referia a senhora, se era a Dom Quixote ou a Evguénii Pávlovitch, ou qualquer outra pessoa; mas a senhora se referiu a alguém, e até bem demoradamente.

— O senhor está mais é se excedendo, rapazinho, com essas suas conjeturas! — ralhou Lizavéta Prokófievna, querendo contê-lo.

— Mas não sou eu só — teimava Kólia. — Todo o mundo disse e ainda está dizendo. Ora essa, o Príncipe Chtch..., Adelaída Ivánovna e os demais declararam agora mesmo que ficavam a favor do "pobre cavaleiro". Portanto deve haver um "pobre cavaleiro". E realmente há; creio que se não fosse Adelaída Ivánovna nós já saberíamos há muito quem é o "pobre cavaleiro".

— Eu? Que foi que eu fiz? — perguntou Adelaída, rindo.

— A senhora não quis pintar o retrato dele? — Eis o que foi que a senhora fez! Naquela ocasião Agláia Ivánovna lhe suplicou que pintasse o retrato do "pobre cavaleiro" e lhe descreveu completamente como devia ser o quadro. Ela lhe explicou tudo. A senhora não pintou.

— Mas como haveria eu de pintar se, conforme lá diz o poema, esse "cavaleiro pobre"

... nem sequer,
Sempre o rosto escondido na viseira,
Ergue o olhar para um corpo de mulher?

Como então lhe hei de pintar o rosto? Só se pintar a viseira... do herói taciturno...

— Que negócio é esse de viseira? — perguntou, zangada, a generala, começando a desconfiar a que pessoa se referiam as filhas com a tal alcunha de "o pobre cavaleiro". Decerto já a aplicavam havia alguns meses. Mas o que mais a afligia era que o Príncipe Liév Nikoláievitch também estava começando a ficar enrubescido, sendo que acabou por fim tão sem jeito como um menino de dez anos ante zombarias de adultos.

— Bem, querem vocês parar com essa maluqueira, ou não? Expliquem já essa charada de "cavaleiro pobre"! É assim um segredo tão misterioso que não se possa vir a saber?

Mas todos continuaram a rir.

Por fim o Príncipe Chtch... resolveu explicar, querendo esclarecer o mistério e mudar a conversa:

— O fato é o seguinte: existe um estranho poema russo, ou melhor, uma balada a respeito de um cavaleiro pobre. Trata-se de um trecho solto, sem começo nem fim. Ora, aconteceu estarmos nós um dia, há coisa de um mês, querendo descobrir, alegres da vida, como sucede depois do jantar, um assunto para o próximo quadro de Adelaída. É sabido como a família inteira anda sempre tentando achar assuntos para as telas de Adelaída. Conversa vai, conversa vem, nos ocorreu o tema do "cavaleiro pobre". Já nem me recordo quem foi que se lembrou disso primeiro.

— Foi Agláia Ivánovna ! — gritou Kólia.

— Talvez. Talvez tenha sido. Não me lembro — continuou o Príncipe Chtch... — Alguns riram da ideia, outros acharam que não havia assunto melhor. Mas todos foram unânimes quanto a isto: que para pintar o "cavaleiro pobre" antes de mais nada era preciso achar uma cara para ele. Começamos pelas caras de todos os amigos e conhecidos. Mas nenhuma dava certo. E então desistimos da ideia. Não sei por que motivo Nikolái Ardaliónovitch se lembrou disso e trouxe à baila essa história. O que naquela ocasião tinha propósito, já agora não interessa.

— Trata-se certamente de alguma asneira dele com intenção perversa! — declarou logo Lizavéta Prokófievna.

— Asneira? Pelo contrário: demonstração do mais profundo respeito! — aparteou Agláia de modo inteiramente inesperado e com voz grave e séria.

Tinha dominado já a sua emoção e estava completamente à vontade. E mais ainda, olhando-a, até se podia verificar, mediante certos indícios, que ela se sentia bastante satisfeita pelo fato de a brincadeira estar prosseguindo. E essa revulsão de sentimento se operou nela justamente à medida que o desapontamento crescente do príncipe se foi tornando visível para todos.

A generala investiu:

— Ainda agora vocês se riam de bobagens, e essa menina intervém e diz que se trata de coisa digna de respeito. Corja de malucos! Respeito de quê? Por quê? Digam logo que é que lhes incute tanto respeito!

Cada vez mais séria e grave, Agláia respondeu logo à pergunta desdenhosa da mãe:

— O mais profundo respeito, sim senhora, porque esse poema descreve nem mais nem menos um homem que é capaz de um ideal. E mais ainda: um homem que, uma vez deparando com esse ideal, acredita nele e por ele dá a sua vida, cegamente. Ora, isso nem sempre acontece nos nossos dias. O poema não diz exatamente qual seja o ideal do "pobre cavaleiro", mas podemos inferir que seja alguma visão, alguma imagem de "pura beleza". Vai daí, devido a essa amorosa devoção, o cavaleiro pôs um rosário em volta do pescoço, em vez do gorjal. É verdade que há uma divisa obscura, que não nos é explicada, naquelas letras A. N. B. gravadas no seu escudo...

Kólia corrigiu-a logo:

— A. M. D.!

— Se eu disse A. N. B., sei o motivo... — atalhou Agláia, zangando-se. — Evidentemente fica explícito que a esse cavaleiro pobre pouco se lhe dava quem fosse a sua dama e o que ela fazia. A ele bastava tê-la escolhido e ter posto a sua fé em sua "pura beleza", a que não cessou de render homenagem. E é nisto justamente que está o mérito. Mesmo que ela se tornasse, por exemplo, ladra, mais tarde, para ele o que importava era acreditar nela e estar sempre disposto a quebrar lanças por sua "pura beleza". O poeta parece ter querido significar, em uma impressionante figura, a concepção do amor platônico da cavalaria medieval, tal como era sentido por um leal e sublime cavaleiro. Naturalmente tudo isso é um ideal. No nosso cavaleiro pobre tal sentimento atinge o seu limite mais elevado no ascetismo. Deve-se admitir que ser capaz de tais sentimentos significa muita coisa e que eles produzem uma profunda impressão. Imensa, louvável sob qualquer ponto de vista, por exemplo, em Dom Quixote. O "pobre cavaleiro" no fundo é o próprio Dom Quixote. Um Dom Quixote sério e não cômico. No começo eu não entendia e me ria dele, mas agora amo e respeito o "pobre cavaleiro".

Foi com essas palavras que Agláia concluiu. Encarando-a, era difícil dizer se estava falando sério, ou pilheriando.

E a mãe comentou:

— Seja lá como for, não passa de um maluco. Ele, com as suas façanhas... Só disseste tolices, criatura, com essa tua lenga-lenga, e a meu ver isso não te fica bem. Pelo menos não são boas maneiras. Como é esse poema? Recita-o lá! Decerto o sabes de cor. Preciso ouvir. Sempre embirrei com versos; deles não sai nada que preste. Mas, pelo amor de Deus, dê a sua opinião, príncipe! Ajude-me! Pois não combinei, daquela vez, que nos ajudaríamos os dois a esclarecer coisas? — acrescentou ela, voltando-se para o Príncipe Liév Nikoláievitch.

Mostrava-se bastante zangada. O príncipe tentou falar, mas se sentiu demasiado confuso. Agláia, no entanto, que já se excedera no seu discurso, não estava absolutamente embaraçada; muito pelo contrário, parecia radiante com o efeito produzido. Levantou-se logo, ainda grave e séria, atendendo ao pedido materno, como se outra coisa não quisesse agora senão recitar. E foi para o meio da varanda, bem defronte do príncipe, que continuava sentado na sua poltrona. Todos os olhares a acompanharam, com surpresa. O Príncipe Chtch..., as irmãs e a mãe de Agláia pareciam incomodados com essa brincadeira que já os preocupava. Era evidente que ela se comprazia com a expectativa, demorando bastante o prelúdio do recitativo. Lizavéta Prokófievna esteve a ponto de ordenar à filha que se sentasse. Bem no momento em que esta começou a declamar a célebre balada, outras duas visitas entraram da rua e se dirigiram à varanda. Eram o general e um jovem.

A entrada de ambos causou discreto alvoroço.

7

O jovem que chegou com o general aparentava uns 28 anos, era alto e elegante, tinha um rosto bonito e inteligente e nos seus olhos grandes e negros havia uma expressão simpaticamente irônica. Agláia não se voltou para olhar. Continuou a recitar os versos, persistindo em não fixar senão o príncipe e como que recitando só para ele. Mas os recém-chegados de certa forma interromperam a situação desagradável em que ele se achava. Vendo-os, ele se levantou, curvou-se um pouco, lá a distância de onde estava, para o general, fez sinal que não interrompesse a declamação, e se colocou por detrás da poltrona, aproveitando para ficar menos exposto. Depois, apoiando o braço no espaldar da poltrona, ficou à vontade para escutar a balada em uma posição mais conveniente e menos ridícula do que antes. Lizavéta Prokófievna, por seu turno, duas vezes se voltou para os recém-chegados, categoricamente lhes fazendo sinal para que ficassem quietos. O príncipe se interessou muito por esse seu novo visitante, o jovem que estava com o general. Sabia que devia ser Evguénii Pávlovicth Rádomskii, de quem já ouvira falar tanto, tendo até pensado nele mais de uma vez. A única coisa de que se admirou foi estar essa pessoa em roupas civis, pois, pelo que ouvira, Evguénii Pávlovitch era militar. Um sorriso de afável ironia brincava nos lábios do jovem durante todo o tempo em que o poema era recitado, como se já soubesse alguma coisa a respeito da brincadeira do "pobre cavaleiro".

"Quem sabe até se não foi ideia dele!" — pensou o príncipe. Mas, quanto a Agláia, a coisa era muito outra. A afetação e a pompa com que começara a recitar já iam sendo substituídas por um modo sério e por uma profunda consciência do espírito e significado do poema. Dizia estrofe por estrofe com uma tão nobre simplicidade, que antes do fim da declamação não só tinha despertado a atenção geral como, pela interpretação do elevado espírito da balada, conseguira até justificar, por certo modo, a exagerada gravidade com que se havia postado no centro da varanda. Tal gravidade podia até ser tomada como consequência da profundidade do tema, ou como respeito à beleza dos versos que se propusera interpretar. Que fulgor o dos seus olhos! E um tremor quase imperceptível de deslumbramento duas vezes fulgiu no seu semblante admirável. Recitou:

Viveu outrora no seu burgo nobre
Um cavaleiro austero e taciturno
Cuja magnificência era ser pobre!

Como sempre, uma noite, após o turno
Pelas ermas ameias do castelo,
Se estirou no seu tálamo noturno

E, dormindo, sonhou sonho tão belo
— Oh radiosa visão de eucaristia!
Que artista ou poeta algum, em seu anelo

De interpretar o enigma que envolvia
Essa visão de uma tamanha essência,
Nunca o fará em cor ou verso, um dia!

Sublimando de vez sua existência,
Passa a adotar um teor extraordinário:
Se alguma tentação defronta, vence-a

Pois usa agora apenas um rosário
Ao invés do gorjal. E nem sequer,
Nas contingências deste mundo vário,

Lançando-se em batalha — onde as houver,
Sempre o rosto escondido na viseira,
Ergue o olhar para um corpo de mulher.

Com seu sangue, conforme a leal maneira
Estas três letras N. F. B.
Grava no escudo oval, com mão certeira.

Contra a Mourisma, em prol da sua fé,
Investe então com alma corajosa
Sempre que alguma pugna audaz se dê,

Bradando: "Lumen Coeli, Sancta Rosa!".
Eis a vida qual foi deste Cruzado,
No Oriente rubro e na África pasmosa!

Já velho, regressou ao seu condado,
E, sem reconhecer o que era seu,
Envolto no marasmo do passado,

Um dia em solidão plena morreu...

Mais tarde, ao recordar aquele momento, o príncipe ficava sempre estupefato e atormentado por uma interrogação para a qual não achava resposta: como pudera um tão sincero e nobre sentimento estar associado com uma tal malícia tão indisfarçável e irônica? Da existência dessa zombaria não tinha ele dúvidas; compreendera isso muito bem e tinha em que se fundamentar. No decorrer da declamação, Agláia tomara a liberdade de mudar as iniciais A. M. D. para estas outras N. F. B. Lá que tivesse entendido mal, ou ouvido errado, não era possível (aliás mais tarde isso lhe foi provado). Em todo o caso, a atitude de Agláia — um gracejo, naturalmente, embora desapiedado e impensado — fora premeditada. Durante aquele mês, todo o mundo falou (e sempre rindo) do "pobre cavaleiro". Ainda assim, conforme o príncipe se lembrou depois, Agláia pronunciara aquelas letras sem nenhum traço de mofa nem de escárnio, sem mesmo acentuá-las com ênfase a fim de demonstrar seu secreto significado. Pelo contrário, pronunciara aquelas letras com a mesma imutável gravidade, com uma tão inocente e ingênua simplicidade que se podia supor que tais iniciais estivessem na balada e impressas no livro. O príncipe sentiu-se atormentado por um mal-estar que o deprimiu.

Lizavéta Prokófievna, é claro, não percebeu nem compreendeu a troca das letras, nem a alusão nelas incluída. O General Epantchín só percebeu que estavam recitando um poema. Alguns dos ouvintes, porém, compreenderam e ficaram surpreendidos com o arrojo da intenção ante o sentido que nisso estava subentendido; mas ficaram calados e fingiram não ter reparado. Mas o príncipe estava pronto a apostar que Evguénii Pávlovitch não só compreendera, como estava tentando evidenciar que compreendera: o seu sorriso era demasiado zombeteiro.

— Que esplêndido! — elogiou a Sra. Epantchiná, arrebatada pelo entusiasmo, logo que a declamação acabou. — De quem é esse poema?

— De Púchkin, mamãe — informou Adelaída. — Não nos envergonhe! Será possível?

— É de espantar que eu não seja mais ignorante ainda, com estas minhas filhas! — respondeu Lizavéta Prokófievna, amargamente. — Mas é uma desgraça! Logo que chegarmos a casa me mostrem esse poema de Púchkin.

— Creio que não temos lá nenhum Púchkin!

— Eu me recordo de haver visto dois volumes muito gastos rodando pelos cômodos! — acrescentou Aleksándra.

— Temos de mandar uma pessoa, Fiódor ou Aleksiéii, pelo primeiro trem, comprar um, na cidade. Será melhor mandar Aleksiéii. Agláia, vem cá me dar um beijo! Declamaste esplendidamente; mas se recitaste com sinceridade — acrescentou diminuindo o tom de voz — me entristeces; se quiseste gracejar com ele, não posso deixar de censurar teus sentimentos e até seria melhor que tivesses permanecido calada. Estás compreendendo bem? Podes ir, criatura. E ainda tenho mais alguma coisa a te dizer daqui a pouco, caso nos eternizemos nesta visitinha.

Nesse ínterim o príncipe cumprimentava o General Epantchín, que por sua vez lhe apresentava Evguénii Pávlovitch Rádomskii.

— Peguei-o pelo caminho, ainda na estação. Ao saber que eu vinha para cá e que todos estavam aqui...

— E soube também que o senhor se encontrava em Pávlovsk — atalhou Evguénii Pávlovitch — então, como desde muito tenho pensado obter não somente uma apresentação mas também a sua amizade, não quis perder este ensejo. O senhor está passando bem? Disseram-me que...

— Estou ótimo, e sinto muito prazer em conhecê-lo. Já me falaram muito a seu respeito e já conversei diversas vezes sobre o senhor com o Príncipe Chtch... — respondeu o príncipe, estendendo-lhe a mão.

Cortesias recíprocas foram trocadas. Apertaram a mão um do outro e se olharam bem. Não tardou que a conversa se generalizasse. Míchkin notou (dera agora para notar tudo, de modo rápido e vivo; e possivelmente notava até mesmo coisas que nem existiam) que os trajes civis de Evguénii Pávlovitch
haviam despertado a curiosidade geral, e até surpresa; tanto que logo as restantes impressões e novidades ficaram esquecidas e apagadas. Esse pasmo até levava a conjeturar que tal mudança implicava algo muito importante. Adelaída e Aleksándra examinavam Evguénii Pávlovitch com certa perplexidade. O Príncipe Chtch..., seu parente, mostrava-se um pouco preocupado e o general falava com certa emoção contida. Agláia foi a única que observou Evguénii Pávlovitch sem se alterar, durante alguns instantes, embora demonstrando curiosidade, também ela; parecia apenas decifrar qual dos trajes lhe ia melhor, se o civil se o militar. E logo se virou, não prestando mais atenção. Lizavéta Prokófievna tampouco se abalançou em fazer comentários ou perguntas, não obstante ser ela quem decerto reparara logo na transformação. Pareceu ao príncipe que ela implicava um pouco com Evguénii Pávlovitch.

Como a interpretar a impressão geral, Iván Fiódorovitch exclamava com alvoroço:

— Até me assustei! Palavra, fiquei surpreendido quando dei com esse nosso amigo vestido assim em Petersburgo. Cheguei a acreditar que não fosse ele. E por que assim tão depressa, eis o enigma! Diz ele que não se devem quebrar cadeiras![25]

Pela conversa que se seguiu o príncipe ficou sabendo que Evguénii Pávlovitch vinha participando desde muito tempo a sua decisão de deixar temporariamente o serviço do exército; mas falava disso sempre com tanta leviandade que ninguém tomara a sério tais palavras. Era seu feitio falar tudo com ar brincalhão, mesmo quando os assuntos eram sérios; de forma que era impossível acreditar nele, o que talvez lhe conviesse.

— Será apenas por algum tempo, por alguns meses. Um ano, no máximo — ria Rádomskii.

---

[25] A expressão "quebrar cadeiras" foi empregada por Gógol na peça *O inspetor-geral*. Um professor de História é censurado por se exaltar a ponto de "quebrar cadeiras" quando fala de Alexandre, o Grande. Assim, quando se quer exprimir despropositado dispêndio de energia, emprega-se essa expressão. (N. E.)

— Mas por que isso? Não chego a compreender. Principalmente você, que desfrutava uma situação de primeira ordem — continuou argumentando o General Epantchín.

— E onde arranjaria eu tempo para visitar os meus domínios, senão assim? O senhor mesmo não me aconselhou a ir ver direito as minhas propriedades? E mesmo pretendo dar um pulo até o estrangeiro...

E logo o assunto foi cortado. Ainda assim uma excessiva e predominante inquietação, em cujo motivo o príncipe não atinava, parecia pairar na atmosfera.

— Então o "pobre cavaleiro" ainda continuava em cena? — perguntou Evguénii Pávlovitch acercando-se de Agláia.

E, para maior atarantamento do príncipe, esta o olhou admirada e altiva, como a lhe dar a entender que o "cavaleiro pobre" era um assunto com que ele nada tinha a ver, não chegando ela, portanto, a compreender por que lhe fazia uma tal pergunta. Enquanto isso, Kólia continuava os seus debates com Lizavéta Prokófievna:

— Mas é muito tarde, muitíssimo tarde para mandar alguém à cidade a estas horas. Pela milésima vez multiplicada por três lhe faço ver que é demasiado tarde para mandar comprar na cidade um volume de Púchkin.

— Realmente já está muito tarde para ir à cidade agora — interveio Evguénii Pávlovitch, afastando-se de Agláia. — A estas horas as lojas em Petersburgo já devem estar fechadas. Já passa das oito — declarou, consultando o relógio.

— Se a senhora passou até agora sem esse livro, por que não há de poder esperar até amanhã? — fez Adelaída.

— Nem é chique pessoas da melhor sociedade se interessar em por literatura — acrescentou Kólia. — Pergunte só a Evguénii Pávlovitch. É muito mais correto viver refestelado em um cabriolé amarelo, de rodas encarnadas.

— Você está dando para falar por símbolos, outra vez, Kólia! — observou Adelaída.

— Mas ele só sabe falar charadisticamente — cascalhou Evguénii Pávlovitch. — Anda procurando em revistas frases inteiras. O meu prazer de ouvir a conversa de Nikolái Ardaliónovitch vem de longe, mas desta vez não se trata de nenhuma charada. Nikolái Ardaliónovitch está aludindo em cheio ao meu *char-à-banc*[26] amarelo de rodas vermelhas. Mas já o troquei; você está atrasado.

O príncipe escutava Rádomskii falar. E verificava quanto as suas maneiras eram excelentes, modestas e vivazes. Estava particularmente satisfeito em ouvi-lo responder com perfeita equanimidade e bonomia às troças de Kólia.

— Que é isso? — perguntou Lizavéta Prokófievna, dirigindo-se a Vera, a filha de Liébediev, que estava parada diante dela com alguns volumes grandes, quase novos e finamente encadernados nas mãos.

— Isto é Púchkin — disse Vera. — O nosso Púchkin. Papai me disse que viesse oferecer à senhora.

— Como é isso? Como pode ser isso? — disse Lizavéta Prokófievna, espantada.

— Não como um presente! Não se trata de presente. Eu não tomaria tal liberdade! — E Liébediev surgiu, empurrando a filha. — Ao preço do custo. Trata-se do nosso Púchkin para uso da família. Trata-se da edição Annénkov, que já não se compra hoje em dia; ao preço do custo! Ofereço com veneração, e só o quero vender para satisfazer à insigne impaciência dos honorabilíssimos sentimentos literários de Vossa Excelência.

— Bem, se é que o vende, obrigada. E fique desde já sabendo que não terá prejuízo. Peço-lhe, porém, uma coisa só; que não represente o maluco, aqui, por favor. Já me disseram que é muito lido, mas a nossa conversa fica para outro dia. Irá levá-los, pessoalmente, não é?

— Com veneração e... o maior respeito! — careteou Liébediev, com extraordinário júbilo, tomando os livros das mãos da filha.

— Está bem. Veja lá, não vá perdê-los. Pegue-os; fico com eles, mesmo sem "o maior respeito". Mas somente com uma condição: a de só receber sua visita na porta, o que não quer dizer tampouco que seja hoje — acrescentou ela examinando-o cuidadosamente. — É melhor até mandar sua filha em seu lugar. Mande-a logo mais. Vera, de você eu gosto, está ouvindo?

Vera, todavia, já estava falando com o pai a propósito de um outro assunto.

---

[26] Espécie de carruagem urbana com bancos de madeira. (N. E.)

— Por que é que o senhor, papai, não avisa ao príncipe que aquela gente está aí, querendo falar com ele? Se o senhor demorar eles acabarão entrando à força. Escute o escarcéu que estão fazendo! Liév Nikoláievitch — e agora se aproximara do príncipe —, chegaram quatro homens que querem falar com o senhor. Já vieram há muito tempo, estão furiosos e papai não os quer deixar vir aqui.

Liébediev explicou, gesticulando muito:

— O filho de Pavlíchtchev ! O filho de Pavlíchtchev com mais uns outros! Não prestam para nada! Não merecem vir aqui para estorvar. Não vale a pena, príncipe, lhes dar atenção. Nem fica bem o senhor se incomodar por causa de um tal canalha, ilustríssimo príncipe. Não prestam para nada...

— O filho de Pavlíchtchev está aí? Oh, meu Deus! — exclamou o príncipe sobremodo desconcertado. — Ah, sim. Você sabe, porém, que... já pedi a Gavríl Ardaliónovitch que trate do caso desse moço. E ainda agora Gavríl Ardaliónovitch me disse que...

Nisto apareceu Gánia, vindo do pavilhão para a varanda, acompanhado por Ptítsin. Dentro do pavilhão havia rumores de altercação, ruídos esses que logo foram escutados na sala contígua, como se pessoas estivessem aproximando-se. E a voz do General Ívolguin parecia querer dominar as outras. Kólia correu lá para dentro.

— Ora aí está uma coisa pela qual me interesso — disse alto Evguénii Pávlovitch.

"Então este senhor aqui está a par do que se trata", pensou o príncipe.

— Um filho de Pavlíchtchev?... Qual filho de Pavlíchtchev? — perguntou admirado o General Iván Fiódorovitch, olhando para o grupo com curiosidade e logo percebendo pelo rosto de todos, com surpresa, que ele era o único que ignorava essa nova revelação.

De fato a excitação e a expectativa eram gerais. O príncipe ficou profundamente espantado que um caso assim tão pessoal despertasse tamanho interesse da parte de todos.

— Aproveite, príncipe, e ponha logo um ponto final nisso, já, o senhor mesmo. — Era Agláia quem falava assim, levantando-se na direção do príncipe, com uma seriedade muito particular. — E consinta que sejamos suas testemunhas. Estão ensaiando atirar-lhe lama, príncipe. Deve defender-se de modo triunfante. E saiba que ficarei contente se o fizer.

A Sra. Epantchiná corroborou:

— E eu também. Quero que essa reivindicação enervante tenha um remate categórico. Trate-os como merecem ser tratados, príncipe. Não os poupe! Essa história anda a pôr zoada nos meus ouvidos e já estou com a paciência em pandarecos, por sua causa. Sem contar, ainda por cima, que deve ser interessante ver a cara que eles têm. Faça-os fugir e nós continuaremos onde estamos. Agláia teve uma boa ideia. Já ouviu referências a essa história, também, príncipe? — Desta vez se dirigia ao Príncipe Chtch...

— Naturalmente. Foi em sua casa, até. Estou com muita curiosidade de ver esses rapazes — respondeu o Príncipe Chtch... — São o que por aí se chama de niilistas, não é verdade?

— Não, alteza. Não são propriamente dos tais niilistas — explicou Liébediev dando um passo à frente, muito irrequieto. — Disse-me o meu sobrinho que esses tais já ultrapassaram de muito o niilismo. Trata-se de uma classe diferente. E a senhora se equivoca, Excelência, se cuida que os humilhará com sua veneranda presença. Eles não sabem o que seja inibição perante quem quer que defrontem. Longe disso. Os niilistas no mais das vezes sabem onde têm o nariz e são mesmo gente culta; mas esses tais os ultrapassam de muito porque antes de tudo são homens práticos, de negócios... Estes aqui fazem parte de uma espécie de dissidentes do niilismo, não seguem a linha deles, adotam uma variante, uma espécie de viés, por tradição oral; não se manifestam por meio de artigos de jornais e sim por tarefas diretas, ativas. Não é uma questão, por exemplo, da irracionalidade de Púchkin ou de qualquer outro, nem da necessidade de desarticular a Rússia toda, não. O que eles pregam e exigem é o direito que uma pessoa tem, caso deseje deveras uma coisa, de não se deter perante quaisquer obstáculos, mesmo que seja preciso liquidar com meia dúzia de indivíduos para obter uma finalidade. Seja lá como for, príncipe, eu o aconselharia a não...

Mas o príncipe já tinha ido abrir a porta para eles, dizendo enquanto isso, a sorrir:

— Você os está caluniando, Liébediev. Vejo que seu sobrinho influenciou muito os seus sentimentos. Não acredite nele, Lizavéta Prokófievna. Posso assegurar-lhe que isso de Górskii e Danilóv são meras exceções, e que estes rapazes... estão apenas... equivocados. Preferia não recebê-los aqui, diante de outras pessoas. Desculpe-me, Lizavéta Prokófievna.

Deixá-los-ei entrar apenas para que a senhora os veja; depois, passarei para a sala com eles. Entrem, senhores!

Afligia-o ainda um outro pensamento, e bem desagradável: não teria porventura alguém arranjado de antemão tal encontro para essa hora e na presença de toda essa gente, que assim testemunharia um espetáculo com propensões mais de vergonha e derrota do que de triunfo? Mas logo ficou triste por lhe vir ao pensamento uma tão "monstruosa e perversa desconfiança". Morreria de pejo se alguém descobrisse que tal ideia fulgurara em sua mente. No momento em que os visitantes entraram, logo tendeu a acreditar que o seu senso moral estava muito abaixo do nível dos recém-vindos.

Entraram cinco pessoas: quatro visitantes e o General Ívolguin, este então em um estado de grande nervosismo e violenta loquacidade. O príncipe pensou: "O general decerto está do meu lado". E sorriu. Kólia esgueirava-se por entre eles, falando muito inflamado com Ippolít, que fazia parte do grupo. E, escutando, Ippolít arreganhava os dentes.

O príncipe os fez sentar. Eram todos muito jovens, meros adolescentes, de maneira que tal visita, o assunto e a atenção que lhes estava sendo dispensada, tudo tomava deveras um ar de coisa extravagante. Iván Fiódorovitch, por exemplo, que nada sabia ainda a respeito dessa nova revelação nem a podia compreender, ficou muito indignado quando viu que se tratava de gente assim tão nova. Se não o contivesse a impetuosidade inconcebível de sua mulher a favor dos negócios particulares do príncipe, o general teria lavrado o seu protesto, retirando-se. Todavia se deixou ficar, parte por curiosidade, parte por cavalheirismo, esperando ajudar o príncipe ou, no mínimo, vir a ser útil no exercício da autoridade que emanava de sua pessoa e de sua condição. Mas a profunda saudação que o General Ívolguin lhe fez de longe o pôs de novo sobre brasas. Amarrou a cara e resolveu taxativamente se manter calado.

Se três do grupo eram bem jovens, o quarto porém já era homem perto dos 30 anos. Tratava-se do tenente reformado que fizera parte do bando de Rogójin, o tal campeão de boxe "que nos seus bons tempos não dava aos mendigos nunca menos de quinze rublos a cada um". Adivinhava-se logo que viera com os outros como um amigo "persuasivo" e para, caso necessário, garanti-los. O primeiro e o mais importante dos restantes era um jovem a quem fora dada a designação de "o filho de Pavlíchtchev", muito embora se apresentasse com o nome de Antíp

Burdóvskii. Era um rapaz de roupas sujas e comuns. As mangas do seu casaco brilhavam como dois espelhos. O colete puído estava abotoado acima da junção das clavículas, tapando de todo a camisa; trazia no pescoço uma echarpe de seda preta incrivelmente ensebada e mais torcida do que uma corda. Mãos encardidas. Não era feio e o rosto, conquanto marcado de espinhas, entremostrava, se é que assim se pode dizer, um ar de insolente inocência. Teria uns 22 anos, era magro e de estatura regular. Não havia um traço de escárnio nem de introspecção na sua fisionomia; nada, a não ser uma visível convicção dos seus próprios direitos e ao mesmo tempo algo como uma estranha e permanente vontade de ser e de se sentir insultado. Entrara acompanhado pelo sobrinho de Liébediev, já conhecido do leitor, e por Ippolít, e vinha falando com excitação e depressa; dava a impressão de gaguejar, percebendo-se que pronunciava as palavras com dificuldade e precipitação, dando às sílabas um sotaque que parecia de estrangeiro; mas era russo legítimo. Ippolít ainda era mais jovem do que os demais; devia andar pelos 17 ou 18 anos, tinha uma expressão inteligente mas irritada e apresentava evidentes sinais de doença. Magro como um esqueleto, pálido e amarelo como um círio, olhos brilhantes como brasas; nas bochechas chupadas, havia de cada lado uma mancha vermelha típica da tuberculose. De fato, tossia sem parar, a mínima palavra e o menor hausto o pondo sufocado. Devia estar tuberculoso já em terceiro grau. Dir-se-ia que não tinha vida para mais de umas três semanas. Tão cansado se sentia que logo se atirou a uma cadeira, diante de todos. Os outros visitantes ficaram um tanto cerimoniosos e mesmo confusos, mal acabaram de aparecer na varanda. Faziam tudo, ainda assim, para assumir um ar importante, e se via bem que temiam não aguentar até o fim essa dignidade que contrastava tanto com a fama do desprezo que manifestavam pelas trivialidades do mundo e pelas convenções, já que só consideravam uma coisa: os seus interesses.

E eis que cada qual se apresentou, sucessivamente.

— Antíp Burdóvskii — pronunciou "o filho de Pavlíchtchev", depressa, como a evitar que a língua se travasse.

— Vladímir Doktorénko — articulou clara e distintamente o sobrinho de Liébediev, como alardeando o fato de possuir tal nome.

— Keller — disse o tenente reformado.

— Ippolít Tieriéntiev — sibilou o último do grupo, com uma inesperada voz de falsete.

Um por um, eles finalmente se sentaram nas cadeiras vagas existentes perto do príncipe e, tendo declarado seus nomes, deram em rodar nas mãos os gorros a fim de reforçar suas atitudes. Parecia que iam falar, mas permaneceram calados, à espera de alguma coisa. Mas aquele silêncio tinha algo de desafio, como dando a entender que "não, meu caro, está muito enganado se pensa que desistimos". Bastaria uma pessoa articular algumas palavras a título de prólogo querendo ajudá-los, para que desandassem a falar ao mesmo tempo, atrapalhando-se uns aos outros.

8

Foi o príncipe quem rompeu o silêncio:

— Eu não esperava por nenhum dos senhores. Tenho estado doente. Deve haver um mês solicitei a Gavríl Ardaliónovitch (e logo se voltou para Antíp Burdóvskii), conforme fiz saber especialmente ao senhor, que cuidasse do seu caso. Não quero dar a entender com isto que me oponho a uma explicação pessoal. Mas o senhor e os seus companheiros devem concordar comigo que em uma ocasião destas, com visitas que aqui estão... Bem. Sugiro que passemos para uma das salas, caso desejem ainda assim ter um colóquio comigo. Estou com pessoas amigas, aqui, e...

— Bem vemos que amigos não lhe faltam — atalhou o sobrinho de Liébediev em tom de provocação, conquanto sem ousar erguer a voz —, mas permite que eu faça um reparo? É o seguinte: o senhor nos devia ter tratado com mais um pouco de consideração e não nos ter feito esperar duas horas na sua antecâmara.

— O mesmo digo eu... Nem parece educação de príncipe. Afinal de contas... É o senhor porventura algum general?... Mas não sou seu criado! E... e... eu... e... — balbuciava Antíp Burdóvskii aos arrancos, excitadíssimo, os beiços trêmulos, a raiva lhe entrecortando ainda mais as palavras. Falando, parecia que estava explodindo ou se rasgando. Acabou por se atrapalhar tanto que no fim de umas quatro ou cinco elocuções já ninguém o entendia direito.

— Pois se o homem é príncipe, rapazes! — advertiu-os por escárnio Ippolít com seu timbre de falsete.

— Se eu fosse tratado assim — garantiu o campeão de boxe — ou melhor, se a coisa fosse diretamente comigo, eu, como um homem de honra... Ainda bem que o caso não é comigo, vim só acompanhar ali o Burdóvskii...

— Senhores, somente ainda agora, não há sequer minutos, foi que vim a saber que estavam aqui — reiterou-lhes o príncipe.

— Não temos medo, príncipe, dos seus amigos, quaisquer que sejam eles, pois estamos no nosso direito — declarou outra vez o sobrinho de Liébediev.

— E que direito tinha o senhor, deixe que lhe pergunte — tornou a guinchar Ippolít, cada vez mais excitado — de submeter o caso de Burdóvskii ao julgamento de seus amigos? Está mais que claro de antemão qual possa ser a opinião de seus amigos!

O príncipe conseguiu uma brecha:

— Caso o senhor não queira falar aqui, Sr. Burdóvskii, convido-o a passar para uma das salas. E torno a repetir que foi precisamente ainda agora mesmo que vim a saber que estavam aí...

— Mas o senhor... não tem o direito... não tem o direito... o direi... to! Por que chamou seus amigos?... Por que... se cercou... deles?... — gaguejou outra vez Burdóvskii encarando-o de modo ao mesmo tempo rude e desconfiado. E quanto mais desconfiava daquelas presenças mais se acalorava. — O senhor... não tem... esse di... di... direito!

Uma vez pronunciadas essas palavras aos repelões, calou-se abruptamente, como se o acometesse uma súbita inibição. Fixando os olhos de míope, uns olhos salientes e injetados de sangue, em Míchkin, ficou como que hirto, em uma indignação muda, com o corpo em ângulo para a frente. À vista disso o próprio príncipe, atarantado, não respondeu nada, ficando a contemplá-lo muito pasmo, sem prosseguir.

Foi então que Lizavéta Prokófievna lhe disse, sem nenhuma aparente relação com aquela conjuntura:

— Escute! Olhe, Liév Nikoláievitch! Leia isto aqui. Há de interessá-lo.

E lhe estendeu logo um semanário humorístico, mostrando um trecho com o dedo. É que, mal haviam aquelas visitas sido introduzidas, Liébediev dera uns pulinhos de lado até chegar perto de Lizavéta Prokófievna (de quem andava procurando cair em boas graças) e sem dizer nada extraíra do bolso lateral do casaco aquele jornaleco, que abriu diante dos olhos dela mostrando bem um trecho marcado a lápis de cor. Os poucos períodos que Lizavéta Prokófievna teve tempo de ler, além de surpreendê-la, emocionaram-na fortemente.

O príncipe vacilou:

— Em vez de ler isso agora diante de todos... não seria melhor eu ler sozinho, logo mais... depois?

— Não, não! Deve ser lido alto. Leia você, Kólia!

E arrancando impacientemente o pasquim das mãos do príncipe, quase sem lhe haver dado tempo de o segurar, o entregou a Kólia. — Bem alto, para que todos ouçam!

Lizavéta Prokófievna era uma criatura impulsiva e não havia quem pudesse tolher seus ímpetos. Em uma decisão lhe vindo, não tornava a refletir, levantava todas as âncoras e zarpava para o alto-mar, pouco se importando com o tempo. Iván Fiódorovitch remexeu-se, inquieto. Imediatamente todos ficaram perplexos, aguardando. Kólia segurou o jornal e começou a ler alto o trecho que Liébediev, em um arremesso, veio mostrar qual era.

Filhos de proletários e rebentos de nobres ou episódios de uma espoliação de hoje e de sempre

Progresso! Reforma! Justiça!

"Coisas bem estranhas se passam na nossa chamada Santa Rússia, nesta era de reformas e de grandes empresas, era de movimentos nacionais e de centenas de milhões de rublos drenados para o exterior, anualmente, era do encorajamento do comércio e da paralisação da indústria, etc., etc., já que nem é possível enumerar tudo, senhores. Portanto — vamos direito ao fato. Eis aqui uma especiosa anedota acerca de um rebento da nossa decadente nobreza (*De Profundis*!), um dos tais rebentos cujos avós se arruinaram na roleta, cujos pais se viram obrigados a servir como aspirantes e porta-bandeiras no exército e que, via de regra, morrem nas vésperas de ser denunciados pelo uso indevido dos dinheiros públicos, ao passo que os tais rebentos, isto é, os netos, como o herói da nossa história, ou crescem idiotas, ou se complicam em causas criminosas, sendo aliás absolvidos pelo júri, que confia e acredita que se emendarão, ou então acabam perpetrando uma dessas burlas que fazem pasmar o público e desgraçam ainda mais esta nossa época já tão degradada. O rebento a que nos referimos, usando polainas como um forasteiro e tremendo de frio dentro de uma capa sem forro, chegou a uns seis meses a esta nossa Rússia, vindo da Suíça, onde estivera em tratamento por causa de uma idiotia (*sic!*). Cumpre aqui confessar que era um camarada de sorte e a tal ponto que — sem nada dizer quanto à interessante moléstia que o obrigou a se submeter a um tratamento na Suíça (imaginem lá se existe algum tratamento para a idiotia!) — poderia servir como ilustração do provérbio russo que diz: *Isso de sorte é só para certa casta de gente!* Deixado criança ainda com a morte do pai — consta ter este sido um tenente que morreu quando estava para ser julgado pelo repentino desaparecimento do dinheiro todo da companhia, vulgar peripécia ou consequência de jogo de cartas, agravado ainda por cima pelo uso excessivo de *knute*[27] no lombo dos seus subordinados (decerto os senhores se lembram ainda como isso era nos velhos tempos!) — foi o nosso baronete pegado e educado pela caridade de um riquíssimo latifundiário russo. Esse latifundiário russo — que aqui chamaremos P. — era o amo ou o senhor de quatro mil almas. (Sim, dispunha de quatro mil servos! Compreendem, senhores, o que isso significa? Eu não chego a aquilatar, tenho de ir a um dicionário ver o que quer dizer isso, porque essas coisas de outrora já não me entram no bestunto!). Tratava-se muito provavelmente de um desses mandriões desocupados que malbaratam a existência no estrangeiro, o verão nas estações de águas, o inverno no *Château des Fleurs* de Paris, sítios esses onde, no transcorrer de seus dias, deixam somas incríveis. Pode-se dizer com segurança que pelo menos um terço do tributo pago outrora pelos servos ia direitinho para os bolsos do proprietário do *Château des Fleurs* de Paris (que sujeito afortunado!). Assim pois pôde o caridoso e disponível P. tratar do fidalgote como autêntico príncipe; contratou tutores, governantas (decerto bem bonitas) trazidas por ele pessoalmente de Paris. Mas o último rebento da nobre mansão era idiota. De nada valeu no caso a interferência de governantas oriundas do *Château des Fleurs*. Aos 20 anos o tal rebento não aprendera língua nenhuma, nem mesmo a sua nativa língua russa; quanto a esta última, em todo o caso isso ainda é desculpável. Por fim deu na veneta do feliz senhor de servos, P., que o idiota talvez recuperasse o juízo na Suíça. O ricaço imaginava que até a inteligência podia ser comprada, tanto mais na Suíça! Cinco anos entre as geleiras passou ele, sob os cuidados de um

[27] Do russo: chicote, vergasta. (N. E.)

doutor célebre, nisto sendo gastos muitos milhares. O idiota, é claro, não deixou de continuar idiotíssimo, mas pelo menos se tornou um ser humano, o que vale pouco, está-se vendo. P. morreu de repente, sem deixar testamento e com os negócios, como era de esperar, desorganizados. Irromperam inúmeros herdeiros vorazes que pouco se importaram com a tradição de latifundiários tomarem à sua conta, por vez de caridade, o tratamento de rebentos aristocráticos na Suíça, por causa de idiotia. O rebento, conquanto imbecil, lá deu um jeito de enganar o seu médico obtendo continuar a ser tratado grátis por mais dois anos, conforme nos atestaram, escondendo a notícia da morte de seu benfeitor. Mas o médico não era assim tão cretino como os seus clientes. Alarmado com a interrupção do encaixe cambial e principalmente com o apetite daquele paspalhão de 25 anos, abotoou-lhe umas polainas, presenteou-o com uma capa esburacada e caritativamente o recambiou de terceira classe *nach Russland*,[28] desembaraçando-se do sujeito. A sorte pareceu dar as costas ao nosso herói. Mas qual o quê! O fado que mata de fome províncias inteiras arremessou todas as suas dádivas sobre esse aristocrata, nisso imitando aquela nuvem da fábula de Krilóv que passou intata por sobre os campos ressecados e foi chover no oceano. Quase no momento exato de sua chegada a Petersburgo, um parente de sua mãe (pertencente sem dúvida a uma família de comerciantes) deu com o rabo na cerca, isto é... em Moscou! Um celibatário, negociante da velha guarda e "velho crente", que deixou uma fortuna redonda de vários milhões em caixa-forte. (Se ao menos fosse para mim e para os caros leitores!) E tudo foi parar, sem demandas, nas mãos do nosso rebento, aquele tal baronete que se fora curar de imbecilidade na Suíça! Bem, isso agora era uma toada mais fina! Uma chusma de amigos e conhecidos se ajuntou em volta do nosso barão de polainas que perseguia uma célebre beldade de fácil virtude. Melhorou as relações e, acima de tudo, era perseguido por perfeitos bandos de jovens donzelas esfomeadas e sedentas de matrimônio legítimo. E, com efeito, que poderia haver de melhor?! Um aristocrata, um milionário e um idiota... todas as qualidades juntas de uma só vez, um esposo que não se encontraria assim sem mais aquela, mesmo procurado com uma lanterna de Diógenes!"

---

[28] Do alemão: "para a Rússia". (N. E.)

— Isso... isso ultrapassa a minha tolerância — bradou Iván Fiódorovitch, subindo ao cúmulo da indignação.

— Pare com isso, Kólia! — gritou o príncipe com voz suplicante. Ouviram-se exclamações.

— Leia! Leia, haja o que houver! — ordenou Lizavéta Prokófievna, evidentemente fazendo um desesperado esforço para continuar contendo-se. — Príncipe, se o senhor faz parar a leitura, nós brigamos!

Não havia outra solução. Kólia, inflamado, rubro, agitado, prosseguiu na leitura, com voz perturbada.

"Mas enquanto o nosso milionário feito às pressas flutuava, por assim dizer, no empíreo, uma nova revelação veio à cena. Certa manhã um visitante surgiu, com uma fisionomia serena, vestido modestamente, mas um homem de bem, evidentemente de tendências progressistas. Em uma linguagem cortês mas digna e sensata, em breves palavras lhe explicou a razão da sua visita. Tratava-se de um notável advogado. Recebera instruções de um certo moço e viera a seu mando. Este moço era, nem mais nem menos, o filho do falecido P., apesar de usar um outro nome. O libertino P. tinha, em sua mocidade, seduzido uma moça virtuosa, serva doméstica, mas de educação europeia (aproveitando-se, sem dúvida, daqueles direitos senhoriais dos tempos de servidão) e notando a próxima e inevitável consequência dessa ligação, se apressou em lhe arranjar, como marido, um certo homem honrado e de caráter que se ocupava em comércio e outros serviços, e que, havia muito, se apaixonara pela moça. Tratou logo o patrão de ajudar o jovem casal. Mas tal ajuda, dado o caráter nobre do marido, logo foi suspensa. O tempo passou e o *barine* pouco a pouco esqueceu a moça e o filho que ela tivera dele, vindo depois, como já é sabido, a morrer sem deixar nada explícito quanto a esse filho. Enquanto isso, esse seu filho, que crescia sob um outro nome, visto ter nascido depois de um casamento legítimo, tendo sido adotado devido ao honorabilíssimo caráter do esposo de sua mãe, esposo esse que, por sua vez, também veio a falecer, mais ou menos nesse mesmo tempo, se viu à mercê de seu próprio fado, com a mãe doente, de cama, padecendo, e isso em uma das mais afastadas províncias da Rússia. Ganhava a sua vida na capital, com o seu trabalho honrado de todos os dias, dando aulas em casas de famílias de negociantes. E, desta maneira, se foi aguentando, primeiramente na escola, e depois frequentando cursos de leitura proveitosa, tendo em mira o seu futuro adiantamento. Mas o que é que se pode ganhar dando aulas a dez copeques por hora a meia dúzia de pobres, e ainda por cima com a progenitora de cama, inválida, a sustentar e cuja morte afinal de contas, lá em uma remota província, em nada lhe alterava a situação? E eis que se levanta, agora, a questão: qual devia ser, para o nosso pobre rebento, a justa decisão a tomar? Com toda a certeza o leitor esperaria que ele dissesse a si mesmo: 'Gozei toda a minha vida das mercês de P., algumas dezenas de milhares de rublos seguiram para a Suíça, por conta de minha educação, de minhas governantas e do meu tratamento como imbecil. E agora nado eu nos meus milhões, ao passo que o nobre filho de P. está gastando os seus altos talentos em dar lições, sem ser culpado do desregramento de seu libidinoso pai que o esqueceu. Tudo quanto foi gasto comigo devia ser gasto com ele. As enormes somas despendidas comigo, não são, nem eram, na realidade, minhas. O que houve foi um engano da fortuna; essas somas deviam ter ido para o filho de P., deviam ter sido gastas em benefício dele, e não no meu, como foi feito pelo fantástico capricho do frívolo e desmemoriado P. Se, porém, eu fosse nobre, delicado e justo, devia entregar metade da minha fortuna ao filho dele; mas, como antes de mais nada eu sou esperto, e estou mais do que farto de saber que não pode haver demanda judicial, absolutamente não darei a ele a metade dos meus milhões. Em todo o caso, seria vil e vergonhoso, da minha parte (o rebento esqueceu que mesmo isso não seria prudente), não devolver eu, agora, ao filho de P., as dezenas de milhares de rublos gastas por P. com a minha cretinice. Isso seria justo e direito! Pois que teria sido de mim se P. não me tivesse educado e tivesse olhado por seu filho, em lugar de mim?'

Mas não! Não é deste modo, próprio de cavalheiro, que tal gente encara essas coisas. A despeito das representações do advogado do jovem, o qual se encarregou dessa causa apenas por amizade e quase que contra a vontade do interessado, como que à força, a despeito de lhe serem apontadas quais as obrigações da honestidade, da honra, da justiça e mesmo da prudência, o paciente da Suíça permaneceu inflexível e — que é que o leitor está pensando? — tudo isso não é nada; e agora chegamos ao que é realmente imperdoável e que não pode ser desculpado sob rótulo de doença alguma! O interessante vem agora: este tal milionário, que já tinha aproveitado as polainas do professor, não pôde compreender que aquele nobre caráter que se matava dando aulas não estava pedindo caridade, não estava pedindo auxílio, e sim pugnando pelo que de direito lhe era devido, muito embora não se tratasse de uma demanda judicial. Nem mesmo a isso recorreu, sendo os seus amigos que por conta própria a isso se obrigaram. Com ar majestoso, julgando com o poder dos seus milhões ser capaz de esmagar as pessoas impunemente, o nosso rebento tirou do bolso uma nota de cinquenta rublos e a mandou ao nosso excelente rapaz, em um gesto de caridade insultante. Sei que o leitor propende a não acreditar nisso. O leitor dana-se, sofre, solta exclamações de indignação; mas foi isso, leitor amigo, o que ele fez! O dinheiro, é lógico, lhe foi remetido de volta imediatamente, arremessado, por assim dizer, às suas fuças! Qual o recurso deixado então? Não cabe demanda judicial, só há um recurso: a publicidade. Esta história é, pois, apresentada ao público sob garantia de absoluta autenticidade. Um dos nossos mais conhecidos escritores humorísticos alinhavou um excelente epigrama sobre o caso e que merece destaque como rascunho da vida russa, tanto na província como na capital:

Nem todo idiota é bocó:
Vou provar esta asserção
Citando um exemplo só.

Com seus ataques insanos,
Metido em um capotão,
No espaço de cinco anos,

O bom Liév ficou
Simulando ser bocó,
Mas quando à Rússia voltou,

O nosso imbecil primário
Achou prontinha uma herança!
E o que é mais extraordinário,

Do estudante que logrou...
Nem ao menos teve dó!...
Este epigrama provou

E ainda prova, por si só,
Que este Idiota Milionário
Nada tinha de bocó!

Mal acabou de ler, Kólia entregou o jornal ao príncipe e, sem dizer uma palavra, correu a se meter em um canto e tapou o rosto com as mãos. Sentia-se intoleravelmente envergonhado; a sua sensibilidade juvenil, não afeita ainda a tais vilanias, ficara ferida muito além do que podia suportar. A impressão que sentia era que algo de terrível tinha sucedido, esmigalhando tudo! E que ele, por ter lido alto aquilo, fora a causa de tudo.

Todavia, os demais pareciam sentir a mesma coisa.

As moças ficaram muito deprimidas e envergonhadas. Lizavéta Prokófievna lutava com uma violenta raiva. Ela também, talvez, estivesse amargamente arrependida de se ter metido nisso. E agora se mantinha calada. Quanto a Míchkin, sentiu o que as pessoas demasiado sensíveis sentem em tais casos; ficou tão envergonhado com a conduta dos outros, sentiu tamanha vergonha pelas suas visitas, que por muito tempo teve pejo de encará-las. Ptítsin, Vária, Gánia, o próprio Liébediev — todos estavam com ar embaraçado. E a coisa mais estranha é que tanto Ippolít como o "filho de Pavlíchtchev" pareciam ambos perplexos. O sobrinho de Liébediev também estava notoriamente atarantado. O boxeador era o único cal-mamente sentado, inteiramente sereno, cofiando os bigodes, com ar sobranceiro, com os olhos postos no chão, não por desapontamento, mas fingindo um modesto orgulho e um ineludível triunfo. Era patente que o artigo o deleitara.

— Isso nem merece comentário! — sentenciou o general, em voz baixa. — Nem cinquenta lacaios juntos comporiam uma coisa assim!

— Permita-me, meu caro senhor, perguntar-lhe como ousa fazer tão insultantes suposições? — gritou Ippolít, a tremer.

— Isto, isto, isto, para um homem honrado... o senhor mesmo há de ouvir, general, se é que é um homem de bem, isto, isto... é insultante! — gaguejava o boxeador que inesperadamente também se inflamara, torcendo os bigodes e agitando os ombros e o corpo.

— Em primeiro lugar, eu não sou "o seu caro senhor", e, em segundo lugar, não tenho de lhes dar satisfações! — respondeu Iván Fiódorovitch, com severidade. Estava terrivelmente zangado. Ergueu-se da cadeira e sem dizer mais nada foi para a entrada da varanda onde ficou de pé, perto dos degraus, de costas para o grupo, violentamente indignado com a mulher por não ter ela sequer pensado em sair de lá.

— Amigos, amigos, permitam-me, finalmente, que eu fale — disse o príncipe, aflito e embargado. — E eu lhes peço para conversarmos de maneira a que nos possamos entender todos. Quanto ao artigo não digo nada, senhores, ele fala por si. Apenas uma coisa, amigos: nada do que está escrito no artigo é verdade. Digo assim, porque os senhores mesmos sabem. É tão ignominioso, de fato, que eu me surpreenderia enormemente se foi algum dos senhores que escreveu isso!

— Até o presente momento eu ignorava esse artigo — avisou Ippolít. — Não o aprovo!

— Embora eu soubesse que estava escrito, eu... eu também teria aconselhado a não o publicarem, porque acho prematuro — ajuntou o sobrinho de Liébediev.

— Eu sabia, mas eu tenho direito... eu... — balbuciou "o filho de Pavlíchtchev".

— Como! Foi então o senhor quem preparou tudo isso? — perguntou o príncipe, olhando atentamente para Burdóvskii. — Mas é possível?

— Recusamo-nos a reconhecer o seu direito de perguntar uma coisa dessas! — interveio o sobrinho de Liébediev.

— Apenas o que me admira é que o Sr. Burdóvskii pudesse... ele próprio... Mas... agora pergunto eu, já que os senhores deram publicidade ao caso, por que ficaram tão ofendidos, ainda agora, quando eu principiei a falar sobre o caso diante dos meus amigos?

— Até que enfim! — ciciou Lizavéta Prokófiena, indignadíssima.

— E então, príncipe, o senhor se esquece também — e Liébediev, não se podendo conter, arranjava uma passagem por entre as cadeiras, em um estado febril de agitação —, então, o senhor se esquece também que foi somente graças à sua bondade e à infinita grandeza do seu coração que recebeu e escutou essa gente? E que essa gente não tem o direito de pedir nada; especialmente tendo o senhor posto já o caso nas mãos de Gavríl Ardaliónovitch, o que, também, já foi excesso de bondade? E agora, ilustríssimo príncipe, no seio dos seus diletos amigos, o senhor não pode sacrificar a companhia deles por essa gente. E o que o senhor deve fazer é escorraçar toda essa corja para a rua, já! E eu, como dono da casa, fá-lo-ei com o maior prazer...

— Perfeitamente! Muito bem! — trovejou o General Ívolguin, de súbito, lá dos fundos da sala.

— Chega, Liébediev, chega, chega! — ia começando o príncipe, mas as suas palavras se perderam em uma explosão de indignações.

— Não, com licença, príncipe, com licença, não chega não! — vociferou o sobrinho de Liébediev, cujo timbre afogava o dos outros. — Agora devemos colocar o caso sobre uma base firme e clara, visto, evidentemente, não estar nada combinado. Há um certo sofisma, uma certa sutileza judiciária envolvida em tudo isso e, por causa dessa sutileza, nos ameaçam pôr na rua. Mas é possível, príncipe, que o senhor possa pensar que nós somos tão cretinos que não sabíamos que não temos recurso judicial a interpor e que, analisando o caso do ponto de vista da lei, não temos sequer direito a tentar uma ação por um simples rublo? Mas nós, de um modo absoluto, nos damos conta de que, se não há uma reivindicação legal, há, todavia, uma reivindicação humana, natural! A que é dada pelo bom-senso e pela voz da consciência. E conquanto essa reivindicação não esteja escrita em nenhum código humano, todavia um homem generoso e honesto, em outras palavras, um homem sensato, sente que tem de ser generoso e honesto mesmo em pontos que não estão escritos nos códigos. Eis por que viemos até aqui sem nenhum medo de ser postos na rua (como nos ameaçaram ainda agora), pois, não estamos *pedindo*, mas sim *requerendo*, apesar mesmo do impróprio da hora, adiantada para a nossa visita. (Aliás não viemos em hora tardia, foi o senhor quem nos deixou a esperar na sua antecâmara.) Viemos, repito, sem tergiversar, porque o consideramos um homem de sensatez, isto é, de honra e de consciência. E o que é mais, não viemos humildemente, não viemos como pedintes, nem como trampolineiros, e sim com nossas cabeças eretas, como homens livres. Não se trata sequer de uma petição, mas sim de uma instância livre e altiva. (Ouça bem, não com uma petição, mas com uma instância, guarde bem isso.) E pomos o caso em suas mãos, diretamente, dignamente. Como se considera o senhor, perante o direito, no caso de Burdóvskii? Não admite o senhor que foi beneficiado e talvez até salvo da morte por Pavlíchtchev? Se o senhor admite isso (o que é evidente), tenciona ou pensa o senhor, já que recebeu milhões, compensar o filho de Pavlíchtchev em sua pobreza, apesar de usar ele o nome de Burdóvskii? Sim, ou não? Se sim, ou melhor, em outras palavras, se o senhor tem o que o senhor chama, em sua linguagem, honra e consciência, e que nós outros mais exatamente chamamos de senso comum, então nos atenda e satisfaça, e daremos o caso por liquidado. Satisfaça-nos sem querer salamaleques ou gratidões de nossa parte; não espere isso de nós, pois não terá agido por nossa causa e sim por causa da justiça. Se, porém, o senhor não nos quiser satisfazer, isto é, se responde não, vamos embora imediatamente e o caso também está acabado! E então lhe havemos de dizer na cara, diante de todas as suas testemunhas, que o senhor é um homem de inteligência inferior e de desenvolvimento primário. E que, pelo futuro, não ouse cognominar-se homem de brio e de consciência, pois não tem o direito de o fazer, visto ter comprado tal direito barato demais. Terminei! Expus o caso. Ponha-nos na rua se é capaz. Não lhe será difícil, o senhor tem a força. Mas, ainda assim, lembre que não pedimos, exigimos! Exigimos e não pedimos!

E o sobrinho de Liébediev parou, muito excitado.

— Nós exigimos... exigimos... exigimos... não pedimos!... — berrava Burdóvskii, grosseiramente, até ficar vermelho como um camarão.

Depois dessa espécie de discurso feito pelo sobrinho de Liébediev, houve uma movimentação geral, com murmúrios de protesto, embora cada pessoa do grupo não tentasse intrometer-se no caso, exceto Liébediev, talvez, que parecia estar com um acesso de febre. (E interessante será destacar aqui que Liébediev, embora estivesse do lado do príncipe, não deixava de demonstrar emoção, de ordem como que familiar, ante o discurso do sobrinho, dando em encarar os presentes com certo ar de satisfação.)

— Na minha opinião — começou o príncipe, em voz um tanto baixa —, na minha opinião, Sr. Doktorénko, na metade de quanto falou agora, o senhor está com a razão, e em mais da metade, mesmo. E eu concordaria com o senhor imediatamente se o senhor não tivesse deixado fora do seu discurso uma certa coisa. Mas eu posso dizer-lhe o que foi exatamente que o senhor deixou de fora; não me sinto apto, mas para tornar o seu discurso inteiramente certo, alguma coisa se requer dentro dele. Porém será melhor voltarmos ao caso, desde o começo, senhores! Digam-me, por que publicaram este artigo? Não há uma só palavra nele que não seja calúnia; portanto, no meu pensar, os senhores cometeram uma perversidade.

— Dá licença?

— Meu caro senhor!

— Isso... isso... isso — ouvia-se de todos os lados, ao mesmo tempo, lá do grupo dos visitantes.

— No que se refere ao artigo — atalhou estridulamente Ippolít — já disse que nem eu nem os demais o aprovamos. Foi escrito por aquele ali (apontou para o boxeador, que estava sentado a pouca distância); foi escrito ignominiosamente, concordo, escrito em mau russo, e na gíria dos homens do exército, reformados. Ele, além de estúpido, é um mercenário; concordo. Digo-lhe isso todos os dias na cara, mas, pelo menos na metade, estava direito. A publicidade é um direito legal para todos e ainda mais para Burdóvskii. Ele lá que responda pelos seus absurdos! No que se refere ao meu protesto pela presença de seus amigos, penso ser necessário informá-los, senhores, que eu protestei apenas para defender os nossos direitos. Na realidade, porém, até preferimos que houvesse testemunhas e, de nossa parte, nós quatro estamos certos de que, sejam essas suas testemunhas quais forem, mesmo que se trate de amigos seus, não podem deixar de reconhecer a reivindicação de Burdóvskii (porque ela é matematicamente certa), sendo, portanto, até melhor que se trate de amigos seus; isso tornará a verdade ainda mais patente.

— Lá isso é verdade. Concordamos sim! — asseverou o sobrinho de Liébediev.

— Por que foi, então, que os senhores começaram a fazer rebuliço e gritaria, se até as testemunhas lhes convinham? — indagou o príncipe, surpreso.

— E quanto ao artigo, príncipe — aparteou o boxeador, que estava tornando-se excitado demais e desesperado para falar (suspeitar-se-ia até que a presença de senhoras produzia um forte e patente efeito sobre ele) —, quanto ao artigo, confesso ser eu o autor, muito embora ali o meu amigo doente, a quem já me acostumei a perdoar, por causa justamente da doença, tenha criticado dizendo que não prestava. Mas eu o escrevi e o publiquei no jornal de um amigo, em forma de carta. Tão só não são meus os versos que, de fato, vieram da pena de um célebre satírico. Só os li para o Sr. Burdóvskii, e isso mesmo em parte; e ele logo concordou comigo que o publicasse, muito embora estejam a ver que eu os poderia publicar sem o consentimento dele. O direito de publicidade é um direito que abrange a todos e é um direito honorável e benéfico. Espero que o senhor príncipe seja bastante progressista para não negar isso!...

— Não lhe estou negando nada, mas há de convir que esse seu artigo...

— É severo, quer o senhor dizer?! Mas o senhor sabe muito bem que isso é em benefício público, a bem dizer. E, além do mais, como se haveria de deixar passar um caso tão flagrante como esse? Tanto pior para o culpado! Mas o público se beneficia diante de tais coisas. Quanto a certas pequenas incorreções, a bem dizer hipérboles, há de o senhor convir que o que importa no caso, bem mais, é o motivo. O objeto, a intenção, vem primeiro. O que importa é o exemplo benéfico; depois então é que se entre no caso individual. E sem falar no mais: o estilo, o valor humorístico da coisa... E de fato, todo o mundo escreve desse jeito, conforme o senhor muito bem sabe. Ah! Ah!

— Mas os senhores estão em uma pista completamente falsa, posso lhes assegurar — exclamou o príncipe. — Os senhores publicaram este artigo na suposição de que eu por nada me induziria a satisfazer o Sr. Burdóvskii; e então tentaram amedrontar-me e tirar uma vingança. Mas em que se apoiavam os senhores? E se eu me decidisse a satisfazer a reivindicação do Sr. Burdóvskii? E digo-lhes plenamente, diante de todo o mundo, que tal é o meu querer.

— Isso? Ora aí está uma sábia e generosa afirmativa de um homem sábio e generoso! — elogiou o campeão de boxe, virando-se para todos os lados.

— Céus! — não pôde deixar de exclamar Lizavéta Prokófievna.

— Inominável! Inominável! — desaprovava e se escandalizava o general, categoricamente.

— Com licença, amigos! Com licença! Vou explicar bem — suplicou e prometeu o príncipe. — Sr. Burdóvskii, o seu agente ou representante, Tchebárov, foi ver-me há cinco semanas. A descrição que o ex-tenente Keller faz dele, desse Tchebárov, é lisonjeira demais — acrescentou o príncipe com vontade de rir, voltando-se para o ex-campeão de boxe. — Eu não apreciei esse senhor de forma alguma. Percebi logo que esse Tchebárov entrou neste caso com intenções escusas e que, para falar candidamente, abusou de sua simplicidade, senhor Burdóvskii, quando o atiçou a tentar essa reivindicação.

— O senhor... não tem o di... di... direito de dizer is... so! Eu não sou... nenhum sim... simplório — pôs-se Burdóvskii a gaguejar, excitadíssimo. E logo o sobrinho de Liébediev veio em sua ajuda:

— Com que direito faz o senhor suposições desta ordem?

— ...que são insultantes no mais alto grau! — estridulou Ippolít. — A sua insinuação é insultante, falsa e impertinente!

— Lastimo. Lastimo! Lastimo... — desculpou-se Míchkin, prontamente. — Por favor, desculpem-me. É que pensei que fosse melhor para nós que eu usasse inicialmente de franqueza. Mas os senhores é que decidem. Como queiram. Eu disse a Tchebárov que, como não me achava em Petersburgo, ia autorizar imediatamente um amigo a tratar do caso e que lhe comunicasse, senhor Burdóvskii. Declaro-lhes, senhores, que no começo tomei o caso como uma trapaça apenas, por causa da coparticipação de Tchebárov, cujos modos me pareceram suspeitos e demasiado vivazes... Oh! Não se ofendam, senhores! Pelo amor de Deus, não se ofendam — exclamou o príncipe, vivamente, ao tornar a distinguir sinais de ressentimento em Burdóvskii e demonstrações de protesto por parte dos amigos deste. — Claro que não me refiro ao senhor nem aos presentes, quando falo em trapaça, chantagem. Naquela ocasião eu não conhecia nenhum dos senhores pessoalmente. Ignorava até os nomes. Apenas me restringi a julgar Tchebárov. Falei de modo geral porque... Se soubessem quão nefandamente fui saqueado depois que entrei na posse de minha fortuna!

— Príncipe, o senhor é extraordinariamente ingênuo! — zombou o sobrinho de Liébediev.

— Quem lhe manda ser príncipe e milionário! Pode muito bem ser que o senhor seja bondoso e simples, mas de qualquer forma não pode fugir à lei geral — sentenciou Ippolít.

— Possivelmente, senhores, muito possivelmente — apressou-se o príncipe em concordar —, muito embora eu não saiba a que lei geral se estejam referindo. Mas permitam que eu prossiga e não se ofendam, absolutamente; juro que não tenho a menor intenção de insultar ninguém. E é uma lástima, senhores, que não se possa proferir uma palavra, sinceramente, sem que fiquem logo ofendidos! Mas, em primeiro lugar, foi um terrível choque saber da existência de um filho de Pavlíchtchev e em tão terrível situação, como Tchebárov me explicou. Pavlíchtchev foi meu benfeitor e amigo de meu pai. Mas, ah! Por que escreveu o senhor aquelas falsidades a respeito de meu pai, Sr. Keller? Nunca houve apropriação indevida do dinheiro de nenhuma companhia, nem maus-tratos a subordinados quaisquer... Quanto a isso estou absolutamente convicto!... E como pôde o senhor estender a sua mão para escrever tal calúnia? E o que o senhor disse de Pavlíchtchev ultrapassa tudo quanto é suportável. Deu o senhor esse nobre homem como sendo um libertino frívolo, e o fez com tanta audácia e segurança como se realmente estivesse contando a verdade; e, todavia, ele foi um dos homens mais virtuosos e castos que já houve no mundo! Era notavelmente culto, costumava corresponder-se com inúmeros cientistas dos mais insignes, e gastou grande parte do seu dinheiro com desenvolvimento da ciência. Quanto ao seu coração e à sua benemerência, oh! sem dúvida estava o senhor completamente com razão ao dizer que eu, naquele tempo, era mais um idiota do que qualquer outra coisa, não tendo a menor noção de nada (apesar de falar russo e até poder entender o que me falassem); mas posso agora apreciar tudo quanto recordo, em seu verdadeiro valor...

— Com licença — guinchou Ippolít —, não será isso muito sentimental? Nós aqui não somos nenhuma criança. O que queremos é entrar diretamente na questão. E já são quase dez horas, repare bem.

— Muito bem, senhores — concordou logo o príncipe. — Depois da minha primeira suspeita, ainda pensei que talvez eu me houvesse equivocado, e que Pavlíchtchev tivesse efetivamente um filho. Mas fiquei muitíssimo admirado que aquele filho desvendasse, tão diligentemente, isto é, quero dizer, tão publicamente o segredo do seu nascimento, desgraçando o nome de sua mãe. Pois já naquela ocasião Tchebárov me ameaçava com a publicidade!...

— Coisa ridícula! — comentou o sobrinho de Liébediev.

— O senhor não tem o direito... o senhor não tem o direito! — exclamava Burdóvskii, ao que guinchou com veemência Ippolít:

— O filho não é responsável pelo procedimento imoral do pai, nem a mãe tem do que ser censurada.

— Mais razão ainda, então, para poupá-la, pensaria eu, no caso — aventurou singelamente o príncipe.

— O senhor não é tão somente ingênuo, príncipe; vai, talvez, um pouco além... — chacoteou o sobrinho de Liébediev, maldosamente.

— E que direito tinha o senhor? — ganiu Ippolít, em uma voz deformadíssima.

— Todavia, nenhum. Todavia, nenhum — prontamente redarguiu o príncipe. — Os senhores têm razão nisso, admito, mas me saiu, e que hei de fazer? E comigo mesmo eu disse, naquela ocasião, que não devia deixar o meu sentimento pessoal intervir no caso, porque, se considero ser preciso satisfazer a solicitação do Sr. Burdóvskii por causa do meu sentimento para com Pavlíchtchev, eu devia satisfazê-la de qualquer modo, mesmo que respeitasse ou não o Sr. Burdóvskii. Apenas fiz tal reparo, senhores, porque me pareceu anômalo, para um filho, desvendar o segredo materno tão publicamente... E de fato foi principalmente nesse terreno que me capacitei que Tchebárov era um tratante e tinha instigado o Sr. Burdóvskii a uma tal fraude por dolo.

— Mas isso é intolerável! — partiu de entre os seus visitantes, alguns dos quais chegaram a se levantar.

— Senhores, foi justamente então que compreendi que o pobre Sr. Burdóvskii devia ser uma pessoa simples e sem ajuda, facilmente dominada por cavalheiros de indústria, e que, por conseguinte, eu precisava ajudá-lo. E o farei como a um "filho de Pavlíchtchev" — primeiramente, livrando-o do Sr. Tchebárov, em segundo lugar, oferecendo-lhe os meus amistosos bons ofícios e guia, e, em terceiro lugar, decidindo dar-lhe dez mil rublos, exatamente quanto, segundo meus cálculos, Pavlíchtchev deve ter gasto comigo.

— O quê! Só dez mil rublos? — vociferou Ippolít.

— Bem, príncipe, nós somos muito fraquinhos em aritmética, ou melhor, o senhor é um ás em contas, muito embora se faça de simplório — zombou o sobrinho de Liébediev.

— Eu não concordo em receber dez mil rublos.

— Segura isso, Antíp! — compelia-o o boxeador, em um sussurro claro e rápido, inclinando-se para ele por detrás da cadeira de Ippolít! — Segura isso! E depois veremos!!!

— Escute, Sr. Míchkin — goelou Ippólit —, compreenda bem que nós não somos cretinos, vulgares cretinos, como provavelmente pensam todas essas suas visitas, tanto essas damas que nos desprezam condignamente, como esse senhor da alta sociedade — apontou para Evguénii Pávlovitch — a quem não tenho, naturalmente, a honra de conhecer, muito embora cuide já ter ouvido falar em Sua Excelência.

— Mas, por Deus, os senhores de novo não me entendem — voltou-se o príncipe para eles, com agitação. — Em primeiro lugar, Sr. Keller, em seu artigo o senhor descreveu a minha fortuna muito por ouvir dizer! Eu absolutamente não herdei milhões. Tenho talvez uma oitava ou uma décima parte do que o senhor supõe. E, em segundo lugar, dezenas de milhares não foram gastos comigo na Suíça. Pagavam-se a Schneider seiscentos rublos por ano; e isso mesmo ele só recebeu durante os três primeiros anos, e Pavlíchtchev nunca foi a Paris para buscar lindas governantas; isso é outra calúnia. Na minha opinião, muito menos de dez mil rublos foram gastos comigo, ao todo; mas eu me propus dar dez mil e hão de admitir que eu não haveria de oferecer ao Sr. Burdóvskii, em pagamento, mais do que lhe era devido, mesmo que eu simpatizasse imensamente com ele! E não haveria de fazê-lo por um sentimento de delicadeza apenas, pois deveria pagar-lhe o que lhe era devido e não lhe fazer uma esmola! Não sei por que hão de os senhores se negar a compreender isso. E, além disso, resolvi, por amizade e ativa simpatia, compensar mais tarde o infeliz Sr. Burdóvskii, que evidentemente fora enganado, pois não podia ele, de outra maneira, concordar em uma coisa tão baixa como, por exemplo, essa de dar publicidade a este escândalo referente à sua mãe, como deixou, no artigo do Sr. Keller... Mas por que estão os senhores ficando zangados, outra vez? Temos de nos equivocar completamente uns aos outros? Ora, aconteceu o que eu já pensava! Estou convencido agora, pelo que vejo, de que meu pressentimento era correto — tentou a custo o príncipe persuadi-los, ansioso por pacificar a excitação deles, sem reparar que, ao contrário, a estava aumentando.

— Convencido agora de quê? — caíram-lhe em cima, quase em fúria.

— Ora, em primeiro lugar, tive tempo para ver nitidamente quanto o Sr. Burdóvskii se parece comigo; e agora vejo claramente o que ele é. É um homem inocente, dominado por qualquer um. Um homem desamparado... E, por conseguinte, eu devo ajudá-lo. E, em segundo lugar, Gavríl Ardaliónovitch — a quem o caso foi confiado, e com quem não falei durante muito tempo porque estive viajando e, depois disso, doente em Petersburgo, me disse ainda hoje que examinou o dossiê de Tchebárov, atentamente, acabando por deduzir que Tchebárov é quem eu já cuidava que fosse. Sei, senhores, que muita gente me considera como um idiota, e que, dada a minha reputação de jogar fora dinheiro, à vontade, Tchebárov pensou que podia facilmente vir como impostor sobre mim, contando principalmente com a minha estima por Pavlíchtchev. Mas o ponto capital — ouçam-me, senhores, ouçam-me bem! —, é que está provado agora que o Sr. Burdóvskii não é em absoluto filho de Pavlíchtchev! Gavríl Ardaliónovitch acabou de me dizer e me garante que tem legítimas provas. Bem, que pensam os senhores disso?

É difícil acreditar em uma coisa dessas, depois da celeuma ocorrida! E escutem, as provas existentes são positivamente categóricas! Quase não creio ainda, chego a não acreditar, asseguro-lhes que estou duvidando até, visto Gavríl Ardaliónovitch não ter tido tempo para me mostrar todos os documentos. Mas que Tchebárov é um tratante, quanto a isso não há mais dúvida! Ele abusou do pobre Sr. Burdóvskii e dos senhores todos que vieram auxiliar um amigo (notoriamente ele carece de uma ajuda, compreendo, naturalmente!); abusou dos senhores todos e os envolveu em um caso fraudulento, pois lhes sustento que de fato se trata de um dolo; é uma trapaça!

— Como, trapaça!? Então não é filho de Pavlíchtchev? Mas, como assim? — tais eram as exclamações ouvidas de todos os lados.

Todo o bando de Burdóvskii como que caiu em uma inexpressiva perturbação.

— Sim, naturalmente é uma trapaça! Pois, se o Sr. Burdóvskii afinal não é mesmo filho de Pavlíchtchev, sua reivindicação é simplesmente fraudulenta (claro que se, no caso, ele soubesse a verdade); mas o fato é que foi enganado, eis por que insisto quanto a que seja aclarado o seu caráter! Eis por que digo que ele merece ser lastimado por sua simplicidade e não pode ser deixado sem auxílio. Se assim não fosse, também ele seria um tratante. Estou agora convencido de que ele não compreendeu! Eu estava na mesma situação que ele, quando fui para a Suíça; também eu tinha o hábito de gaguejar incoerentemente. Tenta uma pessoa se exprimir e não pode. Compreendam que eu posso simpatizar com ele, muito bem, eu sou quase como ele, se é que me é permitido falar assim. Inteiramente igual! Portanto, não existe nenhum "filho de Pavlíchtchev"; o que houve foi mistificação; mas, apesar de tudo, não mudei de modo de pensar. E estou pronto a lhe dar dez mil rublos em memória de Pavlíchtchev. Antes de o Sr. Burdóvskii aparecer em cena, já eu tinha resolvido dedicar dez mil rublos à fundação de uma escola em memória de Pavlíchtchev; mas agora dá no mesmo ser para uma escola ou para o Sr. Burdóvskii, pois apesar de ele não ser filho de Pavlíchtchev, me merece tanto como se o fosse, por ter sido tão impiedosamente enganado. Piamente acreditou ele ser filho de Pavlíchtchev! Falem com Gavríl Ardaliónovitch, ouçam-no, amigos; terminemos com isto! Não se excitem. Sentem-se! Gavríl Ardaliónovitch lhes explicará tudo, diretamente. E confesso que terei muita satisfação em ouvir também todas as comprovações. Disse-me ele que foi a Pskóv ver sua mãe, Sr. Burdóvskii, que absolutamente não morreu como o fizeram declarar no artigo... Sentem-se, senhores, sentem-se!

O príncipe sentou-se e conseguiu que Burdóvskii e seus amigos tornassem a sentar-se. Durante os dez ou vinte minutos últimos falara alto e impetuosamente, com uma impaciência precipitada, quase arrebatado, tentando falar com todos; e não pôde depois, amargamente, deixar de se arrepender de certas frases e suposições que então lhe escaparam. Se não se tivesse esgotado a ponto de perder a serenidade, não teria sido capaz de tão mal e tão apressadamente pronunciar alto certas conjeturas e certos desnecessários protestos. Mal se tinha sentado em seu lugar e já um ardente remorso fazia doer o seu coração. Além do fato de ter "insultado" Burdóvskii declarando em público sofrer de igual doença de que ele próprio fora tratar na Suíça, o oferecimento de dez mil rublos destinados a uma escola tinha sido feito, a seu ver, grosseiramente e sem delicadeza, como uma caridade. E, ainda por cima, fizera isso alto, diante de todo o mundo. "Eu devia ter esperado e só lhe fazer esse oferecimento amanhã, a sós", pensava o príncipe. "Agora, talvez não tenha sido correto! Sim, sou um idiota, verdadeiramente um idiota", disse para si mesmo, em um paroxismo de vergonha e de mal-estar.

No entanto, Gavríl Ardaliónovitch, que até então estivera para um canto, em um obstinado silêncio, avançou, e por convite do príncipe tomou posição ao lado dele e começou calmamente, com muita clareza, a dar conta do caso que lhe fora confiado pelo príncipe. Todas as conversas cessaram instantaneamente. Todos ouviam com extrema curiosidade, especialmente o grupo de Burdóvskii.

9

— Certamente o senhor não chegará ao ponto de negar — começou Gavríl Ardaliónovitch, dirigindo-se imediatamente a Burdóvskii, que se pôs a escutá-lo atentamente, apesar de uma visível agitação, os olhos muito abertos —, não tentará nem quererá, de fato, negar que nasceu justamente dois anos depois que sua respeitável mãe se casou com o Sr. Burdóvskii, seu pai. A data do seu nascimento pode ser facilmente comprovada, de modo que a distorção deste fato — tão insultante para o senhor e para sua mãe... no artigo do Sr. Keller, deve ser levada à conta, simplesmente, da superabundância da imaginação do mesmo Sr. Keller; supunha ele, sem dúvida, tornar a reivindicação mais forte, por essa declaração, assim, pois, cooperando em seu interesse. O Sr. Keller diz que, antes de publicar, leu para o senhor parte do artigo, mas não todo... e não pode haver dúvida de que não leu essa passagem...

— De fato não li — interrompeu o boxeador —, mas todas as informações me foram dadas por uma pessoa competente e eu...

— Com licença, Sr. Keller — atalhou Gavríl Ardaliónovitch —, permita que eu fale. Asseguro-lhe que já chegarei ao seu artigo. E então o senhor dará as suas explicações; mas o melhor, agora, é tratarmos das coisas em sua sequência natural. Inteiramente por acaso, com o auxílio de minha irmã Varvára Ardaliónovna Ptítsina, obtive de uma sua amiga íntima, a Sra. Zubkóva, viúva que tem uma propriedade no campo, uma carta que lhe escreveu do estrangeiro o Sr. Pavlíchtchev, há vinte e quatro anos. Havendo travado conhecimento com a Sra. Zubkóva, tive ensejo de recorrer também, por sugestão dessa mulher, a um seu parente que fora outrora grande amigo do Sr. Pavlíchtchev, o coronel reformado Viazóvkin. E dele consegui mais outras duas cartas escritas também pelo Sr. Pavlíchtchev, ainda do estrangeiro. Com essas cartas e os fatos e datas nelas mencionados, ficou categoricamente provado, sem nenhuma possibilidade de erro ou de dúvida, que ele partira para fora do país um ano e meio antes de o senhor nascer, Sr. Burdóvskii, e que fora do país permaneceu durante três anos. Ora, como o senhor bem sabe, sua mãe nunca esteve fora da Rússia. No momento não leio as cartas; já é tarde. Mas se lhe interessa, marque uma hora para conversar comigo, amanhã cedo, se quiser, Sr. Burdóvskii, e traga as suas testemunhas — quantas lhe aprouver — e peritos para examinar a caligrafia; estou certo de que o senhor ficará mais do que convencido da veracidade dos fatos expostos. Se assim for, todo o caso, naturalmente, cai por terra e fica liquidado.

Isso provocou, outra vez, emoção geral e excitação crescente. Burdóvskii imediatamente se levantou.

— Já que assim é, fui enganado! Enganado não por Tchebárov, mas desde muito antes. Não preciso de peritos, não preciso ir ver o senhor; acredito, retiro minha reivindicação... Não concordo em receber os dez mil rublos... Adeus.

Pegou o gorro e afastou a cadeira para sair.

— Se o senhor pudesse ficar mais um pouco, Sr. Burdóvskii — disse Gavríl Ardaliónovitch, detendo-o com brandura e delicadeza. — Ao menos uns cinto minutos. É que alguns outros fatos vieram à luz, a tal respeito, e são muito importantes. E eu acho que o senhor não devia ficar ignorando-os e, decerto, lhe seria muito mais conveniente se o seu caso pudesse ser completamente esclarecido.

Burdóvskii sentou-se sem falar, de cabeça baixa, parecendo perdido em cismas. O sobrinho de Liébediev, que se tinha levantado para segui-lo, também se sentou de novo, não tendo, porém, perdido a sua arrogância, apesar de não poder esconder quanto estava perplexo. Ippolít estava carrancudo, decepcionado e evidentemente atônito, mas deu em tossir tão violentamente que manchou de sangue o seu lenço. O boxeador, esse, então, mostrava-se arrasado.

— Ó, Antíp! — disse ele amargamente. — Já no outro dia... anteontem, te disse que talvez não fosses mesmo filho de Pavlíchtchev!

Isso provocou gargalhadas gerais, umas mais altas do que outras.

— O fato que o senhor aduziu neste momento, Sr. Keller — agora Gavríl Ardaliónovitch imprensava-o —, tem seu valor. Apesar disso, no entanto, eu tenho o direito de argumentar que embora o Sr. Burdóvskii soubesse muito bem a data de seu nascimento, ignorava completamente a circunstância de o Sr. Pavlíchtchev residir no estrangeiro, onde passava a maior parte de sua vida, só voltando uma vez ou outra à Rússia. De mais a mais, o fato de ele estar fora naquele tempo não era coisa assim tão importante que obrigasse as pessoas a se recordarem disso 20 anos depois; nem mesmo as pessoas que conheciam bem o Sr. Pavlíchtchev, sem falar no Sr. Burdóvskii, que, a essa altura, nem nascido era. O que não quer dizer que fosse ou seja impossível estabelecer a veracidade desse fato. Quanto a mim, devo confessar que foi por mero acaso que coligi tais fatos que podiam muito bem não ter chegado às minhas mãos. O que também prova que essa averiguação pudesse ser quase impossível ao Sr. Burdóvskii, e até a Tchebárov, mesmo no caso de a procurarem obter, ou nisso pensarem. Quem sabe até se nem lhes passou isso pela cabeça!

— O senhor dá licença? — aparteou, com irritação, Ippolít. — Para que toda essa lenga-lenga, se posso perguntar?! O caso já foi esclarecido; concordamos em aceitar o fato mais importante; por que então desenrolar toda essa lenga-lenga a respeito? Ou quererá o senhor, quem sabe, estadear a sua habilidade em investigações e expor diante de nós e do príncipe as suas extraordinárias qualidades de detetive? Ou está o senhor tentando desculpar e justificar o Sr. Burdóvskii, provando que ele se atrapalhou em toda essa questão por causa de sua ignorância? Veja, porém, que isso é uma imprudência, senhor! Burdóvskii dispensa as suas desculpas e justificações, deixe que lhe diga! Isso lhe é penoso e incomodativo; afinal de contas, já basta a posição desastrada em que ele está; e o senhor devia ver e compreender isso.

— Chega, Sr. Tieriéntiev, chega — disse Gavríl Ardaliónovitch fazendo-o calar-se. — Fique calmo, não se excite; receio que o senhor piore. E lastimo isso. Se prefere, paro aqui, ou antes, tratarei de resumir o mais possível uns tantos fatos que, estou convencido, devem ser plenamente conhecidos — acrescentou, reparando no movimento geral de notória impaciência. — Eu apenas quero demonstrar que o Sr. Pavlíchtchev evidenciava esse interesse e bondade para com sua mãe, Sr. Burdóvskii, somente porque ela era irmã de uma serva por quem desde a mocidade ele estava apaixonado. E tanto que certamente acabariam se casando se ela não tivesse morrido repentinamente. Tenho provas da exatidão disso e de certos outros fatos pouco conhecidos ou inteiramente esquecidos. E, mais ainda, posso informar-lhe como sua mãe foi tomada aos dez anos pelo Sr. Pavlíchtchev e educada por ele como se fosse sua parenta, de como teve à sua disposição um dote considerável e de como os aborrecimentos originados por causa disso partiram dos numerosos parentes por cuja conta certos rumores correram. Chegou-se a pensar que ele se casaria com a sua pupila, acabando ela, porém, por sua livre escolha, se casando (e isso posso provar de maneira taxativa) com um funcionário rural chamado Burdóvskii. Reuni documentações fidedignas que comprovam que seu pai, Sr. Burdóvskii, que não mostrava propensões para o comércio, largou o emprego ao receber o dote de sua mãe, de quinze mil rublos, e se meteu em especulações comerciais, tendo sido enganado; perdeu todo o seu capital, desandou a beber para esquecer suas mágoas, consequentemente caindo doente, e vindo a morrer, por fim, oito anos depois de ter esposado a mãe do senhor. Então, depois disso, ficou ela, segundo o seu próprio testemunho, completamente sem recursos e teria chegado à ruína se não fosse o constante e generoso auxílio do Sr. Pavlíchtchev que lhe concedia seiscentos rublos por ano. Também ficou notório que ele gostava extremamente do senhor quando criança. Pelo que sua mãe me contou, é quase certo que ele gostava do senhor principalmente por causa do seu feitio desventurado de criança miserável, parecendo estropiado e gago. E, como vim a saber em fontes muito seguras, Pavlíchtchev em toda a sua vida sempre teve um sentimento de especial ternura por tudo quanto injustamente fosse flagelado pela natureza, principalmente crianças — fato esse que, a meu ver, é de grande valor no nosso caso. Finalmente, posso garantir que descobri um fato de importância primordial, e que vem a ser o seguinte: a marcada preferência de Pavlíchtchev pelo senhor (e foi mediante os esforços dele que o senhor entrou para o ginásio e recebeu uma educação apropriada) pouco a pouco foi levando os parentes de Pavlíchtchev e os membros de sua casa a imaginarem que o senhor fosse filho dele e que o seu pai tivesse sido enganado. Mas é preciso que se repare bem que tal ideia só avultou e se tornou convicção geral nos últimos dias de vida de Pavlíchtchev, quando toda a parentela dele estava sobressaltada com o seu testamento, estando já os fatos originais esquecidos e até impossibilitada sua averiguação imediata. Sem dúvida, tal ideia também lhe chegou aos ouvidos, tomando conta inteiramente do senhor. Sua mãe, cujo conhecimento tive a honra de fazer, sabia desses boatos. Mas até hoje não sabe (nem eu lhe disse) que o senhor, seu filho, estivesse dominado por tal suposição. Fui encontrar sua respeitabilíssima mãe em Pskóv, doente e na extrema penúria em que ficara desde a morte de Pavlíchtchev. Disse-me ela, com lágrimas nos olhos, de pura gratidão, que era sustentada apenas pelo senhor. Ela confia muito no seu futuro e crê de modo absoluto em seu triunfo daqui por diante...

— Mas isso já está ficando intolerável! — berrou o sobrinho de Liébediev, não suportando mais. — Qual é o fim desse romance?

E Ippolít o coadjuvou, em um movimento abrupto:

— Isso ofende e chega a ser inaudito!

Só Burdóvskii ficou imperturbável.

— Qual o fim, o objeto disso? — disse Gavríl Ardaliónovitch, com fingida admiração, maliciosamente preparando o seu remate. — Porque, em primeiro lugar, o Sr. Burdóvskii decerto está agora plenamente convencido de que o Sr. Pavlíchtchev o amava por generosidade e não por ser o filho dele. Só este fato já era essencial que o Sr. Burdóvskii soubesse, já que ficou do lado do Sr. Keller, aprovando tudo quanto do artigo lhe foi lido. Digo isto porque considero o Sr. Burdóvskii um homem direito. Em segundo lugar, parece que não houve a menor intenção de chantagem e dolo no caso, mesmo da parte de Tchebárov; esse é um ponto importante para mim, também, porque o príncipe, ao falar acaloradamente ainda agora, me mencionou como concordando com a sua opinião de haver um elemento desonesto e trapaceiro no caso. Pelo contrário, houve absoluta boa-fé por parte de todos, e muito embora o Sr. Tchebárov possa ser um grande espertalhão, neste caso ele aparece apenas como um agudo e intrigante advogado. Esperava fazer alto negócio com isso, como advogado, e os seus cálculos não foram apenas agudos e magistrais; foram seguros. Baseava-se ele na correção com que o príncipe se comporta a respeito de dinheiro; baseava-se em sua gratidão e respeito por Pavlíchtchev. E, o que é mais, se baseava principalmente na maneira cavalheiresca com que o príncipe, como é mais que notório, cumpre suas obrigações de honra e consciência. Quanto ao Sr. Burdóvskii, pessoalmente, ainda se pode dizer que, graças a certos pendores seus, foi tão trabalhado por Tchebárov e por seus amigos outros, que tomou o caso a peito, fora até do seu interesse moral, porém mais como um serviço à verdade, ao progresso e à humanidade. Agora, pois, após tudo quanto acabo de dizer, se torna mais do que claro que o Sr. Burdóvskii é um homem inocente, sejam quais forem as aparências. E assim, o príncipe, mais pronta e zelosamente do que antes, lhe vai oferecer seu amistoso auxílio e, de modo particular, essa ajuda substancial a que se referiu ainda agora ao falar sobre escolas e Pavlíchtchev.

— Pare! Agora não, Gavríl Ardaliónovitch, deixe isso para depois... — exclamou o príncipe, desapontadíssimo; mas era tarde demais.

— Eu já lhe disse, já lhe disse três vezes — falou Burdóvskii no auge da irritação — que não quero o dinheiro, que não aceito... porque... não quero aceitar... Vou-me embora!

E já ia correndo pela varanda. Mas o sobrinho de Liébediev o agarrou pela manga e lhe disse ao ouvido alguma coisa. Imediatamente Burdóvskii voltou e tirando um enorme envelope sem lacre do bolso o arremessou sobre a mesa, na direção do príncipe.

— Aí está o dinheiro. Como foi que o senhor ousou? Como? O dinheiro!

— Aqueles duzentos e cinquenta rublos que o senhor teve o desplante de lhe enviar, como uma esmola, por Tchebárov! — explicou Doktorénko. Ao que Kólia comentou:

— Mas o artigo dizia cinquenta.

— Fiz mal — declarou o príncipe erguendo-se e indo até Burdóvskii. — Confesso que fiz mal, Burdóvskii, mas acredite que não mandei isso como esmola. Tenho de reconhecer agora e antes... (O príncipe estava muito angustiado, com um ar exausto e esgotado, e as suas palavras eram um pouco desconexas.) Falei em trapaça, mas não me referi ao senhor. Eu estava enganado. Disse que o senhor era doente como eu. Mas o senhor não é como eu, o senhor dá aulas... o senhor sustenta sua mãe. Eu disse que o senhor estava expondo sua mãe à vergonha; mas o senhor a ama, ela mesma o disse... E eu não sabia. Gavríl Ardaliónovitch não me havia contado tudo. Sou culpado. Cheguei a lhe oferecer dez mil rublos, mas mereço censuras, eu devia ter feito isso de modo diferente, e agora... isso não pode ser feito, porque o senhor me desdenha...

— Isto é uma casa de loucos! — exclamou Lizavéta Prokófievna.

— Lógico que é uma casa de malucos! — não pôde Agláia deixar de dizer, cortantemente.

Mas as palavras delas se perderam na celeuma geral. Todos gritavam e discutiam, alguns seriamente, outros rindo. Iván Fiódorovitch Epantchín estava no auge da indignação e, com um ar de ofendida dignidade, esperava pela mulher. Quem pôs em tudo aquilo a última palavra foi o sobrinho de Liébediev:

— Sim, príncipe, tem-se de lhe fazer justiça. O senhor sabe como aproveitar a sua... ora bem... doença (para me exprimir polidamente); tal jeito deu o senhor no modo por que ofereceu sua amizade e seu dinheiro, de maneira tão engenhosa, que é impossível agora a um homem de bem receber uma e outra coisa, seja sob que circunstância for. E isso ou é uma demonstraçãozinha de inocência, ou de esperteza... O senhor sabe, melhor do que nós.

— Mas, com licença, senhores! — volveu Gavríl Ardaliónovitch que nesse ínterim tinha aberto o envelope. — Aqui não há duzentos e cinquenta rublos e sim somente cem. Quero, com o que estou dizendo, que não haja mal-entendido.

— Deixe, deixe... — exclamou o príncipe, acenando para Gavríl Ardaliónovitch.

— Não! "Deixe", não!... — E o sobrinho de Liébediev se interpôs. — Esse seu "deixe" é insultante para nós, príncipe. Não estamos escondendo, declaramos abertamente: no envelope há só cem rublos, em lugar de duzentos e cinquenta; nem isso vem a dar no mesmo...

— De fato, não vem a dar no mesmo! — acrescentou Gavríl Ardaliónovitch, com um ar de ingênua perplexidade.

— Queira não nos interromper; não somos nenhum idiota, senhor advogado — redarguiu o sobrinho de Liébediev com desprezo. — Naturalmente que cem rublos não são a mesma coisa que duzentos e cinquenta, nem isso vem a dar no mesmo, mas o que importa é o princípio. O que importa é a iniciativa e lá isso de estarem faltando cento e cinquenta rublos é mero pormenor. O que importa é que Burdóvskii não aceita a sua esmola, Excelência, que a joga em seu rosto e isso tem justamente o sentido de que não faz diferença se são cem ou duzentos e cinquenta. Burdóvskii não aceitou os dez mil rublos, conforme o senhor já escutou; e não teria trazido os cem rublos, em restituição, se fosse desonesto. Os cento e cinquenta rublos ficaram com Tchebárov como pagamento da viagem que fez para se avistar com o príncipe. O senhor pode rir de nossa falta de tirocínio e experiência em negócios; o senhor tentou o mais que pôde nos ridicularizar, mas não ousará chamar-nos de desonestos. Nós nos cotizaremos todos, senhor, para pagar ainda esses cento e cinquenta rublos ao príncipe. Tê-lo-íamos pago, mesmo que fosse só um rublo! Pagaremos com juros. Burdóvskii é pobre, Burdóvskii não tem milhões, e Tchebárov mandou cobrar a sua viagem. Nós esperávamos ganhar a questão... quem não teria feito o mesmo, no lugar dele?

— Quem não teria?! — exclamou o Príncipe Chtch...

— Eu acabo perdendo o juízo, aqui! — disse Lizavéta Prokófievna.

— Isto me faz lembrar — disse, a rir, Evguénii Pávlovitch, que desde muito estava prestando atenção em tudo aquilo — uma célebre defesa feita recentemente por um advogado que, enumerando com justificativa a pobreza do seu cliente, desculpando-o por ter assassinado e roubado seis pessoas de uma só vez, repentinamente rematou com algo mais ou menos assim: "Era natural que, ante a sua pobreza, ocorresse ao meu cliente a ideia de assassinar seis pessoas! Sim, porque, afinal de contas, em idêntica situação, a quem não ocorreria a mesma ideia?". Algo mais ou menos desse teor! Muito engraçado.

— Basta! — fez ver Lizavéta Prokófievna, em um transporte quase de raiva. — Já é tempo de parar com esse espetáculo.

Estava em uma terrível excitação. Atirou a cabeça para trás, ameaçadoramente e, com os olhos em chamas, e um ar de altivo e feroz desafio, encarou um por um, já não podendo distinguir amigos de inimigos. Atingira aquele auge de ódio longamente contido mas por fim irreprimível em que a avidez pelo conflito imediato e pelo ataque súbito cria, em dada pessoa, o impulso que tudo comanda. Aqueles que conheciam a Sra. Epantchiná logo sentiram que lhe sobreviera algo fora do comum. Iván Fiódorovitch disse no dia seguinte ao Príncipe Chtch...: "Ela tem desses ataques de vez em quando, mas acessos como o de ontem jamais lhe vêm a não ser de três em três anos. No máximo!" — acrescentou enfaticamente.

— Chega, Iván Fiódorovitch. Deixa-me sozinha — gritou Lizavéta Prokófievna. — Tira esse braço daí, não me ofereças o braço. Ou achas que me vais conduzir para fora? És o marido, o chefe da família, mas só me pegarias pela orelha e me levarias lá para fora se eu fosse néscia demais para te obedecer e seguir. Devias mais é pensar em tuas filhas, isso sim! Agora já sabemos o caminho sem ti. Tive vergonha suficiente para me conter um ano. Espera, não vês que tenho de agradecer ao príncipe? Muito obrigada, príncipe, pelo divertimento. Permaneci de propósito para ouvir o que esses rapazes diziam. E é uma desgraça! Uma desgraça! Que caos, que infâmia! Pior do que um sonho. Há muita gente como eles? É? Fique quieta, Agláia! Deixe-me, Aleksándra, vocês não têm nada com isto! Saia da minha frente, Evguénii Pávlovitch, não me incomode!... Então, meu caro, você lhe está pedindo desculpas? — dirigia-se agora a Míchkin. — "A culpa foi minha", diz ele, "de ousar vos oferecer uma fortuna..." E, escute aqui, de que é que você se está rindo aí, seu fanfarrão? — apontava para o sobrinho de Liébediev. — "Nós recusamos a fortuna", diz o outro. "Nós exigimos, não pedimos!" Como se não soubessem que amanhã este idiota se porá de rastros para lhes oferecer sua amizade e seu dinheiro, outra vez. É, ou não é, você aí?

— É, sim, senhora! — disse o príncipe, com voz tênue e humilde.

— Ouviram? Vocês já contavam com isso! — E voltada para Doktorénko: — É o mesmo que o dinheiro já estar no bolso de vocês! E aí está por que vocês tentam impressionar-nos... Não, meu queridinha, não me venha com manhas, eu o conheço... estou vendo o seu jogo...

— Lizavéta Prokófievna! — exclamou o príncipe.

— Vamos embora, Lizavéta Prokófievna, já é tempo de nos irmos, e levemos o príncipe conosco — disse o Príncipe Chtch..., procurando sorrir para aparentar calma.

As moças estavam de pé, ao lado, meio espantadas; o General Epantchín permanecia boquiaberto; os demais presentes, admirados. Os que se achavam mais para o lado de fora cochichavam entre si, sorrindo às escondidas. A cara de Liébediev estava estarrecida, em uma expressão de perfeito êxtase.

— Caos e infâmia podem ser encontrados em qualquer lugar, senhora! — disse o sobrinho de Liébediev, nem com isso perdendo o embaraço em que estava.

— Ruim assim, não! Ruim assim, como entre os senhores, não, caro senhor — retorquiu Lizavéta Prokófievna em um ar de vingança histérica. — Larguem-me! — gritava para os que tentavam persuadi-la. — Ora, pois não disse você ainda agora, Evguénii Pávlovitch, que até um advogado, no tribunal, declarara ser muito natural que um pobre sangre seis pessoas? Isso significa o fim de tudo; nunca ouvi tamanha coisa. Está tudo mais do que claro agora! E este sujeito gago, quem não vê que mataria qualquer um? (e apontava para Burdóvskii, que a ficou fitando atarantadamente). Estou pronta a apostar que ele matará alguém! Talvez, de fato, não aceite o seu dinheiro, talvez não queira os seus dez mil rublos, talvez não o aceite por causa da consciência; mas irá à noite matar você e tirar o dinheiro do cofre; e fará isso por causa da consciência. Então não será desonestidade, para ele. Será apenas uma erupção de "nobre indignação", será um "protesto", ou Deus sabe o quê... Arre! Tudo está de pernas para o ar, tudo está de cambalhotas! Uma moça cresce em casa e repentinamente, no meio da rua, se mete em um fiacre, dizendo: "Mamãezinha, no outro dia me casei com um tal Kárlitch, ou Ivánitch, adeusinho!". E está direito, um comportamento desta ordem, respondam?! É natural, demonstra respeito? A questão "mulher"? Este fedelho — apontou para Kólia — ainda no outro dia estava argumentando sobre o significado da questão "mulher". Mesmo que a mãe seja maluca, qualquer um de vocês tem de se comportar como um ser humano, perante ela. Por que chegar a casa com a cabeça no ar? "Abra caminho, não vê que estou entrando? Restitua-nos os nossos direitos e não dê um pio sequer! Preste-nos toda espécie de respeito, como até aqui nunca nos foi prestado e nós a trataremos pior do que ao mais ínfimo lacaio." Exigem justiça, repisam em seus direitos, e ainda o caluniam como pérfido no artigo de um jornaleco. "Exigimos, não pedimos, e não lhe dispensaremos gratidão porque o senhor está agindo em satisfação à própria consciência!" Isso é raciocínio de gente? Pois bem, se vocês não lhe demonstram gratidão, o príncipe lhes pode responder que também não a dispensa a Pavlíchtchev, porque Pavlíchtchev também agiu direito em satisfação à sua consciência. E vocês bem sabem que estão contando justamente com a gratidão dele por Pavlíchtchev! Ele não lhes pediu dinheiro emprestado, não lhes deve nada; com que é então que vocês estão contando, senão com a sua gratidão? E como é então que vocês repudiam isso? Lunáticos! Encaram a sociedade como selvagem e inumana, porque ela expõe a donzela seduzida à vergonha; mas se vocês cuidam que a sociedade é inumana, devem vocês também pensar que a pobre moça sofre pela censura da sociedade! E, se assim é, por que a expõem vocês à sociedade, através dos jornais, e acham que ela não deva sofrer? Lunáticos! Ordinários! Não acreditam em Deus, não creem em Cristo! Ora, vocês, estão tão comidos pelo orgulho e pela vaidade que acabarão se entredevorando, eis o que desde já lhes profetizo. Não é isso caos, infâmia e pandemônio!? E depois de tudo ainda esta desventurada criatura precisa lhes ir pedir perdão, também! Há mais gente como vocês? E de que é que se estão rindo? De eu não ter sabido em conter e explodir contra vocês? Sim, explodi sim, e agora não há outro jeito! Que é que está arreganhando os dentes, você aí, seu "limpa-chaminés"? — apontou para Ippolít. — Está quase a botar a alma pela boca e ainda tenta corromper os outros! Foi você quem pôs a perder este fedelho aqui — apontava para Kólia — que não faz outra coisa senão besteiras por sua causa; você lhe prega ateísmo, você que não crê em Deus, você que não está ainda assim tão velho para uma surra! Você não se enxerga? Então, vai procurá-los, amanhã, Príncipe Liév Nikoláievitch? — perguntou ela, de novo, ao príncipe, com a respiração suspensa.

— Vou.

— Então não quero mais saber de você. — Virou-se, para ir embora, mas tornou a voltar. — E irá ver este ateu, também? — apontou para Ippolít. — Tem a coragem de se rir de mim? — gritou ela, em um verdadeiro berro, e avançou para Ippolít, não suportando seu esgar sarcástico.

— Lizavéta Prokófievna! Lizavéta Prokófievna! Lizavéta Prokófievna! — ouviu-se de todos os lados, ao mesmo tempo. — Mãe, isso é vergonhoso! — disse Agláia, alto.

— A Senhorita Agláia Ivánovna não se inquiete — respondeu Ippolít, calmamente.

Lizavéta Prokófievna tinha-se arremessado contra ele e lhe segurara o braço. E, por qualquer motivo inexplicável, ainda o estava segurando com força. Ficou diante dele, com os olhos coléricos presos nele.

— Não se inquiete, a sua mamãe já se dará conta de que não pode atacar um agonizante... Se ela quer que eu explique por que me ri, eu explico. E terei muito gosto se ela me der permissão para isso.

Nisto começou a tossir terrivelmente, e não podia parar.

— Ele está morrendo e ainda quer pronunciar discursos — gritou Lizavéta Prokófievna largando-lhe o braço e olhando quase com terror para o sangue que ele limpava dos lábios. — Você não tem de falar nada. Deve mais é ir deitar-se.

— É o que farei — respondeu Ippolít, em uma voz rouca, muito baixa, quase um sussurro. — Assim que chegar a casa me deitarei... Nestes quinze dias vou morrer, já sei. B... já me disse isso na semana passada. De maneira que, se me permite, lhe quero dizer umas palavras, ao nos separarmos.

— Está maluco? Deixe de bobagem! Precisa mais é de enfermeira; agora não é hora de falar. Vá já para a cama!

— Se me meto na cama nunca mais me levantarei até morrer — disse Ippolít, sorrindo. — Ontem, por exemplo, pensei em me deitar e não me levantar mais; mas decidi deixar isso para até depois de amanhã, caso pudesse me aguentar nas pernas... e assim poder vir com eles até aqui... O que há é que me sinto terrivelmente cansado.

— Sente-se, sente-se, por que há de estar de pé? Tem uma cadeira aqui! — E Lizavéta Prokófievna correu e lhe ajeitou ela própria uma cadeira.

— Muito obrigado — continuou Ippolít, brandamente. — Mas a senhora também vai se sentar, diante de mim, e nós vamos conversar, Lizavéta Prokófievna; faço questão disso, agora... — e sorriu outra vez. — Pense bem, esta é a última vez que saio a apanhar ar e ver gente. Em quinze dias certamente estarei debaixo da terra. De modo que será uma espécie de despedida à humanidade e à natureza. Não sou lá muito sentimental, a senhora já deve ter reparado, mas estou bastante contente que tudo isso se passe em Pávlovsk; aqui, seja lá como for, ainda se pode ver as árvores cheias de folhas.

— Você não pode falar agora — insistiu Lizavéta Prokófievna, cada vez mais sobressaltada. — Está mais é com febre. Esteve para aí a dar guinchos e agora nem pode tomar a respiração! Está sufocado!

— Isso passa, em um minuto. Por que teima a senhora em contrariar o meu último desejo? Quer saber de uma coisa? Há muito tempo que eu sonhava em vir a conhecê-la, Lizavéta Prokófievna. Kólia me falava tanto na senhora! Ele foi o único que não se afastou de mim... A senhora é uma criatura original, uma criatura excêntrica... e quer saber de uma coisa, eu já estava gostando da senhora, mesmo.

— Deus meu! E não é que estive a ponto de agredi-lo?

— Foi Agláia Ivánovna quem não deixou. Não estou enganado, não é? Esta é sua filha Agláia Ivánovna? É tão bonita que logo, à primeira vista, adivinhei que era ela, apesar de nunca a haver visto. Que ao menos me seja dado olhar para uma mulher bonita pela última vez na minha vida. — E Ippolít sorriu com uma espécie de sorriso crispado e sem graça. — O príncipe está aqui, e o marido da senhora; todo o mundo. Por que não consente no meu derradeiro desejo?

— Vejam uma cadeira! — gritou Lizavéta Prokófievna; ela mesma, porém, agarrou a primeira que estava à mão e se sentou defronte de Ippolít. — Kólia — ordenou ela —, você hoje deve ir com ele, deve levá-lo. E amanhã, certamente, irei eu até lá...

— Se a senhora dá licença, vou pedir ao príncipe uma xícara de chá... Sinto-me muito cansado. É verdade, Lizavéta Prokófievna, ainda há pouco, creio eu, a senhora deu a entender que queria levar o príncipe a tomar chá em sua casa; em vez disso, fique conosco um pouco mais; o príncipe fará servir-nos chá a todos, aqui. Desculpe esta minha ideia... Mas como sei que a senhora é de boa índole e o príncipe também... como, afinal, de boa índole somos todos...

O príncipe apressou-se em dar ordens nesse sentido. Liébediev saiu quase a voar, precipitadamente, da sala; Vera acompanhou-o.

— Então, está bem — decidiu repentinamente a generala. — Pode falar, mas fale devagar, sem se excitar. Você, afinal, abrandou o meu coração. Príncipe, o senhor não merece que eu tome chá aqui. Mas... seja. Ficarei; não pensem que vou pedir desculpas perante quem quer que seja! Absolutamente! Era só o que faltava! Ainda assim, príncipe, peço perdão se ralhei com o senhor; vá lá por esta vez. Mas não estou prendendo ninguém — voltou-se com uma expressão de extraordinária raiva para o esposo e as filhas, como se a tivessem desconsiderado. — Eu sei voltar para casa sozinha.

Mas não a deixaram acabar. Prontamente todos a rodearam. O príncipe logo começou a insistir com todos para que ficassem para o chá, pedindo desculpas por não ter pensado nisso antes. Até o General Epantchín assumiu um ar cordial, chegando a murmurar algo convincente; e perguntou a Lizavéta Prokófievna se na varanda não estaria muito frio para ela. Esteve quase indagando de Ippolít quanto tempo cursara a Universidade, por um nada deixando de o fazer. Evguénii Pávlovitch e o Príncipe Chtch... tornaram-se inesperadamente em extremo cordiais e bem-humorados. Uma expressão de prazer começou a se misturar à de espanto nos rostos de Adelaída e Aleksándra; de fato todos pareciam radiantes por ter acabado o paroxismo de Lizavéta Prokófievna. Somente Agláia continuava amuada lá no seu canto, sentada a pouca distância. Todos resolveram ficar; ninguém quis ir embora, nem mesmo o General Ívolguin, depois que Liébediev lhe segredou alguma coisa decerto não muito agradável, apenas se retirando para um canto. O príncipe estendeu o seu convite a Burdóvskii e aos amigos deste, sem exceção. Balbuciaram, com ar constrangido, que esperariam por Ippolít e logo se retiraram para a ponta extrema da varanda, onde se sentaram enfileirados. Provavelmente o chá já tinha sido providenciado, antes, por Liébediev, pois foi trazido quase imediatamente.

Soaram as onze horas.

10

Ippolít apenas umedeceu os lábios, logo depondo sobre a mesinha a xícara de chá trazida por Vera Liébedieva; e ficou olhando em torno, meio confuso. Depois começou a falar, com uma espécie de precipitação súbita:

— Está vendo estas xícaras, Lizavéta Prokófievna? Estas xícaras de porcelana chinesa... Creio que são legítimas... Liébediev as traz guardadas a chave sempre no aparador, expostas como em uma vitrina, como é de hábito. Fazem parte do dote trazido pela mulher dele... Sempre guardadas! Mas agora estão aqui fora, estão sendo usadas somente por causa da senhora... Em sua honra, tão alegre ficou ele de ver a senhora aqui.

E foi como se esgotasse o assunto, embora ficasse com ar de querer prosseguir.

Evguénii Pávlovitch disse ao ouvido de Míchkin:

— Envergonhou-se. Eu já esperava por isso. É perigoso, não acha? Sinal certo de que, por despeito, tentará fazer alguma coisa tão excêntrica que a própria generala ficará atrapalhada.

O príncipe ficou olhando para ele de modo indagador.

— Não receia qualquer disparate? Eu por mim não receio. Pelo contrário, até gostaria, pois na verdade estou ansioso para que a nossa querida Lizavéta Prokófievna seja punida... e ainda hoje, até mesmo já, se for possível. E não quero sair daqui sem assistir a isso. O senhor parece estar com febre...?

— Oh! Não se incomode. De fato, não estou bem — respondeu o príncipe, sem dar atenção, evidenciando mesmo certa impaciência. É que ouviu falarem no seu nome. Era Ippolít conversando a seu respeito, por entre risadas histéricas. Dizia:

— A senhora não acredita? Pois não acredite; mas o príncipe acreditaria imediatamente e não se surpreenderia nada.

— Está ouvindo, príncipe? Ouça o que ele está dizendo. — E Lizavéta Prokófievna se voltou para ele.

Pessoas riam, perto. Intrometido como sempre, Liébediev avançou até junto de Lizavéta Prokófievna, muito agitado.

— Ele estava me dizendo que este palhaço aqui, o seu proprietário, foi... quem corrigiu para aquele cavalheiro o artigo que leram esta noite a seu respeito.

O príncipe fitou Liébediev, com surpresa.

— Fale logo de uma vez! — exclamou Lizavéta Prokófievna batendo com o pé.

— Bem — balbuciou o príncipe, examinando Liébediev —, vejo agora que ele o fez.

— É a santa verdade, Excelência — respondeu Liébediev firmemente, sem a menor hesitação, depondo a mão sobre o peito.

— E parece orgulhar-se disso! — observou ela quase pulando da cadeira.

— Eu sou um homem vil — sussurrou Liébediev, cuja cabeça pendia mais e mais à medida que com a mão ele batia no peito.

— Que tenho eu com isso, se o senhor é uma pobre criatura? Ele pensa que se justifica dizendo que é uma pobre criatura! E o senhor não tem vergonha, príncipe, de tratar com gente tão à toa? Pergunto mais uma vez. A isso não se perdoa.

— O príncipe me perdoará! — exclamou Liébediev com ar comovido.

— Foi só por nobreza de alma — disse Keller com voz retumbante, indo até eles e se dirigindo imediatamente a Lizavéta Prokófievna —, foi só por bondade, senhora, e para evitar deixar mal um amigo que se tinha comprometido, que eu não disse nada, esta noite, a respeito das correções, apesar de ele ter sugerido que nos atirassem escadas abaixo, como a senhora muito bem ouviu. Para pôr as coisas em sua verdadeira luz, confesso que de fato recorri a ele, como a uma pessoa competente, e lhe ofereci seis rublos, não para corrigir o estilo, mas simplesmente para me dar os fatos que, em sua grande maioria, me eram desconhecidos. As polainas, o apetite em casa do professor suíço, os cinquenta rublos em vez de duzentos e cinquenta; toda a arrumação, toda ela pertence a ele. Vendeu-me as informações por seis rublos, mas o estilo, lá isso não senhora, o estilo ele não corrigiu.

— Devo observar — atalhou Liébediev com febril impaciência e com uma voz arrastada, enquanto a risada crescia cada vez mais — que só corrigi a primeira metade do artigo, porque quando chegamos ao meio não concordamos e até brigamos por causa de um ponto; não corrigi, pois, a segunda parte, não sendo portanto de estranhar a má gramática dessa segunda metade, e que não pode ser levada à minha conta...

— E em tudo isso o que aborrece é essa parte! — observou Lizavéta Prokófievna.

— Permita o senhor que lhe pergunte quando foi corrigido o artigo — disse Evguénii Pávlovitch, dirigindo-se a Keller.

— Ontem de manhã — respondeu Keller. — Nós nos encontramos, tendo cada qual prometido, sob palavra de honra, guardar segredo.

— Isto enquanto se arrastava diante de você com protestos de devoção. Que corja! Não quero mais o seu Púchkin e não consentirei que sua filha venha à minha casa visitar-me.

Lizavéta Prokófievna estava a ponto de erguer-se, mas logo se virou irritada para Ippolít, que ria.

— O senhor acha que eu vim para aqui como palhaço, seu moço?

— Deus me livre de pensar isso! — respondeu Ippolít com um sorriso forçado — mas o que mais me impressiona é a sua incrível excentricidade, Lizavéta Prokófievna. Confesso que encetei essa conversa sobre Liébediev de propósito; eu sabia que efeito isso teria sobre a senhora, e sobre a senhora só, pois o príncipe certamente perdoará...

e até arranjará uma desculpa para ele, em seu espírito, agora mesmo, muito provavelmente. Não é verdade, príncipe?

Faltava-lhe o ar; a sua estranha excitação aumentava a cada palavra.

— Bem! — disse Lizavéta Prokófievna, colericamente, admirada do tom dele. — Bem! E daí?

— Já ouvi muita coisa a respeito da senhora, em assuntos desta mesma natureza... e com grande prazer!... E assim fui aprendendo a respeitá-la! — continuou ele.

O que ele disse foi isso, conquanto com tais palavras quisesse significar coisa muito diferente. Falou com uma certa ironia e ainda por cima se achava excitado de uma forma diversa da habitual, como se nisso houvesse inquietação. Mostrava-se confuso e perdia a cada palavra o fio do que estava dizendo. Tudo isso, mais a sua aparência tuberculosa e aqueles seus olhos estranhamente fulgurantes e aloucados não podiam deixar de chamar a atenção geral.

— Eu devia me surpreender, embora nada saiba a respeito do mundo (do que estou bem ciente), não só de a senhora permanecer em nossa companhia — apesar de não sermos companhia decente para a senhora — como também de consentir que essas... jovens escutassem um caso escandaloso, muito embora já devam ter lido tudo isso em romances. Não sei se me explico bem... porque estou meio zonzo, mas, seja lá como for, quem, a não ser a senhora, permaneceria aqui... a pedido daquele garoto (sim, garoto, devo confessar) para passar a noite conosco e tomar parte em tudo, muito embora estivesse farta de saber que no dia seguinte se envergonharia?... (Concordo que não me estou exprimindo lá muito direito.) Eu aprovo tudo isso, extremamente; e profundamente respeito tudo isso, embora qualquer pessoa possa ver pela expressão do rosto do marido da senhora quanto tudo isto lhe parece impróprio. Eh! Eh! — cacarejou ele, atarantado de todo; e repentinamente deu em tossir tanto que por uns dois minutos não pôde prosseguir.

— Tanto falou que perdeu o fôlego! — pronunciou Lizavéta Prokófievna, friamente, observando-o com uma curiosidade severa. — Bem, meu caro camarada, já chega. Precisamos ir indo.

— Permita-me que lhe diga também, da minha parte — irrompeu irritado, perdendo a paciência, Iván Fiódorovitch —, que minha mulher está aqui, em visita ao Príncipe Liév Nikoláievitch, nosso amigo e vizinho, e que de modo algum lhe compete criticar Lizavéta Prokófievna em qualquer de suas ações nem, tampouco, se referir alto e na minha cara, ao que está escrito no meu semblante, compreendeu o senhor? E se minha senhora permaneceu aqui — prosseguiu com uma irritação que a cada palavra crescia mais — foi por puro espanto, senhor, e por um interesse, compreensível hoje em dia a todos, pelo espetáculo dado pela gente nova. Eu próprio fiquei, como quem para na rua quando vê algo que... que... cause...

— ... curiosidade — completou Evguénii Pávlovitch.

— Excelente e verídico. — E Sua Excelência, quase perplexo pela comparação, ficou radiante. — Precisamente, como um caso raro. Mas, seja lá como for, o que espanta mais do que qualquer outra coisa e me causa pena, se assim, gramaticalmente, se pode dizer, é que o senhor não é capaz, seu moço, de compreender que Lizavéta Prokófievna ainda ficou mais tempo porque o senhor está doente — se é que realmente está desenganado — ou, melhor explicando, ficou por compaixão, ficou por causa do seu angustiante pedido, senhor, e que, portanto, nenhuma desonra, absolutamente nenhum, causa isso ao nome dela, ao seu caráter, agora, ou depois!... Lizavéta Prokófievna! — concluiu o general com o rosto afogueado — se pretende ir, despeça-se então do príncipe...

— Obrigado pela lição, general — aparteou Ippolít, falando sério e olhando-o pensativo.

— Vamos, mamãe. Há quanto tempo já deveríamos ter ido! — disse Agláia, de modo colérico e impaciente, erguendo-se da cadeira.

— Dois minutos mais, caro Iván Fiódorovitch, se é que permite. — Lizavéta Prokófievna voltou-se com dignidade para o esposo: — Creio que ele esteja com febre e com delírio. Basta ver-lhe os olhos. Ele não pode ficar assim. Liév Nikoláievitch, não poderia ele passar a noite aqui, com você, para não ter de ir para Petersburgo, de noite, nesse estado? *Cher prince*,[29] espero que não se aborreça — acrescentou, dirigindo-se ao Príncipe Chtch... e logo a seguir dizendo à filha: — Aleksándra, venha cá, endireite esse cabelo, querida.

Ela própria endireitou o penteado da filha, o qual, aliás, estava perfeitamente direito, e a beijou. Só para isso a chamara.

— Bem que eu a cuidava suscetível de uma expansão!... — recomeçou Ippolít, despertando da sua *rêverie*.[30] — Sim, era isso que eu queria dizer.

---

[29] Do francês: Querido Príncipe. (N. E.)

[30] Do francês: devaneio. (N. E.)

— Mostrava-se satisfeito como se repentinamente se tivesse lembrado de qualquer coisa. — Aqui Burdóvskii sinceramente desejava proteger a própria mãe, não é? E acontece que a desgraçou. Aqui o príncipe deseja ajudar Burdóvskii e com toda a sinceridade lhe oferece a sua amizade, uma fortuna, e talvez seja entre todos nós o único que não sinta aversão por ele; e todavia estão um diante do outro se olhando como a um inimigo! Ah! Ah! Ah! Todos aqui detestam Burdóvskii porque acham que se comportou de maneira hedionda e incrível com sua mãe. É isso, ou não é isso? Todos aqui gostam imensamente da beleza e da elegância das formas e é só isso o que lhes importa. É ou não é verdade? Desde muito reparei que é isso o que importa aqui. Ora bem, deixem que lhes diga que nenhum dos senhores aqui amou tanto sua mãe como Burdóvskii ama a dele. Eu sei, príncipe, que o senhor, às escondidas, mandou dinheiro para a mãe de Burdóvskii, por intermédio de Gánia, aposto até, eh, eh, eh — ria histericamente —, e aposto agora como Burdóvskii o vai acusar de indelicadeza e falta de respeito para com a mãe dele. Juro que assim será. Ah! Ah! Ah!

A essa altura ficou, de novo, sufocado e tossiu.

— Bem, é tudo? Agora, chega. Já disse tudo o que tinha a dizer? Bem, agora vá dormir; está com febre — interrompeu-o Lizavéta Prokófievna, impaciente, com os olhos arregalados para ele. — Meu Deus! Ele ainda quer falar mais!

— O senhor está rindo, não é? Por que é que o senhor continua a rir de mim? Reparo que o senhor está sempre rindo de mim — disse Ippolít virando-se para Evguénii Pávlovitch, irritadíssimo.

Este, realmente, estava rindo. — Eu só queria lhe perguntar, Sr. ... Ippolít... desculpe-me, esqueci o seu nome.

— Sr. Tieriéntiev — disse o príncipe.

— Sim, Tieriéntiev. Obrigado, príncipe. Já me fora mencionado antes, mas me esqueci... Eu queria perguntar-lhe, Sr. Tieriéntiev, se é verdade o que ouvi dizer: que o senhor acha que lhe bastará falar, de uma janela, pelo espaço apenas de um quarto de hora, para que eles concordem com o senhor e o sigam imediatamente.

— É muito possível que eu tenha falado assim — respondeu Ippolít, procurando lembrar-se. — Com certeza falei — acrescentou logo, ficando ainda mais sequioso e olhando para Evguénii Pávlovitch. — Por quê? E daí?

— Absolutamente por nada. Eu só queria saber para orientação minha.

Evguénii Pávlovitch ficou calado, mas Ippolít continuou a olhá-lo com um ar impaciente de espera.

— Bem, vocês acabaram? — perguntou Lizavéta Prokófievna. — Acabem logo com isso, amigos; ele já devia estar deitado. Ou vocês acham que ainda não acabaram? — Estava irritadíssima.

— Sinto-me tentado a acrescentar — prosseguiu Evguénii Pávlovitch, sorrindo — que tudo quanto ouvi de seus companheiros, Sr. Tieriéntiev, e tudo quanto o senhor disse ainda agora, com um talento inconfundível, advém, na minha opinião, da teoria da vitória do direito antes de tudo, à parte tudo e com exclusão de tudo e talvez mesmo antes de saber em que consiste esse direito. Mas talvez eu esteja enganado.

— Claro que está enganado. Não chego mesmo a compreendê-lo. Adiante!

Houve um sussurro em um dos cantos. O sobrinho de Liébediev estava cochichando qualquer coisa.

— Ora, é pouca coisa mais — continuou Evguénii Pávlovitch. — Só quero observar com isto que, desse ponto de vista, se pode facilmente saltar para o direito da força, o direito do braço individual, da vontade pessoal, como já tantas vezes tem acontecido na história do mundo. Proudhon chegou ao direito da força. Na guerra americana muitos dos liberais mais avançados se declararam do lado dos plantadores, sob a base de que os negros são negros, e inferiores à raça branca e, por conseguinte, que o direito da força estava do lado dos brancos...

— Pois bem!

— Portanto o senhor não nega que a força seja direito?

— E que mais?

— Só me resta dizer que os senhores são lógicos. Eu só queria observar que do direito da força ao direito dos tigres e dos crocodilos, mesmo para o direito dos Danílov e Górskii, não há mais do que um passo.

— Não sei. E que mais?

Ippolít mal escutava o que Evguénii Pávlovitch dizia, e respondia "Pois bem!" e "Que mais?" mais como cacoete apanhado em argumentos do que por atenção ou curiosidade.

— Nada mais... É tudo.

— Não pense, porém, que estou zangado com o senhor — concluiu Ippolít, inesperadamente. E, sem saber o que estava fazendo, lhe estendeu a mão, a sorrir.

Evguénii Pávlovitch primeiramente ficou surpreendido; depois, com a maior seriedade, tocou a mão que lhe era oferecida como se estivesse aceitando uma desculpa.

— Devo ajuntar — ponderou com o mesmo modo equivocamente respeitoso — a minha gratidão para com o senhor pela atenção com que me escutou, pois, segundo inúmeras vezes observei, os nossos liberais são incapazes de permitir que alguém mais tenha uma convicção própria sem que logo se defronte com o antagonista desdenhoso, ou coisa pior.

— Nisso tem o senhor perfeitamente razão — observou o General Epantchín. E cruzando as mãos atrás das costas se retirou com ar aborrecido para os degraus da varanda, onde bocejou, cheio de tédio.

— Bem, desta vez, basta, meu amigo — protestou Lizavéta Prokófievna —, pois até você? — disse, referindo-se a Evguénii Pávlovitch.

— Já é tarde — ponderou Ippolít, levantando-se, preocupado e quase alarmado, olhando em volta com um ar perplexo. — Detive-os tanto tempo. Quis dizer tudo... Eu pensava que todos pela última vez... foi tudo imaginação...

Era evidente que ele se reanimava por acessos e supetões. Vinha a si, de repente, do atual delírio, por uns poucos minutos; recordava-se e falava em estado de completa consciência, principalmente em frases desconexas que talvez tivesse pensado ou aprendido de cor em suas longas horas de enfadonha doença, no leito, na solidão das vigílias.

— Bem, adeus — repetiu de modo abrupto. — Pensam que me é fácil dizer-vos adeus? Ah! Ah! — riu de sua grosseira pergunta e, furioso por não conseguir dizer o que queria, gritou, irritado: — Excelência, tenho a honra de convidá-lo para os meus funerais, caso ache que eu mereço tal honra... E todos vós, senhoras e cavalheiros, acompanhados pelo general!

Riu outra vez, mas era o riso de um louco. Lizavéta Prokófievna correu para ele assustada e o segurou pelo braço. Ele a olhou com atenção, com o mesmo riso parado e glacial.

— Sabem que vim para cá para contemplar as árvores? Aquelas ali! — e apontou para as árvores do parque. — Será isso ridículo, será? Não haverá nada de ridículo nisso? — perguntou com ar sério a Lizavéta Prokófievna, acabando por ficar imerso em pensamentos; um minuto depois soergueu a cabeça e começou com ar perscrutador a encarar todo o grupo; procurava Evguénii Pávlovitch, que estava de pé, bem perto, à direita dele, no mesmo lugar de antes; mas, como tinha esquecido, o procurava. — Ah, o senhor não foi embora! — Encontrara-o, por fim. — O senhor ainda há pouco estava rindo por eu querer discursar da janela para a rua, durante um quarto de hora... Mas saberá o senhor que ainda não fiz 18 anos? Descansei tanto sobre o meu travesseiro, tanto espiei através da janela, tanto e tanto pensei sobre tudo e sobre todos... que... um homem morto não tem idade, anote bem isso. Foi o que eu pensei na semana passada ao passar as noites acordado... E quer saber que é que o senhor receia acima de tudo? Antes de mais nada o senhor receia a nossa sinceridade, muito embora nos menospreze! A senhora pensou que eu queria rir da senhora, Lizavéta Prokófievna! Não, eu não estava rindo da senhora, eu só queria ser agradável. Kólia me disse que o príncipe achava que a senhora não passava de uma criança... e é isso mesmo... Sim... mas, sim o quê? Que é que ia dizer?... — Tapou a cara com as mãos e ficou refletindo. — Ah, sim, quando a senhora disse ainda agora "Adeus!" me veio logo este pensamento: "Esta gente toda aqui não existirá mais, nunca mais, para mim! E estas árvores também... Não haverá mais nada para mim a não ser a parede de tijolos vermelhos, as paredes da casa de Meyer... em frente da minha janela... Bem, dize-lhes tudo isso... tenta dizer-lhes; ali está uma beleza de moça... que adianta? Estás morto, sabes? Apresenta-te como homem morto; dize-lhes que o homem morto tem licença de dizer o que quiser... e que a Princesa Maria Aleksiéievna[31] não achará isso defeito!". Ah! Ah! Não se riem?... — Olhou-os a todos, um por um, com ar desconfiado. — Não sabem que ideias me vêm à cabeça quando estou com ela pousada no travesseiro! E mais, estou convencido de que a natureza é muito irônica... Disseram ainda há pouco que sou um ateu, mas conhecem ou não conhecem os caprichos da natureza?... De que é que estão rindo, outra vez? São terrivelmente cruéis — rematou, com uma indignação lúgubre, olhando-os a todos. — Eu não corrompi Kólia — concluiu, em um tom inteiramente outro, sério e convicto, como se recordando outra vez de algo.

— Ninguém, ninguém está rindo de você, aqui. Não se aborreça — disse Lizavéta Prokófievna, aflita. — Amanhã virá um novo médico. O

---

[31] Alusão à comédia de Griboiédov *A desgraça de ter inteligência*, em que Fámussov exclama em uma passagem diretamente ligada ao título: "Meu Deus, que não dirá agora a Princesa Maria Aleksiéievna?". (N. E.)

outro estava errado. Sente-se, você nem pode se suster nas pernas! Está delirando... Ah! Que é que vamos fazer com ele, agora? — perguntou, ansiosamente, fazendo-o sentar-se na poltrona.

Uma lágrima brilhou em sua face. Ippolít parou, como que espantado. Ergueu a mão, esticou-a timidamente e tocou a lágrima. Sorriu um sorriso de criança.

— Eu... lhe... — começou ele, jubiloso — a senhora nem imagina quanto eu... Ele sempre me falava tão entusiasticamente da senhora, ele, ali — e apontou Kólia. — Eu gosto do entusiasmo dele. Eu nunca o corrompi! É o único amigo que deixo... Bem gostaria eu de deixar um amigo em cada um, em cada um, mas não me resta senão ele... Eu pensava fazer muito, eu tinha o direito... Oh! Quanto eu desejava! Mas agora não desejo nada. Não quero desejar nada. A mim mesmo me prometi não desejar nada; eles que procurem a verdade sem mim! Sim, que a natureza é irônica, é! Por que — resumiu ele com veemência — cria ela os melhores seres apenas para rir deles, depois? Foi obra dela a única criatura reconhecida sobre a terra como perfeição... foi ainda ela quem mostrou essa criatura aos homens, como foi ela quem decretou que essa criatura dissesse tais palavras pelas quais tanto sangue foi derramado, tanto, tanto que, se o fosse de uma só vez, todos os homens se teriam afogado nele. Ah! Bem bom é que eu vá morrer! Talvez também eu viesse a proferir alguma mentira horrível, a natureza me teria feito cair nessa armadilha... Mas eu não corrompi ninguém. Eu queria viver para a felicidade de todos os homens, só para descobrir e proclamar a verdade... Olhando através da janela para as paredes de Meyer, sonhei discursar apenas pelo espaço de um quarto de hora, o bastante para convencer todo o mundo, todo o mundo! E ao menos, uma vez na minha vida, encontrei os senhores, já que não tenho outros; e vejam só: o que resultou de tudo isso? Nada! O que resultou de tudo isso é que também aqui me desprezam! Portanto, não passo de um doido! Portanto, não sou necessário aqui! Portanto, já é tempo que eu me vá! Não consegui deixar atrás de mim nenhuma memória, nenhum eco, nem traço, nenhuma ação; não preguei sequer uma única verdade!... E não riam do camarada louco! Esqueçam! Esqueçam tudo! Esqueçam, por favor, não sejam assim tão cruéis! Sabem, porventura, que se não me tivesse sobrevindo esta tuberculose eu me mataria?

E ainda parecia estar para dizer muito mais coisas, mas não disse. Recostou-se para trás, na poltrona, cobriu a cara com as mãos e começou a chorar feito uma criança.

— Que é que vamos fazer com ele, agora?! — exclamava Lizavéta Prokófievna, que, se inclinando sobre ele, lhe tomou a mão, apertando-a de encontro ao peito. Ele soluçava convulsivamente. — Ora vamos, vamos, não chore, que é isso? Vamos, chega! Você é um bom rapaz. Deus lhe perdoará, levando em conta a sua ignorância! Vamos, chega; seja homem! Olhe que depois se envergonhará do que está fazendo!

— Longe, bem longe — disse Ippolít, tentando soerguer a cabeça —, tenho um irmão e irmãs, ainda bem pequeninos! Pobres inocentes... Ela os corromperá. A senhora, que é uma santa, é uma criança também como eles..., salve-os, tire-os daquela mulher... Ela... Oh! Que desgraça... Ajude-os, ajude-os! Deus lhe pagará centuplicadamente. Pelo amor de Deus, pelo amor de Cristo!

— Iván Fiódorovitch, escuta, homem, vamos, responde: que é que vamos fazer com ele agora?! — gritava Lizavéta Prokófievna, exasperada. — Faze-me o favor de romper com esse teu silêncio majestático! Se não te resolveres a nada, fica sabendo desde já que passarei a noite aqui nesta casa tratando deste moço. Não me tiranizes, estou farta de despotismos!

Aos brados, nervosa, colérica, Lizavéta Prokófievna esperava uma resposta imediata. Mas em muitos casos, como no exemplo de agora, quem assiste a coisa desse gênero tende a receber as perguntas em silêncio total, com interesse passivo, não querendo assumir responsabilidade nenhuma; e só muito depois de tudo isso passado é que exterioriza sua opinião. Entre as pessoas ali presentes em tal circunstância, algumas havia capazes de continuar sentadas naquela varanda até pela manhã sem proferir uma única palavra. Citemos um exemplo: Varvára Ardaliónovna. Permanecia sentada bem perto, ouvia tudo com uma atenção extraordinária, mas nem mesmo nos momentos mais críticos emitira a menor opinião; decerto, tanto esse seu silêncio como essa curiosidade estavam sendo superintendidos por motivos específicos.

Finalmente, o general deu o seu parecer:

— A meu ver, querida, do que mais se precisa aqui, no momento, é de uma enfermeira e não de uma criatura agitada como tu. Sim, uma pessoa sensata, equilibrada, de confiança, que passe a noite tomando conta do doente. O melhor é falarmos com o príncipe. Seja como for... o doente tem de ficar em paz. E amanhã, então, tomaremos providências, voltaremos ao caso.

E nisto Doktorénko, de modo ao mesmo tempo irritado e irritante, se dirigiu ao príncipe:

— Já é meia-noite! Temos de ir embora! Afinal, ele vem conosco ou fica com o senhor?

— Não seria preferível o senhor ficar aqui fazendo companhia a ele? Há lugar de sobra — redarguiu o príncipe.

— Excelência! — Era Keller, que embarafustou inesperadamente até chegar bem perto do General Epantchín. — Se precisam de um homem de confiança para passar a noite aqui com o rapaz, estou pronto a sacrificar-me por um amigo... É uma alma tão boa! Ah, Excelência, não imagina! Não é de hoje que eu considero este rapazinho como sendo um gênio! Não sou instruído, é claro, vê-se logo, mas que as palavras dele são pérolas, lá isso são, Excelência!

O general afastou-se, com desdém.

Enquanto isso o príncipe raciocinava alto, levado pelas considerações de Lizavéta Prokófievna:

— De fato seria mais conveniente ele ficar aqui, já que tem dificuldade até em andar.

E ela, cada vez mais alvoroçada:

— Mexa-se, príncipe! Ou está dormindo? Olhe, se não o quer aqui, meu caro, eu levo conosco o doente para a minha casa. (Deus do Céu, pois se até o príncipe, também, está que nem se pode suster em pé!). Você também está sentindo alguma coisa?!

Ao entrar, aquela noite, com as filhas em visita ao príncipe, Lizavéta Prokófievna não o encontrara, conforme sua imaginação supunha, às portas da morte. E ele, para a tranquilizar, aparentara estar muito melhor do que de fato estava; mas, já agora, o incidente com o "filho de Pavlíchtchev", com a barafunda suscitada por Ippolít, tudo, somado à sua doença ainda recente e a recordações inerentes, trabalhara a sua sensibilidade delicada, pondo-o no limiar da febre. Certa ansiedade amedrontada podia-se notar nos seus olhos, que não largavam Ippolít, como à espera de mais alguma coisa.

E eis que de repente Ippolít se levantou horrivelmente lívido, com o rosto deformado por uma expressão de vergonha terrível e desesperadora.

Tal aspecto estava mais nítido principalmente no olhar que verrumava o grupo com chispas de ódio e pavor, muito embora os lábios se contorcessem em um arreganho abjeto. Circunvagou o olhar sempre com o mesmo fulgor até encontrar Burdóvskii e Doktorénko, que se achavam nos degraus da varanda. E correu para eles.

— Ah! Era isto que eu temia! — exclamou o príncipe. — Tinha de se dar!...

Lá dos degraus Ippolít se voltou depressa para ele e, com os traços todos da fisionomia vibrando de raiva demoníaca, o apostrofou:

— Ah! "Era isto que eu temia", hein? Mas "tinha de se dar", hein? Pois deixe que lhe diga: se há aqui alguém que eu deteste — vociferou, cuspindo, com um guincho estridente — olhe que a todos aqui eu detesto, a todos, todos — é o senhor, alma jesuítica, visguenta, milionário idiota, filantropo reles! Ao senhor detesto mais do que aos outros e a tudo o mais no mundo! Eu o compreendi logo e o detesto desde muito tempo, quando apenas o conhecia de ouvir falar a seu respeito. Detestava-o já com todo o ódio da minha alma... E tudo isto foi elucubração sua. O senhor me conduziu a esta ruína que aqui está. O senhor arrastou um homem quase morto até a vergonha! O senhor, o senhor, o senhor é o culpado desta minha abjeta covardia! Eu o mataria, se tivesse de continuar a viver! Não quero, não preciso da sua benevolência, não preciso de nada, de nada, está ouvindo? De ninguém! O senhor me pegou em delírio, mas agora ouse triunfar, se é capaz! Eu os amaldiçoo, a todos, a todos!

E a essa altura, ficou sufocado.

— Ele se envergonhou de ter chorado! — sussurrou Liébediev ao ouvido de Lizavéta Prokófievna. — Isso "tinha de se dar"; o príncipe — bravos! — viu bem certo através dele.

Lizavéta Prokófievna, porém, nem se dignou olhá-lo de esguelha. Estava de pé, ereta, altiva, a cabeça um pouco para trás, examinando "toda essa ralé" com uma curiosidade desdenhosa. Quando Ippolít acabou, o general encolheu os ombros. Sua mulher olhou-o, medindo-o de alto a baixo, colericamente, como a exigir uma explicação a esse movimento de ombros, mas logo se voltou para o príncipe.

— Temos de lhe agradecer, príncipe, sim, ao senhor, o excêntrico amigo de nossa família, a agradável noite que nos proporcionou. Suponho que o seu coração se rejubile agora por ter conseguido arrastar-nos até o âmago de sua loucura... Basta, meu caro amigo. Muito obrigada por nos ter dado uma visão bem clara, afinal, do que o senhor é.

E com modos indignados começou a arranjar o manto, esperando "essas pessoas aí" desaparecerem, para então sair. Um fiacre chegou nesse momento para os levar. Doktorénko mandara, um quarto de hora antes, o filho de Liébediev, um garoto de colégio, ir buscar um carro de praça. Imediatamente, depois da esposa, o General Epantchín conseguiu deitar a palavra também.

— Sim, com efeito, príncipe! Eu nunca poderia esperar por uma coisa destas, depois de tudo, depois de todas as nossas amistosas relações... E, de mais a mais, Lizavéta Prokófievna...

— Não, não, arre! Como se pode fazer uma coisa dessas? — exclamou Adelaída, aborrecida com seus pais. E aproximando-se do príncipe, estendeu-lhe a mão.

Ele somente pôde responder com um sorriso apalermado. E já em seus ouvidos soava uma outra voz bem feminina. Era Agláia:

— Se não expulsar daqui para fora toda essa gente sórdida, eu... eu o odiarei por toda a minha vida!... Por toda a minha vida!

Tinha um ar frenético e se virou antes que ele a pudesse olhar. Todavia, já agora, quem e o que poderia ele escorraçar, visto os outros terem carregado o doente e com ele terem partido?

— Afinal? Decides-te ou não, Iván Fiódorovitch? Até que horas devo eu aturar este resto de espetáculo?

— Está bem, está bem, querida, estou às tuas ordens. Príncipe...

E Iván Fiódorovitch estendeu a mão para o príncipe, que nem lha pôde apertar, pois o general abalou atrás de Lizavéta Prokófievna, que descia os degraus da varanda, furiosa, praguejando.

Aleksándra, Adelaída e o noivo desta despediram-se do príncipe com demonstrações de afeto. O mesmo fez Evguénii Pávlovitch, que era o único de bom humor.

— Desde que vi essa gente, príncipe, previ o desfecho. Apenas lamento que o meu pobre amigo tivesse de passar horas tão ruins — sussurrou, com um sorriso encantador.

Agláia foi embora sem dizer adeus.

Mas as peripécias dessa noite não haviam acabado. Lizavéta Prokófievna ainda teria de se defrontar com outra surpresa. Ainda não tinha acabado de descer os degraus que davam da varanda diretamente sobre a estrada que marginava o parque, quando uma carruagem magnífica, puxada quase a galope por dois cavalos brancos, se aproximou da vila.

Dentro da caleça estavam duas senhoras vestidas espaventosamente. A caleça passou, mas a alguns metros da casa os cavalos foram sofreados com estardalhaço. E uma das senhoras, como se houvesse reconhecido repentinamente uma pessoa com quem precisasse falar, voltou-se, começando a dizer alto, com uma voz cristalina:

— Evguénii Pávlovitch. És tu, querido?

De onde se achava, o príncipe se sobressaltou e talvez mais alguém. Mas a voz continuava:

— Ah! Como foi bom te haver encontrado, afinal!... Imagina tu que mandei um mensageiro, isto é, dois, dois mensageiros à cidade! E estiveram o dia inteiro à tua procura!

Evguénii Pávlovitch parou no último degrau, como fulminado. Lizavéta Prokófievna também se deteve, mas sem ficar petrificada, pondo-se apenas a encarar a audaciosa personagem com o mesmo desprezo frio e a mesma altivez fremente com que, cinco minutos antes, encarara "aquela ralé ignóbil". Depois dirigiu um olhar firme para Evguénii Pávlovitch.

E lá da caleça a voz cristalina continuava:

— As notícias são ótimas, sabes? Não te inquietes mais por causa das promissórias que estavam com o Kupfer. Rogójin comprou-as por trinta mil rublos. Acabei por persuadi-lo. Arranjei-te sossego para mais três meses. Quanto a Biskúp e toda a sua corja, não te aflijas que daremos um jeito por intermédio de amigos. Vês? Tudo se aplainou. Fica tranquilo, querido. Até amanhã!...

E a carruagem rodou, logo desaparecendo.

Rubro de indignação, depois lívido de espanto, Evguénii Pávlovitch olhava agora em redor, muito espantado, raciocinando em voz alta: "Quem será essa criatura? Promissórias?... Quais promissórias? Não tenho a menor ideia do que isto signifique...".

Lizavéta Prokófievna continuou a fixá-lo ainda por uns dois minutos mais. Por fim embarafustou estrada adiante, rumo a casa, todos os demais procurando acompanhá-la.

Um minuto depois Evguénii Pávlovitch voltou à varanda, onde ainda se achava o príncipe, e, extremamente agitado, lhe perguntou:

— Príncipe, porventura não saberá o que significa essa... história?

— Não sei de nada, não entendi coisa nenhuma — respondeu o príncipe, entregue também ele a um estado de angustiosa tensão.

— Deveras? Que significará tudo isso?

— Não sei... Não posso atinar...

Afinal Evguénii Pávlovitch deu de ombros, com uma espécie de riso espasmódico:

— Promissórias? Eu, assinar promissórias? Isso é algum engano! Não é comigo! Dou-lhe a minha palavra de honra. Mas, que é isso? Está se sentindo mal? Está desmaiando, príncipe? — Eu? Oh! Não; não!... Asseguro-lhe que não...

11

Só três dias depois de tudo isso foi que os Epantchín reataram relações com o príncipe.

Este, como sempre, se considerava muito culpado, aceitando contrito o castigo, muito embora no íntimo estivesse perfeitamente convencido de que Lizavéta Prokófievna não estava propriamente zangada com ele, mas consigo mesma. Assim, um tão longo período de animosidade o reduziu, no começo do terceiro dia, ao mais lúgubre atarantamento. Outras circunstâncias contribuíam para isso; principalmente uma que, para a sensibilidade do príncipe, foi crescendo de importância durante aquele tríduo insuportável. (Não era de agora que ele se censurava de dois defeitos opostos: a sua excessiva presteza "insensata e despropositada" em acreditar em toda gente e, por outro lado, a sua lúgubre desconfiança de todo o mundo.) Em síntese: já no terceiro dia o tal incidente da dama espalhafatosa que interpelara Evguénii Pávlovitch estava tomando em sua imaginação proporções alarmantes e misteriosas. A essência de tal enigma, sem falar em outros aspectos do caso, residia para ele, Míchkin, nesta mortificante pergunta: "Era ele culpado dessa nova 'monstruosidade', ou se daria que...". Mas não tinha coragem de continuar o pensamento. Quanto às letras "N. F. B.", não via nisso senão uma inocente jocosidade... uma brincadeira sobremodo infantil. Sim, de fato; tanto que chegaria a ser vergonhoso e até mesmo de certo modo deselegante tentar esquadrinhar isso.

Todavia, no dia seguinte àquela cena noturna tão escandalosa e nociva, da qual se julgava a causa maior, tivera Míchkin o prazer, logo de manhã cedo, de uma visita do Príncipe Chtch... acompanhado de Adelaída. "Tinha vindo principalmente para indagar da sua saúde." Tratava-se de um passeio matinal. Adelaída chegara até a descobrir no parque uma árvore... Sim, uma árvore maravilhosa! Velha, copada, de galhos retorcidos, com uma fenda enorme no tronco e já toda coberta com folhas novinhas, muito verdes. Que esplêndido motivo para uma tela! Positivamente não podia Adelaída deixar de pintar aquela árvore. De forma que não se referiam senão a isso, durante a curta visita, que apenas durou uns trinta minutos. Como sempre, o Príncipe Chtch... se mostrava muito cordial e amável. Interrogou Míchkin sobre coisas antigas referentes ao modo pelo qual haviam travado conhecimento; assim, nada foi dito a propósito dos acontecimentos da véspera.

Mas Adelaída não era criatura para se conter. Confessou com um sorriso que tinham vindo "incógnitos". Mas a confissão ficou apenas nisso, embora pela palavra "incógnitos" se pudesse depreender que ela e eventualmente o noivo estavam em má cotação perante os pais, ou melhor, perante a mãe. Mas nem Adelaída nem o Príncipe Chtch... proferiram uma única palavra a respeito de Agláia ou mesmo do General Epantchín. E saindo, para prosseguir no passeio, tampouco insistiram para que Míchkin os acompanhasse. Muito menos insinuaram que os fosse visitar a casa. Verdade é que uma frase muito sugestiva escapou dos lábios de Adelaída. Conversando sobre uma aquarela que estivera pintando, demonstrou, de repente, vivo desejo de mostrar-lha. "Como é que se fará isso? Espere! Ou mando Kólia trazer-lha ainda hoje, caso ele apareça, ou eu mesma lha trarei amanhã quando sair para dar uma volta com o príncipe", concluiu ela satisfeita por ter saído da dificuldade tão habilmente e até mesmo com ar natural em seu efeito recíproco.

Por fim, quando já se despedia, o Príncipe Chtch... fez um gesto de quem quase se esquecera de uma coisa.

— Ah! Sim! Sabe o senhor por acaso quem seja aquela pessoa que falou alto, ontem, lá da carruagem?

O Príncipe respondeu logo:

— Foi Nastássia Filíppovna. O senhor não descobriu que era ela? Mas quem a acompanhava, não sei.

— Ah! Sim. Já me disseram também a mesma coisa. Mas que desejaria ela dizer assim tão alto? Tratava-se, para mim, devo confessar, de um mistério... Para mim e para todos.

E, falando, o Príncipe Chtch... mostrava extrema e visível perplexidade.

Simploriamente, Míchkin explicou:

— Referiu-se a umas promissórias de Evguénii Pávlovitch. Comunicou-lhe que, a pedido dela, Rogójin tirou esses títulos das mãos de um agiota. Que ele, Rogójin, esperará, enquanto Evguénii Pávlovitch não as puder saldar.

— Eu escutei, eu escutei, meu caro príncipe. Mas não pode ser!... Evguénii Pávlovitch não pode ter assinado tais letras! Pois se ele é riquíssimo!... É verdade que se descuidou, tempos atrás, e, com efeito, eu próprio o ajudei... Mas, com a fortuna que tem, precisar passar promissórias a um agiota e estar embaraçado por isso!? É impossível! E nem pode ele estar assim em termos íntimos e amistosos com Nastássia Filíppovna! Eis o que é mais misterioso. Evguénii Pávlovitch jura que isso é algum equívoco (e eu confio nele de modo absoluto). Escute uma coisa, caro príncipe: não saberia o senhor de nada? Não ouviu por acaso qualquer referência, ou boato?

— Não tenho a menor noção a respeito desse mistério e lhe asseguro que estou alheio a tudo!

— Ora, ora, príncipe, que modo estranho de responder. Quer que eu lhe seja franco? Hoje não estou conhecendo o senhor. Então acha que eu o suporia comprometido em um caso tão escabroso? O príncipe hoje não está muito feliz!

Deu-lhe logo um abraço, chegando até a beijá-lo.

— Escabroso? Como, escabroso?

— Pois não percebe que tal pessoa quis positivamente prejudicar Evguénii Pávlovitch, atribuindo-lhe, aos ouvidos dos que saíam da varanda, fatos de que ele não participou?! Fatos que ele até ignora! — redarguiu o Príncipe Chtch..., com fisionomia severa.

Míchkin ficou confuso, continuando a olhar com firmeza para o seu interlocutor, como à espera de outras palavras em prosseguimento àquela observação. E vendo que tais palavras não vinham, instou, de modo indireto:

— Tal pessoa apenas se referiu a umas promissórias... Foi só sobre esse assunto de dívidas que tal pessoa quis comunicar qualquer solução...

— Mas eu lhe pergunto... e o príncipe julgue por si mesmo... que pode haver de comum entre tal... pessoa e Evguénii Pávlovitch? E ainda mais com esse Rogójin metido no caso? Repito-lhe que a fortuna de Evguénii é enorme! Disso estou perfeitamente informado, sem contar que ainda herdará uma outra fortuna... de um tio! Será que Nastássia Filíppovna não teria querido...

E nisto o Príncipe Chtch... interrompeu a frase, pois evidentemente não lhe convinha conversar com o príncipe a respeito de Nastássia Filíppovna.

— Está bem... Mas, pelo menos ele a conhece... É a dedução, perante o que todos ouvimos aqui da varanda, ontem, disse Liév Nikoláievitch.

— Bom, lá isso pode ser. Creio que sim. Talvez se tenham dado há uns dois ou três anos passados... Ou melhor: Evguénii se dava com Tótskii. Não passou disso. Intimidade nunca houve. De mais a mais ela não estava aqui. Andou muito tempo não sei por onde. Muita gente que veraneia em Pávlovsk nem sabe da presença dela aqui. Eu, por exemplo, foi apenas há três dias, se tanto, que reparei nessa carruagem.

— Que carruagem esplêndida! — disse Adelaída.

— Sim, realmente é uma caleça muito bonita.

E os dois noivos se despediram de maneira amistosa, até mesmo fraternal, do Príncipe Liév Nikoláievitch.

Mas o nosso herói emprestou a essa visita uma importância máxima. Desde a noite anterior ele suspeitava de uma série de coisas cujo prelúdio vinha de data precedente e que atingia agora o ápice com essa visita ao encontro das suas apreensões. Percebia que o Príncipe Chtch..., ao querer interpretar o incidente, andara quase beirando a verdade determinante do fato, percebendo até que reinava uma intriga. ("Posso jurar que ele percebeu tudo... mas como não ousa falar às claras, me comunicou sua desconfiança alinhavando uma interpretação vaga.") Uma coisa era mais do que certa: os dois tinham vindo vê-lo na esperança de colher qualquer informação esclarecedora. (Pelo menos o Príncipe Chtch... viera com esse intuito.) Portanto, o consideravam incluído nessa tal intriga. Ora, se de fato Nastássia Filíppovna urdira o estratagema e o efetivara, a dedução a tirar era esta: ela agira assim movida por um terrível propósito. Qual? Um propósito especialíssimo! "E agora como se há de fazer que essa mulher não prossiga nisso? Não há quem seja capaz de a demover de uma resolução quando ela tem um desígnio em mente!" E o príncipe sabia disso por experiência própria. "Ela é louca! Louca!"

Levara toda aquela manhã emaranhado no exame de muitos outros incidentes inexplicáveis e simultâneos, e demandando, todos eles, uma imediata solução. O príncipe não podia deixar de se sentir acabrunhadíssimo. Sua atenção foi distraída um pouco pela vinda de Vera Liébedieva, que apareceu com Liúbotchka para visitá-lo e que, muito risonha, lhe contou uma história muito comprida. Não tardou que entrasse também a outra irmãzinha, sempre de boca aberta, a olhar muito pasmada para o príncipe; e daí a pouco surgia o filho de Liébediev, que já frequentava a escola! Este então informou que "a estrela chamada Absinto", no Apocalipse, "e que cai sobre os cursos das águas" era, segundo a interpretação do pai, a rede de estradas de ferro espalhadas pela Europa. O príncipe não acreditou que Liébediev interpretasse assim esse trecho de versículo, tendo, em pensamento, resolvido perguntar isso depois, na primeira oportunidade.

Por intermédio de Vera veio a saber que Keller se encafuara placidamente na casa deles. Instalara-se no pavilhão, desde a véspera, e não dava o menor sinal de estar com vontade de ir embora, principalmente depois que arranjou amizade com o General Ívolguin, estando ambos inseparáveis. Como motivo dessa resolução dava o seu desejo de "se instruir a fundo".

À proporção que via e escutava os filhos de Liébediev, o príncipe cada vez simpatizava mais com eles. Kólia não apareceu porque logo cedinho fora a Petersburgo. O próprio Liébediev também saíra ao clarear do dia, para tratar de certos negócios seus. Mas o príncipe esperava com impaciência a visita de Gavríl Ardaliónovitch que devia vir vê-lo nesse dia, sem falta. De fato, ele chegou às seis da tarde, depois do jantar. O príncipe percebeu, ao primeiro relance, que, se algum homem havia que devesse saber "as novidades", era este. E como não, se na verdade dispunha de gente como a sua irmã e o cunhado, fontes esplêndidas de informações?

As relações do príncipe com Gavríl Ardaliónovitch eram especiais. Encarregara-o, por exemplo, de deslindar o caso de Burdóvskii, recomendando-lhe especial interesse. Não obstante a confiança demonstrada em tal circunstância, perdurava entre ambos, devido a conjunturas anteriores, certa cerimônia, havendo assuntos sobre os quais não se abalançavam a trocar impressões. O príncipe parecia notar em Gánia, às vezes, o desejo de uma sinceridade maior e mais amistosa. Agora, por exemplo, mal acabou de entrar, todo o seu feitio dava ensejo a que Míchkin rompesse de vez com a camada de gelo que ainda os bloqueava. Mas Gavríl Ardaliónovitch estava com pressa, porque sua irmã, com quem tinha um assunto urgente a tratar, o estava esperando com as crianças de Liébediev lá no pavilhão.

Por isso a visita de Gánia ao príncipe não durou mais do que vinte minutos. E se ele contava com uma série completa de perguntas impacientes, confissões impulsivas e desabafos íntimos, se enganou tremendamente, pois o príncipe todo esse tempo permaneceu como que distraído, com o pensamento longe. Absolutamente não se deram as tais perguntas esperadas... Muito menos ainda a pergunta principal que era lógico esperar. Então Gánia resolveu adotar a maior cautela nas próprias palavras. E falou sem parar, enchendo bem aqueles vinte minutos, mantendo uma conversa viva, rápida, com muita efusão. Não tocou, absolutamente, no ponto principal.

Disse, entre outras coisas, que Nastássia Filíppovna estava em Pávlovsk havia somente uns quatro dias, mas que já atraía as atenções gerais. Que se instalara com Dária Aleksiéievna em uma pequena casa desgraciosa na Rua dos Marinheiros, mas que a sua carruagem era possivelmente a mais luxuosa de Pávlovsk. Que não a largava uma chusma de seguidores, velhos e moços, sua carruagem sendo acompanhada muitas vezes por homens a cavalo. Que ela, Nastássia Filíppovna, continuava muito caprichosa na escolha de amigos, recebendo somente aqueles com os quais simpatizava.

Que ainda assim se estava formando um verdadeiro regimento à sua volta, dispondo até de campeões caso precisasse. Que certo senhor que morava em uma vila de veraneio já brigara com uma senhorita de quem era formalmente noivo. E que um general escorraçara o filho, pelo mesmo motivo. Que ela aparecia constantemente pelas ruas guiando a parelha, e que a acompanhava uma jovem encantadora de uns 16 anos no máximo, parenta distante de Dária Aleksiéievna. Que essa jovem cantava muito bem, de maneira que a casa, de noite, atraía as atenções gerais. Que, no entanto, Nastássia Filíppovna se comportava com extrema conveniência, vestindo-se sem alarde e com extraordinário bom gosto, a ponto de todas as damas invejarem sua elegância, sua beleza e sua carruagem.

— O excêntrico incidente de ontem — aventurou Gánia — foi decerto premeditado. Ninguém podia esperar por uma coisa dessas, dada a compostura que até então manteve: para se descobrir nela qualquer defeito ou falta, só procurando muito ou inventando. Mas não deve haver gente tão baixa assim para se encarregar disso — concluiu ele, certo de que o príncipe lhe iria perguntar por que chamara ao incidente da véspera de "premeditado" e por que não haveria gente tão baixa assim para agir contra ela.

Gánia espraiou-se quanto a Evguénii Pávlovitch sem que nada lhe fosse perguntado a respeito; e o mais estranho é que entrou em tal assunto sem o menor pretexto. Na opinião dele, Evguénii Pávlovitch antes não conhecia Nastássia Filíppovna e, mesmo agora, devia conhecê-la muito por alto, pois lhe tinha sido apresentado eventualmente havia uns quatro dias apenas ao sair a passeio, não tendo ido, provavelmente, vez alguma à casa dela. Quanto às promissórias, havia algum fundamento; Gánia nem tinha dúvida. A fortuna de Evguénii Pávlovitch era de fato vultosa, mas certos negócios ligados à sua propriedade estavam realmente confusos. E ao chegar a esse ponto deveras interessante, Gánia parou. Assim pois, relativamente ao escândalo da véspera feito por Nastássia Filíppovna, não fez ele nenhum outro comentário além do que acima foi exposto.

Finalmente apareceu Varvára Ardaliónovna, procurando Gánia. Ficou só um minuto; participou (sem ter sido perguntada) que Evguénii Pávlovitch fora a Petersburgo e talvez ficasse lá até o dia seguinte. Que Ptítsin, seu marido, também estava em Petersburgo, provavelmente por causa dos negócios de Evguénii Pávlovitch; sabia disso muito por alto. E ao ir embora acrescentou que Lizavéta Prokófievna estivera todo o dia com o diabo no corpo; e que, o que era pior, Agláia brigara com a família inteira, não apenas com o pai e a mãe, mas até com as irmãs, "o que constituía um péssimo sinal".

Depois de lhe terem dado, assim meramente de passagem, este último retalho de notícias (que era de extrema importância para o príncipe), irmão e irmã lá se foram. E Gánia não pronunciou uma só palavra a respeito do caso do "filho de Pavlíchtchev". E assim agira, decerto, por falsa delicadeza, para poupar os sentimentos do príncipe. Ainda assim, o príncipe lhe agradeceu, mais uma vez, a maneira cuidadosa pela qual se conduzira no caso, ficando contentíssimo de se ver sozinho, afinal. Deixou a varanda, atrasvessou a estrada e entrou no parque. Precisava pensar muito antes de decidir certo passo. E nem tal "passo" era dos que se possam dar a esmo, e sim dos que só se devem dar depois de madura deliberação. Veio-lhe então uma terrível vontade de deixar tudo e de voltar para o lugar de onde tinha vindo: ir indo, até chegar a qualquer região remota; ir, imediatamente, sem sequer dizer adeus a quem quer que fosse. Um pressentimento lhe veio de que se permanecesse ali, poucos dias que fosse, seria arrastado a esse mundo, irrevogavelmente, e que estragaria a sua vida dentro disso, para sempre. Mas nem dez minutos duraram tais considerações. Logo caiu em si e verificou que lhe seria "impossível" ir embora, que isso seria quase covardia. Tantas e tais eram as dificuldades que se lhe antolhavam que lhe cabia o dever de solvê-las ou, no mínimo, de fazer tudo quanto pudesse para solvê-las. Absorvido em tais pensamentos regressou a casa depois de um passeio de menos de um quarto de hora. E nesse momento se sentia profundamente infeliz.

Liébediev ainda não regressara; por isso foi que lá pela noitinha Keller conseguiu irromper diante do príncipe entornando confidências e confissões, apesar de não estar bêbado. Declarou francamente que estava ali, diante de Míchkin, para lhe contar toda a sua vida e que fora para fazer isso que ficara em Pávlovsk. Não houve a menor possibilidade de o príncipe se livrar dele. Nada o induziria a ir embora. Keller ali estava preparado para um discurso interminável, engrolando incoerências. Mas, sem mais aquela, quase logo depois das primeiras palavras, passou do preâmbulo à conclusão, anunciando que "tinha perdido a tal ponto qualquer traço de moralidade (e apenas por falta de crença no Todo-Poderoso!) que se tornara até gatuno".

— Pode o senhor imaginar uma coisa destas?

— Escute, Keller. Se eu estivesse em seu lugar só haveria de confessar isso em caso de muita necessidade — começou o príncipe. — Mas talvez você faça coisas assim contra si mesmo de propósito!

— Ao senhor, só, só ao senhor, e isso mesmo para promover o meu aperfeiçoamento. A mais ninguém. Morrerei levando o meu segredo para a tumba. Mas, príncipe, se soubesse, se pudesse vir a saber quão difícil é hoje em dia arranjar dinheiro! Como há de uma pessoa arranjá-lo, permita que lhe pergunte? A resposta é sempre a mesma: "Traga ouro e diamantes e lhe daremos alguma coisa por eles!". Aí está por que eu não o arranjo. Pode o senhor imaginar uma coisa dessas? Perdi o meu caráter, acabei por perdê-lo de tanto esperar, esperar. "Pode-me dar alguma coisa por esmeraldas?", perguntei então. "Claro, por esmeraldas também", disse o homenzinho. "Bravos, então está bem", disse eu! E, pondo o chapéu, raspei-me, apostrofando-os: "Vocês são uns canalhas. Danem-se! Sim, por Júpiter!".

— E você tinha esmeraldas, mesmo?

— Lérias! Ó príncipe, que ideia doce, inocente, pastoral, digo até mesmo cândida, que o senhor tem da vida!

O príncipe acabou sentindo não propriamente pena desse homem, mas indisposição por causa dele. Ocorreu-lhe ajudar de qualquer forma essa criatura, mediante alguma boa influência. Não, no caso, influência sua, pois não se considerou capaz de poder exercê-la, por muitos motivos; não que deixasse de confiar em si mesmo, mas devido ao seu feitio *sui generis* de encarar as coisas. E assim o foi aturando, uma vez vencido o desejo de se ver livre dele. Keller, com extraordinária presteza, confessou ações sobre as quais pareceria inconcebível que alguém quisesse conversar. A cada nova história asseverava que positivamente estava arrependido e "cheio de lágrimas", mas, falando, via-se que estava orgulhoso de tê-las cometido. E se tornou tão absurdo que, por fim, tanto ele como o príncipe se riam a perder.

— O importante é que você tem uma espécie de confiança infantil, e uma extraordinária franqueza — disse, no fim, o príncipe. — E, quer saber, isso faz que muita, muita coisa lhe seja perdoada!

— Eu tenho alma nobre, nobre e cavalheiresca! — confirmou Keller, enternecido. — Mas quer saber de uma coisa, príncipe, tudo isso não passa de sonho, ou — como direi? — de bravata; e sempre dá em nada. E por que será? Não compreendo!

— Não descoroçoe! Agora se pode dizer, com certeza, que você me fez um relato total de tudo. Parece-me que até será impossível acrescentar qualquer coisinha mais ao que você me disse, não é?

— Impossível? — exclamou Keller, quase com ar aflito. — Oh, príncipe, como o senhor interpreta, de uma maneira completa, *à la suisse*,[32] a natureza humana!

— Acha então possível acrescentar mais alguma coisa? — indagou o príncipe, com um espanto acanhado. — Ora, diga lá, Keller, que é que deseja de mim e por que foi que veio a mim com essa confissão.

---

[32] Do francês: à moda suíça. (N. E.)

— Do senhor? O que desejo? Em primeiro lugar, causa prazer assistir à sua simplicidade; dá gosto sentar-se e ficar ouvindo o senhor. A gente vê logo que está diante de uma pessoa virtuosa, nem há dúvida; e, em segundo lugar, em segundo lugar... — e ficou confuso.

— Quem sabe se você não queria me pedir dinheiro emprestado? — foi ao encontro do seu pensamento o príncipe com ar grave e singelo, um pouco timidamente, até.

Keller não pôde deixar de ficar sobressaltado. Fixou imediatamente, cheio de admiração, o olhar no rosto do príncipe e desferiu uma violenta punhada sobre a mesa.

— Ora aí está como se derruba um sujeito, de um golpe só! Palavra de honra, príncipe, que simplicidade, que inocência, coisa nunca vista nem mesmo na Idade de Ouro! Como de uma vez só o senhor traspassa o âmago de um sujeito, como uma flecha, com essa sua tão profunda observação psicológica! Mas, com licença, Alteza! Isto requer, está pedindo uma explicação, pois estou traspassado... Naturalmente, em todo este meu ímpeto, o meu intento era pedir-lhe dinheiro emprestado. Mas o senhor me perguntou como se não achasse repreensível, como se fosse uma coisa mais que lógica.

— Sim... de você só podia ser mesmo assim.

— E isso não o aborrece?

— Não!... Por quê?

— Escute, príncipe. Tenho estado por aqui, desde ontem; primeiro, por uma deferência toda especial para com o arcebispo francês Bourdaloue[33] — estive saboreando-o em casa de Liébediev até as três da madrugada; e em segundo lugar, e isto é que é o principal (e agora solenemente lhe faço o juramento de que estou dizendo a santa verdade!), fui ficando porque desejava, fazendo-lhe uma completa e sincera confissão — como direi? —, promover o meu aperfeiçoamento. E pensando nisso adormeci, banhado em lágrimas, lá pelas quatro da madrugada. Acreditará o senhor na palavra de um homem de honra, se eu disser que logo que caí no sono, sinceramente cheio por dentro, e — como direi? — por fora, de lágrimas (sim, eu estava soluçando deveras, lá disso me recordo eu!), um pensamento infernal me sobreveio? "E por que, uma

[33] Louis Bourdaloue, jesuíta francês, célebre pregador e moralista, autor de *Sermões* (1632–1704). (N. E.)

vez tudo feito e dito, não lhe pedir dinheiro emprestado, depois da minha confissão?" E o caso foi que preparei a minha confissão — como direi? — assim à guisa de um *fricassé*,[34] tendo lágrimas como molho, para calçar o caminho com aquelas lágrimas de modo a abrandá-lo e sacar-lhe cento e cinquenta rublos. Não acha o senhor que isso foi vil?

— O mais provável é que isso não se tenha dado assim; o mais certo deve ter sido que ambas as coisas vieram ao mesmo tempo. Os dois pensamentos lhe acudiram juntos. Aliás, isso acontece muitas vezes. Comigo se dá isso constantemente. Parece-me, porém, que seja um mau sinal. E quer saber de uma outra coisa, Keller? Não me farto de me repreender por isso. Você deve ter falado como se fosse eu, ainda agora. Às vezes chego a imaginar que todo o mundo seja assim — continuou o príncipe com ar sério e de profundo interesse — tanto que eu estava começando a desculpar-me, pois é extremamente difícil lutar contra esses pensamentos duplos. Eu tenho tentado. Só Deus sabe como eles nascem e surgem no espírito. Mas você chama a isso simplesmente vilania! Agora comecei a ter medo desses pensamentos, outra vez. Seja lá como for, não sou seu juiz. Mas, a meu ver, não se pode chamar isso de vilania, apenas. Que acha você? Você estava agindo fraudulentamente para obter o meu dinheiro com lágrimas; mas, ao mesmo tempo, você jura que também havia um outro motivo para a sua confissão. Logo havia tanto um motivo honroso, como um outro, mercenário. Quanto ao dinheiro, você precisa dele para viver dissolutamente, não é? Por conseguinte, depois de uma tal confissão isso naturalmente é fraqueza. E afinal como há de você desistir de viver dissolutamente, de uma hora para outra? É impossível, eu sei. Que fazer, então? O melhor é deixar isso com a sua consciência. Que acha?

E o príncipe olhou Keller com grande interesse. O problema das ideias duplas tinha evidentemente ocupado o seu espírito por algum tempo.

— Esplêndido! Palavra que não percebo por que, afinal de contas, chamam o senhor de idiota! — exclamou Keller.

O príncipe corou um pouco.

— Nem o pregador Bourdaloue teria poupado um homem; mas o senhor poupou um, julgando-me de modo humano! Para me punir, pois,

[34] Cozido francês tradicionalmente feito com frango. (N. E.)

e para lhe mostrar quanto isso me toca, não tomarei cento e cinquenta rublos. Dê-me só vinte e cinco, que serão suficientes! É tudo quanto desejo, por uns quinze dias. Não voltarei por causa de dinheiro, senão daqui a uns quinze dias. Minha intenção era dar um presentinho a Agáchka, mas ela não o merece. Oh! Que Deus o abençoe, príncipe!

Liébediev entrava, tendo acabado de chegar da cidade. E reparando que Keller estava com uma nota de vinte e cinco rublos na mão, amarrou a cara. Mas Keller, uma vez provido de fundos, ficou com pressa de ir embora. Imediatamente se pôs Liébediev a falar mal dele.

— Você está sendo injusto, ele realmente está arrependido — observou o príncipe, depois.

— De que lhe adianta o arrependimento? É a mesma coisa que eu, ontem, a dizer: "Sou abjeto, sou abjeto!". O senhor bem sabe que isso não passa de palavras.

— Então, no seu caso também, foram apenas palavras? Pois eu pensava que...

— Bem, ao senhor, mas ao senhor só, contarei a verdade, porque o príncipe vê através das pessoas. Palavras e ações, mentiras e verdades estão em mim de tal forma misturadas que no fundo sou sincero. A verdade e a ação consistem, em mim, em uma contrição sincera, creia ou não o senhor — juro que é assim — , e a palavra e a mentira, no pensamento infernal (e sempre presente) de como enganar alguém, de como, através de lágrimas, fingir arrependimento. Eis o que se dá, por Deus! Eu a outro homem não diria isto, pois ou se riria, ou me xingaria. Mas o senhor, príncipe, o senhor julga humanamente.

— Ora, muito bem! Keller também me disse isso ainda agora — exclamou o príncipe — e vocês ambos parecem orgulhosos disso! Vocês, positivamente, me surpreendem. Mas ele, ao menos, é mais sincero do que você; transformou isso em método. Bem, chega. Não franza a cara, Liébediev, e tire essa mão do coração. E que é que você me quer dizer? Você não entrou aqui à toa... — Liébediev careteou e deu uns pulinhos. O príncipe declarou:

— Estive esperando por você o dia inteiro, para lhe perguntar uma coisa. Diga-me a verdade certa, uma vez na vida. Você tem alguma coisa com aquela carruagem que parou aqui, ontem, ou não tem?

Liébediev tornou a fazer uma careta, a dar uns risinhos, a esfregar as mãos; deu até mesmo um espirro. E não havia jeito de falar.

— Vejo que sim.

— Mas indiretamente, indiretamente! O que estou lhe dizendo é a santa verdade! A única parte que tomei naquilo foi fazer uma certa pessoa saber a tempo exato que eu tinha determinado número de pessoas em minha casa e que "umas quantas" pessoas estavam presentes.

— Eu sabia que você tinha mandado seu filho lá. Ele acabou de me dizer não há muito. Mas que complicação é essa? — perguntou o príncipe, impaciente.

— A intriga não é minha. Minha, não — protestou Liébediev, gesticulando. — Há outros, outros, metidos nisso; e se trata mais de uma fantasia do que de uma intriga.

— Mas que significa isso? Pelo amor de Deus, explique-se. Será possível que você não compreenda que isso me diz respeito? Veja bem, estão difamando o caráter de Evguénii Pávlovitch.

— Príncipe, ilustríssimo príncipe! — recomeçou Liébediev, saltitando. — O senhor não consentiu nunca que eu dissesse a verdade toda. O senhor bem sabe disso; eu tentei mais de uma vez. O senhor jamais consentiu que eu prosseguisse...

O príncipe ficou parado, pensando um pouco.

— Está bem, diga então a verdade — ordenou com certo esforço, depois de uma luta severa consigo mesmo.

E Liébediev prontamente começou:

— Agláia Ivánovna...

— Cale-se, cale-se! — gritou o príncipe, furioso, ficando logo vermelho de indignação e de vergonha, ao mesmo tempo. — Isso é impossível, é absurdo! Você inventou tudo isso; ou você mesmo ou algum outro maluco como você. E nunca mais me torne a falar nisso.

Tarde da noite, lá pelas dez horas, Kólia chegou com uma verdadeira mochila de novidades. Tais novidades eram de duas ordens: de Petersburgo e de Pávlovsk. Apressadamente relatou os principais itens das novidades de Petersburgo (principalmente as referentes a Ippolít e à cena da véspera) passando logo para as novidades de Pávlovsk, deixando claro que depois voltaria às outras. Regressara de Petersburgo havia três horas, e antes de vir falar com Míchkin estivera em casa dos Epantchín. "Está lá uma trapalhada!" Sem dúvida a base de tudo era o caso da carruagem; mas alguma coisa havia acontecido — alguma coisa que nem ele nem o príncipe sabiam o que era. "Não espionei, nem fiz indagações com ninguém, naturalmente. Receberam-me, todavia, muito bem, melhor do que eu esperava; mas, quanto ao senhor, príncipe, nem uma palavra."

O fato mais importante e de maior interesse era que Agláia tinha brigado com todo o mundo lá, a respeito de Gánia. Não chegara a saber minúcias da briga, a não ser que fora por causa de Gánia (imagine só); que fora uma briga séria; logo, devia haver alguma coisa importante. O general aparecera atrasado e carrancudo; chegara com Evguénii Pávlovitch, que fora excelentemente acolhido e que estivera todo o tempo maravilhosamente alegre e encantador. Mas a notícia mais impressionante foi que Lizavéta Prokófievna muito de mansinho mandara chamar Varvára Ardaliónovna, que estava noutro cômodo, sentada com as moças e, de uma vez para sempre, a pusera para fora de casa, embora de maneira muito polida. "Foi a própria Vária quem me contou." Mas que, quando Vária saíra dos cômodos da Sra. Epantchiná e se despedira das moças, estas ignoravam a cena da proibição definitiva e que se estivesse despedindo delas pela última vez.

— Mas Varvára Ardaliónovna esteve aqui às sete horas — disse o príncipe, atônito.

— Foi posta para fora às oito horas, ou pouco antes. Estou com muita pena de Vária... E de Gánia também. Sem dúvida os dois estavam sempre às voltas com umas intrigazinhas; não podiam passar sem isso. Nunca pude descobrir que é que ambos estavam chocando, nem quero saber. Mas lhe asseguro, meu caro e bondoso príncipe, que Gánia não tem mau coração. De muitos pontos de vista é uma alma perdida, não resta dúvida, mas tem pontos, por outro lado, que merecem ser estimados; e nunca me perdoarei por não o ter compreendido antes... E agora fico sem saber se devo ir lá, ou não, depois do que se passou com Vária. Verdade é que desde o começo os frequentei por mim só, separadamente; mas, ainda assim, devo agora refletir sobre minha conduta.

— Você não precisa se incomodar por causa de seu irmão — comentou o príncipe. — Se as coisas chegaram a isto, é que a Sra. Epantchiná julgou seu irmão perigoso, o que significa que certas esperanças dele estavam sendo encorajadas de novo.

— Como? Que esperanças? — disse Kólia, espantado. — Certamente não vai agora o senhor pensar que Agláia... Isso é impossível!

O príncipe ficou calado.

— O senhor é terrivelmente cético, príncipe — acrescentou Kólia, dois minutos depois. — Tenho reparado que de algum tempo para cá o senhor vem ficando um grande cético; deu em não acreditar em nada e está sempre imaginando coisas!... Será que usei a palavra "cético" corretamente, neste caso?

— Creio que sim, embora não tenha muita certeza eu próprio.

— Mas, pondo de lado a palavra "cético", encontrei uma outra explicação! — exclamou Kólia. O senhor não é cético, o que o senhor é, é ciumento. O senhor está demoniacamente enciumado de Gánia, por causa de certa orgulhosa senhorita!

Dizendo isso, Kólia se levantou e começou a rir como talvez nunca tivesse rido antes. Estava radiante com a ideia de que o príncipe estivesse com ciúme de Agláia; mas parou logo que percebeu que o príncipe se tinha molestado de fato. Depois disso ficaram falando seriamente, com ânimo, durante uma hora, ou quase uma hora e meia.

No dia seguinte teve Míchkin de passar a manhã toda em Petersburgo, a negócio urgente. Já era tarde, seriam cinco horas, quando, de volta a Pávlovsk, encontrou o General Epantchín na estação da estrada de ferro. O general pegou-o precipitadamente pelo braço, encarando-o como que preocupado, e arrastou o príncipe para um compartimento da primeira classe onde pudessem viajar juntos e sós. Ardia de impaciência para discutir alguma coisa importante.

— Para começar, caro príncipe, não esteja zangado comigo, e, se da minha parte alguma coisa houve, esqueça-a. Eu devia ter ido vê-lo ontem, mas não fui porque temi que Lizavéta Prokófievna interpretasse isso a seu modo... A minha casa está simplesmente um inferno... Uma inescrutável esfinge se instalou lá; estou zonzo e em tudo isso não ligo pé com cabeça. Quanto a você, a meu ver, tem menos culpa do que qualquer um de nós; embora, naturalmente, muita coisa se tenha dado por sua causa. Quer saber de uma coisa, príncipe? É bonito ser filantropo, mas com moderação. Eu gosto da caridade, dos corações bondosos, naturalmente, e respeito Lizavéta Prokófievna, mas...

E nesse estilo prosseguiu o general durante muito tempo; as suas palavras foram tornando-se estranhamente incoerentes. Via-se que ele estava extremamente transtornado e que se debatia contra alguma coisa localizada muito além da sua compreensão.

— Tenho plena certeza de que o senhor nada tem com isso — conseguiu ele enfim se tornar mais claro —, mas eu lhe peço, como um amigo, que não nos visite por um certo tempo, até que os ventos mudem. E quanto a Evguénii Pávlovitch — continuou com extraordinária veemência — trata-se tudo de uma insensata calúnia, a mais difamante das maledicências! Trata-se de enredo, de intriga, de uma tentativa de destruir tudo para que briguemos com ele. E deixe que lhe diga baixo, no ouvido, que ainda não houve troca de uma só palavra entre nós e Evguénii Pávlovitch. Está compreendendo? Não existe compromisso de espécie alguma! Mas essa palavra deve ser dita e em breve, aliás. Trata-se, pois, de uma tentativa de estragar o rapaz! Mas com que fim? Para quê? Não atino! Ela é uma mulher espetacular, uma mulher excêntrica. Ando com tanto medo dela que nem tenho podido dormir. E que carruagem! — com cavalos brancos, realmente muito chique! Sim, é justamente o que em francês se chama chic! Quem lhe terá dado tudo isso? Eu me enganei, fiz mal, por Júpiter, anteontem, pois cheguei a pensar que fosse Evguénii Pávlovitch. Mas já verifiquei que não pode ser, absolutamente. E se assim não é, qual o fim dela de se intrometer? Aí é que está o enigma, aí é que está o mistério! Para guardar Evguénii Pávlovitch para si mesma? Mas lhe repito e estou pronto a jurar que ele nem a conhece e que aquele negócio de promissórias é pura invenção! E a insolência dela em dizer alto, daquela maneira: "Querido", lá do outro lado da rua? Invencionice nefanda! Claro que devemos desprezar tudo isso e tratar Evguénii Pávlovitch com redobrado respeito. Foi o que eu já disse a Lizavéta Prokófievna. Mas deixe que lhe externe agora a minha opinião particular. Estou mais que convencido de que ela está fazendo tudo isso só para se vingar de mim pessoalmente, por causa do que houve, lembra-se? Apesar de em verdade eu não lhe ter feito nada. Mudo de cor só em pensar naquilo. Não foi à toa que reapareceu por aqui. Pensei que essa mulher tinha ido embora de vez! Onde diabo se escondeu esse tal Rogójin? O senhor não saberá, por acaso? E eu que pensava que ela já era a Sra. Rogójina desde muito tempo!

O homem estava de fato completamente desnorteado. Falou só ele, a viagem inteira, durante aquela hora toda do percurso; fazia perguntas a que ele mesmo respondia; tocava, segurava, largava a mão do príncipe, e de forma que este ficou mais do que convencido de que o general não desconfiava dele. E isso era o que importava ao príncipe. E, para conclusão de tudo, acabou o general por lhe contar o que havia sobre o tio de Evguénii Pávlovitch que era o diretor de certo departamento em Petersburgo: "Em uma situação importantíssima, com 70 anos, um *viveur*,[35] um *gourmand*,[36] um velho aristocrata com hábitos... Ah! Ah! Disseram-me que lhe tinham falado de Nastássia Filíppovna e que andou atrás dela. Fui vê-lo não há muito tempo. Não me pôde receber, não estava passando bem. Mas é um velho muito rico, riquíssimo, um homem de importância e... praza a Deus, ainda há de florescer por muitos anos, mas Evguénii Pávlovitch acabará entrando na posse de todo esse dinheiro. Claro, claro... Ainda assim, tenho algum receio, certo receio muito vago... Há qualquer coisa no ar, um pressentimento que esvoaça como um corvo. Tenho certo receio, certo receio!...". E foi somente no terceiro dia, conforme já dissemos, que se deu a formal reconciliação dos Epantchín com Liév Nikoláievitch.

12

Às sete horas da noite o príncipe se preparava para ir ao parque quando, sem ser esperada, Lizavéta Prokófievna entrou sozinha pela varanda.

— Não vá pensar — começou ela —, e lhe digo isso *antes de mais nada*, que vim pedir-lhe perdão. Era só o que faltava. A culpa foi inteiramente sua.

O príncipe não respondeu uma única palavra.

— Foi, ou não foi?

— Tanto minha, como sua, muito embora nem eu nem a senhora tenhamos de que ser censurados. Amolei-me trasanteontem, mas hoje cheguei à conclusão de que não tinha razão nenhuma para isso.

— Então é o que tem a dizer? Muito bem. Escute, mas escute sentado, pois não pretendo ficar em pé. — Sentaram-se ambos.

— Em *segundo lugar*, nem sequer uma só palavra a respeito dos tais rapazes. Sentei-me apenas por uns dez minutos. Vim para colher informações. (E calculo já quanta coisa você não está imaginando.) E se você se referir, mesmo por alto, aos rapazes daquela noite, àqueles insolentes, eu me levanto, vou embora e rompo definitivamente com você.

---

[35] Do francês: boêmio. (N. E.)

[36] Do francês: glutão. (N. E.)

— Perfeitamente — respondeu o príncipe.

— Permita que lhe pergunte uma coisa. Mandou você, há uns dois meses, ou mesmo dois meses e meio, aí pela Páscoa, uma carta a Agláia?

— Escrevi.

— Com que fim? Que dizia essa carta? Mostre-me essa carta! — Os olhos de Lizavéta Prokófievna despediam chispas; toda ela se agitava com impaciência.

— Não está comigo. — O príncipe ficou zonzo e horrivelmente desapontado. — Se ela não a pôs fora, está com ela, com Agláia Ivánovna.

— Não finja! Que é que você escreveu?

— Não estou fingindo, não tenho de que ter medo. E não vejo razão alguma para não poder ter-lhe escrito...

— Não dê com a língua nos dentes. Tem muito tempo para falar depois. Que dizia a carta? Por que é que você está ficando vermelho?

O príncipe pensou um pouco.

— Não estou compreendendo o que a senhora quer; apenas percebo que esse caso da carta a aborreceu. Mas deve concordar que eu posso recusar-me a responder a essa pergunta. Para lhe mostrar, porém, que não é a carta que me está embaraçando e que não me arrependo de a ter escrito e que absolutamente não estou vermelho por causa dela — Míchkin ficou mais vermelho ainda, no mínimo o dobro do que estava — vou repetir-lhe a carta, pois acho que a sei de cor.

Dito isso, o príncipe repetiu a carta, quase palavra por palavra, conforme a escrevera.

— Mas que amontoado de asneiras? Qual a significação de todos esses disparates? Explique-me, já que os escreveu — disse Lizavéta Prokófievna, de um modo agudo, depois de ouvir com uma atenção extraordinária.

— Eu próprio não poderia explicar bem. Só sei que escrevi com sinceridade. Naquela ocasião eu tive momentos de intensa vivacidade e invulgares esperanças.

— Esperanças? Quais?

— É difícil explicar. Mas não é o que a senhora está pensando aí, talvez. Esperanças... Isto é... em uma palavra, esperanças quanto ao futuro! E alegria por não ser, talvez, um estranho em uma certa casa... Veio-me, de repente, um enternecimento pelas coisas do meu país. Certa manhã de sol peguei a pena e escrevi. Por que a ela, não sei. Quanta vez a gente espera contar com um amigo ao seu lado, compreende? E a impressão é que eu precisava de um amigo — acrescentou o príncipe, depois de uma pausa.

— Você está apaixonado?

— N... ão. Eu... eu escrevi como se escrevesse a uma irmã. De fato, cheguei até a assinar "Seu irmão".

— Sim. Você sabia por quê. Estou compreendendo.

— É-me muito desagradável, Lizavéta Prokófievna, responder a essas perguntas.

— Eu sei que lhe é desagradável, mas que me importa que lhe seja desagradável? Escute, conte-me a verdade, como se estivesse diante de Deus. Você está mentindo, ou não?

— Não estou, não.

— Você está falando a verdade, ao dizer que não está apaixonado?

— Acho que é a pura verdade.

— Palavra de honra? Então você "acha", hein? Foi o garoto quem levou a carta?

— Pedi a Nikolái Ardaliónovitch...

— O garoto! O garoto! — E Lizavéta Prokófievna o interrompeu violentamente. — Não conheço nenhum Nikolái Ardaliónovitch. Só conheço o garoto.

— Estou dizendo Nikolái Ardaliónovitch.

— O garoto, digo-lhe eu.

— Garoto, não. Nikolái Ardaliónovitch — respondeu o príncipe, teimando firmemente, embora de maneira delicada.

— Oh! Muito bem, meu caro, muito bem! Conservarei essa queixa contra você.

Por um minuto dominou sua emoção e ficou calma.

— E que significa essa história de "pobre cavaleiro"?

— Absolutamente não sei. Não tenho nada a ver com isso. Alguma brincadeira.

— Ouvir tudo isso, de uma vez, é agradável! Mas como poderia ela estar interessada em você? Como, se o chamou de alienado e de idiota?

— A senhora não precisava me contar isso — observou o príncipe, em ar de reprimenda, mas em tom quase de sussurro.

— Não se zangue. Ela é uma moça estouvada, rebelde e maluca. Quando se interessa por alguém só sabe tratar assim, grosseiramente, confundindo a pessoa em pleno rosto. Com qualquer outro faria o mesmo. Mas é favor não ficar triunfante, meu caro amigo, ela não é sua. Não quero nem pensar nisso e nunca tal se dará. Escute uma coisa: jure-me que você não se casou com *aquela mulher*.

— Lizavéta Prokófievna, que é que a senhora está dizendo? Dou-lhe a minha palavra! — E o príncipe quase deu um salto de espanto.

— Mas você esteve para se casar com ela, não esteve?

— Estive quase me casando — balbuciou o príncipe, abaixando a cabeça.

— Então você está apaixonado *por ela*? Foi por causa *dessa outra* que você apareceu por aqui? Foi por causa *dela*?

— Não vim para me casar — respondeu o príncipe.

— Tem você alguma coisa no mundo que considere como sagrada?

— Tenho, sim, senhora.

— Jure, então, que não veio para se casar com *ela*.

— Juro pelo que a senhora quiser.

— Acredito em você. Beije-me. Até que enfim posso respirar livremente; mas deixe que lhe diga: Agláia não ama você, fique avisado disso, e não se casará com você enquanto eu for viva; está ouvindo?

— Estou ouvindo, sim senhora... — E o príncipe enrubesceu tanto que não pôde continuar olhando para Lizavéta Prokófievna.

— Preste bem atenção. Considerei a sua volta como minha Providência. (Você não vale isso!) Molhei muitas fronhas com as minhas lágrimas, à noite. Não por sua causa, meu caro, não precisa inquietar-se. Também eu tenho os meus tormentos... e bem diferentes, perpetuamente os mesmos. Eis por que andei esperando o seu regresso com tal impaciência. Ainda acredito que o próprio Deus me enviou você como um amigo e irmão. Não tenho mais ninguém, exceto a Princesa Bielokónskaia; e essa mesma está longe e, além disso, é tão estúpida como um carneiro com aquela sua velhice. Agora me responda simplesmente: sim, ou não. Se sabe, ou se não sabe por que foi que ela deu aqueles gritos lá da carruagem trasanteontem.

— Dou-lhe a minha palavra de honra que não sei de nada referente a isso e que nem estou nessa história.

— Basta; acredito em você. Agora já tenho outras ideias a tal respeito. Ontem de manhã atirei toda a culpa sobre Evguénii Pávlovitch... após levar três dias a cismar nisso. Ficou perfeitamente evidente que ele foi ridicularizado como um imbecil, por alguma causa, por algum motivo, com algum fim. Seja como for, isso dá apreensões! E não fica bem! Mas Agláia não se casará com ele, digo-lhe desde já. Ele pode ser um homem esplêndido, mas é assim que as coisas são. Antes, ainda hesitei; mas agora me convenci da realidade. "Põe-me primeiro em um caixão, enterra-me depois, e então poderás casar tua filha." Foi o que eu disse hoje sem titubear a Iván Fiódorovitch. Vê a confiança que deposito em você? Está vendo bem?

— Vejo e compreendo.

Lizavéta Prokófievna olhou penetrantemente para o príncipe. Decerto ela queria sorrateiramente descobrir que impressão essas notícias a respeito de Evguénii Pávlovitch causavam nele.

— Você não sabe de nada, quanto a Gavríl Ardaliónovitch?

— Ao contrário... Sei muita coisa.

— Você soube, ou não soube, que ele... reatou relações com Agláia?

— Absolutamente não soube — disse o príncipe, surpreendido e mesmo atarantado. — A senhora diz que Gavríl Ardaliónovitch mantém intimidade com Agláia Ivánovna? Impossível!

— Sim, ultimamente, sim. A irmã esteve preparando o caminho aqui para ele, todo o inverno. Trabalhando como um rato, indo e vindo.

— Não acredito — repetiu o príncipe, firmemente, depois de certa reflexão, muito perturbado. — Se isso tivesse ocorrido, certamente eu saberia.

— Acha que ele viria espontaneamente fazer-lhe uma lacrimosa confissão, reclinado sobre o seu peito? Ah! Você é um simplório, um simplório! Todo o mundo faz de você o que quer... Não tem vergonha de confiar nele? Pois não vê que ele lhe está armando um embuste?

— Eu sei muito bem que ele me decepciona muitas vezes — considerou o príncipe, com relutância, em voz baixa. — E ele sabe muito bem que eu sei... — E o príncipe se calou.

— Você sabe mas continua confiando nele! Isso é o cúmulo! Mas também que se havia de esperar de você? Não tenho com que me surpreender. Senhor Deus! Você sempre será o mesmo homem! Irra!... E sabe que esse Gánia, ou essa Vária, a puseram em correspondência com Nastássia Filíppovna?

— Puseram quem?

— Agláia.

— Não acredito! É impossível! Com que fim? — Ergueu-se da cadeira.

— Também eu não acreditava, mas há provas. É uma moça voluntariosa, caprichosa, doida! Perversa, perversa, perversa! Digo e repetirei durante mil anos — ela é uma moça ruim! Todas o são, mesmo essa insossa franguinha Aleksándra; mas Agláia ultrapassa todos os limites. Chego até a não acreditar!... Talvez porque não me convenha acreditar! — ajuntou, como que para si só. — Por que você não veio ver-nos? — Virou-se prontamente para o príncipe. — Por que levou três dias sem aparecer? — gritou com ar impaciente.

O príncipe pôs-se a dar os motivos, mas novamente ela o interrompeu:

— Todos o consideram um maluco e não acreditam em você! Foi ontem à cidade? Aposto como foi implorar de joelhos àquele tratante que aceitasse o seu dinheiro, os seus dez mil rublos!

— Absolutamente; isso nem me passou pela cabeça. Não fui vê-lo; de mais a mais ele não é um tratante! Mandou-me uma carta.

— Mostre-me!

O príncipe tirou uma folha da sua carteira e a estendeu a Lizavéta Prokófievna. Dizia assim:

Caro Senhor. — Não tenho, perante olhos alheios, o menor direito a qualquer orgulho. Na opinião do mundo sou demasiado insignificante para ter tal luxo. Mas isso é perante os olhos de outros e não perante os seus. Estou perfeitamente persuadido, caro senhor, de que é melhor do que os outros homens. Não concordo com Doktorénko e rompi com ele por causa desta divergência. Nunca receberei dinheiro, por menor que seja, do senhor; mas ajudou minha mãe e portanto tenho de lhe ser grato, mesmo que isso seja uma prova de fraqueza. Em todo o caso já agora o considero de modo diferente, e me acho no dever de lhe dizer. E em conformidade com isso me parece que não pode haver mais relações de qualquer ordem entre nós. — ANTÍP BURDÓVSKII.

P.S. Os duzentos rublos que faltam lhe hão de ser pagos corretamente assim que for possível.

— Quanta asneira e bobagem! — comentou Lizavéta Prokófievna, atirando-lhe o papel de volta. — Nem merece leitura. Por que você está se arreganhando?

— Confesse que ficou contente com o que leu! E bastante.

— Quê? Com esse amontoado de besteiras tresandando a vaidade? Ora, mas você não está vendo que todos eles estão doidos, com orgulho e vaidade?

— Sim, mas ele próprio se confessa em erro, rompeu com Doktorénko e, por ser vaidoso, isso lhe deve ter custado ainda mais. Oh! A senhora não passa de uma criança, Lizavéta Prokófievna!

— Quer, no fim de tudo, que eu esbofeteie você?

— Não, de modo algum. Mas por que quer a senhora fingir que não ficou satisfeita com a carta? Está envergonhada dos seus sentimentos? Em tudo a senhora é assim!

— Não se atreva mais a dar um passo para ir me ver — gritou Lizavéta Prokófievna, ficando em pé e se tornando pálida de tanta raiva. — Não quero nunca mais pôr os olhos em você!

— Dentro de três dias a senhora virá por sua espontânea vontade convidar-me. Ora, diga, não se sente envergonhada? Pois se esses seus sentimentos são dos melhores! A senhora bem sabe que com isso está apenas se afligindo.

— Nunca o convidarei, nem que esteja morrendo por isso. Esquecerei o seu nome! Até já o esqueci!

Afastou-se de perto do príncipe.

— Não é preciso a senhora me proibir. Já me proibiram! — disse o príncipe, seguindo-a.

— O... quê? Quem o proibiu? — Virou-se como um relâmpago, como se uma agulha a tivesse picado. O príncipe hesitou em responder; sentiu que tinha dado uma escorregadela em falso.

— Quem foi que o proibiu? — gritou Lizavéta Prokófievna, violentamente.

— Agláia Ivánovna.

— Quando? Fale, homem!

— Mandou-me dizer, esta manhã, que não me atrevesse a ir vê-las outra vez.

Lizavéta Prokófievna ficou como que petrificada, mas se pôs a refletir.

— Mandou como? Mandou quem? Pelo garoto? Um recado verbal? — perguntou mais uma vez.

— Eu tenho o bilhete.

— Onde? Dê-me isso. Já!

Míchkin pensou um minuto; por fim tirou do bolso do colete um pedaço de papel enxovalhado onde estava escrito:

Príncipe Liév Nikoláievitch! — Se, depois de tudo quanto aconteceu, conta surpreender-me com a sua visita à nossa vila, saiba desde já que não me encontrará entre os que se comprazerão em vê-lo.

Agláia Epantchiná

Lizavéta Prokófievna refletiu um pouco; depois avançou para o príncipe, tomou-o pela mão e o arrastou atrás de si escada abaixo.

— Vamos. Imediatamente! Tem de ser já, agora mesmo! — gritou, em um acesso de extraordinária excitação e impaciência.

— Mas a senhora está me expondo a...

— A quê? Inocente! Palerma! Você nem parece homem! Ainda bem que vou ver isso tudo eu mesma, com os meus olhos.

— Mas deixe ao menos que eu pegue o chapéu...

— Pronto, está aqui o seu horroroso chapéu! Vamos! Não sabe nem escolher as suas coisas com gosto!... Ah! Então ela lhe escreveu isso... depois do que se passou!? Birra, veneta; ou acesso?!... — murmurou Lizavéta Prokófievna, arrastando o príncipe por ali afora e sem soltar sua mão. — Ainda hoje o defendeu lá em casa e disse alto que era um bobo em não vir ver-nos... Mas justamente por isso ela não devia ter-lhe escrito um bilhete tão insensato! Um bilhete impróprio! Indigno de uma menina distinta, bem-educada e sensata! Ah!... Já sei! Já sei!... Ela ficou ansiosa com o fato de você não aparecer lá em casa! Mas fez muito mal em escrever nesses termos a um idiota, porque em lugar de entender o que ela queria, você tomou a carta ao pé da letra, como uma proibição... Está gostando de me ouvir, não é? Feche esses ouvidos! — gritou, toda inflamada, ao perceber que falara demais. — Ela precisa de alguém como você... para se rir. Desde muito que ela procura um fantoche, eis por que o chamou. E agora estou satisfeita, satisfeitíssima... pois minha filha sempre acabou achando um bufão! Estou satisfeitíssima. É para o que você serve! E ela sabe como deve manobrá-lo. Oh, se sabe! E bem!...

TERCEIRA PARTE

1

Estamos sempre ouvindo queixas quanto à ausência de gente prática na Rússia. Apregoam que não nos faltam políticos aos punhados, generais às grosas e que a qualquer momento farta quantidade de homens de negócios de todas as categorias pode ser encontrada. Mas gente prática, lá isso não há — pelo menos todo o mundo se anda queixando de tal escassez. Fartamo-nos de ouvir que não há técnicos eficientes nas estradas de ferro, pelo menos em muitas linhas. Que não é possível sequer instalar e dirigir decentemente uma companhia de vapores. A todo momento ouvimos dizer que houve um encontro de trens ou que ruiu uma ponte à passagem de um comboio de uma linha de estrada de ferro inaugurada pouco antes. Ou então se escuta comentar que um trem de ferro ficou bloqueado pelo gelo e que, devido a isso, uma viagem que mesmo no inverno dura quatro horas se atrasou cinco dias. Fala-se de centenas de toneladas de víveres apodrecendo durante dois ou três meses por dificuldade de despacho. E até se conta (muito embora pareça quase incrível) que o encarregado de um comerciante levou um murro nos dentes somente pelo fato de ter pretendido promover um despacho de mercadorias. E que o superintendente, autor da façanha, tentou justificar essa demonstração de eficiência sob o fundamento de que perdera a paciência. Tantas são as repartições do governo, que até fazem uma pessoa cambalear ao pensar nelas. Isso de serviço público representa tal variedade de cargos, que toda gente ou já ocupou um, ou ainda está ocupando, ou pretende arranjar nomeação breve. Assim, natural é que com tanta abundância de material fiquemos admirados que ainda não tenha sido possível instalar uma repartição técnica decente, de maneira a fazer correr no horário uma estrada de ferro ou funcionar direito uma linha de navegação.

Tal estado de coisas sugere muitas vezes uma simples resposta — tão simples de fato que o difícil é acreditar, isso sim, na explicação. É verdade, dizem-nos, que todo o mundo na Rússia esteve, está ou pretende se empregar em repartições governamentais, e que tal sistema vem sendo seguido há mais de duzentos anos, segundo os mais rígidos padrões germânicos, isto é, de avô a neto... Mas também é verdade que isso de funcionário público é o indivíduo mais negativamente prático do mundo, e que as coisas chegaram a tal ponto que um caráter puramente teórico e a negação absoluta de qualquer conhecimento técnico vêm sendo encarados cada vez mais, mesmo nos círculos oficiais, como os atributos e prerrogativas que recomendam uma promoção. Mas nem é preciso discutir sobre funcionários; restrinjamo-nos a falar sobre homens práticos. Não resta dúvida de que incompetência e completa falta de iniciativa sempre foram consideradas como principal indício de um homem prático, sendo assim ainda mesmo hoje. Mas por que nos censuramos se esta opinião já por si só constitui uma acusação?! Sempiternamente, por este mundo afora, a falta de originalidade sempre foi avaliada como a principal característica e a melhor recomendação de um homem prático, ativo e diligente, e no mínimo noventa e nove por cento da humanidade — para só avaliarmos modestamente — manteve sempre essa opinião e, no máximo, um por cento divergindo dela.

Inventores e gênios foram quase sempre considerados apenas como loucos, no começo de suas carreiras; e não raro até o fim delas, também. Esta é uma observação corriqueira, familiar a toda gente. Citemos um exemplo: os bancos. Há anos e anos que uma porção de gente deposita seu dinheiro em bancos, muitíssimos milhões estando investidos assim, a quatro por cento. Ora muito bem. Suponhamos que os bancos cessem de existir e que o povo seja deixado, economicamente, sob a sua própria iniciativa pessoal. Que sucederia? A maior parte desses milhões se perderia infalivelmente em especulações desenfreadas ou na mão de tratantes. Assim pois, tal hábito, o dos bancos, por exemplo, está deveras de acordo com os ditames da propriedade e da decência. Sim, se uma absoluta incompetência e uma indecorosa falta de originalidade foram aceitas universalmente como os atributos essenciais de um homem prático e de um gentleman, uma repentina transformação nesse sistema seria de todo indecente e grosseira. Qual a mãe terna e devotada que não desmaiaria e não ficaria de cama ao ver o filho ou a filha se afastar uma polegada dessa trilha obrigatória? “Não, melhor será que ele viva feliz e bem, embora sem originalidade”, é o que toda mãe pensa enquanto embala um berço. Já desde os mais remotos tempos as nossas amas cantavam ninando bebês: "Dorme, dorme, criança chorona, que ainda te hei de ver de dragona!". Isso prova que já as nossas velhas amas consideravam o posto de general como sendo o pináculo mais alto da felicidade russa, e louvado seja Deus, que isso ainda continue sendo o ideal russo mais popular de ventura pacífica e benfazeja. E, realmente, quem, na Rússia, após atravessar um curso, mesmo sem distinção, e servir durante 35 anos, não conseguirá finalmente ser general e não investirá uma soma decente em um banco? É assim que o russo acaba adquirindo a reputação de homem prático e diligente, e quase sem esforço. Entre nós a única pessoa que malogrará no intento de vir a ser general é o homem de individualidade própria... ou, por outras palavras, o homem que não suporta a rotina. Possível é que haja em tudo algum engano meu ou uma exceção estatística; mas, falando de um modo geral, a verdade é essa. Assim, a nossa sociedade tem sido perfeitamente correta na sua definição do que seja um homem prático.

Mas muito do que aqui está é supérfluo. O que eu pretendia era simplesmente dizer umas poucas palavras que explicassem os nossos amigos Epantchín. Tal família, ou pelo menos os seus membros mais representativos, sofriam de uma característica familiar específica, bem oposta às virtudes que estivemos discutindo acima. Muito embora não se capacitassem nitidamente do fenômeno (nem ele é tão fácil de ser compreendido), ainda assim suspeitavam frequentemente que em sua família tudo era diferente de quanto nas outras se encontrava. Nas outras as coisas aconteciam serenamente; já na deles os fatos se passavam aos solavancos; os outros timbravam em seguir a rotina... ao passo que eles sentiam atração pelo excepcional. Toda gente se comporta de modo decorosamente tímido, optando eles por via bem inversa. Lizavéta Prokófievna era, de fato, muito propensa (demasiadamente até) a alarmar-se à toa; não que houvesse nisso desejo veemente ou saudoso daquela timidez convencional geralmente adotada. Mas na família talvez só ela captasse tal ansiedade aflitiva, pois as moças eram ainda muito novas, não obstante possuírem boa dose de penetrante ironia; o general, esse então, conquanto arguto (o que todavia lhe custava certo esforço), o mais que fazia era murmurar "Hum!" diante das circunstâncias estarrecedoras, quanto ao mais confiando no expediente da mulher. Assim, pois, a responsabilidade de tudo cabia a ela. Não se infira daí que essa família se distinguisse por iniciativas notáveis, ou se tivesse livrado da bitola da rotina mediante uma inclinação consciente para a originalidade, o que significaria uma completa infração às normas das faculdades habituais. Oh! Longe disso! De maneira alguma agiam assim, mercê de um propósito consciente. E, todavia, a despeito de tudo, a família Epantchín, apesar de altamente respeitável, não era bem o que toda família respeitável devia ser. Ultimamente dera Lizavéta Prokófievna em se queixar de si própria, sozinha, e do seu "desafortunado" caráter ante tal estado de coisas, o que aumentava a sua angústia. Dera em se culpar continuamente de ser "uma velha excêntrica e maluca que não sabia como se comportar", afligindo-se com perturbações imaginárias, andando sempre em estado de perplexidade, atarantadamente, sem saber como agir em face das mais corriqueiras contingências, multiplicando sempre toda a sua desventura.

No começo de nossa narrativa mencionamos já que a família Epantchín desfrutava da estima sincera de todos. O próprio general, conquanto de origem obscura, era recebido em toda parte e tratado com respeito. E de fato merecia esse respeito — em primeiro lugar como homem de fortuna e de reputação, e, em segundo lugar, por ser uma pessoa muito decente, apesar de não ter, de modo algum, grande inteligência. É que uma certa estupidez de espírito parece ser às vezes uma qualificação necessária se não para todo homem público, ao menos para aquele que seriamente se propõe ganhar dinheiro. E, finalmente, o general tinha boas maneiras, era modesto, sabia como e quando conter a língua, sem todavia permitir que lhe pisassem nos calos; não somente era homem de posição, mas também de bons sentimentos. O mais importante, porém, é que era fortemente protegido. Quanto à sua mulher, como já explicamos, era de boa família, o que, aliás, não é motivo para grande consideração entre nós, a não ser que haja poderosos amigos. De tais amigos poderosos, porém, ela soubera adquirir um círculo razoável. Era respeitada, e no fim as pessoas de importância acabavam gostando dela, tendo sido, pois, natural que os demais seguissem tal exemplo, considerando-a e recebendo-a. Não havia dúvida de que todas as ansiedades dela pela família eram sem fundamento. Poucos motivos havia para esses afoitamentos, que eram ridiculamente exagerados. Mas é sempre a mesma história com todos nós: se temos uma verruga na testa ou no nariz, cuidamos sempre que ninguém tenha mais nada a fazer, no mundo, senão ficar pasmado para a nossa verruga, achar graça nela e por causa dela nos desprezar, mesmo que tenhamos descoberto a América. Sem dúvida Lizavéta Prokófievna era considerada geralmente "uma excêntrica", o que não era questão que a impedisse de ser estimada; mas o caso é que acabou por não acreditar mais nessa estima, todo o seu tormento jazendo nisso. Encarando as filhas, ela se consumia pela suspeita de que estava arruinando o futuro delas, pois era ridícula, insuportável, ignorando como comportar-se. E por tudo isso estava sempre censurando as filhas e o marido, brigando com eles o dia inteiro, embora os amasse com uma afeição apaixonada, a ponto de se sacrificar.

O que mais que tudo a incomodava era a desconfiança de que as filhas se estivessem tornando quase tão excêntricas quanto ela, e que moças de sociedade não deviam e não podiam ser assim. "Elas estão mais é dando para niilistas, isso é que é!" — repetia a si mesma a todo instante. Neste ano que passou, e de então para cá, essa melancólica noção cada vez se fixava mais em seu espírito. "E para começar, por que é que não se casam?" — não cessava de se interrogar. "Para atormentarem a mãe fazem disso o fim e a razão de suas existências; e isso tudo advém dessas ideias novas, desses amaldiçoados direitos da mulher! Pois não meteu Agláia na cabeça, há seis meses, cortar o cabelo, aquele seu magnífico cabelo? (Deus do Céu, nem mesmo eu, quando moça, tive cabelos assim!) Estava com a tesoura na mão; tive de me ajoelhar aos pés dela... Pois bem, fez; e fez por despeito, sem dúvida para martirizar sua mãe, pois é uma menina ruim, voluntariosa, mimada e acima de tudo é ruim, ruim, ruim! Pois não quis essa gorducha, a Aleksándra, seguir o exemplo da outra, e não é que tentou cortar as tranças, e não por birra, não por capricho, e sim só por simplicidade, por burrice, só porque Agláia a persuadiu de que sem aqueles balandraus dormiria melhor e se livraria de ter dor de cabeça? E o número sem conta de pretendentes que tiveram nestes cinco anos? E olhem lá que havia uns rapagões de primeira ordem, entre eles! Elas estão esperando o quê? Por que é que não se casam? Simplesmente, para aborrecerem sua pobre mãe, não há outra razão, nenhuma, absolutamente!"

Até que enfim o sol parece que ia raiar, para o seu coração materno. Até que enfim uma filha, até que enfim Adelaída se tinha arranjado. "Ao menos uma nos sai das mãos!", dissera a Sra. Epantchiná, quando teve ensejo de se referir ao fato, em voz alta (em suas reflexões ela conversava consigo mesma com a maior das ternuras!). E como a coisa se dera bem, como calhara tudo tão direito! Até na sociedade se comentava isso com respeito. Ele era um homem de altas maneiras; um príncipe, um ricaço, um rapagão, e, o que é mais, se tratava de um casamento por amor. Que poderia ser melhor? Mas sempre tivera menos cuidados com Adelaída do que com as outras duas, muito embora suas propensões artísticas às vezes mexessem gravemente com o apreensivo coração da mãe. "Mas Adelaída tem um temperamento prazenteiro e muito juízo, e, além disso, trata-se de uma menina que irá longe, com as próprias pernas", tal era a reflexão consoladora. Por quem ela mais receava, entre todas, era por Agláia. Relativamente à filha mais velha, Aleksándra, a mãe ainda não soubera direito se devia ter, ou não, apreensões. Muitas vezes imaginava que para essa "não restavam mais esperanças". "Está com 25 anos, portanto acaba mais é solteirona. E com aquela beleza toda!" E pensando nela, Lizavéta Prokófievna derramava lágrimas, de noite — é a pura verdade —, enquanto Aleksándra dormia que era um regalo! "Que há de ser dela? Será apenas niilista ou simplesmente uma espinoteada?" Que nem mesmo espinoteada ela era, Lizavéta Prokófievna estava farta de saber; tanto que levava muito em conta os seus julgamentos e não cessava de lhe pedir conselhos. Mas que ela era uma "água morna" em momento algum tivera dúvidas. "Que se há de fazer com uma criatura que nem se mexe? E nem se diga que uma "água morna" seja quieta! Ah!... eu acabo tonta com estas meninas!"

Lizavéta Prokófievna tinha um inexplicável sentimento de simpatia e de comiseração por Aleksándra — mais até do que por Agláia, a quem idolatrava. Mas os piores epítetos (pelos quais demonstrava a sua maternal solicitude), ironias e apelidos, como "água morna", só alegravam Aleksándra. E a coisa chegou a tal estado que, certas vezes, casos insignificantes punham a Sra. Epantchiná terrivelmente zangada, fazendo-a chegar a um perfeito frenesi. Aleksándra, por exemplo, gostava de dormir até tarde e era dada a sonhar muito. Mas os seus sonhos eram sempre marcados por uma extraordinária inépcia e inocência, podiam ser sonhos de uma criança de sete anos. Pois essa inocência mesma dos seus sonhos tornava-se uma fonte de irritação para a mãe. Certa vez sonhou Aleksándra com nove galinhas, o que deu azo a séria briga entre a mãe e a filha. Por quê? Seria difícil explicar. Outra vez, e não se repetiu, conseguira ela sonhar com alguma coisa que podia ser chamada original — sonhara com um monge que estava sozinho em um quarto escuro onde ela sentia medo de entrar. Tal sonho foi imediatamente transmitido à mãe, em triunfo, pelas duas irmãs a rirem; mas a mãe ainda ficou mais zangada, chamando as três de "malucas".

— Hum! Tanto tem ela de moleirona quanto de maluca e não passa de uma galinha choca! Não há meios de espevitá-la. E não é que deu para ficar triste? Que estará ela sentindo? Que é? — Às vezes fazia essa pergunta ao marido e, como de hábito, perguntava histericamente, ameaçadoramente, exigindo uma resposta súbita. Iván Fiódorovitch dizia "Hum!", franzia a testa, encolhia os ombros, e com um gesto descoroçoado se saía com uma frase destas:

— Do que ela precisa é de marido!

— Pois que Nosso Senhor lhe conceda um que não seja como tu, Iván Fiódorovitch! — desandava Lizavéta Prokófievna, por fim, como uma bomba. — Que não seja como tu no falar nem no julgar, Iván Fiódorovitch. Que não seja um vilão grosseiro como tu, Iván Fiódorovitch...

Iván Fiódorovitch imediatamente arranjou meios de fugir, e Lizavéta Prokófievna se acalmou, depois da "explosão". Nessa mesma noite naturalmente se tornou, como invariavelmente ocorria, atenciosa, gentil e prazenteira para com o marido, "o grosseirão" Iván Fiódorovitch, o seu bom, querido e adorado Iván Fiódorovitch, pois sempre o amara e sempre estivera apaixonada por ele, toda a vida — fato esse de que ele estava perfeitamente ciente, e pelo qual lhe dispensava ilimitado respeito. Mas a sua principal e contínua ansiedade era Agláia.

"Ela é direitinho, direitinho eu, sob qualquer aspecto é o meu retrato", costumava dizer a mãe consigo mesma. "Cabeçuda, um perfeito diabinho! Niilista, excêntrica, maluca e ruim, ruim, ruim! Senhor Deus, como ela vai ser infeliz!"

Mas, como íamos dizendo, um mágico sol fulgurante tinha abrandado e iluminado tudo, de repente. Pelo espaço de quase um mês, Lizavéta Prokófievna teve uma folga em suas ansiedades. O próximo casamento de Adelaída fez que na sociedade também se viesse a falar em Agláia. E os modos de Agláia eram tão bons, tão harmoniosos, tão vivos, tão encantadores! Um nada altiva, mas isso até lhe ia bem! Portara-se, todo esse mês, tão carinhosa, tão gentil com sua mãe! (Verdade é que era necessário ter muito cuidado, estar muito atenta a Evguénii Pávlovitch, para lhe perscrutar o íntimo, mas Agláia nem por isso o favoreceu mais do que aos outros.) Fosse lá como fosse, como se tinha ela de repente tornado uma jovem tão radiante! E que linda estava, louvado seja Deus, que linda estava! Cada dia ficava mais bela. E nisto...

Nisto aquele desventurado principezinho, aquele miserável idiotazinho, nem acabara de surgir e já tudo estava de novo uma barafunda, a casa inteira de pernas para o ar.

Que teria, pois, acontecido?

Não tinha acontecido nada a ninguém, eis a verdade. Mas Lizavéta Prokófievna possuía tal peculiaridade: armava combinações e concatenações das coisas mais triviais até chegar a ver, através da sua onipresente ansiedade, alguma coisa que a alarmasse a tal ponto que, além de a tornar doente, lhe inspirava terror totalmente exagerado e inexplicável, de todo insuportável. Imagine-se, agora, qual não seria o seu sentimento quando, através do emaranhado de absurdos e infundados aborrecimentos, verificou qualquer coisa que realmente era importante e que desta vez, sim, podia com toda a seriedade causar ansiedade, hesitação e desconfiança?

"E que insolência me escreverem, naquela amaldiçoada carta anônima, que aquela marafona anda em comunicação com Agláia!" Nisso pensava Lizavéta Prokófievna, durante o percurso para casa quando trouxe consigo o príncipe e mesmo depois, quando o fez sentar-se à mesa redonda, com a família inteira ali reunida. "Como se atreveram a pensar em uma tal coisa? Se eu acreditasse em uma sílaba sequer, morreria de vergonha, e ainda bem que não mostrei a carta a Agláia! Estão querendo fazer de nós, os Epantchín, uma fábrica de gargalhadas. E a culpa toda é de Iván Fiódorovitch! Ah! Por que não fomos nós passar o verão na Ilha Ieláguin? Bem dizia eu que devíamos ir para Ieláguin! Deve ter sido essa implicante Vária quem escreveu a carta, ou... talvez... mas toda a culpa, todinha, é de Iván Fiódorovitch! Foi para dar na vista que essa marafona reergueu isso outra vez, como lembrança de suas primitivas relações, para o fazer de idiota, como já judiou dele antes, aquela vez, arrastando-o pelo nariz quando ele lhe levou as pérolas... E o máximo e o mínimo, em tudo isso, é que nos comprometeu. Sim, tuas filhas, Iván Fiódorovitch, foram metidas nisso, umas moças, umas donzelas, que frequentam a melhor sociedade, em via de se casarem; sim, elas estavam lá, estavam perto, ouviram tudo, e foram arrastadas à cena com aqueles rapazes indecorosos! Sim, tu podes felicitar-te! Elas estavam lá e também ouviram! Jamais perdoarei, jamais perdoarei a este desditoso principezinho! E por que esteve Agláia com sua histeria estes três últimos dias? Por que foi que esteve a ponto até de brigar com as irmãs, até mesmo com Aleksándra, cujas mãos sempre andava, antes, beijando, como se fosse Aleksándra sua mãe, tanto e tanto a respeitava? Por que se comportou ela de maneira tão enigmática com todo o mundo, estes três dias? Que tem Gavríl Ardaliónovitch com isso? Por que hoje e ontem elogiou ela tanto Ívolguin e rompeu, depois, em pranto? Por que é que esse amaldiçoado 'pobre cavaleiro' é citado naquela carta anônima, e por que não mostrou ela, nunca, às irmãs, a carta do príncipe?... E por que... foi que me induziu a correr à casa dele, como uma gata com ataque, e a arrastá-lo até aqui? Deus nos acuda! Eu devia estar fora do meu juízo, para poder ter feito isso! Falar a um jovem dos segredos de minha filha! E segredos que a ele dizem respeito! Deus do Céu, foi, neste caso, uma graça divina ser ele um idiota e... e... um amigo da família?!... Mas será possível que Agláia se tenha deixado fascinar por um peixe-boi destes? Céus, que estou eu tagarelando? Arre!... Somos uma súcia de esquisitos! O que deviam era colocar-nos em uma redoma — principalmente eu — e exibir-nos a dois copeques cada um. Nunca te perdoarei isso, Iván Fiódorovitch, nunca! E por que é que ela, a minha filha, não o põe a ridículo agora? Dizia tanto que estava troçando dele e por que parou? Lá está ela, de boca aberta para ele; e nem fala nem sai de lá, planta-se, apesar de lhe ter dito que não viesse mais!... Vejam só como ele está pálido. E aquele insigne tagarela Evguénii Pávlovitch monopolizou toda a conversa. Que corda que ele tem, não para, não deixa que ninguém se intrometa. Eu logo descobriria alguma coisa se me fosse dado converter a conversa no que eu muito bem sei!..."

O príncipe, de fato, estava bastante pálido, sentado lá rente à mesa redonda. E parecia bastante preocupado; momentos havia em que uma espécie de arrebatamento inundava a sua alma, sem que ele soubesse qual e por quê. Oh! Com que cuidado, com que medo relanceava, às vezes, o olhar para um canto, lá donde uns olhos negros o estavam intencionalmente fitando! E ao mesmo tempo como o seu coração palpitava com delícia por poder estar sentado ali entre eles, de novo, por poder ouvir aquela voz familiar, depois do que ela lhe tinha escrito! Céus! Que lhe diria ela agora? Ele ainda não tinha pronunciado uma palavra e escutava com desmedida atenção a "disparada" de Evguénii Pávlovitch que raramente estava de ânimo tão disposto, feliz e excitado como aquela noite. O príncipe escutava-o, mas mal apreendia uma só palavra do que ele estava a contar desde muito. À exceção de Iván Fiódorovitch, que ainda não tinha voltado de Petersburgo, toda a família se achava reunida ali, como em assembleia. O Príncipe Chtch... também. Tinham já demonstrado querer sair um pouco para ouvir a banda do jardim, antes do chá. Evidentemente a conversa começara antes da chegada do príncipe. Um pouco depois Kólia fizera a sua aparição na varanda. "Ele então é recebido aqui da mesma forma que antes", verificou o príncipe, mentalmente.

A vila dos Epantchín era luxuosa, construída em forma de chalé suíço, pitorescamente coberta por trepadeiras em flor e rodeada de um jardim bem tratado. Estavam todos na varanda, como na casa do príncipe, mas a varanda aí era um pouco mais ampla e mais suntuosa.

O tema da conversa parecia agradar a poucos do grupo. Tinha nascido de um acalorado argumento, e não havia dúvida de que todos gostariam bem de mudar de assunto. Mas Evguénii Pávlovitch persistia cada vez mais obstinadamente, sem se importar com a impressão que estava causando; a chegada do príncipe parece que o tornou ainda mais impetuoso; Lizavéta Prokófievna já estava de cara fechada, muito embora não o estivesse quase entendendo. Agláia, sentada para um dos lados, quase em um canto, continuava a escutar, obstinadamente silenciosa.

— Ora, mas por quem são — estava Evguénii Pávlovitch protestando veementemente —, quanto ao liberalismo, não o ataco. O liberalismo não é um pecado. É uma parte essencial de um todo que sem essa parte se espatifaria, perecendo. O liberalismo tem tanto direito a existir como o mais judicioso conservadorismo. Mas eu estou atacando o liberalismo russo! E torno a repetir que o ataco justamente pela razão de que o liberal russo não é um liberal russo, mas um liberal antirrusso. Mostrem-me um liberal russo e eu o beijarei diante de todos aqui.

— Isto é, se ele deixar que o senhor o beije! — disse Aleksándra que se mostrava excepcionalmente animada, a ponto de suas faces estarem mais coradas do que habitualmente.

"Ora essa", pensou Lizavéta Prokófievna, "não faz senão dormir e comer, e não há meios de ninguém a despertar, senão quando, lá de ano em ano, se levanta como se tivesse uma mola e se sai com uma dessas, de tal maneira que se tem de ficar de boca aberta a olhá-la".

O príncipe instantaneamente notara, desde o começo, que Aleksándra não estava gostando da maneira um tanto jactanciosa de que Evguénii Pávlovitch estava falando. Discorria ele sobre um assunto sério e parecia preso a isso, mas ao mesmo tempo se via que estava brincando.

— Estava eu sustentando, na hora mesmo em que o senhor chegou, príncipe — prosseguiu Evguénii Pávlovitch —, que os liberais sempre nos vieram de duas classes da sociedade: da classe dos antigos proprietários de terras, o que hoje é coisa de antanho, e de famílias clericais. E que, como essas duas classes, se foram transformando em castas, algo como coisa à parte da nação, e cada vez mais, assim, geração após geração; tudo quanto têm feito é absolutamente antinacional.

— O quê? Então tudo quanto tem sido feito é antinacional? — protestou o Príncipe Chtch...

— Antinacional. Conquanto seja russo, não é nacional. Entre nós, os liberais não são russos e os conservadores tampouco são russos quaisquer deles... E podem ficar certos de que a nação não aceitará nada do que tem sido feito pelos proprietários de terras e pelos estudantes eclesiásticos, nem agora, nem mais tarde.

— Bem, isso é demais! Como pode você manter tal paradoxo, se é que está falando sério!? Eu protesto contra essa interpretação disparatada sobre o proprietário de terras russo. Você mesmo é um latifundiário russo — objetou calorosamente o Príncipe Chtch...

— Não estou falando do proprietário de terras russo no sentido em que você o está tomando. Essa é uma classe respeitabilíssima, e não porque eu pertença a ela. Especialmente agora, desde que deixou de ser uma casta.

— Então quer dizer que não tem havido nada de nacionalismo em literatura? — aparteou Aleksándra.

— Não sou nenhuma autoridade em literatura, mas até a literatura russa, na minha opinião, não é absolutamente russa, a não ser, talvez, Lomonóssov, Púchkin e Gógol. Esses são nacionais.

— Não está mal, como começo; e além disso um desses foi camponês; os outros dois eram proprietários de terras — disse Adelaída, sorrindo.

— Justamente, mas não fique triunfante. Como, de todos os escritores russos, esses foram os únicos capazes de dizer algo de seu, algo não emprestado, eles, por tal fato, se tornaram nacionais. Qualquer russo que diga ou que escreva ou mesmo que faça algo seu, algo original, e não alheio, inevitavelmente se torna nacional, mesmo que não possa falar escorreitamente o russo. Eu encaro isso como um axioma. Mas, no começo, nós não estávamos falando de literatura. Falávamos dos socialistas, antes. Ora bem, continuo a sustentar que nós não temos um único socialista russo; não há nenhum, nem nunca houve, pois todos os nossos socialistas também são proprietários de terras ou estudantes canônicos. Todos os nossos conhecidos e declarados socialistas, tanto aqui como no estrangeiro, não são mais do que liberais da fidalguia agrária ou dos tempos dos donos de servos. Por que está rindo? Mostre-me os livros deles, mostre-me as teorias deles, as memórias deles. E, muito embora eu não seja crítico literário, posso escrever-lhe a crítica mais conveniente pela qual lhe mostrarei, tão claro como o dia, que cada página dos livros deles, panfletos ou reminiscências, foi escrita por proprietários de terras russos da velha escola. A raiva, a indignação, o talento, tudo é típico daquela classe, como se ainda se estivesse na fase pré-Fámussov. Seus arroubos, suas lágrimas, conquanto talvez reais e sinceras, são lágrimas de proprietários de terras e de estudantes de patrologia. A senhora está rindo, outra vez? E o senhor também, príncipe? Então não concordam ambos comigo?

Estavam realmente todos rindo; e Míchkin também sorriu.

— Não posso dizer, à queima-roupa, se concordo ou não — disse o príncipe, deixando logo de sorrir e ficando na atitude do colegial apanhado em falta —, mas eu lhe asseguro que o estou escutando com o maior prazer...

Disse isso e quase ficou sem ar, um suor frio a lhe escorrer pela testa. Estas eram as suas primeiras palavras, desde que estava ali, sentado; experimentou olhar para todo o grupo, mas não teve coragem; Evguénii Pávlovitch percebeu a atrapalhação dele e sorriu.

— Vou dizer-lhes uma coisa, senhores — prosseguiu ele no mesmo tom de antes, com extraordinária bonomia e vivacidade, mas ao mesmo tempo quase não podendo conter a vontade de rir, provavelmente de suas próprias palavras —, uma coisa cuja descoberta e observação tenho a honra de adjudicar a mim mesmo somente; nada foi ainda dito ou escrito sobre ela, garanto. E essa coisa, ou melhor, esse fato exprime toda a essência do liberalismo russo de cuja espécie estou tratando. Em primeiro lugar, que é o liberalismo, falando de um modo geral, senão um ataque (se judicioso ou errôneo, já é outra questão) à ordem estabelecida das coisas? É assim, ou não? Ora bem, o meu fato é que o liberalismo russo não é um ataque contra a ordem existente das coisas, mas é um ataque contra a essência mesma das coisas, das coisas em si, e não meramente contra a ordem das coisas; não contra o regime russo, mas contra a própria Rússia, isto é, detesta e espanca a própria mãe. Todo e qualquer fato desastroso e infeliz na Rússia excita a sua gargalhada e quase o seu contentamento. Detesta os hábitos nacionais, a história russa, tudo. Se alguma justificação há para ele é que não sabe o que está fazendo e toma esse ódio pela Rússia como sendo liberalismo da mais viçosa espécie. (Oh! muitas vezes, entre nós, se encontram liberais que são aplaudidos por todos e que no fundo são os mais absurdos, os mais estúpidos e os mais perigosos conservadores e que não se dão conta disso, eles mesmos.) Esse ódio pela Rússia chegou até, ultimamente, a ser tomado por alguns dos nossos liberais como um sincero amor por seu país. Proclamavam que sabiam melhor do que os outros como esse amor devia ser mostrado; agora, porém, se tornaram mais cândidos e se sentem envergonhados com aquela ideia de "amar" alguém a sua pátria. Baniram a própria concepção dela, como trivial e perniciosa. Isto é um fato. Insisto sobre isto... e a verdade será dita mais cedo ou mais tarde, inteira, simples e francamente. Mas se trata de um fato que nunca foi ouvido e que nunca existiu em nenhum outro povo desde que o mundo começou, portanto se trata de um fenômeno acidental e não deverá ser permanente, cuido eu. Não pode haver em mais parte alguma um liberal que odeie o seu próprio país. Como poderemos explicar isso entre nós? Ora, pelo mesmo fato de antes, que o russo liberal até aqui não tem sido russo, nenhuma outra coisa mais explica isso, a meu pensar.

— Tomo tudo quanto você disse como brincadeira, Evguénii Pávlovitch — replicou o Príncipe Chtch... seriamente.

— Ainda não vi um liberal, portanto não me abalanço a julgar — disse Aleksándra. — Mas ouvi, indignada, as suas ideias; o senhor tomou um caso individual e por ele generalizou; logo, não foi senão injusto.

— Um caso individual? Ah! Essa era a palavra esperada! — esgrimiu Evguénii Pávlovitch. — Príncipe, que pensa disso? Será que eu tomei um caso individual, ou não?

— Devo dizer, também eu, que pouco tenho estado com liberais, só tendo visto um ou outro — disse o príncipe —, mas me parece que parcialmente o senhor tem razão e que essa espécie de liberalismo russo de que o senhor está falando realmente está disposta a odiar a Rússia, e não apenas as suas instituições. Naturalmente isso só é verídico em parte... Naturalmente não é verídico no todo.

E, confuso, parou. A despeito de sua excitação, estava grandemente interessado na conversação. Uma das mais impressionantes características do príncipe era a extraordinária ingenuidade de sua atenção, a forma com que se punha sempre a escutar o que o interessava e as respostas que dava quando alguém lhe fazia perguntas. O seu rosto, e mesmo a sua atitude, de modo *sui generis* refletiam essa ingenuidade, essa boa-fé sem desconfiança de zombaria ou humor alheio. Mas, conquanto Evguénii Pávlovitch desde antes se comportasse para com ele com certa ironia, ao ouvir agora essa resposta, olhou-o gravemente como se não tivesse esperado isso dele.

— Mas... como o amigo é estranho! — disse ele. — O senhor realmente me respondeu falando sério, príncipe?

— Como assim, e o senhor não perguntou sério? — replicou Míchkin, surpreso.

Todos riram.

— Vá a gente confiar nele — disse Adelaída. — Evguénii Pávlovitch sempre quer troçar com alguém! Se vissem que histórias ele conta às vezes, com perfeita seriedade!

— Acho que esta conversa está mais é cacete e que nem valia a pena ter começado — comentou Aleksándra, sem ninguém esperar. — E a nossa ideia de darmos um passeio?

— Então, vamos. Está uma noite admirável — exclamou Evguénii Pávlovitch. — Mas para lhe mostrar que desta vez eu estava falando sério e, mais ainda, para mostrar ao príncipe isso (o que o senhor disse me interessou extremamente, príncipe, e lhe asseguro que não sou de modo algum um camarada pateta, como devo ter parecido, embora, de certo modo, eu o seja, um tanto!), e se aqui as senhoras me permitem e os senhores também, farei ao príncipe uma última interrogação para satisfazer a minha própria curiosidade; depois do que, ponto final! Tal pergunta me ocorreu propriamente há duas horas. Vai ver, príncipe, como também, às vezes, penso em coisas sérias; à tal pergunta já eu respondi, mas vejamos como a responde o príncipe. Falou-se, ainda agora, sobre um "caso individual". Tal frase, aqui dita há pouco, é muito significativa; a todo passo a estamos ouvindo. Todo o mundo falou e comentou, ultimamente, um hediondo assassinato de seis pessoas por um certo jovem, e o estranho discurso feito pelo conselho de defesa, no qual foi dito que, considerando bem a pobreza do criminoso, devia ter sido natural para ele pensar em matar seis pessoas. Não foram essas, propriamente, as palavras usadas, mas o sentido, penso eu, foi esse, ou quase assim. A minha opinião privada é que o advogado que deu expressão a essa tão estranha ideia estava convicto de exprimir o sentimento mais liberal, mais humano e mais progressista que podia ser articulado em nossos dias. Ora, que fazer então disso? É essa corrupção de ideias e de convicções, é a possibilidade de um ponto de vista assim deformado e extraordinário, um "caso individual", ou um exemplo típico?

Todos riram, outra vez.

— Individual, naturalmente, individual! — disseram, rindo, Aleksándra e Adelaída.

— Deixe que lhe previna de novo, Evguénii Pávlovitch — disse o Príncipe Chtch... —, que a sua brincadeira continua, e muito chocha.

— Que é que o senhor acha, príncipe? — prosseguiu Evguénii Pávlovitch, sem escutar, mas vigiando os olhos com que Míchkin, muito sério e interessado, o encarava. — Acha o senhor que é um caso individual, ou genérico? E devo confessar que foi por sua causa que pensei nisso.

— Não. Individual, não! — respondeu o príncipe, com gentileza, mas firmemente.

— Mas, palavra de honra, Liév Nikoláievitch! — exclamou o Príncipe Chtch..., desapontado. — Pois não vê o senhor que ele o quer apanhar em falso? Ele está troçando e quer brincar com o senhor!

— Pensei que Evguénii Pávlovitch estivesse falando sério — respondeu Míchkin, enrubescendo e abaixando os olhos.

— Meu caro príncipe — continuou o Príncipe Chtch... —, lembre-se do que conversamos uma vez, deve haver uns três meses. Disse-me o senhor que se podiam apontar notáveis e talentosos advogados em nossos tribunais recentemente criados! E que muitíssimos veredictos altamente magistrais tinham sido exarados! Quanto isso o alegrava e como eu estava satisfeito de ver esse prazer! Dizia-me o senhor que tínhamos de nos orgulhar do nosso Direito!... Logo, essa inepta defesa, esse estranho argumento é, naturalmente, uma casual exceção, uma entre mil certas.

O príncipe pensou um momento, e com um ar de perfeita convicção, apesar de se pôr a falar serenamente e até um pouco tímido, respondeu:

— Apenas quis significar que uma perversão de ideias e de concepções — conforme se expressou Evguénii Pávlovitch — com a qual nos defrontamos muitas vezes, é, infelizmente, muito mais a regra geral de que um caso excepcional. E tanto que, se esse não fosse um fenômeno tão geral, talvez não fosse possível haver tantos crimes como esse.

— Crimes impossíveis? Mas lhe afirmo que crimes como esse e talvez até ainda mais terríveis, existiram no passado e em todos os tempos, e não só entre nós senão por toda parte e, na minha opinião, ocorrerão muitas e muitas vezes durante muito tempo. A diferença está em que havia muito menos publicidade na Rússia, outrora, ao passo que agora se começou a falar e mesmo a escrever sobre tais casos a tal ponto que é como se esses criminosos fossem um fenômeno recente. Eis como advém o seu engano, engano extremamente ingênuo, príncipe, fique sabendo — disse o Príncipe Chtch... com um sorriso irônico.

— Não deixo de reconhecer que houvesse outrora muitíssimos crimes e bem terríveis. Estive ultimamente visitando prisões e consegui travar conhecimento com alguns criminosos convictos. Há mesmo criminosos muito maiores do que esse, homens que cometeram uma dúzia de assassinatos e que todavia nem sentem o menor remorso. Mas vou dizer o que observei: reparei que o mais feroz e impenitente assassino, apesar de tudo, sabe que é um "criminoso", isto é, considera em sua consciência que agiu mal, mesmo que não se arrependa. Verifiquei isso, em um por um. Ao passo que aqueles, de que Evguénii Pávlovitch estava falando, se recusam a se considerar criminosos, e acham que estão no seu direito — e que agiram certo; essa é a atitude deles. E eis em que consiste a diferença. E observe, são todos eles jovens, isto é, estão na idade em que se pode mais fácil e inexoravelmente tombar sob a influência de ideias pervertidas.

O Príncipe Chtch... parou de sorrir, e ficou escutando Míchkin com um ar espantado. Aleksándra, que ia dizer alguma coisa, mudou de ideia, como se um pensamento especial a tivesse detido. Evguénii Pávlovitch olhava para Míchkin com verdadeiro pasmo, sem vestígio de gracejo.

— Mas, meu bom senhor, diga lá por que o está olhando tão surpreso? — interveio Lizavéta Prokófievna, inesperadamente. — Por que cuidava que ele não fosse tão inteligente quanto o senhor e não pudesse raciocinar como o senhor pode?

— Nunca pensei nisso, absolutamente — disse Evguénii Pávlovitch. — Apenas, como é que, desculpe a pergunta, já que vê isso tão claramente, como é que o senhor, desculpe-me outra vez, não notou a mesma perversão de ideias e de convicções morais naquele estranho caso... o outro dia, lembra-se... o caso de Burdóvskii, lembra-se? É exatamente a mesma coisa. Parece-me que naquela ocasião não viu isso, absolutamente.

— Mas consinta que lhe diga, meu caro — interrompeu Lizavéta Prokófievna, esquentando-se —, que todos nós notamos. Aqui estamos sentados, julgando-nos superiores a ele. Pois ele recebeu uma carta de um desses daquela noite, do pior do bloco, o escrofuloso, lembras-te, Aleksándra? E na carta pede perdão, lógico que à sua maneira, naturalmente, e declara que rompeu com os companheiros que o instigaram naquela ocasião, lembras-te, Aleksándra? E que deposita total confiança no príncipe. Nós, porém, não tivemos carta, embora estivéssemos de nariz voltado para ele.

— E Ippolít acaba de se mudar para a nossa vila, também — contou Kólia.

— O quê? Já está lá? — perguntou o príncipe, afogueado.

— Chegou logo que o senhor saiu com Lizavéta Prokófievna. Eu o levei.

— Bem, pois eu aposto uma coisa — disse Lizavéta Prokófievna, inflamando-se repentinamente, esquecida já de que estivera elogiando o príncipe. — Aposto que este aqui foi vê-lo a noite passada na sua água-furtada e lhe pediu perdão de joelhos, a fim de que esse rancoroso espalha-brasas se pudesse mudar para a sua vila. Você não esteve lá, ontem? Você mesmo confessou. É ou não é verdade? E não se ajoelhou?

— Não fez nada disso — gritou Kólia. — Muito ao contrário. Foi Ippolít quem segurou a mão do príncipe ontem e a beijou duas vezes. Eu vi. Foi como a entrevista acabou, e mais, o príncipe lhe disse apenas que ele ficaria mais confortavelmente lá na vila, concordando ele em ir logo que se sentisse melhor.

— Kólia, não precisa você... — balbuciou o príncipe, levantando-se e pegando o chapéu. — Para que há de você falar nisso? Eu...

— Onde é que vai? — perguntou Lizavéta Prokófievna, interceptando-o.

— Não se amofine, príncipe — continuou Kólia, vivamente. — Se o senhor for lá agora o incomodará. Ele ficou dormindo, depois da viagem. Está satisfeito e — quer saber de uma coisa, príncipe? — acho até que será melhor o senhor não ir vê-lo hoje, senão ele torna a ficar desapontado. Ainda esta manhã me dizia que nunca se sentira tão forte e tão bem, nestes últimos meses, como agora. Já não tosse nem a metade do que tossia.

Notou o príncipe que Agláia deixara o seu lugar e se aproximava da mesa. Não teve coragem de olhá-la, mas sentiu em todo o seu ser que ela o estava olhando naquele instante e que, decerto, o estava olhando colericamente, que devia haver indignação em seus olhos negros e que o seu rosto devia estar vermelho.

— Mas eu acho que fez mal em o fazer vir para cá, Nikolái Ardaliónovitch, se é que se está referindo àquele rapaz tuberculoso que chorou e que nos convidou para o seu enterro — comentou Evguénii Pávlovitch. — Ele falava com tamanha eloquência da parede da casa fronteira à sua, que certamente morrerá de saudades dessa parede; fique certo disso.

— Tal e qual. E brigará e romperá com o senhor e irá embora outra vez; esse é que vai ser o fim. — E Lizavéta Prokófievna puxou para perto de si a cesta de costuras, com um ar de dignidade, esquecendo-se de que todo o mundo se estava preparando para ir dar um passeio.

— Lembro-me de quanto ele alardeou sobre a tal parede — recomeçou Evguénii Pávlovitch. — E sem aquela parede ele não conseguirá morrer eloquentemente! E o diabo é que está ansioso por uma cena de morte com bastante retórica.

— Como? — perguntou o príncipe, que prosseguiu: — Se o senhor não o perdoar, há de ele então morrer sem o seu perdão... Pois olhe, ele veio para cá por causa das árvores.

— Oh! Quanto a mim, perdoo-lhe tudo por tudo. Pode até lhe dizer isso.

— Não é bem essa a maneira — respondeu o príncipe, mansamente, e como que com relutância, com os olhos fixos em um ponto do assoalho, sem os levantar. — O senhor devia estar preparado para receber o perdão dele também.

— Não vejo por quê! Que lhe fiz eu de mal?

— Se o senhor não compreende, então... Mas o senhor compreende; ele desejava abençoar todos e que todos o abençoassem. E era só.

— Caro príncipe — apressou-se a se interpor o Príncipe Chtch... com certa apreensão, e trocando olhares com alguns dos demais —, não é fácil atingir o paraíso aqui na terra — mas o senhor teima em contar encontrá-lo. O paraíso é um negócio difícil, príncipe, muito mais difícil do que parece ao seu bom coração. O melhor é pormos o assunto de lado, senão acabaremos nos sentindo atrapalhados também, e então...

— Vamos ouvir música! — aconselhou Lizavéta Prokófievna com entusiasmo, levantando-se do seu lugar espetacularmente. Saiu; e todos seguiram o seu exemplo.

2

De repente Míchkin se aproximou de Evguénii Pávlovitch.

— Evguénii Pávlovitch — disse ele, com estranha vivacidade, apertando-lhe a mão —, creia que eu o considero como o melhor e o mais honrado dos homens, apesar de tudo. Pode ficar certo disso!...

Evguénii Pávlovitch recuou um passo, surpreendido. Teve de lutar, um momento, com uma irresistível vontade de rir. Mas, reparando melhor, notou que o príncipe parecia outro, ou, no mínimo, estava em um estado de espírito todo especial.

— Não tenciono apostar, príncipe — disse ele —, que o senhor não quisesse dizer o que disse e tampouco deixar de falar comigo, absolutamente. Mas de que é que se trata? Não está se dando bem, aqui?

— Talvez, talvez. E o senhor foi muito hábil em perceber que talvez não fosse ao senhor que eu quisesse dirigir-me. — Disse isso com um sorriso estranho e até mesmo absurdo; mas logo, como que repentinamente excitado, ajuntou:

— Não queira relembrar-me a minha conduta de há três dias atrás. Só eu sei quanto vivi envergonhado estes três últimos dias... Sei que fui culpado!...

— Mas que foi que o senhor fez assim de tão terrível?

— Vejo que está mais sentido comigo do que qualquer outra pessoa, Evguénii Pávlovitch. Está até corando; isso é sinal de bom coração. Vou-me embora, dentro em breve, pode ficar certo disso.

— Que foi que lhe aconteceu? Porventura irá ter um ataque? — perguntou Lizavéta Prokófievna a Kólia, muito espantada.

— Não se assuste, Lizavéta Prokófievna. Não estou com um ataque. O que há é que estou resolvido a sumir. Eu sei que sou um desfavorecido da natureza. Estive doente durante 24 anos, desde o meu nascimento até completar 24 anos. Deve tomar tudo quanto eu digo agora como coisa de um homem doente. Vou-me embora, imediatamente, imediatamente. Pode ficar certa disso. Não me sinto envergonhado, não, pois seria estranho que eu estivesse envergonhado disso, não seria? Mas estou deslocado na sociedade... Falo, não por vaidade ferida!... Estive refletindo durante estes três dias e achei cá comigo que lhe devia explicar certas coisas sinceramente e de modo bem digno para com a senhora, na primeira oportunidade que eu tivesse. Há ideias, grandes ideias, sobre as quais eu não devo começar a falar, porque na certa faria todo o mundo rir. O Príncipe Chtch... ainda agora me avisou sobre tal coisa. Minha atitude não é conveniente. Não tenho nenhum senso de proporção. Minhas palavras são incoerentes, não se enquadrando no assunto; e isso é uma degradação para tais ideias. Portanto, não tenho nenhum direito!... Além disso, sou sensível morbidamente... Estou mais do que certo de que ninguém, aqui nesta casa, feriria meus sentimentos e que sou mais querido aqui do que mereço. Mas eu sei (e sei ao certo) que vinte anos de doença devem deixar traços, e que por conseguinte é impossível a qualquer pessoa deixar de rir de mim... às vezes... Não é assim, não é mesmo?

E ficou como que à espera de uma resposta, olhando à sua volta.

Todos se detiveram, em uma difícil perplexidade, ante essa explosão inesperada, mórbida e, em todo o caso, aparentemente sem causa. Mas essa explosão acabou por produzir um estranho episódio.

— Mas por que está dizendo isso aqui?! — exclamou Agláia, de repente. — Por que está dizendo isso a eles? A eles? A eles? — Parecia irritada até ápice de indignação. Seus olhos faiscavam. O príncipe ficou a olhá-la, mudo, atarantado, cada vez mais lívido.

— Não há aqui ninguém que mereça tais palavras — rompeu Agláia. — Não há aqui ninguém, ninguém que valha o seu dedo mínimo, nem o seu espírito, nem o seu coração! É mais honrado do que qualquer deles, mais nobre, melhor, mais bondoso, mais inteligente do que qualquer deles! Alguns nem mereceriam se abaixar para levantar o lenço que o senhor deixasse cair!... Por que humilhar-se, pôr-se abaixo deles? Por que há de falsear tudo que é seu? Por que é que não tem orgulho?

— Deus nos acuda! Quem esperaria uma coisa dessas? — gritou Lizavéta Prokófievna.

— Salve, "pobre cavaleiro"! — gritou Kólia, entusiasmado.

— Cale a boca!... Como ousam eles insultar-me em sua casa? — disse Agláia, correndo para perto de sua mãe e a ela se dirigindo, sem que ninguém esperasse. Estava agora naquele estado histérico em que não há mais diferenciação nem conveniência a respeitar. — Por que é que todos me torturam, todos, todos? Por que estiveram importunando-me estes três últimos dias, por sua causa, príncipe? Nada me induziria a casar-me com o senhor! Consinta que lhe diga que jamais o faria, sob consideração de espécie alguma. Mas compreenda bem! Então pode lá alguém casar-se com uma criatura como o senhor? Mire-se em um espelho, veja com o que se parece aí, parado! Por que me martirizam e não param de dizer que me hei de casar com o senhor? O senhor deve saber. O senhor está dentro do conluio, com eles, também!

— Mas nunca ninguém te martirizou a tal respeito! — murmurou Adelaída, assombrada.

E Aleksándra, por sua vez, disse:

— Mas nunca ninguém pensou em tal coisa! Nunca se disse uma palavra quanto a isso!

— Quem a andou atormentando? Quando foi atormentada? Quem podia ter dito tal coisa? Não estará ela delirando? — E a generala se dirigiu para a sala, trêmula de raiva.

— Todo o mundo anda falando, todo o mundo, nestes três últimos dias! Não quero me casar com ele, absolutamente, jamais! — E ao gritar assim, rompeu em pranto, e escondendo o rosto no lenço, caiu sobre uma cadeira.

— Mas nem ele próprio...

E inesperadamente o príncipe titubeou:

— Mas eu não vos pedi... Agláia Ivánovna!

—O... quê? — aparteou Lizavéta Prokófievna, indignada, toda espanto e horror. — Que é isso? — E não podia dar crédito aos seus ouvidos.

— Quero dizer que... quero dizer que... — gaguejou o príncipe. — Eu apenas quis explicar a Agláia Ivánovna... isto é, só quis ter a honra de aclarar bem que não tive a intenção... a honra de pedir a mão dela... em tempo algum. A culpa não é minha, a culpa não é minha, com efeito,

Agláia Ivánovna. Eu nunca desejei, nunca isso me entrou na cabeça. E nunca hei de querer, vós mesma vereis isso por vós. Podeis ficar certa. Alguma pessoa por vingança deve ter-me caluniado. Por que estais aborrecida? — E dizendo isso, se aproximou de Agláia.

Afastando o lenço com que cobria o rosto, Agláia olhou de esguelha para aquele rosto aparvalhado, entendeu bem a significação do que ele dizia e caiu repentinamente em um acesso de riso. Mas um riso tão alegre, tão irresistível, tão engraçado e tão gostoso que Adelaída não pôde conter-se, principalmente quando olhou também para o príncipe. Atirou-se para a irmã, abraçou-a e rompeu no mesmo riso de meninas de escola, um riso que era um prazer. Olhando-as, o príncipe também se pôs a rir, repetindo várias vezes, com uma expressão de júbilo e de felicidade:

— Isso! Assim! Muito bem! Muito bem! Deus seja louvado!

Aleksándra também se juntou a eles, rindo de todo o coração. Parecia que as três não parariam mais de tanto rir.

— Coisas mesmo de loucos! — sentenciou Lizavéta Prokófievna. — Primeiro assustam a gente, depois então...

Agora dera o Príncipe Chtch... em rir também, o mesmo fazendo Evguénii Pávlovitch. Kólia, esse então ria sem parar, o mesmo se dando com Míchkin, que olhava para todos eles.

— Vamos dar um passeio, vamos dar um passeio! — exclamou Adelaída. — Nós todas, e o príncipe vem conosco. Por que há de ir embora, excelente amigo? Ele não é formidável, Agláia? Não é, mamãe? Vou até lhe dar um beijo e abraçá-lo, por causa da explicação que deu ainda agora a Agláia. Mamãe, deixas-me dar um beijo nele? Agláia, deixas que eu dê um beijo no teu príncipe? — ia dizendo a estouvada moça. E imediatamente saltou para o príncipe e o beijou na testa.

Ele lhe agarrou as mãos, apertando-as com tanta força que ela quase gritou. Olhou-a com infinito contentamento e apressadamente lhe puxou a mão que três vezes beijou.

— Vamos! — chamava Agláia. — Príncipe, escolte-me! Deixa, mamãe, apesar de ele ter-me recusado? O senhor me recusou foi por bem, não é, príncipe? Mas não é assim que se oferece o braço a uma dama. Não sabe como é que se dá o braço a uma dama? Assim, sim. Vamos; nós é que abriremos o caminho. Não quer que nós dois sigamos na frente, *tête-à-tête*?

Não parava de falar, sempre rindo, espasmodicamente.

— Louvado Deus! Louvado Deus! — repetia Lizavéta Prokófievna, embora não soubesse com o que se estava alegrando tanto.

"Que gente extraordinariamente engraçada!" — pensava o Príncipe Chtch..., talvez pela centésima vez desde que os conhecia; mas gostava dessa gente engraçada. Quanto a Míchkin, não se sentia lá muito atraído por ele. E, ao saírem, o príncipe parecia meio sem jeito e, por certo, um tanto preocupado.

Quanto a Evguénii Pávlovitch, esse estava no mais franco bom humor. Em todo o caminho para a estação da estrada de ferro brincava com Adelaída e Aleksándra, que riam de suas graças com tão acentuada presteza que logo ele desconfiou que elas não estavam mais era ouvindo o que ele dizia. E ao pensar nisso rompeu de repente em uma risada franca, cujo motivo não houve meio de elas compreenderem. Esse modo divertido era característico do homem que ele era. Conquanto as duas irmãs continuassem de disposição hilariante, não deixavam de olhar para Agláia e Míchkin, que seguiam na frente. Era evidente que a conduta da irmã mais moça constituía um completo enigma. O Príncipe Chtch... tentava conversar sobre outros assuntos com Lizavéta Prokófievna, com a intenção, decerto, de lhe distrair o espírito, só conseguindo amolá-la terrivelmente. Ela parecia estar ofuscada, respondia ao acaso, e às vezes nem respondia. Mas esse não seria o fim dos enigmas de Agláia, aquela noite. O último coube como quinhão ao príncipe, sozinho. Quando se haviam distanciado cerca de uns cem passos da casa, Agláia disse, quase ciciando, de tão baixo, ao seu obstinadamente mudo cavalheiro:

— Olhe ali, à direita.

O príncipe olhou.

— Mas olhe com mais atenção. Está vendo, ali no parque, aquele banco lá onde estão aquelas três grandes árvores?... Um banco verde?

Míchkin respondeu que estava vendo.

— Gosta do lugar? Muitas vezes vou me sentar lá, sozinha, às sete horas da manhã, quando todo o mundo está dormindo.

O príncipe sussurrou que o local era encantador.

— E agora pode deixar-me. Não quero mais continuar andando de braço dado. Ou melhor, pode continuar de braço comigo, mas não me dirija a palavra, uma só vez que seja. Quero ir pensando só.

Tal aviso era desnecessário, porém. O príncipe não teria proferido, em caso algum, uma só palavra, pois o seu coração começara a palpitar violentamente desde que ela lhe mostrara o banco lá no parque. Depois de um minuto de atarantamento, enxotou, com vergonha, certa ideia inconcebível.

É um fato mais do que sabido por todos que o público que se ajunta em volta do coreto de música de Pávlovsk é mais "seleto" nos dias de semana do que nos domingos e feriados ou dias santos, em que "toda espécie de gente" acorre para lá, vinda da cidade. E a moda é juntarem-se perto do coreto de música no Vauxhall. A orquestra é a melhor das nossas bandas de parques e quase sempre toca peças novas. Há muito decoro e decência de comportamento nos jardins, embora haja um ar de simplicidade e de convívio. Esses veranistas reúnem-se ali com o fim de encontrar conhecidos. Muitos o fazem com real prazer e frequentam os jardins só com esse fim. Outros há que vão apenas por causa da música. Cenas desagradáveis são ali muito raras, embora possam ocorrer ocasionalmente, até mesmo em dias de semana. O que, aliás, é inevitável.

Estava uma noite propícia e havia muita gente no jardim. Todos os lugares perto da orquestra estavam tomados. O nosso grupo sentou-se nas cadeiras um pouco mais ao lado, perto da saída, à esquerda do edifício. Todo aquele povo e mais a música reavivavam um pouco Lizavéta Prokófievna e divertiam as moças. Já tinham trocado olhares com alguns veranistas e acenado afavelmente para vários conhecidos, examinado vestidos, notado os que lhes pareciam excêntricos, discutindo-os com sorrisos sarcásticos. Evguénii Pávlovitch também, a cada instante, se curvava, saudando pessoas de suas relações. Agláia e Míchkin, sempre juntos, já estavam começando a atrair atenções. E logo vários rapazes vieram ter com as moças e a generala, uns dois ou três ficando a conversar com elas. Eram amigos de Evguénii Pávlovitch. Entre eles estava um belo e jovem oficial, de muito bom humor e que conversava muito. Apressou-se em se dirigir a Agláia e fazia o possível para despertar a atenção dela. Ela se portou muito graciosamente, e com desembaraço, perante ele. Evguénii Pávlovitch pediu licença ao príncipe para apresentar-lhe esse seu amigo. Míchkin a custo compreendeu o que queriam dele, mas a apresentação foi feita, tendo ambos se inclinado e apertado as mãos. O amigo de Evguénii Pávlovitch fez logo uma pergunta ao príncipe, que, ou não respondeu, ou gaguejou qualquer coisa de modo tão estranho que o oficial ficou olhando para ele um pouco, depois para Evguénii Pávlovitch, de soslaio, compreendendo logo por que fora feita a apresentação; sorriu, altivamente, e se voltou de novo para Agláia. O único a notar que Agláia havia enrubescido foi Evguénii Pávlovitch.

O príncipe nem sequer observou que outras pessoas estavam conversando e prestando atenção em Agláia. Achava-se talvez inconsciente ou, pelo menos, durante momentos e momentos esteve ali como se não estivesse sentado ao lado dela. Agora, por exemplo, aspirava estar muito longe, poder desaparecer dali completamente. É indubitável que se sentiria bem melhor em um lugar ermo e triste onde pudesse ficar sozinho com os seus pensamentos, sem que ninguém soubesse do seu paradeiro. Ou, no mínimo, estar em casa, na varanda, sem mais ninguém, acolá, sem Liébediev nem os filhos dele; estirado no sofá, com a cabeça enterrada no travesseiro e assim permanecer um dia, uma noite e mais outro dia. Pensava e sonhava com as montanhas e, de modo muito particular, com um lugar em que sempre gostava de pensar, um lugar onde sempre gostara de ir e de onde costumava contemplar a aldeia lá embaixo; a cascata brilhando como um filete branco, a cair; as nuvens brancas, e aquele castelo em ruínas. Oh, que saudades! Por que não estava agora lá, sem pensar em nada? Oh! A não pensar em coisa alguma, pelo resto da vida! E então mil anos não seriam demasiado longos! E ser completamente esquecido aqui! Oh! Sim, completamente! Teria sido bem melhor, com efeito, que o não tivessem conhecido, e que tudo não passasse de um sonho. Pois não dava justamente no mesmo, sonho ou realidade? De vez em quando olhava para Agláia, e por cinco minutos não retirou o olhar do seu rosto. Mas era um olhar estranho. Parecia olhar não para ela e sim para um objeto a quilômetros de distância, ou para um retrato.

— Por que é que está me olhando assim, príncipe? — perguntou ela, de repente, interrompendo a palestra e a risada com o grupo que a rodeava. — Estou com medo; chego a sentir que quereria me tocar o rosto com os dedos, para senti-lo bem. O modo de ele olhar não lembra isso, Evguénii Pávlovitch?

O príncipe pareceu surpreso de que lhe estivessem falando; fez assim um ar de ponderação; decerto não compreendeu absolutamente nada, e por isso não respondeu. Notando, porém, que ela e os demais se puseram a rir, entreabriu a boca e riu também. A risada aumentou.

O oficial, que devia estar de ânimo jovial, esse então não parava de rir. E imediatamente Agláia balbuciou, colericamente, lá consigo mesma: "Imbecil".

— Ó Céus! Seguramente ela não deve... Um homem assim!... Pois não estará ela completamente louca? — pronunciou a mãe, raciocinando.

— É brincadeira dela. O mesmo que aquela história de "pobre cavaleiro"! Não passa de brincadeira — ciciou, no ouvido materno, Aleksándra, com decisão. — Está fazendo o príncipe de bobo, outra vez, aliás como sempre. Mas agora está se excedendo. Devemos pôr um ponto nisso, mamãe. Ela teima, como uma atriz, e nos está espantando por pura maldade...

A mãe respondeu, baixinho:

— Ainda bem que se atira a um idiota como ele. — A advertência da filha a aliviou um pouco.

Não obstante, o príncipe ouviu que o chamavam de idiota. Sobressaltou-se; não, porém, por estar sendo chamado de idiota, qualificativo que imediatamente esqueceu. É que, entre a multidão, não longe do lugar onde estava sentado (não saberia apontar para o local exato), surpreendeu, em um relance, um rosto, um rosto lívido, com cabelos negros e crespos, com um sorriso e uma expressão já bem conhecidos, muito conhecidos. Foi apenas um relance, pois aquele rosto logo sumiu. Muito provavelmente se tratava de mera imaginação sua. Tudo quanto lhe ficou foi o vislumbre de um sorriso disforme, de uns olhos, de em uma gravata verde, espalhafatosa. Mas se o vulto desaparecera por entre o povo, ou se se esgueirara para dentro do edifício, não poderia garantir.

Um minuto depois, recomeçou o príncipe a olhar vivamente em redor, muito preocupado. Essa primeira aparição devia ser precursora de uma segunda. E certamente era. Poderia ele ter esquecido a possibilidade de um encontro, ao entrar no jardim? Verdade é que o fizera automaticamente, sem a menor noção do que estava praticando, tal o seu estado de espírito.

Se a sua capacidade de observação fosse maior, teria reparado que já havia um bom quarto de hora Agláia também estava olhando em torno, um tanto inquieta, como à procura de alguém. E, à medida que a preocupação de Míchkin se tornava mais evidente, a de Agláia aumentava. Tanto que, mal movia os olhos para qualquer ponto, ela o imitava. A explicação disso se seguiu quase imediatamente.

Um grupo de pessoas, umas dez, inesperadamente apareceu do lado da entrada perto da qual o príncipe e os Epantchín se haviam sentado. Vinham à frente do grupo três mulheres, duas das quais de uma aparência notoriamente esplêndida; não era, portanto, de admirar que estivessem seguidas de tantos admiradores. Mas havia algo de especial tanto nas mulheres como nos homens que vinham com elas, algo bem diverso das pessoas que estavam reunidas ali para ouvir música. E imediatamente chamaram a atenção de todos os presentes, que olharam, por lhes ter parecido não ser gente até então vista por ali; somente alguns dos rapazes sorriram, trocando palavras baixas, no ouvido uns dos outros. De mais a mais, era impossível não reparar nessa gente, pois se apresentava de modo sensacional, falando alto e rindo. Podia-se até pensar que alguns dentre o grupo estivessem embriagados, embora se tratasse de gente muito bem-vestida e distinta. O que não quer dizer que entre eles não houvesse pessoas extravagantes, quer pelas roupas, quer pelas caras demasiado vermelhas. Havia até alguns oficiais e não muito jovens. Estavam eles muito bem trajados com roupas bem cortadas e confortáveis, com anéis, abotoaduras, esplêndidas cabeleiras pretas, belos bigodes, com uma dignidade toda jactanciosa nas faces, gente que decerto era evitada na sociedade como praga. Entre os nossos lugares suburbanos de reunião há vários, naturalmente, que são tidos, e fundamentadamente, como de excepcional respeitabilidade, gozando, por isso, de uma boa reputação. Mas mesmo a pessoa mais precavida pode ser apanhada por uma telha que tomba do telhado do vizinho. Uma telha dessas estava para se despenhar sobre o público escolhido que ali se reunira para escutar a banda.

No caminho que vai do edifício ao coreto havia três degraus. E o grupo estava parado justamente no alto desses três degraus; hesitavam em descer, mas uma das mulheres deu um passo à frente; e só duas pessoas do seu acompanhamento a imitaram. Uma era um homem de meia-idade e de aparência um pouco modesta. Tinha o ar de um cavalheiro apesar do seu feitio decaído de indivíduo que ninguém conhece e que não conhece ninguém. A outra era um sujeito de ar duvidoso, de cotovelos coçados. Mais ninguém seguiu a dama excêntrica. Ao descer os degraus, não olhou para trás, dando a entender que pouco se importava em ser ou não seguida. Ria e falava alto, como antes. Estava ricamente vestida, com excelente gosto, mas um tanto esplendidamente demais. Virou-se para o outro lado do coreto, onde uma carruagem particular esperava alguém.

Havia três meses que o príncipe não a via. Desde que chegara a Petersburgo estava tencionando ir vê-la; mas, talvez, um secreto pressentimento o tolhesse. Não podia, ainda assim, avaliar que impressão lhe causaria o seu encontro, embora, muitas vezes, tivesse tentado imaginar, com pavor. Mas uma coisa era mais que clara: que tal encontro lhe seria penoso. Diversas vezes, durante os últimos seis meses, se havia recordado da primeira impressão que aquele rosto lhe causara quando o vira apenas em fotografia. Mas, mesmo a impressão causada pela fotografia era, lembrava-se muito bem, angustiante. Aquele mês na província, em que a via quase quotidianamente, exercera um pavoroso efeito sobre ele, tamanho que, muitas vezes, tentara afastar de si toda essa reminiscência. Havia no rosto daquela mulher alguma coisa que sempre o torturava. Em conversa com Rogójin, tinha considerado essa sensação como infinita piedade para com ela, e isso era a verdade. Aquele rosto, mesmo em retrato, só fizera nascer no seu íntimo um verdadeiro martírio de piedade: o sentimento de compaixão e até mesmo de sofrimento para com aquela mulher nunca abandonara o seu coração, nem abandonaria. Oh! Não, esse sentimento era maior do que nunca! Mas o que falara a Rogójin não o satisfizera; e somente agora, ante o súbito aparecimento dela, compreendeu o príncipe, decerto por sua imediata intuição, o que tinha faltado em suas palavras. E as palavras que faltavam só expressariam horror — sim, horror! Agora, bem nesse momento, tinha sentido isso, plenamente. Estava certo, estava plenamente convencido; e ele sabia as razões por que aquela mulher era louca. Se, amando uma mulher mais do que a tudo no mundo, ou antevendo a possibilidade de vir a amá-la assim, alguém, inesperadamente, desse com tal mulher acorrentada, atrás de grades e debaixo do açoite do vigia da prisão, esse alguém sentiria o que o príncipe sentiu naquele momento.

— Que é que o príncipe tem? — disse-lhe baixo Agláia, prontamente, olhando-o e ingenuamente lhe segurando o braço. Ele virou a cabeça, olhou para ela, mirou bem dentro daqueles olhos negros que brilhavam nesse instante com uma luz que para ele era mistério; tentou sorrir mas, imediatamente, como a esquecendo logo, voltou os olhos para a direita e recomeçou a procurar a espantosa aparição.

Nesse momento Nastássia Filíppovna passava perto das cadeiras das jovens. Evguénii Pávlovitch continuava a falar sobre qualquer coisa com Aleksándra, e devia ser coisa interessante e divertida. Falava apressadamente, com ímpeto. O príncipe lembrou-se (depois) que Agláia sussurrara estas palavras: "Mas que...", início de uma frase vaga e incompleta, logo se tendo contido e ficado calada; mas isso bastou.

Nastássia Filíppovna, que ia passando, sem reparar em ninguém, subitamente se virou para eles e pareceu observar apenas a presença de Evguénii Pávlovitch.

— Olá! Então, estás aqui? — exclamou, inopinadamente, parando. — Se mandassem um mensageiro procurar-te, como haveria o homem de te achar, se estás aqui onde ninguém poderia supor?!... Pensei que estivesses em casa de teu tio.

Evguénii Pávlovitch, rubro, encarou, furioso, Nastássia Filíppovna, logo, porém, se virando para o outro lado.

— Como? Então não sabes? Calculem só, ele ainda não sabe! Pois o homem se matou! Com um tiro! O teu tio se suicidou esta madrugada. Contaram-me isso às duas da madrugada! E metade da cidade já sabe. Lá se foram trezentos e cinquenta mil rublos do Estado; é o que dizem. Mas há quem garanta que fossem quinhentos mil. E eu que sempre contava que ele te deixasse uma fortuna. Jogou tudo fora! Que velho dissipado! Bem, adeus, *bonne chance*![37] Então, deveras, não vais até lá? Soubeste introduzir os teus papéis mesmo na hora, hein? Que camarada manhoso! Bobagem. Tu sabias, se sabias! Provavelmente ontem já sabias!

Posto que em sua insolente atitude persistisse uma proclamação pública de um conhecimento e de uma intimidade que não existiam, ainda assim devia haver, para isso, um motivo, sem dúvida nenhuma. Evguénii Pávlovitch pensou logo em escapar sem dar na vista dessa que o assaltava. Mas as palavras de Nastássia Filíppovna caíram sobre ele como um raio. Ao ouvir falar na morte do tio ficou branco como uma folha de papel e se virou para sua informante. Nisso Lizavéta Prokófievna precipitadamente se ergueu da sua cadeira, fazendo todos os outros se levantarem, e logo foram embora. Apenas o príncipe permaneceu por um momento em indecisão, e Evguénii Pávlovitch continuava em pé, sem poder dar conta de si. Não estavam os Epantchín nem a vinte passos de distância, quando se seguiu um incidente escandaloso e ultrajante.

---

[37] Do francês: Boa sorte. (N. E.)

O oficial, que era um grande amigo de Evguénii Pávlovitch e que estivera conversando com Agláia, ficou indignadíssimo.

— Para se tratar com uma mulher dessa ordem só mesmo um chicote! — exclamou ele quase gritando. (Evidentemente devera ter sido antigo confidente de Evguénii Pávlovitch.)

Instantaneamente Nastássia Filíppovna se voltou para ele. Os seus olhos fulguraram. Correu para o moço, que lhe era completamente estranho e que estava a uns dois passos dela, arrebatou-lhe da mão um fino chicote de montaria, desses trançados, e desandou a golpear na cara o seu insultador. Tudo isso aconteceu em um momento!... O oficial, fora de si, avançou para ela. O bando de acompanhantes de Nastássia Filíppovna já não estava mais junto dela. Aquele cavalheiro idoso, cheio de decoro, tratou de desaparecer totalmente. E o outro, o folgazão, ficou de lado, rindo a bom rir. Mais um minuto e a polícia apareceria e Nastássia Filíppovna seria posta fora dali, à força, caso uma inesperada ajuda não estivesse à mão.

O príncipe, que também estava parado a uns dois passos, conseguiu segurar o oficial pelos dois braços, por detrás. Desvencilhando os braços, o oficial lhe deu um violento empurrão no peito. Míchkin foi atirado a três passos, para trás, indo cair em uma cadeira. E nisto mais dois campeões avançaram para defender Nastássia Filíppovna. Defrontando o oficial atacante surgiu o boxeador, aquele autor do artigo já conhecido do leitor, e primitivamente membro da comitiva de Rogójin, o qual logo se foi apresentando, enfaticamente:

— O ex-tenente Keller! Já que o capitão quer brigar, aqui estou, às suas ordens, como substituto do sexo fraco. Tirei o meu curso de *boxing* inglês. Não empurre, capitão, veja lá! Lastimo-o, pelo mortal insulto que o capitão teve de receber, mas não posso permitir, de modo algum, que use os punhos contra uma mulher. E, de mais a mais, em público. Se, como homem de honra e como cavalheiro, o capitão prefere outro sistema, já sabe o que eu quero dizer, capitão!

Mas o capitão tinha caído em si e nem o escutou. Foi quando Rogójin apareceu no meio do povo e, segurando Nastássia Filíppovna pelo braço a carregou dali. Também Rogójin parecia terrivelmente abalado; estava branco e tremia. E ao retirar Nastássia Filíppovna, ainda teve tempo para rir bem na cara do oficial, com desprezo, dizendo-lhe, em seu vulgar triunfo: "Fiau! Apanhou! Está com as fuças escorrendo sangue! Fiau!".

Como que voltando a si e já sabendo a quem se dirigir, para tratar do caso, o oficial (embora cobrindo o rosto com um lenço) se virou para o príncipe que estava se levantando da cadeira onde tombara.

— O Príncipe Míchkin, cujo conhecimento tive a honra de travar ainda agora mesmo?

— Ela é louca! É uma insana! Dou-lhe minha palavra! — respondeu o príncipe, com voz abalada, gesticulando com as mãos trêmulas.

— Eu, naturalmente, não me posso exaltar de muitos conhecimentos a tal respeito. O que me compete é saber o nome do senhor.

Curvou-se e foi embora. A polícia compareceu, apressadamente, cinco minutos depois que a última pessoa interessada tinha desaparecido. Mas a cena não durara mais do que dois minutos. Muitos da assistência se tinham levantado e ido embora; outros apenas mudaram de lugar, escolhendo outro. Enquanto a alguns a cena distraíra, estavam outros ainda fazendo perguntas e conversando a respeito. O incidente acabou, de fato, da maneira de sempre. A banda recomeçou a tocar. O príncipe seguiu os Epantchín. Se lhe tivesse vindo o pensamento de olhar para o lado esquerdo, quando estava sentado na cadeira sobre a qual fora atirado, teria visto, então, a uns vinte passos, Agláia, que tinha ficado parada a presenciar a cena escandalosa, indiferente aos apelos da mãe e das irmãs. O Príncipe Chtch... precipitara-se até ela, persuadindo-a, finalmente, a ir embora. A mãe recordou, depois, que ela chegara onde eles estavam tão excitada que mal pudera com certeza tê-las ouvido quando a chamavam. Mas, dois minutos depois, quando regressavam por dentro do parque, Agláia explicou, com aquele seu tom descuidado e caprichoso:

— Eu só queria ver como ia acabar a farsa!

3

A cena no jardim impressionou mãe e filhas a ponto de horrorizá-las. Excitada e em pânico, Lizavéta Prokófievna só faltou correr, com as filhas, de volta para casa. Segundo o modo de ela pensar e discernir, o que tinha acontecido era tanto, e tanta coisa tinha sido trazida à luz pelo incidente, que certas ideias tomaram forma definitiva em seu cérebro, apesar de sua confusão e atarantamento.

Todo o mundo percebera que tinha acontecido qualquer coisa fora do comum e que, ocasionalmente também, um extraordinário segredo estava na iminência de vir a furo. Apesar de todas as anteriores explicações e afirmativas do Príncipe Chtch..., Evguénii Pávlovitch fora "desmascarado", posto à mostra, revelado "e publicamente descoberto em suas ligações com aquela criatura". Assim pensavam a mãe e as duas filhas mais velhas. O único efeito dessa conclusão era que o mistério assim se ia intensificando mais. E embora as moças estivessem secretamente indignadas, até certo ponto, com a mãe, ante o seu extremo alarma e sua tão precipitada corrida, ainda assim não se aventuraram a aborrecê-la com perguntas durante o primeiro embate com o tumulto. No entanto algo as fez supor que sua irmã Agláia sabia mais do caso do que a própria mãe e todas elas juntas. O Príncipe Chtch... também se viu nas trevas; também ele mergulhou em seus pensamentos. De volta para casa, Lizavéta Prokófievna não trocou uma palavra com ele nem deu um sinal de o querer fazer isso. Adelaída fez uma tentativa de interrogação: "Que tio é esse, de que se falou agora mesmo? E que foi que houve em Petersburgo?". Ele apenas murmurou qualquer coisa, com uma cara muito desenxabida, a propósito de colher informações e de tudo ser invencionice.

— Sem dúvida — concordou Adelaída, e não perguntou mais nada.

Agláia tornou-se excepcionalmente quieta, só tendo feito a observação no caminho, que eles estavam andando depressa demais. Uma vez se virou, procurando o príncipe com a vista, tendo-o descoberto quando este vinha apressadamente para eles. Sorriu ironicamente dos esforços que ele fazia para alcançá-las e não se virou mais.

Por fim, quando já estavam quase chegando à vila, viram Iván Fiódorovitch, que chegava de Petersburgo e que lhes veio ao encontro. Suas primeiras palavras foram perguntar por Evguénii Pávlovitch. Mas a mulher se afastou dele, colericamente, sem responder e sem sequer o olhar. Pelo rosto das filhas e do Príncipe Chtch... adivinhou logo que uma tempestade estava se juntando. Mas, fora disso, já havia uma expressão diferente da costumeira em suas faces. Tomou o braço do Príncipe Chtch..., parou com ele, à entrada, e trocaram umas poucas palavras quase em sussurro. Pelo ar inquieto com que ambos depois entraram para a varanda e subiram para os cômodos de Lizavéta Prokófievna, se podia deduzir que ambos estavam a par de certas extraordinárias notícias. Uma por uma, se foram todas juntando lá em cima, nas peças de Lizavéta Prokófievna, não ficando, afinal, ninguém na varanda, a não ser o príncipe. Embora não tivesse nenhum motivo justificado para ficar ali, ele se sentou a um canto, à espera de qualquer coisa. Não lhe ocorreu sequer, já que elas estavam tão transtornadas, ser melhor ir embora. Parecia completamente esquecido do universo inteiro e poderia continuar a ficar ali, sentado, ainda uns dois anos, se isso fosse possível. De quando em quando chegavam até ele vozes de exaltada conversa. Ser-lhe-ia impossível, depois, dizer quanto tempo estivera ali, sentado. E já se ia tornando tarde e completamente escuro quando, inopinadamente, Agláia apareceu na varanda. Aparentava calma, embora estivesse um tanto pálida. Ao ver o príncipe, com quem não contava, não tendo sequer desconfiado que estaria sentado ali a um canto, sorriu, admirada.

— Que é que está fazendo aí?

O príncipe, muito confuso, murmurou qualquer coisa e logo se levantou. Mas Agláia sentou-se ao lado dele, o que o fez sentar-se de novo. Então ela o examinou bem, depois olhou vagamente para a janela e outra vez para ele.

Míchkin pensava: "Decerto ela quer rir de mim. Não; teria então rido antes, naquela ocasião".

— Quem sabe se quer um pouco de chá? Vou mandar vir — disse ela, depois daquele seu silêncio.

— N... ão. Acho que não.

— Como é isso? Acha que não? Oh! Aproveite e ouça. Se alguém o desafiar para um duelo, que fará? Quis perguntar-lhe isso antes.

— Ora... Quem?... Ninguém me desafiará para um duelo.

— Mas se desafiassem? Ficaria muito assustado?

— Acho que ficaria muito... muitíssimo amedrontado.

— Que é que está dizendo? Então é um covarde?

— N... ão. Acho que não. Um covarde é quem tem medo e foge. Mas se alguém tem medo, mas não foge, não é um covarde — disse o príncipe, sorrindo, depois de pensar um momento.

— E não fugiria?

— Acho que não fugiria — e começou, depois, a rir das perguntas de Agláia.

— Apesar de eu ser mulher, nada me faria fugir — observou ela, quase ofendida. — Mas está rindo e pretendendo, como aliás faz sempre, tornar-se mais interessante. Diga-me, é verdade que atiram a doze passos de distância, não é, e às vezes só a dez, ficando feridos ou morrendo, não é?

— Nem sempre se morre em duelo, acho eu.

— Nem sempre? Púchkin foi morto.

— Pode ter sido acidentalmente.

— Não foi acidentalmente, não. Era um duelo de morte e ele foi morto.

— A bala feriu-o tão baixo que sem dúvida Danthès, o seu rival, alvejou mais alto, para a cabeça ou para o peito. Ninguém alveja assim, portanto é mais provável que a bala prostrasse Púchkin por acidente. Gente entendida me contou assim.

— Mas um soldado, com quem falei uma vez, disse que eles eram obrigados pelo regulamento a disparar "do meio para cima"; a frase dele foi "do meio para cima". Perguntei, depois, a um oficial, que me respondeu que era perfeitamente certo.

— Isso é provavelmente porque atiram de longe.

— Sabe atirar?

— Nunca atirei.

— Não sabe, ao menos, carregar uma pistola?

— Não. Isto é, sei como isso é feito, mas nunca fiz.

— É o mesmo que dizer que não sabe, pois é preciso prática. Ouça e guarde: primeiro tem de comprar um pouco de pólvora, não úmida, mas bem seca (dizem que úmida não serve); uma pólvora bem fina; peça para lhe darem dessa e não da que é usada nos canhões. Quanto às balas as pessoas mesmas as fazem. Tem pistolas?

— Não, nem quero — riu o príncipe.

— Mas que bobagem! Deve comprar uma, francesa, ou inglesa. Consta-me que são as melhores. Pegue, então, um dedal cheio de pólvora, ou mesmo dois, e vá derramando lá dentro. Será melhor encher. Calque com feltro (dizem que é preciso que seja com feltro, não sei por quê); pode consegui-lo nos colchões, ou nas portas — usam feltro para tapar as frestas. Depois, quando tiver socado bem o feltro, meta a bala, está ouvindo? A bala depois, a pólvora primeiro, do contrário nada de tiro. Por que é que está rindo? Quero que se exercite, no tiro, todos os dias, e aprenda a acertar em um alvo. Não quer?

O príncipe ria. Agláia bateu com o pé, zangada. O ar sério que ela tomou durante essa conversa o surpreendeu um pouco. Achou preferível procurar outro assunto, perguntar por qualquer coisa. Algo que fosse mais sério, em todo o caso, do que carregar uma pistola. Mas tudo desertou da sua cabeça, exceto que ela ali estava, sentada ao seu lado, e que a podia estar olhando e lhe era indiferente, nessa ocasião, que ela falasse sobre o que quer que fosse.

Iván Fiódorovitch, em pessoa, desceu as escadas, acabando por aparecer na varanda. E ia sair, com uma cara carrancuda, atormentada e resoluta.

— Ah! É Liév Nikoláievitch, é você? Para onde se dirige você, agora? — perguntou, apesar de Míchkin estar sentado sem se mexer. — Venha, tenho uma palavra a dar-lhe.

— Adeus — disse Agláia, estendendo a mão para o príncipe. Já agora estava um tanto escuro na varanda. Ele não pôde distinguir bem o rosto dela. E um minuto depois, ao deixar a vila com o general, enrubesceu demasiado, e apertava a mão, fechando-a firmemente.

Aconteceu que Iván Fiódorovitch tinha de tomar o mesmo rumo. Apesar do adiantado da hora ele estava apressando-se para discutir alguma coisa com alguém. Mas, enquanto isso, a caminho, começou a falar com o príncipe de modo excitado e rápido e como que sem nexo, frequentemente se referindo a Lizavéta Prokófievna. Se Míchkin fosse mais arguto teria, nesse momento, adivinhado que o general queria saber algo por ele, ou melhor, queria perguntar-lhe uma coisa determinada, não conseguindo, porém, enveredar para esse ponto. O príncipe sentia-se tão confuso que no começo não escutou absolutamente nada, e quando o general parou, na frente dele, com uma pergunta vivaz, teve de confessar, muito envergonhado, que não tinha entendido uma só palavra.

O general encolheu os ombros.

— Mas que raio de gente extravagante que vocês todos são! — recomeçou ele. — Estou dizendo-lhe que não há meios de eu entender os motivos de alarma de Lizavéta Prokófievna. Ela está lá, como uma histérica, a chorar e a declarar que nós fomos envergonhados, que estamos desgraçados. Quem? Como? Por quem? Confesso que sou culpado. (Reconheço isso.) Sou culpado e muitíssimo, mas as perseguições dessa mulher impertinente (que aliás se está conduzindo mal neste ajuste) podem ser contidas pela polícia, na pior das hipóteses, e pretendo avistar-me com alguém nesse sentido e dar uns passos. Tudo pode ser feito com calma, decentemente, bondosamente até, da maneira mais amistosa, sem sopro de escândalo. Creio que muitas coisas possam acontecer no futuro, e que ainda há algo que não ficou nem está sendo explicado; em tudo isso há uma intriga. Mas, já que há confusão agora, mistério haverá sempre. Se eu não ouvi nada, e o senhor não ouviu nada, e ela não ouviu nada, e ele tampouco nada ouviu, então quem ouviu? Aprazer-me-ia perguntar. Como explicar isso, senão que é menos do que miragem, irreal, algo como o luar ou como qualquer alucinação!?

— Ela está louca — murmurou o príncipe, recordando, com angústia, a recente cena.

— Tal e qual o que eu digo, se é que você se está referindo à mesma pessoa. Tal ideia ocorreu a mim também e dormi em beatífica paz. Mas agora vejo que a opinião deles é que é a mais correta, e não acredito que seja loucura. Ela é uma mulher espinoteada, estou certo, mas também é artificiosa e está longe de ser maluca. A sua veneta hoje, a respeito de Kapitón Aleksiéitch, mostra isso demasiado claramente. Trata-se de um caso de fraude, ou, no mínimo, um caso jesuítico de conveniência dela.

— Qual Kapitón Aleksiéitch?

— Mas, por misericórdia, Liév Nikoláievitch, você não está ouvindo! Foi no começo que eu falei sobre Kapitón Aleksiéitch. Fiquei tão confuso que ainda estou com os nervos estragados. Foi o que me reteve até tarde, na cidade, hoje. Kapitón Aleksiéitch Radómskii, o tio de Evguénii Pávlovitch...

— Ah! — exclamou o príncipe.

— Disparou um tiro em si mesmo, ao raiar do dia, hoje, às sete horas. Um velho altamente conceituado, de 70 anos, um epicurista. É verdade o que ela disse, também: uma enorme soma de dinheiros públicos posta fora.

— Mas onde pôde ela...

— Ouvir isso? Ah! Ah! Ora essa, ela dispõe de todo um regimento à sua volta, desde que chegou aqui. Você sabe que classe de gente deu para visitá-la agora e que busca "a honra de se dar com ela". Deve naturalmente ter ouvido isso esta manhã de alguém que chegou da cidade; pois meia Petersburgo já está a par disso, agora, bem como meia Pávlovsk, ou toda, talvez. Mas que observação mentirosa a que ela fez sobre o uniforme, segundo me repetiram, dizendo que Evguénii Pávlovitch introduzira os seus papéis no tempo exato! Que insinuação demoníaca! Não, isto não sabe a loucura. Recuso-me a acreditar, é lógico, que Evguénii Pávlovitch pudesse prever a catástrofe de antemão, isto é, adivinhar que às sete horas da manhã de um determinado dia, etc., etc... O que se podia ter dado é ter ele tido um pressentimento. E eu, e todos nós, e o Príncipe Chtch... contávamos que o tio lhe deixasse uma fortuna. É terrível! Terrível! Mas, compreenda-me, não faço carga sobre Evguénii Pávlovitch seja no que for, e apresso-me em tornar isso bem claro, mas ainda assim tudo isso é muito suspeitoso, devo confessar. O Príncipe Chtch... está tremendamente impressionado. O caso rebentou tão estranhamente!

— Mas em que faz isso desconfiar-se da conduta de Evguénii Pávlovitch?

— Em nada. Ele se comportou muito honradamente. Eu não insinuei nada a tal propósito. Nas suas propriedades, creio eu, ninguém lhe toca. Lizavéta Prokófievna, naturalmente, não quis ouvir nada. Mas, o que é pior, todo esse rebuliço de família, ou antes, esse disse que disse, fica-se sem saber como chamá-lo... Você é um amigo da família, em um sentido bem exato, Liév Nikoláievitch, e acredite-me, agora vim a saber que Evguénii Pávlovitch, embora não tenha a certeza, há cerca de um mês, propôs casamento a Agláia, e ela se recusou a ser noiva dele.

— Não é possível! — exclamou o príncipe com veemência.

— Ora essa. Você sabe alguma coisa a respeito? Você está vendo, meu caro! — exclamou o general, sobressaltado e surpreso, parando como que petrificado — devo ter-lhe falado mais do que devia. E isso porque você... porque você... é um camarada tão excepcional. Talvez você saiba alguma coisa?

— Quanto a Evguénii Pávlovitch não sei nada — balbuciou o príncipe.

— Nem eu, tampouco. Quanto a mim, meu rapaz, eles certamente desejam ver-me morto e enterrado e não se dão conta de quanto isso é pungente para um homem e que não suportarei tal. Presenciei agora mesmo uma cena terrível! Estou falando como se você fosse meu filho. O pior de tudo é que Agláia parece zombar da mãe. As irmãs contaram à mãe, como mero palpite, e aliás acertado, que ela disse "não" a Evguénii Pávlovitch e que teve uma explicação um tanto formal com ele. Mas que ela é uma criatura voluntariosa e caprichosa é, não há palavras que a qualifiquem. Generosidade e todas as demais qualidades brilhantes de espírito e de coração, ela possui, mas é caprichosa, escarnecedora, deveras um pequeno demônio, e cheia de fantasias, ainda por cima. Riu na cara da mãe, ainda agora, e riu das irmãs e riu também do Príncipe Chtch... Eu, nem conto, naturalmente, pois outra coisa ela não me tem feito senão rir de mim. Todavia, é claro, eu a amo. Eu a amo mesmo rindo de mim, e acredito que ela, esse pequeno demônio, me ama também, especialmente por causa disso, isto é, mais do que a qualquer outra pessoa, creio eu. Aposto o que quiser como também faz você de truão. Pois não é que a fui encontrar agora mesmo, conversando com você, logo depois da tempestade lá em cima? Dei com ela sentada ao seu lado, como se nada tivesse acontecido.

O príncipe ficou vermelho e fechou mais a mão direita; mas não disse nada.

— Meu bom e caro Liév Nikoláievitch — recomeçou o general com brio e sentimento —, eu... e Lizavéta Prokófievna (muito embora ela esteja abusando de você e de mim também, por sua causa, sem que eu compreenda por quê), nós o amamos muito, nós amamos você muito e o respeitamos, a despeito de tudo, quero dizer, a despeito de todas as aparências. Mas você mesmo há de concordar comigo que é irritante e que acabrunha ouvir e ver aquele demoniozinho de sangue-frio inesperadamente (sim, estava diante da mãe com uma expressão de profundo desdém para com todas as nossas perguntas, principalmente as minhas, pois — diabos me levem! — fui tão tolo que me deu no bestunto demonstrar severidade, visto ser o chefe da família — bem, que fiz papel de tolo, fiz), ver, dizia eu, aquele demoniozinho de sangue-frio inesperadamente declarar, com uma risada: "Aquela 'maluca' (foi esse o termo que empregou, e eu tive a surpresa de a ouvir repetir a própria frase usada por você: "Como é que ainda não notaram isso?") meteu na cabeça que há de casar-me, custe o que custar, com o Príncipe Liév Nikoláievitch, e para tal fim está fazendo tudo para pôr Evguénii Pávlovitch fora de nossa casa"... Ela disse apenas isso; não deu maiores explicações, continuou a rir e nós ficamos de boca aberta; ela então escancarou a porta e saiu. Depois foi que me contaram o que se passou entre ela e você, esta tarde. E... e ouça, caro príncipe, você não é um homem sensível, não se ofende à toa. Observei isso, em você, mas... não fique zangado. Sou obrigado a crer que ela está fazendo você de truão. Ela ri como uma criança, por isso não vá zangar-se com ela, mas é o que se passa. Não pense nada quanto a isso — ela está simplesmente nos pondo a todos, a você e a nós, malucos, sem maldade. Bem, adeus. Você conhece os nossos sentimentos a seu respeito, não é? Jamais mudarão, de forma alguma. Mas, agora, tenho de ir por aqui. Adeus! Poucas vezes me vi metido assim, em um beco sem saída, como desta vez. Nem sei como dizer!... Que lindo dia de verão!

Deixado sozinho na encruzilhada, Míchkin olhou em torno, atravessou rapidamente a estrada, aproximou-se o mais que pôde para debaixo da janela acesa em uma vila, desdobrou o pedaço de papel que guardara bem apertado em sua mão direita todo aquele tempo em que estivera conversando com Iván Fiódorovitch, e, aproveitando um fraco feixe de luz, leu:

> *Amanhã de manhã, às sete horas, achar-me-ei no banco verde, lá no jardim, esperando por você. Resolvi falar-lhe a respeito de um assunto excessivamente importante que nos diz respeito, diretamente.*
>
> *P.S. Espero que não mostre esta carta a ninguém. Embora me envergonhe ter de lhe recomendar essa cautela, parece-me que você necessita dessa recomendação, e a escrevo enrubescendo de vergonha ante o seu absurdo caráter.*
>
> *P.P.S. Refiro-me ao banco verde que lhe mostrei esta manhã. Devia envergonhar-se de eu precisar escrever-lhe também isto.*

A carta fora rabiscada às pressas e dobrada de qualquer forma, e mais provavelmente antes um pouco de Agláia ter vindo para a varanda. Em uma indescritível agitação, que tocava as raias do terror, o príncipe apertou o papel que tinha outra vez preso na mão direita e precipitadamente se afastou da janela, como um ladrão fugindo da luz. Mas ao fazer isso deu um encontrão em um indivíduo que estava por detrás dele.

— Eu o estive seguindo, príncipe — disse o homem.

— Ah! É você, Keller? — exclamou o príncipe, admirado.

— Eu o estive procurando, príncipe. Vigiei-o diante da casa dos Epantchín. Naturalmente não pude entrar. Vim caminhando atrás do senhor enquanto estava com o general. Estou a seu serviço, príncipe, disponha de mim. Estou pronto a não importa qual sacrifício. A própria morte, se necessário for.

— Oh! Para quê?

— Ora, é que, sem dúvida, vai dar-se um desafio. Aquele tenente... Eu o conheço, conquanto muito por alto... e ele não engole uma afronta. Quanto aos como nós, isto é, como Rogójin é eu, o tenente estará inclinado a olhar como sujos, e talvez merecidamente; de maneira que o senhor será o único escolhido. O senhor é quem tem de "pagar o pato", príncipe. O gajo esteve a informar-se a seu respeito; ouvi dizer, e sem dúvida um amigo dele irá em visita ao senhor, amanhã, e pode bem ser que já esteja à sua espera, agora. Se o senhor me quer dar a honra de me escolher como testemunha sua, estou pronto a ser rebaixado nas fileiras, pelo senhor. Ora aí está por que o estive procurando, príncipe.

— Então, até você me fala em um duelo! — E o príncipe riu, para grande pasmo de Keller. E riu cordialmente. Keller, que tinha estado em palpos de aranha enquanto não se satisfizera a si próprio, oferecendo-se a Míchkin como testemunha, ficou por assim dizer ofendido à vista da alegria franca do príncipe.

— Mas o senhor lhe segurou os braços, esta tarde, príncipe. E isso é difícil, a um homem de honra, suportar em um lugar público.

— E ele me deu um soco no peito! — exclamou o príncipe, rindo. — Não temos mais por que brigar! Pedir-lhe-ei que me desculpe e é tudo. Mas, se devemos lutar, então lutaremos. Deixá-lo atirar, gostarei disso. Ah! Ah! Agora já sei como carregar uma pistola. Sabe que já aprendi a carregar uma pistola? Sabe como é que se carrega uma pistola, Keller? Primeiro você tem de adquirir pólvora, pólvora para pistola, não úmida e não da grossa como de canhão. Depois tem de enfiar a pólvora primeiro e arranjar o feltro de uma porta. Depois tem de enfiar a bala lá para dentro; depois e não antes da pólvora, do contrário a coisa não serve. Ouviu bem, Keller? Senão a coisa não vai lá das pernas. Ah! Ah! Não é esta uma magnífica razão, amigo Keller? Arre, Keller, você sabe que eu devo abraçá-lo e lhe dar um beijo, agora mesmo? Ah! Ah! Ah! Pois não é que você me veio a calhar, e tão inesperadamente, esta tarde! Venha ver-me de vez em quando, logo mais dar-lhe-ei champanha. Ficaremos ambos bêbados. Você não sabe que eu tenho doze garrafas de champanha em casa, na adega de Liébediev? Ele as arranjou não sei como e mas vendeu anteontem. Justamente no dia em que mudei para a vila. Comprei-lhas todas. Acabaremos com toda a remessa, juntos. Você está indo para casa, para dormir?

— Como faço todas as noites, príncipe.

— Bravos, neste caso, sonhe bonito! Ah! Ah! Ah!

E, atravessando a estrada, Míchkin sumiu dentro do parque, deixando Keller mais do que perplexo. Jamais vira o príncipe com tão estranha disposição e nunca poderia imaginá-lo assim.

"Decerto é febre, pois que se trata de um homem nervoso e tudo isso deve tê-lo afetado. Ou, talvez, também seja medo. Mas estou certo de que gente dessa ordem não é covarde, por Júpiter!" — E Keller continuava pensando: "Hum! Champanhe! Em todo o caso, não é nada mau! Doze garrafas, uma dúzia; uma provisãozinha razoável. Aposto como Liébediev arranjou esse champanha de alguém, como garantia. Hum! Excelente tipo, esse príncipe! Gosto de gente assim. Mas, não há tempo a perder. E... uma vez que há champanha, este é o momento para..."

Que Míchkin estava com febre, era, naturalmente, uma suposição correta. Vagabundeou uma porção de tempo pelo parque, no escuro, até que foi "dar consigo" a caminhar ao longo de uma avenida. A impressão ficara em sua consciência de ter caminhado umas trinta ou quarenta vezes para cima e para baixo, nessa avenida, de um banco até uma alta e notável árvore velha, distanciados um do outro cerca de uns cem passos. Não poderia, mesmo que tentasse, recordar-se do que estivera pensando, todo esse tempo, isto é, no mínimo uma hora. Mas eis que lhe veio agora um pensamento que o fez dar uma risada; e conquanto não houvesse motivo para isso, continuou querendo rir. É que lhe ocorreu que a sugestão de um duelo não nascera apenas no espírito de Keller e que, por conseguinte, a conversa sobre a maneira de carregar uma pistola não deixara de ter fundamento.

"Essa é boa!" E parou imediatamente. Surpreendeu-o uma outra ideia. "Ela saiu para a varanda na hora mesmo em que eu estava sentado lá em um canto e ficou muito admirada de me encontrar, tendo então — como ela ria! — me oferecido chá; e já estava com o bilhete na mão, todo esse tempo, decerto. Logo, ela sabia que eu estava sentado na varanda. Por que, então, se admirou? Ah! Ah!"

Tirou a carta do bolso e a beijou; mas logo se refez e começou a refletir. "Como tudo isso é estranho! Como tudo isso é estranho!", pensou um minuto mais tarde, já tomado de uma certa tristeza. Nos momentos de intenso júbilo sempre o acometia uma tristeza que nem ele próprio poderia dizer por quê. Olhou em redor e ficou espantado de se achar ali. Sentia-se exausto; dirigiu-se até o banco e se sentou.

Havia, em volta, uma tranquilidade extraordinária. Já tinha cessado a música no jardim e talvez não restasse uma só pessoa no parque. Devia passar das onze e meia, no mínimo. E que noite quente, clara e macia! Uma dessas noites de começo de junho, em Petersburgo. Todavia, na espessa alameda onde ele estava sentado, reinava a escuridão.

Se alguém lhe dissesse, agora, que ele estava apaixonado, seriamente apaixonado, repeliria a ideia com surpresa e até mesmo com indignação. E se acrescentassem que a carta de Agláia era uma carta de amor, marcando uma entrevista com um amante, ele coraria com vergonha dessa pessoa e talvez a desafiasse para um duelo. Tudo isso era perfeitamente sincero e jamais, em momento algum, ele duvidou disso ou admitiu sequer a sombra de um pensamento ambíguo, quanto à possibilidade de a moça o amar, ou vice-versa. Envergonhar-se-ia de uma tal ideia. À possibilidade de ser amado, ou de amar, para ele, "para um homem como ele era", olharia sempre como a uma coisa monstruosa. Parecia-lhe apenas uma travessura da parte dela, supondo que houvesse alguma coisa de sério em tudo isso. Mas tal consideração o desconcertou completamente e imaginou isso tudo na ordem natural das coisas. Absorveu-o agora um outro pensamento. Acreditava piamente na declaração feita pelo general de que ela fazia todo o mundo de palhaço, principalmente a ele. Não se sentia nem um pouco insultado por isso; a seu ver era justamente como tinha de ser. O que contava agora, para ele, era que no dia seguinte a veria de novo, bem cedo, de manhã, e que se sentaria ao seu lado no banco verde e aprenderia como carregar uma pistola e poderia olhar para ela. Que mais poderia querer? Ocorreu-lhe uma ou duas vezes ficar pasmado ante a expectativa do que ela lhe pretenderia dizer. Qual seria esse assunto importante que lhe dizia respeito assim tão diretamente? Fosse como fosse, jamais teve um momento de dúvida sobre a existência real desse "assunto importante" para o qual fora intimado. Mas estava longe de considerar esse "assunto importante", agora. Não sentia, com efeito, a menor inclinação para pensar nisso.

O ruído de passos vagarosos na areia da alameda fez que ele erguesse a cabeça. Um homem, cujo rosto era difícil distinguir no escuro, veio na direção do banco, onde acabou por se sentar. O príncipe precipitadamente se virou quase esbarrando nessa pessoa, em quem imediatamente reconheceu Rogójin.

— Eu sabia que estava vagabundeando mais ou menos por aqui. Não foi preciso muito tempo para achá-lo — disse Rogójin, por entre os dentes.

Era a primeira vez que eles se estavam vendo depois daquele encontro no corredor do hotel. Espantado com o súbito aparecimento de Rogójin, não pôde o príncipe durante algum tempo ligar seus pensamentos; uma pungente sensação sobreveio em seu coração. Rogójin viu o efeito que a sua vinda produzira e, apesar de no começo haver ficado sem jeito e se ter posto a falar aparentando naturalidade, Míchkin teve a impressão de que não havia nele nada de estudado nem qualquer embaraço especial. Se existia qualquer falta de jeito em seus modos e em suas palavras, era apenas superficialmente, pois, quanto ao ânimo, era imutável.

— Como foi... que me encontrou aqui? — perguntou o príncipe, só para dizer qualquer coisa.

— Ia eu procurá-lo, quando Keller me disse: "Foi para o parque". Bem, pensei, então é isso.

— Isso o quê? — perguntou o príncipe com inquietação. Rogójin riu disfarçadamente e não deu explicação.

— Recebi sua carta, Liév Nikoláievitch. Não vale nada. Cada vez mais me espanto com o senhor. Mas agora lhe vim falar da parte dela. Intimou-me a levá-lo sem falta. Está precisando falar-lhe. E muito. Quer vê-lo hoje.

— Amanhã, irei amanhã. Agora vou para casa. Quer vir comigo?

— Para quê? Já lhe disse o que tinha de dizer. Adeus.

— Então, não vem? — perguntou o príncipe, cortesmente.

— É um camarada esquisito, Liév Nikoláievitch. A gente não pode deixar de ficar admirado. — E Rogójin riu com maldade.

— Por quê? Por que está você tão amargo contra mim, agora? — perguntou o príncipe, calorosamente e com ar entristecido. — Você agora já sabe muito bem que tudo quanto pensou era falso. Mas tenho a impressão de que ainda está zangado comigo. E quer saber por quê? Porque você me atacou. Digo-lhe que o único Parfión Rogójin de que eu me recordo é aquele com quem troquei as cruzes aquele dia. Escrevi-lhe a noite passada que esquecesse toda aquela loucura e que não falasse nela vez nenhuma. Por que é que você está afastando-se? Por que retira e esconde a sua mão? Digo-lhe que considero tudo o que se passou como loucura. Compreendo o que era que você estava sentindo aquele dia. Como se fosse eu! O que você imaginou não existe. Por que haveríamos de ficar zangados?

— Como se pudesse se zangar! — E Rogójin tornou a rir em resposta às palavras ardentes de Míchkin.

Ele tinha recuado um pouco para o lado e estava agora com a cara virada e as mãos escondidas para trás.

— Não se trata mais, para mim, de ir vê-lo, Liév Nikoláievitch — acrescentou, falando devagar e terminando com uma espécie de tom sentencioso.

— Você então ainda me odeia tanto?

— Não sou seu amigo, Liév Nikoláievitch; como, pois, haveria de ir vê-lo? Ah, príncipe, não passa de uma criança! Está querendo um joguete e o quer imediatamente, mas, compreender as coisas, não, não compreende. O que me está dizendo é o mesmo que me escreveu na sua carta. Está pensando que não acredito no senhor? Acredito sim, palavra por palavra; nunca me enganou, e nunca me há de enganar no futuro. Mas, apesar de tudo, ainda assim, não sou seu amigo. Escreveu-me que se tinha esquecido de tudo e que só se lembrava do irmão Rogójin com o qual tinha trocado as cruzes e não daquele Rogójin que lhe erguera uma faca. Os meus sentimentos, porém, pensa que os conhece? (Tornou a rir.) Ora, talvez eu nunca me arrependa do que fiz, muito embora já tenha recebido o seu perdão. Talvez até eu estivesse pensando já em uma outra coisa mais esta noite; mas, quanto a isso...

— Você se esqueceu de pensar! — atalhou o príncipe. — É o que parece. Aposto em como você tomou logo o trem e foi até Pávlovsk, lá para o coreto, segui-la por entre a multidão, vigiando-a, como andou fazendo hoje. Isso não me surpreende! Se você não tivesse chegado a um tal estado, naquela ocasião, em que não lhe era possível pensar em mais nada, talvez não me atacasse com aquela faca. Eu tive o pressentimento, antes, só em olhar para você. Você nem sabe como estava! Já quando trocamos as nossas cruzes, aquela ideia devia estar atrás do seu espírito. Mas por que, então, me levou você até a sua mãe? Achou, talvez, com isso, que poria um freio em si próprio? Não, você não podia ter pensado nisso, mas talvez sentisse, como eu... Estávamos ambos sentindo o mesmo. Se você não tivesse cometido aquela agressão (que Deus evitou), que seria de mim, então? Eu suspeitei, sim, suspeitei que você era capaz disso; logo, nossos pecados foram os mesmos, em verdade. (Sim, não emburre. E por que está rindo?) Diz você que “não se arrependeu”. Talvez, mesmo que quisesse, não conseguisse, visto não gostar de mim, ainda por cima! E se eu, para você, não passasse de um inocente anjo, ainda assim você continuaria a me detestar, enquanto pensasse que ela ama a mim e não a você. Isso deve ser ciúme. Mas eu estive pensando bem toda a semana, Parfión, e já lhe darei a minha opinião. Você sabe que ela agora deve amá-lo mais do que a qualquer outro e de tal modo que quanto mais ela o atormenta mais o ama? Ela não lhe dirá; a você cumpre saber de que modo ver isso. Quando tudo está dito e feito, por que então só se preocupar você com essa história de casamento? Algum dia ela lhe esclarecerá tudo. Mulheres há que querem ser amadas dessa forma, e esse é justamente o caráter dela. E também o seu amor e caráter devem impressioná-la! Você sabe que há mulheres capazes de torturar um homem, com sua crueldade e desdém, sem a menor aflição de consciência, porque cada vez que olham o amante pensam: “Agora eu judio dele até a morte, mas depois o indenizo com o meu amor!”.

Rogójin ria, escutando o príncipe.

— Pelo que vejo, príncipe, já foi submetido também a esse tratamento... Se não me engano ouvi qualquer alusão a isso...

— Uma alusão a isso? A mim?

Sobressaltou-se, logo ficando calado, em uma extrema confusão. Rogójin continuava a rir. Ouvira atento e com sinais de prazer a pergunta do príncipe. Já antes a conversa cordial o impressionara, por causa da veemência notada; e foi isso que o encorajou.

— Não somente ouvi como estou vendo agora que é verdade — acrescentou. — Basta prestar atenção ao seu modo esta noite. Antes, nunca esteve assim nem me tratou conforme me está tratando agora. Alusão... Claro que ouvi alguma alusão. Tanto ouvi que vim até aqui, a este parque, a esta hora, quase à meia-noite.

— Seja mais explícito, Parfión Semiónovitch.

— Ela já me havia dito, tempos atrás, e hoje vi com os meus olhos, quando dei com o senhor esta tarde sentado no parque ao lado daquela jovem, escutando a banda. Quer saber? Pois ouça: hoje e todo o dia de ontem ela não parou de me asseverar, chegando a jurar por Deus, que o senhor está apaixonadíssimo por Agláia Epantchiná. Pouco se me dá, príncipe, e não tenho nada com isso. Mas de uma coisa eu sei: se deixou de amar Nastássia Filíppovna, ela ainda o ama. Bem sabe o senhor que ela está resolvida a casá-lo com a outra. Jurou que haveria de fazer isso. Ah, ah, parece pilhéria, mas jurou. Disse-me com aquela voz: "Avise-os, pois sem isso não me caso com você. No dia em que eles forem para a igreja, nós dois também iremos". Não consigo compreender essa pirraça. Será mania, ou o quê? Se ela o ama para lá de todas as medidas... isto é, se o quer como doida, por que raios há de querer casá-lo com a outra? Disse-me: "Quero vê-lo feliz". Logo, ela deve amá-lo.

— Ora, isso prova o que eu já disse e escrevi a você. Que ela está fora do seu juízo normal — afirmou o príncipe, com ar de verdadeira mágoa, depois de escutar Parfión.

— Lá isso é Deus quem sabe. Só Ele. O príncipe deve estar enganado... Mas hoje ela marcou a data do casamento, quando a levei do Vauxhall para casa, através do jardim. "Dentro de três semanas, ou talvez antes mesmo", disse ela, "é provável que nos casemos". Jurou e beijou a imagem sagrada. Parece, pois, que tudo agora depende do senhor, príncipe. Ah!...

— Está vendo você? Loucura típica! O que você insinuou aí, por mim nunca se dará. Amanhã irei ver vocês.

— Não sei por que há de teimar em chamá-la de doida — observou Rogójin. — Se todos a acham normal, por que há de insistir em considerá-la assim? Como foi então que ela pôde escrever cartas à outra? Se estivesse maluca, isso seria fácil de perceber nas cartas!...

— Que cartas? — perguntou Míchkin, espantado.

— Ora essa! As que escreve à *outra*, àquela jovem, que as recebe e lê. Então não sabe? Pois trate de verificar. Naturalmente ela lhas há de mostrar.

— Não posso acreditar em uma coisa dessas! — exclamou o príncipe.

— Ora, Liév Nikoláievitch! Tem andado no mundo da lua? É o que está parecendo. Mexa-se, homem, já não é sem tempo. Ponha os seus detetives na pista e fique de olho dia e noite a ver os passos que ela dá, pois do contrário...

— Cale-se e nunca mais fale nisso! — ordenou Míchkin. — Escute, Parfión: pouco antes de você aparecer eu estava aqui e de repente comecei a rir sem saber o motivo. Decerto porque me lembrei que amanhã é dia do meu aniversário. Já é quase meia-noite. Nosso encontro veio bem a propósito. Venha comigo. Vamos esperar a passagem de hoje para amanhã. Tenho vinho lá em casa. Podemos beber. Você me formulará os votos que eu não sei como desejar a mim mesmo. Faça isso que eu, por minha vez, lhe desejarei toda a felicidade. Do contrário me devolva a minha cruz. Você, no outro dia, ficou com ela e a tem aí consigo, não tem?

— Está aqui no meu peito — disse Rogójin.

— Está bem, então vamos. Não quero ir ao encontro da minha nova vida sem você. Sim, porque para mim começou uma outra vida. Fique sabendo, Parfión, que comecei a viver hoje uma vida nova.

— Estou vendo com os meus olhos e sei que começou, sim. E direi isso a ela. Não me parece absolutamente o mesmo, Liév Nikoláievitch.

4

Ao chegar próximo da vila, Míchkin notou com surpresa que a varanda estava profusamente iluminada e que um grupo numeroso e turbulento a enchia. Gente alegre que falava alto, dando a impressão, com suas vozes e risadas, de uma formidável pândega. Ao subir para a varanda pôde ver que estavam bebendo. Decerto era champanha, várias garrafas já tendo sido esvaziadas, pois o grupo se mostrava alegre demais. Reconheceu logo as fisionomias. Por que estariam reunidos ali? Quem os teria convidado? Ele, Míchkin, não, pois só ainda agora, por acaso, é que se lembrara do seu aniversário. Acompanhando-o escada acima, Rogójin murmurou:

— Se esses patuscos correram para cá, algum aviso tiveram de que o senhor ia abrir champanha. Basta um assobio: aparecem de todos os cantos.

Disse isso irritado; é que possuía bastante experiência própria para fazer tal observação.

Todos logo rodearam o príncipe, com exclamações e cumprimentos, aumentando assim a algazarra. E os que só nesse momento ficaram sabendo que era o aniversário dele se apressaram em lhe dar parabéns.

O príncipe ficou admirado com a presença de certas pessoas, como, por exemplo, a de Burdóvskii. Mas o que mais o surpreendeu foi deparar com Evguénii Pávlovitch no meio daquele bando: isso era inacreditável e pasmoso.

Muito vermelho e alvoroçado, Liébediev tratou de explicar o caso, armando uma lenga-lenga de bêbado. Ainda assim, o príncipe percebeu de todo aquele arrazoado que o ajuntamento se fizera ao acaso e pouco a pouco. Que, à noitinha, primeiro chegou Ippolít, que, se sentindo bastante melhor, expressou o desejo de ficar ali na varanda aguardando a volta do príncipe. De fato, havia horas e horas que ali estava estirado no sofá. Depois viera juntar-se a ele o próprio Liébediev, com todos os de casa, isto é, a filharada e o General Ívolguin. Burdóvskii ali se achava porque fora quem trouxera Ippolít. Mais tarde, após o escândalo no parque, Gánia e Ptítsin, passando, acabaram entrando também. E finalmente Keller, ao chegar, contou que era o aniversário de Liév Nikoláievitch, atiçando a ideia de abrirem champanha. Evguénii Pávlovitch aparecera à procura de Míchkin, haveria no máximo meia hora.

A lembrança de abrir champanha fora incentivada principalmente por Kólia, a pretexto de ser festejada essa data. Que ele, Liébediev, à vista disso, anuíra.

— Então mandei abrir champanha! Mas da minha! À minha custa, para comemorar o seu aniversário e me congratular com o senhor. E haverá ceia e refrescos! Minha filha está preparando. Pois é. E conversávamos todos. Adivinhe, príncipe, em que é que estávamos falando? Lembra-se do "Ser ou não ser..." do *Hamlet*? Pois era o assunto. Aliás, tema bem hodierno. Perguntas e respostas... E o Sr. Tieriéntiev interessou-se mais do que todos. Não quis ir deitar-se. Apenas deixei que ele bebesse um pequeno gole. Um gole só não faz mal... Venha cá para o meio, príncipe. Dirija, assuma o comando! Estávamos todos à sua espera... Ansiávamos por sua inteligência fulgurante...

No meio daquela barafunda, o príncipe deu com os olhos meigos e suaves de Vera Liébedieva, que procurava aproximar-se através daquela gente toda. Sem se importar com os demais, o príncipe foi estender-lhe a mão. Ela enrubesceu de contentamento e lhe desejou uma vida muito feliz "de hoje por diante", feito o que, voltou depressa para a cozinha para preparar a ceia e os refrescos. É que, minutos antes da chegada de Liév Nikoláievitch, a filha mais velha de Liébediev, atraída pela interminável discussão dos convivas alegres, viera escutá-los, ali tendo ficado, muito embora aqueles assuntos da mais abstrata natureza lhe parecessem sobremodo misteriosos. A irmã menorzinha acabara dormindo em cima da arca, na sala contígua, e lá estava de boca aberta, resfolegando. Quanto ao filho de Liébediev, o garoto que já frequentava a escola, esse permanecia entre Kólia e Ippolít, sua cara muito viva demonstrando que não iria embora tão cedo; escutava, atento e esperto, decidido a ficar horas a fio.

Quando Míchkin foi apertar a mão de Ippolít, imediatamente depois da de Vera, este lhe disse:

— Fiquei aqui de propósito, à sua espera. Folgo em ver que chegou com ótima disposição.

— Como sabe que estou com ótima disposição?

— Basta olhá-lo. Quando acabar de receber os cumprimentos dos outros, venha sentar-se aqui. — E repetiu, como querendo que o fato ficasse bem explícito: — Fiquei aqui de propósito à sua espera.

Ainda assim o príncipe o censurou delicadamente por não ter ido deitar-se, fazendo ver quanto era tarde da noite. E ele, em resposta a essa advertência, confessou que não podia compreender como era que, tendo três dias antes estado quase à morte, se sentia agora melhor do que nunca em toda a sua vida.

Burdóvskii levantou-se só para vir explicar que fora ele quem trouxera Ippolít; e que estava radiante; que, de fato, *escrevera muita asneira* naquela carta, mas que estava, agora, simplesmente *radiante*... E, sem acabar de dizer por que estava radiante, calorosamente apertou a mão do príncipe e voltou a sentar-se...

O último que Míchkin cumprimentou foi Evguénii Pávlovitch, que imediatamente o segurou pelo braço.

— Tenho duas palavras a dar-lhe — ciciou — e sobre um caso importante. Venha comigo aqui para um lado, um momento.

— Duas palavras — ciciou uma outra voz na outra orelha do príncipe; e uma outra pessoa o segurou pelo outro braço. Assustado, deu Míchkin com uma cara descabelada que ria e que pestanejava. Instantaneamente reconheceu Ferdichtchénko, surgido só Deus sabia de onde. E ele próprio interrogou Míchkin.

— Porventura se recordará de Ferdichtchénko?

— De onde está vindo você?

— Ele está arrependido — veio explicar Keller, a correr. — Estava escondido. Não queria vir conosco. Estava escondido lá na esquina. Não queria, príncipe, estava arrependido...

— Mas de quê? De quê?

— Mas eu dei com ele. Dei com ele e o trouxe. É entre todos os meus amigos o homem mais raro que conheço. Mas está arrependido...

— Obrigado por tudo, cavalheiros; sentem-se com os demais. Volto já — disse o príncipe, conseguindo finalmente se retirar com Evguénii Pávlovitch.

— Estou gostando disto aqui — observou este. — Eu os estive apreciando por uma meia hora, enquanto o esperava. Escute uma coisa, Liév Nikoláievitch, já arrumei tudo com Kurmíchev e vim justamente para tranquilizar o seu espírito. Não precisa ficar preocupado. A meu ver ele está tomando a coisa por um lado muito sensível.

— Mas, qual Kurmíchov?

— Ora, o indivíduo que o príncipe segurou pelos braços esta tarde. Ficou tão furioso que queria vir pedir-lhe amanhã mesmo uma satisfação.

— Que é que me está dizendo? Que tolice desse moço!

— Lógico que é uma asneira e só podia acabar em outra, pior. Essa gente...

— Mas não veio por causa de mais alguma coisa, Evguénii Pávlovitch?

O outro respondeu prontamente, a rir:

— Sim, realmente vim por outro motivo mais. Devo partir esta madrugada para Petersburgo, meu caro príncipe, por causa desse caso infeliz... o caso de meu tio. E, quer saber, tudo era verdade, e todo o mundo sabia, exceto eu. Sinto-me tão acabrunhado que nem tive coragem de permanecer com a família Epantchín. Nem poderei despedir-me deles amanhã, pois partirei muito cedo para Petersburgo. Está compreendendo? Tenho de ausentar-me por uns três dias, no mínimo. Resumindo: as coisas, para mim, vão mal. E, já que o caso é da mais alta importância, julguei conveniente falar-lhe francamente umas tantas coisas inadiáveis, não devendo deixá-las para o meu regresso. Talvez seja melhor eu ficar sentado à espera de que esta reunião acabe; mesmo porque não tenho onde ficar. Estou em tal estado que não me apetece ir dormir. E desde já o informo que vim solicitar os préstimos da sua amizade, meu caro príncipe. Considero-o uma pessoa rara, incapaz, absolutamente, de falsidades ou mentiras. Ora, se há pessoa que, dadas umas quantas circunstâncias, necessita de um amigo e de um conselheiro da sua categoria, sou eu. Mesmo porque atravesso um péssimo momento...

Tornou a sorrir.

Depois de pensar um pouco, o príncipe propôs:

— A dificuldade está no seguinte: o senhor acha preferível esperar que esta gente se retire. Mas só Deus sabe a que horas se retirarão. Não seria melhor, por conseguinte, darmos agora mesmo uma volta pelo parque? Ao voltar eu inventaria uma desculpa qualquer por me haver ausentado.

— Não, não! Tenho minhas razões para não querer que se suspeite que estivemos ambos conversando sobre qualquer assunto à parte. Aqui há gente curiosa quanto às nossas relações. Não percebeu isso ainda, príncipe? Convém muito mais que pensem que vim cumprimentá-lo como camarada do que percebam que tivemos um entendimento particular. Concorda com a minha proposta? Que é que eles podem demorar aqui? Quanto? Umas duas horas?... Espero. Depois então eu muito me honraria com um colóquio de uns vinte minutos ou meia hora...

— De qualquer maneira, seja muito bem-vindo. Fico muito satisfeito de o ver aqui, mesmo que seja principalmente com a finalidade de um colóquio. Agradeço-lhe também as bondosas palavras sobre as nossas cordiais relações. Aproveito para lhe pedir desculpas por não lhe ter prestado hoje a atenção que merece. E lhe explico: é que, de certo modo, ultimamente ando meio aéreo às coisas... Mesmo hoje, mesmo agora...

— Estou compreendendo, estou compreendendo — murmurou Evguénii Pávlovitch, com um sorriso dissimulado.

Esta noite ele se sentia capaz de achar tudo inefável.

— Está compreendendo o quê? — perguntou o príncipe com uma desconfiança jovial.

— Pois ainda não suspeitou, meu caro príncipe — disse Radómskii, sorrindo mais e sem responder diretamente à pergunta —, ainda não suspeitou que vim simplesmente para o pegar e, com ar de quem não quer, lhe extrair uma solicitação?

— Que veio para obter de mim uma vantagem qualquer, nem tenho dúvida — concordou Míchkin, rindo também. — Está, talvez, tentando ludibriar-me um pouco. Mas, que importa? Nada receio. Além disso, meu ânimo se afaz a tudo, acredita? Estou convencido de que é um esplêndido camarada e que decerto nos tornaremos cada vez mais amigos. Eu o aprecio muito, Evguénii Pávlovitch. Considero-o... um excelente cavalheiro.

— Mais uma confirmação de que constitui um autêntico prazer ter-se alguma coisa, seja lá qual for, a tratar com a sua pessoa — concluiu

Radómskii. — Vamos beber uma taça à sua saúde. Estou contentíssimo de ter vindo à sua casa. — Parou um segundo, no máximo, perguntando logo outra coisa: — Esse jovem Ippolít tenciona instalar-se aqui?

— Convidei-o, provisoriamente.

— Ele... não vai morrer assim *ex-abrupto*, não é?

— Por que esse receio?

— À toa. É que passei meia hora com ele...

Enquanto isso, Ippolít, à parte, aguardando para falar com o príncipe, prestava atenção em ambos, mostrando-se febrilmente excitado quando os viu voltar para perto da mesa. Sua inquietação era quase convulsiva, e tinha a fronte perlada de suor. Em seus olhos brilhantes, errando de objeto para objeto e de rosto para rosto, além de uma impaciência incontida, se lia uma preocupação difusa. Apesar de ter tomado parte preponderante na ruidosa conversa generalizada, sua irrequietude provinha mais da febre do que da aglomeração. Agora já prestava pouca atenção aos diálogos, apenas dando um ou outro aparte incoerente, com atitude irônica e efeito paradoxal, às vezes até os deixando incompletos apesar de intervir com ardor. O príncipe veio a descobrir, com mágoa e surpresa, que o tinham deixado beber duas taças de champanha, sem nenhum protesto, e que essa que permanecia já esvaziada de todo na sua frente era a terceira. Mas, ao verificar isso, já era tarde; antes, tal leviandade lhe passara despercebida.

As primeiras palavras de Ippolít foram estas:

— Calhou, calhou magnificamente ser hoje seu aniversário! Estou radiante!

— Sim? Mas... por quê?

— Não tardará a saber. Antes, porém, sente-se. Em primeiro lugar, por se acharem reunidos aqui todos os seus amigos. Aliás, ao vir para cá eu já calculava que isto aqui devia estar sempre assim, concorrido; pela primeira vez na vida uma suposição minha deu certo! Que pena não saber que era seu aniversário! Ter-lhe-ia trazido um presente! Ah! Ah!... Mas quem sabe se não lhe trouxe eu um presente? Ainda demora muito a clarear?

Ouvindo e consultando o relógio, Ptítsin, que estava perto, teve a bondade de informar:

— Daqui a umas duas horas nascerá o sol.

E uma outra pessoa qualquer comentou:

— Para que essa pressa de sol? Já se pode ler aqui fora!

— Quero vê-lo raiar. Podemos beber em saudação ao sol, príncipe? Que acha o senhor?

E Ippolít falava abruptamente, voltando-se para o grupo, com ar desenvolto e quase imperioso, não por ostentação e sim por temperamento.

— Se assim deseja, podemos fazer isso. Mas devia ficar mais quieto, Ippolít. Calma!

— Descansar! Dormir! É só o que o senhor me aconselha. Será acaso meu tutor, ou minha babá, príncipe? Somente depois que o sol surgir e "ressoar na abóbada" (qual foi o vate que escreveu que "o sol ressoa na abóbada"? É besteira mas é bonito!) é que iremos dormir. Você aí, Liébediev, é exato que o sol é a fonte da vida? Que significa isso, "fonte da vida", no Apocalipse? Já o ouviu falar na "estrela que é chamada Absinto", príncipe?

— Ouvi dizer que aqui o nosso Liébediev identifica a "estrela que se chama Absinto" como sendo a rede de estradas de ferro disseminadas por toda a Europa.

Ante o coro de gargalhadas que se ergueu, Liébediev se levantou, gesticulando, querendo deter tal onda:

— Desculpem-me, desculpem-me, mas já é demais! Desculpem-me, cavalheiros, mas isso já é atrevimento. — Voltou-se para Míchkin, como a excluí-lo da sua reprimenda: — Ao senhor, príncipe, tão só ao senhor, digo e explico que, em certos pontos, representa isso...

E bateu duas vezes sobre a mesa, sem a menor cerimônia, o que aumentou a alegria geral.

Embora ele, Liébediev, se achasse no seu habitual estado de "carraspana noturna", aquela discussão demorada e difícil deitando-o superexcitado; sempre, em tais circunstâncias, tratava com ilimitado desprezo os que não concordassem com ele. Prosseguiu:

— Assim não vale! Há meia hora, príncipe, fizemos uma combinação aqui: ninguém poderia interromper nem rir enquanto o outro estivesse falando, deixando-o expressar-se à vontade. E depois então, sim, seria permitido aos ateus se manifestarem, caso quisessem. Escolhemos como presidente o general, para desta forma cada qual, mediante a autoridade da mesa, poder berrar a sua ideia, a sua profunda ideia... sem ser interrompido.

— Pois então fale, fale! Quem o mandou calar?! — gritaram diversas vozes.

— Fale! Mas não diga asneira!

— E que vem a ser essa história de "estrela que tem por nome Absinto"? — indagou uma voz isolada.

— Eu cá não tenho a menor ideia! — declarou taxativamente o general, enquanto com ar insigne reassumia o seu primitivo posto de presidente.

Nesse ínterim Keller, remexendo-se na sua cadeira com impaciência e sofreguidão, ciciou quase ao ouvido do príncipe:

— Gosto que me pelo de todos esses argumentos e discussões... Naturalmente quando é coisa elevada, é claro! — Voltou-se inesperadamente para Evguénii Pávlovitch, que estava sentado ao seu lado, acrescentando: — Assuntos culturais e políticos. O senhor não sabe quanto eu dou a vida, por exemplo, para ler nos jornais os debates no Parlamento inglês! Não me refiro ao que eles discutem (não sou político, é claro!), mas aprecio o modo com que falam uns com os outros e se comportam como políticos, se bem me exprimo. "O nobre visconde coloca-se em campo oposto", "o nobre duque está corroborando o meu ponto de vista", "o meu honrado aparteante acaba fazendo a Europa inteira pasmar com uma tal proposta", todas essas expressões, todo este parlamentarismo de um povo livre, eis o que me fascina! Lambo-me todo, príncipe! Sempre fui um artista, cá no âmago, palavra de honra, Evguénii Pávlovitch!...

Na outra extremidade, Gánia, todo acalorado, aparteava Liébediev:

— Ora! Então se deve depreender do que você diz, Liébediev, que as estradas de ferro são uma praga, a ruína da espécie humana, uma calamidade que caiu sobre a terra para poluir as "fontes da vida"!?

Essa noite Gavríl Ardaliónovitch estava em estado otimista e ânimo triunfante, segundo já Míchkin reparara. Dera em brincar com Liébediev, prazenteiramente, atiçando-o; mas a verdade é que acabou inflamando-se também.

— Somente as estradas de ferro, não! — retorquiu Liébediev, perdendo cada vez mais a compostura e gostando, ao mesmo tempo, tremendamente da discussão. — Fique sabendo que não são somente as estradas de ferro que poluem as "fontes da vida", e sim tudo, tudo que é amaldiçoado. A conceituação científica e materialista dos últimos séculos em geral, a meu ver, é deveras amaldiçoada!

— A seu ver, ou realmente? É importante esclarecer isso, vamos e venhamos — aparteou também Evguénii Pávlovitch.

— Amaldiçoada! Amaldiçoada! Com toda a segurança amaldiçoada no consenso divino! Amaldiçoada, sim senhor! — sustentou Liébediev, com veemência.

— Calma! Calma, Liébediev. Pela manhã cumpre ser mais moderado — disse Ptítsin, com um sorriso.

— Perfeitamente! À noite, porém, há de ser sincero! Há de ser mais ardente e franco! — volveu Liébediev, inflamado. — Mais leal, mais categórico, mais honesto e honrado! E mesmo que perante todos eu esteja expondo o meu lado fraco, não importa. Seus ateus, lanço-lhes meu desafio. A um por um, sem exceção! Com que é que pretendem salvar o mundo? Onde foi que descobriram que tem de ser mediante uma norma de progresso retilíneo? Respondam, provem, vocês e mais os seus homens de ciência, de indústria, de cooperação, de trabalho remunerado e tudo o mais! E me atiram com o crédito? Que vem a ser crédito? Aonde os levará o crédito?

— Arre! O senhor deu para altas elucubrações...

— Quer saber de uma coisa, prezado senhor? A minha opinião é que quem não se interessa por tais questões é um requintado patife, um folgazão.

— Mas essas coisas que você citou pelo menos levam à solidariedade geral e a um equilíbrio de interesses — observou Ptítsin.

— Ora aí está! Ora aí está! Não reconhecem nenhuma base moral! Apenas a satisfação do egoísmo individual e da necessidade material! Paz universal, felicidade universal, sim, mas por necessidade. Tê-lo-ei compreendido direito, meu caro senhor, consente que pergunte?

— Mas a necessidade de comer, de beber, de viver, assim como uma convicção completa e realmente científica de que essa contingência só pode ser satisfeita mediante associação e solidariedade de interesses, eis o que, acho eu, constitui já uma ideia suficientemente poderosa para servir como fundamento e "fonte de vida" às futuras idades da humanidade — observou Gánia, exaltando-se de verdade.

— A necessidade de comer e beber é simplesmente o instinto de autoconservação!...

— Mas não acha que esse instinto de autopreservação por si só é importante? Ora, o instinto de autoconservação é a lei normal da humanidade!...

— Quem lhe disse isso? — perguntou Evguénii Pávlovitch. — Que é uma lei, não há dúvida. Mas não é mais normal do que a lei de destruição, ou mesmo a de autodestruição. Acha que a autoconservação seja a única lei da espécie humana?

— Boa! Ah, ah! — exclamou Ippolít, virando-se prontamente para Evguénii Pávlovitch e o examinando com uma curiosidade insolente. Vendo, porém, que este começou a rir, deu em rir também; em seguida cutucou Kólia, que se achava em pé ao seu lado, e tornou-lhe a perguntar que horas eram. Vendo Kólia tirar o relógio de prata, se apossou dele, consultando as horas com muita atenção. A seguir, como se tudo se lhe tornasse indiferente, se escarrapachou no sofá, pôs os punhos por baixo da nuca e ficou fitando o teto. Minutos depois se sentou outra vez, com o peito bem rente da mesa, coçando-se e prestando atenção no aranzel de Liébediev, cuja excitação chegara ao auge, segurando vorazmente o paradoxo de Evguénii Pávlovitch e redarguindo logo:

— Ora aí está uma ideia insidiosa, porque é hábil e irônica. Parece areia fina querendo entravar o funcionamento de molas! Não passa, aparentemente, de uma interferência de neutros se imiscuindo entre batalhadores a fim de estarrecê-los. No fundo, porém, é uma ideia exata! Nem o senhor, um ás notório da ironia e um oficial de cavalaria (dotado, aliás, de cérebro), nem mesmo o senhor se dá conta de quão profunda e exata é a sua ideia. Realmente, cavalheiro, a lei de autodestruição e a lei de autopreservação são igualmente fortes na humanidade! Foi concedido ao diabo domínio igual sobre a humanidade até um tempo que não nos é dado saber. O senhor está rindo? Não acredita no diabo? Fazer pouco do diabo é uma ideia francesa, aliás bem frívola. Sabe o senhor quem é o diabo? Sabe o nome dele? Nem sequer sabe o nome, o senhor, e, se ri, é porque segue o exemplo de Voltaire, isto é, acha graça nos cascos, nos chifres, no rabo, enfim na forma alegórica inventada pelos senhores mesmos. Todavia lhe asseguro que o diabo é um espírito, e que esse espírito diabólico é sobremaneira ameaçador e nocivo, mesmo sem ter os cascos e os chifres que os senhores inventaram. Mas... não é dele que se trata agora.

— Tem certeza mesmo de que não é dele que se trata agora? — perguntou Ippolít apondo às próprias palavras uma risada retumbante.

— Mais outro aparte perspicaz e incisivo! — aceitou Liébediev. — Mas, repito, não é dele que se trata agora. A nossa questão é se as "fontes da vida" não se enfraqueceram com o aumento das...

— Estradas de ferro! — goelou Kólia.

— Comunicações ferroviárias não, jovem e impetuoso mancebo, mas sim por causa dessa tendência genérica da qual as estradas de ferro são, por assim dizer, a expressão mais vivaz e dinâmica. Há quem diga que elas correm por aí afora com todo o seu estrépito, fumaça e velocidade em prol do bem-estar da espécie humana. Eis que acode um pensador dado a elucubrações, como diria o meu nobre amigo, e pondera: "Esta humanidade, quanto mais barulhenta e comercial fica, menos paz de espírito desfruta!". "Perfeitamente, mas bendito seja o ruído dos vagões levando pão para a humanidade! Três e quatro vezes bendito, pois tal estrépito resolve a fome, ao passo que a paz espiritual não resolve o problema do estômago!", retruca violentamente um segundo pensador dialético, desses que se bamboleiam pelas assembleias; brada e se retira triunfante... A mim, porém, vil que sou, pequenino conforme me reconheço, a mim não me engambelam os vagões que levam pão para a humanidade! Sim, porque os vagões que levam pão para a humanidade, se não estiverem cautelosamente consignados sob uma base moral, podem estar friamente excluindo da felicidade desse pão uma outra parte considerável da humanidade, aquela donde esse pão foi tirado, ora essa é muito boa! E isso há de suceder com frequência!

Mas houve quem não compreendesse, pois se ouviu este raciocínio:

— Os vagões podem friamente excluir...?

— E isso há de suceder com frequência — repetiu Liébediev, não se dignando a explicar a dúvida. — Já tivemos Malthus, amigo da humanidade. Mas isso de amigo da humanidade, em lhe faltando princípios morais explícitos, acaba em antropófago! E olhem que deixo de lado a vaidade dele. Sim, porque, se ferirmos a vaidade de um desses muitíssimos amigos da humanidade, ele imediatamente porá fogo no mundo, por simples vingança, reflexa, como aliás todos nós, de fato, cumpre ser claro! Como eu, o ínfimo de todos, pois cá o degas seria o primeiro a trazer a lenha e safar-se. Mas ainda isto não é o ponto a que queríamos chegar.

— Qual é ele então?

— Deixe-se de lérias!...

— O ponto, prová-lo-á o que segue: uma velha anedota. Sim, pois inevitavelmente tenho de lhes chapar com uma história dos tempos antigos. Em nossa era, em nosso país, que, estou convencido, os senhores amam como eu, pois que até estou pronto a derramar a minha última gota de sangue...

— Toque para diante! Não divague!

— No nosso país, como em todo o resto da Europa, vastas e terríveis carestias assolam a humanidade, e tanto quanto tem sido verificado, e tanto quanto eu possa lembrar, isso nunca sucede mais do que quatro vezes cada século, ou, em outras palavras, cada vinte e cinco anos. Não quero disputar o número exato, mas são comparativamente raras.

— Comparadas com quê?

— Comparadas com o século XII, ou os próximos dele, seja o anterior ou o posterior a ele, pois que naquela época as grandes carestias, como escrevem e como asseveram os escritores, vinham periodicamente cada dois anos, ou no máximo, cada três anos, a tal ponto que devido a isso, tamanha era a conjuntura que os homens chegaram a recorrer ao canibalismo, conquanto às ocultas. Um desses canibais anunciou, espontaneamente, já depois de velho, que, no curso de sua longa vida de famélico, tinha matado e comido, no mais absoluto segredo, sessenta monges e mais alguns leigos, mas estes mesmos, crianças, obra de seis, se tanto. Isso é extraordinariamente pouco, comparado com a imensa massa de eclesiásticos a que tinha dado consumo. De leigos crescidos, ao que consta, nunca os atacara com tal intento.

— Isso não pode ser verdade! — berrou o presidente, o general, com voz de ressentimento. — Não me farto de discutir com esse indivíduo, senhores, a respeito dessas coisas; ele sempre nos traz dessas histórias absurdas; e tão absurdas que nossas orelhas chegam a doer. E sem nenhuma partícula de veracidade.

— General! Contente-se em se lembrar do assédio de Kars! Quanto aos senhores, deixem que lhes diga que a minha história é verídica. Apenas observei que toda e qualquer realidade, mesmo através de suas inalteráveis leis, sempre, ou quase sempre, dificilmente é crível, muitas vezes. Até, com efeito, quanto mais real for, mais improvável parece!

— Mas como pôde ele comer sessenta monges? — perguntaram, rindo, em volta.

— É que não os comeu de uma só vez, é claro. Se, porém, eu explicar que os digeriu no decorrer de 15 ou 20 anos, fica tudo perfeitamente compreensível e natural!...

— Natural?

— Sim, natural! — repetiu Liébediev, com pedante insistência. — De mais a mais, todo monge católico é, por sua própria natureza, facilmente maleável e curioso e não seria difícil levá-lo para dentro da floresta, ou para qualquer lugar secreto e então agir com ele como já foi dito. Não nego, porém, que o número de pessoas devoradas pareça excessivo quanto ao ponto de vista da voracidade.

— Pode bem ser, meus senhores — observou, inopinadamente Míchkin, que até então tinha escutado em silêncio os antagonistas diversos, sem tomar parte na conversa, só algumas vezes se juntando cordialmente às gargalhadas gerais. Evidentemente estava contente com a alegria e a barulhada que todos faziam, e até mesmo por estarem bebendo bastante. Talvez não viesse a articular uma só palavra que fosse toda a noite; mas, de repente, não se pôde conter. Falou com tanta gravidade que todos logo se viraram para ele, com a maior atenção. — O que eu quero dizer, senhores, é que as carestias costumavam ser frequentes. Sempre ouvi isso, apesar de conhecer pouco a História. E acho que devam ter sido. Quando eu me achava entre as montanhas suíças fiquei surpreendido ante as ruínas de castelos feudais, construídos nas faldas das montanhas ou nas rochas escarpadas que têm no mínimo meia milha de altura (o que quer dizer algumas milhas de caminho nas montanhas). Os senhores sabem o que é um castelo: uma perfeita montanha de pedras; representam um formidável, um incrível trabalho. E, naturalmente, todos foram construídos pela gente pobre, pelos vassalos. Além disso, tinham estes de pagar todas as taxas e sustentar o clero. Como haveriam eles de se prover a si próprios, e lavrar a terra? Nessa época, não deviam ser em grande número; morriam terrivelmente, com as calamidades, e muita vez não deveriam ter literalmente nada para comer. Muita vez, com efeito, pasmei como foi que essas criaturas não se extinguiram todas; como foi que aturaram e como fizeram para suportar isso e sobreviver. Sem dúvida Liébediev tem razão dizendo que houve canibais, e talvez muitos; só o que eu não compreendo é por que trouxe para essa história monges e o que quer dizer com eles.

— Na certa porque no século XII eram só os monges que conseguiam comer; e por conseguinte as únicas pessoas que eram gordas — observou Gavríl Ardaliónovitch.

— Ora aí está uma exata e magnífica dedução! — exclamou Liébediev. — Observando-se que o tal indivíduo poupou os leigos, isto é, os seculares, não se chegando a computar um leigo para sessenta eclesiásticos, que é que se infere? Infere-se, deduz-se uma verificação terrível, uma assertiva histórica, uma informação estatística, enfim um desses fatos que permitem tirar da história uma ilação bastante eloquente por parte de quem tem espírito crítico. Sim, pois daí se depreende com exatidão matemática que os eclesiásticos viviam sessenta vezes mais felizes e com mais conforto do que o resto da humanidade daquele período. E quem nos diz a nós que de fato não eram sessenta vezes mais gordos?...

— Exagero... Exagero seu, Liébediev.

E todos riram.

— Concordo que seja uma conjetura emanada de um dado histórico: mas a que quer você levar-nos com ela? — perguntou o príncipe, intervindo de novo. (Falava com tamanha gravidade, sem absolutamente zombar ou troçar de Liébediev, de quem todos riam, que as suas palavras e modos, justamente por contrastarem com o tom dos demais, acabavam por assumir um efeito cômico. Todos estavam na iminência de rir também dele, circunstância que ele não percebeu.)

Evguénii Pávlovitch inclinou-se e disse:

— Ora, príncipe! Não vê que esse sujeito é um louco varrido? Ainda agora mesmo me contaram que lhe deu na telha advogar, fazer libelos e defesas judiciais, tirar carta de rábula. Estou esperando um remate funambulesco!

Enquanto isso Liébediev aumentava de timbre, estentoricamente:

— Ao que eu quero chegar? Não foi a pergunta que me fizeram? Respondo de chofre: quero e vou chegar a formidáveis deduções. Mas, antes de mais nada, passemos a analisar a situação psicológica e legal do criminoso. Estamos vendo que o criminoso, ou — como hei de chamá-lo? — que o meu cliente, a despeito da impossibilidade de achar qualquer outro comestível, muitas vezes, no decorrer da sua interessante e atribulada carreira, evidenciou sinais de um desejo de arrependimento e de querer evitar, isto é, pou... par o clero. Isto nos é claramente patenteado pelos autos! Convém a esta altura relembrar que ele, afinal de contas, deu cabo de cinco ou seis crianças — um número relativamente insignificante conquanto enorme de outros pontos de vista sentimentais. É evidente, por conseguinte, que atormentado por terríveis problemas de consciência (pois o meu cliente é um homem religioso e de consciência, como provarei mais adiante) e para ressarcir o seu pecado tanto quanto lhe fosse possível, trocou a sua dieta, o seu regime clerical pelo laico, ou secular, se bem me estou fazendo entender. Que o tivesse feito por mera experiência é calúnia que não se lhe pode fazer, absolutamente não se tendo tratado de uma variação gastronômica, já que o número de seis é indubitavelmente insignificante. Por que somente seis? Por que não trinta? (A metade padres, a metade leigos.) Mas, se nem experiência foi e sim apenas uma "variação" despertada simplesmente pelo desespero e medo do sacrilégio, e para não ofender a Igreja, então o número seis se torna perfeitamente inteligível; pois seis tentativas de apaziguar os rebates da consciência são mais do que bastantes, já que tais tentativas não foram vãs. E, em primeiro lugar, na minha opinião uma criança é uma coisa demasiado pequenina — isto é, insuficiente, e portanto ele precisaria de três ou cinco vezes mais crianças, ou rebentos laicos, para o mesmo período de tempo um eclesiástico. E, por conseguinte, o pecado, embora menor, por um lado, seria maior por outro, não em qualidade, mas em quantidade. Mercê de tais considerações, senhores, me vejo entrando pelos sentimentos de um criminoso do século XII. Quanto a mim, homem do século XIX, eu teria arrazoado diferentemente, concedam que lhes diga; e, por conseguinte, não acho que seja preciso se estarem arreganhando diante de mim, senhores, nem é este o momento propício, general, para o senhor também se arreganhar. Em segundo lugar, uma criança, no meu modo de pensar, é uma coisinha insuficientemente nutritiva e talvez doce demais e enjoativa; portanto o apetite do meu cliente não ficaria satisfeito, muito embora ficassem os rebates da consciência.

E agora como conclusão, senhores, o final; nele repousa a solução de uma das maiores questões daquela e desta idade. O criminoso acaba indo dar informações contra si ao clero! E acaba entregando-se às autoridades. E então pasmamos ante as torturas, que, naquela época, o esperavam — a roda, o pelourinho e o fogo. Quem o induziu a ir dar queixas de si mesmo? Por que não parou ele, simplesmente, nos sessenta, e não guardou segredo até o seu último suspiro? Por que simplesmente não deixar o clero em paz e viver em penitência, como eremita? Por que, afinal de contas, não entrar ele próprio para um mosteiro? Seria uma solução. É que deve ter havido algo mais forte do que o pelourinho e do que o fogo, mais forte até do que o seu costume de 20 anos! Deve ter havido uma ideia mais forte do que qualquer miséria, calamidade, tortura, praga, lepra, e todo esse inferno sem o qual a humanidade inteira não suportaria o mundo e a vida, ideia que reuniu todos os homens, que lhes guiou o coração, e que fez frutificar as "fontes da vida". Mostrem-me algo que seja igual a essa força, nesta nossa era de vícios e de estradas de ferro... Eu deveria dizer de navios e de trens, mas digo vícios e estradas de ferro, porque estou bêbado, mas sou sincero. Mostrem-me qualquer ideia que ligue a humanidade de hoje e que tenha o poder dessa outra naqueles séculos. E ousem dizer-me que as "fontes da vida" não se enfraqueceram e não se conspurcaram debaixo da "estrela", debaixo das teias em que os homens estão enrodilhados. Nem venham querer assustar-me, com a prosperidade, a saúde, a diminuição da carestia e a rapidez dos meios de comunicação. Há mais saúde, mas há menos vigor, não há mais ideia sólida; tudo se tornou mais mole, tudo é dúctil, todo o mundo é maleável! Todos nós, todos nós estamos ficando mais moles... Mas, quanto a isso, basta. Este ainda não é o ponto. O ponto, honrado príncipe, é se não nos devíamos aprontar para a ceia que está sendo preparada para as nossas visitas?

Liébediev tinha levado os seus ouvintes a um verdadeiro estado de indignação. (Deve-se acentuar que rolhas lhe foram arremessadas incessantemente todo o tempo.) Mas essa inesperada referência à ceia logo conciliou todos os seus antagonistas. Ele chamou essa conclusão de "galharda conclusão jurídica". Risadas bem-humoradas ecoaram outra vez; as visitas ficaram mais alegres, e todos se ergueram de ao pé da mesa, para desentorpecer as pernas e caminhar pela varanda. Apenas Keller não gostou do discurso de Liébediev e estava tenebroso.

— Ele ataca o progresso e gaba o carolismo do século XII. Está se pavoneando; não há sinceridade nenhuma no que disse. E como foi que ele conseguiu, por exemplo, vir para esta casa aqui? Ora aí está uma coisa que eu queria que ele me explicasse! — disse alto, tomando cada qual e todos como testemunhas.

— Eu sim, eu conheci um intérprete de mão-cheia do Apocalipse — pôs-se a dizer o general, lá em um canto, a um outro grupo de ouvintes, entre os quais Ptítsin, cujos botões segurava, distraidamente. — O falecido Grigórii Semiónovitch Burmístrov. Esse sim, fazia o coração da gente se abrasar. Primeiro punha os óculos, e abria um grande livro encadernado em couro negro; tinha uma barba incomensurável e duas medalhas em reconhecimento às suas munificentes caridades. Começava devagar e em tom severo. Os generais se inclinavam diante dele e as senhoras caíam em faniquitos. Ao passo que este camarada aqui concluiu com uma ceia! Isto é o cúmulo!

Ptítsin escutou o general, sorriu e foi à cata do chapéu, como se quisesse ir embora; mas ou ficou sem disposição para isso, ou se esqueceu. Gánia já antes de todos se levantarem tinha acabado de beber e afastado o copo. Uma sombra de tristeza lhe envolvia o rosto, agora. Depois que todos abandonaram a mesa, ele se dirigiu para perto de Rogójin e se sentou ao seu lado. Dir-se-ia que ambos estavam na mais amistosa das relações. Rogójin, que antes fizera menção, repetidamente, de se levantar e ir embora, permanecia sentado, quieto e de cabeça pendida. Era como se também ele tivesse esquecido sua decisão tantas vezes ensaiada. Não bebera sequer uma gota de vinho, a noite inteira, e conservava um ar muito taciturno. De vez em quando erguia os olhos e contemplava ora um, ora outro. Estaria ele à espera de alguma coisa de grande importância, a ponto de no seu foro íntimo ter resolvido aguardar?

O príncipe não bebera ao todo mais do que umas duas ou três taças de champanha que apenas o tinham conseguido tornar um tanto jovial. Ao sair de perto da mesa deu com o olhar de Evguénii Pávlovitch, e então se lembrou da conversa que deviam ter a sós e lhe sorriu cordialmente. Em resposta, Evguénii Pávlovitch lhe fez um gesto, mostrando Ippolít, em quem se pusera a prestar atenção. O rapaz dormia estirado no sofá.

— Diga-me uma coisa, príncipe: por que motivo se teria este rapaz instalado aqui na sua casa? Aposto como veio com alguma intenção má — disse de chofre, com uma tal implicância e demonstrando tamanha antipatia, que Míchkin, surpreendido, não pôde deixar de redarguir:

— Reparei, ou pelo menos me pareceu, que se preocupou demasiado com ele, esta noite, Evguénii Pávlovitch. Não é verdade?

— E acrescente mesmo que, dada a minha situação por causa de meu tio, não me faltariam motivos para preocupações muito outras que não esta. Na verdade, nem eu mesmo me explico a razão pela qual esse rosto antipático atraiu a minha atenção a noite inteira.

— Tem um rosto bonito...

Nisto Evguénii Pávlovitch puxou o príncipe pelo braço, exclamando:

— Veja! Veja!...

O príncipe, todavia, olhou, mas foi para Radómskii, com admiração ainda maior.

5

Ippolít, que lá pelo fim da arenga de Liébediev adormecera repentinamente sobre o sofá, acordou de súbito, como se lhe tivessem dado um empurrão.

Sobressaltado, sentou-se, olhou em redor e ficou muito branco, parecendo muito espantado de se achar ali; e quando se lembrou de tudo e refletiu uns segundos, uma expressão de horror lhe veio ao semblante.

— Como? Estão saindo? Já acabou? Terminou? O sol já nasce? — pôs-se a perguntar, inquieto, agarrando a mão do príncipe. — Que horas são? Pelo amor de Deus, que horas são? Peguei no sono sem querer... Dormi muito tempo? — continuou a indagar como se uma coisa lhe tivesse arrebatado o destino enquanto dormia.

— Dormiu... quer saber... apenas uns sete ou oito minutos! — acalmou-o Evguénii Pávlovitch.

Ippolít fixou-o avidamente, distendendo por alguns momentos um raciocínio vagaroso.

— Só? Então eu...

E deu um suspiro ardente e profundo, como aliviando algum peso. Verificou que o grupo não se dissolvera, que tinha abandonado a mesa apenas para se sentar a uma outra na peça contígua diante da ceia, que a aurora ainda não chegara e que, afinal de contas, a única coisa terminada de fato fora o bestialógico de Liébediev. Sorriu e um fluxo vermelho, característico da tuberculose, lhe tingiu as faces. Comentou com ironia a afirmativa de Radómskii:

— Esteve contando os minutos enquanto eu dormia, hein, Evguénii Pávlovitch? Bem reparei esta noite que o senhor não tirava os olhos de cima de mim. Olá, Rogójin! Vi-o em sonhos agora mesmo. — Franziu uma sobrancelha na direção do príncipe, como a mostrar-lhe Parfión, que ainda permanecia sentado diante da mesa. Logo mudou de assunto. — Onde está o orador? Que fim levou Liébediev? Então ele já finalizou aquela xaropada? Como foi a peroração? É verdade, príncipe, que o senhor disse uma vez que a Beleza salvaria o mundo?

Senhores! — exclamou bem alto, dirigindo-se para o grupo inteiro — aqui o príncipe afirma que a Beleza salvará o mundo! Participo-lhes que a razão desta sua ideia tão radiosa advém do fato de estar ele apaixonado. Mal embarafustou por aqui adentro esta noite, logo vi isso na fisionomia dele. Não desaponte, príncipe, senão me enternecerá ainda mais. Afinal, que espécie de beleza é que salvará o orbe? O senhor é um cristão fervoroso? Kólia me garantiu que o senhor é cristão convicto.

O príncipe olhava-o atentamente, sem responder.

— Ah! Não responde? — E bruscamente Ippolít acrescentou: — Cuida porventura que sou muito seu amigo?

— Não, não julgo. Já percebi que não gosta de mim grande coisa.

— Como? Mesmo depois de ontem? Ontem fui sincero com você.

— Eu sabia, ontem também, que você não gostava de mim.

— E por que será? Inveja? Pensou, desde que me conhece, que fosse por causa disso, não pensou? Mas, por que estou eu interpelando-o assim na sua própria casa? Quero um pouco mais de champanha. Keller, torne a encher a minha taça.

— Você não deve beber mais, Ippolít. Não consinto — e o príncipe arredou para longe a taça.

— Tem toda a razão. — E, concordando, foi assumindo gradualmente um feitio de quem se torna mais lúcido. — Comentariam... chamar-me-iam de bêbado, ainda por cima... ou de romântico. Tanto se me dá. Pois comentem... ou deixem de comentar! Não concorda comigo, príncipe? Hei de me importar muito com o que digam depois, hein? Que pode interessar a qualquer um de nós o que acontece *depois*? Parece que ainda não acordei direito... Tive um sonho... credo! Ainda não se desfez direito. Não lhe desejaria um sonho desses, príncipe, apesar de nossa antipatia recíproca. Eu cá adoto o seguinte sistema: não desejo o mal para uma pessoa mesmo que embirre com ela. Mas... chega de perguntas e declarações. Príncipe, dê-me a sua mão. Quero apertá-la calorosamente. Assim! Ainda bem que o senhor ma estendeu. Portanto acredita que quando aperto a mão de alguém o faço com sinceridade. Não beberei mais, já que esse é o seu desejo. Que horas serão? Outra pergunta vã. Se aqui há uma criatura que sabe a hora, e que hora é esta, exatamente esta, sou eu. Sim, porque ela, a hora, ei-la!... Este é o tempo exato. Armaram a ceia acolá naquele canto?! Então isso significa que esta mesa aqui está livre? Ótimo. Ora muito bem, cavalheiros, eu... Mas os senhores querem ouvir, ou não querem?... Príncipe, era meu intento ler um pequeno ensaio. Bem sei que cear é bem mais interessante; ainda assim...

E de súbito, da maneira mais inesperada, sacou do bolso de dentro do paletó um envelope grande, selado com uma rodela de lacre, e o depôs em cima da mesa, na sua frente.

Tal gesto inopinado alarmou a assistência, que não esperava por uma coisa dessas e que, além de um tanto bebida, tinha fome. Evguénii Pávlovitch quase deu um pulo da cadeira. Gánia caminhou depressa para a mesa. Rogójin fez o mesmo, mas com uma espécie de raiva sinistra, como se estivesse pressentindo o que ia acontecer. Liébediev, que já se achava perto, abaixou os olhos perscrutadores, arregalando-os por sobre o envelope, querendo adivinhar o que seria aquilo.

Foi então que o príncipe perguntou com certo receio:

— Isso aí o que é?

— Ao primeiro clarão do sol nascente me "prostrarei", príncipe. Já lhe disse. Palavra de honra. O senhor verá! — exclamou Ippolít. — Mas... mas... Cuidam que não serei capaz de abrir este envelope? — acrescentou, dirigindo os olhos para os assistentes, encarando-os um por um, como a desafiá-los indistintamente.

Míchkin reparou que ele tremia de modo quase convulsivo.

— Por que havemos de pensar uma coisa dessas? — respondeu o príncipe por todos. — E por que pensa você isso da gente? Que ideia é essa... que ideia é essa de ler isso a estas horas? Que é que tem aí nesse envelope, Ippolít?

— Sim, que é? — perguntavam todos, entre si. — Que foi que lhe aconteceu? Está querendo o quê?

Em breve o rodearam todos, alguns ainda comendo. Aquele envelope com o lacre vermelho parecia um ímã.

— Escrevi isto anteontem, príncipe, logo depois que prometi vir passar uma temporada na sua casa. Passei o dia inteiro escrevendo, fui pela noite adentro, e só ontem foi que acabei. Depois me deitei e tive um sonho...

— Não seria muito melhor adiar isso para amanhã?

— Amanhã "não haverá mais tempo" — disse Ippolít dando uma risada histérica. — Mas não se assustem. Levarei apenas uns quarenta minutos a ler. Uma hora, no máximo. E por que não hei de ler se noto tamanha curiosidade, se todos não tiram os olhos de cima do lacre? Ah! Como um envelope grande, lacrado, causa sensação, gente! Hum! Vejam só o que é o mistério! Devo soltar o lacre, ou não, senhores? — perguntou, fixando-os com olhos fulgurantes e rindo de modo esquisitíssimo. É segredo, gente, segredo! Lembra-se, príncipe, quem foi que proclamou que já não haveria "mais tempo"? Foi o grande e poderoso arcanjo do Apocalipse.

— É melhor não ler! — exclamou de repente Evguénii Pávlovitch com um timbre de tamanha preocupação que alvoroçou os demais.

— Deixe dessa ideia. Não leia, não! — aconselhou o príncipe também, pondo a mão sobre o envelope.

— Ler para quê? É hora de cear, isso sim — declarou alguém.

— É algum artigo? Colaboração para alguma revista? — perguntou um outro.

— Alguma droga, na certa — aventou um terceiro.

O gesto de Míchkin, conquanto tímido, pareceu haver arrefecido Ippolít.

— Então... não querem que eu leia? — disse quase a sussurrar, com certa apreensão, os lábios lívidos repuxados por um sorriso em esgar. — Acham que não convém ler? — murmurou, esquadrinhando vagarosamente as fisionomias dos demais, como a querer cobrar ânimo para investir sobre todos com um único arremesso difuso. — Estão com medo de quê? — Depois ficou a consultar a indecisão do príncipe.

— Por que haveríamos nós de ter medo? — redarguiu este último, mudando de fisionomia cada vez mais.

Então, dando um salto da cadeira, como se alguma mola o tivesse arrojado, Ippolít perguntou ao acaso:

— Alguém terá aí uma moeda de vinte copeques? Ou qualquer outra?

— Tome — disse Liébediev, entregando-lhe imediatamente uma.

E o fez certo de que o rapaz, devido ao seu estado de saúde, estivesse em algum delírio.

Voltando-se depressa para a menina, Ippolít pediu:

— Vera Lukiánovna, pegue esta moeda, atire-a para o ar... Cara ou coroa. Se for cara, então quererá dizer que posso ler!

Vera olhou muito espantada para a moeda, depois para Ippolít, por último para o pai e, amedrontadamente recuando a cabeça, como se achasse que não devia olhar para a moeda, arremessou-a para o ar. Esta caiu na mesa, com a efígie virada para cima.

— Ler! Vou ler — grunhiu Ippolít como varado pela decisão do destino. Mais pálido do que estava era impossível. Nem que aquilo fosse a sua sentença de morte.

— Mas... — irrompeu ele despropositadamente, metendo-se entre os mais próximos, após meio minuto de silêncio — como?! Então ganhei? Foi mesmo "cara"? — E com um pasmo que era quase súplica, tomando a todos como testemunhas, os encarou. Depois se voltou para Míchkin com um legítimo ar de assombro. — Mas isto é prova da força psicológica. É... deveras inacreditável, príncipe! — disse e repetiu, forçando o hausto e parecendo recobrar ânimo. — Guarde bem este fato, príncipe, não esqueça, alteza, já que, segundo creio, o senhor costuma colecionar episódios referentes às sentenças de morte... Pelo menos me contaram, ah, ah!... Deus do Céu, que absurdo sem pé nem cabeça!

Sentou-se no sofá, fincou os cotovelos sobre a mesa e apoiou a cabeça.

— Ora, isto é positivamente vergonhoso! Importa-me lá que seja vergonhoso! — Imediatamente ergueu a cabeça outra vez. — Senhores, senhores! Vou romper o lacre do meu envelope — exclamou com repentina decisão. — O que aliás não obriga ninguém a ficar para ouvir.

Com as mãos trêmulas de tanta excitação, abriu o envelope, tirou diversas tiras de papel escritas em letra miúda; começou a arrumá-las, colocando-as na sua frente.

— Mas de que se trata? Que é que ele vai ler? — murmurou alguém, soturnamente; mas os outros ficaram calados, sentando-se e espiando com curiosidade. Contavam com alguma coisa fora do comum. Vera grudou-se à cadeira do pai, amedrontada, com vontade de chorar. Kólia não deixava também de estar assustado. Liébediev, que já se tinha sentado, tornou a se levantar e trouxe as velas para perto de Ippolít, para clarear mais.

— Senhores, o que isto seja, os senhores vão ver já, por si mesmos — começou Ippolít, que bem sabia por que começava assim. E logo desandou a ler: — "Explicação indispensável". Mote: "*Après moi le déluge*".[38] Hum! Não estou gostando! Será que escrevi seriamente

---

[38] Do francês: "Após mim, o dilúvio," frase que foi supostamente cunhada pelo Rei Luís XV. (N. E.)

um mote tão estúpido? Ouçam, senhores!... Asseguro-lhes que tudo isto não passa afinal de uma algaravia! Uns pensamentos meus... E se porventura pensam que há qualquer coisa misteriosa, qualquer coisa proibida, então, de fato...

— Por que é que não lê isso sem prefácio? — interrompeu-o Gánia.

— É afetação — ajuntou outra pessoa.

— É muita falação — disse Rogójin, que até ali estivera calado.

Ippolít o encarou de repente e, quando os seus olhos se encontraram, Rogójin fez um arreganho vagoroso e ácido, pronunciando arrastadamente esta opinião:

— Não é por esse caminho que vais lá das pernas, rapaz, digo-te eu...

Ninguém naturalmente entendeu o que Rogójin quis dizer. Pensaram todos que fosse uma ideia qualquer vinda em um relance. Mas essa frase causou terrível impressão em Ippolít, que ficou tão trêmulo que o príncipe chegou a estender a mão para ampará-lo, e até quis gritar, só não o tendo feito porque a voz lhe faltou. Ippolít levou quase um minuto fixando Rogójin, calado, a respiração presa. Por fim, retomando o folêgo, pronunciou, com tremendo esforço:

— Com que então era você? Sim, você?

— Fui eu o quê? Fui eu o quê? — retrucou Rogójin, espantado.

Ippolít, inflamando-se, exclamou, tomado de fúria, violentamente:

— *Você* esteve no meu quarto, à noite, na semana passada, à uma hora da madrugada, depois que fui a sua casa de manhã! Você! Sim, confesse; foi *você*.

— A semana passada? De madrugada? Você não está com as ideias muito claras, rapaz!

Ao que o "rapaz", sem responder, ficou durante um minuto refletindo, com o indicador na testa. Mas havia um brilho dissimulado e quase triunfante no seu sorriso pálido e um pouco distorcido pelo medo.

— Foi você! — repetiu, em um sussurro, com intensa convicção. — Você entrou e se sentou no meu quarto, sem dizer nada, na cadeira perto da janela, durante uma hora inteira; mais, entre meia-noite e duas da madrugada. Depois, entre duas e três horas, você se levantou e foi embora... Foi você, foi você! Por que quis você me amedrontar? Por que foi me afligir? Não compreendo, mas foi você!

E apesar de ainda estar tremendo de medo, havia fulguração de ódio em seu olhar.

— Os senhores virão a saber de tudo isso, diretamente... Eu... eu... Escutem...

Mais uma vez, com encarniçada pressa, agarrou as tiras de papel que tinham corrido para os lados, procurando ajuntá-las; mas tremiam em suas mãos convulsas, e por isso custou endireitá-las.

— Ou é maluqueira ou delírio — rosnou Rogójin de maneira quase inaudível.

Afinal a leitura começou. Nos primeiros cinco minutos o autor do inesperado *artigo* estava sem ar e leu aos supetões, incoerentemente. Mas, com a continuação, a sua voz ficou mais forte e começou a exprimir melhor o sentido. Um violento acesso de tosse o interrompia, às vezes. Lá pela metade do artigo já estava rouco. E no fim a sua excitação febril, que ia aumentando com a leitura, alcançou tal ápice que produziu penosa impressão na assistência. Eis aqui o artigo inteiro:

"EXPLICAÇÃO INDISPENSÁVEL

Après moi le déluge!"

"O príncipe esteve aqui ontem, de manhã. Entre outras coisas me persuadiu a que me mudasse para a sua vila. Eu tinha certeza de que ele insistiria sobre isso e falaria pelos cotovelos até me convencer que era 'mais suportável morrer entre árvores e gente', conforme sua expressão. Mas hoje já não disse 'morrer' e sim 'viver', o que no meu caso vem a dar no mesmo. Perguntei-lhe que queria dizer com aquelas 'árvores' e por que me amolava tanto com elas. E vim a saber, então, com grande surpresa para mim, que eu próprio dissera naquela tarde que seria capaz de vir para Pávlovsk só para olhar para as árvores pela última vez. Quando lhe disse que tanto se me dava morrer olhando para árvores como para os muros de tijolos que dão para a minha janela, não sendo, pois, preciso tanta bulha por causa de uns quinze dias, ele imediatamente concordou; mas o verde e o ar fresco, segundo ele, deveriam produzir, seguramente, uma mudança física em mim, até talvez aliviando a minha excitação e os meus sonhos. Redargui-lhe, a rir, que estava falando como um materialista. Como ele jamais mente, essas suas palavras devem valer alguma coisa. Tem um belo sorriso; examinei-o agora, cuidadosamente. Não sei se gosto dele, ou não. Nem disponho de tempo para perder com isso. Devo observar, porém, que o ódio que senti por ele, durante cinco meses, começou a se desfazer este mês. Mas... então, por que deixei o meu quarto? Um homem condenado à morte não deve deixar o seu canto. Talvez, quem sabe, tenha eu decidido ir a Pávlovsk para ver o príncipe, apenas? Se não fosse ter tomado, como tomei, a minha decisão final, deixando de me consumir aos poucos até o último instante, nada me teria induzido a deixar o meu quarto e eu não aceitaria o seu convite para ir morar com ele, para morrer em Pávlovsk. Devo apressar-me a acabar esta "explicação" antes de amanhã, seja como for. Não terei, pois, tempo para relê-la, nem para emendá-la. Só a relerei amanhã, quando for mostrá-la ao príncipe e a duas ou três testemunhas que porventura encontre por lá. Portanto, não deve haver por aqui uma só palavra falsa, tudo tem de ser a verdade última e solene. E já estou curioso para saber que impressão isto causará na hora e no minuto da sua leitura. Fiz mal em escrever, penso eu, que esta é a última e solene verdade; não vale a pena dizer mentiras por uns quinze dias, já que, de qualquer maneira, não vale a pena viver quinze dias. Esta é a prova evidente de que não quero senão escrever a verdade. (N.B.: Não esquecer o pensamento: não estarei maluco neste instante, ou melhor, nestes minutos? Já me asseguraram, positivamente, que os tuberculosos, em seu último estágio, perdem a cabeça por tempos. Devo verificar isto amanhã, pela impressão que causar no meu auditório. Ora aí está um caso que tenho de verificar, do contrário, como agirei?)

Está me parecendo que escrevi algo terrivelmente estúpido; mas, como já disse, não tive tempo para corrigir. Além disso prometi a mim mesmo, de propósito, não emendar uma linha sequer deste manuscrito, mesmo se perceber que me contradigo em cada cinco linhas. O que desejo decidir depois, com a leitura de amanhã, é justamente se a sequência lógica de minhas ideias está correta; quero perceber os meus erros e, por conseguinte, se tudo quanto andei pensando aqui neste quarto é verdade ou delírio.

Se eu devesse deixar o meu quarto, dois meses atrás, e tivesse dito adeus às paredes de Meyer, estou certo de que teria ficado triste. Mas agora não sinto nada. Sei que vou deixar o meu quarto e aquela parede *para sempre*. Portanto, a minha convicção de que quinze dias não valem nada, e que não adianta sentir nem lastimar coisa alguma, se assenhoreou de toda a minha natureza e já pode ditar os meus sentimentos. Mas é isso certo? É verdade que a minha natureza já se deixou vencer? Se eu for torturado por alguém, agora, naturalmente ainda darei gritos, vociferarei e não direi que é indiferente sofrer só porque tenho apenas duas semanas de vida.

Mas, na verdade, só tenho mesmo duas semanas para viver, e não mais? Aquele dia, em Pávlovsk, eu menti. E... não me disse nada, pois nunca me viu. Mas, há cerca de uma semana, me trouxeram um estudante chamado Kisloródov. Por suas convicções se trata de um materialista, de um ateu, de um niilista. E foi por isso que o mandei chamar. Eu precisava de um homem que me dissesse a verdade nua, isto é, sem cerimônia nem brandura. E foi o que ele fez, não só com desembaraço e sem preâmbulo, mas com satisfação óbvia (que excedeu ao que eu pensava). Provou-me que eu tenho mais ou menos um mês de vida, talvez um pouco mais, caso as circunstâncias me sejam favoráveis, sendo porém mais provável que morra antes. Em sua opinião posso morrer subitamente, amanhã, por exemplo. Há casos assim, e anteontem, por exemplo, em Kolómna, uma jovem senhora tuberculosa, cujas condições eram idênticas às minhas, ia sair para ir ao mercado comprar seus mantimentos quando repentinamente se sentiu mal e caiu sobre um sofá; deu um suspiro e morreu. Tudo isso Kisloródov me disse sem rodeios e insensivelmente, como se me estivesse fazendo uma honra, ou melhor, como que dando-me a entender que me considerava, a mim também, um ser superior, igual a ele, imbuído do mesmo espírito de negação, e que, é claro, não se importa de morrer. De qualquer modo o fato é verdadeiro: um mês, não mais. E estou perfeitamente convencido de que ele não se equivocou.

Admirei muito ter o príncipe adivinhado que eu tinha 'maus sonhos'. Expressou estas palavras sinceras: que em Pávlovsk a minha excitação e os meus sonhos se modificariam. E por que sonhos? Ou ele é um pouco doutor, ou excepcionalmente inteligente, e vê habilmente as coisas (mas o que ele é, depois de tudo quanto disse e fez, é um idiota; quanto a isso não pode haver dúvida). Antes de ele entrar eu tive, e até parece coincidência, um lindo sonho (apesar de, a falar verdade, ter sempre milhares de sonhos como esse). Adormeci, creio que uma hora antes de ele chegar, e sonhei que estava em um quarto que não era o meu, melhor mobiliado e mais claro. Havia um sofá, uma cômoda, um guarda-roupa e a minha cama, que era grande e larga, coberta com uma colcha de seda verde. Mas no quarto deparei com um bicho asqueroso, uma espécie de monstro. Parecia um escorpião, mas não era um escorpião; era mais asqueroso e mais horripilante. Assim julguei porque não havia nada semelhante a ele na natureza e parecia ter vindo ali por encomenda, expressamente, havendo portanto, nisso, algo de misterioso. Examinei-o com muito cuidado. Era pardo, coberto com uma carapaça; tratava-se de um réptil com sete polegadas de comprido, dois dedos de espessura na cabeça, rematando em ponta na cauda, de forma que esta só tinha um sexto de polegada de largura. Quase duas polegadas para baixo da cabeça e em ângulo de quarenta e cinco graus com o corpo saíam duas pernas, uma de cada lado, do comprimento aproximado de quatro polegadas; de maneira que toda a criatura tinha a forma de um tridente, olhada de cima. Não pude verificar bem a cabeça, mas saíam dela dois fiapos duros, como bigodes, curtos, também marrons, lembrando duas agulhas fortes. Havia dois fios iguais àqueles na cauda e na extremidade de cada perna, perfazendo oito, ao todo. O bicho corria pelo quarto, muito depressa, com a cauda e as pernas; e quando corria o corpo e as pernas rastejavam como serpente, com extraordinária desenvoltura, apesar da carapaça; e era horrível de ver. Eu estava com um medo terrível de ser mordido. Sabia que ele era venenoso, mas o que mais que tudo me aterrorizava era ignorar quem o teria posto no meu quarto, qual a intenção e qual o segredo. Meteu-se debaixo da cômoda; depois debaixo do guarda-roupa e trepou pelos cantos. Sentei-me em uma cadeira e ergui as pernas. O bicho andava à vontade pelo quarto e sumiu perto da minha cadeira. Procurei-o com terror, e como estava sentado com as pernas erguidas calculei que não subisse em mim. De repente ouvi, atrás de mim, quase à altura da cabeça, um ruído, como de uma coisa que estivesse sendo raspada. Voltei-me e vi que o réptil subia pela parede, já estando ao nível da minha cabeça e tocando o meu cabelo com a cauda, que se virava e enrolava com extraordinária rapidez. Dei um pulo e o bicho desapareceu. Fiquei com medo de ir para a cama, durante a noite, pois podia ser que ele se insinuasse debaixo do travesseiro. Minha mãe entrou no quarto com um conhecido dela e tentou pegar o bicho. Eles estavam muito mais calmos do que eu poderia estar, sem medo absolutamente. E não perceberam o meu pavor. O réptil recomeçou a rastejar. O demoniozinho queria alguma coisa! E correu desta vez do quarto para a porta, rastejando de modo mais revoltante ainda. Então minha mãe abriu a porta e chamou Norma, a nossa cachorra felpuda terra-nova (que já morreu há mais de 5 anos). Arremessou-se ela para o quarto e estacou diante do réptil. O bicho parou também, mas ainda se contorcendo; e raspava o chão com as patas e a cauda. Os animais não sentem terror pelo mistério, a não ser que eu esteja enganado. Mas naquele momento me pareceu que havia um terror extraordinário em Norma. Um terror deprimente, como se a cadela também tivesse notado que ali estava algo poderoso e estranho. Começou a recuar aos poucos, diante do réptil, que começou a rastejar também vagarosamente para ela, querendo decerto pegá-la para a picar. Apesar de apavorada, Norma olhava para aquilo com fúria, embora tremendo. De repente abriu com certo jeito os dentes, mostrando as tremendas mandíbulas vermelhas, agachou-se, preparada para o salto, e subitamente pegou o bicho com os dentes. O réptil lutou para se livrar, e Norma outra vez o agarrou quando já escapulia, duas vezes prendendo-o todo nas mandíbulas, parecendo engoli-lo enquanto dava safanões, moendo a carapaça entre os dentes, com as pernas e a cauda dependuradas para fora da bocarra. E como aquilo ainda assim se mexia horripilantemente! Nisto Norma deu um grito agudo e lancinante. O animal conseguira picar-lhe a língua. Ganindo e latindo, abriu a boca, por causa da dor, e eu vi o bicho, apesar de cortado em dois, ainda mexer lá dentro, lançando do seu corpo esmagado uma porção de um fluido branco como o que sai quando se esmaga uma barata... Nisto acordei e o príncipe chegou."

— Senhores — disse Ippolít, interrompendo inesperadamente a leitura e parecendo envergonhado, quase —, não tive tempo de reler isto e acho que escrevi demais, muita coisa até sem necessidade. Este sonho, por exemplo...

— De pleno acordo — apressou-se Gánia em concordar.

— Há aqui muita coisa demasiado pessoal, devo confessar. Isto é, quase que só falo de mim.

E dizendo isso, Ippolít fez um ar de enfado e de cansaço, limpando o suor da fronte com um lenço. Liébediev anuiu:

— Realmente você está interessado demais na sua pessoa.

— Não estou forçando ninguém a escutar, permitam que lhes diga, senhores. Quem não quiser ouvir pode ir embora.

— Hum! Está mandando a gente embora da casa do outro! — comentou Rogójin de modo perfeitamente audível.

— E se nos levantássemos e fôssemos embora? — propôs Ferdichtchénko, de repente, bem alto. Ele não tinha ousado falar até agora.

Ippolít baixou os olhos e prontamente agarrou o manuscrito. Mas no mesmo segundo ergueu a cabeça de novo e disse olhando fixamente para Ferdichtchénko, com olhos flamejantes e duas nódoas de sangue nas faces:

— Tu me detestas, eu sei.

Houve risadas, mas não de todos. Ippolít enrubesceu ainda mais; e então Míchkin interveio:

— Ippolít, dobre o seu manuscrito e entregue-mo. Vá deitar-se no meu quarto. Conversaremos antes de dormir. Conversaremos amanhã. Mas sob a condição de que nunca mais abra essas folhas. Está feito?

Ippolít o encarou demonstrando nitidamente um assombro incontido.

— Impossível. Senhores, aqui está uma situação estúpida na qual não sei como deva me comportar! — exclamou, tornando-se cada vez mais febrilmente excitado. — Não vou interromper mais a minha leitura. Portanto, se alguém não quer me ouvir, que se vá.

Tomou apressadamente um gole da água do copo, fincou os cotovelos sobre a mesa para amparar o rosto e esconder os olhos, e continuou a ler, passando logo o seu vexame.

“A ideia, prosseguiu ele, de que não vale a pena viver poucas semanas começou a me vir seguramente há um mês, quando eu dispunha apenas desse mês para viver. Mas só começou a me obcecar, creio eu, há três dias, quando passei aquela noite em Pávlovsk. A primeira vez que tal pensamento me arrebatou plenamente eu me achava na varanda do príncipe, na ocasião mesmo em que tentava uma experiência e um julgamento sobre a vida, ainda tolerando ver pessoas e árvores (não nego que me propus, a mim próprio, isso). Exatamente quando me excitei insistindo pelos direitos do ‘meu semelhante’ Burdóvskii, quando ainda sonhava que todos me abririam os braços para me acolher e me pedir perdão pelos erros do mundo e da vida, o mesmo estando eu disposto a fazer com todos! Resumindo, exatamente quando eu me comportei, mais do que nunca, como um rematado imbecil. E foi então que me assaltou esta minha ‘última convicção’. Admirei-me de ter podido viver seis meses sem que ela me tivesse vindo antes. Estava farto de saber que era um tuberculoso sem possibilidade de cura. Quanto a isso nunca procurei enganar-me. Compreendia a minha situação, claramente. Mas a verdade é que quanto mais claramente a compreendia mais desejo tinha de que a minha vida se prolongasse. Agarrei-me à vida, queria viver apesar de tudo. Admitindo que eu percebia muito bem a nefanda e obscura fatalidade que estava para me esmagar como a um inseto e, ainda por cima, sem a menor culpa de minha parte, por que foi que, ainda assim, não me insurgi contra a minha involuntária passividade? Por que haveria de querer *começar* a viver deveras sabendo que estava no *fim*? Por que tentei isso antes e haveria de tentar então, sabendo que seria inútil optar fosse lá pelo que fosse? Pois se nem ler eu podia, tendo desistido dos livros! Que me adiantava ler, de que me valia aprender por seis meses? Quantas vezes a evidência dessa verificação não me fez jogar os livros para um lado?

Sim, aquelas paredes de Meyer poderiam contar uma história. Muito poderia eu escrever sobre elas. Não há um pedaço daquelas paredes imundas que eu não tenha estudado. Raios as partam! E todavia ainda me são mais caras do que as árvores de Pávlovsk. Ou melhor: seriam, se tudo já agora não me fosse indiferente.

Lembro-me com que interesse voraz andei, nesse tempo, prestando atenção na vida de *todos*, coisa com que antes jamais me importara. Quando a doença me impossibilitava de sair, ficava olhando para a rua, esperando, nervosamente, por entre maldições e pragas, a vinda de Kólia. Tudo, tudo eu esquadrinhava; não me escapulia a menor novidade, fato, palavra. Virei um tagarela, criticava toda a gente! Não havia meios, por exemplo, de compreender como é que quem dispõe de tanta vida diante de si, longe estando a morte, não se torna rico (e com efeito ainda hoje não entendo isso!). Conheci um pobre diabo que (segundo me contaram) veio a morrer de fome. Lembro-me de que, ao saber disso, fiquei furioso: minha vontade era ressuscitá-lo, se eu tivesse tal dom, somente para o executar! Às vezes, por aquele tempo, eu ficava um pouco melhor, uma semana ou outra, e me dava ao luxo de sair um pouco; mas as ruas me exasperavam a tal ponto que acabava me trancando dentro do quarto, de propósito, dias e dias seguidos, embora pudesse sair como qualquer outra pessoa. Não podia suportar a multidão apressada, barulhenta, preocupada, pensativa, impaciente, desfilando em duplo sentido, atropelando-me pelas calçadas. Por que essa taciturnidade, essa preocupação, esse alarido, esse eterno e teimoso rancor (pois a multidão tem rancor, tem rancor, tem rancor!)? De quem é a culpa se ela é miserável e não sabe como viver, embora tenha 70 anos de vida pela frente? Por que foi que Zarnítzin se deixou morrer de fome se tinha 70 anos de vida à sua disposição? Toda a gente mostra os seus andrajos, as suas mãos escalavradas e calosas e grita selvagemente: 'Trabalhamos que nem bois de arado, somos pobres e famintos que nem cães, ao passo que tantos há por aí que não fazem nada e são ricos!' (A eterna lamúria!) E por entre a turba que vai e vem desde manhã até a noite, eis que surgem sujeitos lerdos e ranhentos, como esse amanuense suplente, Iván Fomítch Súrikov, 'fidalgo de nascença', que vive no meu quarteirão, em uma mansarda, e que me farto de ver com os cotovelos coçados, os botões querendo cair, indo e vindo pelo bairro desempenhando tarefas insignificantes, levando e trazendo recados e sempre a se queixar! É pobre, não tem amigos, passa fome, morreu-lhe a mulher à míngua de remédios, o filhinho morreu enregelado em um inverno destes, a filha já moça é amásia não sei de quem... Iván Fomítch Súrikov! Sempre a se lastimar, o estupor!... Oh! Nunca senti a menor, a mínima piedade por esses estúpidos nem sinto agora, digo com orgulho! Por que não é ele um Rothschild? De quem é a culpa se ele não tem milhões como Rothschild, se não tem pilhas e pilhas de fredericos de ouro e de napoleões de ouro, tão altas como essas montanhas que se veem nas festas de carnaval? Pois, se está vivo, que raio faz ele com tamanho poder como é o da vida? E de quem é a culpa se o estupor não compreende isso?

Oh! Agora já não me importo mais, não me resta tempo nem mesmo para me irritar. Mas então, repito, naquele tempo, ah!... eu me crispava no meu travesseiro, mordia com raiva a orla da minha colcha! E que devaneios, que sonhos, que projetos! Que vontade que me vinha de me ver solto na rua, apenas com os meus 18 anos, sem roupa, sem teto, completamente abandonado e só, sem trabalho, sem quarto, sem uma côdea de pão, sem um único conhecido, sem parentes de qualquer espécie, largado em uma grande cidade, sentindo fome, desdenhado (quanto mais, melhor!) mas com saúde, pois então haveria de mostrar a todos...

— Que é que eu poderia mostrar...?

Oh, sem dúvida cuidam que ignoro quanto me humilhei a mim próprio, conforme se depreende desta minha 'Explicação'. Decerto, um por um, todos me olham como um choramingas que não sabe nada da vida, e esquecem que ainda tenho somente 18 anos, e que viver do modo por que vivi durante esses seis meses significa o mesmo que já estar com os cabelos grisalhos! Pois riam e digam que isso tudo não passa de contos de fadas. De fato a mim mesmo outra coisa não fiz senão contar histórias da carochinha, enchendo noites a fio com esses contos fantasmagóricos. Ainda hoje não os esqueci.

Mas hei de porventura contá-los agora que o tempo das histórias de fadas já acabou, mesmo para mim? Ora, contá-los a quem? Distraía-me com eles porque já tinha visto perfeitamente que me era vedado até mesmo aprender a gramática grega, como me deu na veneta certa vez. 'Morrerei sem sequer haver chegado à sintaxe', pensei, logo na primeira página, e joguei o livro para baixo da mesa. Lá ainda deve estar ele, pois proibi Matrióna de o pegar do chão.

Qualquer pessoa, em cujas mãos esta minha 'Explicação' vier a cair, acabará, caso tenha paciência bastante para pôr os olhos nela, por me considerar como um sujeito maluco, um garoto de escola ou, mais provavelmente ainda, como um homem condenado à morte, propenso por isso a acreditar que todos os demais pensam pouco, pouquíssimo da vida e que não fazem senão dissipá-la à toa, vivendo assaz preguiçosamente, apaticamente, nenhum deles sequer merecendo vivê-la. Bem, protesto contra o meu leitor, pois se equivocou; e esta minha convicção não é de forma alguma uma consequência de estar eu condenado à morte. Pergunte-se a essa gente, pergunte-se o que essa gente toda entende por felicidade. Fique o mundo sabendo que Colombo foi feliz não quando descobriu a América, mas sim quando a estava por descobrir. Em verdade afirmo que o trecho mais alto da sua felicidade foram aqueles três dias antes da descoberta do Novo Mundo, quando a equipagem amotinada e desiludida esteve a ponto de aproar de volta para a Europa. Não era o Novo Mundo que importava, mesmo que de tão real lhe caísse ombros abaixo.

Colombo morreu sem quase o haver visto direito, e sem saber ao certo o que havia descoberto. É a vida que vale, que importa, a vida e nada mais, o processo, a maneira de descobrir, a tarefa perpétua e imorredoura. E não a descoberta em si, absolutamente. Mas que adianta estar aqui a falar! Decerto o que aqui estou dizendo ou escrevendo não passa de um lugar-comum, e me hão de tomar como um colegial desenvolvendo o tema da composição de sabatina. 'O nascer do sol'. Ou, no máximo, dirão talvez que de fato alguma coisa tinha eu a dizer mas que não soube me 'explicar'. Acrescentarei, todavia, que sempre no fundo de cada novo pensamento humano, de cada pensamento de gênio ou mesmo de cada pensamento que emerge do cérebro como altíssima centelha, alguma coisa há que não pode ser comunicada aos outros, mesmo que fossem precisos volumes e mais volumes a respeito e que se levasse mais de 35 anos a querer explicar; alguma coisa que não sai do cérebro, que não pode emergir, que aí fica para sempre intata e incomunicável. Morre-se com ela, sem poder participá-la a quem quer que seja. E todavia bem pode ser que essa seja a ideia mais importante entre todas. Se também eu falhei ao querer transmitir tudo quanto me andou atormentando nestes últimos seis meses, ainda assim cumpre ficar entendido que para chegar a esta minha 'última convicção' paguei demasiado caro. Eis o que achei necessário antepor de forma bem explícita à minha 'Explicação' e isso por motivos que me concernem". Visto o quê, prossigo.

6

"Não quero mentir; a realidade me colheu com demasiada força em suas garras no decorrer destes seis meses; e algumas vezes me arrebatou a ponto de me obrigar a esquecer a minha sentença de morte. Ou melhor: cheguei a não pensar nela e até a trabalhar. Já que estou falando nisto convém citar as circunstâncias. Quando, há oito meses, adoeci gravemente, cortei todas as minhas amarras com o mundo, e desisti de andar com quantos tinham sido meus camaradas. Como sempre fui um taciturno, os meus companheiros facilmente me esqueceram. Naturalmente mesmo sem esta decisão minha acabariam me esquecendo. O meu ambiente doméstico, ou, para ser mais exato, a minha 'família' também predispunha ao solipsismo. Há cinco meses que me apartei de vez, de tudo e de todos, confinando-me em um dos cômodos de casa. Acostumados a me obedecer, dos meus nunca ninguém ousou me aparecer, exceto nas horas marcadas para a arrumação do quarto e para me trazerem as refeições. Minha mãe acatava o meu estado de ânimo e sempre que vinha à minha presença permanecia ali toda trêmula, perto da porta, e não abria a boca. Batia nas crianças para não fazerem barulho, pois isso me incomodava. De fato muitas vezes, ao menor ruído, eu fazia um escarcéu. (A criançada deve estar com saudades de mim!) Acho que atormentei muito o meu 'fiel e bom' Kólia, como eu o chamava. Além mesmo dos limites da sua paciência. Mais tarde isso chegou a saturá-lo. Não vejo nisso nada de extraordinário. As criaturas foram feitas para se atormentarem reciprocamente. Percebia que ele não se exasperava com a minha irritabilidade, resolvido de antemão a não ser ríspido com um inválido. Provavelmente encaixou isso na cabeça para imitar a mansidão cristã do príncipe, o que, afinal, acabei achando engraçado. Não passa de um garoto muito novo e ávido do mundo; de maneira que tinha mesmo de imitar tudo. Acabei compreendendo e aceitando que ele tratasse, em uma hora oportuna, de traçar o seu próprio caminho. Gosto muito dele. Não deixei também de implicar com Súrikov, que mora em uma mansarda do meu prédio e que corre levando recados de um para outro, desde manhã até a noite. Tanto andei a lhe querer provar que era um imbecil em suportar a sua pobreza que se encolheu e desistiu de me encontrar. É uma natureza muito mansa, o mais suave dos seres vivos. (N.B.: dizem que a mansuetude é uma força tremenda. Devo interrogar o príncipe, a respeito. Aliás, a expressão é dele.) Mas em março, quando me dei ao trabalho de subir aquelas escadas todas para lhe dar os meus pêsames por haver o seu filhinho morrido enregelado, conforme soube, caí na asneira de, lá em cima, querer explicar ao pobre diabo, outra vez, embora inoportunamente, que tudo isso era consequência da sua 'burrice'. E sorri, lançando uma olhadela para o cadaverzinho. Então os lábios do homem se puseram a tremer e, contendo as lágrimas de antes, pôs uma das mãos no meu ombro e com a outra me apontou a porta, dizendo muito brandamente, com menos do que um sussurro: 'Saia, senhor!'.

Saí e apreciei aquilo muitíssimo; apreciei logo, instantaneamente, mesmo no momento justo em que ele me apontou a saída. Durante muito tempo aquelas duas palavras produziram em mim uma impressão dolorosa, quando calhava pensar nelas. A impressão que me causavam era uma espécie de desprezível piedade para com ele, coisa que eu absolutamente não queria sentir. Mesmo na hora aguda do insulto (sei bem que aquilo foi um insulto, embora involuntário), mesmo em tal ocasião não demonstrou ira! Se os seus lábios tremeram não foi isso provocado por acesso de ira, não, juro! Com a mão no meu ombro pronunciou o seu significativo 'Saia, senhor!', absolutamente sem ira. O que havia era dignidade; muita mesmo, conquanto inadequada inteiramente ao caso, tanto que, a bem dizer, havia até algo de cômico e grotesco na cena; mas cólera, não; não havia cólera. O máximo que se deve ter dado, foi ter ele sentido desprezo por mim. Depois disso, encontrando-me umas duas ou três vezes pela escada, cumprimentou-me tirando o chapéu, coisa que antes não fazia. Antes parava, de chapéu na cabeça, dizia qualquer coisa a esmo; destas duas ou três vezes continuou subindo, resvalando por mim muito confuso. Se me desdenhava, fazia-o à sua maneira: desprezava-me mansamente. Ou quem sabe lá se me tirou o chapéu, cumprimentando apenas o filho de um seu credor, visto em tempos ter pedido dinheiro emprestado à minha mãe, nunca tendo podido, depois, ser perfeitamente estrito em seus pagamentos. Com efeito esta interpretação parece mais viável. Estou certo de que, se eu tivesse resolvido dar tudo como não se tendo passado, ele em menos de dez minutos me viria pedir perdão; decidi, porém, não modificar meu feitio.

Foi mais ou menos nessa época; isto é, quando o filhinho de Súrikov morreu de friagem, em meados de março, que inesperadamente dei em me sentir bem melhor durante uns quinze dias. Passei então a sair, pouco antes do crepúsculo. Eu gostava do mês de março, quando começa o degelo. Andando pelas ruas via acender os bicos de gás. Andava às vezes horas e horas a fio. Aconteceu, uma noite, na Rua das Seis Quitandas, um indivíduo que parecia um gentil-homem passar adiante de mim. Não distingui a fisionomia, reparei somente que levava não sei o que embrulhado em jornais; vestia uma espécie de sobretudo horroroso, curto demais para o seu tamanho e muito ralo para a estação. Bem no instante em que ele passava por mim rente a um lampião, notei que qualquer coisa caiu do seu bolso. Apressei-me em pegá-la, pois alguém, um homem metido em um cafetã, pulara na minha frente; vendo porém que eu a estava pegando nem fez menção de discutir, contentando-se apenas em arriscar uma olhadela e continuar o seu caminho. Tratava-se de uma carteira velha, de marroquim, recheada (percebi logo) de tudo que fosse possível, menos dinheiro. O homem que a perdera já ia a uns quarenta passos na minha frente e logo sumiu na multidão. Pus-me a correr e a chamar por ele; como não podia dizer nome nenhum e apenas gritava 'êh!, êh!', ele não se voltou. Súbito, entrou à esquerda e desapareceu no portal de uma casa. Quando alcancei a entrada, que era muito escura, não vi ninguém. O prédio era enorme, uma dessas construções monstruosas destinadas a inquilinos de classe baixa, que muitas vezes contêm até mais de cem cômodos e que dão uma renda fabulosa. Quando entrei correndo me pareceu ver um homem já na parte mais afastada do pátio. Devido à escuridão não consegui distingui-lo a não ser muito mal. Avancei e chegando ao fundo dei com a entrada para as escadas. Umas escadas estreitas e imundas; não havia luz de espécie alguma. Ouvi passos, ruídos de quem está subindo. Subi também, certo de que, enquanto lhe abrissem a porta, eu conseguiria alcançá-lo. Os lances da escada eram curtos, mas os andares eram tantos que nunca eu chegava. E fui ficando sem fôlego. Antes de atingir o quinto andar escutei que uma porta se abriu e logo se fechou, lá em cima. Galguei os lances, cheguei a um corredor, vi uma porta, comecei a tomar respiração e toquei a campainha. Só alguns minutos depois foi a porta aberta por uma mulher que voltou para assoprar o fogo debaixo de um samovar. Escutou-me em silêncio, creio que não entendeu uma única palavra do que eu disse, e sempre calada me abriu uma porta que dava para uma outra peça; vi-me em um cômodo estreitinho e miserável, mobiliado com o indispensável. Havia uma cama para casal, com cortinados, onde jazia estirado um homem; Tieriéntitch, pois este foi o nome com que ela chamou esse homem avisando a minha entrada, resmungou qualquer coisa, com um tom pastoso de bêbado e mostrou uma outra porta oposta à que a mulher tornou a fechar. Em um castiçal de lata uma vela quase gasta iluminava uma garrafa. Tive o expediente de abrir a tal porta, logo me vendo em um outro cômodo.

Esse cômodo era menor do que o anterior e estava atulhado de coisas, de tal maneira que me vi atrapalhado para andar. Um estreito leito de solteiro, em um lado, tomava muito espaço. O resto dos móveis consistia de três cadeiras amontoadas com roupa de toda sorte e uma mesa ordinária em frente de um sofazinho forrado com encerado; mas isso desarrumado de tal jeito que não havia lugar para se passar entre a mesa e a cama. Brilhava no centro da mesa uma vela de sebo fincada em um castiçal idêntico ao outro. Na cama chorava um garotinho que, a julgar pelos sons que emitia, não podia ter mais do que três semanas. Estava sendo 'trocado' por uma mulher pálida de expressão doentia, ainda moça, de roupão, com ares de ter acabado de se levantar de uma doença. Mas a criança não se sentiu confortada com a fralda limpa e desandou a berrar, querendo decerto a maminha. No sofá dormia uma outra criança, de uns 3 anos, coberta, penso eu, com o casaco do pai.

Junto da mesa estava um homem com um paletó muito coçado (tinha acabado de tirar o sobretudo, que jogara sobre a cama). Estava desmanchando um pacote azul que continha duas libras de pão de trigo e duas pequenas salsichas. Reparei ainda em um bule de chá sobre a mesa e uns pedaços de pão preto. Uma maleta meio aberta e dois embrulhos de roupas apareciam debaixo da cama.

Aquilo é que era desordem. Mas logo à primeira vista me impressionou serem homem e mulher gente de alguma educação, e que a pobreza reduzira àquela condição degradante a que se chega quando a desordem triunfa de todo esforço para combatê-la e ainda por cima conduz uma pessoa a achar no seu crescimento cotidiano uma espécie de cruel e (como no caso) vingadora satisfação.

Quando entrei, o homem, que acabara de entrar antes de mim e estava desenrolando as suas provisões, falava com a mulher, que, não tendo ainda acabado de arrumar o bebê, desandou a soluçar. As notícias deviam ser más, como de hábito. O homem, que aparentava uns 28 anos, tinha o rosto sombrio e esgotado, bigodes pretos e queixo escanhoado. Deu-me a impressão de ser mais educado e simpático do que a mulher. O rosto era apático, com igual expressão nos olhos, havendo apenas uma sombra de orgulho mal contido. A minha entrada ocasionou uma cena estranha.

Pessoas existem, de cuja irritadiça sensibilidade deriva um extraordinário prazer com que se nutrem, principalmente, quando essa irritabilidade atinge um clímax que prontamente condiz com elas. Em tais momentos positivamente preferem ser insultadas a não o serem. E são sempre, depois, perseguidas por remorso, se têm compreensão, naturalmente, e são capazes de se dar conta de que foram dez vezes mais excitadas do que precisavam ser.

Aquele homem me fitou, por algum tempo, com assombro, ao passo que na mulher notei maior espanto, como se houvesse algo de monstruoso em ter alguém entrado ali e estar a vê-los. Investiu logo contra mim, em fúria; não tive tempo nem para articular duas palavras; e embora visse que eu estava decentemente vestido, ele sentiu, acho eu, que era um hediondo insulto aquela minha ousadia de sondar seu antro sem cerimônia alguma e de reparar no horripilante ambiente que tanto o envergonhava. Contentava-o, sem dúvida, essa oportunidade de descarregar sobre qualquer um a sua raiva pelo seu mau fado. No primeiro minuto pensei que me atacaria. Tornou-se branco como uma mulher em histeria, assustando a própria esposa.

— Como ousa o senhor ir penetrando assim dessa maneira? Ponha-se lá fora! — exclamou, tremendo, pronunciando com dificuldade as palavras. Mas, de repente, viu a sua carteira na minha mão.

— Acho que o senhor deixou cair isto na rua — disse-lhe eu tão secamente quanto pude. (De fato era a melhor coisa a fazer.) Pasmou, defrontando-me com absoluto terror, e por algum tempo não teve jeito para apanhá-la. Só depois foi que arrebatou a carteira e, boquiaberto, bateu com a mão na testa.

— Bom Deus! Onde, como encontrou o senhor isto?

Expliquei-lhe em breves palavras, e fazendo até o possível para ser ainda mais seco, como tinha pegado a carteira, corrido atrás dele, chamando-o e como, por fim, por acaso e quase adivinhando o caminho, o acompanhara escadas acima.

— Ó Céus! — gritou, virando-se para a esposa. — Aqui estão todos os nossos documentos, o último dos meus instrumentos, tudo... Oh, meu caro senhor, compreenderá o que acaba de fazer por mim? Eu ficaria perdido!

Nesse ínterim segurei a maçaneta da porta para me ir embora, sem lhe responder. Mas estava sem fôlego, eu próprio, e a minha atrapalhação provocou tal acesso de tosse que mal me pude suster. Vi o homenzinho correndo de um lado e de outro, para pegar uma cadeira que estivesse sem roupas; finalmente, esvaziando uma da roupa que atirou para o assoalho, a trouxe, ajudando-me a sentar. Creio que levei tossindo uns três minutos, ou mais. Quando sosseguei, dei com ele sentado perto, em uma outra cadeira da qual também tinha arremessado a roupa para o pavimento; e me olhava atentamente.

— O senhor parece estar doente — disse, no tom em que os médicos iniciam a consulta com os seus clientes. — Sou eu próprio um médico (não disse doutor) — e ao dizer isso algo o fez apontar para o quarto, como protestando contra o seu ambiente. — Vejo que o senhor...

Fui logo dizendo o mais ligeiro possível, enquanto me levantava:

— Estou tuberculoso.

Ele também se levantou logo.

— Decerto o senhor está exagerando. Se tomar cuidado de acordo com...

Mas ainda estava tão atarantado que não pôde tomar uma atitude condigna, atrapalhado ainda por cima com a carteira na mão esquerda.

— Oh! Não se incomode — atalhei, pegando outra vez na maçaneta da porta. B...n examinou-me a semana passada, e o meu caso já está liquidado. (Não sei por que me servi de novo de B...n.) Com licença...

Experimentei de novo abrir a porta, deixando o meu grato doutor muito embaraçado em sua vergonha; mas nisto a tosse me atacou e desta vez pior. Ele então insistiu comigo para me sentar e ficar descansando. Virou-se para a mulher, que de onde se achava articulou umas palavras de cordial gratidão. E ao falar ficou tão desapontada que uma onda de sangue parecia querer romper a pele macerada das suas faces. Permaneci tão a contragosto naquela confusão, que eu estava piorando ainda mais. E então o nosso caro doutor começou a ser tomado de remorsos; percebi logo.

— Se eu soubesse... — começou ele, desconcertado, mexendo-se sem nunca mais parar. — Estou-lhe de tal maneira grato, comportei-me tão mal com o senhor! Mas, como o senhor vê... — mostrava outra vez o cômodo — no presente momento estou em uma situação...

— Oh! Nem preciso olhar. O habitual é isso. Vai ver que o senhor perdeu o seu lugar e veio a Petersburgo tratar do caso e tentar arranjar outra coisa...

— Como é que o senhor soube? — indagou admirado.

— Basta um relance para se descobrir isso — disse eu com involuntária ironia. — Bandos e bandos de gente acorrem das províncias, cheios de esperança, correndo atrás de coisas. E acabam vivendo assim.

Ele então, sem mais aquela, desandou a falar acaloradamente, com os lábios crispados. A sua história era uma longa queixa e devo confessar que me comoveu. Aliás, a história de toda essa gente. Como médico de província tivera um emprego público; mas certas intrigas, nas quais a sua própria mulher estivera envolvida, revoltaram o seu brio, acabando por perder a calma. Uma mudança de autoridades locais favorecera os desígnios dos seus inimigos, que espezinharam a sua reputação e fizeram representações contra ele. Perdera o lugar, gastara as economias para vir a Petersburgo tratar do caso. Aqui, durante muito tempo não houve meios de conseguir uma audiência. E, quando conseguiu, lhe responderam com uma negativa. Em seguida, promessas, repreensões severas, a necessidade de escrever folhas e folhas à guisa de explicação. Acabaram indeferindo a petição, ordenando-lhe que encaminhasse uma outra mais resumida. Andara de Herodes para Pilatos, durante cinco meses, até gastar o último vintém. Acabara pondo até a roupa da mulher no penhor. E agora, ainda por cima, um bebê.

— Precisamente hoje recebi a recusa formal à minha petição. Não tenho pão, não tenho coisa nenhuma. A mulher acabou de se levantar do resguardo. E eu... eu...

Ergueu-se da cadeira, começou a dar voltas. A sua mulher chorava em um canto. O recém-nascido goelava ainda mais. Tomei o meu caderno de notas e comecei a escrever. Quando acabei e me ergui, ele também estava de pé, me encarando com uma curiosidade que dava pena.

— Pus aqui o seu nome — fui dizendo — e todo o seu caso; o lugar onde o senhor servia, o nome do governador, o dia e o mês. Tenho um camarada que foi meu antigo companheiro de escola, chamado Bákhmutov, cujo tio, Piótr Matviéitch Bákhmutov, atualmente é conselheiro de Estado e diretor...

— Piótr Matviéitch Bákhmutov! — exclamou o nosso homem, tremendo. — Mas tudo depende justamente dele.

Toda essa história a respeito do nosso doutor, cuja solução satisfatória tive a sorte de levar a termo, se ajusta, por qualquer desígnio, ao enredo de uma novela. Avisei a essa pobre gente que não depusesse nenhuma esperança em mim, pois que eu não passava de um pobre estudante (propositadamente exagerei a minha pobreza; além do que, já acabei os meus estudos há muito tempo e não sou mais matriculado). Disse-lhes que nem valia a pena saberem o meu nome, mas que eu iria imediatamente à ilha Vassílievskii à casa do meu colega Bákhmutov. E que, como sabia que o seu tio, o atual conselheiro de Estado, era um advogado sem filhos que adorava de verdade o sobrinho por ser o último representante da família, 'talvez esse meu camarada possa vir a fazer alguma coisa pelo senhor, por intermédio do tio, está claro'.

— Ah! Se ao menos permitissem que eu explicasse a Sua Excelência! Se, ao menos, me concedessem a honra de uma explicação pessoal! — exclamou ele, com os olhos esbugalhados, agitando-se como se estivesse com febre.

Que o 'apadrinhasse', foi o que me pediu. Repetindo-lhes que isso na certa mais uma vez ia dar em nada, acrescentei que se, no dia seguinte, eu não voltasse, significaria que tudo tinha dado em nada e que desistissem.

Acompanharam-me até a porta com reverências, emocionadíssimos! E jamais esquecerei a expressão de seus rostos. Tomei um carro e imediatamente me dirigi à ilha Vassílievskii.

Na escola, durante anos, eu estivera em más relações com Bákhmutov. Era considerado entre nós como aristocrata, ou pelo menos eu o considerava um deles. Vestia-se muito bem, dirigia os seus cavalos, mas não mostrava soberbia. Sempre fora bom camarada, de constante bom humor, sendo algumas vezes até satírico. Sempre fora o primeiro da classe, apesar de inteligência média. Eu nunca fui o primeiro em coisa alguma. Todos os colegas gostavam dele, exceto eu. Durante todo aquele tempo muitas vezes se ensaiara para o meu lado, mas sempre eu me desviava com teimosa birra. Agora, não o via há mais de um ano. Estava matriculado na Universidade. Quando, pelas nove horas, cheguei à sua casa, fui anunciado com grande cerimônia. Vindo a mim, primeiro mostrou admiração, não demonstrando sequer afabilidade; depois, porém, se desmanchou todo, desandando a rir.

— Que te deu na cabeça de me vir ver, Tieriéntiev? — gritou com a sua invariável bonomia, que, não sendo ofensiva, muitas vezes era impudente e que eu, por admirar, tanto odiava nele.

— Mas que foi isso? — exclamou espantado. — Pareces-me bem doente!

É que a minha tosse me torturava outra vez. Procurei uma cadeira, fiquei quase sem poder tomar fôlego, respirando com dificuldade.

— Não te incomodes. Estou tuberculoso — avisei-o. — E vim à tua casa para um pedido.

Sentou-se cada vez mais espantado, e eu lhe pespeguei a história do doutor, fazendo ver que, dada a sua influência sobre o tio, estava em condições de poder fazer alguma coisa.

— Farei. É lógico que farei — afirmou. — Atacarei meu tio amanhã. E olha, tenho satisfação, deveras, em te fazer isso. Aliás, como me contaste essa embrulhada direitinho!... Mas como foi que te passou pela cabeça vir até a minha casa?

— É que tudo, neste caso, depende só de teu tio. Nós dois, Bákhmutov, fomos inimigos; mas como és um homem de bem, pensei que mesmo a um inimigo nada recusarias — acrescentei com sarcasmo.

E ele exclamou rindo:

— A mesma política de Napoleão com os ingleses! — comparou, rindo. — Farei isso! Olá, se farei! E se puder irei até mesmo agora — ajuntou, reparando que eu me levantava da cadeira com um modo grave e compenetrado.

E a verdade é que o caso foi arranjado por nós dois, e da maneira mais triunfante possível. Em menos de seis semanas já o doutor estava indicado para outro posto, em uma outra província, e recebia uma ajuda de custo para a viagem, além de uma indenizaçãozinha. Creio até que Bákhmutov chegou a visitar bastantes vezes o médico (eu, intencionalmente, não o fiz e até uma certa vez o recebi friamente quando me veio agradecer), obrigando-o a receber dinheiro emprestado. No decorrer dessas seis semanas vi Bákhmutov duas vezes. A última vez que ele se encontrou com o médico foi a terceira em que o vi. Bákhmutov ofereceu-lhe, bem como à mulher, um jantar com champanha, antes da partida. A verdade é que a pobre senhora saiu antes de nós, preocupada por causa do garotinho. Estava-se no começo de maio. Nessa tarde tão linda a enorme bola de sol mergulhava nas águas. Bákhmutov, depois, saiu comigo. Estávamos ambos um pouco embriagados e seguimos pela Ponte Nikoláievskii. Bákhmutov me referiu o seu prazer pela afortunada solução do caso, agradeceu-me por tudo, disse quanto se sentia feliz depois de uma boa ação, acentuou que o mérito era todo meu, e que o povo incidia em erro ao declarar e pregar que a benevolência individual estava fora de uso e de prática. Pude conversar com ele durante muito tempo.

— Quem quer que ataque a caridade — comecei —, ataca a natureza humana e lança seu desprezo sobre a dignidade pessoal. Tenho para mim, todavia, que 'a organização pública de caridade' e o problema propriamente dito da liberdade individual são duas questões distintas e não mutuamente excludentes. A bondade individual permanecerá sempre, porque é um impulso da pessoa, a inclinação viva de uma personalidade querendo exercer uma influência direta sobre outra. Havia, por exemplo, em Moscou, um general, ou melhor, um conselheiro de Estado, cujo nome era alemão. Passou toda a sua vida visitando prisões e prisioneiros. Cada leva de exilados para a Sibéria sabia de antemão que o 'velho general' os visitaria na 'Colina dos Pardais'. Ele se desincumbia desse bom trabalho com a maior devoção. Ia e vinha por entre as fileiras dos prisioneiros, parava diante de cada um, perguntava-lhe por suas necessidades, chamando cada um de 'meu caro', e ainda por cima dava conselhos paternais. Costumava dar-lhes dinheiro, trazia-lhes artigos de primeira necessidade, faixas para as pernas, roupas de baixo, e até livros de devoção que distribuía entre os que sabiam ler, firmemente persuadido de que os leriam pelo caminho para si e para os que não soubessem ler. Era incapaz de interrogar um prisioneiro sobre o seu crime. E se o criminoso começava a falar nisso, apenas escutava. Todos os criminosos estavam em pé de igualdade, perante ele. Não fazia distinção. Falava-lhes como a irmãos e eles o consideravam como a um pai. Se entre os prisioneiros descobria uma mulher com uma criancinha, ia acariciá-la e estalava os dedos para a fazer rir. E dessa maneira, durante anos e anos, visitou prisioneiros enquanto viveu. E tanto fez que acabou conhecido em toda a Rússia e na Sibéria inteira. Não havia sentenciado que não soubesse da sua existência. Um homem que esteve na Sibéria me disse que muitas vezes vira os mais empedernidos criminosos sentirem saudade do 'General'. Já no fim da vida ele só podia dar vinte copeques a cada um dos prisioneiros das levas que ia visitar com dificuldade, sua fama decrescendo um pouco do antigo calor de lenda e respeito. Sei de um homem, entre essas 'infelizes' criaturas, que assassinara doze pessoas, das quais seis crianças, estrangulando-as ferozmente só para dar vazão à sua gana (homens há capazes disso). Pois bem, esse mesmo homem, 20 depois, um dia, a propósito de nada, deu um suspiro e exclamou: 'Que fim terá levado o nosso 'velhinho General'? Viverá ainda? Tomara que sim!...'.

Quem sabe se esse monstro até não teve um sorriso ao dizer isso. Ora aí está. Mas, pergunto eu, que espécie de germe teria o velho 'General' deixado cair na alma desse criminoso para, vinte anos depois, tal monstro sentir saudades de um homem de bem? Como explicarias tu, Bákhmutov, o sentido da associação de uma personalidade com uma outra a ponto de influir no destino dela? Sabes muito bem que levamos uma vida inteira sem dar conta da infinita multidão de divertículos fechados na nossa alma. Não sabemos nada de nós mesmos. O mais hábil jogador de xadrez, o mais profundo, somente é capaz de saber de antemão no máximo alguns lances. Julgou-se um prodígio certo campeão francês capaz de deduzir a mecânica de dez lances imediatos. Quantos lances, pergunto eu, restam e que somos incapazes de perceber? Ao espalhar o germe, ao espalhar a tua caridade, a tua bondade, estás dando, de uma forma ou de outra, parte da tua personalidade e tomando para teu uso parte da alheia. Ficas em mútua comunhão com alguém e, à medida que crescer o teu desvelo, irás sendo recompensado com a verificação das mais estupendas descobertas. Acabarás te dedicando a esse teu trabalho como se fosse uma ciência; ele tomará posse da tua vida toda e a encherá por inteiro. Por outro lado, todos os teus pensamentos, todo o germe que espalhaste, e do qual talvez já nem te lembres, crescerá e tomará forma. Quem o receber de ti o passará adiante. E como hás tu de no fim de tudo poder dizer que parte virás a ter na futura determinação dos destinos da humanidade? Se esse conhecimento e a duração desse trabalho te tornarem, por fim, apto a propagar algum poderoso germe, a legar ao mundo algum veemente pensamento, então... Falei muito; até demais!

— E dizer-se que tu, que estás falando tais coisas, és uma vida condenada pela doença! — exclamou Bákhmutov, com tom inflamado, como a admoestar alguma coisa invisível.

Nesse momento estávamos parados na ponte, com os cotovelos na balaustrada de ferro, vendo correr as águas do Neva.

— Queres tu saber em tudo isso o que é que mais me conturba? — perguntei-lhe, inclinando-me sobre a guarda de metal.

— Não te atirarás ao rio?... — redarguiu Bákhmutov, com certo pânico, como se lesse tal pensamento na minha fisionomia.

— Não é isso, não. Em face do tempo, só me atormenta a seguinte reflexão: disponho de dois a três meses ainda para viver; talvez quatro. Mas quando me restarem somente dois, por exemplo, e me vier uma ânsia insopitada de fazer alguma boa ação, dessas que requerem afinco, atividade e pertinácia, uma coisa no gênero, digamos, da desenvoltura que tive de desdobrar por causa do tal médico da carteira, terei de desistir por falta de tempo suficiente e me contentar com uma boa ação em escala menor, dentro do meu prazo temporal (caso ainda aspire a praticar boas ações...). Hás de concordar que é uma ideia divertida.

O bom do Bákhmutov ficou aflito por minha causa. Acompanhou-me até a minha porta, de carro, mantendo-se calado durante todo o percurso, tendo tido bastante tato para não tentar me consolar. Ao nos despedirmos apertou calorosamente a minha mão e pediu licença para me vir ver de vez em quando. Respondi-lhe que se era para me consolar (pois eu me dizia que mesmo que ele ao vir ficasse calado, ainda assim teria vindo consolar-me!) acabaria mais era, cada vez que viesse, fazendo que eu me lembrasse da morte mais do que nunca. Encolheu os ombros e concordou comigo. Deixamo-nos muito cordialmente, o que era o máximo que podíamos esperar um do outro.

Mas aquela tarde e aquela noite me foi arremessado o primeiro germe da minha 'convicção final'. Agarrei-me avidamente a esta ideia nova e a analisei em todos os seus ramos e aspectos. Apesar de haver entrado com sono, não dormi a noite toda. E quanto mais profundamente eu analisava, cada vez mais absorto, mais aterrorizado me sentia. Um terror formidando me assaltou e obcecou continuamente nos dias seguintes. Não raro, de tanto pensar nesse terror que me crispava, sucedia chegar à fímbria de um outro. De toda essa série de apreensões só pude concluir uma coisa: que a minha 'convicção final' tomara posse integral de mim e me conduziria a uma conclusão lógica. Assim foi, mas me faltou ânimo para agir. Somente três semanas depois que tal torpor passou é que a dita resolução veio ao meu encontro. E de que modo? Através de uma circunstância estranhíssima.

Tenho aqui na minha 'Explicação' todas essas datas e números anotados. É mais que evidente que pouco se me dá sigam ou não este meu amontoado de ideias; ainda assim, *agora* (e decerto somente agora, isto é, neste momento) eu gostaria que todos quantos tivessem de ajuizar da minha ação se capacitassem de quão longa é a cadeia de raciocínios lógicos que leva a esta 'derradeira convicção'! Escrevi, poucas linhas acima, que a determinação final de que eu carecia para atingir e pôr em prática a minha 'convicção final' não me veio absolutamente através de nenhum raciocínio lógico feito até então, e sim mediante um estranho choque, e uma estranha circunstância talvez até não muito adequada. Cerca de dez dias antes, Rogójin viera ver-me a propósito de um negócio que lhe concernia, e que não vem ao caso relatar. Nunca tinha visto Rogójin antes, mas ouvira falar muito sobre ele. Dei-lhe a informação que me solicitou. Não se demorou, despediu-se logo, e como o único motivo de sua visita fora tal informação, claro que nossas relações não poderiam passar dessa visita ocasional. Mas ele me impressionou sobremodo, de forma que passei o dia entregue a pensamentos esquisitos; tanto que decidi ir vê-lo no dia seguinte, a título de retribuição de visita. Percebi logo não haver ele gostado de me rever, tendo até insinuado de maneira indireta e cortês que não era conveniente entabularmos conhecimento; ainda assim permaneci por toda uma hora, que achei interessante, a mesma impressão decerto tendo tido ele. Éramos criaturas tão diferentes que o contraste surgia de modo categórico. Sabíamos disso; principalmente eu. Eu era um homem cujos dias estavam contados, ao passo que ele estava vivendo quantitativamente a vida mais completa e real possível, tendo muito mais em que se absorver do que em 'deduções finais', números, dados, etc., que não lhe diziam respeito, mesmo porque... mesmo porque estava entregue lá à sua mania, essa é que é a verdade!... O Sr. Rogójin que me desculpe esta expressão, quando mais não seja porque sou literato de meia-tigela e não sei como exprimir minhas impressões pessoais. A despeito da sua casmurrice, pareceu-me um homem de espírito vivaz, apto a pegar as coisas no ar, muito embora mostrando pouco interesse pelo que não lhe concerne diretamente. Não fiz a menor insinuação sequer quanto à minha 'convicção final', mas suponho que teve alguma desconfiança decorrente da conversa. Ou melhor, da minha conversa; ele não falava; manteve-se fechado em copas. Quando me despedi, lhe afiancei que não obstante toda a diferença e contraste existentes entre nós dois — *les extremités se touchent*[39] — (traduzi-lhe tal provérbio para o russo) talvez não estivesse ele assim tão distante de compreender a minha 'última explicação' como pareceria. Respondeu-me a isso com um esgar ácido e amarelo, levantando-se e indo buscar pessoalmente o meu gorro, de modo ostensivo (apesar de eu já estar despedindo-me por livre vontade minha), e sem a menor cerimônia me conduziu para fora da sua soturna residência, com a pretensão talvez de apenas me estar acompanhando polidamente. Sua casa impressionou-me. Não passa de um mausoléu rústico, lembra um recanto de cemitério, e creio que se compraz em tal ambiente, o que é muito natural, pois condiz com a sua vida, que é tão sobrecarregada de vigor e intensidade que não necessita de divagação.

Tal visita me cansou demais e não me senti nada bem aquela manhã. De tardinha me senti tão fraco que me estirei na cama, acometendo-me acessos de febre com rajadas de delírio. Kólia permaneceu ao meu lado até as onze horas. Lembro-me, porém, de tudo que ele conversou, e do que falamos ambos. Mas, sempre que uma espécie de névoa me envolvia, eu

[39] Do francês: os extremos se encontram. (N. E.)

dava para ver Iván Fomítch, que estava a receber milhões, já não tendo onde os colocar e com um medo pavoroso de que lhos roubassem, a ponto de decidir enterrá-los no chão. Por fim o aconselhei a, em vez de meter uma tamanha montanha de ouro em um buraco que teria de ser enorme, derreter aquilo tudo em uma forma e fazer com todo o bloco um esquife de ouro para o filhinho que morrera enregelado, para isso necessário sendo desenterrá-lo de lá onde jazia, coitadinho. Este meu sarcasmo imediatamente foi aceito por Súrikov com lágrimas de gratidão, e ele saiu logo para realizar tal intento, por minha vez lhe atirando eu com uma blasfêmia quando ele saía.

Depois que melhorei, Kólia me garantiu que eu não dormira um só instante e que não cessara de falar sobre Súrikov. De vez em quando me vinha tal prostração, verdadeiro estado de colapso, que quando Kólia teve de ir embora, não podia dissimular sua aflição. Ao me levantar para fechar a porta, repentinamente me lembrei do quadro que vira em casa de Rogójin, sobre a porta de uma daquelas salas lúgubres. Mostrou-me ele próprio ao passarmos e creio que estive a contemplá-lo bem uns cinco minutos. Não tem tal quadro valor algum do ponto de vista artístico, mas produziu em mim certo mal-estar esquisito.

A tela representa Cristo acabado de ser descido da cruz. Creio que, via de regra, os pintores que pintam Cristo na cruz ou depois de descido dela timbram em manter uma extraordinária beleza no Seu rosto. Esforçam-se por preservar essa beleza mesmo em Suas mais tenebrosas agonias. No quadro de Rogójin não havia o menor vestígio dessa beleza. Tratava-se tão só, em tudo e por tudo, do cadáver de um homem que padeceu infinita agonia antes de morrer crucificado; que foi lanceado, torturado, flagelado pelos guardas e pelo povo quando carregava a cruz no ombro e caía sob o seu peso e que depois de tudo isso padeceu a agonia da crucificação, sobrevivendo ainda no mínimo seis horas (conforme deduzo). Trata-se puramente do rosto de um homem acabado de ser descido da cruz, isto é, manifestando ainda vestígios de calor e de vida. Não há rigidez ainda, de forma que se nota expressão de sofrimento não terminado no rosto do homem já morto, como se ele ainda estivesse sentindo. (Isso conseguiu colher bem o artista que fez aquele quadro.) Não que a face tenha sido poupada. Evidencia bem o cadáver de um homem, um ex-homem, a natureza de um ser que acabou. Um homem qualquer deve ficar assim, não pode deixar de ficar assim após tamanho sofrimento. Sei que a Igreja Cristã estipula, desde os primeiros séculos do Cristianismo, que o sofrimento de Cristo não foi simbólico mas autêntico e que portanto o Seu corpo esteve sujeito de modo total e exato às leis da natureza desde que foi pregado na cruz. Na tela, o rosto está horrivelmente macerado por golpes, tumefacto, coberto de equimoses medonhas, violáceas; deformado; os olhos dilatados, foscos, são uns olhos cujo branco emite um livor de luz mortiça, meio vidrado. E o mais estranho é que ao se olhar para aquele cadáver de homem torturado uma pergunta bizarra e específica se levanta: se aquele cadáver (e o de Cristo deve ter ficado assim) fosse visto por Seus discípulos, por aqueles que teriam de ser os Seus principais apóstolos, pelas mulheres que O seguiram na via-sacra e que permaneceram ao pé do madeiro, por todos que acreditaram Nele e O adoraram antes, como haveriam agora de acreditar que esse mártir ressuscitaria? A pergunta acode instintivamente: se a morte é tão terrível e se as leis da natureza tão poderosas, como poderiam elas ser derrotadas?! Como poderiam elas ser subjugadas, se nem mesmo Ele, tal como está, as venceu, Ele que em sua existência governava a natureza a seu talante, exclamando: '*Talitha cumi*!', 'Levanta-te, rapariga!' — e a jovem se levantou; dizendo para Lázaro: 'Lázaro, sai para fora!' — e o morto saiu para fora? Contemplando uma tal tela, a gente concebe a natureza sob a forma de um monstro imenso, impiedoso, bronco, mudo, ou, mais exatamente, bem mais veridicamente falando, por mais que soe estranho, sob a forma de uma nefanda máquina de construção recentíssima que, muda e apática, esmagou e devorou um Ser infinitamente precioso, um Ser que vale mais do que toda a natureza com as suas leis, que vale toda a Terra que foi criada sem dúvida somente para o advento e descida a ela, à Terra, desse Ser! Tal quadro exprime e inconscientemente sugere a qualquer um a concepção de uma tão negra, misteriosa, insolente, incrível e eterna Força que não há quem possa fugir à sua sujeição. Se há quem esteja rodeando o morto (na tela não aparece ninguém), deve estar experimentando a mais terrível angústia, a mais tremenda consternação, pois aquele crepúsculo do Gólgota deve estar esmagando todas as suas esperanças, e a bem dizer todas as suas convicções. E deve sair dali tomado de pavor, levando dentro de si um pensamento poderoso, do qual jamais se livrará. E se o Mestre pudesse ter-Se visto assim, na véspera da crucificação, teria Ele subido ao madeiro e morrido como o fez? Esta é uma outra interrogação que se levanta também no espírito de quem contempla aquele quadro.

Tudo isso flutuou na minha mente, em intervalos, em um delírio difuso durante hora e meia antes de Kólia ir embora; e não raro tomando forma e aspecto de visão aguda. Pode uma coisa que não tem forma aparecer de fato? Mas a verdade é que me pareceu naqueles instantes ver sob uma conformação estranha e incrível aquela Força estupidamente misteriosa, aquele Poder cego e surdo. Lembro-me que não sei quem parecia me levar pela mão, soerguendo um castiçal, para me mostrar uma enorme aranha repugnante, asseverando-me a rir, diante da minha indignação, que ela era a mesmíssima Força misteriosa, muda e onipotente. No meu quarto, diante do ícone, está sempre acesa uma pequena lâmpada. Dá uma luz muito fraca, mas ainda assim alumia tudo e até se pode ler, perto dela. Creio que já devia ser mais de meia-noite. Eu não dormia, absolutamente, estirado na cama, com os olhos arregalados. De repente, a porta do meu quarto se abriu e Rogójin entrou.

Entrou, fechou a porta, olhou-me sem dizer nada e se dirigiu vagarosamente para a cadeira que estava bem embaixo da lâmpada. Fiquei muito surpreendido e o encarei, perplexo. Rogójin fincou os cotovelos sobre a mesinha e fixou os olhos em mim, sempre calado. Assim se passaram dois ou três minutos, e lembro que aquele seu silêncio me ofendia e irritava imensamente. Por que não falava? A sua vinda àquela hora da noite era descabida, evidentemente, mas não era isso que me chocava. E sim uma coisa muito outra. Mesmo não lhe tendo eu, de manhã, esclarecido bem os meus pensamentos, ele os havia entendido, parecendo-me, pois, explicável que, tendo aparecido àquelas horas ermas, o fizesse para retomar tal conversa. Ao vê-lo entrar eu só podia supor que essa fosse a razão do seu aparecimento. Despedíramo-nos, de manhã, quase abruptamente, e lembro que me lançara duas ou três vezes um olhar sarcástico. E agora eu estava vendo em seu rosto aquele mesmo olhar sarcástico, e isso me ofendia insuportavelmente. Que se tratava de Rogójin mesmo e não de uma aparição, de uma alucinação, eu não tinha a mais leve dúvida, desde o começo. E nem isso me passou pela cabeça.

E lá continuava ele, sentado, fitando-me com a mesma expressão sarcástica. Virei-me, furioso, na cama, com o cotovelo apoiado no travesseiro, decidido a não dizer uma só palavra também eu, nem que ele teimasse em seu mutismo até a consumação dos séculos. Ele que falasse primeiro se quisesse. Assim se passaram bem uns vinte minutos, até que me invadiu uma desconfiança: e se não fosse Rogójin, mas apenas uma aparição? Jamais vira eu uma aparição, antes ou durante a minha moléstia, mas achava, desde criança, e ultimamente também, que se alguma vez me aparecesse tal coisa eu morreria logo no próprio local, muito embora não acreditasse em fantasmas. Quando, porém, a ideia me assaltou de que em vez de Rogójin fosse uma aparição, recordo que absolutamente não fiquei amedrontado. Fiquei mais foi com ódio. Outra coisa estranha, ainda, não ter eu tido pressa em resolver verificar se era Rogójin ou fantasma, como deveria ter feito. Parece que um novo pensamento, ligado a Rogójin, tomara o meu raciocínio: interessava-me determinado contraste, isto é, que de manhã Rogójin estava em *robe de chambre* e de chinelas, quando o visitei, ao passo que então, nessa noite, se apresentava de casaca, colete branco e gravata de *soirée*. Um raciocínio se apresentou como opção definitiva: 'se penso tratar-se de aparição, e não estou com medo, por que não ir até acolá verificar de uma vez? Faltar-me-ia coragem? Estaria eu com receio?'. Mal acabara de me perguntar isso, um calafrio me percorreu a espinha e os meus joelhos deram em tremer como varas. Bem nesse instante, como adivinhando o meu pânico, Rogójin tirou a mão do queixo, esticou o rosto e começou a entreabrir os beiços como se fosse dar uma gargalhada, sempre me fixando persistentemente. Tomou-me uma tal fúria que quase me arremessei sobre ele. Mas como eu teimava em não querer falar primeiro, nem me mexer, continuei mudo e deitado. Ainda por cima, seria mesmo Rogójin? Sei lá quanto tempo tal cena durou! Tampouco posso garantir se perdi a consciência nesse ínterim. Finalmente ele se levantou, lançou sobre mim um olhar deliberadamente enigmático, igual ao olhar com que entrara, desmanchou o riso sarcástico, dirigiu-se na ponta dos pés para a porta, abriu-a e saiu. Não me levantei da cama. Permaneci de lado, a pensar, não sei quanto tempo, com os olhos arregalados. Só Deus sabe que pensamentos tumultuavam em mim. Não saberei dizer mesmo como perdi a consciência e consegui dormir. Só acordei quando na manhã seguinte, já às dez horas, bateram na minha porta. Eu dera ordem para que Matrióna batesse sempre que eu não abrisse a minha porta até às dez horas pedindo que me trouxessem o chá. Quando lha fui abrir, me ocorreu logo este pensamento: 'como poderia ele ter entrado se esta porta está fechada por dentro?'. Indaguei sobre a porta da rua e as do vestíbulo e do corredor, acabando por me convencer firmemente de que Rogójin, em carne e osso, não podia ter entrado em casa e muito menos no meu quarto, já que as portas tinham sido fechadas.

Ora muito bem, foi este singular incidente, cujas minúcias acabo de relatar, a causa dos raciocínios que me levaram até esta 'derradeira decisão'. O que me levou a ela não foi nenhuma convicção lógica e sim um sentimento de repulsão. Eu não podia continuar a tolerar uma vida que ia tomando formas tão estranhas e humilhantes. Aquela aparição degradou-me. Outras coisas continuariam a me degradar. Não sou criatura que se submeta a uma força sinistra que toma a conformação até de uma aranha! Foi somente já ao anoitecer, quando me certifiquei de que havia alcançado o momento final em uma determinação categórica, que senti certo alívio. Tratava-se, porém, apenas do primeiro estágio; para realizar o segundo, necessário era ir para Pávlovsk. Mas tudo isso já expliquei suficientemente."

7

"Eu tinha uma pequena pistola de bolso: comprei-a quando ainda garoto, naquela idade absurda em que nos enlevamos com histórias de duelos e assaltos de bandidos, imaginando de que forma valorosa enfrentaremos um disparo no caso de um desafio. Há um mês a procurei e a carreguei. Na caixa onde estava encontrei também duas balas e um chifre com pólvora suficiente para três cargas. Trata-se de uma pistola ordinária, que não atinge o alvo a não ser de perto e que só matará se for disparada à queima-roupa. Mas é lógico que arrebentará com o crânio de uma pessoa se for disparada rente à têmpora.

Resolvi morrer em Pávlovsk, ao raiar do sol, e decidi fazer isso dentro do parque para não alvoroçar ninguém. A minha 'Explicação' fornecerá à polícia informes suficientes. Os amadores de psicologia e quem quer que se interesse terão farto ensejo para a obtenção de dados sensacionais. Não desejo, porém, que este manuscrito venha a público. Peço ao príncipe que guarde uma cópia para si e que entregue este original a Agláia Ivánovna Epantchiná. Tal é, por assim dizer, o meu testamento, pois nisso se resume a minha última vontade. Lego o meu esqueleto à Academia de Medicina, a bem da ciência.

Não admito a quem quer que seja o direito de me julgar, já que considero haver ultrapassado o limite de qualquer julgamento. Ainda não há muito tempo me dei ao capricho de imaginar — caso me desse à fantasia de matar alguém, uma dúzia de pessoas de uma só vez, por exemplo, ou de cometer um gesto congênere, inteiramente aloucado, algo que assumisse a característica do crime mais nefando do mundo — em que apuros se veriam os meus juízes sabendo que eu, por causa da minha doença, não duraria mais do que duas semanas e que lhes era impossível, devido à lei que aboliu a punição corporal e a tortura, me dar um corretivo oportuno. Quisessem ou não, teriam de me deixar morrer confortavelmente em um hospital, bem aquecido e agasalhado, melhor do que em casa. Até me admira que esta ideia já não tenha ocorrido a uma pessoa que esteja no meu estado; quando mais não fosse, por brincadeira, visto, neste país, não faltar gente folgazã.

Conquanto não reconheça em ninguém o direito de me julgar, sei que serei julgado postumamente, quando, mudo e inerte, não puder defender-me. Portanto não quero ir-me sem deixar algumas palavras de defesa. Mas defesa livre, e não arrancada para me justificar, oh não, pois não tenho de que pedir perdão a ninguém e nada de que ser perdoado. Faço simplesmente por minha espontânea vontade.

Aqui, preliminarmente, se apresenta uma pergunta fora do comum: pode alguém se arrogar o direito de impedir que eu disponha dos meus últimos quinze dias de vida? Com que razão? Que tem o mundo a ver com isso? Compete a quem quer que seja exigir que eu, além de condenado, ainda por cima suporte conscientemente a minha sentença até o dia final? É isso porventura da alçada de alguém? A moral exige uma tal coisa? Admito que se eu estivesse no auge da saúde e da robustez, a moralidade poderia censurar-me, baseada em linhas de tradição, por ter disposto de uma vida que poderia 'ser útil ao próximo' e utilizada em algum benefício geral. Mas, no estado em que estou, com o prazo para a minha sentença a se esgotar!? Que obrigação moral é essa que exige não somente a vida de uma criatura, mas até mesmo o seu último fôlego? E para quê? Para ouvir as palavras de consolo do príncipe cujos desvelos cristãos tenderão a me convencer que devo resignar-me a morrer? (Cristãos como ele sempre estão com tal espécie de argumentos preparados; trata-se de uma espécie de mania.) Afinal, que quer ele com essas ridículas 'árvores de Pávlovsk'? Que amenizem as últimas horas da minha vida? Pois não é lógico que quanto mais eu me esquecer da minha situação mais me prenderei a este resquício de vida e de amor que tende por força a tapar da minha vista as paredes de Meyer e tudo quanto nelas está tão categoricamente escrito? Que só poderei vir a ser ainda mais infeliz? De que me adiantam esta natureza, este parque de Pávlovsk, o sol que nasce e que se põe, o céu azul, as fisionomias satisfeitas, se todo esse festival começa desde logo me excluindo? Para que desejo eu essa magnificência se cada minuto, cada segundo, sou obrigado, forçado a reconhecer que mesmo a diminuta mosca, zumbindo à luz do sol, ao meu lado, tem seu quinhão no banquete e no coro, sabe que lhe foi guardado um lugar, contenta-se com a sua porção e é feliz? Só mesmo eu, que sou um banido, e um covarde, me tenho recusado até agora a reconhecer uma tal situação. Oh! Bem sei quanto o príncipe e todos os mais gostariam, por princípio, e para a vitória da moralidade, de entoar comigo os célebres versos clássicos de Millevoye:

Ah! puissent voir votre beauté sacrée
Tant d'amis sourds à mes adieux
Qu'ils meurent pleins de jours, que leur mort soit pleurée.
Q'un ami leur ferme les yeux![40]

em lugar destas 'palavras arrogantes e amargas'. Mas, acreditem, sim, acreditem, ó almas ingênuas, que estas edificantes estrofes, este louvor acadêmico ao mundo em versos franceses, na verdade contêm tanta amargura escondida, tamanha malícia irreconciliável amaneirada em rima, que talvez o próprio poeta se tivesse confundido e tomasse tal malícia por lágrimas de ternura e morresse sem perceber seu equívoco; paz às suas cinzas. Em verdade lhes digo que em cada um de nós há um limite de ignomínia no conhecimento da própria mesquinhez e incapacidade, além do qual nenhum de nós pode ir e além do qual cada um de nós começa a sentir satisfação imensa na sua própria degradação!...

---

[40] Ah, possam ver vossa beleza eterna
Os impassíveis ante meu adeus!
Fartos de dias morram, e a fraterna
Mão feche com pesar os olhos seus!

(Tradução de Oleg Almeida)

Oh! Naturalmente a humildade é uma grande força, nesse sentido, concordo... Mas não no sentido em que a religião aceita a humildade como uma força.

Religião! Sim, posso admitir a vida eterna, talvez até a tenha admitido sempre. Que a consciência, abrasada pela vontade de uma Força mais alta, contemple o mundo em redor e diga: 'Existo!' e que logo a seguir seja sentenciada por essa Força à aniquilação, visto ser necessário que tal ocorra para qualquer finalidade — ou mesmo que tal finalidade não tenha lógica nenhuma — eis um fato que aceito; mas me reservo sempiternamente o direito de perguntar: que necessidade há em tudo isso que eu seja humilde? Pois então não posso ser placidamente devorado sem a obrigação de homenagear quem ou aquilo que me devora? Haverá de fato Alguém lá no alto que se ofenda pelo fato de eu não querer esperar por uns quinze dias mais? Não creio. E é muitíssimo mais provável que se alguma necessidade há é da minha vida insignificante, a vida de um átomo para completar uma tal ou qual harmonia universal, por mera questão de mais ou de menos, para rematar algum contraste, ou coisa que o valha, da mesma forma que a vida de milhões de criaturas é necessária cada dia como um sacrifício como se, sem a morte delas, o resto do mundo não pudesse prosseguir (muito embora isso não seja uma ideia muito generosa, devo observar). Pois que seja. Admito, pelo contrário, isto é, que sem o contínuo devorar recíproco seria impossível acomodar o mundo. Estou mesmo pronto a admitir que não chego a compreender nada relativamente a tal acomodação. Mas de uma coisa estou certo: se me foi concedido em dada hora ter consciência de que existo, pouco se me dá que haja erros na construção do mundo e sem os quais ele não possa prosseguir. Isto posto, quem me condenará e mediante qual libelo? Digam o que disserem, tudo isso é impossível e injusto.

Ainda assim, a despeito de todo o meu desejo em contrário, nunca pude conceber a inexistência de uma vida futura e da Providência. O mais certo é que de fato existem, mas que nada compreendemos a respeito dessa vida futura e de suas leis. Já, portanto, que é tão difícil e até mesmo impossível compreender, não me cabe responsabilidade nenhuma por não ser capaz de compreender o inconcebível. Torna-se patente, dir-me-ão, e o príncipe na certa está com os que isso dizem, que devo obedecer sem raciocinar, simplesmente por piedosa crença e que naturalmente serei recompensado no outro mundo por minha humildade.

Ora, estamos mais é rebaixando muito a Deus, atribuindo-lhe as nossas ideias, compelidos pela impossibilidade de compreendê-lo. Mas, repito mais uma vez, se é impossível compreendê-lo, como havemos de ter uma resposta para aquilo que ao homem não é dado compreender? E, já que assim é, como posso eu vir a ser julgado por não ter capacidade para compreender a vontade e as leis da Providência? Não, o melhor é pormos a religião para um lado.

E já falei bastante, com efeito. Quando acabar este trecho, já, sem dúvida, o sol estará nascendo e 'ressoando na abóbada' e o seu incomensurável poder se propagará por sobre a terra. Que nasça! Quero olhar firme para a fonte da energia e da vida; não quero essa vida! Se tivesse o poder de não nascer, certamente não aceitaria a existência em condições tão irônicas. Resta-me, porém, ainda, a faculdade de me matar, embora só possa liquidar alguns dias, visto mesmo estes já estarem contados. Como veem, trata-se de uma faculdade muito relativa, de um poder limitado, a minha revolta não passando de insignificante, quase.

Eis a minha última 'Explicação': morro, mas não porque me faltem forças para suportar estas três semanas que seriam as restantes. Tê-las-ia, se quisesse, e chegaria até mesmo, querendo, a achar um conforto já de si suficiente na avaliação do dano que me é causado. Não sou o poeta francês e não estou à cata de tal consolação. De todo este estado decorre uma consequente tentação: a Natureza limitou tanto qualquer atividade minha com essa sentença de vida só por mais três semanas, que na certa a única ação que ainda tenho tempo de iniciar e acabar por vontade própria é o suicídio. Claro que tenho de tirar vantagem desta última possibilidade de ação. Vezes há em que um protesto representa uma ação pequena mas positiva..."

A "Explicação" terminara. Ippolít, finalmente, parou de ler. Sói suceder, em casos extremos, que um homem nervoso, exasperado, fora de si, atinja tal ápice de franqueza cínica que seja capaz de tudo, indiferente a quaisquer efeitos de sua atitude escandalosa, alegrando-se até mesmo com isso. Arremete contra as pessoas com a decisão cega mas firme de daí a um minuto se precipitar em um abismo, pondo termo a todas as dificuldades em jogo. O sintoma precursor desse estado é via de regra o esgotamento físico. A tensão extrema e anormal que se ia apossando de

Ippolít atingiu naquele momento o seu auge. Aquele rapaz de dezoito anos de idade, combalido pela doença, parecia tão fraco como uma folha trêmula se desprendendo de uma árvore. Mas logo que pela primeira vez, no decorrer dessa última hora, ele circunvagou o olhar pelo auditório, uma expressão de asco o mais altivo, desdenhoso e amargo possível, se estampou nos seus olhos e no seu sorriso. Tomou um ar instantâneo de desafio. Mas os ouvintes também não tardaram em demonstrar sua indignação geral. Puseram-se logo de pé, abandonando a mesa com ruído e maus modos. O cansaço, o vinho e a tensão forçada concorreram para essa disposição bem como para a péssima impressão, se é que tais palavras explicam bem o ambiente que logo se criou.

De repente Ippolít se levantou de um salto como impelido por um maquinismo subjacente, exclamando virado para o príncipe logo que viu os cimos das árvores se iluminarem, e apontando para elas como para um prodígio:

— O sol! O sol!... O sol está nascendo!

Ao que observou Ferdichtchénko:

— Cuidavas que ele não haveria de nascer?

E Gánia disse baixo, se espreguiçando e bocejando, farto daquilo tudo, já com o chapéu nas mãos:

— E hoje vai fazer outra vez um dia quente e abrasador. Qual, esta estiagem ainda dura um mês!... Você vem, ou não, Ptítsin?

Ante aquelas palavras Ippolít ficou tão espantado que sua fisionomia tomou um ar de estupefação. Ficou mortalmente lívido e começou a tremer todo. Voltou-se para Gánia e lhe disse:

— Sua afetação insultante de indiferença não me atinge, seu patife!

— Afinal, isso é o cúmulo, como forma de despedida a quem se retira! — rosnou Ferdichtchénko. — Que rebate mais ilógico!

— Ora, é um maluco... — disse Gánia.

Ippolít procurou se refrear, passando a dizer, trêmulo como antes e gaguejando a cada palavra:

— Compreendo, senhores, que mereço a atitude que adotaram... e peço desculpas de os haver maçado com estes despautérios (apontou para o manuscrito), ou melhor, lamento não haver conseguido sequer lançar a menor apreensão nos senhores... (sorriu alvarmente). Macei-o muito, Evguénii Pávlovitch? — voltou-se para Radómskii dando um passo: — Macei-o, ou não? Diga!

— Um pouco prolixo, mas de resto...

— Seja franco! Pelo menos uma vez na vida não esteja a mentir... — insistiu Ippolít, cada vez mais trêmulo.

— Ora, que tenho eu com isso, palavra de honra!?... Tenha a bondade de me deixar em paz! — disse Evguénii Pávlovitch voltando-se com ar desdenhoso.

Ptítsin dirigiu-se a Míchkin:

— Boa-noite, até amanhã, príncipe.

Nisto Vera gritou, alarmada, correndo para Ippolít.

— Mas ele vai se matar mesmo! Pois não estão vendo? Olhem! Ele não disse que quando o sol nascesse se mataria com um tiro? Não fazem nada?

— Mata-se coisa nenhuma! — murmuraram maldosamente várias vozes, entre as quais a de Gánia.

— Senhores, atenção! — exclamou Kólia, correndo por sua vez a segurar o braço de Ippolít. — Vejam como ele está! Príncipe, príncipe, o senhor não acha?

Vera, Kólia, Keller e Burdóvskii haviam rodeado Ippolít, estando a segurá-lo.

— É um direito que ele tem... é um direito... que... ele tem! — gaguejou Burdóvskii conquanto também sobressaltado. A essa altura Liébediev, completamente bêbado e furioso, se acercou do príncipe e perguntou com insolência:

— Desculpe, príncipe, mas quer que eu aja? Quais são as suas ordens?

— Agir, como?

— Ai, ai! Perdão! Sou o dono da casa, muito embora tais palavras não signifiquem uma falta de respeito para com o senhor... Claro está que quem manda nisto tudo deveras é o senhor... mas aqui, na minha casa, não admito! Não admito que na minha casa um...

Interveio então o General Ívolguin, inesperadamente, com indignação e dignidade:

— O moço não vai se matar! O desventurado rapaz está... gracejando!

Ferdichtchénko aplaudiu:

— Bravos, general!

Liébediev retrucou:

— Sei muito bem, prezado general, que ele não se mata coisa nenhuma! Mas isso não impede que eu aja... sim, sou o dono da casa!

Então Ptítsin, que já se havia despedido do príncipe, inesperadamente veio estender a mão a Ippolít:

— Escute uma coisa, Sr. Tiérientiev, parece-me que durante a leitura o senhor se referiu ao seu esqueleto e em deixá-lo para a Academia, não foi mesmo? Quis o senhor referir-se ao seu esqueleto mesmo, isto é, aos seus ossos, se bem ouvi?

— Sim, estava me referindo aos meus ossos...

— Então está muito bem. Perguntei apenas para me certificar bem dessa sua vontade expressa, pois sei de um caso em que houve dúvidas e...

— Oh! Não está direito isso. Não é hora de gracejos... — advertiu logo o príncipe. Não tardou que Ferdichtchénko também pusesse seu reparo:

— Está vendo? Fez o rapaz se pôr a chorar.

Mas não era verdade. Ippolít fez um movimento para avançar, mas os quatro que o rodeavam lhe seguraram logo os braços. Espalhou-se uma gargalhada.

Veio então o parecer de Rogójin:

— Era o que ele estava querendo: que o segurassem bem. A tal leitura ou confissão foi com este fim. Adeus, príncipe. Arre! Estivemos sentados muito tempo... Estou com os ossos doendo.

— Se o amigo realmente estava com ideia de se matar, Tiérientiev — disse rindo Evguénii Pávlovitch —, depois de todos estes comentários e despedidas, eu, no seu caso, não me mataria, só para lhes fazer pirraça.

— Estão tremendamente sequiosos de ver-me disparar uma bala! — exclamou Ippolít em um repelão. Falou como se fosse atacar alguém. — Estão furiosos porque não faço isso aqui defronte deles.

— Ah! Então não vai fazer isso em público? Longe de mim querer instigá-lo a não fazê-lo; muito pelo contrário, acho muito provável que o amigo se matará. O essencial é não se alvoroçar... — disse Evguénii Pávlovitch em um tom protetor.

— Só agora vejo que cometi um formidável erro em ler a minha "Explicação" — disse Ippolít olhando para Evguénii Pávlovitch com ar muito sério, como a pedir um conselho confidencial a um amigo.

— De fato. O amigo ficou em uma situação absurda; mas, francamente, já agora não sei como aconselhá-lo — retorquiu Radómskii, sorrindo.

Ippolít esquadrinhou-o com um olhar agudo e não lhe deu resposta. Pareceu mesmo ficar completamente zonzo por alguns momentos.

— Não! Vamos e venhamos, que raio de comportamento é esse? — tornou a intervir Liébediev. — Você declara: "Dou cabo de mim, com um tiro, no parque, de forma a não alvoroçar ninguém!". Acha então que saindo daqui e indo queimar os miolos ali no parque, a três passos daqui, não prega susto em ninguém?!

— Senhores... — começou Míchkin.

— Não, permita-me, prezado príncipe — interrompeu-o Liébediev furiosamente —, o senhor mesmo viu e escutou perfeitamente, não se trata de pilhéria, e aqui pelo menos a metade dos seus visitantes é da mesma opinião e está convencida de que depois do que ele declarou está obrigado, sim, a honra obriga este moço a se matar, e eu, como dono da casa, e como uma das testemunhas disso, peço que o senhor me ajude e me dê mão forte!

— Mas que é que você quer, Liébediev? Estou às suas ordens.

— Já lhe digo. Antes de mais nada ele deve entregar a pistola de que tanto se pavoneou antes, bem como toda a munição. Se entregar, consentirei que permaneça esta madrugada nesta casa, levando em consideração o seu estado de saúde; mas sob a minha vigilância, é claro. Mas amanhã ele tem de se safar daqui. Queira perdoar-me, príncipe! Se ele não entregar a arma, imediatamente o agarro por um braço e o general pelo outro e levamos o caso à polícia. E lá a polícia que se encarregue dessa trapalhada. O Sr. Ferdichtchénko, como amigo que é, se dirigirá à delegacia.

Foi uma barafunda dos infernos no terraço. Liébediev estava excitadíssimo e pôs de lado qualquer comedimento. Ferdichtchénko fez menção de ir chamar a polícia. Gánia, intrometendo-se, disse que era bobagem, pois não via ninguém com disposição de queimar os miolos. Evguénii Pávlovitch assistia, calado.

— Príncipe, já alguma vez se atirou de um campanário abaixo? — sibilou Ippolít, voltando-se para o príncipe, fazendo tal pergunta disparatada e logo obtendo esta resposta cândida do príncipe.

— Eu?... N... não!

— Supõe que não previ todo este alvoroço? — sussurrou-lhe ainda Ippolít, olhando com olhos flamejantes, como se essa pergunta merecesse deveras uma resposta. — Está bem! Seja! — exclamou ele, de repente, voltando-se para todo o grupo. — Eu estou errado e os senhores com a razão. Liébediev, aqui estão as chaves. (Tirou do bolso uma carteira e desta uma argola de aço com três ou quatro chaves enfiadas.) — Pegue esta, a penúltima... Kólia lhe mostrará... Kólia, onde está Kólia? — gritou, olhando para ele e não o vendo. — Pois é, ele lhe mostrará. Foi ele que me ajudou a pôr na mala as minhas coisas, ontem. Leve-o, Kólia. No escritório do príncipe, debaixo da mesa... na minha mala... com esta chave... bem no fundo... dentro de uma caixa pequena... a minha pistola e o chifre com a pólvora. Ele mesmo foi quem arrumou, Sr. Liébediev; ele lhe mostrará. Mas com uma condição: que amanhã cedo, quando eu seguir para Petersburgo, o senhor me devolverá a minha pistola. Está ouvindo? Faço isso por causa do príncipe e não por causa do senhor.

— Agora a situação melhorou muito! — anuiu Liébediev agarrando o molho de chaves; e dando uma risada maldosa correu para o cômodo contíguo.

Kólia quis ficar onde estava, ensaiou dizer qualquer coisa, mas Liébediev o arrastou.

Ippolít encarou aquele grupo tresnoitado. Míchkin notou que os dentes do rapaz rangiam, como se o acometesse um calafrio.

— Que miseráveis que eles são! — sussurrou Ippolít, exasperado, para o príncipe.

Ao dizer essas palavras a Míchkin o fez como pouco antes, bem inclinado sobre ele e em tom muito baixo.

— Não se incomode com eles ! Você está muito fraco...

— Um minuto, um minuto... Já vou; apenas um minuto.

E eis que inesperadamente se abraça o príncipe e lhe diz de modo esquisito:

— Pensa, decerto, que enlouqueci?

— Não, mas você...

— Um minuto, um minuto, tenha paciência. Não diga nada, não se mexa; quero olhá-lo bem nos olhos... Assim, fique assim. Deixe-me olhá-lo. Despeço-me de um homem.

Imóvel, diante do príncipe, ficou a fixá-lo durante uns dez segundos, sem dizer uma única palavra. Lívido, os cabelos molhados de suor, segurava de um modo esquisito a mão de Míchkin como não querendo que ele se retirasse.

— Ippolít, Ippolít, que é que você tem?! — exclamou o príncipe.

— Oh! Absolutamente nada. Vou me deitar. Imediatamente... imediatamente. Só queria beber uma taça em saudação ao sol!... Deixe-me beber, príncipe, deixe!

Com um gesto rápido agarrou uma das taças de cima da mesa e, deixando o lugar, correu para os degraus da varanda. Míchkin ia correr atrás dele, mas aconteceu, por fatalidade, que bem nesse instante Evguénii Pávlovitch lhe estendeu a mão para se despedir. Daí a um segundo se levantou um verdadeiro clamor na varanda, passando a reinar indescritível balbúrdia.

Eis o motivo: assim que atingiu os degraus da varanda, Ippolít estacou com a mão esquerda segurando a taça e com a direita enfiada no bolso do casaco. Segundo a declaração feita posteriormente por Keller, Ippolít já estava com a mão direita metida no bolso antes de sair; e, mesmo antes, enquanto estivera a falar com o príncipe, lhe segurava ora o ombro, ora a gola do paletó mas só com a mão esquerda, a direita já enfiada no bolso, atitude essa que o havia feito desconfiar. Reparando nisso, Keller quis correr atrás do amigo, e o fez, mas chegou atrasado, porque estava um pouco longe. Vira unicamente qualquer coisa brilhar na mão direita de Ippolít e, quase no mesmo instante, o cano de uma pistola encostado à têmpora do enfermo. Keller correu para agarrar sua mão, mas Ippolít puxou o gatilho. Pôde ouvir o som do cão, um estalido seco, mas não se produziu detonação nenhuma. Precipitando-se, Keller segurou Ippolít, que caiu em seus braços, como que desmaiado, julgando talvez que se tivesse matado mesmo. Com a pistola na mão, Keller mandou trazer uma cadeira e, sustentando sempre Ippolít, fê-lo sentar nela. Todos rodearam a cadeira, falando alto e fazendo perguntas. Tinham ouvido o estalido e pasmavam agora vendo o homem vivo, sem um arranhão sequer. O próprio Ippolít estava ali, sentado, sem compreender nada do que se estava passando. Olhava em redor, sem nenhuma expressão nos olhos. Liébediev e Kólia voltaram correndo. Perguntas cruzavam-se.

— O tiro falhou?

— Será que a pistola não estava carregada?

— Estava, sim — asseverou Keller, examinando a pistola —, mas...

— Então o tiro engasgou...

— ... Esqueceram-se de pôr a cápsula... — explicou Keller.

É difícil descrever a cena tragicômica que se seguiu. O pasmo geral no primeiro momento foi instantaneamente seguido por uma gargalhada. E uma boa parte do grupo não pôde conter um acesso de hilaridade ante aquela situação grotesca. Ippolít soluçava com repelões que pareciam histéricos, torcendo as mãos, voltando-se para este, para aquele, até mesmo para Ferdichtchénko, de quem acabou por segurar ambas as mãos jurando que tinha esquecido, "sim, esquecido completamente e não de propósito", de meter a cápsula; que "estava com todas elas ali no bolso do colete, mais de uma dúzia (mostrou-as a todos, voltando-se bem). Mas que não as colocara antes receando uma possível explosão na algibeira". Investiu para Keller, pediu ao príncipe e a Evguénii Pávlovitch que fizessem que aquele lhe devolvesse a pistola, pois haveria de lhes mostrar a todos, sim, a todos que "tinha honra, honra...", que não era um desavergonhado, não!

E acabou caindo exânime, sendo levado para o escritório de Míchkin; Liébediev, cuja bebedeira passara instantaneamente com o choque, tratou de mandar vir um médico, permanecendo ele em pessoa ao lado do paciente, com a filha, o filho, Burdóvskii e o general. Vendo Ippolít ser carregado completamente sem sentidos, Keller, estatelado no meio da varanda, posição que repetiu daí a segundos no meio do escritório, fez a seguinte declaração, muito exaltado, destacando palavra por palavra, com um timbre que ninguém poderia deixar de ouvir:

— Senhores, se alguém se atrever na minha presença a insinuar sequer que a cápsula foi esquecida intencionalmente, dando assim a entender que tudo não passou de uma farsa deste infeliz moço, tem de se haver comigo!

O desafio não mereceu resposta. Já agora os convivas tinham mais era pressa de ir embora. Ptítsin, Gánia e Rogójin saíram juntos.

O príncipe ficou muito surpreendido de Evguénii Pávlovitch, ou por esquecimento, ou deliberadamente, se retirar sem o colóquio marcado para depois de tudo.

— Mas o senhor não pretendia conversar comigo depois que todos se fossem embora?

— De fato, de fato — disse Evguénii Pávlovitch sentando-se e fazendo o príncipe sentar-se ao seu lado. — Mas prefiro adiar nossa conversa. Confesso-lhe que toda esta cena me pôs indisposto, e o mesmo lhe deve ter acontecido. Estou com a cabeça confusa. De mais a mais, o que desejo conversar é um assunto muitíssimo importante para qualquer de nós dois. É que, príncipe, pela primeira vez na vida quero agir de modo estritamente correto, isto é, agir sem nenhum motivo subentendido. Ora, neste momento, depois de tudo quanto se passou, me sinto incapaz de fazer direito seja o que for; e o mesmo decerto há de lhe acontecer... Assim pois... conversaremos mais tarde. Quem sabe até se ao tratarmos do assunto após estes três dias que preciso ficar em Petersburgo, ele já não estará muito mais fácil para nós ambos?

Feito o que, tornou a levantar-se, ficando assim esquisito se haver sentado pouco antes. O príncipe achou mesmo que Radómskii estava irritado, com uma expressão hostil no olhar, coisa que não havia antes.

— Naturalmente vai para perto do rapaz, agora?...

— Vou sim... Fiquei apreensivo.

— Ora! De quê? Ele viverá não três semanas, mas o dobro; poderá mesmo melhorar muito, aqui. Mas a melhor coisa a fazer é descartar-se dele.

— Quem sabe se eu próprio não o induzi a esse gesto tresloucado, deixando de lhe dar conselhos?... Não vá ele julgar que eu não acredite que tenha querido se matar, mesmo... E, a propósito, Evguénii Pávlovitch, que acha?

— Não pense nisso. Só mesmo um bom coração como o seu se pode inquietar. Pode ser que haja casos desses, mas na vida real jamais soube de quem se matasse somente com o propósito de receber aplausos ou por despeito de não os ter recebido. Tampouco creio que se trate de uma exibição de pusilanimidade. Seja o que for, o melhor é o príncipe se livrar dele assim que puder, ainda hoje.

— Acha que tornará a tentar contra a vida?

— Não, já agora não o fará. Mas fique em guarda contra esses nossos Lacenaires[41] de segunda mão. Não se esqueça de que o crime é, via de regra, a válvula de escapamento desses indivíduos nulos, revoltados, ávidos e impetuosos.

— Será ele um Lacenaire?

— A essência é a mesma, embora o *emploi* seja diferente, talvez. Não tenha dúvidas de que esse indivíduo não seja capaz de dar cabo de uma dúzia de pessoas simplesmente como uma "façanha", conforme ele próprio o disse durante a leitura da tal "Explicação". Essa espécie de ameaça contida em tais palavras vai me obrigar a andar de olho atento, doravante. Perdi o sono...

---

[41] Alusão a Pierre François (1800 –1836), criminoso francês, cuja vaidade e crueldade eram extremos. (N. E)

— Não terá o senhor ficado nervoso em excesso?

— Ora, príncipe, o senhor é uma criatura formidável. Então não o julga, *depois de tudo isso*, capaz de matar uma dúzia de pessoas?

— Francamente, não sei responder. Tudo isso é muito estranho; mas...

— Está bem, como queira, como queira! — concluiu Evguénii Pávlovitch, contrafeito. — Aliás, o senhor não é criatura que se deixe atemorizar. O que importa é que não seja uma das doze!

— Não me parece que ele venha a matar alguém — disse Míchkin olhando para Evguénii Pávlovitch, mas com o pensamento longe.

Este deu uma risada significativa.

— Adeus. Já é tempo de ir embora. Chegou a reparar que ele legou a Agláia Ivánovna uma cópia, ou o original da "Explicação"?

— Reparei, sim. Fez-me espécie...

— Tanta como no caso dos doze candidatos à morte?...

E, rindo outra vez, Evguénii Pávlovitch se retirou.

Uma hora depois disso, isto é, entre três e quatro da madrugada, o príncipe resolveu dar uma volta pelo parque. Tentara dormir, mas as violentas pancadas do coração não haviam deixado. A casa já voltara à tranquilidade. O pobre rapaz pegara no sono. O médico que o examinou declarara não haver perigo nenhum. Liébediev, Kólia e Burdóvskii se tinham deitado no mesmo quarto para se revezarem em guarda. Portanto, não havia nada a temer.

Mas a intranquilidade de Míchkin crescia sempre. Percorreu o parque, olhando distraído para tudo quanto o rodeava. Espantou-se quando viu que havia chegado à rotunda existente diante da estação. E só reconheceu o local pelo coreto de música e pelos bancos encarreirados diante das estantes.

Aquele cenário lívido o impressionou. Regressando, tomou o atalho por onde viera na véspera com os Epantchin, até que chegou perto do banco verde marcado como local do encontro. Sentou-se e imediatamente deu uma gargalhada, logo ficando indignado consigo mesmo. Invadiu-o de novo a tristeza. Que vontade de ir embora! Mas, para onde? Em uma árvore, por cima da sua cabeça, um passarinho chilreava: começou a procurá-lo por entre as folhas. Nisto o passarinho voou e o príncipe, por analogia, se recordou da "música no ardente raio de sol" sobre que escrevera Ippolít, "e que sabia que tinha direito a comparticipar do festival da vida e tomava parte no coro geral, só ele sendo um banido de tudo". Antes, ao ouvir a frase, se impressionara; e agora se estava lembrando dela. Repentinamente, evocações de coisas antigas, já desde muito sedimentadas, começaram a tumultuar dentro dele logo se pondo a rodeá-lo.

Sim, fora na Suíça, no primeiro ano, logo no começo. Não passava então de um idiota. Não sabia sequer falar direito... muitas vezes ficando apatetado diante das pessoas. Certa vez subia pelo flanco de uma montanha, por um dia claro e ensolarado. E caminhou horas e horas, com o espírito avassalado por uma ideia difusa e pertinaz. Diante dele, o céu como um esmalte; embaixo, o lago; e, em toda a volta, o horizonte luminoso e ilimitado parecendo não ter fim. Pusera-se a contemplá-lo demoradamente, tomado de angústia. E agora se lembrava muito bem de que havia estendido as mãos para aquele azul infinito e radioso, derramando lágrimas. O que o torturava então era sentir-se totalmente fora de tudo aquilo. Que festival era aquele? Que significava aquele imenso e eterno espetáculo sempre renovado e que o atraíra sempre, desde a mais longínqua infância, mas no qual jamais pudera tomar parte? Cada manhã o mesmo sol deslumbrante! Todos os dias o mesmo arco-íris como um diadema sobre a cascata! Todas as tardes a geleira fulgurando envolta em púrpura ao fundo do horizonte! "Cada diminuta mosca que zunia ao redor dele no ardente raio do sol tinha a sua parte no coro, sabia o seu lugar, gostava, e era feliz!" Cada folha de relva cresce e é feliz. Tudo tem a sua trajetória, cada coisa sabe que possui um itinerário e por ele adiante envereda por entre hosanas! Não há quem não saia de manhã com uma canção e não volte ao crepúsculo, cantando... Só ele não sabe nada, não compreende nada, nem homens, nem sons. Não comparticipa de nada, é um banido. Oh! Naturalmente não dissera servindo-se de palavras, sua interrogação tendo sido apenas mental. Era um sofrimento mudo de quem não atina com um enigma; mas agora lhe parecia que havia dito tudo aquilo com as mesmas palavras de Ippolít, a ponto de a frase relativa à mosca parecer sua, Ippolít o havendo plagiado, tomando-a das suas lágrimas e dos seus pensamentos de então. Tamanha certeza teve disso que enquanto refletia, o seu coração acelerava o ritmo.

Sentado naquele banco, adormeceu, com o queixo sobre o peito; mas a agitação perdurava. Já no limiar do sono o envolveu a noção de que Ippolít mataria uma dúzia de pessoas; e sorriu ante o absurdo dessa hipótese. Circundava-o uma claridade deslumbrante; em toda a volta só havia sossego quebrado apenas pelo sussurro das folhas que tornavam a solidão e a luminosidade maiores. Sonhou com uma porção de coisas. Sonhos agitados que de momento a momento lhe produziam estremeções. Por último lhe apareceu uma mulher. Reconheceu-a. E reconhecê-la era torturante. Sabia o seu nome. Reconhecê-la-ia em qualquer lugar; mas — que coisa estranha — o seu rosto de agora não era o mesmo que conhecia antes, e isso lhe ocasionava uma relutância perturbadora em reconhecê-la como sendo a mesma. O rosto dessa criatura deixava transparecer tal remorso, tamanho pavor que parecia uma criminosa cruel correndo depois de haver cometido um crime hediondo. Pelas faces brancas deslizavam lágrimas. Passando por ele pôs o dedo na boca advertindo-o que não dissesse nada e a seguisse com a maior precaução. Vê-la, assim, fez gelar seu coração. Nada, nada, absolutamente nada sobre a face da terra o induziria a acreditar que ela fosse uma criminosa. Mas percebeu que estava para suceder algo terrível que lhe iria arruinar a vida para sempre. Aquela mulher ansiava por lhe mostrar alguma coisa no parque, não longe dali. Ergueu-se para a seguir. E repentinamente escutou, bem próximo, o som alegre de uma risada cristalina, ao mesmo tempo que certa mão o tocava. Segurou essa mão, apertou-a com força... e acordou. Diante dele, rindo, estava Agláia.

8

Ria, mas estava escandalizada.

— Dormindo? Será possível? — exclamou com admirado desdém.

Acordando, o príncipe logo que, cheio de surpresa, a reconheceu, balbuciou:

— Sois vós! Ah! É mesmo, combinamos um encontro aqui... E não é que adormeci?...

— Estou vendo.

— Foi outra pessoa que me acordou ou fostes vós? Não esteve mais ninguém aqui, pouco antes de vós? Julguei, ou foi sonho, que uma outra mulher se achava aqui!?

— Uma outra mulher, aqui?

"Não passou de sonho..." explicou ele a si mesmo, refletindo. — Como é que a uma hora destas pôde me vir um tal sonho?... Sentai-vos.

Tomou-lhe a mão e a fez sentar no banco; sentou-se ao lado e continuou com a mesma expressão perplexa. Ao invés de começar a conversar, Agláia encarou seu companheiro de banco, esquadrinhando-o de alto a baixo. Ele a olhava também mas como se não a estivesse vendo. Por fim Agláia enrubesceu.

— Ah! É mesmo... — disse ele, com um sobressalto. — Ippolít desfechou um tiro de pistola no ouvido.

— Quando? E... na sua casa? — perguntou Agláia com uma surpresa que logo cedeu. — Ontem à noite ainda estava vivo, não estava? E como é que o encontro aqui a dormir, depois de uma coisa dessas? — exclamou com uma vivacidade de espanto.

O príncipe tratou de esclarecer:

— Mas não morreu, não! A pistola negou fogo.

Então Agláia instou para que lhe fizesse uma descrição minuciosa do que se passara de noite. E, durante a narrativa, o incitava por meio de perguntas às vezes até despropositadas. Ao lhe serem relatadas as ocasiões em que Evguénii Pávlovitch interviera, ela se interessou muito, obrigando-o a repetir as palavras deste.

— Está bem, mas o tempo é precioso. Quanto a essa história toda, basta. Só podemos ficar aqui uma hora. Até as oito. Às oito horas tenho de ir embora, pois não quero que em casa venham a saber que estive sentada aqui e tampouco que saí com esse intuito. Tenho muita coisa a lhe dizer. Mas agora, com essas novidades sensacionais, fiquei sem jeito. Quanto a Ippolít, acho que a pistola fez muito bem em não disparar... Dele, que se podia esperar? Acredita mesmo que pretendia matar-se e que não se trata de uma comédia?

— Não, não foi fingimento.

— De fato, isso é mais provável. Com que então leu que me deviam entregar a tal confissão? E o encarregou dessa empreitada? Trouxe? Por que não trouxe?

— Pois se ele não morreu... Depois peço e vos entrego.

— Não se esqueça. Mas traga sem pedir. Um pedido dessa ordem o rejubilaria, talvez tendo sido somente por causa disso que tentasse contra a vida. Para que eu depois lesse a confissão. Por favor, Liév Nikoláievitch, não ria. Pois então não pode muito bem ter sido por isso?

— Mas eu não estou rindo! Mesmo porque também suponho que essa fosse uma das razões prováveis.

— Não é mesmo? Não lhe parece verdade? Ah, acha, hein?! — E Agláia esboçou um ar de surpresa.

Logo a seguir lhe fez uma porção de perguntas, falando muito depressa, parecendo às vezes se atrapalhar e deixando as frases sem fim. Toda essa pressa era como se quisesse avisá-lo de uma determinada coisa. Ao mesmo tempo se mostrava extraordinariamente nervosa e, apesar de o olhar com certo ar zombeteiro e quase de provocação, entremostrava sem querer algum receio. Viera apenas com um vestido matinal, muito simples, usado, e a todo instante enrubescia e olhava em torno. Sentara-se na extremidade do banco, estando ainda admirada de o príncipe haver concordado que talvez Ippolít quisesse matar-se para que ela, depois, lesse a sua confissão. E, como a esclarecer seu pensamento, o príncipe acrescentou:

— Naturalmente o desejo dele era que nós o gabássemos... bem como vós...

— Que o gabássemos?

— Isto é... como hei de dizer?... É difícil explicar. Decerto queria ele que desfilássemos diante dele ou que fazendo um círculo insistíssemos em declarar que gostávamos muito dele, que tínhamos por ele grande estima; cuidava decerto e talvez mesmo ansiava que todos rogassem que não fizesse tal coisa, que permanecesse vivo. Quem nos diz, até, que ele não esperasse tal atitude mais de vós do que de nós outros, já que chegou a mencionar vosso nome naquela ocasião? Podia muito bem acontecer que vos tivesse no espírito, inconscientemente.

— Isso agora é que não compreendo. Como podia ele ter essa ideia, inconscientemente? Ah! Já compreendi! Vou exemplificar. Quando eu tinha apenas 13 anos me veio mais de trinta vezes a fantasia de tomar um veneno e deixar uma longa carta a meus pais! Enlevava-me imaginar como haveria de ficar no caixão; como todos viriam em prantos se jogar sobre mim arrependidos de haver judiado de mim!... Por que é que está rindo de novo? — acrescentou logo, franzindo a testa. — Não teve nunca fantasias, projetos, sonhos extravagantes? Nunca imaginou que era marechal de campo e que derrotou por exemplo... Napoleão?

— Quantas vezes, palavra de honra! Pensamentos dessa natureza me acodem sempre que sonho — respondeu, rindo. — Basta-me pegar no sono e pronto... Mas não é Napoleão que venço e sim os austríacos.

— Não estou disposta a brincadeiras, Liév Nikoláievitch. Irei eu mesma procurar Ippolít. Pode desde já preveni-lo. Tive uma péssima impressão do seu comentário. Não deve nunca interpretar as coisas parcialmente e tampouco julgar a alma de um homem, como fez a propósito de Ippolít. A gente sempre, em lugar de só querer ver a verdade exata com intuito de julgar direito, acaba mais é cometendo injustiças por falta de ternura e caridade.

O príncipe redarguiu:

— Mas se há aqui algum engano ou injustiça é da vossa parte para comigo. Pois então há algum mal em que ele pensasse dessa maneira? Pois a tendência geral não é pensar dessa forma? Além disso talvez ele nem tivesse absolutamente tal pensamento, apenas fosse um desejo vago... Decerto ansiava desde muito se aproximar dos homens, ganhar seu respeito, merecer sua estima. Sabeis muito bem que tais sentimentos são bons. Mas não deu certo. Alguma coisa interveio e atrapalhou. Talvez a doença, ou qualquer outra coisa, quem sabe? Pois não sucede tantas vezes tudo correr esplendidamente com uma pessoa e pessimamente com outra?...

— Está porventura, Liév Nikoláievitch, se estribando em experiência própria?

— Quem sabe? Quem sabe? Pode muito bem ser — respondeu o príncipe sem perceber sarcasmo na pergunta.

— Seja como for, tudo isso era suficiente para que eu, por exemplo, no seu lugar, não dormisse. Isso prova só que onde quer que se encoste pega logo no sono, não é? Acha bonita uma coisa dessas?

— Mas... se passei a noite toda em claro... E depois ainda por cima levei horas a caminhar! Fui até perto do coreto.

— Qual coreto? O da música?!

— Lá onde a banda esteve tocando, ontem. A seguir vim para aqui, sentei-me, estive pensando que não acabava mais... acabei dormindo!

— Ah! Então foi assim? Bem, então o caso é diferente. Mas para que foi ao coreto?

— Não sei. À toa.

— Muito bem, muito bem! Isso fica para depois. Acabou mais foi interrompendo o fio da minha conversa. E que tenho eu com isso, se foi até coreto? Que mulher era essa com a qual esteve sonhando?

— Era... a que vistes aquela noite.

— Ah! Sim, sim! Já compreendi muito bem. Não lhe sai da cabeça!... E sonhou o que com ela? Que é que ela estava fazendo? Não pense que me interessa saber... — disse mais alto e com pronúncia diferente, amuada. — Não me interrompa!...

Parou de falar por um momento, como para tomar alento ou dissipar o amuo.

— Passemos agora ao que interessa. Devo dizer-lhe por que foi que lhe pedi que viesse encontrar-se comigo aqui. Desejo propor-lhe que sejamos bons amigos. Por que arregala os olhos dessa maneira? — perguntou com timbre quase colérico.

Naturalmente o príncipe se pusera a contemplá-la muito atento, vindo a perceber que ela, ditas aquelas palavras, enrubescera logo. Em circunstâncias análogas, ela sempre quanto mais enrubescia mais zangada parecia ficar consigo mesma, e isso estava nitidamente visível em seus olhos lampejantes. Então, via de regra, transferia a raiva, irritando-se com a pessoa causadora de tal situação, merecesse esta ou não censura, pondo-se logo a descompô-la. Mas como percebia quanto era arrebatada e irritadiça, tendo demasiada consciência do seu temperamento, adotara como regra ser esquiva a conversas e intimidades, sendo mais calada do que as irmãs, às vezes mesmo circunspecta demais. Quando, e mais principalmente em casos súbitos e delicados, era obrigada positivamente a falar, iniciava a conversa com acentuada altivez e com uma expressão quase de desafio. E sempre sentia de antemão quando começava a ficar vermelha.

— Talvez não esteja disposto a aceitar esta minha proposta — disse com ar sobranceiro.

— Como não? Quero, e muito. Apenas a acho desnecessária... quero dizer... — quis o príncipe explicar.

— Pensou então o quê? Supôs que lhe pedi que viesse encontrar comigo aqui para quê? Seja franco! Ou estará me supondo uma espinoteada como pensam todos lá de casa?

— Não sabia que em casa vos consideravam uma espinoteada. Eu não vos considero.

— Não me considera? Muito hábil da sua parte. Maravilhosamente bem respondido.

— Acho até que deveis dar mostra muito constantemente de grande sensatez — prosseguiu o príncipe. — Ainda agora dissestes uma coisa admirável. Quando faláveis a respeito de Ippolít: "A gente sempre, em lugar de só querer ver a verdade exata com o intuito de julgar direito, acaba mais é cometendo injustiças por falta de ternura e caridade". Não me esquecerei disso, que me há de prestar muitos serviços.

Agláia ficou logo rubra, com o prazer que sentiu. Tais transições de sentimentos se operavam nela quase sem mostras de artifício, alternando-se rapidamente. Também Míchkin ficou satisfeito e sorriu, com notório prazer, esquadrinhando-a.

— Ouça — começou ela —, esperei muito tempo para lhe dizer uma porção de coisas. Tive vontade desde que me escreveu aquela carta; e até mesmo antes. Aliás, ontem já ouviu metade delas. Considero-o o mais honesto e sincero dos homens, mais honesto e mais sincero do que qualquer outro. E se andam dizendo por aí que o seu juízo... isto é, que às vezes fica afetado do juízo, são injustos. Já me certifiquei disso e já tive brigas com os outros, muito embora veja que é mesmo afetado mentalmente... (não vai, naturalmente, se zangar comigo; estou falando de um ponto de vista muito alto). O espírito, que conta, esse é melhor em você do que nos demais. É alguma coisa com que eles, de fato, nunca sonharam. Sim, pois há duas espécies de espírito, o principal, que importa, e o secundário, que tem valor muito relativo. Tenho razão. É isso mesmo, não é?

— Talvez seja — pronunciou o príncipe, muito baixo. O seu coração palpitava e latejava violentamente.

— Eu tinha certeza de que você entenderia — continuou ela de modo expressivo. — O Príncipe Chtch... e Evguénii Pávlovitch, por exemplo, não entendem que haja essas duas espécies de espírito; nem Aleksándra, tampouco; mas, calcule só, mamãe entende!

— Vós vos pareceis muito com Lizavéta Prokófievna.

— Acha? Realmente? — perguntou Agláia, com surpresa.

— Deveras.

— Muito obrigada — disse Agláia depois de um momento de reflexão. — Fico muito contente de me parecer com mamãe. Gosta então muito dela? — acrescentou sem se dar conta da ingenuidade da sua pergunta.

— Muitíssimo. E me alegra sobremodo que tenhais reparado nisso imediatamente, por vós mesma.

— E fico mais contente de ouvir isso porque já reparei que muita gente às vezes ri dela. Mas deixe que lhe diga o principal. Andei refletindo por muito tempo e afinal o descobri. Não quero que em casa se riam de mim; não suporto que me tenham na conta de uma estouvada; não quero que me enfezem com motejos... Percebi instantaneamente a intenção e me recusei a ficar noiva de Evguénii Pávlovitch, porque estou farta de assistir a essa procura contínua de noivos para mim! O que eu quero... o que eu quero... Ora, muito bem, o que eu quero é fugir de casa, e o escolhi para me ajudar.

— Fugir de casa?! — exclamou o príncipe.

— Sim, sim, fugir, fugir! — repetiu ela, mudando de cor, inflamando-se logo com extraordinária exasperação. — Não os posso suportar, já não os tolero mais! Não cessam de me enraivecer. Não quero corar diante deles, na frente do Príncipe Chtch... de Evguénii Pávlovitch, ou de qualquer outro! E foi por isso que o escolhi. A você direi tudo, tudo, mesmo a coisa mais importante, sempre que quiser, e sei que você, por seu lado, não me esconderá nada. Quero poder falar livremente pelo menos a uma pessoa, a respeito de tudo quanto eu vier a pensar. Desandaram a dizer, sem mais aquela, que eu o estava esperando e que o amava. Isso começou, antes da sua volta, embora eu não lhes mostrasse a carta. Com a sua vinda para aqui tudo recrudesceu. Quero ser destemida e não ter receio de coisa alguma. Estou farta de bailes. Quero fazer-me valer, ser útil. Desde muito que anseio viajar, sair disto. Há 20 anos que vivo engarrafada em casa. Só pensam em uma coisa: casar-me. Desde os 14 anos venho pensando em fugir desta vida, embora fosse uma tola. Agora planejei tudo e estive aguardando a sua volta para que me informe bastante a respeito do estrangeiro. Nunca vi uma catedral gótica. Quero ir a Roma. Quero visitar todas as sociedades cultas. Quero estudar em Paris. Venho preparando-me e estudando muito; no ano passado li muitos livros. Li todos os livros proibidos. Adelaída e Aleksándra leem os livros que muito bem querem. Mas a mim não deixam e me vigiam. Não pretendo indispor-me com as minhas irmãs, mas já fiz ver a mamãe e a papai que desejo operar uma transformação completa na minha posição social. Quero dedicar-me ao ensino das crianças e pensei em para isso recorrer a você, porque nos declarou naquele dia quanto gostava da infância. Não nos poderíamos ambos dedicar a isso, não digo já, imediatamente, mas em um futuro próximo? Poderíamos vir a ser muito úteis. Não quero limitar-me a ser filha de um general. Diga-me uma coisa: você estudou muito?

— Oh! Nem por isso!

— É pena, porque eu tinha pensado em... Como é que fui pensar nisso!... Não importa, de qualquer maneira você será o meu guia. Já o escolhi.

— Isso é absurdo, Agláia Ivánovna.

— Quero fugir de casa, pronto! — exclamou; e de novo os seus olhos cintilaram. — E se você não concordar, então me caso com Gavríl Ardaliónovitch. Estou farta de em casa ser considerada como uma criatura horrível e de me acusarem sabe Deus de quê!

— Perdestes o critério? — admoestou-a o príncipe, quase saltando do banco. — Acusada — de quê? Por quem?

— Por todo o mundo. Mamãe, papai, as manas, o Príncipe Chtch... e até esse confiado Kólia. E se não falam diretamente, pensam! Já lhes disse tudo isso na cara; a mamãe e a papai também. Mamãe depois ficou doente um dia inteiro. No dia seguinte, Aleksándra e papai vieram aconselhar-me: que eu nem sabia quanta asneira dissera; as palavras que proferira. Retruquei-lhes logo que sabia sim, muito bem, que conhecia o sentido de todas as palavras, todas! Que já não sou uma simples meninota; que no ano atrasado li até duas novelas de Paul de Kock, para ficar sabendo... coisas! Mamãe quando ouviu isso quase caiu desacordada.

Uma estranha ideia ocorreu ao príncipe, que, olhando para Agláia muito firme, sorriu.

Mal podia acreditar que aquela jovem altiva que certa vez lhe lera com ar majestoso e sobranceiro a carta de Gavríl Ardaliónovitch era a mesma que ali estava sentada ao seu lado. Não podia conceber que aquela severa e desdenhosa beldade não passasse na verdade de uma menina, de uma criançola que *nem mesmo agora* compreendia o sentido de todas as palavras.

— Vivestes sempre em casa, Agláia Ivánovna? Quero dizer, nunca estivestes em uma escola, como interna? Nunca estudastes em um instituto?

— Em parte nenhuma. Permaneci sempre em casa, como se estivesse arrolhada em uma garrafa! E somente para casar é que me extrairão de dentro da garrafa. Por que é que está rindo outra vez? Será que está caçoando de mim, que passou para o lado deles? — ajuntou com a testa ameaçadoramente vincada. — Não que me zangue; que é que está pensando de mim? "Estou certa de que veio a este encontro todo compenetrado de que estou apaixonada por você e que por isso marquei esta entrevista" — refletiu ela, irritadíssima.

— Confesso que ontem cheguei a recear tal coisa — declarou Míchkin com a maior simplicidade. (Estava no auge da confusão.) — Mas hoje estou convencido de que...

— De quê?... — gritou Agláia Ivánovna; e o seu lábio inferior começou a tremer. — Ficou com medo de que eu... Ousou imaginar que eu... ó céus! Suspeitou, acaso, que o convidei para o prender em uma armadilha? Para que nos descobrissem aqui, depois, e que assim se visse forçado a se casar comigo?

— Agláia Ivánovna! Não vos envergonhais? Como pôde uma ideia vil desabrochar em vosso coração inocente! Juro que nem vós mesma acreditais em uma só dessas vossas palavras e que nem sabeis o que estais dizendo.

Agláia ficou a olhar para o chão, muito séria, como que perplexa ela própria ante o que dissera. E balbuciou:

— Não estou envergonhada absolutamente. Como sabe que o meu coração é inocente? E que ousadia foi aquela de me mandar uma carta de amor?

— Uma carta de amor? Minha carta... uma carta de amor? Mas se foi uma carta a mais respeitosa possível! Uma carta que era a emanação da minha alma no momento mais amargo de minha vida! Pensei então em vós como em uma luz... Eu...

— Está bem, está bem! — atalhou ela de chofre, em um tom inteiramente mudado, arrependida de todo e como que receosa. Voltou-se para ele, embora tentando evitar olhá-lo, quase lhe tocando o ombro a pedir com veemência que não ficasse zangado. E acrescentou, terrivelmente transfigurada: — Muito bem. De fato empreguei uma expressão estúpida. Mas o fiz com a intenção de experimentá-lo. Dou o dito por não dito. Se o ofendi, perdoe-me. Por favor, não me encare. Vire para lá. Você declarou que foi uma ideia ignóbil. Pois eu a disse somente para o magoar. Às vezes tenho medo do que vou dizer e assim mesmo digo! Acabou de confessar que escreveu aquela carta no momento mais lancinante da sua vida. Sei que momento foi esse. — Olhava outra vez para o chão, o tom da voz era brando.

— Oh! Se soubésseis uma milésima parte!

— Sei de tudo! — exclamou ela com renovada animação.

— Esteve vivendo na mesma casa mais de um mês com aquela mulher horrível com quem fugiu...

Desta vez não ficou rubra, mas sim lívida, ao pronunciar tais palavras e se levantou sem saber o que estava fazendo; mas, caindo em si, logo tornou a se sentar. Por muito tempo seu lábio ainda tremia. O silêncio durou um minuto. O príncipe ficou muito atônito ante a subitaneidade daquela explosão, sem saber a que atribuí-la. E nisto Agláia afirmou de modo categórico:

— Absolutamente não o amo!

Míchkin não deu resposta. Ficaram em silêncio por mais um minuto. Abaixando então ainda mais a cabeça, ela proferiu depressa mas de modo quase inaudível:

— Eu amo Gavríl Ardaliónovitch...

— Não é verdade! — rebateu o príncipe, em uma espécie de sussurro.

— Então estou mentindo? É verdade, sim! Dei-lhe meu consentimento anteontem — aqui neste mesmo banco.

O príncipe sobressaltou-se e refletiu durante um minuto; depois, repetiu com energia:

— Não é verdade! É uma invenção isso tudo.

— Você é formidavelmente cortês. Pois saiba que ele se emendou e que me ama acima da própria vida. Queimou a mão diante de mim para provar que me ama acima da própria vida.

— Queimou a mão?!

— Sim, a mão. Não acredita? Acha que é mentira? Bem me importa.

Míchkin permaneceu calado, de novo. Não havia nenhum traço de gracejo nas palavras de Agláia, que continuava carrancuda.

— Isso se passou aqui? Neste banco? Então ele trouxe uma vela? Do contrário não percebo como poderia...

— Pois trouxe sim... Que há de extraordinário nisso?

— Inteira, em um castiçal?

— Bem... isto é... um pedaço, um toquinho só, já no fim... ou inteira. Não vem ao caso. Acendeu a vela, pôs o dedo em cima da chama, ficou assim meia hora. Há alguma coisa impossível nisso?

— Ainda esta noite estivemos juntos. Estava com os dedos intatos.

Agláia caiu em um acesso repentino de gargalhada, como uma criança.

— Quer saber por que tive de lhe inventar toda essa mentira? — Virou-se outra vez para o príncipe, de repente, com uma confiança infantil e o riso ainda lhe aflorava aos lábios. — Porque, se uma pessoa precisa mentir, deve inventar com muita habilidade uma coisa fora do comum, bem excêntrica, inédita ou bastante rara; a mentira adquirirá foros de verdade. Sempre reparei nisso. Falhou desta vez porque não fiz com todas as regras.

Nisto franziu novamente a testa, como a recordar-se de qualquer fato, voltou-se para o príncipe com uma expressão séria e até melancólica e declarou:

— Quando declamei o "cavaleiro pobre", não obstante querer elogiá-lo indiretamente por algo, quis também desapontá-lo por causa de sua atitude, e mostrar-lhe que sabia de tudo.

— Sois muito injusta comigo e com essa infeliz mulher a quem vos referistes agora mesmo com falta de caridade, Agláia.

— É porque sei de tudo! De tudo! Eis por que falei desse modo. Sei que há seis meses lhe propôs casamento diante de uma porção de gente. Não me interrompa. Como vê, estou falando sem comentar. E depois disso ela fugiu com Rogójin; tempos depois você viveu com ela em qualquer localidade da província, ou em qualquer cidade até que ela o largou por qualquer outro. (Agláia enrubesceu de ressentimento.) E agora ela está outra vez com Rogójin, que a ama como um louco. E, recentemente, você... que não é o tolo que dizem, veio a galope para aqui nas pegadas dessa mulher, logo que descobriu que ela voltara para Petersburgo. Ainda ontem de noite não hesitou em defendê-la; há poucos minutos estava sonhando com ela aqui mesmo... Como vê, sei de tudo. Foi por causa dela, sim, por causa dessa mulher, que você veio aqui para Pávlovsk, não foi?

— Não nego — respondeu o príncipe brandamente, abaixando o olhar com certo modo soturno e vago, não suspeitando com que olhos chamejantes Agláia o fulminava. — Por causa dela, com o fim de verificar se... Creio que ela não é feliz com Rogójin, muito embora... Enfim, conquanto não soubesse o que poderia fazer por ela aqui, de que forma ajudá-la, vim.

Parou e fitou Agláia, que o escutava calada e séria.

— Ah! Veio sem saber por quê? Quer prova maior de que a ama e muitíssimo? — externou Agláia, a custo.

— Não — retrucou o príncipe. — Não. Eu não a amo. Oh! Se ao menos pudésseis saber e avaliar com que horror me recordo do tempo que passei com ela!

Disse isso sacudido por um calafrio.

— Conte-me tudo.

— E nem há em tudo quanto se passou nada que não possais escutar. Se muita vez me passou pela mente, como quando vos escrevi, vos contar tudo, a vós e a mais ninguém, não sei o motivo de tal desejo. Com certeza porque vos quero muito. Essa infeliz criatura está convencida de que é a mulher mais pecaminosa e decaída deste mundo! Oh! Não a vilipendieis nem a apedrejeis. Ela já se torturou demasiado com a consciência do seu imerecido opróbrio. E, meu Deus, ela não tem do que ser censurada. Ah! Não cessa de clamar, a todo instante, do fundo da sua desdita, que não suporta mais viver no erro e que foi vítima dos outros, de um homem depravado e libertino. Mas se eu próprio asseverar isso, então ela será a primeira a não crer, a jurar com todas as forças de sua consciência que é culpada. Quando tentei desmanchar essa ideia fixa tão sinistra, o meu gesto a atirou em um abismo tal de escrúpulos que para fugir a isso se arrojou em um outro pior, tal o seu desatino. Só em recordar esse tenebroso tempo meu coração se estraçalha. Fugiu de mim. E sabeis por quê? Para quê? Para arranjar uma prova de que era uma criatura ignóbil. E o que ainda é talvez mais terrível é que ela própria ignora que agiu somente com esse intuito, decidida a praticar uma ação infame somente para poder dizer a si mesma: "Largaste-o, chafurdaste nesse lodo! E agora? Duvidas agora de que és uma criatura infame?". Agláia, é difícil compreender tais complexidades. Quereis saber? É bem provável que nessa contínua sensação de escrúpulo e de vergonha exista para ela uma espécie de terrível prazer anômalo, uma espécie de vingança contra alguém. Às vezes consigo levá-la até onde um pouco de luz a faça ver claro dentro e fora da sua angústia. Mas acaba rebelando-se sempre e me acusa amargamente de pretender incutir uma superação na sua miserável vivência (coisa que nem me acode ao cérebro). O que ela me disse quando lhe propus casamento! Que não condescendia em aceitar consolo ou ajuda de quem quer que fosse, tampouco desejando ser elevada a nenhum plano superior! Ontem reparastes nela? Cuidais que ela se sinta bem naquela roda? Que aquela gente seja companhia adequada para ela? Se soubésseis quanto é bem-educada, que compreensão manifesta pelas coisas, quando tem paz! Não raro me surpreendia deveras.

— Costumava pregar-lhe moral... quando esteve com ela? Sermões, como este?

— Oh! Não — continuou o príncipe, pensativo, não percebendo o tom nem a pergunta. — Dificilmente lhe falo. Muitas vezes quero falar mas não sei o que deva dizer. Já me convenci de que em certos casos o melhor é ficar quieto. Oh! Eu a amei. Eu a amei muito; mas depois... depois ela adivinhou a verdade.

— Qual verdade?

— Adivinhou que era somente piedade o que eu tinha por ela, já que não a amava mais.

— Como é que sabe? Talvez ela se tenha apaixonado por esse latifundiário com quem fugiu...

— Não, não; estou bem a par de tudo. Não fez mais do que se rir dele.

— E nunca riu de você?

— N... ão. Mas dá risadas estranhas quando se exaspera. Transforma-se em uma fúria terrível quando censura uma pessoa. A mim, por exemplo. Contra si mesma, também. Mas... depois... Não quero me lembrar, não quero me lembrar disso!...

E escondeu o rosto nas mãos.

— Sabe que ela me escreve cartas quase todos os dias?

— Então é verdade? — exclamou o príncipe, perplexo. — Ouvi falar, mas não acreditei.

— Quem lhe contou? — perguntou Agláia, receosa.

— Rogójin me disse ontem, mas de um modo vago.

— Ontem? Ontem de manhã? Ontem?... A que horas? Antes de a banda tocar, ou depois?

— Depois, tarde da noite, por volta das onze horas.

— Ah! Se foi Rogójin... E sabe o que ela me escreve sempre nessas cartas?

— Seja o que for, não me surpreenderá. Está com o juízo alterado.

— Eis as cartas! — Agláia tirou três envelopes da sua bolsa e os largou no banco, perto do príncipe. — Há uma semana exata que insiste, roga, implora e me incensa, para que me case com você. Oh! É bem esperta, apesar de louca. Em bom fundamento se apoia você para a achar bem mais sensata do que eu. Escreve que gosta de mim, que tenta diariamente arranjar um ensejo para me ver mesmo que seja de longe. Asseverou-me que você me ama, que tem certeza, desde muito; que você costuma falar com ela a meu respeito e... Tem um modo de escrever esquisito, extravagante! Não mostrei essas cartas a ninguém.

Achei melhor aguardar que você aparecesse. Sabe qual é o sentido de tudo isso? É capaz de adivinhar?

— Loucura típica. Uma das muitas provas de sua insanidade mental — explicou o príncipe; e seus lábios começaram a tremer.

— Está querendo chorar?

— Não, Agláia. Não estou chorando. — E o príncipe ficou a fitá-la.

— Que lhe parece que devo fazer? Que é que me aconselha? Não posso ficar recebendo indefinidamente essas cartas!

— Tende paciência, rogo-vos — exclamou Míchkin. — Que podeis fazer nessa incerteza? Farei tudo para impedir que ela continue a vos escrever.

— Então é um homem sem coração! — redarguiu Agláia. — Está vendo evidentemente que ela não está caída por mim, que é a você que ela ama, tão somente a você. Não disse ainda agora mesmo que notava tudo nela? Como não notou isso? Não compreendeu ainda do que se trata? O que estas cartas significam?... Ciúme! Mais do que ciúme. Ela... Será que você acredita piamente que ela se case com Rogójin, conforme garante aqui nestas cartas? Pois sim! No dia imediato ao nosso casamento ela se matará!

O príncipe estremeceu. Seu coração parou. Só pôde fazer uma coisa: ficar olhando para Agláia, completamente marasmado. E como lhe pareceu estranho verificar quanto essa menina aí era já tão acabadamente mulher!

— Deus bem sabe, Agláia, que para restituir a paz a essa criatura e a tornar feliz eu daria até mesmo a minha vida... Mas agora já não a posso amar. E ela sabe disso!

— Sacrifique-se então. Coisa aliás bem do seu feitio. Você é uma pessoa tão caridosa! E não me chame de Agláia!... Chamou-me simplesmente de Agláia, ainda ontem. Compete a você soerguê-la. É obrigado a tal gesto. Devia ir embora com ela outra vez a fim de lhe dar paz e sossego ao coração. Ora, você bem sabe que a ama!

— Não posso sacrificar-me desta forma, apesar de já haver querido certa vez... e de ainda querer agora. Tenho certeza de que comigo ela se perderia. E por isso me afasto. Devia ir vê-la hoje às sete horas, mas decerto não irei mais. Ela em seu orgulho nunca toleraria a minha compaixão... e acabaríamos caindo ambos na ruína. Sei quanto isso é esquisito, mas que é que em todo esse caso não é anormal? Dizeis que ela me ama. Mas isso é amor? Posso considerar amor o que presenciei? Não, amor não é, e sim qualquer outra coisa!

— Mas que palidez é essa? — perguntou de chofre Agláia, olhando para a fisionomia do príncipe.

— Não é nada. É que passei a noite em claro. Estou exausto... Realmente, Agláia, eu e ela conversamos sobre vós.

— Então, é verdade? *Falou com ela sobre mim*? E... e como se preocupou você comigo se apenas me viu uma vez?

— Não sei como isso se deu. Na minha treva de então sonhei que... Tive a ilusão decerto de que me era possível ir ao encontro de uma nova aurora. Não sei como me nasceu esse pensamento. O que vos escrevi naquela ocasião era verdade, embora eu não soubesse. Tudo não passou de um sonho em plena treva... Depois comecei a trabalhar. Contava permanecer ausente uns três anos.

— Então veio por causa dela!? — E a voz de Agláia tremeu.

— Sim, esse foi o motivo.

Houve de parte a parte um silêncio opressivo que se dilatou durante dois minutos. Agláia levantou-se do banco, e disse com voz entrecortada:

— Pois fique com a ideia, com a convicção de que essa... sua... mulher é uma louca! Mas eu não tenho nada a ver com as suas fantasias de louca... Intimo-o, Liév Nikoláievitch, a restituir estas cartas a essa mulher, da minha parte! E se ela ousar tornar a me escrever uma linha que seja, farei queixa a meu pai e então se há de providenciar o seu internamento em uma casa de correção!...

O príncipe levantou-se de um pulo e ficou boquiaberto diante da fúria repentina de Agláia. Foi como se uma espécie de névoa o envolvesse.

— Não podeis sentir uma coisa dessas! Não pode ser! — balbuciou.

— Sinto! Sinto, sim! — gritou Agláia, fora de si. — É a verdade, a pura verdade!

— Que é que é verdade? Verdade o quê? — ouviram ambos uma voz aflita indagar, perto deles.

Era Lizavéta Prokófievna que estava chegando.

— A verdade... é que vou me casar com Gavríl Ardaliónovitch! Que amo Gavríl Ardaliónovitch e que vou fugir de casa amanhã com ele! — bradou Agláia quase esbarrando na mãe. — Ouviu agora? Ficou satisfeita a sua curiosidade? Ou quer saber mais?

E correu para casa.

— Não, meu amigo, não vá embora — disse Lizavéta Prokófievna sustando os passos do príncipe. — Você terá a bondade de me dar uma explicação. Que é que eu fiz para ter tantos aborrecimentos? Não consegui dormir a noite inteira.

O príncipe seguiu-a.

9

Chegando a casa, Lizavéta Prokófievna parou na primeira sala; não pôde ir além e se atirou ofegante em um divã, esquecendo mesmo de convidar o príncipe a sentar. Era uma sala bem grande, com uma mesa no centro e uma lareira a um canto; havia muitas flores em uma *étagère*[42] entre as janelas, e uma porta de vidro, na parede oposta, dava para o jardim. Adelaída e Aleksándra apareceram logo com ar indagador, ficando a olhar para a mãe e o príncipe.

Na vila de verão da família as moças geralmente se levantavam às nove horas; mas, de três dias para cá, a mais nova, Agláia, dera em se levantar mais cedo para passear no jardim da casa; não às sete horas, mas às oito ou pouco mais. Lizavéta Prokófievna, que na verdade não conseguira conciliar o sono a noite inteira por causa dos seus muitos aborrecimentos, se erguera às oito horas, contando encontrar-se com Agláia no jardim, certa de que a filha já se teria levantado. Não a descobriu, porém, nem no jardim nem no quarto e acabou ficando tão preocupada que acordou as outras filhas, vindo a saber pelas criadas que Agláia saíra às sete horas na direção do parque. As moças riram de mais essa esquisitice de sua extravagante irmã e avisaram à mãe que a caçula ficaria zangada se fosse procurada no parque, onde, na certa, devia estar com um bom livro sentada no banco verde. Aquele banco verde que na véspera fora motivo de discussão com o Príncipe Chtch... Ela achou-o muito pitoresco, e o príncipe negou.

Lizavéta Prokófievna ao surpreender a filha e o príncipe no tal banco ficara alvoroçadíssima com a declaração aloucada de Agláia. Razões lhe sobravam para se alarmar; mas depois que trouxe o príncipe consigo até

[42] Do francês: prateleira. (N. E.)

a sala, se arrependeu do que então dissera. "Afinal de contas, que havia de mais em Agláia se encontrar com o príncipe no parque, mesmo que essa entrevista tivesse sido marcada previamente?"

— Não pense, meu bom amigo — começou ela, toda empertigada —, que o trouxe até aqui para lhe passar uma descompostura e interrogá-lo. Depois do que se passou ontem eu não poderia ter nenhuma ansiedade em vê-lo durante muito tempo...

Não pôde prosseguir, teve de parar um momento. Foi o príncipe quem completou a frase, com perfeita serenidade, dizendo:

— Mas a senhora gostaria muito de saber como foi que fui encontrar Agláia Ivánovna esta manhã!

— Gostaria, por quê? — Lizavéta Prokófievna inflamou-se logo. — Nunca tive medo de falar sempre o que quis! De mais a mais, não estou insultando ninguém nem é minha intenção ofender quem quer que seja...

— É lógico que a senhora deseja saber, sem ofensa. A senhora é a mãe dela. Fui encontrar-me com Agláia Ivánovna esta manhã no banco verde, porque ela ontem me convidou. Ontem à noite, me fez saber, por um recado escrito, que desejava encontrar-se comigo para debater um assunto importante. Encontramo-nos e estivemos durante uma hora conversando sobre coisas que somente concernem a ela. Foi tudo.

— Naturalmente que foi tudo, meu caro senhor; não há nisso a menor sombra de dúvida — concordou a Sra. Epantchiná, com dignidade.

— Sobretudo, príncipe — disse Agláia, entrando inesperadamente na sala —, agradeço-lhe de todo o coração por não ter acreditado que eu condescenderia em mentir! Isso chega, mamãe, ou pretende a senhora fazer um exame mais minucioso?

— Você sabe muito bem que eu até agora nunca tive do que corar diante de você, embora você ficasse contente se por acaso eu tivesse — replicou Lizavéta Prokófievna severamente. — Adeus, príncipe, perdoe-me de o ter incomodado, e espero que fique convencido sempre do meu imutável respeito.

O príncipe imediatamente se inclinou para a direita e para a esquerda e silenciosamente se retirou. Aleksándra e Adelaída riram e cochicharam. A mãe as olhou duramente.

— Mamãe, só mesmo assim é que o príncipe faria tão magníficas mesuras. Via de regra é um desajeitado, mas não é que fez agora, de repente, direitinho, como Evguénii Pávlovitch?

— Delicadeza e dignidade são ensinadas pelo coração e não pelo professor de dança — resumiu logo, sentenciosamente, Lizavéta Prokófievna. E subiu para o quarto, sem sequer olhar para Agláia.

Quando o príncipe chegou a casa aí pelas nove horas, encontrou Vera Lukiánovna e a criada na varanda. Estavam limpando e varrendo, por causa da desordem da noite anterior.

— Graças a Deus tivemos tempo de acabar antes que o senhor chegasse — disse Vera alegremente.

— Bom-dia. Sinto-me um pouco fraco, não dormi bem. Gostaria de me recostar um pouco.

— Aqui na varanda, como o senhor fez ontem? Está bem; vou avisar a todos para não o acordarem. Papai saiu não sei para onde.

A criada foi-se. Vera esteve para acompanhá-la, mas se voltou e veio ansiosamente até perto do príncipe.

— Príncipe, tenha pena desse pobre indivíduo. Não o mande embora hoje.

— De forma alguma o mandarei. Ele que resolva o que quiser.

— Ele não fará nada, agora, e... não seja severo com ele.

— Certamente não; por que haveria eu de ser?

— E não ria dele, isso é o principal.

— Oh! Nem pensar nisso.

— Estava louca para falar sobre isso com uma pessoa como o senhor — disse Vera, corando. — Apesar de o senhor estar cansado — riu, dando meia volta para ir embora —, os seus olhos estão tão bonitos neste momento, parecem tão felizes!

— Não diga! Deveras? — perguntou o príncipe vivamente, pondo-se a rir, satisfeito.

Mas Vera, que era ingênua e encabulada como uma criança, ficou logo tão confusa e tão vermelha que se retirou depressa, rindo ainda.

"Que jovial moça!..." — pensou o príncipe, que logo se esqueceu dela.

Foi para o canto da varanda, onde havia um sofá com uma mesinha ao lado. Sentou-se, escondeu as faces nas mãos e permaneceu assim por uns dez minutos. E, de súbito, muito agitado, tirou ligeiro as três cartas do bolso do casaco.

Mas a porta se reabriu e Kólia surgiu. Isso, muito a propósito, aliviou o príncipe, que, guardando de novo as cartas, adiou o mau momento.

— Ora! Mas que desventura! — disse Kólia, sentando-se no sofá e entrando logo no assunto, como as crianças da sua idade costumam fazer. — Que é que o senhor pensa de Ippolít, agora? Desmereceu ele o seu respeito?

— Ora essa, por quê?... Mas, Kólia, estou muito cansado... Além disso, é muito triste tudo isso, para se recomeçar a... Mas, como vai ele?

— Está dormindo há umas duas horas. Pelo que depreendo o senhor não dormiu, nem ficou em casa; deve ter estado no parque... Ficou nervoso, é natural; não é de admirar.

— Por que depreende você que estive passeando no parque e que não fui dormir?

— Vera acabou de dizer. Esforçou-se até para me persuadir a que não viesse; respondi-lhe que ficaria só por um momento. Permaneci estas duas horas na cabeceira de Ippolít; agora cabe a vez a Kóstia Liébediev. Burdóvskii já foi embora. Bem, príncipe, descanse. Boa noite, ou melhor... bom dia! Mas, quer saber? ainda estou estupefato!

— Naturalmente! Tanta coisa...

— Não, não, príncipe! Estupefato com a "Confissão" de Ippolít. Principalmente aquele trecho a propósito da Providência e da vida futura. Há o pensamento de um gigante em tudo aquilo.

O príncipe olhou afetuosamente para Kólia, que não teve dúvida em entrar logo a explicar em que consistia a seu ver o tal "pensamento de gigante".

— E não é apenas o pensamento, mas também a maneira pela qual dispôs tudo aquilo. Se fosse escrito por Voltaire, Rousseau, Proudhon eu não me impressionaria tanto. Mas por um homem que tem certeza de que só dispõe de dez minutos para se exprimir dessa maneira, não é formidável? Ora, isso é a mais alta afirmação de dignidade pessoal, de confiança em si mesmo... Significa uma força de vontade titânica! Depois de tudo, haver quem ouse declarar que ele tirou a cápsula de propósito é vil, é incrível! Mas, quer saber, príncipe?, ele ontem mentiu. Eu não arrumei absolutamente a mala dele, e nunca vi a pistola. Ele arrumou tudo sozinho, mantendo-me sempre arredado. Vera acabou de me dizer que o senhor vai consentir na permanência dele aqui; juro que não há perigo, mesmo porque não o deixaremos sozinho.

— Vocês permaneceram sempre perto dele?

— Revezamo-nos. Kóstia Liébediev e eu. Keller ficou um bocadinho mas depois se retirou e foi dormir no pavilhão de Liébediev porque o quarto era apertado para tanta gente. Ferdichtchénko fez o mesmo, e às seis horas se retirou. O general, como sempre, dormiu na casa de Liébediev, para onde se recolheu logo. Liébediev não demora a aparecer, pois já o esteve procurando umas duas vezes, não sei para quê. Devo deixar que venha, ou não, já que o príncipe precisa descansar? Também vou ver se consigo dormir um pouco. Por falar nisso, gostaria de lhe contar uma coisa a respeito de papai, o general. Não compreendi direito... Burdóvskii me acordara às seis da manhã para eu ficar de plantão, perto do doente; eu saí um pouco para tomar ar, entre a vila e o pavilhão, e dei com ele tão bêbado que nem me reconheceu. Quase me deu um esbarrão. Nisto voltou a si, agarrou-me, perguntando logo: "Como vai o nosso doente? Vim só para saber como passou ele". Dei-lhe as informações. "Bem, está muito bem", respondeu papai, "mas ao que vim de fato, o que me fez levantar foi a necessidade de um aviso urgente. Tenho motivos para prevenir que contenham a língua diante de Ferdichtchénko e que fiquem de alcateia". Compreende alguma coisa, príncipe?

— De fato? Mas... a que propósito nos pode isso interessar?

— Naturalmente em nada. Não somos maçons! Mas fiquei espantado com a atitude do general levantando-se só com a preocupação de vir acordar-me para dizer isso.

— Diz você que Ferdichtchénko saiu?

— Às sete horas. Veio ver-me de passagem. Eu estava levantado por causa de Ippolít. Saiu, dizendo que ia passar o dia com Vílkin. Esse Vílkin é um sujeito bêbado daqui de Pávlovsk. Bem, vou deitar. Chegou Lukián Timoféitch... O príncipe está dormindo, Lukián Timoféietch, meia-volta, volver!

— Um momento apenas, honorabilíssimo príncipe. Trata-se de um assunto importantíssimo para mim. — Liébediev ia entrando e falava com voz afetadamente baixa, muito compungido, à medida que fazia mesuras exageradas.

Havendo entrado e já com o chapéu na mão, se esforçava por manter uma expressão circunspecta; mas sua fisionomia excêntrica deixava transparecer uma grande preocupação. O príncipe convidou-o a sentar-se.

— Soube que perguntou por mim já duas vezes. Que nervoso é esse? Por causa ainda de tudo que aconteceu essa noite?

— Quer dizer... por causa do rapaz, príncipe? Oh! Não; essa noite as minhas ideias ficaram atrapalhadas... mas hoje é meu intento não *contrafazer* as suas ordens, seja no que for.

— Contrafa... Que é que está dizendo?

— ... zer! Contrafazer! Trata-se de um galicismo horrível como muitíssimos outros que se intrometeram no nosso léxico e com os quais não concordo.

— Que lhe aconteceu, Liébediev, para estar assim tão formalizado e falando com tamanha cadência como se estivesse soletrando?... — indagou Míchkin.

— Nikolái Ardaliónovitch — disse Liébediev dirigindo-se a Kólia com uma voz quase desembargada —, tenho eu de tratar com o príncipe de um negócio todo íntimo...

— Lógico, lógico! E que não me interessa... Adeus, príncipe. — E Kólia se retirou imediatamente.

— Gosto desta criança porque tem tato... — comentou Liébediev, seguindo-o com o olhar. — Um garoto esperto, mas algo perguntador... Topei com uma severa calamidade, honorabilíssimo príncipe, esta noite, ou esta manhã, ao dealbar... Hesito em precisar a hora certa...

— Que foi?

— Sumiram quatrocentos rublos do bolso do meu casaco, honorabilíssimo príncipe. Estávamos aguardando o dia — acrescentou com um sorriso azedo.

— Você perdeu quatrocentos rublos? Que pena!

— Principalmente se considerarmos que sou um pobre homem honradamente mantendo família com o meu próprio labor.

— Naturalmente, naturalmente. Como aconteceu isso?

— Frutos do beber! Vim ter logo com o senhor, como a nossa Providência, honorabilíssimo príncipe. Recebi a soma de quatrocentos rublos, novinhos em folha, de um devedor, ontem, às cinco da tarde, e voltei para cá de trem. Estava com a carteira no bolso. Ao mudar o meu uniforme pelo casaco de casa, pus o dinheiro no bolso do casaco, pretendendo nessa mesma noite encontrar uma colocação para ele... Estava esperando um agente.

— Por falar nisso, Lukián Timoféitch, é verdade que você pôs um anúncio dizendo que emprestava dinheiro sobre ouro ou artigos de prata?

— Por intermédio de agentes; o meu nome não aparecia nem o meu endereço. A soma à minha ordem é mesquinha e, em vista do aumento de minha família, o senhor há de admitir que, por notória razão, isso de juros...

— Perfeitamente, perfeitamente. Apenas perguntei para saber. Desculpe ter interrompido.

— Mas o tal agente não apareceu. Nesse ínterim o desgraçado rapaz foi trazido para aqui. Eu já estava "alto", depois do jantar; as visitas foram chegando; bebemos... chá, e, por ruína minha, fui ficando alegrote. Quando Keller chegou, atrasado, e disse que era o seu dia de festa natalícia e ordenou champanhe, eu, como tenho coração, caro e honorabilíssimo príncipe (como o senhor já deve ter notado segundo tantas vezes me pareceu), desde que tenho um coração não direi sensível mas grato — do que aliás me orgulho — pensei, ora bem, comemorar com o maior respeito a festiva data em perspectiva e, querendo pôr-me em condições para poder congratular-me também com o senhor, ao ir mudar o meu surrado casaco de casa pelo meu uniforme que eu tirara ao chegar, como de fato tirei, segundo o senhor decerto observou, príncipe, vendo-me depois toda a noite com o meu uniforme, como dizia, ao trocar os meus "arreios", esqueci a carteira no bolso do casaco... tão verdade é o que digo que quando Deus quer castigar um homem Ele, primeiro que tudo, o priva da sua razão; e somente esta manhã, às sete e meia, ao acordar, pulei como um maluco e me precipitei logo para o meu casaco: o bolso estava vazio! A carteira tinha desaparecido!

— Puxa! Que coisa desagradável!

— Desagradável, deveras; e com verdadeiro tato o senhor acaba de achar a palavra para isso — acrescentou Liébediev não sem simulação.

— Bem, mas... — disse o príncipe, preocupado, ponderando. — Isso é sério, você bem que sabe.

— Sério, deveras. Novamente, príncipe, o senhor encontrou a palavra para descrever...

— Ora! Pare com isso, Liébediev. Não são palavras o que temos de procurar neste caso. Você acha que a teria deixado cair do bolso, quando estava bêbado?

— Podia bem ser. Tudo pode acontecer quando se está bêbado, conforme o senhor tão bem se expressou, honorabilíssimo príncipe. Mas eu lhe peço que considere comigo o seguinte: se deixei cair o artigo do meu bolso ao mudar o casaco, o artigo caído devia estar no assoalho. Onde está o artigo?

— Não o teria você posto em uma gaveta, em uma mesa?

— Já procurei em tudo, desarrumei tudo, embora não tivesse escondido em lugar nenhum nem aberto gaveta nenhuma, conforme me lembro perfeitamente.

— Já olhou no seu armário?

— A primeira coisa que fiz foi espiar no armário e já tornei várias vezes a procurar dentro dele. E como havia eu de o ter colocado no armário, honorabilíssimo príncipe?

— Confesso que isso já está me amolando, Liébediev. Então alguém deve ter achado no assoalho.

— Ou tirado do meu bolso. Das duas alternativas, uma!

— O que mais me preocupa é saber quem seria. Eis a questão!

— Nem há dúvida. Essa é a grande questão. O senhor encontrou a palavra mesma, verdadeira, com maravilhosa exatidão e definiu a situação, ilustríssimo príncipe.

— Ora, Lukián Timoféitch, pare com essa coisa ridícula, essa...

— Galhofa? — exclamou Liébediev, juntando as mãos e as esfregando.

— Está bem, está bem, está tudo muito direito. Não estou zangado, não. É um outro negócio, agora. Estou com receio do pessoal. De quem suspeita você?

— Dificílima e complicada pergunta. Da criada não desconfio; esteve sempre sentada na cozinha. De meus próprios filhos também não...

— É claro.

— Uma das visitas, então.

— Será possível?

— Totalmente e no mais alto grau impossível, mas tem de ser! Estou inclinado, pois, a admitir e convencido mesmo de que é um caso de furto. Quem sabe se não foi cometido à noite quando estávamos juntos, nessa mesma noite, depois, ou de manhã, por alguém que tenha passado a noite aqui?

— Ai, ai, meu Deus!

— Burdóvskii e Nikolái Ardaliónovitch naturalmente eu os excluo. Nem entraram no meu quarto.

— De pleno acordo. E mesmo que tivessem entrado. Quem passou a noite lá?

— Contando comigo, éramos quatro em dois quartos pegados, o general, Keller, o Senhor Ferdichtchénko e eu. Portanto deve ter sido um de nós quatro.

— Um dos três, então. Mas quem?

— Contei comigo para ser correto moral e matematicamente! Mas admitirá, príncipe, que eu pudesse parvamente ter roubado a mim mesmo, muito embora esses casos aconteçam?

— Ora, Liébediev, que enfadonho é tudo isto! — exclamou o príncipe. — Voltemos ao ponto em que estávamos. Por que embrulha você as coisas?

— Assim, pois, restam três. Primeiro, o Sr. Keller, instável, beberrão e sob certos respeitos, muito liberal! Quero referir-me ao que respeita a dinheiro, a gastar, a pagar, mas sob outros respeitos, mais cavalheiresco do que liberal em suas tendências. Dormiu aqui, no quarto do doente, e foi só alta noite que apareceu no pavilhão sob o pretexto de lhe ser difícil dormir no chão sem nada.

— Você suspeita dele?

— Suspeitei. Quando às oito horas pulei da cama como um maluco, batendo na testa com as mãos, imediatamente acordei o general, que dormia um sono de inocência. Tomando em consideração o estranho desaparecimento de Ferdichtchénko, o que por si só levantou nossas suspeitas, resolvemos revistar Keller, que jazia estirado dormindo como uma toupeira. Revistamo-lo todinho. Não achamos um níquel nos bolsos e não havia um só bolso que não estivesse rasgado. Tinha só um lenço de algodão, listrado de azul, em um estado nojento. E também uma carta de amor de uma arrumadeira ameaçando-o e pedindo dinheiro! E alguns pedaços do artigo que o senhor ouviu. O general decidiu que ele era inocente. Para completar nossas investigações acordamos o homem, sacudindo-o violentamente. Mal pôde entender de que se tratava. Escancarou a boca com um ar de bêbado; a expressão do seu rosto era ao mesmo tempo cômica e inocente; aloucada, mesmo. Não foi ele!

— Bem, isso me satisfaz — disse o príncipe. — Estava mais desconfiado dele, creio eu.

— O senhor estava com receio? Então o senhor tem qualquer razão para isso! — E Liébediev perscrutou-o nos olhos.

— Oh, não! Não quero dizer nada — gaguejou o príncipe. — Foi estupidez minha dizer que o meu maior receio era ele. Faça-me um favor, Liébediev, de não repetir isso a ninguém!...

— Príncipe, príncipe, as suas palavras estão no meu coração, no fundo do meu coração. E o meu coração é uma tumba!... — asseverou Liébediev, em êxtase, apertando o chapéu contra o peito.

— Bem, bem. Então deve ter sido Ferdichtchénko. Isto é, quero dizer que você passa a suspeitar de Ferdichtchénko!

— Quem mais? — articulou Liébediev mansamente, olhando com atenção para Míchkin.

— Efetivamente. Quem mais estava lá?... Mas insisto ainda, que provas existem?

— Há uma prova. Primeiro haver desaparecido às sete horas da manhã, ou mesmo antes.

— Já soube. Kólia me contou que Ferdichtchénko fora até ele e dissera que ia passar o dia com... esqueci o nome... certo amigo dele.

— Vílkin. Então Nikolái Ardaliónovitch já lhe tinha contado?

— O furto, não.

— Ele ignora, pois a esse tempo eu ainda o conservava em segredo. Então foi ter com Vílkin. Devo dizer que não há nada de estranho em um bêbado ir ver um outro bêbado como ele próprio, mesmo que isso seja antes de o dia raiar e sem razão nenhuma. Mas aqui temos um rastro. Antes de sair deixou o endereço... Agora, príncipe, sigamos a questão. Por que deixou ele um endereço? Por que propositadamente se desviou ele do caminho da saída direita, indo dizer a Nikolái Ardalionóvitch que ia passar o dia com Vílkin? Por que esse aviso? Não, aqui temos nós a astúcia, a astúcia de um gatuno! É o mesmo que dizer "Não encobrirei os meus traços de propósito; portanto, como serei eu o gatuno? Deixará dito um gatuno para onde foi?". Trata-se de um excesso de zelo para desviar suspeitas e para apagar, por assim dizer, as pegadas na areia... Está me entendendo, honorabilíssimo príncipe?

— Compreendo, compreendo perfeitamente; mas isso tudo não basta.

— Um segundo rastro. A pista acabou se descobrindo que foi falsa, pois o endereço não é exato. Uma hora mais tarde, isto é, às oito horas, estava eu batendo à porta de Vílkin. Mora na Quinta Rua e eu também o conheço. Não havia sinal de Ferdichtchénko; e a criada, que é surda como uma pedra, me disse que alguém tinha realmente batido uma hora antes e com tanta força que quebrara a campainha. Mas a criada não quis abrir a porta para não acordar o Sr. Vílkin e decerto não desejando tampouco se levantar ela própria.

— E é essa toda a sua suspeita? Não é muita.

— Príncipe, mas de quem suspeitar, então? Julgue o senhor mesmo — concluiu Liébediev, com a máxima persuasão; e havia um brilho de qualquer coisa dissimulada em seu arreganho de dentes.

— Você deve dar uma batida em seus cômodos outra vez, e espiar gaveta por gaveta — aconselhou o príncipe, com certa veemência, depois de refletir um pouco.

— Já revistei tudo — acentuou Liébediev, dizendo qualquer coisa mais.

— Arre! Por que diabo foi você mudar de casaco? — E Míchkin deu um soco na mesa com certo aborrecimento.

— Ora, aí está uma pergunta parecida com uma outra em uma comédia fora da moda. Mas, bondoso príncipe, vejo que minha desgraça atingiu o seu coração. Não mereço isso. Quero dizer que sozinho não valho isso, mas o senhor ficou preocupado com o criminoso... Com este Ferdichtchénko, que não vale um caracol!

— Realmente. Você não deixou de me aborrecer. — O príncipe interrompeu-o com certa acrimônia e de um modo vago. — Que pretende então você fazer... já que está tão convencido de que foi Ferdichtchénko?

— Príncipe, honorabilíssimo príncipe, quem mais então poderia ter sido? — perguntou Liébediev, agitando-se com crescente persuasão. — Conforme o senhor vê, a falta de mais alguém em quem me deter, e por assim dizer, a completa impossibilidade de suspeitar de quem quer que seja a não ser Ferdichtchénko, torna-se, por assim dizer, uma peça de convicção; a terceira, contra o mesmo Sr. Ferdichtchénko. Ora, pergunto eu, novamente, quem mais podia ter sido? O senhor não suspeitaria de Burdóvskii, a meu ver?!

— Que asneira!

— Nem do general! Ah! Ah! Ah!

— Você está doido! — disse o príncipe, quase furioso, mexendo-se impacientemente no sofá.

— Doido, não há dúvida! Ah! Ah! Ah! E ele me divertiu também. Refiro-me ao general. Fui com ele, ainda agora, quando a pista ainda estava fresca, à casa de Vílkin... e devo dizer-lhe que o general estava mais impressionado do que quando o acordei, o que aliás foi a primeira coisa que fiz, quando dei pelo extravio. A cara dele mudou. Ficou vermelho; depois, pálido. E por fim caiu em violenta indignação, e muito justa, como se antes de qualquer outra coisa eu tivesse suspeitado dele! É um homem honorabilíssimo. Frequentemente está contando mentiras, por fraqueza; mas é pessoa dos mais nobres sentimentos. Um homem, além disso, sem estratagemas, que inspira a maior confiança, por sua inteireza. Já lhe disse uma vez que o que sinto por ele não é só um fraco, é afeição! Inesperadamente ele parou no meio da rua, desabotoou o casaco, pôs o peito à mostra e berrou: "Reviste! Já que revistou Keller, por que não me há de revistar? O direito é isso!". Os seus braços e as suas mãos estavam tremendo; ficou completamente lívido. Olhava-me ameaçadoramente. Ri e disse: "Escute aqui uma coisa, general! Se alguém ousasse dizer tal calúnia do senhor, eu arrancaria minha cabeça com as minhas próprias mãos. Haveria de pô-la em uma bandeja e a levaria a quem desconfiasse do senhor. Está vendo esta cabeça? perguntaria eu. Pois é com ela que respondo por ele. E não é só isso. Caminharia dentro do fogo, por ele. Eis o que eu faria, general!" — disse-lhe eu. Então, ali em plena rua, ele me apertou nos braços, desfez-se em lágrimas, tremendo, e me ficou apertando tanto que me provocou tosse. "Tu és o único amigo que me resta no infortúnio!". disse. Aquilo é que é homem de sentimento. E, então, logo me contou ali mesmo uma anedota: que uma vez fora suspeitado, na sua mocidade, de ter furtado quinhentos rublos. Mas que logo no dia seguinte aconteceu que se precipitou por uma casa incendiada adentro, e extraiu das chamas para fora o conde que tinha suspeitado dele, e mais Nina Aleksándrovna, que então era uma menina. O conde abraçara-o e disso proviera seu casamento com Nina Aleksándrovna. E mais ainda... que, no dia seguinte, foram encontrar nas ruínas da casa uma caixa com o dinheiro dado como perdido. Era um cofre-forte inglês, com uma fechadura com segredo e que tinha sido posto debaixo do assoalho, de maneira que ninguém notara, só sendo achado depois do incêndio. Uma mentira rematada. Mas, quando se referiu a Nina Aleksándrovna, aí não pôde, chorou. De fato, Nina Aleksándrovna é a mais respeitável das damas, apesar de estar zangada comigo.

— Você não a conhece, não é?

— Muito mal, se tanto; mas gostaria, de todo o coração, quando mais não fosse para me justificar perante ela. Nina Aleksándrovna embirra comigo porque acha que eu desencaminho para a bebedeira o seu esposo. Mal sabe essa digna senhora que, longe de desencaminhá-lo, eu o refreio. O que venho tentando é tirá-lo da mais perniciosa companhia. De mais a mais, trata-se de um amigo, e confesso que não quero abandoná-lo, agora. De fato, justo e feito. Onde ele vai, lá estou eu. Pois o único meio de manobrar com ele é por meio da sensibilidade. Chegou até a desistir de visitar a viúva do seu capitão, agora, muito embora, secretamente, tenha saudades dela, afligindo-se muito, principalmente de manhã, quando calça as suas botas. Não sei em que pé se acha, presentemente. Ele está sem dinheiro e isso atrapalha, pois como há de ir vê-la sem isso? Ele não lhe tem pedido dinheiro, honorabilíssimo príncipe?

— Não tem.

— É porque tem vergonha. Já deu a entender. Confessou-me, de fato, que pensou incomodá-lo, mas que se intimidou porque o senhor o obsequiou, não há muito; e além disso acha que o senhor não lhe daria. Disse-me isso como a um amigo.

— Então você lhe dá dinheiro?

— Príncipe, honorabilíssimo príncipe, a esse homem não dei dinheiro apenas, mas, a bem dizer, a vida... Mas não, não quero exagerar, a minha vida não; mas se fosse um caso de febre, um abscesso ou mesmo uma tosse, estaria pronto a suportar no lugar dele; realmente o faria. Pois o considero como um grande homem, embora decaído! Sim, com efeito; e não dinheiro só!

— Então você lhe dá dinheiro?

— N... ão; dinheiro não tenho dado. Não tenho dado. E ele está farto de saber que não darei, não. Mas isso tem sido somente com o fim de ajudá-lo em aperfeiçoamento e reabilitação. Agora está insistindo para ir comigo a Petersburgo, para encontrarmos o Sr. Ferdichtchénko enquanto a pista está fresca. Pois estamos cientes de que foi para lá. O meu general é todo impetuosidade, mas desconfio que o que quer é escapulir, até Petersburgo, para ir visitar a tal viúva. Vou deixar que venha comigo, de propósito, confesso, e que concordamos tomar diferentes direções logo que chegarmos lá, de maneira a apanharmos mais facilmente o Sr. Ferdichtchénko. Assim, pois, vou deixá-lo ir e depois lhe caio em cima inesperadamente, como neve sobre a cabeça, em casa da viúva, só para envergonhá-lo, como a chefe de família e como a homem, propriamente, falando de um modo geral.

— Mas ao menos não faça nenhum estardalhaço, Liébediev. Pelo amor de Deus, não faça nenhum distúrbio — disse o príncipe, abaixando a voz, com certa inquietação.

— Oh! Não. Simplesmente para envergonhá-lo e ver que espécie de cara ele faz, pois só pela cara se pode julgar muita coisa, estimado príncipe, principalmente em um homem como ele. Ah, príncipe, grande como é agora a minha preocupação, não posso ainda assim deixar de pensar nele e na reforma da sua moral! Tenho um grande favor a pedir-lhe, príncipe, e devo confessar que foi expressamente para isso que vim perante o senhor. O príncipe tem intimidade na casa dele, já morou mesmo com ele; se, pois, o senhor pudesse ajudar-me, honorabilíssimo príncipe, inteiramente por causa dele e de sua felicidade...

E Liébediev não se conteve e juntou as mãos, como em súplica.

— Ajudá-lo? Ajudá-lo como? Acredite, estou fazendo todo o possível para ver se o entendo, Liébediev.

— Foi inteiramente com essa convicção que vim até aqui. Poderíamos agir por intermédio de Nina Aleksándrovna, constantemente de olho nele e, por assim dizer, encaminhando-o para o seio da família. Não os conheço, infelizmente. Contudo, Nikolái Ardaliónovitch adora o senhor, por assim dizer, com todas as fibras do seu coração juvenil, e ele poderia ajudar, talvez...

— Meter Nina Aleksándrovna nessa história, não! Pelo amor de Deus! Nem Kólia, tampouco... Mas talvez eu ainda não tenha conseguido entender você, Liébediev.

— Ora, não há nada a entender. — Liébediev ergueu-se de um salto da sua cadeira. — Simpatia, simpatia e ternura — eis todo o tratamento que o nosso doente requer. O senhor me permite, príncipe, pensar nele como em um doente?

— Sim, o que mostra a sua delicadeza e inteligência.

— A bem da clareza, devo explicar com um exemplo tirado da prática. O senhor vê a espécie de homem que ele é. A única fraqueza agora é para com essa viúva, que não lhe permitirá entrada sem dinheiro; e é em tal casa que penso descobri-lo hoje, para o seu próprio bem. Mas, supondo que não fosse só a viúva do capitão; supondo que ele tivesse cometido atualmente um crime, ou de qualquer modo uma ação desonrosa (do que aliás ele naturalmente é incapaz), mesmo então, digo eu, o senhor poderia fazer alguma coisa por ele, simplesmente por generosa ternura, por assim dizer, pois ele é o mais sensível dos homens. Acredite-me, não se conteria por cinco dias; falaria contra si mesmo; choraria e confessaria, principalmente se alguém trabalhasse com habilidade, e com um estilo honroso, por intermédio de sua acautelada família, e o senhor, em suas idas e vindas... Oh, caridosíssimo príncipe! — Liébediev caiu em uma espécie de exaltação. — Naturalmente não estou afirmando que ele... Estou pronto a derramar minha última gota de sangue, por assim dizer, por ele, neste momento, muito embora a sua incontinência, a sua bebedeira e a viúva do capitão, e tudo o mais, em conjunto, possam levá-lo a...

— Nesse caso estou pronto a ajudá-lo — disse o príncipe, levantando-se. — Apenas confesso, Liébediev, que estou terrivelmente inquieto. Diga-me, ainda... Em uma palavra, você mesmo disse que suspeita de Ferdichtchénko...

— Ora, quem mais? Sinceramente, príncipe? — E de novo Liébediev juntou as mãos, suplicemente, com um sorriso adocicado.

O príncipe franziu a testa e se moveu do seu lugar.

— Repare bem: um erro, Lukián Timoféitch, seria uma coisa terrível. Esse Ferdichtchénko... Eu não gostaria de falar mal dele... Esse Ferdichtchénko... ora, quem sabe, talvez seja ele... Quero dizer que talvez ele seja mais capaz do que... qualquer outro...

Liébediev esgazeou os olhos e apurou os ouvidos.

— Veja você — continuou o príncipe, mais carrancudo ainda e vacilando, à medida que passeava para cima e para baixo, pela varanda, esforçando-se por não olhar Liébediev —, procurarei fazer-me entender... Disseram-me a respeito do Sr. Ferdichtchénko que era um homem diante do qual a gente devia ter cuidado em não dizer coisa demais, está compreendendo? Digo isto para mostrar que talvez ele realmente seja mais capaz do que qualquer outro... É preciso, de toda maneira, não se cometer um equívoco, e essa é a principal coisa, está entendendo?

— Quem lhe disse isso a respeito do Sr. Ferdichtchénko? — jogou Liébediev, de repente.

— Foi-me segredado isso... Eu próprio não acredito muito, contudo... E me amola bastante ter-lhe dito isso. Assevero-lhe que não acredito, eu próprio... deve ser leviandade de quem disse. Irra! Que estúpido fui!

— Veja o senhor, príncipe — disse Liébediev, contraindo-se todo —, isso é importante. Isso é importante exatamente agora. Não me refiro ao Sr. Ferdichtchénko. Refiro-me ao modo por que essa informação chegou ao senhor. — Dizendo isso Liébediev deu uns passinhos pela frente e pelas costas do príncipe, tentando emparelhar com ele. — Tenho uma certa coisa a dizer-lhe, príncipe: ainda agora, quando eu estava indo com o general à casa de Vílkin, depois que me pespegou aquela léria do incêndio, ele estava fervendo, naturalmente, ainda com cólera; e, sem mais aquela, começou a despejar a mesma suspeita a respeito do Sr. Ferdichtchénko, mas de um modo tão estranho e incoerente que não pude deixar de lhe fazer certas perguntas, e acabei me convencendo de que toda aquela longa história não era mais do que uma inspiração apenas de Sua Excelência, erguendo-se, solitária, por assim dizer, do seu generoso coração. Pois ele mente inteiramente por não poder restringir a sua sentimentalidade. Agora, bondosamente considere o senhor isto: se ele mentiu, e tenho certeza de que mentiu, logo não foi dele que o senhor ouviu o que há pouco me disse. Foi uma inspiração de momento, príncipe, compreende o senhor? Logo, foi outra pessoa que lhe disse aquilo!... Isto é muito importante... Isto é muito importante... Isto é muito importante... e... por assim dizer...

— Foi Kólia quem me disse, ainda agora, e foi dito por seu pai nesta manhã, quando o encontrou às seis horas, entre seis e sete horas, no corredor, ao sair para qualquer coisa.

E o príncipe contou a história, mais minuciosamente.

— Ah! Bem, isso é o que se chama um indício. — E Liébediev riu, sem fazer ruído, friccionando as mãos. — Tal como eu pensei. Quer isso dizer que Sua Excelência acordou do seu sono de inocência às seis horas, expressamente para ir acordar seu dileto filho, e avisá-lo do grande perigo de se misturar com o Sr. Ferdichtchénko. Que perigoso homem não deve ser esse Sr. Ferdichtchénko! E que paternal solicitude, da parte de Sua Excelência!

— Escute, Liébediev — o príncipe estava completamente atordoado —, ouça, guarde segredo absoluto sobre isso. Não faça clamor. Peço, exijo, Liébediev. Estou resolvido a ajudá-lo, mas com a condição de ninguém vir a saber nada sobre esse assunto.

— Fique tranquilo, boníssimo príncipe, muito leal e generoso príncipe — exclamou Liébediev em perfeito êxtase. — Esteja tranquilo que tudo isso ficará enterrado em meu coração, que é um coração galhardo! Daria o meu sangue, gota a gota. Ilustre príncipe, sou uma pobre criatura quer de alma quer de espírito, mas pergunte a qualquer outra pobre criatura, a um tratante mesmo qualquer, com quem preferiria ele ter negócios, com um bandido de igual laia ou com um coração nobre como o senhor! E ele responderia logo que preferia a pessoa de coração leal, nobilíssimo príncipe! Ora, que significa tal opção? O triunfo excelso da virtude! Adeus, honorabilíssima Alteza. Cumpre agir de mansinho, muito em surdina, e... de mãos dadas...

10

Só à noite, quando teve coragem de as ler, foi que o príncipe compreendia por que ficava gelado, sempre que tocava naquelas três cartas.

Já de manhã, quando se estirara na espreguiçadeira da varanda, sem resolver abri-las, tivera, outra vez, mal caíra em um sono profundo, outro sonho desagradável. Novamente a "mulher pecaminosa" lhe apareceu. E novamente o olhava através das lágrimas que perlavam seus longos cílios, e lhe acenava que a seguisse. O príncipe acordara, lembrando-se, como tinha acontecido antes, da angústia que o seu rosto lhe causava. Teve vontade de ir procurá-la imediatamente; mas não podia. Então, quase desesperado, abriu as cartas e começou a lê-las.

Essas cartas também eram como um sonho! Às vezes temos sonhos estranhos. Impossíveis e incríveis sonhos. Ao acordar, lembramo-nos deles e passamos diante de um fato estranho, lembramo-nos, primeiro que tudo, de que a nossa razão não nos abandonou completamente durante o sonho. Recordamos mesmo que agimos sagazmente, e até com lógica, durante aquele tempo todo, aquele longo, longo tempo em que nos cercavam assassinos que nos enganavam, escondendo as suas intenções e se comportando amistosamente conosco, embora tivessem uma arma preparada e só esperassem um sinal. Lembramo-nos de como os iludimos escondendo-nos astutamente, e como depois nos déramos conta de que eles tinham percebido nosso esconderijo, mas fingiam não saber onde estávamos escondidos; e, apesar disso, dissimulávamos de novo e os enganávamos outra vez. Como nos lembramos de tudo isso, claramente! Mas como foi que pudemos reconciliar a nossa razão com os notórios absurdos e impossibilidades através dos quais os nossos sonhos surgiam? Um dos nossos assassinos transformava-se em mulher, diante de nossos olhos; e, de mulher, em um manhoso e repugnante anãozinho; e aceitávamos isso logo, como uma coisa que, embora se tivesse dado, não nos devia causar surpresa, naquela hora mesma em que, por um outro lado, a nossa razão atingira a mais alta tensão e mostrara toda a sua extraordinária força, argúcia, sagacidade e lógica!

E, outrossim, ao acordar e voltar plenamente à realidade, como é que sentíamos a toda hora, umas vezes com mais extraordinária intensidade do que outra, que ficava alguma coisa sem explicação, atrás desse sonho? Ríamo-nos, ante o absurdo do nosso sonho, mas, simultaneamente, sentíamos que, intercalado entre esses absurdos, permanecia um pensamento oculto; e que esse pensamento era real, pertencia, como coisa e como fato, à nossa vida de então e de agora; alguma coisa que existe e existiu sempre em nosso coração. E, além disso, uma outra coisa nova, profética, mas que não esperávamos, nos era dita, em nosso sonho. A impressão colhida pode ser alegre ou angustiosa; mas é viva, embora não possamos saber nem reter o que nos foi dito.

E assim aconteceu, mais ou menos, depois que o príncipe abriu e leu aquelas cartas. E, antes mesmo de as desdobrar, sentiu que o só fato da existência e significação delas era como um pesadelo. O que a levaria a escrever à outra?, perguntava-se ele, enquanto vagabundeava, sozinho, a noite anterior (em certos momentos nem sabendo para onde ia). Como pudera ela ter escrito isso? Como pudera tal fantasia ter-se levantado em seu espírito? Mas essa fantasia, agora, tomara forma. E a coisa mais espantosa, para ele, era que, ao ler aquelas cartas, quase acreditava haver descoberto a justificativa dessa fantasia. Mesmo sendo, como parecia, um sonho, um pesadelo, uma loucura; algo, porém, de atormentadoramente real, algo de angustiosamente verdadeiro, justificava o sonho, o pesadelo e a loucura! Horas seguidas, os fragmentos do que tinha lido o perseguiam; examinava-os, refletia sobre eles. Chegou a ficar inclinado a dizer a si mesmo que tinha previsto tudo isso, e tudo conhecido de antemão. Era como se tivesse lido antes, há muito tempo já, e que tudo por que se estava afligindo agora já lhe tivesse dado sofrimento antes, em sonho, como se o que se escondia naquelas cartas já fosse uma coisa lida, "em tempos".

Quando abrirdes esta carta — assim começava a primeira epístola — *ireis logo, antes de qualquer outra coisa, olhar a assinatura. E a assinatura, então, vos dirá tudo; e tudo ficará explicado. Portanto, não é preciso fazer nenhuma justificativa. Se, de um certo modo, eu estivesse no mesmo nível em que estais, esta minha impertinência poderia ofender-vos. Mas, quem sou eu, e quem sois vós? Somos dois extremos opostos, e eu estou tão infinitamente abaixo de vós que não vos posso insultar, mesmo que o quisesse.*

Em outro lugar, escrevera:

Não tomeis as minhas palavras como superabundância de um espírito doentio, mas... vós sois, para mim, a perfeição! Eu vos vi! Eu vos vejo todos os dias. Eu não vos julgo. Não foi através da razão que cheguei a concluir que sois a perfeição. Apenas cheguei a isso pela fé. Mas... um mal vos faço: amo-vos! E a perfeição não deve ser amada. Só se pode olhar a perfeição como perfeição. Não é assim? E, todavia, vos amo até a paixão. E se o amor iguala, não fiqueis inquieta: não me pus em pé de igualdade perante vós, nem mesmo no mais íntimo de mim mesma. Reparai bem que escrevi: "Não fiqueis inquieta!". Ficareis, possivelmente, intranquila? Beijaria as vossas pegadas, se pudesse! Oh! Não me ponho no mesmo alto nível em que estais, olhai a minha assinatura. Será suficiente que olheis a minha assinatura.

Escrevia ela, em uma outra carta:

Noto, porém, que junto sempre o vosso nome com o dele! E, todavia, nunca, uma vez sequer, me perguntei a mim mesma se vós o amais. E ele vos ama, embora só vos tenha visto uma vez. Ele pensa em vós, como em uma "luz". Foram as próprias palavras dele, eu as ouvi, mas, mesmo sem palavras, eu sabia que éreis uma "luz" para ele. Vivi um mês inteiro ao seu lado, e compreendi, pude compreender então que também o amais. Assim, pois, para mim, vós e ele sois um.

Escrevia depois:

Que significa isso, Deus meu?! Ontem passei por vós e me pareceu que enrubescestes. Mas não pode ser. Foi equívoco meu. Se fôsseis conduzida a um antro asqueroso e vos mostrassem o vício, em sua crueza, não deveríeis enrubescer. Sois muito sublime para vos melindrardes com um insulto. Poderíeis odiar o que fosse baixo e vil, não por vós, mas por causa dos outros, daqueles que estão errados. Para vós, porém, não há quem seja mau. Quereis saber? E penso que deveis me amar. Sois para mim o mesmo que para ele: "um raio de luz". Um anjo não pode odiar, não pode deixar de amar. Pode alguém, não me refiro a um anjo, mas a um ser humano, amar a todos os homens, a todo seu próximo? Muita vez me tenho feito esta interrogação. Naturalmente não. Não é natural, com efeito. No amor abstrato para com a humanidade, não se ama a ninguém, e sim a si próprio. Mas isso não conta, para nós, e vós sois diferente. Como não amaríeis alguém, se não sois comparável a ninguém, estando, como estais, acima de todo insulto e de todo ressentimento pessoal? Vós, e ninguém mais, podeis amar sem egoísmo. Só vós podeis amar, não só por vós, mas por ele, que tanto amais. Ah! Como me seria amargo vir a saber que sentis vergonha, ou cólera, motivadas por mim! Isso seria a vossa ruína, pois cairíeis ao meu nível, imediatamente!

Ontem, depois de vos ter encontrado, voltei para casa e inventei um quadro. Os artistas geralmente pintam o Cristo tal como Ele aparece nas histórias do Evangelho. Eu O pintaria diferentemente. Imaginá-Lo-ia sozinho. (Os Discípulos algumas vezes O devem ter deixado sozinho.) Apenas deixaria uma criancinha ao lado dEle. Uma criança, a brincar ao lado dEle, dizendo-Lhe qualquer coisa, com a sua vozinha de pássaro. Cristo teria estado a escutar, mas agora estaria pensativo, com a Sua mão descansando inconscientemente sobre a linda cabeça da criança. Ele estaria olhando para a distância, para o horizonte. Um pensamento, do tamanho do mundo, habita nos Seus olhos. A Sua face está conturbada. A criança se apoiaria calada, sobre o joelho de Cristo, o rostinho pousado sobre a mão; a cabeça virada um pouco para cima, olharia com atenção para Ele, refletindo, com aquele jeitinho pensativo que as crianças às vezes têm. E o sol estaria a descambar. Este seria o meu quadro! Vós sois inocente, e, na vossa inocência, jaz toda a vossa perfeição. Lembrai-vos disto, tão só. Que tendes vós a ver com a minha paixão por vós? Agora sois toda minha; estarei toda a minha vida ao vosso lado... Morrerei breve...

Finalmente, na derradeira carta, estava escrito:

Pelo amor de Deus, não penseis nada de mim, nem que me estou aviltando em escrever-vos, desta forma, ou que pertença à classe de gente que tem prazer em se aviltar, mesmo que isso o seja só por orgulho. Não. Eu tenho a minha consolação, embora me seja muito difícil explicar-vos qual e como seja. A mim própria me seria difícil explicar isso de modo claro. E como me atormenta não o poder fazer! Mas uma coisa sei: que não me posso aviltar nem mesmo em um acesso de orgulho que porventura viesse a ter! E também sou incapaz de um voluntário aviltamento, mesmo por pureza. Assim, pois, não me estou aviltando, absolutamente.

Por que será que desejo unir-vos bem? Por vossa ou por minha causa? Por minha, naturalmente! Por minha causa, logicamente, pois assim solverei todas as minhas dificuldades. Já desde muito que venho dizendo isso a mim mesma. Ouvi dizer que vossa irmã Adelaída dissera do meu retrato, certa vez, que, com uma beleza assim, era possível virar o mundo de cima para baixo. Oh! Mas eu renunciei ao mundo! Diverte-vos, talvez, ouvir isso de mim, tendo-me encontrado, como já me encontrastes, coberta de rendas e de diamantes, em companhia de bêbados e de devassos?! Ah! Nem chegueis a imaginar isso! Já cessei, decerto, de existir, e sei disso muito bem. Deus sabe o que, em meu lugar, vive dentro de mim. Leio isso todos os dias, em dois terríveis olhos que estão sempre me contemplando, mesmo quando não estão diante de mim. Esses olhos estão "calados" agora (sempre foram silenciosos!), mas eu conheço os segredos deles. Ou, melhor, dele. A sua casa é sinistra e há um mistério dentro dela. E eu sei que ele tem escondida, em uma caixa, uma navalha, enrolada em seda como a daquele assassino de Moscou. E que, como aquele outro, ele vive assim, com sua mãe, e guarda uma navalha enrolada em seda para, com ela, cortar uma garganta. Todo o tempo em que estive naquela casa se me afigurava que, não sei onde, ali debaixo do assoalho, devia estar um cadáver, escondido talvez por seu pai, amortalhado em um encerado, cercado de jarras contendo desinfetante Jdánov. Poderia mostrar-vos o canto de que desconfio. Ele não fala, mas estou farta de saber que me ama tanto que é impossível que não me odeie! O vosso casamento e o meu realizar-se-ão na mesma época. Já fixamos isso.

Como haveria ele de me esconder segredos?! Eu seria capaz de o matar, só lhe inspirando terror, mais nada! Mas ele me matará antes! Ainda agora, há pouco, ele riu e disse que eu estava delirando. E sabe que vos estou escrevendo...

E havia outros, muitos outros delírios mais, naquelas cartas. Uma delas, escrita em uma letra pequena — a segunda — enchia duas grandes tiras de papel de bloco.

Por fim, o príncipe deixou a escuridão do parque por onde vagabundeara por longo tempo, como já o fizera na noite anterior. A noite clara, límpida, pareceu-lhe mais clara do que nunca.

"Ainda será muito cedo?" (Esquecera de trazer relógio). Representou-se-lhe ouvir música, a pouca distância. "Deve ser no Vauxhall", pensou. "Certamente elas não foram até lá, hoje." — Ao fazer essa reflexão, se deu conta de que estava perto da vila dos Epantchín. Sabia perfeitamente que tinha de lhe acontecer isso, encontrar-se, finalmente, ali; e foi com o coração pulsando demais que subiu os degraus da varanda, sem encontrar ninguém. A casa parecia vazia. Esperou; depois abriu a porta que dava para o salão. "Eles nunca a fecham." Esse pensamento vislumbrou-o através do espírito; mas a sala também estava vazia, imersa quase na escuridão. Ficou parado, no meio, perplexo. E, nisso, uma porta se abriu e Aleksándra entrou, vinda de um cômodo, com uma vela na mão. Levou um susto, mas reconheceu Míchkin e parou, diante dele, em uma atitude interrogativa. Pelo modo, ela simplesmente ia atravessar a sala de uma porta para outra, nem lhe passando pela ideia que iria encontrar alguém.

— Como foi que veio até aqui?

— En... trei...

— Mamãe não está se sentindo bem; Agláia também. Adelaída já foi para a cama. E é o que eu vou fazer. Estivemos em casa, sem mais ninguém, toda a noite. Papai e o príncipe estão em Petersburgo.

— Eu vim... até aqui... assim...

— Sabe que horas já são?

— N... ão.

— Já passa da meia-noite. Nós nos deitamos sempre à uma hora.

— Ora essa! Eu pensava que fossem umas nove e meia...

— Não faz mal! — riu ela. — E por que não veio antes? Nós o estivemos esperando.

— Pensei que... — gaguejou ele, já a sair.

— Então, adeus! Como vão rir, amanhã, quando eu contar...

Voltou para casa, pela estrada que rodeia o parque. O seu coração batia tanto como se tivesse levado um susto. Os pensamentos o alvoroçavam, e tudo, à sua volta, se transfigurava em um sonho. E, de repente, como naquele sonho que o fizera acordar sobressaltado, duas vezes, na véspera, a mesma aparição surgiu diante dele. A mesma mulher, saindo do parque, se estampou diante dele, como se o estivesse esperando ali. Estremeceu e parou. Ela lhe tomou a mão e a apertou. "Não, não foi uma aparição!" Era ela, e estava, enfim, pela primeira vez depois que se tinham separado, diante dele, parada, dizendo-lhe qualquer coisa, enquanto ele a olhava em silêncio. Como o seu coração crescia, e que dor angustiante isso tudo lhe causava, pobre coração! Ah! Como esquecer que o coração lhe doía sempre, assim, quando a encontrava! Ela caiu de joelhos; diante dele, ali na estrada, como uma demente. Deu um passo para trás, estupefato. Ela tentava beijar-lhe as mãos, prendendo-as e, tal como no sonho daquela noite, lágrimas fulgiam em seus longos cílios.

— Levantai-vos! Levantai-vos! — ciciou, muito zonzo, tentando erguê-la.

— Estás feliz? És feliz? — perguntava ela. — Dize-me uma palavra só. Estás feliz, agora, hoje, neste momento? Estiveste com ela? Que foi que ela te disse? — E não se levantava nem o ouvia. Fazia-lhe as perguntas atropeladamente, tinha pressa em falar, como se estivesse sendo perseguida. — Vou embora amanhã, como mandaste dizer. Eu não quero... É a última vez que vejo. A última! Desta vez é absolutamente a última!

— Acalmai-vos! Levantai-vos! — disse ele desesperado.

Ela olhava-o vorazmente, apertando-lhe as mãos.

— Adeus! — disse, por fim. Levantou-se e foi embora, apressadamente, quase a correr. E então o príncipe divisou Parfión, que inesperadamente se destacou da sombra e a tomou por um dos braços, levando-a.

— Espere um pouco, príncipe — disse Rogójin, de lá. — Volto em menos de cinco minutos.

E em menos de cinco minutos voltava, de fato, encontrando o príncipe no mesmíssimo lugar.

— Ajudei-a a subir para a carruagem — disse. — Estivemos aqui esperando, na esquina, desde as dez horas. Ela sabia que o senhor devia estar na casa daquela jovem, esta noite. Eu lhe tinha contado que o senhor me escreveu hoje. Ela jurou que não escreverá mais para aquela jovem. Prometeu-me, e irá embora daqui amanhã, conforme o senhor deseja. Mas desejou vê-lo pela última vez, apesar de o senhor se ter recusado a vê-la. Estivemos esperando ali, naquele banco, para sairmos ao seu encontro, quando estivesse de volta.

— Foi você que a trouxe, ou ela veio por sua própria vontade?

— Por que não? — Rogójin arreganhou os dentes. — Vi o que já não ignorava. Já leu as cartas? Já?

— E é verdade que ela lhas mostrava? — perguntou o príncipe, impressionado por essa ideia.

— Naturalmente. Ela me ia mostrando à medida que escrevia cada uma delas. Aquela a respeito da navalha, também, ah, ah! Lembra-se?

— A coitada está louca! — exclamou o príncipe, torcendo as mãos, convulsamente.

— Quem sabe lá? Talvez não! — disse Rogójin com voz muito baixa, como se falasse para si mesmo. E o príncipe a isso não respondeu nada.

— Bem, então, adeus! — disse Parfión. — Eu também vou embora, amanhã. Não guarde ressentimento de mim. E deixe que lhe pergunte, irmão — acrescentou, virando-se: — por que não respondeu àquela pergunta: "És feliz, ou não?"

— Não, não, não! — exclamou o príncipe, com inenarrável tristeza.

— Penso que não, também! Deveras! — Rogójin riu maliciosamente e foi embora, sem olhar para trás.

QUARTA PARTE

1

Havia uma semana que se dera o encontro daquelas duas personagens da nossa história no banco verde. E agora, nessa clara manhã, aí pelas dez e meia, Varvára Ardaliónovna Ptítsina regressava de uma visita a certos amigos, imersa em sinistra reflexão.

Gente há cujo aspecto característico e típico é difícil descrever integralmente. É gente habitualmente chamada "comum" ou "maioria" e que efetivamente compõe a quase totalidade da humanidade. A maior parte dos autores tenta, em seus contos e novelas, selecionar e apresentar de modo artístico e vivo tipos raramente encontrados na inteireza de suas vidas imediatas, muito embora sejam, sem embargo, mais reais do que a vida real mesma. Podkolióssin,[43] como um tipo, talvez seja exagerado, mas não é absolutamente irreal. Quantas pessoas inteligentes, depois que se puseram em contato com Podkolióssin, por intermédio de Gógol, não passaram logo a descobrir que uma porção, dezenas e centenas, de amigos e conhecidos seus se pareciam extraordinariamente com ele? Já sabiam, sem ter ainda lido Gógol, que esses seus amigos eram como Podkolióssin; apenas ignoravam que nome dar-lhes; de fato, na vida real, poucos são os noivos que escapolem pela janela antes do casamento, visto como, abstraindo outras considerações, esse modo de fuga tem seus inconvenientes. E, no entanto, quantos homens, mesmo inteligentes e virtuosos como pessoas, não se deram conta, bem na véspera do casamento, de que estavam prontos a reconhecer no fundo de seu coração que eram outros tantos Podkolióssin? Nem todos os maridos

[43] *Podkolióssin*: herói da melhor peça de Gógol — *O casamento* (1842). De caráter pouco enérgico, Podkolióssin tem, por vezes, assomos de independência. E, na hora do casamento, salta pela janela. (N. E.)

exclamam a todo passo: "*Tu l'as voulu, George Dandin!*".[44] Mas quantos milhões e bilhões de vezes esse grito de coração não tem sido proferido por maridos, por este mundo afora, logo depois da lua de mel ou, quem sabe, no dia seguinte ao do casamento?

Sem entrar em considerações mais profundas, queremos singelamente mostrar que, na vida de todos os dias, certas características tidas como típicas estão a ponto de submergir e que os George Dandin e os Podkolióssin existem e se locomovem diante de nós, quotidianamente, apenas em forma menos concentrada. Com a asseveração de que George Dandin, em sua perfeição total, como Molière o retratou, também pode ser encontrado na vida real, embora não frequentemente, terminaremos as nossas reflexões que já estão começando também a invadir a esfera da crítica jornalística. Todavia a pergunta fica de pé: que fará um autor com gente comum, absolutamente "comum", e como há de colocá-la diante do leitor tornando-a interessante? É de todo impossível deixá-la fora da ficção, pois essa gente do lugar-comum é, a todo momento, o principal e indispensável anel da cadeia dos negócios humanos. Se os deixarmos de fora perderemos toda a verossimilhança com a realidade. Encher uma novela completamente só com tipos, ou melhor, querer torná-la interessante mediante apenas caracteres estranhos e incríveis será querer torná-la irreal e até mesmo desinteressante. A nosso ver, um escritor deve procurar a torto e a direito enredos interessantes e instrutivos mesmo entre gente vulgar. Quando, por exemplo, a natureza mesma de certas pessoas vulgares reside justamente em sua perpétua e invariável vulgaridade, ou melhor ainda, quando, apesar de todos os mais estrênuos esforços para fugir à órbita da mesmice e da rotina, essa gente acaba por se sentir invariavelmente ligada para sempre a essa mesma rotina, então tal gente adquire um caráter *sui generis*, todo seu,

---

[44] "*Tu l'as voulu, George Dandin*" ("Tu o quiseste, George Dandin"): A citação feita por Dostoiévski é da comédia *George Dandin ou Le Mari Confondu*, de Molière. George Dandin é um camponês que, graças ao seu dinheiro, se casa com Angélique de Sotenville, filha de um fidalgote arruinado e cioso da sua nobreza. Devido à inabilidade de um mensageiro, Dandin vem a saber que a mulher se corresponde com um galanteador chamado Clitandre, e disso faz queixa aos sogros. Angélique, entretanto, não tem dificuldade em fazer que as aparências fiquem a seu favor. Clitandre exige explicações, e Dandin vê-se obrigado a pedir-lhe desculpas. "Tu o quiseste, George Dandin", dizia a si mesmo George Dandin, que, eterno enganado, passa pelas piores adversidades, pondo em realce, como quis demonstrar Molière, a loucura que comete um homem ao casar-se com mulher de condição superior à sua. (N. E.)

o caráter da vulgaridade, desejosa acima de tudo de ser independente e original sem a menor possibilidade de o conseguir.

A essa classe de gente "vulgar" ou "comum" pertencem certos personagens da minha narrativa que até aqui, devo confessar, foram insuficientemente explicados ao leitor. Tais são Varvára Ardaliónovna Ptítsina, seu marido o Sr. Ptítsin e seu irmão Gavríl Ardaliónovitch.

Não há, com efeito, nada mais aborrecido do que ser, por exemplo, rico, de boa família, ter boa aparência, ser bastante esperto e mesmo sagaz e todavia não ter talento, nenhuma faculdade especial, nenhuma personalidade mesmo, nenhuma ideia pessoal, não sendo propriamente mais do que "como todo mundo". Ter fortuna, mas não ter a de Rothschild; ser de uma família honrada mas que nunca se distinguiu por qualquer feito; ter uma boa aparência mas, mesmo com ela, não exprimir nada de particular; ter inteligência, mas *nenhuma ideia própria*; ter bom coração, mas sem nenhuma grandeza de alma; ter uma boa educação mas nem saber o que fazer com ela, etc., etc. Há uma extraordinária multidão de gente assim no mundo, muito mais até do que a muitos possa parecer. Essa multidão pode, como toda a outra gente, ser dividida em duas classes: os de inteligência limitada e os de alcance mais vasto. Os primeiros são os mais felizes. Nada é mais fácil para essa gente "comum", de inteligência restrita, do que se imaginar original e mesmo exceção, e folgar com essa ilusão, nunca chegando a perceber o equívoco. Basta a muitas de nossas mocinhas cortarem o cabelo de certo modo e usarem óculos azuis e se cognominarem de niilistas, para ficarem de vez persuadidas de que, com isso só, obtiveram automaticamente "convicções" próprias. Basta a certos cavalheiros sentir o mais leve prurido de qualquer emoção bondosa e humanitária para que imediatamente fiquem persuadidos de que ninguém mais sente o que eles sentiram, e de que formam a vanguarda da cultura. Basta a certos indivíduos assimilar uma ideia expressa por outrem, ou ler qualquer página solta, para imediatamente acreditarem que essa é a sua opinião pessoal espontaneamente brotada de seu cérebro. A imprudência da simplicidade é, se assim se pode dizer, espantosa, em tais casos. Por mais incrível que pareça, isso existe. Essa imprudência de simplicidade, essa confiança sem vacilações do homem estúpido em seus talentos, foi soberbamente pintada por Gógol no espantoso caráter do seu personagem, o Tenente Pirogóv. Pirogóv não tinha a menor dúvida de que era um gênio, superior mesmo a qualquer gênio. Tinha tal certeza que jamais consigo mesmo debateu isso. Aliás nunca, com efeito, debateu coisa alguma. O grande escritor foi obrigado até, no fim, a castigá-lo, como uma espécie de satisfação ao ultraje moral sentido pelo leitor. Vendo, porém, que o grande homem apenas titubeia um pouco, depois do castigo, logo se refazendo ao engolir um pastel, ele, Gógol, levanta as mãos para o céu, cheio de espanto, e deixa que o leitor dê cabo dele como quiser. Nunca me conformei que Gógol tomasse o seu grande Pirogóv de uma escala tão humilde; era tão senhor de si que nada lhe foi mais fácil, à medida que suas dragonas aumentavam de espessura e de torcidinhos, do que se imaginar um extraordinário gênio militar, ou melhor, não se imaginar, mas ter isso como certo e líquido. Pois, se fora feito general, logicamente era um gênio militar! E quantos como ele não fizeram terríveis fiascos, depois, nos campos de batalha? E quantos Pirogóv não tem havido entre os nossos escritores, sábios e propagandistas! Digo "tem havido", mas naturalmente ainda os há!

Gavríl Ardaliónovitch Ivólguin enquadrava-se na segunda categoria. Pertencia à classe dos "mais dotados", embora o enfatuasse, da cabeça aos pés, o desejo da originalidade. Mas tal classe, como já observamos acima, é bem menos feliz do que a primeira: pois o homem vulgar "esperto", mesmo se se considera ocasionalmente, ou sempre, homem de gênio ou de originalidade, conserva o verme da dúvida enquistado em seu coração, o que, em muitos casos, arrasta o nosso homem *sagaz* ao extremo desespero. Mesmo quando se submete, o faz completamente envenenado, visto seu íntimo ser dirigido por sua vaidade. Mas o exemplo que tomamos foi extremo. Para a grande maioria dessa gente *hábil* as coisas não terminam assim tão tragicamente. O mais que acontece a tais pessoas é ficarem com o fígado afetado na velhice. Mas, antes de desistirem e se humilharem, esses homens não raro fazem papéis de malucos; e tudo só pelo desejo de originalidade. E realmente há estranhos exemplos desta asserção; um homem direito, às vezes, por querer ser original, é capaz de cometer uma baixeza. Acontece comumente que um desses desprotegidos da sorte não só é honesto como bom; é o anjo da guarda da família e mantém, por meio do seu trabalho, não apenas os seus, mas também os estranhos. Mesmo assim não consegue descanso em toda a vida! O pensamento de que preencheu tão bem a sua vida, em vez de lhe dar conforto e consolo, muito pelo contrário, o irrita. "Foi apenas nisto que consumi toda a minha vida?", diz ele. "Foi nisto que me atolei dos pés à cabeça? Foi, pois, nisto que malbaratei minhas energias, o que me impediu de fazer algo de grande? Se não tivesse perdido tempo nisso eu teria, na certa, descoberto a pólvora ou a América, ou qualquer outra coisa, não sei precisamente qual, mas que teria descoberto, lá isso teria!" O que é mais característico nesses indivíduos é que nunca chegam a saber direito que coisa lhes foi destinada a descobrir e dentro de que são eles uns ases em descobertas. E todavia seus sofrimentos, suas ânsias pelo que deveriam ter descoberto seriam bastantes para um Colombo ou um Galileu.

Gavríl Ardaliónovitch tinha dado o primeiro passo nessa estrada, mas estava apenas em seu começo. Dispunha ainda, diante de si, de muito tempo para representar de maluco. Uma profunda e contínua consciência da sua falta de talento e, ao mesmo tempo, o obsedante desejo de mostrar a si mesmo que era um homem de grande independência, se lhe agarrara ao coração quase que desde a infância. Era um rapaz de apetites violentos e de zelosas sofreguidões mas que, positivamente, já nascera com os nervos extenuados. Tomou a violência dos seus desejos como força. A sua sôfrega paixão em querer distinguir-se o levou muitas vezes à beira das mais insensatas ações, mas o nosso herói sempre, no último momento, fraquejava, sem coragem para o arremesso. Isso levava-o ao desespero. Para conseguir aquilo que sonhava era capaz de arquitetar fosse o que fosse de extremamente vil. Mas como quem dispõe é o destino, ele sempre acabava parecendo demasiado honesto para qualquer grande ruindade. (Mas para as ruindades pequeninas estava sempre mais do que preparado.) Considerava com repugnância e cólera a pobreza de sua família. Tratava até a própria mãe com altivez e desprezo, muito embora estivesse farto de saber que a reputação e o caráter dessa mulher eram o eixo sobre o qual o seu futuro repousava.

Ao entrar a serviço do General Epantchín dissera a si mesmo, imediatamente: "Já que tenho de ser ruim, hei de o ser totalmente, a ver se ganho ao menos a minha partida". E, ainda assim, nem ruim completamente conseguiu ser. E por que imaginaria ele que precisaria de fato ser ruim? Naquela ocasião, quanto a Agláia, simplesmente a temeu, mas se conservou de atalaia, à espreita de uma oportunidade, muito embora nunca tivesse acreditado, seriamente, que ela se valesse dele. E depois, ao tempo do seu caso com Nastássia Filíppovna, deu-lhe no bestunto imaginar que o dinheiro lhe seria o meio de conseguir tudo. "Se há de ser ruim, sejamo-lo com toda a perfeição", incentivava-se continuamente. "Gente vulgar tem medo disso, mas eu não tenho."

Havendo fracassado quanto a Agláia, e esmagado pelas circunstâncias, perdeu toda a coragem e imediatamente levou a Míchkin o dinheiro que uma louca lhe arremessara à cara depois de o receber, por sua vez, de um louco. Milhares de vezes, depois disso, se arrependera de ter devolvido aquele dinheiro, embora continuamente se estivesse jactando de o ter feito. E efetivamente derramara lágrimas, durante três dias, enquanto o príncipe fora a Moscou. E, naqueles três dias, o seu ódio para com o príncipe se multiplicara, só por este último o olhar com demasiada piedade embora "nem todo o mundo tivesse tido força" para um ato como esse de devolver o dinheiro. Mas a franca confissão que a si mesmo fazia, de que a sua miséria não era devida senão à contínua mortificação sofrida pela sua vaidade, o afligia horrivelmente.

Foi só muito depois que viu e compreendeu que fim bem diferente poderia ter tido o seu caso com uma criatura tão estranha e inocente como Agláia. Os remorsos quase deram cabo dele. Largara o emprego e caíra em desespero e desânimo. Fora obrigado a viver com o pai e a mãe em casa de Ptítsin, a expensas deste último, a quem abertamente desprezava, apesar de seguir seus conselhos e mesmo lhos pedir. Gavríl Ardaliónovitch estava aborrecido, por exemplo, com Ptítsin, por este não aspirar a tornar-se um Rothschild. "Já que você enveredou pela agiotagem adentro, faça-o de modo absoluto: procure extorquir todo o mundo, amoede o dinheiro dos outros, mostre resolução, torne-se um rei entre os judeus."

Mas Ptítsin era modesto e sem ambições, e apenas sorriu a isso. Mas, certa vez, viu ser necessário ter uma explicação a sério com o cunhado, desincumbindo-se dela com dignidade. Provou a Gánia que não agia desonestamente e que não admitia que o tratasse de judeu usurário; que não era sua a culpa de o dinheiro ser considerado de tamanho valor; que agia estritamente com decência, não passando, na realidade, de mero intermediário em tais negócios, e que devia justamente à inteireza de sua atitude, nos negócios, ser considerado favoravelmente entre gente de bem, e estar obtendo lucros. "Nunca serei um Rothschild nem me passa pela cabeça tal ambição" — dissera, já a sorrir. — "Mas terei a minha casa, embora pequena, na Litéinaia, talvez mesmo duas, e então farei ponto-final". "E, quem sabe, talvez mesmo três", pensara mais de uma vez, sem porém pronunciar isso alto, sonhando escondido esse sonho de "meio-dia".

A natureza gosta de gente assim e se compraz com ela. E recompensaria logo Ptítsin não com três, mas com quatro casas! E justamente porque ele resolvera desde a infância não ser nunca um Rothschild. Sem embargo, para além de quatro casas não avançará a natureza e o triunfo de Ptítsin terá fim aí.

Já a irmã de Gavríl Ardaliónovitch era pessoa bem diferente. Também ela afagava fortes aspirações; mas tais desejos apenas indicavam persistência e jamais impulso. Todas as emergências a encontravam alicerçada em bom-senso e a todo momento se servia disso na vida quotidiana. Não que não pertencesse, também ela, a essa gente "comum" que sonha ser original; cedo, porém, descobriu que não possuía nenhuma originalidade muito particular, mas se importou muito pouco com essa decepção que soube transformar em uma espécie de orgulho. O seu primeiro passo prático, dado com eficiente decisão, foi o de se casar com Ptítsin. Mas, ao se casar, não dissera: "Já que tenho de ser ruim, que o seja então até conseguir o meu fim", como com certeza a aconselhara seu irmão Gánia, e possivelmente falando alto, ao dar o seu consentimento de irmão mais velho a esse casamento. Muito pelo contrário, até: Varvára Ardaliónovna só se casou depois de se convencer de que o seu futuro marido era um homem simples, sem ambição, medianamente educado, e que coisa alguma jamais o induziria a cometer qualquer ato que o desonrasse muito. Quanto a atos de ruindade pequenina, Varvára Ardaliónovna não se molestaria com tais insignificâncias, sabido como é que eles se encontram por toda parte. Que adianta procurar um ser ideal? E além do mais sabia que se casando providenciaria um refúgio para sua mãe, seu pai e seus irmãos. Ao ver o irmão em apuros tratou logo de ajudá-lo, esquecendo-se de todas as anteriores incompreensões mútuas.

Às vezes, e sempre de maneira amistosa, Ptítsin instigava o cunhado a arranjar um outro lugar. "Você tem birra dos generais e não passa todavia de um general", costumava dizer-lhe, por brincadeira; "mas repare só, todos 'eles' acabarão sendo generais! Se você viver bastante se fartará de ver isso". "Mas quem lhe meteu na cabeça que desprezo generais, sendo eu próprio um deles?" — pensava Gánia, ironicamente, lá consigo.

Por causa só do irmão, resolveu Varvára Ardaliónovna alargar o seu círculo de relações. Habilmente se houve até conseguir ir à casa dos

Epantchín, onde as recordações de infância a deixaram estar à vontade, visto ela e Gánia terem brincado, em crianças, com as meninas Epantchín. Temos de acentuar aqui que, se Varvára Ardaliónovna visitasse os Epantchín à cata de qualquer sonho fantástico, só por isso automaticamente se excluiria da classe de gente em que mentalmente se enfileirara. Mais não ia lá em perseguição de nenhum sonho. Achava-se mais era trabalhando em uma base muito firme; estava apenas calculando bem as peculiaridades da família Epantchín, não se cansando, nunca, de estudar o caráter de Agláia. A tarefa que se propusera era juntar esses dois, Agláia e o irmão, outra vez. Talvez tenha atingido eficazmente, mas só em dada extensão, esse objetivo; talvez tivesse feito alguns disparates, edificando demais sobre o irmão, esperando dele o que ele nunca, em circunstância alguma, poderia dar. Em todo o caso se comportou em casa dos Epantchín com uma arte considerável; durante semanas e semanas não fizera a menor alusão ao irmão; sempre fora muito sincera e natural, comportando-se com suficiente dignidade. Quanto às profundidades da sua consciência, não tinha medo de perscrutá-las, não tendo sequer de que se censurar. Estava nisso a sua força. Só havia uma coisa que percebera em si mesma: também ser vingativa e ter uma boa dose de amor-próprio e até mesmo de vaidade mortificada. Dava-se conta disso principalmente em certos momentos, quase sempre quando voltava para casa vindo de uma dessas visitas aos Epantchín.

Agora mesmo, por exemplo, estava de volta de uma dessas suas visitas e, conforme já dissemos, se sentia preocupada e desanimada. Uma sombra de amarga mordacidade era visível em seu mal-estar. Ptítsin ocupava em Pávlovsk uma espaçosa mas não muito atraente casa um tanto feia, em uma rua poeirenta, casa essa que dentro de pouco tempo viria a ser de propriedade sua. (Ele já estava pensando em vendê-la.) Ia Varvára Ardaliónovna a subir os degraus, quando ouviu um barulho fora do comum, lá dentro, chegando até ela as vozes do pai e do irmão, gritando um com o outro. Entrando na sala de visitas deparou com Gánia a andar de um lado para outro, lívido de fúria, todo descabelado. Ela só fez uma coisa: atirou-se para um sofá, sem tirar o chapéu, e fechou a cara com ar contrafeito. Mas como sabia que, se deixasse passar um minuto que fosse sem perguntar ao irmão por que razão estava em tal estado, ele certamente se enfureceria com ela também, logo se apressou em comentar, em forma de pergunta:

— A história de sempre, não é?

— Que história de sempre! — exclamou Gánia. — A habitual história! Não! Só o diabo sabe o que se passa aqui dentro e que não é, desta vez, a mesma coisa de sempre. O velho está ficando perfeitamente caduco... Mamãe virou uma catadupa de lágrimas. Dou-te a minha palavra de honra, Vária, desta vez ou o ponho na rua, digam o que disserem, ou então me vou eu! — acrescentou, ao lhe vir à mente não ser possível expulsar ninguém de uma casa que não era a sua.

— Mas não deves ser irredutível. Tens de fazer certas concessões... — murmurou Vária.

— Concessões? Quais? — exclamou Gánia, inflamando-se. — Concessões aos seus asquerosos hábitos? Não. Vai dizendo o que te vier à cabeça, mas isso é impossível! De que jeito, então, hei de tratá-lo? Ele sabe que errou tremendamente e isso é que o põe ainda mais fora de si! A porta não chega, quer arrombar a parede também para entrar. Por que estás sentada aí assim? Vira-te para mim!

— Estou como fico sempre! — respondeu Vária, meio desajeitada.

Gánia olhou-a com maior atenção.

— Estiveste lá?

— Estive.

— Está vendo? Lá está ele a berrar outra vez! Mas isso é insuportável, e ainda por cima, a esta hora!

— A esta hora, por quê? Que tem agora de especial?

Gánia encarou a irmã de maneira ainda mais esquisita e depois perguntou:

— Descobriste mais alguma coisa?

— Nada que eu já não esperasse; descobri que tudo é verdade mesmo. Meu marido estava mais perto da realidade do que nós. Está acontecendo justamente o que ele predisse desde o começo. Por falar nisso, onde está ele?

— Não sei se está em casa, ou se não. Que foi que aconteceu?

— O príncipe está formalmente noivo dela. É coisa resolvida. As mais velhas contaram-me. Agláia consente. Decidiram não encobrir mais. (Houve tanto mistério até aqui!) O casamento de Adelaída será transferido de maneira que os dois casamentos se realizem no mesmo dia. Uma concepção de todo em todo romântica! Inteiramente poética! Farias melhor escrevendo um poema para a ocasião em vez de estar zanzando pela sala sem propósito. A Princesa Bielokónskaia deve chegar esta noite. Vem mesmo a calhar; haverá recepção. Ele vai ser apresentado à Princesa Bielokónskaia, que todavia já o conhece. Creio que a participação será dada a público. Só estão com receio que quebre qualquer coisa ao entrar na sala de visitas ou, pior ainda, que escorregue e caia, o que não é de todo improvável.

Gánia ouviu com a maior atenção; mas essas notícias, que o deviam ter arrasado, para grande surpresa de sua irmã não pareceram, de modo algum, ter tido qualquer efeito depressivo sobre ele.

— Ora, isso estava mais do que claro — disse, depois de pensar um momento. — É, pois, o fim — acrescentou, com um sorriso estranho, olhando de soslaio para o rosto da irmã e continuando a dar passos pela sala mas não tão apressados.

— Ora, graças, tomas conhecimento disso como filósofo. Fico realmente satisfeita.

— Lógico. É um peso que me sai do espírito. E para ti, também.

— Penso que te ajudei quanto pude, sinceramente, sem comentários nem aborrecimentos. Nem sequer te perguntei que espécie de felicidade esperavas de Agláia.

— Ora essa, estava eu esperando... alguma felicidade de parte de Agláia?!

— Por favor, não metamos filosofia nisso! Naturalmente estavas. Mas tudo se foi e não há mais nada a fazer. Fomos uns bobos. Devo confessar que nunca tomei o caso a sério. Encarei-o simplesmente como uma probabilidade. Toda a minha presunção se baseava no caráter ridículo dela, e o meu único objetivo era te ser agradável. Havia dez probabilidades contra uma de que isso desse em nada. E até hoje não sei o que era que esperavas.

— Agora, já sei; tu e teu marido tentareis fazer-me arranjar um emprego; dar-me-eis a ler coisas sobre perseverança, força de vontade e de como não se devem desprezar pequenas vantagens e uma porção de coisas mais. Já sei de cor. — E Gánia riu.

Vária calculou: "Ele está me ocultando qualquer plano". Nisto Gánia a interrogou:

— Como foi que eles receberam isso? Ficaram contentes, o pai e a mãe?

— N... ão. Penso que não. Podes julgar por ti. Iván Fiódorovitch está alegre. A mãe está preocupada. Como pretendente ela nunca o aceitou, sabemos disso muito bem.

— Não é a isso que me refiro. Que ele é um pretendente inexequível, impossível, é evidente. Estou referindo-me à atitude deles agora, depois do fato. Qual é a atitude deles agora? Ela já disse que sim, categoricamente?

— Ela até agora ainda não disse que não, eis tudo. E que mais se poderia esperar dela? Sabes muito bem quanto é espinoteadamente esquiva e reservada. Quando criança, entrava de gatinhas no armário e ficava sentada lá dentro para se livrar das vistas. Apesar de ter crescido e ser hoje um florido mastro de quermesse, nessas coisas ainda é a mesma. Não sei, mas creio que, pelo menos do lado dela, ainda pode haver coisa. Dizem que caçoa do príncipe da manhã até da noite só para ocultar os seus sentimentos; mas deve arranjar cada dia, fingidamente, qualquer gracinha para lhe dizer, pois o tolo parece estar no céu, todo radiante. Dizem que está que é uma maravilha vê-lo. Foram elas que me disseram. Mas também me pareceu que as mais velhas estavam mais era rindo de mim. E na minha cara!

Gánia acabou por franzir o cenho; decerto Vária prosseguia em suas impressões com o fim de lhe comunicar o seu verdadeiro ponto de vista. Mas ouviram, outra vez, lá em cima, nova balbúrdia.

— Tenho de pô-lo para fora! — rugiu Gánia, violentamente, como que satisfeito de achar com que vingar a sua tribulação.

— Sim... para ele ir então nos desgraçar por aí, como já fez ontem!...

— Ontem? A que te referes? Como? Ele então... — E Gánia pareceu ficar terrivelmente alarmado e curioso.

— Ora, meu caro, pois não soubeste? — E Vária se adiantou para ele.

— O quê! Mas teria ele tido a coragem de ter estado lá? Não pode ser! — exclamou todo vermelho de vergonha e de raiva. — Deus do Céu! Mas vieste de lá, ouviste alguma coisa? O velho esteve lá? Dize logo de uma vez, esteve, ou não?

E Gánia embarafustou na direção da porta. Vária precipitou-se atrás dele contendo-o com as duas mãos.

— Que é que vais fazer? Onde vais? — perguntou. — Se o expulsas, ele fará pior do que já andou fazendo. Procurará todo o mundo.

— Que foi ele fazer lá? Que foi que elas disseram?

— Ora, nem elas próprias puderam contar-me, pois não entenderam nada; apenas as deixou assustadas. Foi à procura de Iván Fiódorovitch, que não estava. Então pediu para ver Lizavéta Prokófievna. Primeiro lhe pediu um lugar; queria um emprego; depois começou a se queixar de nós. De mim, de meu marido, de ti, especialmente... Falou uma porção de asneiras.

— Não chegaste a saber o quê? — Gánia contraía-se histericamente.

— Como poderia eu? Se nem ele sabia o que estava dizendo. Ou quem sabe se acharam melhor não me contar tudo?

Gánia deu um soco na cabeça e foi para a janela. Vária sentou-se rente à outra janela.

— Aquela Agláia é uma criatura absurda — observou inopinadamente. — Imagina tu que me deteve só para me dizer: "Tenha a bondade de apresentar os meus especiais respeitos a seu pai. Certamente ainda terei, um dia destes, a oportunidade de revê-lo". E disse isso com ar tão sério. Que coisa terrivelmente extravagante!

— Mas não foi zombando? Não foi zombando?

— Foi como acabei de dizer. Não foi zombando, mas foi esquisito... entendes?

— Saberá ela alguma coisa a respeito do velho, ou não? Que achas?

— Não paira no meu espírito a menor dúvida de que eles, na família, nada saibam. Mas a tua pergunta me despertou um pressentimento: talvez Agláia saiba. Talvez seja a única a saber, mesmo porque notei quando ela mandou seus cumprimentos a papai, de maneira tão cerimoniosa, que as irmãs ficaram surpreendidas. Por que só para ele, em particular? Se ela sabe, só poderia ter sido o príncipe quem lhe contou.

— Não é difícil adivinhar quem lhe contou. Um ladrão! Era só o que nos faltava! Um ladrão na nossa família, "o chefe da casa"!

— Não digas asneiras. — Vária acabou perdendo a paciência. — Coisa de bêbado, eis tudo. E quem arranjou a história? Liébediev, o príncipe... só servem para a mesma canga! São uns sabidões. Não ligues!

— O velho é um gatuno e um bêbado — prosseguiu Gánia, amargamente. — Eu não passo de um pedinte, o marido de minha irmã é um agiota — que atraente perspectiva para Agláia! Um inefável estado de coisas, disso não há dúvida!

— Mas esse marido de tua irmã, mesmo sendo um agiota... está...

— ... me aguentando aqui? Não é o que quiseste dizer? Não adoces o caso, é favor.

— Não emburres — disse Vária, modificando-se. — Não passas de um colegial; não compreendes coisa alguma. Pensas que tudo isso te deprime aos olhos de Agláia! Não a conheces. Queres saber qual é o sonho dela? Dar o contra no pretendente mais precioso e fugir, de bom grado, com não importa qual estudanteco para ir morrer de fome em uma água-furtada! Nunca chegaste a entender quanto ela se interessaria por ti, e o que virias a ser aos seus olhos, se tivesses tido a habilidade de suportar o nosso ambiente com orgulho e fortaleza. O príncipe fisgou-a, em primeiro lugar porque não a andou pescando; e em segundo lugar porque é considerado por todo o mundo como um idiota. Só o fato de estar servindo-se dele para assombrar a própria família é uma alegria para ela. Ah! Não compreendes absolutamente nada!

— Bem, veremos se compreendo, ou não — murmurou Gánia de modo enigmático. — Seja como for, incomoda-me saber ela alguma coisa a respeito do velho... Acho que o príncipe seria capaz de dar com a língua nos dentes. E também me parece que obrigou Liébediev a ficar calado, pois não lhe consegui arrancar nada quando insisti em saber.

— Conforme estás vendo, o fato se propalou. Alguém foi. Claro que não incluímos o príncipe em uma coisa dessas. Aliás, que importância tem isso? E que é que estás esperando? Mesmo que te restasse alguma esperança, qual podia ser senão uma: ela considerar-te como um mártir...?

— Apesar de toda a sua propensão romântica, ela se acovardaria com um escândalo. Está tudo resolvido, mas apenas até certo ponto e debaixo de cautela. As mulheres são todas iguais.

— Dizes que Agláia se acorvadaria? — inflamou-se Vária olhando para o irmão desdenhosamente. — Tens mesmo uma alminha insignificante. Tu e o teu bando sois gente à toa. Ela pode ser excêntrica e ridícula, mas é mil vezes mais generosa do que qualquer de nós.

— Está certo, está certo. Não é preciso emburrares — retorquiu Gánia, complacente.

— Tenho pena de mamãe; o resto não me importa — continuou Vária. — Temo que esse escândalo referente a papai chegue aos seus ouvidos. Ah! Receio muito.

Ao que o irmão ponderou:

— Não tenhas dúvida de que já chegou.

Vária, que se levantara para ir até lá em cima com Nina Aleksándrovna, estacou, encarando o irmão com muita curiosidade.

— Quem lhe poderia ter dito?

— Ippolít, muito provavelmente. A maior satisfação da sua vida seria poder comunicar o caso a mamãe logo que se mudasse para aqui. Garanto!

— Mas como teria ele sabido? Dize, anda, fala! O príncipe e Liébediev devem ter guardado segredo. Kólia, por sua vez, ignora tudo.

— Foi Ippolít! Descobriu sozinho. Não imaginas que besta manhosa ele é. Que alcoviteiro! Que língua! Que faro que tem para descobrir qualquer coisa ruim, seja a espécie que for de escândalo. E por mais incrível que te pareça, tenho a certeza de que tem a pretensão de querer insinuar-se junto de Agláia. Se ainda não arranjou meios, arranjará. Rogójin também já o conhece, e demais. Nem sei como o príncipe ainda não notou isso. Esse Ippolít tem uma sede de me liquidar! Considera-me seu inimigo pessoal. Percebi isso há bastante tempo... Por que e com que fim, agora que está para morrer, não posso atinar. Mas eu ficarei com a melhor. Verás como quem se liquida é ele, e eu fico invulnerável...

— Por que o atraíste para cá, se o detestas? Liquidá-lo, valerá a pena?

— Tu mesma não me aconselhaste a atraí-lo para a nossa casa?

— Pensei que te conviesse. Já soubeste que se apaixonou por Agláia e que lhe tem escrito?... Consta até que escreveu a Lizavéta Prokófievna.

— Por esse lado ele não oferece perigo — respondeu Gánia, com um sorriso de pouco caso — e é muito provável até que isso não passe de uma invenção. Quanto a estar apaixonado pode muito bem ser, pois é rapaz. Mas... escrever cartas anônimas à velha, não chegaria a tanto. Ele não passa de uma mediocridade insignificante e desprezível, mas enfatuada. Estou convencido de que, se falou com ela a meu respeito, me pintou como um aventureiro sórdido; deve, no mínimo, ter começado por aí. Confesso que fui leviano, no começo, abrindo-me demais com ele. É que cuidei que, para se vingar do príncipe, trabalhasse pelos meus interesses. Mas é muito manhoso, o bruto! Só agora é que o compreendo inteirinho por dentro. Só podia ter ouvido da própria mãe, a viúva do capitão, essa história de furto. E todavia o que levou o velho a isso foi ela própria. Sim, foi por causa dessa mulher. Uma vez, sem mais aquela, me disse que o general prometera quatrocentos rublos à mãe. E disse isso sem quê nem para quê, absolutamente sem a menor cerimônia.

Então compreendi tudo. Lembro-me da cara com que me disse isso, fitando-me com uma espécie de júbilo. E com certeza foi contar à mamãe também pelo simples prazer de lhe machucar o coração. E como é que neste mundo, onde tanta coisa acontece, não acontece ele morrer, explica-me! Garantiu morrer em três semanas. E não é que o estupor está até engordando? Já tosse menos; ainda na noite passada me disse que já havia dois dias que não escarrava sangue.

— Bota-o para fora.

— Não penses que o odeio! Eu o desprezo! — Gánia pronunciou isso com orgulho. — Ora! Odeio-o sim! Se odeio! — exclamou repentinamente, com extraordinário arrebatamento. — E lhe direi na cara, mesmo que esteja na cama a morrer! Ah! Se lesses a tal confissão dele!... Senhor Deus, a ingenuidade da sua insolência! É direitinho um Tenente Pirogóv, um Nozdrióv bancando o trágico, e acima de tudo é um cachorro! Oh! Como me faria bem malhá-lo até achatá-lo, apenas para ver com que cara ficava! Agora, como está liquidado, quer a todo custo se vingar nos outros... Mas que é isto? Que barulheira é essa, outra vez? Não tolero mais isso, Ptítsin! — gritou ele para o cunhado, que entrava na sala. — Que significa isso? Onde vamos parar? Mas isso é... mas isso é...

E a algazarra se aproximava precipitadamente. A porta se escancarou de repente, surgindo o velho Ívolguin, colérico, fora de si, a descompor Ptítsin, em uma extrema agitação. O velhote era seguido por Nina Aleksándrovna, Kólia e Ippolít, que apareceu por último.

2

Havia cinco dias que Ippolít se mudara para a casa de Ptítsin. E isso se dera naturalmente; sem ter sido preciso romper com Míchkin. Muito pelo contrário, pois se despediram como bons amigos.

Gavríl Ardaliónovitch, que aquela noite se mostrara tão antagônico, viera vê-lo, porém, trazido decerto por alguma ideia repentina e que tratou de realizar; Rogójin também aparecera em visita especial.

O próprio príncipe acabou por se convencer que era melhor para "o pobre rapaz" sair de sua casa. Mas, por ocasião da mudança, Ippolít manifestara bem claro que se mudava por instâncias de Ptítsin "que, por bondade, lhe arranjara um canto", e parece que muito intencionalmente não declarou uma só vez que ia ser hóspede de Gánia, embora tivesse sido este quem em casa de Vária insistira para que o recebessem. Gánia percebeu isso logo depois, e se mostrou magoadíssimo. E não mentiu quando disse à irmã que o doente melhorara. Efetivamente Ippolít parecia um pouco melhor do que antes, e a diferença era visível ao primeiro relance. Entrou na sala depois de todos os outros, mostrando na cara um sorriso sarcástico e maligno. Nina Aleksándrovna também entrou muito assustada. Tinha mudado muito nesses seis meses, estando bem mais magra. Desde que se mudara para a casa da filha, depois do casamento desta, pusera de lado, pelo menos aparentemente, qualquer interferência nos negócios dos filhos.

Kólia estava aborrecido e preocupado porque não conseguia entender muita coisa da "maluquice" do general. "Maluquice" era como ele dizia, não estando ciente dos motivos da última barafunda doméstica. Inquietava-o saber que o pai brigava em toda parte, o dia inteiro, inesperadamente tão mudado, que sem dúvida nenhuma não era mais o mesmo homem; e ainda por cúmulo dera em beber sem interrupção antes destes três últimos dias. Viera a saber até que o pai brigara não somente com Liébediev mas mesmo com o príncipe, rompendo de vez. Então resolvera trazer-lhe meia garrafa de vodca, paga do seu bolso.

— Na minha opinião, mãe, é deixá-lo beber — foi dizendo a Nina Aleksándrovna, ao subir a escada. — Há uns dias que não toca em uma só gota. Eu até lhe levava na cadeia.

O general escancarou a porta, empurrando-a, e apareceu no umbral, trêmulo de tanta indignação.

— Senhor — berrou ele, com voz de trovão, para o genro. — Se decidiu, de fato, sacrificar, por um fedelho e ateu, um venerável velho, seu pai, isto é, o progenitor da sua esposa, que serviu ao seu soberano, então fique sabendo que a contar desta hora nunca mais porei os meus pés portas adentro desta casa. Escolha, senhor, escolha imediatamente: ou eu, ou este... parafuso! Sim, um parafuso! Saiu-me sem eu pensar, mas é um parafuso, pois vara a minha alma, sem o menor respeito... Sim, um parafuso!

— Não quereria o senhor dizer um saca-rolhas? — atiçou Ippolít.

— Não, um saca-rolhas, não! Sou eu que estou diante do senhor, eu, um general, e não uma garrafa! Eu tenho condecorações, está ouvindo? —

méritos honoríficos... e o senhor não tem nada, ora aí está! Tem de ser ele, ou eu! Resolva, senhor, imediatamente. Imediatamente! — continuava a berrar, furiosamente, para Ptítsin.

Nesse momento Kólia aproximou do general uma cadeira, sobre a qual ele se deixou cair, exausto.

A constrangida resposta de Ptítsin foi esta:

— O senhor faria melhor em se ir deitar para ver se dormia um pouco...

— Finja que o ameaça... — disse Gánia à irmã, em voz baixa.

— Ir deitar-me? — berrou o general. — Não estou bêbado, senhor. E não admito que me insulte, está ouvindo? Verifico — prosseguiu, levantando-se — que tudo aqui é contra mim. Tudo e todos! Não aguento mais! Vou embora! Mas o senhor pode ficar certo de que...

Não lhe permitiram acabar. Obrigaram-no a sentar outra vez, pedindo-lhe que se acalmasse. Gánia, furioso, se retirou para um canto. Nina Aleksándrovna tremia e chorava.

Foi então que, de dentes arreganhados, muito cinicamente, Ippolít exclamou:

— Mas que foi que eu fiz a este senhor? De que se queixa ele?

— Não se faça de inocente! — observou-lhe Nina Aleksándrovna, sem lhe dar tempo. — Isso até é vergonhoso para o senhor, em uma situação dessas, meter-se a atormentar um velho. Isso é desumano!

— Para começar, minha senhora, a que situação se refere? À senhora, pessoalmente, respeito muito... mas...

— Não passa de um parafuso... Pois não estão vendo? — vociferou o general. — Reparem como ele vara o meu coração e a minha alma! Pois querem saber, esse tratante pretendeu que eu acredite no ateísmo! Deixe-me dizer-lhe, seu reles gaiato, que, antes de o senhor ter nascido, já eu era cumulado de honras! O senhor não passa de uma minhoca invejosa, cortada em dois pedaços, tossindo e morrendo de despeito e ruindade! Para que Gavríl foi meter o senhor aqui? São todos contra mim! Até o meu próprio filho.

— Ora! Deixe de armar tragédias! — interveio Gánia. — Faria melhor não andar envergonhando a todos aí pela cidade.

— O quê? Eu te envergonho, seu desaforado? Eu só te dignifico, embora o não mereças! Eu não posso envergonhar-te. — Danou-se a vociferar e não houve meios de contê-lo. Isso levou Gavríl também a se desmandar:

— Não fale em honra! — berrou, zangado.

— Que é que você está dizendo? — trovejou o general, ficando lívido e dando um passo na direção do filho.

—Estou dizendo que o melhor é eu não abrir a boca... — rugiu Gánia, resolvendo calar-se.

Ficaram assim, de pé, um diante do outro. O mais furioso era o filho.

— Gánia, olhe o que está fazendo! — E Nina Aleksándrovna avançou para dominar o filho. Vária interrompeu-os, indignada:

— Que espetáculo, hein?! Mamãe, fique quieta! — disse, segurando-a.

— Se não fosse mamãe, o senhor ia ver!... — explicou Gánia, com ar trágico.

— Vamos, abra a boca! Fale! Não engula! Fale — rugia o general, em absoluto delírio. — Ou falas, ou te amaldiçoo!

— Hei de me incomodar muito com a sua maldição! De quem é a culpa, se o senhor virou possesso estes últimos oito dias? Oito dias! Está vendo como contei direito? Veja lá, não me faça ir mais longe! Se me dano, conto tudo! Para que foi o senhor daqui fazer discursos na casa dos Epantchín? Que adianta vir depois dizer que é um velho de cabelos brancos, um pai de família? Belo pai, não há dúvida!

— Gánia!? Cala a boca, maluco! — dizia alto Kólia. — Cala a boca, maluco!

Ippolít resolveu insistir, voltando com aquela voz de motejo:

— Mas insultei como? Em quê? Quero saber: por que é que sou parafuso? Não o ouviram chamar-me de parafuso? Eu estava bem sossegado e foi ele quem veio, ainda agora, me falar a respeito de um tal Capitão Ieropiégov. Eu não desejo absolutamente a sua companhia, general. Tenho-me fartado de evitar o senhor. De mais a mais, que diabo, convenhamos que não me interessa esse Capitão Ieropiégov. O mais que fiz foi expressar a minha sincera opinião de que esse Capitão Ieropiégov muito possivelmente nunca existiu. Ele então armou um escarcéu.

— E certamente nunca existiu mesmo! — reforçou Gánia. A expressão estupefata do general, rodando os olhos em volta, demonstrava o pasmo que as palavras do filho, ditas com tão extraordinária franqueza, lhe causavam. No primeiro instante, nem pôde achar palavras. E foi somente quando Ippolít desandou a rir do aparte de Gánia, gritando: "Escutou, aqui o seu filho também é da opinião que nunca existiu tal pessoa chamada Capitão Ieropiégov", que o general, completamente desarvorado, gaguejou:

— Kapitón Ieropiégov, e não capitão!... Kapitón... Tenente-Coronel reformado Ieropiégov Kapitón.

— Kapitón? Também nunca existiu nenhum Kapitón! — berrou Gánia, no auge da exasperação.

— Não houve por quê? — investiu o general, com o sangue a subir pelo rosto.

Ptítsin e Vária tentaram abrandá-lo:

— Vamos acabar com isso!

Kólia tornou a zangar:

— Cale a boca! Você aí, Gánia, cale a boca!

Mas essa intervenção só conseguiu dar tempo ao velho, que se refez.

— Baseado em que diz você que ele nunca existiu? Por que não existiu?

— Ai! Ai! Ai! Não existiu porque não existiu, aí está! E não podia ter existido! E quer saber de uma coisa? Largue-me, estou dizendo! Não adianta ameaçar-me.

— E é meu filho... o meu próprio filho... quem... ó Deus do Céu! Não existir uma pessoa como Ieropiégov! Ieróchka Ieropiégov!

— Mau! Mau! Agora já é Ieróchka, antes era Kapitóchka! — atiçou Ippolít.

— Kapitóchka, senhor! E não Ieróchka. Kapitón, Kapitón Aleksiéievitch, quero dizer, Kapitón... tenente-coronel a meio soldo, casado com Maria... Maria... Petróvna Su... su... su... Um amigo e camarada... Sutugóva... dos meus tempos de cadete. Por causa dele derramei sangue, protegi-o com meu corpo... mas ele foi morto! Não ter existido uma pessoa como Kapitóchka Ieropiégov! E que pessoa! Ah!... — rugiu o general, como um bárbaro, apesar de saber que aquilo que estava dizendo aos berros não era o que tinha importância naquele momento. Em outra ocasião não haveria de ser isso que o danaria. Talvez até qualquer outra coisa mais insultante, conforme a ocasião, não o pusesse em fúria, assim. Mas, desta vez, tal é o mistério do coração humano, acontecera que uma simples desconsideração, como essa dúvida de ter ou não existido Ieropiégov, exercera o efeito da última gota que derrama o cálice... O velho ficou vermelho, levantou os braços ao céu e bradou:

— Basta! Maldição! Maldição! Nikolái, traz minha maleta! Vou embora! Vou embora!

Apressadamente se foi, indignadíssimo. Nina Aleksándrovna, Kólia e Ptítsin embarafustaram atrás dele.

— Viu o que você fez? — disse Vária ao irmão. — Vai rodar por aí, outra vez, na certa! Isto é uma desgraça!

— Não furtasse! — vociferou Gánia, salivando de raiva; nisto os seus olhos encontraram os de Ippolít. Então, virando-se para ele, com firmeza, mas na realidade encobrindo o sobressalto que sentira, proferiu:

— Quanto ao senhor, devia lembrar-se, afinal de contas, de que está em casa alheia, usufruindo uma hospitalidade e não para irritar um velho que positivamente está fora do seu juízo.

Ippolít também ficou um pouco confuso; mas se refez instantaneamente.

— Não concordo muito com isso. Não creio que seu pai não esteja em seu juízo perfeito. — Falava com absoluta calma. — Muito pelo contrário. Parece-me até que, ultimamente, ele vem tendo mais senso. O senhor não pensa assim? Tornou-se tão desconfiado, tão precavido! Espreita, acautela-se, pesa as palavras... E quando começou a me seringar com essa história de Ieropiégov ou Kapitóchka, logo percebi que tinha um intuito. Mera concepção para ajeitar uma entrada...

— Escute lá! Vá para o diabo! Pouco se me dá que ele tenha querido ou não ajeitar fosse o que fosse!... Peço-lhe que não tente suas evasivas em mim — guinchou Gánia. — Se o senhor também está a par do que lançou o velho neste estado (e reparei que o senhor andou estes cinco dias aqui espionando, e, a tal ponto, que nem mesmo disfarçou), se, pois, também está ciente, mais uma razão para não irritar esse pobre infeliz nem aborrecer minha mãe, exagerando o caso! Está farto de ter entendido que foi tudo burrada da bebedeira, apenas, e não mais; coisa enfim que não prova nada, que nem merece atenção! Mas preferiu espionar e atormentar porque o senhor é...

— Um parafuso! — E Ippolít riu.

— Porque o senhor é uma criatura abjeta; teve o desplante de atormentar durante meia hora uma porção de gente, intimidando-a com a afirmação de que se mataria com uma pistola que afinal nem carregada estava, e se deu ao papel de se sujeitar a uma exibição dessa ordem, seu saco ambulante de fel, que não é capaz nem mesmo de se suicidar sem fazer o próprio panegírico, para afinal até na morte falhar como já falhou no resto! E eu lhe dei hospitalidade, mediante a qual começou a engordar, a parar de tossir! E, em paga...

— Peço permissão somente para duas palavras: estou na casa de Varvára Ardaliónovna, e não na sua! Se não incido em equívoco, o senhor também está usufruindo a hospitalidade do Senhor Ptítsin. Mas, há quatro dias, encarreguei minha mãe de me procurar cômodos aqui em Pávlovsk e de se mudar também ela para aqui, visto o clima me convir, o que não quer dizer que eu tenha engordado e não tussa mais. Comunicou-me minha mãe, ontem à noite, que um aposento está à minha espera. Assim, pois, me apresso em lhe participar que, por minha parte, agradecendo a bondade que sua mãe e sua irmã me dispensaram, me mudarei ainda hoje, conforme já resolvi desde a noite passada. E desculpe tê-lo interrompido, visto me parecer que o senhor ainda tem muito a dizer.

— Oh! Se é assim! — disse Gánia, contraindo-se.

— Se é assim, permita que me sente — acrescentou Ippolít, sentando-se com perfeito absoluta calma na cadeira onde antes estivera o general. — Além do mais, estou doente, o senhor bem sabe. Bom, agora estou à sua disposição para escutar o que provavelmente vai ser a nossa última conversa, ou, mesmo, quem sabe, o nosso último encontro.

Gánia subitamente se sentiu envergonhado.

— Não pense que estou aqui para me diminuir, entretendo-me em palestra com o senhor. E caso...

— Não é preciso ficar exaltado — interrompeu Ippolít. — No dia exato em que vim para aqui, a mim mesmo fiz o voto, ou promessa, de não me negar o prazer de saldar antigas contas com o senhor, e da maneira mais cabal e eficaz, na hora da nossa despedida. Minha intenção é fazer isso agora, mas depois do senhor, naturalmente.

— Peço-lhe que saia desta sala!

— Eu achava melhor o senhor falar! O senhor sabe que se arrependerá se não desembuchar!

— Contenha-se, Ippolít. Isso tudo é tão degradante! Faça o favor de ficar quieto — disse Vária.

— Tão só para obedecer a uma dama — riu Ippolít, levantando-se. — Com a maior boa vontade, Varvára Ardaliónovna. Pela senhora estaria pronto a acabar definitivamente, mas tenha paciência, pois umas certas explicações entre mim e seu irmão são absolutamente essenciais e, por nada deste mundo, eu me iria, deixando um mal-entendido.

— Em letras redondas, o senhor não passa de um traficante de escândalos — gritou Gánia — e só por isso quer despedir-se com um escândalo.

— Ora aí está, vê o senhor? — observou Ippolít, friamente. — Volta ao assunto. Aliás eu já o tinha feito ver que o senhor lastimaria se não desembuchasse. Mais uma vez lhe abrirei o caminho, e agora estou à espera de suas palavras.

Gavríl Ardaliónovitch encarou-o com o maior desdém.

— E o senhor a não querer falar. Quer me dar a entender, com isso, que prefere guardar a parte que lhe compete! Faça como lhe aprouver. Por minha vez, serei tão breve quanto possível. Hoje, já por duas ou três vezes, fui censurado por ter aceito a sua hospitalidade. Isso não é bonito! Ao convidar-me para vir ficar aqui, o senhor ensaiou engodar-me, contando que eu pagaria as culpas do príncipe. O senhor veio a saber, além disso, que Agláia Ivánovna, demonstrando simpatia por mim, lera a minha confissão. Supondo, não sei por que, que eu estava pronto a me devotar completamente aos seus interesses, o senhor cuidou que eu o ajudasse a seu modo. Não quero nem tenho tempo para amiudar esta explicação. Tampouco peço confissões, ou termos fixos, da sua parte. Basta que eu deixe isso para a sua consciência, entendendo-nos agora, cabalmente, um ao outro.

— Só Deus sabe que complicações o senhor faz com as coisas mais comuns! — refletiu Vária.

— Eu já expliquei: esse indivíduo é um traficante de escândalos e um imundo colegial! — reafirmou Gánia.

— Com licença, Varvára Ardaliónovna, preciso continuar. Ao príncipe, naturalmente, não posso respeitar nem amar, embora sabendo que é um homem bom conquanto bem ridículo. Mas não posso, por isso, dizer que tenha motivos para detestá-lo. Não impedi que seu irmão tentasse fazer de mim uma escora contra o príncipe. Eu fingia estar olhando para a frente, para depois dar uma boa gargalhada. Eu sabia que seu irmão cometeria um erro de palmatória, inutilizando-se, lastimavelmente. E assim foi... Estou pronto a poupá-lo, agora, simplesmente em consideração à senhora, Varvára Ardaliónovna. Mas, já que esclareci não ser fácil apanhar-me, explicar-lhe-ei, também, por que fiquei tão ansioso por enfurecer seu irmão. Devo dizer-lhe que agi assim porque o detesto e aqui o confesso francamente. Quando eu morrer (porque acabo morrendo, mesmo que tenha engordado como disseram), quando eu morrer, desconfio que irei para o paraíso com o coração incomparavelmente mais aliviado, caso, em vida ainda, tenha conseguido enfurecer ao menos um espécime da classe de gente que me andou perseguindo a vida inteira, e a quem eu toda a vida tenho odiado, classe essa da qual seu irmão é um excelente e notável exemplar. Gavríl Ardaliónovitch, eu detesto você simplesmente porque — e há de este "simplesmente porque" lhe parecer maravilhoso —, simplesmente porque você é o tipo, a encarnação, o suprassumo da mais insolente, da mais vulgar, da mais repugnante e da mais pomposa mediocridade. A sua mediocridade é feita de pompa, de vaidade, de contentamento olímpico. Você é mais ordinário do que o que de mais ordinário possa haver. Jamais a menor ideia de vontade própria se esboçou no seu coração, quanto mais em seu espírito! Acresça-se a isso que a sua vaidade não tem limites; você se persuadiu de que é um grande gênio; como, porém, a dúvida às vezes lhe tira o sono em certos momentos opacos, então, por isso, a sua inveja e o seu rancor se desmandam. Mas esses trechos opacos, sim, negros, ainda lhe toldam o horizonte. Quando, porém, você acabar de ficar estúpido, o que não falta muito, eles se clarearão. Mesmo assim, jaz diante de você uma longa e tortuosa estrada. Como me alegro em não poder chamá-la uma estrada prazenteira! Em primeiro lugar, desde já lhe vaticino que não obterá uma certa jovem...

— Oh! Isso é insuportável! — exclamou Vária. — Cale-se, criatura malvada e horripilante.

Gánia estava pálido, trêmulo e calado. Ippolít parou, encarou-o, demoradamente, com prazer e com desdém; depois se virou para Varvára, fez-lhe uma saudação, curvando-se, e saiu sem acrescentar nenhuma palavra mais. Por algum tempo Vária não ousou dirigir-se ao irmão, nem sequer olhá-lo enquanto ele dava grandes passadas pela sala, de um lado para o outro, decerto com muita justiça se queixando intimamente do quinhão recebido e do vexame que não evitara. Acabou indo para a janela, onde ficou, de costas para a irmã, que pensava no provérbio russo: "Faca que corta com os dois gumes..." Nisto começou, outra vez, uma barulheira lá em cima.

— Onde é que vais? — perguntou Gánia, virando-se logo que reparou que ela levantava para subir. — Espera um pouco. Olha isto aqui.

Aproximando-se dela, lhe atirou sobre a cadeira um pedaço de papel dobrado em dois, como um cartão.

— Céus divinos! — sussurrou Vária, juntando as mãos. O bilhete continha sete linhas apenas:

"Gavríl Ardaliónovitch.

Convencida como estou dos seus amistosos sentimentos para comigo, tomo a liberdade de lhe pedir conselho em assunto da máxima iportância para mim. Ficar-lhe-ia muito reconhecida se fosse encontrar-se comigo, amanhã, às sete horas, no banco verde. Fica perto da nossa vila. Varvára Ardaliónovna, que o deve acompanhar, sabe onde é.

A. E."

— Céus divinos! Que irá fazer ela, desta vez? — E Varvára Ardaliónovna estirou os braços para o céu, em súplica. Depois do que tinha sofrido, e ainda sob o eco da profecia de Ippolít, Gánia não pôde logo demonstrar o seu triunfo, mas pouco a pouco lhe veio disposição para fanfarronadas. Vendo Vária também radiante de satisfação, não reprimiu o sorriso de íntima alegria que lhe percorreu o rosto.

— E justamente logo no dia em que o noivado vai ser anunciado! Efetivamente ninguém é capaz de saber o que ela fará desta vez!

— Que é que pensas? Que será que ela quer me falar amanhã?

— Não te importes com isso. O que tens de reparar é que é a primeira vez que te quer ver, depois de seis meses. Ouve bem, Gánia. Aconteça o que acontecer, dê no que der, garanto-te que é *importante*. É tremendamente significativo. Não te pavoneies, não faças nenhum disparate nem te acovardes, tampouco. Presta atenção. Ela agora deve ter adivinhado com que fim eu andei batendo pernas daqui pra lá, estes seis meses todos! E calcula só, não me disse uma palavra, hoje, um indício sequer! Estive lá, às escondidas, já te contei. A velha nem percebeu, do contrário me mandava agarrar. Arrisquei-me a isso, por tua causa, e com que custo!

Lá em cima, novamente, começou a gritaria; e pouco depois, várias pessoas, descendo, faziam barulho.

— Isto, ainda mais agora, não convém de modo algum — exclamou Vária contrariada, persuadindo o irmão de que não convinha uma sombra sequer de escândalo. — Sobe, vai ao encontro dele. Pede-lhe perdão!

Mas o chefe da família passou por eles e saiu pela rua afora. Kólia esbofava-se, com a sacola atrás do pai. Nina Aleksándrovna ficou a chorar, parada no patamar; depois tentou precipitar-se atrás dele; mas Ptítsin a puxou degraus acima, dizendo-lhe:

— Não piore as coisas. Ele não tem para onde ir. Será trazido de volta em menos de meia hora; já dei ordem a Kólia. Deixe-o fazer-se de louco.

Gánia gritou-lhe da janela:

— Não se faça de herói. Para onde quer ir o senhor? Não tem para onde ir!

Vária chamou-o:

— Volte, papai. Os vizinhos acabam escutando...

O general virou-se bem, ergueu a mão esticada para o céu e bradou:

— Que a maldição do Todo-Poderoso caia sobre esta casa!

— Ouçam... parece canastrão teatral... — murmurou Gánia fechando a janela com uma pancada súbita.

Os vizinhos decerto estavam ouvindo. Vária saiu da sala para os seus aposentos, correndo. Vendo-se então sozinho, Gánia pegou o bilhete de cima da mesa e o beijou; depois estalou os dedos com satisfação e piruetou sobre si mesmo.

3

A cena ocorrida com o general em outras circunstâncias teria dado em nada. Ele tivera, antes, muitas vezes, explosões de mau gênio, dessa mesma qualidade, embora muito espaçadas umas das outras. E, falando de um modo geral, era um homem de boa índole e até de disposição bondosa. Lutara, mais de cem vezes, com os maus hábitos que vinham apoderando-se dele nos últimos anos. Caía sempre em si, recordando-se de que era um chefe de família, queria reconciliar-se com a esposa, e não era raro derramar lágrimas sinceras de arrependimento. Respeitava e venerava mesmo Nina Aleksándrovna por o haver perdoado muito e por amá-lo, sabendo embora que ele se tornara uma figura grotesca e degradada. Pena era que os bem-intencionados esforços do seu coração para dominar as suas falhas durassem tão pouco. E o pior era que o general tinha um caráter demasiadamente "impulsivo". Não conseguindo suportar durante muito tempo o vazio da sua vida, relegado em casa como mero penitente, acabava sempre por se revoltar. Era presa de paroxismos e de excitação dos quais ele próprio não cansava de se repreender intimamente, conquanto isso pouco adiantasse. Brigava, punha-se a discutir, empregando uma exótica eloquência e uma retórica exagerada, insistindo em querer ser tratado com o maior respeito e consideração, acabando, quase sempre, por abandonar a casa, às vezes até por dias seguidos. Nesses dois últimos anos tinha apenas uma vaga ideia das coisas domésticas, só sabendo delas "por ouvir dizer". Desistira de aprofundar a curiosidade em tais casos, não sentindo mais o menor impulso para isso.

Desta vez, porém, a explosão do general assumira excepcional desespero porque, no fundo, a causa e a razão eram graves. Todos pareciam estar cientes de certa coisa, mas se sentiam temerosos de aludir a ela. O general apresentara-se de um modo formal perante a família, ou, mais propriamente, perante Nina Aleksándrovna, havia três dias. Mas não se apresentara, como das outras vezes, humilde e arrependido. A reaparição, desta vez, estava marcada, ao contrário, por uma irritabilidade que se evidenciava na sua loquacidade, nos seus movimentos, no modo de defrontar os demais, de cabeça erguida e ademã violento, fosse quem fosse que encontrasse, muito embora, como sempre, descambando, nas disputas, para assuntos inadequados e impróprios, não sendo possível a ninguém atingir o fundo daquilo que o atormentava. Não que, lá uma vez ou outra, não se mostrasse prazenteiro. A maior parte do tempo, porém, vivia taciturno, parecendo, todavia, nem ele mesmo saber sobre que fato meditava tanto. Se, por exemplo, se metia em uma conversa onde se falasse de Míchkin, dos Epantchín, de Liébediev, não era raro, sem mais aquela, interromper as perguntas ou as respostas, permanecendo com um sorriso vago, sem se dar conta de que estava sorrindo ou que jaziam à espera da sua resposta. Levara a noite anterior gemendo e se lastimando, cansando assim Nina Aleksándrovna, que passara toda a noite acordada a preparar-lhe fomentações. Mas, ao amanhecer, caíra em um sono profundo, a ponto de dormir quatro horas seguidas. Mas acordara com um ataque violentíssimo e desordenado de hipocondria cujo remate lógico fora uma briga com Ippolít e "uma maldição sobre esta casa" (como dera, ultimamente, em dizer à toa). Também haviam reparado que, durante esses três últimos dias, dera em ter acessos de amor-próprio, o que o tornou, de um modo mórbido, suscetível a ofender-se por nonadas, levando Kólia a reiteradamente explicar à mãe que isso era falta de bebida, ou talvez, até, uma "espécie de saudade" de Liébediev, de quem o general se tinha tornado excessivamente amigo, de tempos para cá. Mas que fazer, se justamente três dias antes brigara sem mais aquela com Liébediev, separando-se dele como uma fúria? Pois se até com Míchkin houvera uma cena, a ponto de Kólia ter ido pedir esclarecimentos! Disso resultara Kólia suspeitar que o príncipe soubesse de alguma coisa que não queria dizer, tendo Gánia feito a mesma suposição, com muita possibilidade de acerto. Chegara a haver uma conversa entre Ippolít e Nina Aleksándrovna e era de estranhar que esse vingativo rapaz chamado tão francamente por Gánia de "traficante de escândalos", tivesse tido a prudência de não iniciar Kólia em segredos funestos. Era muito provável que Ippolít não fosse o malicioso e sórdido "cachorro" que Gánia descrevera à irmã. Ou a sua malícia era de outra maneira, não tão acessível à primeira vista? Mas era provável que tivesse informado Nina Aleksándrovna dos seus reparos e averiguações, só para lhe "quebrar o coração"... Não nos esqueçamos de que as causas das ações humanas são, de hábito, incomensuravelmente mais complexas e variadas do que as subsequentes explicações que delas damos. Estas últimas podem ser definidas de maneira mais singela.

O melhor caminho, para um contador de histórias, é restringir-se ele à simples narrativa dos fatos. E esta será a linha que adotaremos no resto da narrativa da atual catástrofe da vida do general. Fazemos isso, porque inevitavelmente devemos conceder mais espaço e atenção do que originariamente tínhamos deliberado para este personagem de importância aparentemente secundária em nossa história.

Esses acontecimentos se haviam sucedido uns aos outros, na ordem seguinte:

Quando Liébediev voltou, naquele dia mesmo, com o general, de Petersburgo, onde fora procurar Ferdichtchénko, nada dissera de particular a Míchkin. Não estivesse o príncipe preocupado e com o tempo absorvido em outras impressões de grande importância, teria percebido logo que, durante dois dias, Liébediev, em vez de lhe dar qualquer explicação, pelo contrário, e por qualquer motivo, evitava encontrar-se com ele. Quando o príncipe pôde, afinal, voltar a sua atenção para o assunto, se surpreendeu de se haver esquecido de que nesses três dias tinha encontrado Liébediev naqueles seus habituais e antigos estados de bem-aventurança de espírito, sempre em companhia do general. Não podiam passar nunca um sem o outro, um só momento que fosse. Muitas vezes ouvira o príncipe os sons da ruidosa e precipitada conversa, seguidos de alegres disputas, no andar de cima. Certa vez, mesmo, as apojaturas de uma canção marcial báquica romperam repentina e inopinadamente em seus ouvidos, logo reconhecendo o basso profondo do general. Mas a canção parara antes do final. Depois, em uma outra hora, se seguira uma palestra extremamente animada e por sinal que tipicamente de bêbados. Seria até fácil conjeturar que os amigos se se abraçassem, acabando, porém, um deles, por chorar. Arrematara tudo uma briga violenta, a que sucedera súbito silêncio, logo depois.

Agora, por causa disso, parecia preocupado, e como o príncipe geralmente precisava ausentar-se de casa, só voltando tarde, sempre lhe comunicavam, depois, que Kólia andara à sua procura. Mas quando sucedia encontrarem-se, Kólia parecia não ter nada de particular para lhe contar, a não ser que "não estava satisfeito" com o general, nem com os seus modos, "atualmente". "Eles andam sempre juntos, embebedam-se em uma taverna, saem abraçados, brigam em plena rua. Pregam partidas um ao outro e não podem separar-se". Quando o príncipe fez ver que antes era a mesma coisa, todos os dias, Kólia ficou como se quisesse dar uma outra explicação recente, mas acabou por não poder explicar a causa de sua intranquilidade.

Na manhã que se seguira à noite da cantiga e da briga, ia o príncipe saindo de casa, cerca das onze horas, quando esbarrou com o general, que entrava e que lhe pareceu muito excitado e lastimavelmente esbodegado.

— Desde muito tenho buscado a honra de encontrá-lo, honradíssimo Liév Nikoláievitch. Desde muito! — Apertou a mão do príncipe com tanta firmeza que quase o machucou. — Desde muito, muito tempo.

O príncipe convidou-o a sentar-se um pouco.

— Não, não me sentarei. Não quero retê-lo. Virei uma outra vez. Terei, então, o ensejo de congratular-me com o senhor, a propósito do estado de graça do seu coração boníssimo.

— Qual estado de graça do meu coração?

O príncipe ficou desconcertado, pois, como quase toda gente em situação especial igual à sua, supunha que a ninguém era dado adivinhar ou compreender nada do seu íntimo.

— Não se incomode! Não se incomode! Não ferirei os seus mais delicados sentimentos. Já conheço isso e sei o que isso é, quando uma outra pessoa intromete o nariz, como se costuma dizer... onde não é chamado. Sinto isso cada manhã. Vim, por causa de um outro negócio muito importante. Um negócio muito importante, príncipe.

O príncipe tornou a pedir-lhe que se sentasse e deu o exemplo, sentando-se primeiro.

— Por um segundo, vá lá. Vim, para me aconselhar. Eu já não tenho, naturalmente, nenhum alvo na vida; mas como me respeito a mim mesmo, e como admiro o espírito prático no que aliás o russo só dá provas de deficiência... Desejo recolocar-me, bem como a minha esposa e meus filhos, em uma situação... Príncipe, preciso de seus conselhos!

O príncipe aplaudiu calorosamente tais intenções.

— Bem, tudo isto não foi mais do que uma série de disparates que me pus a dizer-lhe, príncipe... — interrompeu o general, subitamente, mudando para outro assunto. — O que eu desejava dizer era outra coisa, e essa, importante. Simplesmente desejo explicar-lhe, Liév Nikoláievitch, como a um homem em cuja sinceridade de coração e nobreza de sentimentos tenho a mais completa confiança, que... que... As minhas palavras o surpreendem, príncipe?

O príncipe observava o seu visitante, se não com surpresa, ao menos com extrema atenção e curiosidade.

O velho estava um tanto pálido; de instante em instante os seus lábios se repuxavam e as suas mãos não podiam ficar quietas. Tendo ficado sentado menos de dez minutos, ainda assim por duas vezes se levantou, por qualquer motivo, e outras tantas tornou a sentar-se, obviamente não prestando a menor atenção no que dizia e fazia. Havia alguns livros sobre a mesa; tomou um deles, e, falando sem cessar, abriu-o, deu uma olhadela a uma página, fechou-o imediatamente e o repôs sobre a mesa, alcançou um outro livro, que nem abriu, ficando a segurá-lo todo o tempo, com a mão direita, agitando-o no ar, conforme a gesticulação.

— E basta! — gritou, subitamente. — Vejo que estive a incomodá-lo tremendamente.

— Oh, de maneira nenhuma! Faça o favor de prosseguir. Muito pelo contrário. Estou escutando e procurando adivinhar em que lhe possa ser útil.

— Príncipe, anseio ganhar por mim próprio uma situação de respeito... Estou ansioso... quero... respeitar-me... a mim, e... aos meus direitos!

— Um homem animado por tal desejo já é digno de respeito, só por essa razão.

Como pudera o príncipe usar, ali, de uma expressão de almanaque, dizendo aquela frase que aparece nos guias de bom-tom? Naturalmente porque lhe veio a firme convicção de que isso produziria um excelente efeito. Adivinhara, instintivamente, que qualquer frase redonda, mas agradável, pronunciada no momento exato, teria imediatamente uma influência não só irresistível como também calmante no espírito desse homem, especialmente na situação em que desconfiava achar-se o general. Fosse como fosse, só poderia mandar embora uma tal visita depois de lhe iluminar o coração! E esse era o problema.

A frase envaideceu e comoveu o General Ívolguin, agradando-lhe muito. E imediatamente ficou derretido, mudando para o tom de outrora; e começou a desembuchar toda uma explicação entusiástica. Mas, conquanto se esforçasse por ouvir com a maior atenção, Míchkin não logrou entender absolutamente nada. Nesses dez minutos o general falou veementemente, aos atropelos, como se lhe fosse impossível despejar como queria a aluvião de pensamentos com a necessária pressa. Positivamente lhe apareceram lágrimas nos olhos, lá para o fim, muito embora não dissesse nada, a não ser frases sem começo nem fim, que se atropelavam umas sobre as outras! — Agora, chega. Já me compreendeu. Estou satisfeito — concluiu, levantando-se logo. — Um coração como o seu não pode deixar de compreender um homem que sofre. Príncipe, o senhor é idealmente generoso. Que valem os demais homens, diante do senhor? Mas é moço, e eu o abençoo. O simples e o complexo, em tudo isto, é que vim pedir-lhe uma entrevista, um encontro, uma hora certa, para uma conversa importante comigo, e na qual repousa toda a minha esperança. Não solicito mais do que amizade e simpatia, príncipe. E esta sofreguidão de amizade e simpatia que há no meu coração nunca a pude governar, príncipe.

— E por que não imediatamente? Estou pronto a ouvi-lo.

— Não, príncipe, não! — interrompeu ardorosamente o general. — Agora, não! Agora seria um sonho vão! É muito, muito importante! A hora dessa conversação será a hora de um irrevocável destino. Será a minha hora! E eu não desejaria que nos fosse dado termos de interromper um momento tão sagrado por causa de qualquer eventual arrivista, qualquer sujeito impudente! E que abundância não há, caro príncipe, de tais indivíduos! — Abaixou-se para o príncipe, de súbito, e disse com estranho, misterioso e quase assustador sussurro: — Um desses indivíduos impudentes que não valem a biqueira do seu sapato, príncipe adorado! E não é ao meu sapato que os comparo! Tome nota, muito especialmente, que não estou tomando como termo de comparação o meu sapato, a este aqui, pois tenho muito respeito por mim mesmo para dizer diretamente que... Mas só o senhor é capaz de compreender que não me referindo nesse caso à biqueira do meu sapato, mostro, talvez, o mais alto orgulho de mérito — e de consideração! Salvo o senhor, mais ninguém compreenderá isso... E ele, ainda menos do que os demais. Ele não compreende nada, príncipe, ele é absolutamente, totalmente incapaz de compreender. Para entender, urge ter coração!

Alarmando-se, o príncipe marcou para o dia seguinte, àquela mesma hora, um encontro com o general que, reanimado ante esse conforto, saiu todo confiante. E, à noite, entre seis e sete horas, o príncipe mandou pedir a Liébediev que viesse vê-lo, por um instante.

— Muito orgulhoso por tamanha honra! — foi logo dizendo Liébediev, cuja aparição foi feita com alacridade, decerto para desvanecer a suspeita de que tivesse passado esses três dias, a esconder-se, evitando encontrar o príncipe. Sentou-se na beira da cadeira, com sorrisos e tiques, os olhinhos cautelosos e risonhos, friccionando as mãos, assumindo um ar bem-aventurado ante a perspectiva de ir ouvir certa comunicação de importância primacial desde muito esperada e adivinhada por todo o mundo. O príncipe retraiu-se. (Desde tempos notara que, gratuitamente, toda gente esperava uma novidade, aguardando só que ela fosse participada para se congratularem, adiantando-se, porém, em prognósticos, sorrisos e olhares. Keller, por exemplo, uma ou duas vezes, viera visitá-lo, muito pressuroso, não se demorando mais do que um minuto, mas o desejo de lhe dar parabéns era notório nele; ambas as vezes, porém, não ousara sequer começar, tendo-se retirado imediatamente, para um salão de bilhar onde, ultimamente, fazia sensação, bebendo “pesadamente”. Até mesmo Kólia, apesar de sua tristeza, tentara iniciar um assunto indireto...)

Sem preâmbulos, Míchkín perguntou a Liébediev — havia irritação na sua voz — que pensava do estado de espírito do General Ívolguin, que parecia andar tão inquieto. (Complementarmente, pôs Liébediev a par da cena de ainda há pouco.)

— Cada qual tem motivos para inquietações, príncipe... e, de modo especial, nesta hora estranha e difícil, conforme o senhor sabe. — Foi uma resposta dada com secura a que se seguiu o silêncio ofendido que caracteriza o ar de uma pessoa que acaba de se decepcionar profundamente por causa de uma perspectiva falhada.

— Que filosofia! — sorriu o príncipe.

— Em nossa idade, bem proveitosa que é uma filosofiazinha, por causa da sua lição prática. Mas até ela é desprezada! Da minha parte, excelentíssimo príncipe, lhe sou muito grato pela confiança que se dignou a testemunhar-me a respeito de certo e determinado ponto, embora até um grau muito relativo, apenas... Compreendo que assim devesse ser e não me queixo...

— Liébediev, parece que você está ressentido por alguma coisa!

— Absolutamente, de modo algum, distinto e resplendente príncipe! De modo algum. — Liébediev entusiasmou-se, levando as mãos ao coração. — Pelo contrário. Sei que, nem pela posição que desfruto neste mundo, nem pelas qualidades sejam de espírito ou de coração, e tampouco pela soma de minha fortuna, sei que, de modo algum, mereço a confiança com que o senhor me honra, e que está muito acima de minhas esperanças; se posso, de algum modo, servi-lo, só será como escravo e mercenário. Nem poderia ser de outra forma. Ressentido... não estou. Estou, mais é... triste.

— Vamos, vamos, Lukián Timoféitch!

— Nem poderia ser de outra forma. E assim, verifico também, no presente caso. Vindo ao seu encontro, levando o senhor no coração e no pensamento, disse comigo: "Sei que, como amigo, não mereço a vossa confiança, mas como locatário da casa em que morais, talvez venha, em tempo oportuno, e um pouco antes do acontecimento por vir, a receber um aviso, ou... no mínimo, uma notificação, ligadas as coisas a certas transformações esperadas para um futuro próximo".

Dizendo isso, Liébediev não tirava do príncipe os olhinhos agudos, a tal ponto que o príncipe, estupefato, quase se decidiu a lhe satisfazer a curiosidade, acabando, porém, por se enraivecer.

— Não compreendo uma só palavra! E você não passa de um terrível intrigante! — Disse e rompeu em uma gargalhada. Instantaneamente, Liébediev também riu, confirmando e redobrando as suas esperanças. — E sabe você, Lukián Timoféitch, o que tenho a dizer-lhe? Não fique zangado, mas a sua simplicidade me espanta. E não só a sua. Você está esperando uma coisa de mim, e com tamanha simplicidade que eu me sinto verdadeiramente envergonhado e com a consciência doendo, por não ter nada, absolutamente nada, para satisfazê-lo. Juro, é a verdade. Nada! Viria você a supor isso? — E o príncipe tornou a rir.

Liébediev arranjou um ar de dignidade, habilmente ficando calado, por astúcia e velhacaria, talvez para não continuar a ser acoimado de ingenuamente indiscreto e curioso. Desde muito o príncipe se arriscava a tê-lo como inimigo por causa do modo com que habitualmente o mandava embora. Mas o príncipe sempre fizera isso não porque ele o desgostasse, mas por causa dessa curiosidade insuportável. Ainda um dia desses, por exemplo, Míchkin diante dele se refreara, só porque considerava os seus sonhos e esperanças como crime; e, todavia, Liébediev imediatamente tomou tal reserva como prova de uma desconfiança pessoal, ou mesmo como aversão; melindrara-se, com o coração cheio de ciúme não só de Kólia e de Keller, como da própria filha Vera. Todavia, agora mesmo, estava apto a contar uma porção de novidades; e sinceramente desejava contá-las, apesar de estar assim sinistramente calado.

Depois de breve silêncio, perguntou:

— Em que posso lhe ser útil, excelentíssimo príncipe, já que, mandou, afinal, chamar-me ainda agora?

— Ora! Queria perguntar-lhe a respeito do general — respondeu o príncipe, saindo do seu estado de meditação. —
E a respeito daquele roubo de que você me falou.

— A respeito de quê?

— Ora!... Não se faça de desentendido! Oh! Por que há de você estar sempre representando, Lukián Timoféitch? O dinheiro, o dinheiro, os quatrocentos rublos que deixou cair no outro dia do bolso, e de que veio falar comigo, aquela manhã, quando ia a Petersburgo. Compreendeu, afinal?

— Ah... O senhor está falando daqueles quatrocentos rublos? — balbuciou Liébediev, como se ainda estivesse adivinhando. — Muito obrigado, príncipe, por sua simpatia, que me envaidece muito. Mas... eu os encontrei algum tempo depois.

— Encontrou? Ah! Louvado seja Deus!

— Esta sua exclamação ainda é mais uma generosidade da sua parte, pois quatrocentos rublos não são uma ninharia desprezível para um pobre homem que vive do seu árduo trabalho, com uma récua de crianças sem mãe!...

— Mas não é a isso que me refiro! Naturalmente, me alegra saber que você encontrou o dinheiro. — O príncipe procurou apressadamente corrigir-se. — Mas como foi que o encontrou?

— Muito simplesmente. Estava debaixo da cadeira sobre a qual eu dependurara o meu casaco. Com certeza a carteira escorregou do bolso para o assoalho.

— Debaixo da cadeira? Mas como? Você me disse que tinha estado a revirar todos os cantos! Como foi que lhe passou despercebido um lugar tão à vista?

— Tenho a convicção de que olhei. Lembro-me muito bem de ter olhado. Agachei-me, fiquei de quatro, apalpei todos os lugares com a mão, mudei as cadeiras dos seus lugares; não confiava apenas em meus olhos! E lá, debaixo da cadeira, não havia coisa nenhuma; o lugar estava vazio e liso como as minhas mãos; mas, ainda assim, continuei a tatear uma porção de tempo. É sabida a atrapalhação em que fica uma pessoa quando quer achar logo qualquer coisa perdida, mesmo que seja sem importância. Embora vendo que não tem nada ali, a pessoa, apesar de o lugar estar vazio, torna a espiar uma dúzia de vezes.

— Bem o suponho! Mas como foi que você acabou vendo? Ainda não compreendi — murmurou o príncipe, desconcertado. — Você me contou, naquela ocasião, que tinha procurado, que não achou nada lá, e como é que, de repente, isso foi aparecer?

— E de repente isso foi aparecer! — E Liébediev suportou o olhar esquisito do príncipe, que lhe fez esta outra pergunta:

— E o general?

— Que é que tem o general?... — Liébediev tornou a ficar perplexo.

— Ó, meu caro! Estou perguntando o que foi que disse o general, quando você olhou a carteira. Pois não sabe muito bem que vocês dois estiveram procurando juntos?

— Antes, tínhamos estado a procurar juntos. Mas quando achei, confesso, sofreei a minha língua e preferi não contar a ele que eu tinha encontrado sozinho a carteira.

— Mas... por quê? E o dinheiro? Estava todo lá?

— Abri a carteira. O dinheiro estava intato. Nota por nota.

— Devia ter vindo dizer-me — observou o príncipe, pensativo.

— Temi incomodá-lo, príncipe, em seus interesses pessoais e, de certo modo, excepcionais; e, além disso, fiz como se não tivesse encontrado nada. Abri a carteira, revistei-a, tornei a fechá-la e a recoloquei no mesmo lugar debaixo da cadeira.

— Mas, para quê?

— Oh! Por nada. Por curiosidade — cacarejou Liébediev, esfregando as mãos.

— Então, está caída lá, desde anteontem?

— Oh! Não. Só ficou lá um dia e uma noite. O senhor há de compreender que, em parte, eu queria que o general a encontrasse. Pois, se eu a encontrei, por que não haveria o general de dar com ela assim tão à mostra, debaixo da cadeira, e como que hipnotizando os olhos? Mudei a cadeira uma porção de vezes, de lugar, ajeitando-a de maneira que a carteira ficasse completamente à mostra. Mas o general candidamente não a viu, de modo que ela ficou lá vinte e quatro horas. Ele me parece extraordinariamente distraído, agora! E não há meios de avisá-lo. Conversa, conta histórias, dá risadinhas, e de repente fica de gênio ruim comigo! Não sei por quê. Já a última vez, quando saímos da sala, deixei a porta escancarada, de propósito. Tive a impressão de que ele hesitou e quis diser alguma coisa. Naturalmente estava preocupado a respeito da carteira, com uma tal soma de dinheiro dentro; acabou saindo, mostrando uma raiva terrível, mas não disse nada. Já na rua, nem dois passos tínhamos dado juntos, ele me largou, tomando direção oposta. É verdade, porém, que nos encontramos à noite, na taverna.

— Mas você, afinal, pegou a carteira debaixo da cadeira?

— Não; desapareceu de lá, naquela mesma noite.

— E onde está agora?

— Oh... Aqui — e Liébediev riu inclinando-se, com todo o seu peso, para trás, e encarando Míchkin, prazenteiramente. — Ela apareceu aqui, de repente, na aba do meu casaco. Aqui! Não quer ver? Apalpe.

A aba esquerda do casaco formava, com efeito, do lado de dentro, uma espécie de teta, no lugar mais visível, mostrando perfeitamente, ao tato, que ali havia uma carteira de couro que tinha caído de um bolso furado.

— Extraí-a e espiei. O dinheiro estava lá, inteirinho. Enfiei-a outra vez no mesmo lugar. E com ela tenho andado, para cá e para lá, desde ontem de manhã. Assim a danada me acompanha, batendo contra as minhas pernas quando ando.

— E você não notara isso?

— Se eu não notei isso? Ah! Ah! E acreditaria o senhor, nobilíssimo príncipe, embora o fato não mereça ser notado pelo senhor, que os meus bolsos sempre estiveram novinhos, bons, só agora, de repente, em uma só noite, aparecendo um deles com um buraco deste tamanho!? Repare só, não parece que foi cortado com um canivete? Não chega a ser inacreditável?

— E... o general?

— Esteve zangado o dia todo. Tanto ontem, como hoje. Pavorosamente mal-humorado. Antes andava contente, risonho; depois passou apenas a responder aos meus cumprimentos. Lá uma vez ou outra, fica sentimental, até as lágrimas, mas desta vez está zangado comigo deveras. E até fiquei receoso, pois ele é um militar e eu não sou. Ontem estávamos sentados juntos na taverna. Como por acaso, a aba do meu casaco se abriu e de modo, se não exagerado, espalhafatoso. E aquilo ficou à mostra, como uma montanha! Ele olhou, disfarçou, depois se danou. Não costuma encarar-me. Só me encara quando está sentimental, ou então embriagado. Mas ontem me cravou um olhar tal que me correu um calafrio pela espinha. Por causa das dúvidas, acho que amanhã vou contar a ele que achei a carteira... Mas ainda quero ter, antes, uma noite de farra e de provocação, com ele.

— Por que você o atormenta tanto assim?

— Eu não o estou atormentando, príncipe, eu não o estou atormentando — replicou calorosamente Liébediev. — Eu amo o general sinceramente. E o respeito mesmo; de agora por diante, quer o senhor acredite quer não, ele me é mais caro do que antes. Acabei por apreciá-lo ainda mais.

Liébediev, dizendo isso, impetuosamente, parecia tão sincero, que o príncipe ficou ainda mais indignado.

— Se você gosta dele como diz, por que o atormenta dessa forma? Por quê? Pelo fato, tão só, de ter colocado a carteira em lugar que você pudesse ver, debaixo da cadeira, e, a seguir, no forro do seu casaco, mostrando com isso que não quer decepcionar você a respeito dele;

mas até com a simplicidade do seu coração franco lhe pedindo, por esse modo, perdão?!... Ele prova, com isso, que conta com a delicadeza dos seus sentimentos e, por conseguinte, que acredita na sua amizade para com ele, em qualquer circunstância! E, todavia, você reduz um homem como esse, um homem honrado, a uma tal humilhação!

— Honradíssimo, príncipe, um homem honradíssimo! — concordou Liébediev, com os olhos em chispas. — E o senhor, nobilíssimo príncipe, é a única pessoa capaz de pronunciar palavras assim, a respeito dele! Aí está por que lhe sou devoto, por que estou pronto a venerar o senhor, apesar de eu, com os meus vícios inumeráveis, estar podre até a medula! Mas está decidido! Faço que achei a carteira agora mesmo, já, e não amanhã. Vou tirá-la, aqui, diante do senhor. Ei-la. Espie o dinheiro! Intato! Vê? Tome-o, príncipe, guarde-o até amanhã. Até amanhã, ou até quando o senhor quiser. Depois o receberei. E quer saber de uma coisa, príncipe, vou fazer correr que a carteira foi encontrada por aí, no jardim, por exemplo, atrás de uma pedra! Na noite mesmo em que foi perdida. Que acha?

— É preferível não lhe dizer pessoalmente que encontrou a carteira. Deixe-o verificar, sozinho, que não há mais nada enchendo a aba do seu casaco, e ele compreenderá.

— O senhor pensa assim? Não seria melhor dizer que a achei, e fazer uns ares de tanta naturalidade que ele não desconfie de nada, agora?

— N... ão! — argumentou o príncipe. — N... ão! É muito tarde para isso. Ainda fica mais arriscado. O melhor, realmente, é não dizer nada. Seja amável com ele, mas não demais... e... Enfim, você bem que sabe!

— Que sei, sei, príncipe! E sei até que me será difícil fazer isso com toda a distinção precisa. Pois só um coração como o seu sabe como é que deve agir. De mais a mais o general é propenso a irritações, ultimamente me tratando, até, de cenho fechado. Se, um minuto, choraminga e chega ao cúmulo de me abraçar, logo a seguir, inesperadamente, se abespinha comigo, escarnecendo, desprezando-me... Foi até por isso que aquela hora lhe mostrei, assim como quem não queria, a aba do casaco. Ah! Ah! E já vou indo, pois está mais do que claro que estou tomando seu tempo e interrompendo os seus mais urgentes sentimentos, se bem explico...

— Pelo amor de Deus! Lá vem você outra vez com seus mistérios...

— Pisando de mansinho, pisando de mansinho...

O caso, conquanto liquidado, lançou o príncipe em uma confusão ainda maior. Começou a aguardar, com impaciência, a entrevista do general, marcada para o dia seguinte.

4

A hora marcada tinha sido "ao meio-dia", mas o príncipe se atrasou sem querer e, ao regressar a casa, já encontrou o general. Notou, ao primeiro relance, que o velho estava ofendido, evidentemente, pelo fato de ter estado a esperar. Desculpando-se, o príncipe se apressou em sentar-se, mas se sentiu de tal maneira tímido que foi como se o seu interlocutor fosse de porcelana e temesse quebrá-lo. Antes, nunca se sentira intimidado na presença do general, nem a ideia de que isso pudesse acontecer lhe passara jamais pela cabeça. Além disso, era fácil verificar que se achava diante de um homem completamente diverso do da véspera. Em vez de uma agitada incoerência, deparou com uma indisfarçável e marcada reserva. Via que ali estava um homem que havia tomado uma resolução irrevogável. (Essa atitude era mais aparente do que real.) Mas, mesmo através dessa reservada dignidade, o visitante manteve uma tranquilidade cavalheiresca, nas maneiras. Passou, mesmo, a tratar o príncipe com ar de condescendência, como certas pessoas orgulhosas que se comportam de maneira fidalga, desculpando um insulto gratuito. Falou afavelmente; só a entonação estava ligeiramente modificada.

— Aí está o livro que me emprestou, no outro dia — disse, mostrando, significativamente, um volume que trouxera, e que jazia sobre a mesa. — Muito obrigado.

— Ah! Sim. Leu aquele artigo, general? Gostou? Não achou interessante? — O príncipe comprazia-se com a oportunidade de iniciar conversa com um assunto qualquer, mesmo que fosse, como aquele o era, inadequado.

— Interessante, talvez, mas indigesto; e, portanto, absurdo. Para cada sentença uma mentira provável. — O general falava com aprumo, e até contornava as palavras, um pouco.

— Ah! Trata-se de uma história despretensiosa; recordações de um veterano que foi testemunha ocular da chegada dos franceses a

Moscou. Mas há alguns trechos bem interessantes. E não há dúvida de que uma informação dada por uma testemunha é sempre preciosa, seja ela qual for.

— Pois fosse eu o editor, não a imprimia. E, de um modo geral, no que concerne a qualquer descrição dessas chamadas testemunhas oculares, há sempre gente mais inclinada a acreditar em mentirosos grosseiros do que em um homem de valor que tenha estado a servir. Quanto a mim, posso gabar-me de saber mais do que as descrições contam a respeito do ano de 1812... Príncipe, cheguei à seguinte resolução: vou abandonar definitivamente a casa de Liébediev. — E o general olhou Míchkin de modo significativo.

— O senhor tem os seus cômodos próprios, em casa de sua filha aqui em Pávlovsk... — disse o príncipe, porque não achou outra coisa a dizer. (Lembrou-se de que o general ficara de vir pedir-lhe conselho sobre assunto importante, do qual dependeria o seu destino.)

— Em casa de minha mulher! Ou, em outras palavras, na casa de minha filha.

— Desculpe-me, eu...

— E abandono a casa de Liébediev, meu caro príncipe, porque rompi com esse indivíduo. Rompi ontem, à noite, e lastimo não o haver feito muito antes. Insisto a esse respeito, príncipe, e desejo ser compreendido por aqueles a quem dedico o meu coração. Príncipe, acabo sempre dedicando o meu coração e sempre tenho de me arrepender, decepcionadíssimo. Esse homem não é merecedor do que lhe doei.

— Há muita coisa nele que é extravagante — observou o príncipe, discretamente — em linhas gerais; mas entre elas se pode perceber um coração que não é mau e, através de muitas simulações, uma inteligência que diverte.

A beleza das expressões e a respeitabilidade do tom desvaneceram o general, que, apesar disso, continuou a olhar para o príncipe com certa desconfiança. Mas os modos do príncipe eram tão sinceros que o general acabou por não suspeitar mais dele.

— Lá que ele tenha boas qualidades — concordou o general — fui o primeiro a declarar, quando dediquei a minha amizade a esse cavalheiro. Todavia não preciso da casa dele nem da sua hospitalidade, tendo, como tenho, uma família própria. E repare que não estou aqui tentando justificar as minhas falhas. Fui fraco; bebi com ele, e agora só posso lamentar-me disso. (Releve, príncipe, a rudeza de um homem que foi destratado.) — Mas não foi somente por causa da bebida que me tornei amigo dele. O que me permitiu isso foi, justamente, ter verificado suas qualidades. Mas apenas até certo ponto, mesmo no que se refere às qualidades. Mas já que ele, subitamente, teve a impudência de declarar na cara de quem quer que fosse — e todavia foi na minha! — que, em 1812, quando devia ser simplesmente uma criança, perdeu a perna esquerda e que a enterrou no cemitério de Vagánskovskoie em Moscou, então ultrapassa os limites e se mostra desrespeitoso e impertinente...

— Deve ter dito por brincadeira, para despertar risada!

— Compreendo. Uma brincadeira inocente, mesmo que seja grosseira, pode, de fato, ser dita apenas para despertar gargalhada, e não fere, concordo, um coração humano. Um homem pode mentir, ninguém lhe proíbe, simplesmente por camaradagem íntima, para agradar a um outro homem com quem esteja falando. Mas se houver indícios que sejam indícios de desrespeito, se ele pretende, justamente, com tal desrespeito, mostrar que está farto dessa camaradagem, nada mais resta a esse outro homem, se tiver honra, senão ir embora e romper todas as ligações, repondo o ofensor em seu conveniente lugar.

O general positivamente enrubescia, enquanto estava falando nisso.

— Ora, Liébediev não podia ter estado em Moscou, em 1812! Não tem idade para isso; trata-se de um despautério.

— Primeiramente, isso. Mas, supondo que pudesse, então, já ter nascido, como pode ele declarar na cara de quem quer que seja que o *chasseur* francês fez pontaria com um canhão e atirou na perna dele, apenas por gracejo? E como ousa declarar que apanhou a perna e a carregou para casa, e que, depois, a foi enterrar no cemitério de Vagánskovskoie? E acrescentar que mandou erigir, por cima, um monumento, tendo em um lado a inscrição: "Aqui jaz a perna do assessor colegial Liébediev" e no outro lado: "Descansai, minhas cinzas amadas, até a manhã prazenteira"? E sustentar que assiste, cada ano, a um serviço oral, sacro (o que não está longe de ser blasfêmia), e que cada ano timbra em ir a Moscou, para assistir a essa cerimônia? E que desaforo é esse de, para provar isso, me convidar a ir até Moscou, para me mostrar, não só a tumba, como até mesmo o tal canhão tomado aos franceses e que jaz, presentemente, no Kremlin? E ter a imaginação acesa a tal ponto que me declara, a mim, senhor, que se trata do décimo sétimo canhão depois dos portões, e que por sinal é um falconete francês de marca antiquada?!

— Além do que ele tem as pernas intatas, segundo creio eu — riu o príncipe. — Asseguro-lhe que foi um inofensivo gracejo. Não fique zangado.

— Mas permita, ao menos, que eu tenha a minha opinião! Quanto a ter ele as duas pernas, lá isso não é absolutamente improvável; declarou-me que arranjou uma perna com Tchernosvítov.

— Ah! Sim. Dizem que até se pode dançar, com as pernas desse fabricante.

— Estou perfeitamente ciente disso. Quando Tchernosvítov inventou a sua perna; lá dele, a primeira coisa que fez foi vir, correndo, mostrar-ma. Mas tais pernas foram inventadas muitíssimo mais tarde, são quase recentes, de hoje! Mas, ouça mais esta, príncipe: ele afirma que a sua defunta mulher não chegou a saber nunca que ele, seu marido (e quanto tempo não estiveram eles casados!), tinha uma perna de pau. Quando me permiti fazer-lhe sentir quanto tudo isso era estapafúrdio, disse-me (e eu sei por que foi que ele disse): "Pois mesmo o senhor, que foi pajem ou camareiro de Napoleão, em 1812, me teria permitido enterrar a minha perna em Vagánskovskoie".

— Mas o senhor, realmente...? — E o príncipe logo se interrompeu, embaraçado.

O general também mostrou laivos de perturbação, mas instantaneamente fitou Míchkin com distinta condescendência, e até mesmo com ironia.

— Continue, príncipe, continue! — interferiu, com proposital suavidade. — Posso fazer concessões. Fale! Confesse que se diverte ante o pensamento de estar vendo diante de si um homem em seu presente estado de degradação... e imprestabilidade, e ouvir que esse homem já foi, todavia, testemunha ocular de grandes acontecimentos. Ele já não lhe tagarelou isso também?

— Não, nunca ouvi nada de Liébediev, se é que o senhor se está referindo a ele.

— Hum! Supus o contrário. A conversa particular teve lugar ontem, entre nós, a propósito desse estranho artigo dos *Arquivos*. Fiz um reparo relativamente a absurdos contidos ali, já que eu fora uma testemunha ocular... Mas o senhor está sorrindo, príncipe, na minha cara?

— N... ão!

— Já várias vezes, ao espelho, reparei que pareço ainda mocetão! — o general destacava bem as sílabas. — Mas sou, efetivamente, mais velho do que aparento. Em 1812 eu estava no meu décimo, ou undécimo ano. Não posso dizer, exatamente, a minha idade. Na lista de serviço, ela está bem diminuída; foi sempre o meu fraco, toda a minha vida, dar-me por mais moço do que sou.

— Asseguro-lhe, general, que não acho estranho que o senhor tenha estado em Moscou, em 1812... e naturalmente o senhor poderia narrar acontecimentos como qualquer outro que lá também tenha estado. Um dos nossos escritores começa a sua autobiografia dizendo que, quando era criança de colo, em 1812, foi alimentado com papinhas de pão fornecidas pelos soldados franceses.

— Ora aí está. Vê o senhor? — aprovou condescendentemente o general. — O que aconteceu a mim foi, e era lógico, fora do comum, mas que pode haver nisso de incrível? Muitas verdades, amiudadamente, parecem impossíveis. Pajem... Camareiro!... Hum... Realmente, soa estranho. Mas as aventuras de uma criança poderão, talvez, ser explicadas justamente pela sua idade. O que se deu comigo, não se daria se eu já tivesse 15 anos, pois, com esta idade eu não correria, como corri, no dia da entrada de Napoleão, em Moscou, para fora da casa de madeira, da Rua Stáraia Basmánnaia, onde eu vivia com minha mãe, que, não podendo ter deixado a cidade a tempo, estava petrificada pelo pânico. Aos 15 anos, também eu teria tido medo; mas, os dez, não temia nada, e abri passagem através da turbamulta, até aos degraus do palácio, justamente na hora em que Napoleão estava desapeando do seu cavalo.

— Certamente. A observação, de que aos dez anos não se tem medo, é verdadeira — concordou o príncipe, envergonhado, esforçando-se para não corar.

— Mais do que certo. E tudo aconteceu de um modo tão simples e natural quanto era mais do que possível na realidade. Meta-se um novelista a trabalhar nesse artigo e vê-lo-emos a bracejando em um mar de incríveis e improváveis redundâncias.

— Nem há dúvida — disse o príncipe. — Veio-me a mesma ideia, ainda há pouco. Conheço o caso verdadeiro de um assassínio, por causa de um relógio. Os jornais estão dando. Se qualquer autor o inventasse, os críticos e aqueles que sabem a vida do povo gritariam imediatamente que era falso e inverossímil; lendo-o nos jornais, como coisa que acontece mesmo, a gente só tem de, através desses fatos, ir estudando a vida russa, em sua múltipla realidade. A sua observação foi excelente, general — concluiu o príncipe, afogueado, sentindo alívio por ter descoberto um refúgio para o seu rubor.

— Pois não é? Pois não é? — gritou o general, com os olhos fulgurando de prazer. — Um garoto, uma criança, que ignora o que seja medo, cava uma passagem na multidão, para ver a parada, os uniformes, o séquito e o grande homem de quem ouvia falar tanto. Pois, naquele tempo, não se falou em outra coisa, durante anos e anos. O mundo regurgitava com esse nome. Posso dizer que o bebi com o meu leite. Napoleão estava a dois passos, quando notou o meu olhar. Eu parecia um nobrezinho. Vestiam-me sempre com muito capricho. Não havia ninguém com o apuro com que eu estava em toda a multidão, pode crer.

— Não há dúvida de que isso o deve tê-lo impressionado, além de que patenteava que nem todo o mundo tinha deixado Moscou e que até nobres havia ainda, por lá, com seus filhos.

— Nem mais, nem menos! Justamente! Ele quis ganhar a simpatia dos *boyards*![45] Pois bem, quando lançou o seu olhar de águia para mim, os meus olhinhos devem ter fulgurado, em resposta aos dele. "*Voilà un garçon bien éveillé!*[46] *Qui est ton père*?" Respondi-lhe, prontamente, quase sem ar, de tamanha excitação: "Um general que morreu no campo de batalha, por sua pátria!". "*Le fils d'un boyard et d'un brave par--dessus le marché! J'aime les boyards. M'aimes — tu, petit*?"[47] A essa rápida pergunta, respondi ainda mais apressadamente: "Um coração russo pode discernir um grande homem, mesmo no inimigo da sua pátria". Isto é, não me lembro bem se usei, literalmente, essas palavras... Eu era uma criança... Mas deve ter sido esse o fluxo de minhas palavras. Napoleão ficou estarrecido. Pensou um pouco e disse ao seu séquito: "Gosto da altivez desta criança. Se todos os russos pensassem o mesmo, então...". Não disse mais nada. Encaminhou-se para o palácio. Imediatamente, misturei-me ao cortejo, sempre no seu encalço. Abriram-se alas e era como se já me considerassem um favorito. Mas tudo isso se deu em um momento... Só recordo que o imperador chegou ao primeiro salão

---

[45] Do francês: boiardos (membros da aristocracia feudal da antiga Rússia). (N. E.)

[46] Do francês: "Eis um garoto bem esperto!" (N. E.)

[47] Do francês: "Filho de um boiardo que era valentão além das medidas! Gosto dos boiardos. Tu gostas de mim, pequeno?" (N. E.)

e parou diante do quadro que representava a imperatriz Catarina; ficou olhando, muito tempo, profundamente; e por fim proferiu: "Foi uma grande mulher!". Dito o que, prosseguiu. Dentro de dois dias eu era conhecido de todo o mundo no palácio e no Kremlin; chamavam-me: "*Le petit boyard*".[48] Eu só voltava para casa, para dormir. É claro que em casa estavam todos nervosíssimos com isso. Dois dias depois, um dos pajens de Napoleão, o barão de Basencour, morria, exausto pela campanha. Napoleão lembrou-se logo de mim. Vieram buscar-me; levaram-me sem nenhuma explicação. Experimentaram em mim o uniforme do pajem falecido — um garoto de 12 anos. E quando me conduziram, envergando o uniforme, diante do imperador, e ele fez, com a cabeça, que estava muito bem, então foi que me participaram (mas eu já havia adivinhado) que eu fora considerado merecedor da graça, e designado pajem à disposição de Sua Majestade. Fiquei contente. Eu me sentia extraordinariamente atraído para ele... e, além disso, como é fácil de compreender, um uniforme brilhante é muita coisa, para uma criança. Eu usava uma espécie de casaca verde-musgo, de longas abas estreitas, com botões dourados, alamares amarelos, trabalhados a ouro, nas folhas, e tinha um colarinho grande, ereto, trabalhado também em ouro e com bordados até as pontas. Uns calções de espessa camurça, um colete de seda branca, meias de seda até os joelhos, e sapatos com fivelas... E quando o imperador saía a cavalo eu fazia parte do cortejo, com minhas botas de cano alto. Conquanto a situação não fosse nada promissora, e houvesse uma sensação de terrível catástrofe no ar, a etiqueta era conservada o mais possível; e, com efeito, quanto maior a previsão da catástrofe, maior e mais rigorosa a pragmática da corte.

— Sim, naturalmente — murmurou o príncipe, com ar quase desesperado. — As suas *memórias* devem... ser extremamente interessantes.

O general, logicamente, estava repetindo a história que tinha contado a Liébediev, na véspera, e por isso é que se achava assim tão fluente. Mas, a essa altura, deitou uma olhadela para Míchkin, desconfiado, de novo.

— As minhas *memórias*! — ia ele conduzindo com redobrada dignidade. — Escrever as minhas memórias?! Ora aí está uma coisa que não me tenta muito, príncipe! Mas já que estamos neste pé, as minhas memórias já estão escritas... e permanecem, todavia, fechadas na minha

[48] Do francês: "O pequeno boiardo." (N. E.)

escrivaninha. Quando os meus olhos estiverem fechados para sempre na tumba, elas poderão ser publicadas! E não tenho dúvidas de que serão traduzidas em vários idiomas estrangeiros, não tanto por seu valor literário, mas, principalmente, pela importância dos tremendos acontecimentos mundiais de que fui testemunha eventual, embora como mera criança. Mais por isto, com efeito. Por ser criança, eu tinha ingresso, por assim dizer, até no quarto de dormir do "Grande Homem". A noite eu ouvia as lamentações desse "Titã em agonia". Por que haveria ele de ter pejo de se lamentar e mesmo chorar, diante de uma criança que, no entanto, já tinha entendido que a causa da sua angústia era o silêncio do imperador Alexandre?

— Parece até que ele escreveu cartas, como preliminares de paz... — insinuou o príncipe.

— Não estamos aptos a informar sobre quais preliminares teria ele escrito; mas escrevia o dia todo, horas inteiras, carta após carta. Estava tremendamente agitado! Certa noite, estando nós sozinhos, precipitei-me para ele, a chorar. (Oh! Eu o amava!) "Pede, pede perdão ao imperador Alexandre!" — exclamei eu. Naturalmente, em vez dessa expressão, eu deveria ter dito "Faze as pazes com o imperador Alexandre!". Mas, como criança ingênua, naturalmente eu me expressava conforme sentia. "Oh! Meu filho!", exclamou ele, dando passadas largas, para cima e para baixo, no imenso salão. — "Oh! Meu filho!" Deixara de ver em mim um garoto de apenas dez anos e gostava de conversar comigo. "Oh! Meu filho! Estou pronto a beijar os pés do imperador Alexandre! Mas... esse rei da Prússia, e esse imperador da Áustria! Ah! Para estes, o meu ódio é perpétuo... e afinal, naturalmente não podes, ainda, saber nada de política!" Parece que, nisto, se deu conta de com quem estava se externava, e parou. Mas, muito tempo depois, ainda havia raios de fogo em seus olhos. Ora, dirão, já que fui testemunha ocular de tão grandes acontecimentos, e que tão bem os descrevo, dirão que publique as minhas memórias... E então, todos os críticos, todas as vaidades literárias, toda a inveja, toda a camarilha... Não! Não cai nisso este seu humilde servidor!...

— Lá quanto à camarilha, não resta dúvida de que a sua observação é verdadeira, e eu concordo com o senhor — observou o príncipe, serenamente, depois de momentâneo silêncio. — Li, não há muito tempo, um livro de Charras, sobre a batalha de Waterloo. Trata-se, evidentemente, de um livro sério, e dizem os entendidos que foi escrito com conhecimento integral do fato. Realmente, nele, a cada passo, se verifica o achincalhamento de Napoleão; e se lhe tivesse sido possível anular o gênio de Napoleão, em cada uma das outras batalhas e campanhas, Charras teria ficado muito contente e o faria. Aliás não dou razão a essa obra, conquanto séria, pois há nela espírito de partido. O senhor tinha muito o que fazer, na qualidade de pajem de Napoleão?

O general ficou radiante. A espontaneidade e a simplicidade da pergunta do príncipe dissiparam logo os últimos traços de desconfiança.

— Charras? Eu próprio fiquei indignado. Cheguei a escrever-lhe, a essa altura, mas não me lembro se... Pergunta-me o amigo se eu tinha muito que fazer, no serviço de Sua Majestade, o Imperador. Ora, nem por isso. Chamavam-me um pajem à disposição, mas não levei aquilo muito a sério. De mais a mais, Napoleão logo perdeu toda a esperança de vencer os russos, e não resta a menor dúvida de que acabaria por me esquecer, se não tivesse tomado uma afeição especialíssima por mim. Já o fato de me ter como que adotado fora um golpe político magistral. Digo isso, hoje, galhardamente. O meu coração sentira-se atraído para ele. Os meus deveres não eram definidos; tinha, apenas, de estar presente, em palácio e... acompanhá-lo quando saía. Eis tudo. Eu cavalgava bem. Ele costumava dar passeios antes do jantar. Davout, eu e um mameluco, Roustan, fazíamos parte, geralmente, do seu cortejo.

— Constant — o príncipe pronunciou esse nome quase sem querer, emendando o general.

— N... ão! Constant não estava lá. Tinha ido levar uma carta à imperatriz Josefina. O seu lugar foi preenchido por dois assistentes e por alguns fulanos polacos... Esse era habitualmente o seu séquito, exceto quando Napoleão também levava consigo generais e marechais para explorarem as cercanias, ou consultá-los a respeito das posições das tropas. Quem estava, o mais das vezes, de serviço, era Davout, conforme, agora, me estou recordando. Era um homem corpulento, entroncado, de óculos, de sangue-frio, com uma estranha expressão nos olhos. Era mais consultado do que qualquer outro pelo imperador, que preferia o seu modo de opinar. Lembro-me de que estiveram em conferência, durante vários dias; Napoleão costumava receber Davout de manhã e de tarde. Houve entre eles frequentes discussões; enfim Napoleão pareceu no ponto de ceder. Estavam sozinhos no gabinete do imperador e não repararam na minha presença. Repentinamente o olhar do imperador caiu sobre mim, e um estranho pensamento brilhou em seus olhos. "Criança", disse-me ele, "que achas? Se eu adotar a fé ortodoxa e libertar os escravos, ficariam os russos do meu lado, ou não?" — "Nunca!" — exclamei, indignado. Como isso impressionou o imperador! "No patriotismo que está brilhando nos olhos desta criança", disse ele, "leio o veredicto de todo o povo russo. Basta, Davout. Tudo isso não passa de uma fantasia. Explique-me o plano seguinte!".

— Mas naquele primeiro plano havia também uma grande ideia — disse o príncipe evidentemente se interessando. — O senhor atribui tal projeto a Davout?

— De qualquer forma, eles se consultavam entre si. Mas não há dúvida de que a ideia fora de Napoleão, ideia de uma águia. Mas também não era mau o segundo plano. Era o famoso "*conseil du lion*",[49] como o próprio Napoleão chamou ao projeto de Davout. Tal projeto consistia em fecharem-se no Kremlin, com todas as tropas; construírem barracas, cavarem trabalhos de engenharia, montarem canhões, matarem o maior número possível de cavalos, salgarem-lhes as carnes, arranjarem, requisitando ou pilhando, todo o trigo possível, e passarem lá o inverno até a primavera. E, na primavera, então, abrir, aos golpes, caminho através dos russos. Esse plano fascinou Napoleão. Costumávamos andar a cavalo em volta das muralhas do Kremlin, todos os dias. E ele, em pessoa, mostrava onde demolir, onde construir mirantes e revelins, onde devia ser a fila dos blocausses. Tinha olho vivo, julgamento pronto e visão certa. Afinal, isso ficara mais ou menos combinado. Mas Davout insistia por uma decisão definitiva. Ei-los, de novo, incomunicáveis, em conferência. E eu lá!... Como sempre, Napoleão passeava pelo salão, com os braços cruzados. Eu não podia retirar os olhos dele. E o meu coração estava aos pinotes. — "Já vou indo..." — disse Davout. — "Aonde?" — perguntou Napoleão. — "Salgar carne de cavalo" — respondeu Davout. Napoleão empertigou-se todo, aquele era o ponto de desacordo. — "Criança, que pensas da nossa ideia?" — Era evidente que, na maioria das vezes que me interrogava, o fazia como um homem que, apesar de sua grande inteligência, deseja livrar-se de uma responsabilidade. Virei-me para Davout, em vez de me virar para Napoleão e disse, assombrosamente

[49] Do francês: "Conselho do leão" (quer dizer uma proposta ousada, arriscada). (N. E.)

inspirado: — "General, melhor, enquanto é tempo, ainda seria voltar, correndo, para trás!". E... o plano foi abandonado. Davout, encolhendo os ombros, saiu, resmungando: "— *Bah! Il devient superstitieux!*"[50] — E, no dia seguinte, a retirada foi ordenada.

— Tudo isso é muito interessante — murmurou o príncipe, em voz baixa, se é que realmente assim foi... quero dizer... — e tentou corrigir-se.

— Ah, Príncipe! — exclamou o general, embalado pela sua história, não a interrompendo nem mesmo à vista da indiscreta observação do príncipe. — Diz o senhor, "se realmente assim foi...". Mas houve mais, garanto-lhe, muitíssimo mais. Esses são apenas insignificantes fatos políticos. Mas não se esqueça, por exemplo, e lhe repito, que fui testemunha ocular e, por assim dizer, íntima, das lágrimas e das lamentações desse grande homem, à noite. E essas, ninguém mais viu, senão eu! É verdade que lá para o fim ele deixara de chorar, não tinha mais lágrimas; mas ainda se lamentava, de quando em quando, e a sua face estava enevoada por uma como que... treva. Como se a eternidade já tivesse aberto as suas asas negras sobre ele. As últimas noites, nós as passávamos juntos, só nós dois, e em silêncio. O mameluco Roustan roncava no salão contíguo; o sono desse camarada era medonhamente barulhento. "Sim, mas é devotado a mim e à dinastia!" — costumava dizer ele, Napoleão. Certa noite também me comovi, ficando muito aflito. Não sei como, ele viu as lágrimas nos meus olhos. Olhou-me ternamente. "Sentes por mim!" — exclamou. — "E provavelmente, uma outra criança há que, a esta hora, também sente por mim, meu filho, *le roi de Rome*;[51] todos os mais me odeiam, e meus irmãos ainda hão de ser os primeiros a me lançarem na desgraça." — Comecei a soluçar, precipitei-me para ele. Curvando-se para mim, abraçou-me; ficamos assim algum tempo. E nossas lágrimas correram juntas. "Escreva, escreva uma carta à imperatriz Josefina!" — disse-lhe eu, entre soluços. Napoleão conteve-se, ponderou e disse: "Agora me trouxeste à lembrança esse outro coração que me ama. Obrigado, querido". — Imediatamente se assentou e escreveu, à imperatriz Josefina, uma carta que foi levada, no dia seguinte, por Constant.

---

[50] Do francês: "Bah! Ele se torna supersticioso!" (N. E.)

[51] Do francês: o Rei de Roma. (N. E.)

— O senhor agiu esplendidamente — arriscou o príncipe. — Tirou-o dos maus pensamentos e o levou aos bons sentimentos.

— Justamente, príncipe. E como o senhor disse isso bem! Tal e qual como o seu bom coração — exclamou o general, em transe; e por mais estranho que isso pareça, lágrimas verdadeiras correram dos seus olhos. — Sim, príncipe, foi um espetáculo magnífico. E saiba que não o abandonei, estive sempre perto dele, estive a ponto de acompanhá-lo até Paris. E não resta dúvida de que teria compartilhado com ele o degredo naquela "sufocante ilha-presídio". Mas, ai de nós! Os fados violentamente nos separaram. Ele, para a "sufocante ilha-presídio" onde, quem sabe, nas horas da sua mais trágica tribulação, deve ter-se lembrado das lágrimas do garoto que o abraçou e perdoou em Moscou! E eu, para o corpo dos cadetes, onde só encontrei ríspida disciplina, rudeza de camaradagem!... Ai de mim! Tudo se transformou em pó e cinzas. "Não quero separar-te de tua mãe, levando-te comigo", dissera no dia da retirada, "mas terei o ensejo, e breve, de fazer alguma coisa por ti". Já havia montado a cavalo. "Escreva uma coisa qualquer para o álbum de minha irmã, como *souvenir*", disse eu, timidamente, porque notei que ele estava perturbado e soturno. "Que idade tem ela?", perguntou. "3 anos só", respondi. "*Une petite fille, alors!*"[52] E escreveu no álbum:

> *"Ne mentez jamais.*
> *Napoléon, votre ami sincère."*[53]

— Um tal conselho, em um momento como aquele, príncipe, imagine o senhor!

— Sim, foi notável.

— Essa frase foi guarnecida e bordada a ouro, montada sob vidro, ficou anos e anos dependurada na parede da sala de visitas de minha irmã, no lugar de maior importância. Ela acabou morrendo de parto. Por onde andará aquilo, agora? Não sei... Mas Céus! Pois não é que já são duas horas!? Como foi que o prendi até agora, príncipe? Mas é imperdoável!

O general levantou-se da cadeira.

---

[52] Do francês: "Uma menina, então!" (N. E.)

[53] Do francês: "Não minta jamais / Napoleão, vosso, sincero amigo." (N. E.)

— Oh! Muito pelo contrário — ciciou o príncipe. — O senhor me entreteve tanto, e de fato estava tão interessante! Sou-lhe tão grato!

— Príncipe — o general tornou a falar, apertando-lhe a mão até doer, fixando-o com olhos que despediam centelhas, como que repentinamente fulminado por um pensamento que lhe veio à mente. — Príncipe, o senhor é tão bondoso, tem um coração tão bom! Quantas vezes não entristeço por sua causa!? Fico comovido quando o olho. Oh! Que Deus o abençoe! Possa uma vida florescente recomeçar para o senhor... Uma vida com muito amor. Quanto à minha, está acabada! Perdoe-me. Adeus!

E saiu, atropeladamente, cobrindo o rosto com as mãos. O príncipe não pôde duvidar da sinceridade da emoção do general. Percebeu também que o velho se deixara arrebatar pelo êxito da sua palestra. Mas, sendo da classe dos mentirosos, para os quais mentir se torna uma paixão, ainda assim, como todos eles, o general, mesmo no ápice da intoxicação, secretamente suspeitou que não estavam acreditando nele, e que não podiam acreditar. E provavelmente, na atual situação, o velho se sentiu oprimido pela vergonha, quando voltou à realidade das coisas. Se suspeitasse que Míchkin sentia compaixão, se consideraria insultado. E todavia o príncipe, por sua vez, ponderou: — "Não fiz pior, conduzindo-o a tal exaltação?". Mas não pôde conter-se, e riu desabaladamente, durante uns dez minutos. Depois se repreendeu dessas gargalhadas; mas mesmo essa repreensão era inútil, pois sabia que tinha uma infinita piedade para com o general. A sua apreensão, no entanto, não fora senão um pressentimento, pois à noite recebeu uma carta resoluta do general. Informava-o que se separava dele, também, e para sempre. Que, conquanto o respeitasse e lhe fosse muito grato, "nem mesmo dele, todavia, podia aceitar provas de compaixão que eram incompatíveis com a dignidade de um homem já bastante infeliz sem isso". Sabendo, porém, o príncipe, que o velho se refugiara na casa de Nina Aleksándrovna, ficou mais tranquilo a respeito dele. Mas já vimos que o velho tinha acabado por provocar, também, aborrecimentos em Lizavéta Prokófievna, visto, diante dela, ter feito amargas insinuações contra Gánia. Resultara disso ter sido despedido, depois de causar indignação à generala. Quanto a isso só fazemos menção, aqui, não podendo entrar em minúcias. O resultado foi ter ele passado toda a manhã e toda a noite inteiramente desengonçado, pelas ruas, em um estado quase de delírio.

Kólia não teve forças para sobrepujar a situação. E não houve energia que conseguisse fazer o pai voltar para casa.

— Ora, bem. Mas, afinal, para onde nos atiramos nós agora, general, resolva logo — dizia Kólia. — Para a casa do príncipe, não há de querer ir. Com Liébediev, o senhor está brigado. Dinheiro, o senhor não tem. E eu, muito menos! Belo espetáculo damos nós dois aqui, rua abaixo, rua acima, não há dúvida, rolando feito massa!

— É melhor estar na massa popular do que na do pão! Ah! Ah! É a segunda vez que faço este trocadilho. A primeira vez foi para causar admiração em uma sala de jantar de oficiais em quarenta e quatro... Espera, foi em mil oitocentos... quarenta e quatro, sim. Não me lembro... Não corrija, espere para ver se me lembro. *Onde está a minha mocidade*? *Que foi feito do meu verdor*?, conforme exclamou... quem foi que exclamou assim, Kólia?

— Gógol, papai, nas *Almas mortas* — respondeu Kólia, arriscando uma olhadela ao estado paterno.

— *Almas mortas*! Sim, morto... Quando vocês me sepultarem, escrevam na lápide sepulcral: *Aqui jaz uma alma morta*. Sim, *a desgraça me persegue*. Quem foi que disse isso, Kólia?

— Não sei, papai.

— Não teria sido uma pessoa assim como Ieropiégov? Ierochka Ieropiégov... — gritou no seu delírio, estacando no meio da rua. — E foi meu filho, o outro meu filho quem disse essa coisa... Ieropiégov, que, por onze meses, foi uma espécie de irmão para mim, e por causa de quem me bati em duelo! Disse-lhe o príncipe Vigoriétskii, nosso capitão, à mesa: — "Grícha, onde foi que tu ganhaste a tua condecoração, essa cruz de Sant'Ana, vamos, dize-me!". — "No campo de batalha; pela minha pátria, eis onde a conquistei!" — E eu bradei imediatamente: — "Isso, assim, bravos, Grícha!" — Depois... duelo! Depois... ele se casou com Maria Petróvna Su... Sutúguina, e foi morto em batalha. Uma bala, resvalando por meu peito, atingiu-o na fronte. — "Nunca me esquecerei!" — disse e caiu ali mesmo. Eu... eu servi no exército, com honra, Kólia; e servi nobremente. Mas a desgraça, "a desgraça me persegue". Tu e Nina vireis à minha sepultura. "Minha pobre Nina". Costumava chamá-la assim, nos antigos tempos, Kólia, há muitos, muitos anos, e como ela gostava, Kólia... Nina, Nina, que fiz eu da nossa vida? Por que havias tu de me amar, alma que tanto sofreste? Tua mãe tem a alma de um anjo, Kólia; estás ouvindo bem? De um anjo!

— Então eu não sei disso, papai? Voltemos, querido papai, para casa, para perto de mamãe. Ela está procurando-nos. Venha, por que teima em ficar aqui? Parece que o senhor não está compreendendo... Por que é que o senhor está chorando?

Kólia limpou-lhe as lágrimas, e lhe beijou as mãos.

— Estás beijando as minhas mãos? Estas, as minhas?

— Sim, as suas, as suas! Que é que tem isso de espantoso? Venha, por que há de o senhor se pôr a chorar, no meio da rua? E o senhor se chama a si mesmo de general, de figura do exército!... Então, venha, vamos!...

— Que o Senhor te abençoe, criança adorada, por estares sendo respeitosa para com um desditoso e desgraçado velho. Sim, com um desditoso e desgraçado velho, teu pai. Que também venhas tu a ter um filho assim... *Le roi de Rome*. Maldição, maldição para aquela casa!...

— Mas por que, arre, também, há de o senhor caminhar desse jeito? — exclamou Kólia, afogueando-se repentinamente. — Que foi que aconteceu? Por que não seguimos agora para casa? Onde é que o senhor está com a cabeça?

— Vou te explicar, vou te explicar. Dir-te-ei tudo. Não grites assim. Ouvirão por aí... *Le roi de Rome*. Ah! Como me sinto doente! Como me sinto triste! "Velha ama, onde é a tua tumba?" De quem é essa poesia, Kólia?

— Não sei. Não sei de quem é essa poesia. Vamos já para casa. Imediatamente! Se for preciso, dou uma surra em Gánia. Mas... para onde é que vai indo o senhor, outra vez?

O general arrastava-o para os degraus de uma casa fechada.

— Mas para onde vai o senhor? Esta casa é de um desconhecido. O general sentou-se em um dos degraus, segurando sempre a mão de Kólia, puxando-o.

— Inclina-te! Mais baixo, um pouco mais baixo — sussurrava. — Vou te contar tudo... "a desgraça me..." Inclina-te mais. Quero dizer no teu ouvido, no teu ouvido...

— Mas que é, papai? — E, terrivelmente alarmado, Kólia se abaixava para escutar.

— *Le roi de Rome*... — ciciou o general com uns estremecimentos incontidos e paroxísticos.

— O quê? Por que continua o senhor a seringar com *le roi de Rome*? O quê?

— Eu... eu... — sussurrou o general de novo, puxando cada vez mais o ombro do "seu rapaz". — Eu quero contar tudo... Maria, Maria... Petróvna Su-su-su... — Kólia desvencilhou-se, segurou o general, que tentava levantar-se, e o encarou perplexo. O ancião estava vermelho, vermelho, mas os lábios tinham ficado azuis nesse rosto que espasmos começavam a deformar.

E, de repente, o general tropeçou para diante e começou, vagarosamente, a escorregar pelos braços do filho abaixo.

Compreendendo, afinal, o que se estava passando, o rapaz começou a gritar em plena rua:

— Um ataque! Um ataque! Ele está com ataque apoplético!...

5

A bem dizer, Varvára Ardaliónovna, em sua conversa com o irmão, exagerara um pouco a veracidade das notícias relativas ao compromisso do príncipe para com Agláia.

Talvez, como mulher de visão aguda, tivesse adivinhado o que estava para acontecer em um futuro imediato; talvez, desapontada pelo fato de seu sonho (no qual, contudo, nunca tinha acreditado, realmente) ter dissipado-se, fosse ela demasiadamente humana para se pagar essa decepção, destilando amargo veneno no coração do irmão, exagerando a calamidade, apesar de o amar sinceramente e se sentir triste por causa dele. Em todo caso não obtivera tais informações com suas amigas, as moças Epantchín; havia apenas conjeturas, meias palavras, silêncios significativos e insinuações. Talvez até as irmãs de Agláia tagarelassem um pouco com o fim de virem a saber qualquer coisa da própria Varvára Ardaliónovna. Bem podia ser o caso que nem elas mesmas pudessem privar-se do prazer muito feminino de martirizar uma amiga, um pouco, mormente a tendo conhecido desde a infância; não podiam deixar de ter pressentido, ao menos por alto, o que essa amiga alvejava.

Por outro lado o príncipe, também, embora houvesse dito a verdade ao assegurar a Liébediev que não tinha nada para lhe dizer e que nada de importante lhe acontecera, podia ter-se enganado. Algo de muito estranho certamente estava acontecendo a todos eles; nada tinha acontecido e, todavia, ao mesmo tempo, muita coisa estava acontecendo.

Varvára Ardaliónovna, com o seu infalível instinto feminino, adivinhara este último fato.

É muito difícil, ainda assim, explicar de maneira categórica como foi que todo o mundo na casa dos Epantchín foi ferido ao mesmo tempo pela mesma ideia de que alguma coisa vital acontecia a Agláia e que o seu destino estava sendo decidido. Mas assim que tal ideia relampejou sobre todos eles, logo se puseram a insistir que tinham sentido desconfianças e previsto isso havia muito, tudo tornando-se desde o episódio do "pobre cavaleiro" e até mesmo antes, apenas tendo-se dado o seguinte: que não tinham, àquela altura, querido acreditar em coisa assim tão absurda. Foi o que as irmãs declararam; Lizavéta Prokófievna, naturalmente, previra e soubera de tudo muito antes de qualquer outra pessoa; e até, por isso, por muito tempo o seu coração tinha doído. Mas tivesse sabido cedo ou tarde, o fato foi que só pensar no príncipe se lhe tornou insuportável porque a arremessou muito longe para fora daquilo com que estava contando. Havia nisso uma pergunta que requeria uma imediata resposta; mas não só era impossível respondê-la como também a pobre Lizavéta Prokófievna, por mais que lutasse, não conseguia sequer ver claramente a pergunta. O caso era mesmo difícil. "Era o príncipe um bom partido, ou não? Era tudo isso bom, ou não? Se não era uma coisa assim tão boa (e indubitavelmente não era), por que modo não o era? E se, talvez, fosse uma boa coisa (o que também era possível), por que modo o era, então?" O próprio chefe da família, Iván Fiódorovitch, ficou naturalmente, entre todos, o mais surpreso, mas, imediatamente depois, confessou: "em verdade, sempre tive uma vaga suspeita de tudo isso, agora como antes me parecia imaginar algo deste tipo". E recaiu em silêncio ante os ameaçadores olhares da mulher; ficava calado, de manhã, mas, à noite, a sós com ela, e compelido a explicar-se, repentinamente, com desacostumado arrojo, saía-se com opiniões destas: "afinal de contas, pergunto eu, que importância tem isso?". (Silêncio.) "Tudo isso seria muito estranho, logicamente, se fosse verdadeiro, mas se ele nem toca nisso?..." (Silêncio, outra vez.) "E por outro lado, se encararmos a coisa sem preconceitos, o príncipe é um camarada encantador, palavra de honra, e... e, e — bem, o nome, o nome de nossa família, tudo isso tem assim o ar de que quisemos levantar o nome de nossa família, que tinha decaído aos olhos do mundo, isto é, encarando desse ponto de vista, já que sabemos muito bem o que o mundo é. O mundo é o mundo! E, além disso, o príncipe não deixa de ter fortuna, conquanto de segunda ordem; ter, lá isso tem, e... e..." (Prolongado silêncio e completo colapso.) Ao ouvir tais palavras do marido, a cólera de Lizavéta Prokófievna ultrapassava todos os limites.

Na opinião dela, tudo quanto tinha acontecido era "uma loucura imperdoável e criminosa, uma espécie de alucinação fantástica, estúpida e absurda!". Em primeiro lugar "este príncipe é um doente, um idiota e, em segundo lugar — um louco. Nem sabe nada do mundo nem nele tem sequer um lugar. A quem se poderia apresentá-lo, onde colocá-lo? Era uma espécie de democrata incrível; não tinha arranjado sequer um emprego... e... que haveria de dizer a Princesa Bielokónskaia? E era esse, era esse, afinal, o marido que haviam imaginado e planejado para Agláia?". Este último argumento, naturalmente, era o principal. Ante tal reflexão o coração materno estremecia, sangrando e chorando, muito embora, ao mesmo tempo, qualquer coisa palpitasse dentro dele, sussurrando: "Mas por que não é o príncipe o que desejavas?". E esse protesto do seu próprio coração atormentava Lizavéta Prokófievna muito mais do que todo o resto.

As irmãs de Agláia, por qualquer razão, ante o pensamento do príncipe, ficavam contentes. Nem achavam estranho isso. E, resumindo, podiam a qualquer momento ficar do lado dele, completamente. Mas ambas, lá consigo mesmas, tinham decidido ficar quietas. Já fora notado na família, como uma regra invariável, que quanto mais obstinadas e enfáticas fossem as oposições e as objeções de Lizavéta Prokófievna em qualquer caso em discussão, mais certo sinal seria isso de que ela já estava quase concordando com todos. Mas Aleksándra não conseguiu ficar perfeitamente calada. A mãe, que desde muito a tinha escolhido como conselheira, chamava-a a todo instante, servindo-se não só de suas opiniões como de suas reminiscências; isto é, não se fartava com coisas assim: "Como foi que tudo isso se passou? Como foi que ninguém viu? Por que não me disseram? Que negócio foi esse do tal horrendo 'pobre cavaleiro'? Por que apenas ela, Lizavéta Prokófievna, deveria se incomodar, reparar e prever tudo, enquanto os outros não faziam mais do que contar quantas vezes o galo cantava?". E assim por diante. Aleksándra, no começo, se encolheu, acabando por dar razão à ideia do pai de que, aos olhos do mundo, a escolha do Príncipe Míchkin como marido para uma das Epantchín parecia muito satisfatória. E, pouco a pouco se inflamando, acabou por acrescentar que o príncipe de maneira alguma era um doido e nunca o tinha sido; quanto a ter ou não importância — era impossível vir a saber-se de que dependeria a importância de um homem decente, havia alguns anos para cá, entre nós, na Rússia; se dos seus triunfos no serviço, o que era essencial, ou se de alguma coisa mais. A tudo isso a mãe prontamente retorquia que ela, Aleksándra, era uma "niilista" e que esse seu parecer era típico da sua noção quanto à questão "feminista". Meia hora depois despachou-se para a cidade, e de lá para a ilha Kámennii para se encontrar com a Princesa Bielokónskaia, que, afortunadamente, aconteceu estar realmente, então, em Petersburgo, embora já pronta para deixar a cidade. A Princesa Bielokónskaia era a madrinha de Agláia.

A velha princesa escutou os jatos verbais febris e desesperados de Lizavéta Prokófievna e absolutamente não se comoveu com as lágrimas dessa mãe estonteada, chegando até a encará-la sarcasticamente. A velha dama era uma déspota terrível; não consentiria nem às suas mais antigas amigas porem-se em pé de igualdade com ela. Considerava Lizavéta Prokófievna apenas como sua "protegida", como o fora havia já trinta e cinco anos antes, nunca tendo podido reconciliar-se com a precipitação e independência do seu caráter. Entre outras coisas observou que, "como sempre, estavam eles precipitados e querendo transformar uma colina em uma cadeia de montanhas; que, tanto quanto tinha ouvido, em nada ficava convencida de que tivesse havido algo de sério, a bem dizer; e não seria, em tal caso, melhor esperar até que sobreviesse alguma coisa de fato? Que o príncipe, na sua opinião, era um jovem decente apesar de doentio, excêntrico e quase sem importância. O único ponto mau, em tudo isso, é que ele mantinha uma amante". A Sra. Epantchiná logo se deu conta de que a princesa estava ressentida com eles porque Evguénii Pávlovitch, que por ela lhes fora apresentado, tinha fracassado. Voltou a Pávlovsk em um estado de irritação ainda maior do que aquele em que saíra, e descompôs todo o mundo, de uma vez, baseando-se em que "todos tinham ficado malucos" e que as coisas não eram feitas assim por ninguém, exceto eles. "Por que estavam com essa precipitação? Que é que tinha acontecido? Tanto quanto eu possa ver, não aconteceu nada ainda! Esperem até que sobrevenha algo ponderável! Afinal, Iván Fiódorovitch está sempre imaginando coisas e transformando pequenas colinas em cordilheiras!"

A conclusão disso era que deviam ficar calmos, esperar, e olhar tudo friamente. Mas, ai dela! A calma não durou nem dez minutos. O primeiro golpe no seu rosto foram as notícias do que ocorrera durante a sua ausência, quando fora à ilha Kámennii. (A visita da Sra. Epantchiná se dera no dia seguinte ao dia em que o príncipe fora pagar a visita deles, cerca da meia-noite em vez das nove horas.) Em resposta às impacientes perguntas maternas, responderam as irmãs minuciosamente, começando por declararem "que nada de mais havia ocorrido durante a ausência dela"; que o príncipe viera e demorou-se; que, por mais de meia hora, Agláia ficara sem descer para vê-lo mas que acabara por descer e logo convidara o príncipe para jogar xadrez; mas que o príncipe não sabia como se jogava aquilo, tendo Agláia logo se aborrecido dele; mas que, como estava muito animada, zombara de tal ignorância, ao que ele ficou muito envergonhado; riu-se ela pavorosamente, a tal ponto que até dava pena olhar para ele, tendo ela então sugerido jogarem cartas. E que jogaram *duraki*,[54] tendo então acontecido o oposto, pois o príncipe jogava aquilo de maneira prodigiosa, como um professor; que, mesmo Agláia trapaceando e mudando de baralho e furtando no nariz dele, ainda assim ele ganhara todas as cinco vezes que ela dera cartas. Que Agláia "subiu a serra", quase perdendo a compostura, tendo dito tais coisas mordazes e horrendas ao príncipe que ele deixou de rir e ficou inteiramente pálido, principalmente quando ela lhe disse, por fim, "que não poria o pé na sala enquanto ele estivesse lá" e que positivamente era sem propósito vir ele visitá-las de noite, depois da meia-noite, depois de tudo quanto tinha acontecido. E que batera a porta e saíra. Que o príncipe se fora como de um funeral, apesar de todos os esforços das duas para o consolarem. E que então, inesperadamente, um quarto de hora depois que o príncipe saíra, Agláia desceu às carreiras para a varanda, sem mesmo ter o cuidado de enxugar os olhos ainda molhados de lágrimas. Descera porque Kólia tinha chegado, trazendo um ouriço. E todas começaram logo a espiar o ouriço. Kólia explicou que o ouriço não era dele; que saíra a passear com um colega de escola, Kóstia Liébediev; que esse tinha ficado lá fora e estava com vergonha de entrar

---

[54] Duraki é o jogo de cartas mais popular da Rússia. É composto por um pack de 36 cartas, e pode ser jogado por até seis jogadores. Esse jogo possui uma peculiaridade: não há vencedor. O objetivo é, conforme as regras, livrar-se das cartas da mão, e o jogador que, por último, mantiver as cartas é o *durak* (bobo em russo); servindo de chacota. (N. E.)

porque carregava uma machadinha; que haviam comprado o ouriço e a machadinha de um camponês que encontraram. O camponês vendera o ouriço por cinquenta copeques, tendo eles tentado persuadi-lo a vender também a machadinha porque "não precisava dela", e que era uma boa machadinha. E logo Agláia começou a instar com Kólia para que lhe vendesse o ouriço, ficando muito animada e chegando até a chamá-lo de "querido". Por muito tempo Kólia não quis atendê-la até que, por fim, correu até Kóstia Liébediev e o intimou a vir; de fato ele viera, com machadinha e tudo, mas muito encabulado. E eis que então ficou esclarecido que o ouriço não era deles, absolutamente; pertencia a um outro, a um terceiro garoto, chamado Petróv, que entregara dinheiro aos dois para comprarem a *História* de Schlosser,[55] para ele, de um quarto garoto que, precisando de dinheiro, vendia barato. Que tinham ido, pois, comprar a *História* de Schlosser, mas haviam acabado por não resistir e comprado o ouriço! De maneira que o ouriço e a machadinha pertenciam ao terceiro garoto a quem os levariam em vez da *História* de Schlosser. Mas tanto Agláia insistiu que acabaram decidindo vender-lhe o ouriço. Logo que Agláia comprou o ouriço, o colocou, com a ajuda de Kólia, em um cesto de vime, cobrindo-o com um guardanapo; e então começou ela a instar com Kólia para levar aquilo para o príncipe, da parte dela, pedindo que aceitasse como um sinal do seu "profundo respeito". Kólia anuiu, radiante, e prometeu fazê-lo sem falta, mas logo começou a amolá-la para saber "o que o ouriço representava a ponto de fazer dele um presente".

Agláia respondeu que ele não tinha nada com isso. Retrucou ele que estava convencido de que havia naquilo alguma alegoria. Agláia, zangando-se, correra atrás dele, chamando-o de "atrevida". Kólia respondeu logo que, se não fosse o respeito que tinha pelo sexo feminino e, mais ainda, pelo que chamou de "convicções próprias", lhe mostraria ali mesmo, imediatamente, como sabia responder a tais insultos. Contudo acabou Kólia indo levar o ouriço, muito satisfeito, com Kóstia Liébediev a correr atrás dele. Vendo Agláia que Kólia sacudia demais o cesto, o chamou lá na varanda, advertindo-o: "Por favor, não vá derrubar, Kólia querido!", como se um minuto antes não tivesse estado a brigar com

[55] Friedrich Christoph Schlosser (Alemanha — 1776–1861): historiador liberal; chefe da escola de Heidelberg. (N. E.)

ele. Kólia parara. E também ele, como se não houvesse a xingado antes, exclamou com a maior justeza: "Não derrubo não, Agláia Ivánovna, fique descansada", tornando a correr com a maior velocidade. Situação que fez Agláia rir tremendamente, e subir muito contente para o seu quarto, tendo o resto do tempo ficado no melhor espírito.

Tal narrativa deixou Lizavéta Prokófievna completamente confusa. Perguntar-se-á: por quê? É que ela estava evidentemente em um estado de espírito mórbido. Sua apreensão chegou ao extremo com a história do ouriço. Que significaria esse ouriço? Que convenção estaria nisso subentendida? Que representaria ele? Qual seria a mensagem cifrada? E ainda por cúmulo, Iván Fiódorovitch que aconteceu estar presente durante a conversa, estragou todo o negócio com a sua resposta. Na sua opinião não havia hieróglifo nem mensagem de qualquer espécie, o ouriço "era simplesmente um ouriço e nada mais do que um ouriço — no máximo significando um amistoso desejo de esquecer o aborrecimento recente e recomeçar; em uma palavra, tudo era travessura, mas inocente e perdoável".

Devemos notar, entre parênteses, que ele conjeturara direito. O príncipe tinha voltado para casa depois de ter sido ridicularizado e despedido por Agláia, tendo ficado sentado em um canto, mais de meia hora, no mais negro dos desesperos, quando, inesperadamente, surgiu Kólia com o ouriço. E o céu logo clareou. Foi como se o príncipe tivesse ressuscitado. Deu em perguntar uma porção de coisas a Kólia, suspenso em cada palavra dita por ele, repetindo as perguntas mais de dez vezes, rindo como uma criança e continuamente apertando as mãos dos dois garotos engraçados que o examinavam com tanta franqueza. A conclusão de tudo era que Agláia o perdoara e que poderia ir vê-la outra vez. Iria à noite, e isso para ele não era o fato principal, mas o único.

— Que crianças que vocês são, Kólia! E... e... que belo é que vocês sejam assim crianças! — exclamara, por fim, jubiloso.

— O fato puro é que ela está apaixonada pelo senhor, príncipe, isso é que é tudo! — respondera Kólia com autoridade, categoricamente.

O príncipe enrubesceu, mas desta vez não respondeu nada, tendo Kólia simplesmente rido e batido palmas. Um minuto depois ria o príncipe também; e desde então começou a olhar para o relógio cada cinco minutos, para ver como o tempo custava a passar, achando que demorava para chegar a noite.

Mas o temperamento da Sra. Epantchiná sobrepujou qualquer senso de conveniência; por fim, não pôde deixar de desafogar a sua excitação paroxística. A despeito dos protestos do marido e das filhas, imediatamente mandou chamar Agláia, com o fim de lhe fazer a fatal pergunta e arrancar-lhe uma resposta perfeitamente clara e decisiva. "Para pôr um fim nisso tudo, de uma vez para sempre, para ficar livre e não ter de voltar ao assunto de novo! Se esperar até amanhã, morro sem vir a saber!" E foi então que eles se deram conta do absurdo ponto a que tinham levado as coisas. Não puderam extrair de Agláia senão fingida admiração, cólera, risadas e gracejos para com o príncipe e para quantos a interrogavam.

Lizavéta Prokófievna permaneceu nos seus aposentos até o anoitecer, só descendo para o chá na hora em que o príncipe era esperado. Aguardava a vinda dele em pânico e quase caiu com um ataque quando ele apareceu.

O príncipe, por sua parte, entrou timidamente, como que procurando um lugar conveniente, olhando para os olhos de todo o mundo, e com o ar de querer indagar de todos eles por que era que Agláia não estava já na sala, fato que logo o deixou preocupado. Essa noite não estava presente nenhuma outra visita. A família estava só. O Príncipe Chtch... ainda se achava em Petersburgo, ocupado com os negócios do tio de Evguénii Pávlovitch. "Se ele, ao menos, estivesse aqui, para dizer qualquer coisa, fosse o que fosse" — disse Lizavéta Prokófievna a si própria, deplorando aquela ausência. Iván Fiódorovitch mostrava-se com um ar espantado; as irmãs permaneciam sérias e, de propósito ou não, caladas. Lizavéta Prokófievna ficou sem saber como iniciar a conversa. Finalmente, vigorosamente criou ânimo e descompôs a estrada de ferro, encarando o príncipe como em um resoluto desafio.

Pobre Míchkin! Agláia não descia e ele estava em apuros. Perdendo a cabeça e mal podendo pronunciar as palavras, exprimiu a opinião de que melhorar a linha seria excessivamente prático; mas Adelaída riu de repente, e ele ficou outra vez esmagado. Foi nesse instante que Agláia surgiu. Calmamente e com dignidade, fez uma cerimoniosa curvatura para o príncipe e solenemente se sentou no lugar mais à vista, junto à mesa redonda. De lá olhava para o príncipe, indagadoramente. E todo o mundo percebeu que era chegado o momento em que todas as dúvidas seriam dissipadas. Foi então que ela lhe perguntou firmemente e com ar quase de reprimenda:

— Recebeu o meu ouriço?

— Recebi — respondeu o príncipe, com o coração sucumbido; e ficou escarlate.

— Então explique logo o que pensa a respeito. Isso é essencial para a paz de espírito de mamãe e de toda a família.

— Agláia, minha filha, Agláia... — começou o general, subitamente alvoroçado.

— Mas que despropósito, menina! — disse Lizavéta Prokófievna, alarmada, sem saber direito por quê.

— Não vejo em que seja isso um despropósito, mamãe! — respondeu logo a filha, desabridamente. — Eu hoje mandei ao príncipe um ouriço, e quero saber a opinião dele. Então, príncipe?

— Mas que espécie de opinião, Agláia Ivánovna?

— Sobre o ouriço.

— Quereis dizer, suponho eu, Agláia Ivánovna, que desejais saber como eu recebi... o ouriço... ou, melhor, como encarei o fato de... me mandardes... o ouriço, isto é... Em tal caso, a meu ver, creio que, de fato... Faltou-lhe o ar e emudeceu.

— Bem, não disse lá grande coisa — sentenciou Agláia, depois de esperar cinco segundos. — Muito bem. Concordo em que ponhamos de lado o ouriço. Mas ficarei muito contente se puder pôr um fim a uma série de mal-entendidos que se acumulam entre nós. Quero saber pessoalmente se pretende me pedir em casamento, ou não?

— Deus do Céu! — rompeu do peito de Lizavéta Prokófievna. O príncipe sobressaltou-se e recuou; Iván Fiódorovitch ficou petrificado; as irmãs fecharam o semblante.

— Não minta, príncipe. Diga a verdade. Por sua causa venho sendo perseguida por estranhas perguntas. Há qualquer fundamento para que tais perguntas se deem? Então?!...

— Eu não vos fiz o meu pedido, Agláia Ivánovna — respondeu o príncipe, subitamente reanimado. — Mas sabeis quanto vos amo e quanto creio em vós... mesmo agora.

— O que eu estou perguntando é.. se está pedindo, ou não está pedindo a minha mão!

— Estou — respondeu Míchkin com o coração opresso.

Seguiu-se um movimento geral de pasmo.

— A coisa não é absolutamente assim, meu caro amigo — atalhou Iván Fiódorovitch, violentamente agitado. — Isto... isto é quase impossível, se é que é assim, Agláia. Perdoe, príncipe, perdoe, meu caro amigo!... Lizavéta Prokófievna! — e se voltou pedindo o auxílio da esposa. — Tu deves tomar parte nisto...

— Eu não! Recuso-me! — exclamou Lizavéta Prokófievna sacudindo as mãos.

— Deixe que eu fale, mamãe. Neste caso eu valho alguma coisa; o momento capital da minha sorte está sendo decidido (esta foi a expressão usada por Agláia). Eu quero decidir por mim mesma e fico contente de o fazer perante todos aqui. Permita que lhe pergunte, príncipe: se "acaricia tal intenção", de que modo se propõe a assegurar a minha felicidade?

— Para falar a verdade, não sei, Agláia Ivánovna, como responder-vos a esta pergunta... Responder o quê? E, além do mais, é isso necessário?

— Parece-me que está embaraçado e com falta de ar. Descanse um pouco e refaça o seu espírito. Beba um copo de água, embora daqui a pouco lhe tragam chá.

— Eu vos amo, Agláia Ivánovna, eu vos amo muitíssimo, não amo senão a vós e... Não gracejeis, imploro-vos... eu vos amo muitíssimo.

— Trata-se de um assunto importante, aliás, e não somos crianças; devemos encará-lo praticamente... Tenha a bondade de explicar qual é a sua fortuna!

— Agláia, que é isso? Que é que você está fazendo? Não se trata disso, absolutamente não se trata disso — murmurou Iván Fiódorovitch, desapontado.

— Que vergonha! — disse Lizavéta Prokófievna em um balbucio audível, ao que Aleksándra, também em um balbucio, rematou:

— Ela está fora do seu juízo.

— A minha fortuna?... Isto é, quanto tenho em dinheiro? — disse o príncipe, aparvalhado.

— Justamente!

— Atualmente... eu tenho cento e trinta e cinco mil rublos — afirmou o príncipe, corando.

— E é tudo? — disse Agláia, alto, com franca admiração, sem nenhum fingido rubor. — Não tem importância, todavia, principalmente vivendo com economia. Pensa entrar para algum cargo?

— Eu estava pensando em me preparar para os exames, a ver se me torno um preceptor...

— Muito apropriado; nem há dúvida de que isso aumentará a sua renda. Pretende então vir a ser um gentil-homem da Câmara?

— Gentil-homem da Câmara? Nunca pensei nisso, mas...

Mas a essa altura as duas irmãs não puderam resistir e caíram na gargalhada. Adelaída já havia desde antes reparado pelos traços contraídos do rosto de Agláia sintomas de iminente e irreprimível risada que ela estava prendendo com quanta força tinha. Olhou Agláia ameaçadoramente para as irmãs que ainda riam, mas um segundo depois também ela desandou em um acesso de gargalhada frenética e quase histérica. Por fim se levantou e saiu correndo da sala.

— Eu já estava vendo que tudo era brincadeira e nada mais! — exclamou Adelaída. — Desde o começo, desde a história do ouriço.

— Não, isso não permitirei. De modo algum — e exasperada, fervendo de raiva, Lizavéta Prokófievna se precipitou atrás de Agláia. As irmãs correram lá para dentro, imediatamente, atrás dela. O príncipe ficou sozinho na sala, com o chefe da família.

— Isso agora... Poderia você imaginar uma coisa dessas, Liév Nikoláievitch? — exclamou abruptamente o General Epantchín, mal sabendo o que deveria dizer. — Sim, seriamente, diga-me!

— Vejo que Agláia Ivánovna está rindo de mim — disse Míchkin, tristemente.

— Espere um pouco, meu rapaz. Vou até lá e você espere aí um pouco, porque... afinal de contas, você, no mínimo, Liév Nikoláievitch, deve explicar-me já agora como foi que tudo isso aconteceu, e que significa isto encarado em conjunto, por assim dizer! Você há de concordar, meu rapaz — eu sou o pai dela! Seja como for, sou pai... E todavia não compreendo nada; que você ao menos me ponha a par.

— Eu amo Agláia Ivánovna, ela sabe isso... e eu acho que o sabe há muito tempo.

O general encolheu os ombros.

— Estranho, estranho!... E você gosta mesmo muito dela?

— Muito.

— Pois tudo isso me parece muito estranho. Isto é uma tal surpresa e um tal golpe que eu... Quer saber de uma coisa, meu rapaz, não se trata de fortuna (embora eu esperasse que você tivesse um pouco mais), mas é a felicidade de minha filha... De fato... está você em condições de assegurar... a felicidade dela? E... e... que significa isso? É brincadeira ou é verdade, da parte dela? Não quanto a você, mas quanto a ela, me refiro agora.

Nisto se ouviu a voz de Aleksándra, lá da porta, chamando o pai.

— Espere um pouco, meu rapaz, espere um pouco! Espere um pouco e fique aí refletindo. Voltarei já — disse apressadamente. E quase que em alarma, avançou lá para dentro em resposta ao chamado.

Encontrou a mulher e a filha, uma nos braços da outra, misturando as lágrimas. Eram lágrimas de felicidade, de ternura e de reconciliação. Agláia estava beijando as mãos da mãe, as faces e os lábios. Permaneciam apertadas em um grande abraço.

— Olhe para isto, Iván Fiódorovitch. Aqui está ela, como realmente é — dizia Lizavéta Prokófievna.

Agláia escorregou aquele seu rosto feliz, banhado de lágrimas, até o seio materno, e depois olhou para o pai; riu alto, atirou-se sobre ele, abraçou-o calorosamente, beijando-o várias vezes. Depois se atirou de novo sobre sua mãe, e escondeu o rosto completamente no seio dela, sem que ninguém pudesse vê-lo. E logo desatou a chorar outra vez. Lizavéta Prokófievna cobria-a com a ponta da sua manta.

— Que fazes conosco, cruel menina, é só o que eu quero saber! — dizia, mas com júbilo, como se já agora pudesse respirar mais livremente.

— Como sou cruel! Como sou cruel! — concordava ela. — E ruim! Não valho nada. Diz isso ao papai. Oh! Sim, ele está aqui. Papai, estás aqui? Estás ouvindo? — E riu entre as lágrimas.

— Minha querida! Meu ídolo! — O general beijava-lhe as mãos, todo resplandecente de felicidade. Agláia não retirou a mão. — Assim, pois, tu amas esse jovem?

— N...ã...o! Não posso suportar o teu jovem. Não o tolero! — exclamou Agláia, se inflamando repentinamente, e erguendo a cabeça. — E se tu, papai, ousares outra vez... Eu já disse, papai, eu quero dizer, papai, estás ouvindo, eu quero dizer que...

E certamente seus modos eram veementes. Ficou vermelha e os seus olhos cintilaram. O pai ficou estático e sem jeito. Mas Lizavéta Prokófievna lhe fez um sinal por detrás da filha e ele tomou tal sinal como significando: "Não faças perguntas".

— Se assim é, meu anjo, seja como quiseres, é a ti que cabe decidir; ele ficou esperando lá, sozinho. Deveremos nós dar-lhe a entender que se deva ir embora?

Iván Fiódorovitch, por sua vez, piscou para a esposa.

— Não, não, isso não é necessário. Nem seria delicado. Tu vais até ele, tu mesmo, papai. E eu entrarei logo a seguir. Desejo pedir perdão a esse bom rapaz, porque feri os seus sentimentos.

— Sim, e de um modo terrível — concordou Iván Fiódorovitch, muito sério.

— Bem, então... o melhor é ficarem aqui e eu entro sozinha. Logo depois entram todos. Mas venham imediatamente, mal eu esteja chegando; será melhor.

Ela já tinha chegado até a porta, mas repentinamente, não se contendo, voltou.

— Sou capaz de rir! Vou morrer de rir! — declarou, pesarosa.

Mas no mesmo instante se desprendeu dali e se encaminhou para o príncipe.

— Em que vai dar isso? Que é que tu achas? — começou Iván Fiódorovitch, precipitadamente.

— Nem sei o que diga. Tenho medo — respondeu Lizavéta Prokófievna, prontamente. — Mas, pelo menos para o seu espírito, está tudo mais do que claro.

— Para o meu, também. Tão claro como o dia. Ela o ama.

— Amor, só, não. Está apaixonada — asseverou Aleksándra. — Mas, pensando bem, apaixonada por...

— Se o destino dela tem de ser esse, que Deus a abençoe — disse Lizavéta Prokófievna, benzendo-se devotamente.

— É o destino dela — concordou o general. — E não há como escapar uma pessoa ao seu destino.

E todos eles entraram na sala de jantar onde uma surpresa os esperava, outra vez. Agláia, longe de rir, como temera, ao se dirigir até Míchkin, lhe disse timidamente:

— Perdoe a uma estúpida, imbecil e ruim moça! (tomou-lhe a mão) e creia-me que todos o respeitamos imensamente. E se ousei ridicularizar a sua esplêndida e bondosa simplicidade, me perdoe como perdoaria a uma criança por estar sendo malcomportada. Perdoe-me por estar eu insistindo em um inconcebível absurdo que não poderia, naturalmente, ter a menor consequência.

E Agláia proferiu as últimas palavras com uma ênfase especial.

O pai, a mãe e as irmãs haviam todos chegado à porta a tempo de ouvir tudo isso; e ficaram impressionados com tais palavras:

"... inconcebível absurdo que não poderia vir a ter nenhuma consequência". E mais ainda pelo modo que ela se referia a esse "inconcebível absurdo".

Todos se entreolharam, interrogativamente. Mas parece que o príncipe não entendeu tais palavras, pois estava no auge mesmo da felicidade.

— Por que falais desse modo? — murmurou ele. — Por que... me pedis... perdão?

Teria dito até que não merecia que ela lhe pedisse perdão. Quem sabe, talvez não tivesse notado o significado das palavras "inconcebível absurdo que não poderia vir a ter nenhuma consequência", mas, sendo o homem estranho que era, talvez ficasse aliviado ante tais palavras. Não há dúvida de que só o simples fato de ele poder ver Agláia de novo, sem empecilho, de que lhe seria permitido falar com ela, sentar-se ao seu lado, passear com ela, já era o máximo de felicidade para ele; e, quem sabe, talvez só isso já lhe bastasse para o resto da vida. (E era justamente esse contentamento platônico que Lizavéta Prokófievna receava secretamente; compreendia-o; temia muitas coisas, em segredo, que não se aventurava a pôr em palavras.)

É difícil descrever como o príncipe recobrou o ânimo, completamente, além da coragem que o reanimou essa noite. Tornou-se tão jovial que elas, por sua vez, joviais se foram tornando para com ele, como as irmãs de Agláia depois se expressaram. Deu em falar muito, o que não lhe acontecera mais desde aquela manhã, havia já seis meses, quando conhecera os Epantchín. Em seu regresso a Petersburgo adotara notório e intencional mutismo e tinha pouco depois dito ao Príncipe Chtch..., na presença de todos, que devia conter-se e ficar calado, para não degradar uma ideia, só com o exprimi-la. Foi quase ele somente quem falou essa noite, contando uma porção de coisas. Respondia às perguntas claramente, minuciosamente, e com prazer. Mas em toda essa sua conversa não houve sequer indício de palavra referente a idílio. Só expressava coisas sérias, às vezes, mesmo, profundas ideias. Chegou até a expor alguns pontos de vista seus, observações pessoais, o que até seria engraçado se não fosse tão bem expresso. Com o que, todos quantos o ouviram essa noite acabaram concordando, mais tarde. Embora o

General Epantchín gostasse de assuntos sérios, como palestra, ainda assim, tanto ele como Lizavéta Prokófievna lá intimamente acharam que isso estava sendo intelectual demais, tanto que lá para o fim da noite já estavam entediados. Mas Míchkin tanto falou que acabou até contando histórias muito divertidas, de que era o primeiro a rir, vindo todos a rir mais da sua jovial gargalhada do que da história propriamente. Quanto a Agláia, pouco falou, em toda a noite. Mas esteve todo o tempo a escutar Liév Nikoláievitch, fitando-o mesmo mais do que o ouvindo. Tanto que, depois, dizia Lizavéta Prokófievna ao marido:

— Ela estava olhando para ele, sem poder tirar os olhos, estava presa a cada palavra que ele dizia, atenta a tudo. Mas vá uma pessoa dizer-lhe que ela o ama e essa pessoa terá as paredes por ouvidos.

— Para isso não há recurso algum. É o destino — respondeu o general, encolhendo os ombros.

E muito tempo depois ainda conservava o hábito de repetir essas palavras que lhe tinham agradado. Devemos acrescentar que, como homem de negócios, ele também não estava lá muito contente com a presente situação, acima de tudo com essa indefinibilidade. Mas também ele resolvera provisoriamente conservar-se quieto e precaver-se... contra Lizavéta Prokófievna.

Essa feliz disposição de espírito da família não durou muito. No dia seguinte indispôs-se Agláia outra vez com o príncipe e as coisas ficaram nesse pé durante vários dias. Por horas inteiras ironizava ela o príncipe, transformando-o em um palhaço. Verdade é que muitas vezes ficavam sentados debaixo do arvoredo, no jardim, mas logo foi observado que em tais vezes Míchkin quase sempre apenas lia alto, para Agláia, um jornal, ou algum livro.

— Ouça aqui — dissera-lhe Agláia uma vez, interrompendo sua leitura do jornal —, tendo reparado que é medonhamente mal instruído. Não sabe nada profundamente; se alguém lhe pergunta sobre qualquer pessoa, ou em que ano determinado fato se passou, ou mesmo o nome de um tratado, sua hesitação causa lástima.

— Já vos disse que aprendi pouco — respondeu o príncipe.

— Que sabe então, se ignora coisas tão banais? Depois disso, como hei de ter-lhe respeito? Continue a ler, ou melhor, não leia mais. Deixe isso de lado.

E mais uma vez, nessa noite, uma coisa se deu, a todos surpreendendo o comportamento de Agláia. O Príncipe Chtch... havia regressado. Agláia estava muito cordial com ele. Fez-lhe muitas perguntas a respeito de Evguénii Pávlovitch. (Míchkin ainda não entrara.) E inesperadamente o Príncipe Chtch... se permitiu uma alusão a "certo acontecimento muito próximo, na família", aproveitando-se de umas poucas palavras que Lizavéta Prokófievna deixara escapar. E sugeriu que deveriam adiar de novo o casamento de Adelaída, de maneira que os dois casamentos pudessem realizar-se juntos. Agláia inflamou-se ante "essas estúpidas suposições", fazendo-o de modo chocante; e entre outras coisas lhe escapou a frase que "não tinha intenção, no presente, de substituir a amante de ninguém".

Essas palavras impressionaram a todos, e especialmente ainda os pais. Tanto que, em uma confabulação secreta com o marido, Lizavéta Prokófievna insistiu ser urgente e necessário entrar no assunto relativo a Nastássia Filíppovna, com Míchkin, uma vez por todas.

Jurou Iván Fiódorovitch que tudo isso era apenas "uma capricho", ligando tudo a um escrúpulo ou suscetibilidade de Agláia; que se o Príncipe Chtch... não tivesse feito nenhuma referência a casamentos, tal explosão não teria havido, pois Agláia sabia, e sabia de muito boa fonte, que tudo isso não passava de uma difamação de gente perversa. Que Nastássia Filíppovna ia casar-se com Rogójin; que o príncipe não tinha nada a ver com tal história, nem havia mesmo uma *liaison*[56] com ela; e que nunca houvera, já que a verdade devia ser dita.

E no entanto continuava o príncipe felicíssimo, nada o perturbando. Oh! Lógico que ele também, muitíssimas vezes, percebera algo sombrio e impaciente na expressão de Agláia; mas tinha mais confiança em algo bem diferente, e a melancolia se desfazia por si só. Uma vez tendo confiança em uma coisa, depois nada o podia demovê-lo. Talvez houvesse quietude demais em seu espírito. Pelo menos foi a impressão de Ippolít, com quem, por acaso, se encontrou no parque.

— Ora, ainda bem. Já uma vez não lhe disse eu que o senhor andava apaixonado? — começou ele, dirigindo-se a Míchkin e o fazendo parar.

[56] Do francês: comunicação entre duas pessoas ou grupo, pode referir-se a relação amorosa. (N. E.)

O príncipe apertou-lhe a mão e o felicitou "por lhe parecer ter melhorado muito". O doente também deu mostras de certa esperança, como acontece facilmente com os tuberculosos.

Dirigira-se ao príncipe só para lhe dizer qualquer coisa sarcástica a respeito de sua expressão de felicidade; mas logo se desviou desse fim, começando a falar sobre si próprio. Começou a se queixar, e as suas queixas, na maioria, eram intermináveis e um pouco incoerentes.

— Custará ao senhor crer quanto eles aqui são irritadiços, insignificantes, egoístas, nulos e vulgares. Quer saber de uma coisa, apenas me acolheram supondo que eu fosse morrer logo, o mais depressa possível! E agora estão todos uma fúria porque eu, em vez de morrer, pelo contrário, acabei por melhorar. Mas é uma farsa! Aposto como o senhor nem acredita!

O príncipe não se sentiu disposto a nenhuma resposta.

— Às vezes penso em tornar a me mudar para a casa do senhor — acrescentou Ippolít, despreocupadamente. — Então o senhor não acha que eles sejam capazes de acolher um homem apenas com a condição de que esse homem não demore a morrer? Pois são!

— Pensei que o tinham convidado com outras tenções.

— Ah!... O senhor nem por isso é tão simplório como o querem fazer ser. Agora não é tempo, do contrário eu lhe diria alguma coisa relativa a esse tal miserável Gánia e respectivas esperanças. Eles estão minando a sua situação, príncipe; estão fazendo isso sem misericórdia e... chega a causar pena a serenidade do senhor... Mas, ai do senhor, não pode fazer nada!

— Estou achando graça na sua piedade para comigo — riu o príncipe. — Então acha! Então acha que eu seria mais feliz se fosse menos sereno?...

— Melhor é ser infeliz e saber a verdade, do que ser feliz e viver... nas nuvens. Está parecendo que o senhor não acredita que tem um rival — e neste quarteirão, não é mesmo?

— O que você quer me dizer sobre um suposto rival meu, Ippolít, é um tanto cínico. Desculpe-me; não tenho o direito de lhe responder assim. Quanto a Gavríl Ardaliónovitch, julgue você por si mesmo se ele, em seu espírito, pode ser feliz depois de tudo quanto perdeu. Isso, caso você saiba alguma coisa, pouca que seja, dos negócios dele. A mim parece melhor considerar o assunto só quanto a esse ponto de vista. Já é tempo de ele mudar; ele tem uma vida diante de si; e a vida, Ippolít, é uma coisa rica, muito embora... muito embora... — E o príncipe parou, como que em dubiedade. — Quanto ao fato de que me estejam minando, não entendo o que você quer dizer. Vamos mudar de conversa, Ippolít.

— Deixá-la-emos de lado, por enquanto. Além disso o senhor continua, e não há quem o demova, a ser cavalheiro, haja o que houver. Sim, príncipe, o senhor é dos tais que nem mesmo tocando em uma coisa, acreditam! Ah! Ah! E o senhor ainda me despreza bastante, não?

— Por quê? Porque você tem sofrido e ainda está sofrendo mais do que nós?

— Não, mas porque eu não valho o que sofro!

— Quem quer que possa sofrer mais ainda, vale cada vez mais o próprio sofrimento. Tanto que, quando Agláia Ivánovna leu a sua confissão, quis logo conhecê-lo, mas...

— Mas desistiu, não pôde... Compreendo, compreendo... — retorquiu logo Ippolít como se quisesse interromper a conversa o mais ligeiro possível. — A propósito, disseram-me que o senhor leu para ela, alto, toda aquela algaravia. Foi em literal delírio que escrevi aquilo e que fiz... E o que eu não compreendo é como haja quem possa ser assim... não direi cruel (pois seria humilhante para mim), mas tão infantil e vingativo que, me tendo admoestado por causa dessa confissão, a use agora contra mim, como uma arma. Não se preocupe, não é ao senhor que me estou referindo.

— Pois eu sinto que você tenha repudiado esse manuscrito, Ippolít; ele é sincero! E você sabe muito bem que mesmo os mais absurdos pontos dele, e não são poucos (Ippolít ficou carrancudo), foram redimidos pelo sofrimento, pois confessar e sofrer e... talvez signifique até grande virilidade. A ideia que animou você deve ter fundamentos bem nobres, sejam lá quais forem. Vejo isso mais claramente à medida que o tempo passa, juro-lhe. Eu não o estou julgando. Falo apenas para dizer o que penso e lamento não o ter compreendido naquela ocasião.

Ippolít enrubesceu fortemente. Acudiu-lhe ao espírito o pensamento de que Míchkin estava simulando e querendo envolvê-lo nessa simulação. Nisto o olhou bem no rosto; e então viu e se convenceu de que havia sinceridade. E a sua face se iluminou.

— Sim, seja lá como for, morrerei — quase acrescentando: "apesar de ser quem sou". — E imagine agora como seu amigo Gánia me roga pragas. A objeção que ele me berrou é que no mínimo três ou quatro dos que escutaram a minha confissão morrerão, muito provavelmente, antes de mim. Que diz o senhor disso? Ele supõe que isso seja um conforto para mim. Ah! Ah! Em primeiro lugar, esses tais ainda não morreram. E mesmo que essa gente tivesse morrido, há de o senhor admitir que isso não me valeria de modo algum como conforto. Ele julga os outros por si. Mas o diabo é que ele ainda vai mais adiante. Agora deu simplesmente em abusar de mim. Diz ele que um sujeito decente deve morrer em silêncio e que tudo não passa de egoísmo da minha parte. Que me diz o senhor a isso? Egoísmo, sim, mas da parte dele; de que lhe vale todo aquele refinamento se ao mesmo tempo tem uma rudeza bovina de egoísta, muito embora não dê por isso? Leu o senhor, por acaso, príncipe, a morte de Stepán Gliébov no século dezoito? Pois ontem me aconteceu ler isso...

— Qual Stepán Gliébov?

— O que foi empalado no tempo de Pedro.

— Oh, sim, já sei. Esteve quinze horas no pelourinho, exposto à geada, em um casaco de pele, e morreu com extraordinária grandeza. Sim, já li isso, mas qual a relação que...

— Deus concede tal morte a certos homens, mas não a nós! Acha o senhor, talvez, que eu não seja capaz de morrer como Gliébov?

— Por que não? — respondeu Míchkin, meio embaraçado. — Apenas queria dizer que você... a meu ver, não seria como Glíebov, mas sim... a meu ver, mais provavelmente você faria como...

— Ah! Já sei, como Osterman? E não como Gliébov — não foi o que o senhor quis dizer?

— Qual Osterman? — perguntou o príncipe, surpreso.

— Osterman, o diplomata Osterman. Osterman, do tempo de Pedro — explicou Ippolít bastante desapontado.

Seguiu-se uma perplexidade mútua.

— Oh! N... ã... o! Eu não quis dizer isso, — afirmou categoricamente o príncipe, após breve pausa. — Você nunca seria, acho eu... um Osterman.

Ippolít franziu a cara.

— A razão pela qual eu mantenho isso — resumiu o príncipe, ansioso por colocar as coisas direito — é que os homens daqueles tempos (e juro que isso sempre me impressionou) não eram absolutamente como nós hoje somos; não era a mesma a raça de agora, dos nossos tempos; realmente parece que somos de uma espécie diferente... Naqueles tempos os homens tinham uma ideia, mas agora nós somos mais nervosos, mais evoluídos, mais sensíveis; somos homens capazes de duas de três ideias ao mesmo tempo... Os homens modernos têm maiores propensões — e eu juro que isso os impede de serem inteiriços como os de outrora. Foi... foi só com essa ideia que eu disse aquilo, e não...

— Compreendo, o senhor está aplainando as coisas melhor para me consolar agora por causa da simplicidade com que discordou de mim, ah, ah! O senhor é uma perfeita criança, príncipe. Noto que todos os senhores me tratam com o cuidado com que se trata uma xícara de porcelana chinesa... Mas não me zango, está tudo muito bem, não faz mal! Afinal, pensando bem, tivemos uma conversa formidavelmente engraçada; o senhor, às vezes, é uma perfeita criança, príncipe. Deixe, porém, que lhe diga que talvez eu viesse a ser melhor coisa do que Osterman. Não valia a pena ressuscitar Osterman... Acho que devo morrer o mais depressa possível, ou, então... eu próprio devo... Mas, aqui me despeço. Adeus! Bem, já agora, diga a este seu amigo qual seria para mim a melhor maneira de morrer?... Ter um fim virtuoso, o mais possível, não é assim? Vamos, diga-me!

E então, o príncipe disse em voz baixa:

— Passar por nós... E ao passar nos perdoar a nossa felicidade...

— Ah! Ah! Ah! Direitinho o que eu pensava. Eu sabia que teria de ser uma coisa mais ou menos assim! Pois não é que o senhor... não é que o senhor... Bem, bem! Esta gente eloquente! Adeus! Adeus!

6

O que Varvára Ardaliónovna disse ao irmão sobre a recepção dos Epantchín, para a qual a Princesa Bielokónskaia era esperada, estava perfeitamente correto. Os convivas eram esperados essa noite. Era realmente correta a informação, mas um pouco exagerada, pois tudo tinha sido arranjado às pressas, e mesmo com desnecessária excitação, justamente porque naquela família "tudo quanto se fazia era diferente do modo de os outros fazerem". E tudo devido quer à impaciência de Lizavéta Prokófievna, que estava "ansiosa para não continuar suspensa", quer aos temores do coração paterno quanto ao que concernia à felicidade de sua filha favorita. Como a Princesa Bielokónskaia não se demoraria e como vir ela a ser "madrinha" certamente pesaria na sociedade, e esperavam que simpatizasse com Míchkin, os pais contavam com que "o mundo" aceitaria com bons olhos o noivado de Agláia sob os favores da onipotente princesa anciã e que, por conseguinte, o que nele houvesse de estranho, viria a parecer muito menos estranho debaixo de tal recomendação. O fato real é que os pais não se sentiam capazes de decidir a questão, por si mesmos, como se houvesse qualquer coisa de anômalo nela. E, se houvesse, tanto pior! Assim, não haveria mais nada de estranho, a cândida e amistosa opinião de pessoas influentes e idôneas não tendo sido precisa até agora, visto Agláia não ter até então decidido nada. Em todo o caso, mais tarde ou mais cedo, o príncipe teria de ser apresentado à sociedade, da qual não tinha a menor ideia. Resumindo, estavam tentando "mostrá-lo". A reunião arranjada era, porém, simples. Somente "amigos da família" eram esperados e, esses mesmos, poucos. Além da Princesa Bielokónskaia, viria uma outra dama, esposa de um importante dignitário. Evguénii Pávlovitch era o único jovem esperado e deveria vir fazendo honras à velha princesa. Míchkin ouvira dizer que a princesa viria com três dias de antecedência. Da reunião só veio a saber na véspera. Notara, naturalmente, o ar atarefado dos membros da família e, por deduções tiradas das ansiosas tentativas para lhe assinalarem o fato, percebeu que receavam a impressão que viria a causar. Mas, de qualquer maneira, os Epantchín todos, sem exceção, estavam possuídos pela ideia de que ele era simplório demais para adivinhar que estavam preocupados a seu respeito e por causa da recepção. E, assim, olhando-o, estavam todos no íntimo, constrangidos. Ele, na verdade, deu pouca importância ao acontecimento porque estava mais preocupado com coisa bem diferente. Agláia tornava-se cada hora mais soturna e caprichosa, e isso o oprimia. Quando soube que também contavam com a vinda de Evguénii Pávlovitch, ficou muito satisfeito e disse que desde muito estava desejoso de vê-lo. Por qualquer equívoco, ninguém gostou dessa observação. Agláia retirou-se amuada da sala, e foi só mais tarde, lá pela meia-noite, quando o príncipe se despediu, que ela aproveitou a oportunidade para trocar algumas palavras com ele, quando saía:

— Gostaria que não viesse ver-nos, durante o dia, amanhã. Venha apenas à noite. Chegue quando as visitas já estiverem aqui. Sabe que vai haver visitas, não sabe?

Tinha o ar impaciente e severo. Foi a única vez que lhe falou da recepção. Para ela, também, a lembrança dessas visitas era insuportável. Todos notaram isso. Viera-lhe até a tentação de indispor-se com os pais, por tal motivo, só a impedindo uma mistura de orgulho e modéstia. Míchkin percebeu imediatamente que ela também estava apreensiva por causa dele, e conquanto não quisesse admitir receio da parte dela, acabou subitamente se sentindo assustado.

— Sim, fui convidado — respondeu.

Ela, evidentemente, achou dificuldade em prosseguir.

— Pode-se falar consigo a respeito de uma coisa séria? Ao menos uma única vez? — Sentiu-se inesperadamente temerosa e aborrecida, não sabendo direito por que, mas ainda assim não se contendo.

— Podeis, sim. Estou ouvindo, de bom grado — balbuciou ele.

Depois de um minuto de silêncio, ela começou, com evidente prostração:

— Não quis discutir com eles, a tal respeito, porque não há quem os demova de certas coisas. Certos princípios de mamãe sempre me revoltaram. Quanto aos de papai, nem falo nada; já estamos habituados a não esperar nada dele. Mamãe é uma nobre mulher, naturalmente. Se você ousasse propor-lhe a compreensão de qualquer coisa, veria. Até hoje ela ainda se inclina profundamente diante dessas criaturas insuportáveis. Não me refiro só à velha princesa; esta então é uma velha desprezível, um carátervil, mas muito esperta e sabe como fazê-los girar ao redor do seu dedo. Ao menos tem isso! Oh! A baixeza de todas essas coisas! E o ridículo! Nós sempre fomos gente da classe média, ao que classe média cabe a ser. Por que forçar-nos para esse círculo aristocrático? E minhas irmãs adotam a mesma política. Não viu como o Príncipe Chtch... as alvoroçou? Por falar nisso, por que se alegrou você com a vinda de Evguénii Pávlovitch?

— Escutai, Agláia. Parece que estais receosa de que eu me estatele aqui, amanhã... na recepção!

— Eu? Com medo? Por sua causa? — E Agláia enrubesceu. — Não vejo por que hei de eu ter receio, por sua causa, mesmo que você se arruine totalmente!... Que tenho eu a ver com isso? E como pode empregar tais palavras? Que quer dizer com esse termo grosseiro "estatele!"?

— É... gíria de recreio de colégio.

— É sim, um termo de colégio! Horroroso! Decerto pretende usar expressões como essa amanhã! Neste caso escolha mais umas, no seu dicionário, em casa. É uma pena como você sabe entrar corretamente em um salão! Onde aprendeu? Saberá como segurar uma xícara de chá e tomá-lo direitinho, quando todos o estiverem olhando?

— Creio que sim.

— Se sabe, é pena. Pois, se não soubesse, ao menos teria do que me rir. Em todo o caso, preste atenção. Imagine quebrar o vaso de porcelana da China da sala de visitas. É um vaso extravagante. Por favor, quebre-o! Foi um presente. Mamãe ficaria tão fora de si que choraria diante de todo o mundo. Ela o admira tanto! Gesticule, como você sempre faz quando fala, bata nele e quebre-o! Sente-se perto, de propósito.

— Que nada! Sentar-me-ei o mais longe possível! Obrigado por me terdes prevenido.

— Então, fique nervoso e acabe desengonçando os braços. Aposto o que quiser como vai logo discorrer sobre qualquer coisa difícil, um assunto elevado. Isso... demonstrará muito... tato!

— Se não for apropriado, acho que será estúpido.

— Ouça, uma vez por todas — disse Agláia, perdendo a paciência. — Se falar sobre qualquer coisa assim como pena capital, ou a posição econômica da Rússia, ou como a Beleza salvará o mundo, naturalmente eu ficarei radiante, aplaudirei, rirei... mas desde já o previno, não me apareça depois, nunca mais! Estou falando sério! Desta vez estou falando sério.

Realmente a sua ameaça era séria. Algo de excepcional podia ser ouvido nessas palavras e visto naqueles olhos; algo que não era brincadeira e que o príncipe nunca observara antes.

— Agora, depois do que acabastes de dizer, tenho a certeza de que vou falar demais e que até vou quebrar o vaso. Antes não tinha receio de nada, agora tenho pavor de tudo. Certamente "me escarrapacharei!".

— Então, contenha a língua. Sente-se quieto e contenha a língua.

— Vou fazer o possível. Mas já tenho a certeza de que vou ficar atrapalhado, que começarei a falar demais e que espatifarei o vaso. Talvez até escorregue no assoalho encerado! Ou qualquer coisa assim. Isso já me aconteceu uma vez. Agora vou sonhar com essa história. Por que me fostes falar?

Agláia olhou-o soturnamente.

— Vou dizer uma coisa: será melhor que eu não venha amanhã. Darei parte de doente e assim tudo acabará bem — concluiu ele.

Agláia bateu com o pé e ficou branca de raiva.

— Bom Deus! Onde é que já se viu uma coisa dessas? Agora que tudo está arranjado por sua causa, não quer vir! Ó, meu Deus! Mas é um regalo tratar com uma pessoa tão insensata.

— Então eu venho! Então eu venho! — interrompeu-a apressadamente o príncipe. — E dou minha palavra de honra que ficarei todo o tempo sentado, sem abrir a boca. Vou tomar tento em mim.

— E faria bem. Mas por que disse, há pouco, que ia "dar parte" de doente? Onde colhe essas expressões? Que o atacou para as usar desse modo? Ou está querendo que eu me aborreça, de propósito?

— Peço perdão. Isso foi mais um termo de colégio... Não usarei mais. Compreendo perfeitamente que fiqueis preocupada por minha causa. (Sim, não fiqueis zangada.) Até fico contente quando me emendais. Agora, por exemplo, nem sabeis como estou ao mesmo tempo assustado e contente. Mas asseguro que todo esse receio é despropositado e insignificante. Deveras, Agláia. Mas permanece a alegria. Estou formidavelmente contente por serdes a criança que sois; uma criança tão bondosa! Oh! Como podeis ser maravilhosa, Agláia!

Agláia naturalmente estava a ponto de ter um acesso de raiva, mas subitamente tomou posse da sua alma, em um instante, um sentimento inteiramente inesperado.

— E nunca me censurará pelas palavras grosseiras que acabei de lhe dizer? Nunca? Em dia algum? — perguntou.

— Como podeis pensar isso? Que ideia! Estais um deslumbramento! Oh! Por que enrubecestes? Mas ficastes tristonha, outra vez! E agora já estais de novo me olhando desapontada. Destes para me olhar, de vez em quando, de um modo esquisito, Agláia. Não éreis assim, antes. Eu sei por que é!

— Psiu!

— Não, é melhor que eu diga logo! Desde muito que estou querendo dizer. Até já comecei, mas não é o bastante, visto terdes o costume de não acreditar no que eu falo. Há uma pessoa entre nós...

— Psiu! Psiu! Psiu! Psiu! — Agláia interrompeu-o imediatamente, segurando-lhe a mão com força, olhando-o quase com terror.

Nisto, lá de dentro chamaram por ela. Com ar de alívio, deixou-o logo e correu.

O príncipe teve febre a noite toda. Uma febre que já desde várias noites não o largava.

Mas, aquela noite, estando em subdelírio, um pensamento lhe sobreveio: e se, no dia seguinte, diante de todo o mundo, tivesse um ataque? Já tivera ataques em público. Tal pensamento gelou-o. Em sonho, se imaginou no meio de uma estrada e incrível companhia de gente desconhecida. E o pior é que não parava de falar. Sabia que não devia falar, mas falava o tempo todo, tentando persuadir essa gente de alguma coisa, voltando-se ora para Ippolít, ora para Evguénii Pávlovitch, que estavam extremamente amistosos para com ele.

Às nove horas, quando se levantou, sentia o espírito confuso; as impressões lhe vinham de um modo compacto e a cabeça lhe doía. Teve uma vontade indomável e disparatada de ir ver Rogójin, de ficar horas e horas conversando com ele. Sobre quanta coisa não conversariam! Mas logo caiu em si: era a Ippolít que deveria ir ver. Sentia uma sensação esquisita em seu coração, tanto que quando lhe aconteceu certa coisa, pouco depois, ficou sem perceber o que era. Todavia, tudo não passava de quê? De uma visita de Liébediev.

Dera-se um pouco depois das nove horas a entrada de Liébediev. Vinha já completamente bêbado. Desde que o General Ívolguin o tinha largado, havia uns três dias, até Míchkin, que ultimamente já não era tão observador, reparou que Liébediev ia de mal a pior. Andava todo engordurado e sujo, a gravata para um lado, a gola do paletó puída. No cubículo onde morava erguia a todo instante uma tempestade que se ouvia do pátio. Vera, mais de uma vez, em lágrimas, viera, por causa disso, chamar o príncipe.

Mas essa manhã, ao se apresentar, começou a falar de um modo enigmático, batendo no peito, culpando-se de uma porção de coisas.

— Recebi... recebi o castigo da minha baixeza e da minha vilania... uma formidável bofetada — concluiu tragicamente.

— Uma bofetada? De quem? E já tão cedo?

— Já tão cedo? — E Liébediev sorriu sarcasticamente. — Que tem o tempo a ver com isso de castigos corporais? Além de que o que recebi foi um castigo moral, e não físico!

Sentou-se logo, sem cerimônia, e começou a contar a sua história que, aliás, era muito incoerente. O príncipe, fechando o cenho, esteve para ir embora, mas certas palavras lhe prenderam a atenção. Ficou completamente mudo de espanto ante as coisas estranhíssimas que este Sr. Liébediev cantava.

Aparentemente, para poder começar, meteu a história de uma carta. O nome de Agláia Ivánovna foi encaixado... Depois, Liébediev entrou a falar mal do próprio Míchkin. Só se podia concluir que estava zangado com o príncipe. Relembrou, inicialmente, que o príncipe o honrara com a sua confiança, em determinadas transações com "certa pessoa" (com Nastássia Filíppovna), interrompendo-as completamente e ignominiosamente o despedindo, chegando até a tomar contra o pobre dele atitudes ofensivas, como ainda no outro dia repelindo, com imediata grosseria, "uma inocente pergunta a respeito de próximas alterações íntimas". Com lágrimas de bêbado protestou que, depois disso, tinha de explodir, principalmente sabendo o mundo de coisas que sabia de Rogójin, de Nastássia Filíppovna e da amiga dela, da própria Varvára Ardaliónovna e mesmo de... sim... de Agláia Ivánovna.

— Se não acredita em mim, saiba então que foi por intermédio de Vera, de minha adorada filha única... isto é, a bem dizer não é a única, pois na verdade tenho três... E quem foi que informou Lizavéta Prokófievna, por meio de cartas, em segredo de morte, naturalmente? Eh! Eh! Quem andou escrevendo a ela, informando-a direitinho das astúcias e alternativas da "personagem" Nastássia Filíppovna? Eh! Eh! Eh! Quem, quem é o escritor anônimo, permita-me perguntar-lhe!?

— Serás tu? — exclamou o príncipe.

— Nem mais nem menos! — replicou o bêbado com dignidade. — E esta manhã mesmo, há meia hora, aí pelas oito e meia. Não, já faz três quartos de hora! Informei àquela mãe de coração tão generoso que tinha um fato... de importância a participar-lhe. Informei por carta entregue à empregada, pela porta dos fundos. O papel foi ter às suas mãos.

— Você já esteve hoje com Lizavéta Prokófievna? — perguntou o príncipe, incapaz de crer nos seus ouvidos.

— Agora mesmo, e recebi um golpe moral. Devolveu-me a carta; ou melhor, atirou-o na minha cara, sem a abrir. E me deu, moralmente falando, um pontapé. Não fisicamente, lá isso não! Embora quase fosse físico também; não esteve mesmo longe de o ser!...

— Que carta foi essa que ela lhe atirou sem abrir?

— Ora! Eh! Eh! Já não lhe disse? Pensei que já lhe tinha dito! Era uma carta que me fora entregue de propósito com o fim de eu a... entregar a...

— De quem? De quem?

Era difícil de ligar pé com cabeça, nas explicações de Liébediev, ou de entender fosse o que fosse. Mas, tanto quanto depreendeu, Míchkin ficou sabendo que a carta tinha sido trazida, por uma empregada, a Vera Liébedieva, que, por sua vez, a deveria entregar à pessoa a quem era endereçada. "Tal como da outra vez, a uma certa personagem, da parte de uma outra... pessoa. Pois, como vê, designo uma das partes aqui chamando-a "personagem" e à outra simplesmente "pessoa", por ser assim mais derrogatório e distinguível, visto haver grande distinção entre uma inocente e bem-nascida senhorita da família de um general e... uma senhora de uma outra espécie. A carta provinha dessa pessoa cujo nome começa pela letra "A"...

— Como assim? Para Nastássia Filíppovna? Absurdo! — exclamou Míchkin.

— Era, sim; era, sim. E se não para ela, para Rogójin. Dá no mesmo. Foi para Rogójin... e havia uma outra, também, para o Sr. Tieriéntiev, para lhe ser entregue, vinda da pessoa que começa pela letra "A" — disse Liébediev, sorrindo e piscando.

Como continuamente misturava uma coisa com outra e esquecia o que tinha começado a falar, o príncipe teve paciência em deixá-lo ir falando. Ainda assim ficou obscuro se a correspondência fora levada por ele ou por Vera. Apesar de ter declarado que dava no mesmo que as cartas fossem dirigidas para Rogójin ou para Nastássia Filíppovna, pareceu mais provável a Míchkin que as cartas não lhe tivessem passado pelas mãos, se é que cartas havia. Ficava, pois, sem explicação, como conseguira ele ter em mãos aquela carta. O mais provável é que a tivesse surrupiado de Vera, roubando-lha com jeito, visto lhe convir entregá-la a Lizavéta Prokófievna. Foi, pelo menos, o que, de certo modo, o príncipe depreendeu e deduziu.

— Isso só existe na sua cabeça! — disse-lhe, em extrema agitação.

— Não só nela, nobilíssimo príncipe! — respondeu Liébediev, não sem alguma malícia. — Pensei até em trazer-lha, em depô-la em suas mãos, para lhe render um serviço... mas refleti que a melhor maneira de usá-la, nessas circunstâncias, era levá-la à mãe de tão nobre coração, visto já me ter comunicado com ela, por carta anônima; e quando, ainda agora mesmo, lhe escrevi um bilhete preliminar, pedindo-lhe que me recebesse às oito e vinte da manhã, tornei a assinar. "Do vosso secreto informante". E então, pela porta dos fundos, fui pronta e imediatamente introduzido à presença da ilustre dama.

— E então?

— E então... lá, como já disse, quase me espancou. Sim, quase; ou melhor, até se poderia dizer que, praticamente, me espancou. Arremessou-me à cara a carta! Bem reparei que desejou guardá-la, vi isso muitíssimo bem; mas refletiu melhor e a jogou nas minhas fuças. "Já que um indivíduo da sua marca aceita destes encargos... tome!" Estava positivamente ofendida. Deduzo que estava ofendida porque não se envergonhou. É uma senhora muito esquentada!

— E onde está a carta?

— Tenho-a ainda comigo. Está aqui. — E estendeu a Míchkin o bilhete de Agláia a Gavríl Ardaliónovitch, o mesmo que este, duas horas antes, mostrara, com tanto triunfo, à irmã.

— Esta carta não pode ficar com você.

— Então é sua. Dou-lha — apressou-se em declarar, calorosamente, Liébediev. — De agora em diante, sou do senhor, inteiramente do senhor, da cabeça ao coração, servo do senhor, depois da minha passada vilania. "Puna-se o coração, poupe-se a barba", como disse Thomas More, na Inglaterra e na Grã-Bretanha. "Mea culpa, mea culpa", como diz o papa romano, isto é, quero dizer o papa de Roma, embora tenha dito o papa romano.

— Esta carta tem de ser enviada imediatamente — disse, muito ansioso, o príncipe. — Vou entregá-la.

— Mas, não seria muito melhor, não seria muito melhor, muitíssimo culto príncipe, fazer isto... com ela? Isto!... — E fez com as mãos um gesto para os lados e para baixo, um gesto significativo, piscando, dissimuladamente, com uma porção de caretas, remexendo-se no seu lugar, violentamente, como se tivesse sido de súbito picado por uma agulha. O príncipe perguntou-lhe, severamente:

— Que é que você quer dizer?

— Não seria melhor abri-la? — sussurrou, insinuando-se como que confidencialmente.

O salto que Míchkin deu na direção dele foi de tal ímpeto que Liébediev fugiu, desabaladamente, só parando lá longe, na porta, a ver se conseguia perdão.

— Escute uma coisa, Liébediev! Como lhe é possível chafurdar assim em tão abjeta degradação? — perguntou-lhe o príncipe, amargamente.

— Sou abjeto, abjeto!... — logo se aproximou, em lágrimas, batendo no peito.

— Você bem sabe que isso é abominável!

— Que é abominável, é! Eis a palavra para isso!

— Que hábito horroroso, proceder de maneira tão falsa! Você não passa de um espião! Para que foi mandar cartas anônimas, afligir uma mulher de coração tão bondoso? Agláia não tem o direito de escrever a quem quiser? Você foi lá para delatar... Esperava receber uma recompensa? Que foi que o induziu a inventar histórias?

— Simplesmente uma agradável curiosidade e o desejo de pôr em útil ação um coração generoso! Mas, agora, sou outra vez só do senhor. Todo! O senhor pode até mandar enforcar-me!

— E você foi lá desse jeito? Será possível? — indagou o príncipe, enojado.

— Não, eu estava direito! Mais decente! Foi só depois da minha humilhação que me reduzi a este estado!

— Bem, basta! Vá embora.

Teve de repetir essa intimação várias vezes antes de conseguir que Liébediev se fosse. Antes de abrir a porta, ainda voltou, nas pontas dos pés; parou no meio da sala e gesticulou, querendo significar que convinha abrir a carta. Não se aventurou a objetivar o conselho com palavras. Posto o que, saiu, com um sorriso suave e cortês.

Fora-lhe extremamente doloroso ter tido de ouvir tudo aquilo. Agora ficava ainda mais evidente o que o andava impressionando: a grande inquietação de Agláia, o seu ar como que perplexo, a sua angústia causada por qualquer coisa. (Por ciúme, sussurrava o príncipe.) Gente mal-intencionada a andava afligindo; e o que era mais estranho, gente em quem confiava. Sem dúvida aquela inexperiente e febril cabecinha estava chocando alguns planos especiais, decerto ruinosos e totalmente bárbaros. O príncipe ficou muito alarmado e, em sua perturbação, não soube o que fazer. Sentia, porém, que urgia fazer alguma coisa. Olhou mais uma vez para o sobrescrito da carta lacrada. Oh! Não receou nada; não se perturbou. Quanto a isso, confiava em Agláia. O que, a propósito da carta, o inquietou, foi outra coisa muito diferente: não confiava em Gavríl Ardaliónovitch. Mesmo assim, resolveu ir pessoalmente entregar a carta, tendo até saído de casa com essa intenção. Mas, na rua, mudou de ideia. Por feliz casualidade encontrou, quase à porta de Ptítsin, Kólia, encarregando-o de entregar a carta ao irmão, como vinda diretamente de Agláia Ivánovna. Sem perguntar nada, Kólia foi entregá-lo logo, de maneira que Gánia não suspeitou que ela tivesse dado tantas voltas.

Regressando a casa, Míchkin mandou chamar à sua presença Vera Liébedieva; contou-lhe o indispensável, sossegando-lhe o espírito, pois a coitada estivera todo o tempo à busca do que julgara ter perdido, e ainda estava em lágrimas. Ficou horrorizada quando soube que fora o pai quem pegara a carta. (O príncipe veio a saber dela, em seguida, que mais de uma vez tinha ajudado Rogójin e Agláia Ivánovna, em segredo, sem lhe ocorrer que Míchkin, com isso, estava sendo injuriado.)

Após tudo isso, o príncipe ficou tão zonzo que, duas horas depois, quando uma pessoa, a mando de Kólia, correu a dar-lhe notícias de que o General Ívolguin piorara, não alcançou, nos primeiros minutos, a gravidade do caso.

Depois, porém, esse acontecimento acabou distraindo completamente a sua atenção. Foi à casa de Nina Aleksándrovna (para onde o doente naturalmente tinha sido carregado) e lá ficou até a noite. Nenhum auxílio podia prestar. Mas pessoas há cuja presença, nas horas de angústia, é consolo. Kólia estava terrivelmente desesperado; chorava desesperadamente, embora a todo instante o mandassem à rua para diversos expedientes: correr à procura de um médico (sendo que veio logo com três), dar uma carreira à farmácia, mandar chamar o barbeiro. Afinal, conseguiram fazer o general voltar a si, mas ele ficou completamente marasmado, opinando os médicos que continuava em perigo. Gánia ficou muito aflito, tentou dominar-se, não subiu, parecia recear o doente. Em dada hora, diante de Míchkin, juntou as mãos e, em uma linguagem desconexa e incoerente, deixou cair esta frase:

— Que calamidade! E justamente em um momento destes!

O príncipe pôs-se a analisar intimamente o que quereria ele significar por "um momento destes". Não encontrou Ippolít em casa de Ptítsin. Liébediev, que, depois da explicação matinal, tinha dormido de dia um sono só, correu para lá, à noite. Agora já estava "curado", e derramou lágrimas verdadeiras sobre o doente, como se se tratasse de um irmão. Censurou-se repetidas vezes, em voz alta, sem explicar por que, e não largava Nina Aleksándrovna, assegurando, a todo momento, que "fora a causa disso, ele e mais ninguém, mercê de uma leviana curiosidade" e que o "finado" (persistia em chamar assim ao general ainda vivo) fora positivamente um homem de gênio! Insistia, muito sério, nessa coisa de gênio, como se isso pudesse causar, no momento, qualquer vantagem. Reparando que as lágrimas dele eram verdadeiras, Nina Aleksándrovna acabou por lhe dizer, com uma nota de reprimenda feita cordialmente:

— Bem, que Deus te abençoe, não chores. Vamos! Que Deus te perdoe!

Liébediev ficou tão impressionado com essas palavras, e com o tom delas, que não houve meio de deixá-la um momento, grudando nela toda a noite (e os dias subsequentes, desde a manhã até a hora da morte do general não largando a casa). Duas vezes, durante o dia, um mensageiro de Lizavéta Prokófievna veio perguntar pelo moribundo.

Quando, às nove horas da noite, o príncipe apareceu na sala de visitas dos Epantchín, que já estava repleta de convidados, Lizavéta Prokófievna logo começou a lhe perguntar pelo general, de modo muito simpático e minucioso, respondendo com dignidade à pergunta da Princesa Bielokónskaia: "Que doente é esse e quem é essa Nina Aleksándrovna?", o que muito agradou a Míchkin. Em resposta à Sra. Epantchiná, explicou a situação do enfermo, falando esplendidamente (como as irmãs de Agláia disseram depois), modestamente sereno, com dignidade, sem profusão de gestos nem de palavras. Soube entrar admiravelmente; estava vestido com perfeição, e em vez de escorregar no assoalho polido, como temera na véspera, a impressão que causou a todos foi evidentemente favorável.

Sentando-se e olhando em torno, por sua parte ele notou logo que a companhia não era absolutamente constituída pelos fantasmas com que Agláia tinha tentado amendrontá-lo, nem se assemelhava às figuras de pesadelo do seu sonho da última noite. Pela primeira vez na sua vida, estava vendo um corte transverso daquilo a que se dá o nome respeitável de "sociedade". Em tempos passados certas considerações o tinham inclinado, quase sequiosamente, ao projeto de penetrar nesse círculo encantado. E era por isso que se sentia tão profundamente interessado na sua primeira impressão. E esta era fascinante. Pareceu-lhe, de certo modo, que essa gente devia ter nascido para estar, por assim dizer, junta. Era como se não houvesse recepção alguma de convivas na casa dos Epantchín, mas de uma gente própria a que ele desde muito tempo estivesse devotado, lhe conhecesse os pensamentos e à qual estivesse voltando agora, depois de uma curta separação. O encanto e a distinção de suas maneiras, sua simplicidade e sinceridade aparente produziam um efeito quase mágico. Nunca lhe entraria pela cabeça que toda aquela singela nobreza de maneiras e aquela dignidade, a que se juntaram talento e espírito, fossem mera encenação, ou que a maioria dos convidados, a despeito de seu exterior atraente, fosse de cabeças ocas, sua superioridade sendo mero verniz, dela nem sendo responsáveis, tendo-a adotado apenas por herança, inconscientemente. Empolgado pelo encanto de sua primeira impressão, o príncipe não se inclinou absolutamente a suspeitar disso. Viu, por exemplo, que esse importante e velho dignitário, que podia ser seu avô, parava de falar para ouvir um jovem inexperiente como ele; não só ouvi-lo, mas até conceituar a sua opinião; e que era cordial, sinceramente bondoso para com ele, muito embora fossem, como eram, estranhos um ao outro, tendo-se encontrado pela primeira vez ali. Decerto o refinamento da cortesia fora o que produzira maior efeito na sequiosa sensibilidade de Míchkin. Ele estava, pois, prejudicado por sua predisposição a impressões favoráveis.

E todavia essa gente, muito embora fosse amiga da família e amiga entre si, na realidade não era tão amiga da família nem tão amiga entre si, como ao príncipe pareceu quando foi ao seu encontro para ser apresentado. Pessoas havia, na reunião, que jamais reconheceriam os Epantchín como seus iguais. E pessoas havia que mutuamente se detestavam: a velha Princesa Bielokónskaia sempre havia menosprezado a esposa do velho dignitário, ao passo que esta, por sua vez, estava longe de gostar de Lizavéta Prokófievna. Esse dignitário, seu marido, que por qualquer motivo fora o patrono dos Epantchín desde a mocidade deles em diante, e era a pessoa mais influente dali, era um personagem de tão vasta importância aos olhos de Iván Fiódorovitch que este, perante o outro, só conhecia a sensação da reverência e do temor, ao passo que o dignitário sentiria desprezo por si mesmo se algum dia, por um momento só, viesse a se pôr em pé de igualdade com ele, cuidando-se no mínimo como um Júpiter olímpico. Havia pessoas que não se encontravam desde muitos anos e que não sentiam senão indiferença, ou melhor, desprazer uma pela outra. Todavia, agora se saudavam como se se tivessem encontrado ontem em agradável companhia. E nem a reunião era assim numerosa. Além da Princesa Bielokónskaia e do velho dignitário, que, de fato, era um indivíduo de categoria, e respectiva esposa, havia, em primeiro lugar, um corpulento general, conde ou barão, com nome alemão — homem de extraordinária taciturnidade com reputação de grande conhecedor dos negócios públicos e até com vocação para sábio — um desses administradores do Olimpo que conhecem tudo, exceto, talvez, a Rússia; homem que uma única vez, em cinco anos, fizera uma observação extraordinariamente profunda, dessas que inevitavelmente se transformam em provérbio, caindo até nos círculos mais avançados; um desses oficiais do governo que, habitualmente, após um extremo período de serviço, morrem de posse de larga fortuna e com as honras inerentes às posições do mando, muito embora nunca tenham realizado nenhum grande empreendimento; pelo contrário, até tendo tido aversão pelos empreendimentos.

Esse general era o chefe imediato do General Epantchín, que, no zelo de sua gratidão, o que nele era uma forma toda especial de vaidade, o considerava seu protetor. Coisa, aliás, que o outro absolutamente não considerava como sendo de Iván Fiódorovitch, pois o tratava com absoluta frieza; sabendo embora avaliar os seus préstimos, substituí-lo-ia imediatamente par outro oficial, se, por qualquer consideração, mesmo trivial, achasse conveniente a troca.

Havia, também, um importante cavalheiro, de meia-idade, suposto parente de Lizavéta Prokófievna (coisa aliás bem inverídica), homem de alta posição por nascimento e fortuna. Ainda era robusto, gozava de excelente saúde, era um grande conversador e tinha reputação de homem insatisfeito no mais legítimo sentido da palavra. E mesmo atrabiliário (o que também lhe era agradável), copiava os artifícios da aristocracia inglesa e o gosto inglês como rosbife, armaduras, mordomos etc. Era um grande amigo do dignitário e o divertia. Todavia Lizavéta Prokófievna, por qualquer motivo, acariciava a extravagante ideia de que a este provecto cavalheiro (aliás pessoa frívola com inclinação pelo sexo fraco) repentinamente lhe daria na cabeça fazer a felicidade de Aleksándra, pedindo-lhe a mão. Abaixo dessa altíssima e sólida camada da sociedade, vinham os convidados mais novos, também se fazendo notar por suas qualidades extremamente elegantes, e a cujo grupo pertenciam o Príncipe Chtch... e Evguénii Pávlovitch, bem como o afamado e fascinante Príncipe N..., que seduzira e transtornara corações pela Europa inteira, homem de uns 45 anos, de formosa aparência ainda, e formidável *causeur*.[57] Tinha dissipado uma grande fortuna e habitualmente vivia no estrangeiro.

Havia também outra gente, que constituía uma terceira camada especial, não pertencendo ao círculo fechado da sociedade, mas que, como os Epantchín, podia ser encontrada nela. Por um certo senso e um talento de adaptação que sempre os guiava, os Epantchín gostavam, nas raras ocasiões em que davam recepções, de misturar com a alta sociedade pessoas de graduação um pouco menor, representantes seletos da "espécie média". E não faltava quem elogiasse os Epantchín por fazerem isso, pois davam a entender assim que percebiam com muito tato a sua posição. Um dos representantes da classe média, esta noite, era um coronel de engenharia. Homem sério, amigo íntimo do Príncipe Chtch..., por quem fora introduzido e apresentado em casa dos Epantchín. Quase não falava em sociedade, usava um anel desconforme e raro no dedo indicador da mão direita, provavelmente um presente. Havia, também, um poeta de origem alemã, mas poeta em idioma russo, perfeitamente apresentável, podendo, sem dúvida, ser introduzido sempre em boa sociedade, sem que viesse a causar apreensões. Era de aparência bem-conformada, embora, por certa razão difícil de dizer à primeira vista qual fosse, repulsiva. Devia ter uns 38 anos e se vestia irrepreensivelmente. Descendia de uma família alemã fundamentalmente burguesa, mas respeitável. Tinha o dom de obter vantagens e escolher oportunidades, sabendo quais as pessoas altamente colocadas cujo patrocínio lhe convinha. Certa vez traduzira versos de uma obra importante de um poeta alemão, fora hábil ao dedicar a sua tradução, e mais hábil ainda em ostentar sua amizade com um célebre poeta russo, já morto (havia uma turma de escritores cuja amizade gostava de recordar pela imprensa; sempre amizades de grandes escritores já mortos). Fora apresentado recentemente aos Epantchín, pela esposa do velho dignitário. Esta dama era célebre pela proteção que dedicava a literatos e homens cultos; tinha mesmo, com sua influência, arranjado pensão para um ou dois escritores, servindo-se de poderosos personagens. Realmente dispunha de influência. Era mulher de 45 anos (e por conseguinte bastante nova ainda para um homem da idade do marido); fora muito bonita e, como certas mulheres quarentonas, tinha ainda a

[57] Do francês: conversador; prosador. (N. E.)

mania de se vestir um pouco espalhafatosamente. Sua inteligência era curta e os seus conhecimentos literários duvidosos. Proteção a literatos era uma mania igual à dos seus adornos estapafúrdios. Muitas obras e traduções lhe haviam sido dedicadas e, com a sua permissão, dois ou três escritores tinham publicado cartas a ela escritas sobre assuntos da maior importância!...

Toda essa sociedade tomou-a Míchkin como moeda de lei, ouro puro, sem liga. Toda essa gente se achava, essa noite, como que por privilégio, no mais feliz estado de espírito e muito contente de si. Todos, sem exceção, sabiam que estavam, com a sua visita, prestando uma grande honra aos Epantchín. Mas pobre dele, Míchkin! Não suspeitava existirem tais sutilezas. Não suspeitava, por exemplo, que, conquanto os Epantchín estivessem considerando um passo tão importante para decisão do futuro de sua filha, ousariam deixar de exibi-lo, a ele, Príncipe Liév Nikoláievitch, ao velho dignitário que era reconhecidamente o patrono da família. E embora o velho dignitário, por sua parte, viesse a suportar com perfeita equanimidade as novidades da mais terrível calamidade que caísse sobre os Epantchín, certamente se ofenderia se os Epantchín contratassem o noivado de sua filha sem se aconselharem com ele, ou melhor falando, sem o seu consentimento. O Príncipe N... estava convencido de que era uma espécie de sol que se tinha levantado esta noite para ofuscar a sala dos Epantchín, sendo, como era, encantador e inquestionavelmente talentoso. Olhava-os a todos como infinitamente abaixo dele, e fora justamente essa franca e generosa noção de si próprio que o insinuara com maravilhosa e encantadora facilidade entre os Epantchín. Sabendo muito bem que tinha de contar uma história qualquer, para deleitar os convivas, para tal se preparara com positiva inspiração. Quanto ao Príncipe Liév Nikoláievitch, é lógico que depois que ouviu a história sentiu que jamais ouvira nada tão brilhante como humor, alegria estonteante e ingenuidade encantadora, dos lábios de um don juan como esse Príncipe N... Se, no entanto, tivesse sabido quão velha e repetida essa história era, sabida até de cor, gasta, usada e imprópria para uma sala de visitas, só em casa dos Epantchín podendo passar como novidade ou improviso, como verídica reminiscência de um homem esplêndido e brilhante!... Até mesmo o pequeno poeta alemão, que se estava comportando com grande modéstia e polidez, inclinava-se a acreditar que, com a sua presença, rendia uma homenagem à família.

Mas Míchkin não via nada pela outra face, não sabia reconhecer correntes submarinas! Tal calamidade, Agláia não previra.

E, esta noite, ela estava particularmente formosa. Trajavam as três moças vestidos de *soirée*,[58] mas não demasiado suntuosos, e usavam penteados de estilo *sui generis*. Agláia estava sentada com Evguénii Pávlovitch; conversava com ele e até brincavam ambos com excepcional amizade. Evguénii Pávlovitch comportava-se com mais tranquilidade do que de costume, um pouco, talvez, em respeito aos dignitários. Conhecido em sociedade da forma de que o era, estava como em casa, apesar de tão moço. Chegara à casa dos Epantchín, essa noite, com crepe no chapéu, o que não passou despercebido à Princesa Bielokónskaia, que aprovou isso. Qualquer jovem mundano não poria luto, em tais circunstâncias, por tal tio. Lizavéta Prokófievna também apreciou, embora tivesse mais com que se preocupar essa noite.

Notou o príncipe que Agláia o observara com certa atenção uma ou duas vezes e lhe pareceu que ela quis significar com isso que estava contente com ele. Pouco a pouco começou a se sentir muito feliz. Aquelas suas apreensões depois da conversa com Liébediev pareciam-lhe, agora, bem como as suas mais recentes ideias quando de súbito lhe voltavam à memória por entre intervalos, um sonho inconcebível, incrível e ridículo! (Durante todo o dia o seu esforço principal — embora inconsciente — tinha sido rejeitar até a anulação aquele sonho!) Falava pouco, e isso mesmo em resposta a perguntas. Já muito depois, não falou mais. Sentado como estava, ficou quieto, a ouvir, evidentemente feliz e satisfeito consigo. Mas, vagarosamente, dentro dele começou a trabalhar qualquer coisa, assim como que uma inspiração, pronta a romper no primeiro ensejo!... E eis que se pôs a falar, mas, com efeito, só em resposta a perguntas, aparentemente, sem nenhum especial desígnio.

7

Contentava-se o príncipe em prestar atenção na conversa de Agláia com o Príncipe N... e Evguénii Pávlovitch quando, inesperadamente, o velhote anglomaníaco (que entretinha, em um canto, o velho dignitário,

[58] Do francês: uma festa noturna, normalmente com atração musical; sarau. (N. E.)

contando-lhe com muita animação uma história qualquer) pronunciou o nome de Nikolái Andréievitch Pavlíchtchev. Míchkin virou-se logo na direção dos dois e ficou escutando.

Discorriam sobre negócios públicos e comentavam certos distúrbios havidos recentemente em propriedades rurais. Devia ser divertido o cunho da narrativa do anglomaníaco, pois o velho, no fim de cada período do locutor, desandava a rir. Aquele, de fato, narrava de modo muito pitoresco, ajudando o efeito com as mãos, pondo uma ênfase muito flexível nos fonemas. E contava como se vira obrigado, como consequência direta da recente legislação, a vender um esplêndido domínio na província, nada mais nada menos do que pela metade do valor real, embora não estivesse precisando de dinheiro; e como ao mesmo tempo se vira obrigado a conservar uma outra propriedade que estava arruinada, em litígio e sujeita a embaraços, tendo até gasto dinheiro com isso.

— Para evitar cair na aplicação da lei agrária, tive de protelar o inventário da propriedade antiga de Pavlíchtchev. Mais uma ou duas outras heranças como esta, e eles me arruínam... E deixe que lhe diga que eu deveria entrar na posse de nove mil acres de excelente terra.

Estando por acaso o General Epantchín perto de Míchkin e notando sua atenção toda especial pela conversa, lhe disse baixo:

— Nem tenha dúvida. Iván Petróvitch é parente do falecido Nikolái Andréievitch; aproveite o ensejo para travar conhecimento.

O General Epantchín estivera até então entretendo um outro general que era o diretor da sua seção; desde muito percebera a situação deslocada do príncipe, preocupando-se com isso. Desejou trazê-lo com naturalidade para a conversação, e nesse sentido foi desentocá-lo, apresentando-o de novo àqueles grandes personagens.

— Pela morte dos pais, aqui o nosso Liév Nikoláievitch teve Nikolái Andréievitch como tutor! — explicou, indicando Míchkin a Iván Petróvitch.

— Agrada-me sobremodo ouvir isso — disse cortesmente este último. — E, de fato, recordo-me bem disso. Quando, à entrada, Iván Fiódorovitch nos apresentou, imediatamente reconheci o senhor. E foi pelo rosto; mudou pouco, é verdade. E me lembrei, embora o senhor só tivesse uns dez ou 12 anos quando o vi. Aliás os seus traços são fáceis de guardar. Reconhecem-se logo...

— O senhor me viu quando eu era criança?

Iván Petróvitch reparou na surpresa do príncipe, e continuou:

— Sim, e há muito tempo! O senhor costumava viver em casa de meu primo, em Zlatovérkhovo. Não se recorda de mim? É muito provável que não possa recordar-se... O senhor, naqueles tempos, tinha uma espécie de doença: e que até me impressionou muito, naquela ocasião.

— Não me recordo do senhor, em absoluto — asseverou fervorosamente Míchkin.

Seguiram-se mais algumas palavras entre ambos. Da parte de Iván Petróvitch, muito calmas; da parte de Míchkin, muito agitadas. E logo ficou mais ou menos esclarecido que as duas senhoras, solteiras, primas de Pavlíchtchev, que tinham vivido na propriedade dele, em Zlatovérkhovo, e que haviam criado o príncipe, também eram primas de Iván Petróvitch. Este, como aliás qualquer outra pessoa, não saberia explicar o que induzira Pavlíchtchev a tomar tão a peito a proteção do jovem príncipe.

— "Não me ocorreu nenhuma curiosidade a respeito". Ainda assim, parece que tinha uma excelente memória, pois ainda se lembrava de quanto a sua prima mais velha, Márfa Nikítichna, fora severa para com o seu pequenino pupilo, "tanto que, uma ocasião, me levantei a seu favor e ataquei o sistema de educação dela. Por qualquer coisinha, vara, e outra vez, vara! Convenhamos que para uma criança doente..." E como era mais terna a irmã caçula, Natália Nikítichna, para com a pobre criança... "Estão ambas — prosseguiu ele — na província de X... (embora não esteja certo se estão vivas) onde Pavlíchtchev lhes deixou uma pequenina propriedade extremamente bela. Parece-me que Márfa Nikítichna quis entrar para um convento, mas não tenho certeza, não. Acho que estou confundindo com outra pessoa... Foi ela, sim; contou-me no outro dia a senhora do médico".

O príncipe ouvia com olhos radiantes de prazer e emoção. Calorosamente declarou que nunca se perdoaria de não ter ainda arranjado uma oportunidade para empreender uma visita às senhoras que o tinham educado, não obstante ainda poucos meses antes ter estado nas províncias do centro. Adiava sempre, tolhido por outros negócios. Mas que, desta vez... estava decidido. Iria procurá-las nem que tivesse de se perder na província de X...

— Com que então o senhor conhece Natália Nikítichna!? Que delicada e santa natureza! E Márfa Nikítichna também!... Perdoe-me, mas acho que o senhor se engana no que disse de Márfa Nikítichna. Era severa, mas... como não haveria de perder a paciência com um idiota da marca que eu era naquele tempo? Hi-hi. O senhor mesmo sabe muito bem que eu era um completo idiota. Ah! Ah! Ora, o senhor me viu, como é que não se lembraria disso? Diga-me, faça o favor, então... Meu Deus!... Então o senhor é parente de Nikolái Andréievitch Pavlíchtchev?!

— Dou-lhe a minha palavra que sou — disse Iván Petróvitch com um sorriso, examinando o príncipe.

— Oh! Eu não disse isso porque estivesse duvidando... E, na verdade, como haveria eu de duvidar afinal, ah, ah! Mas que homem que foi Nikolái Andréievitch Pavlíchtchev! Que coração boníssimo!

Míchkin não estava propriamente sem fôlego e sim "sufocado pela gratidão", como disse no dia seguinte Adelaída a seu noivo, o Príncipe Chtch ...

— Misericórdia e clemência! — exclamou rindo Iván Petróvitch. — Por que não poderei eu também ser parente de um homem de coração boníssimo?

— Oh! Meu Deus! — disse logo Míchkin dominado pela confusão e cada vez mais afoito. — Tornei a dizer uma estupidez... Mas isso tinha de acontecer porque eu... eu... eu... Mas eis outro despropósito que me ia saindo! Mas, quem sou afinal, digam, diante de tantos interesses, tão vastos interesses, comparado com um tão nobre coração? Pois o senhor bem sabe: ele foi realmente um coração nobilíssimo, não foi? Não foi?

O príncipe positivamente tremia todo. É difícil dizer por que motivo estaria tão agitado, em tal paroxismo de emoção, assim quase inconveniente, toda a sua maneira tão desproporcionada com o assunto geral e a conversa do seu grupo. Seu estado de espírito era consequência da mais viva e ardorosa gratidão que se estendia a Iván Petróvitch, senão a todos. "Espumava de felicidade." Iván Petróvitch começou a fitá-lo mais detidamente, e o próprio dignitário passou a prestar-lhe uma atenção mais especial. A Princesa Bielokónskaia, contraindo os lábios, olhava para Míchkin com raiva. O Príncipe N..., Evguénii Pávlovitch, o Príncipe Chtch... e as moças interromperam a conversa e se puseram a escutar. Agláia apenas parecia assustada, mas Lizavéta Prokófievna tinha o coração em sobressalto. E a culpa era delas, mãe e filhas, que se tinham comportado de modo tão estranho, na antevisão de tudo, havendo decidido que seria melhor para o príncipe ficar toda a noite sentado e quieto. Mas a verdade é que quando o viram sentado, em completa solidão, perfeitamente satisfeito em seu canto, se sentiram mortalmente penalizadas. Aleksándra estivera a ponto de ir ter com ele, atravessando o salão e, para ficar mais próxima, se juntara ao grupo do Príncipe N..., perto da velha Bielokónskaia. Quando, porém, Míchkin resolvera falar agora, ficaram por demais preocupadas.

— Bem razão tem o senhor de dizer que ele foi o mais excelente dos homens — pronunciou Iván Petróvitch com uma expressão onde já não havia traço de sorriso. — Sim, sim, era um excelente homem! Excelente e valioso — acrescentou depois de uma pausa. — De valor sob qualquer aspecto, pode-se dizer — insistiu mais expressivamente ainda, depois de um outro intervalo. — E é muito agradável ouvir isso da sua parte!...

— Não foi com esse Pavlíchtchev que houve uma história extravagante com... com o abade?... o abade?... Esqueci qual foi o abade... mas todo o mundo andou falando disso em certa ocasião! — sobreveio o dignitário, tentando lembrar-se.

— Com o Abade Goureau, um jesuíta — lembrou-lhe Iván Petróvitch. — E aí tem o senhor a que se expõe a nossa mais excelente e preciosa gente! Pois ele era, além de tudo, um homem de boa estirpe e de fortuna, viria a ser um gentil-homem da Câmara se tivesse preferido continuar nas funções... E não é que repentinamente abandonou a carreira para ingressar na Igreja Romana e se tornar um jesuíta, com a maior decisão, com uma espécie mesmo de entusiasmo? Mas morreu na hora certa... conforme todo o mundo disse.

Míchkin ficou inteiramente pasmado.

— Pavlíchtchev converteu-se à Igreja Romana? Impossível! — exclamou horrorizado.

— "Impossível"? Com efeito! — E Iván pronunciou isto com firmeza. — Exagera muito, o senhor, não lhe parece, caro príncipe?... Principalmente tendo, como tem, tão alto conceito do falecido... Certamente ele foi um homem de grande coração e a isso, principalmente, atribuo eu o sucesso desse velhaco Goureau. Mas nem me pergunte que amolações e trapalhadas não tive eu depois com esse caso e com esse Goureau. Imagine o senhor — disse voltando-se para o dignitário —, tentaram demandar contra o testamento e me vi obrigado a recorrer às mais vigorosas medidas para os repor no uso da razão, pois eles eram de primeira ordem nesse gênero de especialidade. Formidável gente! Mas, louvado seja Deus! Tudo isso aconteceu em Moscou. Dirigi-me diretamente à Corte e logo os reconduzimos a um raciocínio mais lúcido.

— O senhor nem imagina quanto me aflige e me faz pasmar — asseverou o príncipe.

— Sinto muito. Mas, como fato em si, tudo isso não passou de insignificante negócio e acabou em fumaça, como tais coisas sempre acabam. Nem penso mais nisso. No verão passado — virou-se para o velho — contaram-me que a Condessa K... entrou para um convento católico, no estrangeiro. Os russos, uma vez na mão desses velhacos, não se livram mais... especialmente no estrangeiro.

— Isso tudo provém do nosso tédio — murmurou, com autoridade, o velho dignitário. — As maneiras que eles empregam para conquistar prosélitos é repugnante e só própria deles. Sabem como intimidar o povo. Também a mim me pregaram um bom susto, em Viena, em 1832. É o que lhe digo! Mas não me apanharam. Fugi-lhes das malhas, ah, ah! Consegui escapulir...

— A mim, o que me contaram, meu caro senhor, foi que o senhor fugiu de Viena para Paris com a Condessa Levítzkaia, abandonando o seu posto, e não por causa dos jesuítas — intrometeu-se inesperadamente a Princesa Bielokónskaia.

— Procurando bem, deve haver nisso um jesuíta — retorquiu o velho dignitário, rindo ante a agradável recordação. Mas genialmente acrescentou, refugiando-se no pasmo do Príncipe Liév Nikoláievitch que o estava ouvindo de boca aberta e que ainda mais espantado ficou: — O senhor parece-me muito religioso, coisa que hoje em dia não se encontra com frequência entre gente nova.

Por qualquer motivo o príncipe se tornou objeto de atenção para ele, que pretendia estudá-lo mais intimamente.

— Pavlíchtchev, que era um homem iluminado e um cristão, um verdadeiro cristão — declarou Míchkin sem que isso fosse esperado —, como pôde aceitar uma fé que não é cristã? O catolicismo vale tanto como qualquer religião não cristã — ajuntou, de repente, olhando em volta, como a querer, com os olhos cintilantes, esquadrinhar todo o grupo.

— Ora, vamos, isso é exagerado — balbuciou o velho, que olhou, surpreendido, para o General Epantchín.

— Por que diz o senhor que o catolicismo é uma religião anticristã? — interrogou Iván Petróvitch virando-se lá da sua cadeira. — Que é então?

— Primeiramente é uma religião anticristã — começou o príncipe com excesso de animação, respondendo com uma presteza mais que afoita. — Em segundo lugar, o catolicismo é até pior do que o ateísmo, na minha opinião. Sim, esta é a minha opinião. O ateísmo apenas nega, ao passo que o catolicismo falseia o Cristo, calunia, difama e se opõe ao Cristo. Prega o Anticristo! Declaro e assevero que prega o Anticristo. Esta é a convicção a que cheguei e que me atribulou. O catolicismo romano não consegue sustentar a sua posição sem uma política universal de supremacia e exclama: "*Non possumus*!".[59] Assim, a meu ver, nem religião é, mas tão somente uma espécie de tentativa de continuação do Império Romano Ocidental; e tudo nela está subordinado a essa ideia, começando mesmo pela fé. O papa se apoderou da terra, seu trono terrestre, e empunhou o gládio. Desde então tudo continuou da forma antiga, sendo que à espada, ao gládio, eles juntaram a mentira, a fraude, o embuste, o fanatismo, a superstição e a vilania. Divertiram-se com os mais santos, mais sinceros e mais ferventes sentimentos do povo. Trocaram tudo, tudo, pelo dinheiro, pela vil força terrena. E não é justamente isso que ensina o Anticristo? Como poderia o ateísmo deixar de provir dele? O ateísmo emergiu do próprio catolicismo romano! Este gerou aquele. Começou pelos seus adeptos: poderiam eles crer em si próprios? Um se fortaleceu com a reação contra o outro. Um foi procriado pela mentira e pela incapacidade espiritual do outro. Ateísmo! Entre nós são só as chamadas classes excepcionais que não creem, aquela camada que, conforme tão bem se expressou Evguénii Pávlovitch, perdeu as suas raízes. Mas aí pela Europa uma formidável massa de gente está começando a perder a fé, um pouco por causa da treva e da mentira e muito, principalmente agora, por causa do fanatismo e do ódio da igreja e da cristandade.

O príncipe parou para tomar fôlego, pois argumentara com incrível precipitação. Estava pálido e sem ar. O velho dignitário, depois que todos se entreolharam, deu um largo sorriso. O Príncipe N... tirou os óculos, pondo-se sem eles a observar Míchkin por algum tempo. Por

[59] Do latim: significa "Não podemos". (N. E.)

sua vez o poeta alemão, saindo do seu canto, se aproximou da mesa, um sorriso hostil nos lábios, com ar de querer prolongar assunto tão inédito.

Nisto, com afetação de quem se sente desconsiderado diante de tamanha desenvoltura, Iván Petróvitch disse vagarosamente:

— Mas como o senhor está exagerando! Existem representantes dessa Igreja que não somente são virtuosos como até mesmo merecedores de todo o nosso respeito!

— Não estou falando contra os representantes individuais da Igreja. Estou falando da essência do catolicismo romano. Estou falando de Roma. Como haveria uma Igreja toda de desaparecer? Nunca disse isso!

— Estou de acordo. Trata-se de fato bem conhecido. De assunto, com efeito, aqui, inadequado e inconveniente, agora. De mais a mais, é uma questão puramente teológica...

— Oh! Não, não! Não é uma questão apenas teológica, posso afiançar-lhe. Interessa-nos muito mais intimamente do que o que o senhor julga. O erro está justamente em não sabermos ver que não se trata de uma questão teológica, exclusivamente! Foi precisamente como desespero, como oposição ao catolicismo que o ateísmo nasceu, com uma função ética para substituir a força moral perdida da religião. Para extinguir a sede espiritual da humanidade abrasada e então salvá-la a seu modo, não por intermédio de Cristo, mas pela violência. Ora, também isso não passa de tentativa de liberdade por meio da violência! Também isto outra coisa não é senão união feita com a espada e o sangue. "Não ouseis ter crença em Deus! De que adianta ter propriedades e individualidade! *Fraternité ou la mort*![60] Dois milhões de cabeças!" Pelas suas obras os conheceremos, já foi dito. E não acredite o senhor que tudo isso não tenha um alvo, que tudo isso não constitua um perigo. Oh! É preciso resistirmos, imediatamente, já! Aquele Cristo que conservamos intato, o nosso Cristo, e que eles não conheceram nunca, deve brilhar diante de todos e vencer o Ocidente! Não deixemos que as forças dos jesuítas nos escravizem! Levemos a nossa civilização russa até eles, enfrentemo-los, e não consintamos que seja dito diante de nós, como ainda agora foi, que a sua pregação é mais sagaz e mais proficiente.

— Mas me permita um instante... um instante! — retrucou Iván Petróvitch, cujo espanto crescia à medida que olhava para o príncipe

[60] Do francês: "Fraternidade ou morte!" (N. E.)

positivamente com receio. — Todas essas suas ideias são muito valiosas e demonstram patriotismo, mas tudo isso está exagerado ao extremo e... com efeito, seria melhor desistirmos de...

— Exagerado em quê? Eu não disse tudo, absolutamente; não disse tudo, pois me faltam os termos mediante os quais possa...

— Per-mi-ta-me...

Sentando-se de súbito na cadeira, o príncipe parou de falar, encarando com olhar fixo e fervente Iván Petróvitch.

— A minha impressão é que o amigo se deixou afetar pelo que aconteceu ao seu benfeitor — observou indulgentemente o velho dignitário em tom calmo e inalterável. — Esse seu temperamento ardoroso deve provir da sua solidão. Se vivesse mais entre as pessoas, e visse um pouco mais o mundo, espero que chegaria a ser um notável moço. Se não tivesse crescido assim tão irritável, veria como tudo isso é muito mais simples. E acabaria reconhecendo, ainda por cima, como eu reconheci, que esses casos excepcionais são devidos, por uma parte, por estarmos *blasés*,[61] por outra parte por estarmos aflitos...

— Justamente, justamente! — aplaudiu Míchkin. — Esplêndida ideia! Tudo isso advém da nossa estupidez, de uma grande estupidez nossa. Não por sermos *blasés*. Muito ao contrário. Pela nossa insatisfeita ansiedade, e não por sermos *blasés*. Nisso o senhor está errado. Não só, simplesmente, pela nossa ansiedade insatisfeita, mas por esta abrasadora, sufocante sede. E não se diga que a diferença é assim tão diminuta que dela nos possamos rir. Desculpe-me, mas essas coisas devem ser olhadas de frente. Logo que os russos sentem o chão sob os pés e se convencem, que é chão, ficam tão contentes de o terem atingido que não param mais, vão aos limites mais avançados. Por que será? O senhor se surpreendeu com Pavlíchtchev e deu como causa, da parte dele, loucura ou simplicidade. Mas não foi uma coisa nem outra. A intensidade russa é uma surpresa não só para nós, como para a Europa inteira. Se um de nós se torna católico, automaticamente vira jesuíta e dos mais inabaláveis. Se se torna ateu, não cessará nunca de clamar pela extirpação da crença em Deus, através da força, isto é, pela espada. Por que é isso? Por que esse frenesi? Precisamos descobrir o motivo. Seria porque encontrou a pátria que tinha perdido aqui? Ele atingiu o litoral, descobriu a terra e investe

[61] Do francês: cansado. (N. E.)

para beijá-la. Os ateus russos, da mesma maneira que os jesuítas russos, são os exilados não só da vaidade, não só de um mau e vão sentimento, mas também de uma agonia espiritual, de uma sede interior, a fome por uma coisa mais alta, a rota firme rumo a uma outra pátria, já que deixaram de crer nesta porque nunca chegaram a conhecê-la. É mais fácil um russo se tornar ateu, do que qualquer outra pessoa no mundo. E os russos não só se tornam ateus, como acreditam invariavelmente no ateísmo, como em uma nova religião, sem reparar que estão pondo a sua fé a serviço de uma negação. Tão grande é a nossa fome! "Quem não tem raízes debaixo de si, não tem Deus!" Não sou eu que o estou dizendo! Foi dito por um mercador e Velho Crente que encontrei certa vez em viagem. Na verdade, as suas palavras não foram estas. O que ele disse, foi: "O homem que renunciou à sua pátria renunciou ao seu Deus!". Corre entre nós que muita gente altamente educada se filia à seita dos Flageladores. Ora, pergunto, será isso pior do que o ateísmo, o jesuitismo ou niilismo? Não será, antes, um pouco mais profundo? Pois foi ao que os levou a sua agonia. Revelado aos sôfregos e febris companheiros de Colombo o "Novo Mundo", revelemos ao russo o "mundo" da Rússia, deixemo-lo descobrir o ouro, o tesouro escondido dentro da terra! Mostremo-lhe a humanidade inteira levantando-se outra vez renovada pelo pensamento russo tão somente, talvez pelo Deus e pelo Cristo russo, e veremos em que poderoso e verdadeiro gigante, belo e sábio, ele se desenvolverá diante dos olhos do mundo atônito! Atônito e pasmado, porque não esperava de nós senão a espada! Senão a espada e a violência, porque, julgando-nos por eles próprios, não nos podiam conceber livres da barbárie. Sempre foi assim até aqui e continuará sendo, cada vez mais! E...

Mas, a esta altura, aconteceu um incidente que cortou de pronto a eloquência do locutor, da maneira mais inesperada.

Esse período desordenado, esse rasgo de estranhas e agitadas palavras e de entusiásticas ideias confusas que infeliz aparentemente tropeçavam umas nas outras pareciam indicar algo da ominosa condição mental desse jovem que, a propósito de uma ninharia, se pusera nesse estado assim tão inesperadamente. Dentre os presentes, aqueles que conheciam o príncipe se encheram de apreensões (e alguns até ficaram contrafeitos) ante essa explosão que não era de esperar, dada a sua habitual timidez e notório acanhamento, ou melhor, dado o seu raro e especial tato diante de certos casos, pois tinha um sentimento instintivo das conveniências reais. Não puderam entender o motivo a que era devido isso. O que lhe tinham contado a respeito de Pavlíchtchev não podia ter sido a causa. Lá dos seus lugares as damas o contemplavam crentes de que estava fora do seu juízo. E a Princesa Bielokónskaia confessou depois que estivera até para se retirar. Os senhores de idade ficaram desconcertados, em seu primeiro espanto. O diretor de seção olhou-o, lá do seu canto, de um modo carrancudo e antipático. O coronel de engenharia permaneceu em absoluta imobilidade. O alemão empalideceu, mas, sorrindo um sorriso artificial, observou toda aquela gente a ver que efeito estava sentindo. Mas tudo isso, se escândalo houve, em outra circunstância teria terminado de maneira comum. O General Epantchín, que estava extremamente estupefato, compreen-dera a situação muito antes dos demais e fizera diversas tentativas para que o príncipe parasse. Os seus esforços tendo falhado, dirigiu-se em pessoa, para o príncipe, com firme e resoluto desígnio e, se houvesse tido tempo, um minuto só que fosse, teria tomado a extrema solução de levar Míchkin para fora do salão, de maneira amistosa, pretextando achar-se ele doente, o que bem poderia talvez ser verdadeiro, estando o general, no íntimo, convencido disso... Mas a cena acabou de um modo muito outro.

No começo, quando de sua entrada na sala, lembrando-se de que Agláia o amedrontara a respeito do vaso da China, sentou o mais distante possível dele. Pareça, ou não, verdade, depois das palavras de Agláia, na véspera, o obsedou como convicção prodigiosa o pressentimento incrível de que, pela certa, quebraria o vaso no dia seguinte. Para evitar o desastre, cuidadosamente se afastara do vaso. Mas tinha de ser. No decorrer do serão outras e mais ardentes impressões se foram apoderando da sua alma, conforme ainda agora mesmo estivemos descrevendo. E ele esqueceu o seu pressentimento. Quando ouviu falar o nome de Pavlíchtchev e, depois, quando o General Epantchín o conduziu até Iván Petróvitch, para o apresentar, Míchkin se mudara para mais perto da mesa, acabando por se sentar justamente na poltrona mais próxima do enorme e lindo vaso da China que estava sobre um pedestal quase rente do seu cotovelo e um pouco atrás.

Ao proferir as últimas palavras, inadvertidamente escancarara os braços e dera um repelão com o ombro... Houve um grito geral de espanto. O vaso balançou primeiro, como a hesitar se deveria cair sobre uma das cabeças dos senhores idosos; mas subitamente se inclinou para o lado oposto, na direção do poeta alemão, que se desviou para um lado; e então se foi espatifar no assoalho. Um barulho, um só grito, e os preciosos cacos se espalharam pelo tapete. A perplexidade e o susto decorrentes e como a situação de Míchkin se tornou crítica, tudo isso é desnecessário descrever aqui. Mas não podemos omitir uma impressão exótica que logo o crispou e que não se desvaneceu nem mesmo durante o tempo em que toda aquela massa de sensações o confundiu. O que o impressionou não foi a vergonha nem o escândalo concomitante com o susto. Nem foi mesmo o inesperado do fato. Foi esse pressentimento de que isso se daria ao tomar de súbito uma conformação objetiva. Não saberia julgar por que o subjugara antes essa certeza agora confirmada. Ficou parado, sentindo um aperto no coração, invadido por um terror quase supersticioso.

Bastou, porém, um minuto para sentir um desafogo quando tal terror foi substituído por uma espécie de luz, de alegria radiosa. Antes que o ar lhe faltasse, já o momento crítico tinha passado. Respirou fundo e olhou em volta.

De início ficou impossibilitado de compreender o tumulto que o cercava; imediatamente depois lhe pareceu não ser causa nem motivo daquilo tudo e sim estar também ele presenciando, como se, em um conto de fadas, tivesse entrado pulando invisível lá para dentro, atraído pelo fato com o qual nada tinha a ver mas que o interessava. Via gente curvada, pegando aqui e acolá os cacos maiores; ouvia o vozerio; via Agláia, pálida, sem traço de ódio ou de aborrecimento, olhá-lo de modo muito estranho. Aqueles olhos o miravam com afeição, depois olhavam para as outras pessoas também com afeição, e isso deu ao coração de Míchkin uma doce pena. Para maior espanto seu, viu todos de repente se sentarem outra vez. E rindo, sim, todos estavam rindo, como se nada houvesse acontecido. No momento seguinte, vendo sua estupefação muda, tornaram a rir. Era uma risada amável, alegre, bondosa. Muitos se dirigiam a ele, cordialmente. Lizavéta Prokófievna, mais do que todos risonha, lhe dizia qualquer coisa muito, muitíssimo inefável. Quando o príncipe reparou, o general estava a dar-lhe pancadinhas amistosas no ombro, Iván Petróvitch também se ria; mas o velho dignitário foi de todos o mais encantador. Tomou a mão do príncipe, apertou-a de modo jocoso e ao mesmo tempo íntimo, bateu-lhe com a outra mão livre umas pancadinhas nas costas, animou-o, deram alguns passos juntos. Falava-lhe como a um garoto que tivesse levado um susto. (O príncipe ficou radiante com isso.) E acabou por fazer que se sentasse ao seu lado. Agora Míchkin olhava, contentíssimo, para aquele semblante venerável, e não podia falar, com a respiração suspensa. Como gostou da fisionomia daquele velho!

— Com que então — murmurou afinal — realmente todos me perdoam? A senhora também, Lizavéta Prokófievna?

A risada foi maior do que antes. Lágrimas vieram aos olhos de Míchkin. Nem podia acreditar: estava encantado.

Iván Petróvitch disse então:

— Não há dúvida de que era um vaso preciosíssimo. Lembro-me dele ali no mesmo lugar deve haver uns 15 anos. Quinze, no mínimo!

— Não foi nenhum desastre terrível. Se até a gente acaba um dia, quanto mais um objeto? Por que todo esse espanto, Liév Nikoláievitch, por causa de um vaso de cerâmica? — exclamou Lizavéta Prokófievna, com vivacidade redundante. — Veja lá se vai agora ficar desapontado por causa disso! — acrescentou com ar de já estar apreensiva. — Não se incomode, meu rapaz, não se incomode. Veja que eu estou à vontade! Não estou?

— E perdoa-me por tudo? Por tudo, além do vaso?

E ia levantar-se, mas o velho lhe puxou o braço, como para não o deixar prosseguir, murmurando por cima da mesa para Iván Petróvitch:

— *C'est très curieux et c'est très sérieux!*[62]

Mas o fez alto e instintivamente a ponto de o príncipe dar a entender que ouvira.

— Assim, pois, não ofendi a ninguém? Nem podem imaginar como esta verificação me põe feliz. Mas tinha de ser assim. Poderia eu ofender a alguém aqui? Persistindo em perguntar é que ofendo, não é mesmo?

— Acalme-se, meu querido rapaz. Isso tudo é exagerado. Não há motivo para se mostrar tão grato assim! Trata-se de um sentimento excelente mas exagerado.

— Não estou agradecendo e sim apenas eu... eu... os estou admirando! Palavra de honra que olhá-los dá felicidade... Decerto estou proferindo

[62] Do francês: "É muito estranho e muito grave!". (N. E.)

bobagens, mas devo falar, devo explicar, quando mais não seja por consideração a mim próprio...

O que dizia, o que fazia era já sob espasmo, febricitação e névoa. Provavelmente as palavras que proferia não eram as que pretendera proferir. Mas os seus olhos perguntavam se ainda podia continuar a falar mais e mais. E nisto deram com os da Princesa Bielokónskaia.

— Está muito bem, *bátiuchka*, prossiga, prossiga, mas não se precipite dessa forma. Já não viu o resultado da sua pressa no que deu ainda agora? Estas damas e estes cavalheiros já foram mais extravagantes do que o senhor, e portanto não se podem surpreender. E o senhor fez nada de extraordinário! Que fez o senhor? Quebrou um vaso e nos pregou um susto.

Míchkin ouvia, sorrindo.

Pouco depois teve o velho dignitário de ficar todo vermelho, pedindo ao príncipe "calma, calma!", pois este, voltando-se para ele, lhe perguntara de chofre:

— Com que então foi o senhor quem, há três meses, salvou do degredo um estudante chamado Podkúmov e um tabelião chamado Chvábrin?

Virou-se a seguir para Iván Petróvitch:

— E penso que foi o senhor, se ouvi direito, que presenteou madeira suficiente para os seus mujiques reconstruírem suas *izbás*[63] que um incêndio destruíra? E isso depois de lhes haver abolido a servidão e nem assim lhe terem dado provas sequer de agradecimento?

— Oh! Exageraram-lhe! — Mas Iván Petróvitch sentiu um prazer dignificado. Nesse caso, Iván Petróvitch tinha toda a razão, pois era apenas um boato absolutamente falso, que tinha chegado aos ouvidos do príncipe.

Agora era com a Princesa Bielokónskaia:

— E não me recebeu a senhora há seis meses, em Moscou, como a um filho, quando Lizavéta Prokófievna lhe escreveu me recomendando? E que mãe daria aos próprios filhos os conselhos que a senhora me deu?! Nunca me esquecerei. Lembra-se, Alteza?

— Por que está o senhor nesse estado? — desfechou-lhe a Princesa Bielokónskaia, vexada. — É uma pessoa de coração esplêndido, mas...

---

[63] Tradicionais casas russas, construídas de madeira. (N. E.)

absurda. Se alguém lhe dá uma pequena moeda se põe a agradecer como se esse alguém lhe tivesse salvo a vida. Sua gratidão é valiosa mas vexa... — Esteve a ponto de se zangar, mas acabou também ela rindo, e dessa vez a risada era de desvanecido contentamento.

O rosto de Lizavéta Prokófievna estava radiante. O do General Epantchín até refulgia, sendo que ele, repetindo as palavras da princesa que tanto o haviam tocado, disse ainda em êxtase:

— Também acho que se Liév Nikoláievitch não fosse tão precipitado seria... como direi?... seria...

Somente Agláia demonstrava mortificação. Havia um rubor talvez de ressentimento difuso em suas faces.

E o velho dignitário exclamou outra vez para Iván Petróvitch:

— Ele é deveras muito encantador!

E eis que com emoção crescente, recomeçando a falar de modo cada vez mais extravagante e impetuoso, sempre com uma estranha pressa, Míchkin declarou:

— Dizer-se que entrei neste salão, hoje, com uma tremenda angústia interior! Temia-os a todos e temia a mim mesmo. A mim mais do que a todos. Quando cheguei do estrangeiro vim com o intento de procurar a melhor gente. Gente de antigas famílias, de antigas linhagens, como é o meu caso entre as quais me encontro na primeira fila por direito de nascimento. Agora, por exemplo, me vejo sentado perto de uma princesa, como príncipe que sou, não é verdade? Ainda quero conhecê-los mais, e sei que é necessário, muito necessário! A mim diziam que, em gente como as pessoas com quem aqui tenho a honra de estar, havia mais defeitos do que qualidades. Que era gente rabugenta, exclusivista, voltada só para os seus interesses, estagnada, de educação superficial e de hábitos ridículos! O que se falou e o que por aí há escrito a tal respeito! Entre aqui com a maior curiosidade. E com inquietação, dado esse conceito crítico. Vim com o intento de formar pessoalmente uma opinião exata, ver se de fato a camada superior do povo russo não prestava para nada, se vivia fora do seu tempo, aderida à sua vida retrógrada! Vim para verificar se, assim sendo, não lhe valeria mais morrer de vez em lugar de debilitar-se aos poucos, persistindo em intermináveis e inúteis rixas com os homens do futuro, em lugar de lhes entravar o caminho com seus corpos já quase cadáveres. Já anteriormente não cheguei nunca a acreditar nessa asserção, tanto mais que entre nós aqui na Rússia nunca houvera uma casta superior propriamente, salvo os cortesãos, por uniforme ou por acidente, e que desapareceram de todo, agora. Estou falando direito, ou não?

— Não, não está certo — disse Iván Petróvitch sorrindo com ironia.

— Pronto! Lá vem ele outra vez! — comentou a Princesa Bielokónskaia, perdendo a paciência.

— *Laissez-le dire*!...[64] Está morto por isso! — garantiu-lhe o velho dignitário, em voz baixa.

O príncipe perdera completamente o autodomínio:

— E que encontro eu? Sim, aqui neste salão, nesta sociedade? Gente elegante, de bom coração, inteligente! Deparo com um respeitável ancião que se prontifica a ouvir um rapaz como eu, e que se torna afável comigo! Encontro gente apta a compreender e a perdoar! Eis a bondosa gente russa! Tão bondosa e caritativa como a que encontrei por lá. Talvez até melhor! Fácil é julgar que deliciosa surpresa não é a minha! Oh! Permitam-me que eu traslade isso para palavras! Tanto se ouve dizer e tanto se acredita que a alta sociedade não passa de maneirismos, de etiquetas antiquadas, na qual toda a realidade da vida está extinta! E agora, aqui estou e verifico por mim próprio que entre nós na Rússia não se dá isso. Lá fora talvez possa ser, mas aqui na Rússia, não! Pode gente assim ser contrafação? Pode disto nascer vocação para jesuítas? Ouvi o Príncipe N... contar agora há pouco uma história. Que espontaneidade, que singeleza de humor, que franqueza genuína. Poderiam tais palavras sair de um homem que estivesse morto já? Cujo talento e cujo coração houvessem secado já? Tratar-me-iam os mortos como aqui me trataram? Não é isto material e substância para o futuro? Para uma crença esperançosa? Pode gente assim ficar para trás, deixar de ter sensibilidade?

— Peço-lhe de novo, meu rapaz, que se acalme. Vamos deixar esse assunto para uma outra vez. Terei muito prazer — sorriu o velho dignitário.

Iván Petróvitch resolveu limpar a garganta, mexendo-se na sua poltrona. O General Epantchín fez um movimento qualquer. O chefe de seção resolveu conversar com a esposa do alto dignitário, deixando de prestar atenção em Míchkin. Mas a mulher do dignitário ainda assim o escutava e olhava de soslaio.

---

[64] Do francês: Dexai-o falar. (N. E.)

— Não, o melhor para mim é falar — tornou a investir o príncipe, febrilmente, dirigindo-se para o ancião com particular confiança, como se estivesse fazendo uma confidência. — Ontem, Agláia Ivánovna me pediu que permanecesse aqui hoje muito calado. Ou melhor, chegou a me dizer quais os assuntos que eu não deveria abordar em hipótese alguma. (Ela sabe em que espécie de assuntos digo incoerências.) Tenho 26 anos, mas não ignoro que sou uma criança. Já muitas vezes me adverti a mim mesmo, pois acho que não tenho o direito de exprimir uma opinião, já que o faço sempre errado. Foi somente com um tal Rogójin que uma vez me abri francamente. Líamos Púchkin inteiro, juntos, do qual ele ignorava até o nome. Sempre temi que este meu modo absurdo pudesse desacreditar o pensamento, a ideia dominante. Não tenho elocução. Não tenho gesticulação adequada, causo risos nos outros, enfim... destruo as minhas ideias. Não tenho o senso de proporção, muito menos! E isso é que é pior. Sei que me é muito mais vantajoso ficar sentado, quieto. Mas quando persisto em ficar quieto me torno muito sensível e, o que é mais, me ponho a pensar em uma porção de coisas. E então sinto que o melhor é falar. Falando me sinto logo magnificamente. Todos estão com expressão tão inefável! Prometi ontem a Agláia Ivánovna que ficaria calado hoje toda a noite!

— *Vraiment?*[65] — sorriu o velho dignitário.

— Mas pensando bem vi que não tenho razão em pensar assim. A sinceridade não é declamação, mesmo que pareça ser só isso e nada mais. Não é verdade mesmo?

— Às vezes.

— Quero explicar tudo, tudo, tudo! Sim, cuidam que sou utópico? Teórico? Pelo amor de Deus! Mas as minhas ideias são o que há de mais simples! Não acreditam? Riem? Digo-lhes, sou às vezes desprezível exatamente por não manter sempre acesa essa minha fé, por vacilar às vezes. Quando entrei aqui neste salão, ainda há pouco, perguntava a mim mesmo: "Como devo me dirigir a eles? Com quais palavras devo começar a fim de que me compreendam ao menos um pouco?". Como entrei amedrontado! E mais amedrontado estava por todos aqui. Foi terrível, terrível! E, afinal, por que esse medo? Não é vergonhoso ter medo? Por que há de um espírito avançado recear diante de uma tal ou qual massa

[65] Do francês: de fato, realmente. (N. E.)

de retrógrados e maus? Devia entrar de fronte erguida! E eis o que me tornou assim tão feliz! É que minutos depois já eu me havia convencido de que não existe absolutamente essa tal ou qual massa retrógrada e má, mas que todos são, todos somos substância viva! Assim, por que continuar eu preocupado, arredio, temendo já agora apenas o meu feitio absurdo? Meu? Só meu? Estamos todos fartos de saber que somos absurdos, superficiais, que temos maus hábitos, que somos maçantes, que não sabemos encarar as coisas, que não compreendemos coisíssima nenhuma! Somos todos assim, nós, eu, eles, aqueles, estes, todos! E não ficam ofendidos por lhes estar eu dizendo no rosto que são, que somos absurdos? Estão? Mas é que também assevero que nós somos substância esplêndida! Querem que lhes diga uma coisa? A meu ver, às vezes, ser absurdo não deixa de ser bom. Com efeito, é melhor até. Torna mais fácil nos perdoarmos uns aos outros, é mais fácil do que ser humilde. Não é possível a humanidade compreender tudo, imediatamente, não é possível começar logo com a perfeição! Para atingirmos a perfeição, devemos começar por uma grande ignorância bem difusa! Tudo que é compreendido depressa carece de compreensão eficiente. Digo-lhes isto porque, por mais que se haja entendido e compreendido muita coisa, muitíssima mais ainda há a ser compreendida com eficiência essencial! Mas agora caio em mim: não se teriam molestado por um criançola como eu lhes dizer tais coisas? Claro que não! Bem sabem todos aqui de que forma relevar e perdoar os que os ofendem e os que não os ofendem. Sim, sempre é muito mais difícil perdoar quem não nos ofende, pois tal perdão tem de ser duplo, para a inocência alheia e para a injustiça de nosso equívoco, já que erradamente supusemos nos ter advindo dano. Eis o que eu esperava de gente sã, eis o que eu ansiava por declarar quando comecei a me exprimir, não sabendo ser claro... o senhor está rindo, Iván Petróvitch? Cuida que ao entrar aqui eu estava com prevenção por causa deles, de quem passo por paladino, tido como sou por um democrata, um advogado da igualdade? (Riu de forma crispada. Já vinha entrecortando os períodos com acento de riso prazeroso.) Não, não era isso. Meu medo era por todos nós aqui juntos. Pois se eu próprio sou um príncipe, de antiga família! Se me vejo sentado entre príncipes! Falo, para salvar a todos nós, para que a nossa classe não pereça em vão nas trevas, sem realizar nada, tendo recebido tudo e tudo tendo perdido! Por que hei de desaparecer e dar passagem a outros, quando posso permanecer na vanguarda e ser dos principais? Já que estamos na frente, urge que sejamos os chefes! Tornemo-nos servos para sermos condutores!

Fez menção de se levantar da poltrona, mas o velho dignitário o conteve de novo, embora o olhasse com uma inquietação crescente.

— Tenham paciência, ouçam! Sei que não está direito que eu esteja falando. Melhor dar um exemplo, fica mais claro!... Melhor começar... e já comecei... e... e... pode alguém ser deveras infeliz? Posso eu, por exemplo, me considerar infeliz só porque sou doente, só devido ao meu caso tão triste? Mas se posso ser feliz! Palavra que não entendo como é que existe gente que ao passar por uma árvore não se sinta feliz em vê-la! Como pode uma pessoa conversar com outra e não sentir felicidade em amar essa outra pessoa? Estão entendendo? O que digo é certo, exato, nítido! Só que não consigo me exprimir certo... e com quantas coisas inefáveis deparamos a todo instante, a cada passo, tantas e tais que mesmo o homem mais desesperançado tem de se sentir feliz, pelo menos ao dar com uma delas! Que nossos olhos batam no rosto de uma criança, que nossos olhos se deslumbrem diante do nascer do sol, que se abaixem para ver como a erva cresce! Isso não chega para dar felicidade? E se nossos olhos dão de chofre com uns olhos que nos amam?!...

Ergueu-se por um instante, enquanto falava. De repente o ancião o olhou estupefato, sendo que Lizavéta Prokófievna, erguendo os braços, aturdida, exclamou: "Deus do Céu!", pois fora a primeira a perceber a terrível surpresa.

Nisto, Agláia se precipitou de onde estava para ele e ainda chegou a tempo de tomá-lo nos braços, ouvindo com terror, a face repuxada pela angústia, aquele uivo selvagem do "espírito que dilacera e rasga um desgraçado".

O doente jazia agora sobre o tapete, e alguém se apressou em lhe colocar uma almofada sob a cabeça.

Quem poderia esperar por uma coisa destas?

Um quarto de hora depois, o Príncipe N..., Evguénii Pávlovitch e o velho dignitário se empenhavam em restabelecer a vivacidade da reunião. Foi impossível. E dentro de meia hora a recepção se desfez, sendo pronunciadas muitas palavras de simpatia e de mágoa, os comentários se restringindo ao mínimo. Iván Petróvitch observou que "o jovem era um eslavófilo mas que não havia nada de perigoso nisso". O alto dignitário não expressou opinião de espécie alguma. Cumpre dizer, de passagem, que nos dias seguintes todos os que tinham estado presentes pareciam um tanto circunspectos ou mesmo frios com os Epantchín. Iván Petróvitch tomou ares de "desconsiderado", isso logo passando. O chefe de seção do departamento onde trabalhava o General Epantchín tratou-o um tanto secamente. O velho dignitário grunhiu qualquer reparo genérico, à guisa de advertência ao chefe da família, valendo-se da sua categoria de padrinho, ou melhor, patrono, coisa que logo abrandou, passando, de termos elogiosos, a deixar entrever quanto se interessava pelo futuro de Agláia. Realmente era um homem de bom coração. E a prova complementar disso é que uma das razões por que naquela noite se interessara por Míchkin provinha do fato de já ter ouvido alusões ao papel que o príncipe desempenhara no escândalo referente a Nastássia Filíppovna. Viera a saber qualquer coisa sobre o caso, interessara-se bastante, gostaria até de fazer umas perguntas.

A Princesa Bielokónskaia disse a Lizavéta Prokófievna ao se despedir aquela noite:

— Bem, há nele coisas boas e ruins. E se desejas que eu seja franca: as ruins são em maior quantidade do que as boas. Podes ver por ti mesma o que ele é: um homem doente!

A generala compenetrou-se, de uma vez para sempre, que tal noivado era "impossível", e naquela mesma noite fez o voto de, enquanto vivesse, não consentir que ele viesse a ser marido de Agláia. Tal opinião perdurou até a manhã seguinte, quando se levantou. Com o decorrer das horas se sentiu enleada em contradições que chegaram ao auge por volta de meio-dia, ao se sentar para o almoço.

Em resposta a uma pergunta que as irmãs lhe fizeram com muita cautela, Agláia declarou, friamente, mas com altivez, de forma peremptória:

— Nunca lhe dei margem a acariciar qualquer esperança, nem mesmo vagamente. Jamais o considerei sequer em pensamento como podendo vir a ser meu noivo. Para mim é um homem tão desinteressante como outro qualquer.

Lizavéta Prokófievna queimou-se logo:

— Nunca poderia esperar isso de ti! — disse com mágoa. — Bem sei que como pretendente ele se acha fora de questão, e agradeço a Deus estarmos todas e todos de pleno acordo. Mas não esperava essas palavras de ti. Esperava coisa muitíssimo diferente! Quanto a mim, estive para mandar embora toda aquela gente ontem à noite e ficar apenas com ele! Eis a minha opinião em resposta à tua!...

E imediatamente se calou, apavorada com as próprias palavras. Mas se ao menos pudesse saber quanto estava sendo injusta com a filha nesse momento! Sim, pois esta já mentalmente havia decidido tudo. Também ela estava aguardando ansiosa a hora definitiva, e qualquer alusão, qualquer referência, só lhe poderia produzir uma profunda ferida coração adentro.

8

Também para o príncipe essa manhã começou sob a influência de cruéis pressentimentos; eles poderiam ser explicados por seu estado doentio, mas a sua tristeza era quase indefinida. E isso o angustiava ainda mais. Verdade é que fatos desagradáveis e mortificantes estavam demasiado vivos. Essa tristeza, porém, se desvencilhara já de tais lembranças e agora perdurava transformada em angústia. Pouco a pouco o invadia a convicção de que algo de especial e decisivo lhe aconteceria naquele dia mesmo. O ataque da noite anterior fora de pouca importância, só lhe permanecendo agora, sem contar a depressão e o enfado, dores pela cabeça e pelos membros. O cérebro funcionava bem, apesar de a alma estar inquieta e aflita. Levantou-se um pouco mais tarde e logo se recordou da noite em casa dos Epantchín, não tendo conseguido lembrar direito como fora trazido para casa uns trinta minutos após o ataque. Veio a saber que os Epantchín já haviam mandado um mensageiro saber de sua saúde. Às onze e meia recebeu outra pessoa que lhe causou grande prazer. Foi Vera Liébedieva, que, tendo sido das primeiras visitas, ficara ali desde antes à espera de que se levantasse. Assim que o viu, desandou a chorar, mas o príncipe a acalmou, não demorando ela a sorrir. O príncipe logo se impressionou pela simpatia que a menina parecia dedicar-lhe; tomou-lhe a mão e a beijou. Ela ficou muito corada de vergonha.

— Oh! Que é que o senhor está fazendo?

E retirou a mão, atônita, indo embora apressadamente, muito confusa; mas tivera tempo de lhe dizer antes que o pai saíra muito cedo de casa a fim de ir ver o defunto (que era como persistia em chamar o general); de fato, ou deveria ter morrido aquela noite, ou estava nas últimas.

Ao meio-dia o próprio Liébediev, voltou e veio ver Míchkin "apenas um instantezinho para me informar sobre a sua preciosa saúde", mas também para dar uma espiada na cristaleira e no cofre. Quedou-se diante do príncipe a suspirar e a fungar até compreender que devia retirar-se, o que fez só depois de umas tentativas para saber algumas novidades a respeito do ataque da noite anterior, conquanto fosse evidente que já se inteirara de todas as minúcias. Pouco depois da sua saída apareceu Kólia, mas com muita pressa. Apesar disso o seu estado de nervosismo o fez solicitar sem rodeios uma explicação a Míchkin por lhe haver escondido tudo referente ao general. Coisas... que conforme asseverou só viera a saber direito na véspera. Estava profunda e violentamente amargurado. Com toda a simpatia possível, o príncipe lhe contou o episódio por inteiro, fazendo um relato absolutamente nítido, o que produziu o efeito de um raio sobre o pobre rapaz, que, sem poder articular uma única palavra, caiu em pranto. O príncipe sentiu que aquelas eram das tais impressões que permanecem para sempre e que causam uma crise na vida de um jovem. Apressou-se em lhe dar a sua opinião sobre o caso, acrescentando que, a seu ver, a morte do velho teria como causa predominante o horror advindo da própria ação. E que não era qualquer pessoa que seria capaz de um tal sentimento. Ao ouvir isso, os olhos de Kólia faiscaram.

— Os três, Gánia, Vária e Ptítsin, são um bando ordinário; não brigarei com eles, mas doravante nossos caminhos têm rumos opostos. Ah! Príncipe, tive de ontem para hoje sentimentos tão novos! Tudo isso foi uma lição para mim. Considero agora minha mãe também sob a minha responsabilidade. Mesmo estando como está em casa de Vária e a coberto de todas as necessidades, isso não impede que eu...

Foi logo, de um salto, lembrando-se de que era esperado em casa. Na varanda perguntou, voltando-se, pela saúde do príncipe, e ao ouvir a resposta ajuntou lestamente:

— E não há mais nada de novo? Ouvi ontem qualquer coisa... (conquanto não devesse fazê-lo...) mas se precisar de um servo dedicado, aqui tem um, defronte do senhor. Parece que nenhum de nós é feliz, não é mesmo? Não pergunto nada, não pergunto nada.

E foi embora. O príncipe caiu em meditações ainda mais profundas. Cada qual vaticinava mais desgraças, cada qual esboçava já conclusões, cada qual o olhava como ciente de fatos que todavia ele ainda ignorava. "Liébediev faz perguntas; Kólia insinua coisas; Vera chora..." Por fim, atirou para longe as cogitações que o amofinavam, criticando "esta estuporada sensibilidade doentia...".

Mas uma hora depois o seu rosto se iluminou vendo entrar as Epantchín, "que subiam para uma visita de um instantezinho só...". Realmente não demoraram. Ao levantar-se da mesa do almoço, em casa, Lizavéta Prokófievna convidou autoritariamente para um passeio, "todos juntos". Foi mais uma ordem seca, abrupta, sem explicações. Saíram todos, isto é, ela, as meninas e o Príncipe Chtch... Lizavéta Prokófievna tomou logo por um caminho em sentido oposto aos habituais passeios diários. Entenderam logo o que isso significava, mas se abstiveram de comentários e objeções, evitando assim que ela se irritasse e os repreendesse. Deixaram-na seguir na frente; vendo que ela não olhava para trás, Adelaída foi a primeira a dizer que era tolice correr tanto, pois ninguém alcançava a mãe.

Diante da vila do príncipe, Lizavéta Prokófievna, voltando-se repentinamente, declarou:

— Cá estamos. Pense Agláia o que pensar, e tenha havido o que houve e... haja o que houver, ele não é nenhum estranho. E o que é mais, está doente e conturbado. Vou visitá-lo, de qualquer modo. Quem quiser vir comigo que venha. Quem não quiser, a estrada é larga...

Entraram todos, naturalmente. O príncipe ainda achou ser sua obrigação pedir desculpas mais uma vez pelo vaso e pela cena...

— Oh! Não tem importância! — atalhou logo a generala. — Não me incomodo com o vaso, me incomodo, isso sim, por você. Com que então está ciente de que se prestou a uma cena ontem à noite? Bem, isso modifica o provérbio; já agora diremos: "A manhã é boa conselheira" em lugar do antigo refrão "Escuta o que te diz teu travesseiro". O que houve não tem a mínima importância, serviu apenas para que todos compreendam de uma vez para sempre que não devem atiçá-lo. Adeus, pois, por enquanto. Se se sentir mais forte, dê um passeiozinho, depois durma um pouco. Conselho de velha. E se se sentir bem-disposto, apareça como de hábito. Mas fique certo, de uma vez por todas, que sobrevenha o que sobrevier, nós seremos sempre seus amigos. Eu, pelo menos. Por mim posso responder.

Todas aceitaram tal desafio, apressando-se em secundar os sentimentos maternos. Saíram. Mas na presteza generosa de dizer palavras amáveis e encorajadoras estava pressuposto algo difuso que era cruel, embora Lizavéta Prokófievna estivesse longe de tal intento. Naquelas palavras "como de hábito" e "eu pelo menos" transparecia uma nota funesta. Míchkin começou a pensar em Agláia. Não havia dúvida de que ela ao se despedir lhe endereçara um sorriso maravilhoso, como aliás fizera também ao entrar; mas não pronunciara uma palavra sequer, nem mesmo quando as outras disseram protestos de amizade; todavia, enquanto as manas falavam, olhou-o umas duas vezes de um modo muito intencional. O seu rosto estava mais pálido do que de costume, como se tivesse dormido mal à noite. O príncipe ponderou que deveria ir visitá-los ao fim da tarde, "como de hábito". E desde então não deixou mais de olhar para o relógio.

Daí a uns três minutos (após a saída das Epantchín) Vera entrou e disse:

— Trago-lhe um recado de Agláia Ivánovna; mas em segredo, Liév Nikoláievitch.

— Algum bilhete? — E Míchkin estremeceu.

— Não, um recado, muito às pressas. Pede-lhe que não saia de casa hoje um minuto que seja, até às sete, ou até às nove. Não ouvi direito.

— Mas... por quê? Como foi que ela disse?

— Por quê? Não sei. Estava muito séria. O recado foi só esse.

— Disse que era muito sério?

— Não, isso ela não falou. Deu um jeito de parar e de me dizer o recado justamente quando corri ao seu encontro para me despedir. Mas pela fisionomia percebi que era importante. Olhou-me de tal modo que fiquei com o coração batendo...

Depois de mais algumas perguntas, o príncipe ficou mais agitado do que antes, apesar de as respostas pouco terem adiantado. Novamente sozinho, estirou-se no sofá e reentrou em reflexões. "Talvez tenham alguma visita até às nove horas e Agláia tema que eu torne a cometer algum disparate", pensou por fim, esperando ansiosamente e vendo as horas a todo instante. Mas o mistério se desvendou muito antes do que ele calculava, a chave do enigma sendo trazida por uma visita, caso esse que se revestiu de uma forma ainda maior de mistério e enigma.

Mais ou menos uma hora depois da visita das Epantchín, Ippolít chegou. E tão fraco e cansado que se atirou sobre uma poltrona, sem pronunciar uma palavra, literalmente prostrado, logo desandando a tossir de maneira irrequieta até vir sangue. Seus olhos emitiam chispas e duas rosetas rubras lhe tingiam as faces. O príncipe balbuciou qualquer coisa a que ele não pôde responder, apenas durante muito tempo fazendo sinal com a mão que aguardasse. Por fim se reanimou.

— Desta vez me vou — disse com esforço, muito rouco.

— Acompanho-o, se deseja — ofereceu-se o príncipe levantando-se, mas repentinamente retrocedendo ao lembrar que estava proibido de sair. Ippolít riu:

— Não me refiro que me vá de sua casa — prosseguiu, tossindo e ofegando sem parar. — Pelo contrário, tive de vir aqui por causa de uma coisa importante; de outra forma não ousaria importuná-lo. A frase "desta vez me vou" disse-a querendo significar que estou prestes a expirar. Longe de mim querer excitar compaixão; tampouco vim por simpatia, pode crer... Deitei-me hoje às dez horas decidido a não me levantar mais, esperando a hora. Por conseguinte, se mudei de ideia por alguma coisa, foi conforme vai já saber.

— Aflige-me vê-lo nesse estado. Por que não me mandou chamar em vez de ter vindo?

— Bem, já consola um tanto ouvir isso. É uma demonstração de pesar manifestada segundo os protocolos da polidez... Mas, ia me esquecendo: e o senhor, como vai?

— Agora estou bem. Ontem passei um pouco mal...

— Eu sei, eu sei. O pior foi o vaso chinês. Sinto não ter estado lá. Mas o que me trouxe foi um outro assunto. Em primeiro lugar tive o prazer de descobrir Gavríl Ardaliónovitch em colóquio com Agláia Ivánovna no banco verde. Fiquei boquiaberto em verificar como é possível um homem ter cara tão estúpida. Depois que ele se foi, deliciei-me em acentuar esta minha impressão a Agláia Ivánovna. O senhor parece já não se surpreender mais com coisa alguma deste mundo, príncipe — disse ele olhando para o rosto do príncipe com certa decepção. — "Não se surpreender diante de nada", dizem, "é sinal de grande inteligência". Para o meu modo de compreensão pode todavia ser prova da máxima estupidez. Mas com isto não estou incluindo o senhor no meu ponto de vista. Desculpe-me, estou muito infeliz hoje nas minhas expressões.

— Eu soube ontem que Gavríl Ardaliónovitch... — Mas o príncipe cortou a frase, notoriamente confuso, porque só então se deu conta de que Ippolít poderia aborrecer-se por ele, Míchkin, não se surpreender.

— Já sabia, então? Ora aí está uma novidade. Mas não me vá dizer agora que até tomou parte ou que pelo menos testemunhou tal entrevista.

— Você sabe melhor do que eu, pois se você a testemunhou, bem viu que eu não estava.

— Ora! Podia estar atrás de uma moita! Mas fiquei contente por sua causa, pois cheguei a desconfiar que Gavríl Ardaliónovitch... fosse o favorito.

— Peço-lhe, Ippolít, que não se ponha a falar nesses termos.

— Principalmente já estando o senhor, como está, a par de tudo.

— Engana-se. Ignoro tudo completamente. A própria Agláia Ivánovna sabe que desconheço tal fato. Não soube de nada a respeito de qualquer encontro. Diz-me você que houve tal encontro entre eles. Muito bem. Mudemos de assunto!...

— Mas, como é isso? Em um minuto sabe, no minuto seguinte ignora? Diz-me: "Muito bem. Mudemos de assunto!...". Mas, escute, não confie tanto assim, principalmente se ignora, conforme diz, o que se teria passado. A sua calma, aliás paradoxal, só se explica pela razão de ignorar o que houve. E não suspeita nada do que aqueles dois, irmão e irmã, estão planejando? Muito bem, muito bem, vou mudar de assunto — acrescentou, percebendo a expressão de impaciência do príncipe. — O que aqui me trouxe deveras foi um assunto bem outro que me diz respeito, e peço permissão para me explicar. Raios me partam que nem me é possível sequer morrer sem dar explicações. Já não tolero essa coisa terrível de ter de andar a me explicar. Interessa-lhe ouvir?

— Fale. Estou escutando.

— Eis-me forçado a mudar de opinião outra vez, embora continue a citar o nome de Gavríl Ardaliónovitch. Acreditaria o senhor se eu lhe declarasse que também tive uma entrevista marcada para hoje no banco verde? Não quero pregar uma mentira. Quem insistiu nesse encontro fui eu. Solicitei-o sob a promessa de revelar um segredo. Não sei se cheguei cedo demais. (Creio que sim.) Mal tinha eu sentado ao lado de Agláia Ivánovna, Gavríl Ardaliónovitch e Varvára Ardaliónovna se aproximaram de braço, como se estivessem a passear. Verem-me foi-lhes tão inesperado que ficaram perplexos. Agláia ficou muito vermelha. Se quiser acreditar, bem, se não... Ficou embaraçada, ou porque eles me vissem com ela, ou por eu os vir chegar. Bem sabe que beleza ela é, mas a verdade é que mudou, ficou vermelha, instantaneamente, de um modo até incrível. Levantando-se, respondeu ao cumprimento de Gavríl Ardaliónovitch e ao insinuante sorriso de Varvára, mas logo se foi explicando — "Vim, apenas, para lhes exprimir, pessoalmente, a minha gratidão ante os seus sinceros e amistosos sentimentos, e, se eles me vierem a ser necessários, acreditem que...". Depois voltou para o banco. E os dois prosseguiram, com um ar que não sei se era de patetas ou de triunfantes. O de Gánia, pelo menos, era de pateta. Ele nem sequer articulou uma palavra e ficou tão vermelho como uma lagosta. (É extraordinário como a cara dele pode mudar de uma hora para outra.) Mas Varvára Ardaliónovna compreendeu que deviam raspar-se o mais depressa possível, e que Agláia Ivánovna, da sua parte, já dissera o suficiente; e arrastou o irmão dali; ela é mais esperta do que ele, e não tenho dúvida de que está toda triunfante agora. Eu, porém, se estava ali, era porque tinha vindo de completar as providências para um encontro com Nastássia Filíppovna.

— Com Nastássia Filíppovna? — não pôde deixar de gritar o príncipe.

— Arre! Afinal começa o senhor a perder o seu ar de indiferença. Pelo menos já ficou surpreendido! Alegra-me verificar que, finalmente, está ficando um ser humano. Congratulo-me com o amigo. Eis, porém, o que advém de a gente querer servir uma rapariga de alma meiga. Recebi dela um tapa na cara.

— Simbolicamente falando? — Míchkin não pôde deixar de perguntar.

— Sim, moralmente, e não fisicamente; mesmo porque não creio que alguém levantasse a mão contra uma criatura no meu estado; agora, já nem mesmo mulher me bate! Nem o próprio Gavríl me bateria! Verdade é, porém, que ontem, uma vez, pelo menos, parece que ele quis voar sobre mim... Aposto o que quiser como sei o que o senhor está pensando agora. Está pensando: "Ele está nas últimas, naturalmente, mas mereceria, pelo menos, ser sufocado com um travesseiro, ou um esfregão molhado, durante o sono. Olá se merecia...". Está escrito na sua testa que está pensando isso, neste segundo.

Com evidente desagrado, o príncipe respondeu:

— Sabe muito bem que sou incapaz de pensar tal coisa...

— Não sei; sonhei na noite passada que estava sendo sufocado com um pano úmido por... um homem!... Vou dizer-lhe por quem: Rogójin! Que acha? Um pano molhado pode sufocar um homem?

— Não sei.

— Já ouvi dizer que isso é possível. Está bem, ponhamos isso de lado. Escute, tenho cara de caluniador? Por que me acusou ela hoje de caluniador? E, repare bem, só me deu tal alcunha depois de me escutar, palavra por palavra, e depois de me fazer as perguntas que lhe convinham. Mas isso é próprio de mulher. Apenas no interesse dela me pus em contato com Rogójin, aliás pessoa interessante. Apenas no interesse dela lhe arranjei uma entrevista com Nastássia Filíppovna. Seria porque feri o amor-próprio dessa jovem insinuando ocasionalmente que estaria contentando-se com as "sobras" da outra? Sim, tentei fazer-lhe ver isso em seu próprio interesse, não nego. Escrevi-lhe duas cartas só com tal finalidade e hoje, por uma terceira vez, na entrevista, insisti no assunto... Fiz-lhe ver que isso era humilhante para ela. Não que a palavra "sobras" fosse minha. É de outra pessoa. Pelo menos em casa de Gánia todo o mundo a emprega e até ela própria me repetiu. Como então me chama de caluniador? Já sei, já sei, é muito divertido pôr-se a olhar para mim desse jeito! Aposto como me está aplicando aqueles versos:

Mas no crepúsculo do seu declínio
Teve um brilho de amor em despedida...

Ah! Ah! Ah! — Sufocou-o um acesso de riso convulsivo. Depois disse em um ataque violento de tosse: — Repare que espécie de sujeito é Gánia. Fala em "sobras" e todavia ele próprio se esforça para obter vantagens, agora!

O príncipe continuou calado por muito tempo, aniquilado pelo espanto. Finalmente murmurou:

— Vai haver, disse você, uma entrevista com Nastássia Filíppovna?

— Ai, mau! Tem dúvida de que Agláia Ivánovna se vá encontrar hoje com Nastássia Filíppovna? Para esse fim foi ela trazida de Petersburgo por Parfión a instâncias minhas, mediante convite de Agláia Ivánovna. Lá está ela onde esteve antes, em casa de... Dária Aleksiéievna... uma mulher duvidosa, sua amiga. Perto de onde o senhor mora. Nessa casa suspeita Agláia Ivánovna se encontrará hoje com Nastássia Filíppovna para ambas decidirem vários problemas. Vão ocupar-se com aritmética. Não sabia? E se eu lhe der minha palavra de honra?

— Isso é inacreditável!

— Lá que seja inacreditável talvez seja! Será? Não será? Muito embora isto aqui não passe de um lugarejo onde, se uma mosca zunir, toda a gente sabe! Mas já que o estou avisando venha de lá com a sua gratidão, homem! Bem, até à vista... decerto no outro mundo! Ah! Uma coisa, ainda: apesar de ter sido grosseiro com o senhor, e saber os motivos muito bem... por que hei de acabar sendo o vencido? Podia responder-me com toda a amabilidade? Perco eu para ganhar o senhor, hein? Dediquei a ela a minha "Confissão". (Não sabia o senhor disso?) E de que forma ela a recebeu, ainda por cima! Ah! Ah! Mas a verdade é que com ela não agi grosseiramente, feito canalha, não lhe causei dano nenhum! Ela em paga me vilipendiou, me amesquinhou, a mim que nem mesmo ao senhor fiz qualquer mal. Se me referi a "sobras" e outras coisas no gênero, no entanto aqui vim avisar-lhe o dia, a hora e o local do encontro. Verdade é que se estou desvendando todo o jogo, o faço por mero ressentimento e não por generosidade. Vou-me embora; adeus. Falei mais do que um gago ou um tísico! Tome agora suas providências, se quer ser chamado homem! A entrevista dar-se-á hoje; esta noite. Ora aí está.

Ippolít dirigiu-se para a porta; mas como Míchkin o chamasse, parou na soleira.

— De acordo com o que veio dizer-me, Agláia Ivánovna vai a uma entrevista hoje na casa de Nastássia Filíppovna? — E, ao perguntar, manchas vermelhas lhe apareceram nas faces e na testa.

— Não posso garantir, mas é mais que provável — respondeu Ippolít. — Aliás, onde haveria de ser? Nastássia Filíppovna não haveria de ir à casa da outra. Muito menos na de Gánia, cujo pai está em coma. Não sabe que o general entrou em agonia?

— Tudo prova a impossibilidade de tal encontro — aventurou o príncipe. — Como haveria ela de sair, mesmo que quisesse? Não sabe os hábitos daquela casa? Sair sozinha para ir ver Nastássia Filíppovna lhe seria impossível. Isso é um absurdo!

— Olhe aqui, príncipe; ninguém pula pela janela. Mas quando lavra incêndio em casa, o cavalheiro mais fino ou a mais elegante das damas salta pela janela. Se não há outro recurso, por que não pular, mesmo que seja alto demais? E a sua gentil dama irá mesmo se encontrar com Nastássia Filíppovna. Com que então os Epantchín não permitem que as moças saiam sozinhas para onde queiram, hein?

— Não, eu não disse isso...

— Pois então ela tem mesmo de descer lá das suas alturas e ir diretamente até à casa da outra. E conforme o caso nem precisa voltar para o lar. Casos há em que se incendeiam os navios para não se regressar. A vida não consiste apenas em almoços e jantares, e em Príncipes Chtch... e não sei mais quê! Estou a ver que o senhor considera Agláia Ivánovna uma meninota, ou uma colegial! Espere, então, até às sete ou oito horas. Se eu fosse o senhor, mandava Kólia, por exemplo. Por sua causa ele de bom grado se prestará a ser espião. Penso eu. Tudo é relativo, neste mundo. Ah! Ah!...

Ippolít foi-se. O príncipe era incapaz de mandar alguém espiar nem achou que havia motivos para isso. Estava agora mais do que explicado o pedido feito por Agláia: não sair de casa... Mas, quem sabe se ela desejava vir vê-lo? Ou queria evitar que ele fosse à sua casa? Podia ser isso, esse pedido de que permanecesse em casa. A cabeça de Míchkin estava em um redemoinho. O quarto inteiro rodava... Estirou-se no sofá e fechou os olhos.

Um ou outro caso era provável. Por que haveria de tomar Agláia como meninota, ou como colegial? Entendeu agora que se antes já estava inquieto era porque desconfiara de qualquer coisa. Mas, ir ver a outra, por quê? Os arrepios o fizeram certificar-se de que estava, novamente, com febre. Não, não a considerava uma criançola! Verdade é que certos modos e certos pontos de vista manifestados por ela, vinham, ultimamente, horrorizando-o. De fato, às vezes ficava reservada demais, vigiava-se muito, alvoroçando-o. Bem que experimentara não pensar nisso, afugentar certas ideias que o oprimiam. Mas, que se esconderia naquela alma? Esse mistério o aborrecera muitas vezes, embora tivesse fé naquela alma. Tinha havido, porém, uma combinação, tudo viera à luz, agora. Que horrível pensamento! E, de novo, aquela mulher! Bem lhe parecera, sempre, que aquela mulher apareceria no último momento para arrebentar, como a uma linha podre, o seu destino! Sempre pressentira isso, podia jurar, agora, mesmo estando quase em delírio. Bem que experimentara, ultimamente, esquecê-la... mas isso não fora senão medo dela! Amava ou odiava aquela mulher? Como é que esta pergunta nunca lhe viera antes? O seu coração a esse respeito tinha certeza: sabia que amava! O seu medo não era tanto pelo encontro das duas, nem pela estranheza e pelo motivo desconhecido de tal encontro! Nem mesmo por aquilo que disso adviria! Adviesse o que adviesse. O seu medo era... de Nastássia Filíppovna. (Lembrou-se, alguns dias depois, de que bem através daquelas horas febris, os seus olhos, a sua expressão, tinham estado diante dele e que as suas palavras tinham soado em seus ouvidos; estranhas palavras, embora delas pouco tivesse ficado depois que aquelas horas febris de miséria se tinham desfeito.) Muito mal se lembrava de que Vera lhe tinha trazido o jantar, que o havia comido, mas não sabia se depois disso dormira ou não. O que acabou por ficar sabendo foi que as coisas só começaram a se clarear quando, aquela noite, Agláia inesperadamente apareceu, subindo a varanda. Saltando do sofá, ele precipitou-se para ela. Eram sete e um quarto. Agláia viera sozinha, vestida simplesmente, com um albornoz claro. Parecia apressada. Sua face estava tão pálida quanto de manhã e os seus olhos cintilavam com uma luz viva e fria. Nunca vira tal expressão nos seus olhos. Olhou de maneira atenta e observou com aparente tranquilidade:

— Está preparado. Vestido e com o chapéu na mão. Quer dizer que foi avisado. E já sei por quem: Ippolít.

— Sim, ele me disse — murmurou o príncipe, mais morto do que vivo.

— Então, venha. É lógico que deve acompanhar-me até lá. Já está bastante forte, pode sair?

— Já estou bom. Mas é isso possível?

Calou-se repentinamente e não houve meios de dizer mais nada. Foi a única tentativa feita para conter a moça louca. Depois do que, a seguiu como um escravo. Por mais baralhadas que estivessem suas ideias, compreendeu todavia que, mesmo sem ele, ela iria até lá. Por conseguinte, devia acompanhá-la de qualquer forma. Não era preciso adivinhar a resolução dela. E ninguém lhe impediria esse impulso selvagem. Caminharam todo o tempo calados, só no fim pronunciando uma ou outra palavra. Notou que ela sabia bem o caminho. E quando, em certo momento, lhe sugeriu que fossem por um caminho mais longo mas com a vantagem de ser mais deserto, ela fez um ar de reflexão demorada e acabou respondendo:

— Dá no mesmo...

Quando tinham quase atingido a residência de Dária Aleksiéievna (uma grande casa velha de madeira), descia de lá uma senhora vestida espalhafatosamente, com uma menina. Entraram ambas em uma elegante carruagem que estava parada rente aos degraus; acomodaram-se conversando e rindo. Parece que não notaram o par que se aproximava, pois nem olharam sequer. Logo que a carruagem partiu, a porta se abriu e Rogójin, que estava do lado de dentro, fez Míchkin e Agláia entrarem, fechando depois a porta.

— Em toda a casa não há ninguém, senão nós quatro — observou, ruidosamente, olhando o príncipe de modo estranho.

Logo na primeira sala para onde passaram, deram com Nastássia Filíppovna, que os esperava. Ela também estava vestida simplesmente, toda de preto. Levantou-se para saudá-los, mas não sorriu nem estendeu a mão ao príncipe.

Seus olhos atentos e inquietos pousaram sobre Agláia. As duas sentaram-se a pequena distância uma da outra. Agláia, em um sofá, a um canto da sala; Nastássia Filíppovna rente à janela. Liév Nikoláievitch e Parfión não se sentaram nem ela os convidou. O príncipe olhou com perplexidade e mesmo, depois, com angústia para Rogójin, que continuava com o mesmo sorriso. O silêncio durou pouco, logo uma expressão de vivacidade percorrendo todo o rosto de Nastássia Filíppovna. O seu olhar brilhou, obstinado, firme e cheio de rancor, não deixando um só segundo de alternar de um visitante para o outro.

Agláia estava evidentemente perturbada, mas apesar da confusão não parecia intimidada. Desde que penetrara na sala não erguera os olhos para a rival, mantendo-os no assoalho, com ar de reflexão, apenas de quando em quando procurando olhar para as paredes e os móveis com naturalidade. Havia uma secreta expressão de mal-estar em seu rosto, como se receasse uma contaminação. Maquinalmente arranjou a orla do vestido e se sentou mais para a beira do sofá, fazendo isso com gestos e movimentos provavelmente inconscientes. Mas essa atitude mutável tornava insultuoso o seu comportamento concentrado. Por fim olhou bem para Nastássia Filíppovna e leu instantaneamente tudo quanto se ocultava no enigmático brilho dos olhos da rival. A mulher compreendeu a mulher. E Agláia estremeceu.

— Naturalmente sabe o motivo do pedido que fiz para que viesse de Petersburgo — disse com voz baixa, fazendo duas pausas em período tão curto.

— Não, não sei de nada — respondeu Nastássia Filíppovna abrupta e secamente.

Agláia enrubesceu. Repentinamente a feriu, como fenômeno incrível, estar sentada ali com tal criatura e presa a uma sua resposta. Ao primeiro som da voz de Nastássia Filíppovna um calafrio a percorreu, o que logo a outra de modo muito claro percebeu.

— Compreende tudo, mas por cálculo pretende não entender... — disse Agláia, quase em um sussurro, olhando logo para o chão.

— Por que faria eu isso? Por que deveria eu fazer isso? — disse Nastássia Filíppovna, e sorriu.

— Para adquirir vantagem sobre a minha situação de estar aqui nesta casa — atalhou Agláia de modo deselegante e inconveniente.

— Vós, e não eu, sois a responsável por vossa situação — opinou Nastássia Filíppovna, com veemência. — Não estais aqui por convite meu. Eu sim é que aqui me acho obedecendo a um convite vosso; e ainda ignoro qual seja a razão.

Agláia ergueu orgulhosamente a cabeça:

— A sua língua é a arma de que dispõe. E não vim lutar batendo boca.

— Ah! Então viestes lutar comigo? Pois acreditai que vos julgava mais fina.

Olharam uma para a outra sem esconder seus mútuos despeitos. Uma delas era a mulher que havia escrito aquelas cartas à outra. E agora, ao primeiro encontro, tudo caía aos pedaços. E ainda assim nenhuma das quatro pessoas que se achavam naquela sala parecia haver percebido tão estranho fenômeno. O príncipe, que um dia antes nem por sonhos admitira a possibilidade disso, estava ali, olhando e ouvindo, como se desde muito houvesse previsto tudo. O mais fantástico dos sonhos se convertia assim nitidamente na mais viva e cabal realidade. Uma dessas mulheres desprezava naquele momento a outra, e de tal maneira, querendo exprimir-lhe com tamanha intensidade esse desprezo (viera somente para isso, conforme Rogójin declararia no dia seguinte) que, não contando de antemão com o desordenado intelecto e a alma tenaz da rival, cuidou que esta não adotara previamente nenhuma ideia a usar contra tal desprezo maligno tão tipicamente feminino. O príncipe certificou-se logo de que Nastássia Filíppovna espontaneamente não faria menção às cartas. Essas cartas o afligiam agora a ponto de dar metade de sua vida para que Agláia não se referisse a elas.

Mas parece que Agláia repentinamente se contagiou na atmosfera de contenção, pois, já se dominando, disse:

— A senhora me compreendeu mal. Não vim lutar, muito embora não a estime... Eu vim... apenas conversar, como um ser humano se dirigindo a outro ser humano. Quando a mandei procurar já havia decidido o que lhe diria e não quero me afastar agora de tal decisão, mesmo que não fosse neste momento compreendida de todo. Seria pior para uma de nós, ou melhor... não para mim! Desejei responder-lhe ao que me escreveu e vim fazê-lo pessoalmente por me parecer mais conveniente. Ouça agora a minha resposta a todas as suas cartas: tive pelo Príncipe Liév Nikoláievitch, desde o dia em que o conheci e principalmente depois que me contaram o que lhe aconteceu na recepção da senhora, tive pena dele porque é um homem tão puro de coração que chegou a acreditar, mercê de sua ingenuidade, que poderia ser feliz com... uma mulher... de tal caráter. Do que temi que lhe viesse a suceder tudo já se deu, pois a senhora foi incapaz de amá-lo. Antes, o torturou e o abandonou. Não o pôde amar porque é muito orgulhosa... Não, expressei-me mal, porque... é muito vã... Ainda não é o termo que quero... Porque o seu egoísmo deu em crescer... crescer até o ponto de vir a ser loucura, do que as suas cartas são uma prova concludente. Não podia amar um homem simples como ele e muito provavelmente no íntimo o desprezava e achava ridículo. A senhora não pode amar coisa nenhuma, exceto a sua própria vergonha e esse seu contínuo pensamento, que já é mania, de que foi posta pelos homens debaixo da ignomínia e da humilhação. Se a sua ignomínia fosse menor e pudesse, por isso, libertar-se dela de vez, seria muito menos infeliz... — Agláia sentia prazer em pronunciar palavras ponderadas e desde muito preparadas, mas ainda assim, agora, pronunciava, demasiado apressadamente, essas palavras que tinha escolhido antes da entrevista; mas, apesar do nervoso, examinava o efeito delas no rosto contraído de Nastássia Filíppovna. — Deve a senhora se recordar bem que ele me escreveu uma carta naquela ocasião. Sei que a senhora soube e leu essa carta, pois ele me disse, depois. Pois bem, aquela carta me fez entender tudo e de maneira bem correta. Ele já teve ocasião de me confirmar tudo isto que lhe estou agora quase repetindo palavra por palavra. Depois da carta, esperei. Estava certa de que a senhora viria para aqui, porque sem Petersburgo a senhora não pode existir. A senhora ainda é muito nova e bem parecida, para as províncias. Aliás estas palavras não são minhas — acrescentou enrubescendo vivamente, e desde então a coloração não abandonou mais as suas faces, até acabar de falar. — Quando revi o príncipe, me senti cruelmente tocada e ferida, por causa dele. Não ria. Se a senhora rir é porque não está capacitada para entender o que estou dizendo.

— Bem vedes que não estou rindo — disse Nastássia Filíppovna de um modo grave e quase lúgubre.

— Aliás, tanto se me dá. Pode rir, se quiser. Às primeiras perguntas que a ele dirigi, me respondeu que tinha cessado desde muito de a amar e que até a sua lembrança lhe causava tortura; mas que... sentia pena da senhora... e que quando pensava na senhora o coração ficava trespassado. Tenho a dizer-lhe, também, que nunca, em minha vida, encontrei um homem como ele, de uma simplicidade tão nobre e de uma confiança tão ilimitada. Compreendi, só pelo modo de ele falar, que quem quisesse o podia enganar e que ele perdoaria quem o enganasse; eis por que o fiquei querendo mais.

Agláia parou um momento, como que espantada, não acreditando ter ousado e podido pronunciar tais palavras. Mas, ao mesmo tempo, um orgulho infinito apareceu em seus olhos. Agora parecia de fato não se importar se "aquela outra mulher" se risse, imediatamente, ante a confissão saída de sua boca.

— Já lhe disse tudo e agora, sem dúvida, entendeu o que quero da senhora.

— Talvez tenha entendido, mas seria melhor se vós mesma mo dissésseis — respondeu Nastássia Filíppovna, mansamente. Houve um brilho de cólera no rosto de Agláia.

— Queria que me fizesse saber — pronunciou com firmeza e de modo bem perceptível — que direito tem de se misturar nos sentimentos dele por mim? Com que direito ousou mandar-me aquelas cartas? Com que direito andou declarando a ele e a mim que o ama, para abandoná-lo em seguida, por vontade própria, fugindo de maneira tão degradante e insultante?

— Nunca declarei a ele, ou a vós, que o amo — articulou Nastássia Filíppovna, com esforço. — E tendes razão em dizer que fugi dele — acrescentou tão baixo que o tom foi quase inaudível.

— Então nunca o declarou a mim, nem a ele? — gritou Agláia. — E as suas cartas? Quem lhe pediu para começar lutando e pedindo que eu me casasse com ele? Não era isso declaração? Por que se interpôs? Pensei, no começo, que tentasse fazer erguer-se em mim uma aversão por ele, ao interferir contra nós, obrigando-me, assim, a desistir. Foi só depois que adivinhei o que isso tudo significava. Simplesmente imaginou que estava fazendo algo de heroico e de maravilhoso, trabalhando assim a favor de suas pretensões. Como há de amá-lo, se ama tanto a sua vaidade? Por que, então, não se foi simplesmente embora daqui em vez de ficar a me escrever cartas tão absurdas? Por que então não se casa com o homem que com generosidade a ama e a honra, oferecendo-lhe a sua mão? É claro, porque se se casasse com Rogójin de que se haveria de queixar? Ao contrário, teria feito muita honra a si mesma. Evguénii Pávlovitch disse muito bem que a senhora leu poesia demais e teve educação demasiada para a sua... situação: que é "saia e blusa" e quer ser "dalmática"; que vive na indolência querendo heroísmos... Junte-se agora, a isso, que ele caracterizou tão bem a vaidade! E logo se tem uma explicação de tudo.

— E vós, não viveis na indolência?

Com excessiva rapidez e crueldade as coisas haviam chegado a um extremo tão inesperado; inesperado, porque Nastássia Filíppovna, ao dirigir-se a Pávlovsk, imaginava que tudo se passaria de maneira bem diferente, muito embora os seus pressentimentos fossem antes maus do que bons. Agláia deixou-se levar de modo tão absoluto pelo impulso do momento como se, estando a cair precipício abaixo, não pudesse resistir à alegria tenebrosa da vingança. Era positivamente estranho para Nastássia Filíppovna ver Agláia nesse estado. Olhou-a e não pôde acreditar em seus olhos, ficando, nos primeiros instantes, completamente estupefata. E apesar de, como dissera Evguénii Pávlovitch, ser uma mulher que havia lido poesia demais, ou fosse uma louca como Míchkin estava convencido, de qualquer modo, muito embora às vezes se comportasse com cinismo e impudência, ainda assim estava longe de não ser uma mulher modesta, mansa e sincera (mais até do que se poderia acreditar). Por mais cheia que andasse de ideias românticas, de fantasias caprichosas e cismas egoísticas, ainda assim havia nela muita coisa de forte e de profundo!... O príncipe compreendeu isso. E agora a expressão do seu rosto era de indizível sofrimento. Agláia percebeu, tremeu de desdém, e com indescritível altivez disse em resposta à exclamação de Nastássia Filíppovna:

— Ousa dirigir-se desse modo a mim?

— Deveis ter-me ouvido mal — disse Nastássia Filíppovna, com surpresa. — Como foi que me dirigi a vós?

— Se, realmente, queria ser uma mulher respeitável, por que, tão simplesmente, não abandonou o seu sedutor, Tótskii, sem cenas teatrais? — disse Agláia, subitamente, desviando a orientação da conversa.

— Que sabeis vós da minha situação, para assim ousardes julgar-me? — indagou Nastássia Filíppovna, trêmula; estava ficando terrivelmente branca.

— Que sei? Pergunta isso a mim? Sei que a senhora não foi trabalhar, mas que se meteu com um homem rico, Rogójin, para se fingir de anjo decaído. Não me espanta que Tótskii tente até se dar um tiro, para se livrar de um tal anjo decaído.

— Não faleis assim! — Nastássia Filíppovna fez um ar tanto de repulsa como de angústia. — Vós me entendeis tanto quanto a criada de Dária Aleksiéievna que se foi queixar do noivo ao juiz! Ela entenderia melhor do que vós.

— E que tem de mais que entendesse?! Muito provavelmente! Uma moça respeitável que trabalha para viver! Por que se refere com tamanho desprezo a uma empregada doméstica?

— Não sinto desprezo pelo trabalho, e sim por vós, quando falais de trabalho!

— Se quisesse ser respeitável tinha de começar por se tornar primeiro uma lavadeira!

Ambas se ergueram e se olharam, lívidas.

— Agláia, pare; isso é injusto! — exclamou o príncipe, zonzo.

Rogójin já não sorria, mas estava escutando com os lábios cerrados, de braços cruzados.

— Vede! Olhai-a! — disse Nastássia Filíppovna, fremindo de cólera. — Olhai essa jovem! E eu que a tomava por um anjo! Vieste à minha casa, tu, Agláia Ivánovna, sem trazeres uma governanta? Bem, já que assim preferes... vou dizer-te imediatamente, e em cheio, por que vieste ver-me. Tinhas medo, eis por que vieste.

— Medo de ti? — perguntou Agláia, fora de si, com uma admiração ingênua, insultada por aquela mulher lhe ousar falar dessa forma.

— De mim, sim... naturalmente de mim! Tiveste medo. Se resolveste vir aqui, é que tinhas medo de mim. Não desprezamos aqueles dos quais temos medo. E dizer-se que respeitei isso que está aí, até este momento! Mas queres saber o teu medo qual é e qual o teu fim, o teu propósito principal agora, nisto tudo? Queres descobrir, tu mesma, se ele te ama mais do que a mim ... Não passas de uma terrível ciumenta!...

— Ele já me disse que te odeia! — murmurou Agláia.

— Talvez, decerto mesmo, não o mereço... mas penso que estás mentindo! Ele não pode odiar-me! Ele não pode ter dito isso! Mas estou pronta a perdoar-te, tendo em vista a posição em que te achas... embora eu esperasse poder pensar melhor a teu respeito. Pensei que fosses mais esperta e bem mais bonita, cheguei a pensar mesmo... Está bem, toma o teu tesouro!... Aqui está ele, até está te olhando, está deslumbrado! Toma-o, mas com a condição de deixares esta casa imediatamente! Já, neste minuto!

Atirou-se em uma poltrona e caiu em pranto. Pouco depois, porém, ergueu um rosto que se iluminava com um sentimento novo. Olhou com decisão para Agláia, fixou-a bem e se levantou.

— Mas, se duvidas, eu falarei com ele... Basta que eu ordene, estás ouvindo bem? Basta uma palavra minha, e ele te arremessará para longe, imediatamente! E ficará comigo! E casará comigo, ao passo que tu terás de correr para tua casa, escorraçada e sozinha. Devo fazê-lo? Devo? — gritou, como louca, sem saber que era capaz de dizer tal coisa.

Agláia correu aterrorizada para a porta, mas parou, porque ela continuava a falar.

— Quer que mande Rogójin embora? Achavas, então, que eu ia me casar com Rogójin só para te ser agradável! Pois aqui, na tua presença, vou gritar para Rogójin: "Vai embora!" e vou dizer ao príncipe: "Lembras-te do que me disseste?". Ó Céus, por que me humilhei diante deles? Disseste-me, ou não, príncipe, que me seguirias acontecesse o que acontecesse, que não me abandonarias nunca, e que me amavas... e que me perdoavas tudo... e que me resp... e... quê?... Sim! Isto também tu disseste! E foi para te deixar livre que fugi aquela vez! Mas agora não fugirei, não! Pergunta, vamos, pergunta a Rogójin, se eu sou uma mulher perdida! Ele to dirá! E agora, que ela me cobriu de vergonha, diante de teus olhos, arredar-te-ás de mim e te retirarás de braço com ela? Bem, então, sê tu também maldito, pois eras a única pessoa no mundo em quem eu confiava!

Sem saber direito o que estava dizendo, soltando as palavras com esforço, o rosto convulso, os lábios repuxados, disse mais alto ainda:

— Vai embora, Rogójin! Não és preciso para nada!

Evidentemente não acreditava em uma sílaba da sua tétrica eloquência, e ao mesmo tempo desejava prolongar essa situação, por um minuto mais que fosse para iludir-se. O sofrimento foi tanto que a poderia ter matado (como, pelo menos, pensou o príncipe).

— Aqui está ele. Olha-o! — gritou para Agláia apontando para Míchkin. — Se não vier para mim, imediatamente, se não me tomar, se não desistir de ti, toma-o tu, eu te dou, não o quero!

Mas ela e Agláia ficaram, nisto, em suspenso, e ambas, como criaturas loucas, olharam para o príncipe. Ele, decerto, não entendeu toda a força desse desafio. De fato! É certo que não entendeu. Apenas via, diante de si, a frenética e desesperada face que (como uma vez dissera a Agláia) "tinha apunhalado o seu coração para sempre". E vendo, não pôde suportar mais e se voltou suplicando e repreendendo Agláia, mostrando-lhe Nastássia Filíppovna: "Como podeis...? Não vedes, então, que criatura infeliz ela é?".

E não pôde pronunciar mais nada, petrificado pela terrível expressão dos olhos de Agláia. Esse olhar traía tamanho sofrimento, e, ao mesmo tempo, tão desmesurada cólera que, com um gesto de desespero, correu para ela... Mas era muito tarde. Ela não pudera suportar o instante sequer da sua hesitação. Escondeu o rosto nas mãos, gritou "Ó meu Deus!", descobriu o rosto e saiu a correr da sala, seguida por Rogójin, que foi desaferrolhar a porta. O príncipe instantaneamente correu também, mas já na porta se sentiu agarrado por dois braços, diante do umbral. Diante do seu, se estampava, convulso e desesperado, o rosto de Nastássia Filíppovna, que de modo lancinante lhe disse:

— Tu a segues? A ela?

E caiu sem sentidos em seus braços. Susteve-a, carregou-a para a sala, depô-la em um canapé, e ficou ali, em pé, paralisado. Havia um copo com um resto de água sobre a mesinha ao lado. Aproximando-se, vindo da porta, Rogójin aspergiu-o sobre o rosto dela. Abrindo, um minuto depois, os olhos, durante outro minuto não se lembrou de nada; mas, subitamente, passou os olhos em redor, tentou erguer-se, arremessou-se aos braços do príncipe, gritando:

— Meu! És meu!... A jovem orgulhosa já foi embora? Ah! Ah! Ah! — Parecia uma histérica em paroxismo. — Ah! Ah! Ah! Eu te ofereci àquela jovem louca! E por quê? Para quê? Eu estava fora de mim! Vá embora, Rogójin! Ah! Ah! Ah!...

Rogójin olhou-os; não disse palavra. Tomou o chapéu e saiu.

Dez minutos depois o príncipe estava sentado ao lado de Nastássia Filíppovna, com os olhos postos nela, acariciando-lhe o rosto e os cabelos com ambas as mãos, como se ela fosse uma criancinha. Suspirava em resposta às suas risadas e chorava em resposta às suas lágrimas. Não dizia nada. Só lhe escutava o balbucio entrecortado, incoerente e excitado. Não compreendia quase nada do que ela balbuciava, mas lhe sorria meigamente e, logo que percebia que recomeçava a afligir-se, a chorar, a queixar-se dele, a lastimar-se, principiava de novo a acariciar-lhe a cabeça, desde os cabelos até o queixo, acalmando-a, consolando-a como a uma criancinha.

9

Tinham-se passado quinze dias desde os acontecimentos narrados no último capítulo, e a situação dos personagens estava tão completamente mudada que nos é difícil continuar a nossa história sem algumas explicações. No entanto, temos de restringir-nos, o mais possível, à declaração singela dos fatos, e por uma razão muito simples: porque defrontamos com muitas dificuldades, em vários pontos, ao querermos explicar o que ocorreu. A declaração, de nossa parte, deve parecer muito estranha e obscura para o leitor, que tem o direito de perguntar por que nos pusemos a descrever aquilo de que não tínhamos uma ideia clara e uma opinião pessoal. Evitando colocar-nos em uma posição ainda mais falsa, preferimos dar um exemplo, mercê do qual o leitor bondosamente compreenderá a nossa dificuldade. Tentaremos, até, fazer que esse exemplo não quebre a sequência da narrativa, tornando-se, antes, mera continuação dela.

Quinze dias antes, isto é, no começo de julho, a história do nosso herói, e, de um modo mais particular, o último incidente dessa história, se foi transformando no escândalo do ano, dada a sua estrutura estranha, divertida e até mesmo solene, espalhando-se gradualmente pelas ruas contíguas às vilas de Liébediev, Ptítsin e Dária Aleksiéievna, atingindo a casa dos Epantchín, ultrapassando, a seguir, a cidade, e se desfigurando nos distritos vizinhos. Quase toda a sociedade que se aglomerava na praça, habitantes, veranistas e povo, que se reuniam para escutar a banda, glosavam essa história, com mil variações. — De como um príncipe, depois de ter causado um escândalo em uma família muito conhecida e distinta, namorando uma formosa moça dessa família e chegando até a ficar noivo, se deixava cativar por uma conhecida cocote, e, rompendo com todos os amigos, indiferente a tudo, desdenhando ameaças, zombando da indignação popular, resolvera, poucos dias depois, olhando todo o mundo de cabeça erguida, casar-se ali mesmo em Pávlovsk, franca e publicamente, com essa mulher de passado ignominioso.

A história tornou-se tão ricamente adornada de escandalosas minúcias, tantas e tão distintas pessoas tomaram parte nela, tão fantásticas e enigmáticas evidências foram dadas, e, por outro lado, foram apresentados fatos tão concretos e tão incontestáveis que a curiosidade geral e a tagarelice não podiam deixar de ser desculpáveis.

Verdade é que os comentários provinham da mais múltipla, sutil e engenhosa interpretação. E provinham — isso lhes dando maior probabilidade! — dessa gente sensível que, em todas as classes da sociedade, transforma a sua vocação em consolo, apressando-se sempre em explicar tudo aos vizinhos.

Segundo a versão dessa gente, um jovem de esplêndida família, um príncipe quase rico, mas louco e democrata, dera guarida em seu cérebro ao niilismo contemporâneo revelado pelo Senhor Turguénev. Embora não sabendo quase uma só palavra de russo, se apaixonara pela filha do General Epantchín, conseguindo ser aceito como noivo pela família. Mas, como certo francês daquela história que os jornais recentemente tinham publicado (que depois de consentir que o sagrassem sacerdote, voluntariamente, tendo recebido as ordens, e se sujeitado a todo o cerimonial de reverências, orações, ósculos e votos, acabara, no dia seguinte, por informar publicamente ao bispo, em cartas mandadas aos jornais liberais, que não acreditava em Deus e que por considerar desonroso enganar os fiéis, e deles receber considerações sem motivo, renunciava à batina!), como esse francês ateu, o príncipe também fingira e representara! Chegaram a afirmar que ele esperou, de propósito, pela recepção formal, dada pelos pais da moça para participarem o noivado (recepção essa em que fora apresentado a muitos personagens distintos), para declarar alto e bom som, diante de todos, que julgava leviandade venerar velhos dignitários, renunciando, a seguir, e de modo insultuoso, ao noivado. E que, depois, em luta com os lacaios que o punham para fora, quebrara um magnífico vaso da China. E assim, mais uma vez ficaria patenteada mais uma das características e tendências da época, pois não havia dúvida de que o desmiolado jovem estava apaixonado pela noiva — a filha de um general — mas renunciara simplesmente por causa do niilismo. E ainda por cima resolvera levar o escândalo mais adiante, determinando-se a casar com uma mulher perdida, somente para comprovar, com isso, à vista de todo o mundo, que a sua convicção era que não havia mulher perdida nem mulher virtuosa, todas elas sendo iguais e livres! Que a antiga divisão não merecia crédito! E que aos seus olhos uma mulher perdida era superior a uma que não fosse perdida!

Tais versões, parecendo extremamente prováveis, foram aceitas pela maioria dos veranistas e mais prontamente à medida que os fatos diários lhes davam azo. Garantiram que a pobre moça adorava tanto o noivo — no dizer de alguns, seu sedutor — que no dia em que a abandonou correu a encontrá-lo, deparando com ele nos braços da amante. Outros asseguraram, ao contrário, que a coitada fora propositadamente atraída por ele à casa da amante, por causa ainda do niilismo, que é a doutrina que timbra em envergonhar e insultar. De todos esses rumores resultou um interesse cada dia mais crescente, culminando quando se veio a saber que o incrível casamento realmente ia ser o desfecho.

E agora, se nos pedissem uma explicação, não quanto à significação niilista do incidente, oh! não!, mas até que ponto o casamento proposto satisfazia aos desejos reais do príncipe, e quais eram esses desejos nessa ocasião, definindo a condição espiritual do nosso herói, teríamos dificuldade em responder. Só podemos dizer uma coisa: que o casamento, de fato, foi combinado e que o próprio Míchkin autorizou Liébediev, Keller e um amigo de Liébediev, apresentado por este nessa emergência, a empreender todas as providências necessárias, tanto as religiosas, como as seculares, sendo-lhes recomendado não poupar dinheiro, pois Nastássia Filíppovna insistia na urgência. Que Keller conseguira ver atendido o seu ardente desejo de ser escolhido como padrinho, enquanto Burdóvskii, escolhido para assumir o mesmo papel por parte de Nastássia Filíppovna, aceitara evidenciando entusiasmo. O casamento estava marcado para o começo de julho. E não foram só esses os informes autênticos. Outros fatos foram por nós sabidos, e, por estarem em contradição direta com os precedentes acima narrados, atrapalham os nossos cálculos.

Desconfiamos, por exemplo, que, depois de ter autorizado Liébediev e outros a acelerar todos os preparativos, horas depois o príncipe parecia ter esquecido o casamento, os padrinhos e as cerimônias, sendo mais razoável pensarmos que justamente incumbiu urgência e cuidados a outrem para evitar pensar ele próprio no fato, apressando assim o esquecimento. Em que estaria ele pensando simultaneamente com isso? Que era que não conseguia esquecer? Com o que estava lutando? Também não resta dúvida de que não houve coação da parte de Nastássia Filíppovna, muito embora tivesse sido ela quem pensara no casamento e dera a entender a sua urgência, de Míchkin partindo, sem dúvida, um imediato acordo. (Mas uma espécie de acordo casual, como se o que lhe era sugerido fosse um pedido comum.) Esses fatos estranhos pululam diante de nós, mas, em vez de clarearem as coisas, tornando-as compreensíveis, positivamente as obscurecem, tornando absurdas as explicações tomadas onde quer que o sejam. Passemos a outro exemplo.

Ficou notório, como coisa verdadeira, que durante essas duas semanas o príncipe passava os dias inteiros em casa de Nastássia Filíppovna, sendo levado por ela a passear e a ouvir música. Que era visto na carruagem, acompanhando-a, todos os dias. Que uma só hora sem vê-la o inquietava (indícios de amor sincero). Que, todavia, quando ela falava com ele, ficava a escutá-la com um sorriso indulgente e sutil, sem, porém, durante essas longas horas, dizer quase nada. Também se veio a saber que, no decorrer daqueles dias, fora muitas vezes à casa dos Epantchín, não o tendo feito às escondidas de Nastássia Filíppovna, sabendo embora que isso a exasperava. Verificou-se que, enquanto permaneceram em Pávlovsk, os Epantchín não o receberam, proibindo peremptoriamente Agláia Ivánovna de o ver. Que ele se retirava do vestíbulo, sem dizer palavra, voltando no dia seguinte, parecendo ter esquecido a recusa da véspera e saindo indiferente à de então. Também se descobriu que, uma hora depois da volta de Agláia Ivánovna da casa de Nastássia Filíppovna, o príncipe tinha ido pressuroso à casa dos Epantchín, certo de encontrá-la, à sua chegada, tendo posto toda a casa em rebuliço, visto não se saber onde estaria Agláia, tendo sido por ele que os Epantchín se puseram a par da ida da moça à casa de Nastássia Filíppovna. Asseverou-se que, nessa ocasião, aflitíssimos, Lizavéta Prokófievna, as filhas e o Príncipe Chtch... destrataram violentamente Míchkin, renunciando, nos mais fortes termos, a qualquer amizade ou relação daí em diante com ele. E que fora justamente no momento mais acalorado que Varvára Ardaliónovna subitamente aparecera para dizer a Lizavéta Prokófievna que Agláia Ivánovna estava lá em sua casa, em um pavoroso estado de espírito, jurando não querer voltar à casa dos pais. Tal novidade afetara ainda mais Lizavéta Prokófievna. (E acontece que era verdadeira, pois, fugindo atarantada da casa de Nastássia Filíppovna, Agláia preferiria morrer a entrar em casa, tendo voado para a casa de Nina Aleksándrovna, debulhada em pranto, tendo então Varvára Ardaliónovna, por sua parte, achado ser essencial ir avisar prontamente a mãe da moça.) Mãe e filhas arrojaram-se, imediatamente, para a casa de Nina Aleksándrovna, seguidas pelo chefe da família, Iván Fiódorovitch, que mal acabara de chegar da rua.

Atrás deles seguira o príncipe, atarantado, embora o expulsassem e descompusessem, nem mesmo na casa onde ela estava lhe tendo sido permitido, devido às cautelas de Vária, ver Agláia. O final disso fora que, mal viu a mãe e as manas, também debulhadas em pranto, sem ousarem proferir uma palavra de censura, Agláia se arremessou nos braços delas, regressando logo com todos para o lar. Além de tudo isso, ainda se adiantou, sem que o pudéssemos autenticar, que Gavríl Ardaliónovitch também não fora muito feliz nessa conjuntura, por causa do seguinte: resolvera aproveitar a oportunidade de Varvára ter ido a correr à casa de Lizavéta Prokófievna, deixando-o sozinho com Agláia, para inoportunamente lhe falar ainda na sua paixão; mas, ouvindo isso, apesar de estar zonza e em lágrimas, ela desandou a rir, repentinamente. E até lhe perguntou se ele, para lhe provar esse amor, queimaria o dedo em uma vela. E Gavríl Ardaliónovitch — prossegue a história — ficara petrificado diante da pergunta. Tão petrificado, a sua cara traindo tamanho espanto que, tomada de uma espécie de ataque histérico, Agláia riu dele, acabando por fugir, escadas acima, para os cômodos de Nina Aleksándrovna, onde a família a fora encontrar.

Esse episódio foi contado ao príncipe, no dia seguinte, por Ippolít, que, não podendo mais levantar-se da cama, mandou-o chamar de propósito para lhe narrar o caso. Como Ippolít soubera do fato, ignoramos; mas quando Míchkin ouviu falar em vela e em dedo, riu tanto que Ippolít ficou admirado. E, inesperadamente depois, o príncipe se pusera a tremer e a chorar... Devia juntar-se a isso que durante aqueles dias estivera em um estado de grande confusão, e que uma extraordinária perturbação, embora vaga, o atormentava agora. Ippolít rudemente afirmou que o príncipe estava fora do seu espírito; mas era impossível garantir-se isso com segurança.

Apresentando todos esses fatos e não tentando explicá-los, não temos o intuito de justificar o herói aos olhos do leitor. E, o que é mais, estamos inclinados a comparticipar da indignação que ele provocara até mesmo nos amigos. Vera Liébedieva ficara zangada, por uns dias. Kólia, idem. Keller só deixou de ficar indignado depois que foi escolhido para padrinho; sem que seja preciso nos referirmos a Liébediev, que logo começara a intrigar, ora a favor, ora contra o príncipe, movido por uma indignação verídica. (Sobre isso, aliás, falaremos mais tarde.) Mas, em compensação, simpatizamos logo com algumas palavras proferidas por Evguénii Pávlovitch, vigorosas e profundamente psicológicas, ditas em cheio, e sem cerimônia alguma, em conversa com o príncipe, seis ou sete dias depois do que se passara em casa de Nastássia Filíppovna.

Temos de intercalar aqui que não só os Epantchín, mas todos aqueles que lhes estavam direta ou indiretamente ligados, julgaram melhor romper com o príncipe. O Príncipe Chtch... para citar um exemplo, ao encontrar Míchkin, virava a cabeça para o lado e não respondia à sua saudação.

Mas Evguénii Pávlovitch não receou comprometer-se, visitando o príncipe, embora visitasse também, e assiduamente, os Epantchín, que o recebiam com evidente cordialidade. Uma dessas visitas suas ao príncipe foi justamente na noite do dia em que os Epantchín deixaram Pávlovsk. Estava perfeitamente a par dos rumores em circulação, e, muito possivelmente, ajudava até a espalhá-los. O príncipe alegrou-se de o ver e começou logo a falar nos Epantchín. Uma tal franqueza fez que Evguénii Pávlovitch também sentisse a língua solta, indo diretamente ao ponto, sem se vexar.

O príncipe ignorava que os Epantchín tivessem ido embora. De tão surpreendido, ficou lívido. Um minuto depois, meneava, porém, a cabeça, confuso e meditativo, concordando que "só podia ser assim". E avidamente perguntou "para onde tinham ido".

Enquanto isso, Evguénii Pávlovitch o examinava cuidadosamente, pasmado, e não à toa, ante a rapidez das perguntas, a ingenuidade e a inquietação, o sossego e o nervosismo, e simultaneamente, com isso tudo, ante essa franqueza inefável. Contou tudo, mas procurando ser delicado. Muitas coisas o príncipe ignorava, e essa era a primeira pessoa do círculo dos Epantchín a visitá-lo. Confirmou o boato de que Agláia estivera doente, três dias e três noites, com febre, sem dormir.

Que já estava, agora, bem melhor e fora de perigo, mas em um estado muito nervoso. Que, felizmente, tinham adotado uma boa política em casa, resolvendo não fazer a menor alusão ao passado, não só diante de Agláia, mas mesmo entre si. Que os pais já estavam pensando em uma excursão ao estrangeiro, no outono, logo depois do casamento de Adelaída, tendo Agláia recebido as primeiras insinuações sobre essa viagem em silêncio. Que ele, Evguénii Pávlovitch, muito provavelmente iria também até o estrangeiro, podendo o próprio Príncipe Chtch... sair, uns pares de meses, com Adelaída, caso os negócios permitissem. Mas que, quanto ao general, esse teria de ficar. Que se tinham mudado todos para Kólmino, a umas vinte verstás de Petersburgo, pois possuíam lá uma espaçosa mansão. Que a Princesa Bielokónskaia não voltara para Moscou, parecendo que ainda permanecia um pouco em Pávlovsk, propositadamente. Que a saída dos Epantchín de Pávlovsk fora consequência de uma resolução categórica de Lizavéta Prokófievna, envergonhada com o que acontecera. Que ele, Evguénii Pávlovitch, fora dos que mais cautelosamente tinham transmitido à generala os rumores que circulavam pela cidade, tendo-lhes parecido, por isso, impróprio mudarem-se para a vila de Ieláguin.

— E, com efeito — acrescentou Evguénii Pávlovitch —, o senhor deve compreender que eles a custo poderiam enfrentar tudo isso... Principalmente sabendo do que se passa aqui em sua casa, príncipe! E ante a sua insistência, embora se recusem a recebê-lo, de ir bater todos os dias na porta deles.

— Sim, sim, sim! Tem razão. Mas eu queria ver Agláia — disse o príncipe, acenando com a cabeça três vezes.

— Ah! Querido príncipe — exclamou Evguénii Pávlovitch, com exaltação e tristeza —, como lhe permitiram uma coisa dessas, depois de tudo quanto aconteceu? Naturalmente, naturalmente! Foi tudo tão súbito! Compreendo que o senhor estivesse fora dos seus sentidos e não pudesse conter a pobre menina. Isso não estava em suas forças. Mas devia ter compreendido como e quanto o sentimento dela para com o senhor era intenso e sério. Pois se ela nem se dominou sabendo que havia na sua vida uma outra mulher... E o senhor pôde abandonar e despedaçar um tesouro como aquele?

— Sim, sim, sim! Tem razão. Sou muito culpado — recomeçou Míchkin, em uma terrível angústia. — E o senhor sabe, só ela, só ela demonstrava essa consideração para com Nastássia Filíppovna. Só ela, mais ninguém.

— Sim, é isso que torna tudo ainda mais terrível, não haver nada de sério em tudo isso! — tentou explicar Evguénii Pávlovitch, deixando-se empolgar. — Há de me perdoar, príncipe, mas eu estive pensando muito, muitíssimo... nisso tudo. Estou a par de tudo o que aconteceu antes, de tudo quanto aconteceu há seis meses. E cheguei à conclusão de que nada disso tinha consistência. Foi só a sua cabeça, e não o seu coração, que se envolveu em uma ilusão, em uma fantasia, em uma miragem! E só o imaginoso ciúme de uma moça completamente inexperiente é que poderia ter tomado isso a sério!...

A essa altura, sem retalhar muito as coisas principais, Evguénii Pávlovitch deixou que toda a sua indignação enfunasse. Raciocinando com clareza e, repetimos, com muita visão psicológica, traçou um quadro vívido das primeiras relações do príncipe com Nastássia Filíppovna. (Ele sempre tivera o dom da linguagem, mas esse momento lhe despertou uma eloquência verdadeira.).

— Desde o primeiro minuto, tudo começou com falsidade. E o que nasce com a mentira, com a mentira morre; isto é uma lei da natureza. Não concordo e até me indigno quando alguém o chama de idiota. O senhor é inteligente demais para merecer essa classificação. Mas o senhor é tão estranho que não se assemelha a nós outros, vamos, concorde comigo. E então me veio à cabeça que o que está no fundo de tudo que aconteceu é a sua inata falta de experiência (marque bem esta palavra "inata", príncipe!), a sua extraordinária ingenuidade, a sua fenomenal carência de noções de proporção (o que, aliás, o senhor mesmo várias vezes reconheceu) e, finalmente, a enorme massa de convicções que, sendo, como no senhor são, intelectuais, o senhor cuidou que fossem inatas e intuitivas. Deve admitir, príncipe, que desde o começo houve em suas relações para com Nastássia Filíppovna um elemento convencional democrático (uso esta expressão por brevidade), uma fascinação, por assim dizer, pelo caso "mulher" (para expressar-me outra vez com brevidade). Sei todas as minúcias da cena escandalosa que se passou em casa de Nastássia Filíppovna quando Rogójin trouxe o dinheiro. Se preferir, posso analisar tudo, contando pelos meus dedos, ou lhe mostrando em um espelho, para o senhor assim se certificar de que realmente sei como tudo isso foi, como acabou, e no que acabou.

Na juventude, lá da Suíça, anelava pela Rússia, e pensava no seu país natal como em uma terra da promissão. Lá leu uma porção de livros sobre a Rússia, excelentes livros, decerto, porém perniciosos para o senhor. Depois veio para cá, sequioso de realizações e, se bem me exprimo, de meter mãos à obra. Exatamente no primeiro dia da sua chegada, a triste e lancinante história de uma mulher aviltada lhe chega aos ouvidos. O senhor, um cavalheiro virginal, a escutar a história de uma dama! Naquele mesmo dia viu essa mulher e ficou maravilhado ante tão fantástica e demoníaca beleza! (Concordo que ela seja bonita, naturalmente!). Junte a isso os seus nervos e a sua epilepsia; junte a isso o degelo de Petersburgo, que estraçalha os nervos. Junte tudo isso em um só dia, em uma cidade desconhecida e quase fantasmagórica. Um só dia com tantas peripécias e encontros, um só dia com tão inesperados conhecimentos, hora sobre hora, da mais surpreendente realidade, o encontro com as três beldades Epantchín. E Agláia entre elas. Depois, a sua fadiga, o torvelinho na sua cabeça e, ainda por cima, a sala de Nastássia Filíppovna, o diapasão dessa sala! E... que poderia o senhor esperar? Diga-me, vamos, que pensa de tudo isso?

— Sim, sim! Sim, sim! — O príncipe abaixou a cabeça e começou a mudar de cor. — Tem razão. Foi o que aconteceu, realmente. E, sabe o senhor, mal dormi, ou melhor, não dormi absolutamente naquele trem, nem naquela noite nem na anterior. Estava pavorosamente exausto.

— Pois decerto! E é o que estou procurando demonstrar — acudiu Evguénii Pávlovitch. — Intoxicado, por assim dizer, pelo entusiasmo, logo se lhe deparou o ensejo de proclamar, publicamente, a generosa ideia de que o senhor, um príncipe por nascimento e um homem de vida ilibada, não considerava desonrada uma mulher arremessada à vergonha não por culpa própria e sim por um repugnante aristocrata libertino. Deus do Céu, naturalmente que se entende isso! Mas esse não é o ponto, meu caro príncipe. O ponto é saber se houve realidade, se houve sinceridade em suas emoções; se o que houve foi sentimento natural ou entusiasmo intelectual. Que pensa disto? A mulher, no templo, realmente foi perdoada — uma mulher justamente como esta. Mas não lhe foi dito que agira bem e que todo o respeito lhe era devido. Não é mesmo? Não lhe disse o senso comum, três meses depois, qual o verdadeiro estado da questão? Não desejo criticá-la, mas poderiam todas as aventuras dessa mulher justificar o seu intolerável e diabólico orgulho e o seu insolente egoísmo rapace? Perdoe-me, príncipe, se me deixei arrastar por tudo isso, mas...

— Sim, talvez tudo seja assim. Talvez tenha razão... — tornou a concordar o príncipe. — Ela é muito suscetível... O senhor está certo, mas...

— Que é merecedora de compaixão? É o que quer dizer, meu magnânimo amigo? Mas como pôde, atrapalhando-se com a compaixão, servir o prazer de uma mulher para envergonhar outra? E esta, uma pura e suave moça que o senhor consentiu que uns olhos altivos e rancorosos humilhassem! A que o vai levar a compaixão, ainda? A um exagero que ultrapassa tudo quanto se possa imaginar. Como pôde o senhor, amando uma jovem, humilhá-la perante a rival, e, por causa da rival, deixando-a assim, depois de o senhor mesmo lhe haver feito uma proposta de casamento honorabilíssima? Não lhe fez o senhor esse pedido, essa proposta? Sim, o senhor o fez, e diante dos pais e das irmãs. Chama-se ainda, depois disso, um homem de bem? Permita que lhe pergunte, príncipe! E... o senhor não iludiu essa adorável criatura quando lhe disse que a amava?

— Sim! Sim! Tem razão! De fato eu me sinto culpado! — repetiu o príncipe, tomado de inenarrável angústia.

— Mas acha que isso é o bastante? — insistiu Evguénii Pávlovitch, indignado. — Acha que basta gritar: "Ah, mereço todas as censuras!"? Sim, é digno de censura, mas persiste! E onde estava o seu coração, então, o seu coração de cristão? Ora, não viu o rosto de Agláia, naquele momento? Bem, e estava ela sofrendo menos do que a outra, do que essa outra mulher que se interpôs entre ela e o senhor? Como foi que viu isso e permitiu? Como pôde permitir?

— Mas... eu não permiti! — balbuciou o desgraçado príncipe.

— Não permitiu?

— Sim, não permiti coisa nenhuma! Até agora não compreendo como tudo aquilo se passou. Eu... eu ia a correr atrás de Agláia Ivánovna, mas justamente naquele instante Nastássia Filíppovna caiu desacordada. Desde então não me deixaram mais ver Agláia Ivánovna.

— Deixe disso! O ataque não importava! De qualquer forma o senhor devia ter corrido atrás de Agláia! Mesmo que a outra desmaiasse!

— Sim, sim! Devia ter feito isso, sim! Ela podia, porém, ter morrido; o senhor não sabe. Ela poderia até se matar, o senhor não a conhece... Depois, que é que tinha? Eu contaria tudo depois a Agláia e então...

Evguénii Pávlovitch... Mas vejo que o senhor não sabe nada. Diga-me, por que não me deixam ver Agláia Ivánovna? Eu já teria explicado tudo a ela. Para que se puseram as duas a falar de coisas erradas?... Foi por isso que aconteceu tudo aquilo. Ao senhor é difícil explicar. Mas a Agláia eu posso. Ah! A pobrezinha! A pobrezinha! E o senhor a me recordar ainda o rostinho dela quando foi embora... Então eu poderia esquecer?... Vamos lá! Temos de ir! — Pulou subitamente e puxou Evguénii Pávlovitch.

— Ir aonde?

— Ver Agláia Ivánovna! Vamos imediatamente!

— Mas ela não está mais aqui em Pávlovsk, estou lhe dizendo. E ir, para quê?

— Ela compreenderá, ela compreenderá! — bradou o príncipe, implorando, com as mãos juntas. — Ela compreenderá que não se trata do que aconteceu, mas de alguma coisa mais! Alguma coisa bem diferente!

— Que quer dizer com mais essa coisa "diferente"? Só se é para dizer que vai casar-se com a outra! Pois o senhor persiste, não é? O senhor vai, ou não vai casar-se?

— Vou sim. Vou sim!

— Então, como é que "há uma outra coisa diferente"?

— Não é isso, não é isso. O eu ir casar-me não quer dizer nada, absolutamente nada.

— Como não quer dizer nada? Não tem importância? Ora, a mim parece que não se trata de uma coisa à toa, acho eu! Vai casar-se com uma mulher que ama, para a tornar feliz. E Agláia Ivánovna vê e sabe disso. E como é que ainda acha que não tem importância?

— Fazê-la feliz? Oh! Não! Apenas vou casar-me com ela. É ela quem quer. E que tem que eu me case com ela? Eu... Oh!... Nada disso tem importância! Assim ela não morre. Casar-se com Rogójin é que seria uma loucura! Compreendo agora tudo quanto não compreendi antes. E, veja o senhor, quando elas estavam lá, uma em face da outra, não pude suportar o rosto de Nastássia Filíppovna... O senhor não sabe, Evguénii Pávlovitch — o príncipe abaixou a voz, misteriosamente —, eu nunca disse isto a ninguém, nem mesmo a Agláia, mas eu não posso suportar o rosto de Nastássia Filíppovna. O senhor tinha razão quando ainda há pouco falava daquela noite na casa de Nastássia Filíppovna; mas deixou de dizer uma coisa que ignora. Já naquela manhã, quando olhei o retrato dela, não pude suportar aquele rosto!... Veja, por exemplo, os olhos de Vera; não são uma coisa muito diferente? Eu... eu tenho medo do rosto dela! — acrescentou com extraordinária expressão de terror.

— Tem medo?

— Sim. Ela é louca — ciciou ele, empalidecendo.

— Tem certeza? — perguntou Evguénii Pávlovitch, com extremo interesse.

— Tenho sim. Agora, tenho. Certifiquei-me, destes últimos dias para cá.

— Mas que é que está fazendo, então, príncipe? — O pavor também se estava comunicando a Evguénii Pávlovitch. — Então vai casar-se com ela por causa de uma espécie de medo? Mas não se compreende! Sem mesmo a amar, talvez?

— Oh! Não. Eu a amo com todo o meu coração. Ora... ela é uma criança! Agora ela não passa de uma criança. Completamente! Uma criança! Oh! O senhor não entende essas coisas.

— E ao mesmo tempo declara que ama Agláia Ivánovna?

— Oh! Sim, sim!

— Mas como? Então ama a ambas?

— Oh! Sim, sim!

— Palavra de honra, príncipe, pense no que está dizendo!

— Sem Agláia, eu sou... Preciso absolutamente ver Agláia! Eu... eu vou morrer qualquer dia destes, durante o sono! Ainda a noite passada tive a sensação de estar morrendo... Oh! Se Agláia soubesse, se ela ao menos pudesse vir a saber tudo, mas absolutamente tudo, entende? Pois em um caso destes se precisa vir a saber de tudo, isso é que importa! Por que é que nós nunca chegamos a saber tudo relativamente a uma outra pessoa, principalmente quando se censura essa pessoa? Não sei mais o que estou dizendo. Estou zonzo. O senhor me assombrou... Será que ela ainda tem a mesma expressão no rosto, como na hora em que fugiu? Provavelmente é minha a culpa toda. Não sei bem como, mas a culpa é minha. Há em tudo isso algo que eu não posso explicar-lhe, Evguénii Pávlovitch. Não posso achar as palavras, mas... Agláia... Agláia compreenderia. Eu sempre acreditei que ela compreenderia.

— Não compreenderia, não, príncipe. Agláia o amou como mulher, como ser humano e não como espírito abstrato. Quer saber de uma coisa mais do que provável, príncipe? O senhor nunca amou nenhuma delas!

— Sei lá! Talvez... talvez seja isso. O senhor tem razão em muita coisa, Evguénii Pávlovitch. O senhor é muito inteligente! Ah! A minha cabeça está começando a doer, outra vez. Pelo amor de Deus, vamos à casa dela! Pelo amor de Deus!

— Mas já lhe disse que ela não está em Pávlovsk. Foi para Kólmino.

— Então vamos a Kólmino, imediatamente.

— Isso é impossível — declarou Evguénii Pávlovitch, peremptoriamente, levantando-se.

— Ouça, escreverei a ela. O senhor leva a carta.

— Não, príncipe, não! Poupe-me essa incumbência. Não posso.

Despediram-se. Evguénii Pávlovitch saiu com profundas impressões, concluindo de tudo isso que o príncipe não estava em seu juízo perfeito. "Que quereria ele significar com aquele rosto que quanto mais temia mais amava? E quem sabe se realmente não viria a morrer sem ver Agláia, de modo que ela nunca viria a saber quanto ele a amava? Ah!... Pode-se amar duas pessoas ao mesmo tempo? Bem misterioso isso é... Pobre idiota! Doravante, que será dele?"

10

Mas o príncipe não morreu antes do casamento, aquele seu pressentimento, confiado a Evguénii Pávlovitch, de que morreria talvez até mesmo à noite, durante o sono, não se tendo realizado.

Continuou dormindo pouco e assim mesmo com pesadelos; mas, de dia, no meio de gente, era amável e parecia sem preocupações, só se perdendo em cismas quando estava sozinho. O casamento fora apressado, já tendo sido fixado, devendo realizar-se uma semana depois daquela visita de Evguénii Pávlovitch. A pressa embaraçaria seus melhores amigos, caso os tivesse, de salvar o "pobre maluco". Ao que constava, o General Epantchín e sua esposa tinham sido, parcialmente, os responsáveis pela visita de Evguénii Pávlovitch. Mas, se na imensa bondade de seus corações, eles podiam desejar salvar o pobre lunático da ruína, era difícil ir além desse fraco esforço, a sua posição e mesmo a sua inclinação sendo incompatíveis com qualquer ação mais pronunciada.

Já mencionamos aqui que muitos dos que formavam a roda do príncipe se opuseram a ele. Vera Liébedieva só teve o recurso de se fechar na solidão do cômodo que habitava, onde, por entre lágrimas, deixou o príncipe sem sua habitual assistência. Kólia estava nessa ocasião ocupado com os funerais do pai, pois o velho general viera a morrer de um segundo ataque que lhe sobreveio oito dias após o primeiro. O príncipe, com a mais fervorosa simpatia, se associou ao luto da família, passando nos primeiros dias várias horas ao lado de Nina Aleksándrovna. Assistiu ao funeral e ao serviço na igreja. A muita gente não passou despercebido que a chegada e a saída dele deram lugar a sussurros entre a assistência que lá estava. Também nas ruas e no jardim, ao passar, mencionavam seu nome, apontando-o, passando ele indiferente aos sussurros entre os quais se distinguia o nome de Nastássia Filíppovna. Cuidaram até que ela tivesse ido aos funerais, mas não a encontraram. Outra pessoa que primou pela ausência foi a viúva do capitão, impedida de tal desplante por Liébediev. A cerimônia do sepultamento causou aflitiva e forte impressão no príncipe, que, em resposta a algumas perguntas de Liébediev, confessou que era a primeira vez que assistia a um funeral ortodoxo, apenas guardando vaga lembrança de um outro, na sua infância, na igreja da sua aldeia.

— Sim, nem parece que a pessoa que está no caixão seja a mesma que elegemos presidente ainda no outro dia, não é, príncipe? Por quem está o senhor procurando?

— Oh! Ninguém. Pareceu-me...

— Rogójin?

— Por quê? Ele veio?

— Sim, está lá dentro, na igreja.

— Tive a impressão de haver visto os olhos dele. — Míchkin estava confuso. — Mas por que veio? Foi convidado?

— Nem pensaram nele. Ora, não o conhecem, sequer! Veja que multidão! Há gente de toda espécie! Mas o senhor parece estar espantado! Agora dei para encontrar sempre Rogójin. Na semana passada o encontrei quatro vezes em Pávlovsk.

— Pois eu, desde aquela vez... nunca mais o vi — declarou o príncipe.

O príncipe lá consigo concluíra, já que Nastássia Filíppovna, nem sequer uma só vez, desde aquela noite, lhe dissera ter visto Rogójin, que este andava retraindo-se, de propósito. Todo aquele dia esteve o príncipe perdido em raciocínio, ao passo que Nastássia Filíppovna, tanto nesse dia como de noite, estivera excepcionalmente vivaz.

Kólia, que havia feito as pazes com o príncipe antes da morte do pai, sugerira que devia escolher Keller e Burdóvskii para seus padrinhos (pois o casamento ia ser realizado com urgência e portanto precisava tê-los à mão). Garantira o bom comportamento de Keller e a sua provável serventia, não havendo sido necessário se referir a Burdóvskii, sabidamente uma pessoa quieta e sempre às ordens. Nina Aleksándrovna e Liébediev chegaram a fazer ver ao príncipe que, já que o casamento era coisa determinada, não precisava ser em Pávlovsk, uma estação de verão, tão à vista. Sugeriram que isso se realizasse em casa, e, melhor ainda, em Petersburgo. Foi só então que o príncipe viu claramente o rumo que suas apreensões estavam tomando. Deu como resposta que não admitia comentários, e que esse era o desejo de Nastássia Filíppovna.

Um dia depois da escolha, foi Keller chamado para falar com o príncipe, sendo então informado que seria o seu "padrinho". Ficou parado à entrada, e, mal avistou Míchkin, levantou a mão direita, com o dedo polegar afastado dos outros, e jurou, como fazendo um voto:

— Não beberei mais!

Depois se aproximou do príncipe, apertou calorosamente sua mão, sacudindo-a, e anunciou que, na verdade, quando ouvira falar nesse casamento, tomara atitude hostil imediata, desancando-o pelos bilhares, pois se antecipara ao príncipe na escolha, diariamente, com a impaciência de um amigo, desejando para ele, no altar, toda de branco, pelo menos uma princesa de Rohan! Mas agora via com os seus próprios olhos que Míchkin procurara e acertara pelo menos doze vezes mais do que todos os amigos juntos! Pois não se importara com pompa, riqueza ou conceito público, só se importando com a verdade! Que as simpatias das pessoas elevadas eram demasiado bem conhecidas e que o príncipe era demasiado sublime por sua educação para não ser uma pessoa elevada, falando de um modo geral.

— Mas a ralé, a gentalha, julga diferentemente; na cidade, nas casas, nas reuniões, nas vilas, nos banhos públicos, nas tavernas e nos bilhares não se fala de outra coisa, senão do próximo acontecimento. Já me chegou aos ouvidos, por exemplo, que estão preparando uma serenata ao jeito de vaia, debaixo da sua janela, e isso, a bem dizer, na noite do casamento. Se o senhor vier a precisar da pistola de um homem honesto, estou pronto a trocar uma dúzia de tiros, como cavalheiro, na madrugada seguinte às núpcias.

Aconselhou também, como aviso prévio, já que na certa viria uma onda de almas imundas aglomerar-se diante da igreja, a se ter preparada a mangueira de água, diante da calçada. Mas Liébediev se opôs, temendo que o jorro da mangueira derrubasse sua casa.

— Este Liébediev está intrigando contra o senhor, príncipe, lá isso é que está. Queria pô-lo sob tutela quanto à sua liberdade e ao seu dinheiro, as duas coisas que distinguem cada um de nós de um quadrúpede! Ouvi, ouvi em boas fontes! É a santa verdade!

Míchkin então se lembrou de já lhe ter sido rosnada uma coisa assim, a que naturalmente não prestara atenção. Agora, desta vez, também simplesmente se riu e esqueceu de novo. Mas não havia dúvida de que, de fato, Liébediev andara, por esse tempo, muito ocupado. Os projetos desse homem nasciam de inspirações e, através do ardor com que se metia a ombro, se tornavam demasiado complexos desenvolvendo-se para lá de ramificações desde muito já afastadas do original ponto de partida. Essa a razão por que se atrapalhava em suas empresas. Quando, quase às vésperas do casamento, se dirigiu ao príncipe para expressar seu arrependimento (era um hábito dele vir expressar arrependimento àqueles contra os quais estivera intrigando, principalmente não tendo obtido êxito), declarou que nascera para ser um Talleyrand e não sabia como se tornar um simples Liébediev. E então desvendara todo o seu jogo que escandalizou profundamente o príncipe. Segundo a sua história, começara por procurar a ajuda de certas pessoas de importância, com cujo apoio pensou contar em caso de necessidade. Começara por procurar Iván Fiódorovitch. O general, embora perplexo, acreditou na boa vontade do homem para com o príncipe, mas declarou que por mais que desejasse não lhe era possível agir nesse caso. Lizavéta Prokófievna não o quis ver nem escutar. Evguénii Pávlovitch e o Príncipe Chtch... simplesmente o despediram. Mas Liébediev não era homem para perder assim a energia! E foi aconselhar-se com um advogado sagaz, um velho de experiência, seu amigo e até mesmo protetor. Dera-lhe este a opinião de que a coisa só era possível se testemunhas idôneas atestassem o desarranjo mental e a indubitável insanidade; e, ainda mais, pessoas de importância apoiando estas. Liébediev, nem com isso se desencorajou, e teceu meios e modos de um médico, também homem de valor, já idoso, com uma condecoração, a cruz de Sant'Ana, e que se encontrava em Pávlovsk, vir ver o príncipe, por assim dizer por acaso, para ver e apalpar o terreno, travando relações com ele, e depois, não oficialmente, mas como amigo, dizer o que julgava dele. O príncipe recordava-se de da visita desse médico. Recordava-se que, certa noite, Liébediev o amolara a respeito de não o achar bom; mas, vendo que o príncipe categoricamente recusara uma visita médica, Liébediev aparecera, assim por acaso, com o doutor, pretextando que tinham ambos vindo da casa de Ippolít Tieriéntiev, o qual havia piorado; e que o doutor, ali, tinha muita coisa a dizer a Míchkin a respeito do doente. O príncipe louvara Liébediev e recebera o médico cordialmente. Puseram-se logo a discorrer sobre Ippolít. O doutor pediu ao príncipe que lhe fizesse um relato da cena do suicídio, bem minuciosa; e o príncipe quase o distraiu com a descrição e a explicação do acidente. Falaram, também, do clima de Petersburgo, das aflições de Míchkin, da Suíça e do Dr. Schneider. A discussão do sistema do Dr. Schneider e as histórias do príncipe a respeito dele interessaram tanto o médico, que ele ficou duas horas e até fumou os excelentes cigarros do príncipe, enquanto Liébediev fora atrás de um licor que pouco depois Vera trouxe. E que o doutor, que era um homem casado e pai de família, se derramou em tais elogios a Vera que acabaram indignando-a. Separaram-se como amigos. Tendo deixado o príncipe, o doutor disse a Liébediev que, se uma pessoa como aquela devia ser posta sob vigilância, quem estaria apto a vigiá-la? E como resposta à trágica descrição de Liébediev quanto ao próximo acontecimento, o doutor abanara a cabeça, dissimulada e astutamente, observando que, mesmo excluindo o fato de que "não há ninguém com quem um homem não se possa casar", a fascinante senhora, além de ser incomparavelmente bela, o que já bastava para atrair um homem rico, também — assim, pelo menos, tinha ouvido — possuía uma fortuna, advinda de Tótskii e de Rogójin, em pérolas, diamantes, xales e móveis. Por conseguinte, a escolha do príncipe, longe de ser uma forma peculiar, ou melhor, evidente de loucura, era, antes, um testemunho da perspicácia de sua sabedoria mundana e da sua prudente previdência, levando, portanto, à conclusão inteiramente oposta, a favor, com efeito, do príncipe...

Essa opinião impressionara de tal forma Liébediev, que ele não prosseguiu, tendo chegado a dizer a Míchkin:

— E agora não verá o senhor, em mim, mais do que devoção e inteireza, pronto até a derramar meu sangue pelo senhor. Vim especialmente para lhe falar como estou falando.

Ippolít também distraiu o espírito do príncipe durante aqueles dias, em que foi chamado à casa dele várias vezes. A família estava vivendo em uma pequena casa não longe. Os menores, a irmã e o irmão de Ippolít, sentiam-se radiantes em Pávlovsk porque pelo menos aí podiam fugir do doente, escapando para o jardim. A pobre viúva do capitão fora abandonada à sua mercê, sendo sua vítima de agora. O príncipe era obrigado a intervir e a pacificá-los todos os dias; e o doente ainda o apelidava de sua enfermeira, menoscabando-o por tomar o papel de pacificador. Passaram a ter grande ressentimento por Kólia, por estar espaçando suas visitas, tendo, primeiramente, passado junto do pai moribundo e depois com a mãe viúva. Por fim fez Ippolít do casamento do príncipe com Nastássia Filíppovna o mote de escárnio, ofendendo tantas vezes, com isso, o príncipe, que este acabou zangando-se, a ponto de deixar de visitá-lo. Mas daí a dois dias a viúva do capitão trotou para a casa do príncipe, de manhãzinha, e implorou com lágrimas que fosse vê-lo, do contrário "aquele indivíduo seria a causa da morte dela". Inventou até que o doente tinha um segredo para contar. Míchkin foi. Ippolít preparara tudo; chorou, e depois das lágrimas, naturalmente, ainda ficou mais estúpido e insolente do que antes, embora tivesse receado demonstrar o seu despeito. Estava tão mal que pelos indícios o fim estava perto. Não tinha segredo nenhum a dizer-lhe, e sim, apenas, alguns pedidos. E, sem ar, ou, para melhor dizer, com emoção (possivelmente envergonhado), avisou o príncipe "que se acautelasse contra Rogójin". "É um homem que nunca largará de mão uma coisa. Ele não é como o senhor, ou eu, príncipe; se quiser uma coisa, nada o demoverá."

O príncipe começou a interrogá-lo mais minuciosamente, tentando colher fatos, fosse como fosse. Mas fatos não havia e só sentimentos e impressões de Ippolít que para sua intensa satisfação conseguiu o que queria: sobressaltar o príncipe, de modo cabal. No início, o príncipe não quis responder a certas insinuações de Ippolít, apenas sorrindo ao seu conselho de "ir para o estrangeiro; que havia padres russos por toda parte, que se poderia casar por lá", terminando com esta sugestão:

— É por causa de Agláia Ivánovna que eu receio, o senhor sabe. Rogójin sabe quanto o senhor a ama. É um caso de amor por amor. O senhor lhe roubou Nastássia Filíppovna! Ele então matará Agláia Ivánovna; e muito embora ela não seja sua, o senhor ficará sentido, pois não é?

Conseguiu o seu fim; o príncipe deixou-o, partindo completamente zonzo.

Essas advertências relativas a Rogójin foram feitas na véspera do casamento. À tarde, o príncipe viu Nastássia Filíppovna pela última vez antes do casamento. E ela não estava em estado de o deixar sossegado. Pelo contrário, ultimamente o pusera mais e mais apreensivo. Até aquela tarde, isto é, dias antes quando ela o via, se esforçava por encorajá-lo, estando terrivelmente assustada com a sua expressão melancólica. Chegou a cantar para ele e, na maioria das vezes, contava-lhe coisas assim alegres, que lhe ocorriam, ao que o príncipe, fingindo, ria cordialmente. Algumas vezes, porém, ele ria de verdade ante a maneira brilhante, o talento e o sentimento puro que ela punha ao lhe contar histórias, deixando-se levar pelo assunto, inefavelmente. Alegrava-a a alegria do príncipe e começava a orgulhar-se dele. Mas, de hora a hora, a tristeza e a ansiedade cresciam mais marcadamente nele. A sua opinião sobre Nastássia Filíppovna estava feita, senão a atitude dela lhe pareceria incompreensível e enigmática; acreditou, porém, que ela se refaria. Fora sincero quando disse a Evguénii Pávlovitch que a amava verdadeira e sinceramente e que em seu amor havia um elemento de ternura para com uma criança doente e infeliz que não podia ser deixada entregue a si mesma. Não explicou a mais ninguém o seu sentimento por ela e de fato o desagradava falar nisso quando lhe era impossível evitar o assunto. Quando estavam os dois juntos, não discutiam "os seus sentimentos", como se nisso houvesse uma tácita promessa mútua. Qualquer pessoa podia testemunhar a alegria e a agitada conversação diária de ambos. Dária Aleksiéievna costumava dizer, muito depois, que não fizera outra coisa aqueles dias senão admirar-se e rejubilar, olhando-os.

Mas a sua noção sobre a condição mental e espiritual de Nastássia Filíppovna, em certo grau, o poupava de muitas perplexidades. Ela, agora, era uma mulher completamente diferente da mulher que ele conhecera três meses antes. Não achou paradoxal, por exemplo, que ela, que preferira fugir a casar-se com ele, e fugir com lágrimas de maldições e de reprimendas, insistisse agora no casamento, o que o fez acreditar que ela já não julgava mais que tal casamento o desgraçaria. Tão rápida prova de confiança em si mesma, no ver do príncipe, não parecia natural; e muito menos decorrer apenas do seu ódio para com Agláia Ivánovna, conquanto fosse capaz de sentir sobremaneira tal ódio. Não podia provir também do temor do seu destino com Rogójin, muito embora tanto esta como as outras coisas pudessem sedimentar dentro dela. Mas o que ficava patente ao seu espírito era a desconfiança antiga: isto é, que aquela pobre alma estivesse estilhaçada. Se tais conhecimentos lhe poupavam perplexidades, não eram de molde, todavia, a lhe dar paz e sossego, todo esse tempo.

Às vezes experimentava não pensar em nada disso; punha-se a encarar o seu casamento apenas como qualquer formalidade comum; muito menos se inquietava com o próprio destino. Quanto a certos protestos, como no gênero dos da conversa com Evguénii Pávlovitch, se sentia totalmente incapaz de responder a eles, essa incapacidade sendo de tal ordem que o melhor era esquecer qualquer referência.

Percebeu porém que Nastássia Filíppovna sabia e compreendia perfeitamente bem tudo quanto Agláia Ivánovna significava para ele. Nunca lhe dissera nada, mas naqueles dias em que ele teimara em ir à casa dos Epantchín, o rosto dela mostrava bem sua apreensão; e esse rosto só ficou calmo e radiante quando ela veio a saber que a família deixara Pávlovsk. Embora fosse o príncipe pouco perspicaz, o pensamento de que Nastássia Filíppovna podia armar algum escândalo, para obrigar Agláia a sair de Pávlovsk, tinha-o atormentado até a partida dos Epantchín. As conversas e o nervosismo em todas as vilas de Pávlovsk por causa de tal casamento eram sem dúvida sustentados por Nastássia Filíppovna com o propósito de irritar a sua rival. E como, naqueles dias, fora difícil encontrar os Epantchín, Nastássia Filíppovna deu um jeito de passar em frente das janelas deles, com o príncipe ao lado, na carruagem. O príncipe caiu nessa armadilha, só percebendo, e muito surpreso (o que estava de acordo com seu atarantamento), quando a caleça já se achava rente à fachada e já era tarde demais para evitar o escândalo. Não ousou fazer nenhuma reprimenda, mas ficou doente dois dias; de onde ela não repetir a experiência. Nos dias anteriores à data do casamento, ela teve crises de tristeza. Conseguia disfarçar. Recalcava a melancolia, tornava-se cada vez mais carinhosa e meiga, mas não com o antigo arrebatamento de felicidade. O príncipe redobrou de atenção. Intrigou-o, como fato curioso, nunca lhe falar de Rogójin. A não ser certa vez, uns cinco dias antes da data do casamento; é que Dária Aleksiéievna lhe mandou recado urgente para que viesse rápido, visto Nastássia Filíppovna estar em um estado terrível.

Encontrou-a a gritar, a chorar e a tremer, dizendo que Rogójin estava escondido no jardim, em sua casa! Que tinha acabado, ainda agora, de vê-lo! Que ele ia matá-la, de noite, que iria cortar sua garganta! Não houve meio de acalmá-la. Mas, indo já bem depois Míchkin ver Ippolít, a viúva do capitão, que acabava de chegar da cidade, onde fora a pequenos negócios seus, lhe contou que Rogójin fora nesse dia ao seu cômodo e lhe fizera lá perguntas a respeito de Pávlovsk. Em resposta ao relato do príncipe, respondeu ela que Rogójin tinha estado a falar com ela na hora mesma da suspeita de estar no jardim da casa de Nastássia Filíppovna, ficando, pois, tudo explicado como pura imaginação. Nastássia Filíppovna, depois de fazer insistentes perguntas à viúva do capitão, acabara ficando grandemente aliviada.

Mas, na véspera do casamento, deixara-a o príncipe em grande excitação. O enxoval tinha chegado do costureiro, de Petersburgo. O vestido nupcial, o véu de noiva, e assim por diante. O príncipe não julgava que à vista do vestido ela ficasse tão nervosa. Gostou de tudo e, segundo as suas expressões, estava mais feliz do que nunca. Mas deixou também deslizar o que estava em seu espírito; que ouvira que na cidadezinha havia rancor; que os boêmios da praça estavam preparando uma espécie de demonstração, uma espécie de charivari, com música e versos compostos para o momento, tudo com a aprovação geral da sociedade de Pávlovsk. E que, por isso mesmo, queria erguer a cabeça ainda mais alto do que nunca, diante deles, para deslumbrá-los a todos com o bom gosto e a riqueza de seus enfeites. "Deixá-los sussurrar! Que me vaiem, se são capazes!" E os seus olhos dardejavam, ante o só pensamento disso. Tinha um outro pensamento secreto que não exteriorizou alto. Esperava que, por dados motivos, Agláia ou, a seu mando, qualquer outra pessoa estivesse também no meio dos curiosos quando houvesse aglomeração, ou às escondidas na igreja. E secretamente se preparava. Eram onze horas da noite quando se separou do príncipe, ficando absorta em tais pensamentos. Mas antes de soar a meia-noite um mensageiro chegou correndo; queria falar com o príncipe, da parte de Dária Aleksiéievna, que lhe rogava "que viesse imediatamente, que ela estava muito mal".

Encontrou o príncipe sua noiva na cama, chorando, em desespero, em uma grande crise, durante muito tempo não dando resposta ao que lhe era dito através da porta fechada. Por fim, abriu, não deixou entrar mais ninguém, senão o príncipe. Caiu de joelhos, diante dele (assim, pelo menos, Dária Aleksiéievna, que conseguiu espiar, contou depois).

— O que estou fazendo? O que estou fazendo? O que estou fazendo de ti? — gritava, abraçando-lhe os pés, convulsivamente.

O príncipe teve de passar uma hora inteira com ela. Não sabemos sobre que conversaram. Contou Dária Aleksiéievna que se separaram despedindo-se em paz e felicidade. E que, durante a noite, o príncipe mandara uma vez saber notícias dela, lhe tendo sido dito que caíra em profundo sono.

De manhã, antes mesmo de ela ter acordado, dois recados tinham sido mandados perguntando por ela a Dária Aleksiéievna, sendo que um terceiro mensageiro veio de lá, depois, dizendo que havia um verdadeiro enxame de costureiros e cabeleireiros de Petersburgo, em volta de Nastássia Filíppovna, agora, não havendo nem traço da balbúrdia da véspera ou da noite. Que estava ela toda atarefada em se embelezar, preparando a *toilette* do casamento. E que bem nesse minuto havia uma importante consulta a respeito de quais diamantes devia pôr, e como pô-los.

O príncipe ficou completamente calmo.

A narração do que se seguiu, durante a cerimônia, me foi dada por pessoa que assistiu a tudo. E creio que contou corretamente.

Estava o casamento marcado para as oito horas da noite. Mas, às sete, Nastássia Filíppovna já estava quase completamente pronta. Uma turba fervilhante começara a ajuntar-se desde as seis em volta da vila de Liébediev. E outra, ainda maior, diante da casa de Dária Aleksiéievna. A igreja começara a encher desde as sete horas. Vera Liébedieva e Kólia achavam-se muito nervosos, por causa de Míchkin, embora estivessem muito ocupados preparando a recepção e os refrescos nos apartamentos do príncipe, apesar de os convidados não serem em grande número. Além das pessoas indispensáveis, estariam presentes Liébediev, os Ptítsin, Gánia, o doutor, com a sua cruz de Sant'Ana ao pescoço, e Dária Aleksiéievna como convidada também. Tendo sido perguntado ao príncipe por que fora o doutor convidado, sendo "homem que mal conhecia", respondeu complacentemente:

— Em consideração ao seu busto condecorado; como se trata de pessoa muito respeitada, convém ao estilo da coisa! — E riu.

Keller e Burdóvskii, em trajes de gala, de luvas, pareciam estar corretos; apenas Keller tendo perturbado outra vez o príncipe e seus partidários, pela insistência que não era lá muito distinta, agora, de brigar, lançando olhares assaz hostis, da janela e da porta, à onda de curiosos que cercava a casa.

Por fim, às sete e meia, o príncipe saiu para a igreja, de carro. Queremos observar que ele, particularmente, não quis omitir nenhuma das cerimônias usuais, tudo devendo ser feito, abertamente, publicamente e na "devida ordem". Tendo feito, como foi possível, a sua passagem por entre a multidão, na igreja, escoltado por Keller, que ainda dardejava olhares ameaçadores para a direita e para a esquerda, e seguido de um contínuo fogo de sussurros e exclamações, o príncipe desapareceu temporariamente atrás do altar-mor da igreja, enquanto Keller saiu para ir buscar a noiva na casa de Dária Aleksiéievna, lá encontrando uma multidão duas ou três vezes maior e mais estouvada e crepitante do que a que rodeava a casa do príncipe. Ao subir a escada ouviu exclamações que ultrapassavam sua capacidade de paciência e já se ia voltar para dirigir uma arenga apropriada à ralé e à gentalha quando foi impedido, ainda a tempo, por Burdóvskii e Dária Aleksiéievna. Contendo-o, obrigaram-no a entrar. Keller era todo irritação e pressa. Nastássia Filíppovna levantou-se, olhou-se ainda ao espelho, observando-se com um sorriso contrafeito, conforme depois Keller contou, "tão pálida como a morte", inclinou-se com toda a devoção para o ícone e se dirigiu para os degraus.

Um zumbido de vozes, quase clamor, saudou a sua aparição. No primeiro instante é verdade que houve sons de risos e aplausos, talvez mesmo assobios; mas, dentro de um momento, começaram a ser ouvidas coisas assim:

— Que beleza! — exclamavam de dentro da multidão.

— Não é a primeira e nem será a última!

— Vai cobrir tudo com a cauda do vestido nupcial!

— Uma beleza destas não se acha tão depressa! — gritaram os que estavam mais perto. — Hurra!

— Que princesa! Por uma princesa assim, vendo a alma! — gritou um serventuário, que avaliou: — "Uma noite pelo preço de uma vida!".

Nastássia Filíppovna evidentemente estava tão branca como um lenço, quando apareceu com os seus grandes olhos postos sobre a multidão. Olhos que pareciam carvões acesos. Toda a turba, agora, era a seu favor, pois a indignação se tinha transformado em gritos de entusiasmo. E a porta da carruagem já estava aberta, e Keller já oferecia o braço à noiva, quando ela, de súbito, deu um grito e enveredou por entre a multidão. Todos, acompanhando-a com os olhares, ficaram petrificados de pavor. A multidão abriu-se para lhe dar passagem. E nisto, a cinco ou seis passos do último degrau, apareceu Rogójin. Nastássia Filíppovna descobrira seus olhos no meio da multidão. Arremessou-se na direção dele, como uma criatura que enlouqueceu; agarrou-se a ele, com as duas mãos, gritando:

— Salve-me. Leve-me daqui. Para onde quiser, já!

Tomando-a nos braços, Rogójin a carregou para a sua carruagem. Em um relance puxou uma nota de cem rublos, entregando-a ao cocheiro.

— Para a estação da estrada de ferro. Se pegarmos ainda o trem, mais outra nota igual!

Disse e pulou para dentro da carruagem, onde já estava Nastássia Filíppovna, e bateu a porta. O cocheiro não hesitou um momento. Fustigou os cavalos. Keller deu explicações, depois que tinha sido pegado de surpresa! "Um minuto só, mais, e eu voltaria a mim e não os teria deixado fugir", explicou, ao descrever a aventura. Burdóvskii pensou em tomar uma outra carruagem que se encontrava ali perto, ao lado, e correr em perseguição de Rogójin, mas refletiu, quando já estava para sair, considerando que "de qualquer forma era demasiado tarde e ninguém a iria trazer à força".

— E o príncipe não haveria de querer isso, não! — decidiu Burdóvskii, tremendamente agitado.

O carro, ao galope dos animais, chegou à estação, ainda a tempo. Rogójin e Nastássia Filíppovna saltaram a correr. E quando Rogójin já estava a subir para o trem, fez parar uma meninota que se achava com um manto preto, ainda decente, embora usado, e com um lenço de seda na cabeça.

— Quer cinquenta rublos por isso? — perguntou, instantaneamente, estendendo o dinheiro para a rapariga, que ficou espantada, sem saber se segurava ou não o dinheiro. E logo Rogójin lhe arrebatou manto e lenço, que jogou aos ombros e à cabeça de Nastássia Filíppovna. Sua *toilette* fora do comum despertaria atenção durante a viagem. E foi só depois, quando os viu desaparecer no vagão, que a raparigiunha compreendeu qual a serventia do seu manto velho e do lenço barato.

A notícia do que acabara de acontecer chegou à igreja com uma rapidez assombrosa. Quando Keller entrou como um raio, muitas pessoas se precipitaram para ele a fazer-lhe perguntas. Ninguém saiu da igreja, que burburinhava de falatórios, risadas e movimentos de cabeças. O que todo o mundo queria era ver como o noivo receberia a notícia.

Ele recebeu a comunicação com aparente calma; apenas ficou pálido e teve certa dificuldade em dizer:

— Eu tinha qualquer receio, mas nunca pensei que isso viesse a acontecer. — E acrescentou depois de breve pausa: — Contudo, está na ordem natural das coisas, principalmente tendo em vista o estado dela.

Até Keller falou depois sobre tal observação do príncipe como sendo de "uma filosofia incomparável".

Aparentemente calmo e resignado, o príncipe deixou a igreja; pelo menos assim muita gente teve a impressão e comentou depois. Tinha o ar de querer veementemente ir embora para casa e ficar sozinho, nem isso lhe tendo sido de todo permitido, pois vários convidados o acompanharam até aos seus aposentos: Ptítsin, Gavríl Ardaliónovitch e o médico, que, como os outros, não pensou em tão cedo ir embora. Era mais do que natural que a casa em pouco estivesse literalmente rodeada de gente desocupada. Lá da varanda, Míchkin ouvia Liébediev e Keller, furiosos, afastando pessoas desconhecidas que só por estarem regularmente vestidas se julgavam no direito de ir entrando. A algumas delas que se adiantaram se dirigiu o príncipe, perguntando do que se tratava, polidamente afastando Keller e Liébediev. Depois se encaminhou para um cavalheiro corpulento, de cabeça grisalha, parado diante dos degraus, à frente de um dos tais grupos, e cortesmente o convidou a honrá-lo com a sua entrada. Um tanto desconcertado, o homem entrou, seguido logo depois de um segundo e um terceiro. Até que do grupo entraram bem uns oito, que conseguiram isso de maneira desenvolta. Depois do que, não houve mais quem se arriscasse a se ajuntar àqueles, pondo-se até alguns, cá de fora, a censurar os outros, que, no entanto, lá dentro se assentavam, desmanchando-se em conversa e aceitando o chá que lhes era oferecido. Tendo isso, da parte do príncipe, sido feito com modéstia e espontaneidade, a surpresa dos recém-chegados se foi transformando em grata expectativa. Ficaram, naturalmente, tentando reanimar a conversa e encaminhá-la para o tema que jazia culminante em seus espíritos. Arriscaram umas perguntas indiscretas, também tendo sido proferidas certas observações. O príncipe respondeu a tudo com tanta simplicidade e cordura e, ainda por cima, com tamanha dignidade e confiança na bem-educada intenção dos convidados, que a atmosfera de curiosidade se extinguiu por si mesma. Pouco a pouco a conversa enveredou para outras coisas, aliás sérias. Um cavalheiro, por exemplo, pegando no ar qualquer palavra, jurou, repentinamente, com intensa indignação, que não venderia a sua propriedade, acontecesse o que acontecesse, mas que, muito pelo contrário, iria contemporizando, e que "possuir imóveis era melhor do que dinheiro".

— Este é que é o meu sistema econômico, meu caro senhor, e não há mal nenhum em comunicar este meu ponto de vista. — Dirigia-se ao príncipe, que calorosamente levou em apreço aquelas palavras, até que Liébediev lhe disse ao ouvido, disfarçando, que aquele indivíduo não tinha lar, nem casas nem propriedade de espécie alguma. Quase uma hora se passou nisso e o chá acabou, ficando então as visitas sem jeito de permanecer mais tempo. O doutor e o cavalheiro dos cabelos grisalhos despediram-se efusivamente de Míchkin, pondo-se também os demais em debandada, despedindo-se com ruidosa cordialidade, expressando a opinião de que não era preciso ninguém se afligir, que tudo acabaria da melhor forma, e assim por diante. Antes houvera tentativas de pedir champanha, acabando, porém, as pessoas mais velhas por frear a rapaziada.

Depois que todos se foram embora, Keller se inclinou para Liébediev e lhe fez ver que "você e eu devíamos ter feito uma barreira, ter brigado, mesmo que nos desgraçássemos e fôssemos arrastados até a polícia! Mas ele fez uma porção de novos amigos. E que amigos! Conheço-os a todos".

Liébediev, que estava um pouco "alto", grasnou, por entre gesticulações:

— "Aos sábios e aos prudentes escondeste estas coisas mas as revelaste às criancinhas!". Já antes disse eu isto, referindo-me a ele, mas agora acrescentarei que Deus salvou a própria criança do báratro sem fundo. Ele e os Seus santos!

Enfim, lá para as dez e meia, o príncipe conseguiu ficar sozinho. Doía-lhe a cabeça. Kólia ajudou-o a mudar a roupa de casamento pelo terno diário e foi a última pessoa a deixá-lo, tendo-se despedido com muita efusão, sem falar no que havia acontecido, e prometendo vir bem cedo no dia seguinte. Depois, no inquérito, testemunhou que o príncipe não deixara escapar nenhuma insinuação ou pressentimento fosse sobre o que fosse, na hora de se despedirem, tendo pois escondido até dele suas intenções. E em breve não ficou mais ninguém na casa, tendo Burdóvskii ido ver Ippolít, e Keller com Liébediev saído decerto para beber. Apenas permaneceu, por algum tempo ainda, no apartamento do príncipe, Vera Liébedieva. E isto mesmo para apressadamente repor as coisas em seus costumeiros lugares, olhando, de relance, ao sair, para Míchkin, que estava sentado, com os cotovelos fincados sobre a mesa e com a cabeça escondida entre as mãos. O príncipe voltou-se para ela, com surpresa, e por um minuto ficou como que a se querer recordar. Mas, recordando e reconhecendo as coisas, uma a uma, pouco a pouco foi começando a ficar agitado. O mais que fez, porém, foi pedir-lhe, muito sério, que lhe batesse na porta, no dia seguinte, às sete horas, com tempo de ainda pegar o primeiro trem, tendo Vera dito que sim. Ao que o príncipe lhe rogou que não dissesse isso a ninguém. Ela tornou a prometer. E, quando já estava abrindo a porta para sair, o príncipe a chamou, uma terceira vez, tomou-lhe as mãos, beijou-as, depois lhe beijou a testa e, de maneira um tanto esquisita, lhe disse:

— Até amanhã.

Assim, pelo menos, o descreveu Vera, depois.

Saiu, muito aflita, por causa dele. E, em verdade, só teve ânimo e sossego de manhã quando, às sete horas, lhe bateu à porta, conforme o combinado, informando-o que o trem para Petersburgo partiria dentro de um quarto de hora. E, pelo tom, lhe pareceu que ele respondera de forma natural e até mesmo afável. Disse, lá de dentro, que nem se despira, mas que tinha dormido um pouco. Que pensava voltar ainda hoje. Parecia, por conseguinte, que ele julgara melhor e mais conveniente não dizer senão a ela, nesse momento, que ia à cidade.

11

Uma hora depois já chegava a Petersburgo. E logo um pouco depois das nove horas estava tocando a campainha da casa de Rogójin. Durante longo tempo, parado no vestíbulo do andar, não foi atendido. Insistiu. Por fim a porta da ala ocupada pela mãe de Rogójin foi aberta por uma empregada idosa e de aparência respeitável que foi logo informando:

— Parfión Semiónovitch não está em casa. Com quem quer falar o senhor?

— Com Parfión Semiónovitch.

— Não está. — A criada olhava para o príncipe com uma curiosidade desatenciosa.

— Em todo o caso me informe se ele dormiu em casa esta noite e se chegou sozinho aqui, ontem!

A velha continuava olhando para ele sem responder. — Esta noite passada não veio com ele, para aqui, Nastássia Filíppovna?

— Mas permita, por favor, que lhe pergunte: quem é o senhor?

— O Príncipe Liév Nikoláievitch Míchkin. Somos amigos íntimos.

— O patrão não está em casa. (A mulher abaixou os olhos.)

— E Nastássia Filíppovna?

— Não entendo o que o senhor está falando.

— Espere, espere! Quando é que ele volta?

— Quanto a isso, não sabemos tampouco.

E a porta fechou-se.

O príncipe resolveu voltar daí a uma hora justa. Deu uma olhadela ao pátio e viu o porteiro.

— Parfión Semiónovitch está em casa?

— Sim, está.

— Como é que me disseram agora mesmo que não estava?

— Disse-lhe isso a empregada dele?

— Quem me disse foi a empregada da mãe dele. Toquei a campainha da porta dele, mas não obtive resposta.

— Talvez ele tenha saído — ponderou o *dvórnik*.[66] — Ele nunca avisa, sabe? Às vezes leva a chave e as peças ficam fechadas até três dias seguidos.

— Veja se se lembra bem se ele esteve em casa ontem!

— Esteve sim. Às vezes entra pela porta da frente e a gente não vê.

— E não estava Nastássia Filíppovna com ele, ontem?

— Isso não posso dizer. Ela não vem muito por aqui. Penso, porém, que, se tivesse estado, a gente teria visto, ou pelo menos sabido.

Perdido em pensamentos, o príncipe, tendo saído, começou a caminhar pela calçada oposta, para cima e para baixo. Reparara já que as janelas do apartamento de Rogójin se achavam fechadas e que as do lado onde a mãe dele morava estavam quase todas abertas. Era um dia

[66] Do russo: zelador de prédio. (N. E.)

quente e luminoso. Lá da calçada fronteira tornou a olhar para cima. E então distinguiu que, além de fechadas, as janelas tinham as janelas tinha cortinas brancas entre as vidraças. Ficou parado algum tempo e teve, de repente, como que a impressão de que um canto de uma cortina fora afastado e logo largado, no ínterim entre uma coisa e outra lhe parecendo ter visto, de relance, a cara de Rogójin, em uma espécie de vislumbre. Esperou mais um pouco, depois resolveu voltar e tocar outra vez; refletindo porém melhor, resolveu esperar uma hora. "E quem sabe se não foi apenas imaginação minha..."

Mas essa resolução de adiar por uma hora fora subconsciente pressa de ir até Ismáilovskii Polk, ao apartamento que Nastássia Filíppovna ocupava ultimamente. Lembrou-se de que três semanas antes, quando a seu pedido ela deixara Pávlovsk, tinha ido acomodar-se em casa de uma amiga, viúva de um mestre-escola, estimável senhora com família, que alugava peças mobiliadas e que vivia, realmente, quase que só disso. Assim, pois, não era de todo improvável que, voltando a Pávlovsk, pela segunda vez, não tivesse conservado os aposentos. E, de qualquer forma, mais provável era agora que tivesse passado a noite de ontem para hoje naqueles aposentos, levada naturalmente por Parfión. O príncipe tomou uma carruagem e no caminho lhe veio a censura de não ter começado por onde agora ia, pois era evidente que ela não teria passado a noite em casa de Rogójin, reforçando-lhe este pensamento a afirmativa do porteiro de que Nastássia Filíppovna raramente aparecia. Se, dantes, não aparecia senão raramente, por que haveria de permanecer em casa de Rogójin essa noite? Procurando reconfortar-se com tais deduções, chegou Míchkin à casa de Ismáilovskii Polk, mais morto do que vivo.

Mas, para grande decepção sua, na casa da viúva do mestre-escola nem sequer tinham ouvido falar em Nastássia Filíppovna essa manhã, ou na véspera; mas todos acorreram para o observar como a um prodígio. A numerosa família daquela senhora, tudo meninas entre sete e 15 anos, rodeara a mãe, fitando Míchkin com muita vivacidade. Juntou-se a elas a tia, de cara chupada e amarela, e, por último, a avó, muito idosa, de óculos. A dona da casa, muito diligentemente, lhe sugeriu que entrasse e se sentasse, o que o príncipe logo fez. Percebeu que sabiam muito bem quem ele era e que estivera para se casar na véspera, estando curiosas por perguntar pela noiva, muito abismadas por estar ele a indagar da esposa, que, não havia dúvida, devia estar com ele àquela hora, em Pávlovsk.

Mas, delicadas como eram, não o fizeram. Em breves palavras ele satisfez a curiosidade delas quanto ao casamento. Gritos e exclamações de espanto e de admiração se seguiram, de modo que se viu na obrigação de contar a história quase toda, embora por alto, naturalmente. Finalmente, as senhoras idosas e sábias, em concílio, determinaram que a primeira coisa a fazer, indubitavelmente, era bater à porta de Rogójin até obter resposta, procurando saber, positivamente, alguma coisa dele. Caso não estivesse em casa (do que ele teria de se certificar de modo absolutamente certo!), ou se não quisesse dizer, então o príncipe devia ir imediatamente à casa de uma senhora alemã que vivia em companhia da mãe em Semiónovskii Polk, muito amiga de Nastássia Filíppovna; quem sabia lá se, no seu atarantamento e desejo de se esconder, não fora passar a noite com elas?

O príncipe levantou-se, completamente arrasado. Segundo, depois, elas depuseram, ficara mortalmente pálido; de fato, as suas pernas não se resolviam a caminhar. Percebeu, dentro do terrível e agudo estridor de suas vozes, que estavam combinando agir com ele, e que lhe perguntavam o seu endereço na cidade. Ainda por cúmulo, não tinha ele endereço algum para lhes dar. Aconselharam-no a ir então para um hotel; o príncipe pensou um pouco e lhes deu o nome do hotel onde estivera uma vez já, aquele onde cinco semanas antes sofrera um ataque.

Encaminhou-se novamente para a casa de Rogójin. Lá, desta vez, não conseguiu ser atendido em nenhuma das duas portas. Foi então procurar o porteiro, com muita dificuldade acabando por encontrá-lo no pátio, ocupado, e que lhe respondeu grosseiramente, olhando-o de esguelha, garantindo que Parfión Rogójin saíra de manhã, muito cedo, para Pávlovsk, não devendo voltar a casa nesse dia.

— Fico esperando. Talvez volte à noite.

— Não voltará nem daqui a uma semana. É escusado.

— Mas, então, esteve em casa esta noite?!

— Que esteve, lá isso esteve. Pode ficar certo.

Tudo era muito suspeito, e havia algo esquisito nisso. Muito possivelmente o porteiro recebera instruções recentes, na sua ausência de ainda agora, pois como era que, da primeira vez, fora tão tagarela e agora lhe voltava as costas? Sem dizer nada, o príncipe resolveu voltar daí a duas horas e, se achasse preciso, ficar vigiando a casa, logo lhe sobrevindo uma esperança na pessoa da senhora alemã de Semiónovskii Polk.

Mas na casa da senhora alemã não entenderam uma palavra do que ele queria. E, por algumas palavras deixadas escapulir, o príncipe se deu conta de que essa beldade alemã cortara relações com Nastássia Filíppovna, quinze dias antes, não tendo, pois, ouvido mais falar nela, ultimamente, esmerando-se mesmo em dar a entender que não se importava absolutamente de saber até "que se tinha casado com todos os príncipes do mundo". O príncipe apressou-se em ir embora. E então começaram a lhe ocorrer outras hipóteses e conjeturas. Ela podia ter ido para Moscou, como já fizera antes, uma vez, tendo naturalmente Rogójin ido depois, ou talvez mesmo com ela. "Se, ao menos, eu pudesse achar alguns traços!" Nisto, se lembrou de que lhe era conveniente ficar um pouco no hotel; e foi ligeiro para a Litéinaia. Arranjou logo um quarto. O criado perguntou-lhe se queria comer alguma coisa. Respondeu a esmo que sim. Depois, quando caiu em si, ficou furioso em ter de perder meia hora com um almoço. E ainda foi muito depois que lhe veio a evidência de que não era obrigado a comer o que lhe haviam trazido. Ao sair afinal do hotel, mal sabendo o que estava fazendo, uma estranha sensação tomou posse dele quando se viu ao longo do corredor escuro e abafado. Uma sensação que custou, cruelmente lenta, a se transformar em um pensamento perceptível. Perceptível? Pois se nem assim pôde adivinhar que pensamento novo, ou velho, era esse em que se debatia! A sua cabeça estava em um rodopio. Mas, para onde estava ele indo agora? Arremessou-se, outra vez, na direção da casa de Rogójin.

Mas este não havia voltado. Resposta nenhuma, por mais que tocasse a campainha ou batesse. Foi tocar diante da porta da velha senhora Rogójin. Estava aberta, e, algum tempo depois, alguém lhe disse que Rogójin não estava nem estaria durante, pelo menos, três dias. O príncipe ficou mais perplexo ainda ao se sentir olhado, como antes, com tão desconcertante curiosidade.

Dessa vez não conseguiu, de modo algum, encontrar o porteiro. Atravessou para a calçada do outro lado, como já fizera antes, percorreu a vista pelas janelas e ficou caminhando para cima e para baixo, por meia hora, ou possivelmente mais, sob o calor insuportável. Em todo esse tempo, coisa alguma buliu lá em cima; as cortinas brancas estavam imóveis e as janelas permaneciam fechadas. Imaginou que, decerto, daquela vez, antes, se tinha enganado; devia ter sido mera alucinação.

De fato, as vidraças eram opacas e encardidas, sendo difícil cá de baixo distinguir se alguém espiava de lá. Sossegado com essas reflexões, dirigiu-se de novo à casa da viúva em Ismáilovskii Polk.

Já o estavam esperando, aflitas. A senhora estivera pessoalmente já em três ou quatro lugares. Inclusive na porta da residência de Rogójin, onde nada pudera saber nem ver. O príncipe, ouvindo em silêncio, entrou para a sala, sentou no sofá e ficou a olhar como se não estivesse entendendo o que elas todas lhe contavam, falando ao mesmo tempo. Por mais estranho que seja, convém ser dito aqui que, em dado momento, o seu olhar era de quem está com o espírito completamente ausente do corpo. Toda a família declarou mais tarde que, nesse dia, ele estava assim como uma pessoa em quem é fácil ver que "o fim já era claro". Posto o que, se levantou e pediu para ver os aposentos que tinham sido de Nastássia Filípovna. Estes eram claros, altos, lindamente mobiliados, dos que se alugam a alto preço. As senhoras relataram mais tarde como o príncipe examinou tudo, minuciosamente, coisa por coisa, objeto por objeto. Que, tendo visto sobre a mesa um livro aberto, um volume francês, *Madame Bovary*, dobrou a folha, fechou-o, pediu permissão para levá-lo e sem ouvir as explicações das senhoras de que o livro era de uma biblioteca circulante, meteu-o a seguir no bolso externo do paletó. Sentou-se um pouco, em frente mesmo da janela. E depois, notando uma mesa de jogo, com o tampo coberto de rubricas de giz, perguntou quem tinha jogado. Responderam que na temporada anterior Nastássia Filípovna costumava jogar todas as noites, com Rogójin, paciência, o burro, *durakí*, *uíste* e *mêlniki*. Que se tinham posto a jogar cartas, naquela vez em que vieram de Pávlovsk, porque Nastássia Filíppovna vivia sempre se queixando que estava entediada, que Rogójin nem conversar sabia, as noites sendo insuportáveis. Que muitas vezes até chorara. E que então, uma noite, sem dizer nada, ele, Rogójin, trouxera um baralho. Que Nastássia Filíppovna ficara contente, dando então em jogar para se distrair. O príncipe perguntou pelo baralho; mas não houve meio de as cartas aparecerem. É que Rogójin trazia um baralho novo todas as tardes, levando o usado cada vez que ia embora, de noite.

Aconselharam-no as senhoras a voltar ainda à casa de Rogójin e a tocar bem alto e bater com força. Não agora, mas de noite. "Talvez conseguisse alguma coisa." Ofereceu-se a viúva a, enquanto isso, ir até Pávlovsk, pessoalmente, à casa de Dária Aleksiéievna, a fim de indagar se alguma coisa fora sabida lá. Sugeriram a Míchkin que, em todo o caso, voltasse às dez horas para, se fosse necessário, combinarem os planos para o dia seguinte. A despeito de todas as tentativas para consolá-lo e acalmá-lo, a sua alma estava subjugada por um absoluto desespero, tendo-se dirigido para o hotel em uma inexprimível angústia. A poeirenta e sufocante atmosfera de Petersburgo pesava sobre ele como uma prensa; era acotovelado por gente vagarosa ou bêbada; fixava a esmo as fisionomias. E decerto caminhou muito além do que o necessário, já sendo quase noite quando voltou para o seu quarto. Resolveu descansar um pouco antes de tornar a ir à casa de Rogójin, como lhe tinham aconselhado. Sentou-se em um sofá, apoiou os cotovelos sobre a mesa, afundou em pensamentos.

Deus sabe o tempo e aquilo em que pensou. Havia muitas coisas que ele temia. Sentiu dolorosamente, pungentemente, uma terrível apreensão. Mais, bem mais que apreensão. Pavor. Vera Liébedieva lhe veio ao espírito. E nisto o pensamento o assaltou de que Liébediev talvez soubesse de alguma coisa; ou que, se não soubesse, pudesse procurar mais depressa e com mais facilidade do que ele. Depois se lembrou de Ippolít; e que Rogójin costumava conversar com Ippolít. E pensou ainda em Rogójin, quando estivera no funeral, depois no jardim e depois — e isso repentinamente — naquela vez em que ele, Rogójin, estivera ali no corredor do hotel e como se escondera e o esperara com um punhal. Recordou-se dos olhos dele, aqueles olhos que o olhavam em brasa, na treva. Estremeceu, porque um pensamento, esse pensamento que se estava conformando em expressão aguda, lhe veio à cabeça.

Se Rogójin estivesse em Petersburgo, escondido mesmo, por enquanto, acabaria, certamente, por vir até ele, o príncipe, fosse com boa ou com má intenção, como já fizera uma vez. De qualquer maneira, se, pois, quisesse vir vê-lo, não podia ser em lugar nenhum senão ali, naquele corredor. Não tendo nenhum outro endereço, só poderia supor que ele, o príncipe, estivesse no mesmo hotel de antigamente. Acabaria por vir procurá-lo ali; tentaria isso, se tivesse grande necessidade dele. E quem sabia lá se já não tinha precisado dele?

Desta maneira esteve considerando. E a ideia lhe pareceu bem razoável. Não lhe teria sido possível explicar por qual motivo concluíra que ele, o príncipe, era necessário a Rogójin e que, portanto, teriam de se encontrar. Mas a conclusão era categórica, na forma deste pensamento alternado: "Se ele estiver bem, não virá; mas se se sentir infeliz, virá. E é lógico que se sente infeliz".

Já que estava com essa convicção, devia ter ficado no hotel, esperando Rogójin, em seu quarto. Mas não se sentiu capaz de permanecer ali, com aquela ideia. Agarrou o chapéu e saiu apressadamente. Àquela hora o corredor estava escuro. "E se ele, de repente, saísse daquele vão e investisse contra mim, na escada?" Foi a ideia que lhe relampejou no espírito quando se sentiu perto do mesmo lugar daquela vez anterior. Mas não surgiu ninguém. Alcançou a porta da rua, saiu, admirou-se ao ver a densa multidão que se espraiava pelas ruas (como sempre, no verão, à hora do poente, acontece em Petersburgo). Virou na direção da Gorókhovaia. Devia já estar distanciado do hotel uns cinquenta passos quando, na primeira rua que ia atravessar, alguém, na multidão, sem ele esperar, lhe tocou o cotovelo e lhe sussurrou ao ouvido:

— Liév Nikoláievitch, meu irmão, preciso de ti. Segue-me. — Era Rogójin.

Foi uma coisa estranha, mas deve ser dita: o príncipe pôs-se logo a lhe contar efusivamente, muito além de qualquer propósito, de modo atabalhoado, que o esperara no hotel e que até pensara encontrá-lo no corredor.

— Eu estive lá — respondeu Rogójin. — Vem comigo!

Esta resposta surpreendente só espantou o príncipe dois minutos depois, quando a entendeu bem. E, tendo compreendido, ficou alarmado, a olhar com toda a atenção para Rogójin, que caminhava na sua frente, à distância de um passo, abrindo passagem para ele, Míchkin, com cuidado mecânico, alheio a todo o mundo.

— Mas, se esteve no hotel, por que não foi me procurar no quarto?

Rogójin parou, olhou-o um pouco e, como se não tivesse ouvido direito a pergunta, disse:

— Presta atenção no que vou pedir, Liév Nikoláievitch! Segue sempre à direita, rua acima, até a minha casa; e eu atravesso e vou pelo outro lado da rua. Mas repara que um tome conta do outro.

Dito o que, atravessou a rua, para a outra calçada, parou, a ver, de lá, se o príncipe estava andando. Vendo, porém, que não, fez-lhe um sinal com os olhos, tomou a direção da Gorókhovaia e seguiu, virando a todo momento para olhar o príncipe, e lhe fazendo sinal para o seguir. E evidentemente se certificou logo que o príncipe o tinha compreendido e o estava já seguindo, pelo outro lado da rua, na calçada paralela. O príncipe pensou que, com certeza, Rogójin queria espreitar alguma pessoa que não lhe conviria que passasse por ele ou o seguisse. E tinha atravessado para o outro lado, por precaução. "Mas, ao menos, por que não me disse de quem está com receio?"

Caminharam, assim, uns quinhentos passos. De repente, sem saber direito por que, Míchkin começou a tremer. Rogójin continuava a olhá-lo, de quando em quando, porém mais espaçadamente. Sentindo que não podia prosseguir, o príncipe lhe fez um sinal, chamando-o. Rogójin atravessou imediatamente a rua, enviesando-se na sua direção.

— Nastássia Filíppovna está em sua casa?

— Está.

— Foi você que me olhou, por detrás da cortina, esta manhã?

— Fui.

— Como? Era você?

E o príncipe não soube o que perguntar a seguir nem como acabar a sua interrogação. De mais a mais, o seu coração batia tanto que mal poderia continuar a falar. Rogójin também ficou calado e continuou a olhar para ele, como ainda agora, com uma expressão de sonho...

— Bem, então estou indo — disse, afinal, preparando-se para atravessar para o outro lado. — Tu vais sozinho, pois fica melhor cada um seguir separadamente...

Quando, por fim, dobraram a esquina para a Gorókhovaia, já próximos da casa de Rogójin, as pernas do príncipe começaram a fraquejar a ponto de lhe ser quase impossível poder prosseguir. Eram mais ou menos dez horas da noite.

As janelas do lado da velha ainda estavam escancaradas, como de dia. As da parte de Rogójin permaneciam todas fechadas e, na penumbra, as cortinas ficavam mais visíveis. O príncipe aproximava-se pela calçada oposta à casa. Rogójin, sempre pela sua calçada, chegou, dobrou para as escadas e, lá do vão, lhe acenou. Míchkin atravessou e veio juntar-se a ele.

— O porteiro ignora que estou aqui. Menti-lhe, esta manhã, que ia para Pávlovsk e deixei uma palavra nesse sentido também à minha mãe — sussurrou, com um sorriso dissimulado e quase jactancioso. — Vamos entrar de maneira que ninguém ouça.

A chave já estava na sua mão. Subindo a escada, virou-se, fez com o dedo no ar um gesto bem significativo, dando a entender ao príncipe que subisse sem nenhum ruído. Abriu sem o menor estalido a porta dos seus aposentos, fez o príncipe passar, entrou também, com muita cautela, fechou a porta, guardou a chave no bolso.

— Vem — ciciou ele.

Desde a Litéinaia que só falava por cicios, estando, por dentro, a despeito de toda a calma aparente, em um estado de intensa agitação. Chegando à sala de visitas, a caminho do gabinete, se dirigiu para a janela e fez um gesto para Míchkin.

— Esta manhã, quando tocaram, adivinhei logo que eras tu. Fui, na ponta dos pés, até aquela porta e te ouvi falar com a Pafnútievna. Mal o dia raiou eu dei ordem a ela para que se tu, ou qualquer pessoa mandada por ti, batesse na minha porta, não dissesse absolutamente que eu estava aqui; principalmente se fosses tu; e lhe dei o teu nome. Depois, quando foste embora, me veio o pensamento: "E se ele fica parado a espiar lá da rua, vigiando?". Aproximei-me então desta janela, aqui, franzi um pouco a cortina ... E lá estavas tu, e me olhaste até... Foi assim.

— Onde está Nastássia Filíppovna? — perguntou o príncipe, quase sem fôlego.

— Ela... está... aqui... — respondeu Rogójin, baixo, demorando a falar.

— Onde?

Rogójin ergueu os olhos e fitou o príncipe.

— Vem...

Falava sempre ciciando, com aquele mesmo ar de sonho. Já um pouco antes, ainda agora mesmo, quando contou a respeito da cortina, parecia querer dizer coisa muito diferente, apesar de ter simulado estar falando espontaneamente.

Entraram no gabinete. Havia alguma mudança naquela sala, depois da anterior vinda do príncipe. Uma pesada cortina verde, que devia ter servido para outro fim, pendia de viés, separando a ala da alcova de Rogójin. Estava escuro. As noites brancas, do verão de Petersburgo, já se iam alterando, e se não houvesse lua cheia teria sido difícil distinguir qualquer coisa nessas peças com janelas tapadas por cortinas. Em todo caso podiam distinguir o rosto um do outro, embora mal. As faces de Rogójin estavam pálidas como de costume. Os seus olhos cintilantes continuavam a vigiar o príncipe, com um brilho seco.

— Seria melhor acender uma luz — sugeriu Míchkin.

— Não. Não precisa — respondeu o outro, que, tocando a mão do príncipe, o fez que se sentasse. Sentou-se também, por sua vez, tendo trazido a cadeira para tão perto que quando se sentou, ficou roçando os joelhos do outro. Junto deles, um pouco para um lado, havia uma mesinha redonda.

— Fiquemos aqui um pouco — disse, como querendo persuadir o príncipe a não se levantar. — Bem me pareceu que devias estar lá naquele hotel, de novo — começou ele, com aquela maneira de que certas pessoas, iniciando um assunto importante, preludiam antes com ninharias que não vêm a propósito. — Mal entrei pelo corredor, pensei: "E se ele estiver sentado lá dentro esperando por mim, enquanto eu estou aqui em pé, esperando por ele?". Estiveste na casa da viúva do mestre-escola?

Devido ao violento palpitar do seu coração, o príncipe mal pôde responder:

— Estive.

— Pensei nisso, também. "Vão acabar falando", pensei... e então disse comigo: "Vou trazê-lo aqui, esta noite, de maneira a passarmos a noite juntos".

— Rogójin! Onde está Nastássia Filíppovna? — perguntou o príncipe, prontamente. E todos os seus membros começaram a tremer, quando ficou de pé. Rogójin também se levantou, e sussurrou, apontando para a cortina:

— Está ali.

— Dormindo? — balbuciou o príncipe.

Rogójin tornou a olhar para ele com profunda atenção.

— Bem, entra, tu... somente... entra...

Ergueu a cortina, assim, em pé, voltado para o príncipe.

— Entra! — disse, reforçando, com um gesto, empurrando-o mansamente para dentro da cortina. Míchkin entrou.

— Está escuro... — disse.

— Mas se vê... — ciciou Rogójin.

— Vejo muito mal... Aqui... é... uma cama?

— Aproxima-te — sugeriu Rogójin, brandamente.

O príncipe deu o primeiro passo; depois o segundo e parou. Parou e ficou olhando. Passou um minuto. Custou muito a passar outro minuto. Permaneciam perto da cama, bem rente. Não falavam absolutamente nada. O coração do príncipe batia tão violentamente que era agora a única coisa audível na quietude mortal da alcova. Os seus olhos já se estavam acomodando na treva e então ele começou a distinguir a cama inteira. Alguém jazia nela, dormindo um sono de perfeita imobilidade, sem fazer ruído algum, por mais insignificante que fosse: nem mesmo o da respiração. E quem assim dormia estava coberto desde a cabeça até os pés com um lençol branco sob o qual os membros vagamente se configuravam. Tudo quanto se podia ver era que um corpo humano jazia ali, estendido em todo o seu comprimento.

Na mais completa desordem, aos pés da cama, sobre as cadeiras ao lado e pelo chão, havia roupas jogadas. Um rico vestido de seda branca. Flores. E fitas. Em uma pequenina mesa, junto à cabeceira da cama, um diadema de diamantes que tinha sido tirado e posto ali. Do lado dos pés da cama havia um monte de sedas e cambraias amarrotadas, e sobre elas emergia de uma nesga do lençol um pé nu. Tão branco, tão imóvel que parecia de mármore. O príncipe olhava... e, olhando, sentia que a alcova cada vez se tornava mais sepulcralmente silenciosa. Nisto ouviu o zunido de uma mosca que voou sobre o leito e foi pousar no travesseiro. O príncipe recuou.

— Agora, vem comigo! — Era Rogójin, que lhe tocava no braço.

Saíram da alcova e se sentaram nas mesmas cadeiras, novamente um defronte do outro. Tremendo com uma violência cada vez mais incontida, Míchkin não tirava os olhos indagadores do rosto de Rogójin.

— Noto que estás tremendo, Liév Nikoláievitch, muito mais do que quando estiveste doente. Lembras-te, em Moscou? Tal como antes de te vir o acesso, aquela vez!... Fica bem calmo, senão, que vou fazer contigo agora?

O príncipe escutou, fez todo o esforço para ficar em condições de compreender; mas os seus olhos não paravam de perguntar que é que fora aquilo...

— Quem foi? Foi você? — conseguiu dizer, por fim, mostrando a cortina.

— Fui eu. — Rogójin ciciou; e não pôde erguer os olhos. Mantiveram-se calados cinco minutos. Cinco minutos...

— Escuta aqui — recomeçou Rogójin, como se não tivesse interrompido a sua confissão —, como és doente e tens ataques e convulsões, não vá alguém ouvir do pátio, ou da rua... e descobrir, assim, que há gente aqui nos meus aposentos. Se descobrirem... começarão a bater e entrarão... pois todos estão convencidos de que não estou em casa. Já foi por isso que não acendi luz... podiam perceber da área ou da calçada... quando saio, levo, sempre, a chave... e ninguém entra aqui, nem para a limpeza, enquanto dura a minha ausência. Dois... às vezes três dias... é hábito meu. Tomei bastante cuidado para que não percebessem que estamos aqui...

— Pode continuar... — disse o príncipe. — Eu perguntei, tanto ao porteiro como à empregada, se Nastássia Filíppovna não tinha passado a noite aqui. Portanto... isto é...

— Eu sei que perguntaste. Mas eu disse à Pafnútievna que Nastássia Filíppovna estivera aqui ontem apenas uns dez minutos e que já havia regressado para Pávlovsk. Ninguém sabe que ela ficou aqui, de noite. Entrei, ontem, com ela, às escondidas, tal como nós dois fizemos ainda agora. Quando vínhamos para cá eu pensei que ela não tomaria cuidado para entrar em segredo. Mas qual o quê! Entrou na ponta dos pés, suspendeu e dobrou a cauda do vestido em volta do corpo, segurando a ponta na mão, para que a seda não rugisse; e quando falou, foi sempre ciciando... chegou a me balançar o dedo, escadas acima — era de ti que ela tinha medo! No trem, se visses, estava louca de terror! E foi ela quem quis passar a noite aqui. Porque eu, eu tinha pensado em levá-la ao apartamento dela, na casa da viúva; mas, qual o quê! "Mal o dia raiar, ele me achará lá!" Foi o que ela disse. "Mas você (referia-se a mim) vai me esconder hoje, e amanhã de manhã, cedinho, partiremos para Moscou." Depois, já não era para Moscou que queria ir... qualquer outra cidade... Oriól, por exemplo... até mesmo já deitada, me dizia, de lá, que tínhamos de ir para Oriól...

— Escute, Parfión! Que é que você vai fazer, agora? Que é que pensa fazer?

— Mas para de tremer! Eu fico espantado, por tua causa! Nós vamos ficar aqui, toda a noite. A cama é aquela só... Mas acho que podemos pegar as almofadas e os coxins dos dois sofás, e fazer uma espécie de cama para mim e para ti, do lado de cá da cortina... para ficarmos juntos. Pois se eles vierem para cá e começarem a pesquisar, a indagar, e entrarem, darão logo com ela e a levarão. E... me achando... me perguntarão... eu direi que fui eu e me levarão imediatamente. Assim, pois, se ficares, é melhor, não é? Ela agora fica conosco, ao nosso lado, junto de ti... e junto de mim...

— Sim, sim! — concordou o príncipe vivamente.

— Quando vierem... nós não confessaremos, e não deixaremos que a levem!

— É sim! Não deixaremos, de forma alguma, custe o que custar. Isso mesmo... — decidiu o príncipe.

— Foi o que eu decidi também, rapaz, não a entregar de forma alguma. A ninguém! Ficaremos quietos aqui; a noite inteira. Hoje só saí, de manhã, por menos de uma hora. Não contando esse tempo, estive sempre com ela. E depois só saí para ir buscar-te, de noite já. Mas uma outra coisa... de que estou com medo: está muito quente e talvez comece a cheirar mal... Tu estás sentindo algum cheiro?... Eu...

— Talvez esteja... nem sei... mas... de madrugada, certamente...

— Eu a cobri com um oleado americano! Um bom oleado. Estendi o lençol por cima e coloquei em volta, embaixo, rente à cama, quatro botijas de desinfetante Jdánov. Desarrolhei... ainda estão lá... devem servir...

— Ah! Sim, como leu que fizeram aquela vez em Moscou!?...

— Por causa do cheiro, irmão! Viste como ela está... deitadinha... de manhã, quando houver luz, é que deves ir olhá-la... que é isso? Não podes erguer-te? — perguntou Rogójin, com espanto, vendo, todo apreensivo, que Míchkin estava tremendo de maneira tão absurda que, apesar do esforço para ir ver outra vez Nastássia Filíppovna, não conseguia pôr-se em pé...

— As minhas pernas não... obedecem — explicou baixinho o príncipe — e creio que é... terror! Mas quando isto passar, me levantarei para ir... vê-la.

— Sossega; vou arranjar uma cama para nós. Deitando, ficarás logo melhor. Eu me deitarei também... e ficaremos escutando... pois é, rapaz, não compreendo ainda, não compreendo como tudo isso foi... bem que te avisei, que te preveni, de antemão... de modo que ficasses sabendo...

Sussurrando essas palavras ininteligíveis, Rogójin começou a fazer as camas no chão. Era evidente que só essa noite é que lhe tinha vindo à cabeça improvisar essa cama no chão. A outra noite, ficara no sofá. Mas não havia agora lugar para dois, no sofá estreito, e Rogójin resolveu e combinou que deviam deitar-se juntos. Eis por que, com muito esforço, ele agora arrastava os vários coxins do sofá e os colocava junto da cortina. Fez a cama de qualquer modo. Aproximou-se do príncipe afavelmente e, com certo entusiasmo macabro, o conduziu pelo braço.

Mas o príncipe achou que podia ir, e se desvencilhou, pensando que o tremor já havia passado.

Rogójin fez o príncipe estirar-se nos coxins, à esquerda, e depois, sem se despir, se arrojou, pesadamente. Cruzou as mãos debaixo da cabeça e começou a balbuciar:

— Está quente, sim, está quente, irmão! E, como sabes, vai começar a cheirar. Acho que não devemos abrir as janelas... minha mãe tem sempre jarros com flores... Uma porção de flores... e que perfume delicioso elas têm! Cheguei a pensar em trazer... mas Pafnútievna podia desconfiar... ela repara em tudo...

— É reparadeira, sim... — concordou o príncipe, aparvalhadamente.

— Achas que devíamos comprar punhados e mais punhados de flores para rodeá-la toda? Mas... pensando bem, amigo, vê-la rodeada de flores nos causaria tamanha tristeza!...

— Escute — disse o príncipe, de modo incerto, como se estivesse procurando o que ia dizer, já esquecido outra vez do que era —, escute, com que foi que fez isso? Com uma faca? Com aquela mesma...?

— Com aquela!

— Outra coisa, ainda. Quero perguntar-lhe outra coisa, Parfión. Quero fazer-lhe uma porção de perguntas. Quero que me conte tudo... mas, para começar, será melhor me dizer, primeiro, para eu entender bem... você pensava em matá-la antes do nosso casamento, com uma faca, à entrada da igreja?

— Não sei se pensei, ou não — respondeu Rogójin, secamente, parecendo até surpreso com a pergunta, ou não a compreendendo.

— Você chegou a levar consigo a faca para Pávlovsk?

— Não, nunca! Tudo quanto posso te dizer a respeito da faca é que eu a tirei de uma gaveta esta madrugada... pois tudo aconteceu de madrugada, mais ou menos às quatro horas... a faca esteve enfiada dentro de um livro, sempre, aqui, em casa. E... e... coisa estranha. Afundou três ou quatro polegadas, bem debaixo do seio esquerdo. Não saiu mais do que uma quantidade assim... de uma meia colher de sopa... de sangue... que se espalhou pela camisola. Nem tanto!...

— Isso... isso... isso eu sei, já li a respeito, é o que eles chamam de hemorragia interna — esclareceu sinistramente o príncipe, em grande agitação. — Às vezes não dá uma gota... quando a punhalada vai certeira ao coração e encrava...

— Para! Não estás ouvindo? — Rogójin interrompeu-o imediatamente, sentando-se, apavorado, sobre o coxim. — Escuta só!

— Não ouço nada — respondeu Míchkin tão rápido quanto apavorado.

— Passos! Ouves? Na sala de visitas... — puseram-se ambos a escutar.

— Ouço — disse o príncipe, sem a menor hesitação.

— Passos de gente!

— Sim.

— Convém, ou não, fechar a porta?

— Feche.

Foram fechar a porta e se deitaram outra vez. Ficaram calados uma porção de tempo.

— Ah! É mesmo! — começou inesperadamente o príncipe, com um sussurro farfalhante, como retomando um pensamento e querendo falar depressa antes de o esquecer de novo; sentou-se no chão. — É mesmo! Eu queria aquele baralho de cartas!... As cartas... elas me disseram que você jogava com ela!

— Jogava, sim — confirmou Rogójin, depois de curto silêncio.

— Onde estão... as cartas?

— Estão aqui — disse Rogójin, depois de uma pausa maior. — Aqui.

Tirou do bolso um baralho de cartas enrolado em papel e deu a Míchkin, que o tomou com uma espécie de marasmo. Um sentimento novo, de desesperadora tristeza, pesava em seu coração. Compreendeu, subitamente, que nesse momento e durante muito tempo, antes, não estivera dizendo o que desejava; e que isso não era direito; estava fazendo uma coisa má. E compreendeu, também, que essas cartas que segurava agora, e que, só de as ver, lhe davam tanto conforto, não eram de ajuda nenhuma, absolutamente não serviam para coisa alguma, agora... levantou-se, comprimindo o baralho na mão fechada. Rogójin continuava deitado e não parecia ouvir nada, e nada ver dos gestos do príncipe; mas os seus olhos cintilavam na treva, e estavam muito arregalados, com uma expressão fixa. O príncipe foi sentar-se na cadeira, começando a olhá-lo de lá, com terror.

Passou meia hora.

E então Rogójin se pôs a falar alto, e a rir, como se tivesse esquecido que deviam falar somente ciciando.

— Aquele oficial, aquele!... lembras como ela chicoteou aquele oficial, perto do coreto da música? Ah! Ah! Ah! E havia um cadete... um cadete... um cadete também que interveio...

O príncipe pulou da cadeira, com redobrado pavor. Nisto, Rogójin ficou quieto (e foi subitamente que se calou) e o príncipe se curvou docilmente sobre ele, depois se sentou ao lado e, com o coração batendo violentamente e a respiração aos arrancos, começou a fitá-lo. Rogójin nem virou a cabeça para ele, como se o tivesse esquecido. O príncipe olhava e esperava. O tempo foi passando. Começou a clarear. De vez em quando, Rogójin recomeçava a murmurar coisas, com voz rígida, incoerentemente; ria e soltava exclamações. Então o príncipe estendia a mão trêmula até ele e mansamente lhe tocava a cabeça, os cabelos, acariciando-os, ou lhe afagava as faces... pois não podia fazer mais nada! Começou a tremer, outra vez. E as pernas, de novo, pareceram nem existir. Uma sensação nova lhe corroía o coração com infinita angústia.

No entanto, tinha clareado completamente. Em dado instante ele se estirou sobre as almofadas, como que absolutamente inerme, sem esperança e sem solução. Juntou o seu rosto ao rosto petrificado de Rogójin, as suas lágrimas escorrendo para as dele, ambos, decerto, nem as percebendo nem se importando com elas.

Fosse como fosse, quando, depois de muitas horas, as portas foram arrombadas e pessoas estranhas entraram, deram com o assassino completamente inconsciente, a delirar. Míchkin estava sentado no assoalho, sem se mover dali, ao lado dele. E sempre que o homem que se achava delirando desandava a dar gritos e a tartamudear, ele se apressava em lhe passar a mão trêmula, suavemente, sobre os cabelos e sobre as faces, como o acariciando e acalmando. Mas nem por isso conseguiu compreender nenhuma pergunta que lhe foi feita nem reconheceu as pessoas que o rodeavam.

Se Schneider, em pessoa, viesse da Suíça para olhar o seu antigo pupilo e paciente, ligando a cena de agora à recordação do estado em que o príncipe, às vezes, ficava naqueles seus primeiros anos de estada no estrangeiro, teria erguido as mãos para o ar, desesperançado, e diria, como dizia naquele tempo: "Um idiota!".

EPÍLOGO

Precipitando-se para Pávlovsk, a viúva do mestre-escola se dirigiu diretamente a Dária Aleksiéievna, que, já estando assombrada com os acontecimentos da véspera, ainda ficou em um pânico maior, ante o que lhe foi contado.

Resolveram as duas senhoras comunicarem-se imediatamente com Liébediev, que, como era natural, estava preocupadíssimo com o seu inquilino e amigo. Contou-lhes Vera Liébedieva tudo quanto sabia. A conselho de Liébediev decidiram seguir os três para Petersburgo com o fim de o mais depressa possível evitar o que pudesse estar para acontecer. E assim foi que, cerca das onze horas da manhã seguinte, o apartamento de Rogójin foi arrombado na presença da polícia, das senhoras, de Liébediev e de um irmão de Rogójin, Semión Semiónovitch, que morava na outra ala — ato esse facilitado pela declaração do porteiro que, depondo, disse ter visto à noite Parfión Semiónovitch entrar pela porta da frente, com uma visita, mas, pelo que lhe parecera, às escondidas.

Durante dois meses esteve Rogójin prostrado, com inflamação cerebral, tendo sido julgado logo que se restabeleceu. Com muita exatidão deu provas irretorquíveis sobre cada ponto do libelo, em consequência do que absolutamente não foi trazido à baila o nome de Míchkin.

Durante o julgamento, conquanto taciturno, não contradisse Rogójin o eloquente conselho judicial que provou, com clareza e lógica, ter o crime sido cometido em consequência da febre cerebral que acometera o réu muito antes da perpetração do crime, que assim, pois, mais não foi do que um resultado de suas perturbações. Não acrescentou Rogójin coisa alguma em contestação, mantendo com a mesma clareza exata o seu depoimento feito durante o inquérito relativamente às circunstâncias ligadas ao crime. Foi sentenciado, em vista das circunstâncias atenuantes, a somente 15 anos de trabalhos forçados na Sibéria. Ouviu a sentença soturnamente calado e como que "sonhando". Toda a sua enorme fortuna, de que só uma parte comparativamente pequena fora dilapidada nos primeiros meses de libertinagem, passou para o seu irmão, Semión Semiónovitch, com grande satisfação deste. Sua velha mãe ainda vive, e parece que, lá uma vez ou outra, se recorda de seu filho favorito, Parfión, decerto, porém, muito vagamente, Deus lhe tendo poupado o espírito e o coração do conhecimento do golpe desferido sobre o seu melancólico lar.

Liébediev, Keller, Gánia, Ptítsin, e muitas outras pessoas desta história continuam a viver, tendo mudado pouco, quase nada havendo a relatar sobre eles.

Ippolít, quinze dias depois de Nastássia Filíppovna, morreu em terrível estado de excitação, e decerto mais cedo do que calculara. Kólia ficou profundamente marcado pelos acontecimentos, ligando-se mais intimamente do que nunca à sua mãe, Nina Aleksándrovna, que vive inquieta com esse seu filho demasiado pensativo para a idade. Mas de uma coisa ela não tem dúvida: ele tornar-se-á um homem útil e ativo; entre outras coisas, a acomodação do futuro de Míchkin foi, parcialmente, obra sua. Desde muito tendo notado que Evguénii Pávlovitch Radómskii era uma pessoa diferente das outras com as quais fora fazendo amizade, procurou-o para contar o caso do príncipe e sua consequente situação. Evguénii Pávlovitch não o decepcionou na estima com que era distinguido, pois tomou logo o maior interesse pela sorte do infortunado "idiota", que, devido a seus cuidados e diligências, foi reenviado ao Dr. Schneider, na Suíça. Considerando-se, francamente, um homem supérfluo na Rússia, Evguénii Pávlovitch seguiu para o estrangeiro, decidido a passar uma grande temporada na Europa, fazendo, então, várias visitas a seu amigo doente na instituição do Dr. Schneider. Visitava-o, no mínimo, de três em três meses. Mas Schneider franzia as sobrancelhas e meneava a cabeça, cada vez mais desanimado; pressentia, categoricamente, ser impossível uma remissão, de vez em quando se permitindo um ou outro vaticínio quanto a possibilidades ainda mais melancólicas. Isso afetou muito o coração de Evguénii Pávlovitch; e não é um coração qualquer, esse seu, como fica demonstrado ante o fato de Kólia lhe escrever cartas que recebem constantes respostas. Há ainda um outro fato que patenteia um traço bondoso do seu caráter, e aqui nos apressamos em mencionar qual seja: depois de cada visita sua ao Dr. Schneider, Evguénii Pávlovitch sempre remete uma carta a certa pessoa de Petersburgo, com as mais simpáticas e minuciosas informações sobre o estado da saúde do príncipe. Acompanhadas com as mais respeitosas expressões de devotamento, essas cartas invariavelmente (e cada vez com mais frequência) contêm um franco desenvolvimento de ideias, vistas e sentimentos, algo que, em realidade, se aproxima de um sentimento fervoroso de amizade mal disfarçada através disso tudo. Essa pessoa, que se corresponde com ele (conquanto, deste lado, as cartas sejam menos frequentes) e que é assim merecedora de tanta atenção e respeito da sua parte, é Vera Liébedieva. Nunca nos foi dado nos certificarmos de como essas relações nasceram entre ambos; não resta dúvida, porém, de que começaram no tempo do colapso total do príncipe, quando Vera Liébedieva ficou tão aflita que até caiu doente. Mas, de um modo exato, qual o incidente que os levou a esse conhecimento e amizade, não sabemos informar.

Aludimos a essas cartas principalmente porque contêm notícias sobre os Epantchín e, especialmente, sobre Agláia. Segundo uma carta de Paris, um pouco desconexa, Evguénii Pávlovitch contava que, após uma súbita e extraordinária atração por um conde polonês exilado, Agláia se casara logo, apesar da oposição dos pais, que só tinham dado consentimento por haver possibilidades de um terrível escândalo. Depois de seis meses de silêncio, chegou nova carta de Evguénii Pávlovitch, mandando à pessoa com quem se correspondia uma longa e minuciosa descrição de como, em sua última visita à instituição do Dr. Schneider, se havia encontrado lá com o Príncipe Chtch... e toda a família Epantchín (exceto, naturalmente, Iván Fiódorovitch, retido, pelos negócios, em Petersburgo). E que fora um estranho encontro, todos tendo demonstrado extraordinário contentamento, não cessando Adelaída e Aleksándra de se demonstrarem incalculavelmente gratas a ele, "por sua angélica bondade para com o desgraçado príncipe". Lizavéta Prokófievna não parava de chorar amargamente, à vista da aflita e humilhada condição de Míchkin. Evidentemente tudo lhe fora perdoado. O Príncipe Chtch... fizera mesmo umas poucas observações justas e sinceras. Que lhe parecera a ele, Evguénii Pávlovitch, que Adelaída e o marido não estavam em muito perfeita harmonia, mas que, com certeza, no futuro, Adelaída ainda viria a permitir que o seu impetuoso temperamento fosse guiado pelo Príncipe Chtch... que tinha bom-senso e experiência. E seria de esperar, de mais a mais, que as cruéis experiências que a família sofrera, acima de tudo, com a recente aventura de Agláia com o conde exilado, viessem a causar profunda impressão na irmã. Que tudo quanto a família receara ao negar Agláia ao conde polonês se havia, em menos de seis meses, confirmado, e até da pior maneira, com surpresa que eles nunca tinham sequer sonhado. Esclareceu-se que o conde nem conde era e que, se estava exilado como dizia, era isso devido a certa aventura sombria e duvidosa do seu passado. O tratante fascinara Agláia pela sua extraordinária "nobreza" de alma dilacerada em angústia patriótica. Fascinação essa que, mesmo depois de casada, subira a ponto de fazer que ela se tornasse sócia de um Comitê pela restauração da Polônia e desse em frequentar o confessionário de um célebre pregador católico, passando logo o seu espírito a sofrer a influência dele. Quanto às vastas propriedades do conde polonês, e de que antes mostrara ao Príncipe Chtch... e a Lizavéta Prokófievna as mais incontestáveis provas, não passavam de um mito. E ainda mais: que, seis meses após o casamento, o conde e o seu amigo, o célebre confessor, haviam conseguido indispor Agláia completamente com a família, de modo que desde meses nem sequer tinham notícias dela. Restava de fato ainda muita coisa a contar; mas Lizavéta Prokófievna, filha e genro estavam tão aborrecidos com esse "terrível caso" que relutaram em aludir a outros pontos durante essa conversa com Evguénii Pávlovitch, muito embora cientes de que ele já sabia a história da última peripécia de Agláia. Como Lizavéta Prokófievna se sentia ansiosa por voltar à Rússia! Segundo o relato de Evguénii Pávlovitch, ela agora se mostrava mais amarga e injusta do que nunca em suas críticas contra tudo da Europa.

— Eles aqui nem sabem fazer um pão decente! No inverno ficam mais entanguidos do que camundongos em uma adega. Aqui só me foi dado o consolo de ao menos poder chorar lágrimas bem russas por este infeliz. (Apontava para o príncipe, que nem a tinha reconhecido.) Já chega de seguir as nossas venetas! Já é tempo de sermos sensatos. Tudo isto, toda esta vida aqui no estrangeiro, e toda esta Europa tão gabada, tudo, mas tudo, não passa de uma fantasia! E todos nós, no estrangeiro, somos fantasia e nada mais!... guarde bem estas minhas palavras, pois dar-me-á razão pessoalmente! — concluiu ela, quase com raiva, ao se despedir de Evguénii Pávlovitch.

SOBRE O TRADUTOR

Nascido na Bielorrússia em 1971 e radicado no Brasil desde 2005, Oleg Almeida é poeta, ensaísta e tradutor, sócio da União Brasileira de Escritores (UBE/São Paulo). Autor dos livros de poesia *Memórias dum hiperbóreo* (2008, Prêmio Internacional Il Convivio, Itália/2013), *Quarta-feira de Cinzas e outros poemas* (2011, Prêmio Literário Bunkyo, Brasil/2012), *Antologia cosmopolita* (2013) e *Desenhos a lápis* (2018), além de diversas traduções de clássicos das literaturas russa e francesa. Para a Editora Martin Claret traduziu *Diário do subsolo, O jogador, Crime e castigo, Memórias da Casa dos mortos, Humilhados e ofendidos, Noites brancas, O eterno marido e Os demônios*, de Dostoiévski, *Pequenas tragédias*, de Púchkin, *A morte de Ivan Ilitch e outras histórias* e *Anna Karênina*, de Tolstói, e *O esplim de Paris: pequenos poemas em prosa*, de Baudelaire, bem como duas extensas coletâneas de contos russos.

Título original: Идиот

Direção
MARTIN CLARET

Produção editorial
CAROLINA MARANI LIMA / MAYARA ZUCHELI

Direção de arte
JOSÉ DUARTE T. DE CASTRO

Diagramação
GIOVANA QUADROTTI

Ilustração de capa e guardas
JULIO CESAR CARVALHO

Tradução
JOSÉ GERALDO VIEIRA

Revisão técnica
OLEG ALMEIDA

Revisão
REGINA MACHADO / PEDRO BARALDI

Impressão e acabamento
GEOGRÁFICA EDITORA

A ORTOGRAFIA DESTE LIVRO SEGUE O NOVO ACORDO ORTOGRÁFICO DA LÍNGUA PORTUGUESA.

Dados Internacionais de Catalogação na Publicação (CIP)
(Câmara Brasileira do Livro, SP, Brasil)

Dostoiévski, Fiódor, 1821-1881.
O idiota / Fiódor Dostoiévski; tradução: José Geraldo Vieira. – São Paulo: Martin Claret, 2021.

Título original: Идиот.
ISBN 978-65-5910-073-6

1. Ficção russa I. Vieira, José Geraldo. II. Título.

21-68385 CDD-891.73

Índices para catálogo sistemático:

1. Ficção: Literatura russa 891.73
Cibele Maria Dias – Bibliotecária – CRB-8/9427

EDITORA MARTIN CLARET LTDA.
Rua Alegrete, 62 — Bairro Sumaré — CEP: 01254-010 — São Paulo — SP
Tel.: (11) 3672-8144

www.martinclaret.com.br

1ª reimpressão – 2023